D0712051

LE DEMI-FRÈRE

LARS SAABYE CHRISTENSEN

Le Demi-frère

ROMAN TRADUIT DU NORVÉGIEN PAR JEAN-BAPTISTE COURSAUD

JC LATTÈS

Titre original :

HALVBROREN
Publié par J. W. Cappelens Forlag, Oslo

Ce livre a été publié avec l'aide de Nordic Council of Ministers
(NORDBOK) et Norwegian Literature Abroad (NORLA).

Prologue

« Merci beaucoup ! »

Dressé sur la pointe des pieds, j'étirais mon bras le plus possible afin de récupérer la monnaie qu'Esther me rendait, vingt-cinq øre sur une couronne. Elle se pencha à travers l'étroit guichet pour glisser sa main ridée dans mes boucles blondes, où elle la laissa un moment ; ce que je n'appréciais pas particulièrement, mais que j'avais fini par supporter. Fred, lui, avait tourné les talons depuis belle lurette. Il avait fourré le sachet de sucre candi dans sa poche et, à en juger par sa démarche, il était furieux. Fred était furieux et rien ne m'inquiétait davantage. Il traînait les pieds, semblait se frayer un chemin sur le trottoir. La tête dans ses épaules, hautes et saillantes, on aurait dit qu'il luttait contre un vent contraire, qu'il mobilisait toutes ses forces – et pourtant, pourtant, c'était un calme après-midi de mai, un samedi en plus, et le ciel d'un bleu limpide se déployait vers les forêts à la lisière de la ville telle une gigantesque roue tournant avec lenteur. « Est-ce que Fred a recommencé à parler ? » demanda Esther. J'acquiesçai. « Qu'a-t-il dit ? » « Rien. » Elle eut un rire bref. « Allez, file rejoindre ton frère. Ce ne serait pas juste qu'il mange tout, quand même. »

Esther retira la main de mes cheveux et la renifla quelques secondes tandis que je courais déjà retrouver Fred – et voici très précisément ce que je me remémore, voici le muscle du souvenir : non les doigts jaunis de la vieille dame dans mes boucles, mais ma course à perdre haleine pour rejoindre Fred, mon demi-frère, qu'il m'est impossible de rattraper. Moi, le petit petit frère, je me

demande pourquoi il est aussi furieux. J'ai l'impression
que mon cœur me transperce la poitrine, je sens un
liquide tiède au goût âcre dans ma bouche ; j'ai dû me
mordre la langue lorsque je suis sorti dans la rue. Je
serre mon poing sur la monnaie, sur cette pièce chaude,
et je cours. Je cours rejoindre Fred, mince et sombre silhouette qui se découpe sur la lumière éclatante. L'horloge de l'immeuble des studios NRK indique trois
heures huit. Fred est assis sur un banc près des buissons.
Je cours comme un dératé dans une Kirkeveien quasi
vide de circulation, puisqu'on est samedi. Seul un corbillard roule à ma hauteur. Il tombe brusquement en
panne au milieu du carrefour. Le chauffeur tout de gris
vêtu sort du véhicule et se met à taper sur le capot,
encore et encore, à jurer. À l'intérieur, dans le coffre
oblong derrière les sièges, il y a un cercueil blanc, vide
sans doute car on n'enterre pas les gens un samedi
après-midi, les fossoyeurs ne travaillent sûrement pas un
samedi après-midi, et de toute façon même si quelqu'un
y reposait, ça ne changerait pas grand-chose : les morts
ont tout le temps devant eux, n'est-ce pas ? Voici les
pensées qui me traversent l'esprit, auxquelles je me raccroche pour éviter de songer à autre chose. Le chauffeur tout de gris vêtu, aux mains gantées de noir, finit
par faire redémarrer le corbillard, qui disparaît en direction de Majorstuen. J'inspire de fortes odeurs, de gaz
d'échappement et d'essence. Je cours dans l'herbe,
devant les passages piétons, les feux de signalisation, les
trottoirs minuscules, comme destinés à une ville pour
nains. Une fois par an, on nous y emmenait pour nous
enseigner le code de la route, mission dont s'acquittaient
de gigantesques agents de police sanglés dans leur uniforme serré par un gros ceinturon. C'est là, dans la petite
ville, que j'ai cessé de grandir. Fred est assis sur le banc,
et regarde ailleurs. Nous sommes seuls à présent, en ce
samedi après-midi du mois de mai.

Fred enfonce dans sa bouche un morceau de sucre
candi aux bords tranchants et le suçote, longuement.
Tout son visage produit des bruits de succion. Je vois

une salive brunâtre commencer à s'écouler de ses lèvres. Il a les yeux sombres, presque noirs, et ils tremblent. Ses yeux tremblent. J'ai déjà vu un tel regard par le passé. Fred ne dit rien. Les pigeons se dandinent en silence dans l'herbe terne. J'attends. Et je n'y tiens plus. Je lui demande : « Qu'est-ce qu'il y a ? » Fred déglutit, un tressaillement contracte sa maigre gorge. « J'parle pas la bouche pleine. » Fred enfourne davantage de sucre candi qu'il casse entre ses dents. Il prend tout son temps. « Pourquoi tu es en colère ? » murmuré-je. Il termine le contenu du sachet marron qu'il froisse avant de l'envoyer valser sur le trottoir. Une mouette fond sur le papier, effraie les pigeons qui s'enfuient, rase l'asphalte en poussant un cri, repart rejoindre un réverbère. Fred plaque ses cheveux en arrière, qui retombent aussitôt sur son front. Il choisit de les laisser tels quels. Et enfin, enfin il consent à décrocher un mot. « Qu'est-ce que t'as dit à la vieille ? » « À Esther ? » « À qui d'autre ? Parce que vous en êtes déjà aux prénoms maintenant ? » J'ai tellement faim que j'en ai la nausée. J'ai envie de m'allonger dans l'herbe, de m'endormir, là, au milieu des pigeons. « Je m'en souviens pas. Du moins je crois. » « Oh que si, tu te souviens. Si tu te donnes la peine de réfléchir. » « J'te le jure, Fred ! Je me rappelle pas ! » « Et pourquoi moi je me rappelle, alors, et pas toi ? » « Je sais pas, Fred… C'est pour ça que t'es en colère ? » Il appuie soudain sa main sur ma tête. Je me voûte. Il serre le poing. « T'es con ou quoi ? » demande-t-il. « Non. Je sais pas, Fred. Sois sympa ! Aïe ! S'il te plaît. » Il me fait un savon. « S'il te plaît ? Tu y es presque, tu brûles même… Minus. » « Me parle pas comme ça… Aïe ! S'il te plaît. » Il laisse courir ses doigts sur ma figure, je sens une odeur sucrée, comme s'il me tartinait le visage de colle. « Tu veux que je te répète ce que tu lui as dit ? » « Oui. Vas-y. Dis-le-moi. » Fred se penche à ma hauteur. Je n'arrive pas à soutenir son regard. « Tu as dit : merci beaucoup. »

En fait j'étais soulagé. Je croyais avoir dit quelque chose de pire encore, quelque chose que je n'aurais

jamais dû dire, qui serait tout bonnement sorti de moi, des
mots dont je ne connaissais même pas l'existence : trou
de pute. Je toussai. « Merci beaucoup ? J'ai dit ça,
moi ? » « Ouais. Nom de Dieu de merde ! T'as dit : *merci
beaucoup !* » cria Fred, alors que nous étions assis l'un à
côté de l'autre, sur le même banc. « *Merci beaucoup !* »
répéta-t-il. Je ne comprenais pas vraiment où il voulait en
venir. Et voilà que j'avais encore plus peur. Il fallait que
j'aille aux cabinets. Je retins mon souffle. J'aurais tellement voulu tomber juste, mais je ne savais pas quoi
répondre car je ne comprenais pas où il voulait en venir.
Merci beaucoup. Et je ne pouvais décemment pas me
mettre à chialer. Fred aurait été encore plus furieux, il se
serait peut-être même moqué de moi – et je crois qu'il ne
pouvait rien m'arriver de pire : qu'il se moque de moi. Je
me courbai pour atteindre mes genoux. « Et alors ? » chuchotai-je. Fred sursauta. « Et alors ? En fin de compte, je
crois vraiment que t'es con. » « Je suis pas con, Fred. »
« Qu'est-ce que t'en sais, hein ? » Il me fallut réfléchir.
« Maman le dit. Que je ne suis pas con. » Fred se tut
l'espace d'un instant. Je n'osais pas le regarder. « Et
qu'est-ce qu'elle dit de moi, maman, hein ? » « La même
chose », m'empressai-je de répondre. Je sentis son bras
sur mon épaule. « Tu mentirais pas à ton frère ? Même si
je suis que ton demi-frère ? » articula-t-il lentement. Je
levai les yeux. La lumière autour de nous m'aveuglait.
Comme si le soleil émettait des bruits, des bruits per-
çants, assourdissants, provenant de tous côtés. « C'est
pour ça que tu es furieux contre moi, Fred ? » « À cause
de quoi ? » « Parce que je ne suis que ton demi-frère ? »
Fred désigna ma main, celle qui contenait toujours la
pièce de vingt-cinq øre, chaude, poisseuse, pareille à une
pastille plate qu'on aurait sucée longuement puis recra-
chée. « C'est à qui ? » demanda-t-il. « À nous deux, bien
sûr. » Fred hocha la tête à plusieurs reprises et une sensation de bonheur me réchauffa. « Mais si tu veux je te la
donne », ajoutai-je. Je voulais lui donner la pièce. Mais
comme Fred se contentait de me toiser, l'inquiétude
s'empara de nouveau de moi. « Pourquoi tu dis merci

beaucoup, alors ? Si on te rend du fric qui nous appartient ? » Je pris une profonde inspiration. « J'ai dit ça comme ça, c'est tout. » « La prochaine fois, tu réfléchiras un peu mieux avant de parler, pigé ? » « Oui », soufflai-je. « Parce que j'ai pas envie d'avoir un frère qui passe pour un con. Même si t'es que mon demi-frère. » « D'accord, murmurai-je. Je réfléchirai un peu mieux la prochaine fois. » « Y a que les cons pour sortir ça : merci beaucoup. Ne redis jamais merci beaucoup. Pigé ? » Fred se leva, cracha un glaviot marron, épais, qui décrivit un immense arc de cercle avant de s'écraser dans l'herbe, à nos pieds. Je vis une colonne de fourmis foncer droit dessus. « Il fait soif, dit Fred. On se tape une putain de soif après avoir bouffé cette saloperie. »

On retourna chez Esther, au kiosque juste en face du parvis de l'église de Majorstuen, cette église blanche dont le pasteur refusa de baptiser Fred, puis de me baptiser moi, mais uniquement à cause de mon prénom. Je me hissai devant le guichet, sur la pointe des pieds. Appuyé contre la gouttière, Fred leva la main, m'adressa un signe de tête, comme si on était tombés d'accord pour tenter un coup énorme. Esther apparut. Quand elle vit que c'était moi, elle sourit et ne put s'empêcher de glisser à nouveau la main dans mes boucles. Fred tira la langue et fit semblant de vomir. « Alors, qu'est-ce que ce sera maintenant, mon petit bonhomme ? » Je secouai la tête pour me débarrasser de ses doigts. « Un sachet de sirop glacé. Rouge. » Elle me regarda d'un air étonné. « D'accord. D'accord. Et un sirop glacé rouge pour monsieur. Message reçu cinq sur cinq. » Elle me donna ce que je voulais. Fred était posté là-bas, dans l'ombre, presque aveuglé à son tour par cette lumière éblouissante qui se réfléchissait sur le mur blanchi à la chaux de l'église, de l'autre côté de la rue. Il me scrutait. Il ne me quittait pas des yeux. Il voyait tout. Il entendait tout. Après que j'eus déposé à toute allure la pièce dans la main d'Esther, elle m'en rendit une autre, de cinq øre. « Tiens. » Je la regardai droit dans les yeux. Dressé sur la pointe des pieds, je la regardai droit dans les yeux, en avalant ma salive à plusieurs reprises, pendant que l'immense roue bleue du ciel tournait toujours au-dessus de nous, doucement, filant en direction des forêts. Je désignai la pièce de cinq øre. « Elle est à nous ! Que tu te le tiennes pour dit ! » Esther faillit en tomber à la renverse. « Doux Jésus ! Mais qu'est-ce qui te prend ? » « Pas de merci à avoir ! » Alors Fred m'attrapa par le bras et me tira pour remonter Kirkeveien. Je lui donnai le sirop. Moi, je n'en avais pas envie. Des dents, il perça un trou dans le coin du sachet avant de le presser pour libérer le liquide rouge qui dessina une ligne continue derrière nous. « Pas si mal. Tu fais des progrès. » J'étais tellement content que je voulus lui donner les cinq øre. « Garde-les. » Je refermai mes doigts sur la pièce. J'aurais pu l'utiliser en guise de projectile pour un lance-pierres, dans l'éventualité où quelqu'un m'aurait pris pour cible avec le sien.

« Merci beaucoup ! »

Fred soupira si profondément que j'eus peur qu'il soit de nouveau furieux contre moi. J'aurais pu me mordre la langue, toute la langue, et l'avaler ensuite. Au lieu de quoi il m'entoura les épaules de son bras tout en faisant dégouliner la dernière goutte de sirop glacé dans le caniveau. « Tu te souviens de la question que je t'ai posée hier ? » demanda-t-il. Je fis un signe de tête très rapide, à peine si j'osais encore respirer. « Non », dis-je d'une voix éteinte. « Vraiment ? Tu t'en souviens pas ? » Bien sûr que si mais je ne le voulais pas. Je refusais de m'en souvenir. Et en même temps je n'arrivais pas à l'oublier. Au bout du compte, j'aurais préféré que Fred ne se soit pas remis à parler. « Non, Fred. » « Tu veux que je te repose la question ? » « Oui, Fred. » Il sourit. Il n'était pas furieux. Pas quand il souriait de cette manière.

« Tu veux que je tue ton père pour toi, Barnum ? »

Je m'appelle Barnum.

LE DERNIER SCÉNARIO

Le festival

Treize heures à Berlin et déjà une épave. Le téléphone
en train de sonner. Je l'entendais. Il me réveillait. Mais
j'étais ailleurs. Tout près. Déconnecté. Débranché. Sans
plus aucune prise sur rien. Je n'avais pas la tonalité, rien
qu'un cœur battant à tout rompre, pas même au diapason.
Le téléphone a continué de sonner. J'ai ouvert les yeux.
J'ai émergé d'une obscurité sans relief, sans images. Et
j'ai vu ma main. Pas vraiment la vision la plus reluisante.
Elle s'est approchée, a touché mon visage, hésitante,
comme si elle s'était réveillée dans le lit à côté d'un
inconnu, fixée au bras d'un autre homme. Les doigts boudinés m'ont soudain donné envie de vomir. Je suis resté
allongé. La sonnerie se faisait insistante. J'entendais des
voix étouffées, entrecoupées d'un râle. Quelqu'un avait-
il déjà décroché le téléphone à ma place ? Mais alors
pourquoi ne cessait-il de sonner ? Pourquoi y avait-il
quelqu'un dans ma chambre ? Est-ce que, finalement, je
ne me serais pas couché seul ? Je me suis retourné. Pour
me rendre compte que les bruits provenaient de la télé.
Deux hommes tronchaient une femme. Elle se laissait
faire avec détachement, sans enthousiasme aucun. Une de
ses fesses arborait un tatouage, un papillon, placé au plus
mauvais endroit. Ses cuisses étaient constellées d'ecchymoses. Obèses, blêmes, les types s'acharnaient malgré la
mollesse de leur érection. Ils la prenaient dans tous les
sens possibles et imaginables, en poussant des gémisse-
ments rauques. La scène était confuse, lugubre. L'espace
d'une seconde, l'indifférence de la femme s'est muée en
douleur, elle a grimacé quand l'un des types lui a giflé la
bouche avec sa bite flasque. Ma main s'est retirée de mon

visage. L'instant d'après, l'image a disparu. Si je tapais
mon numéro de chambre, j'avais la possibilité de regarder
douze heures supplémentaires de télévision payante. Mais
ça ne me disait rien. Et mon numéro de chambre m'était
complètement sorti de la tête. J'étais allongé en travers du
lit, ma veste de costume à moitié enlevée, sans doute
guidé par la volonté de m'endormir d'une manière
décente, déshabillé et normal ; sauf que je n'avais pu aller
plus loin, stoppé dans mon élan par une probable extinc-
tion des feux dans le cagibi intérieur de l'hémisphère
gauche de mon cerveau. Pourtant, une chaussure était
posée sur l'appui de la fenêtre. Est-ce que j'étais resté
planté devant, à contempler le panorama, perdu dans
mes pensées ? Possible. Impossible. Je n'en avais pas la
moindre idée. J'avais mal à un genou. J'ai retrouvé la
main. Ma main. Je l'ai poussée vers la table de nuit. Et,
alors qu'elle était suspendue là, comme un oiseau malade
planant au-dessus d'un rat blanc à l'œil rouge agité de cli-
gnotements funestes, le téléphone s'est arrêté de sonner.
La main a repris sa place. Le silence est arrivé par-derrière, en descendant la fermeture Éclair de ma nuque, en
léchant ma colonne vertébrale de sa langue métallique.
Pendant un long moment, je n'ai pas bougé. Je devais être
remis à l'horizontale. La bulle d'air verte du niveau devait
se stabiliser dans la chair captive, dans la fosse de l'âme.
Je ne me souvenais de rien. La grande gomme m'était
passée sur le corps, comme tant de fois auparavant. Les
gommes dont j'étais venu à bout ne se comptaient plus. Je
me souvenais juste de mon prénom. Franchement, qui
peut oublier un nom pareil : Barnum ? Barnum ! Pour qui
se prennent-ils en fin de compte, ces parents qui condam-
nent leurs fils et leurs filles à la prison à vie derrière les
barreaux des lettres de l'alphabet ? T'as qu'à changer de
nom, m'ont suggéré certains, comme s'ils savaient de
quoi ils causaient. Car, en fait, ça ne sert strictement à
rien. Il vous harcèle comme une double honte si vous avez
le malheur de vous en débarrasser. Barnum ! J'avais déjà
vécu la moitié d'une existence avec lui. Le pire, c'est que
je commençais presque à l'aimer, ce foutu prénom. Tout à

coup, j'ai remarqué que je tenais quelque chose dans l'autre main : un passe ; ce genre de plaque neutre en plastique, perforée d'un certain nombre de trous disposés selon un schéma défini, à introduire dans le distributeur de la porte pour vider le compte de la chambre, si tant est qu'il ne soit pas déjà à découvert après les retraits du client précédent, dont les restes se cantonnent à des rognures d'ongle sous le lit et un creux dans le matelas causé par des rêves profonds. J'aurais pu être n'importe où. Dans une chambre à Oslo. Une chambre sur l'île de Røst. Une chambre sans vue. La valise était posée par terre. Cette vieille valise, silencieuse, pas encore ouverte, vide. Sans applaudissements. Sans rien d'autre qu'un scénario, quelques pages griffonnées à la hâte. J'étais venu, j'étais reparti. C'est moi tout craché : arrivée, départ, retour à plat ventre. Mais j'étais encore capable de lire. Posé sur la chaise près de la fenêtre, j'ai vu le peignoir blanc où était inscrit le nom de l'hôtel : Kempinski. Kempinski ! Puis j'ai entendu la ville. J'entendais Berlin. J'entendais les pelleteuses creuser à l'est et les cloches d'église carillonner à l'ouest. Lentement, je me suis levé. Cette journée battait déjà son plein. Elle avait commencé sans moi. Tiens, là je me souvenais de quelque chose : j'avais un rendez-vous. L'œil rouge du téléphone continuait de clignoter. Il y avait un message, pour moi. Rien à foutre. Peder n'avait qu'à attendre. Qui, sinon lui, pouvait me laisser des messages à une heure pareille ? Peder, bien sûr. Bien sûr que c'était lui. Il attendrait. Il était doué pour ça. Et pour cause, c'est moi qui l'ai initié à l'art de l'attente. Personne doté d'au moins trois neurones ne prévoit de rendez-vous avant le déjeuner pour son premier jour à Berlin. Personne hormis Peder, mon ami, mon partenaire, mon agent. Son agenda était plein avant même le petit déjeuner, vu qu'il avait ses entrées partout. Il était douze heures vingt-huit. Les chiffres s'affichaient en vert dans une écriture carrée sous le téléviseur mort, et, entre deux battements de cœur désordonnés, ils sont passés à midi et demi pile. Je me suis désapé. J'ai ouvert le minibar, vidé deux Jägermeister. Je les ai laissés rouler par

terre. J'en ai bu un troisième avant d'aller tout dégueuler.
Simple mesure de précaution. Je ne me souvenais pas de
la dernière fois où j'avais avalé quelque chose de solide.
Le couvercle du dévidoir à papier cul était intact. Je
n'étais même pas encore allé aux chiottes. Je me suis lavé
les dents, ai enfilé le peignoir, glissé mes pieds dans les
pantoufles blanches de l'hôtel et, juste avant de sortir, j'ai
aperçu l'œil rouge du téléphone. Il me fixait avec la même
intensité. Mais Peder attendrait, c'était son boulot. Peder
était capable de baratiner jusqu'à ce que les flammes
envahissent la pièce où il se trouvait.

J'ai pris l'ascenseur pour descendre à la piscine.
J'ai emprunté un maillot de bain, bu une bière puis un
Jägermeister avant de faire trois longueurs et d'être
claqué. Je suis resté allongé à la surface de l'eau. Des
haut-parleurs invisibles déversaient de la musique classique. Du Bach bien sûr, dans une version synthétique
qu'aucune main humaine n'avait touchée. Quelques
femmes faisaient la planche. Elles flottaient tranquillement. À l'américaine, les bras déployés comme des
ailes, des lunettes de soleil qu'elles relevaient constamment au-dessus du front histoire de mieux voir, de
croiser un regard, car qui sait si Robert Downey n'allait
pas débouler, titubant le long du bassin, ou Al Pacino
peut-être, du haut de ses talonnettes, voire mon vieil
ami Sean Connery à qui j'aurais alors payé un verre bien
tassé pour le remercier de notre dernière rencontre.
Mais non, nul n'était en vue. Personne de cet étage-là en
dehors de moi qui, d'avance, n'étais pas très repérable.
Pour la énième fois, les femmes ont rajusté leurs
lunettes, conservant leur position à coup de lents mouvements de brasse bleutés, une légion d'anges au petit
ventre rebondi baignant dans le chlore, voilà ce qu'elles
étaient. Cette vision m'a soudain empli d'une immense
quiétude et d'une immense fatigue. J'étais calme et
presque content. Moi aussi je flottais, à défaut de sou-
quer puisque le souk était mon truc. À la norvégienne,
les mains plaquées sur les flancs, moulinant des doigts
pour garder l'équilibre, la liquidité. Maintenant j'étais à

niveau. Maintenant je gardais ma ligne de flottaison. Puis l'angoisse est revenue. Elle était déjà là, chevillée au corps. J'avais beau savoir qu'elle surgirait, elle me tombait toujours dessus, avec la même brutalité, à l'improviste, comme la neige. L'angoisse sirotait, vidait ma quiétude. S'était-il passé quelque chose la nuit dernière ? Étais-je censé acheter des fleurs à quelqu'un, lui présenter mes excuses, demander pardon, bosser à l'œil pour cette personne, lui lécher les pieds ? Aucune idée. Il avait pu se passer n'importe quoi. J'étais en proie à la violence des soupçons. Après une petite culbute qui a provoqué une série de vagues sous les Américaines, j'ai grimpé les marches rugueuses avec l'allure d'un éphèbe hermaphrodite bossu, j'ai entendu le rire étouffé au-dessus de l'eau – et au même moment, c'était à ne pas en croire ses yeux, Cliff Richard est sorti du vestiaire, vêtu du peignoir et des pantoufles de l'hôtel. Ses cheveux ressemblaient à une semelle compensée posée au sommet du crâne alors que le port était altier, le teint florissant. Il avait l'air d'une momie évadée de la pyramide des années soixante. Autrement dit, il était bien conservé ; ce qui n'a pas manqué de susciter un certain émoi chez les Américaines un peu plus loin : elles se sont mises à souffler comme de gentils marsouins, même si Cliff n'occupait sûrement pas la première place de leur tableau de chasse. Moi, en revanche, il me convenait tout à fait. Car voilà que par sa seule présence il me faisait oublier une seconde mon angoisse. Il m'offrait une minute de battement tout comme il l'avait fait alors, cette fois-là, dans cette vie qui était notre histoire, à Fred et à moi (et que je ne qualifie pas autrement que par *cette fois-là*), quand j'étais dans notre chambre, cette fois-là, avenue Kirkeveien, l'oreille collée au tourne-disque à écouter *Livin' Lovin' Doll* tandis que Fred était allongé sur le lit, muet, les yeux exorbités, lui qui n'avait pas parlé pendant vingt-deux mois, aussi longtemps que dure la gestation chez les éléphants. Il n'avait pas décroché un mot depuis la mort de La Vieille, pas un, et tout le monde avait renoncé à l'idée de lui faire recouvrer la parole : maman, Boletta, le professeur principal, le dentiste scolaire, Esther dans son kiosque, Dieu et ses disciples, personne n'arrivait à lui arracher un mot, et moi moins que quiconque. Or, quand j'avais soulevé le pick-up dans le but de mettre *Livin' Lovin' Doll* pour la vingtième fois, Fred avait bondi du lit, arraché l'appareil, il était descendu dans la cour de l'immeuble, avait balancé l'électrophone aux ordures, et il s'était remis à parler. Il fallait quelqu'un de la trempe de Cliff. Et rien que pour ça, je tenais à le remercier. Sauf que sir Cliff Richard s'est contenté de me passer devant en décrivant un grand arc de cercle pour finalement s'installer sur une bicyclette ergométrique, dans le coin, devant les miroirs, et pédaler vers son propre reflet, sans s'arrêter, sans un regard pour personne, comme une momie souffrant d'un tennis-elbow. Ma main a glissé sur le comptoir du bar où elle a soulevé ce qui lui est tombé dessus, un gin tonic, la friandise idéale. Quatre horloges indiquaient l'heure de New York, de Buenos Aires, de Djakarta, de Berlin. Cette dernière me suffirait. Deux heures moins le quart et, à l'heure qu'il était, Peder transpirait. Il conversait, s'excusait, allait acheter bière, café, sandwiches, appelait l'hôtel, me faisait chercher, laissait de nouveaux messages, arpentait la salle de presse en saluant d'un signe de tête ceux qu'il reconnaissait, d'une courbette ceux qu'il ne connaissait pas, et en distribuant sa carte de visite à ceux qui ne le reconnaissaient pas. Je l'entendais d'ici : *Barnum ne devrait pas tarder, il a dû faire un petit crochet, vous savez comment c'est, n'est-ce pas, les bonnes idées sortent le plus souvent des têtes distraites, moi, je ne suis que l'imagination pratique dont le travail consiste à les rendre visibles, allez, levons un toast à la santé de Barnum !* Oui, Peder était en train de suer sang et eau. Bien fait pour lui. J'ai éclaté de rire. J'ai ri à gorge déployée au bord de la piscine de l'hôtel Kempinski tandis que Cliff Richard courait un contre-la-montre avec trois miroirs et les œillades grasses des Américaines. Puis, aussi brusquement que

l'angoisse et le rire avaient surgi, une ombre m'a envahi.
Que m'arrivait-il ? Dans quelle espèce d'extase grotesque étais-je soudain transporté, quel était ce bonheur
noir qui me tracassait ? S'agissait-il du rire ultime, avant
que la fin n'arrive, dont je ne savais encore rien mais
que je redoutais le plus au monde ? J'ai eu froid. J'ai
chancelé sur les dalles en marbre vert. J'ai ravalé mon
rire. Je l'ai rappelé. Il ne s'agissait pas du calme avant
la tempête. Loin de là. Mais de celui qui fait trembler les
chats bien avant que la pluie ne tombe.

J'ai pris une douche, me demandant un instant si un
tour au solarium ne s'imposait pas. Une once de bronzage ainsi qu'un petit ravalement de façade juste avant
le rendez-vous ne seraient pas du luxe. Mais j'étais dans
ma période passive, blasée. Je suis donc allé me chercher une bière à la place. Le serveur me l'a tendue avec
un sourire contraint. Sa jeunesse m'a frappé. Il arborait
la livrée de l'hôtel non sans dignité, mais avec une gau-
cherie guindée, à la limite de la provocation, comme un
enfant qui aurait piqué le costume sombre de son père.
Son côté bravache m'a fait penser qu'il venait de la
vieille Allemagne de l'Est. Il n'était qu'au début de
la longue ascension qui le mènerait de la piscine au
sommet de la hiérarchie du Kempinski. « Monsieur
Barnum ? » a-t-il demandé à voix basse. Manifestement,
il croyait que c'était mon nom de famille. Il n'était pas
le seul. Il était pardonné. « Oui ? C'est moi. » « Il y a un
message pour vous. » Il m'a donné une large enveloppe
frappée du logo de l'hôtel. Peder avait fini par me
retrouver. Même si je me cachais derrière les séchoirs à
poisson sur l'île de Røst, c'était Peder qui me retrouvait.
Si je dormais au poste de police après avoir été arrêté
pour état d'ébriété, c'était certainement lui qui me
réveillait. Si j'ouvrais les yeux au Cochs hospits, c'était
parce qu'il tambourinait à la porte. Je me suis appuyé au
bar. « Tu t'appelles comment ? » « Kurt, monsieur. »
D'un signe de tête, j'ai désigné les miroirs. « Tu le vois
le type là-bas, Kurt ? Celui qui pédale comme un
dingue. » « Oui, monsieur. Très bien. » « Mais tu vois

qui c'est ? » « Non, monsieur. Je suis désolé. » Et là j'ai
compris, lentement mais sûrement, que moi aussi j'étais
en train de vieillir. « C'est pas grave, Kurt. Va lui porter
un Coca. Light. Et mets-le sur ma chambre. »

J'ai plié l'enveloppe en quatre avant de la fourrer dans
la poche de mon peignoir. Si Peder souhaitait que je
transpire moi aussi, son vœu allait être exaucé. J'ai
emporté ma bière dans le sauna où je me suis installé sur
la banquette supérieure. Une personne s'y trouvait déjà,
que je reconnaissais vaguement sans pour autant être
capable de la remettre avec exactitude. J'ai donc préféré
la saluer en me soustrayant à son regard, d'une inclina-
tion de la tête, ma spécialité, mon geste personnel à
l'intention du monde. Les autres en revanche me dévisa-
geaient sans vergogne. J'ai prié pour qu'aucun compa-
triote ne soit parmi eux : réalisateurs bossant chez Norsk
Film, journalistes de pages colorées, moulins à parole de
magazines et autres directeurs. J'ai aussitôt regretté cette
manœuvre, ce détour torride : ici, tout le monde devait
être nu ; ici, hommes et femmes étaient mélangés. Quiconque avait la taille ceinte d'une serviette ordinaire était
perçu comme un intrus qui plongeait les autres dans
l'embarras. L'individu habillé que j'étais rendait d'un
seul coup leur nudité si ostensible, si intolérable, et tout
à l'avenant : varices, fesses plates, ventres bedonnants,
seins flasques, cicatrices, plis de la peau, grains de beauté
peut-être malins. Il me fallait enlever cette serviette.
Impossible pour moi de battre en retraite, ressortir, ma
lâcheté serait démasquée, je serais catalogué de suspect,
de voyeur, alors qu'il restait encore trois jours avant la fin
du festival. J'ai plié à contrecœur la serviette pour leur
montrer que je pouvais moi aussi être naturel sous mon
accoutrement, que je ne craignais pas de révéler ma vul-
nérabilité. Et voilà comment dans ce sauna allemand et
mixte, assis en tailleur et à poil, je m'étonnais que dans ce
pays respectueux des lois, dénué d'humour, on soit plus
ou moins forcé d'être ensemble, hommes et femmes,
pour transpirer un peu. Dans ma pure Norvège à peine
détachée des glaciers, pareille chose aurait provoqué une

crise gouvernementale, une avalanche de courrier des lecteurs. Mais cette injonction comportait une espèce de logique. L'hôtel ne mettait à la disposition de ses clients qu'un sauna unique, à fréquenter conjointement, nus, par hommes et femmes réunis. Une utilisation libre et spontanée aurait été indécente. C'était sûrement lié à la guerre. Tout l'était dans ce pays. J'ai pensé aux camps de concentration, à l'ultime douche, quand hommes et femmes étaient séparés, une fois pour toutes, par les massacreurs méticuleux, il y avait même un camp pour femmes, Ravensbrück – et j'ai cru l'espace d'une seconde, non sans excitation, que j'allais pouvoir mettre à profit cette digression, cet écart de pensée, ce saut par la pensée entre l'Holocauste et une rencontre fortuite au sauna du Kempinski pendant le festival du film dans le nouveau Berlin. Mais, comme si souvent ces derniers temps, cette pensée a échoué, elle m'a échappé, le barbillon était trop émoussé. Et tandis qu'elle glissait, à mon tour j'ai sombré un peu plus profondément dans le doute. Qu'avais-je à opposer, en fait ? De quelles histoires étais-je l'homme ? Jusqu'à quel point peut-on voler avant d'être pris ? Jusqu'à quel point peut-on mentir avant d'être cru ? N'avais-je pas toujours été un sceptique, un sceptique ordinaire ? Si, bien sûr. J'avais douté de tout, de presque tout à commencer par moi-même, j'allais même jusqu'à douter de l'existence de ce qu'on appelle le « moi ». Dans mes heures les plus sombres, je me considérais comme un bout de barbaque emprisonnée dans une espèce de système biologique évoluant sous le nom de Barnum. J'avais douté de tout à l'exception de Fred car Fred était indubitable. Il était hors de doute, hors du doute. Une phrase que répétait mon père m'est alors revenue en mémoire : « Le plus important n'est pas ce que tu vois, mais ce que tu crois voir. » Au moment précis où j'ai vidé ma bouteille, j'ai reconnu une des personnes assises dans le sauna. Conformément à mes pires appréhensions, il s'agissait d'une critique de cinéma très écoutée (une vieille connaissance dirons-nous et je ne dirai pas son nom) ; simplement, comme elle nous faisait

toujours penser aux couchers de soleil, nous la surnom-
mions L'Élan. En son temps, elle avait écrit que j'étais
« une Coccinelle parmi les Rolls Royce » dans un article
que je n'ai jamais lu car je m'étais retiré du monde à cette
époque. Peder avait prévu de la poursuivre en justice pour
harcèlement, procès qui heureusement n'a jamais eu
lieu ; quoi qu'il en soit, si elle cherchait à me provoquer
en duel avec des métaphores en guise d'armes, elle
était tombée sur le mauvais cheval. Voilà qu'elle regardait dans ma direction, un vague rictus aux lèvres, et,
quoiqu'elle ait très nettement perdu de sa superbe, maintenant qu'elle se retrouvait ici et non plus protégée par les
colonnes de son journal, avec sa dégaine de fruit un peu
blet écalé au rabot, je préférais surtout éviter de lui rendre
son sourire. En plus, il n'était pas exclu que je lui balance
en pleine figure quelques paroles indicibles. Elle était
mon oiseau de mauvais augure. Quel mauvais présage
allait-elle cette fois m'annoncer ? Je n'osais l'imaginer.
Je lui ai souri. « Allez vous faire foutre ! » ai-je dit. Je me
suis penché au-dessus des genoux, plié en deux par une
quinte de toux. Ce n'était pas croyable. Ma langue avait
encore fourché. La langue est un fil tendu pour se
prendre les pieds dedans. « Ta langue est une glissoire »,
disait tout le temps Fred. Apparemment, j'étais le seul à
l'avoir entendu : « Allez vous faire foutre. » L'Élan a
levé des yeux étonnés. Je toussais à en cracher mes
poumons, manquant dégobiller – et une fois de plus, Cliff
Richard est venu à mon secours : il est entré dans le sauna
au même moment, un Coca à la main ; il m'a rappelé
la pochette de *Livin' Lovin' Doll*. Il s'est immobilisé
quelques secondes près du sablier dont les grains
tombaient puis grandissaient, comme si le temps n'était
pas quelque chose qu'on laisse derrière soi, mais bien à
côté de soi. Après quoi il s'est installé sur la même
banquette que moi, en haut. L'endroit était bondé. Il
n'allait pas tarder à faire trop chaud. L'aiguille indiquait
quatre-vingt-dix. L'Élan en a eu marre. Cachée derrière
sa serviette, elle s'est faufilée vers la porte non sans
jeter un regard rapide par-dessus son épaule. Riait-elle ?

Riait-elle de moi ? Est-ce qu'elle la tenait, son anecdote à raconter ce soir, accoudée au bar ? Quelqu'un a versé de l'eau sur les pierres, un crépitement a résonné, l'humidité est devenue tangible, comme un brouillard en ébullition. Je me suis tourné vers Cliff. Il ne transpirait pas. Il était sec. Impeccablement coiffé. Merveilleusement bronzé. J'allais enfin pouvoir le lui dire. « Merci, a-t-il lancé de manière inattendue. Pour le Coca. » « Ce serait plutôt à moi de vous remercier. » Cliff a levé sa bouteille, un sourire aux lèvres. « Pour quoi ? » « Grâce à votre chanson, mon frère a retrouvé l'usage de la parole. » L'air gêné, il a murmuré au bout d'un petit moment : « Dans ce cas, ce n'était pas ma chanson, mais la force de Dieu. »

La chaleur était suffocante. J'ai emporté ma serviette en titubant vers la sortie, aussi étourdi qu'assoiffé, je me suis douché, ai aperçu Kurt au bar qui m'a fait un signe discret de la tête, puis un clin d'œil. Il était mon homme désormais. J'ai pris l'ascenseur pour regagner ma chambre. La loupiote rouge du téléphone clignotait toujours. J'ai soulevé le combiné. Pour le relâcher aussitôt. J'ai jeté le peignoir sur le lit, ai enfilé mon costume où j'ai glissé dans chaque poche ce que le mini-bar contenait de mignonnettes. Il y avait beaucoup de poches dans ce costume. Avec tout cet alcool, j'étais armé. J'ai sifflé le dernier Jägermeister qui a formé comme une colonne de feu entre ma gorge et mon estomac. Sur ce, j'ai avalé une cuillerée de dentifrice, mis des semelles orthopédiques dans mes nouvelles chaussures italiennes. Voilà, j'étais prêt pour le rendez-vous.

Et que pouvais-je savoir, hein, de tout ce qui se passait dans ces lieux où je n'étais pas, de ces mouvements hors de mon champ de vision ? Je ne le savais pas. J'étais encore dans l'ignorance, dans la violence des soupçons, et, tel que je me tenais dans cet ascenseur poussif, aux parois tapissées de miroirs jusqu'au plafond, je n'avais aucune envie de le savoir. Je voulais être dans l'instant, celui-là et pas un autre. Je voulais être un homme contemporain, vivant les secondes une par une, emprisonné dans le plus petit des espaces-temps où il n'y avait de place que pour moi. À la vue de mon reflet dans le miroir, j'ai pensé à un enfant qui tombe à la renverse, se relève, mais ne se met à hurler qu'au moment où il découvre la terreur et l'inquiétude imprimées sur la figure des êtres rassemblés autour de lui, comme une douleur à retardement, l'écho d'un choc. J'ai eu le temps de boire une vodka. Un portier aux cheveux blancs m'a tenu la porte. Quand il a fait mine de me suivre à l'extérieur, un parapluie à la main, je lui ai filé cinq marks pour l'en dissuader. Il a jeté un coup d'œil navré au billet avant que celui-ci ne disparaisse soudain entre ses doigts lisses et gris ; il m'a été impossible de distinguer si je l'avais vexé en lui donnant trop ou pas assez. Il ressemblait à un domestique de l'époque coloniale. C'était lui qui tirait les ficelles à l'hôtel Kempinski, lui qui pliait les rouleaux de papier toilette. Je suis sorti en avançant sur le tapis rouge aux bords déjà râpés. Quatre limousines noires aux vitres fumées étaient garées le long du trottoir. Aucune ne m'était destinée. À en croire un vieil adage du milieu du cinéma, *No limo, no deal*. Je m'en foutais. La vodka brûlait derrière la langue. J'ai allumé une cigarette. Deux équipes de télé, CNN et NDR, attendaient qu'il se passe quelque chose. Un crachin tombait sur Berlin. Une odeur de cendre. Un boucan infernal en provenance des chantiers. Sous les nuages bas, on devinait les grues ; elles tournaient, lentement. On aurait dit que Dieu jouait au Meccano. Encore une limousine : une interminable locomotive blanche rehaussée de pavillons américains s'est arrêtée au pied de l'hôtel. En est sortie une femme au dos le plus droit que j'aie jamais vu. Dix-neuf parapluies se sont précipités à sa rescousse. Elle a ri. D'un rire imbibé de whisky, enduit de goudrons, poli à la toile émeri. Un rire qui n'a pas cessé tandis qu'elle évoluait sur le tapis rouge, saluant d'une main fine qui se faufilait entre les gouttes avec l'élégance d'un pickpocket, hors de la portée des parapluies noirs. Et personne ne foulait un tapis rouge comme elle. C'était Lauren Bacall. En personne. En chair et en os. Elle emplissait la moindre parcelle de son corps, jusqu'au bout des ongles, aux lobes des oreilles, aux sourcils. Les parapluies se sont tordus dès qu'elle a levé le menton. Lauren Bacall venait d'envahir l'Allemagne. Je suis resté planté là, immobile, aimanté à cette vision électrique : Lauren Bacall, souveraine, me croisant d'un pas tranquille, puis m'abandonnant dans le tourbillon laissé par son passage, comme un avertissement inversé, une impression renversée de déjà-vu. Car je revois la scène : le cinéma Rosenborg, rangée 14, sièges 18, 19 et 20, *Le Grand Sommeil*, Vivian assise au milieu ; je le vois, d'une extrême précision, je sens même ce pull neuf à col roulé me gratter le cou, j'entends Lauren Bacall murmurer à Humphrey Bogart, de cette voix qui nous donne la chair de poule jusque dans la bouche, des frissons jusqu'à la moelle des os : *A lot depends on who's in the saddle* – et Peder et moi passons en même temps le bras autour des épaules de Vivian, ma main rencontre les doigts de Peder, nul ne parle, Vivian sourit, toute seule, elle se renverse en arrière, dans nos bras. Mais au moment de me tourner vers elle, je constate qu'elle pleure.

Or à présent j'étais à Berlin, debout, sous la pluie, à côté du tapis rouge, devant l'hôtel Kempinski. Il venait de se passer quelque chose. Quelqu'un avait beau continuer de crier, aucun son ne m'atteignait. Les lampes étaient éteintes, les appareils photo fermés, les limousines parties. Le même portier m'a pris délicatement par le bras. « Tout va bien, monsieur ? » « Quoi ? » Son visage s'est rapproché. Tout le monde est obligé de se courber vers moi. « Monsieur ? Vous allez bien ? » J'ai acquiescé. J'ai balayé les alentours du regard. Les grues étaient immobiles, Dieu n'avait plus envie de jouer au Meccano, à moins que la course des nuages en sens inverse du ciel ne fût à elle seule responsable de cette impression. « En êtes-vous sûr, monsieur ? » Ma cigarette flottait dans le caniveau. Quelqu'un avait oublié son appareil photo, il se rembobinait par terre. « Vous pouvez me trouver un taxi ? » « Avec plaisir, monsieur. » Il a actionné le sifflet qu'il tenait prêt dans sa main. J'ai sorti un billet avec l'intention de le lui donner, il le méritait. Mais il a secoué la tête en détournant le regard. « Gardez-le, monsieur. » J'ai glissé à toute vitesse l'argent dans ma poche. Et j'ai dit : « Merci beaucoup ! »

Quand le taxi est arrivé, le portier m'a ouvert la portière. Une odeur d'épices ou de viande fumée flottait dans l'habitacle. Un tapis de prières était enroulé sur le siège avant. « Zoo Palast. » Le chauffeur s'est retourné, il m'a souri. Une dent en or étincelait au milieu des lèvres noires. « Vous voulez que je m'arrête devant le Jardin zoologique ? » Je n'ai pu m'empêcher de sourire à mon tour. « Non. Devant le Palais des Festivals, ça ira. Les animaux y sont nettement plus amusants. »

Cela nous prit une demi-heure. J'aurais mis cinq minutes à pied. Après avoir vidé le cognac, je suis tombé dans les bras de Morphée. Une image est apparue dans mon sommeil, celle de Fred tirant un cercueil dans l'arrière-cour recouverte de neige. Le chauffeur a été obligé de me réveiller. Nous étions arrivés. Il riait. Voilà, je l'entendais. Ce fameux rire charitable. La dent en or m'a ébloui. J'ai payé bien plus que nécessaire. Il a dû croire à une erreur, avoir affaire à un touriste incapable de compter, ou à une sommité du cinéma, bourrée, vêtue d'un costume trois fois trop cher. Il a voulu me rendre de l'argent, ce musulman honnête de Berlin, mais j'étais déjà sur le trottoir, entre les ruines et les cathédrales, entre les singes et les stars. Aussitôt, des types ont essayé de me refourguer une veste en cuir. Je les ai repoussés. Il avait cessé de pleuvoir. Les grues continuaient de décrire leurs lents mouvements concentriques et le ciel au-dessus de Berlin s'est brusquement éclairci jusqu'à en être presque transparent. Un soleil froid s'est dressé juste devant mes yeux pendant qu'une nuée de pigeons s'envolait d'un seul coup, hachant la lumière en une myriade de particules.

Je suis entré dans le Palais des Festivals. Deux vigiles armés ont vérifié ma carte d'accréditation pourvue de la petite photo prise la veille au soir : *Barnum Nilsen,*

screenwriter. Ils ont examiné un peu trop longuement
mon visage avant de me laisser traverser la zone de sécurité, cette porte sacro-sainte séparant ceux qui sont de la
partie des autres. Voilà, j'étais de la partie à présent. Les
gens couraient dans tous les sens, se bousculaient, les
mains chargées de bouteilles de bière, de dépliants, de
cassettes, de téléphones portables, d'affiches, de cartes de
visite. Les femmes, élancées, minces, les cheveux relevés
en chignon, les lunettes retenues autour du cou par un
cordon, portaient toutes une jupe droite grise, comme si
elles sortaient à l'instant du même magasin. De mon âge
environ, les hommes étaient dans l'ensemble gras, courts
sur pattes ; la fibrillation agitait leur regard injecté de
sang, nous nous ressemblions au point d'être confondus
et au moins l'un d'entre nous passerait l'arme à gauche
avant la fin de cette journée. Un écran géant présentait la
bande-annonce d'un film de gangsters japonais. La violence esthétique prenait manifestement ses marques.
Donner la mort à petit feu était acceptable. On m'a tendu
un verre de saké. J'ai bu. On m'a resservi. Je me torpillais
le foie. Une télé australienne interviewait Bille August.
Personne n'avait de chemise plus blanche que Bille
August. Ils auraient dû l'interroger à ce sujet. Combien
de chemises blanches avez-vous ? Combien de fois en
changez-vous ? Ailleurs, c'était Spike Lee qui gesticulait
devant une caméra. Et, au beau milieu de tout ça, Peder
est arrivé comme un ouragan, le nœud de cravate à mi-
ventre, la bouche perpétuellement en mouvement ; on
aurait dit qu'il était en hyperventilation ou qu'il essayait
de battre le record du tabagisme passif. Peder ne mourrait pas au cours de la soirée, pas lui, c'était impossible.
Hors d'haleine, il s'est immobilisé à ma hauteur. « Parfait, a-t-il dit. Je vois que t'as picolé ! » « J'ai jamais été
un poivrot. » « Combien t'as bu ? » « Cinq et demi. »
Peder s'est penché vers moi, les narines dilatées. « Cinq
et demi ? Ça m'a plutôt l'air de cinq fois cinq demis,
Barnum… » « M'en parle pas ! » J'ai éclaté de rire.
J'aimais bien que Peder ressorte nos vieilles blagues.
Sauf que lui ne riait pas. « T'étais où, bordel ? » « Au

sauna. » « Au sauna ? Tu sais depuis combien de temps
on t'attend ? Tu le *sais* ? » Il me secouait le bras. Il ne se
contrôlait plus. « J'ai sorti tellement de compliments à la
mords-moi le nœud à propos de toi que je n'ai plus
qu'une putain d'envie, c'est de dégueuler ! » Il a voulu
m'entraîner vers la délégation scandinave. « Hé ! Oh !
Mollo ! Je suis là maintenant ! » « Tu peux pas avoir un
portable comme tout le monde, nom de Dieu de
merde ? ! » « J'ai pas envie de me choper un cancer de la
tête, Peder. » « Dans ce cas t'as qu'à te dégoter un bipeur.
T'inquiète, je vais t'en acheter un, moi, de foutu
bipeur ! » « D'après toi, ça fonctionne dans les saunas,
ces machins ? » « Ils fonctionnent même sur la lune ! »
« De toute façon, Peder, tu me retrouves toujours,
alors… » Il s'est arrêté brusquement et m'a dévisagé.
« Tu sais quoi ? Plus ça va et plus tu ressembles à ton
chtarbé de demi-frère ! » Et en entendant Peder prononcer cette phrase, j'ai senti en moi une déflagration :
l'instant, mon bunker intérieur, venait d'exploser ; le
temps fonçait vers moi de tous côtés. Je l'ai pris par le
revers de la veste et je l'ai plaqué contre le mur. « Ne
redis plus jamais ça, Peder ! Tu m'entends ? Plus
jamais ! » Il m'a fixé avec stupéfaction. Le saké avait
dégouliné sur son pantalon. « Putain, Barnum ! C'est pas
ce que je voulais dire… » Il m'a semblé qu'on commençait à nous regarder. J'avais du mal à reconnaître la rage
qui me consumait. Comme si elle me faisait du bien.
Comme si c'était un rail de sécurité. « Ce que tu veux
dire ou ne pas dire, je m'en branle ! Mais ne me compare
plus jamais à Fred ! D'accord ? » Peder a essayé de
sourire. « Oui. Bon… Allez, lâche-moi maintenant,
Barnum. » Je devais m'accorder une seconde. Puis je l'ai
relâché. Il est resté cloué sur place, dos au mur, médusé,
gêné. La colère a glissé hors de moi en ne laissant rien
d'autre que la honte, l'angoisse et la confusion. « Je veux
simplement qu'on ne me rappelle pas son existence »,
ai-je soufflé. « Désolé. Ça m'a échappé. » « C'est pas
grave. On oublie. Excuse-moi. » J'ai sorti mon mouchoir
pour tenter d'éponger l'alcool japonais de son pantalon.

Peder ne bougeait pas. « Bon, il faudrait peut-être songer à aller à ce rendez-vous », a-t-il suggéré. « De qui s'agit-il ? » « Deux Danois et un Anglais », a-t-il répondu avec un soupir. « Marrant. C'est une blague ou quoi ? Deux Danois et un Anglais… » « Ils ont des bureaux à Londres et à Copenhague. Ils ont été très investis dans *Miss Daisy et son chauffeur*. Je t'ai déjà tout raconté hier, Barnum. » J'avais renversé du saké jusque sur ses chaussures. Je me suis agenouillé pour les nettoyer le mieux possible. Peder s'est mis à me donner des coups de pied. « Ça suffit ! Reprends-toi ! » Je me suis relevé. « Qu'est-ce qu'ils veulent en fait ? » « Ce qu'ils veulent ? Mais qu'est-ce que tu crois ? Te rencontrer bien sûr. Ils ado-o-rent *Le Viking*. » « Merci beaucoup, Peder. Est-ce que nous aussi, on se passe de la pommade maintenant ? » « Non. Maintenant, on y va, Barnum. »

On y est donc allé. Le flot humain diminuait au fur et à mesure. Le stand norvégien était situé au fond de la salle, dans un coin. Classique. Notre nation ne s'était pas encore remise des *Risques de la vie de pêcheur*, ce film du début du XXᵉ siècle, pierre angulaire par excellence de la mélancolie norvégienne, dont le bateau nous poussait toujours aux extrémités de l'Europe et du festival. C'était une véritable expédition de se rendre en Norvège. Peder m'a fusillé du regard. « On dirait vraiment un putain de mini-bar ambulant à t'entendre marcher. » « Il ne va pas tarder à être vide, Peder. » J'ai ouvert un whisky que j'ai bu cul sec. Peder m'a retenu par le bras. « Il nous faut ce contrat, Barnum. C'est sérieux. » « *Miss Daisy* ? Je croyais que c'était un film de merde ? » « Un film de merde ? Tu sais combien de nominations il a eues ? Ce sont des pointures, ces types. Bien plus importants que nous. » « Alors tu peux me dire pourquoi ils ont poireauté trois heures ? » « Je te l'ai dit, Barnum. Ils adorent *Le Viking*. »

Ils étaient assis à une table, dans une alcôve du bar. Âgés d'une trentaine d'années, ils portaient des costumes taillés sur mesure, avaient les lunettes de soleil dans la poche de poitrine, une queue-de-cheval, une boucle d'oreille, le ventre gras et la vue basse. C'étaient des hommes d'aujourd'hui. J'éprouvais déjà de l'antipathie pour eux. Peder a pris sa respiration avant de renouer son nœud de cravate. « Je compte sur toi pour être correct, poli et sobre, hein Barnum ? » « Et génial. » J'ai donné à Peder une tape amicale dans le dos. Il était trempé. On s'est approché d'eux. Peder a frappé dans ses mains. « Voilà enfin l'ami qui nous a tant manqué ! Il a préféré aller se commettre au Jardin zoologique ! Il n'a pas vu la différence… » Les types se sont levés. Ont allumé leur sourire. Peder avait bavassé jusqu'à se répandre en platitudes alors qu'il n'était même pas trois heures de l'après-midi. Un des Danois, Torben, s'est penché au-dessus du cendrier où expiraient deux cigares. « Barnum, c'est un pseudonyme ou bien votre vrai nom ? » « Mon vrai nom. Mais il me sert de pseudo. » La phrase a fait son petit effet, Peder a voulu en profiter pour lever un verre, sauf que le Danois n'était pas décidé à abandonner la partie aussi vite. « Et c'est votre nom ou votre prénom ? » « Les deux. En fonction de mon interlocuteur. » Torben a souri. « Mais… Barnum, ce n'était pas un escroc américain ? *There's a sucker born every minute.* » « Erreur, ai-je rectifié. C'est un banquier qui a dit ça. David Hannum. En revanche, c'est bien Barnum qui a dit : *Let's get the show on the road.* » Peder a enfin réussi à glisser son toast. Nous avons trinqué et ç'a été au tour de l'autre Danois, Preben, de se pencher au-dessus du cendrier. « On a tout bonnement adoré *Le Viking* ! Un scénario merveilleux ! » « Merci beaucoup ! ai-je dit en vidant mon schnaps. Dommage que ce ne soit pas devenu un film. » Peder a pris la parole. « Bon, ne nous perdons pas dans les détails ! » « Si. Moi je trouve que si. » Peder m'a donné un coup de pied sous la table. » « On va essayer de se projeter un peu dans l'avenir, d'accord ? De nouveaux projets. De nouvelles idées. » J'ai failli me lever, sans y parvenir. « Si vous trouvez le scénario merveilleux, pourquoi ne faites-vous pas le film ? » Peder a baissé les yeux, tandis que Torben se tortillait sur son

fauteuil, à croire qu'il était assis sur une punaise géante.
« Si on avait réussi à avoir Mel Gibson pour le rôle principal, ça aurait peut-être marché. » L'autre Danois s'est
penché vers moi. « Et puis, les films d'action sont *out*.
L'action est démodée. » « Et… Les Vikings dans
l'espace, vous en pensez quoi ? » ai-je demandé. Un des
portables a sonné. Ils se sont tous rués sur le leur, on
aurait dit trois pros de la gâchette fatigués. Tim,
l'Anglais, a décroché la timbale. La conversation qui a
suivi égrenait des chiffres astronomiques et des individus qui l'étaient tout autant : Harvey Keitel, Jessica
Lange. À part sourire et terminer son verre, il n'y avait
pas grand-chose d'autre à faire. J'ai réussi à me lever
pour aller aux chiottes. J'ai vidé un gin, posé le front
contre le mur en m'efforçant de trouver quelle couleur
j'allais bien pouvoir annoncer. Il n'était pas question de
leur donner ce que j'avais. J'étais la brelle de scénariste
qu'ils avaient attendu pendant trois heures. Mon reflet
renvoyé par le miroir de l'ascenseur s'est tout d'un coup
imposé à moi. Ce n'était pas beau à voir. La paupière
bousillée s'est affaissée, lourdement. J'ai essayé de
trouver un instant dans lequel me cacher. En vain.
À mon retour, Peder avait échangé mon schnaps contre
un café. J'ai commandé un double schnaps. Tim avait
ouvert devant lui un agenda plus épais que la Bible de
l'hôtel Kempinski. « Comme vous le savez, Barnum,
vous figurez en première place sur la liste des scéna-
ristes avec lesquels nous avons envie de bosser. » Peder
souriait jusqu'aux oreilles. « Vous avez des projets
concrets ? » ai-je demandé. « Nous préférons écouter
vos propositions. » « Vous d'abord. J'aurais alors
comme qui dirait une idée plus juste de la situation. »
Tim a dévié son regard de mon visage vers les Danois.
Peder s'était remis à transpirer à grosses gouttes.
« Barnum aime bien lancer la balle », a-t-il lâché.
C'était d'une telle futilité que je n'ai pu m'empêcher de
rire. Aux éclats. Barnum aime bien lancer la balle…
Peder m'a donné un autre coup de pied dans les tibias.
Voilà, nous nous comportions à présent comme un

vieux couple, lui et moi. Soudain, je me suis retrouvé avec le schnaps devant moi. Torben a pris la relève. « Okay, Barnum. Nous, on aime bien lancer la balle. On veut faire *Le Canard sauvage* d'Ibsen. On vient de le dire : l'action, c'est terminé. Le public veut de la proximité, vous êtes d'accord ? La famille, des machins dans ce genre, quoi. D'où *Le Canard sauvage*. » Peder ne me quittait pas des yeux. C'était exaspérant. « Tout à fait un truc pour toi, Barnum, reprit-il. Non ? Il te faut quoi ? Deux mois pour transformer la pièce en film, hein Barnum ? » Mais personne ne l'écoutait plus. « La production sera norvégienne ? scandinave ? » ai-je voulu savoir. « Plus considérable », a souri Torben. « Américaine. Keitel. Lange. Robbins. Mais rien n'empêche d'y coller nos célébrités locales, style Max von Sydow, Ghita Nørby. Et les dialogues seront en anglais, c'est clair. Sinon, on ne trouvera pas de fric. » « Il faut aussi le fignoler, le mettre au goût du jour, est intervenu Preben. On situe l'action à notre époque. *Le Canard sauvage* des années 90. » « Quel est l'intérêt ? » ai-je demandé. « Bien sûr qu'il faut situer l'action de nos jours, a renchéri Peder. Un film en costumes n'a aucun intérêt, pas vrai ? » Un silence est tombé. J'ai repris un schnaps. Tim a chuchoté quelque chose à l'oreille de Preben, qui s'est tourné vers moi. « On a pensé à un truc du genre *Rainman* à la rencontre de *Sonate d'automne*. » J'ai dû m'avancer vers lui. « Pardon ? Qui rencontre quoi ? » « On veut juste montrer combien Ibsen était génial, a précisé Torben. Son intemporalité, je veux dire. » « Son intemporalité ? *Miss Daisy et son chauffeur* à la rencontre de *Mort d'un commis voyageur*, si je comprends bien ? » Le regard de Torben s'est braqué. Les autres ont eu un rire bref. Peder n'en pouvait plus. Il a essayé de sauver la situation. « Quelqu'un veut manger quelque chose ? » Personne n'a répondu. Peder a allumé une cigarette, lui qui avait arrêté de fumer depuis huit ans. Torben a croisé ses mains en m'observant par-dessus ses phalanges. « Et quelle balle avez-vous à lancer, Barnum ? » « Un film porno. » « Un film porno ? » « Ce matin, dans ma chambre, je regardais une chaîne de télévision payante. Ces films porno m'ont frappé par leur côté grotesque, leur absence de talent. Aucune direction artistique. Des personnages pitoyables. Un casting épouvantable. Des dialogues d'une rare nullité. Des décors à vomir. » Torben s'impatientait. « Vous parlez de films *érotiques*, j'imagine ? » « Absolument pas. Je parle de porno. De hard. Avec une bonne histoire, des personnages intéressants et une direction artistique irréprochable. Et une construction aristotélicienne de l'orgasme. Du porno pour un public moderne. Tant pour les femmes que pour les hommes. Pour nous tous en somme. *Nora* à la rencontre de *Gorge profonde*. Ça c'est intemporel. »

L'Anglais s'est levé le premier. Suivi des Danois. Ils ont donné une poignée de main à Peder. Échangé leur carte de visite. « Nous restons en contact, a précisé Peder. Barnum aura un synopsis prêt dans les deux mois qui viennent. » « Et rappelez-lui qu'il s'agit d'Ibsen. Et non de télé payante », a insisté Torben. « Pas de danger ! J'ai Barnum sous contrôle. »

Les pointures sont parties. Nous sommes restés assis. Peder est un taiseux. C'est la seule personne que je qualifie de la sorte. Quand il décidait d'être silencieux, il l'était vraiment. À ce moment précis, il était taiseux comme jamais. J'ai appris à vivre avec. S'il y a une chose que je sais faire, c'est vivre avec les gens taiseux. Dans ce cas-là, il s'agit simplement de la fermer et de voir qui parlera le premier. Peder a perdu. « En fait, ça s'est formidablement bien passé ! a-t-il lancé en me dévisageant. Tu te pointes avec trois heures de retard et quand enfin tu daignes arriver, non seulement tu as la gueule de bois et tu te comportes comme un goujat, mais en plus, tu viens les mains vides. Et ce qui s'appelle les mains complètement vides. C'est dingue. Tchin, Barnum ! » Nous avons bu une gorgée. J'ai pris mon tour de parole. « Tu crois que Meryl Streep jouera le canard ? » Peder a détourné les yeux. « Là, t'es vraiment limite, Barnum. J'hallucine ! Du porno aristotélicien ! »

« Qu'est-ce que tu veux dire par *limite* ? » « Tu le sais très bien ! » « Non, absolument pas. » Peder s'est brusquement retourné vers moi. « Je te connais, Barnum. Je t'ai déjà vu te casser la gueule. Et je n'ai plus aucune envie de te suivre. » Soudain effrayé, je me suis levé. C'était le reflet de mon visage, dans l'ascenseur. Il revenait. Un cube entier de visages qui se profilaient sur moi, les uns à la suite des autres. « Mais merde quoi, Peder ! Je déteste leur façon de parler. *Rainman* à la rencontre de *Sonate d'automne*. Toute cette chierie qu'ils nous sortent. Je l'ai en horreur ! » « Oui, oui, oui ! Moi aussi je l'ai en horreur. Mais est-ce que je prends des grands airs pour autant ? C'est leur manière de parler, point barre. Tout le monde parle comme ça. *Le Lauréat* à la rencontre de *Maman, j'ai raté l'avion. Sur les quais* à la rencontre de *Pretty Woman*. Nous aussi, un jour, on parlera comme ça. » Reposant son schnaps, il s'est pris la tête entre les mains et est redevenu taiseux. « Aujourd'hui, j'ai rencontré Lauren Bacall. » Peder a lentement relevé les yeux. « Qu'est-ce que tu me chantes, là ? » Je me suis rassis. Il le fallait si je devais lui raconter la scène. « J'ai vu Lauren Bacall, ai-je répété. Je l'ai presque frôlée. » Peder a rapproché sa chaise, esquissant un sourire. « *Notre* Lauren Bacall ? » « Voyons, Peder. En existe-t-il une autre à part notre Lauren Bacall ? » « Non, bien sûr. Désolé. Je baragouine n'importe quoi. C'est juste que je viens seulement de voir trois coffres-forts quitter la pièce. » J'ai pris sa main dans la mienne, elle était chaude, tremblante. « Elle était comment ? » a-t-il chuchoté. « On aurait dit un sphinx. Un sphinx bleu qui se serait délivré des feux de la rampe. » « Bravo, Barnum. » « Il pleuvait et la pluie ne l'atteignait même pas, Peder. » Je crois que, pendant quelques secondes, Peder a eu à son tour une petite absence. Son visage a pris une expression enfantine – et je voyais très clairement la chair de poule apparaître entre le col de sa chemise et son oreille, comme si elle s'était gravée à jamais sur sa peau ce soir-là au cinéma Rosenborg, rangée 14, lorsque nous avions passé en même temps notre bras autour des épaules de Vivian, au moment où Lauren Bacall avait dit, de sa voix excitante et éraillée : « *Nothing you can't fix.* »

Et ce fut comme si, en revenant à lui, il avait soudain vieilli. Une ride profonde, que je n'avais jamais remarquée, descendait en biais de son œil gauche et se perdait dans l'éventail de ridules préexistantes ; ce sillon créait un déséquilibre dans son visage au point que Peder semblait prêt à piquer du nez. On commençait à se ressembler, lui et moi. « Au fait, Vivian a appelé, m'a-t-il annoncé. Je crois qu'elle se fait du souci pour Thomas. » « Vivian s'est toujours fait du souci. » Peder a secoué la tête, mélancolique. « Je trouve qu'on devrait offrir un beau cadeau à Thomas », a-t-il ajouté. J'ai essayé de sourire. Piètre résultat. « Bien sûr, ai-je ri. Tu te souviens de ce qu'ont dit nos pointures. C'est la famille qui compte de nos jours. » Peder s'est plongé dans son verre, de nouveau taiseux pendant un moment. « Tout le monde trouve que tu n'es qu'un connard », a-t-il fini par murmurer. Je l'ai entendu prononcer ces paroles sans pour autant qu'elles m'atteignent. « Tout le monde ? » Il m'a regardé. « Comme ça, de but en blanc, il ne me vient le nom de personne qui ait une autre opinion. » « Thomas aussi ? » Peder a détourné les yeux. « Thomas fait tellement peu de bruit que j'ignore ce qu'il comprend, Barnum. » J'ai allumé une cigarette. J'avais la bouche endolorie. J'ai posé ma main sur les doigts de Peder. « On n'a qu'à se cotiser pour lui acheter un cadeau. Quelque chose de vraiment beau. Non ? » « Si, bien sûr. »

Plus tard, on a migré vers le bar du festival. Là où traînaient les gens du milieu. Peder estimait qu'il fallait être vu. Ce sont ses termes. Il fallait être sur le pont, prêt à l'abordage, au bon endroit et au bon moment. On s'est bourré de saucisses grasses histoire de garder l'équilibre. On a bu des produits de contraste agrémentés de glace pilée. On a été vus. Apparemment, il était une fois de plus question de Sigrid Undset, de la compétence d'un metteur en scène masculin à pouvoir faire un film tiré de son roman *Kristin Lavransdatter*. Voilà à quoi ressemblait l'élite. Je ne me suis pas mélangé à eux. Je n'ai mélangé que les breuvages tout en pensant à Thomas. Ainsi donc le connard, c'était moi. J'allais lui offrir un beau cadeau, j'allais lui acheter un pan du mur de Berlin pour qu'il écrive dessus, ainsi qu'une grue de Berlin. J'allais rapporter la boîte de Meccano appartenant à Dieu pour que Thomas, le fils de Vivian, puisse revisser le ciel. Les voix venaient de tous côtés à présent. J'ai continué de m'imbiber. Pour peu que je ferme les yeux, les bruits disparaîtraient comme si le nerf optique était relié au labyrinthe de l'oreille. Ceci étant, j'avais cessé de croire depuis belle lurette qu'il me suffisait de clore les paupières pour provoquer la disparition du monde, et ce avec une simplicité enfantine. Dans l'idéal, j'aurais préféré leur disparition à tous les deux, le tumulte et le monde qui l'accouchait. Quand j'ai rouvert les yeux, la critique de cinéma croisée dans le sauna, mon oiseau de mauvais augure, venait vers moi. Elle avait déjà ce regard festivalier, celui d'un cyclope en état d'ébriété avancé. Bien entendu, elle a caressé le dos de Peder. « Alors les garçons, avez-vous un peu de matière à me donner pour un article ? Mis à part le fait que Barnum paie des cocas à Cliff au sauna ? » Peder a secoué la tête horizontalement, penaud, comme s'il se trouvait dans une pièce basse de plafond. « Trop tôt pour le dire. Mais on a quelque chose sur le feu. Tu n'as qu'à écrire que Miil et Barnum sont en pourparlers. » L'Élan l'a presque étouffé avec un pan de sa robe. « Vous avez réservé vos places dans le Kristin Express ? Ou Barnum va-t-il se contenter de traduire le scénario du suédois en norvégien ? » Peder a repoussé la main de L'Élan. « Si *Kristin Lavransdatter* est soluble dans le champagne, alors on a de quoi fabriquer de l'eau lourde et on tient une petite bombe atomique entre nos mains. » L'Élan s'est fendue d'un rire bref avant de se contorsionner pour vider les dernières gouttes de son verre de cognac. « Allez les garçons, vous m'en dites un peu plus ? On en a soupé de vos vieilles métaphores. » « Imagine-toi *L'Élan* à la rencontre du *Coucher du soleil* », ai-je proposé. Elle s'est retournée lentement vers moi, feignant de ne remarquer ma présence que maintenant. Car, bien sûr, elle m'avait vu depuis le début. Elle a pris son temps pour se façonner une grimace. « On te rancardera le moment venu. En exclusivité », s'est empressé d'ajouter Peder. Mais elle ne cessait de me dévisager. « Marché conclu alors. Embrasse Cliff de ma part, Barnum. » Elle s'est penchée à mon oreille pour chuchoter : « Allez vous faire foutre ! »

Sur ce, elle s'est éclipsée dans le brouillard escarpé qui la menait aux toilettes. Peder a tiré sur ma veste. « Cliff au sauna ? C'est ce qu'elle a dit ? Cliff et Barnum au sauna ? » « En Allemagne, les saunas sont mixtes, Peder. À ton avis, c'est lié à la guerre ? » « Qu'est-ce que tu me chantes, là ? Tu étais au sauna avec Cliff ? » « L'Élan y était avant moi. C'est la première fois que je la voyais à poil. » « Épargne-moi les détails, Barnum. » « On aurait dit une pomme cuite. » « Qu'est-ce qu'elle t'a chuchoté à l'oreille ? » « Mon insulte préférée. "Allez vous faire foutre." » Peder a levé les yeux au ciel et s'est à nouveau voûté. « Ne commence pas à l'agacer au point qu'elle écrive d'autres saloperies sur toi, Barnum. C'est bien la dernière des choses dont tu as besoin en ce moment. »

Les rares fois où il arrivait à Peder d'être soûl, tout chez lui s'affaissait : cheveux, rides, bouche, doigts, épaules. L'alcool lestait son corps à la manière d'un plomb. Tout son être se penchait vers ses chaussures – et j'aurais pu lui dire que nous prenions de l'âge, lui et moi, que nous étions deux vieux amis bizarroïdes ayant tout partagé dans cette existence, dont ils ne tenaient guère plus que la moitié entre leurs mains ; et j'aurais pu aussi, avec un sourire, tout en délicatesse, caresser d'un doigt la plus profonde ride qui lui zébrait le visage.

« La dernière des choses dont j'aie besoin, ai-je dit, c'est que tu me dises quelle est la dernière des choses dont j'ai besoin. »

« La dernière des choses dont on a besoin, a-t-il rétorqué, c'est d'un verre. »

Il a agité un bras en l'air mais celui-ci comme le reste est retombé, affalé entre les cendriers, les serviettes mouillées, les bouteilles. On chantait en norvégien à une table où heureusement il n'y avait plus de places. Le générique de fin était proche. Les derniers verres sont arrivés. Peder a levé le sien à deux mains. « Je porte un toast à ta santé, Barnum. Car en fait ça y est : nous n'avons quasiment plus rien à faire à Berlin. À part acheter un cadeau à Thomas. À moins que ça ne te soit aussi sorti de l'esprit… » J'ai baissé les yeux avant de me rappeler soudain ce que j'avais dans ma valise à l'hôtel. « J'ai apporté un scénario. » Peder a lentement reposé son verre. « Et c'est maintenant que tu le dis ? Que tu trimballes un scénario ? Tu fais chier ! » « Ça te fait pas plaisir, Peder ? » « Plaisir ? Mais putain, Barnum ! Allez, file-moi quelque chose ! Ne serait-ce qu'un détail ! Un titre ! » « *L'Homme de la nuit.* » « *L'Homme de la nuit* ? » a-t-il répété en souriant. « Il faut toujours que tu dises les choses deux fois ? » « Ça parle de quoi ? Donne-moi le pitch, Barnum, je t'en supplie ! » Je n'ai pu m'empêcher de sourire. Voilà comment nous nous parlions à présent. Donne-moi le pitch. Remplis-moi. File-le-moi. « De la famille. Quoi d'autre ? » Peder s'est pris la tête entre les mains. « Pourquoi tu n'en as pas parlé pendant le rendez-vous ? Tu peux m'expliquer pourquoi tu n'as pas apporté ce putain de scénario au rendez-vous ? » « Parce que tu m'as réveillé, Peder. » Il a lâché sa tête qui s'est effondrée sur ses épaules. « Je t'ai réveillé ? » « Oui, Peder. Tu téléphones, tu me réveilles, tu raccroches, tu laisses des messages tous azimuts. Jusque dans le sauna. Jusque là-bas, tu peux même pas me foutre la paix ! Je déteste ça. Et tu le sais très bien. » « Oui, Barnum. » « Je déteste qu'on me harcèle. Toute ma vie on m'a harcelé, on m'a donné des ordres. Le monde entier n'a cessé de me donner des ordres. Et j'en ai ras-le-bol, tu m'entends, Peder ? Ras-le-bol ! » Ses yeux étaient devenus vides, inexpressifs. « Ça y est ? T'as fini maintenant ? » « Ah, commence pas ! » Il s'est rapproché de moi en essayant de se redresser. Il a failli me prendre la main. « Ce n'est pas moi qui ai appelé, a-t-il murmuré. Et je ne t'ai pas laissé de messages. »

À peine a-t-il eu terminé sa phrase que j'ai retrouvé ma lucidité. J'étais lucide et pétrifié. Tout tremblait autour de moi, tout était affreusement proche. Je le savais. Ce que j'avais renvoyé aux calendes grecques survenait maintenant. Je suis parti. Peder a essayé de me retenir. Sans succès. Je suis sorti dans la nuit berlinoise. Il neigeait ; un scintillement entre les lumières et le crépuscule. J'ai entendu hurler les animaux du Jardin zoologique. J'ai marché entre les ruines, dépassé les restaurants ouverts vingt-quatre heures sur vingt-quatre, et suis arrivé à l'hôtel Kempinski où les mêmes limousines patientaient à la queue leu leu, comme une file désespérante de corbillards aménagés. Non sans un sourire condescendant, le vieux portier aux cheveux gris m'a ouvert la lourde porte en me saluant d'un geste de la main. J'ai pris l'ascenseur pour rejoindre ma chambre où je me suis enfermé. J'ai vu que la femme de chambre avait fait le ménage, changé les serviettes, les pantoufles, le peignoir ; j'ai vu que la loupiote rouge du téléphone clignotait toujours, j'ai décroché l'appareil pour n'entendre en fait qu'une tonalité étrangère – et c'est alors que je l'ai vue : l'enveloppe, celle que j'avais pliée et fourrée dans la poche de l'autre peignoir, elle était là, en évidence sur le bureau, à côté d'une corbeille de fruits et d'une bouteille de vin rouge à l'étiquette du festival. J'ai posé le combiné. Je me suis approché. J'ai ouvert l'enveloppe dont j'ai extrait une feuille. Je me suis assis sur le lit. C'était un fax. La provenance figurait en haut de la page : Hôpital de Gaustad, service psychiatrie. Il était daté de ce matin, à 7 h 41. C'était l'écriture de ma mère. Rien que deux lignes, penchées, des lettres tremblantes. *Cher Barnum. Tu ne vas pas me croire. Fred est revenu. Rentre à la maison le plus vite possible. Maman.*

Après avoir relu les deux lignes, je me suis levé, lentement, presque tranquillement, mes mains, calmes,
soulevaient la feuille (oui, mes mains étaient calmes) ;
puis j'ai jeté un regard par-dessus mon épaule, rapide
comme d'habitude, comme je le fais toujours, comme
si je m'imaginais que quelqu'un, debout, là-bas, dans
l'ombre projetée par la porte, me surveillait du coin de
l'œil.

LES FEMMES

Le grenier

Nous sommes un mardi et en ce mardi 8 mai 1945, avenue Kirkeveien, Vera, notre mère, est au fond du grenier. Elle décroche le linge devenu sec et doux après une nuit passée là-haut. Il y a trois paires de chaussettes en laine pouvant regagner les tiroirs à présent que l'hiver est bel et bien fini. Il y a deux combinaisons de bain vertes à encolure et boutonnière qu'elles n'ont pas encore utilisées, trois soutiens-gorge, un mouchoir blanc. Mais surtout, il y a ces trois robes légères, avec des hauts clairs en rayonne, restées si longtemps dans l'armoire de la chambre à coucher que l'obscurité les a presque étiolées. Vera n'a pas osé étendre le linge dans la cour de l'immeuble. Il s'est passé tant de choses ces jours derniers, ces dernières années, il ne manquerait plus qu'on leur vole les vêtements, maintenant, au tout dernier moment. Et elle se dépêche, elle est impatiente, elle doit faire vite, elle ne va pas assez vite, car aujourd'hui elle va sortir, fêter la paix, la victoire, tout. Elle va tout fêter : la vie, le printemps, avec Boletta et La Vieille ; et qui sait, il est probable que Rakel soit rentrée elle aussi, maintenant que tout est fini. Elle rit. Elle rit en silence. Elle s'étire pour atteindre ces cordes lâches qui lui râpent les doigts et pourraient la piquer dans un instant d'inattention. Voici Vera, notre mère. Elle se tient ainsi, le dos dressé. Elle est au grenier, seule, et elle rit. Elle laisse tomber les pinces à linge dans la vaste poche de son tablier, empile délicatement les vêtements dans la panière tressée posée à côté d'elle. Elle a chaud, elle ne pense à rien. Elle est juste pleine, débordante d'une immense joie singulière qui ne ressemble à rien de

tout ce qu'elle a vécu. Car aujourd'hui elle se sent
comme neuve. La guerre a duré cinq ans, elle va fêter
son vingtième anniversaire cet été, et c'est maintenant
que sa vie commence. Maintenant et pas un autre jour.
Il lui reste encore ces habits à descendre puis elle aura
terminé. Elle se demande si elle ne va pas laisser les
chaussettes en laine, mais se ravise aussitôt : on ne peut
pas étendre du linge en un jour pareil, même ici, au fond
du grenier. Vera doit se reposer une minute. Elle s'arc-
boute, tend le dos, penche la tête en arrière, respire cette
bonne odeur de linge propre, cette odeur que dégagent
les trois robes. Et de nouveau elle rit. Elle souffle pour
dégager les cheveux qui lui tombent sur le front. Un
pigeon gris, niché dans un coin, sous la cheminée
d'aération, roucoule. De la rue lui parviennent à peine
étouffés les cris, les chants, la musique. Vera se hisse sur
la pointe des pieds pour retirer de la corde la dernière
robe, sa robe bleue qu'elle n'a pas encore eu l'occasion
de porter – et là, à ce moment précis, tandis que d'une
main elle appuie sur les extrémités de l'épingle en bois
et que de l'autre elle maintient la robe pour qu'elle ne
glisse pas sur le sol jonché de poussière, là, elle entend
des pas derrière elle. Ils se rapprochent très lentement.
Vera croit un instant que ce n'est autre que Rakel. Oui,
Rakel est rentrée désormais, elle a traversé en courant
tous les couloirs pour la retrouver. Mais non, ce ne peut
être que Boletta qui, impatiente, est montée l'aider, histoire d'en finir le plus vite possible car elles n'ont pas
une seconde à perdre. La paix est là, la guerre appartient au passé, et Vera s'apprête à dire à sa mère : Oui,
oui, j'arrive, il me reste juste cette robe, regarde comme
elle est belle ! Et si ça se trouve elles vont rire, rire de
cette simple joie avant de redescendre les marches,
tenant chacune une anse de la panière. Mais elle
comprend qu'il ne peut s'agir ni de sa mère, ni d'ailleurs de Rakel. Ces pas ont une autre cadence, un autre
poids ; le plancher craque sous eux. Le pigeon cesse
brusquement de roucouler. Ce sont les pas de la guerre
qui continuent d'approcher. Et avant même que Vera ait

eu le temps de se retourner, quelqu'un l'attrape par la taille, la contraint, une main sèche lui appuie le visage sans que non plus elle ait le temps de crier. Elle sent l'odeur âcre d'une peau sale, l'haleine fétide d'un inconnu, une langue râpeuse sur sa nuque. Elle essaie de le mordre. Les dents s'enfoncent dans la main calleuse mais il ne relâche pas son étreinte. Elle n'arrive plus à respirer. Il la soulève, elle frappe tant qu'elle peut, perd une chaussure. Il la force à s'agenouiller, à pencher la tête ; elle voit la robe suspendue de travers, retenue à la corde par une seule pince à linge, elle l'arrache dans sa chute. Il retire sa main, elle respire. Sa bouche n'est plus entravée et pourtant elle ne crie pas quand bien même elle en aurait la possibilité. Elle voit les mains de l'homme lui soulever précipitamment la jupe et c'est tout ce qu'elle distingue de lui : ses mains. Ces mains dont l'une n'a que quatre doigts. Elle y plante ses ongles. Or même là, l'homme ne profère aucun son. Neuf doigts, c'est tout ce qu'il est. Il lui presse le visage contre le sol dont les planches rugueuses lui égratignent la joue. D'ici, la lumière tombe de travers, la panière s'est renversée, le pigeon hérisse ses plumes. Elle sent les mains lui entourer la taille, neuf doigts lui érafler la peau, et c'est alors qu'il la déchire, qu'il la démembre. Elle, elle ne l'entend pas. Elle enfonce la robe dans sa bouche et elle mâche. Elle mâche l'étoffe fine, sans s'arrêter, sans discontinuer. Dans la lucarne, le soleil s'est déplacé d'un coup – et maintenant, tandis qu'au même moment les cloches des églises carillonnent, il l'empale ; les clochers de la ville sonnent à l'unisson, le pigeon s'envole soudain de sous la cheminée d'aération, elle perçoit des battements d'ailes affolés autour d'eux, des ailes s'agitent, la frôlent, mais c'est trop tard. Tout est trop tard désormais. Elle n'a pas encore vingt ans et finalement, c'est lui qui hurle.

Le silence qui s'ensuit est total. Il la relâche. Elle pourrait se lever mais elle reste allongée. Il pose sur sa nuque une main d'où se dégagent des odeurs d'urine, de vomi. Puis il se met à courir. Elle le sent au martèlement

insonore qui fait vibrer son visage, sa joue. Il s'est introduit en elle et maintenant il court ; il traverse les longs
couloirs du grenier en ce jour du 8 mai 1945, avenue
Kirkeveien. Le pigeon s'est posé sur le rebord de la
lucarne. Et Vera, notre mère, se tient ainsi, étendue par
terre, la joue contre le plancher, la robe dans la bouche,
la main pleine de sang, cependant qu'un rayon de soleil
passe lentement au-dessus d'elle.

L'appartement

Boletta, la mère de Vera, était loin d'être une bigote, bien au contraire ; des miracles, elle en avait eu tout son soûl. Pourtant, ceci ne l'empêcha nullement, ce jour-là, d'ouvrir la porte-fenêtre du balcon donnant sur la Gørbitzgate et de s'y installer afin d'apprécier l'instant à sa juste valeur : le carillon des cloches qui résonnaient à l'unisson par-delà la ville, de Majorstuen à Fagerborg en passant par Aker, même celles de Sagene et d'Uranienborg, elle les entendait. Cette clameur à la fois sauvage et empreinte de douceur, comme soulevée par la lumière et le vent, s'élevait en un seul et même éclat censé assourdir une fois pour toutes le hululement blanc et strident des alarmes antiaériennes. « Tu ne peux pas fermer la porte, non ? Ça fait courant d'air ! » Boletta se retourna vers le salon. Elle en fut presque éblouie. L'obscurité qui y régnait paraissait encore plus dense. Les meubles foncés ressemblaient à des ombres pesantes, inamovibles, boulonnées par le tic-tac puissant de l'horloge dans l'entrée. Elle dut se protéger les yeux quelques secondes. « Tu veux qu'on s'enrhume aujourd'hui, c'est ça ? Alors qu'on a été en bonne santé pendant toute la guerre ! » « Tu n'es pas forcée de me crier dessus, maman. »

La porte du balcon refermée, Boletta découvrit sa mère devant la bibliothèque. Vêtue d'une chemise de nuit qui lui tombait jusqu'aux talons, chaussée de pantoufles en velours rouge, La Vieille arrachait des livres qu'elle jetait dans le poêle sans cesser de se parler à elle-même, à toute vitesse et avec obstination. Le tintement des cloches s'atténua pour ne plus former qu'un chant.

Boletta s'approcha à pas feutrés. « Qu'est-ce que tu es en train de faire, maman ? »

Mais La Vieille ne répondait pas, ou plutôt elle n'entendait pas, explication suffisante pour justifier son silence. En effet, elle était sourde d'une oreille. Quant à l'autre, elle ne fonctionnait pas tout à fait comme elle aurait dû. L'accident remontait à l'explosion du *Selma*, le bateau de munitions allemand qui détruisit une partie du quai de Filipstad, à Oslo, en décembre 1943. Ce jour-là, La Vieille se trouvait dans la salle à manger où elle tripotait les boutons de sa radio, dont elle avait refusé de se séparer lors de la réquisition des postes à l'été 1941 au prétexte que, en tant que citoyenne danoise, il était bien dans son intention d'écouter exclusivement les émissions en provenance de Copenhague. Elle soutenait que les déflagrations successives répercutées par les haut-parleurs, avec une intensité redoublée par les accords d'un jazz-band effréné originaire d'Amérique, eurent pour effet de déchirer le tympan de son oreille gauche et de repousser le canal auditif de l'autre. En son for intérieur, Boletta avait l'intime conviction que les oreilles de sa mère étaient en parfait état, mais qu'elle souhaitait se réserver le droit de n'entendre que ce qu'elle désirait. Et, à présent, Boletta se rendait compte que les livres que sa mère arrachait des rayons et envoyait valser dans le poêle vert n'étaient autres que les romans de Knut Hamsun. « Qu'est-ce que tu es en train de faire ? » répéta-t-elle en tirant le bras de La Vieille. « J'en finis avec Hamsun ! » « Hamsun ? Mais voyons, tu l'adores… » « Ça fait cinq ans que je ne lis plus Hamsun et une éternité qu'il aurait dû débarrasser le plancher de cette maison ! » La Vieille se tourna vers sa fille et lui brandit *L'Éveil de la glèbe* au visage. « Surtout depuis ce qu'il a écrit dans le journal ! » « Qu'est-ce qu'il a écrit ? » À son tour, *L'Éveil de la glèbe* atterrit dans le poêle, puis La Vieille alla chercher l'édition d'*Aftenposten* de la veille au soir. D'un index rageur, elle appuya sur la première page avec une force telle qu'elle faillit la transpercer. « Je

vais te lire mot pour mot ce que cet avorton a écrit !
*"Devant sa mort, nous, ses plus proches partisans,
courbons la tête."* » La Vieille leva les yeux. « Tu imagines un moment plus mal choisi pour écrire la nécrologie d'Hitler ? Alors que nous devrions plutôt danser
sur sa tombe ! »

Elle balança le journal dans le poêle et continua ses
ravages sur l'étagère avec une hargne non dissimulée.
Ses longs cheveux gris flottaient dans son dos, déployés
à la manière d'un mince éventail ; elle se répandait en
injures à chaque volume des œuvres complètes de
Hamsun qu'elle liquidait (et j'aurais bien aimé voir ça :
La Vieille, notre arrière-grand-mère, qui, en ce 8 mai
1945, avenue Kirkeveien, dans notre salon, élimine les
traces du Prix Nobel dur d'oreille). Or, au moment
même où elle s'apprêtait à jeter *Mais la vie continue*, le
dernier tome de la trilogie d'August, elle marqua une
pause, se figea, l'édition originale à la main. Une
seconde après, elle se pencha silencieusement sur l'étagère d'où elle retira ce qui avait été dissimulé derrière
les romans du traître : une bouteille de malaga, intacte,
de 1936. La Vieille la souleva avec précaution, oublia
un instant Hamsun et tout ce qu'il représentait. Boletta
la rejoignit pour constater par elle-même de quoi il
s'agissait. « Et dire que je l'ai cherchée partout, soupira
La Vieille. Dans le panier de linge sale. Dans le garde-
manger. Dans la citerne. Alors que, Dieu soit loué, elle
se trouve ici, derrière le dos malade d'August. » Elle
posa un baiser rapide sur la bouteille avant de se
retourner vers la bibliothèque. « Merci de nous avoir
tenu compagnie pendant tout ce temps, Knut. Mais c'est
ici que nos chemins se séparent. »

Par mesure de sécurité, elle jeta un coup d'œil derrière Herman Bang et Johannes V. Jensen afin de vérifier si d'autres bouteilles pouvaient s'y trouver. Hélas, il
n'y avait rien, ni là ni derrière les œuvres complètes
d'Ibsen. La Vieille filait déjà vers la cuisine. Boletta la
retint par le bras. « C'est toi qui l'as cachée dans la
bibliothèque ? » La Vieille la toisa, les yeux écarquillés.

« Moi ? Si c'était moi, je l'aurais retrouvée depuis des lustres et je l'aurais sifflée avant même qu'Hitler n'envahisse la Pologne ! C'est plutôt toi, oui, qui l'as cachée ! » Boletta se pencha sur l'oreille valide de sa mère. « Tu n'aurais pas rangé d'autres choses derrière, par hasard ? »

Mais visiblement, La Vieille n'entendit pas la question. Elle entreprit de dévisser le bouchon de ses doigts arthritiques et ridés, Boletta étant obligée de lui tenir la bouteille tandis qu'elle-même tournait, tirait, s'acharnait. Elles restèrent ainsi longtemps à souffler, à s'épuiser, quand soudain La Vieille lâcha prise et se regarda de la tête aux pieds, horrifiée, comme si elle venait juste de s'apercevoir de sa tenue. Elle arracha la bouteille des mains de Boletta, prenant un air outré plutôt destiné à elle-même. « On ne boit pas du malaga de 1936 en sous-vêtements ! Mais bon sang, tu peux me dire où Vera est passée ? J'ai besoin de ma robe immédiatement ! »

Aussitôt, Boletta regarda vers l'horloge ovale posée sur le secrétaire dans l'entrée, cette horloge magique de la compagnie d'assurance Bien [1] où, chaque mois, toujours le premier samedi du mois, nous mettions de l'argent (tant et si bien que longtemps j'ai cru que cette somme et elle seule faisait passer le temps). Boletta s'approcha. Il ne pouvait être si tard. C'était impossible. Vera aurait dû être revenue avec le linge depuis un long moment. L'horloge avançait. Aussi étrange que cela puisse paraître, peut-être n'avait-elle pas supporté les aveux des dernières vingt-quatre heures et, de ce fait, en avait sauté plusieurs, notamment celles où les prisonniers du camp de Grini avaient été libérés et où Rediess, le général en chef des SS, avait fermé la porte à clef derrière lui, au deuxième étage de Skaugum, avant de s'enfoncer le pistolet au fond de la gorge et de tirer. Boletta n'entendait que le tic-tac assourdissant de la

_____

1. *Bien* signifie « abeille » en norvégien. *(N.d.T.)*

trotteuse et le cliquetis des pièces de monnaie dans le tiroir encastré dans le support de l'horloge.

Elle consulta furtivement sa montre. L'heure affichée était la bonne. « Je vais vérifier ce qu'elle fabrique. » « Bonne idée. Moi, en attendant, je vais mettre les verres à température. » Boletta s'arrêta et dévisagea sa mère. « Ne t'avise pas de toucher à la bouteille avant notre retour. » La Vieille se contenta d'esquisser un sourire. « J'ai hâte de voir le roi Haakon revenir en Norvège. À ton avis, quand est-ce qu'il va rentrer d'Angleterre ? » Boletta se pencha sur l'autre oreille. « Je t'interdis de l'ouvrir, tu m'entends ? Pas avant que Vera et moi ne soyons redescendues ! » La Vieille embrassa sa fille sur la joue et frissonna. « Tu ne sais pas ce que je vais faire ? Eh bien je vais allumer le poêle. La guerre a refroidi ces pauvres murs. »

Boletta soupira, déposa un châle sur ses épaules et s'empressa de traverser l'appartement avant de s'engager dans l'escalier aux marches raides.

Le pigeon

La porte du grenier est restée ouverte et le silence est si grand. Boletta n'entend ni les voix ni la musique en provenance de la ville et des rues, ni même le vent qui fait craquer les murs comme si l'immeuble tout entier se déplaçait imperceptiblement chaque fois qu'il souffle. « Vera ? » Mais personne ne répond. Boletta traverse le couloir, dépasse les resserres, s'emmitoufle dans son châle. Malgré les courants d'air, le vent est inaudible. Des grains de poussière dansent dans la lumière en tombant des poutres si hautes sous le toit. « Vera ? » appelle-t-elle de nouveau.

Pourquoi ne répond-elle pas ? Peut-être a-t-elle filé en catimini jusqu'à Majorstuen ? Impossible. Boletta éclate de rire. Comme si c'était dans la nature de Vera ! Encore une de ses chimères… Mais aujourd'hui, il est permis de se créer des chimères. Aujourd'hui, il est permis d'oublier et de remettre au lendemain le choix de ce dont elles désireront se souvenir. Aujourd'hui, tout leur est permis. Boletta est soudain parcourue d'un frisson. Devant elle, elle voit un landau rempli de bûches, renversé.

Elle marque une pause. « Vera ? » Même les pigeons ne roucoulent pas. Le silence est double. La porte menant à notre resserre tremble encore dans ses gonds. Et c'est là, malgré tout, qu'elle entend : un grincement régulier, un bourdonnement presque, comme un essaim d'insectes qui ne cesseraient de se rapprocher tout en demeurant invisibles. Ce bruit, jamais elle ne l'oubliera. Boletta repousse le landau, franchit les derniers mètres au pas de course et s'arrête, à bout de souffle, dans l'embrasure de la porte. Voici comment elle trouve sa

fille. Vera est accroupie, à côté de la panière à linge. Elle
serre contre son sein la robe qui vient d'être lavée, la
caresse de la main sans s'arrêter, tout en fredonnant, à
voix basse, comme si une mélodie désaccordée était
arrimée à sa poitrine. Boletta avance lentement vers elle.
Vera ne lève pas les yeux. Elle fixe ses mains qui n'en
finissent pas de défroisser l'étoffe, de plus en plus vite à
présent. « Qu'est-ce qui t'arrive, Vera ? »

Vera se contente de se détourner, elle frotte ses doigts
contre la robe bleue. Boletta s'agenouille devant sa fille,
pose une main ferme et décidée sur sa taille pour
l'obliger à s'arrêter. Cette attitude finirait presque par
l'agacer, elle aurait envie de la secouer un peu, mais
l'énervement et les réprimandes ne sont pas de mise en
cette journée. Au lieu de quoi elle tente de rire. « La
Vieille a déniché une bouteille de malaga derrière
Hamsun. Elle voudrait la boire avant d'enfiler sa robe.
Tu viens ? » Vera pivote lentement vers sa mère, elle
sourit. Le visage, les lèvres sont tordus, la joue gauche
est gonflée. Une blessure lui entaille le front, juste au-
dessous des cheveux. Mais le pire, ce sont ses yeux.
Clairs, immenses. Ils ne regardent nulle part.

Boletta est sur le point de crier. « Mon trésor…
Qu'est-ce qui t'est arrivé ? » Vera fredonne. Vera pose
sa tête sur le côté sans cesser de fredonner. « Tu es
tombée ? Tu es tombée dans l'escalier ? Ma chérie, dis
quelque chose, voyons ! Vera ! » Vera ferme les yeux,
elle sourit. « N'oublie pas de faire sortir le pigeon »,
dit-elle.

À ce moment-là, Boletta sent que la robe neuve est
humide, visqueuse. Elle ramène sa main vers elle. Les
doigts sont obscurcis par le sang. « Le pigeon ? Quel
pigeon ? » Mais Vera ne répond pas. Vera, notre mère, a
pris possession du silence – et elle ne parlera plus pendant huit mois et treize jours ; n'oublie pas de faire sortir
le pigeon sera la dernière phrase qu'elle prononcera.

Boletta lève les yeux tandis que le sang dégoutte de
sa main. Dans la lucarne, le soleil s'en est allé depuis
longtemps. L'ombre tombe de biais en travers de la

pièce comme une colonne de poussière noire. Et, juste
au-dessus d'elle, perché sur la corde à linge, le pigeon
demeure impassible.

Boletta secoue la main. « Mon Dieu ! Mais qu'est-ce
que tu as fait pour saigner autant ? » Vera se love contre
sa mère qui soulève délicatement sa fille. Elle la porte
tout du long, traverse le couloir, descend l'escalier, sa
fille dans ses bras. La terreur a rendu Boletta, ce petit
bout de femme, forte, folle de rage. L'une pleure, à
moins qu'elles ne pleurent toutes les deux, toujours
est-il que Vera refuse de lâcher la robe ensanglantée.
Les épingles à linge dégringolent de la poche de son
tablier à chaque pas que fait sa mère, elles s'éparpillent
derrière elles. Boletta s'en moque, elle ira les chercher
plus tard, en même temps que la panière à linge restée
au grenier – et je me souviens de l'oiseau que nous trou-
verons une nuit, Fred et moi, au fond de la resserre, un
pigeon, dur et desséché comme une momie à plumes, ce
jour où Fred s'achètera un cercueil sous prétexte de
s'entraîner à mourir (mais tout cela est encore loin).

La bague

Assise près du buffet blanc dans l'arrière-cuisine, La Vieille remplissait à hauteur scrupuleusement égale trois larges verres puisque Vera était désormais assez grande pour boire du malaga. Tous ceux qui avaient survécu à cette guerre méritaient au moins un malaga ; et, à sentir les effluves de cette fleur liquide et noire de 1936, elle se prit à rêver aux ports de Copenhague, au pont des bateaux, aux voiles et haussières, aux pavés de la ville, comme si ce parfum avait à lui seul le pouvoir de restituer chaque carreau dallant son obscure mémoire. La Vieille frappa du poing sur la table et versa une larme de joie. C'était un bonheur pénible ! Cependant, sous-vêtements ou pas, elle porta pas moins de trois toasts : un en l'honneur de l'homme englouti sous la glace, un second car jamais elle ne l'oublierait, un troisième en hommage à cette paix inondée de soleil. Diable oui, c'était décidément un bonheur pénible ! En revanche, la peine était rarement heureuse. La vie n'était pas faite que de chapeaux-claques et de valses langoureuses. La vie était aussi faite d'attente, l'attente de celles et ceux qui jamais ne reviendraient. Alors, au nom de ce bonheur pénible, elle vida son verre, le remplit de nouveau à la même hauteur et, enfin, elle entendit qu'on s'affairait à la cuisine. Lorsqu'elle eut refermé le bouchon de la bouteille, elle vit Boletta s'approcher avec Vera endormie dans ses bras comme une petite fille de la lumière. On aurait d'ailleurs très bien pu, au premier coup d'œil, la prendre pour une enfant. « Fais bouillir de l'eau ! cria Boletta. Sors du vinaigre et de la gaze ! » La Vieille leva son verre, mais

le reposa aussitôt. « Qu'est-ce qui s'est passé ? » « Elle
saigne ! Elle ne dit plus rien ! »

Boletta porta sa fille dans la chambre à coucher où
elle l'allongea dans le grand lit. La Vieille alluma immédiatement le feu sous la plus grande bouilloire et se hâta
de les rejoindre. Les yeux fermés, Vera enserrait la robe
maculée de sang. Son visage était déformé. Une ombre
bleutée voilait une joue. Boletta s'assit au bord du lit,
sans trop savoir quoi faire de ses deux mains. « Voilà
comment je l'ai trouvée, chuchota-t-elle. Elle refuse de
parler. Rien, pas un mot ! » « Elle n'a rien dit du tout ? »
« Tout ce qu'elle a dit, c'est que je devais faire sortir le
pigeon. » « Quel pigeon ? » « Sur la corde à linge. Un
pigeon s'était posé dessus. Je me demande ce que ça
signifiait… » « Que tu devais le faire sortir, un point
c'est tout. »

La Vieille s'installa de l'autre côté du lit. Effleurant
le front de Vera, elle sentit qu'il était chaud, sec. Elle
posa deux doigts contre la fine gorge pâle pour compter
les pulsations du cœur, lentes et régulières. Un son identique montait du plus profond de sa bouche, un chant
ténébreux, quasi inaudible, qui faisait trembler ses
lèvres. Boletta n'en pouvait plus. Elle se boucha les
oreilles. « Elle n'arrête pas de fredonner de la sorte
depuis que je l'ai trouvée ! » « Elle ne fredonne pas. Elle
roucoule. Seigneur… » La Vieille essaya de lui retirer la
robe. En vain. Ses mains étaient livides, trois ongles
étaient cassés. « Et si on appelait le docteur ? » chuchota
Boletta. « Il doit être par monts et par vaux aujourd'hui.
Ce sont peut-être ses règles, qui sait ? » « Il est impossible de perdre autant de sang ! » La Vieille la fusilla du
regard. « Oh… Ne crois pas ça ! Du sang, nous en avons
à revendre. »

Elles entendirent l'eau frémir dans la cuisine. Tandis
que Boletta allait chercher la bouilloire, La Vieille sortit
le vinaigre, le camphre, l'iode, des linges, des bandes.
Elles redressèrent délicatement Vera dans le lit, libérèrent le nœud du tablier dans son dos, avant de la reposer
avec la même douceur. Elles lui ôtèrent chaussures et

chaussettes, déboutonnèrent son corsage, mais leur ultime tentative de lui retirer la robe se solda par un nouvel échec. Elles durent employer la force, déplièrent les doigts l'un après l'autre, et là non plus elles n'arrivèrent à rien. La Vieille finit par utiliser la paire de ciseaux et découpa le vêtement : partant de l'ourlet, elle taillada la robe ensanglantée, le plastron jusqu'au col, puis les manches sur toute leur longueur. De temps à autre, Vera ouvrait les yeux, comme si elle cherchait à se repérer ou à distinguer ce qu'elles fabriquaient autour d'elle. Cela ne dura qu'un instant avant qu'elle sombre de nouveau dans son ombre bleue en roucoulant. Une fois les vêtements pliés, elles découvrirent que ses dessous étaient tout autant tachés de sang. Elles la déshabillèrent complètement et Vera n'opposa plus de résistance. Boletta éclata en sanglots à la vue de sa fille ainsi allongée dans le grand lit, presque transparente sous la lueur mate du lustre, les mains cherchant à agripper quelque chose, sans cesser de plier les doigts, de serrer les poings, comme si elle tenait encore la robe que jamais plus elle ne porterait.

Puis elles lavèrent Vera avec les savons les plus doux, à l'aide d'éponges, d'une brosse et d'une pierre ponce ; elles la séchèrent dans les serviettes les plus moelleuses, changèrent les draps, posèrent sur sa joue une compresse de gaze, sur sa poitrine un linge imbibé de vinaigre, et lui appliquèrent enfin trois serviettes hygiéniques, par mesure de précaution. Elles lui servirent une tasse de thé. Vera eut même la permission d'enfiler la chemise de nuit chinoise de La Vieille. Vera ne fredonnait plus. Vera dormait, silencieuse ; même ses mains finirent par lâcher prise et retombèrent calmement dans la soie.

Alors La Vieille alla chercher la bouteille de malaga, deux verres, et s'assit à côté de Boletta. « Nous fêterons la paix chez nous, dans nos murs, voilà ! » murmura-t-elle. « C'est aussi bien. » Elles burent en silence, à proximité du lit de Vera. Elles entendaient toujours les cris et les vivats, de Majorstuen à Jesseløkken, de

Tørtberg à Bislet, de Sankthanshaugen à Blåsen. Des coups de fusil étaient de temps en temps tirés, des fenêtres brisées, mais à aucun moment Vera ne fut tirée de son sommeil.

La Vieille les resservit. Boletta vida son verre d'une seule gorgée. « Jamais je n'aurais dû la laisser monter seule », marmonna-t-elle. « Qu'est-ce que tu dis ? » « J'aurais dû l'accompagner. » La Vieille se pencha en avant, si bien que ses cheveux gris retombèrent sur son visage. Elle les balaya d'un geste lent. « Il n'y avait personne, là-haut ? Avec elle ? » Boletta secoua la tête. « Avec elle ? Qu'est-ce que tu insinues ? » « Tu sais parfaitement à quoi je fais allusion. » Sur le point de crier, Boletta se retint. « Elle était seule », répondit-elle en détachant chaque syllabe. « Peut-être qu'il y avait quelqu'un avant que tu n'arrives ? » Boletta jeta un coup d'œil rapide à sa mère. « Demain, nous irons au salon de coiffure, déclara-t-elle de but en blanc. Toutes les trois. » Et La Vieille de rouspéter : « Hum ! Parle pour toi ! Allez-y donc, vous, chez votre coiffeuse. Moi, pas question ! » Boletta soupira. « Tes cheveux sont beaucoup trop longs. Enfin… Garde ta tête de clocharde. Si c'est ce que tu veux. » La Vieille s'énerva. « Je ne suis pas du genre à m'attifer sous prétexte que la paix est revenue, moi. » « C'est ça ! Eh bien tant pis si tu as la dégaine d'un chat qui perd ses poils ! » « Vera pourra me faire mon chignon. Lorsque le roi Haakon sera rentré d'Angleterre ! »

Un claquement à la fenêtre les fit sursauter. Aujourd'hui, il était facile de leur faire peur, sonnées comme elles étaient. Dans la cour, on jetait des cailloux contre les vitres. La Vieille posa son verre sur la table de nuit et alla à la fenêtre qu'elle entrouvrit seulement. Ce n'étaient que les garçons de l'immeuble. Ils portaient une fleur à la boutonnière et un drapeau norvégien à la main. Ils étaient impétueux, désinvoltes, invincibles. Ils appelaient Vera. La Vieille avait déjà levé une main en signe d'avertissement. « Vera ne se sent pas très bien

aujourd'hui. Et puis vous frappez à la mauvaise fenêtre.
À moins que vous ne souhaitiez sortir avec moi. »

En bas, les garçons éclatèrent de rire puis s'élancè-
rent vers d'autres fenêtres, vers d'autres filles. De part et
d'autre des immeubles, et ce tout le long de l'avenue
brûlaient des feux, des bûchers où se consumaient les
rideaux opaques de défense passive, dont les gens
venaient se débarrasser en les lançant dans les flammes.
Des colonnes de fumée noire s'élevaient dans le ciel
frais, pareilles à une rangée de piliers plantés de bout en
bout, et son odeur rance, presque acidulée, se mêlait au
parfum capiteux de la glycine prête à fleurir. Le soleil du
soir rendait l'asphalte incandescent, comme si la ville
entière avait été étamée dans du cuivre ramolli. Le long
de Kirkeveien défilait un bataillon de jeunes hommes en
tenue de sport. Le fusil à l'épaule, ils chantaient. « D'où
viennent tous ces gens ? » s'étonna La Vieille avant de
songer : La guerre est le silence. La paix est le bruit.

Elle ferma la fenêtre, se réinstalla sur le bord du lit.
« C'est ma seconde guerre mondiale, soupira-t-elle. Il
faut que ce soit la dernière. » Elle tapa trois fois dans le
montant du lit. Boletta changea la compresse sur la poitrine de Vera et souleva délicatement sa chemise de nuit
afin de vérifier si de nouveaux écoulements de sang
s'étaient produits, mais les serviettes hygiéniques
demeuraient blanches et sèches. « Je n'arrive pas à
comprendre comment elle a fait son compte pour se
blesser de cette manière », chuchota La Vieille. « Elle a
dû tomber », s'empressa de répondre Boletta. « Oui, tu
dis sans doute vrai. Elle a dû tomber. » Boletta se rapprocha, toute penchée, et seul un filet de voix filtra de
sa bouche lorsqu'elle prit la parole. « Tu crois qu'il a pu
se trouver quelqu'un d'autre, là-haut ? » La Vieille fixa
longuement la bouteille avant de détourner les yeux.
« Mais non voyons, qui veux-tu qu'il y ait eu ? Tu l'as
dit toi-même : elle était seule. »

Voilà comme elles parlaient, notre grand-mère et
notre arrière-grand-mère, en chuchotant nerveusement,
à tort et à travers, leur verre de malaga à la main – et

j'ose imaginer qu'elles n'eurent jamais l'entière possibilité de chambrer ce sombre vin sucré pour en libérer le
bouquet. Et lorsque bien des années plus tard j'aurai
moi-même la permission de m'allonger dans ce lit, à
cause de cauchemars ou d'une maladie imaginaire,
j'inspirerai toujours le plus profondément possible,
quitte à sentir aussitôt ma tête tourner, le malaga restera
un souvenir flottant dans mon sang et je ferai des rêves
enivrés ; que je les aimais, ces rêves qui déferlaient en
moi, se déversaient dans mon sommeil hébété. Mais
pour l'heure, c'était Vera, notre mère, qui occupait ce
lit, dans le vinaigre et dans la soie, tandis qu'à l'extérieur la paix se poursuivait – et certaines fois, je me
prends à songer à ce qui se serait passé si elle avait parlé,
si elle avait raconté ce qui était arrivé là-haut, dans le
grenier : le viol. Dès lors, notre histoire aurait été une
autre, elle ne se serait peut-être jamais mise en marche :
elle aurait continué sa course sur d'autres rails dont nous
n'aurions jamais rien su. Le silence de Vera est le
commencement de notre histoire, car ainsi doivent
s'amorcer toutes les histoires. Par le silence.

Boletta humecta les lèvres de sa fille. « Ma petite Vera,
murmura-t-elle. Quelqu'un a-t-il été méchant envers
toi ? » Mais Vera se détourna sans répondre. Boletta
regarda La Vieille. « Je n'arrive pas à comprendre d'où
tout ce sang peut bien venir. Jamais elle n'a saigné
comme ça. Ce pauvre petit corps ! » La Vieille était
assise, le dos recourbé, les mains autour de son verre vide.
« Quand j'ai su que Wilhelm allait partir au Groenland,
j'ai saigné pendant deux jours et deux nuits sans discontinuer. » Boletta soupira. « Je sais, maman. » La Vieille
sourit, comme si elle venait brusquement de se souvenir
d'un détail qu'elle avait oublié l'espace d'un instant. « Et
puis il est venu me voir, la veille de son départ, la nuit, et
le sang s'est arrêté de couler. C'était un magicien, tu sais,
Boletta. »

Vera se tourna lentement dans son sommeil et retira
le linge de sa joue. Elles virent alors que l'hématome
avait dégonflé. Vera redevenait presque elle-même. La

Vieille se mit à lui démêler délicatement les cheveux à l'aide d'un peigne en bois. « Tu as raison, dit Boletta. Ça a sans doute été trop pour elle. Avec tout ce qui s'est passé. Elle ne l'a pas supporté. » « Et la petite Rakel qui n'est plus là, murmura La Vieille. Comme elle manque à Vera… » « Elle peut encore revenir », souffla Boletta. « Non. Ne le crois surtout pas. Ne le dis surtout pas. Ne laissons pas entrer dans cette maison d'autres personnes qu'il nous faudra attendre. »

Et je n'ai pas encore parlé de Rakel car son histoire, commencée avant celle-ci, est déjà terminée. Rakel la noire, la meilleure amie de maman, est morte, morte dans une fosse commune à Ravensbrück – et personne ne la retrouvera jamais, personne ne la reconnaîtra jamais, elle est l'incognito de la mort, décimée par les diables détachés, les massacreurs méticuleux, qui embrassent chaque matin femme et enfants avant de se rendre au bureau de l'extermination. La petite Rakel, quinze ans, de l'appartement du coin, près de la Jonas Reins gate : une menace pour le IIIe Reich. Ils sont venus la chercher, elle et ses parents, en octobre 1942. Doués cependant de compassion, de grandeur d'âme, ils l'ont laissée traverser la cour de l'immeuble, sous la pluie, au pas de course. Elle courait vers notre mère pour lui dire au revoir. « Je reviens bientôt. N'aie pas peur, Vera. Je reviens bientôt. » Deux filles, deux meilleures amies, en pleine guerre. L'une d'elles est notre mère, l'autre sa meilleure amie et elle part en voyage. Que savent-ils ? Que sait-elle ? Une goutte de pluie coule le long du nez de Rakel, Vera l'essuie, toutes les deux rient, et pendant une seconde ces adieux ressemblent à n'importe quels adieux. Rakel porte une veste marron beaucoup trop grande pour elle, qui appartenait à sa mère, ses mains sont emmitouflées dans ses moufles grises qu'elle n'a pas eu le temps de retirer. Elle est pressée. Ils l'attendent, ses parents et la police. Elle part loin, très loin. Le bateau s'appelle le *Donau*. Elles s'étreignent et Vera pense, tandis qu'elle prononce ces paroles en elle-même et pour elle seule : Elle revient bientôt, c'est elle qui me l'a dit, il n'y a pas à avoir peur. « Sois prudente, lui souffle Rakel à l'oreille. Embrasse Boletta et La Vieille de ma part. » « Elles sont parties à la recherche de pommes de terre. » La phrase les fait pouffer de rire. Soudain, Rakel se libère de l'étreinte de Vera, enlève sa moufle droite, retire la bague qu'elle porte à l'index et la lui donne. « Je te la prête jusqu'à mon retour. » « Tu es sûre ? » Mais Rakel change d'avis brusquement. « Non. Je te la donne. » « Je n'en veux pas », proteste Vera tout bas. « Si ! Prends-la ! » « Non ! rétorque Vera, entêtée, presque hors d'elle. Je n'en veux pas ! » Rakel s'empare de la main de son amie et glisse la bague à son doigt. « Ce que tu peux faire dans ce cas, c'est en prendre soin pendant mon absence. » Et Rakel dépose un baiser sur sa joue et elle s'élance à toute vitesse, elle court car elle est pressée, elle part pour un long voyage et elle ne doit pas être en retard. Vera se retrouve seule dans la cuisine. Elle aurait tant aimé que Rakel ne lui ait pas donné la bague. Elle entend ses pas rapides descendre l'escalier, ses petites chaussures marron heurter les marches – et jamais Rakel ne reviendra. Je me souviens de ce que maman disait, et elle le répétait souvent : « J'entends encore ces pas quitter ma vie. » Je me suis approprié ces mots, ils sont miens désormais. Et parfois, il me plaît de croire que Rakel se tient en marge de cette histoire, ou au plus profond de ce qui était le silence de notre mère, et qu'elle nous observe, mélancolique, magnanime.

La Vieille remit le bouchon de la bouteille. « Alors comme ça, tu trouves que j'ai l'air d'une clocharde ? » Boletta empaquetait les vêtements abîmés, enroulant le papier d'une ficelle avant de fourrer le tout au fond de l'armoire. « Je dis juste que nous pourrions aller toutes les trois chez la coiffeuse », soupira-t-elle. « Non, tu as dit que je ressemblais à une clocharde. Une clocharde ! » « Vera et moi pouvons y aller seules. Si toi tu ne veux pas. » « Oui, c'est ça ! Allez-y donc chez votre coiffeuse et pomponnez-vous maintenant que la paix est revenue ! »

La nuit était sur le point de tomber. La Vieille n'avait pas eu le temps de se changer. Elle était toujours assise sur le lit, dans sa combinaison froissée, ses pantoufles rouges aux pieds (et j'aurais aimé savoir quelles pensées la traversaient à ce moment très précis : craignait-elle qu'un nouveau malheur se soit abattu sur elles ?). Boletta se posta derrière elle. Elle souleva des deux mains les longs cheveux gris. « Tu ne ressembles pas à une clocharde, mais à une sorcière en colère. » Cette remarque fit sourire La Vieille. « Et demain, Vera ira sûrement mieux. Si ça se trouve, elle voudra même faire une petite promenade avec la sorcière… »

Elles tentèrent de se faire tant bien que mal à cette idée, que c'était le sang menstruel de Vera qui, en ce jour exceptionnel, en ce 8 mai 1945, s'était précipité en elle avec une violence exceptionnelle, l'avait fait tomber à la renverse, là-haut, dans le grenier. « Je vais quand même téléphoner au docteur », chuchota Boletta. « Il a sûrement autre chose à faire », répéta La Vieille, à voix basse également. Elle se signa rapidement, à trois reprises. Laissant les cheveux retomber sur le dos voûté de sa mère, Boletta alla se camper devant elle. « Qu'est-ce que tu viens de faire, là ? » « Ce que j'ai fait ? Qu'est-ce que tu veux dire ? » « Tu le sais parfaitement. Ne fais pas semblant. » « Je suis fatiguée », grogna La Vieille en faisant mine de partir. Boletta la retint par le bras. « Tu as fait ton signe de croix. Je t'ai vue. » La Vieille se dégagea. « Oui, oui, oui ! J'ai fait mon signe de croix ! Une vieille sorcière qui se signe ! Qu'est-ce que ça change ? » « Je croyais que tu avais coupé les ponts avec Dieu, que tu ne voulais plus lui parler ? Hein ? » La Vieille se signa de nouveau. « Il y a belle lurette que Dieu et moi ne nous sommes pas entretenus sur un pied d'égalité. Mais, de temps en temps, je lui adresse un petit geste. Pour qu'il ne se sente pas trop seul. Et maintenant je suis fatiguée. »

La Vieille gagna la salle à manger et s'endormit sur le divan. Alors Boletta se coucha à côté de Vera, en l'enlaçant comme si souvent ces cinq années, parfois même toutes les trois réunies, lorsqu'elles remontaient de la cave après les alertes antiaériennes ou les bombardements. Dans ces moments-là, il arrivait à La Vieille de lire à haute voix les lettres de Wilhelm tandis que, allongées côte à côte, elles attendaient la nuit, le sommeil, la paix, et Vera versait toujours quelques larmes quand La Vieille s'approchait de la fin, de cette dernière phrase magnifique que Wilhelm, le père de Boletta, avait écrite avant de disparaître près des côtes, englouti sous la glace et sous la neige.

Boletta resta longtemps éveillée. Elle pensait à La Vieille qui s'était signée, qui n'avait rien trouvé de mieux ce soir que de converser avec Dieu en langue des signes. Boletta tremblait. Elle tremblait tellement qu'elle dut lever ses deux bras pour ne pas réveiller Vera. Était-elle aussi bouleversée par la soudaine piété de La Vieille que Vera l'avait été quand Rakel lui avait donné la bague ? Ah… tout ce que nous faisons et qui rate, nos gestes insolites, le réconfort qui finalement se transforme en souffrance, les récompenses qui se transmuent en châtiments, la prière en malédiction. La rue vrombissait encore de rires et de cris. C'était la paix. La veille à la même heure, le Reichskommissar Terboven avait traîné le corps de Rediess à l'intérieur de son bunker de Skaugum et avait demandé au chef de la sécurité d'allumer la mèche de la lourde charge d'explosifs. Le bruit courait que Terboven avait eu un instant de regret, non qu'il déplorât ses actes, mais bel et bien son ultime décision : la mèche en train de crépiter sur le dallage. Il tenta bien d'éteindre l'étincelle mais il n'y parvint pas puisqu'il était trop soûl, et personne ne remarqua la violente déflagration qui fit s'envoler brusquement les oiseaux des forêts alentour. Une demi-heure après, la capitulation était signée. La guerre était terminée. Pour la première fois, Boletta avait peur.

Malgré tout, elle dut finir par s'endormir même si elle n'en gardait aucun souvenir. Quand elle se réveilla en sursaut, épuisée, Vera n'était plus là. La chambre était inondée de lumière. Elle s'assit. Mais Vera n'était plus là. La place à côté d'elle était vide et la pendule affichait déjà sept heures passées. Boletta devait aller travailler. C'était un mercredi, un banal mercredi de mai. Quelqu'un parlait dans la salle à manger. Elle s'y précipita. La Vieille s'était assoupie avec la radio allumée. *Ici la NRK, la Société royale norvégienne de radiodiffusion. La NRK véritable.* Boletta éteignit le poste. Dans le silence qui s'ensuivit, des bruits continuaient de lui parvenir. C'était ce même fredonnement, ce même roucoulement, mais qui émanait d'une voix plus caverneuse aujourd'hui, un gargouillement presque. Il venait de la salle de bains et vous tétanisait, vous transperçait, vous déchirait. Elle réveilla La Vieille et l'entraîna dans le couloir. La porte de la salle de bains était fermée. Vera était à l'intérieur.

Boletta frappa. « Vera ? Tu peux ouvrir, Vera ? » Le fredonnement s'évanouit, comme un soupir. Le silence se réinstalla, rompu de temps à autre par l'écoulement des gouttes d'eau, et par un crissement, le même que Boletta avait entendu dans le grenier, plus prononcé désormais, semblable à des chaussures sur un paillasson. « Tu viens, Vera ? Qu'est-ce que tu fabriques ? » La Vieille se pencha pour regarder par le trou de la serrure. Elle sentit un léger courant d'air, un vague souffle contre son œil. « Je ne vois rien. La clé est à l'intérieur. » Boletta se mit soudain à secouer la poignée. Elle criait à présent. « Vera ! Ouvre maintenant ! Arrête tes bêtises ! Tu m'entends ? Ouvre-moi ! » La Vieille fut forcée de la retenir, de la contenir. « Reprends-toi, voyons ! Sans quoi tu vas faire s'écrouler l'immeuble entier. » Boletta lâcha la poignée et, une main sur la bouche, chuchota entre ses doigts : « Qu'allons-nous faire ? » « D'abord, tu arrêtes de crier. Il n'y a rien de tel qui m'épuise autant. » Boletta se fendit d'un rire bref. « Tiens tiens, comme par hasard ! Tu entends tellement bien que ça te dérange maintenant ? » « Ne t'inquiète pas de ça. » « La paix aurait-elle nettoyé tes deux oreilles, hein ? » À cela, La Vieille n'avait rien à répondre. Au lieu de quoi elle sortit une épingle à cheveux qu'elle enfonça dans le trou de la serrure où elle fourragea, farfouilla, jusqu'à ce qu'elles entendent la grande clé tomber de l'autre côté. Boletta se rua aussitôt sur la porte, mais elle avait beau la pousser, celle-ci demeurait toujours fermée à double tour. La Vieille jeta de nouveau un œil dans l'interstice. « Alors, tu la vois ? » chuchota Boletta. « J'ai l'impression qu'elle est assise dans la baignoire. J'aperçois un bras. » Boletta se pencha à son tour pour essayer de distinguer quelque chose, et elle aussi sentit ce vent froid lui souffler dans l'œil – et toujours, aussi loin que je me souvienne, toujours elle accusera ce courant d'air d'être responsable d'une douleur à l'œil dès qu'il se mettra à gonfler, rougir ou sangloter, comme si de son visage ne subsistait que cet œil incapable de s'arrêter de pleurer.

Boletta le vit aussi, le bras de Vera, son bras nu posé sur le rebord de la baignoire. Elle vit sa main, ses doigts fins, la lourde bague de Rakel. « On va chercher le concierge ! Lui au moins, il pourra enfoncer la porte. » Boletta était déjà en marche vers la cuisine lorsque La Vieille stoppa sa fille dans son élan et la retint fermement. « Le pion est sûrement occupé ailleurs », dit-elle. « Mais il faut bien que quelqu'un ouvre cette porte ! » « Tu veux peut-être que cet imbécile, fouineur comme il est, la voie dans cet état ? Toute nue ! » Boletta éclata en sanglots. « Mais qu'est-ce que je vais faire ? » « Parle-lui ! Parle à ta fille ! » Boletta prit une inspiration et retourna devant la porte. « Vera ? Tu as bientôt terminé ? » Mais Vera ne voulait pas répondre. Elles attendirent. Le silence n'était troublé que par le lent écoulement de l'eau, en train de déborder. Soudain, le regard de Boletta fut attiré par l'horloge dans l'entrée, le cliquetis des secondes, comme si l'ombre des aiguilles tournait au-dessus d'elle. « Je dois aller travailler, Vera ! Il faut que je me prépare sinon je vais arriver en retard. » La Vieille la prit par le bras. « Travailler ? Un jour pareil ? » « Tu te figures peut-être que les gens vont cesser de téléphoner sous prétexte que c'est la paix ? » « Eh bien non ! Je me figure justement qu'ils n'ont ni le temps, ni la tête à ça ! » Boletta poussa La Vieille sur le côté. « Vera, ma chérie. Tu sais ce que j'avais pensé qu'on aurait pu faire demain ? Quand j'aurai fini mon travail ? On aurait pu aller au salon de coiffure à Adamstuen. » Ce fut maintenant La Vieille qui bouscula Boletta. « Le salon de coiffure à Adamstuen ! Non mais qu'est-ce qu'il ne faut pas entendre ! » « Chut ! » « Tu ne crois pas que la coiffeuse a autre chose à faire que de rester ouverte ? Franchement ! » « Oh… C'était juste pour parler ! » « Juste pour parler ! Mais tu n'as parlé que de ça hier, toute la sainte journée. » « Absolument pas ! » « Si ! Tu as même dit que je ressemblais à une clocharde. Jamais je ne l'oublierai ! » « J'ai simplement dit que tu ressemblais à une vieille sorcière ! »

Alors, Vera se remit à fredonner, d'une voix si basse, si lente, qu'elles l'entendaient à peine. Boletta sursauta. Sa mère dut la retenir. « J'ai tellement peur… Pourvu qu'elle ne se fasse pas de mal », murmura-t-elle. « Se faire du mal ? Mais qu'est-ce que tu racontes ! » « Je ne sais plus ce que je dis ! » « Effectivement, et dans peu de temps, c'est ce qui nous attend toutes les trois ! » Elle se retourna et frappa trois coups contre la porte. « Maintenant c'est mon tour, Vera. Et si tu ne sors pas tout de suite, alors je vais me trouver mal. » Mais Vera ne répondait ni n'ouvrait. Vera fredonnait, elle ne cessait de fredonner. La Vieille frappa trois autres coups aussi énergiques que les précédents. « Tu ne veux tout de même pas que ta pauvre grand-mère s'installe au-dessus de l'évier de la cuisine, hein ? » Elles tendirent l'oreille, leurs visages si proches que leurs souffles s'entremêlaient presque. Le silence retomba à l'intérieur. Vera ne chantonnait plus, même le bruit de l'eau était inaudible. Et, à ce moment-là, La Vieille prit son élan. La distance était certes ridicule, mais elle s'élança contre la porte, toutes épaules dehors. Peine perdue. Alors elle recommença, courba l'échine, leva les épaules, baissa la tête, à la manière d'un taureau. La Vieille s'était métamorphosée en taureau, comme mue par une force implacable – et cette force, c'étaient les muscles de la peine.

Elle se jeta contre la porte, qui finit enfin par s'ouvrir avec un craquement terrifiant, faillit tomber la tête la première mais Boletta la retint, et, figées sur le seuil, elles virent ce qui les remplit d'effroi. D'effroi, de soulagement et de gratitude. Vera est en vie.

Vera est assise dans la baignoire, un bras pendu à l'extérieur du rebord convexe. Elle est assise dans une eau sombre où flotte une brosse, celle qui sert à récurer le sol de la cuisine ; elle ne prête pas attention ni à sa mère ni à sa grand-mère, à moins qu'elle ne veuille pas les voir car de ses yeux limpides, presque noirs, qui lui dévorent le visage, elle fixe le vide, comme elle l'a déjà fait, là-haut, dans le grenier, le regard résolument rivé à un point imperceptible ; et cette peau... la peau de ses seins, de ses épaules, de son cou, de sa figure, est tavelée, striée, à croire qu'elle a cherché à la récurer jusqu'à s'écorcher vive, à la décaper pour la supprimer. Son maigre corps tremble.

Boletta s'agenouilla devant la baignoire. « Vera, ma chérie, mon amour, qu'est-ce que tu viens de faire ? » L'eau continuait de déborder, grise, tiède. Vera ne répondit pas. « C'est fini, Vera. C'est fini. Il n'y a plus à avoir peur. » La Vieille s'installa sur le panier de linge sale, dans le coin, frotta son épaule, soupira. Boletta caressa délicatement le bras de sa fille. « Rakel va sûrement bientôt rentrer. Tu n'as tout de même pas envie d'être malade ? Tu vas attraper une pneumonie à force de rester dans ton bain. » En entendant cette remarque, La Vieille soupira plus profondément. « Ça suffit tout ce bavardage. Retire le bouchon de la baignoire », se contenta-t-elle de dire. Vera ramena son bras vers elle. Boletta eut beau essayer de le retenir, il était trop maigre, trop humide, il lui glissa entre les doigts. « Dis quelque chose à la fin ! cria Boletta. Dis-moi quelque chose ! »

Mais Vera resta murée dans son silence. Fredonner était manifestement sa seule réponse. Ses lèvres bleuies tremblaient et Vera roucoulait. La Vieille se releva, les mains tendues vers le plafond, en les serrant comme un immense poing dressé au-dessus de sa tête. « Pour l'amour du ciel, enlève-moi ce satané bouchon ! Ou est-ce qu'il faut que ce soit moi qui le fasse ? » Boletta plongea sa main dans l'eau. Alors Vera frappa. Vera lui donna un coup de brosse en pleine figure, et Boletta poussa un cri si perçant que sa fille dut se boucher les oreilles – et les habitants de Kirkeveien, de la Jacob Ålls gate, qui ont vécu assez longtemps pour se souvenir encore de cette époque, affirment que jamais ils n'oublieront ce cri, dont on reparlera pendant des années, qui fit se détacher le crépi, trembler les lustres, tomber les ardoises, et croire à certains que la guerre avait recommencé. Si Boletta hurla, ce fut non pas tant de douleur que de peur, parce qu'elle était persuadée qu'elles étaient d'un seul coup devenues folles, folles à lier, les unes comme les autres, que la guerre leur avait dérobé leur ultime part de lucidité ; et comme si cela ne suffisait pas, Vera frappait sa propre mère. Assise dans la baignoire, une brosse à la main, elle frappait sa mère au visage. La Vieille dut recourir à la force pour calmer Boletta et lorsqu'elle y parvint enfin, lorsque les deux femmes se retrouvèrent à genoux sur le carrelage glacé, hors d'haleine, Vera se mit à se frotter la nuque. Elle se frottait à l'aide de la brosse dure, rigide, comme si, juste là, à l'endroit de cette nuque, il y avait une tache qu'elle ne parvenait pas à éradiquer. « Je n'en peux plus », pleura Boletta.

Au même moment, on sonna à la porte de la cuisine. L'espace d'un instant, un instant très bref, Vera suspendit son geste. Peut-être croyait-elle que c'était Rakel, que Rakel était enfin rentrée à la maison, qu'elle sonnait à la porte de la cuisine car elle souhaitait aller se promener avec Vera. Peut-être le croyait-elle, l'espace d'un battement de paupières entre deux secondes ; mais elle reprit son activité forcenée, frottant de plus en plus fort, la tête baissée si bien que les vertèbres cervicales étaient tendues comme un arc de bosses chauffées à blanc. « Qui cela peut être ? » chuchota Boletta. La Vieille se pencha sur le rebord de la baignoire et laissa sa main flotter à la surface de l'eau ; cinq doigts ridés, arthritiques, tournoyaient lentement dans cette eau sombre, tentaient une approche prudente du corps de Vera. La jeune fille tremblait plus que jamais. « Calme-toi maintenant, ma chérie. Tu es suffisamment propre comme ça. » Un deuxième coup de sonnette retentit. La Vieille sortit sa main de l'eau. « Nom de Dieu de bon Dieu ! On ne peut même pas être en paix chez soi ! Hein, Vera ? » Et Vera se tourna vers elles. On aurait dit qu'elle était sur le point de céder, qu'elle voulait s'abandonner à elles, à Boletta, à La Vieille, et pourtant elle resta claquemurée dans son silence. La Vieille replongea son bras dans l'eau et retira la bonde de la baignoire. « Bon, je vais lui faire dévaler les marches, moi, à l'engeance qui se trouve devant chez nous », dit-elle.

L'eau se mit à ruisseler le long du corps de Vera. Quand Boletta posa une serviette sur ses épaules, elle n'opposa plus aucune résistance. La Vieille se traîna à la cuisine et ouvrit la porte. C'était Bang, bien sûr, le concierge de l'immeuble, jouissant d'un appartement de fonction au coin du bâtiment, près du local à poubelles ; Bang en personne, le protecteur des parterres de fleurs, le surveillant des lessives, l'adversaire des chats errants, le général en chef du règlement intérieur. Un célibataire de quarante-deux ans, ancien champion de triple saut et déclaré inapte au combat. Il arborait son plus beau costume, une veste noire évasée qui pendouillait sur sa pauvre carcasse dégingandée, ainsi qu'un pantalon aux bas trop courts et aux genoux élimés, barbouillés de taches de salive. Un ruban arborant les couleurs norvégiennes flottait à la plus haute boutonnière, si grand que Bang en supportait presque le poids. Son visage luisait de transpiration, à croire que Bang avait monté puis descendu les étages jusqu'au grenier, traversé la cour de l'immeuble de long en large et refait le chemin en sens inverse, à moins qu'il ne se soit enduit le front de salive. La curiosité suintait de ses deux yeux. Il souriait de toutes ses dents. Puis il souleva son chapeau mou pour faire une courte révérence. « Tiens, mais qui voilà ! Le pion… », lança La Vieille. La bouche de Bang se tordit. « Serait-il arrivé quelque chose chez vous ? » demanda-t-il. Derrière lui sur le palier se tenaient les voisines, ces femmes polies sorties de leur cuisine par la porte de service. Elles se penchaient par-dessus l'épaule des unes des autres pour mieux voir : La Vieille, en petite tenue alors qu'il est déjà huit heures et quart, le 9 mai ; La Vieille, vêtue de sa seule combinaison, avec sa tignasse échevelée comme une avalanche grise sur un dos voûté, cette étrangère, cette Danoise dont la façon de parler équivaut à la touche qu'elle se tape, cette bonne femme qu'elles n'ont jamais vraiment réussi à cerner bien que ce soit elle qui ait vécu le plus longtemps dans l'immeuble, dans cet appartement à l'angle de la Kirke-veien et de la Gørbitzgate, où au jour d'aujourd'hui aucun homme n'a jamais mis les pieds. « Arrivé quelque chose ? répéta La Vieille. Et que diable serait-il arrivé ? » Le concierge Bang se pencha dans l'entrebâillement de la porte. « J'ai tout de même entendu un cri. Tout le monde l'a entendu. » Les voisines opinèrent du bonnet et firent un pas en avant ; oh que oui, elles aussi l'avaient entendu, un cri effroyable. La Vieille sourit. « Je me suis juste brûlée à la cuisinière. » L'envie la tenaillait de lui claquer la porte au nez, mais Bang ne bougeait pas d'un millimètre, un pied un peu trop en avant, les yeux rivés sur le bras mouillé de La Vieille. « Vous êtes sûre que tout va bien ? » « Absolument certaine et merci de vous en préoccuper. » Bang ne comptait pas abandonner la partie aussi facilement. « Et au fait, comment va Vera ? À en croire les jeunes, elle serait malade. » « Pardon ? » Bang ressortit son sourire rayonnant. « C'est vous-même qui le leur avez dit, à ce qu'il paraît. Que Vera était malade. » La Vieille regarda la chaussure du concierge, déformée, où le lacet n'était pas assez long pour passer dans tous les trous. « Je crois que si vous ne bougez pas votre soulier maintenant, vous allez être le prochain à crier dans cet immeuble. » Bang recula aussitôt son pied sans la quitter des yeux.

« C'était juste pour savoir, madame. Il se passe tellement de choses en ce moment. » « Je sais, merci. Mais les perquisitions sont terminées, il me semble, non ? » Comme La Vieille réessayait de fermer la porte, le concierge Bang se pencha de nouveau, sans plus de sourire à offrir cette fois-ci. « Je crois que vous avez oublié quelque chose dans l'escalier. » Fouillant dans la poche de son complet, il finit par lui donner une poignée de pinces à linge. « Faites attention à ce genre d'objets. On peut glisser dessus si facilement. Bon rétablissement pour votre main. Et mes amitiés à Vera. »

Bang s'approcha en boitillant des voisines qui formèrent aussitôt un cercle autour de lui. La Vieille verrouilla la porte à double tour, rangea les pinces dans un tiroir, puis se hâta de rejoindre la salle de bains. Vera était toujours assise dans la baignoire, une serviette sur ses épaules, les bras serrés autour de son corps, la tête posée sur ses genoux pointus repliés contre elle. Boletta lui caressait doucement le dos, elle en avait la permission. Ensemble, elles la portèrent dans la chambre à coucher, l'allongèrent dans des plaids et des édredons, l'enveloppèrent de soie et de pommades, et Vera s'endormit sur-le-champ dans la lumière chaude. « J'ai vérifié les serviettes hygiéniques dans le panier de linge sale, chuchota Boletta. Elle ne saigne plus. » « Parfait. Ça nous évitera de faire venir le docteur. » Elles allèrent dans la salle à manger pour ne pas réveiller Vera. La poussière recouvrait en silence les meubles et les murs, les abat-jour et les cadres des peintures. Les fenêtres étaient zébrées de suie et de saleté. Il leur faudrait bientôt faire le grand ménage de printemps. « Qui a sonné ? » demanda Boletta. « Cet imbécile de pion. » « Arrête de l'appeler le pion, maman. Il s'appelle Bang. Concierge Bang. » La Vieille regarda par la fenêtre. « Qu'est-ce que tu dis ? » « Il s'appelle Bang ! » La Vieille eut un petit rire étouffé. « Le pion portait un drapeau norvégien à la boutonnière, pas moins ! Et qu'est-ce qu'il a fait pendant la guerre, hein ? Il a mis le grenier sens dessus dessous pour trouver des juifs ! »

« Oh ! Veux-tu te taire ! » « Cesse de me demander ça !
Je dis ce que je veux ! » « Qu'est-ce qu'il voulait ? »
« Nous rapporter les pinces à linge. Celles que tu as
perdues dans l'escalier. » « Il a dit quelque chose ? »
« Dit quelque chose ? Que veux-tu qu'il dise ? » « Peut-
être a-t-il vu quelque chose ? » « Ce bonhomme est bien
trop curieux pour voir quoi que ce soit. » La Vieille
s'enfonça dans le divan en soupirant. « Il n'est que neuf
heures du matin et j'ai l'impression d'avoir déjà fait
toute une journée. Et voilà, je suis encore fatiguée. »
« Tu ne veux pas plutôt aller t'allonger à côté de
Vera ? » « Non, je vais veiller sur elle. Va plutôt travailler, toi. Et si jamais tu croises une bouteille de
malaga sur ton chemin, rapporte-la à la maison. »

La Vieille lui tourna le dos et s'assoupit immédiatement. Boletta fila à la salle de bains se préparer. Il n'y
avait plus d'eau chaude, aussi s'aspergea-t-elle de ce
parfum qu'elle avait économisé depuis trop longtemps.
Il était hors de question qu'elle sente mauvais en arrivant en retard aux Télégraphes le premier jour après la
guerre.

Elle jeta un œil à Vera. Elle dormait. À cet instant très
précis, dans cette lumière, elle ressemblait à l'enfant
qu'elle avait été, il n'y avait pas si longtemps.

La Vieille entendit la porte claquer puis les pas
empressés descendre l'escalier. Alors, elle joignit les
mains sur sa poitrine et fit une courte prière, honteuse
presque, car peut-être Dieu (si tant est qu'il soit quelque
part parmi nous, ou bien en nous, dans la force des mots
et des pensées) avait-il suffisamment de rangement à
faire dans ce qui déjà existait. « Prends soin de Vera,
murmura-t-elle. Et prends soin de Boletta. Quant à moi,
ménage ta peine, tu n'as plus besoin de te faire du souci
pour moi. » Puis elle s'assoupit, sans fermer les yeux,
comme si souvent toutes ces nuits depuis que Wilhelm
n'était jamais rentré du froid, de ce pays entre la glace
et la neige. Elle s'éclipsa dans le grand sommeil de ceux
qui encore et toujours attendent.

Les Télégraphes

Dix-huit femmes sont assises en rang d'oignons devant le plateau central au premier étage des Télégraphes et la dix-neuvième n'est pas encore arrivée alors qu'il est déjà neuf heures quarante et une. Le siège numéro huit en partant de la droite n'est toujours pas occupé quand Boletta traverse en toute hâte la pièce voûtée et basse de plafond, et c'est à peine si elle a le temps, avant de prendre place, d'accrocher son manteau près du bureau de la Supérieure car elle aperçoit Mlle Stang. La Supérieure en personne, la plus ancienne de toutes ici et par conséquent la plus sujette aux torticolis et aux migraines, émarge consciencieusement son cahier tout en jetant un regard pincé à Boletta qui branche les fils puis installe le casque sur ses oreilles et le microphone devant sa bouche. Ses collègues pivotent vers elle avec un sourire désabusé. Aujourd'hui, le désordre règne en maître de toute façon. Aujourd'hui, le standard a explosé. Aujourd'hui, il s'agit de donner le meilleur de soi-même et ce sont ces dix-neuf femmes et la Supérieure qui dirigent la Norvège. Elles envoient des signaux le long des lignes téléphoniques par-delà les montagnes, dans les câbles sous les agglomérations, elles s'immiscent dans les maisons et les appartements, elles s'insinuent dans les bons appareils qui soudain se mettent à sonner jusqu'à ce que quelqu'un décroche et entende la voix de l'être peut-être tant attendu, la voix de l'être peut-être aimé, qui a des paroles indispensables et magnifiques à prononcer. Et elles branchent ces voix pour qu'elles entrent en conversation, elles relient et rattachent le pays pour le transformer en une nasse de mots et un flot d'ondes sonores, elles ouvrent les lignes avec un enthousiasme électrique, elles orchestrent le langage et décident de celui ou celle qui passera au travers. Un pêcheur de Nyskund souhaite parler à sa fille, domestique dans la Gabelsgate. Une femme de Tønsberg exige d'être mise en relation avec la chambre 204 du Bristol. Une jeune fille de Hamar à la recherche de son fiancé fond en larmes au moment de demander les numéros du siège de la Gestapo dans l'immeuble Victoria Terrasse, de la prison d'arrêt au 19 de la Møllergate, puis de l'ensemble des hôpitaux de la ville. Quelqu'un veut même être raccordé au camp de prisonniers de Grini. Un professeur de Drammen cherche un collègue, tout là-haut, à Vadsø, près du Cap Nord ; mais cette région est fermée, le Finnmark est isolé du reste de la Norvège, on est toujours sans contact avec le Finnmark et cela n'en finit pas : les lignes en provenance de Stockholm, de Copenhague, de Londres, sont embouteillées, partout il y a surchauffe, les relais se consument et parfois même les lignes se chevauchent, des conversations se nouent sur le même numéro. Mais ce n'est pas grave. Aujourd'hui le désordre règne en maître, une vraie pagaille digne de ce nom, la paix s'est installée et ces dix-neuf femmes, dont Boletta au numéro huit en partant de la droite, forment le gouvernement fantôme qui dirige la Norvège. Je les ai vues, un jour – et j'en garde un souvenir d'une clarté et d'une profondeur extraordinaires car c'était le jour où La Vieille et le roi Haakon ont trouvé la mort simultanément. J'avais sept ans, maman était venue me chercher à l'école, m'avait emmené aux Télégraphes pour annoncer à Boletta que La Vieille s'était tuée dans un accident de voiture, que Fred était à l'hôpital d'Ullevål, qu'il n'avait rien, mais qu'il était en état de choc, incapable de parler. Nous sommes d'abord entrés dans l'immense hall d'accueil où j'ai vu cette peinture qui couvrait la quasi-totalité du mur du fond de la salle, puis nous sommes montés directement au premier étage, au Central Téléphonique. Maman s'est arrêtée sur le seuil de la porte, en ne lâchant pas ma main, mais Boletta était introuvable parmi ces femmes, toutes menues, toutes de noir vêtues ; et moi, je les croyais déjà informées de la mort de La Vieille, alors que non, bien sûr qu'elles ne savaient pas, il n'y avait que maman et moi qui savions que La Vieille s'était fait écraser près du jardin du Palais Royal, où elle se rendait accompagnée de Fred pour voir le bandeau de crêpe suspendu au balcon du Château, le jour de la mort du roi Haakon, ce 21 septembre 1957. Mais moi, je pensais qu'elles étaient déjà au courant puisqu'elles entendaient tout ce qui se disait, je m'imaginais qu'elles annonçaient la mort de La Vieille, qu'elles le répétaient à qui voulait l'entendre, vu qu'elles parlaient sans discontinuer dans des embouts minuscules et portaient de lourds cache-oreilles qui grésillaient à l'intérieur. Comme nous restions figés à chercher Boletta des yeux, une femme nettement plus âgée s'est approchée de nous, elle aussi vêtue de noir, le cou complètement tordu, comme si sa tête inamovible avait été vissée de travers ; et lorsqu'elle nous a demandé sur un ton peu amène de quoi il s'agissait, que maman a répondu que nous cherchions Mme Jebsen, c'était tellement étrange de l'entendre, d'entendre prononcer le nom en entier : Boletta Jebsen. Boletta Jebsen prenait sa pause peut-être ? a-t-elle demandé. Et cette dame nous a souri, d'un sourire aussi oblique que sa tête. Elle était en mesure de nous informer que Boletta Jebsen ne travaillait plus ici depuis longtemps, au sein même du Central Téléphonique, elle avait été transférée à l'entresol plusieurs années auparavant, maman l'ignorait-elle donc ? Maman, écarlate, s'est décomposée. Nous sommes redescendus dans le hall d'accueil où elle m'a demandé de l'attendre, pendant qu'elle allait chercher Boletta. Alors j'ai contemplé la fresque d'Alf Rolfsen. Seuls des hommes y étaient représentés : qui déboisant la forêt pour y aménager des couloirs de circulation, qui posant des câbles par-delà les montagnes et sous les villes, qui dressant des poteaux téléphoniques ; devant moi se jouait l'épopée du travail, mise en scène sous la forme

d'un ballet imposant et non moins rigoureux, aux allures
d'histoire sainte (telle que je la considère aujourd'hui),
comme un chemin de croix ponctué par la bénédiction
de ce travail, un sacrement dont les femmes s'acquittaient en connectant les signaux électriques aux relais,
en propulsant les voix vers un long périple. Et peut-être
n'est-ce que moi, après tout, qui y insère mes réminis-
cences, qui connecte mon écriture au souvenir, mes
images à la mémoire, en une grande conversation avec
moi-même, mais je le dis malgré tout : j'avais sept ans et
l'impression de me trouver dans une église. Le bâtiment des Télégraphes, dans la Tollbugate, est devenu
une cathédrale ce jour très précis où La Vieille et le roi
Haakon ont trouvé la mort, où Fred est devenu muet, où
les maigres femmes en noir étaient des âmes en peine
priant Dieu à travers leurs lignes et appareils. Je me
rappelle que maman s'est absentée pendant un long
moment. Quand enfin elle est revenue, seule, elle
n'avait toujours pas trouvé Boletta. « Elle doit être en
train de déjeuner », a-t-elle murmuré. Maman me serrait
la main si fort que j'en avais presque mal. Boletta était
à la cantine où elle ne déjeunait pas. Elle était derrière
le comptoir, elle servait le café. Dans le taxi qui nous
menait à l'hôpital d'Ullevål, Boletta a affirmé que les
coïncidences sont sans bornes : La Vieille et le roi
Haakon étaient arrivés en Norvège simultanément, en
1905, et voilà qu'ils quittaient la vie le même jour.
« Dieu doit ricaner dans son coin », a-t-elle ajouté en
allumant une cigarette. En proie à une soudaine colère
noire, maman a fait signe à Boletta de se taire – enfin…
tout cela est encore loin et je devrais le comprendre moi
aussi, comprendre qu'il vaut mieux ne pas interrompre
un récit : combien de fois n'est-il pas arrivé à un metteur en scène de biffer un *flash-back*, sans même prendre
la peine de le lire, car qui dit flash-back dit complica-
tions, ou pire, un *flash-forward*, la poubelle de la salle
de montage autrement dit ; et pourtant, alors que j'ai pris
la précaution de signaler mon recours aux regards poé-
tiques rétrospectifs, aux souvenirs anticipatoires, je me

suis entendu répliquer que ce qu'on ne parvient pas à
raconter dans un présent clair et précis, en monnaie son-
nante et trébuchante, eh bien grosso modo, ce ne sont
que des discours merdiques, des ambitions artistiques,
de la matière tout juste bonne à remballer et à recycler
pour en faire des courts-métrages.

Mais je préfère couper et revenir à Boletta, à ce tout
premier jour après la guerre où, numéro huit en partant
de la droite, elle oriente les signaux téléphoniques à
travers le pays, l'esprit occupé par Vera. Sauf que le
temps se prête mal à penser à autre chose qu'aux seules
communications qu'il lui faut connecter, car la nation
est un concert de voix dont les échos se chevauchent
alors que Boletta est ancrée dans le temps présent.
Boletta est dans l'instant présent et elle sent la migraine
qui la guette. Elle rampe, remonte le long de la nuque,
se dissémine puis descend sur son front, pareil à un
vent magnétique ; *le morse*, voilà comme elles qualifient cette douleur qui tôt ou tard rend la plupart d'entre
elles insomniaques, usées nerveusement. Et quand enfin
sonne une heure, Boletta est autorisée à rejoindre la salle
de repos avec la moitié de l'équipe. Tandis qu'à l'intérieur les conversations continuent, ces conversations
acoustiques, Boletta, elle, garde le silence. Elle pense à
Vera, au sang de Vera, sans que les autres femmes n'en
soient troublées tant elles sont habituées au silence de
Boletta, cette Boletta qui n'a jamais fait corps avec elles,
ces télégraphistes qui se ressemblent toutes quel que soit
leur âge. Ces femmes viennent des quartiers chics, des
grands appartements de la Thomas Heftyes gate, de
Bygdøy allé, de Parkveien : elles sont peut-être la benja-
mine d'une famille nombreuse quand, un beau jour,
elles deviennent un poids. Elles ont passé au moins un
été en France où elles se sont aventurées sur la plage, à
Nice ou à Biarritz, sous un parasol, et les plus vieilles
ont la peau la plus blanche après tout ce vinaigre dont
elles se sont enduites pour éviter les coups de soleil.
Elles se ressemblent. Elles sont célibataires, sans enfant,
parlent deux langues étrangères la bouche pincée, et

c'est à peine si un homme les a jamais touchées. Boletta aussi est célibataire, mais elle a une fille, elle, et ce n'est pas tout bonnement extraordinaire, c'est inouï. Elles n'ont jamais réussi à percer à jour ce mystère, elles ont abandonné depuis belle lurette toute idée d'en savoir plus qu'elles n'en savent déjà, ce qui se résume à pas grand-chose. Elles savent juste que Boletta Jebsen vit avec sa mère danoise, laquelle visiblement aurait été une star du cinéma muet dans ses jeunes années, ainsi qu'avec sa fille, Vera, née en 1925 ; et bien que ces femmes si minces des Télégraphes aillent à l'église tous les dimanches, lisent la Bible, soient de véritables grenouilles de bénitier, elles ne croient guère aux vierges qui enfantent, ni aux miracles de la même farine. Toujours est-il qu'à présent elles discutent toutes en même temps, se coupent la parole pour évoquer ces pères courageux que l'on vient de libérer du camp de Grini, ces frères qu'elles croyaient morts mais qui tout d'un coup surgissent de leur cachette, au plus profond de Nordmarka, cette immense forêt au nord d'Oslo ; car aujourd'hui elles ont chacune un héros dans leur famille, elles ont chacune au moins une histoire à raconter. Or soudain le silence tombe. À croire que quelqu'un les a débranchées. Boletta se rend compte que toutes regardent en direction de la porte, alors elle se tourne et aperçoit Stang. La Supérieure, qui n'est pas partisane des bavardages pendant les pauses, aurait même préféré voir instaurée l'interdiction de parole au nom du devoir de réserve. D'un hochement de sa tête oblique, elle fait un signe à Boletta. « Le chef de service Egede souhaite vous parler. Immédiatement. » Mlle Stang repart vers son bureau avant même que Boletta ait pu demander de quoi il retourne. Aucune de ses collègues ne dit mot. Peut-être pensent-elles, non sans un certain triomphe, une certaine malignité, que pour le chef de service la coupe est pleine, que l'étage supérieur va mettre le holà : Boletta Jebsen est arrivée en retard pour la dernière fois ; des jeunes femmes irréprochables qui donneraient n'importe quoi pour une place aux Télégraphes, elles se bousculent au portillon. Peut-être nourrissent-elles de telles pensées, en leur for intérieur, quand bien même il ne leur vient pas à l'esprit de les formuler car devant Egede, l'homme derrière la porte à l'étage du dessus, elles font front commun. Aussi aident-elles Boletta à arranger sa coiffure, elles lui prêtent poudre et miroir de poche ; touchée par tant de sollicitude, Boletta a même droit à un mot d'encouragement pour l'interminable parcours jusqu'au bureau d'Egede. Et, lorsqu'elle finit par frapper à la porte, la même pensée lui traverse l'esprit, mais sans triomphalisme au demeurant : Aujourd'hui, je suis arrivée en retard pour la dernière fois et nous serons bientôt sur la paille. Elle entend Egede crier « entrez », se souvient à peine d'avoir ouvert puis refermé la porte. Elle s'approche à pas lents d'Egede, installé dans un fauteuil en cuir derrière son immense bureau, et se prend à faire une révérence. Elle fait une révérence à la manière d'une collégienne devant le principal et cela la rend furieuse mais cette fureur lui fait du bien.

Le chef de service Egede lui sourit avant de désigner une chaise. Boletta reste debout, elle le regarde droit dans les yeux. Il a dû être bel homme, un jour. À présent, il semble à l'étroit dans son propre visage tant celui-ci a enflé. Même une guerre mondiale n'a laissé aucune empreinte sur son double menton dont les plis roulent autour du plastron de chemise, pareils à des vagues de graisse claire trop lourdes à porter pour une tête qui, à intervalles réguliers, penche en avant. Il allume sa pipe, prend son temps. Boletta attend. Elle garde les mains derrière son dos. Aujourd'hui, elle est capable de soutenir le regard de n'importe qui. « Eh oui, finit-il par dire. C'est une bonne chose que tout cela soit terminé. » À cette remarque, Boletta ne réplique rien. Néanmoins, elle est stupéfaite de le voir ainsi tourner autour du pot. Elle n'aime pas ça. Sa saine colère rétrécit. « Dieu soit loué », lâche-t-elle en fin de compte. Egede pose sa pipe, s'essuie le coin de la bouche. Voilà, c'est maintenant, pense-t-elle en serrant les poings qu'elle maintient toujours dans son dos. Maintenant il va le dire, que la coupe est pleine. « Et votre famille, tout va bien ? » Boletta ne sait que répondre. Elle se contente d'acquiescer. Egede lève les yeux sur elle. « Votre mère est actrice, n'est-ce pas ? » Boletta est de plus en plus désarçonnée. « En effet. Mais c'était il y a longtemps. » « Oui, ça doit remonter à l'époque des films muets, non ? Il n'est pas faux de dire qu'à moi le muet manque drôlement. » Le chef de service Egede se lève, il lui faut un certain temps pour s'extraire de son fauteuil. « Et vous avez une fille, me semble-t-il ? » « Oui, en effet, j'ai une fille. » Boletta sent sa fureur peu à peu remonter à la surface. Si c'est ça qu'il veut, la vexer et l'humilier juste avant de la mettre dehors, qu'il essaie. Elle n'a aucune honte à avoir. L'envie la démange de lui vider sa pipe au milieu de la figure. « Quel âge a-t-elle ? » « Elle aura vingt ans cet été. » Egede secoue la tête en poussant un soupir. « Comme c'est triste de voir ses enfants démolis par une guerre. A-t-elle fini ses études ? » Boletta est plus que jamais déconcertée. Elle ne comprend pas où il veut en venir et c'est sans doute ça le plus affreux. Elle décide de répondre poliment, en se limitant à l'essentiel. « Elle vient de terminer le lycée professionnel. » « Tiens, voyez-vous ça. » Egede va se planter devant la fenêtre. Il lui tourne le dos, regarde la ville. « Et que songe-t-elle à faire ensuite ? » « Elle voudrait travailler dans la photographie. » Egede se retourne, s'esclaffe. « La photographie ? Cette jeune femme aurait-elle l'ambition de devenir photographe, peut-être ? » Boletta déglutit. Elle y est forcée, ne serait-ce que pour formuler une réponse. Elle maudit cette montagne de graisse en costume qui s'autorise à lui rire au nez. Or à peine s'est-elle remise à parler qu'elle entend le ton de sa propre voix, docile, poli, comme si elle déboulait la gueule enfarinée et devait se le reprocher. « Elle songe plutôt à trouver une place dans un magasin de photo. » Egede agite une main impatiente, devoir écouter toute cette histoire semble l'assommer d'un seul coup, alors même que c'est lui qui a abordé le sujet, qui a posé des questions indiscrètes. Il s'affale dans son fauteuil. Boletta se tait, serre les lèvres ; elle aimerait tant n'avoir rien à ajouter. « Cela fait bien longtemps que vous travaillez chez nous », reprend-il sur un ton de nouveau aimable, mielleux presque. Boletta relâche sa respiration, incapable d'imaginer le tour que va prendre cet entretien. Egede rallume sa pipe qui est loin de dégager une odeur de tabac frais. Boletta a beau vouloir prendre ses jambes à son cou, elle n'en reste pas moins clouée sur place. Voilà, c'est pour maintenant, songe-t-elle. Il vient de la hisser le plus haut possible, il peut désormais la relâcher pour qu'elle se fracasse au fond du gouffre.

« Cela ne se répétera pas », souffle-t-elle. Egede la regarde. La pipe pend à ses lèvres charnues. « Quoi donc ? Qu'est-ce qui ne se répétera pas ? » « Mes retards. Mais ce matin, toutes nos horloges étaient folles. » Egede la dévisage un instant avant de se remettre à rire. Il pose sa pipe pour de bon, tandis qu'une quinte de toux étouffe son rire. Lorsqu'il recouvre enfin l'usage de la parole, il demande : « Aimeriez-vous monter de quelques étages ? » Boletta n'en croit pas ses oreilles. Elle est obligée de se pencher un peu, consciente de la moue vaguement idiote qui déforme son visage. « Au quatrième étage ? » murmure-t-elle. « Ne prenez pas cet air terrorisé, voyons ! » Boletta recule d'un pas, tente de retrouver une contenance. « Vous voulez dire, à l'expédition des Télégraphes ? » « C'est exactement ce que je veux dire. Nous avons besoin de plusieurs opératrices. Et nous avons besoin de femmes expérimentées. Ce que vous êtes. Très expérimentée. » Soudain, Egede détourne les yeux, comme s'il s'était surpris à prononcer une parole déplacée. Boletta aime le voir ainsi. Elle a le sentiment de prendre le dessus. Elle doit se ressaisir. Elle devrait même être contente, reconnaissante. Elle peut monter à l'étage où elle sera débarrassée des maux de tête. Elle sourit. « Mon expérience se limite au plateau central », précise-t-elle. Egede a un vague haussement d'épaules. « Nous avons des formations. Ça n'a rien de très sorcier. Pour quelqu'un comme vous. » Il cogne sa pipe pour en libérer la cendre. Boletta s'aperçoit que l'embout est déformé à force d'avoir été mâchonné. Cet homme a sûrement sa part de soucis, une conscience. Il lui ferait presque de la peine. Une épaisse couche de crasse noire s'est accumulée sous l'ongle du majeur dont il se sert pour arrêter sa pipe. Une poussière blanche danse comme une auréole autour de ses cheveux clair-semés lorsqu'il lui arrive de loin en loin de bouger brus-quement. C'est d'ailleurs ce qu'il fait. Il se lève d'un bond, à croire qu'il a noté un changement dans le regard de Boletta, qu'il veut reprendre l'avantage. « Que dites-vous de ma proposition ? » Bien qu'elle sache quoi répondre, Boletta attend. Elle veut profiter de cet instant le plus longtemps possible. À la voir ainsi hésiter, Egede se renfonce lourdement dans son fauteuil comme s'il avait oublié qu'il venait juste de se lever. Il pose ses coudes sur la table. « Bon. Réfléchissez-y. Rien ne presse de toute façon. Si ce n'est que tous les postes doivent être pourvus d'ici l'automne. »

Egede baisse les yeux, se met à feuilleter une liasse de papiers. Boletta acquiesce. Elle ne fait pas la révérence cette fois-ci, elle se contente d'esquisser une courbette avant de se retirer vers la porte, à reculons. Au moment même où elle pose la main sur le bouton doré de la porte du bureau d'Egede (dans ce bâtiment surnommé familiè-rement Le Palais des Télégraphes mais que, dans mon for intérieur, j'ai baptisé La Cathédrale des Télégraphes), ce dernier lève le bras et pose de nouveau son regard sur Boletta. Elle relâche la poignée, sidérée, silencieuse, cependant qu'une autre inquiétude l'envahit, comme si tout cela avait été trop beau pour être vrai ; la vie ne lui a-t-elle pas appris que tant de choses le sont, trop belles pour être vraies, que les triomphes sont éphémères au regard des déceptions ? « Ce genre de places, dans les magasins de photographie, ça ne doit pas courir les rues, non ? » demande-t-il. « Non », répond-elle à voix basse. Egede se redresse, s'approche d'elle. « Dans l'hypothèse où vous acceptiez mon offre généreuse, il y aurait une place libre en bas, aux téléphones, n'est-ce pas ? » « En effet. » « Ce serait parfait si votre fille la prenait, cette place. En attendant, vous pourriez la former. » Boletta le toise, un sourire aux lèvres. Elle ose à présent le regarder dans le blanc des yeux. « C'est très aimable de votre part. Mais je crains qu'il n'en soit rien. » Une ombre, une inquiétude, emplissent soudain le regard d'Egede. « Qu'il n'en soit rien ? Ce qui signifie, je vous prie ? » « Comme je viens de le dire : ma fille a d'autres projets. Mais je vous remercie quand même. »

Boletta s'apprête à tourner la poignée quand elle sent une main posée sur son épaule. Elle pivote lentement sur elle-même. Et elle aperçoit des doigts, les siens à lui, posés là, comme un immense insecte qui aurait rampé par erreur sur son corps. Maintenant elle comprend. C'est donc à ça qu'il voulait en venir. À ça. « Je vous donnerai ma réponse demain. » « Oh… Rien ne presse. Prenez votre temps. » Egede laisse glisser sa main le long du bras de Boletta, son ongle noir gratte l'étoffe de la robe avec un crissement sourd. « Puis-je partir à présent ? » Le chef de service Egede tire sa montre de gousset, l'ouvre, en examine longuement les aiguilles, puis la referme d'un bruit sec avant de la glisser dans la poche de sa veste. Il dévisage Boletta, d'un regard qui n'est plus sombre mais gris, indifférent. « Dommage. Votre fille aurait très bien fait l'affaire chez nous. Car elle n'a pas l'intention de se marier dans l'immédiat, j'espère ? » Boletta éclate de rire. Elle rit, une main à sa bouche. Elle n'en revient pas de ce qu'il vient de lui sortir. « Et pourquoi pas ? Ça n'a rien d'invraisemblable. » À présent, c'est au tour d'Egede de s'esclaffer, les plis de son double menton font des vagues. Puis il se tait subitement et sa tête semble prête à basculer en avant, comme si tout cela l'épuisait. « D'après vous, qui aurait envie de prendre pour épouse une enfant illégitime ? » chuchote-t-il. « Pardon ? » « Vous pouvez partir. » Boletta serre le poing. « Ma fille est aussi légitime que n'importe qui ! »

Boletta entend la porte se refermer derrière elle. Elle perçoit le bruit de ses pas sur le sol carrelé, mais il lui parvient presque après coup, comme si tous ses sens étaient en décalage. Trois hommes sortent de la salle de réunion, sans la remarquer. Elle doit s'agripper d'une main à la rampe au moment de descendre l'escalier. À mi-étage, elle se faufile aux toilettes pour nettoyer ses mains qui empestent le tabac, la cendre, et, lorsqu'elle se regarde dans la glace, elle est comme étonnée d'y découvrir son visage. Elle a envie de vomir, boit un peu d'eau fraîche à la place. Elle attend d'avoir retrouvé son souffle. Elle se recoiffe, rajuste sa jupe. Puis elle parcourt la distance qui la sépare du Central téléphonique, se rassied à sa place, se connecte, sous le regard des autres, dévorées de curiosité : mais qu'a-t-elle bien pu fabriquer pendant tout ce temps chez Egede ? C'est tout juste si la Supérieure ne s'approche pas pour elle aussi lui poser la question. Mais Boletta est cramponnée à son siège, butée, elle ne regarde nulle part, ne croise les yeux de personne – et jamais, jamais elle ne racontera à quiconque la conversation qu'elle vient d'avoir avec le chef de service Egede. Puis elle transgresse un interdit, considérant qu'elle n'a plus rien à perdre. Voilà ce qu'elle pense : elle n'a plus rien à perdre. Elle se branche sur son numéro, s'insinue dans la file d'attente, s'introduit par effraction dans le réseau ingénieux et, dans les pièces silencieuses de l'appartement avenue Kirkeveien, le téléphone noir se met à sonner.

Le bouton

Et Vera entendit sonner. Loin, très loin, de l'autre rive du sommeil et de la guerre, elle entendit le téléphone mais personne pour décrocher. Elle se redressa, au ralenti, surprise. Elle rejoignit le vestibule. Elle s'y retrouva si rapidement qu'elle s'immobilisa, incapable de se souvenir des secondes écoulées, de la distance parcourue entre le lit et ici, comme si elle avait été coupée, déplacée en ligne droite d'une pièce à une autre. Le téléphone continuait de sonner. Vera aperçut La Vieille, allongée sur le divan dans la salle à manger ; elle lui tournait le dos, les cheveux ramassés sur ses épaules comme un nœud lourd et gris. Vera espérait-elle que ce coup de fil fût de Rakel, son amie juive ? Mais si Rakel était rentrée, elle n'appellerait pas, non, elle accourrait, traverserait à toute vitesse la cour de l'immeuble, monterait quatre à quatre les marches de l'escalier, se jetterait dans ses bras, et à Rakel, à elle, Vera raconterait tout. À moins que Rakel se soit blessée, oui, elle s'était peut-être cassé la jambe ou bien il lui était arrivé quelque chose qui l'obligeait à téléphoner. Alors, d'un geste rapide, Vera souleva le combiné du poste noir dont la numérotation était inversée, si bien que lorsqu'on enfonçait son doigt dans le chiffre neuf, qu'on tournait le cadran à fond puis le relâchait pour que le ressort ramène le disque au repos et coupe le contact, celui-ci n'était coupé qu'une fois, pas neuf, en sorte qu'une seule impulsion était envoyée au central et que neuf correspondait à un, huit à deux, sept à trois, voilà comment fonctionnait le téléphone à Oslo, à l'envers. Or, aussi subitement que tout à l'heure, comme si les clous qui retenaient le temps avaient été arrachés,

Vera, le combiné à la main, n'entendit que le bruit de la tonalité, le crépitement du réseau, semblable à du vent dans une forêt électrique ; elle était au-dehors, en dehors de la conversation, aussi raccrocha-t-elle d'un même geste rapide. Le silence passait d'une pièce à l'autre. Il laissait ses traces dans la lumière. La Vieille était toujours allongée sur le divan. Pourquoi était-elle ici ? Pourquoi Vera portait-elle la chemise de nuit chinoise de La Vieille ? La pendule de chez Bien sonna la demi-heure. Vera se retourna brusquement et tout la submergea d'un coup, lui ouvrit la mémoire à la manière d'une plaie. Elle courut à la salle de bains, se pencha sur le lavabo, but au robinet. Elle n'osait pas se regarder dans la glace. Elle palpa avec précaution les serviettes hygiéniques sous la chemise de nuit. Elles étaient sèches, elle était sèche. Elle n'avait plus mal. Elle en fut étonnée. Elle aurait dû avoir mal. Elle aurait préféré ressentir une douleur susceptible de lui faire oublier. Elle avait seulement soif. Une traînée de saleté courait dans la baignoire, comme si l'eau avait séché la poussière le long des bords. Elle ouvrit l'armoire à pharmacie d'où s'échappa le parfum capiteux de Boletta. Elle faillit vomir. Peut-être Rakel avait-elle appelé depuis l'étranger, depuis un lieu reculé, puis la communication avait été coupée ; mais elle rappellerait certainement, dès qu'elle trouverait un autre téléphone, plus près, au Danemark ou bien en Suède, où la liaison serait meilleure. À cette pensée, Vera se sentit heureuse, l'espace d'un instant. Elle prit le peigne posé sur l'étagère de La Vieille, referma l'armoire puis, malgré tout, leva les yeux pour voir son visage dans le miroir. Une ombre le long de sa joue, une blessure sur son front. Un nuage de poudre et ça ne se verrait plus. Qu'est-ce qui se voyait ? Quelque chose dans ses yeux ? Quelque chose dans sa bouche quand elle l'ouvrait ? Sur sa langue ? S'était-il aussi introduit dans sa bouche ? Vera ne s'en souvenait pas. Elle ne se rappelait que le doigt manquant et l'oiseau sur une corde à linge. Elle retourna auprès de La Vieille, s'assit sur le divan, souleva ses cheveux gris qu'elle se mit délicatement à peigner. La pendule dans le vestibule sonna deux coups. Les cheveux de La Vieille dégageaient une odeur sucrée, une odeur de terre, de feuillage. « Tu croyais que je dormais, hein ? » chuchota-t-elle. Vera ne répondit pas. Elle se contenta de peigner. Ses lèvres scellaient sa bouche. « Tu sais, je ne dors jamais tout à fait. Quand je dors, c'est juste une autre façon d'attendre. » La Vieille soupira et leva légèrement la tête. « J'aime bien que tu peignes mes cheveux, Vera. Ça me rappelle la mer. Les plages de sable. Ça réveille en moi de bons souvenirs. Après, ce sera mon tour de te peigner. Nous n'avons pas besoin d'aller chez la coiffeuse, hein ? Qu'est-ce que tu en penses ? » La Vieille écouta. Seul lui parvint le bruit des doigts de Vera. « Tu peux me parler, à moi, ma chérie. De toute façon, je n'entends pas ce que tu dis. Mon oreille a été détériorée, tu te souviens. Lors de cette terrible explosion en 1943. Je ne sais plus quelle oreille j'ai perdue, mais je suis sourde de l'une comme de l'autre, c'est du pareil au même. Alors tu peux me confier, à moi, ce que tu as sur le cœur, ma petite Vera. Je n'entends rien. »

Mais Vera garda le silence. La Vieille attendit. À nouveau, la pendule sonna, là-bas dans le vestibule. Les heures tournaient. « D'accord. Si tu ne veux pas me parler, moi je peux le faire. Car, même si tu es silencieuse ces temps-ci, tu m'entends ? En tout cas, tu as entendu le téléphone. » La Vieille sentit que le peigne accrochait, qu'il était retenu à un nœud. Vera le démêla d'un geste expéditif, brutal. « Il ne faudrait pas non plus que tu me rendes à moitié chauve, ma petite. Au fait, qui était-ce d'après toi ? Qui a appelé tout à l'heure ? Boletta ? Elle n'a pas le droit de téléphoner des Télégraphes. Mais c'était sûrement elle. Elle a dû être interrompue. Je ne supporte pas ces téléphones. On dit toujours un mot de travers quand on parle dans ces maudits appareils sans pouvoir regarder son interlocuteur dans les yeux. Car ce sont les yeux qui comptent, pas les mots. Comme si moi je ne le savais pas, Vera... Moi aussi, un jour, j'ai été silencieuse, mais c'était au cinéma. J'étais muette sur l'écran et mes yeux parlaient

pour moi. On nous enduisait les paupières de vert pour
qu'ils brillent. J'aurais pu devenir une grande star, Vera.
Plus grande encore que Greta et Sarah réunies. Oui, bien
sûr, j'aurais pu ! Sauf qu'un jour, mes yeux n'ont plus
brillé, malgré la couche de fard à paupières dont on
m'avait tartinée. J'en avais tellement que j'ai failli
devenir aveugle. »

La Vieille se tut. Elle sentit dans son dos que les
mains de Vera s'étaient arrêtées. « Eh oui, ma petite
coiffeuse adorée… Suis-je belle maintenant, ou bien
est-ce que je te fatigue avec mes vieilles rengaines ? Moi
elles m'épuisent en tout cas. Tout ce que je dis, je l'ai
déjà entendu. Des fois et des fois. Beaucoup trop. Je ne
trouve plus rien de neuf à raconter. Tu veux bien aller
chercher la bouteille de malaga, s'il te plaît ? Je l'ai
rangée derrière Johannes V. Jensen. »

Vera relâcha les cheveux, se dirigea vers la bibliothèque. La Vieille se redressa. Elle était plus voûtée que
d'habitude ; bientôt, elle ne formerait qu'un cercle.
Comme elle s'était couchée avec ses pantoufles rouges,
elle ne sentait plus ses pieds engourdis, oui, les pieds
étaient bien la seule partie de son corps à connaître
l'engourdissement, l'assoupissement. Elle tenta de les
masser, sans parvenir à les atteindre, aussi voûtée qu'elle
fût. Alors elle resta assise, à attendre que ses orteils daignent se réveiller. Voilà ce que c'était de devenir vieille :
attendre le réveil de ses orteils. Du peigne posé sur
l'oreiller, plein de ces longs cheveux gris, on aurait dit
qu'il était un animal mort. Elle s'empressa de le nettoyer puis laissa tomber la touffe de cheveux derrière le
divan. Grelottant de froid, elle s'enveloppa dans le plaid.
Elle entendit Vera tirer *Le Pays perdu* et *Le Glacier*, et,
enfin, elle revint, avec la bouteille et un verre qu'elle
remplit avec application. À peine l'eut-elle tendu à La
Vieille que celle-ci le leva en direction du soleil, afin
d'observer les grains de lumière transpercer l'opacité du
vin puis se disperser au fond comme de la poussière
d'acajou. Après quoi elle le dégusta à petites gorgées,
lentes et espacées. Elle sentit aussitôt son dos s'assouplir

comme un brin de paille, ses petits pieds ridés se réveiller, prêts à tracer leur route. « Viens t'asseoir un peu à côté de moi, dit-elle. On a tout notre temps aujourd'hui. Tiens, et si on prenait une photo de nous, qu'en penses-tu ? Hein ? De nous trois, quand Boletta rentrera ? » Vera s'assit sur le divan. La Vieille se mit à coiffer ses cheveux, souples, si doux, si fins au toucher qu'ils lui glissaient entre les doigts. « Tu es contente de pouvoir retourner au cinéma, Vera ? Tu pourrais m'accompagner au Palais du Cinéma, si tu veux. Ou au Colosseum. Je ne suis pas allée au cinéma depuis l'arrivée du parlant. Ça te plairait ? Le dernier film que j'ai vu, c'était *Victoria*. Avec Louise Ulrich dans le rôle principal. Elle n'était pas mal, mais Allemande, hélas. Non, décidément… Dès l'instant où ils se sont mis à parler, c'est devenu pitoyable. Les yeux ont disparu. Les yeux et la danse ont disparu, et la bouche a triomphé. Tu sais en quoi ils ont transformé le Palais du Cinéma pendant toutes ces années ? En cellier à pommes de terre ! Mais bon, tu dois sûrement préférer aller au cinéma avec d'autres gens, plutôt qu'avec une vieille chaise longue dans mon genre. De toute façon, je finirais par avoir des fourmis dans les jambes. » La Vieille prit sa respiration en posant une main sur le bras de Vera. « Au fait, tes chevaliers servants sont venus hier, ils demandaient après toi. Les hommes, tu peux les grappiller, les avoir les uns après les autres. Mais ne te dépêche surtout pas. Prends ton temps, pour l'amour du ciel. Les hommes ne sont rien que des faux-monnayeurs indignes du papier où ils s'exposent en effigie. À l'exception de Wilhelm, bien sûr. Parfois, il est plus amusant de dire non que de dire oui. Crois-moi. »

Vera fut comme terrassée par un ébranlement intérieur, si bien que La Vieille dut la serrer contre elle un instant. Posant sa joue contre l'épaule saillante de Vera, elle lui caressa le dos d'une main et défroissa les plis de la soie. « Cette chemise de nuit, Wilhelm me l'a offerte juste après notre rencontre. Te rends-tu compte ? Me donner une chemise de nuit alors que nous n'étions même pas mariés ! Est-ce une surprise si, tous les soirs, je fermais la porte à clé et enfouissais la lune, toute la lune, dans le trou de la serrure pour être sûre que personne ne s'introduirait ? Eh bien non, ça n'a rien d'étonnant. Tiens, et si, ce soir, nous lisions quelques passages de sa lettre, hein, Vera ? On pourrait commencer à partir du moment où ils sont coincés dans la glace. »

Vera pencha la tête, ses cheveux se séparèrent pour révéler sa nuque grêle courbée comme un arc blanc. La Vieille but un autre verre de malaga et se demanda d'où Vera tirait tout ce silence. Et le plus effrayant, c'était qu'elle reconnaissait ce silence, comme s'il était transmis de génération en génération et s'abattait sur Vera avec une intensité inégalée. Le silence hurlait en elle. « Tu croyais que c'était Rakel qui voulait te parler tout à l'heure ? » chuchota La Vieille. Vera ferma les yeux. « Ne va pas croire ça, Vera. Attendre en vain revient à différer la vie. Je le sais. J'ai attendu pendant si longtemps qu'il est désormais trop tard pour revenir en arrière. J'attends toujours, Vera. J'ai pris beaucoup d'avance sur la mort. Les imbéciles et les sentimentaux m'admirent. Mais j'en sais plus qu'eux. L'espoir est une vieille dame fatiguée et fragile. »

La Vieille se retourna de nouveau pour regarder Vera et là, elle vit : une marque sur la nuque, une entaille dans la peau, entourée de petites ecchymoses. Au moment même où elle le remarqua, où elle s'apprêtait à lever la main, on sonna à la porte de la cuisine. Vera se redressa. Ses cheveux se remirent en place. La Vieille tapa du poing sur le divan. « Si c'est encore le pion, je vais te lui serrer son nœud de cravate une bonne fois pour toutes ! Ne sois pas étonnée si tu entends des cris, Vera ! »

Pieds nus, La Vieille gagna la cuisine pour ouvrir la porte. Planté à la même place qu'auparavant se tenait le concierge Bang, son énorme ruban toujours pendu à la boutonnière alors que son corps mi-vacillant gardait la verticale à la seule grâce du chapeau et que son haleine écaillait la peinture des murs par plaques entières. Il s'inclina dans une tentative de faire ressembler son geste à une courbette. La Vieille plissa les yeux et le chassa d'un revers de main comme s'il s'agissait d'une mouche. « Qu'est-ce qui vous amène encore ? Est-ce qu'il manquerait un caillou dans le gravier ? Ou bien la paix vous donne-t-elle déjà mal au crâne ? » Le concierge Bang se raidit, le regard rivé sur un point situé près des pieds nus de La Vieille. « Je souhaitais simplement vous informer que votre panier à linge a été oublié au grenier. » « Et alors ? » « Je voulais aussi vous dire que je peux aller le chercher, que cela ne me dérange pas du tout de vous le rapporter. » « Eh bien moi, ça me dérange, jeune homme. Merci et bonne fin de journée. »

La Vieille lui referma la porte au nez mais attendit de l'entendre descendre l'escalier en boitant et en parlant tout seul. Car quand le concierge Bang soliloquait ainsi, il avait une large tendance à ressasser les triples sauts et les records qu'il aurait battus si ce n'avait été les blessures, les convoitises et autres coups du sort, autant de marmonnements qui ne manquaient jamais de l'exalter encore davantage. La Vieille retourna aussitôt à petits pas pressés auprès de Vera, et, une fois assise à côté d'elle, passant le peigne dans ses cheveux secs, elle les souleva afin de revoir la nuque dont la gracilité lui donna envie de pleurer. Au lieu de quoi, elle tenta de plaisanter. « Ah, les hommes… Quelles que soient les circonstances, ils portent toujours le même costume. Mariage ou enterrement, guerre ou paix, ils ont toujours ce même costume élimé sur le dos. À l'exception de Wilhelm, qui n'en portait jamais, tu t'en doutes. T'ai-je déjà raconté la dernière nuit qu'il a passée chez moi ? Oh oui, sûrement. Tant pis, je vais recommencer. J'avais beau avoir depuis longtemps verrouillé la porte à l'aide de trois clés différentes et mis une pleine lune dans le trou de la serrure, pas moins, je l'ai laissé entrer. Il devait embarquer le lendemain matin, sur le *s/s Antarctic*. J'avais ton âge à cette époque, Vera, et il m'arrivait de saigner avec une telle violence que je croyais que j'allais en mourir, qu'il n'y aurait plus de sang dans mon cœur. Et puis il est venu à moi, Vera,

malgré les serrures, à moins que j'aie oublié de tourner
la dernière clé, qu'est-ce que j'en sais ? Il s'est couché
calmement à mes côtés, et le sang s'est arrêté. Ce fut la
première et la dernière fois entre Wilhelm et moi. La
première et la dernière fois. »

La Vieille se tut et relâcha les cheveux de Vera.
L'entaille sur sa nuque ne provenait pas d'une griffure.
On aurait dit une morsure, une empreinte bleue laissée
sur la peau, par des dents. Elle eut la sensation que sa
tête se glaçait. « Que s'est-il passé là-haut, au grenier,
mon enfant ? murmura-t-elle. Quelqu'un a-t-il été
méchant envers toi ? » Vera s'effondra sur les genoux
de La Vieille. Elle pleura en silence et ce fut sa seule
réponse : un immense spasme lui secouant le corps
jusqu'à ce que ses larmes soient taries. Alors La Vieille
sentit une colère monter en elle, une colère qui était le
double inversé de la peine, une peine dont elle avait déjà
plus qu'assez, même si elle y puisait sa vie, sa force,
même si cette peine faisait battre son cœur. Et comme si
ça ne suffisait pas, la colère s'imposait à elle. Elle
caressa la joue de Vera et songea que si quelqu'un, si
jamais quelqu'un s'était cru tout permis avec elle, avec
Vera, alors elle, La Vieille, le pourchasserait jusqu'à ce
qu'il soit mort. « Allons, ma chérie, allons, chantonna-
t-elle. Calme-toi. Ça va passer. Tout finit par passer, ou
presque. Même une guerre mondiale. Tu sais quoi ? Je
crois que je vais aller faire un petit tour au grenier pour
rapporter notre linge. » Vera s'agrippa à son bras. « Ce
n'est pas dangereux, ma petite. Je n'ai plus peur du noir,
tu sais. Et puis ça nous épargnera de nous retrouver
encore nez à nez avec le pion. » La main de Vera glissa
lentement pour retomber sur ses genoux. « À moins que
tu veuilles m'accompagner ? Ou bien tu n'en as pas
envie ? » Vera ne bougea pas, le regard nulle part. Ses
yeux, inquiets, tremblaient. « Bon, d'accord. J'y vais
toute seule dans ce cas. Après, tu pourras prendre la robe
de Boletta. Et n'oublie pas surtout, n'oublie pas que
nous allons prendre une photo. »

La Vieille enfila ses pantoufles rouges, un long

manteau par-dessus sa chemise de nuit ainsi qu'un large chapeau à cause de ces courants d'air qui soufflaient toujours au grenier, même au mois de mai, même au milieu de la journée. En la voyant dans cet accoutrement, Vera éclata de rire, pour tout aussitôt coller une main sur sa bouche. Même La Vieille rit. Oui, voilà, mon enfant, ris, pensa-t-elle, moque-toi de moi, remplis ces pièces de ton rire. Et tant pis si les pans de la chemise de nuit dépassaient du manteau, si le chapeau était posé de travers, aiguilles et épingles attendraient, il y avait des choses plus urgentes.

« Crois-tu que je doive prendre ma canne ? Oh oui, je ferais bigrement mieux. Où t'ai-je fourrée, chère canne ? » Par mesure de précaution, elle emporta également la clé de la salle de bains. Et, non sans peine, elle se mit à gravir les lourdes marches. Il ne lui échappait pas qu'à chaque étage les portes s'étaient entrouvertes. Nul doute qu'on l'épiait, mais c'était le cadet de ses soucis. Loin de raser les murs, La Vieille était plutôt du genre à frapper sa canne contre la rampe afin de prévenir de son arrivée, de sorte que les portes se refermèrent en glissant sans bruit à son passage.

À peine arrivée au grenier, elle entendit le vent, comme si la cour de l'immeuble sifflait d'une seule voix assourdie. Elle traversa le corridor, longea les resserres. Le landau était toujours renversé. Elle vit les bûches de bois tombées par terre, une lanière de ski aux couleurs norvégiennes, une bouteille vide de couleur marron qui roulait sur elle-même. La Vieille s'immobilisa. La panière de linge était posée au beau milieu du plancher, sous les cordes lâches où pendait encore une chaussette en laine. Un pigeon se tenait à l'extrémité de la poutre, dans l'angle formé par le toit. La Vieille ouvrit la lucarne à l'aide de la longue perche pourvue à cet effet, cogna durement à trois reprises, mais le pigeon ne bougea pas. Elle tenta de le déloger, toujours munie de son ustensile. En vain : l'oiseau restait immobile, peut-être était-il mort. La Vieille frissonna, décrocha la chaussette, souleva la panière. Pour immédiatement la reposer. Car dans la pellicule de poussière recouvrant les larges lattes du plancher, elle aperçut des empreintes, plus grandes que les petits pieds de Vera. Puis elle distingua autre chose. Dans le tas de vêtements gisait un bouton, un bouton brillant, qui ne leur appartenait pas. Elle le ramassa. Un fil noir y était encore accroché. Quelqu'un l'avait perdu ici. Quelqu'un était venu ici et un bouton avait été arraché d'une veste. La Vieille le rangea dans la poche de son manteau. Sa canne coincée sous le bras, elle descendit la panière à l'appartement où elle téléphona sans plus attendre au docteur Schultz, du quartier de Bislet. Il était déjà venu chez elles à maintes reprises, quand Vera avait eu ses maladies infantiles, qu'elle avait crié jour et nuit sans s'arrêter. Dans ces cas-là le docteur Schultz de Bislet rappliquait et ce qu'il recommandait, grosso modo, se bornait à : « De l'air pur. » À l'en croire, en matière de remède, rien ne remplaçait l'air pur. Il poussait le bouchon jusqu'à qualifier la forêt de Nordmarka de grande pharmacie à ciel ouvert où l'on pouvait marcher été comme hiver, y respirer autant d'air pur qu'on voulait, gratuitement par-dessus le marché. Par conséquent, c'était à son corps défendant que La Vieille lui téléphona, faute d'avoir à l'esprit un autre médecin vers qui se tourner, et lorsqu'il daigna enfin décrocher, Schultz ânonna d'une voix aussi pâteuse qu'exaspérée. Il ne pouvait guère promettre de passer avant le début de la soirée, pour peu qu'on ne sollicite d'urgence ses services ailleurs, à l'autre bout de la ville, puisque les combats étaient loin d'être terminés, chaque citoyen devait se le rentrer dans sa caboche : des Allemands désespérés ainsi que des traîtres à la nation risquaient de riposter à n'importe quel moment, des altercations avaient déjà eu lieu, avec perte de vies humaines ; c'était l'agonie de la guerre, les perdants saisis d'une ultime convulsion avant la *rigor mortis* de la défaite. Et lui, le docteur Schultz de Bislet, ne pouvait se dérober à ses responsabilités au dernier instant, il devait être prêt à intervenir pour les patriotes blessés, il devait demeurer à son poste. La

Vieille raccrocha en soupirant. Elle cacha le bouton qu'elle avait trouvé dans le coffret à bijoux, dans la chambre à coucher, avant d'aller retrouver Vera. Assise sur le divan, celle-ci n'avait pas bougé. La Vieille songea qu'elle ressemblait à l'oiseau perché sur la poutre du grenier, aussi frappa-t-elle trois coups sur le seuil de la porte, pour plus de sécurité. « D'abord, on va s'occuper des robes, annonça-t-elle. Ensuite, on fera une réussite et on boira un malaga. »

Lentement, Vera lui emboîta le pas jusqu'à la cuisine où elles repassèrent les robes. Elle enfila la verte, la robe de Boletta, bien trop grande pour elle, mais La Vieille la resserra autour de chaque côté de la taille à l'aide de deux épingles de sûreté. Elles s'installèrent devant le grand miroir du couloir. Vera baissa les yeux. Vera détourna les yeux. Elle refusait de croiser son propre regard. La Vieille passa un bras autour d'elle. « Tu vois, tu viens encore de me rattraper. Je rétrécis tellement, je serai bientôt si petite que je vais avoir le visage enfoui dans la terre. » Et voici comme Boletta les trouva, dans leur belle robe, devant le miroir, lorsqu'elle rentra à la maison, blême et bouleversée. Sans franchir la porte, elle les observa avec une stupéfaction mêlée, l'espace d'un instant, d'un certain soulagement. « Tu es belle, Vera », murmura-t-elle. Vera souleva le bas de la robe avant de se précipiter dans la salle à manger. Boletta la regarda partir. « Est-ce qu'elle a dit quelque chose ? » « Il faut qu'on fasse les carreaux, répondit La Vieille. Bientôt, c'est à peine si le soleil va pouvoir passer au travers. » Boletta prit sa mère par le bras. « Est-ce qu'elle a parlé ? Est-ce qu'elle a dit quelque chose ? » La Vieille jeta un coup d'œil dans le miroir. « J'ai fait mon temps. J'ai l'air d'un carnaval à moi toute seule. » Boletta était à bout de nerfs. « Tu ne pourrais pas aussi t'arrêter cinq minutes de bavasser comme un carnaval ! » La Vieille poussa un soupir. « Tu as encore mal à la tête, toi. Tu devrais plutôt aller t'allonger au lieu de crier comme ça. » Boletta ferma les yeux et prit une forte inspiration. « Est-ce que tu peux répondre à ma question ? » « As-tu au moins rapporté quelque chose de bon ? J'ai envie de chocolat au lait avec du beurre. » Boletta dut se retenir à la cloison. « Est-ce qu'elle a parlé oui ou non ? Ou faut-il que je te tire les vers du nez ? » La Vieille poussa un nouveau soupir, plus profond que le précédent. « Elle n'a pas prononcé un traître mot, Boletta. Mais elle m'a coiffée, au cas où tu ne l'aurais pas remarqué. Et puis je trouve que nous devrions mettre un drapeau norvégien sur le balcon. Je te parie que nous sommes les seules à ne pas l'avoir fait. » Quand Boletta voulut aller retrouver Vera, La Vieille l'en empêcha. « Laisse ta fille un peu tranquille. » Boletta s'arrêta sur sa lancée. Elle se passa une main rapide sur le front. « Tu ne crois pas qu'on ferait mieux d'appeler le docteur ? » « Chut ! Je viens juste de téléphoner à cet imbécile. »

Et le docteur Schultz arriva au moment où elles prenaient le café. Et quand le docteur Schultz de Bislet débarquait quelque part, ça se savait. Il portait sa sacoche noire à bout de bras, son chapeau mou à large bord et ses caoutchoucs noirs et brillants qu'il ne quittait pas, quel que soit le temps, de septembre jusqu'au 17 mai, jour de la fête nationale. Il avait un visage émacié, rougeaud, où le nez s'allongeait comme un point d'interrogation entre le front et la bouche. Au bout de ce tarin proéminent pendait la très célèbre goutte, qui semblait s'y être fixée pour de bon depuis ce fameux hiver de 1939 où il était allé faire du ski à Mylla, la dernière fois d'ailleurs où le docteur Schultz avait pris l'air pur. Désormais, il préférait rester bien au chaud à biberonner chez lui, à Bislet. Ce soir-là, il lui fallut toute la largeur du trottoir ainsi qu'une petite portion de la chaussée dans le seul but d'avancer. Il pestait comme un crabe noir. Les gamins de Jesseløkken le suivaient le long d'Ullevålsveien, l'interpellaient, l'encourageaient, agitaient la sonnette de leur vélo dès qu'il chancelait dans le caniveau. Certains se risquaient même de temps à autre à s'approcher pour le remettre sur la bonne route, car il lui arrivait de prendre la direction opposée, plein nord, vers les forêts de Nordmarka. De leur

hauteur, celles-ci agissaient comme un aimant gigantesque, l'attiraient irrépressiblement. En d'autres termes,
ce n'était un secret pour personne lorsqu'il s'arrêta à
l'angle de l'avenue, au numéro 127, et sonna chez nous
– et j'ai souvent pensé que tout aurait été différent si le
docteur Schultz n'avait pas vidé le cinquième whisky-
soda de la journée, pour ne pas dire le sixième, s'il avait
encore eu le geste assuré, la tête froide et le regard perçant, car alors il aurait peut-être vu quelque chose qui
aurait changé notre histoire, qui l'aurait sans doute interrompue. Je le dis une bonne fois pour toutes : avant même
sa naissance, Fred vivait dangereusement. Ce sont de
telles pensées qui, toujours, encore, suscitent en moi
frayeurs et insomnies, car notre vie ne tient qu'à un fil
ténu, un fil tissé par l'ombre des hasards. Et je le vois
devant moi, ce pathétique docteur de Bislet dont je ne sais
si je dois l'aimer ou le haïr. Je le vois s'appuyer à notre
porte, manquer de trébucher dans le vestibule quand
Boletta lui ouvre, tandis que de coin de coin, de palier en
palier, on chuchote : « Tiens ! ce poivrot de docteur
Schultz est en visite chez les femmes seules de la Gørbitzgate, ces femmes folles dont personne ne comprend rien
à rien. » À présent, un vrombissement persistant résonne
dans l'immense central téléphonique de l'immeuble,
avec, en télégraphiste en chef près du local à poubelles
dans la cour, le concierge Bang, pour retransmettre les
ragots et les relier aux récits interminables auxquels moi-
même, quand mon jour viendra, je me heurterai.

   Boletta fait installer le docteur Schultz dans une
chaise où il rassemble ses forces alors qu'elles l'aident
avec son chapeau, ses caoutchoucs et son manteau. « De
quoi souffre la patiente ? » demande-t-il. « C'est ce que
nous aimerions bien savoir », bougonne La Vieille. « Au
cas où vous ne l'auriez pas compris, vous êtes là pour
ça. » Boletta lui offre une tasse de café. « Elle a eu un
violent saignement, souffle-t-elle. Je l'ai trouvée au grenier. Elle est peut-être tombée. » Les mains du docteur
Schultz tremblent tellement qu'il doit boire à même la
soucoupe, sa voix est tout aussi tourmentée. « Oui, oui.

Un peu d'air pur lui fera sûrement du bien. Après toutes ces années de confinement. » Comme La Vieille s'apprête à lui tomber dessus à bras raccourcis, Boletta s'interpose : « Vera est dans la chambre à coucher. Je crois qu'elle a eu un choc. » Le docteur Schultz se remet lentement à la verticale, en se frottant les phalanges des deux mains les unes contre les autres. « Oui, oui. Mais elle-même, qu'en dit-elle ? » Boletta baisse les yeux. « Elle ne dit rien. Elle n'a rien dit depuis que je l'ai trouvée hier. » « Rien ? Oui, oui. Bon, je vais aller l'examiner un peu. Et je préférerais être seul avec la patiente. »

Le docteur Schultz se saisit de sa sacoche noire, entre dans la chambre, referme la porte derrière lui. Il y reste dix-neuf minutes. La Vieille et Boletta attendent à l'extérieur. Pas un son ne leur parvient. Mais lorsque le docteur Schultz ressort, il paraît plus dessoûlé que jamais. S'asseyant dans la même chaise, il garde le silence pendant un petit moment.

La Vieille n'en peut plus. « Seriez-vous assez aimable de nous dire quelque chose ? De quoi souffre-t-elle ? » Le docteur Schultz adresse un regard à Boletta. « Vous avez raison. Elle est dans une espèce de choc. Ou de psychose, pour employer le terme exact. » C'est au tour de Boletta de s'asseoir. « De psychose ? » « Ou appelez ça un *état*. Si ça sonne mieux pour vous. » La Vieille s'approche, fait voler son poing. « Expliquez-nous séance tenante de quoi elle souffre au lieu de nous embobiner avec votre jargon ! Et ne vous avisez pas de nous reparler une seule seconde d'air pur ! » Le docteur Schultz se passe un mouchoir sur le front qu'il porte haut. Sa goutte au nez vibre. « Elle a perdu beaucoup de sang, par conséquent, elle est très faible. Elle a probablement fait une chute qui a occasionné un traumatisme crânien. Elle a besoin d'un repos maximal. Je lui ai donné un calmant. » « Mais jamais elle n'a saigné autant », fait observer Boletta, d'une voix étouffée. « Que croyez-vous ? Ce sont aussi des temps inhabituels que nous traversons actuellement. »

Sur ces mots, le docteur Schultz se lève. Elles le rac-
compagnent dans l'entrée. Tandis que Boletta sort deux
billets du tiroir de l'arrière-cuisine, La Vieille le prend à
part. « Que pensez-vous de la marque sur la nuque de
Vera ? » Le docteur Schultz doit s'accorder un moment de
réflexion. « La marque ? Sûrement une piqûre d'insecte.
Qu'elle se sera grattée. » Visiblement impatient, il jette
son manteau sur ses épaules. Mais La Vieille refuse de le
laisser se défiler. « Avez-vous examiné ses intimités ? »
chuchote-t-elle. Le docteur Schultz referme sa sacoche
d'un bruit retentissant. « Plaît-il ? » « Vous savez parfaitement à quoi je fais allusion ! Est-elle intacte ? » Au même
moment, Boletta arrive avec l'argent. Il fourre prestement
les billets dans sa poche avant de passer tout aussi vite un
doigt sous son nez où la goutte, cependant, reste suspendue. « Je ne vois rien dont Vera puisse souffrir mis à
part ce violent saignement qui, et c'est tout naturel, l'a
rendue faible et anxieuse. Donnez-lui un comprimé de fer
matin et soir. » Boletta l'empoigne par le bras. « Mais
pourquoi ne parle-t-elle pas ? » Le docteur Schultz
cherche longtemps ses mots. « Le centre de la parole est
momentanément hors d'usage. Ceci peut être dû à une
hémorragie. Je veux dire… une commotion cérébrale.
Lorsque sa tension augmentera, elle retrouvera l'usage de
la parole. » La Vieille s'impatiente. « Et quand cette tension va-t-elle augmenter ? » « Ce peut être demain,
comme plus tard. Laissez le temps panser les plaies. »

Boletta ouvre la porte, le docteur Schultz sort sur le
palier. Il fait faire un demi-tour à son chapeau. « Oui,
oui. Vous n'aurez qu'à téléphoner. Si elle n'était toujours pas rétablie au cours de l'été. » Il s'arrime à la
balustrade, s'engage dans l'escalier. Après avoir chassé
à coups de canne les enfants qui traînent toujours en bas,
il oblique vers Bislet et reprend le chemin de son appartement où personne n'a appelé pour lui demander de
suppléer aux premiers soins dans les ultimes soubresauts de la guerre. Quant à La Vieille, elle claque la
porte, la verrouille et lance à Boletta : « Qu'est-ce que je
disais ? C'est toujours un imbécile ! Avant, c'était l'air

pur et maintenant c'est le temps qui va panser les plaies. »

Puis elles passent jeter un œil à Vera. Elle dort. Elles la laissent dans son sommeil. Elles vont chercher le petit drapeau qu'elles sortent à chaque fête nationale ainsi que pour le jour l'anniversaire du roi Haakon. Elles l'installent dans une jardinière vide, sur le balcon. Il ne fait pas encore noir. Le ciel se cambre au-dessus de la ville, tout en hauteur, en raideur. Un des feux de rideaux de défense passive rougeoie toujours. Au beau milieu de l'avenue traîne un haut-de-forme que la brise venue du fjord pousse sur l'asphalte. C'est alors que Vera apparaît dans le salon. Boletta et La Vieille se retournent brusquement vers elle, à peine si elles poussent un cri de stupeur, à moins que ce ne soit de joie, elles croient peut-être qu'elle va dire quelque chose, qu'elle est enfin revenue à elle ; or au même moment, elle soulève l'appareil photo pour prendre une photo d'elles, là-bas, dehors, sur le balcon étroit, devant le petit drapeau norvégien : Boletta dans son ensemble marron qui fait ressortir ses hanches larges, la bouche ouverte, une main s'approchant du visage, comme si elle voulait se cacher ; La Vieille, voûtée, bossue, dans sa grande robe jaune, ses cheveux gris lui inondant le visage, la main droite soudain serrée, à l'exception du pouce et de l'auriculaire, dressés pour former le signe du diable, alors même qu'elle me regarde droit dans les yeux (moi qui essaie de coloriser cette photographie à l'aide de mes mots maladroits), car c'est moi qui ai développé ce cliché, j'ai trouvé la pellicule, on l'avait oubliée, un jour où je rangeais les affaires de maman – et je me persuade de voir aussi sur la photo celle qui l'a prise, notre mère, à croire que cette soirée floue du mois de mai derrière les deux femmes sur le balcon était un miroir dans lequel l'ombre de Vera se révèle, comme une peine sombre, une douleur que jamais auparavant je n'ai vue, dans ce que je nomme le lent obturateur de la mémoire.

Le printemps

Ce fameux jour où le roi Haakon était censé rentrer en Norvège de son exil au Royaume-Uni, La Vieille se leva tôt. Dans la jardinière, elle planta à côté du drapeau norvégien le Dannebrog, la bannière danoise. Après quoi elle se dépêcha de rejoindre le centre-ville avant même les sept heures afin de s'assurer une bonne place au premier rang de la promenade Karl Johan, et malheur à celui ou celle qui oserait lui boucher la vue au moment où son monarque, le sien, viendrait à passer. Boletta, assurant le service de nuit aux Télégraphes, n'était pas encore rentrée. Vera était donc seule dans l'appartement lorsqu'elle se réveilla dans le grand lit. Elle enfila quelques vêtements en vitesse. Elle ne prit pas soin de se regarder dans la glace. Ne prit pas soin de se donner un coup de peigne. Cela lui était égal. Elle emprunta à La Vieille ses pantoufles, descendit l'escalier de service et traversa la cour de l'immeuble. Le silence était tellement grand. Les fenêtres étaient ouvertes. Elle s'arrêta devant l'escalier de Rakel. Un chat blanc se coulait entre les fleurs, sur le gravier, près du local à poubelles. Elle se faufila jusqu'au deuxième étage. Elle colla son oreille à la porte et elle sentit une soudaine joie, comme un coup au cœur, car elle entendait des voix à l'intérieur. Elle sonna, mais personne ne vint. Alors elle comprit que la porte était ouverte. Elle la poussa. Puis elle entra. La cuisine était vide. Les armoires étaient vides. Pas un verre, pas une tasse, pas un bol, rien, il ne restait rien. Tout avait été débarrassé. Déblayé. À peine si lui revenaient les parfums de ces plats singuliers, à la vanille et aux épices, que la mère de Rakel préparait, surtout les dimanches ; les odeurs disparaissaient à leur tour, les odeurs dans lesquelles Rakel baignait s'étaient presque volatilisées. Vera n'entendait personne. Et si elle s'était trompée ? Elle avança dans l'appartement. Elle ouvrit la porte de la chambre de Rakel. Les rideaux avaient été retirés. Le lit et le bureau étaient partis. Un portemanteau traînait sur le plancher. Dans le salon, un pot de fleurs vide était posé sur l'appui de la fenêtre. Voilà. C'était tout. Les murs étaient nus. Elle apercevait sur la tapisserie les ombres claires laissées par les peintures, enlevées elles aussi. Quand soudain elle entendit quelqu'un. Quelqu'un entrait. Elle retrouva sa joie. Elle était contente et en même temps elle avait peur. Mais elle était surtout contente. Elle traversa le salon en courant, s'arrêta net dans l'entrée. Deux hommes en vêtements de travail montaient un grand piano noir. Le visage ruisselant de sueur, ils juraient toutes les deux volées de marches. Celui qui se trouvait à l'arrière finit par la remarquer. « Du balai, jeune fille ! » cria-t-il. Vera se plaqua contre l'encadrement de la porte au moment où ils pénétrèrent dans le salon, transbahutant le piano qu'ils déposèrent devant la cheminée. Les déménageurs lancèrent les cordes par-dessus leur épaule avant d'allumer chacun une cigarette. De temps à autre, ils jetaient un coup d'œil en direction de Vera, non sans un sourire. Le plus petit des deux repoussa la visière de sa casquette pour gratter sa tignasse rousse. « C'est toi la future bonne qui va bosser chez les richards ? » Le second alluma une autre cigarette et se libéra de la corde enroulée autour de son cou comme un nœud coulant. « Pasque t'as besoin d'un bon coup de brosse, ma belle. T'as vraiment l'air d'un épouvantail ! » Ils éclatèrent de rire. « Je peux te prêter mon peigne, si tu veux », lança le roux.

Vera dévala les marches. Les hommes la regardèrent partir, surpris. Une camionnette était garée dehors où s'entassaient des meubles. Vêtu de son complet noir, le concierge Bang discutait avec une femme en gants blancs, coiffée d'un chapeau piqué d'une plume verte.

Vera ne l'avait jamais vue. Elle devait approcher de la quarantaine. Elle était enceinte. Boudinée dans son manteau, elle se cambrait, les mains écartées contre son dos, comme si elle voulait exhiber sa grossesse à tout le voisinage. Vera s'immobilisa, sans la quitter des yeux. L'inconnue finit par manifester des signes d'inquiétude, montra Vera du doigt, et aussitôt Bang fit volte-face. Il venait de repérer sa présence sur le perron. Le regard toujours dirigé vers le sien, un sourire aux lèvres, il secoua la tête et s'avança vers elle tandis que de la cage d'escalier surgissaient les déménageurs. Alors Vera prit ses jambes à son cou. Elle tourna au coin et elle courut. Et pendant qu'elle courait, elle se disait que Rakel avait déménagé, ailleurs, dans un autre appartement plus petit car peut-être, après tout ce qui était arrivé, peut-être n'avaient-ils plus les moyens pour un si grand logement équipé en plus d'une chambre d'enfant individuelle. Voilà ce qui lui traversait l'esprit, ce qui la taraudait. Elle se cramponnait à cette pensée obsédante. Elle dut passer par la cave pour rattraper l'arrière-cour et réemprunter l'escalier de service. Tout va redevenir comme avant, pensait Vera. Tout va redevenir comme avant, se répétait-elle. Cette phrase avait beau résonner en elle, claire, précise, pesante, l'emplir tout entière, elle était incapable de l'exprimer, encore moins de la prononcer à haute voix, fût-ce pour elle-même, comme si le silence la choisissait désormais. Elle réussit à rejoindre l'appartement. Personne n'était encore rentré. Elle fila à la salle de bains, se déshabilla, trouva dans l'armoire à pharmacie la paire de ciseaux qu'elle cherchait et elle se l'enfonça dans la bouche. Elle tenait les ciseaux des deux mains et elle appuya contre la langue. Elle ferma les yeux. La douleur était un autre langage qu'elle n'avait pas besoin de formuler, rien qu'un cri, qui sombrait au plus profond de son être. Elle sentit la pointe de la lame glisser le long de la langue, entailler la chair tendre et le sang submerger sa bouche. Elle attrapa une serviette hygiénique qu'elle imbiba de sang avant de la poser dans le panier de linge sale. Elle nettoya les gouttes tombées sur le sol et dans le lavabo, mit une nouvelle serviette entre ses cuisses, alla dans la chambre à coucher où elle s'allongea. Vera souriait. La bouche n'était plus étrangère au visage. Elle se l'était appropriée. Sa langue remplissait toute sa bouche. Maintenant j'ai assez de sang, songea-t-elle. Maintenant j'ai assez de sang pour tous les mois à venir. Elle entendit sa mère rentrer. Boletta claqua la porte, traversa l'appartement en tapant des pieds puis sortit sur le balcon. L'instant d'après, elle fut dans la chambre. Vera fit semblant de dormir. Cela ne l'empêchait pas de voir sa mère, comme si ses paupières étaient transparentes. Un drapeau danois à la main, Boletta, livide, avait l'air dévasté. Elle contourna le lit en silence pour emporter le *Manuel de télégraphie* posé sur la table de nuit. Alors Vera l'entendit lire. Assise au salon, Boletta lisait les règlements propres à l'envoi de télégrammes, les tarifs en vigueur, à voix haute comme si elle devait écouter ses propres mots pour en comprendre le sens. On aurait dit des lamentations, des malédictions. On aurait dit une prière, une plainte. *Comptage des mots. On comptera comme 1 mot en langage clair les mots de 15 lettres au maximum, et, dans le cas de télégrammes codés ou chiffrés, les mots ou groupes de mots de 5 lettres ou chiffres au maximum. Les constructions barbares ne sont pas autorisées. On pourra écrire en 1 mot les noms de lieux, places, rues, ainsi que les noms de bateaux, et dès lors, on les comptera comme 1 mot, si tant est que le nombre de lettres n'excède pas 15.* Vera entendait chaque mot. Boletta les lisait, les prononçait, les répétait. Il y avait quelque chose de menaçant dans cette langue, dans ces mots, qui ressemblait à la guerre. *Télégramme codé, télégramme urgent, télégramme radio.* Le *télégramme de félicitations* était le seul à avoir des accents doux à ses oreilles. *Est envoyé aux stations norvégiennes, suédoises, danoises et islandaises ainsi qu'en Grande-Bretagne et en Irlande du Nord contre la perception d'une taxe de 50 øre consignée au billet à l'attention du destinataire.* Vera en rêvait : un messager, en uniforme, peut-être un uniforme bleu, oui, bleu forcément, avec des boutons dorés, se tiendrait sur le pas de la porte, en leur tendant un télégramme analogue, sinon il ne serait pas venu, bien sûr. Et ce télégramme annoncerait une bonne nouvelle, forcément, le billet attaché viendrait supprimer le mal et restaurer le bien. Ce pourrait être un petit coucou de la part de Rakel, écrit en phrases courtes, sans quoi ce serait trop cher, pour les prévenir de son retour imminent. Ou un message de quelqu'un ayant retrouvé Wilhelm, au tréfonds de la glace et du froid, et La Vieille aurait enfin une tombe sur laquelle se recueillir. À moins qu'il n'y ait qu'une phrase d'écrite sur la feuille : *Tu as rêvé tout ce qui est arrivé.* Au lieu d'un messager, ce fut La Vieille qui rentra, et elle aussi claqua la porte. « Où est mon drapeau ? cria-t-elle. Où est mon Dannebrog ! » Vera entendit Boletta lentement refermer le livre avant de se lever. « J'ai enlevé le drapeau, maman. Nous sommes la honte de la ville entière par ta faute. » La Vieille tapa du pied. « Ce que tu peux être sotte parfois ! Le roi Haakon est danois ! » Ce fut au tour de Boletta de crier. Vera, prête à éclater de rire, se couvrit le visage avec le rebord de la couette. « Le roi Haakon est norvégien ! Ne dis pas le contraire ! » « Il est peut-être le roi de Norvège, mais il est mon prince danois à moi ! Est-ce que je peux au moins avoir la permission de planter mon Dannebrog dans la jardinière ? » « Je refuse de t'écouter quand tu tiens ce genre de discours. » La Vieille souffla son mépris. « C'est encore ton satané livre qui te monte à la tête ! Ce n'est plus un cerveau que tu as, ma pauvre fille, mais un télégraphe ! » Boletta trépigna elle aussi, ou peut-être les deux d'ailleurs, sans cesser de se disputer. « Et tu laisses Vera toute seule à la maison ? Mais tu as perdu la tête, ma parole, espèce de vieille sorcière ! »

Suite à quoi un long silence se réinstalla dans le salon. Boletta alla à la salle de bains en traînant les pieds, comme si elle n'avait plus la force de les soulever. Elle revint en courant. « Vera a eu ses règles ! » La Vieille tendit l'oreille. « Qu'est-ce que tu dis ? » « Tu as parfaitement entendu ! Vera a saigné ! » Boletta brandit la serviette hygiénique tachée de sang. Joignant les mains, La Vieille dut s'asseoir.

« Dieu soit loué, chuchota-t-elle. Le roi siège sur son trône et Vera a eu ses règles. À présent, la vie peut reprendre son cours normal. »

L'horloge

Et je sens en ce moment même un souffle sur ma nuque. On me souffle sur la nuque car ceci n'est pas encore mon histoire, je ne suis pas encore présent en elle, pas encore entré en piste, je ne me suis pas encore échauffé, mais lorsque j'y serai parvenu, que j'y aurai fait mon apparition, nul doute que je demeurerai rivé, comme le frein que je suis déjà, aux aimants de ses détails : un lacet qui se casse sur le chemin de l'école de danse, le pasteur à qui je tire la langue juste devant l'église de Majorstuen, une bouteille de soda consignée à rapporter au kiosque d'Esther ; autant de vétilles aux yeux de certains, des déraillements, des détours, qui peuvent néanmoins représenter le mystérieux angle mort nécessaire à tous les récits, c'est-à-dire le silence conféré par l'endroit où l'on choisit de se tenir : à côté. C'est dans cet à-côté que je vais m'asseoir pour vous écouter, vous tous qui ne me voyez pas. Et c'est dans ce silence que j'entends La Vieille répéter et ressasser : « À présent, la vie peut reprendre son cours normal. »

Elles croient en effet que les choses sont de nouveau à leur place, et que Vera a même retrouvé la sienne. Elle a saigné de son sang habituel et tout va redevenir comme avant. Les pantoufles rouges sont sagement posées près du divan. Le drapeau est hissé au sommet du Palais Royal. La lune est suspendue au-dessus de la rivière Aker et de nouveau les journées durent pile vingt-quatre heures. Car cinq années durant la guerre a mis le temps hors jeu. La guerre a séquestré le temps, l'a morcelé, seconde après seconde, minute après minute. La guerre est le présent. La guerre est au jour le jour. La

guerre est instants et miettes. Désormais, il est possible
de raccorder le temps, de le remonter, de le faire
avancer. La Vieille achète davantage de malaga au débit
de boissons de Majorstuen. Boletta poursuit sa lecture
du *Manuel de télégraphie* jusqu'à ce que la migraine se
dresse en elle comme un levier. Dans le bâtiment des
Télégraphes, elle évite le chef de service Egede, n'ose
lever les yeux vers l'escalier qui conduit à son étage car
elle n'a pas encore communiqué sa décision d'accepter
ou non la nouvelle place. Chaque jour, Vera fait la
grasse matinée. Puis elle se lève, sans enthousiasme.
Se traîne dans l'appartement. S'habille de chandails
informes, de vestes amples, bien qu'il fasse de plus en
plus chaud. D'aucuns affirment que ce sera l'été le plus
chaud de ce siècle et il se peut qu'ils aient raison : c'est
l'été que le peuple a tant mérité. Vera mange à peine.
Elle préfère sentir sa propre légèreté, elle préfère grandir
de l'intérieur, se rapprocher de son ombre. De la cuisine,
elle remarque que de nouveaux rideaux, rouge foncé,
ont été posés dans l'appartement de Rakel où elle n'a
pourtant vu personne. Les cordes à linge de la cour de
l'immeuble croulent sous les draps et vêtements d'hiver
tandis que le concierge Bang arrache les mauvaises
herbes. Le chat errant, dans un coin inondé de soleil, se
prélasse au point de ressembler à un cercle de fourrure,
jusqu'à ce que Bang l'aperçoive et le chasse avec un
râteau. Mais le chat s'en fiche. Il s'étire paresseuse-
ment, lève la queue, éclabousse un pot de fleurs avant de
disparaître sous le porche donnant sur la Jonas Reins
gate. Les garçons dans la cour briquent leur vélo, posent
des rustines sur les pneus, jettent de temps à autre un
coup d'œil à sa fenêtre, la fenêtre de Vera, même si plus
personne ne s'y tient. Autant de choses que voit Vera.
Elle en peuple son silence, ce silence qui commence à
taper sur les nerfs d'une Boletta souvent démangée par
l'envie de secouer sa fille pour lui soutirer quelques
mots, mais La Vieille lui murmure alors : « Ne rien dire,
c'est aussi ne pas mentir. » Une nuit, à nouveau, Vera
mord la plaie qu'elle a sur la langue. Elle sent sa bouche

gonfler, déborder de sang dont elle macule ses serviettes hygiéniques, son mensonge désemparé, son
espoir, aussi désespéré que son attente de Rakel. Le
temps était séquestré. Il a été libéré. Postée devant la
fenêtre, Vera remarque que les garçons portent leur
imperméable, qu'ils ont tellement grandi au cours de
l'été qu'on les reconnaît à peine ; puis soudain, ils grimpent sur leur bicyclette et s'engouffrent dans le porche
sans se retourner.

Un matin, juste avant le départ de Boletta aux Télégraphes où elle était censée rencontrer le chef de service Egede pour enfin lui donner une réponse, on sonna
à la porte. L'entendant de son lit, Vera fut instantanément réveillée. Quelqu'un sonnait à leur porte, de bonne
heure, un matin de septembre 1945. L'espace d'un instant, elle eut la certitude, une certitude absolue qu'il
s'agissait de Rakel, Rakel était enfin revenue et Vera se
leva, presque effrayée par tant de bonheur. Elle jeta
un coup d'œil dans le couloir. Boletta ouvrit la porte
d'entrée. Ce n'était pas Rakel. Sur le palier se tenait
un homme chauve dont elle se souvenait vaguement,
comme une image floue, indistincte, issue d'un autre
temps. Vêtu d'un long cache-poussière où la pluie
dégoulinait des maigres épaules, il portait une petite
valise carrée pourvue de chaque côté de deux fermoirs
brillants et tenait un chapeau gris dans l'autre main.
Aussi, quand Vera aperçut la valise, elle n'eut plus
aucun doute sur l'identité de cet homme qui, pour une
raison indéterminée, lui donnait toujours la chair de
poule chaque fois qu'il venait.

Il souleva la valise, à croire qu'il était intimement persuadé qu'elles l'identifieraient, elle et non lui, en premier lieu. « J'espère que vous me remettez, parce que
moi, je vous reconnais comme si je vous avais vues
hier ! » lança-t-il. Il saupoudra son visage d'un sourire
puis s'inclina. Boletta le fit entrer. « Bien sûr. Mis à part
les cheveux, naturellement. » L'homme passa une main
sur son crâne lustré, son sourire disparut de sa bouche
pour se transformer en une fissure oblique, pincée. « J'ai

été emprisonné à Grini », précisa-t-il en guise de réponse.

Il posa sa valise. Boletta piqua un fard avant d'accrocher son manteau. Il balaya la pièce d'un regard sautillant de mur en mur, de porte en porte, comme s'il enregistrait le moindre détail. Vera se retira. « Tout est à la même place, à ce que je vois. » Boletta le suivit dans le vestibule. « Eh oui… Tout est à la même place. » « Je suis ravi de l'apprendre. Les gens ont beaucoup trop tendance à tout chambouler ces derniers temps. Ils changent leur mobilier. À quoi ça rime, hein ? Je vous le demande… » Il laissa une nouvelle fois glisser son regard autour de lui, jusqu'à ce que celui-ci s'arrête sur l'horloge ovale posée sur le secrétaire. Elle indiquait dix heures douze. « Je ne sais plus trop s'il y a assez d'argent, chuchota Boletta. Nous avons un peu arrêté de compter. » « Je crains que nous soyons tous logés à la même enseigne. Il va au moins nous falloir attendre l'automne avant d'être sur la bonne pente. » L'homme se retourna vers Boletta. « Je prends de la crème dans mon café. Vous vous rappelez, n'est-ce pas ? » Boletta frappa dans ses mains. « Oui, bien évidemment. De la crème dans le café. Est-ce qu'un peu de sucre vous ferait plaisir ? » « S'il y en a dans cette maison, volontiers. Mais trois cuillerées seulement, je vous remercie. »

Soudain La Vieille se dressa dans l'embrasure de la porte du salon, en chemise de nuit et pantoufles. Elle mettait sa main en visière, comme si un soleil éblouissant brillait dans l'appartement. « Te revoilà à discuter toute seule maintenant, Boletta ? Ou essaies-tu de faire parler Vera ? » Boletta se hâta vers elle. « Arnesen est ici, maman. Tu reconnais bien Arnesen ? »

Car c'était Arnesen, de la société d'assurance vie Bien, qui leur rendait visite ce matin-là. C'était chez lui que nous avions assuré notre vie. Comme presque tous les résidents de l'immeuble d'ailleurs. Il avait pour habitude de pointer le bout de son nez chaque semestre, deux fois par an, à l'automne et au printemps, exactement à la même date, si tant est que le jour ne tombât pas un

dimanche, auquel cas il venait le lundi. Or, il n'était plus
venu depuis longtemps. Depuis septembre 1941. Et moi
aussi je me souviens de l'horloge ovale qui jamais ne
retardait. Le dernier samedi de chaque mois, Boletta ou
maman déposait de l'argent dans le tiroir placé sous le
cadran, comme s'il s'était agi d'une tirelire, ce qui ne
manquait jamais de revêtir une espèce de moment de
recueillement. Fred et moi y assistions, mains derrière le
dos : les pièces introduites dans la petite fente, puis ce tintement métallique produit par leur chute dans le réceptacle dont la stridence dépendait de ce qui s'y trouvait
déjà ; voire, durant un instant d'intense concentration, le
silence des billets pliés et repliés jusqu'à épouser la taille
requise afin de rentrer dans l'interstice. Pour ma part, je
préférais les coupures de cinq couronnes, bleues comme
peut l'être le ciel par un matin d'été radieux quand rien
ne menace, sans parler de l'effigie de Fritjof Nansen ; et
même si je ne savais pas encore compter jusqu'à cent, les
billets de cette valeur étaient de toute façon beaucoup
trop grands, presque impossibles à glisser dans le tiroir.
Dès lors, Arnesen pouvait venir récupérer ce qu'elles
appelaient la prime. Moi, je croyais que nous allions
gagner quelque chose, que l'argent allait se transformer
en prime, donc, en cadeau... Sauf qu'Arnesen débarquait
toujours les mains vides, se contentant de rafler la mise
et de repartir. Or un beau jour, il finit par en prendre trop
et voici ce qui arriva : il empocha les primes, pour son
seul intérêt, ce qui ne l'empêcha nullement de tout
perdre. Quoi qu'il en soit, j'ai longtemps cru que l'horloge fonctionnait grâce à ces sommes d'argent, que le
temps s'écoulerait plus vite si nous en déposions davantage, ou qu'il ralentirait jusqu'à s'arrêter complètement
si nous oubliions de le faire (si seulement les choses
s'étaient passées ainsi !). J'avais tenté le coup, le soir
d'un réveillon de Noël. J'introduisis deux autres pièces
de cinq øre qui, en atteignant le fond de l'horloge, résonnèrent comme une avalanche à mes oreilles. Peine
perdue. Je me souviens d'un jour où Fred vida le contenu

du tiroir avec une épingle à cheveux. Mais là non plus, le temps n'avait pas suspendu son vol.

La Vieille dut s'avancer d'un pas. « Arnesen ? Arnesen en personne ? Eh bien… dans ce cas, la vie a vraiment repris son cours normal. » Il lui fit une révérence. « Nous sécurisons votre vie de tous les jours comme vos jours de fête. Même l'au-delà trouve une place sur notre calendrier. » La Vieille poussa un soupir. « Ça, vous pouvez le laisser à Dieu, mon bon. Je crains que votre petite valise ne soit pas assez grande pour l'éternité. » Arnesen prit une profonde inspiration et sortit un mouchoir rehaussé du monogramme de la compagnie d'assurance vie, comme s'il signifiait sa reddition ou réclamait la paix. La Vieille se rapprocha de lui, plissa les yeux. « Mais dites-moi, mon cher, qu'est-il advenu de vos cheveux ? Ceux qui vous couvraient le sommet du crâne ? » « Voyons, maman ! Tais-toi ! M. Arnesen a séjourné à Grini. »

Arnesen sortit alors la clé en forme de tuyau qu'il était le seul à posséder. Il leur tourna le dos, tel un magicien soucieux de ne pas dévoiler ses secrets. Jetant un œil par-dessus son épaule, il croisa le regard de Boletta, postée dans l'ombre de la porte. Il sourit. Puis chacun entendit un déclic. Il actionna le tiroir sous le cadran, le cliquettement des pièces se fit entendre et personne ne comptait plus vite que cet Arnesen de chez Bien. Il n'avait même pas besoin de ses doigts lui qui comptait avec ses yeux, l'œil était chez lui le muscle le plus rapide. Pour finir, il déversait la somme dans une sacoche en cuir à fermeture Éclair, aux allures de trousse, rangeait le tout à l'intérieur de la valise qu'il verrouillait des deux côtés, toujours dans le plus grand secret. La scène faisait office d'immense représentation à laquelle il nous était donné d'assister.

Boletta alla préparer du café à la cuisine. Arnesen se redressa. « Cela va prendre un bout de temps avant que les calculs ne tombent juste, précisa-t-il. La guerre a fait baisser le prix de tant de choses, comme vous le savez. » La Vieille se façonna un sourire. « Vous trouvez aussi ?

Plus une vie humaine est bon marché et plus chère est la prime. Ce n'est pas ainsi que vous raisonnez, vous autres ? » Arnesen ne sourit pas. « Notre raisonnement, chère madame Jebsen, part plutôt du principe que rien n'a davantage de valeur que ce qui ne s'évalue pas en espèces sonnantes et trébuchantes. » La Vieille souffla de plus belle. « Laissez-moi rire ! Et contentez-vous donc de compter votre argent ! C'est encore ce que vous savez faire de mieux ! »

Arnesen s'apprêtait à ajouter quelque chose, mais y renonça. Au lieu de quoi il emporta dans le salon sa valise, que jamais il ne quittait des yeux. Où qu'il aille, on offrait quelque chose à Arnesen, comme si les gens avaient mauvaise conscience ou voulaient lui faire bonne impression. Peut-être croyaient-ils que leur vie était entre ses mains. Il passa lentement devant la bibliothèque, effleurant du doigt le dos des livres reliés en cuir tout en regardant autour de lui : le divan du salon aménagé en lit, le verre de malaga, la réussite. Son doigt s'arrêta sur une brèche entre quelques ouvrages où la poussière se soulevait. Arnesen avait retrouvé son sourire. « Il devrait être fusillé », dit-il. Il s'assit dans le fauteuil moelleux, dos au balcon. La Vieille se pencha sur la table. « Qui devrait être fusillé ? » « Hamsun. Le traître. » « Vous voulez dire, l'écrivain ? » « L'écrivain et le traître. » La Vieille se renfonça dans le sofa. « Je préfère lire Johannes V. Jensen », ponctua-t-elle.

Boletta apporta le plateau à café, ainsi qu'une tablette de chocolat au lait. Arnesen en coupa aussitôt un morceau qu'il suçota longuement. Il prit quatre cuillerées de sucre dans sa tasse. La Vieille s'apprêta à quitter la pièce mais Boletta la retint et s'enquit : « Et Grini ? Comment était-ce ? » Arnesen ferma les yeux et déglutit. « Le pire a dû être pour mon épouse. Obligée d'attendre dans l'angoisse et l'incertitude. » Arnesen rajusta sa vision et se rinça la voix à l'aide d'un autre carré de chocolat. « Mais elle a réussi à se débrouiller tout du long. Les femmes peuvent être plus fortes qu'on ne croit. En tout cas, la guerre nous l'a montré. »

Il jeta un rapide coup d'œil à sa tasse, Boletta la remplit à ras bord, La Vieille poussa un soupir encore plus profond. « Attendre est un privilège dont nous nous dépossédons avec joie. » Mais Arnesen ne suivait plus la conversation. Après avoir de nouveau longuement embrassé la pièce du regard, il finit par demander : « Ce ne serait pas plus petit ici, par hasard ? » Boletta s'assit. « Plus petit que quoi ? » « Que les appartements de l'autre côté de la cour. » La Vieille s'empara du dernier morceau de chocolat avant qu'Arnesen ne mette la main dessus. « Il est possible qu'ils soient plus grands. Mais les nôtres sont plus ensoleillés », commenta-t-elle. « Alors ça, je n'en suis pas du tout sûr ! Notre balcon est orienté plein sud. » Boletta et La Vieille se penchèrent en même temps. « Notre ? » Arnesen sourit de toutes ses dents et dressa son bras à la manière d'un chef d'orchestre. « J'ai repris l'appartement d'angle, celui qui donne sur le Jonas Reins gate. Là où habitait cette pauvre famille juive. »

La Vieille se leva. Ses cheveux se déployèrent sur ses épaules. « Arnesen serait-il en train de nous annoncer que nous sommes devenus voisins ? » L'homme souleva sa tasse à deux doigts en cherchant des yeux davantage de sucre. « Nous aurions dû emménager avant l'été. Mais mon épouse souhaitait d'abord que tout soit en ordre. Vous savez ce que c'est, n'est-ce pas ? » Ayant trouvé le sucrier, il ajouta deux nouvelles cuillerées dans sa tasse qu'il but à petites gorgées. La Vieille resta debout. Elle tremblait. « Non, claironna-t-elle. Non. Nous ne savons pas ce que c'est. Mais nous comptons sur vous pour éclairer notre lanterne. » Il reposa sa tasse sans faire de bruit, et, penché au-dessus de la nappe, expliqua à mi-voix sur le ton de la confidence : « Le piano, les cuillers à dessert, la planche à repasser. Un berceau. Toutes ces choses qui créent un foyer. Mon épouse attend en effet notre premier enfant. Après toutes ces années. » « Faut-il que j'aille vous chercher plus de sucre ? » demanda La Vieille. Arnesen leva les yeux vers elle. « Je vous remercie. Je crois que j'ai fini. »

Boletta dut s'agripper à la table. « Vous êtes certain qu'ils ne reviendront pas ? » souffla-t-elle. « Qui ? » « La famille Steiner. Rakel. Leur fille. » Arnesen sursauta, comme s'il avait reçu une décharge par la cuiller à café. Il la laissa tomber sur la soucoupe. Puis il se renversa sur sa chaise, en prenant un air offensé. « Bien sûr. Ils y sont restés. Tout le monde le sait. Il n'y a même personne à qui verser le montant de l'assurance. Hélas. »

Le regard de La Vieille dépassa Arnesen, enfoncé dans sa chaise, un sourire triste aux lèvres. C'est alors qu'elle découvrit Vera. Debout devant la porte de la chambre à coucher, Vera fixait droit dans leur direction. Dès que La Vieille l'aperçut, Vera cacha son visage dans ses mains, et d'entre ses doigts ruisselait du sang. Elle s'effondra. À ce moment précis, Boletta et Arnesen se retournèrent, ils virent Vera et le sang jaillir de sa bouche. Arnesen renversa la tasse de café et le sucrier. D'un bond, Boletta se retrouva aux pieds de sa fille, et, pour la deuxième fois depuis la paix, La Vieille dut téléphoner au docteur Schultz de Bislet. Pétrifié près de sa chaise, Arnesen n'arrivait pas à détacher son regard de Vera, de la chemise de nuit, de la peau presque transparente, du sang qui fusait de sa bouche. Car à présent sa tournée venait de lui fournir un secret à garder ; si toutefois quelqu'un le titillait un peu, il n'était pas exclu qu'il distille deux ou trois informations, comme quoi Vera était allongée par terre, se tordait de douleurs, divaguait entre deux goulées de sang. Quant à ceux qui écouteraient son récit faramineux, le concierge Bang si ça se trouve, ils se rapprocheraient aussitôt pour le presser de questions : Mais que disait-elle ? A-t-elle cité un nom ? Là, ils seraient obligés de lui tirer les vers du nez, Arnesen pourrait même la boucler jusqu'à ce que ni lui, ni son auditoire n'aient la force d'attendre qu'il propage ses mensonges. Je l'entendrai un jour, bien des années plus tard, un jour où j'étais rentré plus tôt de l'école, où j'avais pris un raccourci en passant par la buanderie, dans la cave. Adossé près des séchoirs, le concierge Bang racontait ses petites anecdotes aux femmes de l'immeuble, lui qui dorénavant s'était approprié ces histoires, avait troqué ces mensonges contre de nouvelles devises au taux de change intéressant. Le sang autour de sa bouche, chuchotait-il, on aurait dit une mare de bave, de l'écume écarlate… Et elle se débattait, les poings serrés, comme une bête sauvage ! Mais que disait-elle ? insistaient les autres. A-t-elle cité un nom ? Hélas, le concierge n'avait pas plus la réponse à cette question.

La Vieille raccrocha. « Le docteur Schultz arrive tout de suite. » Boletta pleurait, Vera, impassible, allongée entre ses bras. « Elle a attrapé un ulcère avec son appétit d'oiseau ! Je l'ai toujours dit. Elle doit manger ! » La Vieille se tourna vers Arnesen. « Ma foi, je crois que nous en avons fini pour aujourd'hui. Et transmettez mon bonjour à madame votre épouse. » Mais Arnesen préférait rester. Il ne voulait pas rater ça. Il ramassa le sucre qu'il avait renversé, remit la tasse sur sa soucoupe, nettoya la table avec son grand mouchoir, le tout avec une extrême lenteur. Il proposa même de les aider à transporter Vera dans la chambre à coucher. Là, La Vieille montra d'un doigt décidé le vestibule et la porte. « Je vois que votre manteau est toujours accroché. Ne l'oubliez pas en partant. »

Sauf qu'Arnesen devait d'abord recompter les sous. Il devait se plonger dans sa valise, vérifier le montant, pièce après pièce, billet après billet. Et lorsque La Vieille sortit de la chambre, une fois Vera couchée, alors que Boletta continuait de pleurer, qu'elle était définitivement en retard pour partir au travail, Arnesen n'avait pas bougé de l'entrée. Le manteau sur le bras, il tournait son chapeau entre ses doigts comme s'il s'agissait d'un volant. « La pauvre jeune fille est-elle revenue à elle ? » demanda-t-il à voix basse. « Elle dort. Au revoir. » Arnesen dévisagea La Vieille. « Est-elle souvent sujette à des attaques de ce genre ? » « Voilà plusieurs semaines que Vera souffre d'une infection pulmonaire. Je vous ai dit "au revoir". » Arnesen esquissa un sourire. « Une infection pulmonaire ? Il arrive que notre société demande une attestation médicale avant de décider du montant de la prime. » La Vieille ouvrit la porte en grand. « Nous avons déjà appelé le docteur. Pour la troisième fois, je vous répète "au revoir". »

Arnesen s'inclina, souleva sa valise avant de s'engager lentement dans la cage d'escalier où il s'arrêta pour boutonner son manteau. La Vieille s'apprêtait à refermer la porte quand soudain elle changea d'avis et l'attrapa par le bras. « Comment pouvez-vous avoir la certitude que les Steiner ne reviendront pas ? » « Parce qu'ils sont morts ! Je vous l'ai déjà dit. Vous ne lisez donc pas les journaux ? Et il serait complètement ridicule de laisser cet appartement vide, non ? » La Vieille lâcha Arnesen qui fouilla aussitôt dans ses poches. Il en sortit une coupure de presse, une photographie. « Voyez vous-même. Je l'ai trouvée dans le *Veckojournalen* suédois. Il s'agit bien, ici, de Mme Steiner, et là, de sa fille Rakel, n'est-ce pas ? »

La Vieille lui prit la photo des mains. Elle la leva pour la rapprocher de ses yeux. C'étaient elles. Une peine incommensurable et une colère tout aussi immense l'envahirent. C'étaient Rakel et sa mère. La mère agonisante, à moins qu'elle ne soit déjà morte, la peau sur les os, en haillons, le cuir chevelu distendu, les yeux beaucoup trop grands, des yeux qui fixent l'objectif ou Dieu ou bien le diable ; et Rakel, presque nue, les épaules saillantes comme des bréchets, qui tient la main de sa mère, elle se cramponne, elle pleure, elle hurle, sa bouche est une plaie ouverte dans son visage de jeune fille déjà vieille, sans âge, au-delà du temps, une enfant estropiée, cernée elle aussi par la mort, voilà ce que montre cette photo : la mourante agrippée à la morte. Et au-dessous figure : *L'effroyable camp de Ravensbrück. Le camp de concentration avait fini par atteindre une telle surpopulation qu'il ne restait plus de vêtements pour les captives.* Rien de plus. La Vieille dut s'appuyer contre le mur. « Et vous vous trimballez avec ça dans la poche, chuchota-t-elle. Vous devriez avoir honte. » « Je

les ai seulement reconnues, marmonna-t-il. Du coup,
j'ai découpé l'article. Pouvez-vous me le rendre à présent ? » « Non, assena La Vieille. Cette photo, je la
garde. Tant que vous habiterez dans leur appartement. »
Arnesen remit son chapeau et pivota sur ses talons.
« J'espère qu'un jour nous parviendrons tous à retrouver
un sommeil paisible », ajouta-t-elle.

Ils entendirent alors le docteur Schultz en bas dans
l'escalier, ses pas lourds, sa main sur la rampe. Arnesen
jeta un coup d'œil furtif à La Vieille. « Merci, mais je
dors à merveille. Sauf quand mon épouse a des
insomnies. » À ces mots, il dévala les marches, et, croisant un docteur Schultz plus maigre que jamais mais
sobre ce jour-là, il lui tendit sa carte de visite. Le
médecin hésita une seconde, lut, secoua la tête. Arnesen,
qui s'était arrêté sur le palier du dessous, son chapeau à
la main, avait retrouvé le sourire. « Appelez-moi à
l'occasion, docteur ! » « L'occasion ne se présentera
pas. Fort heureusement, je n'ai rien à assurer. » Il
plongea la carte de visite dans sa poche et monta les dernières marches jusqu'à l'étage où La Vieille l'attendait
avec impatience. Elle le tira à l'intérieur avant de claquer la porte. « Elle est dans la chambre à coucher.
Venez immédiatement ! Et ne prenez pas la peine de
retirer vos souliers ! »

Une fois de plus, le docteur Schultz exigea d'être seul
avec Vera pour pratiquer son examen. La Vieille et
Boletta attendaient dans le salon. Elles ne disaient rien.
Elles écoutaient. Pas un bruit ne résonnait, à croire que
le silence de Vera s'était infiltré dans les meubles, les
murs, les abat-jour, les tapis, les peintures, avait donné
à l'ensemble une couleur plus sombre, une odeur plus
lourde. Un courant d'air s'engouffrait par la porte du
balcon, un tremblement froid autour des pieds. Le vent
agitait les arbres bordant Kirkeveien pour mieux les
dépouiller de leurs feuilles. Le premier été de la paix
s'enfonçait déjà dans son feuillage. À Copenhague, le
Danemark avait battu 2-1 l'équipe norvégienne. Les
bombes étaient tombées sur Hiroshima et Nagasaki et

l'ombre de l'humanité était à jamais soudée à la terre. Le docteur Schultz n'en finissait pas.

La Vieille se leva, impatiente. « J'ai froid ! Tu peux dire ce que tu voudras, je grelotte ! » Les mains jointes, Boletta s'exclama : « Mais je n'ai rien dit ! » « Eh bien, j'ai froid quand même ! Il s'est endormi ce toubib ou quoi ? Je vais aller voir ce qu'il fabrique ! » Boletta l'arrêta dans son élan. « Laisse-le tranquille. » « Puisque c'est comme ça, je vais allumer le poêle. Ce soir, je veux un malaga chaud et même Vera en aura un ! Avec du quinquina dedans ! » Boletta relâcha son étreinte. « Oui, maman, c'est ça. Allume le poêle. »

La Vieille gratta une allumette qu'elle jeta dans l'ouverture avant d'actionner la clé de tirage. Elles ne tardèrent pas à sentir monter la chaleur, La Vieille posa ses mains contre la plaque verte, rugueuse. Elle soupira. « Je ne veux plus m'assurer chez Arnesen. C'est décidé. » « Ne dis pas de bêtises. Si tu fais ça, il va nous reprendre l'horloge. » « Tant pis ! Je ne l'aime pas, mais alors vraiment pas ! » Ce fut au tour de Boletta de soupirer. « Tu es devenue une vraie grincheuse. Voilà ce que tu es devenue ! Une grincheuse ! » La Vieille tapa du pied. « C'est complètement faux ! Je ne peux pas voir cet Arnesen en peinture, un point c'est tout ! » « Oui, et le docteur Schultz non plus, tu ne le supportes pas. Tu es d'une insolence… Envers tout le monde en plus ! » La Vieille souffla par-dessus son épaule. « Tu peux me dire ce que cet imbécile fabrique à la fin ? Il n'était pas ivre en arrivant, si je ne m'abuse ! » Boletta, exaspérée, continua sur sa lancée. « Et le concierge Bang ? Lui non plus tu ne peux pas le voir en peinture ! » La Vieille s'esclaffa devant le poêle. « Quel sport pratiquait-il dans ses jeunes années ? Le triple saut ! Cet ectoplasme ridicule ! J'ai bien l'impression que ta migraine est revenue, tu ferais bien mieux de te reposer la langue. » « Tu n'aimes personne ! » s'écria Boletta. « C'est faux ! » « Alors cite-moi le nom de quelqu'un que tu aimes. Si tant est que tu te souviennes

encore de son nom ! » « Mais volontiers, ma chère.
J'aime Johannes V. Jensen ! »

La Vieille s'interrompit en poussant un petit cri,
ramena ses mains réchauffées contre sa poitrine comme
si elle venait de se brûler les doigts au poêle. Boletta se
redressa d'un bond. « Qu'est-ce qui t'arrive, maman ? »
La Vieille désigna la lucarne encrassée du poêle, derrière laquelle dansaient de hautes flammes dorées.
« Nous venons de brûler Hamsun, murmura-t-elle.
Hamsun est en train de se consumer. »

À cet instant précis, le docteur Schultz sortit de la
chambre sans le moindre bruit. Il referma la porte derrière lui, rejoignit les deux femmes dans le salon, posa
avec précaution sa sacoche par terre. Et il resta là,
debout, pendant un long moment, à fixer ses caoutchoucs dont l'un n'était pas nettoyé, à moins qu'il ait
marché dans une flaque en chemin, ou dans la gadoue,
qui sait.

Enfin, il leva les yeux, et commença à parler à mi-
voix, donnant force détails. « Vera a encore perdu beaucoup de sang. » La Vieille fit un pas vers lui, le souffle
court. « Merci, nous le savons déjà. Si ce n'est qu'elle a
saigné de la bouche cette fois ! » Le docteur Schultz
acquiesça. « Oui. Elle a dû se mordre la langue, semble-
t-il. » Boletta s'enfonça dans le sofa, souriante. « Elle
s'est mordu la langue ? Alors elle ne souffre pas d'un
ulcère ? » « Oh, non ! C'est tout sauf un ulcère. Excusez-
moi... Je ne sais pas si c'est moi, mais il fait très chaud
chez vous, non ? » Le front luisant de transpiration, le
docteur Schultz passa un doigt dans son col de chemise
froissée pour s'aérer un peu. La Vieille s'approcha
davantage. « Effectivement. Il fait chaud. Nous brûlons
les œuvres complètes de Hamsun. » « Pardon ? »
« Auriez-vous maintenant l'obligeance de nous expliquer
l'état de Vera ? »

Le docteur Schultz se tourna vers Boletta. « Vera ne
souffre de rien. Mis à part... Je veux dire... » Il se tut
brusquement, baissa les yeux, s'abîma derechef dans
la contemplation de ses lamentables caoutchoucs. La

Vieille se hissa sur la pointe des pieds. « Mis à part quoi, jeune homme ? Mais parlez, pour l'amour du ciel ! »

Le docteur Schultz, ce jeune homme frisant les soixante-dix ans, se redressa le mieux possible. « Quels mots dois-je employer ? » ânonna-t-il, hésitant. La Vieille était presque sur lui. « Je vais vous expliquer, moi ! Crachez donc le morceau, et tout de suite, au lieu de rester planté là, à bégayer comme un pioupiou timoré ! » Il passa une main sous son nez où la sempiternelle goutte était toujours aussi impossible à enlever. « Vous ne savez donc rien ? »

Et là, La Vieille eut une réaction dont les gens aux abords de Kirkeveien reparlèrent des années durant, dont ils parlent peut-être encore, du moins pour ceux qui, aussi, se remémorent le cri de Boletta, si tonitruant qu'il fit tomber le crépi, les ardoises et les lustres, de Fagerborg à Adamstuen. Je n'en serais nullement surpris. En revanche, je demeure sidéré que certains aient eu vent de quoi que ce fût, car j'ai du mal à m'imaginer le docteur Schultz aller en toucher un mot à âme qui vive. À mon sens, il devait au contraire avoir jeté un voile pudique sur cet instant, ou même menti. En tout cas, ce n'était personne de chez nous. Sans oublier que, peu de temps après, le docteur Schultz passa l'arme à gauche. En novembre, aux premières chutes de neige, il décida de refaire sa traditionnelle randonnée du côté de Mylla. Il n'en revint jamais. Des promeneurs le retrouvèrent le printemps suivant, loin des sentiers battus, entre Sandungen et Kikut. S'il tenait toujours ses bâtons de ski, sa goutte au nez, enfin détachée, attendait comme une perle mate enchâssée dans sa bouche en putréfaction. Au-delà d'un porte-monnaie et d'un racloir à skis, ses poches ne contenaient guère qu'une carte de visite au nom d'un homme vendant des polices d'assurance, en conséquence de quoi la police crut en premier lieu qu'il s'agissait de Gotfred Arnesen, commissionnaire auprès de la compagnie d'assurance Bien, qui gisait là après avoir donné un ultime coup de bâton de ski. Et la confusion fut à son comble lorsque deux agents de police vinrent trouver l'épouse dudit Arnesen pour lui annoncer que son mari avait hélas été retrouvé mort dans la forêt de Nordmarka. Elle faillit en mourir de chagrin. Même après que ce malentendu eut été dissipé, puisque Gotfred Arnesen rentra de son travail à l'heure habituelle, impatient de voir son petit garçon de trois mois, elle ne fut jamais tout à fait la même ; la fausse nouvelle forma une cicatrice dans son esprit, si bien qu'elle n'osa plus ouvrir la porte quand on sonnait, sortit toujours vêtue de noir et, en fin de compte, alla jusqu'à interdire à son mari, Gotfred Arnesen, de quitter l'appartement.

Mais ce n'est pas ce que je vais raconter. J'anticipe, pris dans l'engrenage de mes *flash-forward*. Car voilà ce qui se passe à présent : La Vieille gifla purement et simplement le docteur Schultz. Elle lui administra du plat de la main une claque retentissante. « Allez-vous nous dire oui ou non ce que vous avez sur le cœur ? » Le docteur Schultz se pencha pour frotter d'un doigt son caoutchouc souillé. Quand il se releva, la joue brûlante, la goutte faisait le pendule sous son nez. « J'ai sans doute moi aussi sauvé une vie, murmura-t-il. Aujourd'hui, Hippocrate peut être fier de moi. » « Qu'est-ce que vous êtes en train de raconter encore ? » vociféra La Vieille.

Le docteur Schultz déglutit, avant de s'éclaircir la voix.

« Vera est enceinte », dit-il.

Boletta s'élançait déjà vers la chambre à coucher mais La Vieille l'arrêta puis s'adressa de nouveau au médecin de sa voix la plus douce. « Très cher docteur Schultz. Annoncez-nous plutôt quelque chose que nous ignorons. Puisque nous sommes parfaitement au courant de la grossesse de Vera. Nous désirons simplement savoir si elle et l'enfant vont bien. » Le docteur souffla. « Tout semble aller le mieux du monde ! » Boletta parvenait tout juste à s'exprimer. « A-t-elle dit quelque chose ? » Le docteur Schultz secoua la tête. « Pas encore. Mais donnez-lui du temps. À propos, puis-je vous poser une question ? » La Vieille acquiesça mais dut soutenir Boletta. « Qui est l'heureux père ? » « Il est mort dans ces beaux jours de mai, s'empressa de répondre La Vieille. Ils auraient dû se marier. »

Le docteur Schultz détourna les yeux, laissa glisser un doigt le long de sa joue. « Pardonnez mon indiscrétion. Je suis médecin. Et non pasteur. Hippocrate doit être très mécontent de moi. Vous avez le droit de me donner une nouvelle gifle. » La Vieille posa alors délicatement la main sur celle du docteur Schultz qu'elle serra avec douceur. Puis il prit sa sacoche noire et les quitta. Jamais elles ne le revirent. Elles n'entendirent que les gamins actionner la sonnette de leur vélo et ricaner au moment où il sortit dans la rue.

Boletta scrutait La Vieille, qui lui maintenait toujours le bras, elle hésitait entre crier ou bien hurler. « Tu le savais ? siffla-t-elle. Tu savais qu'elle attendait un enfant ? » La Vieille se dégagea. « Fallait-il révéler notre ignorance au docteur Schultz ? Le mensonge est plus rapide que la vérité. »

Elles entrèrent dans la chambre à coucher. Vera était allongée. Ses yeux fermés fixaient le plafond, le cristal biseauté du lustre. Boletta tomba à genoux au chevet de sa fille. « Raconte-nous ! implora-t-elle. Qu'est-ce qui s'est passé au grenier ? »

Mais Vera ne dit rien. Elle soutenait son silence. La Vieille alla chercher la bouteille de malaga, elle dut utiliser ses deux mains pour verser ce qu'il en restait. « Cet enfant, nous devons en prendre grand soin », murmura-t-elle.

Et l'après-midi de cette même journée, La Vieille descend au commissariat de police de Majorstuen. Elle doit patienter trois quarts d'heure avant d'être reçue par un jeune policier carré derrière une machine à écrire. « Je veux déposer plainte pour viol. » L'agent lève les yeux sans réussir à dissimuler un sourire sous sa fine moustache claire. « Un viol ? Avez-vous été victime d'un viol ? » La Vieille se penche vers le vaurien. « Ma petite-fille a été victime d'un viol, jeune homme ! Je suppose que vous vous payez ma tête, tout sanglé que vous êtes dans votre uniforme ? » Le rouge aux joues, le policier cale une feuille dans la machine à écrire. « Je ne me le permettrais pas, madame. Quand cela a-t-il eu lieu ? Le viol, je veux dire. » « Le 8 mai », répond La Vieille. Il lève les deux mains des touches pour l'observer de nouveau. « Le 8 mai ? Mais ça fait bientôt quatre mois ? » « Inutile de me le rappeler. Est-ce que maintenant vous pouvez commencer votre enquête, oui ou non ? »

Et l'agent de noter consciencieusement nom, adresse, date et circonstances de l'agression sur une feuille qu'il dépose ensuite au bas d'une pile de dépôts de plaintes qui n'a cessé de grossir. La Vieille achète une bouteille de malaga au débit de boissons, demande du quinquina à la pharmacie car le mélange constitue une décoction idéale contre la peine, la gueule de bois et l'attente. Jamais l'avenue ne lui a paru si raide. Une fois dans la cour de l'immeuble, elle s'immobilise un instant, observe les jeunes garçons sur le perron qui jouent à lancer des pièces de monnaie. Leur visage aux traits encore incertains est empreint d'une infinie douceur. Autour du pot leur servant de cible où ils sont accroupis, les rires fusent, les poings voltigent, les pièces cliquettent. Quand ils prennent conscience de sa présence, comme si le regard de La Vieille était trop lourd à porter pour leurs maigres épaules, ils se redressent, graves et silencieux, avant de se tourner vers elle. Non, songe-t-elle, non, ils sont innocents, ils ne sont pas encore assez adultes pour commettre une telle atrocité, ils ne sont encore que des enfants qui cherchent leur visage. La Vieille sourit, sort une pièce, la lance aux gamins dont l'expression sérieuse se dissout dans la jubilation, les éclats de rire, tandis qu'ils lèvent les bras, se poussent du coude en toute amitié. « Dites bonjour à Vera de notre part ! »

Surgit alors sur le perron le concierge Bang, une caisse à outils sous le bras. Il ramasse la pièce tombée sur la marche, à ses pieds. Les garçons se taisent, l'air maussade. « Qu'est-ce qui se passe ici ? Il est formellement interdit de jouer dans la cour ! » Non, pense La Vieille, non, pas lui, pas le concierge Bang, tout-puissant dans son immense niaiserie, avec son pied-bot qui le désignerait immédiatement comme l'auteur du crime. « Rendez-leur leur argent ! » lui ordonne-t-elle.

Cette nuit-là, La Vieille ne parvient pas à trouver le sommeil. Elle va réveiller Boletta qui elle non plus ne dort pas et veille sur Vera. Vera est ici la seule à dormir. « Toutes sortes d'individus traînaient dans les parages à cette époque », chuchote La Vieille. Boletta se redresse. « Qu'est-ce que tu veux dire ? » « Au grenier. Toutes sortes de gens se cachaient là-haut, pendant ces jours de mai. » Boletta cache son visage entre ses mains. « Espérons que c'était un soldat », ajoute La Vieille d'une voix encore plus étouffée. « Un soldat norvégien incapable de contenir la guerre en lui. » « Mon Dieu ! » gémit Boletta. « Et dire que nous l'avons laissée aller là-haut toute seule ! Mon Dieu ! » La Vieille s'assied sur le bord du lit. Elle ajouta :

« Dieu ne nous pas été d'un très grand secours jusqu'à présent. »

La colline

Un après-midi de janvier, en cette nouvelle année de 1946, La Vieille est assise sur un banc à Blåsen, la colline du Stensparken qui surplombe la capitale. Elle contemple la ville plongée dans le silence. Elle sent alors un calme se déposer en elle. C'est son lieu de prédilection. Elle distingue les contours du fjord, lourd, gris, sous la nappe de brume glacée qui s'épaissit sur Ekeberg. Sur les balcons sont entreposés les sapins de Noël d'où pendent encore, au bout de leurs branches sèches et brunes, des restes de décoration. La Vieille est minée par une tristesse, une angoisse. Vera n'a toujours pas parlé et elle porte un enfant qu'elle ne peut plus cacher. C'est une folie qui les pousse toutes les trois vers cette démence de silence. Boletta reste chaque nuit éveillée, elle maigrit à vue d'œil et ne se pardonne pas d'avoir laissé Vera monter seule au grenier. Quant à Vera, elle se poste chaque jour devant le miroir, la tête penchée, incapable de soutenir son propre regard. Bientôt, il lui en faudra deux, deux miroirs. Qui s'est introduit en elle par effraction en ce jour de réjouissance ? La Vieille ne le sait pas. En revanche elle sait ceci : celui qui a fait ça et est arrivé à ses fins, celui-là, le père de l'enfant, a éventré, anéanti, il a plongé Vera dans le crépuscule et ne mérite rien d'autre qu'une douleur plus grande encore, que des ténèbres plus sombres encore. Ce qui n'empêche nullement La Vieille, au fond d'elle-même, de se répéter : Cet enfant, nous devons en prendre grand soin. Car La Vieille connaît tout de la peine. La peine est sa force, son tourbillon, ce qui la fait vivre, ce qui la galvanise. Et elle veut l'inculquer à Vera.

Elle veut lui apprendre à porter la peine comme un triomphe, la douleur comme un bouquet dont les fleurs s'épanouissent nuit après nuit. Aussi, quand elle entend des pas dans la neige, elle n'éprouve pas le besoin de se retourner, sachant parfaitement de qui il s'agit. Et elle songe : Je n'ai aucune tristesse et je n'ai aucune angoisse ; je suis intelligente et je suis vieille. Car qui le serait, sinon, intelligente, vieille, courageuse, si elle-même ne l'était pas ? La Vieille sourit quand Vera s'assied à côté d'elle. Elle attend avant de dire quelque chose. Elles se taisent toutes les deux et elles acceptent leur silence respectif.

« Tu n'es sûrement pas venue là pour parler, finit par dire La Vieille. Mais sache que de toute façon tu es la bienvenue. » Vera pose sa tête contre l'épaule de sa grand-mère qui frémit tandis qu'un souvenir remonte à sa mémoire. Ils avaient tourné dix-huit scènes en trois journées continues pour un film intitulé *La Femme de chambre et l'hôte inconnu*. Un studio avait même été construit, dans un champ à l'extérieur de Copenhague. Ses yeux lui brûlaient après toutes ces heures passées sous la lumière forte. Pourtant elle était heureuse. Heureuse parce que ce serait un succès, que ça ferait sensation, et tout le monde le savait. Ils nageaient dans le bonheur, tous, dans le plaisir d'être ensemble : du clapman au metteur en scène, en passant par le pianiste et le héros. C'est alors qu'ils avaient entendu le photographe hurler, puis aussitôt éclater en sanglots. Il avait oublié de mettre la pellicule dans la caméra. C'était impossible. Ça ne pouvait pas arriver. C'était arrivé. Tant d'efforts réduits à néant. Le moindre regard, le moindre mouvement était oublié, aboli, comme si rien n'avait eu lieu, comme si tout ce qui ne s'était pas fixé sur la pellicule était fictif, irréel, inexistant. Le metteur en scène s'était levé. Il était resté figé, puis s'était rassis, en se cachant la tête dans ses mains. Personne n'osait parler. Et La Vieille, qui était alors La Jeune, belle et convoitée, avait été la seule à se risquer. « On n'a qu'à le refaire », avait-elle dit. Mais ça n'avait pas marché. Ça ne pouvait pas être refait. Il leur fallait trouver autre chose, un nouveau titre, une nouvelle histoire. Or ils avaient beau faire et refaire, toujours ils se comparaient à ce qui jamais n'avait été filmé et jamais ils n'étaient satisfaits car jamais ils ne seraient aussi bien que ce qui n'existait pas. C'était la fin, constate à présent La Vieille, parcourue d'un nouveau frisson. Le meilleur film n'était pas seulement muet, il était aussi invisible. L'envie lui vient de raconter cette histoire à Vera, mais elle y renonce car, si ça se trouve, elle l'a déjà racontée et, de toute manière, c'est une histoire triste. Au lieu de quoi elle glisse : « Je sais à quoi tu penses, Vera, même si tu ne le dis pas. C'est ça d'être dure d'oreille. Je n'entends que les pensées, les rêves, les battements de cœurs. »

La Vieille soupire. Elle lève le bras pour enlever la neige des cheveux de Vera. « Quelqu'un t'a fait du mal, ma petite Vera. Autant de mal qu'il est possible de nous faire. Mais pardonne-moi et pardonne Boletta de n'avoir pas compris ton silence. »

Elles restent là, Vera et La Vieille, assises l'une à côté de l'autre, se tenant l'une l'autre, à Blåsen, dans le Stensparken, avec vue sur la ville – cette même ville où plus tard je me perdrai à mon tour, bien qu'elle soit encaissée entre les collines, surplombée par un ciel plus petit qu'un couvercle de boîte à chaussures. « Je t'ai déjà parlé de L'Homme de la nuit ? C'est comme ça qu'on l'appelait. L'Homme de la nuit. Il venait ici, pour enterrer ses chevaux morts. Nous sommes assises sur un monticule de chevaux morts, Vera. Personne n'a jamais su ce qu'il faisait dans la journée. D'après certains, il dormait près des chevaux morts. Et puis un jour, il a disparu pour de bon. »

À présent, c'est La Vieille qui doit s'appuyer sur l'épaule de Vera. « Il y a beaucoup trop d'hommes de la nuit dans notre famille », murmure-t-elle.

Elles rentrent avant d'avoir trop froid. Vera a même la permission d'emprunter le châle de La Vieille. Or au moment de traverser la Pilestredet, juste devant Bayern, là où les baraquements allemands tout de guingois tiennent encore debout et font office de jardin d'enfants, là, elles rencontrent Arnesen mari et femme : enceinte d'autant de mois que Vera, emmitouflée dans un ample manteau de fourrure, madame toise Vera de la tête aux pieds avec un petit sourire en coin, tandis que monsieur lève son chapeau. « Je vois qu'on a cessé de cacher un heureux événement », lance-t-il. La Vieille le regarde dans le blanc des yeux. « Mais mon bon monsieur, nous n'avons rien à cacher ! Je vous salue ! »

Elle entraîne Vera en la prenant par le bras. Arnesen, lui, repose son couvre-chef et leur crie : « Je vais bientôt venir vous voir. Pour vider l'horloge… N'oubliez pas que la prime augmentera. Pour peu que vous décidiez de garder l'enfant. »

Mais La Vieille continue d'avancer, le dos droit. Elle cramponne Vera. « Ne te retourne pas ! chuchote-t-elle. Pas question de faire ce plaisir à Arnesen et sa tout aussi infecte bonne femme ! »

Elle remarque que Vera a blêmi. La pâleur a envahi le contour de sa bouche, ses lèvres tremblent, elle perd l'équilibre dans l'escalier comme sous le poids d'un lourd fardeau, elle suffoque, et à peine se retrouve-t-elle dans l'entrée qu'elle s'effondre en poussant un hurlement. Boletta accourt aussitôt. « Mon Dieu ! C'est la maladie qui l'a frigorifiée à ce point ? » La Vieille s'agenouille devant Vera. « Non, souffle-t-elle. Vera est en train d'accoucher. »

Et comment dois-je décrire la douleur, la fureur en même temps que l'amour de cette naissance (moi qui suis stérile, qui me tiens à l'extérieur de tout cela) ? Je me contenterai de ceci : les brutales contractions de la puissante paroi utérine ont commencé. La partie inférieure du col de l'utérus se dilate comme on creuse un tunnel, un tunnel pour le fœtus qui, trente-huit semaines durant, a baigné dans des membranes d'eau, niché au creux de cette cavité tiède ; en d'autres termes, c'est un fœtus impatient, impitoyable, qui comprime et traverse le bassin, tandis que les douleurs s'intensifient, que la paroi abdominale et le plexus sont étirés de part en part car le moment est venu : l'enfant s'extirpe. Boletta réussit à dégoter un taxi puis, aidée de La Vieille, porte Vera en bas, l'installe sur la banquette arrière, sous le regard effrayé du chauffeur, un jeune homme en uniforme à la casquette lustrée, à qui La Vieille ordonne :

« À l'hôpital d'Ullevål, jeune homme ! À la maternité ! Et tout de suite ! »

Le voici maintenant qui remonte Kirkeveien à vive allure, plus vite que la loi ne l'autorise, alors que Vera gémit et râle et que la sueur ruisselle sur son visage. Soudain, tout bruit la quitte. Elle s'écroule sur le siège. Boletta soulève délicatement la robe et voit la tête apparaître, une tête fripée, poisseuse, qui déjà inspire l'air pour aussitôt expirer un cri ; le reste du corps suit, c'est un garçon, et avec lui la poche puis une mare où le sang se mélange aux glaires et aux membranes. Le chauffeur freine brusquement. Couché sur la banquette entre les cuisses de Vera, le bébé hurle, vivant, déchaîné. Voilà comment est né mon frère, mon demi-frère, dans un taxi, au croisement de Kirkeveien et d'Ullevålsveien.

Et les premières paroles de Vera sont celles-ci ; elle est assise, les yeux fermés, et elle prononce ces mots étranges : « Combien de doigts a-t-il ? » Boletta regarde La Vieille qui se penche sur cet enfant en train de brailler pour compter les doigts de chaque main. « Il a dix beaux petits doigts », murmure-t-elle.

Vera ouvre les yeux. Elle sourit. Le chauffeur se penche sur son volant. Il ne se soucie pas des fauteuils en cuir souillés de sang, de viscères, de glaires, il n'a pas le temps d'y penser, pas quand un être humain vient au monde dans son véhicule, non, il compte les mois, les semaines, il se livre à toute espèce de calculs mentaux et finit par y arriver, il arrive à mai, mai 1945. Et enfin il déclare :

« Celui-là, vous ne pouvez pas l'appeler autrement que Fred[1]. »

---

1. *Fred* signifie « paix » en norvégien. *(N.d.T.)*

Fred le claironnait lui-même : « C'est un chauffeur de taxi qui m'a baptisé à un carrefour. J'ai été baptisé par un putain de chauffeur, dans un putain de tacot, au beau milieu d'un putain de croisement. » Et je crois qu'il aimait le répéter de cette manière vu son sourire en coin, son rire bref ; oui, après avoir raconté ça, il souriait toujours, même si, tout aussi vite, il portait la main à son visage comme s'il avait rougi, et même si j'étais le seul à l'entendre.

Le prénom

Vera vient de se réveiller. La Vieille et Boletta sont à son chevet. Un paravent est déplié derrière elles. Vera distingue des ombres se déplacer lentement de l'autre côté. Elle entend des chuchotements puis, soudain, des pleurs d'enfants. « Où est-il ? » demande-t-elle. La Vieille éponge tendrement son front humide. « Elles prennent soin de lui. » Vera se redresse. « Quelque chose ne va pas ? C'est ça, hein ? Dis-le-moi ! » La Vieille la repousse avec douceur au creux de l'oreiller. « Tout va très bien, ma petite Vera. Il est en parfaite santé et crie plus fort que tous les autres. Tu te souviens du nom que lui a donné le chauffeur de taxi ? » Vera la regarde, un bref sourire se dessine sur ses lèvres. « Fred », murmure-t-elle. « Et Fred t'a redonné la parole », lui rappelle La Vieille avant de se tourner vers Boletta qui, silencieuse jusque-là, se penche pour prendre la main de sa fille. « Il y a quelque chose qu'ils doivent savoir, Vera. » « Je veux le voir, maman. » « Oui. Et bientôt tu pourras même le tenir dans tes bras. Mais ils vont d'abord te demander quelque chose. Qui est le père. » Vera ferme les yeux. Un tressaillement parcourt son visage. « Je ne sais pas. » « Tu ne l'as pas vu ? » La Vieille pose un doigt sur ses lèvres. Elles doivent parler plus bas. Il y a trop d'oreilles à la traîne. Les ombres derrière le paravent se sont figées. Vera fond en larmes. « Il est venu par-derrière, chuchote-t-elle. Je n'ai vu que ses mains. » Boletta se rapproche. « À cette époque, toutes sortes de gens se cachaient là-haut, au grenier. Est-ce qu'il t'a dit quelque chose ? » Vera secoue la tête. « Il n'a pas parlé. Il lui manquait un doigt. » Sur quoi Vera se met à rire. « Il lui manquait un doigt, répète-t-elle. Il lui manquait un doigt ! » Les ombres se font hésitantes, tremblent l'espace d'un instant puis s'éloignent du paravent. Boletta se voit forcée d'appliquer une main sur la bouche de Vera tandis que La Vieille baisse la tête. « Pardonne-nous, Vera. Pardonne-nous. »

Et Fred est allongé dans son couffin à côté des autres nouveau-nés, tous en rang d'oignons. Ce sont les enfants de la paix, la génération dorée, les glorieux qui jamais ne revivront la guerre – ils grandiront dans une prospérité qui se transmuera en trop-plein à leurs yeux, qui leur deviendra insupportable, ils tourneront le dos à cette profusion, se mettront en quête de nature et de pauvreté feinte, pour ensuite récupérer ce qu'ils auront perdu avec une goinfrerie décuplée en se précipitant sur le banquet de la vie privée. Fred a le sommeil agité, à croire qu'il fait déjà des cauchemars. Deux jours d'existence et il pousse les cris les plus assourdissants du lot dès son réveil ; il serre ses petits poings comme deux bosses écarlates alors que personne ne l'a encore porté au sein de sa mère, qu'on lui donne du lait réchauffé dans un biberon. Lorsque ses hurlements s'éternisent au point que les autres enfants s'efforcent de rivaliser avec lui, on le transporte dans une autre pièce. À peine se retrouve-t-il seul que Fred se tait d'un seul coup, plus un son ne sort de sa bouche ; loin de fermer les yeux, il fixe, il scrute, comme si dès cet instant il avait commencé d'explorer cette solitude dont jamais il ne se départira et qu'en fin de compte il choisira.

Quand la fois suivante le paravent se replie, ce sont trois hommes qui s'approchent du lit de Vera. Si deux d'entre eux sont médecins, le troisième, vêtu d'un complet sombre, tient un dossier sous le bras. Ils s'installent autour d'elle. « Je veux voir mon enfant, murmure Vera. S'il vous plaît. » Un des médecins tire une chaise près du lit et s'assoit. « Votre mère nous a dit que vous aviez été violée. » Vera se détourne, mais ne peut se soustraire aux regards. « Vous ne savez pas qui est le père de l'enfant, enchaîne le second. Il peut être norvégien. Ou bien allemand. Mais vous l'ignorez. L'enfant n'a pas de père. » Ils parlent lentement, aimablement. L'homme au complet extrait une feuille de son dossier. « L'affaire a été classée. Faute de preuves suffisantes. La plainte n'a été déposée qu'au bout du quatrième mois consécutif à la date de la prétendue agression. » Les deux médecins se taisent. Celui qui est assis prend la main de Vera. « Comment vous sentez-vous à présent ? » « Je veux voir Fred, chuchote-t-elle. Pouvez-vous aller le chercher ? » Le médecin sourit. « Vous avez déjà donné un nom à l'enfant [1] ? » Vera acquiesce. « Je veux parler au docteur Schultz. » « Le docteur Schultz n'est pas joignable. Il est porté disparu à la suite d'une randonnée à ski. » Lâchant la main de Vera, le médecin lève les yeux vers les autres. « Elle vient de traverser une profonde psychose, elle n'a pas prononcé une parole pendant neuf mois. » Une infirmière pousse le paravent et Vera entraperçoit Mme Arnesen, assise dans son lit près de la fenêtre, le dos soutenu par un oreiller, son bébé au sein ; puis elle distingue M. Arnesen qui soudain s'arrête, un bouquet à la main, le chapeau dans l'autre, ils la regardent. Tout se passe sans bruit, sans mouvement, jusqu'à ce que le paravent soit remis en place et que les ombres se dissipent dans la lumière puis s'effacent. « Pourquoi n'ai-je pas le droit de tenir Fred ? » pleure-t-elle. L'homme vêtu de sombre vient de s'asseoir à son tour. « Il faut que vous sachiez que tout ce que nous faisons, nous le faisons pour votre bien. Ce qui signifie aussi pour le bien de l'enfant. Car l'enfant vient avant tout, n'est-ce pas ? » Vera acquiesce. Il pose une feuille sur la table de chevet, près du verre d'eau. « Il y a beaucoup de bonnes maisons. Dans cette ville comme dans le reste du pays. C'est peut-être le mieux. » « Qu'est-ce que vous voulez dire ? » demande Vera,

---

1. La coutume veut qu'en Norvège, le prénom de l'enfant ne soit dévoilé que lors du baptême. *(N.d.T.)*

tout bas. « Que l'enfant soit envoyé dans une autre région [1]. C'est le mieux. »

Là, le paravent est une nouvelle fois replié mais avec une telle violence qu'il tombe à la renverse. La Vieille se tient devant eux. Elle est exaltée, parle d'une voix sourde. « Nous sommes trois femmes dans notre maison, nous avons cent trente et un ans à nous trois, et nous nous occuperons parfaitement du fils de Vera ! C'est compris ? » Elle fait le tour du lit, s'empare du formulaire, le déchire en si petits bouts que plus aucun caractère n'est lisible. « L'enfant peut-il enfin rencontrer sa mère ? »

Ils viennent avec l'enfant le soir même. Il reste paisiblement lové contre le sein de Vera. Il attend. Puis-je le dire ainsi ? Puis-je dire que Fred attend, que dans le nid du cœur où il se trouve il fait chaud, il fait bon, et qu'il attend ? Oui, c'est ainsi que je vais le dire. Fred attend. Il ne m'aime pas, pense soudain Vera. Deux jours plus tard, lorsqu'elle sort avec son bébé dans ses bras, elle entend le silence se déplacer de lit en lit, elle sent les regards plantés dans son dos en traversant le couloir, les messes basses se disséminer, les portes s'ouvrir furtivement et se refermer dans un souffle. Puis il neige et tout est silencieux. Elle garde le lit trois semaines durant, jusqu'à l'arrêt des saignements. Fred attend. Qu'il ne crie plus surprend La Vieille et Boletta. La nuit, elles restent éveillées face à tant de silence, tout son silence. Le matin, elles entendent des accords de piano de l'autre côté de la cour, on dirait du Mozart. Un jour, alors que la neige fondue ruisselle le long des rues, s'écoule des gouttières, Vera promène Fred dans son landau. Il ne la quitte pas des yeux, avec ce calme sombre auquel elle a fini par s'habituer. Quand le soleil brille sur son visage, il tourne la tête en baissant les paupières qu'il ne relève

---

1. Aux lendemains de la Seconde Guerre mondiale, les enfants de père allemand et de mère norvégienne ont été quasi systématiquement confisqués à leur mère, puis confiés à une autre famille pour adoption. *(N.d.T.)*

qu'au retour de l'ombre sur lui. C'est alors qu'au carrefour, Vera aperçoit Mme Arnesen qui pousse elle aussi un landau. Elles sont embarrassées. Elles s'arrêtent malgré tout. Elles sont fières, n'échangent que peu de mots. Regardent droit devant elles. Regardent par terre. Vera essaie d'être aimable. « Vous jouez tellement bien du piano. » Mme Arnesen sourit, remonte la couverture sur son petit garçon. « Il s'endort toujours avant que j'aie terminé. » Elles rient. Ce sont deux mères, ensemble, sans appréhension. Elles sont unies juste avant d'être soustraites à cette fragile amitié, cette brève rencontre. « Cela vous dérange ? » s'inquiète soudain Mme Arnesen. Vera se retourne. Debout sous le porche, le concierge Bang les observe. Dans sa main, il tient un chat crevé. Il le jette loin de lui avant de regagner la cour. « Pardon ? » demande Vera. Mme Arnesen hésite. « Cela vous dérange peut-être que je joue ? » Vera redresse la tête. « Non. Je crois que Fred aime bien lui aussi. Il ne crie plus. » Un nouveau sourire apparaît sur les lèvres de Mme Arnesen. « Vous avez déjà choisi le prénom de votre enfant ? » « Oui, ça en a tout l'air… Et vous ? Comment va s'appeler votre garçon ? » « Il portera le prénom de mon beau-père. Nous le baptisons samedi prochain. »

Le lendemain, Vera est assise dans le bureau du pasteur de l'église de Majorstuen. Il s'appelle Sunde, il approche la cinquantaine. Son front ressemble à un bouclier. Il remonte ses lunettes, parcourt un document en prenant tout son temps. Derrière lui, un crucifix est accroché de travers. La lourde Bible à couverture noire semble aspirer toute la lumière, la concentrer en un point noir, incandescent, au milieu de la table. Et enfin il regarde Vera. « C'est agréable à entendre, n'est-ce pas ? » Vera écoute. Elle n'entend rien. « De quoi parlez-vous ? » souffle-t-elle. « Vous ne les entendez pas ? » Vera a beau tendre l'oreille, elle ne comprend pas à quoi il fait allusion, aussi préfère-t-elle se taire. Le pasteur se penche vers elle. « Les cloches. N'est-ce pas merveilleux d'entendre de vraies cloches carillonner, après cinq années d'impiété ? » « Si », murmure Vera sans rien entendre. Le silence est total. Le pasteur attend. Il se contente de l'observer. « Vous devez écouter à l'intérieur de vous, finit-il par dire. À l'intérieur de vous. Ou se fait-il que, là aussi, vous soyez muette ? » Vera baisse les yeux. Le pasteur se remet à feuilleter le document (il est bon de savoir qu'un jour, j'aurai la chance de lui tirer la langue, de le traiter de cureton de mes deux). À présent, Vera entend battre son propre cœur, un martèlement sourd qui se dissémine jusque dans ses doigts, les fait trembler. « Qui est le père ? » demande le pasteur de but en blanc. « L'explication figure en toutes lettres sur ces papiers. » « Vous n'avez pas besoin de me raconter ce qui est écrit. Je suis encore capable de lire tout seul. » Le pasteur se lève, contourne la table, se plante derrière elle. « J'ai une question à vous poser, Vera, si vous me le permettez. Auriez-vous commis un geste que vous regrettez ? » Elle secoue la tête. « Vous n'avez en aucune façon eu de rapport charnel avec les hommes de l'ennemi ? » Vera retient son souffle. Puis elle se lève à son tour. « Si, j'ai commis un geste que je regrette », répond-elle à voix basse. Le pasteur attend. Il attend la suite, son aveu, et il attend avec un grand sourire. « Je regrette d'être venue ici. » Vera se dirige vers la porte. Le pasteur lui emboîte le pas, blême, furieux. « J'ai aussi entendu dire que l'enfant a déjà reçu un prénom, siffle-t-il. Mais savez-vous au moins ce que Fred signifie ? » Vera marque une courte pause. « Cela signifie le nom de mon fils. » Le pasteur redresse les lèvres pour se façonner un nouveau sourire. « Cela signifie *puissant*. Ne pensez-vous pas que ce soit quelque peu mal à propos ? »

Vera se retrouve dehors, dans Kirkeveien. Elle ne se souvient pas comment elle y est arrivée. De son kiosque, Esther la salue. Vera oublie de lui rendre son bonjour. Elle rentre à la maison. Elle s'arrête dans la cour. Lui parvient une odeur de charogne. Qui vient du chat crevé, toujours dans le local à poubelles. Elle repart à toute vitesse. Elle aperçoit Mme Arnesen étendre du linge : des nappes pour le baptême, une robe, une chemise blanche. Le landau est rangé à l'ombre du grand bouleau. Tout est vert et silencieux. Soudain, deux hommes franchissent le porche. L'un porte un uniforme, le second un long manteau sombre, malgré la chaleur. Comme ils s'approchent aussitôt de Vera, elle croit tout d'un coup qu'ils viennent du commissariat de Majorstuen, qu'ils ont trouvé le criminel, celui qui l'a agressée – et, avec autant de frayeur que d'étonnement, elle prend conscience en cet instant, l'instant de vérité à ses yeux, qu'elle ignore si cela la soulage ou la terrorise davantage car désormais l'ombre du mal, aux neuf doigts seulement, qui s'est approchée d'elle par-derrière, va porter un nom ; et elle n'est pas sûre d'avoir envie qu'il en soit ainsi, de souhaiter entendre le nom de cette ombre, de voir son visage. Mais ce n'est pas à Vera qu'ils désirent parler. Non, c'est Mme Arnesen qu'ils cherchent. Personne n'était à l'appartement, ils ont pensé que peut-être elle se trouverait en bas. À leur expression grave, presque condescendante, Vera pense aussitôt qu'ils sont porteurs de mauvaises nouvelles, d'un message funeste. Vera désigne alors Mme Arnesen qui, toujours sous les cordes à linge, ne sait encore rien de ce qui bientôt va arriver. « C'est elle. » Les deux hommes lui adressent un signe de tête avant de se diriger vers Mme Arnesen. Vera les voit échanger une poignée de mains. Le visage de Mme Arnesen revêt d'abord l'étonnement, une espérance presque, très vite ponctué par un rire bref, tellement strident qu'on dirait un cri, puis tout aussitôt il se pétrifie, frêle, fragile, à l'instar du feuillage desséché, pour enfin se plier sous le poids du mystère, de l'impensable, de l'impossible. Voilà : son mari, l'agent d'assurance Gotfred Arnesen, a été retrouvé mort dans d'étranges circonstances, au plus profond de la forêt de Nordmarka, très loin des sentiers battus, entre Mylla et Kikut, avec dans la poche de poitrine de son anorak une carte de visite en bien meilleur état que le pauvre corps revêtu dudit anorak, maintenant que le printemps et la douceur de la nuit ont fait fondre la neige, qui, plusieurs mois durant, ont préservé la forme humaine des chairs. Oui, ce mystère plonge Mme Arnesen dans un crépuscule si abyssal que, lorsque de loin en loin il lui sera donné de revoir la lumière, et encore, uniquement sous la forme de vagues ombres profilées, pareilles à des souvenirs parcellaires d'une époque révolue, et ni lorsque M. Arnesen, son mari, le père de son enfant, rentrera du travail, en parfaite santé, comme si rien ne s'était passé, et que de cette manière il dissipe par sa seule présence l'énorme malentendu tenant davantage de la comédie que de la tragédie, jamais elle ne redeviendra tout à fait la même. Le crépuscule ne la quittera plus. Le laps de temps au cours duquel elle s'est crue veuve aura soudé le crépuscule à son esprit. Rien ne la guérira, rien ne lui rendra la lumière. En réalité, le squelette retrouvé gisant dans l'anorak bleu et les knickers était celui du docteur Schultz. Il avait donné un coup de bâton de ski dans la mort, la carte de visite d'un autre homme dans sa poche. Et, plus tard dans la soirée, tout l'immeuble entend Mme Arnesen jouer au piano. Or le morceau est dépourvu de souplesse, de variation, elle reprend la même mélodie dans un interminable mouvement circulaire d'une monotonie telle que Fred se met à hurler comme jamais. Il se révélera que le docteur Schultz avait légué de menus objets à ses patients par voie testamentaire. Nous hériterons du *Manuel de médecine destiné aux foyers norvégiens, rédigé par M. S. Greve, directeur de l'Hôpital royal*, où l'on trouvait par exemple, sous le mot *cynisme* : « *Insouciance ; est, en tout ce qui concerne la santé (l'hygiène personnelle), des plus dangereux. Trouve souvent son châtiment dans les environnements les plus hétéroclites.* »

UNE VALISE
PLEINE D'APPLAUDISSEMENTS

Le vent

Le soleil est vert. Il dévale la pente escarpée. Il roule jusqu'au rivage où les femmes attendent de le hisser à bord du bateau. Et il en vient d'autres. Déferle alors une avalanche de ces soleils verts et gras tandis qu'Arnold, sa faux entre les mains, se tient au sommet de la colline. Il a bientôt douze ans et la faux est beaucoup trop grande pour lui, quasiment deux fois plus haute que lui. Il voit l'herbe se pencher sous la fine lame qui constamment se dérobe à lui. Il a beau essayer, réessayer, recommencer, il n'y arrive pas et Dieu sait pourtant s'il s'acharne. Ses coups de faux ne sont que des coups de peigne : l'herbe se redresse aussitôt après le passage de l'outil ; il ne fait que démêler la chevelure de cet îlot qui sort sa tête abrupte hors de l'eau afin de promener son regard aux confins de cet immense univers de vent. Arnold heurte le sol de la lame qui jette des étincelles au contact d'une pierre. Arnold est au bord des larmes mais ne pleure pas : il rit. Arnold rit en levant les yeux vers ce ciel démesuré. Il entend le souffle fugitif des autres faux et des soleils verts qui roulent tout autour. Il entend le cri strident des mouettes qui volent en cercles concentriques au-dessus des pêcheurs, désorientées de ne pas les voir lever leurs filets car aujourd'hui ils fauchent. Ils fauchent à en avoir le vertige. Ils coupent l'herbe si dense, si luxuriante, sur ce bout de terre rendue féconde par le guano, au beau milieu de ces îlots stériles rongés par le gel et la mer, puis laissés à l'abandon tels de vulgaires rebuts pulvérulents de la création. Arnold prend appui sur sa faux. Il n'a pas besoin de s'étirer, d'ici il voit tout en dépit de sa petite taille : il voit le monde et le monde est plus grand qu'il ne

peut l'imaginer car l'horizon est suspendu juste devant
lui. Le monde s'étend à perte de vue, se prolonge plus
loin encore, si loin que personne n'est capable de
l'atteindre en bateau ; et derrière lui se dressent les montagnes enveloppées d'une brume bleue, et derrière elles
se déploient des villes où vit plus d'un millier d'habitants au moins, et en leur centre pointent des flèches
d'églises plus hautes encore que le mât du bateau postal
ou les poteaux électriques. Arnold s'assied. Même dans
cette position, il voit distinctement. Il ne pleure pas, il rit.
Il entend le rire des femmes, en contrebas sur le rivage,
et pendant qu'Aurora, sa mère, lui fait un signe de la
main avant de devoir attraper un nouveau soleil vert,
entassé comme un présent inestimable, son père se tient
à l'écart, non loin de lui. Sa faux s'embrase, elle sectionne l'herbe au pied, en coups rapides. Il jette un coup
d'œil vers son fils qui déjà s'est assis. Il pose son outil,
se dirige vers lui. Les autres en profitent pour se détendre.
Les femmes se lavent les mains dans l'eau et il semble à
Arnold que l'océan en devient vert. Aurora est la seule à
rester debout, aussi Arnold agite-t-il sa main vers elle
mais son père lui bouche soudain la vue. « Tu ferais
mieux de prendre le râteau. » Arnold va en chercher un
auprès des autres garçons, tous plus jeunes que lui, tous
plus grands que lui, certains n'ont même pas neuf ans et
Arnold peine à leur arriver aux épaules. Ce râteau pèse si
lourd qu'il est contraint de le tenir au milieu du manche,
mais ce faisant il arrache de la terre, les dents de l'outil
restent accrochées au sol trop meuble. Alors il le laisse
tomber, s'agenouille, utilise ses mains. Il ramasse l'herbe
avec ses doigts, cette herbe douce, humide au toucher.
Les autres garçons s'arrêtent un instant, se regardent,
ricanent. « Qu'est-ce que tu feras quand tu seras grand,
Arnold ? » demandent-ils, démangés par l'envie de rire.
Arnold réfléchit avant de répondre : « Je vendrai du
vent ! » Il le crie encore une fois car il trouve que c'est
rudement bien dit : « Je vendrai du vent ! » Le dos tourné,
alignés en rangs serrés, actionnant leur faux en cadence
comme un immense orchestre, les hommes se retournent

eux aussi quand le père, le visage plus sombre désormais, repart vers son fils. « Tu n'as qu'à lier les bottes », lance-t-il d'une voix sèche, sévère, à peine visible au-dessus de sa bouche pincée. Arnold rejoint les garçons à quatre pattes, lie de ficelles les tas d'herbe coupée qui ne cesse de lui échapper, il ne parvient pas à la contenir, c'est comme empaqueter la lumière, il sent les sanglots cogner contre sa gorge et au lieu de quoi il éclate de rire. Il pouffe de rire tandis que l'herbe se répand tout autour de lui. Arnold s'installe alors là où la pente est la plus escarpée, là où seuls les oiseaux et les chiens gardent l'équilibre. Il se recroqueville jusqu'à former une botte de foin, ferme les yeux. Puis il se laisse tomber, et personne ne le voit avant qu'il ne soit trop tard. Arnold, le fils unique d'Evert et Aurora Nilsen, culbute comme une roue qui s'emballe, plonge vers le gouffre en décrivant une pirouette de plus en plus rapide ; les femmes sur le rivage laissent tomber les bottes, se mettent à crier et de toutes Aurora est celle qui crie le plus fort ; Evert jette sa faux, court vers Arnold sans réussir à le rattraper, le sol est trop raide et la roue d'Arnold va beaucoup trop vite. Il s'immobilise, figé dans le champ, les bras levés vers le ciel comme s'il voulait se retenir à la lumière déclinante. Le silence est total sur cet îlot de verdure aux confins de la Norvège, à l'orée du coucher du soleil, à l'instant où sur le rivage Arnold percute un rocher, est projeté en l'air, retombe la tête la première dans la baie tout aussi verte avant de disparaître ainsi sous nos yeux.

Par la suite, Arnold ne cessera de répéter que c'est au moment où il s'est réveillé au fond de l'eau, où il s'est redressé sur le sable doux et lourd, la mer de Norvège pesant sur ses frêles épaules, qu'il a pris la décision de fuir. Il devait partir, et le plus vite possible. « J'étais incapable de faucher. Je laissais les œufs que j'étais censé ramasser car ça me faisait de la peine pour les oiseaux. En bateau j'avais le mal de mer, et quand je vidais les poissons, je me sectionnais aussitôt les doigts avec la même facilité ! » Sur ce, il relevait toujours de sa main droite le gant spécialement conçu afin d'exhiber ce moignon ratatiné qu'il pouvait à peine bouger, et je frissonnais sans pour autant pouvoir m'empêcher de regarder de plus près : je devais la toucher, je devais effleurer cette peau grossière. Arnold essuyait alors une larme puis s'éclaircissait la voix. « Je suis né au mauvais endroit. Même la couleur de mes yeux n'est pas la bonne. » À ces mots, il nous dévisageait de ce regard brun qui l'avait si souvent sauvé, tout en remettant lentement son gant qu'il avait rempli de cinq bouts de bois, de manière à ce que les doigts manquants ne soient visibles aux yeux de quiconque.

Mais en cette soirée débutante de juillet qui a vu Arnold transmué en roue de chair et de sang projetée à toute allure dans le vide, tandis qu'à présent il a les deux pieds sur le sol marin, qu'il forme sous l'eau ses sombres projets, il sent les poings de son père l'agripper aux épaules, le tirer à bord du bateau. Lui, une anomalie ankylosée et dégoulinante tout droit sortie des abysses, un monstre court sur pattes en provenance du tréfonds qu'une Aurora en pleurs serre contre elle pendant que les autres femmes rejettent l'herbe pour alléger l'embarcation. Et le père rame. Il les ramène à la maison. Jamais personne n'a ramé sur cette distance aussi vite qu'il ne le fait maintenant, l'eau s'abat comme des raclées distribuées par les pagaies. Il est soulagé et furieux, maussade et heureux malgré tout, il se félicite et se maudit en même temps car il ignore ce qu'il va faire d'Arnold, comment il va se débrouiller avec ce fils pour lui apprendre à vivre, pour en faire un gars adroit de ses mains, alors même qu'Arnold est le seul fils dont Aurora et lui aient été bénis. Et Evert Nilsen n'arrive pas à s'ôter cette idée de la tête : je n'ai qu'un demi-fils.

Arnold est séché, pansé, emmitouflé dans des fourrures et des couvertures en laine. Ils lui donnent de l'eau-de-vie. Arnold hoquette puis sourit, ce qui pour eux est bon signe. Ils vont même jusqu'à allumer le poêle, pour que la nuit de juillet ne leur joue un sale tour, ne rampe sous la porte en charriant la sinistre fraîcheur de l'océan. Arnold a la permission de dormir avec Tuss,

le chien d'arrêt dont tout le monde dit qu'il lui ressemble, ce chien qui à présent glapit, gémit d'étonnement, lèche son maître au visage. Evert et Aurora
veillent leur fils unique, ils se chuchotent des mots que
personne n'entend quand soudain, pour une raison indéterminée, Evert a envie d'elle, là, maintenant. Elle a
beau le repousser, rien ni personne ne peut le freiner,
tant et si bien qu'elle finit par le laisser assouvir
son désir. Il est déchaîné, silencieux, il ne lui faut que
quelques secondes, il la tient plaquée contre le mur avec
une telle force qu'elle en a le souffle coupé et elle pense
simplement : Mon Dieu, faites qu'Arnold ne se réveille
pas, laissez-le dans le monde des rêves, là où il ne voit
ni n'entend rien. Ce n'est pas elle qui pleure après coup
mais lui, Evert Nilsen, cet homme lourd, taciturne, qui
soudain est devenu un étranger. Il s'effondre sur une
chaise, se cache le visage dans ses mains, une ondula-
tion parcourt son dos recourbé et c'est Aurora qui doit le
consoler. Elle arrange son vêtement, se tourne lentement vers lui, pose une main délicate sur son épaule. Il
tremble, elle le sent. Il regarde ailleurs car il n'ose pas
la regarder dans les yeux. « C'est trop tard, murmure
Aurora. Nous devrons nous contenter d'Arnold. »

Le lendemain matin, Arnold est aussi raide qu'un
bout de bois. Il est incapable de plier ne serait-ce que le
petit doigt et, à le voir allongé sur la banquette, il semble
encore plus petit, comme si la mer l'avait ratatiné,
comme s'il avait perdu dans sa chute quelques-uns de
ses précieux centimètres. Le chien s'en est allé, ils
l'entendent aboyer rageusement près du cimetière.
Lorsque les parents se penchent au-dessus de leur fils,
deux billes en verre marron à la place des yeux les
fixent, les traversent. Ils envoient chercher le docteur. Il
met deux jours à arriver. Le docteur Paulsen de Bodø
pose un pied sur cet îlot qui n'est pas conçu pour les
êtres humains mais pour les oiseaux et les chiens fous,
un bout de terre destiné aux naufragés qui seraient plus
avisés de le quitter en toute hâte, dès que la chance se
présente à eux, non sans un sentiment d'exultation et de

profonde reconnaissance, mais qui, en lieu et place, s'accrochent, se cramponnent à cette brindille créée par la géographie. Il pleut. Un homme malingre et réservé déploie immédiatement un parapluie démantibulé au-dessus du docteur Paulsen. Peine perdue. Celui-ci a déjà les épaules mouillées, tout comme il sait déjà que souffrances et maladies proliféreront dès que ces pauvres hères l'auront aperçu ; oui, dès lors, une file de patients se formera, il se verra forcé de se montrer intraitable car il ne peut soigner l'incurable, l'irréparable, c'est à Dieu qu'il faut le confier – et le voici, ce docteur Paulsen, évoluant dans une entrée de fjord abandonnée de Dieu, sous une moitié de parapluie, lui qui rêve d'heures de bureau à la capitale, de tables réservées au restaurant, de salles d'opération chauffées. « J'espère au moins qu'il s'agit d'un cas sérieux maintenant que j'ai traîné mes guêtres jusqu'ici », peste-t-il. Evert Nilsen avance à côté de lui, sous la pluie, tenant fermement le parapluie. « Nous n'arrivons pas à redonner vie à notre fils, marmonne-t-il. Nous ne savons plus s'il est vivant ou mort. » « Le contraire m'eût étonné… Comme si sur cette île on voyait la différence ! » Le docteur Paulsen entre dans le séjour étroit en tapant du pied, secoue sa cape pour en enlever l'eau, exige le silence avant que quiconque n'ait pipé mot, se retourne vers Arnold, à peine visible sous ses couvertures, toujours aussi inerte. Les yeux plissés, le docteur s'avance d'un pas. « Mais, pour l'amour de Dieu, défaites-le de tout ça ! Je ne suis quand même pas venu ici pour secouer de vieilles couvertures sales ! » Minée par la honte, Aurora baisse la tête, déroule Arnold jusqu'à ce qu'il apparaisse nu comme un ver au vu et au su de tous. Evert s'éloigne. Depuis le seuil de la porte, il regarde la pluie se retourner, la mer s'enrouler autour du phare comme une étole de pasteur, le chien courir sur le rivage. La mère fond en larmes en voyant son fils dans le lit, ce minuscule garçon presque bleu, plus figé que ne peut l'être un être vivant. L'espace d'un instant, le docteur Paulsen affiche une certaine gêne, retrouve une humanité. « Oui,

oui. Voyons voir, voyons voir ! » Il ouvre sa sacoche en cuir, sort ses instruments, s'assied sur une chaise déjà prête, se met à ausculter minutieusement le corps d'Arnold. Des visages se montrent aux carreaux, jettent un coup d'œil à l'intérieur puis disparaissent tout aussitôt. Elendius, le voisin toujours porteur de mauvaises nouvelles, toujours avide de les colporter, s'attarde, regarde, jusqu'à ce qu'Evert le chasse. Le docteur Paulsen mesure la température du sang. Il appuie un doigt précautionneux sur la paupière droite d'Arnold. Il serre un bout de ficelle autour de l'index gauche d'Arnold. Il tient un miroir de poche devant la bouche d'Arnold. Puis il se tourne vers Evert. « Y aurait-il de l'alcool dans cette modeste cabane ? » Evert lui en verse instantanément, mais le docteur ne boit pas le verre. Il le pose d'abord sur la poitrine d'Arnold, se penche pour étudier longuement l'eau-de-vie. Puis il vide le verre avant d'en réclamer un autre. À contrecœur, Evert le remplit derechef, mais à moitié cette fois-ci. Et de nouveau, le docteur pose le verre sur Arnold, chausse ses lunettes pour mieux voir, sans rien laisser paraître de ce qu'il recherche. Il lève enfin son verre, le boit cul sec. « Mort apparente ! Le garçon est tout bonnement en état de mort apparente ! » Tombant à genoux au pied du lit, Aurora gémit : « C'est grave ? » « Grave... Oui et non. Je ne conseillerais à personne de tomber en état de mort apparente sans raisons. Mais le garçon est plus proche de la vie que de la mort. Il est donc loin d'être mort, croyez-moi ! » « Dieu merci ! souffle Aurora. Merci ! » Le docteur soupire. « Mais vous n'avez pas vu bouger l'eau-de-vie ? Comme une mer enfermée. Comme une vague sur sa poitrine ! Je vous refais volontiers la démonstration si vous le désirez. S'il en reste dans la bouteille. » Evert se tait. Ses gestes sont lents, la bouteille doit leur faire Noël et le Nouvel An. Voyant sa mauvaise volonté, le docteur fronce les sourcils. « À moins bien sûr que vous ne préfériez que je pique une épingle à chapeau dans votre garçon pour vérifier que les mouvements du muscle cardiaque se répercutent dans l'épingle ? » Pour la troisième fois, Evert remplit le verre que le docteur pose sur Arnold et ils se penchent tous les trois pour se rendre compte que l'eau-de-vie, d'abord immobile, frémit soudain : ils voient une vague monter dans ce liquide brillant, surgie du tréfonds d'Arnold, une secousse furtive. Quand ils en ont vu assez, le docteur Paulsen avale cette goutte d'eau dans l'océan. « Son petit cœur bat », déclare-t-il en se levant. Puis il s'immobilise. Il observe Arnold, longuement. « Quel âge a-t-il ? » « Dix ans », se hâte de répondre Evert. Au moment où Aurora s'apprête à ajouter quelque chose, il répète, plus fort : « Il a eu dix ans cet été ! » Le docteur Paulsen esquisse un sourire, laisse flotter son regard sur le corps inerte d'Arnold. « Oui, décidément. C'est un garçon de petite taille que vous avez. En revanche, il est richement membré, il n'y a pas à dire ! » Le docteur se retourne vers Evert qui se contente d'acquiescer tandis que Aurora déploie la couverture sur Arnold, en rougissant, le regard fuyant.

De son côté, Arnold entend tout. Couché dans son état de mort apparente, il entend l'inouï, l'énigmatique. Il entend son père mentir sur son âge, le rajeunir, et la voix du docteur fournir une réponse si mystérieuse : « richement membré ». Il est en état de mort apparente et richement membré. Le docteur lui applique une compresse sur le front et dit : « À la suite de son séjour sous l'eau, la conscience du garçon est au plus bas. Il a besoin de calme, de propreté et de pouvoir se soulager régulièrement. Il finira bien par se réveiller de lui-même. » Aurora a le souffle court. « Cette maison est toujours propre ! Tenez, voici votre café ! » À ces mots, elle sort en claquant la porte. Le père se retrouve seul à seul avec le docteur, car Arnold, le mort apparent, ne compte pas. « Monsieur le docteur pense-t-il qu'Aurora et moi pouvons être bénis d'un autre enfant ? » demande Evert sans trop quoi savoir que faire de ses mains. « Il semble qu'elle ait suffisamment de tempérament pour en avoir un en tout cas », répond-il avant d'ajouter : « Quel âge a-t-elle ? » Evert doit s'accorder un moment de réflexion. « Nous sommes mariés depuis seize ans maintenant. » C'est au tour du docteur de réfléchir et cela dure longtemps. « N'ayez pas trop d'attentes inconsidérées », ponctue-t-il. Et une fois le docteur Paulsen ramené sur le continent, non sans leur avoir laissé de la quinine et du sel de Glauber, Arnold sent toujours la pression du pouce contre son œil, le poids du verre sur sa poitrine, les effluves enivrants d'eau-de-vie flottant au-dessus de lui, le nœud serré autour de son doigt ; et jamais non plus il n'oubliera le reflet de son visage dans le miroir de poche du docteur. « Mort apparente ! chuchote-t-il. Je suis en état de mort apparente et richement membré ! »

Plus tard, Arnold dira que jamais il ne s'était senti aussi bien. « J'étais un prince, allongé dans mon lit. Que dis-je ! J'étais un roi ! J'ai été élevé au rang de roi. Eh oui… Difficile d'approcher Dieu de plus près sans quitter ce monde pour de bon. Ce furent les meilleures semaines de mon enfance. Croyez-moi ! Je conseille la mort apparente à toutes les personnes en mal de paix et de tranquillité. C'est merveilleux. Comme vivre à l'hôtel ! »

Aussi Arnold reste-t-il tout bonnement allongé, bien au chaud à sa place, toujours en état de mort apparente, quand le professeur Holst, ou plutôt le maître auxiliaire, ce stagiaire corpulent d'un optimisme contagieux en septembre puis un danger pour lui-même en juin, débarque, quinze jours durant, pour enfoncer connaissance et éducation dans le crâne des enfants turbulents de Røst. À la suite de quoi, exténué, il regagne les îles plus clémentes de l'archipel des Lofoten, sachant pertinemment que ses mots comme ses équations seront oubliés dès qu'il aura tourné le dos, qu'il aura confié ces rejetons à ce que d'aucuns nomment l'école de la vie, où la mer, l'herbe et les montagnes à oiseaux constituent par ici les seules matières inscrites au programme. Il est de retour au bout de deux semaines, plus livide encore, plus défait par le mal de mer, puisque tel est le rythme qui fait varier école et travail, baguette et filet. Les jours diminuent et par là même la tête de Holst qui, d'un œil mauvais, fixe le pupitre toujours vide d'Arnold. Car Arnold garde le lit, baignant dans la souffrance et la félicité. Aurora s'occupe de lui, de plus en plus inquiète, à peine si elle parvient à introduire dans la bouche du garçon purée et soupe de poissons tiède. Evert se maintient dans l'ombre de la porte. Il regarde son pauvre fils et chez Aurora non plus, il ne constate pas le moindre changement, sa taille est toujours aussi menue alors il songe, dans son for intérieur où gronde une révolte sourde : pendant combien de temps peut-on rester en état de mort apparente ? Sa patience est à bout, il n'en peut plus d'avoir un garçon pareil. Certes, vivant ou mort, Arnold ne cessera d'être un fardeau, une croix, mais en état de mort apparente, il commence à être insupportable. Sans oublier les rumeurs. Quel que soit le sens où il choisit de diriger ses pas, il se heurte aux ragots au sujet de son fils, et tous les quinze jours le professeur Holst se charge de disséminer ces commérages à coups de rames.

Aurora essuie soigneusement les lèvres d'Arnold, elle l'embrasse sur le front, lui chuchote : « Je prendrai toujours soin de toi. » Elle ne regarde pas Evert lorsqu'elle passe à côté de lui avec la bassine, les chiffons, les sous-vêtements et les reliefs de nourriture. Et c'est cette soirée-là d'octobre qu'Evert prend sa décision : il envoie chercher le pasteur en personne. Et c'est aussi cette nuit-là qu'Arnold commence à s'ennuyer. Il n'a pas été seulement élevé au rang de roi en état de mort apparente, il a aussi été élevé vers la plus grande de toutes les solitudes : il entend, mais ne parle pas. De plus, quelque chose dans les paroles tendres de sa mère l'a effrayé, a jeté une détresse en lui, une inquiétude intenable. Il entend sa mère pleurer dans l'alcôve, le chien aboyer derrière la porte, son père frapper du poing sur la table ; puis, cette même matinée, il entend les pagaies fouetter la baie, des cris poussés en cadence en provenance des rameurs, un psaume gronder dans la tempête, assourdir les brisants : « *Dieu est Dieu, les terres fussent-elles désolées.* »

Arnold ne peut s'en empêcher. Il se lève. Il se lève d'entre les morts apparents, regarde depuis son lit par la sombre fenêtre. Il aperçoit le bateau s'approcher du quai ;

il aperçoit les hommes, cinq de chaque côté, ramer dans un cercle de mer blanchie d'écume ; il aperçoit une silhouette colossale se détacher de la proue, on dirait un immense cormoran, une voile noire – et c'est lui, le pasteur en personne, bras déployés, c'est lui qui entonne : *Dieu est Dieu, les hommes fussent-ils décédés*. Arnold en a des frissons dans le dos. Il s'écrie : « Voilà Satan ! C'est Satan qui arrive ! »

Alors le père sort de l'ombre. Il avance d'un pas, fait pivoter Arnold et le frappe au visage. Il lui administre une claque qui brûle tout autant la paume d'Evert que la joue d'Arnold, car Evert vient de le corriger dans un mouvement de joie furieuse, de frayeur grandiose, comme si une autre force guidait son bras en ce moment précis, alors qu'il jette à présent un regard bienveillant, presque honteux, vers son fils tout feu tout flammes, debout dans son lit. « C'est pas Satan, bordel de Dieu ! C'est le pasteur ! » Et, entraînant une Aurora épouvantée, Evert s'élance vers le quai pour accueillir le pasteur, pour le renvoyer dans ses pénates le plus prestement possible attendu qu'Arnold est déjà réveillé, qu'il a recouvré l'usage de la parole, qu'il n'a plus besoin d'aucun pasteur. « Le garçon s'est levé ! hurle Evert à l'attention de tous. Rentrez pendant qu'il est encore temps ! » Mais le pasteur est campé sur le quai. Il pose ses mains sur les épaules tremblantes d'Evert. « Allons, allons, mon bon ! Si ton garçon s'est réveillé, j'aimerais dans ce cas m'entretenir personnellement avec le miraculé. »

Et quand le pasteur décide de s'inviter, personne ne peut refuser. Toute l'île ne tarde pas à monter chez Evert et Aurora. Les hommes ont posé leurs outils, les femmes laissent leur linge dans leur baquet, les enfants sont ravis d'arriver en retard à la première heure de cours du professeur Holst et Holst lui-même, essoufflé, se joint en bon dernier à ce long cortège vibrant d'excitation qui vient de transformer une banale matinée d'octobre en jour chômé.

Arnold les voit par la fenêtre. Il voit tous les visages s'approcher, le menton rougeaud du pasteur encadré par une barbe noire, les mains nerveuses de ses parents, le sourire en coin d'Elendius, les cheveux fins du professeur Holst sous son chapeau détrempé, toutes les silhouettes penchées comme si on les poussait dans le dos, et Arnold comprend immédiatement qu'ils l'ont repris, qu'il vient d'être rattrapé ; il était perdu mais il vient d'être retrouvé – et c'est à cet instant précis que commence la seconde vie d'Arnold Nilsen.

Il se recouche, ferme les yeux, entend le pasteur chuchoter, là-bas sur le seuil de la porte, et il y a dans sa phrase un soulagement terrifiant, une menace amicale : « Je veux parler seul à seul avec le garçon. » Lorsque Arnold rouvre les yeux, le pasteur se penche sur lui dans toute sa magnificence. Il demande : « Dis-moi, mon garçon. Dis-moi quelles sensations tu as éprouvées quand tu étais en état de mort apparente ? » Ne sachant que répondre, Arnold préfère se taire. La large tête attend au-dessus de lui. Arnold cherche un signe, un signe sur le visage, une empreinte à suivre, susceptible de lui montrer ce qu'il est juste de révéler ou d'emporter avec soi dans le silence. À ce moment-là, une goutte tombe du nez brillant du pasteur et s'écrase sur le front d'Arnold. Le pasteur soulève un pan de son manteau pour l'essuyer. « Au début, c'était bien, répond Arnold. Mais à la fin, ça commençait à être un peu triste. » Le pasteur hoche lentement la tête. « Oui, je comprends. Jésus n'a tenu que trois jours. » Arnold se redresse dans son lit, le pasteur lui pose une main sur la tête, Arnold plie la nuque. « Regarde-moi dans les yeux », ordonne le pasteur. Arnold s'exécute le mieux possible et fixe le pasteur dans le blanc des yeux. « Tu dois honorer ton père et ta mère. » « Oui », murmure Arnold. « Tu dois honorer l'océan qui est la demeure des poissons, et tu dois honorer le ciel où vivent les oiseaux. » « Oui. » « Et tu dois honorer la vérité ! » « Elle aussi ! » fait Arnold à toute vitesse. Le pasteur se rapproche davantage, au point que leurs souffles s'entre-mêlent quasiment. « Oui, et elle avant toute chose ! » s'écrie le pasteur. Arnold recule, ce qui ne lui est d'aucun secours puisque l'homme d'Église est de nouveau sur lui. « Et quelle est la vérité ? » interroge-t-il. Arnold réfléchit.

Il n'en a pas la moindre idée. Il lui est pourtant rede-
vable d'une réponse. « Je ne sais pas si je dois en pleurer
ou bien en rire », se borne-t-il à répliquer. Interloqué, le
pasteur finit par sourire. Retenant sa respiration, il passe
une main devant ses yeux, son sourire toujours accroché
aux lèvres, pareil à un arc tendu entre le rire et les larmes.
« En effet. C'est ce que nous ne savons pas, pauvres créa-
tures merveilleuses que nous sommes. Si nous devons
rire ou pleurer. » Le pasteur se lève. Il se tient au beau
milieu de la pièce, le dos tourné. Son manteau forme une
colonne noire autour de lui. À l'extérieur, des voix
anxieuses s'agitent. On frappe à la porte. Mis à part ce
cognement, le silence est total. Soudain, le pasteur se
retourne en direction d'Arnold, s'apprête à ajouter
quelque chose, mais Arnold le devance car il a quelque
chose sur le cœur. « Je veux m'en aller. Voilà la vérité ! »
Après l'avoir écouté, le pasteur sourit derechef. « Tu as
fait un long voyage, Arnold. Si ce n'est que tu as dû
emprunter le mauvais chemin, mon garçon. » « Merci »,
chuchote Arnold. De nouveau, il sent la main du pasteur
posée sur sa tête. « À présent, il est temps pour toi de
revenir parmi les hommes. Dont nous faisons partie. »

Le lendemain, Arnold se tient devant la porte de la
salle de classe. La bande d'élèves se tourne aussitôt sur
lui jusqu'à ce que l'un d'eux, assis au fond, s'écrie :
« Ben finalement le voilà, Satan ! » Le rire jaillit sur les
visages. Arnold s'esclaffe à son tour. Il rit et il prend
conscience qu'ils sont déjà au courant de tout, enfin...
peut-être pas de la totalité, eux ne savent rien de son
vœu le plus cher, enfoui au plus profond de lui. Seul le
pasteur le sait. Mais ils en savent suffisamment et c'est
déjà plus qu'assez car tout ce qu'il dit, a dit ou bien dira,
se propage d'une personne à l'autre ; les paroles qu'il
préférerait garder pour lui sont comme un banc de
poissons pris dans les mailles de filets posés par des
étrangers. Arnold songe tout en riant : ici c'est trop petit,
ici c'est trop étroit. Et de tous, Arnold est celui qui rit
le plus fort. Alors, le professeur Holst fait claquer
sa baguette contre l'estrade avant de s'incliner devant

Arnold dans le silence brutal qui s'ensuit. « Bienvenue
parmi nous, Arnold Nilsen. Va t'asseoir, s'il te plaît.
Que nous ne croyions pas que tu vas encore nous
quitter. » Arnold passe entre les rangées, retrouve sa
place. Son pupitre est aussi grand qu'avant l'été, peut-
être même plus grand encore. Ses pieds ne touchent pas
terre. Ils sont suspendus en l'air, lourds comme des
plombs de pêche. Le professeur Holst s'approche de lui,
mains derrière le dos. Il sourit. Peut-être sourit-il car il
part le soir même pour la grande île des Lofoten où il se
reposera pendant quinze formidables jours. Il se carre
devant Arnold. « Alors comme ça tu vas vendre du
vent ? » Et le rire surgit de nouveau. Le rire était également en état de mort apparente et voilà que lui aussi est
revenu à la vie. Le professeur Holst laisse passer ce rire,
jusqu'à ce qu'il suffise à son goût. Il tape alors du pied
sur le plancher, le rire s'étouffe. « Mais dis-moi, Arnold
Nilsen. Comptes-tu vendre du vent en kilos ou bien en
litres ? » Arnold n'a pas le temps de répondre étant
donné l'amusement suscité par cette sortie pour un professeur Holst que plus rien ne peut arrêter. « Mais non,
je sais ! Tu vas le vendre en tonneaux. Tu vas tout bonnement remplir des tonneaux de vent et les envoyer
plein sud. Et quand il n'y aura plus un poil de vent dans
le fjord d'Oslo, ce qui est pour ainsi dire toujours le cas,
quand les bateaux à voile n'arriveront même pas à
avancer, qu'est-ce qu'ils vont faire, je te le demande ?
Eh bien, il leur suffira d'ouvrir un tonneau d'Arnold
Nilsen et d'envoyer du vent dans les voiles, pardi ! » La
classe s'esclaffe. Les élèves se gondolent de rire au-
dessus de leur pupitre. Le professeur Holst baisse les
yeux sur Arnold. Enfonçant sa baguette sous son
menton, il le force à le regarder. Arnold sent la pointe
s'écraser contre sa gorge, contre sa pomme d'Adam,
tandis que les éclats de rire continuent de l'encercler.
« Mais comment vas-tu te débrouiller pour refermer le
couvercle de tes tonneaux avant que le vent n'en soit
sorti, hein, minuscule Arnold ? » C'est à présent au tour
d'Arnold de rire et il rit beaucoup plus fort que tous les

autres réunis. « Je mettrai votre gros cul dessus. » Le silence est soudain total. Le professeur Holst en perd sa baguette. À peine s'il parvient à se pencher pour la ramasser. Ce qu'il fait pourtant, lentement, très lentement, en haletant si fort que son souffle ressemble à de petits cris brefs. « Pardon ? » « Je mettrai d'abord votre gros cul de flétan dessus ! » Arnold rit et au même moment la baguette s'abat sur l'arête de son nez. Arnold lance un regard abasourdi au professeur Holst qui déjà se dirige vers l'estrade, s'assoit à son bureau, feuillette l'épais registre journalier, trempe sa plume dans l'encrier. Et c'est seulement à ce moment-là qu'Arnold ressent la douleur, comme si elle venait après coup, en retard, trop tard, et cette douleur n'augure rien de bon : le sang jaillit derrière le front, dégouline dans la bouche, s'écrase par terre en larges gouttes épaisses. Arnold glisse alors de sa chaise. Il se lève comme sous le coup d'une absence. Il quitte la salle de classe. Derrière lui le silence est plus grand que jamais – et le professeur Holst laisse partir Arnold car il a assez à faire comme ça, occupé qu'il est à noter l'incident dans les colonnes du registre journalier, de sorte qu'aucun malentendu ne subsiste dans l'avenir, que l'avenir distingue noir sur blanc, d'une manière plus claire encore que le noir de l'encre avec laquelle il consigne son histoire au fil de colonnes oblongues jouxtant les notes pitoyables des élèves, dans quelles conditions barbares il a dû trimer de ce côté-ci de la mer.

Arnold s'immobilise sur le perron. Il distingue son père, sur le quai en contrebas. Il le rejoint. Son père se tourne sur lui. « Tu es encore tombé ? » Arnold a beau faire doucement signe que non, le sang continue de couler. Il doit pencher la tête en arrière, lever les yeux vers le ciel gris. « Non, murmure-t-il. Je ne suis pas tombé. » Son père fait un pas en avant, agacé. « Qu'est-ce qui s'est passé, mon garçon ? » « La baguette du professeur Holst m'a heurté. » Le père s'agenouille. « Tu veux dire qu'il t'a frappé ? » Arnold acquiesce, avec la même prudence que l'instant d'avant, comme si ce qui demeurait mobile

dans son visage risquait de dégringoler d'une seconde à
l'autre. Son père tire un mouchoir de sa poche, le trempe
dans l'eau, le tend à son fils qui essuie le sang. Puis il se
met à pleurer, bien qu'il ait décidé du contraire ; mais ça
brûle, ça brûle tellement, tout au fond de lui, là où quelque
chose s'est brisé. « J'ai bien l'impression que tu as le nez
cassé. » Le père retire des mains d'Arnold le mouchoir
maculé de sang, crache dedans, frotte le bas du menton
pour en enlever les dernières taches – et Arnold est surpris
de constater combien des mains si lourdes peuvent être si
légères. « Tu ne pleures plus ? » « Non, répond Arnold en
déglutissant. Je ne pleure plus. » « Parfait. On ne meurt
pas d'un nez cassé. Mais dis-moi : il t'a vraiment frappé
avec sa baguette ? » « Oui. Avec toute sa baguette. » Le
père réfléchit un instant. Puis il s'éloigne du quai. « Tu
vas où ? Ne t'en va pas ! » Le père ne se retourne pas.
« J'ai deux mots à dire au professeur Holst. »

Arnold lui emboîte le pas, une main posée sur son nez
endolori, disloqué. Le père ne s'arrête qu'une fois arrivé
devant la porte de la salle de classe. Il scrute le professeur Holst qui au même moment referme le registre journalier. « Je suis le père d'Arnold Nilsen », dit-il en détachant les syllabes. Le professeur Holst lève vers lui des
yeux incertains, roule des billes avant de jeter un ultime
coup d'œil sur son registre. Il sourit. « Evert Nilsen, en
effet, oui. Je reconnais parfaitement le père de chacun de
mes chers élèves. » Il se lève. « Aujourd'hui, votre fils a
eu une bonne leçon. Pour ma part, je considère l'affaire
comme étant close et ne souhaite en discuter plus avant.
Ni ici, ni dans les couloirs de mes supérieurs. » Evert
Nilsen ne bouge pas. Il est sombre, silencieux, à croire
qu'il a oublié sa propre présence, oublié où il se tient.
Son imposante silhouette projette une ombre grise dans
la pièce. Arnold attend, caché derrière lui. Il tire son père
par l'ourlet de sa veste, sachant que celui-ci ne supporte
pas autant de mots à la fois, lui que les mots épuisent,
déstabilisent. « Et à présent, il nous faut continuer
l'enseignement », ponctue le professeur Holst. Il regarde
par-delà l'épaule d'Evert Nilsen. « Arnold, si tu veux

bien avoir la gentillesse de retourner t'asseoir à ta place, s'il te plaît. » Mais le père retient son fils. Il s'avance vers l'estrade, parmi des élèves figés, devinant déjà qu'il va se passer quelque chose que jamais ils n'oublieront. Evert Nilsen ne dit rien. Tout a été dit depuis longtemps. Le professeur Holst le dévisage d'un air interrogateur. Alors, Evert Nilsen s'empare de la baguette, frappe le front du professeur Holst qui, malgré la faiblesse du coup, s'effondre sur-le-champ, davantage de stupeur que de douleur, en glapissant, en se tenant la tête. Sur ce, Arnold songe que d'abord son père l'a frappé, ensuite le professeur Holst l'a frappé, puis son père vient maintenant de frapper le professeur Holst comme si l'un entraînait l'autre, selon une espèce de justice qu'Arnold ne comprend pas tout à fait. Evert Nilsen brise la baguette, jette les deux morceaux sur un professeur Holst toujours à genoux devant les élèves, quitte la salle de classe, en traînant Arnold dehors, dans le grand vent où il y a de la place pour tout le monde. « Jamais tu n'y remettras les pieds », se contente-t-il de dire.

Le lendemain, Arnold l'accompagne en mer. Aurora a beau s'y opposer, le père n'en démord pas. Le garçon doit s'aguerrir. Le garçon doit survivre. Nulle autre pensée n'est de mise. C'est simple, lumineux et beau. Il n'est pas question d'autre chose. Aussi Arnold se retrouve-t-il dans le bateau, le nez empaqueté dans un bandage grossier qui l'oblige à respirer par la bouche. Arnold est assis là, sur la planche, bouche ouverte, pendant que vigoureusement, inexorablement, son père rame, les emportant loin, si loin de la terre ferme. Tout est calme, trop calme pour un mois d'octobre. La mer est obscure, tapissée d'ombres, pareille à un miroir noir et bosselé. Or à peine ont-ils dépassé la jetée, à peine le phare se dresse-t-il devant eux comme une gorge engoncée dans une étole d'écume, que la houle se précipite sur eux, soulève le bateau à un rythme aussi insupportable que monotone. Un sourire aux lèvres, le père regarde son fils. Il rame sans quitter son fils des yeux. Les rouleaux grondent sous eux. Désormais, le calme

n'existe pour rien ni personne, il n'y a plus le moindre
point auquel se raccrocher, il est même impossible, ne
serait-ce que du regard, de se retenir au père, qui sourit,
qui rame, qui continue de ramer, de les emporter, eux qui
vont si loin. L'instant d'après, l'île ne leur apparaît plus
que comme un vague plateau derrière un épais tapis de
brouillard. Arnold ferme la bouche mais il peut à peine
respirer. Il est enfermé en lui-même. La houle le remplit
de haut-le-cœur dont la chaleur l'étouffe encore davantage. Il arrache son pansement, réprime un cri, jette le
tissu sali dans la mer, inspire l'air par petites bouffées
salutaires. Le père le regarde en souriant. Il rame car ils
sont loin d'être arrivés à destination. Avec précaution,
Arnold touche son nez qui pendouille de travers, dont la
chair molle est toujours endolorie. « Maintenant, tu ressembles à un boxeur », dit soudain son père. Arnold lui
lance un coup d'œil étonné. « Un boxeur ? C'est vrai ? »
« L'autre là, qui avait sa photo dans le journal. Tu te souviens pas ? » « Non, papa. Qui ça ? » « Celui qui est allé
boxer jusqu'en Amérique. Otto von Porat. » Arnold
oublie un instant ses nausées, remplacées par un bonheur singulier. Son père lui a parlé. Son père lui a dit
qu'il ressemble à un boxeur. Arnold fend l'air d'un coup
de poing, il rit. Il sent la douleur lui remonter jusqu'au
front. Il est heureux et il a mal. Mais cette bonne douleur
disparaît aussitôt et les nausées reprennent, affluent. Son
père continue d'avancer, comme s'il essayait d'amarrer
le bateau aux vagues. Puis il pose une des rames sur sa
cuisse et désigne un point derrière Arnold. « Maintenant, fais bien attention. Lorsque la hampe croise le cairn
et que le phare est perpendiculaire à la jetée, là tu es
dans la bonne position. » Arnold se retourne, examine
l'horizon, tandis que son père continue de parler – et cela
fait si longtemps qu'Evert Nilsen n'a pas parlé autant,
peut-être lui aussi est-il heureux en cet instant qu'il passe
avec son fils. « Ce sont nos repères, Arnold. La hampe,
le cairn, le phare, la jetée. C'est notre constellation.
Quand tout n'est que courants et chaos, eux ne bougent
pas. Ne l'oublie jamais. » Alors Arnold plisse les yeux et

observe ; il regarde ces repères formant un motif singulier, cette image immédiatement brisée si d'un coup de rame ils glissent dans une direction ou dans une autre. Mais plus Arnold scrute, plus il a le mal de mer car il prend conscience que de toutes les choses en ce monde, il est le seul à ne pas trouver le calme. « Qu'est-ce que tu as dit au professeur Holst ? » Arnold doit réfléchir. « J'ai juste dit qu'il avait le cul plus gros qu'un flétan. » Le père frappe du poing sur la planche. « Plus gros qu'un flétan ! C'est ce que tu as sorti à cette grosse loutre bouffie ? » « Oui ! Deux fois, même ! Je l'ai répété deux fois ! » Arnold regarde son père. Ils sont à mille lieues des bonnes manières, loin de toute civilisation. Ils ne sont que tous les deux. Ils sont libres, n'étaient-ce les vagues et les nausées. Le père redevient silencieux. Arnold ne bouge pas. Il se fait aussi petit que possible de crainte de détruire cet instant. Son père demande : « Mais qu'est-ce qu'il t'a dit, le pasteur ? » Arnold doit de nouveau s'accorder un moment de réflexion. « Que je devais honorer mon père et ma mère. » « Il a vraiment dit ça ? » « Oui. Que je devais vous honorer, Aurora et toi. » À peine vient-il de terminer sa phrase qu'il dégobille tripes et boyaux. Arnold vomit, et tout ce qu'il a dans l'estomac atterrit droit sur les genoux de son père qui se met à jurer. Il lève le bras comme s'il allait frapper et Arnold ne peut s'empêcher de vomir une seconde fois ; il pleure et il dégueule et il assiste derrière un voile de larmes à la lente disparition des repères. Tout se désagrège, se décompose. Il a perdu le rythme. Il s'affaisse dans le fond du bateau. Il ferme les yeux. « Je n'ai plus grand-chose d'un boxeur, maintenant », murmure-t-il.

Le père fait machine arrière. Il ne prononcera plus une seule parole du reste de la journée. Aurora pose le repas sur la table. Arnold n'a pas la force de manger. Il se couche tôt. Tout continue de tanguer. Il a ramené les vagues à la maison. Le lit est un bateau. Le bateau porte Arnold. Il porte Arnold jusqu'aux repères des rêves.

Le lendemain, son père le réveille de bonne heure. « Trouve les repères », lui ordonne-t-il. Ils repartent en mer. Une fois la jetée dépassée, le père change de place avec Arnold, il lui confie les rames. Arnold rame. Les vagues regimbent. Les rames esquivent la surface de l'eau, comme des cuillers, immenses et lisses. Arnold se tourne pour regarder l'intérieur des terres. Mais les repères ne sont plus là où ils sont censés être. Ils ont été déplacés. Le cairn se trouve devant la hampe, le phare a coulé dans l'océan, les vagues démolissent la jetée, pierre après pierre. La constellation est démantibulée, dispersée aux quatre vents. Mon repère est partout ! songe Arnold. Partout est mon repère ! Mon nez de traviole me montrera la voie ! Son père le saisit aux épaules. « Plus loin ! » Arnold rame plus loin. Il en prend la décision. Il va y arriver. Il est le rameur. Arnold Le Rameur ! Et Arnold fend la houle. Il fonce en travers des vagues. Il s'enfonce dans l'ouragan. Les rames ne sont plus des cuillers désormais. Ce sont des arbres ! Et chaque cime est une pale qui repousse le ciel derrière elle. Sauf qu'Arnold ne trouve pas les repères. Il n'a plus aucun repère. Plus rien ne se tient tranquille, de toute manière. Le vent érode, ronge, rogne leurs montagnes dont il ne reste bientôt plus, à la surface de l'eau, que des grains de poussière, comme les chiures de mouche sur l'appui de la fenêtre. Le père crie quelque chose mais ses paroles sont inaudibles. Le père désigne quelque chose mais rien n'est visible. Arnold rame dans la pluie et dans l'écume. Arnold rame bouche ouverte. Il ingurgite la mer pour la régurgiter ensuite, cette mer dans le fond de laquelle il était pourtant allongé et formait ses projets les plus secrets. Le père le fait tomber de la planche, lui arrache les rames des mains, rebrousse chemin. Arnold se casse la figure entre les bottes de son père. Il se pisse dessus. Il pleure. Le père le repousse d'un coup de pied. « T'as perdu la tête ou quoi ? Tu veux foutre mon bateau en l'air, c'est ça, hein ? » Arnold n'arrive pas à répondre. Le père rame à toute allure. Il rame et il jure. Arnold se redresse. À sa grande surprise, la mer est devenue d'huile. Aurora se tient au bout de la jetée. Elle est une ombre noire, d'une patience infinie. Arnold regagne la terre ferme pour de bon. Il suit sa mère jusqu'à la maison, entend les rires des garçons en passant devant la salle de classe. « N'y fais pas attention », murmure-t-elle. « Je m'en fiche », dit-il en serrant les dents. « Tu t'es encore trouvé mal ? » Arnold ne répond pas. Il est le marin d'eau douce que l'océan encercle. Il est l'insulaire qui a le mal de mer. « Mon père, commence Aurora, lui aussi il avait le mal de mer. Il prenait la mer tous les jours et tous les jours il était malade et vomissait. » Elle rit d'un rire étrange avant de lui prendre la main. Arnold se tait car il ignore si c'est une consolation ou une menace. Non, ce n'est pas une menace. Mais c'est une piètre consolation.

Un beau jour, Arnold se retrouve sur le quai. Il vide du poisson. Son père est en mer. Arnold soulève le couteau, si lourd dans sa main. Le temps s'écoule avec une lenteur récalcitrante. Les vieux gardent un œil sur lui. Ils rient sous cape à la seule vision de ce bambin. Ils se racontent des histoires, toujours les mêmes, tout comme bientôt ils s'en raconteront au sujet d'Arnold. Car l'espace d'un instant, guère plus, il suffit qu'ils détournent les yeux, sans doute distraits par Elendius, ce cossard qui s'approche d'eux pour les forcer à écouter ses mauvaises nouvelles, pour que le couteau glisse des mains d'Arnold : il lui entaille le doigt, jusqu'à l'os, jusqu'à ce que le doigt ne soit plus suspendu que par un filament, un lambeau de chair. Pourtant Arnold ne crie pas. Il fixe sa main en silence, comme hypnotisé, cet index d'où gicle du sang, il entend le couteau tomber par terre puis les hommes se lever – et c'est finalement Elendius qui hurle, de manière à ce que toute l'île en soit informée : « La roue s'est coupé le doigt ! La roue s'est coupé le doigt ! »

C'est ce dont il se souvient, lorsqu'il se réveille avec neuf doigts seulement : ils l'ont surnommé La Roue. Arnold est La Roue et il refuse d'être appelé autrement. Tout ce qui traverse le monde à une vitesse vertigineuse est pourvu de roues : les automobiles, les trains, les autobus, oui, même les navires ont une roue ; et l'océan,

n'est-il pas qu'une seule et même roue, qui virevolte
d'un rivage à l'autre ? et le globe, n'est-il pas lui aussi
une roue bleue, scintillante, qui tourbillonne dans les
ténèbres de l'univers ? Car de même que personne ne
pouvait oublier Arnold dévalant comme une roue
humaine la pente la plus raide, Arnold, lui, ne pouvait
oublier la promesse qu'il s'était faite, au moment où il
gisait au fond de la mer, les vagues sur ses épaules :
celle de partir, de disparaître de cette île, quel qu'en soit
le prix à payer. Il ne sait pas où il va aller mais il sait
ceci : il va partir. Il est une roue, il ne peut plus le
devenir. Le mouvement est sa maison. Ainsi a-t-il été
créé. Alors une nuit, il sort à pas de loup. Il laisse une
lettre à sa mère. Son père pêche dans le fjord. Les nuits
commencent à s'éclaircir. Des semaines durant, il a écrit
cette lettre en s'efforçant de trouver les mots justes, de
les mettre bout à bout, dans le bon ordre. C'est au final
une courte lettre car Arnold Nilsen n'a pas la fibre de
l'écriture – et c'est elle que trouvera sa mère en se levant
de bonne heure le lendemain, interloquée par cet
immense silence dans la petite maison. Elle voit la
feuille posée sur la table de la cuisine. *Ma chère mère.
Je suis parti. Je reviendrai quand le moment sera venu.
Ou peut-être jamais. Vous trouverez le bateau de l'autre
côté. Salue mon père pour moi tout comme je t'envoie
mes plus tendres pensées. Arnold.*

Arnold se faufile dans le jour naissant. Il s'empresse
de gagner le quai. Tuss le suit, désorienté, content. Il
caresse le chien puis le chasse pour qu'il rentre à la
maison. Il a emporté une miche de pain, les pièces qu'il
a économisées depuis deux ans, ainsi qu'une lichette
d'eau-de-vie. Il regarde autour de lui. Il voit tout ce qu'il
va quitter. Il défait les cordages, la nuit est silencieuse et
son cœur bat à tout rompre. Il pleure, de joie comme de
tristesse. Il est paralysé par lui-même. Il est plus grand
que lui-même. Bientôt, il n'y aura plus de place pour lui.
Et tandis qu'il rame de ses neuf doigts, qu'il vogue vers
la terre ferme, il chante pour éviter d'entendre ses
larmes. *Dieu est Dieu, les hommes fussent-ils décédés.*

Dieu est Dieu, les terres fussent-elles désolées.
Aujourd'hui encore, des bruits circulent au sujet de cette
traversée dans les plus violents, les plus périlleux des
courants ; oui, un exploit, un miracle, voilà ce que
c'était, Arnold a dû avoir le Tout-Puissant dans ses
rames cette nuit-là, ce qui en soi a peut-être adouci la
colère et le chagrin de son père : son demi-fils a pris la
mer comme un homme, devenant par là même un héros
de racontar.

Le soir de son troisième jour, Arnold se tient devant
l'église de Svolvær et tout est plus grand qu'il se l'était
imaginé. Les gens habitent les uns au-dessus des autres
dans des maisons en pierre. Les réverbères à touche-
touche ressemblent à une forêt où la lumière électrique
éclaire jusque dans les vitrines des magasins. Mais ce qui
étonne Arnold, c'est ce silence, qu'une ville puisse être
à ce point plongée dans le silence. Peut-être qu'à cette
heure-là les habitants des villes dorment pour être tout à
fait reposés à la nuit tombée, songe Arnold. Puisque dans
les villes tout fonctionne à l'envers : le soleil se couche
quand les gens se réveillent. Or au même moment il
entend des pas, et ce ne sont pas ceux d'une seule personne mais d'une foule entière à en juger par le tremblement du sol sous ses chaussures. Arnold se retourne. Sur
le trottoir d'en face déboule un cortège d'adultes et
d'enfants, de pêcheurs et de mareyeurs, de chiens et de
chats, d'hommes et de femmes, de personnages et de
figures talonnés, pour couronner le tout, par le pasteur en
personne. Surgissant de l'église dont la lourde porte se
referme sur lui, il tire sur les pans de sa robe pour ne pas
se prendre les pieds dedans et court comme une femme
rallier l'étrange procession qui tourne à l'angle de la rue
principale puis descend vers le port. Arnold se cache derrière un lampadaire. Le pasteur le croise sans le remarquer. Il décide de suivre cette masse bigarrée pressée
d'atteindre le champ de foire, de l'autre côté du quai,
entre l'usine et le silo. Là se dressent des baraques et des
carrousels, des lumières aux couleurs les plus diverses
clignotent, des chevaux mécaniques avancent en cercles,

et, au beau milieu de ce charivari, est déployé un
immense chapiteau, suspendu au ciel par un crochet en
forme de lune et pourvu d'un portail doré rehaussé d'une
inscription : SIRKUS MUNDUS. Il voit les gens verser
leur écot à un homme sanglé dans un uniforme, dont la
fine moustache s'enroule au-dessous du nez. Et eux de se
précipiter, les uns après les autres, de se ruer à l'intérieur, de crier, de se chamailler, de se bousculer pour être
les premiers et avoir la meilleure place. Arnold reste en
arrière, les pieds dans la boue, à l'extrémité du vieux terrain de football. Bientôt résonnent les accords d'un
orchestre, le hennissement des chevaux, le barrissement
des éléphants, des claquements de fouets, des coups de
carabine, des éclats de rire. Il s'approche à pas feutrés.
L'homme en uniforme parti, il n'y a personne pour surveiller. Arnold s'immobilise un instant sous le portail, il
jette un ultime regard circulaire. Une affichée est collée
à un poteau. Elle annonce *Der Rote Teufel*, le fameux
homme-serpent. Elle prévoit l'avaleur de sabres et le
dompteur de lions. Elle promet des êtres difformes et des
reines de beauté. Mais, surtout, elle présente l'homme le
plus grand du monde : le célèbre Islandais Paturson.
Arnold prend une inspiration. Il s'introduit, se faufile
entre tentes et échoppes. Les chevaux paradent seuls
autour du carrousel scintillant. N'est-ce pas ce dont il a
toujours rêvé, ce à quoi il aspire ? N'est-ce pas ici qu'il
voulait venir ? Partir ne signifiait-il pas trouver un lieu
comme celui-ci ? Eh bien il y est arrivé. Il s'arrête à
l'extérieur du chapiteau où figure sur un panneau :
Mundus vult decepi. Il relit lentement : *Mundus vult
decepi*. Quelles sonorités étranges... Voilà une langue
destinée aux sébastes et aux flétans vivant en eaux profondes. Il écarte le rabat de la tente. Mais avant même
d'avoir pu distinguer quoi que ce soit, une main le cramponne, lui fait faire un demi-tour sur lui-même.
L'homme moustachu à l'uniforme le scrute. « Où est-ce
que tu comptes aller comme ça ? » L'homme parle norvégien. Il se penche vers lui. « Je cherche mes parents. »
« Tiens, tiens. Tu as perdu tes parents ? » Arnold sourit.

Il n'a plus peur. Mentir n'est pas plus difficile que ça. Les mots sont placés dans sa bouche puis transformés en vérités. « Oui, bredouille-t-il. J'ai perdu mes parents. » Ces paroles néanmoins, aussi mensongères que vraies selon l'angle sous lequel on choisit de les observer, ont des conséquences bien différentes de celles qu'espérait Arnold. L'homme en uniforme soulève Arnold en l'air. « Je m'appelle Mundus, déclara-t-il. Et chez Mundus, personne ne perd les siens ! »

Après quoi il porte Arnold dans l'enceinte même du chapiteau. Der Rote Teufel est en train de passer la tête entre les jambes, suspendu à un trapèze sous la toile vers laquelle convergent tous les regards. Il se contorsionne, jette un œil entre ses cuisses, de droite à gauche. Il fait mine de se lâcher alors qu'en réalité, il se tient d'une seule main, et, le souffle coupé, les spectateurs osent à peine regarder. Le tambour entame un roulement interminable. Soudain, résonne un craquement, tout là-haut. Le trapèze se met à osciller dangereusement. Ce n'est que le maillot brodé de dorures du Rote Teufel : il s'est déchiré à l'endroit le plus malencontreux. Un instant, la plupart des gens croient que cela fait partie du numéro, mais ils ne tardent pas à comprendre qu'il s'agit là d'un scandale de premier ordre, que Le Diable Rouge n'a pas volé son nom, car une odeur incontestable remplit le chapiteau. Le pauvre homme-serpent est descendu en toute hâte, le visage congestionné coincé au-dessus de deux fesses blanches ressemblant davantage à des lunes défigurées. Un violent concert de sifflets et de lazzis éclate, les hommes assis aux dernières rangées se lèvent pour jeter des morceaux de papier et des mottes de terre à la figure du Teufel – et c'est à ce moment précis qu'Arnold fait ses débuts car Mundus comprend que la représentation est bientôt hors de contrôle. Aussi porte-t-il Arnold dans le manège. Il le brandit. Le silence se réinstalle autour de la piste, les pêcheurs déchaînés cessent de faire les fanfarons puis, les uns après les autres, finissent par se rasseoir. Mundus prend la parole : « Mesdames, Mesdemoiselles et Messieurs ! hurle-t-il. Le petit homme que je tiens dans mes bras a perdu ses parents ! Ses père et mère peuvent-ils se manifester afin d'être tous trois réunis au vu et au su de tout un chacun avant que l'homme le plus grand du monde ne se dresse devant vous ? »

La foule est redevenue muette. Arnold voit les visages former comme une enceinte autour de lui. Bouche bée, ils l'observent, ils le scrutent. Les spectateurs les plus proches se penchent, prêts à le toucher. Le pasteur est sur le point de se lever mais se ravise, peiné, perplexe. Sans doute certains croient-ils que ceci fait également partie de la représentation car des rires fusent de-ci de-là, le rire se dissémine, le chapiteau ne tarde pas à être submergé par ce rire, les gens frappent dans leurs mains, tapent du pied. Seul le pasteur se tient tranquille, les yeux rivés sur Arnold, sans savoir s'il doit rire ou pleurer. Après une profonde révérence, Mundus entame un tour de piste sous une salve d'applaudissements. Il finit par remporter Arnold dans les coulisses, l'y dépose et se hâte de regagner le manège. L'obscurité serait totale si ce n'était le rai de lumière que diffuse une lampe accrochée au-dessus d'un miroir. Arnold ne bouge pas. De la piste lui parviennent le bruit de la fanfare, les roulements de tambour. Puis autre chose. Des pas, lourds. Qui font vibrer le sol sous ses pieds, trembler la chaise sous son poids. Ce n'est pas un éléphant qui fait son apparition, mais un être humain. Et Arnold doit se retenir à son siège car il comprend qu'il s'agit ni plus ni moins de l'homme le plus grand du monde. Et l'homme le plus grand du monde marche tête baissée, histoire de ne pas se cogner. Il a le visage mélancolique, aussi allongé que l'ombre de son nez projetée de part en part. Vêtu d'un costume foncé, il arbore une cravate plus longue que le reflet de la lune sur l'océan. Il est accompagné d'une femme en jupette, coiffée d'un chapeau blanc. Elle est sans doute tout à fait normale quand bien même elle ne lui arrive qu'à la ceinture, et peu s'en faut. Il s'immobilise devant la lourde gardine dorée. Il baisse alors la tête encore davantage tandis que la femme lâche sa main gigantesque. La musique s'arrête. Tout s'arrête mis à part le roulement du tambour et la voix de rogomme de Mundus qui gronde : « Mesdames, Mesdemoiselles et Messieurs ! Veuillez acclamer l'homme désigné lors du congrès de médecine de Copenhague comme l'être humain le plus grand du monde entier… J'ai nommé l'Islandais… Paturson ! Tout droit venu d'Akureiri ! Il mesure deux mètres soixante-treize, et encore… sans ses chaussures ! » Paturson se redresse, s'avance. Certains crient, d'autres rient, d'autres encore soupirent d'admiration, mais la plupart des spectateurs demeurent dans l'ensemble silencieux car jamais ils n'ont vu d'homme d'une telle taille. Soudain, la dame au chapeau bizarre découvre Arnold. « Qui es-tu, toi ? » « Arnold. » Elle sourit, penche la tête de côté puis s'approche. « Et qu'est-ce que tu fais là, Arnold ? » « J'attends Mundus. » Après avoir regardé par la fente de la gardine, elle fait signe à Arnold qui saute de sa chaise pour venir se poster à côté d'elle. Il sent qu'elle glisse quelque chose dans sa main. C'est un chocolat fourré. Il l'enfourne dans sa bouche avant qu'on le lui reprenne, le savoure longuement jusqu'à sentir autour de sa langue fondre une substance plus douce encore, qui l'étourdit, qui l'engourdit de la tête aux pieds. Il a droit à un autre bonbon. « Je suis la Fille-Chocolat, dit-elle non sans déposer un baiser furtif sur sa joue. Regarde, Arnold ! » Et Arnold voit Paturson, le dos tourné, debout au milieu de la piste. Mundus le mesure à l'aide d'une toise en argent. Il doit grimper sur un escabeau afin de ne pas rater les derniers centimètres. Puis il exhibe la toise aux spectateurs assis aux premiers rangs pour qu'ils puissent constater de leurs propres yeux la taille exacte de Paturson : 2,73 ! Tout le monde applaudit. Mundus rejoint Paturson. Il lui prend la main droite, aussi lourde qu'une pelle, retire une bague de l'index. « Il est marié ? » demande Arnold. La Fille-Chocolat se contente de secouer la tête. Elle rit. « Chut ! » fait-elle. Mundus montre la bague au public. Puis il sort une véritable pièce en argent de deux couronnes, afin que le public se rende compte que la bague est suffisamment large pour contenir la pièce de monnaie. Les spectateurs n'en croient ni leurs yeux ni leurs oreilles, ils jubilent. Mais Mundus a gardé le meilleur pour la fin. Il va chercher deux fillettes du premier rang, qui, les joues empourprées, le suivent sur la piste. Là, elles ont la permission de toucher l'Islandais afin que personne n'aille s'imaginer qu'il n'est pas de chair et de sang. Celui-ci les pose ensuite chacune sur un bras, comme si elles étaient assises sur les branches d'un grand arbre, et ce n'est plus elles qui rougissent à présent, mais Paturson : il baisse les yeux, confus, les joues en feu, tandis que les fillettes se balancent dans ses bras, rient, adressent de grands signes à leur famille. Certains des gars assis tout au fond veulent descendre faire un bras de fer avec ce géant timide, mais Mundus s'y oppose : ils risqueraient d'être gravement blessés. Au lieu de quoi il fait apporter une table recouverte d'une nappe brodée qu'il retire comme sous l'effet d'un tour de magie. Il révèle ainsi le dîner de Paturson, qui consiste en rien de moins qu'une douzaine d'œufs à la coque, quatorze petits pains, un rôti de porc, trois kilos de pommes de terre, dix-huit pruneaux et deux litres de lait. L'Islandais engouffre le tout devant un public éberlué. Pendant que l'homme le plus grand du monde engloutit son repas, Mundus s'approche des premières rangées, les mains croisées devant lui. « Mesdames, Mesdemoiselles et Messieurs ! Notre ami islandais est originaire d'Akureiri, issu d'un foyer de pêcheurs sans le sou. Et comme d'aucuns peuvent le remarquer, sa grande taille lui pose des problèmes considérables. Il rêve de retrouver les siens pour lever les filets avec eux. Mais rien n'est à sa taille bien sûr, ni les vêtements, ni les ustensiles de pêche. Même ses lacets, il doit les commander de l'étranger ! Aussi va-t-il à présent passer parmi vous et vous vendre des cartes que nous avons confectionnées. Plus vous lui en achèterez et plus grands seront les lacets et les filets qu'il sera en mesure de se procurer. Veuillez à présent lui réserver un accueil chaleureux ! » Alors, l'homme le plus grand du monde s'essuie la bouche à l'aide d'un drap puis évolue silencieusement entre les rangs, ses cartes colorées à la main, mais rares sont les personnes décidées à lui en

acheter, elles qui ont déjà payé cinquante øre pour entrer ;
et il n'y a guère que le pasteur pour déposer deux pièces
dans la paume de Paturson. La représentation est terminée. L'orchestre joue les derniers accords. Paturson se
retire, à nouveau guidé par la Fille-Chocolat. Mundus
arrive en trombe dans les coulisses. Fou furieux. « Où est
ce satané Teufel ? hurle-t-il. Je vais lui faire passer son
envie, moi ! » Mundus disparaît pour réapparaître aussitôt. Il tombe sur Arnold, lui lance un regard noir. « Tu
es toujours là, toi ! » Arnold hoche la tête. Non, il n'a pas
bougé, c'est indéniable. Il redoute que Mundus ne le jette
dehors, mais celui-ci pousse un profond soupir de lassitude, avant d'allumer un cigare et de s'asseoir, épuisé.
« Quel cirque pitoyable ! Les acrobates pètent à en
déchirer leur maillot et personne ne veut acheter les cartes
que j'ai imprimées. » « Le pasteur en a acheté une », murmure Arnold. « Laisse-moi rire ! Et les trois cent quarante-huit cartes qui me restent sur les bras ? N'y a-t-il que
des grippe-sous sans cœur dans cette ville ? » Mundus
exhale la fumée qu'il chasse d'un revers de main. Arnold
réfléchit. « Ce n'est peut-être pas très malin de lui donner
toute cette nourriture », ose-t-il. Mundus le regarde de
nouveau. « Qu'est-ce que tu veux dire ? » « Une fois qu'il
a mangé tout ça, il n'y a pas de danger qu'il fasse de la
peine aux gens. » Mundus se lève. Il jette son cigare par
la porte, un sourire se dessine sous sa moustache.
« Comment t'appelles-tu, mon garçon ? » « Arnold ! » Au
même moment, la Fille-Chocolat fait irruption, le cigare
rougeoyant à la main. Elle lance un regard stupéfait à
Mundus, qui lui-même désigne Arnold en s'écriant :
« Arnold a raison ! Mais au nom du ciel ! Pourquoi personne ne m'a dit de ne pas faire ingurgiter à Paturson un
festin au nez d'un public décharné auquel il va ensuite
vendre ses cartes ? ! » Il se retourne vers la Fille-Chocolat.
« Tu l'as couché ? » Elle acquiesce puis tète le cigare.
Mundus le lui arrache de la bouche avant de le rejeter
dehors. « Trouve à Arnold un endroit où il puisse
dormir », ordonne-t-il.

La Fille-Chocolat prend Arnold par la main. Elle le

conduit hors du chapiteau. Ils longent le sentier boueux
entre les cabanons. « J'ai l'impression que tu as trouvé un
poil d'éléphant », chuchote-t-elle. Arnold ne comprend
pas tout à fait. « Les éléphants ont des poils ? » « Oui.
Mais juste sur la queue. » Elle dépose un baiser furtif sur
sa bouche. Arnold en est tout étourdi cette fois encore.
« Tu dormiras chez Paturson. Mais je suis dans la voiture
juste à côté. S'il y a quoi que ce soit. »

Elle s'arrête devant une roulotte dont elle ouvre la
porte avec précaution. Elle y fait entrer Arnold. C'est ici
que dort Paturson et il dort à poings fermés. Deux lits ont
été rapprochés l'un de l'autre pour qu'il ait suffisamment de place. Arnold n'aura qu'à s'installer par terre. La
Fille-Chocolat lui donne une couverture. « Je suis juste à
côté. S'il y a quoi que ce soit. » Elle sort en toute hâte.
Sous la lumière parcimonieuse, Arnold passe un moment,
sans bouger, à regarder l'homme le plus grand du monde.
Le visage est immense, qui semble tellement seul ainsi
posé sur l'oreiller blanc. Bien que Paturson utilise trois
couettes, ce n'est pas assez. De ses chaussettes trouées
dépassent ici et là quelques orteils. Ses pieds, plus grands
que les cuisses d'Arnold, ressemblent à un feuillage de
chair dont la cime serait constituée d'ongles jaunis et bos-
selés. Arnold avise la veste de Paturson pendue à un clou
derrière le lit. Il la décroche, l'essaie. Les boutons touchent carrément ses chaussures, les manches sont si
longues qu'il retrouve tout juste ses mains. C'est un véritable voyage au long cours que d'enfiler ce vêtement.
Paturson se retourne dans son lit. Arnold retient son
souffle. L'homme le plus grand du monde met un temps
fou à se retourner, comme si le globe terrestre chavirait
tout d'un coup. Arnold s'extirpe de la veste. Au moment
de la remettre, il sent un objet dans une des poches. Il
s'agit de la toise en argent. Arnold pivote sur lui-même,
faisant de nouveau face au lit. Paturson dort sans bruit.
Alors, Arnold déroule la chaîne brillante depuis l'orteil le
plus long jusqu'au cheveu le plus dressé de Paturson. Il
regarde le chiffre. Il a dû se tromper. Il recommence.
Cette fois, il mesure en sens inverse, de la tête aux pieds,

pour être sûr de son coup. Hélas, il aboutit au même et exact chiffre. Paturson ne mesure pas deux mètres soixante-treize, mais deux mètres quatre. Arnold range la toise dans la poche de la veste. Il est surpris, sans pour autant être déçu. Peu à peu il comprend quelque chose, dont il n'a jamais pris clairement conscience, mais qu'il devine, comme une ombre dans son crâne : le mensonge.

Arnold sort à pas feutrés rejoindre la roulotte où dort la Fille-Chocolat. Il la réveille. « Il y a quelque chose ! » Elle s'assied, sourit. « Quoi, Arnold ? » « Paturson ne mesure pas deux mètres soixante-treize ! » Le sourire de la Fille-Chocolat s'évanouit. « Qu'est-ce que tu viens de dire, Arnold ? » « Il ne mesure que deux mètres quatre ! Je l'ai mesuré ! » Elle l'empoigne pour qu'il cesse de s'agiter puis elle pose un doigt sur la bouche d'Arnold. « Allongé, Paturson ne mesure que deux mètres quatre, en effet. Mais debout, il mesure deux mètres soixante-treize ! Mundus décide de sa taille. Tu comprends ? » Arnold commence à avoir la tête en coton : ses pensées vont si lentement qu'elles n'arrivent pas tout à fait entières au cerveau. « Quel âge as-tu ? » demande-t-elle pour parler d'autre chose. Il se rend soudain compte qu'elle est presque nue. « Seize ans ! », répond-il à toute vitesse. Elle pouffe de rire. « Seize ans ? Et allongé, ça te fait quel âge ? » La Fille-Chocolat attire Arnold auprès d'elle. Elle l'enlace. Arnold grandit dans ses bras. Et elle lui explique à peu près tout ce qu'il a besoin de savoir.

Désormais, il sait ce que signifie avoir un poil d'éléphant.

Le lendemain matin, Arnold se présente à la roulotte de Mundus, la plus grande de tous les véhicules du cirque, avec son escalier particulier, ses rideaux, sa cheminée. Quant à Mundus, il est lui-même étendu dans un lit à baldaquin. Il prend son petit déjeuner. Il porte une robe de chambre lie-de-vin. Sa moustache est protégée par un étui en peau. De la pointe d'une serviette blanche, il essuie une goutte de jaune d'œuf qui perle à la commissure de ses lèvres. « D'où viens-tu ? » s'enquiert-il. « De nulle part. » Mundus le regarde. « De nulle part ? Tout le

monde vient de quelque part, Arnold. » « Pas moi. »
« Dans ce cas, serais-tu par hasard un petit ange qui s'est
posé parmi nous ? » Arnold ne répond pas. Mais un
ange… Au fond, pourquoi pas ? Cela lui convient.
Mundus soupire. Il pose son plateau sur le côté, trouve un
cigare. « C'est que… nous ne voudrions pas avoir la
police à nos trousses, n'est-ce pas ? » « Le pasteur sait où
je suis. Je lui ai tout raconté. »

De l'extérieur leur parvient le bruit de pas lourds.
Arnold se retourne. Il voit Paturson accompagné de la
Fille-Chocolat passer devant la roulotte. Elle dépose sur
lui une grande bâche au moment de s'approcher du portail. Mundus se lève et vient se poster à côté d'Arnold.
« Tu comprends, explique-t-il en allumant son cigare avec
une longue allumette, il n'y a pas de raison que quiconque dans cette ville le voie gratuitement. » Arnold
assiste à la promenade de l'homme le plus grand du
monde, caché sous une bâche, et ce spectacle l'émeut.
« As-tu déjà entendu parler de Barnum ? » demande soudain Mundus. Arnold secoue la tête. L'homme est à peine
visible derrière l'écran de fumée. « Barnum était le roi de
l'Amérique, Arnold. Il était plus grand qu'Alexandre le
Grand et Napoléon réunis. » Arnold s'approche. « Plus
que Paturson ? » Mundus s'étouffe dans un rire. « Oui !
Plus grand que lui, même ! Car, vois-tu, Barnum a transformé le monde en cirque. Son cirque ! Le monde entier
était sa piste aux étoiles et le ciel le chapiteau qu'il tendait au-dessus de nous ! » Bouleversé par ses propres
paroles, Mundus ajoute à voix basse : « Barnum voulait
rendre les gens heureux. Il voulait les faire rire, les faire
frémir, les voir stupéfaits, les voir danser ! N'y a-t-il pas
pour un homme de plus noble objectif que celui-ci ? » La
Fille-Chocolat ramène Paturson. Elle fait un signe à
l'intention d'Arnold. Mundus pose une main sur son
épaule. « Sais-tu ce que signifie *Mundus vult decipi* ? »
Arnold sourit. Désormais, il sait à peu près tout ce qu'il
a besoin de savoir. « Le monde veut être trompé »,
réplique-t-il et cette réponse laisse Mundus songeur.
« Mais peux-tu me dire ce que signifie en norvégien *Ergo*

decipiatur ? » « Donc trompe-le. » Mundus se voit contraint de poser son cigare. « D'accord. À présent, peux-tu me dire enfin ce qui est plus grand que l'Islandais Paturson ? » Arnold réfléchit. « Dieu ? » propose-t-il. Mundus secoue la tête. « Oh non, mon garçon ! Dieu fait quatre centimètres de moins que Paturson. » « Barnum ? » lance-t-il au petit bonheur la chance. Mundus s'accroupit pour être à sa hauteur. « L'imagination, Arnold ! L'imagination est la plus grande chose entre toutes ! Car le plus important n'est pas ce que tu vois. Mais ce que tu crois voir. Ne l'oublie jamais ! » Mundus s'assied sur le lit sans pour autant quitter Arnold des yeux. « Tourne-toi », commande-t-il. Arnold fait volte-face jusqu'à offrir son dos. « Tourne-toi complètement ! » crie-t-il. Arnold s'exécute. Dans l'intervalle, Mundus a chaussé ses lunettes. « Bon. Dis-moi ce que tu sais faire, petit ! » « Je peux être une roue ! » répond Arnold qui aussitôt fait la roue sur le plancher puis se relève. Mundus n'est pas satisfait. « Des roues, nous en avons à revendre, Arnold. » « Je n'ai que neuf doigts ! » rétorque-t-il en exhibant ses mains. Mundus hausse les épaules avec une moue désintéressée. « J'ai des monstres encore plus difformes. » « Je peux me mettre en état de mort apparente. » « Beaucoup trop vieux comme numéro. Le public en est lassé. » « Je suis richement membré », finit par chuchoter Arnold. Mundus écarquille les yeux. « Richement membré ? Et qui te l'a dit ? » Arnold baisse la tête. « Le docteur. Et la Fille-Chocolat », ajoute-t-il très vite. Mundus le chasse d'un revers de la main. « Laisse-moi tranquille à présent. Mundus doit réfléchir. »

Arnold obéit. Il sort. Regarde autour de lui. La matinée est à peine commencée et il voit que les gens du cirque sont déjà en place. Il voit que tous font ce qu'ils ont à faire et ils le font ensemble. Dompteurs, menuisiers, musiciens, cuisiniers, clowns et acrobates, tous travaillent, répètent, chantent, tous se préparent à la représentation de ce soir – et Arnold sait qu'il lui faut lui aussi trouver sa place, quelque part parmi les hommes, dans la besogne et dans le chant.

Brusquement, son regard, attiré par autre chose, s'arrête. Sur la Fille-Chocolat. Elle lui tourne le dos. Elle se hisse vers la corde à linge tendue entre deux voitures où elle accroche le maillot brodé de dorures du Diable Rouge. Le vêtement brille, scintille sous le soleil. Arnold s'apprête à la rejoindre mais au même moment déboule Der Rote Teufel en personne. Il la prend par la taille, l'embrasse dans le cou et elle a beau faire mine de s'opposer, cette résistance ne tarde pas à s'effondrer. Comme elle éclate de rire, il l'embrasse de plus belle puis l'entraîne au creux des ombres profondes, près du chapiteau. Et Arnold entend le rire s'étouffer en rire. Arnold rétrécit, rapetisse. Arnold est plus petit que jamais. Les éléphants sont chauves. Il ne reste guère de bonheur pour lui – et il songe que les voies du rire sont impénétrables, que le rire est toujours différent, que le rire ne se ressemble jamais. Du coup, il décide d'établir une liste sur le rire. Il commencera par sa mère. En haut de la liste figurera son rire prudent lorsqu'elle se trouvait dans le vent, comme si le vent salé la chatouillait. En revanche, il ne sait qui mettre en numéro deux car il constate avec stupeur que jamais il n'a entendu rire son père.

Arnold se faufile jusqu'à la corde à linge. Le maillot du Diable Rouge a été reprisé à l'aide d'une grosse pièce de cuir au niveau des fesses. Arnold retient sa respiration. Il lève une main furtive, tire sur un fil et le dévide.

Le soir venu, Mundus est campé au milieu du manège, à côté d'un large rideau en soie noire. Le silence est total sous le chapiteau car tout le monde sait qu'il va ouvrir sa célèbre galerie de monstres. « Puis-je demander aux enfants et autres âmes sensibles, aux femmes enceintes, aux hypocondriaques, aux êtres sujets au mal de mer ou à la peur du noir de bien vouloir quitter toutes affaires cessantes ce chapiteau et aller plutôt rassembler leurs forces auprès de la sublime et généreuse Fille-Chocolat près de la Roue de la Fortune ! » L'inquiétude s'empare du public. Les mères étreignent leurs enfants, les pères enserrent leur femme, et même les pêcheurs les plus aguerris du dernier rang sont saisis par l'incontestable gravité de l'instant. Néanmoins tous restent assis à leur place. Ils se rapprochent juste les uns des autres tandis qu'un soupir parcourt les rangs quand la lumière s'estompe au profit d'une obscurité bleutée et que l'orchestre gratte ses instruments pour en sortir du silence. Posté derrière la piste, Arnold assiste à tout ce spectacle. C'est alors qu'il ajoute et qu'il soustrait, qu'il exagère et qu'il omet, qu'il voit clair mais qu'il confond ; qu'au bout du compte tout s'amalgame : Mundus, Der Rote Teufel, Arne Arnardo, les nains, l'homme le plus grand du monde, la Fille-Chocolat, les éléphants, le ciel et la sciure. Tout n'est plus qu'un car maintenant est venu le moment où Arnold Nilsen va connaître son premier spectacle – et maintenant est venu le temps de ses premiers mensonges. En revanche, ce qui va se passer, là, tout de suite, tout cela est vrai : Mundus, la main posée sur le rideau de soie, annonce d'une voix grave et déterminée : « Mesdames, Mesdemoiselles et Messieurs. Je vais à présent vous montrer les malentendus de Dieu ! Et s'il se trouve encore parmi vous des personnes dont les yeux demeurent incapables de tolérer la vision des débris de la création, alors je puis leur fournir des sels ainsi que de bons conseils. » Et Mundus de brandir un flacon de couleur marron dont il enlève le bouchon, avant de s'approcher du premier rang pour en faire sentir l'odeur âcre au public. Puis il le range dans sa poche, attend quelques secondes encore, en silence, comme si l'idée d'épargner aux spectateurs les visions d'horreur qu'il est en passe de leur révéler venait de lui traverser l'esprit. Le vent martèle la toile du chapiteau. Le rideau de soie tremble. Une femme crie, aussitôt prise en mains par ses proches. Et enfin, d'un geste brusque, non sans une révérence, Mundus tire le rideau. Une momie égyptienne fait des grimaces au public en montrant ses dents vieilles de cinq mille ans. Le squelette d'un Viking assoiffé de sang se dresse de son cercueil et décrit de lents mouvements circulaires à l'aide d'un glaive rouillé brandi au-dessus du crâne. Suffoqué, le

premier rang recule comme un seul homme mais se
heurte à un banc tout aussi récalcitrant. Mundus sollicite
le calme. Car ceci n'est qu'un début. Il lève les deux
mains en signe d'apaisement. « L'histoire nous tient un
discours bien nostalgique par le truchement de ces
témoins décédés, murmure-t-il. Ne les oubliez pas dans
vos prières du soir. » Il se tait. Il laisse les cadavres
parler d'eux-mêmes encore un instant. Puis il s'avance
vers le public car il pressent une certaine impatience : qui
sait si certains n'ont pas déjà vu ces revenants... « Vous
allez maintenant voir apparaître devant vous, annonce-
t-il d'une voix plus étouffée encore, oui, maintenant va
apparaître devant vous la créature divine mise au
rebut par ce même Dieu, le mystère des anges jeté
aux oubliettes, ou, si vous préférez, la farce macabre
du Diable. Mesdames, Mesdemoiselles et Messieurs.
Veuillez réserver un accueil chaleureux à Adrian Jefficheff, tout droit venu du Caucase, notre cousin terrifiant
et taciturne, ce monstre mi-homme mi-singe... *Le
chaînon manquant !* Surtout n'allez pas le taquiner ! »
Un nouveau monstre est exhibé. Les gens hurlent. Ainsi
donc se tient devant eux, tout droit venu du Caucase, un
Adrian Jefficheff naturalisé, ligoté, le regard vide pour
des spectateurs toujours en proie à la peur, aux cris, en
découvrant un visage recouvert d'un pelage épais,
fourni, une fourrure d'où se détachent à peine la bouche
et les yeux. Au bout de ses mains tout aussi poilues pointent des ongles longs, noirs. Quand Mundus déboutonne
la chemise de Jefficheff, chacun peut constater qu'il est
velu de la gorge à la taille. « Il serait pas de la famille au
vieux pasteur ? crie-t-on au dernier rang. Parce qu'il en
avait autant, hein, sur le torse ! » Le chapiteau se remplit d'un rire libérateur. C'est le coup de tonnerre, le répit
de la frayeur. Mundus jure à voix basse. Il remballe
précipitamment Adrian Jefficheff, le renvoie au noir
des coulisses d'où il rapporte une chaise à roulettes.
Quelqu'un est assis dessus, dissimulé sous une couverture rouge. Seule une cuisse nue est apparente. Les
pêcheurs éméchés en sont muets de stupeur, les mères

posent une main devant les yeux écarquillés de leurs fils.
« Puis-je à présent vous présenter, commence Mundus.
Puis-je vous présenter Miss Tête d'Âne, née à La Nou-
velle-Orléans, baptisée Grace, rien que ça… et couronnée Reine de Mocheté au Connecticut en 1911 !
Lorsque vous allez voir la femme la plus laide du monde,
vous remercierez le bon Dieu chaque matin, chaque soir,
et peut-être même chaque après-midi, de ne pas vous
avoir infligé un tel visage. » Mundus retire la couverture
rouge et voilà les pêcheurs repus d'alcool non plus seulement avares de paroles, ils en perdent carrément leur
ivresse car nulle part en ce monde ils n'ont vu de femme
plus affreuse. Elle est plus laide que l'intérieur de la
gueule d'un loup de mer. Les femmes présentes sous le
chapiteau répriment un cri d'effroi, se jettent sur leurs
maris qui tentent en vain de détourner leur regard de
Miss Tête d'Âne, baptisée Grace, originaire de La Nou-
velle-Orléans. Le visage ressemble à de la viande crue.
Les joues forment des espèces de petites vessies renflées
enserrant un énorme nez busqué, poreux, qui plonge au
point de recouvrir la bouche de haut en bas. On la croirait en train de le manger. Enfoncés dans leur orbite,
trop rapprochés l'un de l'autre, les yeux sont noyés
derrière des protubérances de peau rouge foncé. La tension sous le chapiteau est à son comble. De son poste
d'observation, Arnold la perçoit : l'ambiance rappelle
une corde tendue, qui n'en finit pas de se tendre, à
laquelle tous sont retenus, sans qu'une seule seconde
Mundus cède. Non, loin de la lâcher, il continue, il per-
siste, il la tire, la tend, la pince et unit les spectateurs
dans une souffrance exquise. Puis il sort un scalpel, le
lève cependant que monte la lumière, et, de sa voix la
plus profonde, demande : « Allons-nous nous contenter
d'une vision superficielle ou bien allons-nous divulguer
l'âme et l'anatomie de cette pauvre femme ? » Il n'attend
pas la réponse. Il la donne lui-même. Il pratique une
large entaille depuis l'abdomen jusqu'à la poitrine,
écarte la peau de chaque côté, enfonce une main à l'intérieur d'où il retire un fœtus à deux têtes, quatre bras,

quatre jambes, deux cous qui ne sont que l'excroissance
d'un même nœud plissé de chair. À ce moment-là, cinq
femmes et un homme perdent connaissance. Quant à
Arnold, il est contraint de détourner les yeux tant il lui
semble être de nouveau en mer, tout balance à l'intérieur de lui, il est au creux d'une vague, il devient cette
vague qui le rend malade, il a l'impression d'entendre se
rapprocher le pas lourd de Paturson, raison sans doute
suffisante pour expliquer un tangage pareil. Arnold tente
de se cramponner sans y parvenir : il perd prise, il
s'écroule sur le sol crasseux et il vomit, il est doué pour
ça, il dégobille tout le chocolat avalé au cours de la
soirée. Quelqu'un le soulève alors d'un seul coup. C'est
son habilleuse. Elle lui parle mais il ne comprend pas.
Elle a la bouche pleine d'épingles au point de ressembler à un oursin. Brutale elle lui nettoie le visage à la va-
vite, lui retire ses vêtements, le change, puis ses lèvres
forment des mots au moment précis où la galerie de
monstres est rapportée dans les coulisses. Alors Arnold
finit par entendre ses paroles : « C'est à toi maintenant,
Arnold. » « À moi ? » Elle lui colle devant la figure un
miroir fêlé sur toute sa longueur et Arnold se découvre
déguisé en fille. Il porte une robe, des mi-bas, des chaussures blanches trop serrées. Ses lèvres sont enduites
d'une substance rouge, grasse. On a vissé sur son crâne
une perruque rigide qui lui gratte le front. Arnold ne se
reconnaît pas. Une pensée étrange le traverse : il est
impossible d'aller plus loin. Je ne peux pas aller plus loin
que ça, pense-t-il. Planté derrière le miroir posé de traviole, il surprend Der Rote Teufel, hilare, les cheveux
roux plaqués en arrière, qui lui fait des grimaces. Arnold
n'a pas le temps d'en voir davantage car tout le monde
est brusquement très affairé, très pressé, il sent des mains
le pousser vers la gardine, le précipiter au centre de la
piste où Mundus l'attire jusqu'à lui alors qu'un soupir
parcourt le chapiteau. « Ne dis pas un mot ! marmonne-
t-il. Pour l'instant, tu es la fille islandaise muette de
Paturson. » Mundus se redresse. Il croise les mains, toise
son public. « Mesdames, Mesdemoiselles et Messieurs !

Il est arrivé un miracle ! La fille infirme de Paturson vient de traverser les océans pour être à nouveau réunie avec son cher père ! Elle n'a que neuf doigts tout comme elle n'a plus de voix... Mais cette double infirmité ne rend que plus grand le petit cœur qui bat à l'intérieur ! » Arnold découvre soudain Paturson, debout juste à côté de lui, et dans les yeux de l'homme le plus grand du monde se lit le désarroi. Il semble affamé, désemparé. Mundus prend Paturson par la main, lui chuchote aussi quelque chose, et lorsque Paturson se penche de toute sa hauteur pour serrer Arnold dans ses bras, le soupir des spectateurs se métamorphose en pleurs. Paturson prononce alors des mots qu'Arnold est le seul à entendre, qu'il ne comprend pas puisqu'ils ne forment que des sonorités rauques dans son oreille, et que pourtant jamais il n'oubliera. Non, jamais il ne les oubliera, ces mots que Paturson lui murmure, auxquels il ne comprend strictement rien (et je suis là moi aussi, qui répands la poussière du récit, qui la laisse fleurir dans la bouche de tout un chacun comme s'il s'agissait de bouquets composés des mensonges les plus beaux).

Or Arnold fait la révérence. Arnold fait une révérence digne de la fille reconnaissante et infirme qu'il est dorénavant, il exhibe son doigt manquant, transforme les pleurs en sanglots tandis que Mundus écrase une larme sur son sourire. « Vends les cartes et tais-toi ! » murmure-t-il. Arnold se retrouve avec le paquet entier entre les mains. Il passe de chaise en chaise, de bras en bras, et ils achètent tous sans exception car Arnold a l'air si mal fichu, si souffreteux, que jamais ces gens n'ont éprouvé autant de peine pour quelqu'un. De la première à la dernière, il vend ces cartes à l'effigie de Paturson, un portrait coloré à la main rehaussé d'une signature illisible du congrès de médecine de Copenhague, glissant de travers sous la taille du géant certifiée en centimètres, en pouces, en pieds, en aunes. Arnold revient chargé de pièces de monnaie qu'il restitue à Mundus, lequel ne peut s'empêcher d'essuyer une autre larme. Paturson, toujours aussi affamé et désemparé, étreint Arnold de nouveau. Le

public applaudit pour le père et la fille, pour lui-même et
sa générosité, et enfin pour la grâce de Dieu. L'orchestre
entame une fanfare, pour Arnold et pour lui seul, pour
Arnold qui fait une courbette, non, qui fait une révérence
car c'est ainsi que font les filles. Il fait la révérence, lui
qui vient de présenter son premier masque, dans le rôle
de la fille de l'homme le plus grand du monde. Il tire sa
révérence, dans le triomphe autant que l'effarement.

Et finalement vient le numéro du Diable Rouge. Il
grimpe au trapèze et se lance aussitôt dans des voltiges
vertigineuses car il doit se venger. Il doit inscrire une
bonne fois pour toutes la bourde de la veille dans le livre
de l'oubli et pour y parvenir, il va se surpasser. Il va
prendre sa revanche et son intrépidité lui sert de repré-
sailles. Der Rote Teufel, qui en réalité se nomme Halvorsen et qui est originaire de Halden, a décidé d'être un
oiseau ce soir. Halvorsen est un aigle planant sur la
lumière. Mais au moment où il se contorsionne, où il
jette un œil entre ses cuisses, de droite à gauche, tout là-
haut au sommet, ce ne sont pas des cœurs battants
qu'il entend, ni même le silence assourdissant, non, au
contraire : c'est le rire qu'il entend. Les spectateurs rient.
Halvorsen est incapable de comprendre. Ils rient. Aussi
croit-il un instant avoir mal entendu. Ce n'est pas le cas.
Il entend le rire. Même Mundus n'en revient pas. Il y a
quelque chose qui cloche. Car ceci n'est pas le numéro
du rire. Ceci est l'acrobatie périlleuse, censée inspirer
frayeur, déférence, jusqu'à ce que chacun pousse ce
soupir de soulagement qui nous rend immortels l'espace
d'un instant insensé. Halvorsen est un oiseau qui défie,
qui nargue la mort, qui joue avec elle. Ce soir, il va livrer
un combat contre la mort en personne et créer la vie éternelle. Au lieu de quoi le public rit et Arnold comprend
aussitôt l'objet du sarcasme. Les spectateurs attendent
que Halvorsen perde à nouveau son maillot. Puisque personne n'a pris le soin de se boucher les oreilles en entendant le bruit qui courait à propos du fond de culotte
déchiré du Diable Rouge. Voilà pourquoi ils rient. Ils
rient d'une chose qui n'est pas encore arrivée, mais dont

ils espèrent qu'elle arrivera. Alors Arnold prie en lui-même : « Pardonne-moi, mon Dieu, pardonne-moi », murmure-t-il, sentant le fil du maillot brodé de dorures entre ses doigts. Halvorsen croise les pieds au-dessus de sa tête. Il reste suspendu, pareil à un homme double, au bord de l'impossible, et le public ne cesse de rire. C'est ce rire qui trouble Halvorsen, qui le plonge dans un instant d'inattention. C'est suffisant. Plus que suffisant. Car en compagnie de la mort il n'y a pas d'heures supplémentaires. Der Rote Teufel perd prise. Il chute. Au même moment le rire disparaît. Trop tard. Halvorsen plonge vers la piste comme un oiseau anéanti. Il tombe sur le dos. Un poil de queue d'éléphant ne sert plus à rien. Même un éléphant ne saurait le ramener. Il est rayé de l'affiche. Son numéro est annulé. Halvorsen est mort. Arnold se cache derrière Paturson. « C'était pas de ma faute ! » Sauf que l'homme le plus grand du monde ne comprend pas ce qu'il veut dire. « C'était pas de ma faute ! » répète Arnold. Halvorsen est tombé avant que le maillot ne se déchire.

Ils commencent à tout remballer dès la fin de la représentation. Ils ne peuvent plus rester. Un malheur n'apporte avec lui que du malheur. C'est le destin. Qui lui-même est comme une maladie contagieuse et ils sont déjà contaminés. Ils doivent partir. Ils doivent prendre la route, laisser cet accident derrière eux. Sous le chapiteau, on déménage tout. Les électriciens démontent les éclairages. Les menuisiers dévissent les loges, décrochent les rideaux. La Fille-Chocolat, en pleurs, retire la toile en velours de la piste. Puis la chape doit être descendue, le chapiteau en tant que tel. Le soleil, qui s'est à peine couché, monte déjà au-dessus du fjord bleu. Mundus, gavé d'amphétamines pour se maintenir éveillé, arbore des yeux rouges, transparents, pareils à des billes d'agate. La mort est une mauvaise publicité pour un cirque. Il s'est entretenu avec les gendarmes, le médecin. Il a envoyé un télégramme à la famille de Halvorsen, à Halden. Il s'approche à présent d'Arnold qui a ôté ses habits de fille depuis longtemps. « Va aider les hommes à replier le chapiteau », ordonne-t-il, exaspéré,

désemparé. Arnold se poste à côté du contremaître. Les
ouvriers forment un cercle autour de la toile volumineuse,
qui s'affale comme un ballon. Chacun est affecté à une
place et à une tâche particulières. Ils s'interpellent à intervalles réguliers et ces cris ne sont pas sans rappeler un
chant. « Qu'est-ce que je dois faire ? » demande Arnold.
Le contremaître baisse les yeux sur lui. « Tu peux aller
chercher les chaussures de Halvorsen. » Arnold aperçoit
l'une d'entre elles, qui gît un peu plus loin, elle ressemble
davantage à un chausson effilé. Il s'apprête à s'élancer
quand le contremaître le retient. « Prends ça. » Arnold
attrape le couteau qui lui est tendu. Il le garde dans sa main
tandis qu'il court chercher la chaussure d'acrobate, sans
vraiment comprendre à quoi il peut bien lui servir pendant
l'opération qui lui est confiée ; mais voyant les autres en
être eux-mêmes équipés, il ne pose pas de questions. Voilà
ce qu'il a appris : ne rien demander dès qu'on peut l'éviter.
Et il pense : un peu plus loin se trouve tout ce qui reste du
Diable Rouge, une modeste chaussure. Or au moment de
se pencher pour la ramasser, il se passe tout autre chose.
Arnold entend les hommes hurler puis il a l'impression
qu'une rafale s'abat sur lui, le précipite à terre. Un accident est déjà survenu et un accident ne vient jamais seul.
Deux cordes ont glissé. Le cirque dans son entier vient de
tomber sur Arnold Nilsen. Et ceux qui ce matin-là se tiennent autour, à l'extérieur de la toile, la voient agitée
d'infimes soubresauts. Ils remarquent une petite bosse nerveuse, et à coup sûr certains parient sur la présence d'un
chat venu se perdre jusqu'ici. Alors qu'il s'agit ni plus ni
moins d'Arnold. Il rampe partout, dans un étrange crépuscule translucide, sans réussir à s'extraire de cette obscurité,
de cette toile humide et lourde, à croire que le vent s'est
solidifié pour former une paroi au-dessus de lui. Les voix
s'énervent, le contremaître donne des ordres, Mundus
l'appelle à cor et à cri, mais pour le moment personne n'est
capable de lui porter secours. Soudain, Arnold sait ce qu'il
doit faire du couteau : il le tient des deux mains et le plante
de toutes ses forces dans le sol. La terre battue se projetant
dans ses yeux, il comprend qu'il est allongé du mauvais

côté. Il doit se retourner, lever son arme vers les ombres qui oscillent au-dessus de lui. Il ne peut bientôt plus respirer. Alors, avec la pointe du couteau, il entaille la toile, il tranche dans le vif pour arracher sa liberté, il taillade à vue pour décrocher sa délivrance. Il se redresse. Il passe la tête d'entre les accrocs. Il se hisse dans la lumière, dans le soleil, parmi les hommes qui courent l'accueillir. Ils soulèvent Arnold dans ce monde auquel il appartient.

Ils embarquent plus tard dans la journée à bord de l'Express Côtier. Ils filent vers Bodø en traversant le Vestfjorden. Arnold se tient sur le pont, près des canots de sauvetage. Il regarde les montagnes s'enfoncer dans un vent bleu. Au loin, là où le ciel et la mer ne font plus qu'un, il aperçoit les îles dont il est originaire et qu'il quitte pour de bon à présent. Elles ont l'allure de minuscules points en pierre parmi les vagues. Arnold sourit. Il n'a pas le mal de mer. Il se sent fort. Il lève la main, celle aux quatre doigts. Il fait un signe d'adieu. Puis il rejoint les autres dans la salle à manger. Nul ne parle. Le corps de Halvorsen est entreposé dans la chambre froide, sous les cabines – mais il ne réussira jamais à regagner Halden à temps car le froid va bientôt diminuer, la glace se liquéfier, et Halvorsen ne tardera pas à se putréfier.

Arnold s'assied à côté de Mundus, qui tient une grosse valise entourée d'une ficelle sur ses genoux. « Qu'est-ce qu'il y a dedans ? » demande Arnold. Mundus se retourne. Le regarde de ses yeux injectés de sang. « Tu aimerais bien le savoir, hein, Arnold ? » Et lui de regretter aussitôt sa question. Mais Mundus pose alors une main sur le fermoir et se penche sur Arnold. « Là-dedans…, dit-il tout bas. Là-dedans, j'ai rangé tous les applaudissements. Tu as la permission d'en prendre soin pour moi. »

Le cirque arrive à Bodø. Ils inhument le Diable Rouge dans le cimetière situé le plus près de la mer, dans une petite bande de terre entre le portail et l'enceinte de pierres. La tombe est si étroite que Der Rote Teufel devra se plier une ultime fois avant d'entamer son saut le plus long. Arnold ne reverra jamais la Fille-Chocolat.

Et à nouveau, il disparaît de sous nos yeux. Lui qui s'est

dressé au fond de la mer. Lui qui s'est trouvé en état de mort apparente. Lui qui est resté allongé sous le chapiteau du cirque. Lui qui vient enfin d'atteindre son continent obscur. Il porte une valise pleine d'applaudissements. Puis il tourne au coin de la rue et se volatilise.

Le rire

J'ai d'ailleurs retrouvé un mot écrit de la main de papa, lorsque nous avons dû trier ses affaires après son accident, comme nous l'avons qualifié. Mon père reçut un disque en pleine tête et son décès fut instantané. Peut-être n'en ai-je alors pas compris l'entière signification ; je veux dire : peut-être n'ai-je pas tout à fait compris ce qu'il avait noté sur la page sans doute arrachée à une Bible, lors d'une nuit d'insomnie dans un hôtel miteux quelque part dans le monde. La feuille se trouvait dans la poche de son costume clair en lin, trop petit pour lui depuis belle lurette. Cette feuille, je l'ai gardée. Et je l'ai toujours. On dirait l'écriture d'un enfant. Il n'utilise que des lettres capitales et j'imagine qu'il a écrit très lentement, au rythme même des pensées qui prenaient forme en lui puis s'écoulaient dans l'encre bleue ; à moins que son écriture n'ait cette apparence parce qu'il lui manquait un doigt, parce qu'il n'arrivait pas à tenir correctement son stylo. C'est une espèce de liste, une liste sur le rire. *Le rire d'Aurora : timide. Le rire de mon père : silencieux. Le rire du professeur Holst : pernicieux. Le rire du pasteur : mélancolique. Le rire du docteur Paulsen : ivre. Le rire de Mundus : noir. Le rire du public : malveillant.* Ce dernier mot, *malveillant*, a été biffé, comme s'il l'avait immédiatement regretté et lui avait préféré : *désespéré.* Il a ajouté tout en bas, bien des années plus tard à ce qu'il semble – oui, cette liste dont il avait visiblement depuis longtemps oublié l'existence, peut-être l'a-t-il découverte par hasard dans sa poche, un jour d'été où il était assis sur un banc, dans un parc, dans une ville étrangère, tant et si bien qu'une nouvelle idée lui est venue, une question à laquelle il n'a pas encore la réponse mais qu'il lui est nécessaire de consigner ; l'écriture semble d'ailleurs révéler une tristesse plus grande encore, et voilà pourquoi il m'est d'avis qu'il a dû l'écrire, cette liste, après s'être endommagé le reste de la main, qu'il a dû guider le stylo à l'aide d'un demi-pouce car les lettres maladroites tremblent sur le papier fin, poreux : *Existe-t-il un rire charitable ?*

Maman avait l'habitude de nous dire : « Je l'ai pris car il m'a fait rire. »

Et lorsque Arnold Nilsen réapparaît dans notre histoire, en provenance de son continent obscur, c'est en voiture qu'il arrive. Il longe la Kirkeveien dans une Buick Roadmaster Cabriolet jaune, lustrée, éblouissante. Nous sommes en 1949, au printemps, mai approche. Le soleil brille dans ce célèbre ciel surplombant Marienlyst. L'ombre a quasiment déserté les lieux, et tous les passants qui ce matin-là se trouvent dehors s'immobilisent. Sauf Vera. Tous fixent cette automobile avec capote et sièges en cuir rouges qui roule au pas, car nul n'a jamais vu pareil véhicule dans le quartier. Mme Arnesen s'arrête au beau milieu du carrefour tandis que son enfant gâté de fils la tire par le bras, démangé par l'envie de courir après l'engin ; le pasteur marque une pause, dubitatif, sur le parvis de l'église ; le concierge Bang, qui nettoie le trottoir en vue du jour de la Libération, est si ahuri qu'il en perd son balai. Même Esther glisse la tête hors du guichet, les yeux plissés dans la lumière violente – et voilà ce qu'elle aperçoit : un homme de petite taille derrière son volant, sans doute assis sur un gros coussin pour être à la bonne hauteur, ses cheveux noirs forment comme un casque brillant sur sa tête, le nez est cassé au milieu du visage immense, l'homme est vêtu d'un costume rayé, porte des gants blancs, ses gants d'été, et il a tout l'air d'un étranger égaré. Mais Vera, notre mère, ne s'en émeut pas. Les mains chargées de lourds filets, elle revient de chez Smør-Petersen où elle a fait les courses et il en faut plus qu'une décapotable américaine pour la décontenancer. Elle marche d'un pas décidé, les yeux rivés sur le trottoir, la poussière, ses chaussures. C'est une mauvaise habitude qu'elle a prise : ne croiser le regard de personne tant ceux qu'on lance à son approche suintent la méchanceté, la condescendance, ou bien les gens se retournent pour la laisser passer dans ce brusque silence qui surgit entre les sourires. Elle sait ce qu'ils pensent. Leurs pensées sont identiques à celles du pasteur : puisqu'elle ne peut établir l'identité du père de son bâtard, c'est qu'elle a fricoté avec l'ennemi. Certains affirment l'avoir vue pendant la guerre dans les couloirs du métro, dans les bois de Bygdøy, autant de lieux où, dit-on, les jeunes filles se commettaient avec les Allemands dans des actions innommables. Dès l'instant où elle entend de telles insanités, La Vieille se redresse, le cœur froid, avant de lancer à la figure de l'intéressé : « Là, vous vous trompez complètement ! Mais je crois comprendre que vous, en revanche, avez honoré ces endroits de votre présence ! » Et il est faux de dire que le temps panse les plaies. Le temps fige les blessures et les transforme en cicatrices jamais refermées. Au fil des années, seule Esther dans son kiosque daigne encore saluer Vera. « Quel bêcheur ! dit-elle en secouant la tête. Je mettrais ma main à couper qu'il s'est fourré un coussin sous le derrière pour être encore plus voyant ! » Vera pose ses filets. « Qui ça ? » « Qui ? Mais tu n'as pas vu la voiture ? » Esther la montre du doigt et Vera avise une Buick décapotée, garée à l'angle de la Suhmsgate, ainsi qu'une tête gominée dépassant à peine le haut du siège du chauffeur. C'en est presque risible… Esther attire Vera à elle. « Je te parie qu'il conduit en toute illégalité, chuchote-t-elle. À moins que ce ne soit un commis voyageur… » « Et si ça se trouve, il est en panne d'essence à l'heure qu'il est », enchaîne Vera, à voix basse elle aussi. « Grand bien lui fasse ! s'exclame Esther. S'il croit qu'il peut débarquer à Fagerborg et épater la galerie avec son auto et sa brillantine, il se met le doigt dans l'œil ! Par contre, je veux bien qu'il reste s'il vend des bas nylon ! » Elles éclatent de rire. Esther attrape un sachet de sucre

candi qu'elle donne à Vera. « Et comment va Fred ? »
Vera soupire. « Au moins il s'est arrêté de crier. »

Dans son rétroviseur, Arnold Nilsen voit la jeune
femme glisser un sachet marron dans la poche de son
manteau, soulever ses filets puis remonter lentement le
trottoir jusqu'au carrefour où il s'est garé. Elle regarde
par terre, pense-t-il. Elle regarde ses vieilles chaussures
et ses grosses chaussettes en laine. Sa nuque courbée est
blanche, gracile. Il frissonne. Il essuie d'un geste rapide
la sueur qui perle à son front, enroule une mèche de cheveux, se penche du côté du siège du passager au moment
où elle arrive à sa hauteur. « Puis-je, chère Demoiselle,
vous aider à porter votre bien trop lourd fardeau ? »
demande Arnold Nilsen. Mais Vera ne répond pas. Elle
poursuit son chemin sans s'arrêter, au-delà du croisement et du concierge Bang qui la suit des yeux sans rien
dire. Arnold Nilsen, pour sa part, n'est pas en panne
d'essence, loin de là : il longe à présent le trottoir pour
la rattraper. « Auriez-vous au moins l'amabilité de
regarder dans ma direction ? » Mais Vera est têtue, elle
ne cède pas. Les yeux baissés, elle marche droit devant
elle. Bientôt, elle sera rentrée. Alors, Arnold Nilsen
appuie de tout son poids sur le klaxon ; c'est une véritable fanfare, une corne de brume qui rugit. Vera sursaute, perd un de ses filets, et déjà Arnold Nilsen est sorti
de sa voiture pour le lui donner avant même qu'elle n'ait
eu le temps de se pencher. « Je vous ai vue lorsque vous
étiez encore à Majorstuen. Et je ne peux depuis détacher
mes yeux de vous. Puis-je vous conduire quelque part ? »
Vera est partagée entre la confusion et la colère, même si
la confusion l'emporte car jamais elle n'a entendu pareil
discours. Sans compter qu'elle est persuadée d'être épiée
de part et d'autre de l'avenue, et que ceux dont ce n'est
pas l'occupation présente ne tarderont pas à tout savoir
par la bouche du concierge Bang, qui, appuyé sur son
balai, affiche un large sourire tant il se frotte les mains à
l'idée d'ajouter de nouveaux chapitres à ses ragots.
« J'habite ici », lâche Vera. « Dans ce cas j'arrive juste à
temps », réplique Arnold Nilsen. Il rit. Il lui retire le

second filet des mains avant de lui emboîter le pas. « Merci beaucoup », dit-elle, après avoir contourné l'immeuble et être arrivée devant la porte d'entrée, en faisant signe de vouloir récupérer ses filets. Sauf qu'Arnold Nilsen n'abandonne pas si facilement la partie. Pour la seconde fois, il s'incline avec solennité et l'accompagne jusqu'au troisième étage où Vera se carre cette fois devant la porte. « Merci beaucoup », répète-t-elle, stupéfaite de sa propre réaction. Le petit homme aux cheveux noirs et gominés dépose les filets sur le seuil, retire le gant de sa main gauche en tendant pourtant la main droite, elle, toujours gantée. « Une blessure de guerre m'empêche de vous montrer mon bras dans sa totalité, murmure-t-il. Je m'appelle Arnold Nilsen. » Vera accepte la main qu'il lui tend. Le tissu est fin, lisse. Elle sent à l'intérieur du gant quelque chose de dur, d'inamovible, des doigts raides, carrés. Elle frémit. « Veuillez pardonner mon ingérence, poursuit-il, mais vous étiez trop belle pour simplement passer mon chemin. » Vera rougit. Elle lâche la main morte d'Arnold Nilsen. Elle entend monter. C'est Boletta et Fred. Ils s'arrêtent au demi-palier – et à la seconde même où Fred aperçoit Arnold Nilsen, il pousse un cri. Il crie pire que jamais, il y a tant de tumulte dans le garçon maigrichon que personne ne sait d'où il le tient. En revanche, celles et ceux doués de mémoire n'oublient pas la fois où Vera a elle-même poussé un cri ; et si ça se trouve, soit dit en passant, l'enfant qu'elle portait l'a peut-être entendu et décidé de singer sa mère… Fred vocifère au point que Boletta plaque une main sur sa bouche. Mais il la mord et c'est au tour de Boletta de jurer. Puis, tout aussi brusquement, le silence se réinstalle. Elle cache son bras dans son dos pendant que Fred, le regard noir, ne bouge pas. Il pince les lèvres où perle une goutte de sang qui coule jusqu'au menton. Derrière Vera, la porte est ouverte en grand. La Vieille arbore sa coiffure désordonnée. « Pour l'amour du ciel, qu'est-ce qui se passe ici ? » Vera se tourne vers Arnold Nilsen. « Je vous présente ma grand-mère. Et en bas, voici mon fils, Fred, accompagné de sa grand-mère. » Arnold Nilsen se répand en courbettes, il doit réfléchir un instant, retrouver ses esprits, gagner du temps, tout cela tandis qu'il rajuste son gant sans quitter Vera des yeux. « C'est pour moi un plaisir que d'avoir salué votre famille. Si je ne m'abuse, je compte ici pas moins de trois mères, deux grands-mères, une arrière-grand-mère, deux filles et un fils, tous unis par les liens de parenté de surcroît ! » Vera croise son regard. Elle-même doit s'accorder un moment de réflexion. Puis elle se met à rire. Boletta et La Vieille se regardent, aussi étonnées l'une que l'autre car elles ne se rappellent pas quand elles ont entendu le rire de Vera pour la dernière fois. Arnold Nilsen s'engage dans l'escalier non sans avoir déposé un baiser sur la main de Vera. Il s'arrête devant Fred, campé au milieu des marches, le visage fermé, sombre. Boletta le serre contre elle. Fred se débat. « Tu as vu la voiture garée dehors ? » demande Arnold Nilsen. Fred garde le silence. « Elle est équipée d'une capote rabattable par temps de pluie. » Fred est toujours muré dans son silence. « Elle démarre aussi vite qu'un avion et elle a traversé toute l'Amérique. » Fred passe une main sur son menton pour essuyer le sang. « Tu pourras venir faire un tour, si ta mère t'en donne la permission », ajoute Arnold Nilsen avant de continuer à descendre les marches. Ils entendent claquer la portière puis démarrer le moteur. Boletta court rejoindre Vera. « Qui était-ce ? » demande-t-elle à voix basse. La Vieille pose la même question. « Par tous les diables et les saints de la création, peux-tu me dire qui était cet énergumène ? » « Il m'a simplement aidée à porter les affaires, répond Vera. Il s'appelle Arnold Nilsen. » Elle se tourne vers Fred, resté sur le palier inférieur. « J'aurai le droit, maman ? »

Arnold Nilsen revient deux jours plus tard. Il a apporté des fleurs qu'il dépose devant la porte. Il ne sonne pas. Il se contente de laisser le bouquet parler le langage des fleurs. C'est La Vieille qui les trouve, en revenant du débit de boissons avec suffisamment de malaga pour fêter quatre années de libération. Elle soulève le bouquet,

compte vingt et une anémones des bois qu'elle emmène
à l'intérieur. « Pour qui peuvent-elles bien être ? » chan-
tonne-t-elle. À nouveau, Vera rougit. Elle sait encore
rougir. Et elle a beau réclamer les fleurs, La Vieille refuse
de la laisser approcher. « Il n'y a pas de carte. Elles peuvent tout aussi bien être pour moi. Ou pour Boletta, qui
sait ? » « Arrête tes bêtises ! fulmine Vera. Donne-les-
moi ! » Mais pas question pour La Vieille de laisser filer
une occasion si rare d'une réjouissance quelque peu inattendue. « Boletta ! appelle-t-elle. Aurais-tu par hasard un
admirateur qui déposerait des anémones sur le seuil de la
porte ? » Boletta secoue la tête. Vera court après La
Vieille pour attraper le bouquet qu'elle finit par lui arracher des mains, en proie à une rage soudaine qui une nouvelle fois dépose brusquement le silence parmi elles. Vera
met les fleurs dans un vase bleu qu'elle installe sur
l'appui de la fenêtre. Elle les contemple un long moment.
Le télégraphe donne encore mal au crâne à Boletta, aussi
préfère-t-elle aller s'allonger. La Vieille goûte au malaga
histoire de vérifier qu'il vaut le coup d'être bu. Et comme
c'est le cas, elle emporte son verre pour rejoindre Vera.
« Serait-ce ton tour d'attendre ? » chuchote-t-elle. « Je
n'attends personne », répond Vera d'un ton ferme. « Il
vaut mieux. » La Vieille l'embrasse sur la joue. « Elles
m'ont l'air bien rabougri, tes fleurs. Enfin… il les a sûrement cueillies de ses propres mains. »

Un jour, lorsque maman et moi reprendrons son petit
kiosque près de l'église après qu'elle aura obtenu une
chambre double à la maison de soins Prins Augusts
Minde dans la Storgate, je demanderai à Esther ce qui
s'est vraiment passé ce fameux jour où Arnold Nilsen a
débarqué en voiture en remontant la Kirkeveien depuis
Majorstuen. « Ce qui s'est passé ? Parce qu'il s'est passé
quelque chose ? » « Oui ! C'est rien de le dire ! Il a rencontré maman, tout de même… » Là, Esther me toisera,
dans un éclair de lucidité. « L'amour vous tombe dessus
par hasard, non ? » Je sourirai. « Ah bon ? » s'étonnera-
t-elle non sans un haussement d'épaules. Puis je la verrai
replonger dans son obscurité. « Ton père n'était pas un

homme bon, ajoutera-t-elle à voix basse. Même s'il nous a apporté ses maudits bas nylon. »

Car, quand Arnold Nilsen réapparaît dans l'avenue, le jour même de la fête de la Libération, il a, dissimulé dans la poche de son costume, un paquet plat dont il ne se sépare pas devant la porte. Il appuie avec détermination sur le bouton de la sonnette, dans l'espoir que les fleurs lui ont ouvert la voie. C'est La Vieille qui l'accueille. « Mais regardez-moi qui voilà ! » lance-t-elle avant de le laisser entrer. Arnold Nilsen lui fait la révérence. « Peut-être est-ce faire montre d'outrecuidance que de s'immiscer dans votre humble demeure en un pareil moment. Mais j'ose malgré tout vous le demander de but en blanc : votre petite-fille serait-elle à la maison ? » « Nous sommes tous là », répond-elle. Arnold Nilsen se retourne. Il remarque les portes ouvertes de toutes les pièces puis, au fond de la salle à manger, il aperçoit Boletta, Vera et Fred, assis à la table dressée où la flamme des bougies est quasi invisible dans le soleil tombant des vastes fenêtres dont il fait presque trembler les vitres. Oui, ils sont tous là, ils le regardent. En les découvrant ainsi, Arnold Nilsen ressent comme une décharge électrique. En voyant Vera, son fils, sa mère, les anémones qu'il a lui-même cueillies, il est forcé de se mettre la main devant les yeux, il pleure, à moins qu'il ne soit aveuglé par le soleil et la nappe blanche étincelante. La Vieille le suit dans la pièce. On lui fait une place à table.

Un long silence s'installe. Fred renverse son verre. S'apprête à crier. Boletta pose sa serviette sur la tache. Vera file à la cuisine chercher un torchon. La Vieille demande : « Mais, dites-moi, qu'est-ce qui vous amène chez nous, en réalité ? » Arnold Nilsen est pris au dépourvu. L'espace d'un instant, il est embarrassé, à court de mots. « Je suis chez vous car vous m'avez laissé entrer », finit-il par répliquer. La Vieille fronce les sourcils, surprise par cette réponse. Boletta le toise. « Pourquoi n'ôtez-vous pas vos gants ? » Il soupire. « Vous voir perdre l'appétit me serait horripilant. Une mine allemande dans le

Finnmark a emporté ma main droite, laquelle a explosé comme une étoile. » « Montre ! » lance Fred. À ce moment-là, Vera revient et nettoie le plancher où le sirop a dégouliné tant et si bien que La Vieille perd patience. « On ne va quand même pas faire le grand ménage de printemps maintenant ! Nous avons des invités ! » Enfin assise, Vera respire si fort qu'elle manque d'éteindre les bougies. « Merci pour les fleurs », dit-elle. « Oh… Elles poussaient au bord du chemin sans demander leur dû, alors autant les cueillir… » La Vieille se tourne vers Boletta. « Il parle comme un de ces romans qu'on a balancés dans le poêle », chuchote-t-elle, assez fort néanmoins pour que tout le monde l'entende. Vera baisse la tête et manque tout juste de renverser son verre elle aussi, mais Arnold Nilsen éclate de rire. « Vous ne pouvez pas mieux dire ! Je parle en effet trois langues couramment. Le norvégien, l'américain et le røstien. » Elles tournent toutes la tête vers lui. « Le røstien ? » s'étonne Vera. Arnold Nilsen prend son temps. « Si vous traduisez le vent en langage humain en y ajoutant de la musique puis des mots, alors, vous ne pouvez pas être plus près de ma langue maternelle. » Il adopte une pose songeuse, mélancolique. « Je suis né sur un point minuscule aux confins de la mer de Norvège, sur l'île de Røst », explique-t-il d'une voix basse, dépourvue cette fois de mélodie. Brusquement, il se souvient avoir apporté quelques menus objets. Il tire de sa poche le paquet qu'il pose sur la nappe, devant Vera. « Un cadeau pour les femmes de la famille », précise-t-il non sans accorder un regard circulaire. Vera retire soigneusement le papier, même La Vieille se penche. Quand elles en découvrent le contenu, toutes trois sont gênées, muettes de confusion. « C'est quoi ? » demande Fred. Ce sont trois paires de bas nylon, provenant du Danemark. Vera les soulève, ils sont d'une douceur inimaginable au toucher. « Merci infiniment », murmure-t-elle, et c'est tout ce qu'elle peut dire. Elle jette un œil sur un Arnold Nilsen en train de se gargariser de tant de gratitude puérile. Boletta veut aussi les prendre entre ses doigts. La Vieille remplit un verre de malaga qu'elle fait glisser sur la table. « Mais de quoi vivez-vous donc ? Ne me dites pas que vous vivez d'anémones et de bas nylon ! » « De la vie ! » Mais une nouvelle fois, cette réponse est loin de satisfaire La Vieille. « De la vie ? répète-t-elle. Et ça rapporte ? » Arnold Nilsen s'abîme dans la contemplation du verre rempli à ras bord posé devant lui. « Je vous remercie, mais je dois reprendre le volant. » Il laisse le verre intact avant de se tourner vers Fred, qui ne crie pas, mais soutient son regard avec un entêtement frondeur. « Au fait, as-tu demandé à ta maman ? » Fred acquiesce. Arnold Nilsen pose sa main abîmée sur son épaule. « Et alors ? On t'a donné la permission ? »

Les voilà en route pour la colline de Frognerseteren. Juché sur son coussin, Arnold Nilsen suit minutieusement les indicateurs du tableau de bord. Et peu lui importe qu'il soit interdit de s'éloigner de plus de vingt-cinq kilomètres du domicile, le sien véritable est aujourd'hui à Kirkeveien même, dans Oslo, aussi veut-il être un homme honnête et droit. Quoi qu'il en soit, vingt-cinq kilomètres représentent un trajet plus qu'honorable en cette journée et ce voyage est une aventure, un tour du monde pour Vera et Fred, assis sur la banquette arrière. La capote est baissée, ils sont dans le vent, dans la lumière, dans la vitesse. Arnold Nilsen s'arrête au célèbre point de vue. Il contourne la voiture avec empressement et solennité pour tenir la portière à Vera, après quoi ils s'installent sur un banc. Fred, lui, reste à l'intérieur puisque c'est ce qu'il veut. Ils demeurent un long moment sans se parler, préférant contempler la ville à leurs pieds. Elle leur apparaît nimbée d'un brouillard de soleil. Les drapeaux se dressent au-dessus des toits des maisons, si haut dans le ciel. Cela fait quatre ans que la guerre est finie. « Nous allons vers des jours meilleurs », affirme Arnold Nilsen avant de glisser sensiblement près de Vera. Elle commence par s'écarter, mais le sentant se rapprocher encore, elle le laisse faire, si bien qu'ils se retrouvent lovés l'un contre l'autre et lui de regretter de s'être mis de ce côté, sans quoi il aurait peut-être eu la possibilité d'enlever son gant pour ainsi jouer, de sa main valide, avec les cheveux de Vera.

« Merci », lâche-t-il. Et pour cause : le banc n'offre bientôt plus guère d'espace où se réfugier. Alors Vera éclate de rire, elle s'abandonne (et il me plaît de croire que ce rire était une sorte de déclaration d'amour, voire une délivrance ; ce rire la liait au petit homme issu d'un point minuscule aux confins de la mer de Norvège, ce rire assourdissait tout le reste, il dissipait ses ténèbres intérieures – enfin elle pouvait rire et sans doute était-ce là le rire qu'Arnold Nilsen avait recherché toutes ces années durant : le rire charitable).

Mais soudain Fred se campe devant eux. « Fais voir ta main », exige-t-il. Arnold Nilsen se détache un peu de Vera. Il regarde le garçon malingre, mutin. Alors, délicatement, très lentement, il retire son gant. L'extrémité du bras n'est plus constituée que d'un moignon gris, ratatiné, rapetassé à l'aide d'aiguilles grossières, d'où émerge un demi-pouce dépourvu d'ongle, une excroissance inutile. C'est comme s'il se déboîte la main et la pose sur ses genoux. Les doigts du gant ont été garnis de morceaux de bois articulés de façon à permettre une illusion de mouvement. Vera est forcée de se cacher les yeux. Fred se penche pour mieux voir, il aimerait toucher la main détruite. Or avant même qu'il ait pu s'exécuter, Vera se lève, mue autant par la précipitation que l'exaspération. Elle reconduit Fred d'un pas résolu jusqu'à la voiture. Arnold Nilsen remet son gant en toute hâte avant de les rejoindre. « Je suis terriblement désolé d'avoir manqué de discernement », murmure-t-il, tête baissée. « Je ne veux pas qu'il fasse de cauchemars. C'est ma faute », dit Vera. « Pas le moins du monde ! proteste Arnold Nilsen. C'est indéniablement moi qui ai exhibé les restes pathétiques de ma main. Comment puis-je réparer mon erreur ? » À cela, Vera ne répond rien. Au lieu de quoi elle le regarde, elle sourit. Elle lui sourit et ce sourire donne à Arnold Nilsen le courage de lui poser une question, Fred ayant pour sa part la permission de s'installer à la place du chauffeur. « Je n'ai pas vu d'homme dans votre foyer. » « Dans ce cas, vous avez vu juste. » « Mais… Le petit n'a-t-il pas

de père ? » Vera s'éloigne. Fred tient le volant en faisant des bruits qui ressemblent davantage à des cris
d'animaux qu'au vrombissement du moteur. « Veuillez
de nouveau m'excuser », implore-t-il.

Ils redescendent vers la ville. Les nuages commencent à voiler le ciel. Les ombres défilent. Vera a froid.
Fred, maintenant assis côté passager, fixe le compteur
de vitesse. Quand soudain arrive devant eux une autre
voiture, une Chevrolet Fleetline Deluxe noire. Les deux
conducteurs se croisent, roulent au pas, freinent. Arnold
Nilsen ouvre sa portière, aussitôt imité par un grand
jeune homme blond, un foulard noué autour du cou. Ils
se saluent. Ils font le tour des véhicules comme ils font
les louanges l'un de l'autre. Ils n'ont plus que ça à
la bouche, les éloges. Les baguettes rutilantes sont
effleurées, les capots soulevés, et il n'est plus besoin
pour eux à présent d'ajouter quoi que ce fût : branler du
chef leur suffit, avec cette connivence, cette fraternité
que leur confèrent les cylindrées américaines. Arnold
Nilsen est tout d'un coup submergé par un sentiment de
profonde appartenance, il n'a pas le souvenir d'avoir
ressenti une telle émotion, pas depuis le jour où il est
entré dans le chapiteau de Mundus. Il aperçoit une
femme superbe assise dans la Chevrolet. Par la vitre
ouverte côté passager, elle lui adresse un sourire à mi-
chemin entre la lassitude et la délectation. Elle est
enceinte et la place viendrait presque à lui manquer. Puis
ils repartent chacun de leur côté – et jamais ils ne se ren-
contreront à nouveau alors qu'ils continueront pourtant
de vivre dans la même ville ; ils y vivront leur existence
escamotée, anéantie, car un grave accident les heurtera
bientôt tous les trois de plein fouet. Le jeune couple
inconnu à la Chevrolet connaîtra le sien au prochain
virage. Arnold Nilsen, lui, devra encore patienter de
nombreuses années avant d'être rappelé, comme on dit ;
rappelé par ce que d'aucuns nomment la destinée, mais
que l'on pourrait tout aussi bien qualifier de mathématiques (ou, pour reprendre la formule que j'emploierai
plus tard avec Peder, en glissant une image de mon cru

sur ce que je considère comme l'essence de la dramaturgie : « Ce n'était rien d'autre que la symétrie de l'échelle »).

La pluie se met à tomber dès qu'Arnold Nilsen s'est réinstallé derrière le volant. Le moment est idéal pour lui, qui lui offre la possibilité d'accomplir un nouveau miracle en toute impunité. Il agite sa main raide pour attirer leur attention, tandis que de l'autre il appuie sur un bouton au niveau du tableau de bord. La capote se referme lentement. Fred retient son souffle. Vera applaudit. Arnold Nilsen est satisfait de sa représentation comme de son public. « Maintenant, nous pouvons rentrer à la maison au sec », dit-il en passant une vitesse. Vera se retourne. Elle jette un rapide coup d'œil vers l'autre voiture, aperçoit les phares rouges des freins briller sur l'asphalte détrempé avant de disparaître sous la pluie. « Roulez doucement, murmure-t-elle. La chaussée est glissante. »

Alors Arnold Nilsen roule doucement pour les ramener à la maison. Postées à la fenêtre au moment où il se gare au coin de l'immeuble, La Vieille et Boletta voient Fred descendre du siège avant, claquer la portière derrière lui pendant que les deux autres restent à l'intérieur. « Je te parie qu'il est en train de lui demander s'ils se retrouvent demain », dit La Vieille. Boletta pivote vers elle. « Tu crois que c'est du sérieux ? » La Vieille soupire. « De toute façon, difficile pour elle de continuer à faire la fine bouche ! Et lui est logé à la même enseigne… » « Oh ! Veux-tu te taire ! »

Arnold Nilsen utilise l'allume-cigare électrique pour allumer sa cigarette. « J'espère au moins ne pas t'avoir effrayée avec ma moitié de main… Cela ne te dérange pas si je te tutoie ? » Vera secoue la tête. Il attend d'avoir terminé sa cigarette pour continuer la conversation. Le tabac, sec, lui irrite la gorge. « Je ferais volontiers une autre promenade demain », lance-t-il. « Moi aussi », répond Vera à toute vitesse. « Je suis au regret de ne pouvoir t'inviter chez moi. Je loge momentanément dans une pension miteuse. » Vera a un geste de surprise. « Une

pension ? » Arnold Nilsen regarde dehors. Fred les
observe, le nez écrasé contre la vitre. Il tombe des cordes.
« Oui… Le Cochs Hospits. En attendant de me trouver
un nid douillet. Hélas, les maisons vacantes ne poussent
pas dans les arbres en ce moment. » Il soupire. « J'ai
couru toute la ville, répondu à toutes les petites annonces
depuis mon retour d'Amérique. Même les hôtels n'ont
pas la moindre chambre pour moi ! Mais à New York, je
vivais à l'Astoria ! Tu connais l'Astoria ? » « Non. »
« Là-bas, ils portent tes bagages jusqu'à ta chambre et les
suites ont quatre pièces en enfilade… Quatre ! » Il tape
sur le volant de son poing valide. « Au Cochs, nous
vivons à trois dans la même chambre ! L'un passe ses
nuits à boire et empêche les deux autres de dormir. » Il se
tait, considère sa main avec un regard de honte. Vera ne
bouge pas, elle réfléchit. « Je vais en parler à maman. »
Arnold Nilsen lève les yeux, se tourne vers elle. « Que
dis-tu ? » « Je vais aussi en parler à La Vieille », ajoute-
t-elle. Il sourit. Son visage est barré par un large sourire,
il oublie tout à commencer par lui-même et pose la mauvaise main sur l'épaule de Vera. « Heureusement que je
suis de petite taille… Je pourrais tenir sur un coussin installé sur un rebord de fenêtre ! »

Arnold Nilsen emménage à Kirkeveien en juin. Ce qui
fait grand bruit : une Buick garée au croisement et un
homme dans l'appartement des femmes. Au début, il dort
sur un petit matelas dans l'entrée. Il se lève à sept heures,
boit son café, descend à sa voiture pour rentrer vers les
cinq heures et demie. Elles ignorent ce qu'il fabrique et
lui ne leur fournit aucune explication. « Tiens ! Le voilà
qui part vivre de la vie ! » singe La Vieille en secouant la
tête alors qu'en son for intérieur elle ne peut tout à fait
s'empêcher de l'apprécier. Il n'est jamais dans leurs
pattes. Il est propre, soigné. Il dort sans faire de bruits. Il
dépose chaque semaine de l'argent dans la cagnotte destinée à l'entretien du foyer. Il descend les poubelles dans
la cour. Les dimanches, il les emmène en promenade, à
bord de sa voiture : ils longent le fjord et remontent vers
Nesodden, ou bien ils prennent le chemin inverse, en

direction des forêts et des lacs. Fred s'installe à l'avant, il y a suffisamment de place à l'arrière pour les trois femmes. Ils emportent du café, des gâteaux et, partout où ils vont, les gens s'arrêtent pour admirer cette Buick aux lignes élancées pendant qu'Arnold Nilsen les salue d'un geste ostensible de la main. Mais surtout, chaque soir, il fait rire Vera. De son côté, aux Télégraphes, Boletta a mené en secret sa petite enquête à son sujet. Là non plus, il n'a menti sur rien. Il est originaire de Røst, une île de l'archipel des Lofoten, son père était pêcheur, la famille n'a jamais eu le téléphone. En juillet, il obtient une promotion : il se voit transféré dans la salle à manger où il a le droit de dormir sur le divan. La Vieille et Boletta se chamaillent dans la chambre de service, Fred dort auprès de sa mère. Une nuit, Arnold Nilsen est réveillé par le garçon qu'il découvre planté devant lui : il le regarde sans sourciller. Qu'il ait pu se tenir là depuis longtemps n'est nullement exclu. L'obscurité dessine une ombre effilée, droite, déterminée. Il ne dit rien et c'est peut-être justement cela le plus insupportable. Arnold Nilsen s'assied. « Que veux-tu ? » demande-t-il. Fred ne répond pas. Arnold Nilsen est aux quatre cents coups. « Tu n'as pas à avoir peur », chuchote-t-il. Mais il sait immédiatement que ce n'est pas la peur qui habite le garçon. Sans quoi il ne se tiendrait pas de la sorte, dans le noir, devant le divan. Non, en lui grondent une colère, une menace. Arnold Nilsen cherche ses mots. Cet homme pourtant capable d'embobiner n'importe qui cherche dans son immense vocabulaire la phrase juste à prononcer devant un garçon de même pas cinq ans. Sa voix est maintenant à peine audible. « Je ne vais pas t'enlever ta mère, Fred. » Il tend le bras auquel il manque une main. Fred ne bouge pas. Il garde cette même position impassible et il le fixe. Il fixe Arnold Nilsen, en silence, avec obstination. Puis il retourne, sans bruit, dans la chambre à coucher de sa mère.

Cette nuit-là, Arnold Nilsen ne trouve plus le sommeil et, lorsque le réveil sonne, il reste couché au lieu de se lever. Bientôt, il entend des murmures derrière la porte, une inquiétude, elles parlent à voix basse, furtive, comme si elles n'arrivaient pas à se décider. Jusqu'à ce que Vera passe la tête entre la porte. « Tu es malade ? » demande-t-elle. Arnold Nilsen se retourne contre le mur pour qu'elle ne voie pas qu'il est au bord des larmes car quelqu'un se fait du souci pour lui, quelqu'un se préoccupe de sa santé, et cette attention le mettrait presque sens dessus dessous. « Je prends une journée de libre aujourd'hui », marmonne-t-il.

Vera referme doucement la porte. Elle annonce la nouvelle. Arnold est en bonne santé. Il souhaite juste prendre une journée de libre. Elles ne savent pas vraiment de quel genre de journée il veut se libérer. Toujours est-il qu'il reste allongé sur le divan et prend sa journée. Boletta file aux Télégraphes. Fred va faire un tour dans la cour. La Vieille et Vera lavent les nappes. « Si c'est de la vie qu'il vit, alors ce doit être de la vie qu'il souhaite se libérer », suggère La Vieille. Vera lui fait signe de se taire. « Ne me demande pas de me taire ! Je ne fais que répéter ses propres mots. Est-ce qu'il t'a dit quelque chose, à toi ? » La Vieille tire si fort sur la nappe que Vera perd l'équilibre et doit se retenir à sa grand-mère. « À quel sujet ? » « Eh bien… Ce qu'il fait. Ce qu'il a fait. Ce qu'il compte faire ! Tu ne vas tout de même pas me dire qu'il passe son temps à te susurrer des poèmes à l'oreille ! » Vera s'assied sur le rebord de la baignoire. « Je ne lui pose pas de questions. Et il ne m'en pose pas non plus. » La Vieille soupire, serre la nappe contre elle. « Espérons que nous n'avons pas affaire à un nouvel homme de la nuit. »

Le petit déjeuner est toujours sur la table lorsque Arnold Nilsen pousse la porte de la cuisine. Le silence règne dans l'appartement. Il est seul. C'est la première fois qu'il est seul dans l'appartement. À nouveau, l'inquiétude s'empare de lui. Il va à la fenêtre, une tasse de café à la main. Il regarde dehors. Dans la cour, Vera et La Vieille accrochent le linge à sécher, de grandes nappes blanches qu'elles tirent et jettent par-dessus les cordes avant de les fixer avec des épingles puisées dans un sac fixé à leur taille. Voilà ce que regarde Arnold Nilsen. C'est un matin ordinaire en cet été de 1949, le soleil ne va pas tarder à inonder le périmètre de la cour, des garçons réparent un vélo près du porche, le concierge boiteux remplit un seau d'eau en leur tournant le dos, quelqu'un quelque part joue une banale mélodie au piano et c'est toujours le même air répété inlassablement. Vera et La Vieille éclatent de rire lorsqu'un souffle de vent vient se perdre entre elles deux, soulève la nappe qu'elles tiennent chacune aux extrémités, manque de les emporter dans les airs. Voilà tout ce que regarde Arnold Nilsen. Il est témoin de cette matinée. Il est témoin de cette humanité : un seau que l'on remplit, un vélo que l'on entretient, des nappes que l'on fait sécher au soleil. Son inquiétude initiale s'est dissipée, remplacée par un étonnement qui n'est en fait qu'une autre forme d'inquiétude. Il s'étonne de ce qui est sur le point de lui appartenir. Il est un homme au terme de sa jeunesse, il l'a presque dépassée, il approche la trentaine et le monde autour de lui se retranche, rétrécit. Son monde à lui s'étend sous ses yeux et il en est témoin. Il doit oublier tout ce qui a été, il doit engranger des souvenirs neufs. Puis il finit par apercevoir Fred. Assis dans le seul coin encore plongé dans l'ombre, le garçon a le regard fixe. Il détruit cette matinée en mille morceaux. Vera l'appelle. Fred ne bouge pas. Elle l'appelle de nouveau. Mais Fred demeure immobile, dans son coin, dans son ombre – et quand enfin l'endroit est envahi par la lumière, il dissimule ses yeux derrière ses mains.

Et soudain on sonne à la porte. Arnold Nilsen pose sa tasse de café. Il hésite. Il n'habite pas ici. Son nom ne figure pas encore sur la porte. La sonnerie est insistante. Il regarde dans la cour où La Vieille, accroupie, serre Fred dans ses bras. Arnold Nilsen va dans l'entrée. Il ouvre. C'est Arnesen. Qui feint la surprise. « Ces dames ne sont pas à la maison ? » « Elles sont en train d'étendre du linge dans la cour. Mais je peux aller les chercher. » Arnesen balaie la proposition d'un revers de

main. Il passe devant lui en un éclair. « Je connais le
chemin. » Il pose sa petite valise par terre devant l'horloge, sort sa clef, se retourne vers Arnold Nilsen.
« Alors c'est vous le propriétaire de la nouvelle voiture.
À ce qu'il paraît. » Arnold Nilsen acquiesce. Arnesen
sourit. « Combien de chevaux peut avoir un tel
moteur ? » « 150. » « 150 ? Eh bien, dites donc ! Oui...
C'est certain... Ce genre d'engin peut rouler bien plus
vite que la loi ne l'autorise. » Arnold Nilsen rit. « Une
voiture rapide peut aussi rouler lentement », pointe-t-il.
« Comme voùs dites juste ! Si tant est que l'on ne suc-
combe pas à la tentation... Et cela arrive à n'importe
qui. Lorsque personne n'est là pour voir, je veux dire. »
Arnold Nilsen n'a aucun commentaire à apporter. C'est
au tour d'Arnesen de rire. « Mais je parle, je parle ! Je
parle pendant mon temps de travail et je ne me présente
même pas. Arnesen, agent d'assurance. » Il tend une
main, se saisit du gant raide qu'il relâche aussitôt. Son
corps est parcouru d'un soubresaut. « Un accident ? »
s'enquiert-il. « La guerre », répond Arnold Nilsen.
Arnesen sourit. Il se retourne, actionne le tiroir sous le
cadran puis rassemble l'argent dans une bourse de cuir
qu'il range dans la valise. Arnold Nilsen voit la viva-
cité, l'agilité avec lesquelles travaillent les doigts. Il a
déjà vu ça. Il sait toutefois que jamais personne n'est
assez vif, que toujours quelqu'un surgit pour vous
percer à jour, tôt ou tard : vous commettez une erreur et
faites tout tomber par terre, vous tremblez à peine et déjà
votre bras a été emporté. « Est-ce votre épouse qui joue
du piano ? » Arnesen referme le tiroir. Il toise Arnold
Nilsen. Il ne sourit plus. « Ça vous dérange ? » « Pas le
moins du monde. Mais vous ne trouvez pas qu'elle
devrait apprendre un autre morceau ? » « Cela ne m'a
jamais traversé l'esprit. » « Ça ne devrait pas tarder si
vous comptez habiter ici longtemps. » Arnold Nilsen
sort un billet de la poche de sa veste qu'il glisse dans la
valise. « À mon tour d'être assuré », lance-t-il. Arnesen
fait claquer la serrure. « N'est-ce pas ? Vous pourriez en
avoir besoin. »

Arnesen se retire. Il s'incline sans pour autant, cette fois, lui tendre la main : il n'a que trop senti les doigts artificiels. Arnold Nilsen reste planté devant l'horloge ovale, elle affiche neuf heures cinq. Puis il entend les autres entrer dans la cuisine, par la porte de service. Il va à leur rencontre. « Arnesen vient de passer chercher la prime », prévient-il. La Vieille jette un regard circulaire. « Je me disais bien que ça s'était rafraîchi », murmure-t-elle.

Fred court dans l'entrée. Il grimpe sur une chaise, secoue l'horloge. Pas un bruit n'en sort. Il n'y a que le rire de Fred, un rire presque hystérique. Fred hurle de rire sans cesser de secouer l'horloge, si bien que La Vieille doit la lui arracher des mains et remettre les aiguilles à la bonne heure. Arnold Nilsen sort un autre billet. Il le tend à Fred. « Tiens, tu peux le mettre dans le tiroir. » Fred regarde le papier bleu tout chiffonné. « Je veux des sous ! » Arnold Nilsen rit. Il extrait une pièce de monnaie, mord dedans avant de la donner à Fred. « Celle-là, tu risques de bien l'entendre quand elle tombera dans le fond ! » Fred frotte longuement la pièce d'une couronne sur sa cuisse. Puis il la fourre dans sa poche. « Il faut que tu la mettes dans l'horloge, dit Vera. Pour que rien ne puisse nous arriver. » Fred secoue la tête, s'apprête à filer. Vera le retient. « Tu pourrais au moins dire merci. Dis "merci beaucoup", Fred ! » « Ça ne fait rien », assure Arnold Nilsen. Mais Vera n'en démord pas, Fred doit obéir. « Dis "merci beaucoup" ! Sinon tu rends l'argent ! » crie-t-elle. Fred pince les lèvres, serre le poing au fond de sa poche, se débat. « Dis "merci beaucoup" ! » hurle Vera en refusant de le lâcher. Alors La Vieille s'interpose. « Laisse-le », assène-t-elle non sans déposer une pièce pour eux tous.

Dans la soirée, Boletta et Vera vont chercher le linge sec. Le soleil déclinant brille encore, bien que dans sa course il ait emporté la lumière et en ait privé la cour de l'immeuble. Elles descendent à la buanderie avec la panière, glissent la première nappe entre les rouleaux de la machine à repasser. Elles doivent s'y mettre à deux

pour tourner la manivelle. Une fois la deuxième nappe
défroissée, Boletta demande : « Il s'est passé quelque
chose avec Fred ? » Vera s'appuie sur la poignée. « Je
n'arrive plus à lui parler. Il ne m'écoute plus. » Boletta
plie la nappe, la dépose dans la panière avant de faire
observer : « Il est juste un peu perdu en ce moment. Et,
dans ces cas-là, on se met facilement en colère. » Au
bord des larmes, Vera plaque la main contre sa bouche.
« Il vaudrait peut-être mieux qu'Arnold s'en aille »,
souffle-t-elle. Boletta sourit. « Oh… Ce n'est pas tant à
ça que je pensais. » Elle entoure sa fille d'un bras.
« Fred n'est pas habitué à t'entendre rire. »

   Quelqu'un traverse le couloir au même moment et,
à entendre sa démarche, elles devinent immédiatement de
qui il s'agit : une chaussure reste en l'air à chaque pas,
avance à contretemps, sans cadence, en frottant le dallage. Il se carre dans l'embrasure de la porte. Le
concierge Bang. Ses yeux s'arrêtent sur la pile de nappes.
« Ah, les nappes… On n'en a jamais assez apparemment », dit-il, sans rien dire de plus, pour commencer en
tout cas. Boletta lui tourne le dos. Elle vaporise de l'eau
sur la dernière nappe devant aller à la machine à repasser.
Le concierge Bang dévie son regard sur Vera.
« Voulez-vous que je vous aide à tourner la manivelle ? » Vera secoue la tête. « Non merci. » Un sourire
aux lèvres, il se rapproche. « Vous avez un couvert en
plus, maintenant. » Vera tourne tant qu'elle peut, la nappe
disparaît entre les rouleaux. « Ça doit être sécurisant pour
vous d'avoir enfin un homme à la maison », poursuit-il en
détachant les syllabes. Boletta pivote sur ses talons et se
retrouve presque nez à nez avec lui. « Bon, vous prenez
vos cliques et vos claques et vous filez traîner la patte ailleurs ! » Et le concierge Bang recule, boitant, désemparé,
vexé, il se dépêche de rejoindre l'escalier. Boletta et Vera
se regardent, retiennent leur souffle jusqu'à ce qu'elles
n'en puissent plus. Et elles éclatent de rire. « On aurait
vraiment cru entendre La Vieille ! » se moque Vera. Esto-
maquée, Boletta se voit forcée de s'appuyer à sa fille.

« Hein ? Quoi ? fait-elle dans un hoquet. Voilà que je ressemble à ma mère maintenant ! »

Une fois revenues à l'appartement, elles découvrent La Vieille déjà couchée. Elle affirme se sentir lasse, lourde, prise de vertiges. Elle tient à consulter le docteur Sand, successeur et antithèse de Schultz : un homme continent, adepte de l'abaisse-langue et du fichier de patients. Le front lui tire, elle a des douleurs jusqu'aux extrémités des bras. « C'est toi qui m'as contaminée, avec tes satanées migraines et tes chevilles qui enflent tellement depuis que tu travailles aux Télégraphes que tu ferais mieux de te faire opércr ! » lance-t-elle à Boletta en réclamant qu'on lui fiche la paix. Les autres obéissent. Au petit matin, La Vieille est levée avant tout le monde, commande un taxi, ignore Boletta et Vera qui, l'entendant téléphoner, viennent à sa rescousse et essaient de l'arrêter, attendu qu'il est hors de question d'être accompagnée par quiconque et encore moins d'être conduite en voiture par Arnold Nilsen. Non, elle veut faire le dernier bout de chemin seule, comme les éléphants s'écartent, dignement, avant de se laisser mourir sans causer de peine au reste du troupeau. « Tu fais encore ton intéressante, se moque Boletta. En réalité tu n'as rien ! » La Vieille lui jette un regard torve, descend prendre son taxi, s'assied sur la banquette arrière, demande au chauffeur d'aller jusqu'à l'angle de la Jacob Aalls gate et de s'y arrêter. « Mais ça fait cent mètres à peine », dit-il. « Et alors ? C'est moi qui paye ! » Il s'exécute selon son souhait.

Et j'aurais tellement aimé qu'il s'agisse du chauffeur de la voiture où Fred est né ; et tant pis si ce n'était pas le cas puisque ce genre de choses n'arrive jamais. Mais si tel avait été le cas, alors peut-être ce récit aurait-il pris une tout autre tournure ou une tout autre direction, voire, peut-être l'auditoire aurait-il cru avoir affaire à un mensonge, une trouvaille. En conséquence de quoi il aurait mis en doute la suite de notre histoire, l'aurait selon toute vraisemblance refermée pour de bon et serait allé se plonger dans des récits plus plausibles. Il n'empêche

que je l'aurais souhaité, qu'il se fût agi du même chauffeur, car j'aurais tellement aimé entendre une conversation entre La Vieille et lui. Peut-être l'aurait-elle invité
à passer prendre un café ou un thé dans le courant de la
journée, afin qu'ils se racontent comment leur vie avait
évolué depuis leur dernière rencontre, ce fameux jour où
ils s'étaient trouvés réunis au croisement de Kirkeveien
et d'Ullevålsveien, où un petit homme sanguinolent était
venu au monde sur la banquette arrière de son taxi.
Après quoi ils auraient pu aller saluer Fred, le garçon
qu'il avait lui-même baptisé, si tant est, n'est-ce pas,
qu'elles aient gardé ce tout premier prénom prononcé
dans ce taxi béni des dieux ? Si, bien sûr, voici d'ailleurs Fred. Sauf que ce chauffeur est un autre. Un vieil
homme qui ne cesse de passer son doigt sale dans sa
moustache broussailleuse, pas très propre elle non plus
du reste. « On attend quelqu'un ? » demande-t-il. « Pour
l'instant, vous n'avez pas à vous en préoccuper ! » Elle
garde un œil fixé sur la Buick, garée à l'angle, de l'autre
côté de la rue. L'espace d'une seconde, elle est anxieuse.
Et s'il prenait encore une journée de libre ? Le taximètre continue son cliquetis. Enfin il apparaît, s'installe
au volant, s'engage dans la Kirkeveien. « Soyez assez
aimable de suivre cette auto », commande-t-elle. La
Vieille s'enfonce tant qu'elle peut dans son siège car en
aucune circonstance elle ne désire être repérée.

Arnold Nilsen descend sur Majorstuen en empruntant
la Bogstadveien. Une bruine tombe sur la voiture dont la
capote a été rabattue. Des gens font déjà le pied de grue
devant le débit de boissons, les mains dans les poches,
la tête basse. Sur le square de la Walkyrie, les pigeons
serrés les uns contre les autres comme un banc de
poissons cherchent pitance avant de s'envoler chacun
vers leur corniche. Le boulanger porte son pain aux
croûtes encore fumantes jusque dans sa camionnette. La
ville, réveillée, n'a plus sommeil sous la pluie fine.
Quant à Arnold Nilsen, il roule ce matin-là comme tous
les autres sans se douter de rien. Il se gare dans une
arrière-cour de la Grønnegate et rejoint le Cochs Hospits

à pied. La Vieille a arrêté le taxi du côté de Parkveien
d'où elle le voit appuyer sur une sonnette. On le laisse
aussitôt entrer. La Vieille attend. Elle a tout le temps
devant elle. Le taximètre indique une somme faramineuse. Elle a tout l'argent nécessaire. Le chauffeur passe
et repasse indéfiniment un doigt sous son nez. Mais de
la patience, ça en revanche, elle n'en a que peu. Elle
paie, traverse la rue à la hâte, rejoint la porte lugubre. La
voici donc, songe-t-elle, sa porte de service, son issue de
secours, son paravent. À moins que ce nabot ne batifole
avec une autre. De toute façon il va se faire remonter les
bretelles. La Vieille sonne au Cochs Hospits. La porte
finit par s'entrebâiller, et une femme obèse aux lourdes
paupières la toise. « Je viens voir Arnold Nilsen. » La
femme prend un air gêné. « Connais pas. » Elle s'apprête à refermer la porte, mais La Vieille a d'autres
plans en tête que de quitter la pension bredouille. Coin-
çant la porte avec sa chaussure, elle attrape l'oreille de
la femme qu'elle se met à tordre dans tous les sens.
« Vous ne devriez pas mentir aux femmes âgées, siffle-
t-elle. Montrez-moi la chambre de Nilsen ! » La Vieille
entre. Elles montent des marches raides jusqu'à
atteindre un semblant de réception, en fait un comptoir
où traînent un vieux journal et des cendriers, tandis que
deux clés sont suspendues à un tableau. Des relents de
tabac froid et de matelas moisi empuantissent l'atmosphère. Assis dans une pièce sans fenêtre, trois hommes
jouent aux cartes et boivent des bières. Ils coulent un
regard perplexe vers La Vieille avant de replonger à
nouveau sur leurs bouteilles, sans prononcer une seule
parole. « Vous le trouverez à la 502 », précise la femme
obèse en se frottant l'oreille. « Vous pouvez m'expliquer pourquoi vous ne me l'avez pas dit plus tôt ? »
demande La Vieille, radoucie. « Parce que nos clients
exigent la plus totale discrétion », répond-elle en levant
les paupières. Dans l'arrière-salle, les trois hommes se
fendent d'un rictus. « Oui… Je veux bien le croire,
réplique La Vieille. Enfin… Cette discrétion n'est plus
tout à fait totale pour Arnold Nilsen ! » À ces mots, elle

monte au quatrième étage, aboutit à un long corridor flanqué de hautes fenêtres d'un côté, d'une rangée de portes de l'autre. Sur le seuil de l'une d'elles est posée une paire de chaussures. La Vieille traverse lentement le couloir. Au bout, elle trouve le numéro 502. D'abord elle écoute. Elle entend d'étranges bourrasques, des bouffées de vent qui soufflent avec une force intermittente. Elle jette un œil par le trou de la serrure. Elle distingue des ombres passer à toute allure. Elle se redresse, cogne à la porte. « Je ne veux pas qu'on me dérange ! crie Arnold Nilsen. Combien de fois faudra-t-il que je le répète ! ? » « Juste une ! » répond La Vieille. La chambre 502 est soudain plongée dans le silence, un silence absolu. Puis la porte s'ouvre. Arnold Nilsen tombe nez à nez sur La Vieille. Il la dévisage, livide, échevelé. « Eh bien… entrez donc… » La Vieille passe devant lui. Puis elle s'arrête. Le lit n'est pas défait. Le sol est jonché d'outils de toutes sortes. Des croquis sont déroulés sur la table, près de la fenêtre aux rideaux fermés. L'abat-jour a été retiré du luminaire dont l'ampoule jette des reflets dorés de tous côtés. Il n'y a personne. En revanche, au milieu de la pièce trône un support retenant une hélice en forme d'étoile oblique à laquelle il est possible d'accéder grâce à une échelle. Arnold Nilsen referme la porte. « Voici mon moulin à vent », dit-il à voix basse. « Un moulin à vent ? Vous cachez un moulin à vent au Cochs Hospits ? » Il remet l'abat-jour en place et va s'installer près de la fenêtre. « C'est un travail de longue haleine. Quand on n'a qu'une main. » La Vieille fait le tour du moulin à vent. Ne sachant trop si elle est déçue ou soulagée, elle s'assied sur le lit, complètement désarçonnée. « Vous le fabriquez vous-même ? » Arnold Nilsen lui montre aussitôt les croquis, mais toute cette géométrie n'est rien que du chinois pour elle. Elle le repousse. « Vous les gens du Sud, vous ne comprenez rien au vent. Car vous ne savez pas ce que c'est ! Vous croyez avoir affaire à du vent dès qu'une brise souffle dans le parc de Frogner. Oh que non ! » Il gravit les premiers barreaux de l'échelle, met la roue en marche ; le même bruit se met à résonner dans la pièce, ces bouffées de vent. La Vieille doit se pencher in extremis en arrière pour ne pas être percutée en pleine tête par les pales. Arnold Nilsen s'en amuse. « Le vent est comme une mine, une mine à ciel ouvert ! D'où l'on peut extraire l'or le plus pur, le plus fluide qui soit. » Il retrouve d'un seul coup son sérieux et descend de l'échelle. « En fait, vous n'êtes pas malade. Vous m'avez suivi. » « Bien sûr ! rétorque La Vieille. Je voulais voir de mes propres yeux quel genre d'homme vous étiez ! » « Vous croyiez que j'avais une autre femme, c'est ça ? » La Vieille ne répond pas. Arnold Nilsen vient s'asseoir à côté d'elle. « Au lieu de quoi vous m'avez trouvé en compagnie d'un moulin à vent ! Quel genre d'homme croyez-vous à présent que je suis ? » La Vieille se lève, va se poster près de la fenêtre. « Avez-vous entendu parler de cette histoire sur les éléphants dans les plateaux du Deccan ? » demande-t-elle. Arnold Nilsen secoue la tête. « C'est au sud de l'Inde. Le train doit traverser une plaine que parcourent des troupeaux d'éléphants. Un jour, la locomotive a écrasé un éléphanteau. Vous m'écoutez, Arnold Nilsen ? » Il acquiesce. La sueur perle à son front. « Oui, oui. Très attentivement, et davantage encore… » « Parfait ! Quand le train est repassé dans le secteur, au retour, la mère de l'éléphanteau attendait exactement au même endroit. Elle a alors chargé la locomotive et ses vingt-cinq wagons. Elle voulait venger la mort de son petit. Elle voulait renverser le convoi. » La Vieille se rassied à côté de lui. « À votre avis, Arnold Nilsen, qui a gagné ? » Il ne répond pas immédiatement. Et lorsque, enfin, vient sa réponse, c'est à tout autre chose qu'elle fait référence. « Peut-être est-ce pour cette raison qu'un poil d'une queue d'éléphant signifie le bonheur… », murmure-t-il. La Vieille ne dit rien pendant un long moment. « J'ignore quel genre d'homme vous êtes, Arnold Nilsen. En revanche, je sais que vous devez être d'une extrême prudence avec Vera et Fred. Ils sont si fragiles. L'un comme l'autre. C'est compris ? »

Arnold Nilsen emménage dans la chambre à coucher

de Vera en août, avec ses costumes qu'il accroche dans l'armoire derrière les robes. Il s'allonge en silence à côté d'elle dans le grand lit. Il fixe le plafond. Il sourit. Peut-être pense-t-il que le soleil vert est monté suffisamment haut dans le ciel, qu'il brille dorénavant sur lui. À la fois ému et surpris, il prend une profonde inspiration. Une saveur très sucrée lui imprègne la bouche. « Je trouve qu'il flotte un goût de malaga dans cette pièce », murmure Arnold Nilsen avant de se tourner sur Vera, qui l'accueille.

Ils se marièrent en septembre, à l'église de Major-stuen. Vera aurait préféré voir ses noces célébrées ailleurs puisque le même pasteur y officiait toujours. Ce à quoi Arnold Nilsen répliqua : « Même si ce rapiat ne veut pas baptiser Fred, il ne peut nous refuser l'accès à l'autel ! Sinon, je te promets de le dénoncer, lui et toute sa paroisse, auprès du roi et du gouvernement, si ce n'est plus haut encore ! » Il plut ce samedi-là. Étaient présents La Vieille, Boletta, Fred, Esther, le concierge Bang, Arnesen, ainsi que trois loques du Cochs Hospits. L'air plus que maussade, le pasteur lut l'office au grand galop, fixant avec répulsion la robe blanche de Vera. Et celle-ci soutint son regard, souriante, mutine. Néanmoins, quand Arnold Nilsen lui passa la bague au doigt, cette bague dont elle avait promis à Rakel de prendre soin, elle baissa la tête, à la grande satisfaction du pasteur, et fondit en larmes. Elle comprit alors qu'il n'existe rien de tel que le pur bonheur et que c'est peut-être pour cette raison que nous rions. Je suis né au mois de mars.

Je suis venu au monde en me présentant par le siège, causant ainsi à ma mère d'immenses douleurs.

BARNUM

Le baptême

« Barnum ? » Le pasteur reposa son stylo plume et
coula un regard vers maman. Assise de l'autre côté du
bureau, elle me tenait sur ses genoux. « Barnum ? »
répéta-t-il. Maman ne répondit pas. Elle se contenta de
se tourner vers papa qui faisait lentement rouler son chapeau entre ses doigts. « En effet, dit-il. Vous avez bien
entendu. C'est le prénom que nous avons choisi. Le
garçon s'appellera Barnum. » Peut-être étais-je en train
de pleurnicher à ce moment-là, obligeant maman à me
consoler. Ma mère chantonnait dans le presbytère. Dans
un mouvement d'exaspération, le pasteur s'empara de
son stylo plume et nota quelque chose sur une feuille.
« Et… Barnum… C'est vraiment un… prénom ? » Papa
poussa un soupir indulgent devant tant d'ignorance.
« Barnum est un prénom comme un autre. » Le pasteur
sourit. « Vous êtes originaire du nord de la Norvège,
monsieur Arnold Nilsen ? » Papa acquiesça. « De Røst,
monsieur Sunde. Là où la Norvège marque un point
final. » Je m'arrêtai de pleurer, maman de fredonner. Le
pasteur se leva. « Sans doute vous octroyez-vous
quelques libertés dans le choix des prénoms. Là-haut,
par chez vous. Mais voyez-vous, sous nos latitudes, il y
a des limites à tout. » Papa pouffa de rire. « Barnum
n'est pas une invention du nord de la Norvège, cher pasteur. C'est un prénom américain. » Le pasteur retira un
livre des étagères flanquées derrière lui. Il le feuilleta.
Maman donna un coup de pied à papa en indiquant la
porte. Papa secoua la tête. Le pasteur s'assit et posa
l'ouvrage sur son bureau. Papa se pencha. « Souhaite-
riez-vous vous entretenir avec la Bible ? » Le pasteur ne

répondit pas. Il lut à haute voix : « Il est formellement interdit de choisir un prénom susceptible de représenter un fardeau pour celui ou celle qui le portera. » Je recommençai à pleurer, maman à me bercer, à chantonner. Le pasteur referma le livre puis leva les yeux, la mâchoire contractée. « Loi relative à l'attribution des prénoms du 9 février 1923. » Le chapeau ne tournait plus dans les mains de papa. « N'est-ce pas celle qui stipule également que le prénom n'est un déshonneur pour personne ? » Le pasteur n'eut rien à répondre à cela. Au lieu de quoi il assena : « Je vous demande de trouver un autre prénom à ce pauvre enfant. » Déjà debout, maman s'apprêtait à prendre la porte. « Il n'est le pauvre enfant de personne ! répliqua-t-elle. Et maintenant allons-nous-en ! » Papa demeura assis un instant. « C'est visiblement la seconde fois que vous faites preuve de mauvaise volonté à l'égard de mes enfants », murmura-t-il. Le pasteur sourit. « Vos enfants ? Seriez-vous le père des deux enfants ? » Papa vissa son chapeau sur la tête. À bout de souffle, il maudissait son nez cassé. « Il y a d'autres pasteurs », lâcha-t-il. « Mais il n'y a qu'un seul Dieu et une seule Loi… » insista Sunde. Papa claqua la porte. Une fois dans le couloir, maman perdit courage. « Et si on l'appelait autrement ? » suggéra-t-elle, en larmes. Papa ne voulut rien entendre. « Il s'appellera Barnum, nom de Dieu ! » Je hurlais à présent. Alors papa rouvrit la porte du bureau, pencha la tête dans l'embrasure et lança à l'intention du pasteur : « Nous avions un voisin qui s'appelait Elendius[1]. Voilà un prénom qui vous irait mieux qu'à lui ! »

Cette nuit-là, papa ne trouva pas le sommeil. Il ruminait. Il marchait de long en large dans le salon, nous empêchant de dormir par la même occasion. Il frappa du poing sur la table à plusieurs reprises et parlait tout seul. S'ensuivit un long silence. Au petit déjeuner, exténué mais déterminé, il refusa également de s'asseoir.

---

1. L'adjectif *elendig* signifie « pitoyable » en norvégien. *(N.d.T.)*

« Lorsque j'ai quitté mes parents, je leur ai laissé un message. Comme quoi je reviendrais quand le moment serait venu. Ou bien jamais. Le moment est venu. » La cuillère débordant de la bouillie que maman essayait de me faire avaler s'immobilisa. Elle leva les yeux. Boletta posa sa tasse de thé. La Vieille dut retenir Fred pour qu'il reste tranquille. « Qu'est-ce que tu veux dire ? » demanda maman. Papa prit une longue inspiration. « L'enfant sera baptisé à Røst ! »

Papa s'absenta deux journées durant. Il avait des choses à régler. Il ne rentra que la matinée du troisième jour. Vêtu d'un costume noir taillé sur mesure et d'un manteau clair, chaussé de souliers cirés, il s'était fait couper les cheveux, dont une mèche s'enroulait au milieu du front en formant une boucle tout aussi gominée. Il embrassa maman avant d'agiter des billets. « Fais ta valise et prépare-toi ! » Nous partîmes le soir même avec le train de nuit pour Trondheim. La Vieille, Boletta et Fred nous accompagnèrent à la gare de l'Est. Maman pleurait dans le hall de départ. Fred se vit offrir par papa une tablette de chocolat au lait qu'il s'empressa de jeter sur les rails à la première occasion. Ah... Ne pouvaient-ils pas me baptiser Arne, tout simplement, ou Arnold Junior ou Guillaume II ? Mais non, je devais m'appeler Barnum et nous devions partir à Røst pour que ce prénom soit consigné dans les registres de la paroisse. Un contrôleur porta la valise jusqu'au wagon couchette. Dès que la locomotive se mit en branle, maman se pencha à la fenêtre pour agiter la main en guise d'au revoir. Papa, lui, me tenait dans ses bras – et je la sens encore, cette odeur que je suis à présent capable de décomposer, particule après particule, pareil à un chimiste reclus dans le laboratoire de la mémoire : la lotion capillaire confondue au parfum suave de la joue rêche, les relents âcres de tabac froid dégagés par les gants, la douce transpiration accumulée autour du col de chemise amidonné ; toutes ces odeurs qui montent et se mélangent en une seule et même unité plus forte, concentrées dans la formule acide des quais de gare : les adieux. Mais je

dormais. Je ne pouvais pas le savoir. J'étais encore à
l'extérieur du souvenir. Je dormais au côté de maman,
sur la couchette inférieure, tandis que papa, assis sur le
bord, débouchait une flasque pour se verser de l'eau-
de-vie dans un verre à dents. Il le tendit à maman qui ne
put guère que la renifler. Papa fit cul sec. Il exhala. « Et
maintenant, le garçon va être baptisé de son vrai prénom.
Quant à moi, je vais rassembler mes fils éparpillés. » Il
remplit le verre qu'il vida à nouveau d'un trait. « À ta
santé, ma chérie. Que ceci soit notre voyage de noces,
même en différé. » Prenant sa main abîmée, maman chuchota, afin d'éviter de me tirer de mon sommeil : « Ils
sont au courant de notre arrivée ? » Papa ressentit une
soudaine douleur dans ses doigts manquants. « Qui ça
"ils" ? » « Tes parents, Arnold. » « J'ignore s'ils sont
encore en vie », murmura-t-il. Papa s'effondra et resta
longuement ainsi, à genoux, penché sur la poitrine de
maman. « J'ai peur, Vera. J'ai si peur. »

    Il pleut à notre arrivée à Trondheim. Maman descend
du train en me portant dans ses bras. Un contrôleur
s'approche, muni d'un landau où je vais pouvoir être
installé. Papa a laissé ses craintes derrière lui. Il donne
à l'homme de gare un billet, puis une tape amicale sur
l'épaule. « Si vous le souhaitez, je peux faire embarquer la valise avec vos marchandises », propose-t-il en
fourrant l'argent dans sa poche. « Très volontiers. »
Après l'avoir renvoyé, papa troque sa flasque vide
contre un parapluie qu'il obtient d'un quidam attendant
l'ouverture du café. « Quelle sorte de marchandises ? »
s'inquiète maman. « Oh… rien qu'un petit cadeau »,
répond papa en riant. Il déploie le parapluie noir au-
dessus de nos têtes et c'est ainsi qu'ils me poussent, en
descendant les larges rues jusqu'au port. Là les attend
l'Express Côtier. Maman blêmit. À présent, c'est elle
qui a peur. « Ne me dis pas que nous allons voyager sur
ce rafiot ? » chuchote-t-elle. Mais papa n'a pas le temps
de lui répondre. Une caisse en bois d'au moins quatre
mètres sur quatre, entourée de cordages, est treuillée à
bord du bateau ; elle oscille au gré des rafales de vent,

semble sur le point de se détacher des sangles. « Mais faites attention, bordel de Dieu ! » hurle-t-il. Quand la caisse est finalement descendue sur le pont, le bateau tangue plus que jamais. Les passagers accoudés au bastingage applaudissent, arrachant ainsi une révérence à papa, comme s'il avait lui-même soulevé cette cargaison inestimable à la force de sa demi-main.

Le capitaine en personne nous conduit jusqu'à la cabine, exiguë, basse de plafond. Les vagues ondulent contre le hublot. Papa l'entraîne à part. « Combien de temps resterons-nous accostés à Svolvær ? » « Une heure. » « Parfait ! » Et le capitaine invite la famille Nilsen à dîner à sa table pour six heures. Mais maman est submergée par le mal de mer avant même que nous ayons quitté le fjord de Trondheim, contourné la presqu'île de Fosen et filé enfin vers le nord. Papa se tient sur le pont, à l'abri de la caisse en bois sur laquelle son nom est écrit à la peinture rouge. Il se tient sous le parapluie noir. Cette peur qu'il avait laissée derrière lui rampe de nouveau. Il pourrait débarquer au prochain quai et disparaître. Lui qui, par le passé, a déjà disparu. Non, c'est trop tard. Son époque nébuleuse est elle aussi derrière lui. Il le sait. Il est visible désormais. Nous sommes en juin désormais. Ils mettent cap vers le soleil de minuit. Ils voguent plein nord, abandonnent la pluie au profit du soleil. Et soudain il éclate de rire, il jette par-dessus bord le parapluie qui dérive en piqué comme un cormoran disloqué avant d'être avalé par les vagues. Car qui est jamais rentré à Røst avec un parapluie d'homme à la main ? Qui sinon un imbécile ou un spectre ignorant que le seul parapluie à avoir jamais supporté le vent de l'île de Røst était composé d'une armature en peau de loup de mer et de baleines en arêtes de flétan. Papa pose une oreille contre la caisse. Il écoute. Il lui semble percevoir un léger souffle. Il redescend à la cabine. Maman est allongée sur la petite couchette. En nage. « Nous dînons à six heures à la table du capitaine », la prévient papa. Maman est prise d'un haut-le-cœur. Et quand elle vomit, je l'imite aussitôt, comme si je n'étais toujours pas détaché d'elle. Nous vomissons ensemble et papa est aux quatre cents coups. Il va chercher une fille de cabine. Elle change les draps, nettoie par terre, pose deux seaux près du lit. Maman est exténuée, vidée. Elle parvient tout juste à me porter. « Viens avec moi là-haut, dit-il. Ce sont ces quatre murs qui te rendent malade. » « Oh… Tais-toi ! » Papa lui essuie le visage à l'aide de son mouchoir. « Il faut que tu voies les vagues en face pour pouvoir les supporter. » Maman gémit. « Pourquoi est-ce qu'on n'a pas plutôt pris la voiture ? » Papa est inquiet, il éponge à présent la sueur de son propre front. « Parce qu'il n'y a pas assez d'essence et que la voiture est au garage. En plus, aucune route goudronnée ne traverse encore le maelström de Moskenes ! » Maman esquisse un sourire. « Ça fait trois réponses, Arnold. Donc je sais que tu te fiches de moi. » Papa rit. « Et moi je sais que tu ne vas pas tarder à être rétablie ! » Il se redresse pour nous regarder, maman et moi – et peut-être remarque-t-il que je vais lui ressembler, hormis mes yeux qui sont bleus ; en tout état de cause, c'est pour lui un instant de joie et d'inquiétude, de triomphe et de peine. « Je vais demander au capitaine que notre repas nous soit porté en cabine. » « Non. Va les rejoindre, je t'en prie. » Et papa s'exécute. Arnold Nilsen s'assied à la table du capitaine. Il dîne d'une tranche de flétan au beurre blanc arrosée d'une bière. Il parle fort, discute en américain avec des touristes, porte des toasts à tour de bras. « Qu'est-ce qui vous amène dans le Nord ? » s'enquiert le capitaine. « Je vais faire baptiser mon fils. » Le capitaine allume une cigarette, jette un œil sur la paire de gants. « Dans ce cas, serait-ce une église que vous avez dans votre caisse ? » Papa sourit. « Oui, en quelque sorte. » Il n'en dévoile pas davantage. Il se garde de récompenser cette curiosité par des réponses plus argumentées. Une vérité, et une seule, suffira pour aujourd'hui. Il jouit du plaisir d'être un mystère, une énigme aux vêtements soignés parlant plusieurs langues étrangères. Il garde le silence. Le café est servi. La table tangue. Les soucoupes glissent sur le côté. Une bouteille se renverse. Les lampes oscillent. La conversation déplaît au capitaine. « Votre épouse ne souhaite-t-elle pas se joindre à nous ? » « Hélas, elle ne parvient pas à avoir raison des vagues. » Et une vérité de plus, songe du même coup Arnold Nilsen. Mais lorsque deux vérités se succèdent à si peu d'intervalle, l'une risque fort d'être superflue. Il aurait plutôt dû mentir, être impoli, se taire. D'autant que le capitaine déborde soudain de sollicitude. « Il y a un médecin à bord. Il peut aller examiner la jeune maman », propose-t-il. « Cela ne sera nullement nécessaire », insiste papa. Sauf que le capitaine a déjà frappé dans ses mains. « Docteur Paulsen ! » hèle-t-il. Alors, un vieil homme chétif au col de chemise élimé, au verre de lunette fêlé et à la veste pourvue de deux malheureux boutons, se retourne lentement. Quand recule sa chaise de la table située dans un coin, au fond de la salle de restaurant, il donne l'impression de surgir d'un lieu issu d'une autre époque, de voir au travers de ces heures et de ces années plongées dans les ténèbres. Sa bouche tremble. « Quoi ? » balbutie-t-il. Le capitaine lui fait signe. « Venez par ici, docteur ! » Papa plonge le nez dans sa tasse de café. Sans qu'il sache pourquoi, et il ne manque pas de se maudire, la peur le taraude à nouveau ; il ne parvient pas à lui échapper, elle est plus rapide que lui. Voilà exactement ce qu'il a redouté. Voilà exactement ce qu'il a souhaité : être reconnu. Mais ce n'était pas censé se passer ainsi, pas d'une manière aussi médiocre, aussi minable. Il veut le triomphe et l'ébahissement à nul autre pareil. Le docteur Paulsen s'avance vers eux, titubant sur le sol oblique. Il s'arrête. Le capitaine l'attire vers lui. « Nous avons à bord une jeune femme avec un petit enfant, elle souffre de mal de mer. Quel est votre plus précieux conseil en la matière ? » Le vieux docteur éclate de rire. Le moment ne s'y prête pourtant guère. C'est ce rire, le rire ivre de celui qui ignore de quoi il rit et finit par rire de lui-même. Arnold Nilsen ose lever les yeux. « Que mon épouse soit éreintée vous amuserait-il donc tant ? » Le docteur tousse puis s'essuie la bouche du revers de sa manche de veste. « Le mal de mer n'a jamais tué personne, messieurs. Le mal de mer n'est qu'un pan minuscule du malaise humain. Jusqu'à ce que l'on se soit habitué aux mouvements du navire. » Arnold Nilsen fait preuve de témérité. « Une épingle à chapeau dans le cœur serait peut-être utile », se risque-t-il. Le docteur Paulsen hésite un instant, retire ses lunettes, regarde Arnold dans les yeux avant de les rajuster. « Je conseillerais plutôt un quignon de pain sec et un demi-verre de vin. » Il tire sa révérence et retourne à sa table. Arnold Nilsen, mon père, rit. Il rit parce qu'il a réussi : il n'a pas encore été reconnu. « Serait-ce le médecin du bateau en personne dont nous venons d'avoir la visite ? » demande-t-il. Le capitaine secoue la tête. « Non, le docteur Paulsen est lui-même malade, répond-il à voix basse. Il revient d'une consultation à Trondheim. Il est mourant, hélas. » Et ledit docteur de s'arrêter entre les tables. Il revient sur ses pas, dévisage une nouvelle fois Arnold Nilsen, comme si à son tour il devinait quelque chose par le verre cassé de ses lunettes, une ombre, un nœud temporel qui se défait. « Votre femme finira bien par se rétablir. Mais j'aimerais examiner l'enfant, par mesure de précaution. » Papa repose sa tasse d'un geste brutal. « L'enfant se porte comme un charme ! Il n'a besoin d'aucun médecin ! » Le capitaine contourne la table. « Il vaudrait sans doute mieux que vous écoutiez le docteur. La mer risque d'être haute cette nuit. » Aussi descendent-ils l'un à la suite de l'autre dans la cabine. Dès qu'elle aperçoit l'étranger, maman s'assied aussitôt dans son lit, surprise, furieuse. Papa lui a apporté des tranches de pain sec ainsi que deux doigts de vin rouge. Il se précipite vers elle. « Le médecin du bateau a accepté de venir vérifier si la santé de Barnum s'est dégradée à cause des vagues. » Maman passe une main dans ses cheveux raides, emmêlés, se couvre les épaules. « Barnum va très bien », murmure-t-elle. Mais le docteur Paulsen est déjà penché sur mon landau. Il retire la couverture. Il appuie un doigt sur mon ventre, relâche la pression et reste longtemps figé à me regarder en silence. Maman est inquiète. Papa s'apprête à prendre la parole. C'est alors que le docteur Paulsen éclate en sanglots. Courbé au-dessus de moi, il pleure comme un enfant. Papa pose une main sur son épaule, le pousse vers la sortie. Quand il réapparaît, maman, assise sur le rebord de la couchette, me tient dans ses bras, livide. « Pourquoi s'est-il mis à pleurer ? » « Le docteur était ivre. Il nous a demandé de le pardonner », répond-il. « Tu le connais ? » Papa trempe le pain sec dans le vin et le lui donne. « Non », fait-il. Maman mâche et remâche jusqu'à ce que la nausée lui torde le ventre de nouveau. Papa l'enlace. « Dans mon enfance, commence-t-il, il ne s'est pas passé une seule journée sans que j'aie le mal de mer. Mais ça m'a aguerri, et ça m'a rendu humble. » Papa essuie une larme. « Le docteur a également précisé qu'il avait rarement vu un enfant aussi bien formé. » Maman ne dit rien. Les vagues s'écrasent contre la coque. Le navire maintient son cap vers le nord qu'il atteint en une nuit, et l'obscurité de cette nuit s'est éclipsée au profit d'une incessante lumière du jour. Nous dormons à peine. « Le cercle polaire est une frontière dans la tête, murmure papa. Tu le sens ? Nous sommes en train de le traverser. » Mais maman ne sent rien. Rien qu'une immense fatigue, une profonde absence ; son cerveau est exsangue – et moi, je suis hors de portée de tous les astrolabes, je ne suis pas mesurable, je suis ma propre et courte règle, je n'ai pas encore de nom et je fais route vers mon baptême. Papa remonte sur le pont au moment où le bateau quitte Bodø. Le docteur Paulsen se tient sur le quai, voûté, vacillant. Il lève la main. Puis il se retourne pour la dernière fois avant de disparaître dans la ville et dans la lumière. Le matin vient à peine de se lever et le soleil est déjà au plus haut. Le Vestfjorden reluit, respire, une longue et lente vague qui se pousse elle-même. De l'autre côté, papa voit les montagnes se dresser, nimbées d'une brume bleutée, comme si elles avaient perdu leurs attaches et flottaient entre ciel et mer. Tout cela, il l'a déjà vu, mais en sens inverse. Il doit se retenir. Il est lui-même en train de se détacher, de chuter. Il est trop tard pour faire machine arrière. Le soulagement qu'il a un temps ressenti se transforme en indifférence, ressemble à une sorte d'ivresse. Le capitaine l'interpelle depuis le pont supérieur. « Comment vont la femme et l'enfant ? » « Ils s'aguerrissent ! » Le

capitaine rit, regagne la timonerie. Les côtes escarpées
des Lofoten se rapprochent. Un goéland est suspendu
au-dessus du navire comme un nuage braillard. Arrivé à
Svolvær, papa se précipite à terre. Au bout d'une heure,
il n'est toujours pas revenu. La cloche du navire sonne
pour la troisième fois. Le capitaine s'inquiète. Le quai
est noir de monde, les gens s'étonnent de ce retard. Ils
ont déjà perdu un quart d'heure sur l'horaire de départ.
Deux gamins débrouillards ont pour mission de chercher
Arnold Nilsen, cet homme court sur pattes vêtu d'un
costume clair et de gants, aux cheveux gominés qui forment une boucle au milieu du front. Ils ne le trouvent
nulle part, ni dans les cafés, ni à l'hôtel, ni à la pêcherie.
Il vient de s'écouler une demi-heure de trop. Le capitaine donne l'ordre de remonter la passerelle et de détacher les grelins. Il jure. Doit-il poursuivre le voyage en
étant importuné par une épouse abandonnée et son nourrisson, ou bien les débarquer à leur tour ? Il peste pour
la seconde fois quand soudain il distingue une agitation
près des hangars à poissons. Les gens s'écartent. Un
passage se fait. Les voix baissent d'un ton. Les clameurs se taisent. Des chapeaux et des bonnets sont soulevés. Voici Arnold Nilsen. Il revient enfin et il ne vient
pas seul. Il est accompagné du vieux pasteur. L'homme
ne ressemble plus à une voile noire dans la tempête. Il
n'est qu'un fanion dans le soleil, qui peine à suivre
Arnold Nilsen, lui-même obligé de s'arrêter pour le tirer
dans sa course. La passerelle est abaissée de nouveau, le
capitaine vient aider en mains propres le vieux pasteur
à monter à bord. Il l'installe dans le premier fauteuil
venu, se retourne vers Arnold Nilsen. « Votre dame est-
elle si mal en point ? » demande-t-il en souriant. Arnold
lui rend son sourire qu'il agrémente d'une réponse sibyl-
line. « Si je voyage avec une église, il me faut bien un
pasteur, non ? » Sur ce, il descend à la cabine chercher
maman, qui remonte en me portant dans la lumière. « Je
te présente mon vieil ami. C'est le meilleur pasteur de la
région, et de tout le pays d'ailleurs ! » Maman est gênée
de voir cet homme efflanqué se lever de son siège,

tendre lentement une main pour toucher ma tête (et je le jure : je jure avoir ressenti à ce moment-là une décharge électrique). Cette décharge, maman la ressent aussi, elle qui à présent fait la révérence, en me tenant toujours dans ses bras ; elle s'incline pour saluer ce vieillard qui n'a plus qu'un filet de voix mais toujours ces yeux clairs et scrutateurs, ainsi qu'une croix autour du cou. « J'ai trop chanté, souffle-t-il. J'ai essayé de couvrir le tumulte de la tempête. » « Y êtes-vous arrivé ? » demande maman. « Non. » Et le voilà. Oui, le revoilà le sourire du vieil homme, cet arc tendu entre le rire et les larmes, lorsqu'il s'exprime par ces mots : « Ce sera pour moi une joie de baptiser votre enfant. »

Ils restent sur le pont. Le bateau continue sa descente le long des côtes escarpées. Maman se tient droite, la force est en elle. Et moi je dors, éreinté par le vent et l'électricité. Même quand la proue tranche le maelström de Moskenes, maman ne chancelle pas. Elle s'est aguerrie. Au contraire de papa, qui à présent se sent tout chose. Il voit le phare. Il voit les îlots de Nykene qui annoncent Røst. Il apprend à maman le nom de cette multitude d'oiseaux, histoire d'oublier sa peur en cet instant. Il voit les récifs blanchis par le guano comme autant de saillies de la montagne. Il s'approche. Il est parti pendant dix-huit années. Il ne sait pas ce qui l'attend, là-bas. Mais là-bas, ils l'attendent. Lorsque le bateau accoste le quai de cette île plate que les tempêtes et le sel ont rabotée jusqu'à ce qu'elle affleure au niveau de la mer, il reste à peine assez de place sur le port exigu. Les rumeurs ont vogué avec une plus grande rapidité que le navire. Les vagues ont transmis les messages via leurs rouleaux. Le vent a envoyé ses télégrammes. Arnold Nilsen attire maman vers lui. « Qu'est-ce que c'est que cette odeur ? » demande-t-elle à voix basse. Papa se réjouit de l'entendre poser cette question qui lui donne du temps, le temps de se redresser, de retrouver une contenance. « Le stockfisch, ma chérie. La fragrance des filets. » Maman aperçoit le poisson suspendu à des claies, partout, comme dans un grand jardin étrange où un fruit inconnu sécherait

au bout de ses arbres dégénérés – et maman affirmera
plus tard n'avoir jamais réussi à se débarrasser de cette
odeur infecte qui avait imprégné ses cheveux, sa peau,
ses ongles, ses vêtements ; l'odeur les pourchassera après
leur départ, sera capable de la faire vomir à n'importe
quel moment, ou, à d'autres, de générer en elle des rêves
aussi inouïs que violents. Toujours est-il que la patience
des gens postés en bas commence à avoir des limites.
Arnold Nilsen ne veut-il pas descendre à terre ? Est-il
revenu jusqu'ici uniquement pour montrer le bout de son
nez, repartir aussi sec et les prendre pour des imbéciles ?
Mais soudain quelqu'un crie : « La Roue est rentrée ! La
Roue est rentrée ! » Et tous s'époumonent. Ils l'appellent. Ils appellent La Roue. Ils constatent de leurs propres
yeux que, s'il n'a pas vraiment grandi, au moins il a forci,
au point que la largeur semble avoir tout absorbé aux
dépens de la hauteur. Arnold Nilsen ferme les yeux. Il
déglutit. Il avale la lumière crue et le vent âpre. Il prend
maman par la main, et tous deux descendent ainsi la passerelle, main dans la main. Je me réveille. Je respire cette
même odeur (et jamais, jamais depuis je n'arriverai à
manger une miette de poisson). Je pleure. Maman me
console. Papa salue, donne des poignées de mains en
veux-tu en voilà ; les visages défilent, qui observent tout
autant la citadine, cette femme aux chaussures fines
tenant un bébé criard dans ses bras. Papa s'arrête, il fait
un tour d'horizon. « Aurora et Evert…, murmure-t-il. Où
sont Aurora et Evert ? » Mais personne n'a le temps de
répondre car la caisse gigantesque est à présent treuillée
sur le quai. Arnold Nilsen n'est pas venu uniquement
accompagné de femme et enfant, non, il a aussi apporté
une caisse de la taille d'une cabane de pêcheur. « Tu ne
l'ouvres pas ? » s'étonnent les plus curieux, qui constituent le gros de la population. « Noël est encore loin »,
répond-il. Il fait signe à maman de le suivre. Il veut se
rendre chez lui sans plus tarder, lui qui justement a
repoussé ce geste dix-huit années durant, il veut rentrer à
la maison, il veut voir ses parents, Aurora et Evert, que
ce soit fait maintenant et qu'on n'en parle plus. Se dresse

alors devant lui un vieil homme, tout sourire, et Arnold
le reconnaît. Ce n'est autre que le voisin, celui qu'ils sur-
nommaient Elendius parce qu'il était toujours porteur
de mauvaises nouvelles : naufrages, fermes en faillite,
moutons coincés dans les éboulis rocheux, poste en
retard, ouragans. Il n'a pas vieilli, songe Arnold, il a toujours eu le même âge. « Tu n'es pas au courant ? »
demande Elendius en retirant son bonnet. Arnold Nilsen
sait déjà ce qu'Elendius s'apprête à lui annoncer mais il
secoue la tête puisqu'il l'ignore encore. « Aurora et Evert
sont morts. »

Aussi papa, le demi-fils, doit-il d'abord se rendre au
cimetière s'il veut rentrer tout à fait à la maison. Il
marche entre maman et le vieux pasteur, il pousse le
landau où je suis installé, le long du sentier gravillonné
qui traverse l'île et passe devant la tour érigée à la
mémoire des navigateurs et des rescapés. Nous emboîtons
le pas tous ceux qui ne veulent pas perdre papa de vue,
et Elendius est le premier parmi les derniers. Le diacre
sort de la morgue en courant, les conduit jusqu'à la sépulture qui ne fait guère figure de tombe : elle se résume à
une croix en bois peinte en blanc, plantée dans la terre
sèche entre les mauvaises herbes et l'enceinte de pierres.
Deux noms sont gravés : Evert et Aurora Nilsen. Papa
s'agenouille, retire ses gants, joint ses mains. Le vieux
pasteur s'accroupit à son tour et même lui, qui pourtant
en a vu tout au cours de son sacerdoce, a un mouvement
de recul en voyant la main mutilée d'Arnold. « La mort et
le baptême, chuchote le pasteur. Tu es venu dans la joie
et le chagrin. » Papa n'entend pas. Il ne peut détacher son
regard des deux noms, écrits de la même main. Il se
relève. « Sont-ils décédés en même temps ? » Elendius
est déjà posté à côté de lui. « Aurora est partie à la fin de
l'hiver 1946. Evert l'a suivie à la Pentecôte. Quand la
terre était assez molle pour pouvoir les y enterrer tous les
deux. » Arnold Nilsen acquiesce. « Oui. Nous suivons
ceux que nous aimons », dit-il. Il se met à pleurer.
Elendius baisse les yeux sur tous les doigts absents de la
main de papa. « Personne ne savait où te trouver pour te

l'annoncer. » Au lieu de lui répondre, papa se retourne vers le diacre. Et soudain il le reconnaît. Il faisait partie des garçons avec lesquels Arnold coupait l'herbe et sans doute était-il celui d'entre eux qui ricanait le plus fort quand la faux était trop grande et la pente trop raide. « Je veux qu'on érige pour mes parents un monument visible par quiconque ! » clame-t-il suffisamment fort pour que les personnes présentes puissent l'entendre, tout en remettant son gant sur ses doigts artificiels. « Je veux un sarcophage ! Qui ne saurait être plus petit que les plus grandes pierres de cette île ! Et qui sera comblé grâce au sable de l'océan ! Et leur nom sera gravé dans du marbre ! » Le diacre opine. Tout le monde opine. Puisque telle est sa volonté. La Roue va enfin honorer son père et sa mère. Le vent souffle en rafales entre les croix. « Ça risque de faire cher, un pareil mausolée… », ose le diacre. « Eh bien, que ce soit plus cher encore ! hurle papa. Et que la facture soit envoyée à Arnold Nilsen, Olso ! » Les gens commencent peu à peu à se retirer du cimetière, lentement, à pas comptés, car ils aimeraient bien, avant de partir, savoir où Arnold Nilsen compte loger ; peut-être va-t-il prendre ses quartiers au Foyer des pêcheurs en compagnie du vieux pasteur qui lui accordera le pardon pour ses péchés ; ou est-ce une caravane avec fenêtre et rideaux qu'il a empaquetée dans cette mystérieuse caisse restée sur le port ? Et pour la première fois de son existence, Elendius est enfin porteur d'une bonne nouvelle. « Vous êtes les bienvenus chez moi ! » lance-t-il à la cantonade. Les autres ne veulent pas être en reste : tous sont prêts à accueillir Arnold Nilsen et sa famille. Touché, Arnold prend la main de maman. Il est partagé entre l'accablement et l'exaltation. « Non, chers amis ! Nous allons habiter chez nous ! » Le silence se fait autour d'Arnold Nilsen. Les gens regardent par terre, secouent la tête et retournent à leur ouvrage.

Nous sommes samedi. La nuit ne va pas tarder à tomber et elle sera encore dépourvue d'obscurité mais saturée de vent. Je vais être baptisé demain, dans la nouvelle église, par le vieux pasteur. Je vais m'appeler

Barnum. Papa montre le chemin pour rentrer. Ce trajet, il l'a parcouru si souvent qu'il serait capable de l'emprunter dans son sommeil, et ce en dépit des poteaux télégraphiques au milieu desquels il pourrait se perdre. Il suffit de suivre les odeurs de ces poissons séchés et efflanqués, attendant d'être retirés des claies pour être envoyés dans le Sud avant que les feux de la Saint-Jean ne soient allumés. Mais les odeurs n'en restent pas moins en suspens comme la douleur dont Arnold Nilsen ne peut se départir dans ses doigts sectionnés. Passée la pêcherie, ils s'engagent sur le sentier longeant la baie. Arnold a le cœur lourd. L'endroit semble ne plus avoir été fréquenté depuis une éternité. Ils laissent le landau devant la barrière de guingois. Maman me prend dans ses bras. Elle perd le talon de sa chaussure droite mais ne dit rien. Il n'y a nulle part où s'abriter du vent. Papa porte la valise. « Il faudrait inventer des valises munies de roulettes », dit-il. Maman n'entend pas. Elle n'entend que le vent, le vent et les oiseaux qui piquent sur eux et virent tout aussi vite, si proches qu'elle sentirait presque la pointe de leurs ailes frôler son visage. Elle trébuche dans un nid-de-poule. Elle perd son deuxième talon et elle n'a qu'une envie : pleurer, pleurer puis partir. Elle ne fait ni l'un ni l'autre. Car où irait-elle sur une île comme celle-ci ? Elle sait : elle va suivre Arnold Nilsen jusque chez lui. Lequel s'immobilise brusquement. Sur le talus herbeux en contrebas se détache une maison. Non. Ce sont les décombres d'une maison, et encore... même pas : ce sont les souvenirs d'une maison. Ils s'approchent. L'herbe a tout envahi. Les vitres sont brisées. La porte bat sans discontinuer. Une mâchoire se trouve sur le seuil. Arnold Nilsen pose sa valise. Il hésite une seconde. Le chien, pense-t-il. Tuss. Ils entrent. Maman doit pencher la tête. Elle jette un regard circulaire. Une cafetière attend sur la cuisinière. Une horloge est tombée du mur. Arnold la fixe au crochet que son père avait détaché d'un morceau de bois échoué sur une plage. Les aiguilles pendouillent derrière le verre mat où, sous le chiffre six, gît une mouche. Papa redresse une chaise. Il ramasse des bris de verre

dont il ne sait que faire. Il y a des crottes de mouton dans
les coins. « Nous n'allons pas dormir ici ? » murmure
maman. « Ça va aller, répond papa. Ça va aller... » Il
sort. Trouve la faux derrière la maison, l'aiguise, se met
à couper l'herbe. Immobile sur le seuil, maman me porte
toujours dans ses bras tout en fixant cet homme, Arnold
Nilsen, qui fauche comme si sa vie en dépendait. Il est
vêtu de son costume noir, de ses gants en cuir, et il fauche
comme un possédé. L'instrument est toujours trop grand
pour lui, impossible à manœuvrer avec les mains qu'il a ;
et pourtant il refuse de s'avouer vaincu. Alors maman le
laisse faire et tant pis s'il esquinte les habits qu'il est
censé porter à l'église – et peut-être, peut-être songe-
t-elle qu'elle ne le connaît pas, qu'elle ne sait rien de lui,
alors même que, ici ce soir, s'il y a un étranger, ce n'est
pas lui, mais elle. Arnold Nilsen plante la lame rouillée
dans l'herbe. Il souffle, il halète, il pleure, il rit. Et lorsque
ce bout de terrain dérisoire est de nouveau parfaitement
plat, il va chercher dans la remise ce qu'il reste des vieux
filets de pêche pour ficeler les paquets d'herbe sèche et,
là, le soleil vert est devenu jaune.

   La nuit est tombée avant son retour. Il a rapporté de la
tonne un seau d'eau, mais elle aussi est salée. Ici, la pluie
est salée. Le vent est salé. Je dors sur la banquette dont
la planche est si dure. J'ai le cœur tenace. Ils sont couchés
dans le lit des parents. Il y a tout juste assez de place pour
eux. Maman ne dort pas. Elle désigne une porte dont elle
n'a pas manqué de s'étonner dès son arrivée, une porte
haute, percée dans le mur extérieur donnant sur le vestibule, à côté du seuil. « À quoi vous servait-elle ? » Papa
sourit. « C'est la porte à cercueil, Vera. Elle permettait de
sortir directement les cercueils sans avoir à les retourner
à la verticale, pour ne pas déshonorer les morts. » Ils se
taisent un long moment. Peut-être sont-ils en train de
m'écouter. « J'aurais bien aimé faire la connaissance
d'Aurora et d'Evert », chuchote maman. « Ils se seraient
sûrement demandé comment je me suis débrouillé pour te
mettre la main dessus. » Maman sourit à son tour. « Je
leur aurais répondu que tu m'as fait rire. » Papa prend

alors une profonde inspiration, ses doigts factices serrent
la main de maman avec une telle force qu'elle crie. Il ne
l'entend pas. Il gémit. « J'ai quelque chose à te dire,
Vera. » Il hurle presque, relâche sa main tout aussitôt.
Pour autant, il ne dit rien. « Quoi, Arnold ? » Maman
attend. Il garde le silence. Croyant qu'il veut se faire
prier, elle se tourne vers lui, rieuse. Elle le découvre tétanisé, le visage ruisselant d'une sueur qui lui dégouline du
cuir chevelu en rigoles noires, la bave mousse autour de
la bouche comme une écume blanche, les yeux ont l'opacité du verre fumé d'une bouteille au cul brisé. Maman
pousse un second cri. « Qu'est-ce qu'il y a, Arnold ? » Et
c'est comme si, soudain, il reprenait conscience. Il
retrouve sa respiration, les ténèbres se dissipent. Il voit à
nouveau distinctement. Il la regarde, sous le choc. « Rien,
fait-il. Il n'y a rien. » Il ignore combien de temps a duré
son absence, peut-être est-ce l'histoire d'à peine une
seconde. Il se lève. Il doit sortir, seul. Il doit prendre l'air.
Il s'assied sur le pas de la porte, ramasse la mâchoire du
chien, grise, polie. Il la renifle, la jette loin de lui. Au bout
d'un moment, maman va le rejoindre. Elle se poste derrière lui. Il attend. Il a dû parler dans son sommeil, parler
de lui, révéler des choses. Il a dû tout révéler. Il attend et
il sait qu'en cet instant il a le droit d'être désillusionné.
« Qu'est-ce que tu voulais me dire, Arnold ? » finit-elle
par demander. Il soupire. C'est sa seule réponse : un
soupir de soulagement. « Il faut que tu sois reposée pour
demain », murmure-t-il. Elle cache son visage dans ses
mains. Ils sont cernés par la clarté. La lumière est partout,
vient de partout, du ciel, de la mer. « Comment peut-on
arriver à dormir avec des nuits pareilles ? » « Il suffit de
fermer les yeux, Vera. » Elle ne retire pas les mains de
son visage. « Ça ne change rien. Il fait trop clair. » Elle
décide de rentrer, malgré tout ; peut-être parce qu'elle
entend qu'à mon tour je me suis réveillé. Arnold Nilsen
reste assis. Il regarde le vent. Ce n'est jamais le même. Le
vent est un large fleuve qui s'écoule dans l'univers
d'Arnold. En contrebas, leur bateau renversé sur le côté
pourrit comme un animal crevé en pleine décomposition.

Arnold Nilsen tremble toujours ; un écho dans son corps qui ne va pas tarder à s'estomper. Il se dit qu'une bouteille doit bien traîner dans la maison, un fond d'eau-de-vie, un reste de Noël. Il se redresse. Il se tient devant la porte aux cercueils. Non, pas là, songe-t-il. Pas maintenant. Il contourne la maison, se faufile dans la cuisine. Il ouvre un tiroir, y trouve pêle-mêle couverts, assiettes, tasses, outils ; Evert n'a pas dû réussir à maintenir un semblant d'ordre après le départ d'Aurora. Tout ce fatras est recouvert de sel, de poussière, qui effacent les couleurs comme les éléments grignotent l'île petit à petit jusqu'au jour où la mer l'aura engloutie. Puis Arnold tombe sur quelque chose qu'il ne cherchait pas expressément. Dans le tiroir du bas, sous les nappes, avec le mot écrit un jour à sa mère sur une feuille arrachée à son livre d'arithmétiques, il trouve une carte. Il la sort. Il s'agit de la photo colorée de Paturson, l'homme le plus grand du monde. Au dos, il envoie son bonjour à Arnold, à lui, son vieil ami, en ce mois de mai 1945. Il lui annonce la mort de la Fille-Chocolat. Arnold ressent un nouvel ébranlement dans tout son corps. Postée à Akureyri, en Islande, la carte a été envoyée à de très nombreuses adresses, tant en Norvège qu'à l'étranger, pour finalement atterrir ici, chez ses parents, à Røst. Arnold Nilsen cache la carte à l'intérieur de la vieille valise noire, dans un pan de la doublure – et c'est tout ce qu'il rapportera lorsque nous rentrerons à la maison.

Le jour se lève et c'est imperceptible. Il n'y a aucune rupture entre le jour et la nuit. Le temps ne connaît aucune marge. Maman a fini par s'endormir, avec moi à son côté. Papa ne nous réveille pas. Il sort. Il voit s'approcher des bateaux des îles voisines. On dirait une armada ; oui : même les familles et les fonctionnaires de Skomvær ont fait le déplacement en ce dimanche. Arnold Nilsen sourit. Il a retrouvé sa forme. Ses mains ne tremblent plus. Personne ne veut rester entre ses quatre murs ; surtout quand La Roue et sa belle citadine d'épouse s'apprêtent à baptiser leur garçon dans l'église flambant neuve. Les bateaux luttent contre le vent. Les

vagues blanches lèchent le phare et frappent la jetée.
Arnold Nilsen rit. Le vent, bien que supportable, souffle
plus que suffisamment. Arnold se lave le visage dans
l'eau de pluie salée, il se rase, vient nous réveiller
maman et moi avec un baiser. « Les bancs de l'église
sont durs. Tu ferais mieux de prendre un coussin. »

Et il ne reste plus une seule place assise. Les gens sont
même adossés aux murs, impatients, pimpants dans
leurs habits du dimanche. Les livres de cantiques viennent très vite à manquer eux aussi, et, au moment
d'entonner *Dieu est Dieu, les terres fussent-elles
désolées*, les paroissiens chantent avec une telle précipitation, du jamais-vu, que l'organiste, qui d'abord
s'efforce tant bien que mal de les suivre, finit par abandonner au deuxième verset ; ils veulent s'acquitter de
leur corvée le plus rapidement possible pour en venir au
fait : à savoir le prénom qu'a choisi La Roue pour son
garçon. Et ça ne doit pas être rien attendu qu'il est
revenu, après toutes ces années passées dans les
contrées lointaines, le cirque et le silence, faire baptiser
son fils par un pasteur à la retraite. Mais surtout, ils veulent être débarrassés de la prédication, de la bénédiction
et de la collecte pour enfin savoir ce que peut bien
contenir cette fichue caisse entreposée comme une
énigme sur le port. Et enfin maman me porte devant
l'autel, aussitôt talonnée par papa. Je suis le seul à être
baptisé aujourd'hui. Certaines personnes du dernier rang
se lèvent histoire de mieux voir. Un psautier tombe par
terre. Le diacre verse de l'eau dans les fonts baptismaux. Le silence est total. Ainsi vêtu de sa robe et de
son étole, le vieux pasteur a presque retrouvé son allure
de voile noire ; il n'en demeure pas moins une voile
dépourvue de vent, un foc sanglé au mât. Car sa voix est
toujours aussi basse au moment où il trempe les doigts
dans l'eau aussi salée que le reste, la fait goutter sur ma
tête et lit le prénom qui m'a été donné sur un ton si éteint
que même maman ne l'entend pas. On s'agite. On
murmure. Des chaussures frottent contre le plancher.
La cérémonie touche à sa fin. Le vieux pasteur vient de

m'essuyer le crâne avec une serviette rêche (toutes ces circonstances qui me seront par la suite racontées) quand soudain quelqu'un s'écrie, et c'est Elendius bien sûr : « Comment qu'il a dit que c'était le foutu nom du gamin ? » Arnold Nilsen se retourne vers eux. Ce sont les mêmes visages : les hommes aux cheveux coiffés en arrière au-dessus de leur front blanc, les femmes au menton en galoche et au sourire timide, les enfants aux yeux écarquillés ; les visages du dimanche, qu'il a vus et revus sous chaque chapiteau où il a pu se tenir – et il sait pertinemment que s'il ne peut les aimer, alors il ne peut aimer personne à commencer par lui-même. Arnold Nilsen lève les bras vers le ciel. « Le prénom de l'enfant est Barnum ! s'écrie-t-il. Et maintenant, vous êtes tous invités aux festivités ! » Je suis inscrit dans le registre ecclésiastique. Je fais partie. Je compte. Les cloches de l'église carillonnent et ainsi commence ma vie en tant que Barnum cependant que la fête continue au Foyer des pêcheurs. Arnold Nilsen a commandé un sarcophage pour la tombe de ses parents. Et sa prodigalité ne saurait être moins dispendieuse à l'égard des vivants. Il régale à tour de bras les habitants de l'île, qui ne se font pas prier, de boissons et de smœrrebrœds. Et dans les comptes rendus médicaux de Røst datant de 1950, écrits de la plume du médecin du district Emil Moe, on peut lire que l'abstinence sur l'île est pour ainsi dire satisfaisante cette année-là (ce qui s'explique tout bonnement par le fait que personne n'a assez d'argent pour s'acheter de l'eau-de-vie), excepté un certain dimanche de juin, lorsqu'une fête de baptême dégénère en une interminable beuverie, sans pour autant, fort heureusement, causer guère plus d'accidents qu'un bras foulé, quelques contusions légères et deux dentiers brisés ; même si, malgré tout, la quantité d'alcool ingéré par les autochtones a pu être mesurée à l'aune de leurs visites intempestives chez l'infirmière, la semaine consécutive aux événements, afin de se voir prescrire les dernières rations de jus d'orange américain. Les femmes s'attroupent autour de Vera, les fillettes veulent me prendre dans leurs bras, si tant est qu'elles en aient la permission ; tout cela tandis que papa se tient auprès des hommes dont les cols amidonnés commencent à gratter avec la chaleur, qu'ils desserrent, non sans garder un œil sur les bouteilles que l'on porte à l'intérieur. Elendius, pour sa part, est campé entre les deux groupes, afin de pouvoir tout entendre et ne rien rater de ce qui se dit de part et d'autre. On remplit les verres. Les hommes boivent. « Tu t'en es bien sorti, Arnold Nilsen », lance le gardien de phare. Arnold Nilsen baisse alors les yeux, lui qui veut faire le modeste. « Je n'ai pas à me plaindre en tout cas », acquiesce-t-il à voix basse. Il offre une nouvelle tournée car les verres semblent minuscules dans ces énormes paluches. « Mais t'as fait quoi au juste ? » demande le diacre. Arnold Nilsen sourit. « Tellement de choses qu'on aurait à peine le temps d'en évoquer ne serait-ce que la moitié. » Bien que les hommes apprécient particulièrement l'eau-de-vie, cette réponse les enchante beaucoup moins. « On a tout notre temps », lâche l'inspecteur vétérinaire. Arnold Nilsen les reconnaît encore mieux à présent. Il se remémore la salle de classe, les îlots où ils fauchaient ; il se souvient de leur nom, de leurs rires. « Ce que j'ai fait, vous n'allez pas tarder à le voir », dit-il, patelin. Les hommes se font une raison, un peu calmés par la perspective de découvrir, bientôt, enfin, le contenu de la caisse. Ils trinquent derechef. Arnold Nilsen se retourne vers Elendius pour constater sans gaieté de cœur que le bonhomme fouineur se rapproche sensiblement des femmes. « Tu supportes plus l'eau-de-vie maintenant ? » lance Arnold Nilsen. Elendius revient vers eux à pas feutrés et avise un verre vide tendu vers lui. « Je te le remplis à moitié seulement vu comme tu trembles. » Elendius sourit. « Tu m'as l'air plutôt mal placé pour parler, Arnold ! T'as encore moins de doigts qu'avant. » Il vide son verre qu'il présente à nouveau. Arnold Nilsen repose la bouteille. « Je te prierais de ne pas me rappeler mes malheurs et mes accidents en un jour comme celui-ci », rétorque-t-il d'une voix sourde. Elendius attend toujours avec son verre vide. « Moi je me rappelle juste que le premier doigt que t'as perdu, c'était loin d'être un accident. » « J'ai perdu le reste de ma main pendant la guerre », murmure Arnold Nilsen tout en remplissant à ras bord le verre de l'autre, davantage pour le faire taire. Sauf que l'eau-de-vie le rend encore plus bavard. « Eh oui… Ce qui est sûr, c'est que la guerre était un malheur pour la plupart d'entre nous, soupire-t-il. Au fait, pourquoi t'as pas emmené ton autre fils ? » Arnold Nilsen ferme les yeux. Ici, tout se sait, tous savent. Il écoute les bruits de l'extérieur. Il est inquiet. Le vent ne viendrait tout de même pas à mollir ? Non, il l'entend souffler en rafales. Il y a du vent à profusion et il va le leur montrer. Il passe un bras amical autour d'Elendius. « Il est le premier fils de mon épouse. Et c'est ma chère belle-mère qui s'occupe de lui, à merveille d'ailleurs. » « Ta femme a déjà été mariée ? » Arnold Nilsen secoue la tête. « Mais je vais te dire une chose, Elendius. Tu vois, ma belle-mère n'est pas n'importe qui. Figure-toi que la directrice des Télégraphes à Oslo, c'est elle, en personne. Et c'est grâce à elle si vous pouvez passer des communications par téléphone et parler tous en même temps. » Son petit discours le fait glousser. Tombant la veste, les hommes se dirigent vers le groupe des femmes. Vera se lève pour me reposer dans le berceau. Je suis fatigué de ces fillettes qui ne peuvent s'empêcher de tripoter mes boucles, lesquelles forment déjà une auréole autour de ma tête. « Je ne savais pas que ces dames chics de la ville travaillaient », remarque Elendius. Arnold Nilsen a presque pitié de lui. « Tu vois, Elendius. T'as encore beaucoup à apprendre ! » Mais Elendius n'est pas du genre à baisser les bras si facilement. L'alcool blanc a insufflé dans sa curiosité plus de vie qu'il n'en fallait déjà, cela fait des lustres que sa cervelle est une encyclopédie de commérages. « Dans ce cas ton beau-père doit avoir une place encore plus haute ? » Vera se retourne vers eux et Arnold Nilsen n'a pas le temps de répondre. Elle le prend de vitesse avec sa franchise habituelle. « Je n'ai pas de père », claironne-t-elle de manière à ce que tout le monde l'entende. Pendant quelques secondes, l'assistance ne pipe mot. Les verres sont vides. Arnold Nilsen les remplit et brise le silence. « Je suis le seul homme dans la famille », ajoute-t-il en riant. Elendius se plie au-dessus de son verre. « Oui… T'as plus qu'à te mettre les pieds sous la table, en somme… » À cet instant, papa a dû être victime d'un éblouissement. Ni une ni deux, il flanque un coup à la figure d'Elendius, son poing dérape sur la tempe, mais le craquement qui s'ensuit ne provient pas de la pauvre caboche d'Elendius, ce n'est pas elle qui se fracasse mais bien les doigts artificiels qui se brisent à l'intérieur du gant – et Arnold Nilsen retient Elendius pour l'empêcher de s'effondrer, comme si le coup n'avait jamais été porté, comme si le bras l'avait anticipé et stoppé net. Les femmes n'ont même pas le temps de crier. « Et la grand-mère de Vera est une actrice très célèbre originaire du Danemark, précise Arnold en rajustant son gant. Mais peut-être que vous ne la connaissez pas ? » Aucune réponse. L'auditoire est muet d'admiration. Arnold Nilsen pousse un profond et long soupir. « Ma foi, comme s'il fallait s'attendre à autre chose ! Elle était une star internationale à l'époque du cinéma muet. Son visage était polyglotte et aucune autre actrice ne lui arrivait à la cheville ! » Il remplit généreusement le verre d'Elendius, passe un bras autour de ses épaules, jette un regard circulaire. « Elle était mariée au célèbre explorateur et sauveteur danois, Wilhelm Jebsen. Lui, vous avez dû en entendre parler ? » Les hommes se regardent, opinent du bonnet, histoire de se mettre du bon côté. Au bout d'un moment, le diacre se racle la gorge : « Qu'est-ce qu'il a découvert déjà, celui-là ? » Arnold Nilsen se dégage d'Elendius. « Je n'irais pas jusqu'à affirmer qu'il a découvert le Groenland en tant que tel, mais il a été envoyé dans les glaces afin de retrouver le corps de Salomon August Andrée. Hélas, il a dû renoncer et n'est jamais revenu du silence de la banquise. » Arnold Nilsen enlace maman et l'embrasse longuement. Puis il sort se reposer près de la hampe et réparer ses doigts. Le vieux pasteur ne tarde pas à le rejoindre, lui qui à son tour a besoin d'un peu d'air frais. Il s'assied à côté de lui. « Ce n'est pas toujours facile de revenir… » « Eh non…, reconnaît Arnold Nilsen. On revient soit trop tôt, soit trop tard. » Le vieux pasteur acquiesce. « Mais il vaut mieux ça plutôt que de ne pas revenir du tout », chuchote-t-il. Ils se taisent un long moment. À l'intérieur, la fête bat son plein. La musique résonne, ainsi que des bruits de pas rapides. Deux femmes sont allées chercher leur gâteau. Deux garçons courent après elles, réclamant un petit morceau à se partager entre eux. Les drapeaux piquent du nez, aussitôt soulevés par le vent. « Vous avez été bon, tant à mon égard qu'envers les autres. » « Je n'ai été ni bon, ni moins bon que les autres », marmonne le vieux pasteur. « Oh que si ! Vous avez même été parmi les meilleurs. Vous avez acheté une des cartes de Paturson. Vous n'avez pas essayé de me retenir quand j'ai voulu partir d'ici. Et vous venez de baptiser mon fils. » Le vieux pasteur baisse les yeux et marmonne : « Le bien n'entraîne pas toujours le bien. » Arnold Nilsen n'a aucune envie de s'appesantir sur cette remarque, au lieu de quoi il enchaîne : « J'aurais un nouveau service à vous demander. » Le vieux pasteur hoche la tête. Il attend. « Je voudrais vous demander de m'accorder le pardon », murmure Arnold Nilsen. « De quoi ? » Arnold Nilsen regarde ailleurs, il ne répond pas. Le vieux pasteur soupire. « D'avoir quitté tes parents ? C'est ça ? » Arnold Nilsen secoue la tête. « Je vous demande simplement de m'accorder le pardon. Pour tous mes méfaits. » Le vieil homme s'approche d'Arnold. « Il me faut savoir de quels méfaits Dieu est censé te pardonner. Dieu tient une comptabilité scrupuleuse. » Qu'on puisse être aussi tatillon irrite soudain Arnold Nilsen, le rendrait presque furieux. Il s'écrie : « Dans ce cas, je préfère vous demander si Dieu pardonne tout ! » Le pasteur prend la main d'Arnold dans la sienne et frissonne un instant en sentant les doigts désarticulés dans le gant. « Oui, Dieu peut tout pardonner. » Arnold Nilsen retire sa main.

« Merci. C'est juste ce que je voulais savoir. » Au même moment, Vera sort sur le perron avec le landau et regarde dans leur direction. Derrière elle se tient Elendius, qui les épie du coin de l'œil. Arnold leur fait signe, s'apprête à les rejoindre quand le pasteur le retient. « Mais Dieu préfère voir l'être humain demander d'abord à ses congénères de lui accorder le pardon. » Arnold se lève. Il parcourt le petit bout de chemin qui le sépare de maman. Il est ivre de vent, ivre d'alcool blanc, de mon nom et de tout ce que le vieux pasteur lui a dit. « Qu'y a-t-il, Arnold ? » demande-t-elle en lui tendant la main. Papa hésite. Il sent ses doigts à elle posés sur sa chemise, qui lui caressent le bras de haut en bas. Il hésite encore, prend une inspiration et se retourne vers Elendius. « Pardonne-moi de t'avoir frappé. Ma main ne savait pas ce qu'elle faisait. » Elendius détourne le regard et se frotte le front. « Heureusement que tes doigts sont fabriqués avec de la sciure. Sans quoi tu aurais une vie sur la conscience à l'heure qu'il est. » Arnold Nilsen balaie cette phrase d'un rire. « Va chercher les gars les plus costauds que tu puisses trouver, exige-t-il. Je veux qu'on emporte la caisse à Vedøya. » Oubliant qu'il a failli être tué, Elendius se précipite à l'intérieur et ramène un équipage digne de ce nom. Il ne leur faut que quelques minutes pour rejoindre le port où, tout aussi vite, ils treuillent la caisse à bord du bateau postal, traversent la baie et mettent le cap vers cette montagne verte, escarpée, qui fait le gros dos aux brisants. La population les suit. Le trafic dans les parages n'a jamais été aussi intense depuis la pêche d'hiver de 1915. Debout sur la proue, Arnold Nilsen est néanmoins inquiet. Le vent s'esquive. Le vent diminue. Il peut allumer une cigarette sans perdre la flamme. Enfin, ils mettent le pied à terre. Cinq hommes portent la caisse jusqu'au plateau supérieur et ne la reposent que lorsque le soleil est pris au piège dans la toile d'araignée tissée au-dessus de l'horizon par les nuages et la lumière. L'herbe est molle, lourde. Les oiseaux s'envolent des rochers en poussant des cris blancs. Les

femmes restent sur le rivage, en compagnie du vieux
pasteur ; soucieuses, elles regardent leur mari évoluer
d'un pas mal assuré. Maman, elle, me porte jusqu'au
sommet. Elle grimpe le versant en me tenant dans ses
bras, et même Elendius l'observe d'un autre œil, cette
citadine habituée aux trottoirs et aux rampes d'escalier.
Quant à Arnold Nilsen, il est submergé par une étrange
fierté remplie d'amour, il a envie de pleurer, de pleurer
de joie, et pourtant il ne s'y résout pas : il préfère rire.
Le vent est à nouveau de son côté. Le vent s'est juste
moqué de lui. Le vent a voulu jouer avec celui qui, jadis,
avait juré de le vendre et ce vent lui souffle à présent en
pleine figure. Ils sont arrivés. Les hommes trinquent. Le
moment est venu. Arnold Nilsen se dirige vers la caisse,
il savoure chacune de ces secondes durant lesquelles
il aperçoit les femmes en contrebas, elles lui font signe.
Ce sont les mêmes aujourd'hui qu'hier, à l'exception
d'Aurora, comme si toutes les sombres années qui le
séparaient d'elle basculaient toutes ensemble dans un
instant de douceur et de réconciliation. Alors, il brise
une des parois de la caisse et en tire une espèce d'édifice dont personne n'a jamais vu d'équivalent. On dirait
un échafaudage ailé, un épouvantail rehaussé d'une
roue. Les hommes s'approchent. Ils gardent le silence.
Ils scrutent. Arnold Nilsen se retourne vers eux. Nul ne
parle. Du moins pas encore. Maman se trouve à
l'arrière-plan, elle est assise dans l'herbe et elle se fiche
pas mal de savoir qu'elle est peut-être en train d'abîmer
sa robe. Elle non plus ne dit rien. Elle me berce dans ses
bras. Je suis éveillé et j'ai le vertige car tout est trop
grand pour mes yeux – et je me suis souvent demandé si
la vision de mon père ce jour-là, debout aux confins de
ce plateau de verdure, si proche de son secret si pré-
caire, n'aurait pas déposé une ombre sur les parois de
mon souvenir, une ombre que toujours par la suite je
développerai en négatif ; car, de fait, il m'apparaît continuellement ainsi, mon père : au sommet de l'île de
Vedøya, à l'affût d'une jubilation qui ne vient pas. Au
lieu de quoi Elendius prend la parole : « Qu'est-ce que

c'est que ce bric-à-brac que tu nous as fait monter jusqu'ici ? » Papa les regarde tous dans le blanc des yeux, les uns après les autres. « C'est un moulin à vent. » Or au moment où il regarde au loin, vers l'horizon et le soleil qui a planté une colonne dans le fond de la mer, ce n'est pas une illusion d'optique, ce n'est pas un mirage qu'il voit, et ce n'est pas non plus l'eau-de-vie qui entrave sa lucidité. La mer est étale. Même les oiseaux en tombent de surprise. Pour la première fois de mémoire d'homme, il n'y a pas un souffle de vent sur l'île de Røst. Arnold Nilsen attend. Le vent va tourner. Mais le vent ne tourne pas. La roue du moulin bancal d'Arnold Nilsen ne bouge pas d'un millimètre. Les hommes finissent par redescendre vers le rivage. Maman est la seule à rester, maman et moi. Elle va s'installer à côté de papa, au bord de Vedøya, devant le moulin à vent résolument muet. Ils regardent les bateaux être poussés vers la mer, les hommes ramener leur femme dans la nuit vide et lumineuse. Ils demeurent ainsi, sans rien dire. Ils attendent le vent et le vent ne viendra pas. Maman pose sa tête contre l'épaule d'Arnold – et je m'imagine qu'elle est heureuse en cet instant ; elle est dans un autre monde et, blotti dans ses bras, je rêve.

Le nom du silence

Je veux maintenant raconter une étrange journée. Je fus ce jour-là réveillé par les larmes de La Vieille. Je restai un long moment dans mon lit en tendant l'oreille. La Vieille pleurait lentement, sans bruit, et, le plus effrayant pour moi, c'était que jamais auparavant je ne l'avais entendue pleurer. Je me levai et préparai mon cartable. J'étais déjà à l'école primaire. Maman pleurait aussi. Je les entendais dans le salon. Elles pleuraient ensemble et essayaient de se consoler. Mon cartable presque neuf était rempli d'emplois du temps dénichés chez les différents libraires de l'avenue Bogstadveien. Bien sûr, un seul suffisait, mais c'était bien d'en avoir plusieurs. Comme ça, je pouvais rédiger mon propre emploi du temps, prévoir *rêve* en première heure et faire la grasse matinée ensuite. Peut-être qu'elles étaient en larmes parce que Fred avait encore fait une bêtise. J'allai à la salle de bains. Il était là, planté devant la glace, il se coiffait. Il regarda mon cartable. « Tu vas à l'école, Barnum ? » J'acquiesçai. « Pas toi ? » Il fourra son peigne brillant comme un sou neuf dans la poche arrière de son pantalon. « Pas besoin d'y aller quand le roi est mort. » « Le roi est mort ? » Fred soupira. « Il est mort à quatre heures trente-cinq cette nuit. » Je souris. J'étais tellement soulagé que j'aurais bien éclaté de rire ; le roi était mort, rien de plus, et voilà pourquoi elles pleuraient. Je voulus courir vers elles, mais Fred me retint. « Si j'étais toi, je tirerais une autre tronche et je rigolerais pas, Barnum. » Sa remarque me donna du grain à moudre tandis que je parcourais le long couloir qui allait de la salle de bains au salon. Je pensais qu'il était cruel de ma part de rire le jour de la mort du roi, que je devais être quelqu'un de méchant. Je ralentis donc le pas, marchant le plus lentement possible, de façon à ce que mon visage se débarrasse du sourire. Sauf que ce sourire semblait figé à ma bouche, mes lèvres étaient scellées, il me fallait penser à autre chose, penser que c'était mon père qui était mort, qu'il avait eu un accident de voiture dans un virage ou bien qu'il avait été percuté par un train qui l'avait écrabouillé sous le poids de ses dix-huit roues, que c'était à moi d'annoncer à maman, qui n'était pas encore au courant, que papa était mort mais qu'il avait eu le temps de murmurer son nom à elle et la moitié du mien, avant de mourir tout à fait. J'étais au bord des larmes au moment de franchir la porte. La Vieille était assise sur le sofa, à côté de maman, elle sanglotait derrière un mouchoir. Boletta se tenait sur le balcon, livide, habillée d'une robe noire. Elle tenait sa tasse de café à deux mains. Un seul gros titre figurait à la une d'*Aftenposten*, étalé sur la table : *Le Roi est mort*. J'étais incapable de prononcer un mot. Les larmes dégoulinaient sur mes joues. Maman se leva, un vague sourire aux lèvres, avant de me prendre dans ses bras. « Allez, mon garçon. Ça va aller… » Je posai ma tête sur son ventre où je continuai de pleurer. « Tu n'as pas besoin d'aller à l'école aujourd'hui. Quand le roi meurt, personne n'est obligé d'aller travailler. » « Moi, si ! » entendis-je Boletta affirmer. Ce fut au tour de La Vieille de s'exprimer. « Viens là », murmura-t-elle. Maman me libéra de son étreinte et je m'approchai du sofa. La Vieille sécha mon visage avec son mouchoir. Il avait un goût sucré, comme s'il avait été trempé dans du sucre ; peut-être que les vraies larmes devaient être ainsi, comme du sirop, et non amères, dures, comme les miennes. Sur ses genoux était posée cette photo du roi Haakon qu'elle avait montrée tant et tant de fois que je la connaissais par cœur. Une photo datant de son retour de la guerre, alors qu'il traverse la ville en voiture, à bord d'une A I décapotée, à dix-sept heures une précises : il passe devant la parfumerie Lotus dans la Torggate, sous une voûte mouvante de drapeaux norvégiens ; et que distingue-t-on, sur la gauche, perdue dans la foule, sinon La Vieille qui exulte et salue son roi ? À présent, des gouttes étaient tombées sur le cliché, des taches foncées qui effaçaient graduellement cette joie. « C'est toi mon petit roi maintenant », dit-elle avant de m'embrasser sur le front.

Je partis malgré tout à l'école. Je fis un petit bout de chemin avec Boletta, jusqu'à Majorstuen. L'automne commençait. Le concierge Bang, en costume noir, balayait les feuilles du trottoir. Il pleuvait sur la petite ville. Les drapeaux étaient en berne. Esther avait noué un ruban noir autour du guichet de son kiosque, elle pleurait entre les magazines. Les voitures roulaient au pas, les tramways attendaient tous les passagers. Boletta me tint la main jusqu'à ce que nos chemins se séparent. « Aujourd'hui, il ne va sûrement pas y avoir beaucoup de coups de fil », fis-je observer. Boletta essuya une larme, une vraie larme, pas comme les miennes, celles que je fabriquais. « Le monde n'est pas toujours comme nous le voudrions », répondit-elle à voix basse.

À l'école, les grandes personnes pleuraient aussi. Les institutrices et les professeurs pleuraient. Ils essayaient tous de s'en empêcher, mais finissaient par laisser couler leurs larmes. C'était un spectacle étonnant. Je songeai que rien ne serait plus comme avant, maintenant que nous les avions vus pleurer. Quelques filles formaient un petit groupe autour de la fontaine d'eau potable, elles se serraient les unes contre les autres. Je les enviais, elles qui pouvaient pleurer. Elles avaient bon fond. Pas moi. J'avais mauvais fond et j'étais un mauvais garçon. Je n'avais jamais entendu un tel silence dans la cour de l'école. Personne ne riait. Personne ne me jetait de marrons. Personne ne criait mon nom. C'était une matinée agréable. Il aurait dû en être ainsi tous les jours. Voilà exactement le monde que je voulais : lent, silencieux, sans aspérités. Je préférais mille fois entendre les pleurs plutôt que les rires. La cloche ne sonna même pas. On nous demanda juste de nous rendre au gymnase où des chaises avaient été partout disposées et les bancs suédois décorés de branches et de fleurs. Si seulement chaque cours de gym pouvait ressembler à ça, pensai-je. Si seulement le roi pouvait mourir toutes les nuits. La classe de filles de 5ᵉ A a d'abord chanté *Entre collines et montagnes*, et lorsque nous eûmes enfin la permission de nous asseoir, je me rendis compte que je n'étais pas avec le reste de ma classe mais à côté d'une fille que je n'avais jamais vue. Elle avait un grain de beauté sur la joue, qui brillait, que je n'arrivais pas à quitter des yeux. Elle changea de place pour aller s'installer sur un siège vide complètement devant. Elle chuchota quelque chose à l'oreille d'une autre fille, celle-ci se retourna et me dévisagea. Je crus que j'allais devoir courir aux cabinets. Puis le censeur fit un discours interminable dont je ne me souviens pour ainsi dire pas du propos, hormis la première phrase : « Pendant l'occupation, nous avons écrit dans la neige : Haakon le septième du nom », jusqu'à ce que je m'aperçoive qu'Aslak, Preben et Hamster étaient assis juste derrière moi. Ils étaient dans la même classe que Fred. Ils ne pouvaient rien me faire à présent. Le roi venait de mourir. Mais quand le censeur nous demanda de nous lever pour observer une minute de silence, Preben chuchota : « Il est pas là, ton demi-frère ? » Je ne répondis pas. Hamster se pencha vers moi. « Il a pas osé venir aujourd'hui ? » Je ne répondais toujours pas. La minute n'était pas écoulée. Aslak me susurra alors à l'oreille : « Le roi n'est pas le roi de tout le monde. » Une fois la minute achevée, le censeur demanda à Aslak de venir sur la tribune. Je crus qu'il allait se faire gronder. Mais non, Aslak devait lire un poème. L'an passé, il avait été l'élève de l'année, il avait gagné le concours de menuiserie et avait fini deuxième au tournoi d'athlétisme, juste derrière Preben. L'élève de l'année ne se fait pas gronder. L'élève de l'année lit Nordahl Grieg à haute voix. *Son visage creusé par les sillons fatigués de l'effort. Ce sont les siens. La douleur qui en émane est destinée*

aux autres. Tel doit être le visage de la paix[1]. Aslak
s'inclina profondément et, après avoir chanté l'hymne
national, nous regagnâmes notre salle de classe. Knokkel
nous demanda alors de sortir notre cahier et de dessiner
le roi. À la façon dont elle était assise derrière son bureau,
au fond de l'estrade, on aurait dit que le tableau noir
encadrait son visage. Cependant, je n'arrivais pas à me
défaire des mots qu'Aslak avait murmurés à mon oreille ;
même si c'était ce grain de beauté brillant sur la joue de
la jeune fille que je ne pouvais m'enlever de la tête et que
jamais je n'oublierai. Je levai la main. Tout le monde me
regarda. Knokkel me fit un signe de tête. « Est-ce que
c'était le roi de tout le monde ? » Le sourire de Knokkel
était triste lorsqu'elle répondit : « Absolument, Barnum.
De tout le monde. Le roi Haakon était roi des petits et des
grands, qu'ils le soient en âge, en taille ou en position
sociale. » Ce n'était pas ce que je voulais savoir. Je
voulais savoir s'il était aussi roi des moitiés et des entiers.
Mais voilà que tout le monde levait la main et surtout Le
Mulot, assis au fond, toujours le plus dissipé sur les
photos de classe ; il avait, lui, les deux bras en l'air.
Knokkel le désigna. « Il aura quand même lieu, le match
Suède-Norvège, même si le roi est mort ? » Knokkel se
leva, traversa les rangées de pupitres, se carra devant Le
Mulot dont elle tordit l'oreille trois fois de suite. « On ne
pense pas au football le jour de la mort du roi. On a des
pensées pures et nobles. » Elle retira sa main et l'oreille
du Mulot se remit en place comme une hélice, lui qui
semblait sur le point de décoller de sa chaise. Personne
n'avait plus de questions. Knokkel écrivit alors la devise
du roi Haakon sur le tableau : *Tout pour la Norvège.*
Penché sur mon cahier, je dessinai un homme immense,

---

1. C'est le début de la deuxième strophe tirée du poème *Le Roi*,
rédigé en 1942 à la demande de Trygve Lie (futur premier secrétaire de
l'ONU) pour l'anniversaire du roi Haakon, alors en exil au Royaume-
Uni. Poète et dramaturge, Nordahl Grieg (1902-1943) était surtout un
écrivain engagé et un fervent communiste. Correspondant de guerre, il
est abattu lors d'un raid sur Berlin. *(N.d.T.)*

avec une couronne et une cape rouge. Dessous j'écrivis :
Le Roi Barnum. Soudain la porte s'ouvrit. Le censeur. Il
chuchota quelque chose à l'oreille de Knokkel et tous
deux se retournèrent vers moi. J'aimais bien Knokkel[1],
comme prénom. Je me demandais si les hommes pouvaient également s'appeler comme ça. Elle s'approcha de
mon pupitre, me demanda de les suivre. Le censeur sortit
le premier. Et, au fond du couloir, entre les portemanteaux, attendait maman, si mince. À cette distance, on
aurait dit un découpage en papier de soie noir. Elle ne
bougeait pas. Je me mis à courir. Aujourd'hui, j'étais le
seul à courir. À peine fus-je arrivé à sa hauteur qu'elle
s'agenouilla, me prit les mains et me regarda dans les
yeux. Elle avait pleuré. La peau de ses joues était comme
parcheminée. Elle sentait le parfum, une odeur forte,
entêtante, comme si elle avait tenté de décorer ses larmes.
« Il est arrivé un accident », murmura-t-elle. Je fermai les
yeux. Elle posa sa joue contre la mienne. « La Vieille est
morte, Barnum. » Knokkel installa mon cartable sur mes
épaules. Je suivis maman dans la cour de l'école. La cour
était vide. Nous étions les seuls. Au même moment, les
canons de la forteresse d'Akershus retentirent, vingt et un
coups, tandis que les cloches de toutes les églises de ce
pays sonnèrent en même temps. La Vieille était morte.

Nous allâmes aux Télégraphes pour annoncer la nouvelle à Boletta. Maman n'ouvrit pas la bouche de tout le
trajet. Elle avait besoin de temps. Et moi je n'osais pas
l'interroger. Peut-être valait-il mieux ne pas savoir. Je
savais que La Vieille était morte. C'était suffisant.
C'était ma faute. Si je n'avais pas eu toutes ces mauvaises pensées, comme quoi papa était mort, La Vieille
serait encore en vie. Là encore, je n'arrivais pas à
pleurer. Comme si les larmes avaient gelé à l'intérieur de
moi et ne pouvaient plus sortir. Je pris maman par la
main au moment d'entrer dans le grand hall de la Tollbugate. Tout le monde parlait à voix basse. « Chut ! »

---

1. *Knokkel* signifie « os » en norvégien. *(N.d.T.)*

fit-elle. Mais je n'avais rien dit. On dut monter un large
escalier. Dans une pièce, une rangée de femmes avec des
appareils dans les oreilles plantaient des embouts dans
des tableaux recouverts de fils. Nous ne voyions Boletta
nulle part. Certaines jetaient un coup d'œil furtif dans
notre direction et se retournaient tout aussi vite. Je
commençai à avoir mal à la tête. Les larmes formaient
des flocons glacés qui tournoyaient dans mon crâne.
Maman s'adressa à une dame assise derrière un pupitre,
qui feuilletait une espèce de gros livre. Elle revint, la
mine étonnée. « Boletta doit être en train de déjeuner »,
chuchota-t-elle. On redescendit par le même escalier. On
finit par trouver Boletta au sous-sol, à la cantine. Elle
était derrière le comptoir. Elle servait le café, un tablier
blanc autour de la taille. Aussitôt qu'elle repéra notre
présence, elle détourna les yeux. Elle semblait gênée aux
entournures, comme si on venait de la surprendre en
train de voler dans la caisse. Mais comme elle ne tarda
pas à avoir l'air en colère, j'en conclus qu'elle était déjà
au courant, qu'elle savait que La Vieille était morte
puisqu'on entendait tout ici, et que donc elle était en
colère car elle en voulait à La Vieille d'être morte.
« Qu'est-ce que tu fais là ? » demanda maman. Boletta
se mit à avoir des gestes brusques et maladroits. « Ce que
je fais là ? Et vous, qu'est-ce que vous faites là ? » Maintenant, il fallait que maman lui explique pourquoi on
était venu ; mais non, elle insistait. « Pourquoi tu n'es
pas à la centrale ? » « Parce que je suis ici, voilà ! »
rétorqua-t-elle en renversant du café. Bouleversée,
maman sortit de ses gonds. « Mais… Tu es employée
comme téléphoniste, pas comme serveuse ! » Boletta prit
maman par le bras. « Je ne pouvais plus travailler à la
centrale ! Je n'entendais plus bien de l'oreille droite ! Tu
es contente maintenant ? » Maman ne l'était pas du tout.
Elle s'énerva, on aurait dit qu'elle parlait dans son sommeil. « Et ils t'ont transférée ici ? » Boletta soupira. « Eh
oui ! C'est ici que je suis désormais ! Tout en bas du
bâtiment ! » Maman secoua la tête. « Et ça dure depuis
combien de temps ? » « Douze ans. » « Douze ans ! ? »

Boletta baissa les yeux. « Oui. Je suis ici depuis la fin de la guerre. » Je ne comprenais pas qu'elles puissent se parler de cette manière, un jour pareil, parler de tout autre chose que de ce qui était arrivé. « Et tu ne nous as rien dit ? Rien ! » Boletta continuait de ranger des tasses. « J'ai gardé ma déchéance pour moi. » Je pris maman par la main. « Tu ne lui dis pas ? » demandai-je. Boletta fit volte-face. « Dire quoi ? » « La Vieille est morte », lançai-je. Boletta posa une main sur ma tête. « C'est le roi qui est mort, Barnum. » Maman prit une inspiration. « La Vieille est morte elle aussi, Boletta. » Boletta ne se mit pas à pleurer. Elle se contenta de renverser les tasses de café qui se brisèrent les unes après les autres. Puis elle arracha son tablier et le jeta sur le comptoir. Sur ce, on sauta dans un taxi qui nous emmena à l'hôpital d'Ullevål. On traversa des couloirs interminables, où ça sentait mauvais, avant de trouver Fred. Il était assis dans une chambre sans fenêtres. Il nous scrutait du regard, mais ses yeux brillaient comme des cuillers qu'on aurait astiquées. Maman s'élança vers lui. Il se détourna. Boletta me retint. Debout sur le pas de la porte, nous regardions maman essayer de prendre Fred dans ses bras, mais lui ne voulait pas, il n'arrêtait pas de la repousser. Un docteur finit par arriver. Il chuchota quelque chose à l'oreille de maman, tout comme le censeur l'avait fait dans celle de Knokkel. Je dus patienter avec Fred pendant que maman et Boletta parlaient avec le docteur. Je me souviens de Boletta disant quelque chose à propos de La Vieille qu'on aurait envoyée elle aussi au sous-sol, et je me souviens de maman, furieuse, lui demandant de se taire. Je m'assis sur le lit, à côté de Fred. On resta tout un moment, comme ça. Le lit était dur, trop haut, et on se récoltait sûrement un mal au dos à force d'être allongé dessus. Il y avait une tache de sang sur la veste de Fred, sur une des manches. Est-ce que Fred était blessé lui aussi ? « Tu saignes ? » Il ne répondit pas. Dehors, une ambulance s'approchait. Une infirmière passa en courant. Il y avait une photo d'accrochée sur le mur gris, qui représentait un homme en train de tirer un filet hors de la

mer. « Pourquoi est-ce que La Vieille est morte ? »
demandai-je à voix basse. Fred ne répondit pas non plus
à cette question. Fred avait entamé son long silence. Ses
yeux ressemblaient au dos d'une cuiller et il regardait
droit devant lui, fixement, la porte ou autre chose ou bien
nulle part. Je voulus lui prendre la main. Il serra le poing
avant de l'enfoncer dans sa poche. Je n'avais plus envie
d'être ici. Je sautai par terre. Fred ne m'arrêta pas. Je
sortis dans le couloir pour essayer de retrouver maman et
Boletta. On aurait dit les couloirs de l'école, sauf qu'il
n'y avait pas de portemanteaux pour accrocher ses vêtements. D'abord, je descendis un escalier. J'entendis du
bruit dans une chambre. Je passai ma tête par la porte et
je vis un homme en train de pleurer derrière un bouquet.
Je continuai de me faufiler jusqu'à atteindre un autre
escalier que je dévalai aussi. Il faisait de plus en plus
froid. Je grelottais. J'aurais aimé que Fred m'empêchât
de partir. Je devais être arrivé au sous-sol, vu qu'il n'y
avait plus d'autre escalier. Il n'était pas possible de descendre plus bas. Je traversai le couloir. La lumière courait le long d'un tuyau encastré au plafond. Un vieil
homme en veste blanche poussait un lit. Un pied dépassait. Après une seconde d'hésitation, il s'écarta. J'arrivai
à un coin. Des lettres étaient écrites sur un mur, je ne les
comprenais pas. C'était peut-être dans une autre langue.
Je connaissais une autre langue, enfin, juste les sons.
Papa m'avait appris : *Mundus vult decipi*. Voilà, maintenant, je m'étais perdu. Peut-être que je n'allais plus
jamais retrouver mon chemin jusque là-haut. J'eus envie
de pleurer, de pleurer pour de vrai. La glace se mit à
fondre derrière mon front et à couler vers mes yeux. Et
puis je sentis. Une autre odeur. Une senteur sucrée. Le
parfum de maman. Je me précipitai dans cette direction.
Vers le parfum de maman, l'odeur de maman. Elle était
de plus en plus forte, comme si elle me guidait pour parcourir les derniers mètres. Je m'arrêtai devant une large
porte qui n'était pas fermée. Je jetai un œil à l'intérieur.
Maman et Boletta se tenaient de chaque côté d'une table
aux bords brillants, munie de roulettes. Le docteur était

adossé à un placard, juste sous une lampe qui projetait sur mes chaussures une ombre noire, violente. Maman leva les yeux et m'aperçut. Je m'approchai d'elles. La Vieille était toute nue. Je n'osais regarder que son visage. Elle avait comme un creux au niveau du front. Je levai un bras, posai un doigt sur ses lèvres mais elles étaient froides, molles, et lui retombaient dans la bouche.

Cela s'était passé dans l'avenue Wergeland, à l'angle du parc du Palais Royal. La Vieille voulait se rendre au Palais pour voir la garde sur le balcon mettre en berne la bannière royale enroulée d'un voile. Elle voulait dire adieu à son prince danois, son compagnon. Le chauffeur du camion, qui allait livrer des palettes aux entrepôts portuaires, indiquera dans sa déposition que La Vieille avait brusquement surgi du carrefour, en conséquence de quoi il avait été dans l'impossibilité de freiner à temps. Les témoins de l'accident, le vendeur d'une papeterie ainsi que quelques clients présents à l'intérieur du magasin pour lire les dernières nouvelles, confirmeront ses propos, ajoutant que cela relevait du miracle qu'il ait, dans l'absolu, réussi à éviter le garçon qui avait également fait irruption sur la chaussée. La Vieille avait heurté le pare-chocs avant d'être projetée plusieurs mètres plus loin. En revanche, personne ne pourra affirmer avec exactitude ce qui s'était passé au moment où La Vieille avait lâché la main de Fred pour traverser : avait-elle glissé, avait-elle été victime d'un accident cérébral, ou était-elle plongée dans des pensées qui, en ce sombre matin, la taraudaient intensément ? Et j'y repenserai souvent par la suite, à ce qui avait pu arriver au cours des quelques secondes précédant l'accident, avant que La Vieille ne perde l'équilibre à l'angle du jardin du Palais Royal et ne jaillisse devant le camion. Aucune poursuite ne sera engagée contre le chauffeur, la police estimant pour sa part que la piétonne avait fait preuve d'une « grave négligence ». La Vieille était déjà morte quand l'ambulance arriva sur les lieux. Fred était assis sur le bord du trottoir, silencieux, son peigne à la main – et personne ne parviendra à lui arracher un mot pendant vingt-deux mois.

Les cloches des églises sonnèrent chaque jour, sans exception, de midi à une heure, jusqu'au jour de l'enterrement de La Vieille. La radio ne diffusait qu'une musique lente, les drapeaux étaient en berne et même l'équipe nationale, après avoir été bénie par l'évêque, joua avec un brassard noir au bras, décrochant un 2-2 contre la Suède. Maman et Boletta n'avaient plus le temps de pleurer. Il fallait penser à tant de choses : le faire-part, les couronnes, les psaumes, le buffet, les gâteaux, les papiers. Je compris que mourir était épuisant, du moins pour ceux qui restaient. Elles essayaient de mettre la main sur papa, parti en voyage. En vain. Elles ne le trouvaient nulle part et lui ne donnait aucun signe de vie. Elles n'avaient même pas remarqué que Fred n'avait toujours pas prononcé une parole. Moi si. Car tous les soirs, après être allés se coucher, il se tenait là, allongé dans son lit, muet, avec ces mêmes yeux figés, grand ouverts pour le reste de la nuit.

Papa arriva au beau milieu des funérailles. Le pasteur venait d'éructer son jargon mystique, et, nous qui assistions à la cérémonie des obsèques (les mêmes qui toujours assisteront à nos enterrements, c'est-à-dire pas grand monde) venions de chanter le mieux possible quand soudain la porte derrière nous s'ouvrit avec fracas. Tout le monde se retourna. C'était lui, son chapeau dans une main, des fleurs blanches dans l'autre. « La reine est morte ! Vive la reine ! » s'écria-t-il. Il traversa l'allée centrale, déposa le bouquet sur le cercueil, s'inclina pour se recueillir avant d'aller s'asseoir à côté de maman qui rougissait jusqu'aux oreilles. Il l'embrassa, puis il fit un signe au pasteur : « Parfait ! Vous pouvez continuer. » Je regardai Fred. Il avait les yeux rivés à ses chaussures. Boletta se cachait derrière un mouchoir. Le pasteur descendit lui serrer sa main gantée. « Visiblement, vous êtes homme à toujours arriver en retard, monsieur Nilsen. » « Auquel cas un retardataire ne doit surtout pas s'en cacher… », répliqua-t-il non sans un rictus narquois et un regard torve. Le pasteur relâcha sa main et s'empressa de retourner auprès du cercueil sur lequel il jeta de la terre. J'étais furieux. J'aurais aimé que Fred se soit inter-posé. Fred n'avait rien fait. Fred était impassible. Il avait les mains sur la Bible, comme un nœud blanc attendant sur ses genoux. Je m'apprêtais à me lever, tellement j'avais envie de flanquer un coup de pied dans les gui-boles du pasteur, de lui arracher le transplantoir des mains, mais papa posa un bras sur mon épaule. Après quoi il nous conduisit en Buick jusqu'à Majorstuen. Maman était hors d'elle. « Où étais-tu passé ? » Papa rajusta le coussin qui ne quittait jamais son siège, regarda face à lui, le nez dépassant à peine le volant. Il avait le soleil déclinant dans les yeux. « Comment ça où j'étais ? Je n'ai pas travaillé, peut-être ? » « Pendant deux semaines ! » hurlait toujours maman. J'eus le temps d'apercevoir la fumée grise qui montait de la che-minée du crématorium en me disant que, voilà, La Vieille venait de monter au ciel. Papa rit. « Ça m'a pris plus de temps que prévu. Et puis, tu sais, ils sont telle-ment stricts sur les limitations de vitesse dès qu'il y a un deuil à la Cour. » « Tu aurais au moins pu téléphoner ! » « Je suis venu aussi vite que j'ai pu. Dès que j'ai lu l'avis d'obsèques, je me suis rué jusqu'ici. » Maman laissa échapper un rire à son tour, mais un rire mauvais. « C'est ça, oui… Pour entrer en trombe comme un clown ! » Papa respirait bruyamment, ses mains gantées de cuir glissaient sur le volant. « Ah ? Et moi qui croyais que La Vieille avait l'habitude d'attendre… À moins que tu prennes fait et cause pour le pasteur aujourd'hui ? » « Taisez-vous ! hurla Boletta en se bouchant les oreilles. J'ai mal au crâne ! » Maman se tourna vers nous, Boletta s'étant installée entre Fred et moi. « Mal au crâne ? Non mais tu te fiches de nous ? Toi ? La serveuse ! Et depuis la fin de la guerre, en plus ! » Boletta fondit en larmes. Maman, pour qui la coupe était pleine, éclata en san-glots, c'était trop pour elle, elle gémissait, si bien que papa finit par se garer le long du trottoir. « Allons, allons, mes enfants. Aujourd'hui nous avons le droit de pleurer tout notre soûl, histoire de réserver une bonne place à la rigolade. Mais avant, quelqu'un aurait-il la gentillesse de me préciser notre destination ? » Nous allions chez Larsen, dans la salle du premier étage. Je me souviens que Fred et moi étions assis chacun sur notre chaise, près du mur dans une salle couleur tabac ; dans le fond trônait un piano sur lequel étaient posés deux bougeoirs, les adultes buvaient dans des petits verres et mangeaient des smœrrebrœds tout aussi petits ; Arnesen et madame étaient là, le concierge Bang lui non plus n'aurait raté pour rien au monde pareille occasion et Esther avait apporté des chocolats fourrés pour toute l'assemblée. Il n'y avait personne d'autre mais des chaises à profusion. C'était mon premier enterrement et, pour la première fois, je me demandai si La Vieille avait souffert de la solitude au cours de son existence. « Pourquoi est-ce qu'ils parlent si bas ? » Mais Fred ne répondit pas à ma question. Quand papa se leva, le silence se fit autour de lui. « Je suis heureux d'être arrivé à temps pour assister aux obsèques de La Vieille. Elle a choisi le moment idéal pour mourir. La nation entière est vêtue de noir, les maisons royales européennes portent le deuil, et, ici à Oslo, on tire des coups de canons depuis la forteresse d'Akershus. C'est mérité. La Vieille était aimée. J'ose dire également que, de temps à autre, elle était crainte. Quoi qu'il en soit, notre amour pour elle n'en était que plus grand, plus haut. Elle nous manque déjà infiniment ! » Papa vida son verre et resta debout à côté de sa chaise. Fred frottait ses pieds par terre. Papa était tout sourire. Il remplit son verre, sans se rasseoir ; il étirait cet intermède, le rendait plus long et plus interminable au point que personne ne savait plus ce qui allait se passer, au point que le silence devint insoutenable et que Boletta faillit tirer sur la nappe d'un coup sec. Papa choisit cet instant pour reprendre la parole. « Mais je tiens à ajouter ceci : je trouve scandaleux que La Vieille se soit fait écraser par un simple camion ! Elle aurait tout de même pu heurter une Chevrolet ou une Mercedes ! À votre santé à tous ! » Le silence dura une seconde supplémentaire. Puis tout le monde éclata de rire. Nous riions tous. Tous sauf Fred. C'est ce qu'il y avait de si particulier chez papa, il pouvait faire rire n'importe qui, le chagrin n'avait aucune prise sur lui, il glissait comme l'eau sur un miroir – et peut-être est-ce la raison pour laquelle personne ne pouvait tout à fait s'empêcher de l'aimer, cet Arnold Nilsen à la main escamotée et dissimulée dans un gant. Maman l'entoura de ses bras, de ses deux bras, elle riait, ils s'embrassaient, et les voir ainsi enlacés me fit si chaud au cœur, maintenant que plus personne ne chuchotait. « Papa sait vraiment s'y prendre ! » lançai-je à Fred. Mais Fred fixait ses chaussures, il n'en finissait pas de faire et refaire ses lacets. Maman se dégagea de l'étreinte de papa et s'approcha de nous avec deux smœrrebrœds aux œufs. J'avais faim. Fred n'en voulait pas. Fred regardait papa du coin de l'œil. « Alors ? Comment ça a bien pu arriver ? » voulut-il savoir. Mais Fred était là, sans bouger, sans parler ; des tremblements agitaient sa nuque dressée. « Quoi ? » m'interposai-je, de l'œuf plein la bouche. Papa soupira. « Que La Vieille se soit fait écraser, Barnum. » Papa en était à son deuxième smœrrebrœd. « Tu n'as pas fait assez attention à elle, Fred ? » Fred leva brusquement les yeux. Et je crus qu'il allait dire quelque chose à le voir ouvrir la bouche, un fil de salive entre les lèvres, mais Mme Arnesen se mit au piano, jouant la seule mélodie qu'elle connaissait et qu'elle n'avait cessé de jouer depuis que, à la suite d'un malentendu et d'une coïncidence capricieuse, elle avait été veuve pendant deux heures et quart. Le commissionnaire Gotfred Arnesen, qui avait trouvé sa femme veuve à son retour ce soir-là, penchait à présent la tête, mal à l'aise, rouge de honte, voulant arrêter son épouse dans son élan, mais papa se tourna vers lui pour le retenir. « Eh oui, n'est-ce pas… L'heure des comptes a sonné. » Arnesen était troublé. « Que voulez-vous dire ? » Papa sourit. « L'argent que nous avons économisé dans l'horloge, pardi ! Notre assurance vie. » Le commissionnaire retira la main de papa. « Ce n'est vraiment pas le bon moment pour avoir ce genre de conversation. » Le sourire de papa s'élargit. « Le bon moment ? Ma foi, nous pouvons attendre que

madame votre épouse ait terminé son morceau. » Lequel
morceau dura, d'autant que le piano du premier étage de
chez Larsen n'était pas particulièrement musical. Nous
écoutions, la tête penchée. Et, lorsqu'elle plaqua enfin le
dernier accord, elle frappa sur les touches avec une telle
violence qu'elle en souffla les deux bougies posées de
chaque côté du piano. On n'entendait pas une mouche
voler. Nul ne savait que dire ni que faire, même elle resta
assise au piano, comme vissée à son siège, entre la fumée
qui montait des deux mèches noircies ; jusqu'à ce que
papa lève les bras. « Bravo ! s'écria-t-il. Bravo ! Vous
n'imaginez pas à quel point j'envie vos dix doigts si bien
accordés ! » Nous n'étions plus qu'un tonnerre d'applaudissements. Tous sauf Fred. Arnesen, lui, tira sa révérence et sa femme par la même occasion. Je m'endormis
sur ces entrefaites et papa me porta dans mon lit. Je crois
avoir rêvé que La Vieille se tenait sur le balcon du Palais
Royal d'où elle saluait la foule, il pleuvait, elle ne portait
presque rien et c'était comme si les couleurs se diluaient
sur son corps à peine vêtu.

À mon réveil, les clochers ne sonnaient plus, papa
était parti chercher la Buick garée devant chez Larsen et
Fred dormait les yeux ouverts. Je me faufilai vers son lit,
franchis la ligne blanche qu'il avait dessinée par terre, et
le réveillai. « Tu as rêvé de quoi ? » Mais Fred ne
répondit pas. Pas encore (car il en faudra du temps, beaucoup de temps, avant qu'il ne réponde – et lorsque, enfin,
il daignera me répondre, j'aurai déjà oublié ma question). Du coup, j'allai voir maman et Boletta. À présent
que La Vieille était morte, j'essayais de percevoir un
changement dans mon environnement, ce que j'espérais
intimement tant je ne supportais pas l'idée qu'on puisse
mourir et que tout continue comme avant, comme si personne n'avait fait attention à vous. Je m'arrêtai devant la
chambre à coucher. Maman et Boletta rangeaient. Elles
triaient les affaires de La Vieille. Je ressentis une espèce
de soulagement. Le monde changeait malgré tout, il ne
serait plus jamais le même, du moins pas dans notre
appartement. « On va avoir plus de place maintenant »,

dis-je. Maman fit aussitôt volte-face, la bouche pincée, mais Boletta l'interrompit, lâcha ce qu'elle tenait, une robe longue, en tissu fin, avec une fleur au milieu, pour me prendre dans ses bras, un large sourire dessiné entre ses rides. « Tu as tout à fait raison, Barnum. C'est pour ça que les gens meurent. Pour faire plus de place aux autres. » « C'est vrai ? » Elle s'assit sur le lit. « Tu peux me croire ! Sans quoi il n'y aurait jamais eu de place pour personne, et où est-ce qu'on nous aurait mis alors, hein ? » Puis Boletta se retrancha dans le silence, le visage grave. J'étais déçu : la mort devait signifier plus que ça, plus qu'un grand ménage et un jeu de chaises musicales ; se pouvait-il que nous soyons expédiés hors de ce monde dès l'instant où la place venait à manquer ? la mort n'était-elle qu'une concierge ronchon qui nous chassait de la cour de l'école ? Boletta se leva. « Eh oui... Et moi j'ai fait un pas de plus dans la queue. La prochaine fois ce sera mon tour. » Maman tapa du pied. « Je t'interdis de parler comme ça ! » Boletta pouffa de rire. « Je parlerai comme je l'entends, ma petite ! Tant que ça correspond à ce que je pense... » Elle ramassa la robe longue au motif de fleur qui gisait par terre, la tint à bout de bras en exécutant quelques pas de danse, en chantonnant un air que je ne me remettais pas. Alors, maman se retourna, le sourire aux lèvres, et l'accompagna, fredonna cette lente mélodie qui, pour singulière et morose qu'elle sonnât à mes oreilles, me parut néanmoins familière – et je ne tardai pas moi non plus à siffler le même air, humant le parfum suave de malaga dont la pièce était entièrement imprégnée ; j'inspirai profondément et me mis à siffloter, étourdi, confus, réjoui, au lendemain des obsèques de La Vieille. Soudain, maman cessa de chanter. Boletta devint elle aussi silencieuse. Il n'y avait plus que moi qui sifflais. « Fred ? » murmura maman. Je jetai un coup d'œil par-dessus mon épaule et ma bouche me donna l'impression de se faner d'un seul coup. C'était bien Fred. Il avait enfilé les vêtements qu'il portait la veille, sa chemise blanche et son costume noir beaucoup trop grand pour lui. Je crus qu'il allait enfin dire quelque chose. Il se contenta de tourner les talons et de partir. Maman courut après lui. Boletta me retint. Puis nous entendîmes claquer la porte. Maman nous rejoignit et continua de ranger de ses mains irrespectueuses, de renverser les tiroirs, les écrins, les boîtes, chaque recoin où La Vieille avait entreposé ses affaires. « Il a dit quelque chose ? » demanda Boletta. Maman secoua la tête sans la regarder. Boletta soupira avant d'ouvrir une nouvelle armoire. Ce bruit de portemanteaux qui s'entre-choquent, je ne le supportais pas ; je dus me boucher les oreilles. J'ignore pourquoi, mais ce cliquetis m'était absolument intolérable, ce vacarme produit par les porte-manteaux quand Boletta passait en revue les robes les unes après les autres – et jamais plus je ne supporterai de l'entendre, au contraire, je déposerai toujours mes vête-ments sur le dos d'une chaise ou les jetterai par terre ou les balancerai sur le lit dès que j'entrerai dans une chambre d'hôtel (car dès que me vient aux oreilles le tin-tement insoutenable des portemanteaux dans un placard exigu, il me semble encore aujourd'hui sentir sur mes doigts l'empreinte des lèvres douces et glacées de La Vieille, à croire que j'effleure un silence infini).

Je me précipitai à la fenêtre. Fred disparut entre les immeubles sans se retourner une seule fois. Il avait plu pendant la nuit. Les trottoirs brillaient. Les feuilles étaient éparpillées dans le caniveau. Une lumière floue était sus-pendue dans l'air comme un voile, elle tremblait. Et moi, où étais-je dans la queue ? Sûrement derrière Fred, lui-même précédé par maman, papa puis Boletta ; nous n'arrivions pas à nous tenir tranquilles, nous ne cessions de nous rapprocher, tout le temps, l'un de nous allait peut-être même valser avant son tour, avec tous ces imbéciles, plus loin dans cette file interminable, qui poussaient, qui jouaient des coudes, qui croyaient que le but était d'arriver en premier le plus vite possible… Je n'avais plus la force de réfléchir. Au lieu de quoi je demandai : « Je peux vous aider ? » Maman s'adossa au montant du lit. Elle fit un signe de tête affirmatif. Je n'avais qu'à ranger la table de nuit. La vision du dentier de La Vieille dans un verre ne me plaisait pas outre mesure, comme si c'était tout ce qui restait d'elle, ses dents, l'intérieur de sa bouche, un sourire. Heureusement, le pot de chambre était vide. En revanche, lorsque je soulevai la Bible qu'elle posait sur sa table de chevet, par mesure de précaution, rien de plus, il en tomba quelque chose : une photo, sans doute découpée dans un magazine, ou dans un journal, car le papier était fin, froissé. Je lus lentement la légende, écrite en suédois [1]. *L'effroyable camp de Ravensbrück. Le camp de concentration avait fini par atteindre une telle surpopulation qu'il ne restait plus de vêtements pour les captives.* Une fillette, maigre, presque transparente, une ombre, était assise à côté d'une femme qui devait être morte. « Qu'est-ce qu'il y a, Barnum ? » Maman s'approcha de moi. À peine lui eus-je donné la photo qu'elle s'écroula sur le lit, les mains tremblantes. Boletta voulut voir elle aussi. Elle s'enfouit immédiatement le visage dans les mains. « Pourquoi ne me l'a-t-elle jamais montrée ? » souffla maman. Boletta s'assit à côté d'elle. « Parce qu'il y a différentes manières de prendre soin des gens », répondit-elle d'une voix tout aussi sourde. Maman pencha la tête, elle pleurait. « Je l'ai toujours su. Et pourtant je ne le sais vraiment que maintenant. » Boletta enlaça maman, qui laissa tomber la photo. Je la ramassai. Je vis la morte dans les bras de la mourante, ces visages émaciés, maltraités, ces yeux trop grands qui me fixaient, cette fillette qui ne détournait pas le regard, peut-être quelques secondes seulement avant sa mort ; et qui sait si celui qui avait pris la photographie n'était pas son bourreau, qui sait s'il n'avait pas tenu une épée ou un pistolet d'une main, et l'appareil photo de l'autre. Je sus néanmoins, immédiatement, que de très nombreuses nuits s'écouleraient avant que je puisse retrouver le sommeil. J'eus cette pensée terrifiante : jamais plus je ne m'endormirais tout à fait parce que ces visages seraient éternellement fixés sur moi dans le noir ; et, si jamais je venais à

---

1. Bien que parlant leur langue respective, Norvégiens, Suédois et Danois se comprennent. *(N.d.T.)*

fermer les paupières, ces visages seraient omniprésents car j'avais un jour croisé leur regard. « Qui c'est ? » demandai-je, quasi incapable d'entendre le timbre de ma voix. Boletta me prit la main. « La meilleure amie de maman », répondit-elle calmement. C'était étrange. « Maman a eu une meilleure amie ? » « Bien sûr, Barnum. Elle s'appelait Rakel. Elle était très belle, elle habitait l'immeuble d'à côté. » À nouveau, je regardai l'article, je ne pouvais pas m'en empêcher. La photographie glaçante exerçait une sorte de fascination sur moi : la morte dans les bras de la mourante, une fille ordinaire d'un appartement voisin, une meilleure amie dévisageant son bourreau sans baisser les yeux. « Pourquoi est-ce qu'ils lui ont fait ça ? » murmurai-je. Boletta réfléchit, longtemps. Maman continua de trier les affaires de La Vieille : pantoufles, flacons, bijoux, lunettes ; et à la voir agir avec une extrême lenteur, on l'aurait crue plongée dans son sommeil, occupée à mettre de l'ordre dans un rêve dont elle ne viendrait jamais à bout. « Parce que les êtres humains sont aussi mauvais », répondit enfin Boletta. J'eus beau ne pas comprendre, je ne posai pas d'autres questions. *J'entends ces pas quitter ma vie* (c'est le chant de ma mère). Puis tout d'un coup elle fit volte-face, presque souriante, en brandissant quelque chose qu'elle avait déniché dans la boîte à bijoux (c'est le rythme des pensées de ma mère). Un bouton. Un bouton brillant d'où pendait encore un fil noir. « Et ça, d'où est-ce que ça peut venir ? » Elle le donna à Boletta qui n'en savait pas davantage. Et elles passèrent un long moment à observer ce bouton plus grand qu'un bouchon de soda. « Je peux l'avoir ? » demandai-je. Maman leva les yeux. Sa pâleur était telle, ses joues si creuses que je lui trouvai un bref instant une ressemblance avec la fille sur la photo, la meilleure amie, Rakel. Je me détournai. Je ne voulais plus voir. « Bien sûr, mon chéri, répondit Boletta. Tu nous as tellement bien aidées à ranger. » Elle me tendit le bouton. Il était lourd, froid entre mes doigts. « Merci », soufflai-je avant de retourner dans notre chambre. Une fois rangé le bouton dans ma trousse, je m'attelai à mes devoirs. Le dessin du roi n'était toujours pas terminé. Mais je n'arrivais pas à rassembler mes pensées. Et la seule chose que je réussis à faire fut d'éliminer ce que j'avais écrit sous la frêle silhouette légèrement de travers : Le Roi Barnum. Voici donc tout ce qui restait de la Vieille, les objets qu'elle laissait dans son sillage : une photographie de la meilleure amie morte de maman et un bouton brillant d'où pendait un fil noir. Je fondis en larmes. C'est tout ce que je pouvais faire. Je pleurai jusqu'au retour de papa et jusqu'à ce que nous passions à table. Maman n'ouvrit pas la bouche, ne toucha quasiment pas à son assiette. Nous avions au dîner des boulettes de poisson à la sauce blanche. Papa, aussi taciturne que maman, écrasait ses pommes de terre en purée avec sa fourchette. Boletta buvait une bière et le repas continua ainsi, en égrenant sa tristesse. Papa finit par rompre le silence : « J'ai parlé à Arnesen. » Personne ne réagit. Papa s'impatientait. Il avait fait une tache sur la nappe. « Vous ne voulez pas savoir de quoi j'ai discuté avec lui ? » Boletta se pencha au-dessus de la table. « De quoi avez-vous parlé ? » Papa s'essuya la bouche avec sa serviette. « De l'assurance vie. La somme qui va nous être versée dépasse à peine les… allez, je dirais deux mille couronnes. » Boletta repoussa le plat de boulettes de poisson. « Parce que tu as déjà calculé combien La Vieille va nous rapporter, Arnold Nilsen ? » Papa se leva, faillit renverser sa chaise. « Parce que vous aussi, maintenant, vous faites la fine bouche, Boletta ? Je crois juste que La Vieille valait beaucoup plus que deux mille vulgaires couronnes. » « Je te prierais de t'asseoir », ordonna brusquement maman. Papa se rassit. Le silence se réinstalla. Les boulettes de poisson dégageaient comme un soupir en glissant dans les assiettes. « Nous n'avons pas versé de primes assez importantes », ajouta papa à voix basse. « Nous avons toujours versé ce qui nous était demandé », rétorqua maman. Secouant la tête, papa se tourna vers moi. « Si ça se trouve, quelqu'un s'est laissé tenter par les sous de l'horloge ? » Je baissai les yeux. Moi aussi j'avais taché la nappe. « Pas moi », marmonnai-je. « Mettons.

Mais peut-être que tu aurais aperçu Fred chaparder dans le tiroir, hein Barnum ? » Boletta tapa du poing sur la table, si fort que les verres se renversèrent. Maman poussa un cri, le visage de papa prit la même couleur blanche que la serviette. Quant à moi j'étais soulagé car j'allais peut-être éviter de répondre. « Arrête d'accuser Fred à tort et à travers ! » Papa se tortillait sur sa chaise. « Je n'accuse personne. J'essaie juste de comprendre ce qui est arrivé. » Boletta se fendit d'un rictus. « Si ça se trouve, c'est Arnesen qui nous a roulés… », suggéra-t-elle. La mine songeuse pendant plusieurs minutes, papa posa sa main sur les doigts fins de Boletta. « Toujours est-il qu'on aurait eu bien besoin de cet argent. Maintenant que vous ne travaillez plus aux Télégraphes. » « J'ai ma retraite ! Et je peux te prêter de l'argent si tu es à ce point dans le besoin ! » Papa se leva, lentement, avant de quitter la table sans rien ajouter. Maman gémit de colère. « Tu as encore perdu une occasion de te taire », dit-elle dans un souffle. Boletta se prit la tête entre les mains. « Je ne supporte pas ces conversations d'argent ! » Ce fut au tour de maman de se lever. Je restai à ma place. Les boulettes de poisson avaient refroidi. La sauce blanche s'était figée autour de la cuillère. « N'écoute pas ce que disent les grands », crut-elle bon de me prévenir. « D'accord. » Elle eut un rire bref. « Mais tu dois m'écouter quand je te dis qu'il ne faut pas que tu écoutes ce que disent les grands. » Boletta avait bu deux verres de bière, peut-être était-ce la raison pour laquelle elle s'exprimait ainsi. « D'accord. » Elle rapprocha sa chaise de la mienne. « Est-ce que Fred t'a dit quelque chose ? » « Non. À propos de quoi ? » « J'aimerais tellement savoir de quoi ils ont parlé avant la mort de La Vieille, Barnum. » « Il n'a rien dit du tout », murmurai-je. Après avoir aidé à débarrasser, j'essuyai pendant que Boletta faisait la vaisselle. Puis j'attendis Fred. Quand il rentra, je m'étais déjà endormi. Tout d'un coup il était là, assis sur le bord du lit. Je le distinguais à peine dans le noir, je voyais surtout ses yeux. Je n'osai pas allumer. « De quoi vous avez parlé, La Vieille et toi ? » Ses yeux s'éclipsèrent de mon champ de vision. Il ne répondit pas. Je sortis la trousse de mon cartable et posai avec précaution le bouton dans sa main. Les yeux réapparurent. « C'est le bouton de La Vieille. » Fred alluma la lumière. Il fixa le bouton avant de refermer sa main dessus. « Si tu veux, je te le donne. » Je crus qu'il allait dire quelque chose, mais il se contenta de laisser tomber le bouton par terre. Il me fallut ramper sous le lit pour le retrouver. Fred éteignit. Fred poursuivit son long silence.

Mis à part moi, personne n'y avait vraiment prêté attention au début car Fred n'avait jamais été très loquace, ni très bavard, bien au contraire. Il était plutôt mutique de nature. C'était un garçon de peu de mots. Les mots n'étaient pas de son côté. Ils étaient positionnés de travers à l'intérieur de lui et souvent les lettres ne lui venaient pas dans le bon ordre. Fred écrivait les rédactions les plus courtes du monde, si tant est qu'il les rende. Quoi qu'il fasse, il ne récoltait systématiquement que des *Très mal* en norvégien ; une fois, il avait même eu un *Nul*. Pendant les récréations, il restait près du mur, tournant le dos aux autres. Personne ne venait jamais vers lui, même si je voyais bien que des filles le regardaient à la dérobée et s'approchaient de lui, bras dessus bras dessous, un petit sourire aux lèvres, dans l'expectative. J'avais tellement envie d'être fier de Fred. Un jour, quelqu'un avait écrit *fils de pute* sur le mur de la petite cabane en bois dans la cour. Le concierge avait mis pas loin de deux heures pour enlever l'inscription, ça avait fait un raffut du diable, mais personne n'avait été pris. Le lundi suivant, Aslak était arrivé à l'école en portant des lunettes de soleil, alors qu'il pleuvait. L'un de ses yeux au beurre noir semblait pendre sous son front comme une grosse bille. Aslak avait prétendu s'être cogné dans une porte et avoir pris la poignée dans l'œil. Pas grand monde ne l'avait cru, hormis les professeurs. J'étais allé voir Fred, toujours collé à son mur, cloîtré dans son silence. Il ne s'était pas retourné. Assis sur la grille, derrière l'arrêt du tramway, Aslak, Hamster et Preben nous suivaient du regard. « On rentre ensemble ? » lui avais-je demandé. Ce que nous avions fait. Je marchais sur un trottoir. Fred sur l'autre. Esther

s'était penchée pour glisser dans ma poche un sachet de
sucre candi enveloppé dans du papier sulfurisé, rigide,
cassant. « Tu le partageras avec ton frère », avait-elle suggéré en passant une main dans mes boucles. Mais Fred
avait continué son chemin depuis belle lurette. Fred
n'attendait jamais. Il venait de disparaître au coin de la rue
ou derrière l'église ou même ailleurs, qu'en savais-je… Il
avait la capacité de se volatiliser avant même que j'aie eu
le temps de dire ouf, et je me retrouvais planté là, seul.
Comme si tout ce qui restait de lui se résumait à une
ombre longiligne que le concierge Bang serait forcé de
venir retirer à l'aide de son gros balai et jeter à la poubelle. Fred avait l'habitude de ne pas rentrer avant que je
ne sois couché. Parfois, Boletta rentrait encore plus tard
que lui. Elle trottinait dans l'appartement pour trouver la
salle de bains puis son lit, se réveillait le lendemain avec
un mal de tête carabiné l'obligeant à demeurer allongée,
un linge sur le visage, et provoquant par la même occasion la colère de maman qui n'en restait pas moins sur ses
gardes. « Tu es encore allée au Pôle Nord, hein ? » chu-
chotait-elle, la bouche réduite à un trait si droit qu'on
l'aurait cru tracé à la règle. Cette phrase, toujours la
même, qu'elle proférait toujours sur le même ton, « Tu es
encore allée au Pôle Nord, hein ? », avait le don de me ter-
roriser : chaque fois, je voyais Boletta lutter pour se frayer
un chemin dans la glace, dans le vent et dans le froid, n'y
parvenant peut-être jamais. Du reste, je ne comprenais pas
ce qu'elle avait à faire au Pôle Nord, y cherchait-elle
quelque chose ? « Pourquoi est-ce que Boletta va au Pôle
Nord ? » avais-je demandé à Fred le même soir. Mais
Fred ne m'avait pas répondu.

   Il commença à neiger à la mi-novembre, un vendredi.
J'étais dans mon lit. J'écoutais ce silence qui engloutis-
sait tout. Quand il fut soudain interrompu. Mme Arnesen
jouait du piano. Or non seulement elle interpréta un nouveau morceau, mais plusieurs, comme s'il nous était
donné d'assister à un concert. Celui-ci achevé, tout le
monde ouvrit les fenêtres pour applaudir à tour de bras
Mme Arnesen, qui, postée entre ses rideaux du deuxième

étage, s'inclina en guise de remerciements ; même le concierge Bang se redressa pour applaudir, appuyé sur le balai qu'il utilisait pour déblayer la neige. Le dimanche suivant, nous vîmes Gotfred Arnesen en promenade avec sa femme, ils descendaient l'avenue pour se rendre à l'office. Elle arborait une fourrure lustrée, colossale, qui fit se retourner tous les passants, surtout les femmes de Fagerborg : elles dodelinaient de la tête, admiratives, aussi envieuses que suspicieuses – et cette fourrure devint par la suite l'objet d'innombrables discussions dans l'intimité des appartements, nul doute que des centaines de maris durent s'arracher les cheveux à force d'évaluer le coût d'un tel vêtement s'ils l'achetaient en le payant par mensualités réparties sur deux années. « Qu'est-ce que tu veux pour Noël ? » demanda papa. Et maman de répondre : « Un manteau de fourrure. » Il se leva, alla droit vers la porte en essayant de serrer le poing de sa main mutilée. « J'ai l'impression que ce cher Arnesen a un besoin pressant d'absolution pour se rendre à l'église par moins dix-huit. » Maman ne voulut rien entendre. « Si sa femme portait une fourrure, c'est bien à cause du froid, pardi ! » « Mais l'église est chauffée, tout de même ! » hurla papa en retour. Maman soupira. « Tu es jaloux, voilà tout. » Papa pouffa. « Parce que tu crois que j'ai envie de sortir attifé d'un animal sauvage à boutons, peut-être ? » Ce fut au tour de maman de rire. « Tu es jaloux d'Arnesen qui a les moyens d'offrir des cadeaux à sa femme, *lui* ! » Le poing escamoté de papa vint s'abattre contre la porte. « Ce qui est sûr, c'est que ses assurances vie s'en ressentent ! Et pas qu'un peu ! » Nous ne le revîmes pas pendant deux jours. Maman se tourna vers Fred. Il était assis devant le poêle, les mains sur ses genoux. « Et toi, qu'est-ce que tu veux ? » Mais Fred ne répondit pas. Maman réitéra sa question. Et Fred répéta son silence. « Si tu ne me dis pas ce que tu veux, tu ne risques pas d'avoir de cadeau… » « Mais fiche-lui la paix ! » coupa Boletta avant de rejoindre le Pôle Nord. Maman enfouit son visage dans ses mains et éclata en sanglots. J'avais mal au ventre. La gorge me brûlait. Je posai une main sur

son dos. Il était aussi chaud que le poêle. « Et si on lisait
un petit bout de la lettre ? » lui proposai-je prudemment.
« D'accord, Barnum. » Après être allé chercher la lettre
dans le secrétaire, je m'assis sur le sofa, sous la lampe. Et
je lus, lentement, en détachant tous les mots car ils étaient
écrasants, même si je les connaissais par cœur. Et pendant
que je lisais, Fred ne me quittait pas des yeux. Il y avait
quelque chose dans son expression, dans cette façon qu'il
avait de me fixer : une lueur noire qui montait, qui enva-
hissait ses yeux, son sourire, comme s'il se métamorpho-
sait au fil de ces phrases, si bien que je faillis perdre le fil
de la lettre écrite par notre arrière-grand-père depuis le
Groenland. *Notre mission stipulait que nous devions rapporter un bœuf musqué, et, le jour même où nous jetâmes
l'ancre, nous remarquâmes un troupeau de bœufs en train
de brouter des saules arctiques, peut-être la seule végéta-
tion capable de pousser sous ces latitudes. Le capitaine et
moi-même, secondés par cinq hommes, posâmes pied à
terre pour tenter de capturer un veau. Il y avait également un second veau dans le troupeau, mais s'en approcher était loin d'être chose aisée, les premiers bœufs nous
ayant repérés, et ils devaient bien être au nombre de
quinze ou seize. Ils se rassemblèrent jusqu'à former une
véritable escouade encerclant le veau, et se mirent à souffler puis à gratter le sol comme autant de taureaux en
colère. Nous dûmes remonter à bord bredouilles, provoquant l'hilarité des passagers restés sur le bateau. Nous
réussîmes tout de même à capturer deux veaux, dont l'un
était déjà mort ; cette prise coûta néanmoins la vie à
vingt-deux bœufs, puisqu'il fallut abattre deux troupeaux
pour y parvenir.* Tout à coup, Fred éclata de rire. C'était
la première fois qu'un son sortait de sa bouche depuis la
mort de La Vieille. Pour autant, ce fut seulement le jour
où, après Noël, le professeur principal téléphona à la
maison, que maman prit subitement conscience qu'il avait
cessé de parler. « Je vous demande de bien vouloir vous
présenter à un entretien mercredi prochain. » Maman fut
forcée de s'asseoir. « Il a fait quelque chose de mal ? »
demanda-t-elle d'une voix blanche. Il y eut un silence

à l'autre bout du fil. « Vous ne l'avez peut-être pas remarqué ? » finit par demander le professeur principal. « Quoi donc ? » « Votre fils n'a pas dit un mot depuis trois mois et quatorze jours. » Maman raccrocha et entra comme une furie dans la chambre. « Qu'est-ce que c'est que ces âneries ! » Fred était allongé dans son lit. Il ne bougea pas d'un poil. Je faisais mes devoirs. Du moins, je m'y efforçais. À Noël, j'avais reçu une règle graduée d'un côté en centimètres, de l'autre en pouces, et dont la longueur variait selon la face que j'utilisais. Avec cette règle, je traçais des traits censés représenter des rues et des croisements, puisqu'un policier devait bientôt venir en classe pour nous apprendre le code de la route. « Je te prierais de me répondre, Fred ! » Maman criait. Elle hurlait. Fred ne lui répondait pas. Un long silence s'intercala. Maman s'assit sur le lit. Fred avait les yeux collés au plafond. « Tu peux me parler à moi, Fred. » Sa voix murmurée, conciliante, ne changea absolument rien. Maman se mit à pleurer, à le secouer, à manifester une telle rage que Fred finit par se lever. Or il eut un geste surprenant. Il prit maman dans ses bras et déposa un baiser sur son front. Puis il partit. Maman resta assise. Visiblement chavirée, elle passait les doigts à l'endroit où Fred l'avait embrassée, au milieu du front. On aurait dit qu'elle se grattait pour essayer d'enlever une tache. Elle se tourna lentement vers moi. « Il t'a parlé à toi, Barnum ? » Je secouai la tête. « Tu ne me mens pas au moins, Barnum ? » « Non, maman. Je ne te mens pas. » Elle m'embrassa, le cœur gros. « Non, c'est vrai. Toi tu es incapable de mentir, Barnum », chuchota-t-elle. « Là, tu viens de répéter Barnum trois fois de suite ! » Elle laissa échapper un rire, minuscule, pas vraiment convaincu. Le lendemain, papa s'y colla. Il attendait Fred au salon. « Viens ici », ordonna-t-il, au lieu de quoi Fred fila dans notre chambre. De mon côté, je me demandais s'il entendait vraiment ; au fond, c'était peut-être ça son problème : ses oreilles ne fonctionnaient plus. Au bout d'un moment, papa vint se carrer dans la porte. « J'apprends que tu as perdu ta voix. » Fred ne daigna pas se retourner. Les yeux fixés au plafond, il ne déviait pas le regard. Papa s'approcha. « Mieux vaudrait que tu la retrouves, sans quoi tu vas la perdre pour de bon. » Du coup, je m'imaginais la voix de Fred, gisant quelque part, dans un caniveau ; peut-être qu'elle était tombée dans un égout et qu'elle l'appelait. Papa s'obstina. « Si tu fais semblant d'être en état de mort apparente, je peux te dire que tu fais un piètre comédien, mon garçon. » On n'entendit plus une mouche voler pendant au moins trois minutes. Jusqu'à ce que papa explose. « Dis-moi quelque chose ! » hurla-t-il en tapant du pied si fort que les lignes de mon cahier de brouillon s'entremêlèrent. « Laisse ce garçon tranquille ! » vociféra Boletta. Mais plus personne ne laissa Fred tranquille. Tout le monde voulut le faire parler. Personne n'y réussit. Le silence de Fred prit peu à peu des proportions délirantes. Le silence de Fred nous contaminait, de la même manière que le silence de maman avait rendu folles Boletta et La Vieille à l'époque où elle était enceinte de Fred. À présent, il avait hérité de ce silence. À présent, il s'était approprié ce silence. Il finissait même par surpasser maman. Quand vint Pâques, Fred n'avait toujours pas décroché un mot. Pas un son n'était sorti de sa bouche. Ni à l'école, ni à la maison, ni dans son sommeil. Aussi fut-il envoyé à un spécialiste du silence à l'Hôpital Royal. Là, on lui colla des fils sur le crâne pour mesurer la tension dans son cerveau. Le spécialiste du silence était d'avis que Fred avait probablement reçu une sorte de coup sur la tête lorsque La Vieille avait été écrasée, à moins qu'une voiture l'ait lui aussi heurté, de quoi provoquer une hémorragie cérébrale elle-même susceptible de bloquer le centre de la parole et, ce faisant, de neutraliser l'usage de cette même parole. Sauf que tous les procès-verbaux indiquaient catégoriquement que Fred ne se trouvait pas à proximité du véhicule lors de l'accident, et c'était précisément cela le plus étrange : que La Vieille se retrouve tout d'un coup plantée au beau milieu de la chaussée alors que Fred était resté sur le trottoir d'où il s'était mis à crier. Le spécialiste mesura le cerveau une seconde fois, utilisant davantage de fils et d'électrodes. Couché sur une planche, Fred ressemblait à un Martien. Boletta, elle, se contenait de ricaner de toute cette science. « Fred a eu si peur quand La Vieille est morte qu'il en a perdu la voix, affirmait-elle. C'est aussi simple que ça ! Il finira bien par reparler, avec le temps. » Toujours est-il que le silence de Fred avait soudain un nom. Le spécialiste le qualifia d'*aphasie*.

Et, ce même jour où Fred est en consultation à l'Hôpital Royal où il reçoit de l'électricité dans la tête, un policier en uniforme vient nous voir dans notre classe pour nous apprendre le code de la route. *Circulons dans la ville en toute sécurité*, avons-nous écrit sur le tableau en lettres de couleurs vives, histoire de lui faire plaisir. Le policier a apporté des panneaux dont il nous indique la signification sans laquelle nous sommes définitivement perdus. Nous apprenons également comment lui-même régule la circulation aux carrefours, qu'un vélo possède deux freins, un klaxon et des phares (ceci est obligatoire), mais que vitesses, caisse à outils et porte-bagages sont tout aussi utiles. Pendant l'heure qui suit, nous allons à Marienlyst où est aménagée la petite ville, avec des rues, des trottoirs, des passages piétons et des feux de signalisation, comme dans une vraie ville, sauf que tout ici est beaucoup plus petit, comme si l'ensemble avait pris la pluie et rétréci. C'est là que nous mangeons notre casse-croûte. Esther nous fait signe d'approcher et, un instant, la classe entière est jalouse de moi qui connais une dame travaillant dans un kiosque plein de sucre candi, de glaces et de magazines. Mais cela ne dure pas car les choses sérieuses vont commencer. Il va bien falloir maintenant montrer ce que nous avons appris l'heure précédente. Nous devons nous mettre en file indienne. Le policier passe de l'un à l'autre et, pour finir, s'arrête devant moi, me sourit, pose une main sur mon épaule. Je dois le suivre jusqu'au petit croisement. Peut-être a-t-il entendu parler de l'accident de La Vieille et c'est pour cette raison qu'il m'a choisi. Je sais qu'il faut regarder une fois à gauche et une fois à droite au moment de traverser la rue. C'est ce que La Vieille a oublié de faire. Le feu rouge signale le danger, le feu orange avertit de son

changement imminent et le feu vert indique que tout
va bien. Aucun de nous n'est assez pressé pour ne
pas attendre le feu vert. Le policier peut me demander
n'importe quoi aujourd'hui. Mais il s'exclame : « Tu
aurais presque pu vivre ici, toi ! » Il rit. Il rit en me donnant une petite tape dans le dos. Puis le silence s'installe.
Je lève les yeux vers lui. Je n'ai aucune envie d'habiter
ici. « Pourquoi ? » je demande. Le policier se penche.
« Pourquoi ? » « Ben oui, pourquoi ? » Il se redresse.
Knokkel attend impatiemment au passage piétons. Les
autres élèves font un pas vers nous. « Parce qu'ici tout
est si petit que c'est suffisamment grand pour toi », dit-il
(et il le dit exactement de cette manière : que tout ici est
suffisamment grand pour moi) – et il éclate de rire. Tout
le monde éclate de rire. Je suis cerné par le rire avec le
policier qui tapote mes boucles de cheveux. « Mais
peux-tu me préciser ce qu'il ne faut surtout pas oublier
au moment de traverser une rue ? » Je ne réponds pas. Je
remarque la manière dont les autres me regardent. Et je
sais qu'à partir de maintenant rien ne sera plus comme
avant. Dorénavant, je suis petit. Je suis l'unique habitant
de la petite ville. Désormais, ma petitesse, mon déficit en
centimètres sautent aux yeux de tout le monde. Le policier m'a montré du doigt. Je sens sur mes épaules le fardeau de tout ce que je ne possède pas. « Réponds à Monsieur l'agent, Barnum ! » m'ordonne Knokkel. Au lieu
de quoi je traverse la pelouse, je pars, je quitte le policier, Knokkel et la classe, je quitte la petite ville et nul
ne m'arrête. Et c'est sans doute ça, le plus horrible. J'ai
la permission de partir. Je ne me retourne pas. Il n'y a
personne à l'appartement quand je rentre. Je mesure ma
taille contre le chambranle de la porte, trace un trait au
crayon là où je m'arrête. Je grimpe sur un tabouret pour
me regarder dans la glace. Inutile qu'elle soit très grande.
Un miroir de poche suffit amplement. D'ailleurs c'est
peut-être la toute première fois que je me regarde vraiment. Je n'ai plus aucune envie de me voir. Je retourne
dans la chambre. Je tire les rideaux. J'éteins la lumière.
Je me réfugie sous la couette. Je ferme les yeux. Et

n'est-ce pas ainsi que tout fait sens, ceci qui est la vie à proprement parler, des événements qui n'ont rien à voir les uns avec les autres mais qui n'en sont pas moins liés, dans un ordre singulier, poussés par des coïncidences, des décès, des coups de chance ; comme si le camion qui avait écrasé La Vieille avait provoqué une collision en chaîne à travers le temps, en commençant avec le silence de Fred, la photographie de la meilleure amie de maman dans le camp de concentration, le bouton brillant, les propos calamiteux du policier, pour très bientôt se prolonger avec la Buick que papa perdra, ma cure de suralimentation à la campagne, le tourne-disque et Cliff Richard – autant d'événements dont j'ignore encore tout mais qui ne manqueront pas de survenir et contre lesquels je ne pourrai rien car je ne sais rien. À vrai dire, tout a commencé avec la disparition de Haakon VII. Ceci est mon film. Le voici. Il n'existe pas d'images animées. Il n'existe que des points, reliés, rassemblés, comme un calendrier que vous pouvez feuilleter à toute allure en voyant la pluie se transformer en neige.

Et c'est là, là, que je change de bobine : Fred rentre de l'Hôpital Royal avec une aphasie ; néanmoins, bien que són silence ait désormais un nom et une adresse, il ne se met pas à parler pour autant. Il se contente de prendre la porte et de ressortir, personne ne sait où il va, mais il me semble qu'il se dirige vers le cimetière de Vestre Gravlund, sur la tombe de La Vieille. Plus tard dans la soirée, maman se tient devant mon lit. « Où est le bouton ? » demande-t-elle. Je ne réponds pas. Je ne veux pas être plus mauvais que Fred. Moi aussi je veux mon aphasie. Maman se penche sur moi. « Barnum ? » Je serre les dents. J'en ai mal à la bouche. « Tu dors ? » chuchote-t-elle. Je le lui fais croire. Elle sort à pas feutrés. Je demeure silencieux le reste de la nuit. Le lendemain matin, je ne dis toujours rien. À l'école, je fais tout aussi peu de bruit. Quand la première heure de cours commence, Knokkel me demande de changer de pupitre. Elle m'indique celui qui se trouve le plus près de l'estrade. « Les plus petits doivent se mettre devant, Barnum. Il faut

que je puisse te voir. » Je range mon cartable. J'entame le
parcours interminable qui sillonne entre les tables. Je suis
déjà celui que je vais devenir : le plus petit. J'entends mes
nouveaux surnoms, chuchotés à voix basse mais suffisamment fort : minus, pygmée, nain, nabot (ce ne sera pas la
dernière fois que j'aurai plusieurs noms, comme si je
n'avais pas assez à faire avec le mien). Je m'assieds à mon
nouveau pupitre. Mlle Knokkel sourit. Elle est si près de
moi que je sens son odeur. Elle ne sent pas bon. C'est là
que je vais prendre racine, pour le restant de mes jours,
pendant que, derrière moi, les autres poussent, deviennent
de plus en plus grands et projettent leur ombre sur moi.
« Voilà. Là tu es à la bonne place, Barnum. » Je me tais.
Je rentre à la maison, muet. J'en ai des fourmis dans les
mâchoires. Je dîne sans dire un mot. Je suis au bord des
larmes. Et quand enfin, plus silencieux que jamais, je me
couche, que la lumière est éteinte, j'ouvre la bouche en
poussant un profond gémissement, j'inspire à pleins
poumons, comme si j'étais resté sous l'eau depuis la
veille. Mais un soupçon m'envahit. Personne ne l'a
remarqué. Que j'ai cessé de parler. Mon silence avance,
ignoré. Mon aphasie ne change rien, strictement rien. Je
pourrais tout aussi bien être mort. Je tiens deux jours. Je
suis dans le salon, maman près de la porte-fenêtre ouverte
donnant sur le balcon. Elle fume une cigarette. « La
trousse », je marmonne. Elle se tourne lentement vers
moi, souffle un rond de fumée dans lequel j'introduis
mon doigt avant de le regarder se dissiper dans l'air.
« Qu'est-ce que tu viens de dire, Barnum ? » « Le bouton
est dans ma trousse. » Puis je mets mon doigt dans la
bouche. Maman sort sur le balcon, fait un signe de la
main. Je vais la rejoindre. En bas de la rue, papa est en
train d'astiquer la Buick. Il pourra bientôt se mirer dans les
enjoliveurs. Le soleil brille sur le capot. Nous sommes au
printemps, en mai, une période idéale en définitive pour
faire un herbier, un atlas, ou pour réaliser d'autres projets.
Maman écrase sa cigarette dans la jardinière, elle
m'enlace. « Ça te dirait de partir en voyage avec la voiture cet été ? » « Où ? » « Ça, c'est une bonne question. Je

te laisse choisir, Barnum. » Je veux surtout éviter d'avoir
à choisir seul. « Peut-être qu'on peut décider ensemble,
Fred et moi ? » Maman sourit. « Parfait. Fred et toi, vous
décidez. » Je réfléchis une seconde. « Et si on allait au
Groenland ? » Maman me relâche et rallume une cigarette.
« Il n'y a pas de routes pour aller au Groenland, Barnum.
Trouve autre chose. » « Et pourquoi pas au Danemark ? »
C'est au tour de maman de réfléchir. Papa, qui est adossé
à la voiture rutilante, m'appelle : « Tu viens, Barnum ? »
Au même moment, Fred déboule dans l'avenue. Je jette un
coup d'œil vers maman. « Dépêche-toi », dit-elle. Et je
vois à son visage qu'elle est heureuse, pour la première
fois depuis longtemps, depuis la mort de La Vieille. Je
dévale les marches quatre à quatre. Fred s'est déjà installé
à l'arrière. Je vais devant, à côté de papa, qui frotte ses
gants autour du volant et regarde dans le rétroviseur. « Où
as-tu envie qu'on aille, Fred ? » Fred ne répond pas. Il est
enfoncé dans le coin de la banquette, les bras croisés. Papa
attend. Ça ne change rien. Il choisit de se tourner vers moi,
et là, il éclate de rire. Puis il sort, va chercher quelque
chose dans le coffre et revient avec un gros coussin, plus
volumineux encore que celui dont il se sert. « Tiens,
Barnum. Tu as sûrement envie de voir un peu le paysage
toi aussi, hein ? » Il me le cale sous les fesses mais je ne
suis pas plus grand pour autant, je suis même plus petit ;
au lieu d'être soulevé, je suis comme aspiré par le siège de
cuir rouge. Papa me tapote le sommet du crâne. « Tu vois
mieux, Barnum ? » J'opine du bonnet, ne distinguant
guère que le tableau de bord et le ciel bleu strié de bandes
duveteuses obliques. Papa descend vers Majorstuen,
tourne à droite, défait la capote, tient son chapeau d'une
main et monte vers la colline de Holmenkollen, vers les
forêts. Sur les trottoirs, les gens se retournent à notre passage et papa en tire chaque fois un plaisir non dissimulé.
Un vent chaud me fouette le visage. Je suis obligé de
fermer les yeux et maintenant je vois tout. Le soleil se
déverse de toutes parts. Un insecte heurte le pare-brise où
il se coince. Papa l'envoie valser d'un coup d'essuie-
glaces. Un bout d'aile reste collé. Une voiture surgit

derrière nous. Un taxi. Papa change de vitesse et le sème au virage suivant. « Bon débarras ! », dit-il d'un ton satisfait. La route grimpe de plus en plus. Nous sommes seuls. Nous ne tardons pas à apercevoir la tour du tremplin de Holmenkollen et le petit étang bleu près de la piste de réception. Papa freine et se retourne. « Tu es déjà venu ici, Fred. Tu t'en souviens ? » Fred ne répond pas. Papa soupire, mais c'est un bon soupir. « C'était une belle promenade, même s'il s'était mis à pleuvoir. » Il réfléchit. « C'est ce jour-là que j'ai séduit ta mère, Barnum. » « Même s'il s'est mis à pleuvoir ? » demandé-je. Papa rit. « Il a suffi de rouler la capote et de continuer toutes vitres fermées. N'est-ce pas, Fred ? » Mais Fred garde toujours le silence. Le volume de ses sons est baissé à fond. Le taxi réapparaît dans le bas du chemin, il roule à petite vitesse. « Je crois que quelqu'un nous suit, papa », murmuré-je. « Tu as décidément une imagination délirante, Barnum », réplique-t-il en jetant tout de même un coup d'œil furtif dans le rétroviseur. Il poursuit sa route, ne s'arrête qu'une fois arrivé au dernier virage où il pousse jusqu'à l'extrémité du chemin, et, à voir au-dessous de nous le fjord, la ville et les forêts, j'ai l'impression que nous sommes garés sur un nuage. Papa sort de la voiture, nettoie la tache grasse du pare-brise avec son mouchoir. Il revient s'asseoir avec nous. « Regarde dans la boîte à gants », me dit-il. J'y trouve une bouteille de Coca-Cola. Je la sors avec délicatesse. Papa n'a pas oublié son décapsuleur. Il l'ouvre, boit une longue gorgée avant de passer la bouteille à Fred. Mais Fred n'en veut pas. Il est toujours confiné au bout de la banquette, les bras croisés. Ses cheveux, balayés en arrière à cause du vent, forment une sorte de houppe ondulée. Papa me tend la bouteille, j'en avale une gorgée. Nous ne parlons pas pendant un long moment. Le ciel d'un bleu impeccable glisse au-dessus de nous, poussé par une brise légère qui fait osciller la cime des arbres comme des torches vertes. Papa allume une cigarette et se penche contre l'appuie-tête. « Là, les garçons, il n'y a pas de doute qu'on passe un bon moment tous les trois. Hein ? » Je suis le seul à répondre. « Oui. » Papa pose son gant sur mon épaule. « C'est bien de se retrouver un peu entre hommes, Barnum. Car tu sais, les femmes, y a toujours un truc qui nous échappe chez elles. C'est pas toujours facile pour nous de les comprendre. » « Oui, mais combien ? » « Combien quoi, Barnum ? » « Combien est-ce qu'on comprend, papa ? » Il boit lentement à la bouteille avant de me la redonner. « Deux pour cent. Et encore. » Fred passe par-dessus la porte et va pisser contre un arbre. Papa continue de fumer. « Il ne t'a rien dit à toi non plus ? » chuchote-t-il. « Non, papa. » J'inspire la fumée, âcre, bleue ; la tête commence à me tourner. J'aime cette sensation. Papa ne dit plus rien lui non plus. Il écrase sa cigarette dans le cendrier entre nous. Au moment où il coule un regard vers Fred, toujours en train de pisser derrière l'arbre, je chipe le mégot. « Comment ça se passe à l'école ? » « Je suis le plus petit de la classe. » « Ne me dis pas que ça te pose un problème ! » « J'aimerais bien être un peu plus grand. » Papa rit. « Moi aussi j'étais le plus petit, Barnum. Et regarde ce que je suis devenu ! » Je suis incapable de répondre quoi que ce soit, ne sachant s'il s'agit d'une consolation ou d'une menace. Je me contente de bredouiller un « d'accord ». Nous sommes assis chacun sur notre coussin. Entre le volant et lui, papa a à peine assez de place pour son ventre. Sa cuisse molle me rentre dans le genou. « Un jour, j'ai eu la chance de connaître l'homme le plus grand du monde. Il n'était pas plus heureux pour ça. Au contraire. » « Il était grand comment ? » Papa sourit. « Il y avait un conflit d'experts à ce sujet. Toujours est-il qu'il était suffisamment grand pour ne pas pouvoir toucher ses chaussures du bout des doigts, Barnum. » Je pouffe de rire. Ç'avait dû être quelque chose… Ne pas pouvoir toucher ses propres chaussures. Une ombre vient se plaquer sur le visage de papa. Il ferme les yeux et prend ses lunettes de soleil. Puis il prononce cette phrase (cette fameuse phrase qu'il répétera tant et tant de fois au cours des quelques années qui le séparent encore de son décès) : « Le plus important n'est pas ce que tu vois, Barnum, mais ce que tu crois voir. » Fred a enfin fini de pisser, il regagne sa place dans son coin. J'ai la

sensation qu'un souffle glacé entre avec lui, que son
silence nous gèle jusqu'aux os. « Nous étions en train de
discuter de la vie. Qu'est-ce que ça t'inspire, Fred ? » Il ne
sort de lui aucune réponse et il ne sert à rien d'en attendre
une. Fred est éteint. Fred est en position veille. Papa
pousse un nouveau soupir, profond celui-ci. « Aphasie…
Ça fait mal ou bien tu ne ressens strictement rien ? » Sa
remarque le fait aussitôt glousser. Fred ne rit pas. Il n'émet
aucun son, aucun bruit. Papa renonce. « Un jour, j'ai traversé le maelström de Moskenes. Seul. C'est le courant le
plus violent qui soit dans les mers du monde entier. On a
l'impression de ramer dans l'œil du démon. » Je me tais
moi aussi. J'écoute. Papa frotte lentement ses gants sur le
volant. « Mais je suis arrivé à bon port, les garçons. C'est
ce qui compte dans la vie. Arriver à bon port. » « Quel
port ? » Papa lâche le volant. « Ici, par exemple. Parmi
vous, je suis à bon port. Vous êtes mon port. »

C'est ce moment-là que choisissent les deux hommes
pour apparaître. Je les vois sortir du bois. Ils s'arrêtent un
instant, jettent un regard circulaire à moins qu'ils n'échangent un regard. Ils avancent vers nous. Ils sont vêtus d'un
costume sombre. Ils marchent en rythme. J'ai tout juste le
temps de remarquer que papa s'apprête à tourner la clé
dans le démarreur. Mais c'est trop tard. Il lâche la clé,
s'empare du coussin sous mes fesses, le pose au-dessus du
sien, se redresse et il se tourne vers les deux hommes, un
coussin plus haut qu'à l'ordinaire. « Beau temps, n'est-ce
pas ? » lance-t-il. « Arnold Nilsen ? » demande l'un des
deux. Papa feint l'étonnement en entendant son propre
nom. « Arnold Nilsen ? Oui, ce nom ne m'est pas tout à
fait inconnu. » L'autre homme ouvre la portière. « Nous
voulons vous parler. » Papa ne bouge pas. Comme s'il se
retenait au volant. Son visage devient inexpressif. Il les
suit. Le trio disparaît entre les arbres. Je ne sais pas ce qui
se passe. Je sais simplement que tout cela n'augure rien de
bon car j'ai vu le visage de papa. J'ai peur. Peur d'une
manière inédite. Il faut absolument que Fred dise quelque
chose, là, maintenant. « Dis quelque chose », chuchoté-je.
Il ne dit rien. A-t-il autant peur que moi ? Je me retourne.

Je ne vois aucune différence, sinon un vague sourire sur son visage. Ses lèvres s'entortillent autour de sa bouche. J'ai encore plus peur. Je ne dois surtout pas faire sous moi. Je ne dois pas pleurer, surtout. Si j'appuie sur le frein à main entre les deux sièges, la voiture amorcera sa descente et ne s'arrêtera qu'une fois que les roues avant auront touché le fond du fjord d'Oslo. Ma main enserre la tige de métal encore chaude, je la sens trembler entre mes doigts. Voilà, je pourrais dès à présent enfreindre toutes les règles du code de la route. J'ai la chair de poule. Mes deux bras sont tétanisés. Soudain, Fred me colle une claque derrière le crâne. Je suis tellement content. Je relâche le frein à mains, j'ai envie de le remercier. Je n'en ai pas le temps. Papa revient en compagnie des deux hommes. Il s'arrête devant la porte ouverte. Il nous dévisage. Son pantalon est sale. Il n'a plus son chapeau. La raie de ses cheveux part du mauvais côté. Il essaie de rire, mais ce rire s'évanouit avant même d'être formé. « Je crois bien que vous allez devoir descendre, les garçons », dit-il. Je vais me poster à côté de lui. Fred reste assis à l'arrière. « Descends de la voiture ! » répète papa. Est-ce maintenant que Fred va se mettre à parler ? Est-ce pile maintenant qu'il va dire quelque chose, qu'il va prononcer une phrase, celle qui fera que les deux étrangers fuiront, que nous rirons, que tout redeviendra comme avant ? Je n'espère que ça. Je n'attends que cette délivrance. En vain. Elle ne vient pas. Fred est enfermé dans son silence. Il prend son temps, il traîne. Papa se penche sur la porte. « S'il te plaît, Fred », murmure-t-il. Fred hausse les épaules, comme si tout ça commençait à l'ennuyer. Enfin il sort. Les deux hommes repoussent papa et s'installent à l'intérieur. L'un d'eux, celui qui ne s'est pas mis au volant, lance les coussins par la portière avant d'éclater de rire. Et ils partent. Ils s'en vont dans la Buick de papa. Au virage suivant, ils ont disparu. Et nous, nous restons plantés là. C'est incompréhensible. Il reste dans l'air une odeur de brûlé, d'essence et de soleil. Papa retourne dans la forêt chercher son chapeau. Il est tout cabossé. « Les coussins », dit-il d'une voix sourde. Je les ramasse. Nous descendons vers la ville. Nul ne

parle. Papa marche devant, soufflant, haletant, la nuque
trempée. Il ressemble à un carré noir dans la lumière
chaude. Je suis au milieu. Je porte les coussins. Et c'est en
marchant sur cette route, un coussin pesant dans chaque
main, que je décide de cesser de manger. Puisque Fred a
cessé de parler, eh bien moi je vais arrêter de m'ali-
menter. Il n'y a aucune alternative. Dire que je n'y ai pas
pensé plus tôt… C'est pourtant simple. Si je ne mange
pas, je vais forcément grandir. Au lieu de grandir en largeur comme papa le fait depuis tant d'années, précipité
irrépressiblement à terre par son propre poids, moi, je vais
grandir en hauteur ; je vais m'étirer, mince, fluet, en état
d'apesanteur, et le jeûne me soulèvera. Papa veut s'arrêter
dans un endroit nommé L'Auberge de la Colline. Il se paie
une bière. Mais avant de la boire, il va aux toilettes. Fred
et moi sommes assis à une table près de la fenêtre. Un
bouquet de fleurs fanées est posé sur la nappe entre nous
deux. Je me suis installé sur les coussins. Bientôt, je n'en
aurai plus besoin. Quand papa revient, il s'est recoiffé, a
rajusté son chapeau, ciré ses chaussures et nettoyé son
pantalon. Il se ressemble de nouveau, à un poil près. Une
ombre qu'il n'a pas réussi à éliminer se dessine sous ses
yeux. « Vous voulez manger un sandwich ? » « Non
merci », je réponds. J'ai déjà cessé de manger. À peine si
je n'ai pas l'impression d'avoir déjà pris quelques centimètres. Papa boit sa bière brune d'un trait et repose son
verre avec circonspection, comme si le moindre bruit risquait de tout anéantir (ou du moins ce qu'il en reste, c'est-
à-dire pas grand-chose), ce qui ne l'a pas été déjà. Papa me
toise. « Pas un mot de tout ça à maman ! » prévient-il. Je
secoue la tête énergiquement, à plusieurs reprises. Papa
opine en signe d'assentiment puis se retourne aussi sec sur
Fred. « Et si tu te mets à parler maintenant, toi, tu as vraiment choisi ton plus mauvais moment ! Garde ton
aphasie ! » Nous rentrons sur ces entrefaites. Maman nous
attend. « Vous en avez mis du temps ! » Papa me retire les
coussins des mains, file s'étendre sur le divan du salon.
Maman le regarde avec stupéfaction. Fred change de
chaussures et ressort. De l'équipée, en somme, il ne reste

plus que moi, bras ballants. « C'était une belle promenade ? » demande maman. « Oh oui, maman ! » Je dois
me concentrer pour ne pas dire d'âneries ni révéler de
choses devant être gardées secrètes. « On est allé à
l'endroit où papa t'a séduite. » Elle marque une pause,
l'air intrigué. Elle aussi doit réfléchir. « Le bouton n'était
pas dans ta trousse, Barnum. » « Ah bon ? » « Non,
Barnum. » Elle se tourne vers papa. Il est allongé, les
coussins sous la tête, le journal sur le visage ; un léger
souffle agite les pages. « Qu'est-ce que tu veux faire avec
le bouton ? » « Va te laver les mains », répond-elle. Elle se
précipite dans la cuisine d'où s'échappe une odeur de
brûlé. Une fois dans notre chambre, je sors ma trousse.
Maman avait raison. Le bouton n'y est plus. Soit je l'ai
perdu à l'école, soit je sais qui l'a pris – et il nous faudra
de très nombreuses années pour qu'un jour le même
bouton réapparaisse, telle une petite roue qui aurait traversé notre existence. « Le dîner va refroidir ! » appelle
maman. Papa musarde dans le salon. Je musarde dans la
chambre. Adossé à l'encadrement de la porte, je pose ma
main à plat sur ma tête, mais aucune différence n'est perceptible, même si j'inclus les boucles dans ma mesure.
Mais il est vrai que j'ai à peine commencé de jeûner et ce
n'est pas en refusant un vulgaire sandwich à L'Auberge de
la Colline qu'on prend quelques centimètres. Il va falloir
refuser davantage de nourriture pour que ça marche.
Maman s'impatiente. Elle nous appelle d'une voix plus
impérieuse cette fois. Nous passons à table dans la cuisine. Il y a encore des boulettes de poisson au dîner. Les
places de Boletta et de Fred sont vides. Maman nous sert
de l'eau. « Où as-tu garé la voiture ? » Papa mâche lentement, ou plutôt : il brise la boulette de poisson entre ses
dents. « Boletta est encore fourrée au Pôle Nord ? »
Maman ne répond pas. Papa se bourre de boulettes. « Tu
ne trouves pas qu'elle y est un peu trop souvent pour son
âge ? » Le regard de maman se fige. « Je t'ai demandé où
tu avais garé la voiture », répète-t-elle – et je suis frappé de
constater qu'aucun d'eux ne répond à la question qui lui
est posée, mais se fourvoie en posant une autre question

sur un tout autre sujet. Je n'ai jamais vu papa adopter une
telle attitude. Il ne parvient même pas à en rire. Son regard
se dérobe sous l'effet de la confusion. « Elle est au
garage », marmonne-t-il. Maman se penche au-dessus de
la table. « Qu'est-ce que tu dis ? » « Je te dis qu'elle est au
garage, putain de merde ! » Là, il ne marmonne plus. Il
hurle. Maman s'affaisse un peu sur sa chaise. « Au
garage ? Vous êtes tombés en panne ? » Papa me jette un
coup d'œil rapide, il semble pris au dépourvu. « Il y avait
un bruit dans le frein à main ! » dis-je. Maman hausse les
épaules et fait passer la casserole. Je la tends à papa. « Tu
ne manges pas, Barnum ? » « On a mangé des sandwiches
à L'Auberge de la Colline, réplique papa. Tout près du
garage. » Le silence retombe. Comme si la tranquillité
dégringolait sur nous. Elle ne dure pas. « Un bruit dans le
frein à main ? » s'étonne maman. Papa n'en peut plus.
« Depuis quand tu t'y connais en bagnoles ? » ronchonne-
t-il. « Je n'ai jamais prétendu que je m'y connaissais. »
« Alors boucle-la, bordel ! » Sa nuque se tend comme un
arc au bout duquel pend sa tête. Maman repose son couteau et sa fourchette. Elle plante son regard dans celui de
papa et ne baisse pas les yeux. « J'aurais mieux fait de me
taire », dit-il d'une voix étouffée. « En effet, tu as perdu
une occasion de te taire », rétorque-t-elle avant de filer
dans la chambre à coucher. Elle ferme la porte à clé. Elle
ne la rouvre pas avant le lendemain matin. Papa a passé la
nuit à inventer une fable. « J'ai vendu la voiture. » Maman
le fusille du regard. Papa dévie le sien vers moi. Boletta se
lève du divan. « Vendu la voiture ? » murmure-t-elle.
Papa acquiesce. Maman est dépassée. « Je croyais que
nous prenions la voiture pour partir en vacances cet
été ? » Papa baisse les yeux. « Peut-être l'été prochain, ma
chérie. » Maman claque la porte pour la rouvrir aussitôt.
« L'été prochain ? Et moi qui ai promis à Barnum que
nous partions cet été ! » Papa se tourne vers moi. « Ça ne
fait rien », chuchoté-je. Papa se fend d'un sourire forcé.
« Tu vois ! » fait-il. « Mais pourquoi as-tu vendu la voiture ? » demande Boletta. Papa prend une inspiration.
« Parce que nous avions besoin d'argent. » Furieuse,

maman tape du pied par terre. « Tu mens ! Et tu oses me balancer tes mensonges à la figure ! » Papa est à court de regards comme d'arguments. Aussi feint-il d'être offensé, ce qui a le don d'énerver maman davantage. Je m'interpose : « Le plus important n'est pas ce que tu vois, mais ce que tu crois voir. » Papa pose sa main raide sur mon épaule en témoignage de sa gratitude tandis que maman secoue la tête en signe de dénégation – et pendant un mois encore elle ne se départira pas de sa colère, elle marchera dans l'appartement en tapant des pieds, foncera à la cuisine me préparer mes casse-croûtes que je jetterai dans la première poubelle venue dès que je serai à l'abri des regards.

Car, à dire vrai, personne ne remarqua réellement que j'avais cessé de manger, l'attention qu'on y accorda était à l'aune des traces laissées par mon silence. En revanche, je tins plus longtemps. Je jeûnais en silence. Voilà, j'avais moi aussi mon aphasie. L'aphasie de l'estomac et des intestins. Et j'y travaillais d'arrache-pied. Esther me donnait-elle un sachet de sucre candi que je le cachais sous une pierre derrière les bâtiments de la NRK. Au réfectoire, je faisais semblant de manger les carottes et les tartines qu'on nous servait, mais je fonçais tout vomir aux toilettes l'instant d'après. À la maison, je me contentais de faire tourner les plats et les casseroles. Personne ne disait rien. J'étais invisible. La faim me rendait transparent, vide. Chaque soir, je mesurais ma taille le long du chambranle sans percevoir la moindre différence. La marque que j'avais dessinée ne progressait pas. Mon retard frisotté demeurait invariablement identique. Il me fallait m'armer de patience. Grandir est une action lente. Et tout le monde avait fort heureusement une multitude d'autres préoccupations en tête. Maman ne décolérait pas à cause de la disparition de la voiture et papa se donnait un mal de chien pour qu'elle retrouve sa bonne humeur en lui achetant des fleurs, en rentrant tous les soirs à la maison, en nettoyant les carreaux, en lui répétant qu'elle était belle comme le jour et plus belle que jamais. En vain. Il était impossible de dissiper la fureur de maman, qui devait mener son petit bonhomme de chemin jusqu'à ce qu'elle s'épuise d'elle-même. Boletta buvait de la bière au Pôle Nord et Fred était obnubilé par son mutisme. Pourtant, un soir, il me sembla qu'il me regardait avec un œil neuf, et je crus qu'il s'apprêtait à dire quelque chose : que j'avais changé, que je n'étais plus le même. Raté, cela non plus, ça n'arriva pas. J'avais perdu plusieurs kilos. Je voulais les échanger en centimètres. Hélas, ils se faisaient désirer. Au début, j'étais fatigué, flasque. J'avais à peine le courage de me lever le matin. Toute mon activité se résumait à ne pas manger. Le jeûne était mon unique pensée. Je dus aussi aller plus souvent aux toilettes. Cela finit par cesser. De toute façon, je n'avais plus grand-chose à évacuer. C'était comme une addition de calcul. Le résultat augmentait, forcément. Mis à part que je n'avais toujours pas grandi. Mais je refusais de baisser les bras aussi vite. Jamais durant mon existence je n'ai autant cessé de manger. Je devins une ombre imperceptible dans le soleil du printemps. Personne ne voulait voir mon jeûne. Jusqu'à ce que je m'évanouisse dans les bras de Knokkel, pendant l'heure de religion, le dernier jour d'école juste avant les grandes vacances. On me porta à l'infirmerie. Je me réveillai sur un matelas. La faim résonnait comme une drôle de chanson dans ma tête. J'étais nu. Le médecin scolaire examinait mon petit corps rabougri en roulant de grands yeux inquiets. « Ça fait longtemps que tu as mangé pour la dernière fois ? » demanda-t-il. « Oui, longtemps », chuchotai-je. Il secoua la tête. « Mais pourquoi ? » J'étais incapable de répondre. « Je ne sais pas. » Il posa un doigt sur mon poignet en comptant à voix haute. « On ne te donne pas à manger à la maison ? » enchaîna-t-il quand il eut terminé. Ce fut là que je donnai la mauvaise réponse. Je m'en aperçus au moment précis où les mots franchirent la barrière de mes lèvres. Le mensonge avait germé dans ma bouche et il ne serait pas sans conséquences diverses et variées. « Pas beaucoup », dis-je. Le médecin lança un coup d'œil discret à l'infirmière qui se tenait près de la porte, les bras croisés. Elle téléphona immédiatement à ma mère. Après qu'on m'eut pesé, j'eus la permission de me rhabiller. Maman arriva au bout d'une heure. Elle dut, dans un premier temps, s'entretenir avec le médecin scolaire et le censeur. J'attendais sur le matelas. L'infirmière me surveillait. Croyait-elle que j'allais m'enfuir ? Elle pouvait être sûre du contraire. Je n'en avais pas la force. J'arrivais tout juste à soulever ma main pour me gratter le dessous du nez. « Alors comme ça on ne te nourrit pas chez toi ? » J'aurais voulu dire quelque chose, dire que ce n'était pas vrai, que notre table ne manquait jamais de rien, que notre maison croulait sous les victuailles : boulettes de poisson, côtelettes, ragoût, soupe de chou-fleur, concombres à la saumure ; mais au même moment, maman sortit du bureau, tête baissée, rouge de honte, ployant sous la honte. Non seulement elle avait un fils atteint d'aphasie, mais elle en avait un autre, qui était trop petit et dénutri. Soudain, elle se redressa et souffla la mèche de cheveux qui lui tombait sur le front. Ses yeux s'éclaircirent, elle retrouvait son énergie. « Qu'avons-nous eu au dîner hier soir, Barnum ? » « Des restes », murmurai-je. Elle me prit par la main et m'emmena dehors. Une fois dans le parc, elle explosa. Elle s'assit sur un banc et fondit en larmes. « Comment as-tu pu dire une chose pareille ? Qu'on ne te donne pas à manger ? » « Je voulais pas... » fut ma seule réponse. Elle se tordit les mains. « Mais qu'est-ce que j'ai fait de mal ? » sanglotait-elle. Je m'approchai. « Tu n'as rien fait de mal, maman. » Elle leva les yeux vers moi, on aurait dit qu'à cet instant elle remarquait pour la première fois combien j'avais maigri. Elle me serra dans ses bras. Lorsqu'elle sentit sous ma chemise mes côtes aussi saillantes qu'un boulier, ses pleurs redoublèrent. « Qu'est-ce que nous allons faire de toi, Barnum ? » Elle ne tarda pas à le savoir. Un courrier du médecin scolaire adressé à papa et maman arriva à la maison. On allait m'expédier dans une ferme où je séjournerais pendant quinze jours durant lesquels je serais engraissé. Cette fois la colère s'empara de papa. Il tapa du poing sur la table et refusa catégoriquement. Ils n'eurent néanmoins pas le choix (et je ne veux pas en dire davantage, pas pour le moment ; je mentionnerai simplement la cure Weir Mitchell et le fait que maman m'accompagna au train).

J'avais un sac à dos où j'avais rangé mes vêtements, ma brosse à dents, ma règle. Le paysan en personne vint me chercher à la gare de Dal et me conduisit en fourgonnette jusqu'à sa ferme située près d'un lac appelé Hurdalsjøen. Je l'apercevais depuis ma chambre, le soir. Je voyais dans le clair de lune des poissons plonger hors de l'eau. L'épouse du paysan avait des mains énormes. Il y avait aussi deux autres garçons. J'étais encore plus maigre qu'eux. J'étais devenu un véritable patapouf à mon retour et je redevins moi-même avant la rentrée des classes : ni plus grand ni plus petit, ni trop haut ni trop court, j'étais Barnum une bonne fois pour toutes, comme si rien ne s'était passé, comme si la cure Weir Mitchell à Hurdal n'avait été qu'un rêve. Je fus convoqué à l'infirmerie. Le médecin scolaire m'examina le corps dans ses moindres recoins, de la bouche jusqu'aux fesses. Il en conclut que j'étais rétabli : la cure avait fonctionné, la graisse était richement répartie sur l'ensemble du corps, les villosités intestinales participaient tellement bien au processus de digestion que c'en était un bonheur. « Tu t'es bien amusé à la ferme ? » demanda-t-il. Il me fut littéralement impossible de répondre. Je me bornai à hocher la tête. Papa et maman purent enfin pousser un soupir de soulagement, Esther poser sa main dans mes boucles, et le reste de la classe se moquer de moi vu que les filles avaient grandi pendant l'été, poussé à une vitesse phénoménale. Sans moi. Je me retrouvais confiné en pays Lilliput, dans le froid mordant, seul et silencieux, je devais systématiquement lever les yeux pour voir les autres et n'avais personne sur qui les baisser. J'aurais donné n'importe quoi pour raconter à Fred tout ce qui s'était passé à la ferme. J'aurais pu lui dire que je ne m'étais pas amusé du tout. Mais ça aussi, ça m'était impossible. Son silence était encore plus immense. Son silence vidait les rues et les villes. Peut-être existait-il aussi une cure pour les muets ? Cette idée me plaisait. Je voyais la scène d'ici : une ferme à la campagne, ou dans un parc, où les muets, assis à l'ombre des arbres, seraient forcés de se parler, un seul mot le premier jour, quatre le second, et, au douzième et dernier jour, ils seraient capables de prononcer une phrase entière. Je la baptisai la cure Barnum. À ceci près qu'il n'existait aucune cure, aucun remède pour Fred.

Il se mit à pleuvoir en septembre. Papa s'était absenté tout un week-end. Il rentra le lundi. Il ne prit pas le temps de retirer sa gabardine, ni ses chaussures mouillées. Il se précipita dans le salon et posa un paquet volumineux sur la table. Il allait rendre maman heureuse une bonne fois pour toutes. « Venez voir ! » cria-t-il. Nous nous rassemblâmes autour du carton. Moins pressé soudain, papa prenait son temps. Il essuya consciencieusement ses gants avec un mouchoir, se repeigna, planta une cigarette entre ses lèvres et chercha des yeux la boîte d'allumettes. « Vous avez hâte de savoir ce que c'est, hein ? » Mais papa n'obtint pas la réaction qu'il attendait. Nous ne trépignions pas d'impatience, ni ne protestions devant tant d'atermoiements. Nous ne nous ruions pas sur le carton ni ne le déchirions par tous les bouts. Nous étions un public minable, ingrat. Peut-être étions-nous tout bonnement épuisés par tous ces événements qui avaient suivi la mort du roi Haakon et de La Vieille, à quelques heures d'intervalle l'un de l'autre ; c'était trop pour nous, nous n'en pouvions plus, nous ne serions bientôt plus capables d'en supporter davantage, la représentation avait duré trop longtemps et nos sens s'étaient émoussés, notre esprit était en miettes, nous étions moulus. Une fraction de seconde, papa fut désemparé. Il ôta la cigarette de sa bouche, la replaça dans son étui, comme s'il voulait remonter le temps et recommencer son numéro de zéro. Il rata son effet là aussi. Il n'éprouvait pour nous qu'un immense mécontentement. Il était vexé, il devait improviser. En vertu de quoi il quitta la pièce, purement et simplement, en emportant la caisse avec lui. Peut-être voulait-il refaire son entrée en scène, apparaître d'une autre manière, sans sa gabardine, sans ses chaussures détrempées – et c'était presque une consolation en soi : que la possibilité nous soit donnée de recommencer nos actes, de les fignoler, les

parfaire. « Mais où tu vas ? » demanda maman. Papa
s'immobilisa, fit lentement demi-tour, feignant la surprise.
« Tiens… J'ignorais que vous étiez là. » Maman sourit.
« Nous sommes là, Arnold, voyons… » Oui, nous étions
tous là : Boletta, maman et moi, même Fred était là. Papa
nous dévisagea à tour de rôle comme s'il nous voyait pour
la première fois. « Il me semblait juste qu'il fallait que je
descende les poubelles », bougonna-t-il. Maman dut le
rassurer. « Arrête donc tes bêtises et montre-nous plutôt ce
que tu nous as apporté. » Papa hésita un moment avant de
revenir avec son carton. Il avait repris le dessus, et il le
savait. Il nous tenait enfin dans le creux de la main.
« Bon… Puisque vous y tenez… soupira-t-il. Si tant est
que mes petits cadeaux puissent être d'un quelconque
intérêt pour vous… » Sur ce, il coupa la ficelle, défit les
rabats du couvercle, prit une profonde inspiration et nos
yeux s'écarquillèrent lorsqu'il souleva un pick-up de
marque Radionette, un électrophone, un vrai, à deux
vitesses, 33 et 45 tours, avec un bras automatique. Nous
nous approchâmes. Pour toucher du doigt la merveille.
Papa prit sa cigarette et l'alluma, l'air malgré tout satisfait
de son petit numéro. « C'est bien joli tout ça, mais nous
n'avons pas de disques… », déplora Boletta. Comme si
papa n'y avait pas songé. Le voilà l'instant qu'il attendait
tant. Avec un sourire en coin, il souffla la fumée de sa
cigarette par la commissure de ses lèvres retroussées.
« C'est justement la raison pour laquelle j'apporte dans
cette maison la nouvelle étoile qui va briller de sa fabu-
leuse lumière dans le firmament musical. » Tout à coup,
une pochette jaune se matérialisa entre les gants de papa.
J'étais absolument incapable de voir d'où il l'avait
extraite. C'était à nous de soupirer à présent ; à l'exception de Fred. Papa murmura : « Il s'appelle Cliff
Richard. » Il posa délicatement le disque sur l'électrophone, appuya sur un bouton, le pick-up quitta son support
et glissa de lui-même jusqu'aux sillons. Aux sifflements et
crépitements se substituèrent des bruits caverneux,
ramollis, suivis d'une voix si lente, si grave qu'elle ressemblait à s'y méprendre à l'enterrement du roi Haakon à

l'envers. Papa était dans tous ses états. Il enfonça sa cigarette entre les lèvres de Boletta avant de tourner un petit
bouton trois fois de suite. La vitesse augmenta, le saphir
sauta quelques sillons, mais nous finîmes par l'entendre,
d'une voix si claire, si pure, si proche, comme s'il se trouvait en chair et en os dans notre salon : Cliff Richard chantant *Livin' Lovin' Doll*. Et il continua de chanter. Une fois
le disque terminé, le bras du pick-up se souleva pour se
repositionner au début du morceau. Nous l'entendions
encore au moment de nous coucher. Papa et maman dansaient dans le salon tandis que Cliff Richard chantait.
Après quoi des voix tonitruantes résonnèrent dans la
chambre à coucher. La même scène se répéta le lendemain soir. Cliff Richard chantait *Livin' Lovin' Doll*, papa
et maman dansaient dans le salon, puis leurs voix dans le
lit étaient tout aussi tonitruantes. En attendant que l'envie
leur passe définitivement, Boletta s'enfuyait au Pôle Nord
et Fred passait ses soirées dehors. Il ne restait plus que moi
à la maison, couché avec mon oreiller sur la tête, à écouter
ces concerts interminables, chaque soir sans exception :
Cliff Richard, *Livin' Lovin' Doll*, et l'étrange charivari qui
s'ensuivait. Papa et maman s'étaient retrouvés l'un l'autre
et tous deux avaient trouvé Cliff Richard. La comédie dura
tout l'automne. J'aurais dû me réjouir. Mais je n'y arrivais
pas. La Vieille était morte, Fred était muet et je ne grandissais pas d'un centimètre puisque le chambranle de la
porte ne me révélait strictement rien – et voilà pourquoi je
ressentirai pendant longtemps ce coup au cœur, ce goût de
chagrin sur ma langue, qui très vite se transformeront en
honte, en panique, chaque fois que j'entendrai Cliff
Richard, par hasard, à la radio, dans un ascenseur ou au
comptoir d'un bar : sa voix sèche et lisse à la fois, une voix
sans fêlure, belle et invisible, jusqu'à ce que je le voie lui,
de mes propres yeux, près de la piscine de l'hôtel Kempinski à Berlin ; et la vue de Cliff, à elle seule, suffira en
quelque sorte à lever pour de bon la malédiction, le coup
au cœur se résorbera et gonflera en sens inverse, le chagrin se métamorphosera en rire, de même que Fred finira
lui aussi par rompre son interminable silence.

Car un soir plus un bruit ne résonna dans le salon, encore moins ailleurs. Je demeurais longtemps éveillé, sans rien entendre. L'électrophone était silencieux. J'écoutais, en vain. Le lendemain matin, maman entra dans la chambre, le tourne-disque dans ses mains. « Cadeau ! » fit-elle. Je voulus lui demander ce qui s'était passé. Je n'osais pas. Elle se contenta de le poser sur la table, puis de ressortir. Papa se volatilisa plusieurs jours d'affilée. Boletta avait mal au crâne. Fred a tout de même fini par rentrer, toujours muré dans son silence. Il se mit à neiger. Nous vivions dans un film muet. Il n'y avait même pas de sous-titres entre les différentes scènes. Et la neige tomba sans discontinuer. Nos bouches en étaient pleines. À un moment donné, tout cela me devint insupportable. C'était au fond une soirée comme les autres. Le printemps était arrivé. J'entendais les sonnettes des vélos faire une course de vitesse en descendant l'avenue. La pièce était inondée de silence et de soleil. Debout dans l'encadrement de la porte, je mesurais ma taille. Je n'avais pas pris un centimètre. Il me fallait du bruit. Il me fallait entendre quelque chose. J'appuyai sur le bouton du tourne-disque. Le bras se leva. Il se posa sur les sillons. Je soufflai sur la poussière accumulée autour du saphir. Jamais le silence n'avait été aussi grand dans ma tête. Et, dans la même seconde, ou juste après, dans le coin de la seconde, Cliff Richard se mit à chanter, dans notre maison, encore une fois et pour la toute dernière fois, *Livin' Lovin' Doll*. Soudain, Fred sauta de son lit, arracha le bras du pick-up, lança le disque contre le mur et planta ses yeux dans les miens. Le silence était double. « Tu veux que je tue ton père pour toi, Barnum ? » demanda-t-il. Fred avait parlé. C'était la première chose qu'il avait dite. J'étais tellement content. Je ris. « Qu'est-ce que tu viens de dire ? » Fred s'approcha de moi. « Tu veux que je tue ton père pour toi, Barnum ? » Je ne riais plus. Il s'empara de l'électrophone, descendit dans la cour et le jeta à la poubelle – et il me semble que, par la suite, le concierge Bang prit soin de l'appareil, vu son habitude d'aller toujours farfouiller dans les conteneurs avant qu'ils ne soient vidés, mais il ne réussit manifestement jamais à le faire fonctionner. Je courus dans le salon. Maman était assise près de la porte ouverte donnant sur le balcon. Elle dormait. « Fred a parlé », murmurai-je. Elle se réveilla lentement, souleva la tête, se frotta les yeux pour se débarrasser du sommeil. « Pardon ? » « Fred a parlé ! » Maman se releva d'un bond. « C'est vrai ? » « Oui ! Fred a parlé ! » « Mais qu'est-ce qu'il a dit ? » Ma voix s'arrêta net. « Mais qu'est-ce qu'il a dit, Barnum ? » Je baissai les yeux : « Qu'il n'aime pas Cliff Richard. »

La nécrologie

Un matin que nous prenions notre petit déjeuner à la cuisine, maman poussa un cri. Fred avait eu beau recommencer à parler depuis belle lurette, il ne disait rien. En fait, c'était papa le plus silencieux à présent. L'électrophone lui manquait. Et la Buick encore davantage. Quant à nous, nous n'étions guère plus loquaces. La Vieille nous manquait. Je me prêtais parfois à songer : peut-être, au fond, il serait préférable que nous perdions la voix, tous en même temps, équitablement, que nous soyons tous contaminés par l'aphasie, étant donné la quantité de sujets de discussion que nous n'avions pas le droit d'aborder entre nous. Ce fut à ce moment très précis que maman poussa un cri. Elle était allée chercher le journal et voilà qu'elle accourait vers nous, les cheveux en bataille, la chemise de nuit de travers, en brandissant l'édition du matin d'*Aftenposten* comme un trophée. « Il y a un article sur nous dans le journal ! s'époumonait-elle. Il y a un article sur nous dans le journal ! » Jamais je ne l'avais vue aussi surexcitée (et ce sera d'ailleurs la dernière fois). Elle déblaya la table en quatrième vitesse et y jeta le journal. Histoire que nous le voyions de nos propres yeux. Y figurait effectivement un article. Sur La Vieille. Sa nécrologie. Avec deux années de retard. Maman s'assit entre nous, les yeux déjà ruisselant de larmes. Boletta, dont la vue ne s'éclaircissait pas avant la tombée de la nuit, se pencha sur la table, livide, bouleversée. « Lis ! » murmura-t-elle. Alors, levant le journal, maman lut à haute voix, dans la langue de sa grand-mère – et voici le souvenir que je garde de ces mots, tendres, bancals, danois, dans la bouche de maman.

L'ÉTOILE INVISIBLE

« La superbe Ellen Jebsen a cessé d'interpréter son rôle terrestre et quitté les coulisses chancelantes de notre temps. Nous qui la connaissions, éprouvons dans notre cœur un chagrin infini qui ne saurait être lénifié qu'au moment où nous la rejoindrons dans les ténèbres. Elle naquit à Køge, en 1880. Son père était un sellier et un tapissier très respecté, mais c'était surtout à sa mère qu'elle ressemblait et dont elle avait précocement appris l'art du récit en écoutant ses histoires, aux premières heures du crépuscule, tandis que le parfum des pommes cuites au four emplissait la pièce avec cet arôme si singulier auquel seule s'ouvre l'imagination.

Néanmoins, ce ne fut que lors de sa rencontre avec Wilhelm, ce jeune marin extrêmement doué, que sa vie marqua un tournant décisif, le premier parmi tous ceux qui devaient encore la jalonner. Ils se croisèrent pour la première fois sur la patinoire du Pavillon Maritime, alors que la famille Jebsen profitait d'une excursion à Copenhague. Wilhelm refusa tout bonnement de laisser partir une si jolie jeune fille. Il serait vain, même en cette circonstance, dans ce commentaire post-mortem, de faire mystère du regard réprobateur que ses parents ne manquèrent pas de jeter sur cette alliance qu'ils tentèrent du reste par tous les moyens d'empêcher. Je ne mentionne pas cette péripétie dans le dessein d'entacher leur réputation, mais bien au contraire afin de montrer quelle force régissait l'amour de nos jouvenceaux. Mais comme le dit hélas le poète : le plus vrai des amours conduit au plus grand des malheurs. Ils n'eurent jamais la possibilité de sceller leur union. En juin 1900, Wilhelm fut engagé sur le *s/s Antarctic*, qui partit de Copenhague pour le Groenland, avec pour mission de rapporter un bœuf musqué que l'on destinait au Jardin zoologique. Il ne rentra jamais. Wilhelm disparut au nord, dans la banquise. Il ne regagna pas le navire après une chasse qui les avait entraînés, le sous-canonnier et lui-même, sur l'autre rive du fjord où ils étaient partis à la recherche de bœufs musqués. Ses traces s'arrêtèrent devant une crevasse et son corps ne fut jamais retrouvé. Que la paix soit également avec lui.

Mais à Køge vivait celle qui l'attendait. Elle attendit en vain. La même année, elle donna naissance à leur fille, baptisée ensuite Boletta. Sans trop vouloir m'appesantir sur ce fait, inouï en son temps, je tiens néanmoins à souligner brièvement qu'elle rompit avec sa famille et s'installa à Copenhague où l'on put la retrouver au guichet du tout premier cinématographe du Danemark, sur Vimmelskaftet, dans le centre de la capitale, en cette période pionnière de l'image animée lorsque les films étaient alors intitulés *Susanna au bain* et *Les Malheurs d'un émigrant ou la bourse égarée*. Et nombreux furent ceux, nobles messieurs comme garçons des rues, qui auraient de loin préféré poser leurs yeux sur Ellen Jebsen que sur les femmes énigmatiques révélées à l'écran. Et l'un de ceux dont les œillades vers la Belle demeuraient incontrôlables n'était autre que le légendaire Ole Olsen, ce simple forain passé administrateur d'un cinématographe puis directeur de Nordisk Film. Ce fut lui qui découvrit Ellen Jebsen alors qu'elle travaillait sur Vimmelskaftet. Il sut d'emblée que son visage avait été d'autant plus créé pour le cinéma muet que, après la disparition dans la glace bleutée de son bien-aimé, le père de sa fille, la beauté de la jeune femme avait acquis une forme plus profonde : la tragédie avait ciselé le visage et les traits d'Ellen Jebsen, les lois de l'amour imprégnaient son regard. Elle parla à Ole Olsen sans prononcer un traître mot. Lequel lui proposa immédiatement une place dans ce qu'il nommait son écurie d'acteurs, tant et si bien que, l'été de cette même année, elle et la petite Boletta partirent pour les jardins ouvriers de Valby, où avait été aménagé le studio d'enregistrement, alors un simple hangar fait de bric et de broc, mais qui n'allait pas tarder à devenir la plus grande société de production cinématographique au monde jusqu'en 1918. Quelle époque merveilleuse n'avons-nous pas vécue ! Nous travaillions comme des forçats dans la réalisation de comédies, de films d'épouvante ; nous foncions tête baissée, sans nous poser de questions, sans rien savoir des lendemains que nous étions en passe de créer. À l'époque, Valby dépassait Hollywood en grandeur comme en gloire. Là s'agitait le défunt Robert Storm Petersen en plein essor avant qu'il ne devienne l'illustre Storm P. Là évoluaient de vrais Chinois et des lions sauvages. Là poussaient des arbres composés de feuilles de palmiers repeintes. Là se tramaient le meurtre et le romantisme. Et au centre de cette anarchie artistique trônait Ellen Jebsen, telle une colonne de beauté mélancolique. Elle aurait pu être une Asta Nielsen, oui, elle aurait pu être une Garbo. Aussi est-ce un malheur encore plus irréparable, sinon une honte, que la postérité ne puisse plus l'admirer. Les bobines tournées alors à Valby ont été égarées et ses apparitions dans d'autres films ont été coupées. Ellen Jebsen a été dépossédée de son heure de gloire au sein du théâtre électrique. Elle était le précurseur que ses héritiers ont repoussé dans l'ombre.

Et elle ne tarda pas à nous quitter. Deux événements, ainsi qu'une profonde nostalgie, la menèrent plus au nord, en Norvège, en 1905. Le pays recouvrant son indépendance cette année-là, le prince Carl de Danemark devait être intronisé roi de Norvège. Ellen Jebsen avait reçu la proposition de jouer dans le premier film dramatique norvégien, *Risques de la vie de pêcheur*. Par là même, il lui semblait qu'elle se rapprocherait de son bien-aimé qu'elle attendait toujours, puisque tel était son cœur : fidèle jusqu'au bout, défiant toujours la raison la plus étroite. Or quand la vie prend un tournant décisif, il ne nous est pas toujours possible de savoir ce qui nous attend au virage. Le rôle que devait interpréter Ellen Jebsen dans *Risques de la vie de pêcheur* fut supprimé pour des raisons économiques, ou, plutôt, à la suite d'un malentendu artistique. Seuls trois protagonistes participèrent au film, les parents et leur fils, qui, au cours de l'action, étaient censés se noyer dans le bassin de la source de Frogner, supposée représenter un océan aussi tumultueux que périlleux. Qu'il soit expressément dit ici que cet injuste renoncement ne constitua pas seulement une déception pour Ellen Jebsen, mais aussi une tragédie absolue pour le cinéma norvégien dont de tels débuts si falots entraveront longtemps l'éclosion. Avec elle dans le rôle principal, interprétant la fiancée du jeune fils décédé, le film aurait eu une tout autre envergure, à même de bouleverser son public. Car n'est-ce pas l'objectif du cinéma que justement d'ébranler ses spectateurs, de les jeter dans des transports tels qu'ils passent du rire aux larmes, de la détresse au soulagement. Après cette mésaventure, Ellen Jebsen remisa sa carrière et trouva une place aux Télégraphes, où sa fille Boletta devait des années plus tard à son tour travailler. Ellen Jebsen demeura à Oslo jusqu'à sa mort, qui survint le même jour que la disparition du roi Haakon, son prince danois. Sa vie était régie par une légitimité qui dépasse l'art et brave les hasards.

J'écris ces quelques lignes deux ans après sa mort qui n'est portée à ma connaissance que maintenant, sachant pertinemment qu'il n'est jamais trop tard pour se rappeler et honorer la perfection d'un être humain. Nous n'avons que trop longtemps été privés d'Ellen Jebsen. Que ces quelques mots rédigés dans la peine et la gratitude la retiennent et l'élèvent au firmament auquel elle appartient.

Avec l'expression de ma plus haute considération.
Fleming Brant
Bellagio, Italie.

Quand maman eut achevé sa lecture et reposé le journal, nous étions tous en larmes. Les mots de l'article grandissaient en nous ; ces mots qui surgissent alors que tout est terminé ; de même que la lettre du Groenland n'était arrivée à destination que longtemps après la disparition puis la mort dans la banquise de son expéditeur. Maman finit par soupirer. « Quel dommage que La Vieille n'ait pu lire ça ! » Papa se redressa brusquement. « Quelqu'un peut me dire qui est ce fichu Fleming Brant ? » Maman regarda Boletta. Plus pâle que jamais, celle-ci se contenta de secouer la tête, de baisser les yeux pour les poser sur un point où son regard se dérobait au nôtre. « Je n'en ai pas la moindre idée », murmura-t-elle. Fred ouvrit la bouche. « C'est où Begalio ? » demanda-t-il à voix basse. « En Italie », répondis-je tout à trac. Il se pencha sur la table pour me faire un savon sur la tempe. « Tu crois que je sais pas lire, minus ? » Maman nous interrompit avant que je ne me mette à pleurer. « Vous n'allez pas commencer à vous disputer, les garçons ! » Après être allée chercher une paire de ciseaux dans le tiroir de la cuisine, elle découpa soigneusement cette nécrologie – et je me rappelle, avec une clarté et une proximité stupéfiantes, comme si je n'avais jamais quitté la table ce matin-là et m'y trouvais encore, le bruit des ciseaux, le cheminement laborieux de la lame émoussée à travers le papier ;

je me souviens aussi de ma mère obligée de s'y reprendre à deux fois, d'une main ferme pour être sûre de couper droit ; et je me remémore les autres avis d'obsèques, jetés à la poubelle, le crépitement du papier, comme des flammes, des colonnes de noms noires, comme les sous-titres d'un film que personne n'aurait vu.

Nous sommes dispensés d'école ce jour-là. Maman nous fait un mot d'excuse. À ce qu'il paraît, nous avons la courante tous les deux. Je pouffe de rire en entendant ça, maman me demande de me taire. Au lieu d'aller en cours, nous allons au cimetière. Tous ceux que nous croisons dans l'avenue nous saluent d'une manière différente : ils nous font un signe de tête, se retournent longuement sur notre passage. Ils ont lu *Aftenposten* et savent de quelle étoile nous sommes originaires. C'est écrit noir sur blanc à côté des avis de décès, on ne peut le mettre en doute. Esther ouvre le guichet de son kiosque et agite une main couverte d'une mitaine. « Félicitations ! » crie-t-elle. Maman lui rend son bonjour. « Merci beaucoup ! » Mais quand nous nous arrêtons devant la tombe de La Vieille, Fred a disparu. Il a profité des arbres du parc de Frogner pour filer. J'ai juste le temps d'entrapercevoir son dos. Maman l'appelle. Fred ne nous entend pas. La stèle sur laquelle est gravé ce nom célèbre, *Ellen Jebsen 1880-1957*, est plantée de travers. Papa essaie de la redresser. Il va jusqu'à plaquer son épaule contre la pierre noire, il pousse. Debout derrière lui, je pousse moi aussi. Rien n'y fait. La terre gelée l'a déplacée. L'eau s'est cristallisée dans le sol. Les morts grelottent, dans leur lit de glace. Papa ne renonce pas pour autant. La stèle est devenue sa rivale, il va la remettre à sa place. Maman veut l'arrêter dans son élan mais c'est trop tard : le givre a envahi le cerveau de papa dont l'obstination est figée par le froid. Papa s'appuie de tout son poids contre cette pierre réfractaire, bancale, blasphématoire. Il se répand en injures, maman se bouche les oreilles, Boletta me serre la main. Or des deux, c'est la stèle la plus forte, elle le repousse, le désarçonne, le domine. Plus il s'acharne et plus il s'affaisse. Et soudain il est bleu. Tout son visage est bleu. Il est à l'horizontale et il bataille contre la tombe de La Vieille. Maman s'agenouille. Elle l'interpelle, elle crie son nom. Papa griffe le sol. Mollement. Puis plus rien. Il est allongé et ne bouge plus. Sa joue repose contre la terre froide. À croire qu'il s'est endormi sans bruit, au pied de la sépulture bancale. Boletta court chercher de l'aide à la chapelle. J'ai les pieds glacés. J'entends jouer un orgue. Maman secoue papa. Il réussit à s'asseoir au prix de gestes lents. Il me regarde d'un air étonné, frotte son manteau pour en retirer la terre. Puis il se retourne vers maman et l'implore à voix basse : « Ne te mets pas en colère. » Maman le prend dans ses bras, elle pleure. « Mais pourquoi veux-tu que je me mette en colère ? » Et de fait, elle rit. Papa referme les yeux, il récupère. Ils restent ainsi, enlacés dans les bras l'un de l'autre, assis sur la tombe de La Vieille, jusqu'à ce que Boletta revienne en courant. « Le sacristain vient d'appeler une ambulance ! » s'écrie-t-elle. Papa écarte maman, ouvre des yeux ronds sur une Boletta essoufflée, immobilisée dans un nuage de gel. « Une ambulance ? Vous êtes malade, Boletta ? » Maman lui caresse la joue. « Tu as peut-être eu un malaise, Arnold. Il faut que tu ailles à l'hôpital. » Papa veut se relever, mais ses jambes refusent de le porter. Il s'écroule, il jure comme un charretier. « Je n'irai dans aucun hôpital ! Vous m'entendez ? » Il tente de se redresser mais une main colossale semble le contraindre à l'immobilité, à demeurer plaqué au sol. « Aidez-moi donc, putain de bordel de Dieu ! hurle-t-il. Mais aidez-moi ! » Nous parvenons finalement à le remettre d'aplomb. Il tient à peine debout. Il tremble. Nous entendons les sirènes s'approcher. Papa visse son chapeau sur la tête. « Au revoir », fait-il. Maman essaie de le retenir en l'attrapant par le manteau. Mais rien ne peut l'arrêter. Il marche au ralenti, comme si chaque pas sollicitait un effort considérable. L'ambulance franchit le portail en trombe, deux hommes en costumes blancs se ruent vers nous. Maman montre papa du doigt, qui titube entre les tombes. Ils s'élancent à sa poursuite. Sauf que papa n'a nullement l'intention de se faire hospitaliser. Il chasse le médecin avec force gesticulations. Un instant, on a l'impression qu'ils vont l'arrêter comme s'il s'agissait d'un coupable. Ils décident en définitive de renoncer, de le laisser tranquille, tandis que maman, submergée de honte, se confond en excuses.

À en croire Boletta, La Vieille n'aurait a priori pas supporté une seconde de sentir quelqu'un la bousculer de la sorte. La pierre devait conserver sa position, quitte à apparaître comme la singularité qu'elle était effectivement : une anomalie dans l'ordre et le calme du cimetière de Vestre Gravlund, un souvenir bancal en mémoire de la grandeur de La Vieille. Or au printemps suivant, quand le soleil aura pulvérisé la terre sous nos pieds, la stèle sera à nouveau droite, droite comme une règle de pierre noire, à croire que, dans l'intervalle, La Vieille se sera redressée dans son sommeil pour la toute dernière fois et aura changé son coussin de côté.

Toujours est-il que, ce soir-là, je restai éveillé. Maman attendait papa. Morte d'inquiétude, elle arpentait l'appartement, s'arrêtait devant la fenêtre de la salle à manger, s'asseyait sur le sofa, incapable de tenir en place. Boletta avait rangé la nécrologie dans le tiroir contenant la lettre du Groenland. Je crus un instant que le faux mot d'excuse de maman allait devenir réalité. Mon ventre se mit à tanguer, à osciller, manquant presque de chavirer. Quand soudain je reçus quelque chose au milieu du front. Une grosse boulette de papier d'aluminium. Fred l'avait jetée et quand Fred jetait un objet, il ne ratait jamais sa cible. Il puait le tabac, je le sentais jusqu'ici. « Alors comme ça il a failli mourir ? » demanda-t-il. « Ça en avait tout l'air, ouais », murmurai-je. « Et quelle tronche il faisait ? » « Il avait le visage tout bleu. » « Bleu comment ? » « Qu'est-ce que tu veux dire ? » Fred me lança une deuxième boulette de papier alu. « Il était bleu foncé ou bleu clair, Barnum ? » Je dus me creuser la cervelle. « Bleu foncé, Fred. » Fred

ricanait dans le noir. « Il a dit quelque chose ? » « Oui. »
Fred ne ricanait plus, il était impatient. « Y faut p'têt'
que j'te bute, Barnum, pour savoir ce qui s'est passé ? »
« Ne te mets pas en colère, Fred. » Il poussa un gémissement exaspéré. « J'suis pas en colère ! T'as qu'à me dire
ce qu'il a dit, point final. » « Mais je t'assure, Fred, c'est
ce qu'il a dit : Ne te mets pas en colère. » Fred resta un
long moment sans parler. « Et maman, qu'est-ce qu'elle
a dit, elle ? » « Qu'elle n'était pas en colère. » « Fais
chier, putain ! » marmonna-t-il. À ce moment précis,
papa rentra à la maison. Il se faufilait le long du mur et
on ne voyait que lui. Il s'avançait en taille réelle sans
essayer une seule seconde de se faire plus petit qu'il
n'était déjà. C'était tout lui : terrassé l'instant d'avant,
debout sur ses deux jambes l'instant d'après. Les coups
qu'il recevait ne faisaient que glisser sur lui. Oublié son
effondrement sur la tombe de La Vieille, perclus de douleurs, le visage cyanosé : le temps du triomphe et des
laïus assourdissants était de retour. Je me précipitai dans
le salon. Je trouvai papa à genoux en train de déplier une
immense carte sur le plancher. Je m'installai entre
maman et Boletta. C'était l'Europe et l'Europe était à
peu près de la taille de notre tapis. Papa tapa du poing
sur la carte. « Là ! hurla-t-il. Voilà Bellagio ! » Nous
nous rapprochâmes. Bellagio se trouvait au nord de
l'Italie, près d'un lac bleu riquiqui appelé lac de Côme.
« C'est loin ! » chuchotai-je. Papa me jeta un coup
d'œil. « Loin ? Ce n'est pas plus loin que d'aller à Røst,
mon garçon ! » Il secoua la tête et posa son autre main
sur Røst. « L'Europe est grande comme un mouchoir de
poche, Barnum. Je peux me moucher avec cette carte si
j'ai envie ! » « Arrête donc ! » fit maman en riant. Mais
papa ne s'arrêta nullement. Il commençait à transpirer
dans son maillot de corps. Il n'aurait même pas besoin
de boire tant il se gargarisait de lui-même. « Par contre,
si tu rajoutes l'Amérique, là, on peut commencer à
parler de distance. » « C'est où le Groenland ? » Nous
nous retournâmes sur Fred. Il était adossé au mur, le
visage renfrogné. Papa sourit. « Ça c'est une bonne

question, Fred. Car, vois-tu, le Groenland n'est pas sur
cette carte. Mais si tu jettes un œil sous le sofa, peut-
être que tu le trouveras. » Pas un muscle ne se contracta
chez Fred. « Je croyais que t'étais mort », dit-il. Un
silence de plomb s'écrasa sur nous. Et Fred repartit se
coucher sans que quiconque eût le temps de prononcer
un seul mot. Papa gloussa, mais trop tard, comme si son
visage et son rire étaient dépareillés. Je rampai sous le
sofa pour y dénicher le Groenland, sans y trouver autre
chose qu'une vieille pastille recouverte de poussière et
le bouchon d'une bouteille de vin dégageant une odeur
forte et sucrée. Papa fut forcé de me tirer par les pieds
pour me libérer. « Tu vois ? Avec cette voiture, tu peux
traverser toute l'Europe. » Il me donna une boîte d'allumettes que j'observai longuement. « Mais c'est pas une
voiture », murmurai-je. « Bien sûr que si, Barnum !
C'est une voiture. » « Non, c'est une boîte d'allumettes. » Papa souffla d'exaspération. « Et moi je te dis
que si ! insista-t-il, la voix un brin mal assurée. Si tu la
regardes attentivement, tu finiras par te rendre compte
que c'est une voiture. Une Buick Roadmaster Cabriolet,
même. » Je l'examinai sous toutes les coutures. « Ah
oui… Maintenant je la vois. » Papa posa une main sur
mon épaule. « Mais si tu préfères emprunter les mers,
pas de problème ! Car, tu sais, c'est aussi un navire. » Il
tira une allumette qu'il coinça entre la boîte et le rabat.
« Tu vois ? Maintenant, tu peux par exemple longer les
côtes et monter jusqu'à Røst. » « Je préfère y aller en
voiture, papa. » « Comme tu voudras, Barnum. Surtout
n'oublie pas une chose : en Suède, la conduite est à
gauche ! » Il alluma une cigarette avec le mât du navire
et la boîte redevint une voiture, une Buick, assez
spacieuse pour nous cinq. M'allongeant sur la carte,
j'entamai mon voyage sans plus tarder. Direction plein
sud. Mais la voiture me donne tellement mal au cœur
que je ne suis même pas capable d'atteindre la frontière
suédoise, mon périple s'arrête juste avant, au port de
Svinesund, où je plonge avant de sombrer en pleine mer
– et je ne me souviens pas que maman me porte dans

mon lit, trop occupé que je suis à essayer de ne pas vomir. Les virages étaient trop raides. La vitesse trop grande. Derrière la fenêtre, la lune est un volant jaune. J'ai trouvé ma place de parking. La nuit est un garage. Fred a un sommeil agité. Et chaque fois que vous baissez les paupières, vous sursautez. Le moindre battement de cils est un coup porté au film de votre vie. Le moindre clignement d'yeux est une coupe dans le film consacré à votre propre vie. Dans mon sommeil, je visualise vos épreuves, je mets les séquences bout à bout, je fais des raccords dans le temps, non pas en le plongeant dans un lent dissolvant, mais en me débarrassant des chutes. Je suis le petit dieu qui balance à la poubelle toute la matière absente du scénario. Et quand papa nous réveille, la chambre est inondée de lumière, nous sommes en été, et c'est le jour de l'anniversaire de maman.

La divine comédie

Et nous nous faufilons dans la chambre de maman. Papa ouvre la marche, tenant une bougie dont la flamme est à peine visible dans nos pièces emplies de soleil. Boletta a préparé des brioches, c'est du moins ce qu'elle prétend mais je suis persuadé qu'elle les a achetées hier à Majorstuen, les a simplement réchauffées dans le four et qu'elle a ajouté un autre raisin sec en guise de décoration. Fred et moi avons chacun notre cadeau que nous allons offrir à maman. Nous nous arrêtons sur le pas de la porte pour chanter et lui souhaiter un bon anniversaire. La voix de papa couvre les nôtres. La ceinture de sa robe de chambre se défait. Nous chantons un dernier vers. Mais maman reste dans son lit, le dos tourné, sans un mot, sans un geste pour nous. Du coup, nous ne disons rien nous non plus. Papa s'impatiente. « Vera ? chuchote-t-il. Joyeux anniversaire ! » Ça n'a aucun effet. Comme si maman dormait ou ne voulait pas nous entendre. Boletta est inquiète. « Je crois qu'il vaudrait mieux la laisser un peu seule. » Livide, Fred tient son paquet plat à deux mains. Papa proteste. « Seule ? Mais c'est son anniversaire ! » Il éteint de sa seule voix la flamme de la bougie et au même moment maman se retourne. Elle nous présente un visage hâve, à peine si je peux la reconnaître. Elle a les cheveux en bataille, tout emmêlés, à croire qu'elle n'est jamais allée chez le coiffeur de sa vie entière. Elle nous regarde de ses grands yeux secs. Peut-être qu'elle ne nous reconnaît pas. Peut-être qu'elle nous prend pour des étrangers qui ont forcé la porte de l'appartement. Je n'ai jamais eu si peur. J'ai envie de pleurer et pourtant je n'ose pas. Je lâche un hoquet, Fred me shoote dans le pied. Papa s'approche du lit. Boletta le retient par le bras, mais il se dégage. Il ne comprend pas ce qui arrive. Il est déboussolé, offusqué. « Tu es malade, Vera ? » Alors maman se redresse de son oreiller. « Ça me fait quel âge aujourd'hui ? » Papa s'immobilise. Il essaie de rire. « Tiens donc… Ça aussi tu l'as oublié ? » « Ça me fait quel âge aujourd'hui ? » répète-t-elle. Je veux le crier, mais Fred me balance un autre coup de pied, encore plus fort celui-là. Papa répond à ma place. « Aujourd'hui, tu as très exactement trente-cinq ans et pas une heure de plus, ma chérie. » Maman se rallonge, elle n'est plus qu'une ombre dans le lit. « Et qu'est-ce que ma maudite vie m'a apporté ? » demande-t-elle. Elle fournit elle-même la réponse : « Rien ! hurle-t-elle en tapant du poing sur le matelas. Rien ! » Je ne veux pas l'entendre dire des choses pareilles. Comment allons-nous nous débrouiller si maman est malheureuse, si elle démissionne ? Est-ce qu'elle est en colère contre nous ? Est-ce que nous avons fait une bêtise ? Je serre les dents à en avoir mal aux mâchoires. Boletta pose le plateau avec les brioches et le café. « Allons, allons », chuchote-t-elle. Pétrifié devant le lit, papa se façonne un sourire. « Rien ? Tu ne crois pas que tu exagères un petit peu… » Maman le fusille du regard et il y a dans ce regard une rage que je n'ai jamais vue. « Alors dis-le-moi, Arnold Nilsen ! Dis-moi ce que ma maudite vie m'a apporté ! » Papa réfléchit. « Tout d'abord, deux garçons magnifiques. » Maman éclate en sanglots. Fred s'avance vers elle et dépose son cadeau sur la couette. « Bon anniversaire, maman. » D'abord hésitante, elle défait malgré tout l'emballage d'un geste lent. C'est une planche à pain. Fred l'a fabriquée en cours de travail manuel. En haut figure, inscrit au pyrograveur, POUR MAMAN DE LA PART DE FRED, en lettres marron, penchées, toutes dans le bon ordre ; l'objet dégage encore une odeur de brûlé. Maman daigne à peine y jeter un coup d'œil. « Merci », fait-elle simplement, à voix basse. La déception est imprimée comme un tampon sur le visage de Fred. Il déglutit.

Malgré ses efforts, il n'arrive pas à la dissimuler. Papa lui donne une petite tape sur l'épaule. Fred grogne, gigote pour se débarrasser de cette main. Vient mon tour. Je donne son cadeau à maman. Elle retire l'emballage, tout aussi lentement. Elle donne l'impression de devoir subir une épreuve de plus. C'est un rond de serviette. « Merci », marmonne-t-elle sans me regarder. Après quoi elle range la planche à pain et le rond de serviette dans le tiroir de sa table de chevet. Elle se recouche sous la couette. Papa est inquiet. « Eh bien voilà ! Il ne te manque plus que le pain et la serviette », lance-t-il. Aucun son ne monte du lit. « Maintenant que tu as la planche et le rond de serviette, je veux dire... » Papa pouffe. Il est le seul à rire. Maman le dévisage avec les yeux les plus petits de tout Fagerborg. « Si tu n'as rien d'autre à m'offrir que ton rire hypocrite, tu peux t'en aller ! » Papa se fige. Il est blessé. Profondément blessé. Mais il ne bouge pas. Il resserre la ceinture de sa robe de chambre. Boletta, qui est allée chercher du malaga, en remplit un verre bien tassé, mais maman refuse d'y tremper ne serait-ce que les lèvres. Du coup, Boletta le boit pour elle. Elle sirote cette liqueur dont l'arôme suave et chaud que j'aspire me fait tout oublier, pendant une seconde d'étourdissement, oublier que c'est l'anniversaire de maman, qu'elle est malheureuse, qu'elle n'aime pas les cadeaux que nous lui avons confectionnés. « Ce n'est pas mon rire que je t'offre », reprend papa d'une voix tremblante. « Ah oui ? C'est quoi alors ? » demande maman sans lui décocher un regard. Boletta verse une autre rasade de malaga. Maman n'en veut toujours pas. Je me tourne vers Fred. Il serre les poings. Papa s'approche du lit. « Ce n'est pas mon rire que je t'offre, répète-t-il. C'est le tien. Je suis le seul à pouvoir te faire rire, n'est-ce pas ? » « Plus maintenant. » Papa secoue longuement la tête en entendant ces sornettes. « Alors comme ça, moi qui ai porté une valise pleine d'applaudissements à travers toute l'Europe, je n'arriverais pas à faire rire Vera Nilsen ? » Maman soupire et le chasse du revers de sa main frêle

dont les doigts pendillent avec obstination. Maintenant
je sais. Elle en a assez de nous. Elle veut se débarrasser
de nous. Ça me fait mal jusque dans les tripes. Ça me
brûle quelque part au-dessous du cœur. Et c'est cet instant que papa choisit pour faire ce dans quoi il a toujours excellé. Peut-être même a-t-il attendu ce moment
précis depuis le début, peut-être a-t-il tout misé sur cette
seule et même carte. Il se dirige vers la porte, silencieux, la tête basse. Mais soudain il s'immobilise, pivote
sur ses talons, se redresse, claque des doigts, comme si
à cette seconde il venait de se souvenir de quelque chose
qu'il a oublié de raconter. Il renverse la situation. Il tord
cet instant malheureux et gagne le public à sa cause. Il
transforme l'intolérable en supportable. Il extrait le rire
du découragement. Ah… Comme j'aurais aimé qu'il le
dise aussitôt et aussi sec ! « Si dans ce cas je n'arrive
plus à te faire rire, est-ce que, à la place, tu aimerais
partir avec moi en Italie ? » On n'entend plus une
mouche voler dans la chambre à coucher. Nous avons
tous les yeux fixés sur papa. Il se balance d'un pied sur
l'autre dans ses savates éculées, déniche une moitié de
cigare dans la poche de sa robe de chambre qu'il fiche
entre ses lèvres. Même maman est désarçonnée. Bientôt,
elle ne peut plus s'empêcher de se retourner. « De quoi
tu parles ? » demande Boletta. « De la très célèbre Italie,
pardi ! » Boletta pousse un soupir méprisant avant de
siffler un autre malaga. Mais maman se lève lentement.
« L'Italie ? » chuchote-t-elle. Et le voilà, le voilà le
triomphe de papa. Il a redonné des couleurs aux joues de
maman. Il a soufflé dans ses cheveux. Il l'a conquise,
une fois de plus. Il jette un coup d'œil rapide par-dessus
son épaule et croise mon regard, comme si nous avions
surmonté ensemble ces difficultés : subjuguer maman,
le matin même de ses trente-cinq ans, en ce mois d'août
de l'année 1960, à l'aide d'une planche à pain, d'un
rond de serviette et d'un rêve d'Italie. Papa range son
cigare dans sa poche et va s'asseoir sur le lit. Une
immense quiétude l'envahit à présent. Il nous tient au
creux de sa main trouée. Nous sommes tous suspendus

au bout d'un fil qu'il tend inlassablement, jusqu'au point de rupture, jusqu'à ce que maman lève la main pour obtenir les restes de ce que papa n'a pas encore consenti à donner. Mais il la prend de vitesse, à la dernière seconde. « Tu m'as déjà accompagné dans le nord pour baptiser Barnum, dans cette île aux confins du pays. Maintenant, je veux t'emmener plus au sud. » Maman redevient silencieuse. Elle n'est qu'un point d'interrogation reproduit sur ses deux pupilles. C'est au tour de papa de pousser un soupir, non pas de lassitude celui-ci, mais plein d'allégresse et d'indulgence. « Ne serait-ce pas une bonne idée que de rendre visite à ce Fleming Brant à Bellagio, l'ami nécrophile de La Vieille ? » Boletta tape du pied. « Il a écrit sa nécrologie, Arnold Nilsen ! Rien de plus ! » Papa rit. « Tout ça c'est du pareil au même ! Alors, qu'est-ce que vous en dites, belle-maman ? Vous êtes du voyage ? » « On n'a pas les moyens », murmure-t-elle. Papa se contente de hausser les épaules. Il jouit de ce moment extraordinaire. « Oh… Un moyen, on en trouve toujours… » réplique-t-il, jamais avare d'un jeu de mots. Et le voilà qui tire un paquet de la poche de sa robe de chambre. C'est un tour de magie. Une fois le papier kraft déplié, nous découvrons qu'il s'agit d'argent. Des liasses de billets. Nous nous rapprochons en retenant notre souffle. Je prends Fred par la main, il ne la lâche pas. « Des lires italiennes… », murmure papa. « Pff ! fait Boletta d'un air encore plus méprisant. Ça ne vaut pas un pet de lapin ! À peine si une lire équivaut à un øre… Laisse-moi rire ! » Papa l'ignore superbement. Il préfère regarder maman qui soulève l'un de ces fins billets puis le lâche aussitôt, inquiète, suspicieuse. Elle est redevenue elle-même. « Et ceux-là, tu les sors d'où ? » demande-t-elle. Alors, papa comprend qu'il est en passe de perdre du terrain ; il doit rattraper son retard, il doit doubler, il doit fracasser cette anxiété, ce soupçon. Il a sa réponse tout prête. « Cela correspond enfin à l'ultime règlement pour la Buick, ma chérie. » Il embrasse maman sur la joue. Elle le laisse faire. Boletta se rapproche tellement d'eux qu'elle semble vouloir les séparer. « Et comment comptes-tu t'y rendre, en Italie ? À moins que tu t'imagines qu'on y aille à pinces, peut-être ? » Papa lève les yeux vers elle, le visage nimbé de tranquillité et de patience. Car maintenant il va pouvoir planter la cerise sur son beau gâteau. Il va se surpasser. Lui qui aujourd'hui parle sur un pied d'égalité avec Dieu. « Vois-tu, j'ai plutôt songé nous y rendre en… voiture. » Et de désigner la fenêtre. Nous nous y précipitons et tirons prestement le rideau. Là, en bas, au carrefour, est garée une voiture. La seule de toute la rue. Ce n'est pas vraiment une Buick Roadmaster Cabriolet. Mais une boîte noire avec des roues. Une Volvo Duett. À lui-même, papa s'est offert une nouvelle paire de gants, en cuir noir, pour conduire. « Bon anniversaire, mon amour », dit-il.

Le même soir, maman demande, à voix basse : « Comment as-tu dégoté cette voiture ? » Couché dans mon lit, j'entends tout. J'entends papa se racler la gorge, déambuler dans la pièce. « C'est une longue histoire… Mais en résumé… » « Oui, c'est ça, résume donc ! » La voix tonitruante de Boletta vient de résonner. « Parle moins fort ! » intime maman. « Un ami me devait un service », chuchote papa. « Quel ami ? » veut savoir maman. Et le rire de papa retentit soudain. « J'ai beaucoup d'amis. »

Je n'arrive pas à dormir cette nuit-là. La joie me rend insomniaque. Nous allons partir en vacances. Nous allons partir à l'étranger. Papa m'a donné une pièce de monnaie italienne pour que je m'entraîne. Je me répète en moi-même : Lire. Lire. Elle est si légère dans la paume de ma main, et en plus elle ne vaut quasiment rien. Et cette pièce sans poids aucun me rappelle la tristesse sombre de maman ce matin ; une fêlure dans ma joie de cette nuit. Qu'est-ce que je peux bien acheter avec cet argent ? Et qu'est-ce que je vais en faire ? Je perds la pièce qui tombe sur le plancher sans que je l'entende atterrir. « Pourquoi maman était-elle si morose aujourd'hui ? » Mais Fred n'est pas là et personne ne me répond.

Nous partîmes deux jours plus tard. Papa était notre chauffeur, maman notre guide. Derrière, assise entre Fred et moi, Boletta, revêche, exigeait tellement de place qu'on se retrouva la joue collée contre la vitre. Il n'était pas encore quatre heures du matin, même les porteurs de journaux n'étaient pas encore réveillés, lorsque, après avoir descendu la Jacob Aalls gate, nous quittâmes la ville silencieuse et déserte dans la boîte noire bourrée jusqu'à la gueule de valises, de sacs, de bouteilles thermos, de jerrycans d'essence, de sacs de couchage, de crème solaire. Nous longeâmes le fjord d'Oslo qui ressemblait à du linoléum encaustiqué. Maman réussit au moins à trouver la route de Moss sur la carte. Car juste avant d'arriver à Moss, elle fut malade. Papa dut se garer sur le bas-côté pour que maman, agenouillée au bord du fossé, vomisse. Elle vomit longtemps. Peut-être était-ce tout bonnement à cause de la Volvo Duett, qui n'avait pas plus de suspensions qu'une luge. Selon papa en revanche, lire une carte à soixante kilomètres à l'heure lui avait mis la tête à l'envers. « On se demande vraiment à qui tout ça peut faire du bien ! » s'exclama Boletta, aussi bougonne. « Du bien pour ? » demanda papa. Nous attendions à l'extérieur de la voiture. C'était une matinée agréable. Sauf pour maman, toujours à genoux. « Tu ne vois pas que les gens tombent malades à voyager dans des conditions pareilles ! » maugréait Boletta, en désignant maman. Papa alluma une cigarette. « Eh oui… Il est certain que voyager a de quoi dérouter quand on a passé toute sa vie dans son fauteuil… » Boletta fit un pas vers lui, vociférant de plus belle. « La ferme ! » Papa se contenta de rire. « Si j'ai bonne mémoire, ma chère, et je l'ai, elle était tout aussi malade en mer, et même à proximité des côtes. » Boletta n'avait pas l'intention de céder. « C'est un sacrilège de déranger les morts ! » sifflat-elle. « Les morts ? Parce que Fleming Brant est mort ? » Boletta était dans une fureur comme j'avais rarement vu chez elle. « Je n'en sais absolument rien, Arnold Nilsen ! Mais La Vieille, elle, est morte ! Et il n'est pas question de la perturber ! » Maman se releva, reprenant peu à peu

son souffle. « On ferait mieux de repartir », dit-elle. Papa
frappa dans ses mains. Après une seconde d'hésitation, il
finit par pointer un doigt vers moi. « À partir de maintenant, c'est toi qui vas me guider, Barnum. »

Je changeai de place avec maman. Puisque dorénavant
j'étais le guide, à la droite de papa. Trois coussins lui
étaient nécessaires pour lui permettre de dépasser le
volant. Fred me prêta son sac de couchage que je calai
sous mes fesses. J'avais une vue splendide. La carte de
l'Europe posée sur mes genoux, je suivais de l'index les
lignes rouges. Nous avions repris la route. Au début, je
croyais que nous n'avions qu'à nous laisser glisser
jusqu'en Italie, attendu que c'était en pente tout du long :
il nous suffirait de dévaler la côte à partir de Majorstuen
une fois le feu passé au vert, et le tour était joué. Mais pas
du tout. Puisque ça montait et descendait. On ne pouvait
pas y couper. Un guide avec une carte sous les yeux était
forcé de le savoir. J'allais me coucher moins bête ce soir.
« Helsingborg est encore loin ? » me demanda papa. « Il
y a cinq cent soixante-cinq kilomètres d'Oslo jusqu'à Helsingborg, répondis-je. Mais on en a déjà soixante derrière
nous. » « Dans ce cas, on attrapera le ferry avant midi. »
« Et la traversée de Helsingborg à Helsingør prend vingt-
cinq minutes ! » « Bravo, Barnum ! » Papa me donna une
petite tape sur la cuisse. « Et pour aller sur la lune, lança
Fred, ça met combien de temps, imbécile ? » Même
Boletta éclata de rire. Nous baissâmes les vitres et mangeâmes des brioches rassises. Il n'y avait que nous sur la
route. Un train nous dépassa au beau milieu d'un champ.
Des gens du dernier wagon nous firent un signe de la
main. Nous leur rendîmes leur bonjour. Le soleil montait
dans le ciel incliné, déversait sa lumière partout et dans les
moindres recoins, l'air était clair et doux. Si Dieu, à ce
moment précis, nous avait aperçus, il aurait pu croire que
la voiture où nous étions serrés comme des sardines
n'était qu'une boîte d'allumettes toutes voiles dehors,
voguant à la surface du globe qu'il aurait précipité dans
l'espace.

Nous fîmes le plein à la ville frontière norvégienne,

Svinesund, achetâmes au kiosque notre dernière bouteille d'eau norvégienne, de la Villa Farris, ainsi que nos ultimes barres de chocolat norvégien, du Kvikklunsj. Maman et Boletta se mirent dans la queue pour aller aux toilettes pendant que papa montrait toute une pile de documents à des douaniers. Ils nous laissèrent finalement passer. Nous étions à l'étranger. Je ne remarquais aucune différence, si ce n'est qu'il fallait rouler à gauche. Il n'y avait même pas de nid-de-poule pour marquer la transition entre la Norvège et la Suède, et le ciel était rigoureusement identique. « *Kolla avstanden til Helsingborg, min pojke* », dit soudain papa. C'était peut-être ça, en fait, d'arriver à l'étranger : on se mettait d'un seul coup à parler la langue du pays. Et quand on franchirait la frontière italienne, est-ce qu'on serait capable de parler italien ? Toujours est-il que j'avais une mission : vérifier la distance qui nous séparait de Helsingborg. Je fis des calculs savants à partir des indications sur la carte. « Quatre cent vingt-cinq kilomètres, papa. » Moi en tout cas, du moins à ce que je pouvais entendre, je parlais toujours norvégien. « *Men hur långt är det til staden Göteborg ?* » voulait-il maintenant savoir. J'additionnai donc la succession des chiffres minuscules collés le long des routes sur la carte pour connaître le nombre exact de kilomètres jusqu'à la ville de Göteborg. Ma vision était trouble tout d'un coup. La voiture me rendait malade des yeux et je n'aurais jamais dû manger ce morceau de chocolat. « Cent dix kilomètres », ânonnai-je. « *Då kan vi vel kjäka i Göteborg, inte hur ?* » Casser la croûte là-bas ? Euh… Je n'en étais pas sûr. Mon ventre était un véritable tambour de machine à laver. Je me mis à avaler un maximum de salive. Les frontières, les chemins, les villes, les lacs se confondaient pour former un pays dont j'ignorais le nom. Peut-être qu'en réalité, je ne supportais pas la conduite à gauche. Papa me lança un rapide coup d'œil. « *Hur er läget, Barnum ?* » Comment j'allais ? Euh… Je voulus m'excuser : « *Ursjäkta mig* », dis-je. Voilà, moi aussi je parlais suédois à présent. Et moi aussi je vomis. Je vomis sur la carte, sur le tableau de bord, le volant, le pare-brise. Je rendais tout et, à ce rythme-là, je n'allais pas tarder à rendre l'âme. Papa pila d'un coup sec, maman hurla, Fred rit, Boletta dormait. Un bus nous dépassa en klaxonnant. Je me précipitai au bord du fossé où je dégobillai le reste. Ça me coulait par la bouche, le nez et les yeux. Tous les trous étaient monopolisés – et par la suite, je serai malade en voiture rien qu'en pensant aux chiffres ou en voyant une carte, je raterai l'épreuve de géographie tout comme jamais je ne réussirai à passer mon permis ; mon heure de gloire en tant que guide et lecteur de cartes routières s'acheva là, dans le fossé, trois kilomètres après la frontière suédoise. Maman mit la carte à sécher. Boletta me sortit des vêtements propres. Papa nettoya la voiture. Fred grimpa dans un arbre et refusa d'en descendre. Quand plus tard je me réveillai, c'était lui qui occupait le siège avant à côté de papa, et moi, j'étais blotti sur un ballot de vêtements entre maman et Boletta. Ça sentait l'océan. Je me redressai. On apercevait le Danemark. Au bout d'une heure d'attente, nous avons enfin pu monter à bord du ferry. Nous nous sommes précipités sur le pont avant d'où on n'est pas malade si l'on regarde l'horizon. Au beau milieu du détroit de l'Øresund, papa se mit à parler danois : « *Giver du en bajer, Boletta ?* » Mais Boletta ne daigna pas lui répondre et ne lui offrit pas la bière qu'il réclamait. Elle se contenta de lui tourner le dos et de rejoindre le salon. Plus nous nous rapprochions du Sud et plus elle ronchonnait. Elle refusa en bloc d'aller à Køge pour voir où La Vieille était née, de même qu'elle refusa de faire un tour au zoo pour accorder une petite visite aux bœufs musqués qui descendaient en droite ligne de l'animal qu'ils avaient tant bien que mal réussi à embarquer sur le *s/s Antarctic* en décembre 1900 et ramené dans la ville royale. « C'est un sacrilège de déranger les morts », se bornait-elle à répéter.

La soirée était déjà bien avancée lorsque nous débarquâmes à Helsingør. Le crépuscule commençait à se répandre sur le Danemark. Fred dut utiliser une lampe de

poche pour consulter la carte. Nous mangeâmes des car-
relets frits dans une auberge au bord de la route. Papa put
enfin boire sa bière danoise. Maman demanda s'il restait
une chambre libre, ce qui n'était pas le cas, mais si nous
le souhaitions, nous pouvions planter notre tente dans le
jardin. Nous n'avions pas de tente et nous décidâmes de
dormir dans la voiture. Une fois nos bagages attachés à la
galerie et les sièges baissés, il y avait presque assez de
place pour tout le monde. Fred préféra dormir dehors.
Boletta parlait dans son sommeil. Je ne comprenais rien à
ce qu'elle disait. Peut-être n'était-ce que sa langue de la
nuit, qu'elle était la seule à comprendre. Maman lui
demandait doucement de se taire. Papa respirait bruyamment par le nez, transformé pour l'occasion en véritable
instrument à vent. Je me glissai jusqu'à la porte pour sortir
rejoindre Fred. Lui aussi était éveillé. Je m'assis à côté de
lui. Le ciel était plus grand ici qu'en Norvège, sûrement
parce que le Danemark était si plat. Après son passage
vrombissant, un insecte danois rendit le silence plus profond encore. « Pourquoi est-ce que Boletta est bizarre ? »
chuchotai-je. « Boletta n'est pas bizarre. » « Qu'est-ce
qu'elle est alors ? » « Elle est vieille, Barnum. » J'adorais
que Fred parle de cette manière, et qu'il me parle à moi.
Je posai ma tête contre son épaule. « T'es content ? » « De
quoi ? » « Ben… D'aller en Italie. » Fred garda le silence
pendant un petit moment. « J'aurais préféré aller au
Groenland. » Soudain, on entendit un bruit étrange, un sifflement dans le noir, une vague qui nous submergea sans
pour autant nous tremper. Fred se leva et s'éloigna de la
voiture. Je le suivis. Nous nous approchâmes, pénétrâmes
au cœur de la vague, puis nous nous arrêtâmes. Une
grande roue tournait dans la nuit, sans toutefois bouger, à
moins que ce ne soit un oiseau incapable de s'envoler. Il
s'agissait d'un moulin à vent – et cela éveilla en moi un
souvenir, alors même que nous attendions au plus profond de l'opacité danoise ; un souvenir pesant, invisible,
au-delà de ma conscience, qui dépassait mon entendement
et se trouvait de ce fait dégrafé de ma mémoire immé-
diate, mais qui néanmoins s'apparentait davantage à une

cicatrice, à une empreinte, mise en sommeil, que je ne parviendrai à identifier que lors de mon retour à Røst, bien
des années plus tard, tel un exilé, où je retrouverai les
tristes débris de l'invention de papa au sommet de
Vedøya.

Nous arrivâmes le lendemain à Flensburg où deux
hommes sanglés dans un uniforme strict nous hélèrent de
l'autre côté de la frontière. Boletta était dorénavant notre
guide, bien qu'elle ait replié l'Europe depuis belle lurette
et l'ait rangée dans la boîte à gants. Je crois qu'elle souhaitait plus que tout au monde que papa se trompe de
chemin. J'espérais pour ma part qu'il se mette à nous
parler en allemand, au lieu de quoi il était taciturne et
renfermé. Il n'avait qu'une idée en tête : rejoindre l'auto-
route et foncer vers Hambourg, où nous devions passer
la nuit. Je ne voyais rien. Hormis l'aiguille de l'indica-
teur de vitesse qui penchait vers cent. La Volvo Duett
vibrait. On dut s'accrocher. Cela ne nous empêcha pas
d'être constamment doublés. Des voitures de sport,
basses, roulaient à fond de train en sifflant sur leur passage et nous donnaient l'impression de faire du surplace.
Nous étions les plus lents. Papa accéléra pour atteindre
les cent dix. Ça n'eut aucun effet. Ses gants neufs glissaient sur le volant, et lui transpirait à grosses gouttes.
Les autres allaient tout bonnement plus vite. J'étais
dépité. Comment pouvions-nous être les derniers quand
nous n'avions jamais roulé si vite ? Papa nous parla de
ceux que la vitesse rend fous, de ceux que la vitesse
aveugle et qui, croyant ne pas avancer, sortent de leur
voiture alors qu'ils roulent à soixante kilomètres à
l'heure – et plus tard, je ne cesserai de penser qu'il en
était de même pour Fred, que Fred n'était pas dyslexique, que ce n'étaient pas les mots qui l'aveuglaient
mais bien la vitesse : il était sorti trop tôt du langage.

Finalement tout le monde fut forcé de ralentir. Un
gyrophare bleu clignotait un peu plus loin. Il était arrivé
quelque chose, un accident, peut-être causé par un
chauffeur dyslexique ayant mal lu les panneaux. J'eus le
temps de distinguer une voiture broyée, des corps

démembrés, un bras, du sang sur l'asphalte, des vêtements, une femme accroupie, un brancard, un chien
mort, un berceau écrasé, avant que maman ne plaque ses
mains devant mes yeux et ne me serre contre elle. Elle
me tint de la sorte jusqu'à Hambourg où nous nous per-
dîmes à un rond-point, où papa prononça ses premières
paroles depuis notre entrée sur le territoire allemand.
Des paroles en norvégien. Car soudain un homme traversa la route et se jeta sur la voiture, agitant les bras,
désignant quelque chose, si bien que nous crûmes avoir
un pneu crevé et qu'il essayait de nous le faire savoir.
Papa se rangea sur le trottoir et baissa sa vitre.
L'étranger se pencha à notre hauteur et nous observa à
tour de rôle, un large sourire aux lèvres. Il avait une
cicatrice à la commissure des lèvres qui semblait prolonger son sourire. « Norvège ? » demanda-t-il avec un
accent à couper au couteau. Papa opina. « Norvège ? »
répéta-t-il. « Oui ! Nous venons de Norvège. Qu'est-ce
que vous voulez ? » Voilà que l'Allemand passait maintenant son bras par la vitre pour nous donner une poignée de mains à chacun. « J'étais en Norvège pendant la
guerre. Une belle patrie ! » Papa le fixait, incrédule.
Boletta esquiva immédiatement sa main, comme si elle
était sale ou contagieuse. Maman nous prit dans ses
bras, Fred et moi. L'Allemand souriant, au visage
balafré, était manifestement ému. Il essuya une larme.
« J'espère que je pourrai revenir en Norvège un jour »,
murmura-t-il. Et soudain papa explosa. Il retira son gant
et brandit son poing mutilé, oui, on aurait dit qu'il serrait tous les doigts manquants de son poing tremblant et
l'agitait au-dessous du menton de l'homme. Puis il se
ravisa tout aussi brusquement. Peut-être venait-il de se
souvenir que nous étions perdus à un rond-point de
Hambourg, qu'il était tard, que nous n'avions encore
trouvé nulle part où dormir car aucun d'entre nous
n'avait envie d'une nuit supplémentaire dans le coffre
de la Volvo Duett. Aussi le poing abîmé devint-il
amical. L'Allemand prit le moignon entre ses deux
mains et fondit en larmes. « Nous sommes tous les deux

des soldats blessés, à ce que je vois », murmura-t-il.
Papa était embarrassé. « Pouvez-vous nous conseiller un
hôtel dans les environs ? » demanda-t-il en s'empressant
de retirer son bras. « Il vous faut ce qu'il y a de mieux et
ce ne sera jamais assez bien pour vous. » Sa main dési-
gnait un point dans la direction opposée. « Vous voyez
les lacs à droite ? Allez jusqu'au dernier, vous trouverez le Vier Jahrzeiten. » Papa remonta sa vitre d'un
coup sec et quitta le trottoir. Je me retournai pour
regarder le soldat allemand, ce vaincu de courtoisie,
planté au beau milieu du rond-point, levant son chapeau
en signe de salut. « Ah bravo, Arnold Nilsen ! Encore
une guerre de perdue ! crut bon de dire Boletta. Tu
n'aurais pas pu l'écraser, plutôt ? » Papa ne répondit
pas. Blême et renfrogné, il se pencha sur le volant pour
remettre le gant sur ses doigts artificiels. Quelqu'un
klaxonnait derrière nous. Il venait des voitures de tous
côtés. Nous n'avions le choix que de nous couler dans
la circulation, de traverser Hambourg en suivant le flux,
comme si nous flottions sur quatre roues dans le courant d'une rivière. Enfin, là-bas, près d'un petit lac intérieur flanqué d'une haie d'arbres chétifs, nous avisâmes
l'hôtel, le Vier Jahrzeiten. Papa s'arrêta devant un escalier monumental. Un portier se tenait au garde-à-vous
sur le tapis rouge. « Ça a l'air cher », souffla maman.
Papa se contenta de sourire. Il se recoiffa, lustra ses
chaussures avec son mouchoir, alluma une cigarette,
puis il gravit les marches non sans gratifier le portier
d'une petite pièce, avant d'être accueilli, en haut, par un
autre employé qui lui ouvrit une porte dorée. Nous attendîmes. C'était long. « On ne pourrait pas faire demi-
tour et rentrer à la maison ? » murmura Boletta. Hors
d'elle, maman se pencha entre les deux sièges avant.
« Tu ne vas pas commencer à gâcher mes vacances ! »
Boletta se détourna et répéta pour la dernière fois : « Il
ne faut pas déranger les morts. » Au même moment, le
portier pressa son visage contre la vitre pour nous
regarder. Avec ses lèvres brillantes et ses joues
blanches, il ressemblait à un clown. Boletta dressa le

poing, ce qui le fit immédiatement reculer. Après une petite courbette, il retourna se poster sur le tapis rouge. « Il y a peut-être une douche dans la chambre », soupira maman. Et nous patientâmes ainsi, en silence. Nous voyions les clients de l'hôtel arpenter le foyer de long en large, avec leur verre, leur cigarette et leurs bijoux étincelants. Papa finit par revenir. Il bouscula le portier, s'installa précipitamment derrière le volant et redémarra. Il était furieux contre quelque chose ou quelqu'un. Ses mains tremblaient tellement qu'il arrivait à peine à conduire. « Il n'y avait plus de chambres libres », grommela-t-il. Maman esquissa un sourire. « Plus de chambres libres ? » Papa souffla. « Oui ! Et tu ferais mieux de t'en réjouir ! Cette tôle minable n'a que cinq étoiles ! » Boletta coula un regard vers lui. « Cinq étoiles ? Et moi qui croyais que c'était déjà beaucoup… » Papa gloussa. « J'ai logé dans des hôtels dix étoiles, ce qui est le double de cinq si je ne m'abuse ! » Boletta ricana. « Peut-être que nous ne sommes pas assez chics pour le Vier Jahrzeiten », rétorqua-t-elle. Papa jugea bon de ne rien ajouter. Il se gara à un carrefour. Il était de nouveau d'une humeur exécrable, en nage qui plus est, et quand maman eut épongé son front avec un mouchoir, elle aurait pu le tordre comme une serpillière. « Qu'est-ce qu'on fait maintenant ? » hasarda-t-elle. Papa sortit de sa poche un plan de Hambourg tout froissé, barré au milieu d'une croix. « Ils m'ont gracieusement conseillé un hôtel dans Grosse Freiheit. » « Grosse Freiheit ? La Grande Liberté ? Mais qu'est-ce que c'est que ça ? » « C'est une rue très connue de Hambourg, ma chérie. Il paraît que nous devons repérer un éléphant. » Et nous repartîmes. Non pas vers le sud mais vers le centre, vers le centre de Hambourg, vers les bruits et la lumière omniprésents au point de nous cerner, jusqu'à ce que nous atteignions les cloisons les plus fines du cœur infernal de cette ville ; un cœur aux palpitations frénétiques, au rythme anarchique, couronné par une asystolie grandiose qui fit trembler la carrosserie de la voiture et nous englua dans

un caillot de sang au moment de pénétrer dans une rue
étroite aux vitrines invariablement rouges. Je regardai
par la portière. Je vis des femmes aux cuisses dénudées,
des marins buvant de la bière, des hommes à talons
hauts, des ombres aux allures de chiens sous des porches
ténébreux et des portiers occupés à rameuter la clientèle. Maman a de nouveau plaqué ses mains devant mes
yeux, avec une telle force que j'arrivais à peine à respirer. « Un éléphant ? » fit-elle d'une voix sourde.
« Là-bas ! » s'écria papa en désignant, dans un recoin,
un panneau avec un dessin d'éléphant. Maman me
relâcha. La trompe du pachyderme se dressait au milieu
d'un cercle multicolore constitué d'ampoules cligno-
tantes. Papa se gara devant l'entrée. Le lieu s'appelait
Indra Club. Il n'y avait ni tapis rouge, ni groom, ni
étoiles. « Tu nous as emmenés au cirque ? » demanda
Boletta. Papa garda le silence. Il demeura songeur un
petit moment. Tout à coup, sa décision était prise : nous
allions emporter nos bagages et l'accompagner. Maintenant. Voilà ce qu'il voulait. Fred et moi avons donc pris
chacun notre valise. Et nous avons poussé la porte de
l'Indra Club. Elle donnait sur le vestiaire où, derrière
son comptoir, trônait un bonhomme chauve. Il nous a
regardés avec des yeux en boules de loto. Là, enfin, papa
se mit à parler allemand, couramment en plus – et je ne
sais pas ce qu'il lui racontait, toujours est-il que, même
si leurs palabres s'éternisaient, le chauve l'écoutait avec
attention, un doigt pointé en l'air, et indiquait ce qui à
mon oreille ressemblait à un chiffre. Papa se retourna
vers nous, la mine satisfaite. « Je viens de négocier une
chambre au premier étage ! » On nous fit traverser une
pièce enfumée où quelques clients assis à une table
buvaient une bière dans des chopes, et non dans des
verres comme chez nous. Ils nous ont regardés défiler en
secouant la tête, un sourire en coin, de la mousse au-
dessus des lèvres. Au fond, sur une scène, étaient disposés une batterie et trois amplificateurs. Une guitare
électrique noire attendait par terre. Nous montâmes un
escalier raide, tout de travers, pour enfin aboutir à ce qui

était censé être notre chambre pour la nuit. Maman se figea. Elle balaya la pièce du regard. Il n'y avait même pas de lavabo. Le lit à deux places s'affaissait au milieu, les draps n'avaient sûrement pas été changés depuis un certain temps. Sur l'appui de la fenêtre brillait une lampe coiffée d'un abat-jour rouge constellé de chiures de mouches. Un rouleau de papier toilette à moitié entamé était posé sur l'oreiller. Même papa prit une profonde inspiration. « Il va bien falloir s'en satisfaire », dit-il. Boletta s'assit sur l'unique fauteuil de la pièce. « Je sais pas si c'est pas assez bon pour nous, mais en tout cas, c'est pas vraiment non plus ce qu'il y a de mieux », lâcha-t-elle à mi-voix. Fred déroula son sac de couchage. Maman se glissa dans le couloir à la recherche d'une douche. Elle revint en quatrième vitesse, le visage décomposé. « Qu'est-ce qu'il y a ? » demanda papa. Elle commençait déjà à rassembler ses affaires. « Tu as l'intention de nous faire dormir dans un bordel, c'est ça ? » s'écria-t-elle. Papa écarquilla les yeux. « Un bordel ? » Maman fulminait. « Oui ! Un bordel ! Il y a des femmes dans toutes les chambres ! » Papa essaya de la prendre par la taille, mais elle ne voulut rien savoir ; même un rire n'aurait pas sauvé la mise. « Je ne resterai pas une seconde de plus ici ! » siffla-t-elle. Et c'est ainsi que nous abandonnâmes la pièce, la note et l'Indra Club, aussi précipitamment que silencieusement. Maman me tenait par la nuque en me soufflant tout du long à l'oreille : « Regarde droit devant toi, Barnum ! Surtout regarde droit devant toi ! » Une fois au bas de l'escalier, nous sortîmes par une porte de service. Et, au moment même où nous nous faufilions dehors, j'aperçus cinq garçons vêtus d'un pantalon serré et d'une veste violette grimper sur scène, ajuster leur guitare et lever les baguettes de la batterie. Je restai un instant à les regarder. Je voulais écouter le son qu'ils allaient produire. Le plus grand se pencha vers le micro, tordit la bouche, compta en anglais, *one, two, one two three four*, et s'apprêta à chanter. Je vis ses lèvres s'ouvrir pour former un cri. Je vis les cordes des guitares. Je vis les baguettes s'affaisser sur la batterie, les chaussures noires et pointues qui n'allaient pas tarder à battre la mesure. Puis, à cet instant très précis, juste avant que ça commence, juste avant que les cinq garçons entament leur concert, dans un étrange et profond silence, comme pendant ces quelques secondes entre l'éclair et le tonnerre, maman me tira par la main et la porte se referma derrière nous. On regagna la façade de l'immeuble au pas de course, on balança valises et sacs de couchage dans le coffre, on se rua dans l'habitacle, papa démarra en trombe et fonça droit devant, entre les étoiles et les néons. Et la dernière chose de Hambourg que je réussis à identifier fut cette affiche aux couleurs criardes, placardée sur un mur : *The Beatles. England. Liverpool.*

Nous atteignîmes Bellagio le lendemain soir. À l'entrée de la ville, nous nous arrêtâmes dans un virage en épingle à cheveux. Là, nous sortîmes de la voiture. Boletta resta à l'intérieur, seule, les bras croisés. Le soleil se couchait derrière des montagnes vertes, les toits pentus brillaient comme des miroirs sombres et obliques. Le lac, passant du bleu au noir, donnait lui aussi une impression d'affaissement. L'air était doucement parcouru par le souffle d'un vent suffocant. À flanc de coteau s'étirait un cimetière surmonté d'une allée d'arbres élancés, pareils à des couteaux foncés dont la lame effilée pointerait vers le ciel. Papa, qui n'avait cessé de chanter des airs d'opéra depuis l'Autriche pour ne pas s'endormir au volant, tenait à peine debout. Il nous entoura de ses bras. Et nous restâmes ainsi, dans ce crépuscule lombard saturé de grésillements. Nous étions arrivés. « Et maintenant, qu'est-ce qu'on fait ? » murmura maman.

Nous trouvâmes d'abord le poste de police situé près de la place. Nous nous sommes garés devant. Trois carabiniers sortirent aussitôt en jetant un regard intrigué sur la plaque d'immatriculation. Papa baissa sa vitre et les salua. Papa parlait italien. Qu'il y ait autant de langues dans une seule bouche était impensable. La discussion dura longtemps. Maman suivait ces conciliabules, fière, un doigt constamment posé sur ses lèvres comme si elle craignait que nous ne dérangions papa. Alors que nous étions littéralement muets d'admiration. Même Boletta ne put s'empêcher de relever une paupière – et je m'imagine que ce fut le moment de gloire de papa, l'apothéose de sa carrière de simulateur, lui qui était en mesure de mener une conversation en italien avec des carabiniers sur la place de Bellagio. Une foule commençait à se masser autour de la voiture. Peut-être n'avaient-ils jamais vu de Volvo Duett de leur vie. Une fois terminé, papa remonta la vitre. « Ils voient parfaitement qui est Fleming Brant », annonça-t-il en faisant tellement de chichis que Boletta fermait les yeux et que maman dut lui tirer les vers du nez. « Eh bien dis-le ! » implorait maman. Papa sourit. « Ils l'appellent La Tête rouge. » « La Tête rouge ? Mais pourquoi ? » « Ça... Ne me le demande pas ! Tout ce que je sais, c'est qu'il travaille à la Villa Serbelloni. »

Une bande de jeunes garçons malingres à la peau cuivrée courut devant nous pour nous indiquer le chemin. La Villa Serbelloni était un hôtel. Construit sur l'extrémité d'un promontoire dont la pointe glissait dans les profondeurs du lac de Côme, il ressemblait à un château, à voir toutes ses voûtes, ses colonnades et ses terrasses. L'accès en était sans doute strictement réservé aux personnes de sang bleu. N'osant s'aventurer plus loin, les garçons disparurent dans les ombres des palmiers. Papa freina en douceur avant de s'arrêter devant le court de tennis déserté, dont la terre battue rougeâtre semblait s'embraser sous l'effet de la lumière éblouissante. Nous sortîmes de la voiture. Nos yeux étaient immenses. Jamais nous n'avions vu pareil édifice. Un homme en livrée, tout de blanc vêtu, accourut vers nous. Papa demanda Fleming Brant. À peine a-t-il eu prononcé ce nom, Fleming Brant, qu'on nous traita comme des rois et des reines, des princes et des princesses. Une armée de portiers vint chercher nos bagages. Un chauffeur en uniforme gris alla conduire la Volvo dans le garage de l'autre côté de l'hôtel, tout juste si nous ne fûmes pas portés en haut des marches du large escalier.

« J'ai dit que nous étions de sa famille », chuchota papa. La réception était si haute de plafond que j'en avais le vertige, et je dus m'agripper au bras de Fred. Boletta voulut repartir sur-le-champ, maman réussit à la retenir. Papa posa une liasse de billets sur le comptoir. Le réceptionniste nous sourit avant de décrocher une grosse clé du tableau. Un maître d'hôtel se présenta. Il s'inclina devant nous et nous indiqua le restaurant. Les clients levèrent la tête de leur assiette. Des serveurs conduisaient des chariots croulant sous les gâteaux et les fruits étranges. Un homme était assis seul dans son coin. Il fallait traverser toute la salle pour rejoindre sa table. Il était très vieux. Il portait des gants blancs et des lunettes noires. Il lisait un livre en buvant un café dans une petite tasse verte. Il avait la peau du visage grumeleuse, écarlate, comme s'il était resté trop longtemps au soleil. Ses cheveux étaient blancs, clairsemés. C'était lui. Fleming Brant. Il ne remarqua notre présence qu'au moment où nous fûmes devant lui. Il posa le livre sur la nappe, la *Divina Commedia* de Dante. Il se leva, abasourdi, manquant de perdre l'équilibre, car à cette seconde il nous reconnut, ou plutôt : il reconnut La Vieille en nous – et je fus incapable de voir tout ce que renfermait cette brève présentation, je savais simplement que cet instant était plus grand que l'instant lui-même car le temps s'y concentrait. En revanche, je pus voir ceci : le calme mélancolique de Fleming Brant, une joie sombre, lorsque, d'un geste lent, il enleva ses lunettes et baissa son regard de chien battu. Maman fut la première à lui tendre la main. « Nous sommes venus pour vous remercier », dit-elle. « Me remercier ? » Mais Fleming Brant ne regardait pas maman. Il regardait Boletta. « Pour ce texte magnifique que vous avez écrit sur ma mère, Ellen Jebsen », ajouta Boletta. Fleming Brant resta devant elle sans rien dire, tout comme Boletta resta sans voix devant lui. Puis il se tourna progressivement vers maman. « Asseyez-vous, je vous en prie. » Il parlait doucement. Déjà à pied d'œuvre, les serveurs nous apportaient des chaises. Le chariot de fruits et de gâteaux fit son apparition, des verres et des bouteilles de vin furent posés sur la table. Nous nous assîmes. Je me dis que Fleming Brant était sûrement le propriétaire de l'hôtel, peut-être même possédait-il le lac, et pourquoi pas la ville entière. Il souleva le livre qu'il était en train de lire. « Mon rêve était de voir un jour Ellen Jebsen jouer Beatrice de la *Comédie* de Dante », précisa-t-il. « C'est rigolo comme livre ? » demandai-je. « Oui, c'est très drôle… Comment t'appelles-tu ? » « Barnum ! » Fleming Brant chaussa ses lunettes. « Je suis très ému… » Papa tendit le bras. « Et moi je suis Arnold Nilsen ! » Ils se saluèrent. Un gant blanc dans un gant noir. Fleming Brant relâcha la main le premier. Il s'excusa. « Cette main-là est détruite, expliqua-t-il. Eczéma. À cause des films… » « Oui, ils vous appellent d'ailleurs La Tête rouge », lança papa avant de partir d'un rire gras. Un silence de quelques secondes s'intercala. Fleming Brant baissa les yeux. « Je ne supportais ni la lumière, ni les produits chimiques. Je suis en train de mourir à petit feu d'effritement. » Maman le regarda. « Vous aussi, vous étiez acteur ? » Fleming Brant secoua la tête. Il sourit. C'était un sourire triste. « J'étais monteur. »

Plus tard, nous allâmes dans notre chambre. Elle était plus grande que l'appartement d'Oslo. Il y avait un lit à baldaquin, une baignoire, une douche et une véranda. Maman resta si longtemps dans la salle de bains que nous fûmes forcés d'aller y jeter un coup d'œil. Elle était étendue dans un nuage de mousse. Elle riait. Papa s'assit sur le bord de la baignoire. Maman l'entoura de son bras nu et humide. Nous étions arrivés. Nous avions trouvé Fleming Brant. Nous ne tarderions pas à rentrer. Alors, Fred, qui n'avait pas ouvert la bouche de toute la soirée, s'interrogea : « Où est Boletta ? » Maman se tut. Papa retroussa sa manche, déganta sa main valide qu'il plongea dans la mousse. « Pas là en tout cas », dit-il. Mais maman ne riait plus. Elle se redressa d'un bond, je détournai aussitôt les yeux. Fred se tenait devant la fenêtre. Je le rejoignis. En bas, sur la terrasse, je la vis, assise à côté de Fleming Brant. Ils n'étaient rien qu'eux. Les tables étaient vides, les lumières le long de la balustrade jetaient des ombres bleues autour d'eux. Un serveur arriva avec un plaid que Fleming Brant déplia sur les épaules de Boletta – et, sans le savoir, je pensai qu'elle venait malgré tout de déranger les morts. « Si vous voulez mon avis, cet homme-là doit être riche à millions », affirma papa.

Le lendemain matin, j'aperçois Fleming Brant. Je suis sur la véranda, je me suis réveillé avant les autres. Lui, il se trouve sur la plage. Son visage fane. Sa peau desquame. Il s'appuie au râteau. Oui, c'est exactement sa position : appuyé à et non sur un râteau. Viennent les premiers clients, des hommes et des femmes, main dans la main. Ils entrent dans l'eau, silencieusement, puis se mettent à nager. Alors Fleming Brant ratisse le sable. Il efface les empreintes derrière eux, à grand-peine, depuis le bas des marches jusqu'au bord du rivage où les vagues viennent mourir. Quand ils sortent de l'eau et se précipitent sur la terrasse pour prendre leur petit déjeuner, Fleming Brant est contraint de recommencer. Il doit une nouvelle fois effacer leurs empreintes, afin que le sable demeure parfaitement lisse et régulier dans l'attente des prochains clients.

Et ce sera là tout mon souvenir : les moulins à vent dans la nuit, le groupe que je n'ai pas eu l'occasion d'entendre, le monteur en train de ratisser les traces dans le sable, avec une telle méticulosité, une telle application, que plus rien ne paraît ; et lorsque j'irai à mon tour fouler cette même plage, le monteur me suivra pour estomper mes empreintes dans ce sable si fin, si froid, qui tombe de sous mes pieds.

La règle de Barnum

Je ne dirai pas combien je mesure. Ma taille est consignée dans mon dossier médical scolaire. Elle est inscrite sur l'encadrement de la porte de notre chambre. Elle figure sur mon passeport. En revanche mes yeux sont bleus et non marron. Je n'ai hérité de papa que sa taille. Je n'ai pas été plus grand que lui. Jusqu'à ce fameux jour où, devant toute la classe, l'agent de police a proféré sa malédiction contre moi dans La Petite Ville, je ne me distinguais pas particulièrement, mis à part ces cheveux bouclés dans lesquels les vieilles dames dans les kiosques ou les tramways voulaient tant enfouir leur main. Puis j'ai subi une espèce de ralentissement, j'ai calé : les autres poussaient tout autour de moi, ils poussaient sans entraves comme une forêt vierge alors que, moi, j'étais relégué au fin fond des marais, enseveli sous les aiguilles de pin, à jamais prisonnier de mes misérables centimètres. Étant donné que la croissance la plus forte intervient durant les premières années de la vie, qu'elle tend ensuite à diminuer, jusqu'à ce que l'on ne grandisse plus que d'une fraction de centimètre à l'approche de la trentaine, après quoi on commence déjà à rapetisser, mon horizon semblait passablement sombre. Savoir que, jusqu'à l'instant fatal, le cœur continue de croître est une piètre consolation. Et c'était pour moi une consolation plus minable encore d'apprendre que, au moins, j'avais atteint la taille minimale requise pour être enrôlé dans la légion romaine quelque deux cents ans avant Jésus-Christ. Elle était de 1,51 mètre. Même les filles me dépassaient ; avec leurs jambes si longues, leur nuque si droite, je ne valais guère plus qu'un coup d'œil. Quand, à de rares occasions, elles daignaient me voir, elles me jetaient un regard ; elles me regardaient de haut et je crois que ça leur plaisait : de pouvoir jeter un regard vers moi car alors j'étais forcé de lever les yeux vers elles. À quoi pouvait-elle leur servir, leur taille vertigineuse, sinon à me regarder de haut ? J'ai été surnommé, comme si mon prénom n'était pas déjà assez lourd à porter : minus, nain, nabot, pygmée, poucet, lopette, lavette, crevette, attardé, retardé, cure-pipe, parenthèse. Et ainsi de suite. À n'en plus finir.

Me vient un autre souvenir. Je rentrais de l'école. C'était en octobre. Il pleuvait (bien sûr qu'il pleuvait). Heureusement, j'avais réussi à échapper aux bottes vu qu'elles m'arrivaient quasiment à l'entrejambe. Je refusais en bloc d'utiliser un parapluie ou une capuche de marin. Je portais donc un imperméable jaune, court ; autrement dit, j'étais trempé. Je m'en fichais. Je sentais mes cheveux, ces boucles que je haïssais mais dont je n'arrivais pas à me débarrasser, épouser le contour de mon crâne, s'aplatir comme j'aurais voulu les voir en permanence. J'aimais la pluie. J'ai toujours aimé la pluie. Le soleil est une fatigue. Le soleil vous chasse. Sous la pluie, vous avez la possibilité de vous reposer entre les gouttes. Toujours est-il que je me promenais dans l'Urraparken. J'avais l'habitude de m'arrêter devant l'église, de m'appuyer contre la rampe de l'escalier pour regarder passer les tramways. De temps à autre, quelqu'un me faisait signe de la rotonde. Auquel cas je lui rendais son bonjour. J'aimais bien ces moments lorsque, enfin, il m'était donné de regarder quelqu'un de haut ; légèrement surélevé par rapport aux lignes de tramway, je pouvais regarder de haut le passager et dans le même temps le saluer. La rotonde était déserte ce jour-là. Je fis quand même un signe de la main, en songeant à tout ce que l'on fait et que personne ne voit. Car en fin de compte, comment pouvait-on être sûr et certain que tout n'allait pas disparaître sitôt qu'on avait les yeux fermés, pour aussi vite se reformer dès qu'on les rouvrirait ? Dieu avait-il créé le monde de cette manière, en clignant des yeux deux fois de suite ? Mais si Dieu avait un brusque coup de fatigue, s'il refermait les yeux, définitivement, ou s'il commençait à s'ennuyer et finissait par s'endormir ? S'il avait tout décidé d'avance, à quoi bon s'esquinter ? À quoi bon puisque ça ne servait pas à grand-chose, quoi qu'on fasse, puisque tout suivait un cours préétabli, sans jamais déborder, et vogue la galère... Voilà donc comment j'étais : adossé à la balustrade, sous la pluie, perdu dans mes pensées.

Fred, lui, avait commencé dans une nouvelle école située dans le centre-ville (et si ça se trouve, Dieu était dans la combine). Aux dires des professeurs, Fred était un abruti ; une raison suffisante selon eux pour l'envoyer dans une classe spécialisée de l'école de garçons de la Stenersgate, susceptible d'accueillir les élèves dans son genre, qui, pour une raison ou une autre, n'avaient pas pu suivre au collège. Certains affirmaient même que les garçons qui fréquentaient cette école n'avaient tellement rien dans le citron qu'ils seraient infichus de retrouver l'itinéraire jusqu'à l'école de filles de la Osterhausgate d'à côté, et ce même si on leur donnait une boussole, une carte et qu'on les accompagnait la moitié du chemin. On pouvait dire tout ce qu'on voulait de Fred, mais pas qu'il était bête. Et ça, Dieu aurait dû le savoir. D'accord, il avait un léger blocage au niveau des lettres, mais son élocution était impeccable. C'était juste pour le passage à l'écrit que ça devenait un peu n'importe quoi. Il était capable de transformer son prénom en Ferd, ce qui n'a pas manqué de faire rire tout le monde au début [1]. Un jour, il m'avait offert un cadeau (d'ailleurs le plus beau que j'aie jamais reçu : une vraie machine à écrire) où il avait écrit Branum. Moi, ça m'avait plu. Pour Branum. Ça ne me dérangeait pas qu'on me débaptise au profit de ce prénom. Fred pouvait parfaitement m'appeler Branum si ça lui chantait, je n'y voyais aucun inconvénient. Mais les rires ne tardèrent

---

1. *Ferd* signifie aussi en norvégien « expédition », mais aussi « conduite ». *(N.d.T.)*

pas à s'estomper. Car personne, excepté moi, ne trouvait drôle qu'il continue d'écrire Ferd au lieu de Fred ; et quand il lui prit de lire *Peer Gnyt* au lieu de *Peer Gynt* d'Ibsen, il se récolta de la part du professeur principal une claque monumentale dont le retentissement porta jusque de l'autre côté de l'école, où les élèves présents posèrent alors une main sur leur joue comme pour atténuer une douleur hors d'eux. Le collège avait décidé que Fred était suffisamment abruti pour être envoyé dans le quartier sordide de la Stenersgate en compagnie des demeurés de la ville, rangés définitivement dans la catégorie des arriérés mentaux, des infernaux, des irrécupérables. J'envoyais un glaviot voltiger quand j'entendis soudain des pas s'approcher et glisser entre les gouttes, bien avant que le crachat n'aille s'aplatir sur les pavés. Je rouvris les yeux. Je me retournai. Je le savais. C'était le gang de la fenêtre de 5ᵉ : Alsak, Preben et Hamster. À voir leur sourire inquiétant, tout en dents, je ne pus m'empêcher de penser que si j'avais gardé les yeux fermés, ce qui n'allait pas manquer de se passer ne serait jamais arrivé.

Le son a d'un coup été poussé à fond : le grincement du tramway amorçant le virage abrupt derrière l'école, le bruissement des arbres sous la pluie, le crissement des pneus sur l'asphalte détrempé, comme un long soupir partout présent dans la ville, puis le crachat qui s'écrase et s'étale sur les pavés. « Tu vas où comme ça ? » « Je rentre. » « Tu rentres ? C'est vrai ce mensonge ? » Je fis oui de la tête. « C'est sûr ? » J'opinai de plus belle. « Peut-être qu'on devrait te raccompagner alors ? »

Les cloches de l'église se mirent brusquement à sonner. Pour une raison que j'ignorais, elles carillonnaient. Peut-être qu'avec cette pluie quelqu'un avait oublié d'assister à son propre enterrement. Les oiseaux s'envolèrent du toit des immeubles. Je grelottais comme une tulipe. Après s'être rapprochés de moi, Aslak, Preben et Hamster se penchèrent pour me renifler le visage. On aurait dit des chiens enragés. Je fus forcé de fermer les yeux. J'attendais qu'ils me mordent, qu'ils me déchiquettent comme des clébards, ou que le monde s'écroule et disparaisse à jamais. C'est encore ce qui aurait pu m'arriver de mieux. « Qu'est-ce que je vous avais dit ? Il a la gueule qui pue la chatte. » Je rouvris lentement les yeux. Les cloches s'étaient arrêtées. Ils se pinçaient le nez. Puis ils reculèrent. « Oh le con ! Y pue la vieille chatte pourrie ! Putain ! Y pue la chatte de nana ! » Aslak se courba de nouveau sur moi sans que je le voie arriver, prêt à me donner un coup de tête, sauf qu'il s'arrêta dans son élan. « T'es sûr qu'il pue pas plutôt la bite ? À moi il me semble bien qu'il pue la bite et la chatte. » « Ouais, sûrement les deux si ça se trouve. Il a la gueule qui pue la bite et la chatte. »

Ils ne bougeaient pas, ne me quittaient pas des yeux. La balustrade me faisait mal au dos. Au bout d'un moment, ils se regardèrent et chuchotèrent entre eux. C'était horrible. Ils n'allaient pas abandonner la partie aussi vite. Alsak éclata de rire. « Qu'est-ce que t'as dans ton cartable aujourd'hui, tapette ? Ton cure-pipe ou des petites culottes pour te les enfiler sur la gueule ? » À quoi bon répondre... Ils m'arrachèrent mon cartable qu'ils vidèrent en le tapant sur la rampe de l'escalier : la trousse, le cahier de géographie, ma gomme, une moitié de sandwich à la saucisse, le manuel d'hygiène, ma règle ; tout voltigea sous la pluie battante pour aller rejoindre les pavés de la Holtegate entre les rails étincelants du tramway. Ils me calèrent le sac sur le dos avant de me donner à tour de rôle une petite tape derrière la tête. « Ben alors... Tu devais pas rentrer chez toi, espèce de portemanteau ! » Je commençai à marcher. Portemanteau... Tiens, je ne l'avais pas encore entendu, celui-là. Ils me suivirent. Sans rien dire. Et c'était sans doute ça le plus horrible. Qu'ils me suivent, qu'ils ne disent rien, que je ne puisse rien faire sinon continuer à avancer, longer l'avenue Bogstadveien, passer devant le cinéma Rosenborg où le film de la semaine précédente venait juste d'être retiré de l'affiche, *Le Jour du vin et des roses*, et où le nouveau n'était pas encore accroché puisqu'on était entre deux séances. Oui, ça se passa exactement de cette manière : le guichetier rapportait une pile de photos de Jack Lemmon et de Lee Remick, c'était l'entracte, je poursuivais ma descente aux enfers avec Aslak, Preben et Hamster sur les talons, une goutte tomba entre ma peau et ma chemise avant de se coller à mes reins comme un timbre. Je ne m'en souviens pas, peut-être ? Je ne me souviens peut-être pas du nombre de pas qui séparent l'église d'Uranienborg du Stensparken, un après-midi d'octobre, pendant qu'il pleut, qu'on vous suit à la trace, que votre frère a commencé dans une autre école, dans le quartier le plus sordide de la ville, hein ? Il y a six cent trente-quatre pas. Fred me manquait. Tout ceci n'aurait jamais eu lieu s'il n'avait pas bloqué sur les lettres de l'alphabet, s'il ne s'était pas planté en écrivant son prénom. Et il finit tout de même par pointer le bout de son nez. Sortant des urinoirs de l'entresol comme un diablotin de sa boîte. Il tenait une cigarette dans une main et refermait sa braguette de l'autre. Il était là, maigre, trempé, dans sa veste peau de pêche tellement classe, assombrie par la pluie. Les pas derrière moi s'arrêtèrent. Fred planta la cigarette entre ses lèvres, inspirant une bouffée si longue que le bout incandescent parut lui brûler la bouche. Après quoi il a recraché le mégot qui continua de se consumer sous la pluie. Il ne prononça pas une parole. Il se contenta de me toiser. Personne ne rompit le silence. J'étais au milieu. Puis il leva les yeux, à peine, si peu, en fixant un point par-dessus mon épaule, au-delà de moi ; un regard qui dura peut-être une seconde, pas plus, mais le temps parut suspendu, pareil à une goutte d'eau molle, replète, à l'extrémité d'un robinet rouillé. À présent, tout pouvait arriver. Je ne bougeai pas d'un millimètre, je restai planté là, coincé entre Fred et le gang de la fenêtre. L'instant d'après, je les entendis faire volte-face et décamper ; car, bien sûr, personne ne pouvait soutenir le regard de Fred jusqu'au bout, de ses yeux émanait une sorte de quiétude noire que personne n'était capable de supporter tout à fait. Aslak, Preben et Hamster longèrent le mur de l'autre côté de la rue comme les chiens qu'ils étaient, Aslak se retourna une fois arrivé suffisamment loin, il brandit un poing serré en proférant une insulte inaudible et les choses en restèrent là.

« Espèces de chiens ! » hurlai-je.

Et pourtant. Pourtant, il est étrange de penser que, lorsque viendra le temps où je me mettrai à parcourir les avis d'obsèques, une manière de savoir quel sort la vie réservera à mes vieilles connaissances, je serai gagné par une profonde morosité, ce matin-là, à la lecture des nom et prénom de Preben. Il n'aura vécu que quarante et une petites années – et je ressentirai ce poids à l'estomac, cet implacable vague à l'âme, bien qu'il n'ait cessé pour moi d'être une plaie, une gangrène. La nécrologie sera signée de la main d'Aslak. Il y louera le sens de l'honnêteté de Preben, sa loyauté, et surtout son humour ravageur, lui qui se sera bâti une belle carrière dans le tourisme en organisant de prétendus tours d'aventure, avant de mourir bêtement en plongeant du haut d'un rocher dans le fjord d'Oslo. Les pensées d'Aslak iront à la femme de Preben, Pernille, et à sa fille. Quant à Aslak, il deviendra conseiller juridique dans la même société qui fera faillite après la mort de son entrepreneur, tandis que Hamster aura depuis belle lurette entamé son propre tour d'aventure, un voyage au fond de son crâne, où il se perdra. Il ne redeviendra jamais tout à fait à lui après une énième piquouze. Il m'arrivera de temps à autre de le croiser dans la rue, en train de faire la manche. Chaque fois, je changerai de trottoir.

« Espèces de chiens ! criai-je de plus belle. Vous allez voir ! »

Fred écrasa du bout du pied le mégot encore incandescent dans l'herbe humide. Il s'approcha de moi. « Tout va bien, Barnum ? » « Ouais, ouais. Tu savais qu'ils me suivaient, Fred ? » « J'étais juste parti pisser. Un coup de bol pour toi, minus. » J'avalai ma salive. J'avais la gorge tellement sèche. « Ils ont vidé mon cartable », dis-je d'une voix sourde. « Ç'aurait pu être pire », répondit Fred sur un ton indiquant qu'il commençait à s'ennuyer. Je le pris par le bras. « Ils ont dit que

j'avais la gueule qui puait la chatte. » « La gueule qui
puait la chatte ? Y a pas de quoi se mettre à chialer.
D'accord ? » J'acquiesçai. « Tu vas pas te mettre à
chialer, Barnum, hein ? » Je secouai la tête. « Parce que
dans ce cas je me tire, moi. » « Je pleure pas, Fred. »
« C'est bien, Barnum. » Il retira son bras. « Qu'est-ce
que t'aurais fait s'ils m'avaient tapé ? » « Je te le dirai
pas. Sinon tu vas pas en dormir de la nuit. » Je pouffai
de rire, Fred se retourna et alluma une autre cigarette. Je
crus qu'il était furieux contre moi parce que je riais, je
voulus rétablir la situation en sortant un truc qui lui plairait. « Ça aurait vraiment pué la chatte, alors… Après ce
que tu leur aurais fait. Si tu l'avais fait, je veux dire. »
Fred haussa les épaules. En fin de compte, il n'était pas
furieux, c'était juste le vent, auquel il avait tourné le dos
pour que la flamme de son briquet ne s'éteigne pas.
« Où est-ce qu'ils l'ont vidé, ton sac ? » « À côté de
l'église. » Fred me regarda. « Et puis enlève-moi ce sourire idiot de la tronche, sinon c'est moi qui vais m'en
charger. T'as vraiment l'air d'un con à ricaner comme
ça. » Je me passai le revers de la main sur la bouche.
Fred me souffla sa fumée de cigarette au visage. Il se mit
à tousser. Il était sur le point d'exploser. Je le voyais
dans ses yeux. Je voyais cette quiétude noire ; elle
commençait à bouger, comme une pellicule de mazout
à la surface de l'eau. Il fallait absolument que je dise
quelque chose capable de lui faire retrouver sa bonne
humeur. « Tu voudras qu'on lise un bout de la lettre ce
soir ? » demandai-je prudemment. Fred regarda ailleurs. « Je pourrai la lire à haute voix, si tu veux »,
enchaînai-je, dans un souffle. Alors, il posa une main
sur mon épaule et l'effet de surprise fut tel que je faillis
en pleurer de joie. Pourtant, je suis persuadé qu'il
n'avait pas entendu car il accepta de m'accompagner
jusqu'à la Holtegate pour ramasser les restes pitoyables
de mon cartable. Mon cahier de géographie s'était
déchiré par le milieu, des pages éparses flottaient sous la
pluie : la Turquie, l'Égypte, le Japon, l'Amérique, les
pôles et les continents dérivaient dans tous les sens. Je

retrouvai les feuilles du contrôle sur le Groenland pour lequel j'avais eu TB. L'encre était pour ainsi dire effacée, même si je me souvenais parfaitement de ce qui y avait été écrit. *Les icebergs mesurent parfois plusieurs centaines de mètres. Mais les parties immergées peuvent être neuf fois plus grandes.* Les pies se disputaient la moitié de sandwich. Les tramways étaient passés au moins trois fois sur ma trousse. Ma règle était cassée et mon manuel d'hygiène était à refaire. « Peut-être que moi aussi je viderai mon cartable un de ces jours », lança Fred en faisant mine de rentrer à la maison pendant que je courais derrière lui. Fred était constamment en avance sur moi de quelques pas, m'obligeant à courir sur mes pieds plats si je voulais le suivre. Fred marchait et moi je courais à côté de lui. « C'est comment dans ta nouvelle école ? » « Vachement bien. Tous les ramollis du ciboulot concentrés dans le même endroit. » « Mais t'en fais pas partie, toi, Fred. » « Partie de quoi ? » « Des ramollis du cerveau, Fred. T'en fais pas partie, toi. » Il s'arrêta pile devant le cinéma Rosenborg, devant les vitrines encore vides où les photos des stars n'allaient pas tarder à être accrochées. Il planta ses yeux dans les miens. Il ne dit rien. Je me remis à avoir peur. « Quel film ils vont passer d'après toi, Fred ? » « Un film interdit aux mioches de ton âge. » Debout derrière les portes en verre du foyer, le guichetier regardait dehors. Peut-être voulait-il vérifier s'il pleuvait encore car il ouvrit soudain un parapluie et le tas de photographies qu'il tenait sous son bras se dispersa par terre. « De qui je fais partie ? » demanda Fred. « Quoi ? » Fred se courba vers moi. « De qui je fais partie ? » Je ne savais pas quoi répondre. C'était revenu, dans ses yeux, cette lueur noire abyssale. « Je pourrai t'aider si tu veux, avec l'alphabet », murmurai-je. Fred me plaqua contre les vitrines dont le verre crissa. « Je n'appartiens à personne ! Tu comprends ça ? Hein ? » D'un doigt, il dessina une ligne continue de mon front jusqu'au bas de ma joue. « Putain… C'est vrai que ta gueule elle pue la chatte ! » Puis il s'éloigna sur le trottoir, en zigzaguant,

comme s'il voulait feinter la pluie. Le guichetier sortit
au même moment. « Mais mon pauvre garçon… Tu
veux casser mon cinéma, ou quoi ? » « Non, non »,
fis-je à mi-voix. Je voulais m'en aller, tout de suite, mais
le guichetier me retenait. « Tout va bien au moins ? »
« Oui, oui, je vous remercie. » Il se pencha sur moi. « Tu
as faim ? Tu veux manger un morceau ? » « Non, ça ira,
merci. » Mais il était si gentil qu'il me poussa pour
entrer dans le foyer dont le linoléum était tellement lisse
et glissant que je faillis dégringoler des marches. Il me
rattrapa par le bras et, sans le lâcher, me traîna jusque
dans une pièce étroite, située derrière la salle de cinéma,
où une machine énorme sortait d'une lucarne percée
dans le mur. Sur des boîtes rondes empilées à même le
sol figuraient des titres en anglais. *Le Jour du vin et des
roses*. Il faisait chaud. Il flottait à l'intérieur une odeur
pas très ragoûtante. L'homme n'était pas uniquement
guichetier, en fin de compte, mais aussi projectionniste.
C'était lui qui montrait les films ; sans lui, l'écran serait
resté désespérément blanc dans la salle obscure, à
l'instar d'un lourd et large store enrouleur obstruant une
fenêtre au plus profond de la nuit. « C'est là que je vis »,
précisa-t-il. Il ouvrit sa boîte à casse-croûte. « Tu veux
quoi ? Fromage ou salami ? » Je n'avais pas faim. Les
vieilles dames passaient leur main dans mes boucles et
les vieux messieurs voulaient me nourrir. C'était épuisant à la fin. « Salami », dis-je. Il me donna la tartine. Je
fus forcé de l'avaler. On mangea tous les deux. « Il t'a
frappé ? » Je secouai la tête. On continua tous les deux
de manger. Soudain, le cinéma m'apparut comme un
navire, comme un paquebot qui ferait la traversée de
l'Atlantique, en route pour l'Amérique, avec, aux
commandes de la salle des machines, le projectionniste
en personne, grâce auquel l'hélice tournait et les étoiles
scintillaient – et tandis que je formulais cette pensée,
une autre pensée s'imposa à moi, et je n'arrivais pas à
croire que c'était la mienne, comme si quelqu'un d'autre
l'avait échafaudée avant moi et que je me bornais à me
la réapproprier : je m'imaginais les films muets comme

des navires qui vogueraient sur ce même océan Atlantique, et le vent comme la salle des machines sans personne à l'intérieur pour la diriger. « Il y a beaucoup de gens qui t'embêtent ? » demanda-t-il brusquement. « Quoi ? » Je ne comprenais pas où il voulait en venir. « Est-ce que beaucoup de gens t'embêtent parce que tu es petit ? » Je me gardai de répondre. Il ne pensait pas à mal. Je le savais (c'est toujours ce que je dis : la plupart des individus ne pensent pas à mal et souvent ce sont eux les pires). J'aurais pu répondre : « Ouais. Et c'est surtout toi qui m'emmerdes ! » À défaut, je baissai les yeux. Il posa une main sur mon genou. « Autrefois, il ne fallait pas mesurer plus de cinq pieds pour être projectionniste. Sans quoi il n'y avait pas assez de place pour la machine. Ça ç'aurait été un métier pour toi ! » « Oui », murmurai-je.

Il me raccompagna dehors. Je courus pour rattraper Fred, mais il s'était volatilisé depuis belle lurette. Une fois à Norabakken, j'essayai de former l'équivalent de cinq pieds. Sauf que, si c'étaient des miens qu'il s'agissait, il n'y avait pas de quoi être fier. Je me demandai même s'il fallait compter la chaussure ou pas parce qu'alors, ceux qui chaussaient du 48 devaient sûrement aboutir à un tout autre résultat. Une fois arrivé dans la Kirkeveien, je m'arrêtai. Les arbres étaient noirs, immobiles. Esther, munie de petites pinces à linge, accrochait les magazines à une corde tendue contre la vitrine du kiosque, comme pour les faire sécher. Elle me héla d'un geste, en agitant ce qui ressemblait à un morceau de sucre candi qu'elle ne manquerait pas de m'offrir si seulement elle avait la permission de passer sa main ridée dans mes boucles. Mais la pluie les avait dispersées de la même manière que les continents de mon cahier de géographie. Je restai à la même place, sans bouger, feignant de ne pas la voir. Elle me regarda d'un air peiné, la tête penchée, comme elle en avait pris l'habitude depuis que j'avais cessé de lui dire « merci beaucoup ». Elle enfourna le sucre candi dans sa bouche, et le bruit de ses dents croquant le sucre cristallisé de couleur

marron me fit trembler de tous mes membres. Je me
bouchai les oreilles. Où était Fred ? En sens inverse,
avançant au pas, un corbillard descendait l'avenue,
escorté par une unique voiture qui roulait à la même
allure, une coccinelle fichée d'une croix grise sur le toit
– et je fus saisi par une étrange et pourtant évidente sensation de déjà-vu, par une impression de répétition, de
récidive, mais une répétition en léger décalage avec le
souvenir que j'en gardais, plutôt comme une espèce de
variation : le corbillard, le chauffeur, le cercueil blanc à
l'arrière, les petits rideaux dentelés aux vitres ; oui, je
fus saisi au point de devoir m'adosser au tronc noir de
l'arbre devant lequel je m'étais arrêté, et ce d'autant plus
qu'au même moment je pensai que je n'avais peut-être
jamais vu cette scène par le passé, mais qu'en revanche
elle était censée m'en rappeler une autre que je n'allais
pas tarder, elle, à revoir. Dans la Coccinelle, un homme
riait. Ou bien je me trompais, sans doute. Sans doute
pleurait-il. Sans doute son rire ressemblait-il à des
pleurs inaudibles. Puis le convoi disparut de mon champ
de vision. Je posai ma main à plat sur le bas de mon
visage pour renifler mes doigts. La gueule qui puait la
chatte ?

Maman avait fait du ragoût. Ni elle ni moi n'avions
vraiment faim. Boletta n'avait pas montré le bout de son
nez depuis que, la veille au soir, elle était partie en arborant voilette et gants noirs. Dès lors, tout le monde savait
où elle allait. Boletta filait au Pôle Nord pour rafraîchir
son cœur dans la bière. C'était comme un cas de force
majeure, maintenant que ça la reprenait. C'est ce que
maman disait toujours : « Tiens, voilà que ça la reprend. »
Fred non plus n'était pas rentré à la maison et papa était
en voyage. Nous ne savions pas réellement ce que cela
signifiait, que papa soit en voyage. Il ne nous racontait
jamais grand-chose. Le peu que nous savions se limitait
au fait qu'il était vendeur, nous ignorions de quoi, et qu'il
lui arrivait parfois de réapparaître, toujours plein aux as.
Ça ne durait jamais. Je picorais la nourriture. Maman
picorait la nourriture. Nous dînions dans la cuisine, en

silence, chacun avec notre assiette. Nous grappillions. Il faisait déjà noir. La vigne vierge entourant les fenêtres bruissait. Le tic-tac de l'horloge dans l'entrée résonnait. Le silence était le talent de maman. Elle aurait pu être championne du monde en silence féminin, si tant est qu'il existe une telle discipline, et Fred de son côté aurait été champion du monde messieurs (ce silence, capable parfois de durer des semaines d'affilée, face auquel papa sera, à mon sens, de plus en plus impuissant et, pour finir, complètement déboussolé ; il avait certes réussi à faire rire maman, mais son exploit s'arrêtait là). Quand soudain elle plongea la main dans le ragoût et en balança une poignée contre le mur. Cela fit un bruit comparable à celui d'un hérisson écrasé par un camion. Après quoi elle resta assise, le regard fixe dirigé ni vers moi ni vers les morceaux de viande qui dégoulinaient par terre en formant une figure dont le motif n'était pas sans me rappeler la photographie d'un soldat soviétique criblé de balles au coin d'une rue de Budapest ; sauf que l'image que j'avais sous les yeux en ce moment était en couleurs, elle. En fait, j'avais l'intention de poser une question à maman, à propos d'un sujet qui me trottait dans la tête depuis un moment. Mais je me ravisai. Maman en avait assez. Aussi la laissai-je tranquille, sur sa chaise, à regarder fixement en l'air, les yeux brillant d'un reflet plus noir qu'un parapluie d'homme. J'allai me laver le visage à la salle de bains. Au savon noir. Puis à la poudre à récurer. Après m'être rincé à l'eau iodée, en me regardant dans la glace, je trouvai que je ressemblais à une peau d'orange sanguine qu'on aurait essayé d'éplucher avec des moufles. Je me faufilai dans la chambre et m'enfouis sous la couette. La gueule qui puait la chatte. Le tic-tac de l'horloge. Le bitume détrempé dans l'avenue. Maman qui arpentait l'appartement, s'arrêtait devant le téléphone, partait dans le salon, revenait se poster devant le téléphone, soulevait le combiné, le reposait. Et moi j'écoutais. J'étais cet auditeur de petite taille dont la gueule puait la chatte. Personne n'appela. Qui attendait-elle le plus : Fred, papa, ou Boletta ? À moins qu'il ne s'agisse de quelqu'un d'autre ?

Attendait-elle toujours le retour de Rakel ? Je ne sais pas.
J'écoutais. Les pas de maman qui deviennent de plus en
plus pesants. Le silence de maman qui ne tardera pas à
être trop lourd à porter pour elle seule. Tout d'un coup,
elle ouvrit la porte et passa sa tête. « Tu es déjà couché ? »
Je me redressai dans mon lit. J'allais enfin pouvoir lui
poser cette fameuse question mais, alors que j'en avais
maintenant l'occasion, je lui demandai tout autre chose.
« Maman ? Fred, il est né dans quel genre de voiture ? »
Elle soupira puis s'appuya contre le chambranle. « Dans
un taxi, Barnum. » « Oui, mais quel genre ? » Maman
esquissa un sourire. « Alors ça… Je n'en ai aucun souvenir. J'avais autre chose en tête. » Elle redevint silencieuse. Comme si elle s'était recousu la bouche, comme
si elle avait dans le plus grand secret embrassé la Singer.
Ses épaules arrivaient à l'endroit exact où j'avais apposé
ma dernière marque. Ça remontait à un certain temps
déjà. Celle de Fred dépassait la mienne de plusieurs et
nombreuses encoches. « Pourquoi est-ce que je ne
grandis pas ? » Maman défit les points qui lui scellaient
les lèvres. « Mais voyons Barnum, tu n'as quand même
pas déjà arrêté de grandir ? » Je baissai les yeux. « Je
crois bien que si. »

Maman referma doucement la porte. J'ouvris mon cartable d'où je sortis la règle cassée. Je tentai de la recoller.
Néanmoins, les morceaux avaient beau se fixer les uns
aux autres, il manquait quelque chose, là où les surfaces
de cassure se joignaient : la poussière des millimètres et
une fraction de poussière. La règle était devenue plus
petite qu'elle-même, elle ne remplissait pas ses vingt centimètres – et cela me fit penser au mètre étalon, conservé
quelque part à Paris, dans une chambre forte, le mètre des
mètres, la mère de tous les mètres, ni plus grand ni plus
petit, se déployant sur toute sa longueur, avec sa précision
d'orfèvre. Je m'étirai dans mon lit, aussi loin que possible, et décidai qu'à partir de maintenant, j'allais fabriquer mon propre système métrique : la règle de Barnum.
J'aimais beaucoup l'odeur sucrée de la colle.

Quelqu'un rentra. Ce n'était pas Boletta. Je l'imaginais

parfaitement : Boletta, assise aux tables pas très propres
du Pôle Nord, en train de boire des bières dans de grands
verres, en compagnie des durs à cuire qui lui racontent
des histoires pour lui faire oublier, tandis que la bière
dépose son empreinte, oblitère dans son esprit le souvenir figé de sa fille, Vera, notre mère, dans le grenier, en
ce jour de mai 1945. Je l'ai vue. Je l'y ai vue. J'ai tout vu
au travers des vitres jaunies du Pôle Nord, pendant qu'un
homme au milieu de tous les autres retire lentement les
gants noirs de la main de Boletta.

C'était Fred qui rentrait, hilare. Maman lui passa une
soufflante. Il se contenta de rire. Elle éclata en sanglots.
Quelque chose tomba par terre et se brisa. Je ne voulais
pas entendre. Je dormais. Je dormais dans ma règle. Fred
vint se coucher. Son souffle, court. Les larmes de maman
dans un coin de la pièce. Les bris de verre dans la pelle.
Jusqu'à quel point est-il possible de s'enfoncer dans le
sommeil avant qu'il ne soit trop tard pour en revenir ?
« Boletta est en train de danser, dit Fred à voix basse.
Boletta danse au Pôle Nord. » Je me réveillai. « Il faut
aller la chercher ? » Fred ne répondit pas. L'instant
d'après, je ne me souvenais plus de la question que je
venais de poser. Qui peut relever la voilette de grand-
mère ? C'était ça que j'avais demandé ? Qui est le père de
Fred ? J'entendis maman enfiler son manteau, puis ses
pas empressés dans l'escalier. Voilà, elle partait chercher
Boletta. Voilà, nous étions de plain-pied dans la nuit. Je
jetai un coup d'œil vers Fred. Il n'avait pas encore enlevé
ses chaussures, comme s'il voulait être prêt à filer à
n'importe quel moment. « Maintenant je sais », murmurai-je. « Quoi ? » « Tu fais partie de nous. » « La
ferme ! » Je la fermai. Une odeur entêtante de colle
emplissait la pièce, se dégageait de mes doigts. J'avais le
tournis. J'eus envie de m'installer sur l'appui de la
fenêtre. Les chaussures de Fred brillaient dans le noir. Si
un incendie se déclarait d'un seul coup, il lui suffirait de
courir, de fuir. « Tu veux qu'on lise un bout de la
lettre ? » demandai-je. Fred ne dit rien. Je crois qu'il me
tourna le dos. Je n'avais pas besoin d'allumer la lampe. Je

connaissais la lettre par cœur. Sur le bout des doigts. De la première à la dernière ligne. Je pris mon inspiration. « *Je vous envoie, à vous tous à la maison, mes pensées les plus affectueuses du pays du soleil de minuit, ainsi qu'un bref récit sur le déroulement à ce jour de notre expédition, car il me semble qu'il peut être d'un intérêt pour vous d'entendre quelles sont nos occupations quotidiennes, ici, entre la glace et la neige.* »

Entre la glace et la neige. C'était plus fort que moi. Chaque fois, j'en avais des frissons dans le dos, la gorge serrée : je ressentais ce doux tressaillement que confère le bon chagrin, la peine chaude. « Tu m'écoutes, Fred ? » Pas un son ne montait de son lit. Je fermai les yeux et vis le bateau, entre la glace et la neige. « *Commençons par le navire. C'est un navire en bois, à l'armature solide, résistante, dont la proue est renforcée par un brise-glace.* » « Ta gueule ! » cria Fred. « *Il a été conçu pour la pêche à la baleine et a déjà croisé le Cap Nord.* » « Ta gueule, trou-du-cul ! » « Mais non… Si je lis lentement, c'est parce que c'est en danois… » Quelque chose s'écrasa contre le mur, juste au-dessus de ma tête. Une chaussure.

L'ombre de Fred s'agitait le long du mur. Une autre chaussure faillit me heurter en pleine tête. « Tu sais pourquoi ils ont dit que t'as la gueule qui pue la chatte ? » « Non, Fred. » « Tu veux que je te le dise ? » « Non, Fred. » « Parce que les filles, tu leur arrives au niveau de la chatte. T'es con ou quoi ? » L'ombre de Fred s'apaisa. Je posai ses chaussures sur le plancher. Je ne dormirais pas encore cette nuit. Au lieu de quoi, je rêvai de Tom Thumb, le nain américain qui ne dépassa jamais les 89 centimètres et dont le poids maximal n'excéda guère les 24 kilos. Au siècle dernier, il avait été exhibé dans toute l'Amérique, puis il était arrivé en Europe où il avait fait la connaissance de la reine Victoria et s'était perdu dans ses nombreux jupons. Aucune cruche d'eau n'était posée sur la table pendant ses repas par peur qu'il s'y noie. On racontait que Dieu avait opposé son veto à l'avenir de Tom Thumb alors qu'il n'avait que deux ans, raison pour laquelle il s'était arrêté de grandir. Voilà le genre de rêves que je faisais. Dieu était peut-être furieux, à moins qu'il n'ait fini par se lasser. Au Moyen Âge, des rabbins s'étaient efforcés de démontrer que, lors de la création, la taille moyenne était environ de 50 mètres et qu'elle n'avait cessé de décroître depuis. Une idée reprise en 1718 par un Français du nom de Henrion, pour concevoir une table mathématique censée prouver le rapetissement des êtres humains au fil des âges. Selon ses estimations, Adam avait mesuré 40 mètres au minimum, et Ève 38. Mais le déclin était d'ores et déjà amorcé. Noé ne mesurait plus que 33,5 mètres, Abraham ne dépassait pas les 9 mètres, Moïse s'était stabilisé à 4,22 mètres, Hercule avait atteint les 3 mètres, Alexandre le Grand 1,92 mètre ; sauf que, à ce moment-là, Dieu avait commencé à se faire un sang d'encre et avait envoyé Jésus sur terre pour enrayer le processus. La taille de Jésus était de 1,62 mètre, comme en témoignent les marques sur la croix.

Je rêve que Dieu m'a oublié.

Et je me réveillai sans avoir dormi. Les deux chaussures de Fred s'étaient volatilisées. Je me levai pour aussitôt me plaquer contre l'encadrement de la porte. Je voulais vérifier si j'avais grandi pendant la nuit, mais j'avais mis un terme à ma croissance, un terme définitif – et depuis ce jour, je préférerai concentrer toutes mes forces pour maintenir ma taille, pour ne pas m'avachir comme Boletta quand elle rentrait du Pôle Nord, le dos aussi voûté que la lune au-dessus de l'église de Majorstuen en octobre. Je focaliserai mon attention sur mes cheveux frisés car mes boucles me soulevaient, oui, elles me soulevaient. Ainsi, je serai le premier à Fagerborg à adopter une coiffure afro, blonde de surcroît (ça me semblait tellement naturel) : je ressemblerai à un caniche blond. Tout ce que je peux dire, c'est que cela ne durera pas longtemps. L'hiver, j'arborerai, comme ces dissidents soviétiques, une énorme toque en peau d'ours dénichée dans les affaires de La Vieille. Je réessaierai même de jeûner pour grandir et je ne reculerai pas non plus devant les talonnettes en liège, ni devant les doubles semelles. Quand la pauvreté deviendra le dernier cri de la mode, je me précipiterai sur les pataugas que je porterai toute l'année, sans parler des chaussures à semelles compensées, ma meilleure période à n'en pas douter. Non que je veuille anticiper les événements (ils ne manqueront pas d'arriver en temps et en heure), je souhaite simplement pouvoir découper certains instants de ma vie, recoller les morceaux, et que, en fin de compte, elle forme cette image impossible mais néanmoins nécessaire et cohérente, en ce qu'elle mêle les chaussures à semelles compensées et la chatte des filles. C'est d'ailleurs assez drôle en définitive : je me sentirai un poil plus grand pendant ces années de solitude, cette époque d'éléphantiasis généralisé, bien que la plupart des gens soient eux-mêmes juchés sur des chaussures à semelles compensées. J'aurai toujours le même nombre de centimètres en moins qu'eux. Mais, d'une certaine manière, je dépasserai la taille minimale requise. J'aurai la tête au-dessus de l'eau. Je marcherai seul pour ainsi dire tout le temps, puisque ceux que je connaissais et que j'aimais étaient en voyage à l'étranger, et j'emprunterai détours et rues adjacentes avec, aux pieds, mes scintillantes et non moins casse-gueule chaussures à semelles compensées. Plus dure sera la déprime le jour où celles-ci seront bonnes à balancer sur la décharge de la rigolade, remisées au fond des armoires sombres dans des recoins inatteignables, conservées à l'occasion des collectes et des carnavals. En somme, je serai le dernier à Oslo affublé de ma compensation, et, si je me souviens bien, ce sera en réalité mon heure de gloire (cette minute d'extrême raffinement entre deux modes, quand la confusion bat son plein), ce moment précis où je prendrai le pouvoir, où je me dresserai du haut de mes talons compensés alors que les autres seront déjà en phase descendante, chaussés de leurs vieilles sandales. Ça non plus, ça ne pourra pas durer éternellement. Je finirai par abdiquer. Par choir. Le roi des chaussures à semelles compensées sera détrôné. Je rêverai immédiatement après que Dieu se réveillerait un beau matin, trouverait les 60 centimètres qu'il avait omis de donner aux êtres humains et déclamerait : 30 de ces centimètres appartiennent à la règle de Barnum. Papa me donnera une retentissante tape dans le dos, un jour où il sera de bonne humeur, affirmant que la taille n'a guère d'importance quand on est aussi bien membrés que nous, si récompensés par la nature que nous, puisque telle avait été la conclusion incontestable du docteur originaire du continent lors de son examen minutieux du corps nilsenien. « T'as qu'à demander à ta mère », dira papa (ce que du reste je ne ferai jamais). En revanche, viendra une période pendant laquelle je me demanderai si je ne pouvais pas subir une opération histoire de me faire greffer un bout de squelette supplémentaire. Je lirai dans un magazine que c'était possible en Amérique. Ils avaient rallongé de 6 centimètres un Américain d'origine norvégienne domicilié à Fargo, en vissant un os entre les rotules et les hanches. Après coup, pourtant, la promenade n'a plus jamais été son fort, obligé qu'il était de passer le plus clair de son temps en position assise – et dans ce cas, franchement, à quoi bon ? Il mourut d'ailleurs d'une crise cardiaque : se penchant pour lacer ses chaussures, il mourut sur place et sur le coup, à en croire le numéro suivant du même magazine. Comme Fred se moquera de moi quand lui aussi sera de bonne humeur ! Un jour, il me portera sur ses épaules en descendant l'avenue jusqu'à Majorstuen au cinéma Colosseum. En plus, je le laisserai faire. Sauf que, quand il me reposera par terre et dira « On échange, Barnum ? », la peur s'emparera de moi car j'ignorerai ce qu'il voudra échanger, et avant même que j'aie eu le temps de le lui demander, il se sera déjà éclipsé. La blague du siècle pour certains consistera à me dire que j'ai eu un sacré bol d'être assez grand pour au moins arriver au niveau de ma propre tête. Ça les fera rire, puis ils rentreront chez eux. Ou bien ils diront que j'ai la gueule qui pue la chatte. Je rirai rarement. Il me sera toutefois donné de croiser James Bond, mais lui non plus ne sera pas en mesure de m'aider. Je rencontrerai effectivement Sean Connery, son vrai nom en réalité, chez une buraliste de l'avenue Frognerveien où j'irai acheter *Cocktail*, qui, comme tout un chacun le savait, était rangé sous le comptoir à côté de *Weekendsex* et de *Pinup* ; puisque cette petite commission, je ne pourrai décidément pas la faire dans les environs de Fagerborg, non, je devrai aller à perpète. J'attendrai environ une heure sur le trottoir avant d'oser entrer. Moi qui crois être seul, c'est raté : James Bond est là lui aussi et il a l'air vraiment mal fichu. Il a le cheveu clairsemé, d'un roux quasi carotte, qu'il n'a sûrement plus peigné depuis trois mois minimum. Il vient de s'acheter un cigare qu'il essaie d'allumer. Il s'en faut de peu que je ressorte aussi sec, croyant être atteint de visions, ce qui ne manque pas de me flanquer une peur bleue. Et pourtant c'est bel et bien lui, Sean Connery en personne, chez une buraliste de l'avenue Frognerveien, à Oslo, Norvège, Europe, Monde, Univers. La dame derrière son comptoir, qui a priori ne l'a pas reconnu, se penche au-dessus des chocolats pour me demander ce que je veux. Je suis incapable de quitter James Bond des yeux. Il vient enfin d'allumer son cigare. Il me sourit. En plus il a des dents gâtées. La dame me redemande ce que je veux. Pas un mot ne sort de ma bouche. Je ne me souviens que de mon immense déception en découvrant un James Bond aussi miteux, aussi quotidien. Il est sur le point de passer sa main dans mes cheveux quand je me mets soudain à courir comme un dératé. Je rentre à la maison. Le soir, une fois couchés, je raconte tout à Fred. « J'ai vu James Bond aujourd'hui », murmuré-je. Fred se retourne. « T'es allé au cinéma ? » « Nan ! Je l'ai vu en vrai ! Sur Frognerveien ! » Le ton de sa voix monte d'un cran. « Quoi ? T'as vu James Bond à Oslo ? » J'acquiesce. « Même qu'il a pas beaucoup de cheveux et des dents gâtées ! » Fred reste silencieux un petit moment. « Tu mens, t'as pas vu James Bond. » « Mais si ! Chez une buraliste de Frognerveien ! » « Et qu'est-ce que tu faisais là-bas ? » Je baisse les yeux. « Je voulais acheter *Cocktail* », réponds-je à mi-voix. Fred éclate de rire puis se recouche. « Bonne nuit, Barnum. Fais pas trop de potin quand tu t'astiqueras le poireau. » « Mais j't'assure ! C'est vrai ! » « Quoi ? Qu'est-ce qui est vrai ? » « Que c'était James Bond ! Ou Sean Connery si tu préfères ! » Fred se lève. Il est dans une colère noire. « Maintenant tu vas la fermer, ta grande gueule de nain ! » Il fait un pas vers moi et m'envoie un coup de poing en pleine figure. Je tombe à la renverse sur l'oreiller. Je reste allongé, tandis que le sang dégouline de mon nez, en songeant que personne ne veut me croire quand je dis la vérité mais que tout le monde me croit quand je mens. Alors, pendant que j'y suis, autant tous les citer, les uns après les autres : Humphrey Bogart, Toulouse Lautrec, James Cagney, Edvard Grieg, si petit qu'il était obligé de s'asseoir sur les œuvres complètes de Beethoven pour pouvoir jouer du piano ; sans oublier Mickey Rooney, oui, surtout Mickey Rooney d'ailleurs, ce minus pas très propre sur lui qui a quand même réussi à se marier cinq fois avec les plus belles femmes du monde… « Nous sommes de la même famille, merde ! m'écrié-je. Nous sommes les courts sur pattes et nous sommes les plus près du caniveau ! » Là, Peder pose une main sur mon épaule et me calme tandis que les femmes se regardent sans rien dire et que les hommes sortent sur la véranda. « Évite Grieg la prochaine fois », chuchote-t-il. Et il m'arrive encore, lorsque par hasard j'attends quelqu'un, de m'adosser à un encadrement de porte, parce que je m'ennuie ou que je suis angoissé, de poser sans réfléchir une main sur le sommet de mon crâne puis de faire volte-face pour vérifier si j'ai grandi. Sauf qu'aucune marque ne figure sur le chambranle, aucune encoche avec laquelle comparer, alors mieux vaut refermer la porte et revenir à ma place initiale. Combien de temps dure un rêve ? Qui est capable dans son sommeil de réciter l'alphabet à l'envers ? Je découpe ma vie, notre vie, en morceaux. Je me suis introduit par effraction dans la cabine de montage, muni de mes ciseaux d'argent, et me voilà, avec mes petites mains, à recoller nos morceaux dans un autre ordre. Et pardonnez-moi si je suis obligé de mentir, car le mensonge est uniquement ce que l'on ajoute pour que les surfaces de cassure puissent s'emboîter les unes dans les autres afin de reformer la règle du récit. Et force m'est de constater que ce que je raconte est toujours plus court que ce que nous avons vécu.

C'est ainsi que je reviens à ce fameux matin, quand je me trouvais dans l'embrasure de la porte, le visage toujours endolori, afin de voir si la nuit avait porté ses fruits. Les chaussures de Fred n'étaient plus là. Le silence était partout. Les premières paroles de la lettre de mon arrière-grand-père roulaient sans bruit dans ma bouche. *Je vous envoie, à vous tous à la maison, mes pensées les plus affectueuses.* Et ça, ce n'est pas un flash-back. C'est juste quelque chose que vous reconnaissez vaguement, vous qui êtes assis dans une pièce. Vous entendez, ou plutôt vous percevez, quelqu'un en train de pleurer dans votre dos, et lorsque vous vous retournez, vous découvrez un enfant, et cet enfant, c'est vous.

Je jetai un coup d'œil dans le salon. Boletta dormait sur le divan, les rideaux étaient tirés. Sa bouche émettait un petit bruit chaque fois qu'elle inspirait. Ses gants noirs étaient tombés sur le plancher. Je ne voulais pas la réveiller. Je m'approchai d'elle sur la pointe des pieds, soulevai doucement sa voilette et l'embrassai sur le front. Au moment où je m'apprêtais à regagner ma chambre, je tombai nez à nez sur maman. « C'est gentil de ta part, Barnum. » Elle portait un tablier bleu autour de la taille, si serré que je fus choqué par sa maigreur. Elle tenait à la main une serpillière grise qui, en plus de dégager une odeur rance, était pleine des restes de ragoût et autres abats. Je fus pris d'une violente envie de vomir. Je me souvins d'un dimanche où papa s'était plaint du bifteck trop cuit à son goût, ou peut-être pas assez d'ailleurs ; toujours est-il que maman avait mis dans la poêle à frire une serpillière de ce genre et la lui avait servie, avec de la sauce et tout. Le plus horrible, c'est que papa l'avait mangée. J'ignore encore comment il s'était débrouillé, mais il l'avait coupée en petits morceaux et l'avait avalée jusqu'à la dernière bouchée. On n'avait plus revu la moindre trace de la serpillière. « Ta mère est comme l'île de Røst, répétait papa. Aucun météorologiste ne peut prévoir le temps qu'il fera chez elle d'un jour à l'autre. » « Elle dort », dis-je à mi-voix. Maman m'adressa un sourire fatigué. « Elle ne se réveillera pas avant que ça lui soit passé. » Eh oui, c'était comme ça et pas autrement. Ce qui la reprenait devait également lui passer. J'aurais bien aimé savoir ce qui dans l'absolu la reprenait. « Au fait ! s'écria maman. Il serait peut-être temps que tu commences les cours de danse. » « Oh non ! » « Non ? Mais si ! Bien sûr que si ! Tu ne le regretteras jamais. » Elle lâcha sa serpillière pourrie et m'attrapa en posant une main autour de mon pyjama, puis virevolta tout autour du salon, glissant par-delà le sofa, changeant de direction devant le poêle, et tant pis si elle faillit renverser une lampe, elle riait à gorge déployée, son parfum se mélangeait à l'odeur de produit vaisselle, je sentais ses os saillants sous son tablier, j'essayais de me dégager mais en vain, quand soudain elle observa mon visage et tout le reste était oublié. « Qu'est-ce que tu t'es fait ? » « Ce que je me suis fait ? Rien. » « Et moi je te dis que si. Tu es tout rouge, tout gonflé. » « Faut que j'aille à l'école. » « Avec cette figure-là ? » Elle posa un doigt sur ma joue. « Tu n'as pas les oreillons au moins ? Non, tu les as déjà eus. Dieu merci ! Fais-moi voir, Barnum. Que je vérifie si tu n'as pas des boutons. » Je me débattis. « Je suis pas malade ! Je me suis juste lavé. » Maman se remit à rire. « Eh bien ça se voit sacrément ! Tu as utilisé de l'eau de Javel, ou quoi ? » « Non. Du savon noir, de la poudre à récurer et de l'eau iodée. J'avais la gueule qui puait la chatte. » Maman lâcha aussitôt mon pyjama, ses lèvres tremblaient comme si elle venait d'être frappée par un coup inattendu. « Qu'est-ce que tu viens de dire, Barnum ? »

Au même moment papa rentra. Je le vis derrière maman, ouvrir la porte d'entrée puis la repousser avec l'épaule. Et, à cet instant-là, à cette seconde, alors qu'il croit entrer sans être vu ce vendredi matin d'octobre, tandis qu'il pose sa valise rutilante, accroche son chapeau à la patère entre les deux appliques, range son parapluie dans le porte-parapluies, s'extrait de son imperméable, enlève ses chaussures en poussant un soupir, retire ses fixe-chaussettes, gratte son pied blanc, s'appuie contre le mur (tout cela en un seul plan-séquence, sans une seule coupe au montage), je vois sa nuque courbée, son dos rond engoncé dans une veste de costume qui le boudine au point de se déchirer, le mouchoir dans la poche de poitrine brodé de ses initiales, A. N., les gouttes de transpiration inonder le haut du visage, la main qui lentement retire ce même mouchoir d'ailleurs plus très propre et l'applique sur le large front bombé, sauf que la sueur résiste, semble figée comme une moisissure, alors il frotte, il ne cesse de frotter, désespéré, furieux, il se frappe le front du poing comme si ça pouvait l'aider – et voilà que maman se retourne, elle qui n'a absolument rien vu de ce que moi j'ai vu : le retour du père. Sur ce je tousse. Du coup papa sursaute, se redresse, le mouchoir à la main, sourit, à un dixième de seconde près il sourit, ouvre les bras et s'approche de nous, comme ça, bras écartés, à croire que l'instant d'avant, quand il était encore appuyé contre le mur à se cogner le front, n'a été qu'un mensonge, un leurre, un mirage, une illusion d'optique. « Je croyais que tu ne devais rentrer que demain ? » s'étonna maman. « Moi aussi. Voilà pourquoi je suis là. » Il plia son mouchoir sans que j'aie le temps de voir où il le rangeait. Il rit. Colla une bise sur les deux joues de maman. Il avait encore grossi. Il rentrait toujours plus gras de chacun de ses voyages. La peau au-dessus de son col de chemise formait un bourrelet ferme comme de la crème tout juste fouettée autour d'une tasse pleine à ras bord. Il ne portait plus de ceinture mais juste des bretelles. Même ses genoux étaient gras. Bientôt, il mesurerait autant en largeur qu'en hauteur. Il se dégagea de l'étreinte de maman avant de pivoter sur ses talons. Il me regarda en plissant les yeux. « Qu'est-ce que tu t'es fait à la figure, Barnum ? Est-ce que Fred, à défaut de savoir épeler ton prénom, aurait essayé de te peler la peau ? » Il s'esclaffa, un rire violent. Maman tressaillit. « Il est juste enrhumé, dit-elle précipitamment. Il n'ira pas à l'école aujourd'hui, il reste ici. »

Mais papa venait d'apercevoir Boletta, toujours recroquevillée sur le divan. Ce qui l'avait repris n'avait pas l'air de lui être encore passé. « Tiens donc ! Voyez-vous ça ! fit-il non sans un rire narquois. Lit de parade [1] ! » Maman le prit par le bras. « Veux-tu te taire ! Ne parle pas comme ça ! » « Ça veut dire quoi ? » voulus-je savoir. Papa dut ressortir son mouchoir pour s'éponger le front. « Lit de parade ? C'est une expression française qui, en gros, signifie gueule de bois. Et si on posait sur sa poitrine un verre de gnôle pour vérifier qu'elle est toujours en vie ? » Maman le tira par le pan de sa veste dont le bas était tout chiffonné dans le dos ; le bouton du milieu était presque décousu et paraissait sur le point de tomber. « Pourquoi es-tu rentré plus tôt ? » redemanda maman. Papa prit une inspiration. Il leva sa main abîmée. Il essayait de sourire. « Tu veux que je reparte, c'est ça ? » Maman soupira. « Je posais juste la question, Arnold. » Soudain, papa perdit son sang-froid. La coupe était pleine. « Tu veux que je te dise pourquoi je suis rentré un jour plus tôt ? » cria-t-il presque. Maman opina en lui faisant signe de parler moins fort. Trop tard. « Parce que la voiture ne roule plus, voilà pourquoi ! Elle n'a pas supporté le voyage en Italie ! » Il s'assit. « Elle est en panne ? » demanda maman du bout des lèvres. « Elle est à la casse ! On m'en a donné deux couronnes cinquante ! Je n'ai même pas pu rentrer jusqu'à Oslo avec ! » Il se releva. « Ça on pourra le dire… Ce foutu voyage, on l'a vraiment fait en pure perte ! lâcha-t-il d'une voix sourde. Qu'est-ce qu'on a rapporté de chez ce Fleming Brant, hein ? Rien !

---

1. En français dans le texte. *(N.d.T.)*

Pas un radis ! » Dans le regard de maman, les pupilles se rétrécirent. « C'était pour ça que tu voulais aller là-bas ? Pour voir s'il avait de l'argent ? » Papa savait que sa langue avait fourché, qu'il en avait trop dit, mais qu'il ne pouvait plus reculer. « Putain oui, bordel ! Il aurait pu être le roi de Bellagio ! Eh ben, non ! Même pas ! Monsieur n'est qu'un vulgaire gardien employé à ratisser le sable ! » Il avait fini. On n'entendait plus une mouche voler. Il tenait à la main son mouchoir comme s'il agitait un drapeau blanc défraîchi. Il devait ajouter quelque chose. Maintenant. À défaut, il s'essuya la nuque. Mais, au plus profond de toute cette graisse et de toute cette sueur était tapi un sourire (certains ne pourront d'ailleurs s'empêcher de me dire que j'ai hérité du sourire de papa, que je devrais lui en être reconnaissant), et, bien qu'il soit de plus en plus difficile sinon improbable à distinguer, je voyais parfaitement qu'il fonctionnait encore. Le sourire de papa nous faisait trépigner d'impatience, rendait à maman sa douceur et son indulgence, le transfigurait lui, Arnold Nilsen, au point d'être beau et irrésistible, comme si ce sourire le soulevait du poids de son propre corps, le hissait au-delà des empêchements et de la banalité du quotidien, et dès lors, il redevenait ce garçon qui voulait vendre du vent. « Devine à quoi j'ai pensé en rentrant à la maison dans mon wagon triste à mourir ? » Nous ne pouvions bien évidemment pas deviner tant les pensées de papa prenaient des chemins si détournés qu'elles voyaient rarement le jour mais avaient plutôt tendance à se laisser surprendre par la nuit où elles s'acoquinaient. Il croisa les bras. À peine s'il avait encore assez de place pour ça. Il attendait. Il attendait les tambours et les trompettes. Il s'attendait lui. « Mais dis-le, papa ! Dis-nous à quoi tu as pensé ! » « Du calme, Barnum ! Du calme ! Chaque chose en son temps. » Il resta à la même place sans bouger pendant tout un moment. Maman me prit par la main. Et, enfin, il se dirigea vers l'entrée pour aller chercher sa petite valise qu'il posa délicatement sur la table du salon. Nous nous installâmes chacun à côté de lui

pour voir. Il frotta ses gants l'un contre l'autre. « Outre
le fait que j'ai pensé à vous, ce qui bien sûr est une occupation de tous les instants, il faut que vous le sachiez,
j'ai aussi pensé aux Jeux olympiques ! Je me sentais en
pleine forme, je pensais aux prochains Jeux olympiques
à Tokyo et je me suis dit : il serait temps de l'être vraiment, en forme... hé hé... olympique ! Et donc j'ai
décidé aussi sec de commencer une nouvelle vie. Et
donc j'ai fait une halte au stade de Bislet où j'ai procédé à un petit échange avec l'administrateur. Je lui ai
donné un trente-trois tours avec, s'il vous plaît, l'autographe de Jens Book-Jenssen. Et moi, mesdames et
messieurs, en contrepartie, j'ai obtenu... attention les
yeux... ça ! »

Il ouvrit sa valise, tout en se penchant dessus pour nous
empêcher de voir ce qu'elle contenait. Quand, d'un coup,
il souleva un objet rond, légèrement bombé en son centre,
qui ressemblait à s'y méprendre à une bouse séchée qu'il
aurait ramenée d'un champ de l'Østfold. Il la tenait à bout
de bras devant nous, en l'exhibant tel un trophée. Maman
et moi étions muets comme des carpes. Un voile
d'inquiétude s'est posé sur le regard de papa. « Mais dites
quelque chose ! » « C'est quoi ? » demanda maman à
voix basse. Papa éclata de rire pour la troisième fois
depuis son retour ce matin. « Ma chère et ignorante
épouse adorée ! Qu'aurais-tu fait si je n'avais introduit
dans cette maison amour et connaissances ? Barnum,
explique à ta mère ce que je tiens dans mes mains ! »
« Un disque », murmurai-je. « Bravo, Barnum ! Ceci
n'est rien moins qu'un disque. » Maman relâcha son
souffle. « Un disque ? Et c'est tout ce que tu nous
ramènes ? » Une ride oblique creusa le front de papa, elle
partait de travers comme un fossé barrant la route aux
gouttes de sueur. Mais le sourire était toujours là, inalté-
rable, indélébile. Tout prenait du temps chez papa, le
corps était plus lent que la pensée, tellement lent qu'il lui
arrivait de sourire encore quand il bouillait de colère, ou,
à l'inverse, il était fichu d'administrer une calotte à
quelqu'un alors même qu'il était de bonne humeur. Il

regarda longuement maman. « Comment ça, c'est tout ?
Le disque est la médaille de l'homme civilisé ! C'est le
premier objet que l'homme a lancé sans avoir l'intention
de tuer quelqu'un ! » Alliant le geste à la parole, il se tortilla immédiatement pour retirer sa veste, prit le disque
dans sa main abîmée, plia les genoux et se mit à tourner
sur lui-même sur le tapis. « Tamara Press ! hurlait-il.
Tamara Press, c'est moi ! » Maman cacha son visage
dans ses mains en poussant un cri. Je fus obligé de
m'asseoir, incapable de rester debout. Je ne pouvais
m'empêcher de rire, à voir papa debout sur une jambe,
ressemblant à un éléphant enragé à la recherche de sa
trompe. Au même moment, Boletta se réveilla. Elle se
redressa du divan, souffla sur sa voilette comme pour la
retirer, un doigt pointé vers papa. « Quelqu'un peut me
dire ce que cet énergumène est en train de fabriquer ? »
« Papa va lancer le disque ! » criai-je. « On ne lance rien
dans ma maison ! Tu m'entends, Arnold Nilsen ? » Papa
réduisit sa vitesse, ralentit de plus en plus pour finir par
onduler, le corps pointé dans une direction, tandis que la
sueur dégoulinait du lobe de ses oreilles comme s'il avait
une fuite à la tête. « Vous avez parfaitement raison, petite
Boletta. Le disque est un sport d'extérieur. Il vaut mieux
attendre le printemps prochain. » Il rangea le disque dans
un tiroir du secrétaire. Puis il nous entoura de ses bras,
réussissant du même coup à faire lever Boletta, et nous
attira à lui. « Que c'est bon de rentrer à la maison auprès
de vous. Mon Dieu ce que c'est bon de vous retrouver ! »
    Et voilà comme nous étions, ce vendredi d'octobre :
blottis les uns contre les autres, nous formions une famille.
C'est là que papa chuchota, et moi seul l'entendis :
« Répands d'abord des rumeurs, et ensuite le doute,
Barnum. » « Mais pourquoi ? » « Parce que de toute façon
personne ne te croira. » Il rit. « Et puis la vérité est d'un
ennui mortel, Barnum. » Au même instant, je vis,
retranché dans l'ombre entre la porte et le secrétaire, le
regard de Fred. Les yeux de Fred. Depuis combien de
temps était-il là ? Je l'ignore. Qui sait s'il ne s'était pas
tenu là depuis le début… Fred souriait. Il souriait et j'eus

envie de tendre mon bras vers lui. Mais il se contenta de secouer la tête, de fermer les yeux, puis de se renfoncer dans le noir. Là, je songeai : Maintenant, nous n'existons plus. Maintenant, nous venons à notre tour de disparaître.

Le grain de beauté

Je jouais avec cette idée. Avec elle, et quasiment avec elle seule. Puisque je n'avais personne avec qui jouer. Je jouais avec l'idée de catastrophes, d'accidents, de maladies, de mort et autres dommages irréparables. Dès lors, je m'amusais comme un petit fou. Imaginer que tout puisse s'aggraver, empirer à l'excès, faisait pour moi office de consolation. Dans l'hypothèse où notre appartement viendrait à brûler du sol au plafond, au moment du réveillon de Noël par exemple – les bougies dont nous aurions décoré le sapin de Noël auraient pu tomber, mettre le feu à l'arbre qui se renverserait sur les cadeaux –, j'aurais alors été l'unique survivant, retrouvé parmi les corps calcinés de maman, Fred et Boletta, obligé de rester trois mois au minimum sous respirateur pendant que dix-huit docteurs lutteraient pour sauver ma vie ou du moins ce qu'il en resterait. Et là, elle ne manquerait pas de faire un autre bruit, leur fameuse pipe. Je me le promettais. Car là tous ceux qui n'avaient cessé de me harceler, ceux qui me traitaient précisément de cure-pipe seraient à ce point rongés par les remords qu'ils défileraient en rampant pour demander pardon ; et moi, dans ma grande mansuétude, je le leur accorderais, mon pardon, si bien que les journaux seraient remplis d'articles sur ma destinée, des livres seraient écrits, des films réalisés, des portraits peints, des opéras montés. Puisque, réflexion faite, tout ce à quoi je rêvais se résumait à cela : que tout soit différent, radicalement différent de mon quotidien. Je me voyais déjà évoluer avec mon visage brûlé recouvert de bandages, seul mais grandi. Voilà quels étaient mes rêves. En effet, cette idée, cette pensée avec laquelle je jouais se transformait en rêves. Pour autant, je ne rêvais pas de, je rêvais à. Je rêvais éveillé, mais jamais la nuit, je n'osais pas. J'étais capable de me perdre dans mes pensées des heures durant, puis de former ces rêves, jusqu'à ce que je me voie forcé de m'asseoir sur une pierre pour pleurer, la plupart du temps en haut du Stensparken, car ces rêves m'accaparaient et m'écrasaient tellement qu'ils me menaient droit à la folie furieuse. Je pleurais, je sanglotais, ému par la dramaturgie de mes rêves éveillés. J'étais ma propre violence. J'étais au cœur des rêves. Je rêvais que je tombais malade, que la mort me cernait de toutes parts, que cette maladie était incurable, qu'elle entraînait une lente et douloureuse agonie. Et c'était à ce moment-là qu'ils débarquaient, tous ces gens désireux que je leur accorde mon pardon, qui voulaient se réconcilier avec moi, devenir mes amis. Mais c'était trop tard puisque j'étais mourant ; aussi mon dernier geste consistait-il à lever la main, comme une bénédiction accordée à tous ceux et celles présents à mon chevet. Pourtant, je ne poussais jamais plus loin ce rêve, cette pensée, cette idée. Et ça m'agaçait. Car je n'arrivais jamais à m'imaginer mort. Enfin, si… mais je n'y prenais aucun plaisir, absolument aucun. Le rêve dans lequel j'apparaissais mort, gisant dans un simple cercueil posé dans le Vestre Krematorium ou dans l'église de Majorstuen, était toujours trop court, je n'avais aucune prise sur lui, il se terminait pour ainsi dire de lui-même, il se pulvérisait dans le sable avant même d'avoir pris forme. Le rêve de ma propre mort était un ratage constant et permanent. Comme si j'étais incapable d'y croire vraiment. Alors autant rêver aux souffrances et aux accidents desquels je réchappais en poussant un cri, et qui faisaient s'attrouper autour de moi des foules en proie tant à l'admiration qu'à la compassion. Je rêvais que c'était moi assis sur le trottoir, et non Fred, lorsque La Vieille s'était fait écraser et avait perdu la vie, sauf que moi, je n'en ressortais pas indemne, non, j'avais tenté de sauver La Vieille, au péril de ma vie. En vain. Toutefois, sa mort rendait ma destinée pire encore puisque j'avais tout tenté, comme tout être humain l'aurait également fait – et je me vois, oui, je me vois m'effondrer dans le caniveau, un pied écrabouillé, le sang giclant d'une profonde entaille au niveau du front d'où dépasse la partie avant de mon cerveau comme une crêpe à peine cuite. Je rêve que c'est sur moi que tout le monde s'apitoie, moi qui reçois les honneurs, oui, les honneurs, puisque j'ai risqué ma vie pour une autre vie et que, ce faisant, je suis un être précieux, noble et généreux, que je suis un homme digne d'exister. Je songeais : Une pensée peut-elle être méchante ? Même si elle ne quitte pas les arcanes du cerveau ? Un rêve peut-il être tout aussi méchant ? S'il demeure dans les circonvolutions de la pensée, dans la pièce du silence, intact, jamais livré aux yeux du monde ? Voilà quelles étaient mes pensées. Un jour, j'en étais sûr, je deviendrais prophète. J'extrairais mes pensées des ténèbres. Je transbahuterais mon rêve jusque dans cette réalité bien trop petite, même pour quelqu'un comme moi.

Elle était dans une classe parallèle à la mienne. Je l'avais repérée depuis longtemps et je la surveillais du coin de l'œil. Elle passait ses récréations dans la petite cabane en bois de la cour d'école, toujours le dos tourné, toujours toute seule. Je me suis pris à penser qu'elle était aussi recluse et délaissée que moi. Je lui tournais autour sans jamais pouvoir l'approcher. Qu'est-ce que je me figurais ? Que Barnum allait se trouver une petite copine ? Eh bien oui. Aussi inouï que cela puisse paraître, c'est exactement ce que je me figurais : que j'allais rencontrer une petite copine, que ce serait elle, là-bas, dans la petite cabane, qui tournait toujours le dos à tout le monde. Elle avait des cheveux blonds coupés court et un grain de beauté sur la joue gauche, juste au-dessous de l'œil. Comme j'aimais ce grain de beauté… Il la rendait imparfaite, accessible. Il me redonnait espoir et courage. Oui, exactement : c'est lui qui en fin de compte m'a attiré vers elle, le grain de beauté était son stigmate, de même que la taille était le mien, ce fameux déficit en centimètres, visibles aux yeux de tout un chacun.

Je commençai à la suivre quand elle rentrait de l'école. Je me tenais à distance. Elle ne me voyait pas. Je courais d'un coin à l'autre. Elle marchait toujours seule. Son cartable semblait trois fois trop lourd pour elle. Elle devait parfois s'arrêter, pour se reposer. J'aurais voulu l'aider, j'aurais pu porter son sac, ç'aurait été la moindre des choses de ma part. Pourtant je ne l'ai jamais fait. Je restai là à la regarder, dans l'ombre d'un porche où elle ignorait ma présence et où les odeurs de cuisine s'échappaient par les trous de serrures, filtraient sous les portes d'entrée, dévalaient les escaliers pour venir me remplir d'un haut-le-cœur oppressant, d'une nausée grise qui me faisait vomir sous les boîtes aux lettres débordant de cartes postales arrivées en retard, et dont les vues racoleuses exhibaient des photos couleur de paquebots et de plages. Nous étions en septembre. Lorsque je m'étais relevé, elle avait disparu. Elle s'appelait Tale. Je savais pertinemment où elle habitait. Je courus jusque chez elle, dans la Nobels gate. Pour en fin de compte me casser le nez : les rideaux dans cette chambre du deuxième étage étaient tirés.

Je restai longtemps à attendre, à regarder. Il ne se passa strictement rien. Elle ne ressortit pas. Alors je rebroussai chemin pour rentrer à la maison en traînant les pieds, rêvant que je tombais d'un avion à peu près au milieu de l'Afrique, que j'étais le seul survivant. Là, j'étais recueilli par une tribu dont personne n'avait entendu parler auparavant et je demeurais chez elle trois années durant. Il y avait juste un petit hic dans ce rêve. Que diable faisais-je dans un avion au-dessus de l'Afrique ? Je devais absolument le savoir, sans quoi mon rêve n'avait aucune valeur. Je finis par trouver. J'avais gagné un voyage à la suite d'un concours organisé à l'école où il s'agissait d'écrire une rédaction, et à l'heure qu'il était je volais en direction de Madagascar pour rejoindre d'autres gagnants du monde entier, réunis là-bas pour rédiger une nouvelle composition. Sauf que.

En route pour l'océan Indien, voilà que mon avion pique du nez puis s'écrase. Un miracle veut que je survive et que je sois trouvé par cette tribu qui n'a jamais vu un Blanc de sa vie et auprès de qui je vais rester trois ans. Bon. Pendant ce temps, en Norvège, alors que tout espoir est perdu, une messe funèbre est organisée en ma mémoire dans l'église de Majorstuen. L'édifice est tellement bondé que les gens forment une queue qui s'étire jusqu'au magasin de boissons. Tout le monde est là : les élèves de ma classe, mes professeurs, l'école dans son entier, Esther, et je n'exclus pas la présence de quelques têtes couronnées puisque, n'est-ce pas, je représente la Norvège dans ce concours international de rédaction qui m'a fait partir à Madagascar au moment où je me suis écrasé. Le pasteur est accablé de tristesse et de remords ; aussi affirme-t-il solennellement que, à partir de maintenant, tous les garçons appelés Barnum devront porter leur prénom avec fierté et, par la même occasion, Barnum devient le prénom en vogue dans les années qui suivent. Fred prononce mon éloge funèbre, écrit de sa main, vierge de faute, car je lui manque tellement qu'il n'est plus dyslexique : non seulement il n'est plus aveuglé par les mots mais il voit même à la perfection. Il se souvient de moi comme de son demi-frère loyal et solitaire, même si à ses yeux j'étais un vrai frère. Oui, de frère plus vrai que moi il n'en existait pas en ce monde. À côté de papa, maman et Boletta se trouve Tale, elle pleure, elle verse des larmes amères parce qu'il n'y a même pas de tombe sur laquelle déposer des fleurs ou devant laquelle s'agenouiller. Mais bon, tant pis pour eux, oui, décidément, c'est bien fait même, qu'ils pleurent toutes les larmes de leur corps tous autant qu'ils sont et que grand bien leur fasse, car moi, pendant ce temps, je suis alité. Je me trouve dans ma case en paille au cœur de l'Afrique, je regarde le guérisseur âgé d'une bonne centaine d'années se pencher sur moi avec cette flèche qui lui transperce le nez. Il ne cesse de secouer la tête en disant des mots dans une langue que lui seul comprend. Et je reste là, allongé sur ma couche, des semaines et des mois entiers, à boire de l'eau de pluie et à me nourrir de reins de singe bouillis. Mais un jour, le guérisseur me fait goûter une soupe épaisse, bleue, qui pue la pisse de chat réchauffée et qui a un effet miraculeux sur moi puisque, en plus d'assister à la cicatrisation de mes blessures et au retour de ma mémoire, je grandis. Je le sens, que je grandis. Ça augmente d'ailleurs à une telle allure, là-bas, au niveau de mes pieds, que je vais bientôt finir par ne plus les voir. Et quand enfin je me lève, je suis plus grand que tout le monde, même si je ne peux pas en être tout à fait certain : peut-être que les indigènes sont juste plus petits, peut-être que ce n'est qu'une illusion d'optique. Toujours est-il qu'un beau jour, un missionnaire débarque avec sa valise pleine de bibles qu'il refile gratuitement à cette tribu sauvage, ainsi qu'un tableau en feutre où il colle des images représentant Jésus et toute son histoire. Je demande combien il mesure. « Dieu a voulu que je mesure 1,74 mètre », répond le missionnaire. Et là, je sais que c'est vrai puisque je suis plus grand que lui, il ne m'arrive qu'aux épaules, ce pauvre missionnaire. Donc je dois mesurer 1,80 mètre. Minimum. Quand il remballe son tableau de feutre et ses images, je repars avec lui et nous traversons la jungle. Le jour où j'atterris à l'aéroport de Fornebu, trois mois plus tard, des milliers et des milliers de gens se pressent dans le hall d'accueil. Oui, ils m'attendent même jusque sur le tarmac, avec des drapeaux norvégiens et d'immenses affiches où figure : *Bienvenue à toi, Barnum !* Et devant cet attroupement se tient Tale, Tale au grain de beauté. Mais je passe devant elle sans un regard tandis que la foule se fend d'un profond soupir en me voyant, du haut de mon mètre quatre-vingts, quasiment méconnaissable, bien qu'au fond de mon cœur je sois toujours le même Barnum, le même qu'avant. Ce bon vieux Barnum au cœur d'or. Les photographes se disputent pour prendre des clichés de moi et je passe devant Tale qui pourtant essaie de me retenir, je me libère de son étreinte et cours plutôt retrouver Fred. Fred se jette dans mes bras vu qu'il est inconsolable et plus dyslexique que jamais depuis le discours prononcé en ma mémoire, et le voilà qui maintenant sanglote sur mon épaule.

Je dus me reposer près de la fontaine de la Gyldenlø-vesgate. J'étais épuisé. L'arrivée d'eau était éteinte et seules des feuilles et des châtaignes flottaient au fond du bassin. Il n'empêche : j'étais ma propre fontaine. C'était à mon tour de sangloter et je me sanglotais sur l'épaule. Mon rêve se liquéfiait dans les larmes qui s'effondraient sur l'asphalte glissant, au milieu des vers de terre luttant pour leur survie. Je n'allais pas plus loin : le rêve s'arrêtait au moment où Fred se jetait à mon cou. Je me moquais de la suite. Trop lente, trop ennuyeuse. En rêver me pesait. En fin de compte, la meilleure partie du rêve n'était autre que la messe célébrée en ma mémoire, tandis que j'étais au cœur de l'Afrique et que le reste du monde assistait à mes obsèques sans cercueil dans l'église de Majorstuen. Comme j'écrasais quelques larmes supplémentaires, quelqu'un se pencha alors vers moi et s'approcha de mon visage. « Eh bien quoi… Tu es là tout seul et triste comme tout ? » Et ce quelqu'un essuya mes larmes avec un mouchoir qui sentait les boulettes de poisson et le sirop contre la toux. « Mais dis-moi. Comment un petit garçon aussi mignon peut-il être aussi triste ? » Mes yeux s'ouvrirent pour tomber droit sur une bouche au moins centenaire. Le rouge à lèvres avait coloré les dents de devant qui ressemblaient à des coquilles roses ; la langue, elle, était fripée comme un escargot. Je me penchai en arrière. Elle fourra le mouchoir dans son sac et s'avança. « Tu es tombé et tu t'es fait mal ? » Je fis non de la tête. Elle était maintenant si proche de moi que j'ai cru qu'elle allait me lécher avec son escargot alors que je ne pouvais plus me pencher davantage sans quoi je tombais dans le bassin. « Mon frère est mort », dis-je. Elle s'immobilisa, ses yeux enflèrent presque. « Ton frère est mort ? » « Oui », répondis-je entre deux hoquets, avant de presser le dos de ma main contre ma joue. Elle posa son bras sur ma tête, sa voix devint toute douce tandis que sa vieille langue gluante débordait de ses lèvres. « Et ça fait longtemps qu'il est mort ? » « Hier. Il sera enterré après-demain. » D'un seul coup, je fus bouleversé, encore davantage que par le rêve sur l'Afrique, et ce dès l'instant où je prononçai ces paroles, comme quoi Fred était mort. Dès l'instant où je les exprimai à haute voix, sans plus me contenter de les penser, mon émotion redoubla, d'autant que celle qui m'écoutait croyait que je disais la vérité. C'était comme si tout était vraiment arrivé. À force de m'écouter avec attention, je finissais moi-même par y croire : j'étais réellement celui qui prononçait ces paroles ; elles sortaient réellement de ma bouche. « Il s'est noyé. Dans le torrent de Gaustad. J'ai essayé de le sauver, mais… » Je commençai à pleurer pour de vrai. Je n'arrivais même plus à parler. La dame fondit en larmes elle aussi. Elle m'essuya de nouveau le visage. « Tu es un gentil petit garçon, toi. » Et puis elle me donna une pièce de cinq couronnes, pas moins. Elle glissa sa main dans mes boucles, rangea son mouchoir, avant de continuer son chemin en foulant le feuillage jauni. Mais soudain, quelque chose de bizarre se produisit. Alors que je m'apprêtais à dire « merci, merci beaucoup », des mots inattendus jaillirent hors de ma bouche. « Grosse connasse ! » criai-je. La dame s'arrêta une seconde, se retourna, et son visage se décomposa entre les arbres noirs. Je pris mes jambes à mon cou et courus jusqu'à la caserne des pompiers qui aurait pu à cet instant-là être ravagée par les flammes, je m'en fichais éperdument. La ville entière aurait pu tout aussi bien brûler, à commencer par le Palais Royal, avec le roi en flammes sur son balcon. Mais les camions attendaient sagement dans le garage, les casques sur leur patère. Les sirènes étaient ailleurs. Il n'y avait qu'à l'intérieur de mon crâne que le feu brûlait, au niveau de mon palais très précisément, et cet incendie-là, aucun pompier ne pouvait l'éteindre. Je continuai de courir. Je menais une course contre la montre avec moi-même et ne m'arrêtai qu'une fois arrivé dans l'avenue Bogstadveien. Je me trouvais devant la parfumerie, au croisement des rues où les lignes de

tramway font un coude, je voyais le reflet de mon visage
dans la vitrine. La fumée ne sortait pas de mes oreilles,
mes boucles n'étaient pas carbonisées. J'étais pour ainsi
dire comme avant, à part mes joues un peu trop rouges et
mes yeux un rien trop écarquillés, comme s'ils en avaient
trop vu. Mais j'avais la pièce au creux de ma main.
J'entrai dans le magasin. Il y avait des femmes partout.
Elles se sont retournées toutes en même temps et un sourire pétilla d'un seul coup sur leur visage fermé, comme
si le fait de me voir les réveillait d'un rêve profond au
cœur du sommeil des senteurs, qui n'étaient pas sans évoquer les odeurs du feuillage humide amoncelé au pied des
arbres – et j'ignore pourquoi, mais l'image d'un hérisson
recroquevillé sous un tas de feuilles mortes s'imposa
brusquement à moi, nette et précise. Là, pensai-je,
quelqu'un ne va pas tarder à mettre sa main dans mes
cheveux. À peine cette pensée m'avait-elle traversé
l'esprit qu'une vendeuse en robe bleu clair enroulait déjà
les doigts autour de mes boucles. Elle riait. « Grosse
connasse », lançai-je en me mordant la langue. Or elle
baissa la tête, le visage rayonnant d'un sourire encore
plus épanoui, tandis que les femmes de la parfumerie
riaient en chœur. « Non mais avez-vous déjà vu un
garçon aussi poli ? » Apparemment pas puisqu'elles voulurent à tour de rôle toucher mes cheveux, et quand cette
opération fut enfin terminée, la vendeuse me demanda ce
que je voulais, si je désirais un flacon de 4711 pour ma
mère, ou un peigne en métal peut-être ? « Je voudrais
une bague », bafouillai-je. Elle se pencha vers moi.
« Qu'est-ce que tu as dit, mon chéri ? » « J'ai dit que je
voulais une bague ! Avec une lettre dessus. » Esquissant
un sourire entendu, elle me poussa dans le magasin où
elle tira un petit tiroir rempli de bagues. « Et tu as pensé
à quelle lettre ? » J'aurais bien voulu m'acheter tout
l'alphabet, pour être sûr de mon coup. Mais je n'avais pas
assez d'argent, et puis, si je commençais avec la lettre A,
jamais je n'arriverais jusqu'à E, d'autant que je ne
connaissais personne dont le prénom commençait par une
de ces lettres qui mériterait une bague de ma part, hormis

Esther dans son kiosque. « T », répondis-je précipitamment. Elle sortit une bague avec un T dessus. « Et comment s'appelle ta petite copine ? Turid ? » Je secouai la tête. « Tone, alors ? » « Non. » Maintenant, elle était quasiment accroupie devant moi. « J'ai trouvé ! Elle s'appelle Tine ! » Et là, je fournis une réponse dont j'étais très satisfait. « Taciturne. T pour Taciturne. » La vendeuse passa la main dans mes cheveux pour la dernière fois avant de se relever. « Toi, tu es un petit bout de chou drôlement malin ! » Grosse connasse, pensai-je au point que ça crépitait dans mon crâne. Mais aucun son ne sortit de mes pensées. T pour Taciturne. J'allais m'en souvenir de celle-là.

La bague fut emballée dans du coton et du papier argenté. Je posai sur le comptoir ma pièce de cinq, en échange de quoi je reçus trois couronnes soixante. Si tout marchait comme prévu, j'inviterais même Tale : on pourrait aller boire un milk-shake à la framboise à L'Étudiant, ou bien passer chez Esther, pour acheter du sucre candi et des rouleaux de réglisse qu'on irait manger en haut du Stensparken, tranquillement, tous les deux. Non, on irait jusqu'au torrent de Gaustad, on s'assoirait sur une couverture près du bord, car là personne ne nous trouverait. Cette fois-ci je ne dis pas merci beaucoup. Je le pensai juste très fort. Merci beaucoup, pensai-je. Puis je rentrai à la maison, avec mon cadeau très précieux. Maman et Boletta avaient déjà mangé, maman me demanda où j'étais passé. « Nulle part. Et je n'ai pas faim. » J'allai dans ma chambre et je rangeai le cadeau dans ma trousse, sous la gomme, le taille-crayon et la règle. Tout d'un coup, je sentis la présence de Fred derrière moi. « Qu'est-ce que tu fais ? » Je me courbai sur ma trousse. « Rien », répondis-je. « Rien ? » Fred pouffa de rire. J'aurais aimé qu'il ne rie pas. « Je t'assure ! » Il posa ses mains sur mes épaules. « Rien n'existe pas. Donc tu mens. » « S'il te plaît ! le suppliai-je. Je mens pas ! » Mais Fred n'était pas du genre à se laisser circonvenir. Il se pencha en avant, m'arracha la trousse des mains, ouvrit la fermeture

Éclair, comme s'il avait toujours su que la bague s'y cachait. Il a exhibé le paquet brillant entre ses doigts. « Et ça qu'est-ce que c'est, Barnum ? Hein ? Rien, peut-être ? » Je baissai les yeux. « Une bague. » Fred sourit. Il s'assit sur le lit et défit le papier cadeau. J'en avais les larmes aux yeux. Pourtant je ne pleurai pas. Si seulement il savait… S'il savait à quoi j'avais rêvé, s'il savait qu'il avait été obligé de faire mon éloge funèbre, devant une tombe vide alors que j'avais disparu… « T ? C'est qui ? » « Une fille d'une autre classe. » « Et c'est à elle que tu vas donner la bague ? » J'acquiesçai. Fred ne dit rien pendant un petit moment. Je ne pipai mot moi non plus. Je me demandais juste ce qu'il allait faire maintenant, jeter la bague dans les chiottes, l'avaler, ou peut-être casser l'initiale. Or il ne fit rien de tout cela. Il se borna à remettre la bague dans son emballage, comme elle était avant, et de me la redonner. « C'est bien, Barnum. » Je n'osais toujours rien dire. Je rangeai soigneusement le paquet dans ma trousse. Fred se posta devant la fenêtre, me tournant le dos. Il faisait déjà nuit. Un lent souffle humide monta jusqu'à nous au moment où le bus passa devant l'immeuble, les lampadaires oscillaient légèrement sous le vent. « Tu l'aimes bien ? » Je frissonnai. « Oui », marmonnai-je. « Et qu'est-ce que tu préfères chez elle ? » « Elle a un grain de beauté sur le visage. » Fred se retourna vers moi. « Tu veux que je te donne un conseil, Barnum ? » « Oui, je veux bien, Fred. » Il s'approcha de moi. « Ne lui dis jamais que c'est son grain de beauté que tu préfères. » Il passa une main dans mes cheveux pour caresser mes boucles, je crois que c'est la première fois qu'il le faisait. Puis il partit, sans rien ajouter.

Cette nuit-là, je fis un nouveau rêve, même si je ne dormais toujours pas. J'étais parti loin. J'étais parti vers le froid et le crépuscule dans le but de retrouver mon arrière-grand-père Wilhelm. Je voyageais seul. J'avais marché plusieurs jours d'affilée. Peut-être même des mois entiers, puisque le temps ne se mesurait pas à l'aune des tours parcourus par les aiguilles d'une montre, sans rien trouver. Jusqu'à ce que je tombe sur une caisse posée près d'une pierre, que je dus ouvrir à coups de hache. Je garde un souvenir très précis de cette caisse. Entièrement noire, elle était pourvue de deux fermoirs brillants et rouillés de chaque côté du couvercle bombé. Lorsque je réussis à l'ouvrir, j'y trouvai une bouteille de malaga, trois boîtes de sardines et quatre kilos de cirage. Je m'assis à côté de la pierre, je bus le vin si fort, mangeai les sardines, trinquai à la santé du roi et cirai mes chaussures. Puis je m'endormis. Mais en me réveillant, de mon sommeil dans le rêve, il faisait toujours aussi froid et des ours blancs m'encerclaient. J'en tuai deux avec une carabine que tout à coup je tenais entre les mains, ce qui chassa les autres. Je repris aussitôt la route. Il n'y avait toujours pas le moindre signe de vie à l'horizon. Mes chaussures étaient lourdes, elles adhéraient à la neige. Au bout d'un moment, je trouvai la mort. C'était étrange. J'étais mort et le rêve continuait quand même. Je m'enfonçais dans la glace où je restais allongé, au fond du froid, dans un cercueil de glace silencieuse. Et après autant d'années que celles écoulées depuis la disparition de Wilhelm au Groenland entre la glace et la neige, ou peut-être ne s'était-il agi que d'une semaine vu que le temps n'était pas très fiable, quelqu'un finit par me retrouver, moi au lieu de lui. On découpa les blocs de glace où j'étais enfermé avant de me renvoyer dans un bateau de marchandises jusqu'en Norvège. Là, on m'exposa dans le kiosque à musique de la promenade Karl Johan à Oslo ; Barnum, congelé dans un bloc de glace, conservé dans un cercueil translucide de froid. Mais soudain le soleil perce les nuages, la glace commence à fondre, elle s'écoule et ruisselle, les spectateurs jubilent en me voyant me décomposer. Et, en plein processus de putréfaction, je me réveille, la trousse contenant la bague dans la main.

Il pleuvait à chaque récréation et Tale était toujours toute seule. J'attendais près de la fontaine d'eau potable. Elle ne me voyait pas. Son grain de beauté ressemblait à une goutte qui se serait solidifiée sur sa joue. J'avais

gym en dernière heure. Du vestiaire où j'étais resté,
j'entendais les autres faire le tour du gymnase en courant. Il y eut un silence. Le Bouc passa sa tête entre la
porte. Je devais absolument penser au rêve car j'avais
l'impression que le Bouc venait de fondre à son tour,
qu'il s'apprêtait à pourrir. Ses énormes muscles pendouillaient le long de son corps comme autant de bourrelets de graisse luisante. Lorsqu'il prenait sa douche
avec nous, il utilisait trois pommeaux de douche, et
encore, il n'avait même pas les pieds mouillés. « Tu te
changes pas ? » « Je me sens pas bien », répondis-je à
voix basse. « Qu'est-ce que t'as encore aujourd'hui ? »
« J'suis enrhumé, chuchotai-je cette fois. J'ai oublié de
fermer la fenêtre la nuit dernière et mon lit était
trempé. » Le Bouc poussa un profond soupir. « Mais
oui, c'est ça… Bon. Ne pars pas avant que ça ait
sonné. » Il retourna voir les autres, donna un coup de sifflet. J'entendis le rire. Je les entendis tirer les cordes,
pousser les engins de gym sur le plancher. J'entendis un
garçon faire la roue sur les bancs suédois mis bout à
bout. Et moi j'étais assis sur mon banc entre les imper-
méables. Les vestiaires sont des lieux de solitude. Ils se
ressemblent tous. Il y flotte la même odeur. Il y traîne la
même histoire. Dans les vestiaires, le chagrin et la souffrance restent suspendus aux portemanteaux, comme
des vêtements oubliés que personne n'est revenu chercher. Un pommeau de douche fuyait. Si je comptais
jusqu'à cinq cents gouttes, la cloche se mettrait à sonner.
Je comptai jusqu'à quatre cent trente. Là, il me fut soudain impossible d'attendre plus longtemps. Je venais
d'avoir une idée et j'étais soudain très pressé. Je courus
jusque chez Plesner dans Grensen, là où maman avait
l'habitude de m'acheter des semelles et des talons de
liège. C'était le seul magasin de la ville à exposer des os
en vitrine, surtout des pieds et des épaules. J'entrai. La
dame derrière le comptoir, celle-là même qui ressemblait à une infirmière avec sa blouse blanche et ses
sabots, me reconnut immédiatement. Sauf que, cette
fois-ci, je n'avais pas besoin d'objets pour corriger mes

problèmes de taille. Je demandai une écharpe. « Une écharpe ? » répéta-t-elle. « Oui. Mon frère s'est foulé le bras. » « Ah bon ? Mais comment il s'est débrouillé ? » « Il a fait la roue dans le salon mais c'était trop petit. » Elle me regarda un petit moment. Après un tour dans la réserve, elle revint avec un portant garni d'écharpes. Il aurait dû y avoir une flanquée d'initiales : un immense B. B pour Brisé, B pour Barnum ; mais c'était pousser le bouchon un peu loin. J'étais de tellement bonne humeur. À présent, j'allais brandir le rêve en pleine lumière, la pensée allait se transformer en action, j'allais devenir réel. J'en choisis une de couleur verte. Le vert rendrait ma blessure encore plus sérieuse. Et puis au dernier moment je changeai d'avis. Ce vert étant presque de la même teinte que le pull que je portais en dessous, j'optai donc pour la blanche : blanche comme la maladie, comme la souffrance, comme la neige et la glace ; le blanc était voyant et tout le monde le verrait. Je payai trois couronnes dix, il ne me restait plus que cinquante øre. Avec ça, il n'y avait pas de quoi pavoiser, à peine si j'allais pouvoir acheter deux sachets de sirop glacé ; en plus, septembre n'était vraiment pas le mois idéal pour le sirop glacé. Mais bon, qu'à cela ne tienne, nous pourrions très bien rester dans sa chambre après que je lui aurais passé mon bras valide autour de la taille. La dame de chez Plesner voulut emballer mon écharpe. Inutile, je le pris dans ma main, avant de repartir en quatrième vitesse. Je m'engouffrai dans le premier porche venu où j'essayai de nouer l'écharpe correctement. Mais d'abord, il fallait que je décide lequel des deux bras était brisé. Évidemment, je n'y avais pas pensé. Je ne pus m'empêcher de rire de ma bêtise. J'avais jusque-là tout manigancé dans les moindres détails et j'avais oublié le bras... Je choisis le droit. C'était le plus horrible. Non sans déployer des efforts considérables, je réussis à faire un nœud, l'écharpe pendue autour du cou, le bras gauche ballant. Voilà, maintenant il était plus que brisé, il était carrément cassé, et de la manière la plus dramatique qui soit. Je poussai un gémissement. Je descendis la promenade Karl Johan. Je marchais à pas lents, m'astreignant à des pauses régulières tellement j'avais mal. Les gens avançaient de part et d'autre, tête baissée sous leur parapluie noir. Ils ne me voyaient pas. J'étais agacé. Ils auraient pu avoir pitié de moi et peut-être même me demander si j'avais besoin d'aide pour traverser la rue, ou pour porter mon cartable pendant un petit bout de chemin. J'aurais refusé, mais je n'aurais pas manqué de trouver leur geste gentil. Des ouvriers retiraient les bancs du bois de Studenterlunden qu'ils flanquaient dans un camion. L'automne était bel et bien là. Les arbres se secouaient pour se débarrasser de leurs dernières feuilles. Je fis un petit détour car il fallait que je m'entraîne un peu à marcher avec mon bras en écharpe. Je m'arrêtai sur la place de l'Hôtel de Ville. J'avais vue sur la gare de l'Ouest d'où partait un train de marchandises dont la locomotive ne tirait pas moins de vingt-trois wagons, et quand le dernier passa, les chantiers navals d'Akers Mek. se dressèrent devant moi. Au même moment, un navire gigantesque quitta les docks, une haute coque noire glissait sans bruit sous la pluie dans l'eau sombre du fjord. Et c'était si beau car mes rêves, à cet instant précis, étaient en totale adéquation : j'allais les lancer à l'eau, m'y jetant par la même occasion, j'allais naviguer.

Je me rendis à pied jusqu'à la Nobels gate. Les rideaux au deuxième étage étaient tirés. Il était trois heures vingt. Elle était sûrement rentrée de l'école. Je sortis la bague de ma trousse, la plongeai dans ma poche une fois arrivé dans la cage d'escalier, et montai les marches jusqu'au deuxième palier. Je sonnai. Je dus attendre avant que quelqu'un daigne enfin venir. C'est sa mère qui ouvrit. Elle baissa les yeux sur moi. « 'Jour... » « Est-ce que Tale est là ? » « Oui », fit-elle sans bouger. À court de mots, je préférai m'appuyer contre l'encadrement de la porte. Je fermai les yeux et poussai un petit gémissement. « Comment t'appelles-tu ? » « Barnum », murmurai-je. « Barnum ? » « Oui. Vous pouvez dire à Tale

que Barnum voudrait la voir ? » « Qu'est-ce que tu t'es
fait au bras, Barnum ? » Je rouvris les yeux. « Je me le
suis cassé », expliquai-je en geignant. Elle finit par me
faire entrer et me pria d'attendre devant la porte.
L'inquiétude plissait son visage dont les rides se rejoignirent au milieu du front en formant une espèce d'excroissance de chair. Elle s'enfonça dans l'appartement.
J'attendis dans l'entrée. Il y avait une odeur de savon et
d'antiseptique, un peu comme dans la salle d'attente chez
le médecin scolaire. Un piano au couvercle rabaissé trônait dans le salon où je n'aperçus aucun bouquet de fleurs
mais une paire de lunettes, posée sur la commode, qui
scrutait le mur. Je croyais que sa mère serait revenue me
chercher. Au lieu de quoi Tale apparut dans le couloir.
Elle me dévisagea d'un air ahuri. Le grain de beauté brillait sous son œil. Je dus me retenir à une chaise. Un semblant de vagissement sortit de ma bouche. Je faillis
tomber à la renverse. « Barnum », dit-elle simplement. Je
ne l'avais jamais entendue parler. Sa voix était sèche,
basse. Je me redressai. Sa mère, qui était au fond du
salon, ne tarda pas à s'éclipser. « Oui », soufflai-je. Et je
pris conscience que Tale ne savait peut-être pas qui
j'étais puisque, bien sûr, elle ne m'avait jamais vu, il n'y
avait que moi qui l'avais repérée. Et si jamais elle savait
qui j'étais, c'était uniquement parce qu'elle avait entendu
tous les bruits qui couraient sur le nabot de l'autre classe,
tous ces ragots au sujet du garçon le plus petit non seulement de l'école mais de la ville entière, qui n'arrivait
qu'à la hauteur de la chatte des filles, toutes ces rumeurs
à propos du rire qui le suivait à la trace où qu'il aille.
J'étais en train de perdre courage. « Je suis dans une
classe parallèle à la tienne », précisai-je. « Je sais. Mais
qu'est-ce que tu fais là ? » À la voir, on aurait dit que la
surprise de tout à l'heure laissait place à un certain agacement. Une flaque de bouillasse s'agrandissait autour de
mes pieds. Je commençais à avoir des fourmis dans le
bras. « Je me suis cassé le bras. » Ça ne lui fit aucun effet.
Elle ne posa pas sa main délicatement sur mon bandage
en me demandant si ça me faisait très mal. Elle ne

m'embrassa pas sur la joue pour me consoler ou atténuer ma douleur. « Comment tu as su que j'habitais ici ? Tu m'as suivie ou quoi ? » J'opinai. « Oui. » Il y eut un silence. Puis un petit sourire se dessina lentement sur sa bouche, comme si ses lèvres étaient trop petites pour contenir un sourire entier ; mais ça me suffisait, ce petit sourire me suffisait amplement. « Comment tu t'es cassé le bras ? » Il fallait que je ferme les yeux. « En cours de gym », répondis-je en le regrettant aussitôt, car alors je risquais d'être examiné sous toutes les coutures, et dès lors, mon mensonge se dégonflerait comme un ballon de baudruche. Quoi qu'il en soit, il est trop tard pour changer d'avis. « J'ai sauté au-dessus du cheval d'arçon et j'ai raté ma réception. Les os me sortaient de l'épaule. » Quelqu'un sur le palier était en train de farfouiller dans la serrure, Tale se tourna vers la porte qui s'ouvrit aussitôt, laissant entrer son père. « Je ne vois strictement rien ! J'ai oublié mes lunettes. Est-ce que quelqu'un sait où elles sont ? » La mère arriva en trombe pour lui donner la fameuse paire qui, posée sur le secrétaire, scrutait le mur. Il se les mit sur le nez en poussant un soupir de soulagement. Il attira Tale pour déposer un baiser sur son front. « Comment vas-tu, ma chérie ? » Elle se dégagea de l'étreinte de son père. « Et là-bas, c'est Barnum », crut bon de préciser la mère. Il pivota sur ses talons et m'observa en plissant les yeux. « Barnum ? Bonjour, Barnum. Tu t'es blessé ? » Je n'eus pas le temps de répondre. « Il s'est cassé le bras en sautant au-dessus du cheval d'arçon », expliqua Tale. « Eh ben dis donc ! Fais-moi voir ça. » « Non ! » criai-je. Il rit. « N'aie pas peur, mon bonhomme. Je suis médecin. » Il déplia l'écharpe. « Mais pourquoi tu n'as pas de plâtre ? » Je déviai mon regard vers Tale. « J'aime bien ton grain de beauté », dis-je tout fort. Le père relâcha mon bras. Tale eut beau essayer de garder le sourire, ses lèvres ne le supportaient plus ; sa bouche se ramollit comme une coulée de boue, et soudain, je la trouvai moche, elle et son grain de beauté. « Je crois qu'il vaut mieux que tu t'en ailles », dit la mère.

Je me souviens juste de m'être retrouvé en bas de leur immeuble, mon sac sur le dos et la bague dans la main. Tout avait été vain. Je n'osais pas jeter un œil vers la fenêtre du deuxième étage. J'étais foutu. Fini. L'histoire de Barnum était terminée. Liquidée. Je n'avais plus qu'à rentrer me coucher. Il pleuvait toujours. Je traversai le parc de Frogner. J'arrachai l'écharpe et la proposai à un clochard grelottant de froid, assis à l'abri d'un buisson. Comme ça, les gens pourraient s'apitoyer sur son sort au lieu du mien. Une fois à la maison, je filai comme prévu dans ma chambre et m'allongeai. Maman apparut aussitôt sur le seuil. « Je suis malade, marmonnai-je. Va-t'en. » « Malade ? Comment ça ? » « Malade, point. Et c'est contagieux. Je pourrai pas aller à l'école demain. » Maman soupira. « Tu n'as pas besoin d'y aller. Les vacances commencent demain. » Comme maman soupira pour la seconde fois, je compris que Boletta était repartie boire des bières au Pôle Nord.

Je restai couché. Le temps des rêves était loin. Je venais de faire mon dernier rêve. Je remontai la couette sur moi et me mis à pleurer. Je m'étais jeté à l'eau et j'avais coulé à pic dans les eaux sombres du fjord. La coque n'avait pas tenu. Les clous plantés dans l'acier s'étaient arrachés et j'avais touché le fond. Mais pourquoi avais-je eu l'idée saugrenue de dire ce que j'avais dit à propos du grain de beauté ? Pourquoi avais-je eu l'idée stupide de faire semblant d'avoir le bras cassé ? Pourquoi n'avais-je pas eu plutôt la bonne idée d'être muet ! Auquel cas il m'aurait suffi de lui offrir mon cadeau sans un mot et de laisser la bague à l'initiale parler son propre langage… À l'heure qu'il était, non seulement je n'avais pas du tout donné la bague, mais en plus il était trop tard.

Maman m'apporta le dîner. Je n'y touchai pas. Elle prit ma température et repartit. Un peu plus tard, Fred rentra. Il s'étendit sans rien dire, en écoutant le silence un petit moment. Je ne parlai pas. Il sentait le tabac et la bière. « Bon alors… T'as rien à raconter à ton frère ? Ou bien t'es juste qu'un demi-frère ? » « Quoi, Fred ? »

Il grogna. « Ben… Comment ça s'est passé avec l'autre, bien sûr. » Je réfléchis. « J'ai pas réussi à lui donner la bague. » Fred s'assit dans son lit. « T'as pas osé, tu veux dire ? Tu t'es rétracté au dernier moment. Comme une poule mouillée, hein ? » « Oui ! » ai-je fait en hurlant presque. Fred se renversa sur son oreiller, en fixant longtemps le plafond. « T'as parlé de son grain de beauté, je parie ? » Je m'enfouis sous la couette. « Oui », murmurai-je. J'entendis chanter dans la rue. C'était Boletta. Elle chantait des tubes dont tout le monde s'était lassé depuis belle lurette. Maman s'empressa de descendre la chercher avant que des gens ne se plaignent et que le concierge Bang ne se réveille. Puis la nuit s'apaisa. Pas mon cœur. « Je t'avais pourtant prévenu de ne rien dire à propos du grain de beauté, chuchota Fred. Tu m'écoutes ? » « Oui, Fred. Je t'écoute. » « T'imagines tout ce que t'aurais pu lui dire à la place, Barnum ? T'aurais pu lui parler de ses yeux. De sa bouche. De ses cheveux. De ses oreilles. Les filles aiment bien ça. » « De son nez aussi ? » osai-je demander. « Ouais… Mais attends un peu pour lui parler de son cul et de ses nichons. Que la piste soit bien dégagée. » « D'accord, Fred. J'attendrai. » Je vis qu'il secouait la tête dans le noir. « Elle est belle ? » « Oui. La plus belle que j'ai jamais vue. » « Et la seule chose que tu trouves à faire, c'est lui parler de son grain de beauté… Faut que tu recommences, Barnum, et que tu fasses les choses dans les règles de l'art. Sans quoi on pourra vraiment dire que tu t'es vautré comme une grosse merde ! »

Je crois qu'il s'endormit. C'était la plus belle conversation que nous ayons jamais eue. J'eus envie d'aller m'allonger à côté de lui. Heureusement je ne le fis pas. Je restai dans mon lit en songeant à la manière de faire les choses dans les règles de l'art. J'avais au moins une pensée où puiser un peu de répit. Je revis le navire quittant Akers Mek. avant de couler dans les eaux sombres. Ce n'était pas trop tard. Le bateau pouvait être récupéré, remorqué jusqu'au port, réparé et remis à l'eau. Voilà quelles étaient mes pensées. Le lit était mon chantier naval à moi. Je gardai le lit pendant toutes les vacances, pendant que mes camarades de classe étaient sûrement en train de gagner un peu de sous en ramassant des pommes de terre chez des cousins à la campagne, ou en ratissant les feuilles dans ces villas peintes en blanc le long du fjord d'Oslo. Je me demandais ce que Tale était en train de faire et, dès lors, la température augmentait dangereusement dans le thermomètre de maman, si bien qu'elle était toujours sur le point de commander un taxi pour m'emmener aux urgences. Mais je tins bon. Et le lundi matin, je me déclarai guéri, je me levai, et je partis à l'école avec la bague dans la main.

Je ne la vis pas pendant la première récréation. En revanche, je vis autre chose. Des filles de sa classe pleuraient dans la petite cabane en bois. Je fus incapable de me concentrer pendant l'heure suivante. Quelque chose clochait. Encore plus blafarde que d'habitude, Knokkel demandait ce que nous avions fait pendant les vacances des pommes de terre [1], en commençant par moi. Le rire se dissémina aussitôt dans la classe. Le Mulot eut juste le temps de dire qu'on avait confondu Barnum avec une patate Kerr's Pink avant de recevoir la baguette sur la nuque en guise de coup de fouet, manquant par la même occasion d'avaler sa langue tandis qu'une neige de craie s'appesantissait sur le brusque silence. Tale n'était toujours pas là pendant la grande récréation. La cabane était déserte. Même les autres filles l'avaient délaissée. Preben se tenait à côté de la fontaine, avec Hamster et Aslak. Le concierge avait fermé l'arrivée d'eau. Je fis un grand détour par la classe des onzièmes, pris le sentier derrière le bâtiment de l'école, passai devant la cantine avant de remonter par chez les huitièmes. Le silence était total. C'était la grande récréation. Quelqu'un avait fait tomber

---

1. À partir de l'après-guerre et pendant une vingtaine d'années, les vacances d'automne étaient qualifiées de « vacances des pommes de terre » : les élèves allaient dans les fermes aider à ramasser les pommes de terre contre un peu d'argent de poche. *(N.d.T.)*

son sandwich à la saucisse et l'avait laissé par terre. Les patères des portemanteaux étaient vides, pareilles à une succession de points d'interrogation dorés. La bague était dans ma poche. Décidément quelque chose clochait. Je traversai le couloir à pas lents. La porte de sa salle de classe était ouverte. Je m'arrêtai sur le seuil, jetai un coup d'œil à l'intérieur. Les filles étaient rassemblées, sans rien dire, tête baissée, en cercle autour d'un pupitre où une bougie blanche était allumée. Quelqu'un pleurait sans faire de bruit. Sur le tableau figurait, en lettres capitales : *Tale, tu nous manques.* Je me reculais vers les portemanteaux quand au même moment Knokkel déboula au coin si bien que je lui marchai sur les pieds. Elle posa une main décidée sur mon épaule. « Et toi, qu'est-ce que tu fais là ? » Étrangement, le ton de sa voix ne semblait pas guidé par la colère. Je décidai d'aller droit au but. Je n'avais plus rien à perdre. « Je voulais juste donner un petit quelque chose à Tale. » Elle leva la main qui m'effleura la joue. Ses doigts étaient froids. Elle s'accroupit à ma hauteur. « Tale n'est plus là », murmura-t-elle. « Elle a changé d'école ? » Knokkel se tordit les mains si bien que ses ongles crissèrent – et c'était vrai ce qui se disait sur elle en fin de compte, comme quoi elle sentait les vieux médicaments, comme si son visage était une pharmacie abandonnée. « Tale est morte, je crois », souffla-t-elle. Tale est morte, je crois, répétai-je dans ma tête. Tale est morte. Morte. « Et moi je crois que c'est impossible », rétorquai-je. Knokkel esquissa un sourire tout en tenant ma main. J'aurais préféré qu'elle la lâche. « Tale est morte pendant les vacances, Barnum. » Je retirai ma main. « Mais comment ? » « Elle était atteinte d'une terrible maladie. Un cancer. » Elle se rapprocha de moi. Et elle murmura : « Le grain de beauté. Il était malin. » « Il faut que j'y aille. Ça va bientôt sonner. » Je longeai le couloir, en faisant glisser mon doigt le long des portemanteaux. Et je me dis : Maintenant Tale n'est plus là pour tout rapporter. Maintenant je suis sauvé. Maintenant elle ne peut dire à personne que je suis venu la voir avec le bras en écharpe et que j'ai menti. Et je me dis également que jamais une pensée aussi ignoble ne m'avait traversé l'esprit. « Qu'est-ce que tu voulais lui donner ? » demandai Knokkel. Je m'arrêtai. Je fis demi-tour. Elle se tenait sur le pas de la porte où deux ou trois filles me regardaient, le visage fermé, livide. Je ramassai le casse-croûte à mes pieds et le mangeai lentement. Et ma réponse fut encore plus ignoble que tout ce que j'avais pensé jusque-là : « Rien. » Puis je dévalai l'escalier, courus aux chiottes où je me mis à genoux pour tout dégueuler, pour me vider complètement de tout ce qui brûlait en moi. Après quoi je laissai tomber la bague dans la cuvette et tirai la chasse. Je le regrettai aussitôt. Heureusement, le chiotte était un peu bouché, et ce depuis longtemps. Plongeant aussi loin que possible ma main dans l'eau marronnasse, je tâtonnai du bout des doigts, parmi les étrons ramollis et le papier en charpies. Je finis par trouver la bague. Je l'essuyai sur ma veste du mieux que je pus et la remis dans ma poche. T pour Tale. T pour Taciturne. Le silence éternel.

La cloche sonna. Je rentrai à la maison. Il n'y avait personne. Je pris la clé du grenier. Je montai les marches à la dérobée. J'étais un individu mauvais. Je le savais. J'étais un être abominable et la seule chose de grand en moi se bornait à cette abomination. Une fois au grenier, je m'immobilisai sous les cordes à linge. Il y avait une gouttière au niveau de la lucarne. La petite flaque sur le plancher tremblait dans le vent. Mes pensées formaient un cercle noir tendu derrière mes pupilles. Comment pouvait-elle mourir alors que son père était médecin ? Ce que je voyais à présent se focalisait totalement sur son grain de beauté : il lui dévorait le visage, se propageait à vue d'œil au point de recouvrir le corps dans son entier. Je retrouvai peu à peu un certain calme, suivi d'une sensation d'indifférence, de vide. J'allai cacher la bague dans la trappe rouillée, scellée à côté de la cheminée d'aération. C'est alors que je fis une trouvaille. Sous un sac en toile de jute, je découvris une bouteille, à moitié pleine, barrée du mot *Eau de Vie* [1]. Je la débouchai. Et je bus. Un incendie ravagea aussitôt mes dents, circonscrit l'instant d'après par un rire. Il montait en cascade dans ma tête et ce rire-là n'était pas sans me déplaire. Je bus plusieurs gorgées d'affilée avant de ranger la bouteille sous le sac. Ça riait tellement bien dans ma tête. Je grimpai à l'échelle posée contre la lucarne que j'ouvris le plus haut possible, à peine si j'arrivais encore à la tenir, et je contemplai la ville. La ville ondulait. La ville refusait de rester tranquille. Les girouettes s'envolaient en une nuée de volatiles bancals le long du fjord. Pourtant, quand je regardais plein ouest, du côté du cimetière, les arbres sombres avaient l'immobilité d'épées brandies vers le ciel gris. Une procession de bonshommes tout de noir vêtus évoluait entre les pierres tombales en portant un cercueil blanc, et s'immobilisa devant un repère dont la terre béante ressemblait à une plaie où on aurait taillé dans le vif. Je me tortillai pour me débarrasser de ma veste. Le bras droit posé sur le rebord de la lucarne, j'aspirai une grande bolée d'air frais. Puis je relâchai l'abattant. J'eus le temps d'entendre le verre se casser et au même moment le rire cessa dans ma tête. Mes pieds glissèrent, se retrouvèrent dans le vide, alors que j'étais moi-même toujours retenu au cadre de la lucarne. Je ne tardai pas à dégringoler au bas de l'échelle, entraînant bris de verre et baguettes de bois dans ma chute ; je roulai autour des cordes à linge avant de me ramasser la figure par terre, heurtant le plancher avec l'épaule.

D'un œil à peine entrouvert, je distinguais Boletta. Accroupie devant la cheminée, elle farfouillait sous le sac. Elle finit par trouver la bouteille. Elle but. Je ne rêvais pas. C'était réel. J'avais perdu connaissance pendant un petit moment. J'ignore combien de temps avait duré mon absence (ce n'était que du temps, après tout). Mais déjà dans la lucarne délabrée, le crépuscule tombait en transperçant les éclats de verre. Étalé de travers le long

---

1. En français dans le texte. *(N.d.T.)*

du corps, un de mes bras pissait le sang. Une large entaille sillonnait la peau retroussée. Quelque chose de blanc brillait au creux de la chair déchiquetée. Je retombai dans les pommes. Boletta se retourna sur ces entrefaites. Elle se mit à hurler, j'entendis la bouteille tomber de ses mains et son cri se rapprocher. Elle me prit dans ses bras et me porta dans l'escalier, sans s'arrêter de pester, s'adressant autant à elle-même, à tout le monde, qu'à Dieu. « Je vais te le brûler, moi, ce grenier ! Je vais y mettre le feu et que ça brûle ! Du sol au plafond, tout ! »

Je me réveillai dans un lit aux urgences. Assise à côté de moi, maman passait une main dans mes cheveux. Je crois qu'elle avait pleuré. Mon bras droit avait été recousu. Après quoi on m'avait transporté dans une pièce où on m'avait fait un plâtre. J'essayai de soulever mon bras mais il était trop lourd. « Comment on est arrivé ici ? » demandai-je. Maman me sourit et m'embrassa sur le front. « En taxi, Barnum. Tu ne t'en souviens plus ? » Je secouai la tête. « Non. Zut, alors. » Le lendemain, le bras en écharpe, une écharpe blanche, j'eus de nouveau droit à un taxi pour rentrer à la maison. Les souvenirs revinrent lentement à ma mémoire. Tout ce que je voulais oublier se matérialisait devant moi. Désormais, je n'avais plus besoin de faire semblant. J'étais devenu celui que j'étais déjà. Maman et Boletta durent me soutenir pour monter l'escalier. Je bus un chocolat chaud, avalai une gélule ronde qui déclencha en moi un petit éclat de rire et m'envoya directement dans les bras de Morphée. À mon réveil, Fred était près de la fenêtre, les mains dans les poches. « Salut, minus ! Alors ? Tu t'es fait mal, ou quoi ? » Maman entra dans la chambre, je devais aller à l'école. J'eus beau rechigner, ça ne servait plus à rien. Maman m'aida à passer l'écharpe qu'elle attacha avec une épingle au-dessus de l'épaule. Boletta m'avait préparé mon casse-croûte, un sandwich aux œufs et aux harengs ; je me sentais à la fois vide et rassasié. Et voilà comment je m'engageai dans ce que je nommerai ma seconde vie, la vie après Tale, le long de l'avenue, avec en ligne de mire la lumière du soleil d'automne, rasante,

blanchâtre. Esther pencha la tête hors du kiosque pour
m'offrir un sachet de sucre candi. Dans le tramway, je
n'eus pas besoin d'acheter de billet, une dame se leva
pour me donner sa place, le chauffeur me soutint au
moment de descendre les marches. N'avais-je pas enfin
récolté ce que je voulais, ne vivais-je pas exactement ce
que j'avais toujours rêvé ? Sauf qu'à présent, je n'en
retirais aucun plaisir, ni aucune espèce de chagrin dont
j'aurais pu me réjouir ; je n'éprouvais rien d'autre que ce
vide, plus immense que jamais.

La cour de l'école était déserte. J'étais tout seul. La
cloche avait déjà sonné. Je montai les marches en prenant mon temps. J'entendis l'écho de mes pas résonner
indéfiniment et, par intermittence, j'eus l'impression
qu'il vibrait encore dans mes oreilles, avant même
d'avoir posé le pied. Le silence était total. C'était
sinistre. Mon bras en écharpe pesait une tonne. Je
frappai. Le silence se prolongea de quelques secondes.
Puis j'entendis la voix de Knokkel. « Entrez ! » J'ouvris
la porte. Assis à leur pupitre, les garçons braquèrent les
yeux sur moi, tous sans exception. Sur le tableau figurait, en lettres gigantesques : *Tu nous as manqué,
Barnum !* J'eus plutôt envie de rebrousser chemin aussi
sec, mais Knokkel me conduisit jusqu'à l'estrade où
m'attendait un gâteau que les filles de l'autre classe
avaient confectionné dans la cuisine de l'école. Je fus
obligé, tandis qu'elle me débarrassait de mon cartable,
de manger la première part de cet étouffe-chrétien tartiné d'un enduit de glaçage grisâtre et piqué de raisins
secs durs comme de la pierre. Knokkel m'accompagna à
mon pupitre. *Tu nous as manqué, Barnum.* Quand bien
même je mâchais à n'en plus finir, les bouts de gâteau
ne restaient pas moins coincés en travers de ma gorge et
lorsque, enfin, le plat fut vide, Knokkel accrocha une
planche en couleurs représentant l'intérieur d'un bras.
Elle pointa un doigt vers moi. « Alors, Barnum. Et si tu
nous racontais ce qui t'est arrivé ! » Mais je n'avais rien
à raconter. J'avais la bouche pleine de miettes et de
mensonges. Knokkel se contenta de sourire en désignant

toujours sa fameuse planche. « Bon, d'accord, Barnum. Toujours est-il que les bras sont les instruments les importants que nous ayons. En position debout, le bout de notre index arrive à peu près à mi-cuisse. Mais le bras droit est souvent un demi-centimètre plus long que le gauche car c'est celui que nous utilisons le plus. » Elle s'interrompit brusquement. « Je peux savoir ce qui vous fait ricaner ? » demanda-t-elle en haussant le ton. De fait, les garçons de la classe, le visage cramoisi, étaient pliés en deux de rire au-dessus de leur bureau ; ils rigolaient tous, sauf moi – et j'étais content, pour ainsi dire, car tout redevenait comme avant. Knokkel descendit de l'estrade, la baguette pointée vers le plafond. J'avalai la dernière bouchée de gâteau au moment où elle se retourna d'un seul coup sur moi, en baissant sa baguette. « Tu as dit quelque chose, Barnum ? » Je n'avais rien dit, du moins rien que j'aie entendu, et j'eus peur que des mots inaudibles soient sortis de ma bouche : grosse connasse, par exemple. Tout le monde me regardait. Je devais lui répondre, je ne savais pas quoi, aussi posai-je une question (puisque les questions ne peuvent être des mensonges ; ou bien je me trompe ?). « Vous seriez d'accord pour écrire un mot sur mon plâtre ? » Elle a hésité une fraction de seconde, comme si elle se retrouvait soudain dans le brouillard. Elle alla chercher son stylo plume et revint vers moi pour écrire son nom en formant de petites lettres tremblantes : *Professeur K. Haraldsen* – et au même moment, la cloche sonna.

Pendant la récréation, mes camarades de classe se rangèrent en file indienne pour pouvoir écrire leur nom. Les filles s'empressèrent de rappliquer et, oui, je faillis bien avoir la signature de tous les élèves de l'école sur mon plâtre où il ne resta bientôt plus de place (puisque, dans une cour d'école, tout le monde sait tout, tout ce qui est dit est immédiatement répété ; il n'y a ici aucun secret, il n'y a ici que des rumeurs). Enfin, ce fut au tour de Preben. Les autres garçons s'attroupèrent autour de nous, ils gloussaient. « Tu sais pourquoi ton bras droit est plus long que l'autre ? » Il fournit lui-même la réponse. « Parce que c'est avec celui-là que tu te branles. » Il signa à côté de Knokkel. « Donc maintenant, tu vas avoir les deux bras de la même taille. » Il rejoignit les autres pour former ce cercle ininterrompu de rire dont j'étais le centre. Ils riaient. Les uns comme les autres. Je n'ai pas tardé à rire moi aussi. « Pas si c'est toi qui me branles », répondis-je. Il n'y avait plus un bruit. Ils se jetaient des regards en coin. Ils s'approchèrent. Dans la cour, les autres élèves nous fixaient. Pourtant, je n'allais pas me prendre de rouste. Ils ne le pouvaient pas. Pas maintenant. Pas ici. Ils le savaient. Je le savais. Je m'étais de toute façon inscrit au tabassage pour une durée indéterminée.

En rentrant à la maison, je trouvai Fred au même endroit, devant la fenêtre, dans la même position, mains dans les poches. Je m'assis sur le lit. « Papa n'est pas encore rentré ? » demandai-je. Fred se retourna. « Qui ça ? » « Papa. Il est parti en voyage ? » « Mais de qui tu parles, Barnum ? » Voilà, elle était de retour : cette lueur noire dans ses yeux, cette lueur noire qui tremblait au fond de ses yeux. « Arnold », soufflai-je. « Arnold Nilsen, tu veux dire ? Le gros porc aux cheveux gominés, c'est ça ? Celui qui débarque ici pour bouffer comme un chancre, qui nous ôte le pain de la bouche et qui baise notre mater après ? » J'esquivai toute réponse par un hochement de tête. Fred reprit son poste d'observation. Il haussa les épaules, sa voix baissa d'une octave. « J'en sais rien. » J'ai lancé le sachet de sucre candi sur le bureau. Fred demeura immobile. « Tiens, c'est pour toi », lâchai-je prudemment. Au bout d'un long moment, il articula : « Merci beaucoup. » Bien que démangé par l'envie de rire, je ne savais pas s'il était très malin d'y succomber. Aussi, voyant que Fred ne touchait pas au sachet, je me gardai bien de le faire. « Merci beaucoup », répéta-t-il. « Mais de rien. C'est pour toi. » Le sachet marron ne bougea pas de place. « Fred ? Tu m'aideras si quelqu'un me fout une raclée ? » Il eut un mouvement d'épaules. « Pas si tu l'as mérité. De te prendre une branlée, je veux dire. Tiens, le v'là l'autre ! » « Qui ? » « Le gros porc qui vient bâfrer et baiser not' mère ! Qui d'autre ? » J'avais les larmes aux yeux. « Dis pas ça, Fred... » « Tu les as eus gratos, ou quoi ? De la part d'Esther, j'parie... » Mais avant que j'aie eu le temps de répondre, mon père entra en trombe, me souleva en l'air si bien qu'il faillit casser le plâtre. « Alors mon petit fou ! s'écria-t-il. Tu t'entraînais tout seul là-haut, pour ton prochain numéro de cirque, c'est ça, hein ? » Il me relâcha et pivota aussitôt pour se poster derrière Fred. « C'est toi qui as emmené Barnum au grenier ? » Fred ne bougea pas d'un millimètre. « Regarde-moi quand je te parle ! » ordonna-t-il en posant sa main valide sur l'épaule de Fred qui sursauta. « Tu enlèves tes sales pattes de là, gronda-t-il d'une voix sourde. Tout de suite ! » Papa hésita une seconde puis obtempéra. Il me regarda. « Je voulais juste contempler la ville. Depuis la lucarne. Et après je suis tombé. Fred n'était absolument pas avec moi. » Papa sourit, s'essuyant le visage avec son mouchoir. Il effleura du bout des doigts les noms inscrits sur mon plâtre. « Non mais regardez-moi ça... Tous ces amis que tu as, Barnum ! Plus que je n'en ai jamais eu. » Toujours planté devant la fenêtre, Fred ricana tout bas. Papa sortit cinq stylos plumes de la poche de sa veste pour en fin de compte choisir le plus gros. Enlevant le capuchon, il écrivit, tout autour du coude : *Bon rétablissement. Ton père qui t'aime.* « T'étais où ? » demandai-je. Papa referma son stylo et le rangea dans sa poche. « Où j'étais ? Mais au travail, Barnum. Comment veux-tu qu'il y ait à manger sur la table, sinon ? » Fred gloussa de nouveau. Papa serra soudain le poing, mais ses doigts se détendirent tout aussi vite. « Tu sais quoi ? Mainte-nant je vais aller faire la surprise de mon arrivée à ta maman ! » s'exclama-t-il en frappant dans ses mains et en se dirigeant vers la porte. « Tu nous as rapporté quelque chose ? » Papa se figea brusquement. J'eus l'impression que son grand visage luisant soudain dégringola, que tout aussi vite, à l'aide d'un sourire, papa rafistola. « Rapporté quelque chose ? Voyons,

Barnum… J'ai dépensé tout ce que j'avais sur moi pour courir, que dis-je, pour foncer te rejoindre ! » Puis il s'éclipsa, laissant une odeur acidulée de parfum, de brillantine et de pastilles dans son sillage. Nous restâmes sans rien dire un long moment. « Si ça se trouve, il a pas bougé son gros cul de Majorstuen, à vider des bières au café Valka, finit par grommeler Fred. T'as vu ? Il a encore enflé de la gueule. » Il s'assit sur le lit, l'air épuisé. « Tu veux pas écrire sur mon plâtre, toi aussi ? » « Pour quoi faire ? » « Parce que tout le monde l'a fait. » « Tout le monde ? Montre ! » Il s'approcha de moi et se mit à lire les prénoms les uns après les autres. Il lui fallut du temps. J'attendis. « Je vois pas le nom de Cliff Richard sur ton machin. » Il me regarda dans les yeux. Je ne savais pas si je devais rire ou pleurer (et je ne le saurai jamais, pas quand il me regardera avec cet air-là). « Nan », murmurai-je. « Et le roi ? Il a signé, p'têt', le roi ? » « Non. Bien sûr que non. » « Bon ben alors… Pourquoi tu viens me baratiner comme quoi ils ont tous signé, hein ? » « Je voulais dire tous ceux de l'école, Fred… » Il se pencha sur le plâtre et cette fois-ci, il lui fallut encore plus de temps. Puis il relâcha mon bras. « Et T ? Elle non plus elle a pas écrit. » J'ignorais que ça pouvait faire si mal. Ça faisait si mal que j'en étais presque content. Fred leva son regard vers moi et peut-être remarqua-t-il alors un changement dans mon visage, car la lueur noire dans ses yeux s'estompa soudain, se retrancha à l'intérieur des orbites en glissant comme une flaque d'huile. « Elle est morte », murmurai-je. Fred réfléchit. « Si quelqu'un veut te foutre une raclée, tu lui balances un revers en pleine gueule avec ton plâtre. D'accord ? D'accord, Barnum ? » J'acquiesçai. J'eus la sensation de retrouver mon calme. Maintenant, je pouvais prendre le risque de le taquiner. « Dis… Tu signes toi aussi… S'il te plaît ! » Et Fred alla chercher un stylo. C'était tellement bizarre de le voir avec un stylo à la main, un peu comme si cet objet-là, entre ses doigts, n'avait pas sa place. Car des objets, il pouvait en tenir, des centaines même, sans jamais hésiter une seule seconde : couteau, tournevis, marteau, scie, balle de tennis, pierres, peigne, javelot, n'importe quoi... Sauf que cette fois sa main tremblait. Il se rassit à côté de moi et, le dos courbé, entreprit d'écrire son prénom sur le seul endroit à peu près libre qui restait. Il allait très lentement. J'osai poser une main sur sa nuque. Une nuque chaude, inquiète. J'entendais son souffle, son cœur battre sous l'étoffe fine de sa chemise. Il se secoua pour se débarrasser de moi. Et la lueur noire dans ses yeux reprit de sa vigueur. Il avait écrit *Ferd*. « Ça fait rien », dis-je tout bas. « Va te faire foutre, connard ! » « Ça fait rien », répétai-je – et comme un forcené, il se mit à raturer les quatre lettres chamboulées avec la pointe du stylo jusqu'à ce qu'elle se casse contre le plâtre, que l'encre dégouline le long du bras, que les coulures engloutissent les prénoms en dessinant des bavures bleutées aux motifs effrayants qui gonflèrent comme des ombres. Fred se leva d'un bond. Envoya le stylo abîmé percuter le mur. « J'suis sûr que tu l'as fait exprès ! » hurla-t-il. « Mais quoi ? » « De t'être cassé le bras. Pour que tout le monde s'apitoie sur ton sort... Putain ! T'es vraiment rien qu'une merde ! » « Oui », acquiesçai-je. Fred se tut tout à coup. Il me toisa de toute sa hauteur, sidéré. « Qu'est-ce que tu viens de dire ? » « Oui. Je l'ai fait exprès. » Fred me flanqua une baffe. Je tombai à la renverse sur le lit. Juste après, il posa sa main sur ma joue, doucement, délicatement. « Comment veux-tu que je prenne soin de toi, Barnum ? Quand tu fais des trucs pareils. » Il plongea sa main dans sa poche, prêt à ajouter quelque chose, sans y parvenir. Au lieu de quoi il s'empara du sachet de sucre, tapa dans la porte devant laquelle maman attendait, entre papa et Boletta, avec un gigantesque gâteau sur un plateau. Il les repoussa d'un revers de main – et nous ne devions pas le revoir avant le lundi suivant alors que ce jour-là nous n'étions que vendredi.

Longtemps après, cela faisait déjà bien longtemps que mon plâtre avait été retiré, que mon bras ressoudé à l'aide d'une vis bleue s'était aminci et avait pris une teinte grisâtre, que j'avais commencé à prendre des cours à l'école de danse, que j'avais rencontré Peder et Vivian, Fred avait voulu me traîner au cimetière de Vestre Gravlund. Je n'en avais pas très envie. Les cimetières n'étaient pas pour moi. Les cimetières me rendaient aussi maigre qu'insomniaque. Mais Fred avait déjà chapardé deux tulipes dans le parterre du concierge Bang et voilà qu'il voulait m'emmener, soi-disant qu'il avait quelque chose à me raconter, je n'avais pas le choix de toute manière. Du coup, il me permettait d'enfiler sa veste peau de pêche – et j'aurais tellement voulu qu'on me voie dedans, Vivian notamment ; mais nous ne croisâmes personne. J'avais d'abord cru que nous nous rendions sur la tombe de La Vieille, or en arrivant là-bas, dans ce cimetière abominable et beau (nous sommes alors au mois de mai, les arbres dégueulent de verdure), il s'était dirigé droit du côté opposé, vers ce bout de terrain accidenté, abandonné, un renfoncement destiné aux laissés-pour-compte des morts. Il avait déposé les fleurs devant une croix en bois toute rabougrie, plantée de travers dans la terre. Même moi, j'étais obligé de me pencher pour pouvoir déchiffrer le nom. *K. Schultz. 1885-1945.* « C'est qui ? » « Mon docteur », avait-il répondu. J'avais jeté un nouveau coup d'œil sur la croix. Je n'aimais pas ça. Je voulais rentrer. « Assieds-toi », m'avait-il ordonné. Nous nous étions assis dans l'herbe fine et jaunie par la neige. Fred avait jeté un regard circulaire. L'endroit était lugubre. « Les meilleurs pourrissent le plus vite. » J'étais resté immobile. « Quoi ? » « Les meilleurs pourrissent le plus vite », avait-il répété. Il donnait l'impression de sourire. Il s'était alors penché en arrière et je l'avais imité. Nous contemplions le ciel qui bougeait lentement dans la lumière. « K. a sauvé ma vie », avait-il ajouté. Je n'osais presque plus respirer. « Comment ça ? » « En fait, je n'aurais pas dû naître. » J'étais toujours aussi immobile, à côté de Fred, dans l'herbe sèche du cimetière de Vestre Gravlund. Le vent soufflait dans les arbres. Le soleil s'écoulait. Une fourmi évoluait le long d'un brin d'herbe. Un avion perçait le ciel. J'essayais de m'imaginer une vie où Fred n'existait pas, où j'étais tout seul, fils unique. J'en étais incapable. Mes rêves étaient desséchés, à croire qu'eux aussi avaient séjourné dans du plâtre et qu'ils pendaient à présent, comme des filaments inconsistants, insignifiants, hors de la carcasse tourmentée du sommeil. Un monde sans Fred était inconcevable (bien que je l'aie souhaité des centaines de fois, être débarrassé de lui pour de bon). « Quoi ? » avais-je redemandé. « Je n'aurais pas dû naître. » J'attendais qu'il continue, tout en espérant intérieurement qu'il se taise. « J'ai été introduit de force à l'intérieur de maman, avait-il poursuivi à voix basse. J'aurais dû être retiré. Arraché puis balancé. Mais maman n'a rien dit avant qu'il ne soit trop tard et le docteur Schultz était trop fin soûl pour se rendre compte de mon existence. » « Comment tu le sais ? » Fred avait souri. « J'ai écouté. J'ai écouté la cour. Le grenier. Les histoires traînent partout, Barnum. Mais personne ne peut dire qui est mon père. Celui qui a pris maman. Celui qui s'est introduit en elle par effraction, qui l'a détruite. » Fred parlait si bizarrement. Je ne l'avais jamais entendu jusque-là employer de tels mots. On aurait dit qu'il avait appris une autre langue, ou qu'il l'avait inventée. Il avait arraché un brin d'herbe qu'il avait ensuite fiché entre ses lèvres. Il avait alors tourné la tête vers moi. « Le mieux serait encore qu'il soit mort. Tu trouves pas, Barnum ? »

Nous étions restés allongés encore un petit moment sans rien dire. J'avais froid. J'aurais aimé que Fred ne m'eût jamais fait cette révélation. Il y avait tant de choses que je ne voulais pas entendre. Brusquement il s'était levé, s'était frotté pour retirer de sa chemise l'herbe et la terre. Il était resté debout un instant, en fixant les deux tulipes, la tombe misérable que personne ne visitait et que la nature ne tarderait pas à recouvrir, à annuler, à oublier à jamais (et je me souviens d'avoir pensé : un être humain peut-il disparaître sans laisser de traces ?). « Il n'y aura bientôt plus de place », avais-je dit. « De place pour qui ? » « Pour les morts. » Il avait

haussé les épaules. « Il en restera toujours au moins
une », s'était-il contenté de répliquer en allumant une
cigarette. Et il s'était mis en route, à marcher de plus en
plus vite. J'avais essayé de le suivre. En vain. Il m'avait
laissé en plan au milieu du cimetière, sa maigre et
sombre silhouette se dérobant derrière les arbres du parc
de Frogner tandis que je m'immobilisais, essoufflé, seul,
sur le sentier gravillonné, dans l'odeur persistante de
tabac, entre les hautes pierres tombales en marbre brillant et les bouquets en passe de succomber (et, bien qu'il
n'y ait pour ainsi dire plus de place dans ma tête, je me
souviens également d'avoir formulé une autre pensée : il
y a aussi une différence entre les morts). Quand soudain
je l'avais vue. La tombe de Tale. Son nom était gravé
sur la pierre noire, ainsi que sa date de naissance et le
jour de sa mort. *Nous ne voulions pas te perdre*, était-il
écrit. Ils ne voulaient pas la perdre mais elle était déjà
perdue. Et tout à coup j'avais compris que c'était ici que
Fred m'avait conduit, ici et nulle part ailleurs, à la tombe
de Tale, qu'il avait simplement procédé à quelques
petits détours pour ensuite m'amener jusqu'ici. J'avais
alors éprouvé un tel sentiment de bonté pour lui, oui, en
cet instant je l'aimais sans réserve aucune, avec une telle
profondeur que je pleurais. Je pleurais pour de vrai, pour
lui, pour ma moitié de frère. J'étais alors retourné à la
tombe du docteur K. Schultz, j'avais subtilisé une des
deux tulipes que j'avais ensuite posée sur la tombe de
Tale. Je m'étais demandé une seconde si je n'allais pas
aller chercher la bague, pour finalement renoncer à cette
idée. Elle n'avait qu'à rester là où elle se trouvait – et je
finirai d'ailleurs par l'oublier tout comme je m'oublierai
moi-même car j'aurai tant d'autres choses à me
rappeler.

Néanmoins, quand Vivian sera enceinte de Thomas,
qu'elle aura emménagé dans le grenier, sur la Kirkeveien,
ce même grenier que l'on aura transformé en appartements mansardés au moment où l'argent commencera à
couler à flots sur la ville, un soir où je me retrouverai sous
la soupente, sous la lucarne très exactement, un soir où je

serai en train de boire, sans joie, mais d'une manière décidée, obstinée, afin d'accélérer l'oubli, soudain je me souviendrai. Je me rappellerai la bague, sans doute enfoncée dans le mur à présent, emmurée à jamais, et j'éprouverai une espèce de joie à l'idée de me remémorer cette bague fichée de la lettre T, la première lettre du nom d'une fille à qui je n'aurai jamais pu offrir le bijou que je lui destinais. La neige tombera contre la vitre oblique. Et je penserai, en buvant jusqu'à m'en faire péter la cervelle : Nous ne partons pas sans laisser de traces, nous laissons derrière nous un sillage qui ne se referme jamais complètement, une déchirure dans le temps que nous abandonnons avec tant et tant de peine.

Le Pôle Nord

Fred me réveilla. « On part au Pôle Nord », annonça-t-il à voix basse. Je retrouvai immédiatement mes esprits. « Maintenant ? » Il hocha la tête. « Boletta est en train de danser, Barnum. Allez, magne-toi ! » Il était déjà habillé : pull, coupe-vent, caoutchoucs, deux pantalons, bonnet, moufles, écharpe. Je me changeai à toute vitesse, préférant aux caoutchoucs mes brodequins de montagne. Après tout, on allait au Pôle Nord. Je ne pouvais pas prendre de risques, la nuit était déjà bien entamée. Fred avait même préparé tout un paquetage dans son sac à dos : biscuits, cigarettes, lampe de poche, café, bouteille thermos, allumettes. Nous ne troublâmes pas le sommeil de maman. Elle dormait derrière papa, qui soufflait par le nez comme une turbine, émettait à chaque inspiration des sonorités caverneuses dont les vibrations faisaient onduler le rideau et trembler la chambre ; il ressemblait à une baleine remontée des abysses blancs de la literie pour pousser son dernier soupir. Nous descendîmes l'escalier à pas de loup. Dans la cour, la luge nous attendait. Fred y attacha le sac à dos avec une ficelle. Et, après avoir franchi le porche de l'immeuble en tirant la luge à bout de bras, nous commençâmes notre laborieuse ascension de l'avenue.

Le silence était immense et le ciel vide de bruits, débarrassé du vent. La neige rayonnait, ou peut-être la lune faisait-elle briller les congères, elle qui semblait suspendue au-dessus de la ville comme le cadran lumineux d'une horloge gelée. La température ne me saisit pas sur le moment, j'en étais même surpris. Avais-je enfilé trop de vêtements ? Des caleçons longs avec un collant par-dessus pouvaient parfois donner trop chaud, ce qui n'était pas non plus l'idéal. Seulement, lorsque nous arrivâmes au carrefour où Fred, en son temps, avait vu le jour à l'intérieur d'un taxi, ma bouche fut soudain envahie par un froid qui se répandit par-delà mon visage comme sous l'action d'un ventilateur en fer, pinça ma peau pour qu'elle se réduise à une protubérance de chair entre les deux orbites. Fred marchait devant, il tirait. J'avançais derrière, je poussais. Nous poursuivions notre périple suivant une route qui nous faisait longer la grille de l'hôpital où des lampes bleues brûlaient encore derrière les fenêtres des étages inférieurs. Le silence ne transperçait plus mes oreilles. Je n'entendais que mes brodequins crisser à chaque pas, les patins de la luge fendre la neige épaisse et dure – et bientôt je ne fus plus capable de remuer le moindre orteil. Fred se retourna. « Tout va impeccable ! » criai-je. Nous continuâmes notre pénible progression, mettant le cap plein est, manquant de nous tromper de chemin au niveau du jardin de l'école où une pomme était toujours accrochée à son arbre comme une goutte rouge à une branche noire. Au loin se profilait l'immense talus de neige qui formait comme une enceinte autour du quartier de Torshov, et si nous nous égarions dans ce dédale, alors à coup sûr, nous ne rentrerions jamais à la maison vivants. Fred changea soudain d'itinéraire. Nous avions la lune dans le dos. Nous passâmes devant le cimetière de Nordre Gravlund dont le sol avait été foulé par tant de personnes avant nous qui y avaient payé de leur vie. Les tombes jetaient des ombres profondes dans l'obscurité. « N'abandonnez pas ! chuchotait-on de caveau en caveau. Luttez ! » Je poussais. Fred tirait. Il se tourna à nouveau. « Putain ce qu'ils font comme boucan tes brodequins ! » « C'est pour effrayer les ours blancs », répondis-je à voix basse. « Oh… Ta gueule ! » Il nous fallut traverser un croisement. Le vent qui s'était levé nous encornait de part en part, les congères accumulées de chaque côté de la route se désagrégeaient, la neige en surface s'envolait par vagues, se transformait en rouleaux tourbillonnant dans les airs, nous faillîmes déraper, faire naufrage dans les récifs aux abords de la place Alexander

Kielland, et, quand enfin nous atteignîmes l'autre rive, les flocons s'étaient introduits par toutes les ouvertures de nos vêtements. Nous devions dénicher un endroit où nous reposer. Les escaliers derrière l'église feraient parfaitement l'affaire. Nous avions trouvé notre abri, nous étions arrivés au quartier de Sagene. La route jusqu'au Pôle Nord était encore longue et le parcours entre ces points semé d'embûches, de versants plongeant à pic, de précipices et de ravins plus profonds les uns que les autres, de rivières tumultueuses capables de briser la glace grâce à leur courant indomptable et leurs cascades vertigineuses. Mes orteils saignaient. Je ne dis rien. Fred alluma une cigarette. J'eus la permission de tirer dessus. Un nuage glissait devant la lune. L'obscurité était insondable. Nous étions seuls à Sagene, aux portes du Cercle polaire. « Tu te souviens de ce que disait notre arrière-grand-père dans sa lettre à propos d'Andrée ? » me demanda Fred. « Celui dont ils étaient partis retrouver la trace ? » Fred me donna un biscuit. « Et tu sais ce qu'il avait emporté pendant l'expédition ? » Non, je ne le savais pas. Je savais en revanche qu'il avait un ballon dirigeable qui s'était écrasé à mi-chemin. « Vingt kilos de cirage. » « Vingt kilos ? » « C'est ce que je viens de dire, Barnum. » « Mais pour quoi faire ? » Fred soupira. Je n'aurais pas dû demander. J'aurais dû comprendre tout seul. Peut-être pour en enduire les ours blancs. Ou bien pour tracer un sillon de cirage noir et ensuite retrouver son chemin. Fred montra du doigt mes brodequins de montagne. « Si Andrée avait emporté vingt kilos de cirage, c'était pour ne pas avoir mal aux pieds », expliqua-t-il. « Ça c'est pas bête ! » « Chaque soir, chaque matin, Barnum, il en tartinait l'intérieur de ses gros godillots. Ça sert strictement à rien d'avoir le meilleur équipage du monde si, au minimum, tu n'as pas de chaussures qui tiennent la route. » « Et pourtant, ça non plus ça n'a servi à rien », murmurai-je. Fred garda le silence pendant un petit moment. La lune perça les nuages et j'eus l'impression, pendant une fraction de seconde, de voir le soleil briller au-dessus de nous. La lune nous éblouit, cette nuit-là à Sagene, puis l'obscurité remplit à nouveau notre regard. « Non, ça n'a servi à rien, admit Fred. Tu peux emporter tout le cirage que tu veux, t'es jamais à l'abri de rien. » Je mangeai un autre biscuit et bus une goutte de café à même le thermos. « Il a fini par être retrouvé ? » demandai-je. Fred opina. Il commençait à ranger les affaires dans son sac à dos. « Quarante ans après, Barnum. Dans un éboulis, sur une île. Il ne restait que les os. Il avait été bouffé par les rapaces. » Je frissonnai. J'avais plutôt envie de faire demi-tour, de rentrer par le même chemin, si tant est qu'il existe encore, car au fond peut-être qu'il avait été balayé par les vents. Oui, peut-être que nos traces avaient disparu, et peut-être même que nous ne pourrions plus nous guider grâce à la lune, vu qu'entre-temps elle s'était déplacée, et, même si elle brillait, son croissant désertique n'était pas fiable du tout. Je demeurai assis. L'escalier était glacé. « Tu crois que notre arrière-grand-père a été mangé lui aussi ? » demandai-je, d'une voix si basse que je l'entendais à peine. Fred me regarda. « Notre arrière-grand-père a disparu sous la banquise. Il y est peut-être encore. Entier. » « Tu veux dire parfaitement conservé ? » Fred attacha le sac à dos sur la luge. « Un glacier fonctionne comme une espèce de congélateur géant, Barnum. Tout se conserve. » Je le voyais d'ici et je dus fermer les yeux pour ne plus le voir : notre arrière-grand-père, au même âge que le jour de sa disparition et de sa mort, enfoncé dans la glace, là où le temps n'a aucune prise. Peut-être avait-il toujours une main tendue, congelée également, cette main que personne n'avait pu attraper. « Et si la glace se met à fondre ? » voulus-je savoir. « Elle ne fondra pas. » « Oui, mais *si* elle fond ? » « Ta gueule, Barnum. » Fred s'est remis à tirer la luge en prenant la direction du nord. Je courus pour le rattraper. Mes brodequins crissaient. Nous dûmes traverser le lit de la rivière où dérivaient des blocs de glace sur des flots aussi tumultueux qu'impitoyables. Quand brusquement la corde retenant le sac à dos se détacha. Nous aurions pu voir tomber toutes nos provisions, perdues pour de bon à mi-chemin entre Sagene et le Pôle Nord, si Fred n'avait eu le réflexe de saisir une des courroies avant que tout ne disparaisse à jamais dans les courants ténébreux au bas du quartier de Møllene. Après nous être hissés sur un amas de neige, nous tombâmes nez à nez sur un banc au pied du dernier versant décisif qu'il nous restait à grimper. Fred jurait comme un charretier, arrimant tant bien que mal le sac à la luge. « Comment ils faisaient pour aller aux toilettes ? » demandai-je. Le regard de Fred s'obscurcit. « Ne me dis pas qu'il faut que tu chies maintenant, Barnum ? » Je secouai énergiquement la tête. « C'était juste une question. » Fred tira son bonnet sur son front. « Ils chiaient sur place. » « Sur place ? T'es sûr ? » « Qu'est-ce que tu crois ? Qu'ils traînaient leur chiotte avec eux, p'têt' ? » Je ne sais pas ce que je croyais, ni ce que je me figurais. Toujours est-il que ça ne cessait de me turlupiner, je voulais savoir comment les astronautes, les alpinistes, les plongeurs, les fakirs et les explorateurs se débrouillaient pour aller aux toilettes. « Et Nansen aussi ? » « Nansen ? Qu'est-ce que tu lui veux à Nansen ? » « Lui aussi il chiait sur place ? » Sous son bonnet, Fred sembla d'un coup un peu exténué. Je n'aurais jamais dû poser la question. J'aurais mieux fait de garder mes forces. Le vent redoublait de virulence. La nuit était un cercle blanc, déchaîné. « Fritjof Nansen chiait sur place. Roald Amundsen chiait sur place lui aussi. Leur merde se transformait en glace avant même d'avoir touché terre. Donc ils avaient intérêt à se magner. À se magner le cul, même ! » « C'est vrai ? » « Mais bien sûr, Barnum ! Sinon la merde aurait gelé à même le trou du cul ! » « Putain de merde ! » « Ça tu peux le dire ! C'est d'ailleurs pour ça qu'ils se rasaient le cul. » « Nansen ? » « T'as des poils au cul, Barnum ? » Je ne répondis pas. Je n'avais jamais vraiment touché pour vérifier. J'étais content de ne pas devoir aller aux toilettes. Ça faisait longtemps que Fred et moi n'avions pas aussi bien discuté ensemble et ça faisait encore plus longtemps qu'il n'avait pas dit autant de choses à la fois. Et voilà qu'il disait encore autre chose à présent, tout en penchant la tête pour lutter contre le vent : « Ils n'ont pas trouvé que ça, avec les os d'Andrée. » Je me levai à mon tour, obligé de me retenir à Fred pour ne pas tomber. « Quoi ? » « Une montre. Tu sais, ce genre de montres qu'ils avaient avant, une montre de gousset qu'on appelait ça. Et à l'intérieur, non seulement y avait une photo de sa fiancée, mais, en plus, y avait aussi une boucle de ses cheveux à elle. » « Elle marchait ? » « La montre ? Non mais t'es con ou quoi ? Qui veux-tu qui soit là pour la remonter ? » Fred donna un coup d'épaule pour remettre son sac en place avant d'entamer la pénible ascension du tout dernier flanc de montagne, entre la glace et la neige, tandis que je poussais, que Fred tirait, et là, au sommet, en contrebas du plateau qui s'étendait à perte de vue, une lumière jaune filtrait par les hautes fenêtres derrière lesquelles j'apercevais des gens en train de lever les bras, comme s'ils ne cessaient de se héler les uns les autres. C'était donc ça le Pôle Nord. Sauf que d'autres nous avaient précédés. « On n'est pas les premiers, criai-je. On a perdu ! » « Maintenant tu fermes ta grande gueule, Barnum. Compris ? » Fred tira la luge. Je courus le rejoindre. « Pourquoi ils l'appellent le Pôle Nord ? » Il ne daigna pas me répondre. Il s'arrêta sur le trottoir devant un rond-point dangereux, si bien que nous nous retrouvâmes dans l'ombre, entre les reflets de la lune et la lumière projetée par le réverbère. Nous regardâmes par les fenêtres jaunes. À l'intérieur je distinguais les visages, des visages qui parlaient, qui riaient, et pourtant je n'entendais rien, tout était muet ; les visages ressemblaient à des lampes rouges à la lumière forte, silencieuse. Il y avait surtout des hommes. À les voir s'esquinter pour essayer de se lever, ils devaient avoir les pieds en compote. Les quelques femmes présentes portaient un tablier blanc et une jupe noire, elles s'approchaient munies d'un plateau rempli de verres marron d'où la mousse débordait, pour repartir ensuite avec autant de verres vides. Ce fut à ce moment-là que Boletta fit son apparition. Entre les tables. Les hommes voulaient l'attraper, mais jamais ils ne réussissaient. Les hommes voulaient l'attirer, mais toujours elle les repoussait. Boletta riait. Elle monta sur une table. Elle était peut-être accompagnée par un morceau de musique, car elle se mit à danser sur la table, pendant que les hommes frappaient dans leurs mains ; et plus elle marquait la cadence, plus le spectacle ralentissait dans mes yeux. « Boletta a l'air de bien s'amuser », chuchotai-je. Fred garda le silence. Et Boletta continua de danser. Elle dansa jusqu'à n'en plus pouvoir, au point de s'effondrer dans les bras tendus vers elle, dans ce lit mouvant de mains avides qui l'assirent sur une chaise avec un verre déjà placé devant elle. Soudain, je ne voulus plus en voir davantage. « On y va ? » Mais Fred me retenait et de toute façon c'était trop tard. Nous avions été repérés. Les visages ont pivoté vers nous. La lune s'était subrepticement déplacée, nous confinant dans son reflet froid, visibles par tous ces gens encore capables de voir – et jamais je ne parviendrai tout à fait à oublier cette scène, muette et accélérée à la fois, qui se jouait sous nos yeux, là-bas à l'intérieur, comme si la fenêtre avait été un écran et Fred et moi les spectateurs frigorifiés d'un film projeté en plein air ; et le fil de sa vie, pour peu qu'il existe, le fil qui retenait Boletta à la vie, était peut-être tendu là, si beau mais si ténu, tremblant au-dessus de la table, au rythme de ses pas de danse. Un fil brusquement sectionné, irrémédiablement rompu pour elle le jour où le Pôle Nord fut condamné à la fermeture définitive.

Or à cet instant, un homme en veste blanche franchit la porte, le doigt tendu vers nous. « Qu'est-ce que vous faites là ? » « On attend Boletta », précisa Fred. « On va la ramener à la maison », ajoutai-je. La veste blanche se précipita à l'intérieur et Boletta ne tarda pas à pointer le bout de son nez, épaulée par deux hommes qui auraient visiblement mérité de l'être eux aussi. L'un était vêtu d'une sorte d'uniforme qui lui donnait l'allure d'un chef d'orchestre dont les instruments se seraient égarés. La transpiration sur leur large visage à tous les deux se solidifia immédiatement en de fines couches de gel. « Pourquoi nous on n'a jamais le droit de la ramener à la maison ? » hurla le chef d'orchestre chancelant avant d'émettre un rire gras. Ne voulant pas être en reste, l'autre éclata d'un rire encore plus retentissant. « Boletta est la dernière vierge du Pôle Nord ! Elle est tellement

intouchable que, nous les hommes, on n'a plus qu'à se
toucher ! » Fred avança d'un pas, la lueur noire brillait
désormais dans son regard. « Lâchez ma grand-mère. »
La sueur givrée fondit aussitôt. Les deux hommes devinrent aussi dociles que dessoûlés. « Vous voulez qu'on
appelle un taxi ? » demanda le premier. « On a notre
luge », répondit Fred. Ils lâchèrent Boletta. Elle s'écroula
dans nos bras. Nous réussîmes à l'installer sur la luge.
Elle était somnolente et lourde. Fred posa son coupe-
vent sur elle après avoir calé mon écharpe sous ses fesses.
Les deux hommes voulurent nous aider à la maintenir au
chaud et commençaient déjà à enlever leur manteau. Fred
coula un regard vers eux. « Ça ira. » Ils se rhabillèrent.
Derrière la fenêtre, le reste de la clientèle ainsi que les
serveuses observaient notre manège, comme si c'était ici
qu'à présent l'action se déroulait, exactement comme
dans les anciens cinémas, lorsque l'écran était tendu au
milieu d'une pièce et badigeonné d'huile pour le rendre
transparent, de manière à ce que les spectateurs puissent
visionner le film des deux côtés. L'autre homme, celui à
l'uniforme, se pencha vers Fred pour poser une main sur
son épaule. Fred se tortilla aussitôt pour s'en débarrasser.
« Boletta est notre ange, murmura l'homme. Prenez bien
soin d'elle. » Ce que nous fîmes. Une fois Boletta solidement arrimée, nous la traînâmes jusqu'à la maison. Fred
et moi tirions, Boletta dormait. Et nous la traînâmes tout
du long, dans la tempête. Nous retrouvâmes notre chemin
et la ramenâmes saine et sauve. Quelle nuit... Nous
aurions dû être acclamés par des fanfares et des feux
d'artifice, des flambeaux et des drapeaux, applaudis par
le roi. Des tribunes auraient dû être érigées ! Des gens
auraient dû assister à notre progression : Boletta rentrant
du Pôle Nord, attachée à la luge. Et quelqu'un nous vit
sûrement car, tandis que Fred guidait une Boletta ensom-
meillée évoluant péniblement le long de la rampe d'escalier, que j'essayais d'ouvrir la porte en faisant le moins de
bruit qu'il est possible de faire avec des doigts gelés quasiment incapables de maintenir une clé à l'horizontale,
je tombai nez à nez avec maman, blême, essoufflée,

pendant que derrière elle, dans l'entrée, papa se retournait vers moi, le téléphone à la main, la robe de chambre à l'envers – et l'accueil triomphal ne dura pas plus de temps qu'il n'en fallut à papa pour raccrocher violemment le combiné sur l'appareil. Maman m'attira dans les plis de sa chemise de nuit. « Où étais-tu passé ? » demanda-t-elle d'une voix sourde. « Au Pôle Nord, c'est tout. » Apercevant Fred en train de pousser Boletta pour qu'elle gravisse les dernières marches, papa lâcha un sifflement de stupéfaction. Maman empoigna sa mère pour la précipiter dans l'appartement, manquant par la même occasion de claquer la porte à la figure de Fred qui se faufila à l'intérieur au tout dernier moment, la neige fondue dégoulinait déjà de nos cheveux et de nos vêtements. Papa s'arrêta enfin de siffler. « Comme ça au moins, on n'aura pas besoin d'appeler la police », lança-t-il. « Toi tu te tais ! » rétorqua maman. Elle s'approcha de Boletta. Qui s'était réveillée. Debout, sans bouger, elle fondait. « Tu n'as pas honte ! » sermonnait maman à voix basse. Boletta ne répondait pas. Maman continua de plus belle. « À ton âge ! Tu n'as pas honte ! » Boletta baissa la tête – et il m'est avis que ce fléchissement s'expliquait davantage par l'énorme difficulté pour elle de garder la tête droite pendant si longtemps. « Allons, allons », dit papa. Maman se retourna vers lui. « Oh… Épargne-moi tes "allons, allons" ! » hurla-t-elle. « Allons, allons ! répétat-il. On va bientôt réveiller toute l'avenue. » Il prit maman par la taille, qui sembla subitement se dégonfler comme un ballon de baudruche. Voilà la vie qu'elle devait se farcir. Voilà ce que sa vie était devenue. Encore plus de traviole que d'habitude, le nez de papa pointait pour ainsi dire à l'opposé de son visage. « Bon. Je crois qu'on va envoyer nos explorateurs au lit avant qu'on soit victimes d'une inondation », murmura-t-il. Tout à coup, Boletta leva la tête, regarda autour d'elle d'un air ébahi, comme si en cet instant elle nous voyait pour la première fois. « Et pourtant, le Groenland n'est pas vraiment le pays qui se prête le plus à la randonnée », déclara-t-elle. Si nous avons ri ? Oh oui… Le rire nasal que papa lâcha résonna comme une clarinette munie d'une sourdine. Nous dûmes nous boucher les oreilles. Nous riions les mains plaquées contre les oreilles. Même maman riait. Elle ne pouvait s'en empêcher car qu'aurait-elle fait sinon, pleurer ? Non, maman riait. Et Fred, Fred riait lui aussi, appuyé contre le mur, il se laissait aller, il riait – et en observant son visage, maigre, trempé, grêlé par le rire, je pris conscience avec stupeur que je n'avais pas le souvenir de l'avoir déjà vu rire, et cela me fit autant peur que plaisir. Du coup, je songeai que je pourrais à mon tour rédiger une liste sur le rire, ma liste à moi, comme papa l'avait fait lui-même, papa qui riait plus fort que tout le monde, et cette liste, si jamais elle existait, ressemblerait à ceci : *Le rire de maman : albatros. Le rire de papa : coucou. Le rire de Boletta : colombe. Le rire de Fred : cormoran. Le rire de Barnum : pingouin.* « Mais qu'est-ce qui vous fait rire comme ça ? » demanda soudain Boletta. Et à ces mots, un étrange silence se déposa parmi nous.

Je fus enrhumé pendant quinze jours. Fred eut le lobe des oreilles brûlé par le gel à plusieurs endroits. Boletta mit une semaine à se débarrasser de sa gueule de bois. Ça ne l'empêcha pas, tôt le lendemain matin, d'entrer en trombe dans notre chambre, de claquer la porte derrière elle et de nous lancer à chacun une pantoufle en pleine tête. « Où est la lettre ? » demanda-t-elle d'une voix sourde. Fred repoussa le chausson et s'assit dans son lit. « Dans mon sac », bredouilla-t-il. Boletta se pencha pour s'emparer de sous la chaise du sac d'école fatigué, à la fermeture Éclair enrayée. Elle en déversa le contenu par terre. Il en renfermait, des choses : quatre cailloux, un couteau, trois casse-croûtes, un crayon cassé, un tire-bouchons, une étoile de Mercedes, une bouteille vide de Coca, des allumettes, un paquet de tabac, des feuilles à rouler, une chaîne de vélo, deux bouchons de réservoir, un préservatif, un cahier du jour, et, au milieu de ce fatras, l'enveloppe finit par apparaître. Boletta l'ouvrit pour vérifier que la lettre s'y trouvait bien. Ce qui était le cas, effectivement. Boletta se tourna vers Fred, assis dans son lit, la tête basse, les oreilles écarlates. « Pourquoi l'as-tu emportée à l'école ? » « Je devais écrire une rédaction. Excuse-moi, grand-mère. » Fred demandait pardon et il me sembla qu'il rougissait. Boletta se rapprocha. « Bon. Venons-en aux faits ! Et plus vite que ça, Fred, j'ai mal à la tête ! » Fred cherchait ses mots. Ils étaient difficiles à trouver. Ils s'accumulaient en travers du palais, dégringolaient dans sa gorge, se collaient au larynx. « J'ai recopié la lettre », murmura-t-il enfin. Boletta était perplexe. On aurait dit qu'elle cogitait. « C'était quoi le sujet ? » « Racontez un héros. » Fred parlait d'une voix quasi inaudible à présent. Un large sourire se dessina sur le visage de Boletta, qui lui donna une petite tape sur la joue. Fred esquiva ce qui était une caresse. Il avait les oreilles cramoisies. « Et tu as eu quelle note pour cette rédaction ? » « Un *Très bien* », lâcha-t-il. « *Très bien* ? Il n'aurait plus manqué que ça que tu aies moins ! » Elle se dirigea vers la porte. Puis s'arrêta dans son élan. « Ne sors plus jamais cette lettre de la maison, tu m'entends, Fred ? Et toi non plus, Barnum ! Jamais ! » « Oui », dis-je. « Oui », chuchota Fred. Boletta s'immobilisa pour ajouter quelque chose que nous ne comprîmes pas mais que nous n'oublierions pas. « Car toutes nos origines sont là », martela-t-elle en agitant la lettre comme un éventail. Nous restâmes silencieux un long moment. J'étais trempé de sueur. Fred avait le visage en feu. « T'as eu un *Très bien* ? » demandai-je. « Nul. » « Un *Nul* ? C'est ce que t'as eu, c'est ça ? » *Nul* était en dessous de *Très mal*. *Nul* était de l'autre côté de la ligne blanche. *Nul* n'était pas une note, *Nul* était une condamnation à mort. Fred fixait le plafond. On aurait dit que son oreiller allait s'enflammer. « De toute façon j'suis même pas arrivé à recopier. » Il me tourna le dos, les yeux maintenant rivés au mur. Je n'avais jamais eu de *Nul*. *Nul* était à peu près la seule chose qui m'ait été épargnée. Je crois que j'avais de la fièvre. « Si tu veux, je pourrai te les écrire, tes rédactions. » « Ta gueule ! » Il se remit en position assise pour enfiler sa chemise. « Je pourrai écrire tes rédactions et toi tu feras attention à moi. » Fred me regarda, les yeux à la hauteur de son col de chemise. « Impossible. Pas tant que j'irai dans cette école d'attardés mentaux. » Je me levai moi aussi. « Mais pourquoi tu vas là-bas en fait ? » Fred se dressa devant moi tout en arrangeant sa chemise. « Tu le sais pas ou tu fais semblant ? » « Nan. » Il me donna un coup à l'épaule qui me renversa. « Alors dis-le, espèce de débile ! » « Dis-le toi », bafouillai-je à voix basse. « Parce que je suis né dans un putain de taxi, voilà ! » Il rougit de nouveau. Il termina de s'habiller à la va-vite et prit le chemin de la porte. « Continuer à te causer me donne envie de gerber ! » Et il partit. Je crois que c'était un dimanche. Le silence régnait de part en part et j'avais le nez bouché. Dehors, nos pas avaient été recouverts depuis longtemps. Un oiseau posé sur un câble électrique disséminait la neige. Je rangeai les affaires de Fred, en ordre dans son sac. Je jetai un coup d'œil rapide dans son cahier d'essai. Il n'y avait rien. Les pages étaient blanches. Je fermai les yeux. Puis je me faufilai chez Boletta. Elle était allongée sur le divan, un gros glaçon sur le front. Au fur et à mesure que la glace fondait, l'eau ruisselait dans le sillon de ses rides et s'écoulait par-delà son visage. La lettre où se trouvaient toutes nos origines reposait sous ses mains. Je tirai tout doucement sur un coin de l'enveloppe. Puis je lus. *Nous étions censés traverser à pied une presqu'île afin de cartographier un fjord envahi par les glaces, situé sur la rive opposée, si bien qu'il nous était impossible de nous y rendre par bateau. Nous nous vîmes forcés de parcourir quelque soixante kilomètres, aller et retour, et pourtant, le Groenland n'est pas vraiment le pays qui se prête le plus à la randonnée.* « Grand-mère ? Si Groenland ça veut dire pays vert, pourquoi on l'appelle comme ça alors qu'il n'y a que de la glace ? » « Parce que les premiers à avoir posé le pied là-bas ont vu une fleur magnifique, Barnum. Une fleur du nom de convallaria. » Je remis la lettre dans sa main. « Et pourquoi le Pôle Nord porte ce nom-là et pas un autre ? » Elle sourit. « Parce que la bière y est tellement fraîche, Barnum. »

Le cours de danse

Ce fut d'ailleurs Boletta qui m'inscrivit au cours de danse. Elle entra dans notre chambre, un matin tôt de septembre, un mercredi même, les vestiges de l'été étaient encore suspendus aux arbres de l'avenue, s'amenuisant chaque jour comme une peau de chagrin – et, hormis des branches dénudées, il ne resterait bientôt plus rien à réchauffer quand l'automne, sitôt son poêle éteint, passerait son immense peigne métallique au sommet du crâne de cette ville. Je faisais mes devoirs et je les faisais avec application. L'hygiène alimentaire était au programme. J'écrivais consciencieusement dans mon cahier d'exercices pour que Fred puisse lire lui aussi, si du moins l'envie lui en prenait. *Où commence la digestion ? Dans la bouche.* Mais Fred était dehors. Il traînait dehors, ainsi que maman avait l'habitude de le dire en soupirant. « Ce soir encore, il traîne dehors », disait-elle ; et j'imaginais aussitôt la silhouette filiforme de Fred, incapable de rester en place, marchant en crabe dans les rues et les parcs, sous les porches et les ponts. Boletta s'assit sur le bord du lit. Elle posa ses doigts sur mes genoux. « Demain, tu commences chez Svae, dans la Drammensveien. » Lâchant ce que je tenais dans les mains : crayon, stylo plume, gomme, règle, feutre, bille, buvard, je tournai la tête vers elle. « Chez Svae ? Au cours de danse ? » Boletta partit d'un grand éclat de rire avant de se rapprocher de moi. « Il n'y a pas à avoir peur, Barnum. Ce n'est pas ton service militaire que tu vas faire. » Sauf que j'avais entendu des tas d'histoires à propos de ce lieu, du dernier étage du Handelsbygningen, et sur le compte de Svae, maigre comme un violon, qui, du haut de ses deux mètres ou presque, forçait les garçons à danser ensemble, et pas seulement ça : pour leur apprendre une bonne fois pour toutes à se tenir droit, elle posait un microsillon d'Eddie Calvert entre le pauvre garçon et elle, et malheur à celui dont les muscles flasques faisaient tomber le disque. Ce n'était pas tant ça que je redoutais. J'avais l'habitude des femmes âgées. C'étaient les filles que je craignais, les jolies filles et les autres garçons. « C'est obligé, grand-mère ? » Boletta secoua la tête comme si elle n'en croyait pas ses oreilles. « Tu ne penses tout de même pas avancer dans la vie sans pouvoir danser ? Hein ? La rumba. Le cha-cha-cha. Le tango ! Songe donc au tango, Barnum ! Songe à ce à côté de quoi tu pourrais passer ! » Je réfléchis longuement. Pas au tango, ni au cha-cha-cha, ni à la rumba. Mais bien à ce à côté de quoi j'aurais aimé passer, à ce à côté de quoi on passe effectivement dans la vie (ce qui, en soi, n'est pas d'un grand réconfort, mais en reste tout de même l'amorce). « Pourquoi Fred, il n'a jamais pris de cours de danse, lui ? » Boletta leva les yeux au ciel en soupirant. Dans son cou, la peau s'était distendue ; elle pendait au point de ressembler à une crêpe ratatinée entre le menton et une poitrine plate sous cette robe d'été qu'elle portait encore. Celle-là aussi, l'automne n'allait pas tarder à la lui subtiliser au moment de la mise au rancart de l'été. « Avec Fred, c'est… différent », se contenta-t-elle de dire. « Différent comment ? » « Fred n'est pas né pour danser… Bon. Demain, six heures. D'accord, Barnum ? » Elle s'apprêta à partir. Je la retins par le bras, si maigre et à la fois si ferme au toucher. « Qu'est-ce qu'il y a, Barnum ? » Le soleil emplissait les vitres d'une lumière presque écarlate – et c'était sans doute le plus bel instant de la journée, dans notre chambre, notre chambre à Fred et moi, quand les derniers flambeaux se hissaient au-dessus de la colline, se faufilaient entre les immeubles et s'insinuaient jusqu'à notre fenêtre. Ça ne durait jamais très longtemps, juste quelques secondes, mais c'était toujours un moment remarquable. Après quoi les nuages glissaient pour reprendre leur place autour de nous. « Mais est-ce que ce n'est pas difficile

d'apprendre les pas ? » « Les pas ? » Boletta rit de nouveau, m'envoyant son haleine en pleine figure. Est-ce que
vieillir c'était dégager cette odeur-là, comme ouvrir la
porte d'une pièce où nul n'était entré depuis des lustres ?
La poussière devait s'être déposée dans les coins et
recoins de Boletta. Je reculai d'un pas, comme si je
m'étais déjà mis à danser (et je crois qu'elle ne remarqua
rien). « Ce ne sont pas les pas qui sont importants,
précisa-t-elle. Mais le fait de savoir *conduire*. »
« Conduire ? » « Oui ! *Conduire*, Barnum ! Tout simplement saisir une femme, de manière courtoise mais
décidée, et la conduire. Les femmes adorent les hommes
qui savent les conduire. Mais tu dois de temps en temps
relâcher légèrement ton étreinte, pour que les femmes
aient l'impression que ce sont elles qui mènent la danse.
Tu comprendras tout ça au fur et à mesure, ne t'inquiète
pas. » « Tu crois ? » « Oh que oui, Barnum ! Quand tu
auras trouvé le rythme dans ton corps. Et n'oublie pas : tes
mains doivent être sèches, fermes. Je te prêterai du talc, tu
verras. Tu aimerais, toi, sentir une main molle et moite le
long de ton dos, sur tes hanches ou, pis encore, ailleurs ? » Je frémis rien que d'y penser et baissai les yeux.
« Tu crois qu'on acceptera de danser avec moi, grand-
mère ? » Elle posa un doigt sous mon menton pour lentement relever mon visage. « Et pourquoi les femmes refu-
seraient-elles de danser avec toi, Barnum ? Pourquoi ne
feraient-elles pas la queue pour avoir l'honneur de danser
avec toi ? » Tout à coup la tête me tournait, quand bien
même Boletta la maintenait fermement entre ses doigts.
Un léger parfum suave monta de ses yeux, ou peut-être de
ses cheveux, oui, de ses cheveux certainement, noués en
un chignon gris derrière la nuque – et c'était la seule odeur
que j'aimais chez elle, elle était pareille à un dessert.
« Parce que je suis plus petit qu'elles », murmurai-je. Sa
main retomba, je regardai par la fenêtre. Les réverbères
jetaient des ombres allongées. Je sentais encore
l'empreinte de ses doigts, comme un creux dans ma peau.
« Qu'est-ce qu'il ne faut pas entendre ! Parce que tu crois
que les femmes y attachent de l'importance ? Quelques

centimètres en moins ? Contente-toi de les tenir fermement, Barnum. Et *conduis-les* là où tu veux les emmener.
Ah… Une autre chose que je voulais rajouter… » Le vent
s'était levé, je ne l'avais pas remarqué mais je l'entendais,
ce bruissement dans les arbres et la forêt qui déferlait sur
la ville et libérait son crépuscule. « Quoi ? » demandai-je
à mi-voix. Boletta prit de nouveau mon visage entre ses
doigts. « Ne baisse jamais la tête. Regarde-les toujours
dans les yeux, Barnum. Sans quoi tu n'iras nulle part avec
elles. » Alors je la regardai dans les yeux, elle me sourit,
puis elle déposa un baiser furtif sur mon front. « À six
heures demain chez Svae ! N'oublie pas ! Et n'oublie pas
non plus de te faire les ongles ! »

Boletta s'éloigna d'une démarche titubante, virevolta
avant de disparaître avec un rire, comme si ce rire l'avait
invitée à danser. Peut-être quittait-on le Pôle Nord en
franchissant les portes de cette façon, mais certainement pas au cours de danse de Svae. Si jamais je devais
être invité à danser par quelqu'un, ce serait par l'envie
de pleurer : elle se pencherait vers moi et me couvrirait
de ses cheveux raides. Je rangeai ma leçon d'hygiène
alimentaire et n'y rejetai pas un œil du reste de la soirée.
Combien de fois doit-on mâcher la nourriture ?
Vingt-six fois. Il faut mâcher la nourriture vingt-six fois,
sans quoi on s'expose à des risques de gastrite, consti-
pation, inflammation de l'œsophage, problèmes den-
taires, gingivite, hernie et bosse dans le dos. Je ne touchai pas au dîner. Je me couchai avant dix heures, bien
que je ne sois pas fatigué outre mesure. Pour tout dire,
je détestais ce moment lent et pesant, juste avant de
s'assoupir, lorsqu'on est simplement allongé et que le
temps s'étire comme un élastique, une parenthèse, se
bosselle comme un ballon bleu, jusqu'à ce qu'il éclate,
un ramollissement ronflant derrière le front, un picote-
ment dans les yeux, à l'instar d'une ampoule qui se
consume pour finir brisée par le noir complet. J'avais
trop de courant dans la tête. Mes pensées ont continué
de cogiter, longtemps après que la lumière fut éteinte.
« Regarde-les dans les yeux », avait dit Boletta. Dans ce

cas, autant utiliser des échasses, ou pencher la tête en arrière au point de me casser le cou. Qui aurait envie de danser avec une mercuriale folle comme moi ? Je touchai ma main. Moite, molle. Qui aurait envie de se déhancher avec, autour de la taille, une éponge dans mon genre ? La première chose à faire serait de mettre ma main à sécher, de la sectionner, de l'accrocher à une épingle à linge sur le fil entre les slips, les lacets et les chaussettes noires. Et, tandis que j'étais là dans mon petit lit à penser au pire, que je souhaitais intérieurement aller traîner dehors, me balader, comme Fred, car celui qui se baladait ne pouvait pas avoir le temps de trop réfléchir (celui qui se balade a suffisamment à faire avec sa balade), j'entendis le vrombissement de la machine à coudre dans le salon, la vieille Singer de maman, et c'était déjà ça. J'aimais bien ce bruit. Il avait tendance à m'apaiser. Il reprisait les accrocs du monde, faufilait en silence et en douceur les paupières avec les joues, examinait la nuit sous toutes les coutures – et voilà comment je m'endormais, rêvant que j'arpentais le monde, une machine à coudre sous le bras ; c'était l'un de mes plus beaux rêves, j'étais celui qui ravaudait le monde, je dormais point après point sur une longue table bleue. Je me réveillai en sursaut quand Fred rentra à la maison. À moins qu'il n'ait fait exprès de me réveiller. Sciemment, ou non, toujours est-il qu'il m'avait chassé de mon sommeil. Il était assis sur le lit. Il enlevait ses chaussures sans dénouer ses lacets, comme à son habitude ; la lampe au plafond était allumée. « La mère est en train de raccourcir mon pantalon. » Je tirai sur le bord de la couette. « C'est vrai ? » « Yes, Barnum. Mon pantalon gris d'il y a deux ans. Elle le raccourcit d'au moins cinquante centimètres. » Je ne bougeais pas. J'écoutais. Je n'entendais plus la machine à coudre. J'entendais juste le bruit dans ma tête des ciseaux brillants, ceux qui déchirent les ourlets, qui lacèrent le monde. Fred partit d'un grand éclat de rire et s'allongea dans son lit tout habillé. « Le plus grand revers que j'ai jamais vu,

Barnum. J'te parie qu'elle est en train de battre le record du monde. Le record du monde en raccommodage. »

Je pensai à mes leçons du lendemain. Où commence la digestion ? Dans la bouche. Sur la langue. Dans les doigts, qui lèvent la fourchette de l'assiette. Dans la main, qui porte la nourriture à son logis. Je pensai à Tale, avec qui je n'avais même pas eu l'occasion de danser, qui n'avait peut-être même jamais eu l'occasion de danser avec personne. « Barnum ? Tu dors ? » « Non », chuchotai-je. « Ben dis quelque chose alors. » Je restai silencieux pendant un long moment. Puis je finis par dire : « T'étais où ? » « Nulle part. » Fred garda lui aussi un silence, aussi long que le mien. Je crois qu'il rigolait dans son lit. Je n'osais pas vérifier. Je n'osais pas allumer la lumière. « C'est vrai que tu vas prendre des cours de danse, Barnum ? » « Chais pas. Peut-être. » « Tu sais pas ? Tu me prends pour un con ? » « Boletta m'a inscrit. » Fred rit de plus belle. D'un rire qui refluait, qui aspirait avec lui l'air de la pièce. « Je ferais mieux de te prêter mes knickers. Tu serais réussi comme ça, tu crois pas, Barnum ? Des grolles vernies et des knickers. T'auras l'air d'un vrai bourge et d'un vrai débile. » « Dis pas ça, Fred… » « Et si les filles se foutent de ta gueule, t'auras qu'à leur dire que c'est mes knickers. C'est le pantalon de mon frangin, tu diras. D'accord ? » « S'il te plaît, Fred ! » Il se tut pendant une minute ou deux. « Tu chiales, Barnum ? » « Non, je chiale pas. » « Si, tu chiales. Je l'ai entendu. Tu chiales. » « Non je chiale pas ! » Fred s'assit dans son lit. « Tu chiales pour n'importe quoi. T'es qu'une poule mouillée, Barnum. » « Je chiale pas ! hurlai-je. Je chiale pas ! Je chiale pas ! » Fred prit une inspiration. Il se leva. « Alors tu peux m'expliquer une chose, Barnum ? Si t'as pas envie de prendre des cours de danse, pourquoi tu dis pas non ? » Je ne répondis rien. Fred alla vers la porte pour éteindre la lumière. Mais, au moment précis où il avait le doigt sur l'interrupteur, il se retourna en secouant lentement la tête à mon intention. Il avait l'air désolé, non pas furieux, simplement désolé. « Je comprends pas pourquoi je te collectionne. » Voilà ce qu'il a dit. Il utilisa exactement ces mots-là : *je te collectionne*. Comme si j'étais un timbre, un autographe, un insigne de voiture ou une capsule de bouteille de soda. Il se recoucha et je ne tardai pas à l'entendre dormir. Quant à moi, j'étais plongé dans mes pensées. Je pensais au pantalon de Fred. Je me voyais dans son pantalon avec le revers le plus long du monde, le blazer trop grand pour moi et moi-même dans cet accoutrement, des souliers vernis en bas et des boucles blondes en haut : Barnum de Fagerborg, en personne ; l'image était nette, éblouissante dans ma tête, il y avait aussi des filles, les filles de Skillebekk, de Skarpsno, de Bygdøy, des filles qui très certainement cligneraient les yeux, la bouche ouverte bien sûr, avant de redevenir bien élevées et mauvaises, de cacher leur rire, leurs rictus et leurs sourires derrière leurs petites mains couvertes de bagues, de rapprocher leur visage les unes des autres et de dire, à voix basse mais suffisamment intelligible pour que je l'entende : *Vous avez vu le nabot là-bas, y a pas à dire, il les collectionne dans son genre, en plus faut se mettre à genoux pour faire sa connaissance.* Voilà très certainement ce qu'elles diraient, puis elles me tourneraient le dos comme si j'étais de l'air dans lequel elles n'allaient pas s'esquinter à mélanger leur parfum, et j'étais prêt à parier que je me verrais alors obligé de danser avec Svae, un trente-trois tours plaqué contre le ventre, du coup, les coutures de l'ourlet se libéreraient, le revers se déroulerait, dégringolerait sur mes godasses et sur le plancher, les couples s'immobiliseraient en plein milieu d'une valse, auraient les yeux fixés sur moi tandis que je déguerpirais illico, en me prenant les pieds dans le pantalon, en criant que ce n'était pas mon pantalon mais celui de mon demi-frère, ce demeuré, ce débile incapable d'écrire, c'est son pantalon, c'est sa faute – et tandis que je pensais à cela, à tout cela en même temps, dans une seule et même image fugitive, qui clignotait devant mes pupilles entre deux cadres noirs, je sentis cette piqûre au ventre, elle revenait, ça m'arrivait de temps à autre, tant et si bien que je cédai, incapable de me retenir. *Expliquez comment la nourriture est sans cesse refoulée. Les intestins sont pourvus de muscles qui leur permettent de se nouer et de se distendre. C'est de cette manière que la nourriture est refoulée.* Mon cul faisait ses devoirs. Ça coulait hors de moi. Je fermai les yeux dans le noir. Ça dégoulinait. Si j'avais eu le droit de choisir à ce moment-là, j'aurais préféré être mort. Le pyjama se collait à mes cuisses. C'était chaud, mou. C'était impossible. Fred se réveilla. J'entendis ses yeux. J'étais allongé, aussi immobile et silencieux que possible. Combien de temps pouvais-je tenir ? Combien de machines à coudre y avait-il dans ce monde ? Y avait-il tout autant de ciseaux ? L'ombre de Fred s'anima. « Qu'est-ce que t'as encore fait, Barnum ? » « Rien. » « Rien ? T'as rien fait ? » « Je te le jure, Fred ! T'as pas sommeil ? » Il me suffisait de rester couché assez long-temps pour que ça passe, tout était une question de temps, celui qui supporte les choses finit par gagner ou par mourir d'ennui et c'était presque une consolation. Je pouvais rester couché de la sorte et laisser passer le temps ; comme la vieille horloge, les secondes travaille-raient pour moi si je restais inerte jusqu'à ce que mort s'ensuive, je pourrais alors ouvrir un tiroir rempli de papier toilette et les minutes viendraient tout essuyer à mon passage. C'était décidé. Je ne me relèverais plus jamais. Je resterais ici, dans cette position, et ce lit serait ma tombe. Fred alluma la lumière. Il planta ses yeux dans les miens. « C'est pas vrai. » « Qu'est-ce qui n'est pas vrai, Fred ? » « C'est pas vrai », répéta-t-il. Mainte-nant, c'était en train de dégouliner sur le plancher. Fluide, brunâtre. J'étais un égout, un caniveau, un chiotte dont on avait oublié de tirer la chasse. J'avais cédé au découragement car où pouvais-je trouver le sou-lagement ? « Aide-moi, murmurai-je. Aide-moi, Fred. » Il resta là un instant, sans bouger, se bouchant le nez des deux mains pour ne pas avoir à respirer. Il alla ouvrir la fenêtre, puis il revint se camper devant moi. Il me regarda longuement de toute sa hauteur. « Qu'est-ce qu'on va faire de ça ? Hein, Barnum ? » Je me bornais à secouer la tête, timidement, vu que de toute façon je ne retenais plus rien. « Je sais pas. Aide-moi, Fred. » Il s'accorda un long moment de réflexion. Même l'air glacé du dehors et de la nuit n'était pas à même de dissiper ma puanteur. « Tu veux que j'appelle maman ? » « Surtout pas, je t'en supplie ! » « Tu préfères que j'aille chercher ton père ? » Il éclata de rire avant même que j'aie pu répondre. « Mais non, que je suis con ! Il est pas à la maison. Où est-ce qu'il est ton père, Barnum ? Tu sais bien… celui qu'a une mèche… » « Je sais pas, répondis-je d'une voix toujours aussi étouffée. Peut-être au travail. » « Mais bien sûr ! Que je suis con ! Bien sûr qu'il est au travail. Mais alors il est où mon père ? Hein ? Faut que j'appelle mon père ? » « Je sais pas. » « Tu sais pas quoi ? » « Où est ton père. » Fred sourit. « Erreur ! Erreur, Barnum. Tu ne sais pas *qui* est mon père. Comment veux-tu que je l'appelle dans ce cas ? Hein ? » Je me tus. Fred se pencha sur moi. « Il nous reste plus qu'à ranger tout ce que t'as dégueulassé alors. » « Comment ça, ranger ? » osai-je demander. Fred poussa un profond soupir avant de s'éloigner, vers la fenêtre. « Balancer ta merde et changer les draps. Et puis p'têt' que j'en profiterai pour te balancer par la même occasion. » « Tu crois que maman va le découvrir ? » « Quoi ? Que j't'ai balancé ? Mais elle me remerciera, Barnum. » « Dis pas ça, Fred ! » « De toute façon, t'es tellement petit que personne verra la différence. Que j't'ai balancé, je veux dire. Je dirai juste que tu t'es cassé la gueule dans une bouche d'égout et que t'as disparu. » Je crois que je me remis à pleurer. Fred s'approcha. « À moins que t'aies une meilleure idée ? Non ? » Non, je n'en avais aucune, pas la moindre. Je me levai, la démarche lente, raide. La chiasse me coulait hors du pyjama. Fred ne me quittait pas des yeux. Ça, jamais il n'oubliait de le faire. Puis il partit. Il ferma la porte sans bruit. Personne n'était capable d'être aussi silencieux que Fred. Je restai debout près du lit. Peut-être ne reviendrait-il jamais. Ça lui aurait bien ressemblé : de me laisser baigner dans ma merde. J'avais froid. Je ne pleurais pas. Il revint. Il avait ramené des draps propres et un rouleau de papier Kraft. J'avais cessé de poser des questions. Je ne voulais plus rien savoir. Il pouvait faire ce qu'il voulait. Après avoir retiré la housse de couette et le drap de dessous, il les plia et déposa le tout sur le papier déroulé. Puis il se retourna vers moi. « Enlève ton pyjama. » Je m'exécutai. J'étais nu. J'avais un peu froid. Fred me scruta. Il sourit. « Je peux te demander une chose, Barnum ? » Je hochai la tête. « Ça fait quoi en fin de compte d'être petit ? » Je baissai les yeux. J'avais la chair de poule. Ça me grattait et ça me brûlait là où tout avait coulé. Alors, je prononçai cette phrase que jamais je ne me serais cru capable de dire. « On se sent un peu seul. » Fred releva les sourcils et me regarda fixement dans les yeux. Ça ne dura pas longtemps, une fraction de seconde, un millième de seconde, mais soudain il me regarda fixement dans les yeux, comme s'il était aussi stupéfait que moi – et peut-être reconnaissait-il quelque chose, quelque chose qui venait de lui, peut-être distinguait-il à présent la lueur noire dans mon regard ; oui, peut-être voyait-il que, malgré tout, nous étions frères.

« On danse, Barnum ? » Fred posa une main sur mon épaule. Je fis mine de m'affaisser sur moi-même. Il rit. D'un rire étouffé, presque inaudible, à quelques centimètres de mon visage. Puis il me lâcha tout aussi vite. Il noua une ficelle autour du paquet qu'il prit sous le bras avant de repartir. Il me sembla entendre ses pas dévaler l'escalier de service. Je me faufilai à la salle de bains pour me doucher en faisant le moins de bruit possible. L'eau brunâtre s'accumulait autour de la bonde, elle remontait, c'était immonde d'un seul coup, je n'avais qu'une envie : lui marcher dessus à cette flotte marronnasse, j'essayais sans y arriver, j'avais la frousse et envie de dégobiller ; et enfin je la vis s'écouler, se vider dans les conduits, dans les égouts, dans l'opacité de la ville, pour être expulsée plus loin, du côté du quai Fred Olsen, où les anguilles obèses et brillantes remuent au fond de la vase puante. Je tendis l'oreille. Tout était plongé dans le sommeil. Il n'y avait pas un bruit, hormis celui de l'eau en train de ruisseler. J'ouvris l'armoire au-dessus de l'évier. Je m'emparai du talc, m'en saupoudrai ; un nuage de neige sèche. Puis je pris le 4711, m'en vaporisai un peu, sur le ventre, les cuisses, dans le cou. Personne n'avait rien entendu. J'étais debout au milieu d'un immense et profond sommeil. Je pouvais faire ce que je voulais, au beau milieu du sommeil des autres. Et si c'était à moi, à moi et moi seul que rêvaient les êtres endormis ? Me retournant vers le miroir, je découvris mon visage : blafard, à peine visible ; mes boucles pendouillaient autour de la tête comme des spirales dégonflées. J'étais pourtant réel puisque, n'est-ce pas, un rêve ne peut pas se réfléchir dans une glace (personne n'y est encore parvenu). Je ne trouvai pas de pyjama propre. Dans les tiroirs à côté en revanche, je tombai sur les petites culottes de maman. J'en chipai une. Elle était trois fois trop grande pour moi, alors que maman était plutôt mince. J'aurais pu remonter le slip jusqu'à ma poitrine. Il était soyeux au toucher, doux à porter. Je n'avais même pas l'impression de l'avoir sur moi. Je regagnai notre chambre à pas feutrés, habillé ainsi, dans le slip de maman, recouvert de talc et de 4711. Puis je changeai les draps et me couchai. Je me demandais si j'allais pouvoir être malade le lendemain. Je n'avais plus que quelques heures devant moi. Déjà, l'aube commençait à se lever. Je pouvais par exemple me couper un doigt avec le couteau de Fred. C'était de famille. Papa n'avait que cinq doigts en tout et pour tout, puisque ce qui faisait office de pouce dans sa main gauche ne pouvait guère être qualifié de doigt, mais plutôt de bout de chair ratatinée. Je n'avais qu'à me couper le petit doigt, purement et simplement. De toute façon, il ne me servait pas à grand-chose. À la réflexion, je le trouvais d'ailleurs superflu. J'étais incapable de me figurer une action possible à faire sans cet auriculaire. Où Fred était-il fourré ? Je me relevai pour aller jeter un œil par la fenêtre ouverte. Et je restai là, toujours vêtu de

la petite culotte de maman, submergé par une sensation
étrange, singulière, comme si j'avais changé de corps,
avec cette aspiration à l'estomac, une crispation inédite ; sauf que celle-ci était différente de toutes les
autres : elle tremblait, elle palpitait, ténébreuse. Je dus
me pencher sur le rebord de la fenêtre. Fred était-il à la
buanderie dans la cave, muni du drap et de la housse de
couette ? Avec un peu de chance, je pouvais attraper une
pneumonie, pendant que j'y étais. Je me demandai de
quoi les gens rêvaient. Certaines personnes rêvaient-
elles de moi ? Fred était sûrement au local à poubelles,
en train d'y balancer toute ma merde. Je fermai la
fenêtre. J'enfilai la robe de chambre de Fred. Elle sentait les mites et la transpiration, elle traînait par terre. Je
ressemblais à un boxeur engagé dans la mauvaise caté-
gorie. J'étais un poids mouche dans une robe de
chambre de poids lourd. Je me glissai jusque dans le
salon, en essayant d'imiter Fred, puisque Fred, quand il
traînait dehors, se glissait en réalité. La machine à
coudre de maman était toujours sur la table, le vieux
pantalon de Fred posé sur le dossier de la chaise. Il avait
été raccourci. On aurait dit un short, un short gris avec
un pli. Je piquai mon petit doigt sous l'aiguille. Si je
démarrais la machine maintenant, je pouvais me le
coudre au point de l'endommager à jamais. Puis maman
apparut dans l'embrasure de la porte. Je ne l'avais pas
entendue. Je cachai ma main dans mon dos. Maman
me sourit, elle tenait sa chemise de nuit ramassée contre
sa poitrine. « Tu es anxieux ? » me demanda-t-elle.
Je détournai les yeux. « Tu ne dors pas ? » « Je devais
juste aller aux toilettes. » « Il n'y a pas à avoir peur,
Barnum. » « J'ai pas peur. Je suis juste un peu
angoissé. » « Oui, bien sûr que tu es angoissé. Tu as
envie d'essayer le pantalon maintenant ? » Je secouai la
tête. J'avais l'impression de voir l'ombre de Fred derrière maman, tapie au fond du couloir. Quelqu'un tirait
la chasse à l'étage du dessous, peut-être étions-nous en
train de réveiller tout l'immeuble et le reste du monde.
« Demain, nous irons t'acheter des chaussures neuves.

Tu ne peux pas commencer le cours de danse sans chaussures neuves. N'est-ce pas ? » « Je pourrais pas prendre celles de Fred ? » « Je crois qu'elles sont un peu trop grandes pour toi. Même avec plusieurs paires de chaussettes. » Maman fit soudain un pas vers moi en plissant les paupières. « Tu t'es encore parfumé, Barnum ? » Je tirai sur les plis de la robe de chambre. « Un peu », répondis-je à mi-voix. Elle poussa un long soupir exaspéré. « Combien de fois devrai-je te le répéter ? Tu ne dois pas utiliser de parfum. Qu'est-ce que tu crois que les filles vont dire si tu sens le parfum ? » Je n'avais aucune réponse à apporter. J'avais beau m'y ingénier, j'étais incapable de projeter mes pensées aussi loin, pas une seule seconde je ne m'imaginais que les filles daignent se rapprocher suffisamment pour être en mesure de sentir mon odeur, et si jamais elles s'y décidaient, elles seraient de toute façon obligées de se pencher à ma hauteur. Non, c'était improbable, en définitive, cela revenait à penser fortement à l'espace intersidéral : dès lors, ma pensée disparaissait, elle était aspirée dans les courants d'une rafale bleue, et, parvenue à un tel point d'éloignement qu'elle ne réfléchissait plus, elle lâchait prise et heurtait lentement les parois de mon crâne sans toutefois jamais se poser. « Papa se parfume bien, lui », murmurai-je. « Il utilise de l'après-rasage, rétorqua maman. Et puis Fred n'aime pas que tu lui prennes sa robe de chambre. » « Pardon. » « Tu as froid ? » « Non, pas vraiment. » Maman passa une main furtive dans mes boucles. « Allez, Barnum. Va te recoucher. Mais lave-toi d'abord la figure. » Je courus à la salle de bains, passai ma tête sous le lavabo et filai me coucher sans oublier, avant, de ranger la robe de chambre de Fred dans l'armoire. J'entendais maman passer de pièce en pièce, comme si elle cherchait un quelconque objet rangé dans un endroit qu'elle aurait oublié ; à moins qu'elle n'arpente l'appartement pour se départir d'une inquiétude qui la rendait insomniaque, coléreuse, et qu'aucune machine à coudre du monde ne pouvait raccommoder. Puis ses pas s'évanouirent, enfin,

laissant filtrer un autre bruit, et ce bruit, c'était le rire de
Fred. Déjà couché, il riait en silence. Je n'avais pas prêté
attention à lui et je ne savais pas tout à fait ce que
j'aimais le moins, les pas de maman ou bien le rire de
Fred, dès l'instant où il se mettait à rire avec cette intonation particulière dans la voix. « Qu'est-ce qu'il y a ? »
demandai-je dans un souffle. « Rien. » « Qu'est-ce que
tu as fait du pyjama et des draps ? » « T'as pas à t'en
inquiéter, Barnum. Je m'en suis occupé comme il fallait. » Brusquement, il ne riait plus. Il s'assit dans son lit.
« Tu m'écoutes ? » « Oui, Fred. Je t'écoute. » « Tu es
d'accord pour commencer au cours de danse alors qu'en
fait, t'as pas envie d'y aller. Je me trompe ? » « Non,
Fred. » « Alors y a qu'une chose à faire, Barnum. » Ce
fut à mon tour de me redresser. « Quoi, Fred ? Dis-le à
la fin ! » « Fais tout pour qu'on te vire. Et le plus vite
possible. » « Mais comment je vais y arriver ? Pour être
viré, je veux dire. » Fred masqua son visage dans ses
mains pendant un long moment, comme s'il était en
train de pleurer, comme s'il avait mal quelque part, ou
qu'il souffrait de ce genre de migraine dont Boletta était
atteinte quand il faisait de l'orage ou que la veille elle
avait bu de la bière au Pôle Nord. Je ne voulais pas que
Fred redevienne dangereux. J'essayai de me concentrer
sur mes leçons. *Combien de fois doit-on se vider
l'intestin ? Au moins une fois par jour. Que doit-on faire
pour éviter la constipation ? Des exercices physiques,
manger du pain complet, des fruits, des légumes, être
sage et propre.* « Alors ? Comment il faut faire pour être
viré ? » redemandai-je. Fred leva les yeux. « D'abord, il
faut vite que tu comprennes ce que font les autres.
Ensuite, tu fais exactement le contraire. Fastoche. »
Jugeant qu'il en avait assez dit, il se rallongea dans son
lit et me tourna le dos. J'entendais le livreur de journaux
remonter la rue, le lourd trousseau de clés, le crissement des roues de sa remorque bleue sûrement remplie
de mauvaises nouvelles. Fastoche. Quand les autres
avanceraient d'un pas, il me suffirait de reculer d'un
pas, voire de deux par mesure de sécurité. Quand les

garçons seraient censés s'incliner, je n'aurais qu'à faire
une profonde révérence. J'en étais presque heureux rien
que d'y songer, c'était comme une joie au cœur de la
nuit, comme si un fardeau avait soudain été ôté de mes
épaules et le poids de l'espace retiré de ma tête. J'avais
l'impression d'avoir été affranchi. J'avais désormais la
permission de faire comme bon me semblait. Fred était
futé. Quand tout le monde irait changer de chaussures au
vestiaire, moi, je foncerais droit sur le parquet avec mes
bottes en caoutchouc aux semelles tellement pleines
de bouillasse, de vers de terre, de feuilles mouillées et
de merde de chien, que le saphir de l'électrophone tres-
sauterait le long des sillons charriant la trompette
d'Eddie Calvert conservée dans la mémoire noire percée
d'un trou en son centre. Mais rien qu'à penser aux
chaussures, je sentis mon ventre recommencer à se distendre ; je me recroquevillai aussitôt, dans la culotte
de maman, en m'évertuant, en m'épuisant à être vide
de toute pensée. Était-il possible d'être vide de
toute pensée, d'éteindre, l'une après l'autre, la moindre
pensée qui se consume dans un corps, comme les
lumières d'une ville finissent la nuit par s'estomper, et
de n'être en fin de compte qu'une insondable quiétude,
un lent et long silence ? Le livreur de journaux monta
l'escalier. Je l'entendis le dévaler tout aussi vite. Fred
ronflait, loin de tout – et quand je fus réveillé par la pluie
qui tambourinait contre les carreaux, il était déjà parti.
Un grand jour s'annonçait pour moi, je le voyais déjà,
peut-être un des plus grands jours de ma vie. Maman
entrebâilla la porte. « Il faut que tu te dépêches, Barnum.
Sinon tu vas arriver en retard. »

Je riais sous cape. Arriver en retard. Voilà ce que je
pouvais également faire. C'était le minimum syndical.
Je pouvais en effet arriver en retard au cours de danse. Il
n'y avait pas de limites aux idées loufoques susceptibles
de jaillir d'une tête, et, tandis que je me formulais cette
pensée, puisqu'il était décidément impossible d'être
vide de toute pensée, j'arrivai à la constatation qu'en
ce monde, on pouvait faire autant de mal que de bien,

peut-être d'ailleurs plus de mal que de bien, car, dès l'instant où l'on commençait à manigancer tout le mal qu'on pouvait faire, on devenait nettement plus inventif, les possibilités foisonnaient – et ce matin-là je me sentais dans une telle forme que je fus capable de calculer, sans vomir, l'opération mathématique suivante : si l'on multiplie par environ trois tout le bien qu'on peut faire, toutes ces bonnes actions à entreprendre, on obtient un chiffre proportionnel à la somme de tout le mal qu'on peut faire, de toutes ces mauvaises actions à commettre et parmi lesquelles on n'a que l'embarras du choix. Cette opération, je la notai au dos de mon cahier d'hygiène pour ne surtout pas l'oublier, allant jusqu'à la baptiser du nom de *L'équation de Barnum*. Et j'en étais là de mes petits calculs quand soudain maman ouvrit la porte en grand pour jeter un œil à ce que j'étais en train de fabriquer. Je me cachai derrière mon cartable. « Bonjour mon chéri. Qu'est-ce que tu fais ? » « Mes devoirs, c'est tout. Que veux-tu que je fasse d'autre ? » « Non, non… Très bien. N'oublie pas de te dépêcher un peu. Et n'oublie pas non plus de mettre des chaussettes propres. »

Maman repartie, des fils s'enchevêtrèrent en un nœud inextricable à l'estomac. Je devais penser à tout autre chose pour ne pas penser à la bile, aux muqueuses, au suc intestinal. Aussi préférai-je me concentrer sur ma propre tête, sur tous les câbles dans la tête qui relient les pensées les unes aux autres, exactement comme ceux des Télégraphes où Boletta travaillait autrefois : je pensais aux deux hémisphères cérébraux, au cervelet, au tronc cérébral, à la moelle épinière, et pour finir je pensais à celle qui avait ma prédilection, la colonne vertébrale, car peut-être pouvait-elle se dresser, cette colonne, de manière à être encore plus haute, de sorte qu'un jour, ou plutôt une nuit, oui, une nuit, elle allait grandir dans le bas du dos et, ce faisant, me pousser vers le haut – mais alors, je fus brusquement pris d'un vertige et forcé de m'asseoir un moment sur le lit tant il est épuisant de réfléchir à ses propres pensées. Cela revenait en quelque sorte à voir ou à entendre les employées des Télégraphes appeler chez elles toutes en même temps et finir ainsi par obtenir la plus longue tonalité au monde signalant une ligne occupée. Ou bien encore cela revenait à entendre l'écho de sa propre voix répété *ad libitum*, pareil à des cercles infiniment concentriques, jusqu'à ce qu'une image émerge tout d'un coup de ce vacarme, révélée sur la membrane des chimères, comme si je n'avais cessé en réalité de penser à cette image, celle-ci et pas un autre : l'Américain Walther qui, après avoir fait six fois le tour du globe terrestre, atterrit, avec deux minutes de retard, à l'issue d'un voyage de 256 000 kilomètres, en poussant un soupir sur les îles de Midway ; et peut-être pensait-il, tandis qu'il flottait tout là-haut dans sa capsule exiguë et regardait la Terre comme une pièce de monnaie bleutée au fond d'un puits noir, peut-être pensait-il qu'il était bien le seul être humain au monde à ne pas être chez lui.

Sauf que. Quand, pour la troisième fois, maman frappa à la porte, prête à entrer, je posai le pied par terre et pris une décision. J'allais commencer à m'entraîner dès maintenant, m'entraîner à faire le contraire, à faire tout de travers, à être un antagoniste. Voilà pourquoi je n'enfilai pas de chaussettes propres, gardai les vieilles à la place, allai à la salle de bains pour me laver le visage ainsi que sous les bras, en évitant soigneusement de me brosser les dents. J'avais déjà commencé mon entraînement, j'étais en plein dedans. En pleine action contraire. Là, Fred aurait dû me voir. Ils voulaient que je danse ? Eh bien j'allais y entrer, moi, dans la danse. Vous allez voir ce que vous allez voir. « Je vais y entrer, moi, dans la danse », dis-je en me hissant sur la pointe des pieds devant le miroir où j'aperçus mes boucles qui se dressaient sur ma tête comme des plumes d'une extrême douceur, comme si je me soulevais moi-même par les cheveux. Oui, ils allaient voir, tous autant qu'ils étaient !

Maman attendait dans la cuisine, le regard impatient malgré une ébauche de sourire sur ses lèvres, comme une collision dans son visage, avec la peau recouverte de traces de freins. Je me suis assis à la petite table contre le mur. Boletta, qui lisait *Aftenposten*, réapparaissait dans mon champ de vision à chaque nouvelle page qu'elle tournait. J'ignore si elles distinguaient une quelconque différence. Ça m'était égal car moi je la sentais, cette différence, tout au fond de moi, même si en apparence rien n'avait vraiment changé. Je n'étais plus le même que la veille. Les mots de Fred m'avaient transformé en un autre. J'étais le contraire de moi-même. « Non merci », répondis-je à maman quand elle poussa la confiture de cassis noire et sucrée vers moi. Et elle de lever les yeux au ciel. Elle envoyait valser son agacement vers le ciel, les yeux plus levés que jamais en me voyant couper un morceau du fromage danois qui traînait pour ainsi dire depuis la mort de La Vieille et qui dégageait une telle odeur qu'il aurait dû avoir son propre réfrigérateur ; Fred avait d'ailleurs dit, un jour où il était de bonne humeur (j'ignore quelle mouche avait bien pu le piquer ; pour être de bonne humeur, je veux dire), que je n'avais qu'à aller faire prendre l'air dans le Stensparken au vieux frometon de La Vieille, mais que j'avais plutôt intérêt à le tenir en laisse sans quoi il allait se faire la malle à la première occasion. Cette phrase m'avait fait rire plusieurs jours d'affilée. Et voilà qu'à présent, je prenais un énorme morceau de fromage. Mon tronc cérébral tremblait, mes tripes faillirent avoir un court-circuit. Néanmoins, je n'allais pas céder aussi facilement. Car après je sentirais tellement mauvais qu'on ne me laisserait même pas entrer dans l'enceinte du bâtiment où se déroulaient les cours de danse, peut-être serais-je chassé de la ville, voire, pendant que j'y étais, du pays. Ce qui aurait été, pour moi, une félicité. Je mâchais et remâchais, mastiquais à n'en plus finir, j'avais l'impression d'avoir sous mon palais un concentré grossissant à vue d'œil de tous les fromages danois, de sentir ma luette suspendue comme un pendule en forme de peau de boudin en train d'osciller dans la salive, ça devenait de plus en plus lourd, tout devenait lent, pénible et ramolli : le regard de maman, les doigts de Boletta qui tournaient les pages du journal, la pluie qui ruisselait contre les carreaux. Je tentais de me souvenir de mes leçons, tel que j'étais assis là, la bouche avançant dans un film au ralenti, en me demandant à quel moment la projection à l'envers allait débuter. *Pourquoi ne devons-nous pas boire la bouche pleine ? Parce qu'alors la nourriture ne se mélange pas assez à la salive. Pourquoi ne devons-nous ni rire ni parler la bouche pleine ? Parce qu'alors la nourriture remonte dans le nez ou descend dans le larynx.* Je n'avais rien à dire et rien qui me faisait rire. J'étais contraint au silence par le fromage. Boletta posa *Aftenposten*, regarda maman. « Barnum se serait-il mis enfin à aimer le fromage danois ? » Bien qu'elle se fût adressée à maman, je hochai énergiquement la tête à plusieurs reprises. Le visage de maman était toujours le théâtre d'une collision, son regard ne me croyait pas une seconde et ce quand bien même ses lèvres souriaient. « Les filles aiment bien les hommes qui dégagent des odeurs viriles. Des odeurs viriles et un regard fixe. Enfin, n'exagère pas trop, Barnum. » Elle partit d'un grand éclat de rire. « Et s'il n'accélère pas le mouvement, je vais être obligée d'écrire un mot d'excuse à Mlle Haraldsen comme quoi il est arrivé en retard à cause du fromage danois ! » « Elle s'appelle Knokkel », répliquai-je.

Maman allait pouvoir s'épargner cette peine. Il ne figurait nulle part dans le manuel d'hygiène qu'il était interdit de marcher, voire de courir, la bouche pleine. Je pris mon cartable et fus dans l'avenue avant que quiconque n'ait eu le temps d'ouvrir la fenêtre pour me lancer ma capuche de marin. Esther ouvrait son kiosque, des magazines plein les bras, ce qui ne l'empêchait pas de saluer les gens qui lui répondaient aussitôt. Moi, en revanche, je ne lui fis pas signe, enfonçant plutôt mes poings au fond de mes poches. Je poursuivis mon chemin vers Majorstuen, le dos courbé, la bouche pleine de fromage ; je ressemblais à un pélican antagoniste, avec suffisamment de nourriture dans le bec pour le restant de l'année – et je me dis que si le cours des choses ne s'inversait pas, j'étais prêt à parier qu'on allait me flanquer à la porte de l'univers, pas seulement à celle du cours de danse et du pays, mais aussi du reste du monde, et que par la même occasion ce serait la solution à tous mes problèmes. Mais, avant même d'avoir achevé cette pensée, le mur blanc de l'église m'éblouit, je fus quasiment obligé de mettre une main devant mes yeux, étourdi que j'étais sous cette pluie, et je m'immobilisai, là, près de l'église, profitant tour à tour d'une bouche d'égout pour m'y délester de toute cette charge de fromage, puis des gouttes d'eau pour me rincer la langue que je tirai le plus possible. Or quelqu'un m'observait juste à ce moment-là. Sous son parapluie, un homme, planté sur les marches menant aux larges portes de l'édifice, ne me quittait pas des yeux. Son visage était blanc, ses doigts tout autant, il souriait de toutes ses dents, il portait un col blanc qui avait l'air de s'encastrer dans son menton flasque – et je fus frappé de constater que chez cet homme debout sur la troisième marche de l'église de Majorstuen, tout était ou noir ou blanc : le visage, le parapluie, les mains, le col, les dents. J'avais devant moi le pasteur qui avait refusé de nous baptiser, Fred et moi. « En voilà un petit garçon bien élevé ! » s'exclama-t-il en descendant d'une marche, à croire qu'il voulait s'assurer d'avoir bien vu. « Et comment t'appelles-tu ? » Au-dessus de lui, flanquée en haut du mur blanchi à la chaux où la vigne vierge grimpait comme un réseau de fils aussi minces qu'incandescents, l'horloge indiquait huit heures et demie. J'allais me mettre en retard. Le pasteur se pencha à la rampe d'escalier. Il haussa la voix, bien que je l'entende parfaitement. « Alors comme ça tu me tires la langue ? » Le parapluie dans sa main se mit à trembler, parut un instant sur le point de se tordre puis de se transformer en un genre de récipient noir destiné à recueillir la pluie. Il ne souriait plus. Ses dents étaient dissimulées derrière des lèvres pincées. « Est-ce que vraiment tu serais en train de me tirer la langue ? » Il referma son parapluie, s'en servant comme d'une arme dirigée contre moi. Il était déjà trempé. À présent, il criait sous la pluie. « Tu vas la ranger, cette langue ! » Mais celle-ci ne réussissait pas à réintégrer sa vraie place. Bien au contraire, elle pointait davantage. J'ignorais qu'elle puisse être aussi longue. J'étais même en mesure de la voir, de voir ma propre langue ; une vision étrange dont je me serais volontiers passé. « Je m'appelle Barnum ! » dis-je en détachant les syllabes aussi distinctement que possible. « Barnum ! Ça vous rappelle rien ? » Le pasteur dut se retenir à la rambarde. « Tu crois peut-être que je ne te reconnais pas ? Toi et ton pauvre frère ! ? » Je souris. J'étais doué pour ça. Je fis un pas vers lui. « Que le diable t'emporte ! » lançai-je avant de prendre mes jambes à mon cou et de courir comme un forcené jusqu'à la statue de la Valkyrie. Je ne rentrai ma langue que lorsque j'eus enfin atteint la place. Là, je dus me reposer sur un banc. J'avais tiré la langue au pasteur ! Pas seulement le bout de la langue, mais la langue entière, au pasteur en personne, le pasteur de notre paroisse ! J'avais blasphémé à son adresse. Que le diable t'emporte, sale pasteur ! Fred aurait dû être là pour me voir. Il n'en aurait cru ni ses yeux, ni ses oreilles. Pourtant c'était vrai, bel et bien, et je n'allais pas manquer de lui rapporter chaque mot de cette scène. Après ce qui venait de se passer, arriver en retard à l'école n'avait aucun sens. Il n'était pas possible d'être plus antagoniste que je ne l'étais déjà. Dieu en personne s'était certainement rendu compte de ma nouvelle condition. Aussi parcourus-je le dernier tronçon au pas de course. Au moment précis où je rejoignis, juste à l'heure, les autres élèves déjà en rang puisque la cloche venait de sonner, un éclair zébra le ciel, et j'eus à peine le temps de compter jusqu'à quatre que l'orage gronda au-dessus de la cour de l'école et fit trembler le clocher des églises. J'étais soudain inquiet. Peut-être avais-je marché sur les pieds de Dieu ? Peut-être Dieu était-il susceptible ? Les filles se mirent à crier, les garçons à rire, et soudain mes bizuteurs, mes persécuteurs, se dressèrent derrière moi (je n'ai pas envie de les nommer, mais c'étaient les mêmes que d'habitude) et, au deuxième coup de tonnerre, j'entendis l'un d'eux dire : « C'est que ça commencerait presque à être dangereux… Je crois qu'il va nous falloir un paratonnerre. » Non content de cette sortie, un autre jugea bon d'ajouter, à croire qu'ils s'étaient entraînés ou bien qu'ils avaient écrit les phrases à l'avance pour le jour où l'occasion se présenterait – et, même si j'étais occupé par une opération de calcul mental, si je comptais dans ma tête les secondes entre les éclairs et arrivais à présent à trois, je savais très bien ce qu'ils allaient dire, j'aurais pu le dire moi-même, j'aurais pu le dire avant eux : « On n'a qu'à se servir de Barnum, non ? Comme paratonnerre, je veux dire. » Et, bien que je leur tourne le dos, j'avais l'impression de les voir devant moi, ricaner et hocher la tête d'un air entendu, comme s'ils venaient d'avoir la meilleure idée de l'année depuis la dernière fois où ils m'avaient utilisé comme luge pour descendre la colline de Bondebakken. Je les laissai ricaner et hocher la tête tout leur soûl, jusqu'à ce qu'ils me soulèvent tout d'un coup, moi, mon cartable et le reste, et que l'engeance que nous formions se dirige vers l'entrée B, tandis que les éclairs illuminaient et crépitaient autour de moi. Dieu était furieux et j'étais électrique. Mes cheveux se hérissaient comme des tire-bouchons quand, plus ou moins au même moment, Le Bouc apparut pour couvrir la colère de Dieu avec son sifflet ; mais au vu du maigre résultat obtenu, il préféra nous faire tomber à la renverse. Le tonnerre s'éloignait, je pouvais compter jusqu'à neuf, mes cheveux retombèrent sur la tête, se remirent en place pour adopter ce qui devait ressembler à une permanente – et j'eus envie de dire : *Dieu est un coiffeur minable.* J'eus envie de le crier. À défaut, je sortis : « C'était mon idée. » Le Bouc se pencha sur moi. Ses sourcils s'épaissirent, envahissant la racine de son nez, lui barrant le front d'une espèce de haie noire, alors qu'il n'avait pas assez de ses deux mains pour retenir Aslak, Preben et Hamster, que toute l'école nous encerclait, flairant le sang. « Qu'est-ce que tu viens de dire,

Barnum ? » « Que c'était mon idée. » Après un bref
mais fébrile instant de réflexion, il les relâcha, secoua la
pluie accumulée dans ses sourcils, et m'observa
d'encore plus près. « Le tonnerre n'est pas un jeu,
Barnum ! Nous nous devons de respecter les forces de la
nature. File rejoindre ta classe *immédiatement* ! »
« Merci beaucoup », répondis-je non sans une petite
courbette. Je montai les marches à la hâte et me fis le
plus calme et le plus silencieux possible tout le reste de
la journée, assis à mon pupitre à la première place de la
rangée du milieu, sauf pendant la gym puisque j'avais la
permission de pratiquer mes propres exercices physiques. Pour ça Le Bouc était bien. Il avait en quelque
sorte renoncé et m'avait laissé de côté ; j'échappais de
surcroît à l'obligation de me changer même s'il m'arrivait de faire une roue ou deux, mais toujours très lentement pour ne pas avoir à passer sous la douche, étant
donné que de toute façon je ne prenais plus de douche,
plus depuis la fois où (je le dis juste en passant et je ne
dirai que ça) ils m'avaient attrapé les jambes, les avaient
écartées comme les pattes d'un poulet, puis avaient fait
des trucs avec le savon. Car en fait je n'étais plus le
bizut de personne. Plus vraiment. Comme si je n'offrais
plus aucune possibilité de bizutage. Par conséquent, je
pouvais très bien faire office de paratonnerre, être porté
sur un siège doré sous la pluie battante, si jamais l'occasion faisait le larron. Il arrivait toutefois que quelqu'un
tente sa chance. Quand je voulais boire à la fontaine par
exemple, que j'étais obligé de me mettre sur la pointe
des pieds ou de me hisser le long du bord pour atteindre
le filet d'eau, des rustres trouvaient le moyen de jouer
les brutes à mes dépens. Ils me versaient de l'eau dans
mon pantalon, se servaient de moi comme caniveau
pour le grand nettoyage de printemps, m'appelaient par
les noms qu'ils venaient juste d'apprendre : bout de
chou, lavette, singe, manche. Tout ça glissait sur moi. Je
m'en fichais. J'étais au-dessus de tout ça, oui, au-
dessus. Qu'ils s'étouffent lentement et douloureusement
dans leur rire risible, et qu'ils sombrent ensuite dans leur

chagrin sans fond, avec des pierres à aiguiser autour du cou et des raquettes à neige coulées dans du béton aux pieds. Le pire était cependant atteint quand des filles prenaient ma défense, déclaraient que c'était méchant de faire ça, qu'il fallait peut-être grandir un jour, que c'était vraiment puéril de tout le temps embêter Barnum juste parce qu'il était petit ; car le pauvre Barnum n'avait vraiment pas de bol, hein, lui qui s'était vu offrir si peu de centimètres quand La Taille avait fait le tour du monde pour répartir sa hauteur parmi les êtres humains, n'est-ce pas ? Là, j'étais capable de haine pendant plusieurs semaines. Oui, pendant plusieurs mois je débordais de haine et cette haine était comme un moteur dans mon corps, comme une énorme dynamo qui abordait le bastingage de mes rêves et allumait en moi une lueur noire, comme un soleil antagoniste qui diffuserait des ténèbres et non de la lumière (et je m'imagine que la peine qu'éprouvait La Vieille devait être similaire : une roue pour son regret). Dès lors, je grandissais. Dans cette haine, j'étais plus grand que moi-même, je comprenais presque ce que Fred voulait dire quand il affirmait qu'il était mauvais, mauvais au plus profond de lui-même. Je ne bus plus jamais à la fontaine.

Et Dieu finit par se calmer le jour où je commençai le cours de danse, ce jour où je devins enfin un antagoniste. Le tonnerre était parti gronder au-dessus d'une autre ville, les nuages glissaient, le ciel se montrait sous son meilleur jour : bleu comme jamais. Ça ne dura pas, le calme de Dieu. Dieu était impatient. En dernière heure de cours, nous avions hygiène avec Mlle Knokkel, Mlle Os, donc, rebaptisée ainsi bien avant nous pour être arrivée un jour avec un vrai fémur qu'elle avait montré à ses élèves. La rumeur avait fait son chemin, décrétant que le fémur en question était celui de son défunt père, qu'elle avait conservé comme un ultime souvenir de lui (une pensée vraiment moche à la réflexion) ; certains allant même jusqu'à affirmer qu'elle avait empoisonné son père pour récupérer cet os très précis. Peu d'élèves appréciaient d'être à proximité de Mlle Os sous prétexte qu'elle sentait l'hôpital et que, à intervalles réguliers, elle était absente. Manifestement, elle avait eu trop peu de soleil et une alimentation carencée pendant sa croissance, sans doute était-ce la raison pour laquelle elle avait assassiné son père et volé son fémur. Quand elle était absente plus de deux jours, nous avions un remplaçant. Elle en était à son troisième jour de maladie. Je me faisais déjà un sang d'encre. La remplaçante déboula dans la salle de classe, la mine enjouée. Elle semblait en parfaite santé. Elle nous demanda de nous asseoir, et, pendant que nous obéissions à son ordre, elle souriait jusqu'aux oreilles, ce qui me rendit nerveux (car je sais qu'un tel sourire n'apporte rien de bon la plupart du temps : avec les méchants, on sait toujours à quoi s'en tenir, alors que les gentils, ils sont capables d'inventer n'importe quoi). Elle indiqua comment elle s'appelait, écrivit son nom sur le tableau (un nom que j'ai oublié depuis belle lurette, et je ne sais même pas si je m'en suis un jour souvenu ; je crois que je vais la rebaptiser La Sangsue). La Sangsue était la remplaçante de Mlle Os. Ainsi allait le monde. Elle arpentait les rangs de long en large, nous racontant tout sur l'hygiène au siècle dernier, comme si ça nous concernait directement. Non contente d'affirmer que manger des myrtilles donnait une bonne vue, elle disserta sur l'eau froide et l'eau chaude, sur les caries, le petit déjeuner, la chaux, les pieds plats, la bosse dans le dos et le mauvais maintien – et je n'avais pas besoin de me retourner, je n'osais de toute façon pas le faire, pour savoir que Hansen et Le Mulot avaient déjà chargé leur règle de boulettes de papier remplies de petits morceaux de fromage. Mais, au même moment, La Sangsue fit demi-tour pour rejoindre l'estrade, elle ouvrit le manuel d'hygiène, mit sa main en visière et parcourut la classe du regard. Elle désigna Le Mulot. « Comment tu t'appelles ? » Elle faisait partie de ces personnes qui se sentent obligées de demander aux gens comment ils s'appellent avant même qu'ils n'aient eu le temps de dire quoi que ce soit. Je sentis un poids sur mon estomac, un poids aussi lourd qu'un sac de sable mouillé. « Halvor », répondit Le Mulot. « Eh bien, cher Halvor, peux-tu nous dire à quoi, dans le corps humain, la rate peut bien correspondre ? » Le Mulot réfléchit longuement et répondit : « Euh… C'est l'organe qui fait qu'on rote. » Le visage de La Sangsue se rétrécit, se façonna un sourire avant de désigner Hansen des yeux comme du doigt. Une idée me traversa l'esprit. Si tout le monde donnait une réponse fausse, la mienne avait de grandes chances d'être juste. Je n'avais pas oublié ce que Fred m'avait conseillé. « Et toi, comment tu t'appelles ? » « Hans, répliqua Hansen. Mais vous pouvez m'appeler Hansen. » « Très bien. Peux-tu me dire à ton tour quelle bizarrerie cette rate peut-elle être ? » Hansen fit semblant de réfléchir pendant de longues minutes, ce qui n'était bien sûr pas le cas. Il dormait. Hansen ne réfléchissait jamais. Ça ne l'empêchait nullement de prendre son temps, personne ne pouvait étirer le temps comme lui ; un jour il l'avait étiré une heure durant. La Sangsue commençait à s'impatienter, son sourire semblait vibrer sur ses lèvres, comme des câbles. « Je t'écoute, Hans ? » Hansen reprit conscience, La Sangsue se pencha comme si elle était témoin d'un génie touché par la grâce. « La rate, c'est…, ânonna-t-il. La rate, c'est… quand on se fait… ratiboiser la tête. » La Sangsue, La Sangsue remplaçante, dut s'adosser au tableau et son regard tomba sur qui, sinon moi, bien sûr. Je savais ce qui allait arriver. « Et toi, comment tu t'appelles ? » Quand elle s'adressa à moi, sa voix changea d'intonation, à croire qu'elle était inclinée dans sa bouche. On n'entendait pas une mouche voler dans toute la classe. Ils attendaient ce moment avec impatience. À part la dernière heure de cours avant les grandes vacances, nous nous approchions du plus beau moment de l'année scolaire. « Barnum », répondis-je. « Pardon ? » « Barnum », répétai-je. La Sangsue se mit à pomper du sang pour irriguer son visage. « Pendant tout le temps où je serai votre remplaçante, je vous prierais d'utiliser vos vrais prénoms. Dis-moi maintenant comment tu t'appelles ou bien je vais me fâcher. » « Je m'appelle Barnum. » La Sangsue arracha presque le tiroir pour en sortir le registre journalier qu'elle claqua contre le bureau avant d'y plonger le nez. L'instant d'après, son visage s'adoucit du front au menton, me fixant d'un regard intense, me parlant d'un ton plus mielleux que jamais (c'est ce que je dis : les gentils sont pénibles, les gentils n'abandonnent jamais). « Barnum, peux-tu, toi, cher Barnum, peux-tu nous expliquer ce que cette rate peut bien fabriquer dans notre corps, Barnum ? » C'était presque un record. L'année précédente, un remplaçant que nous avions en travaux manuels avait réussi à dire Barnum cinq fois dans la même phrase au moment où il m'avait tendu un rabot. Je fis comme si de rien n'était. « La rate, commençai-je, aide à nettoyer le sang. C'est aussi dans la rate que nous avons un point de côté. » La Sangsue frappa dans ses mains. Elle aurait pu s'en passer. « C'est correct, tout à fait correct, Barnum. Peux-tu venir ici, s'il te plaît Barnum ? » Je restai assis. « Pourquoi ? » demandai-je à voix basse. « À cause de ton intelligence, Barnum. » « Je peux pas. J'ai un point de côté. » Elle se contenta de rire. Puis elle écrivit rate sur le tableau en lettres majuscules. « Barnum ! Maintenant tu viens ici ! Et tout de suite, Barnum ! » Je glissai de ma chaise et montai sur l'estrade. La Sangsue me regardait et je savais qu'elle avait envie de mettre sa main dans mes boucles. Ce qu'elle ne fit pas. À défaut, elle posa un bras sur mon dos. J'eus le sentiment que tout n'allait pas tarder à dégénérer. Je n'étais plus un antagoniste, je n'étais plus de travers, en sens contraire : j'étais à l'envers. À l'heure qu'il était, j'aurais dû casser une baguette en deux, broyer une craie, renverser un encrier. Fred aurait approuvé. Au lieu de quoi j'étais planté là sans bouger. Tous les élèves étaient penchés sur leur bureau, les yeux rivés sur moi, certains la bouche ouverte, comme si le pire était déjà arrivé depuis une éternité. J'eus un vertige. Dieu avait un plan derrière la tête et j'en faisais partie. « Où se trouve la rate ? » me demanda La Sangsue. « À gauche, murmurai-je. Pas très loin du diaphragme. »

Sa main s'approcha de moi et finit par s'échouer sur ma tête. La Sangsue n'avait pas su résister à la tentation. La Sangsue n'avait pas pu se retenir. « Mais ma parole, Barnum ! C'est tout à fait exact ! Oui ! La rate se trouve sous le diaphragme. Peux-tu nous la montrer, Barnum ? » Je courbai la nuque. « Montrer quoi ? » « Où se trouve la rate, Barnum. » « Sous le diaphragme », répétai-je. « Oui, bien sûr, Barnum. Nous avons parfaitement entendu ce que tu viens de dire. Allez, montre-la-nous, maintenant. » Je désignai un point sur la gauche. « Là », soufflai-je. Mais plus rien ne pouvait arrêter La Sangsue. Elle s'empara de mon pull, s'apprêtant à le relever. « Mais montre-nous pour de vrai, voyons, Barnum ! » Et je cédai. Je repliai mon pull et ma chemise. À ce moment-là, la classe fut secouée par une onde de choc, par un soupir ; même La Sangsue, chancelante, dut se retenir au bureau. Je jetai un coup d'œil au niveau de ma rate. Mon regard s'abîma sur la petite culotte de maman. La petite culotte rose en tissu léger de maman pendouillait à hauteur des hanches avec son liseré de dentelle comme une ceinture déformée. Je rabaissai aussitôt ma chemise et mon pull. Trop tard. Ils l'avaient vu. Tout le monde avait vu que je portais la petite culotte de ma mère sous mon pantalon, et personne n'oublierait où la rate se trouvait. La cloche sonna. Je regagnai lentement mon bureau pendant que les autres s'engouffraient dans le couloir. Je prenais tout mon temps. Si seulement le temps consentait à s'étirer un peu plus, tout finirait bien par passer. Lentement mais sûrement. De fait, tout finirait par passer, par être oublié, mis de côté, englouti, anéanti. Le temps était cette immense gomme qui survolait mon existence en effaçant tout dans son sillage. C'était ma seule consolation. Une bien piètre consolation. Je fus l'avant-dernier à sortir. La Sangsue essuyait le tableau. L'éponge était sèche, dure. Elle se tourna vers moi, l'air interloqué, mélancolique ; c'était son tour à présent d'être différente, d'être en sens contraire, d'être une antagoniste. Les lettres se démantelaient comme de la poussière blanche sur ses doigts. Elle ne dit rien. « Au revoir », dis-je pour ma part.

Quand j'arrivai dans la cour de l'école, toute la classe patientait devant l'arrêt du tramway. Je fis aussitôt demi-tour et m'élançai vers l'autre porche. Maman m'attendait. Comme pour couronner le tout, maman m'attendait en me faisant de grands gestes. J'entendais déjà résonner les rires dans chaque recoin de la ville, le long de chaque rue, au-dessus des palissades et jusque dans les entrées d'immeubles. J'entendais les rires fuser dans les caniveaux, les bouches d'égout et les conduites d'eaux usées. Je passai devant elle sans m'arrêter. Elle me rejoignit. « Coucou, Barnum ! C'est moi ! » Comme si je ne le savais pas. Comme si le reste de l'école ne savait pas que la mère de Barnum attendait Barnum et que Barnum portait la petite culotte de sa mère. Maman éclata de rire. « Nous allons t'acheter de nouvelles chaussures », m'annonça-t-elle en posant une main sur mon épaule, pendant que nous pataugions dans les feuilles mortes derrière l'église. Je me tassai. « C'est obligé ? » demandai-je à voix basse. « Mais bien sûr. Tu ne veux tout de même pas marcher sur les pieds des filles ? » Maman rit de nouveau, visiblement animée d'une joie de vivre pétulante, sans doute parce que papa nous attendait place de la Valkyrie. Il portait un manteau beige dont il arrivait à peine à fermer les boutons du milieu. « Touche », ordonna-t-il. Je posai une main sur son bras. « Mieux que ça. » Je levai ma main sur son coude. « Enfonce. » Je déplaçai mes doigts vers le bouton du haut en caressant la matière, sans arriver à aller plus loin. « Un peu plus bas. » J'obéis. Et là, là je sentis une bosse, une bosse dans sa poche intérieure. Papa souriait. « Des poils de chameau, dit-il en sortant un portefeuille gonflé. Et maintenant, on file acheter des chaussures de danse ! » Et donc on fila, moi au milieu, comme une vraie famille, jusqu'au magasin de chaussures et de vêtements de la place de la Valkyrie. (Et je vais tâcher de faire court, le plus court possible.) Car m'acheter des chaussures, de surcroît des chaussures que j'étais censé utiliser pour la danse, n'était pas une mince affaire. Le hasard veut que je sois venu au monde en me présentant par le siège, les pieds devant autrement dit. Les médecins avaient dû introduire à l'intérieur de maman de larges pinces pour abaisser mes bras le long des flancs, afin que ma tête ait assez de place et ne s'enroule pas autour du cordon ombilical. D'où mon *pes valgus*. J'aurais pu tout aussi bien finir avec un *pas varus*, et je devrais d'ailleurs en être reconnaissant (néanmoins, il n'y a pas de quoi être fier d'être *pes valgus*). La plante des pieds est incurvée de sorte qu'elle se moule au sol où nous marchons, quel qu'il soit. Voilà pourquoi on nous entend lorsque nous nous approchons. Nous n'échappons jamais à nos pieds. Papa entra le premier dans le magasin. « Des chaussures pour ce monsieur ! » cria-t-il de manière à être entendu de toute la boutique. Le vendeur débancla sans quitter des yeux un seul instant le portefeuille rembourré de papa, tandis que je fus prié de m'asseoir sur une petite chaise et ôter mes vieilles chaussures. Maman plaqua une main sur son nez en secouant la tête à plusieurs reprises. Autour des orteils, mes chaussettes étaient froncées en plis détrempés d'où la transpiration s'évaporait en formant un nuage chargé. Cela n'empêchait nullement papa de glousser, de gratifier le vendeur d'un petit acompte de cinq couronnes. Je dus essayer dix-neuf paires. Je dus passer et repasser dix-neuf fois devant une glace posée de biais sur le sol. Je dus esquisser dix-neuf pas de danse. Peine perdue. Les chaussures étaient soit trop serrées, soit trop grandes, soit trop petites, soit trop larges. Je pensais à Andrée qui avait emporté quarante-cinq kilos de cirage dans son ballon, ce qui ne l'avait hélas pas protégé d'une chute fatale. Le magasin dans son ensemble, c'est-à-dire les clients comme les employés, ne tarda pas à être accaparé par mes pieds ; oui, jusque dehors, des badauds se pressaient contre la vitrine pour examiner eux aussi ce Barnum aux pieds plats, lesquels étaient devenus le point de mire de la fameuse boutique. Le vendeur suait sang et eau, et

prenait de longues inspirations. Papa le récompensa
d'une autre pièce avant de décliner son identité, non
sans juger bon de déclamer : « Ce n'est pas au pied de
s'adapter au soulier. Mais bien au soulier de s'adapter au
pied ! Et n'est-ce pas, ma chérie, que chacun trouve
chaussure à son pied ! » À la suite de quoi il fallut aller
farfouiller dans la réserve située à l'arrière du magasin.
Des chaussures s'empilaient jusqu'au plafond. Jamais
je n'en avais vu autant. Quel que soit le millier de
kilomètres à parcourir, toute une vie ne suffirait pas à les
user. Formuler une pensée pareille relevait autant du
grand bonheur que de la profonde tristesse. Le vendeur
grimpa en haut d'une échelle dont il redescendit
tout aussi vite avec une paire de souliers qu'il m'aida,
le plus solennellement du monde, à enfiler sans même
avoir recours à un chausse-pieds tant ils m'allaient
littéralement comme un gant. Un gant d'une douceur
inégalée. « Cette paire a appartenu au grand Oscar
Mathisen ! murmura-t-il. Il les a utilisées lors du banquet organisé en son honneur lorsqu'il a été couronné
champion du monde 1916 en patinage de vitesse. En
revanche, elles ont leur prix. » Maman regarda papa.
Papa me regarda. « Comment te vont-elles ? » « Comme
un gant », répondis-je. Papa se fendit d'un sourire avant
d'entraîner le vendeur dans un coin et de s'entendre sur
le prix. Et lorsque nous nous retrouvâmes enfin à l'air
libre, sous la pluie qui s'était arrêtée mais continuait de
ruisseler le long des rails du tramway, et que je croyais,
avec sous le bras la boîte contenant les souliers de
l'immense Mathisen, que le pire était passé (hormis,
bien sûr, le cours de danse, le parachèvement de ce
qui n'allait visiblement pas manquer d'être mon
œuvre), papa leva le bras et s'écria : « Et maintenant,
chez Plesner ! » Nous prîmes un taxi pour y aller. J'eus
la permission de m'asseoir à l'avant, et, tandis que
j'entendais papa murmurer quelque chose à l'oreille de
maman, aussitôt suivi d'un rire, ce rire qui roulait par
à-coups entre ses lèvres dès qu'il était, comme maintenant, d'humeur guillerette, je me mis à penser à Tale et

sentis immédiatement un vide envahir tout mon corps ;
et cet espace vide, mon intérieur vide, se remplit
d'inquiétude, lentement mais sûrement, à laquelle se
surajouta de l'angoisse. Car, comme de juste, la même
vendeuse se tenait derrière le comptoir de chez Plesner.
Quand elle nous vit arriver, elle me prit aussitôt la
main. « Comment va ton frère ? » « Très bien ! »
m'empressai-je de répondre. « Ah… Ça fait du bien
d'entendre ça ! » Elle se redressa pour tendre la main à
maman. « C'est un gentil garçon que vous avez là ! » Et
là, je compris que, un jour ou l'autre, les mensonges
finissent par vous rattraper, les mensonges comme les
rêves ; ils vous accueillent sur le pas de votre porte,
masqués sous les oripeaux de la sollicitude, de la tristesse, de la vérité, car le monde n'est pas assez grand
pour dissimuler en son sein le mensonge. Le mensonge
marche sur des échasses. Le rêve traverse le sommeil à
toute vitesse. Maman me regarda d'un air bizarre. Je
regardai papa d'un air bizarre. Heureusement, il avait
déjà trouvé les semelles les plus chères, fabriquées,
polies puis laquées à la main, comme un bijou pour le
pied. Après quoi nous pûmes enfin rentrer à la maison,
de nouveau en taxi, et j'eus de nouveau la permission de
m'installer devant. « Tu as faim ? » me demanda papa.
« Non. » « Alors tu es repu. » « Non plus. » « C'est
bien. Car vois-tu, si tu dois danser, il faut que tu sois en
équilibre. Je t'ai déjà parlé de Halvorsen, celui qui était
originaire de Halden ? » « Oui. Der Rote Teufel. »
« Exactement. Il n'était pas en équilibre, il s'est ramassé
la figure, il en est mort, et voilà, terminé, par ici la
sortie ! » « Arrête, tu vas effrayer Barnum ! » rouspéta
maman. « Est-ce que je t'effraie, Barnum ? » « Non. » Il
se pencha entre les deux sièges, manquant déranger le
chauffeur. « Danser, c'est comme se tenir sur un trapèze, Barnum. Tu t'élances de corps en corps. Et il
s'agit surtout de ne pas tomber entre les jolies dames et
de se briser la nuque. » Maman soupira, et papa se renversa pour lui passer un bras autour de l'épaule.
« Aujourd'hui, renchérit-il, tu commences l'école qui

est presque la plus importante. » « Mais laquelle est la plus importante, alors ? » « L'école de la vie, Barnum ! L'école de la vie ! Pour ce qui est de l'école, elle ne vient, elle, qu'en troisième position. La difficulté, la danse et les mathématiques. Voilà l'ordre des priorités chez l'être humain ! »

Je me douchai jusqu'à vider le ballon d'eau chaude. Je rangeai la petite culotte de maman dans l'armoire, me passai du déodorant sur le torse, et, une fois devant le miroir de l'entrée, vêtu d'un blazer et du vieux pantalon de Fred, avec aux pieds les souliers d'Oscar Mathisen (à cet égard, je n'ai cessé de m'étonner qu'un détenteur du record du monde en patinage de vitesse ait jamais pu mettre des chaussures aussi petites), maman me rejoignit et, postée derrière, commença à me brosser les cheveux avec une lenteur quasi paresseuse. Nos regards se croisèrent dans la glace. J'entendais papa dormir sur le divan de la salle à manger, il ronflait comme un soudard. Boletta avait filé au Pôle Nord où elle buvait ses bières brunes en portant un toast à ma santé, et Fred était parti traîner dehors où il se glissait entre les réverbères. Maman esquissait un sourire inquiet. « Tu es beau, Barnum. » « C'est vrai ? » « Plus beau qu'il n'est possible de l'être. » « Oui, plus beau qu'il n'est possible de l'être », répétai-je – et la solitude que renfermait cette phrase me frappa : plus beau qu'il n'est possible de l'être ; je ne pouvais pas être plus beau, j'avais atteint ma taille définitive et elle était nettement inférieure que chez la plupart des individus. Maman fourra le peigne dans ma poche. Elle se pencha à mon oreille. « Dis-moi, Barnum. Qu'est-ce que tu as raconté à propos de Fred aux gens de chez Plesner ? » « Rien. » « Si. Elle t'a demandé comment il allait. » Je réfléchis. Je pensai au conseil de Fred, comme quoi je devais aller en sens contraire, que je devais être un antagoniste. Je mentis ; mais ç'aurait pu être vrai. « J'ai juste dit qu'il était né dans un putain de taxi. Mais qu'on va pas verser des putain de larmes pour lui. » Maman me relâcha. Fred aurait apprécié. J'avais presque retrouvé une forme

éclatante. « Qu'est-ce que tu racontes ? » demanda
maman d'une voix sourde. « Qu'il a été baptisé par un
putain de chauffeur de taxi. Tu crois p'têt' que j'suis pas
au courant ? Que c'est même pour ça qu'il est complètement débile ! » Maman me frappa. Elle me frappa du
plat de la main sur la joue puis, tout aussi vite, effleura
délicatement mon col de chemise, comme si les deux
gestes formaient un seul et même mouvement, le coup
et la caresse, la caresse comme un prolongement du
coup : la claque – et je vis que l'horloge derrière nous
s'était arrêtée, car cela faisait bien longtemps que personne n'avait plus mis d'argent dans son tiroir, si bien
que les aiguilles indiquaient cinq heures et demie en
pendant comme deux ailes, petites, minces, mortes.
Dans la salle à manger, papa se leva lentement du divan,
la graisse débordait d'entre les boutons de chemise, à
peine s'il pouvait encore s'asseoir puisque, où qu'il se
tourne, son ventre était dans le chemin. Il leva le bras
pour me faire un signe de la main, comme si j'allais
monter à bord du *Bergensfjorden* pour y éplucher des
pommes de terre tandis que le navire voguerait vers
l'Amérique où je disparaîtrais à jamais. Si seulement ça
avait été le cas. « Bon courage, Barnum ! lança-t-il. Et
embrasse les filles pour moi ! » Ouais, c'est ça... Va te
faire foutre, gras du bide ! hurlai-je en silence. Maman
déposa un baiser sur la joue qu'elle venait de frapper.
Et elle me dit de filer. En descendant l'avenue, je me
demandai jusqu'à quel point on pouvait marcher lentement avant de s'immobiliser pour de bon. Puisque la
lumière des étoiles, ces astres morts depuis environ huit
millions d'années, ne nous avait pas encore atteints, il
allait bien me falloir plusieurs semaines avant d'arriver
au cours de danse. Il me sembla apercevoir Fred assis
sur les marches de l'église, la clope au bec, avec cette
lueur noire et brillante qui dilatait ses pupilles. Je
m'arrêtai, agitai la main – et j'ignore s'il me voyait de là
où il était ; après tout, il est probable qu'il se contentait
de sourire, il était en tout cas impossible qu'il fût déjà au
courant de toutes les actions contraires que j'avais faites

au cours de cette seule journée. Même Dieu, je l'avais
taquiné. Ragaillardi par ces pensées, je me mis tout bonnement à courir, histoire de ne pas arriver en retard pour
être renvoyé du cours. Or au moment de traverser la
place Riddervold, je fus soudain attrapé par le revers du
pantalon, traîné derrière la statue de Welhaven, jeté dans
les feuilles mortes. Au-dessus de moi étaient campés
Preben, Aslak et Hamster. « On veut juste vérifier ce
que t'as dans le falzar, moucheron ! » Je frappais en
aveugle tout autour de moi, sans succès bien sûr.
« Dommage que ton frère soit pas là en ce moment,
hein ? » « Ben quoi ? Tu l'appelles pas, ton frère ? P'têt'
qu'il s'est fait enfermer en fait ? » Ils baissèrent le pantalon de Fred. Visiblement, ils furent déçus. Pas de
petite culotte avec un bord en dentelle, rien qu'un slip
kangourou blanc avec la poche devant pour la bite et le
reste. « T'es rentré te changer, c'est ça ? » demanda
Hamster. « Je vois pas de quoi tu parles » répondis-je.
Ils commencèrent à me cogner, sans joie ni grande
conviction, juste deux ou trois coups de pied dans le
ventre, rien de bien méchant en somme, et c'est ce qui
pouvait m'arriver de mieux. Maintenant, je pourrais
lancer à la figure de tous ceux qui croyaient m'avoir vu
en petite culotte qu'ils avaient eu des visions, qu'ils
avaient été ensorcelés par La Sangsue. Mais peut-être
qu'ils allaient aussi me flanquer une telle raclée que je
serais obligé d'aller aux urgences, et serais incapable de
danser dans un futur proche. « Merci beaucoup, sale
bouffeur de chattes », lançai-je en reboutonnant mon
pantalon. Preben, Aslak et Hamster se regardèrent,
secouèrent la tête et m'ensevelirent sous les feuilles
mortes avant de s'éclipser en direction de l'Urraparken.
Je restai allongé pour réfléchir une minute. Le monde
était un drôle d'endroit. Chaque chose en entraîne une
autre et rien ne fait sens. *Expliquez la différence entre
les muscles volontaires et les muscles involontaires.
Volontaires : appelés aussi muscles striés, sont fixés aux
os. Involontaires : appelés aussi muscles lisses, travaillent sans être soumis au contrôle de la volonté.* Dans ce

cas, le cœur devait être un muscle involontaire alors que les mains et les pieds étaient pour leur part volontaires, même s'il leur arrivait de faire des choses totalement imprévues. Je me levai de ma tombe humide, ôtai les feuilles et les vers de terre qui étaient rentrés dans mes poches, et pris le chemin qui me menait droit au cours de Svae.

Dans l'ascenseur, l'air était lourd des relents de parfum et de brillantine, à tel point que gravir les étages constituait une épreuve à peine surmontable. Je tournais le dos au miroir en retenant ma respiration. Le vestiaire accueillait un alignement de duffel-coats. Certains élèves allaient même jusqu'à utiliser des caoutchoucs. De la pièce mitoyenne me parvenait le timbre d'une voix sèche dont les mots demeuraient incompréhensibles. Je me changeai et me faufilai à l'intérieur. Si ce n'est que personne ne peut se faufiler dans la salle d'un cours de danse le premier soir sans être repéré. Svae se tenait droite devant une table où était posé un tourne-disque. Elle s'arrêta de parler dans la seconde où elle me vit, et pas celle d'après. Elle ne ressemblait pas à un violon, mais à une hampe d'où pendait non pas un drapeau mais un drap noir. Les garçons formaient une rangée le long d'un mur, installés sur des sièges inconfortables comme des condamnés à mort ; les filles, elles, étaient assises contre le mur d'en face, maquillées, esseulées, pareilles aux peintures à l'huile accrochées derrière elles. Personne ne se regardait car tout le monde me regardait. « Tiens donc, s'écria Svae. Et voici notre bon dernier. Et comment t'appelles-tu, toi ? » Il n'y avait strictement aucun visage connu dans l'assemblée. « Nilsen ! » répondis-je après une petite courbette. Une vague de rire se propagea de chaise en chaise, qui s'arrêta aussi vite qu'elle avait commencé quand Svae leva le bras. « Assieds-toi ! Et que ce soit la dernière fois que je te vois arriver en retard, Nilsen ! » Je commençais presque à l'aimer. « Pas de problème, madame ! » fis-je avant d'aller m'asseoir sur la dernière chaise vide près de la sortie. Svae prit une profonde inspiration et

s'installa au milieu du parquet. Il était clair qu'elle allait
nous faire un laïus et si ça ne tenait qu'à moi, elle pouvait bien bavasser aussi longtemps que bon lui semblait.
« Dans les cercles cultivés, démarra-t-elle, la danse est
l'expression d'une atmosphère festive et joyeuse, une
forme de convivialité au travers de laquelle la jeunesse
tout particulièrement se rassemble. La danse revigore
l'esprit, affermit le corps et confère aux danseurs le sens
de l'équilibre, un maintien agréable à regarder ainsi
qu'une bonne maîtrise des différentes parties du corps. »
Svae passait lentement devant les filles, les garçons gar-
daient la tête baissée et personne n'osait lever les yeux
car quiconque aurait pouffé de rire à ce moment se serait
vu renvoyer illico presto du cours de danse ; ça ne faisait
pas l'ombre d'un doute. Je me demandai si je n'allais
pas partir d'un rire gras et être par la même occasion
débarrassé de tout ça, une bonne fois pour toutes. Or je
venais à peine de terminer ma pensée que Svae se
retourna brusquement vers nous, la main en l'air, l'index
retroussé comme un crochet auquel elle aurait pu fixer
nos pauvres carcasses, à croire qu'elle avait déjà
entendu notre rire avant même qu'il ne quitte nos lèvres.
Elle parlait fort, très fort. « Mais, dans l'essence atti-
rante de la danse guettent aussi les dangers de la danse !
Et je songe ici à... l'exagération ! Aussi devez-vous
vous souvenir de la chose suivante : un bal s'amorce sur
des danses appropriées, à savoir mesurées, et s'achève
de la même manière avec celles-ci. Il faut toujours
laisser s'écouler une heure entre l'absorption de nourriture et le moment où l'on va s'adonner à la danse. Si
l'on ressort essoufflé d'une danse, il convient de marcher un peu afin que le cœur ait recouvré un rythme adé-
quat et que les tissus de la peau se soient convenable-
ment reposés. Dans le cas où, après avoir dansé, le corps
se retrouve en proie à la chaleur, on veillera à surtout
ne pas s'installer près d'une fenêtre ouverte, voire dans
un courant d'air, et l'on songera plutôt à se couvrir
les épaules d'un vêtement léger, et ce d'autant plus
si l'habit est pourvu d'une large échancrure. » Voilà

maintenant qu'elle se retournait vers les filles et inspectait les robes. Certaines tentaient de dissimuler leurs épaules nues, soudain fines et translucides, pareilles à de petites ailes effilées. Je n'aurais jamais cru que la danse comportait de tels dangers. Boletta ne m'en avait pas touché un traître mot. Toujours est-il que Svae était loin d'avoir terminé. « Il vaut mieux porter une robe en tissu fin qui ne serre pas trop au niveau de la gorge. Néanmoins, il n'est pas non plus sans danger, je répète, sans danger, de s'affubler de robes au décolleté plongeant comme il nous est hélas donné d'en voir si souvent de nos jours. » Elle se tut pendant quelques secondes, histoire de laisser les mots faire leur effet. Et l'effet était au rendez-vous : les filles tremblaient. Svae reprit son poste de contrôle au milieu du parquet. « J'ajouterais en dernier ressort, et avec la plus grande insistance, que plus on passe ses nuits à danser, plus le profit qu'on est susceptible de tirer de la danse s'estompe au point d'atteindre une limite, oui, une limite fatale où la danse se transmue alors en son strict contraire et occasionne des dommages irréversibles. » La plupart des élèves étaient au bord de la crise de nerfs. Svae frappa dans ses mains. On aurait cru deux tables de pierre refermées l'une contre l'autre. « Mais tout cela, vous le savez déjà, bien sûr ! À présent, les garçons peuvent, avec distinction et dignité, trouver leur partenaire. Nous commencerons par des mouvements et positions de base. Messieurs, à vous ! » C'était maintenant que le coup allait partir. C'était la minute de vérité et, en cet instant terrible, le silence était total : les filles avaient les yeux rivés au plancher, les garçons étaient prêts à bondir, figés autant par la peur, la transpiration que par le froid soudain des rêves. Le monde attendait. Je rassemblai toutes mes pensées, toutes mes forces, en vue de mon action contraire, finale, déterminante. Puis les garçons se levèrent et se précipitèrent sur la piste. Certains avaient repéré la même fille, et celles-ci, les plus belles, les plus jolies, jouissaient de chaque seconde de cette bataille, souriant au moindre début d'empoignade devant leur chaise. Mais Svae intervenait de manière impitoyable avant que la situation ne dégénère. Chacun s'était pour ainsi dire trouvé une partenaire. Étant donné qu'il y avait plus de filles que de garçons, celles qui étaient restées assises, seules et abandonnées, les moins jolies, les grosses, les moches et les idiotes, penchaient encore plus la tête, de honte comme de désespoir, et tiraient plus que jamais sur les pans de leur robe, comme si cela pouvait leur être d'une aide quelconque. Alors que non, plus rien ne pouvait les aider désormais, elles étaient des plaies béantes, des mannequins sans vie réduits à faire tapisserie. Elles étaient les premières à tomber dans le combat sanglant du cours de danse, et je me reconnaissais en elles.

Ce fut là que je remarquai un garçon qui évoluait lentement entre les couples. Il se dirigeait vers les filles qui restaient. Il semblait décidé dans ses gestes, mais tout en même temps paresseux, sans doute parce qu'il était enrobé, qu'il avait l'air de traîner des pieds sur le plancher, comme s'il n'avait pas envie de se donner la peine de les lever à chaque pas. Il avait une raie au milieu et portait un blazer tout fripé. Comme la fille vers qui il s'avançait se redressa, je me rendis compte qu'elle était belle finalement, mais d'une beauté fragile, délabrée pour ainsi dire (à moins que je ne me la représente ainsi aujourd'hui, maintenant que les souvenirs ont pris une touche désuète, que les images ont été enjolivées par le fluide de la distance) – et je revois cette superbe incomprise, réduite elle aussi à faire tapisserie, lever son regard vers nous et nous dévisager tous les deux : le garçon qui s'arrête devant elle et moi qui m'approche d'elle. Pourtant, ce ne fut pas elle que je m'empressai d'inviter à danser. Ce fut lui au contraire, lui que j'invitai à danser, au moment précis où il s'apprêtait à s'incliner devant cette fille, et le garçon enrobé de se retourner vers moi, ébahi, les yeux écarquillés. « Quoi ? » murmura-t-il. « On danse ? » répétai-je en le prenant par la taille et en l'entraînant sur la piste de danse. « Lâche-moi ! » s'écria-t-il. Mais je ne le lâchai pas. Je le tenais fermement par la taille en effectuant quelques pas de danse. « Mais lâche-moi, gros dégueulasse ! Espèce de nain, va ! » Il hurlait. La fille près du mur s'était levée. Soudain le silence tomba autour de nous, tandis que tout le monde nous regardait. Et, pour couronner le tout, pour parachever mon œuvre contraire, mon chef-d'œuvre contraire, je me hissai sur la pointe des pieds et je l'embrassai sur la joue. Il me donna un coup de poing dans l'œil. Au même moment, je sentis le crochet de Svae m'agripper par la peau du cou, sa voix me transpercer les tympans. « Fiche le camp d'ici ! Disparais de mon cours et n'y remets plus jamais les pieds ! »

Voilà comment j'ai rencontré Peder. Voilà comment j'ai rencontré Vivian. Voilà comment nous nous sommes rencontrés.

L'arbre

Je me souviens d'une autre nuit. Fred était assis sur le bord de mon lit. Je distinguais à peine son visage qui faisait comme une ombre au-dessus de ses genoux. « Je suis allé voir La Vieille », me dit-il. J'étais couché. Je ne bougeais pas. Fred me fixait dans le noir. Sa voix était différente. Il aurait pu être un autre, un étranger entré par effraction chez nous, pour venir me faire peur. « Je suis allé voir La Vieille », répéta-t-il. Il se pencha en se balançant d'avant en arrière. « La Vieille ? chuchotai-je. Ne me dis pas que tu reviens du cimetière ? » Fred secoua la tête. Ses cheveux lui retombaient sur le front, il riait presque ; j'entraperçus sa bouche, une égratignure sombre, peut-être parce qu'au même moment une voiture passa dans la rue et que la lumière des phares balaya les murs de la chambre. « J'ai pu lui parler. » Je me redressai lentement. « Quoi ? Tu lui as parlé... aussi ? » Fred fit un signe affirmatif de la tête avant de se recoiffer. « Je lui ai dit que j'étais en vie. Que moi, je n'étais pas mort. » J'étais incapable d'ajouter quoi que ce soit. Soudain, Fred posa une main sur mon pied. « Elle était très contente, tu sais, Barnum. Elle croyait que moi aussi j'avais été écrasé. Elle m'a pardonné. » Une fois mes yeux habitués à l'obscurité, je vis son visage, livide, et je vis aussi qu'il était plus maigre que jamais. Il souriait pourtant, et jamais je n'avais remarqué un tel sourire chez lui, comme celui que les clowns se dessinent avant d'entrer sous le chapiteau. Je ris. « Arrête de déconner, Fred. » Le sourire se dilua de ses lèvres. Il se rapprocha de moi. Je crus qu'il allait me mordre. « J'ai un bonjour à te transmettre, d'ailleurs. » « Mais de qui, Fred ? » « Tu m'écoutes ou quoi ? De La Vieille, bien sûr. Elle a dit qu'il ne fallait pas que tu sois triste sous prétexte que tu es si petit. » Je me renversai sur l'oreiller. Fred resta assis, comme une ombre voûtée penchée au-dessus de moi. « Où est-ce que tu l'as croisée ? » « T'es con ou quoi, Barnum ? » « Je me demandais juste où tu l'avais croisée, Fred… » Il retrouva son sourire. Son visage se radoucit. « Dans le ciel. Où veux-tu que ce soit sinon ? » Fred retourna enfin se coucher dans son lit. Il ne dit plus rien pendant un petit moment. Je n'en retrouvai pas le sommeil pour autant. « Tu te rends compte si elle n'avait jamais su ce qui s'était passé ? murmura-t-il. Imagine une seconde. » Aucune réponse particulière ne me venait à l'esprit. Je m'imaginais La Vieille, telle que je l'avais vue sur la table au sous-sol de l'hôpital, les mains pliées sur le ventre, le visage apaisé, à part ses paupières aussi grandes que des coquillages. Est-ce que nos pensées continuaient après notre mort ? Est-ce que les mystères nous survivaient ? « Pourquoi est-ce qu'elle a dit qu'elle te pardonnait ? » Fred se leva dans son lit. « Tu peux garder un secret, Barnum ? » « Oui. Oui, Fred. » Il se remit à l'horizontale. « Voilà notre secret. »

Je l'ai toujours gardé.

Et pourtant. Ce fameux soir où je m'étais illustré par mes actions contraires, alors que je marchais dans l'avenue Drammensveien et que j'entendais une valse lente descendre de l'étage supérieur du Handelsbygningen, je l'aurais volontiers divulgué, ce secret, à n'importe qui : au conducteur du tramway en train de fumer sur le marchepied, au chauffeur de taxi penché à sa fenêtre les yeux fermés, au professeur de piano surgissant à l'angle de rue, son sac rempli de notes de musique ; à tous, je leur aurais dit à haute voix que Fred, mon demi-frère, était allé saluer La Vieille au ciel. Si seulement tout pouvait ne pas avoir eu lieu, si seulement le temps pouvait être remonté, d'un seul coup, pour que tout ce qui allait de travers aille à nouveau dans le bon sens ; car soudain le doute s'emparait de moi et ce doute était profond, comme une déchirure dans mes pensées. Je ne me rappelais même plus comment je m'étais débrouillé pour rejoindre la rue, si j'avais pris l'ascenseur ou bien l'escalier. Mon triomphe s'était refroidi. Certes, j'avais réussi à me faire renvoyer du cours de danse. Mais quel en serait le prix à payer ? Qu'est-ce que cette exclusion allait engendrer, puisqu'on ne peut rien faire sans qu'une chose en entraîne une autre, entraîne autre chose ? Tout était suivi par autre chose, comme dans un rêve alambiqué. Je le savais. Mes yeux me brûlaient, mes deux yeux. J'avais l'impression de regarder à travers un morceau de verre dépoli sous une pluie battante. Je dus m'appuyer à un poteau. Si quelqu'un me voyait à l'heure qu'il était, cette personne aurait pu me prendre pour un chien, un chien d'une race bizarre, certes, mais tout de même un chien, qui essaie d'attraper du rien, du vide, et qui finit par se mordre la queue. Pendant que j'y étais, peut-être que j'allais être renvoyé de l'école, écarté, exclu, exilé, banni, comme l'être impossible que j'étais. Peut-être qu'on me transférerait dans la maison de redressement de l'île de Bastøy, où je serais enfermé dans une cellule d'isolement au fin fond de la cave, et où un gardien viendrait me passer à tabac quatre fois par jour. À moins que le rire ne me poursuive toute ma vie durant, telle une ombre, si bien que jamais je ne pourrais me montrer quelque part sans que le rire soit déjà présent et m'accueille avec son mépris et ses sarcasmes. « Pédale ! Pédale ! » crieraient les gens à mon passage. J'étais maudit. C'était la faute de Fred, puisque c'était lui qui m'avait suggéré de faire le contraire. C'était la faute de Boletta, puisque c'était elle qui m'avait inscrit à l'école de danse. C'était la faute de papa, puisque c'était lui qui m'avait acheté les souliers d'Oscar Mathisen. C'était la faute du vendeur, puisque c'était lui qui nous les avait montrés. C'était la faute de La Sangsue, puisque c'était elle qui avait relevé ma chemise et exhibé la petite culotte de maman aux yeux de tous. C'était la faute du pasteur, puisque c'était lui qui ne

m'avait pas excommunié séance tenante. C'était la faute
de Preben, d'Aslak et de Hamster, puisque c'était eux
qui m'avaient frappé derrière la statue de Welhaven sans
pour autant m'achever. Ils étaient tous mauvais. Je les
détestais tous. Les mots dégueulaient hors de moi. Il
aurait fallu un chiotte pour les mots. J'aurais pu les
pisser contre un réverbère. J'aurais pu les chier dans un
caniveau.

Soudain, j'entendis quelqu'un sur le trottoir se rapprocher de moi en courant. Je me mis à courir moi aussi.
C'était sûrement quelqu'un qui voulait me mettre le
grappin dessus. Mais celui qui me suivait ne devait pas
courir si vite vu que j'avais une belle longueur d'avance,
et donc, s'il n'arrivait pas à me rattraper, c'est que
j'étais encore plus rapide que lui. « Arrête-toi ! » cria-
t-il. Je pris le risque de m'arrêter puisque de toute façon
j'allais dans la mauvaise direction. Si je continuais dans
ce sens-là, j'allais atterrir en milieu hostile, derrière la
Munkedamsveien, et, comparés à ceux qui y faisaient la
loi, Preben, Aslak et Hamster n'étaient que des vau-
riens en culottes courtes. Je me trouvais juste au-
dessous de l'immense hêtre pourpre, dans l'Hydroparken, au milieu d'une pluie de feuilles mortes rougies.
Je me retournai. Une silhouette enrobée traînait des
pieds, le souffle court. C'était celui que j'avais invité à
danser et embrassé sur la joue. Il se campa devant moi.
Je me demandai s'il allait attendre longtemps avant de
m'envoyer un coup de poing dans l'autre œil, mais, pour
l'instant, il semblait trop occupé à essayer de reprendre
haleine. Puis il leva les yeux vers moi. J'eus l'impression qu'il me souriait, mais il faisait tellement noir que
je me trompais certainement. « Moi aussi je me suis fait
virer », dit-il. « C'est vrai ? Pour quel motif ? » « Parce
que je t'ai traité de nain et de gros dégueulasse. » Alors
que je sentis la peur ramper de nouveau vers moi, il
éclata de rire. « Je déconne ! J'ai dit que si je n'avais pas
le droit de danser avec toi, dans ce cas je refusais de
danser avec quelqu'un d'autre. » Il fit un pas vers moi.
« À propos, excuse-moi de t'avoir flanqué un coup de

poing dans l'œil. Ça fait mal ? » « Non, pas vraiment. »
« Je n'ai pas tout de suite compris combien t'étais
génial. » « Génial ? » répétai-je à voix basse. « Y avait
pas plus malin pour se faire virer du cours de danse…
Fallait y penser ! » L'espace d'un instant, le trouble se
lisait sur son visage ; son front se plissa comme du
papier froissé. « C'était le but, non ? » « Évidemment !
Qu'est-ce que tu crois ? » Son visage se déplia. Il me
tendit la main. « Tu t'appelles comment ? À part Nilsen,
je veux dire. » « Barnum. » « Barnum ? Génial ! Moi,
c'est Peder. » » Nous nous serrâmes la main, sous le
hêtre pourpre, tandis que le vent soufflait en rafales dans
les feuilles rougies où nous prenions racine – et j'ignore
combien de temps nous restâmes ainsi, mais je peux
jurer avoir vu la lune se lever, monter en biais sur la ville
et se poser dans le ciel comme une orange disposée dans
une coupe sombre et profonde. Peder retira sa main le
premier. Je plongeai la mienne à toute vitesse dans ma
poche. « Tu habites où ? » me demanda-t-il. « En haut
de l'avenue Kirkeveien. » « Super. On n'a qu'à faire un
petit bout de chemin ensemble, alors. »

Nous remontâmes la Bygdøy allé. Je ramassai un
marron, que je lançai aussitôt. Je ne marchais pas sur le
boulevard dans le but exprès de collectionner les
marrons. J'étais partagé entre la joie et la gêne, j'étais
troublé et content, effrayé et heureux. J'étais peut-être en
train de me faire un ami. Nous ne parlions pas. Notre
silence dura pendant plusieurs mètres. Peder sifflotait un
air qui passait en boucle à la radio. Je le connaissais. Je
l'imitai. Mais, au moment d'arriver au carrefour de la
Niels Juels gate, nous ne pouvions plus nous retenir.
Nous faillîmes mourir de rire (puisque personne n'a
jamais réussi à siffler en riant). Je dus frapper huit fois
du plat de la main dans le dos de Peder pour qu'il
retrouve ses esprits. « Et on fait quoi maintenant ? »
demanda-t-il entre deux hoquets. « Qu'est-ce que tu
veux dire ? » « Ben… Qu'est-ce que tu vas annoncer à
tes parents ? Que tu t'es fait renvoyer du cours de danse
parce que tu m'as embrassé ? » Il repartit d'un rire

joyeux, tout juste s'il ne fut pas obligé de s'agenouiller sur le trottoir tellement il riait. J'avais soudain la bouche sèche. Je n'y avais pas du tout songé. « Tu crois que Svae va passer un coup de fil à nos parents ? » Peder se redressa et haussa les épaules. « Peut-être. Peut-être pas. » Il se retourna, les yeux fixés sur le trottoir d'en face. « Regarde ! » murmura-t-il en montrant quelqu'un du doigt. C'était une fille. C'était la fille du cours de danse, la plus belle de toutes celles qui faisaient tapisserie. « Salut ! » cria Peder. Elle s'arrêta entre deux arbres puis regarda dans notre direction. Peder jeta un coup d'œil furtif à sa montre, me prit par le bras et me força à traverser la rue. La silhouette immobile de la fille se découpait sur le clair de lune. Elle portait un imperméable rouge au tissu quasi brillant. Il me sembla qu'elle avait froid. Elle soufflait dans ses mains comme si elle tenait un oisillon devant son visage. « Toi aussi tu t'es fait virer ? » demanda Peder. Elle laissa retomber ses bras. « Y avait personne qui voulait danser avec moi. J'avais pas envie de rester. » Elle le dit exactement de cette manière : Y avait personne qui voulait danser avec moi. Peder m'adressa un regard en coin, comme si nous étions convenus de quelque chose. Je souris tandis qu'il se retournait vers elle. « Ah bon ? Personne ? Et qu'est-ce que tu crois que j'étais en train de faire quand ce crétin est venu vers moi pour me sortir sa grosse blague ? Hein ? » Il fit un pas vers elle. Je m'inclinai. Elle porta à nouveau ses mains à sa bouche, dissimulant le petit sourire qu'elle esquissait. « Et vous croyez vraiment que moi, j'aurais eu envie de danser avec vous ? » Peder se tut une seconde. Il haussa les épaules. « Peut-être. Peut-être pas. Et toi, Barnum, qu'est-ce que tu crois ? » Je haussai les épaules. « Peut-être. Peut-être pas », répétai-je avec une facilité déconcertante. Voilà qu'elle s'approchait de moi. « Comment tu t'appelles ? » Je lui tendis une main qu'elle prit. « Barnum », répondis-je à voix haute pour qu'elle l'entende bien. Elle garda ma main dans la sienne un petit instant encore, ou peut-être est-ce moi qui retins la sienne. « Et moi c'est

Peder », dit-il d'une voix tout aussi forte que moi. Après notre échange de poignées de mains, ce fut à son tour de se présenter : « Je m'appelle Vivian. Peut-être que finalement je danserai avec vous. »

Nous continuâmes le long de la Bygdøy allé, Peder, Vivian et moi. Vivian marchait au milieu, entre nous deux – et je ne saurais expliquer pourquoi, mais j'avais l'impression que nous n'avions jamais quitté cet endroit, que nous n'avions jamais cessé d'être réunis, ici, tous les trois, sous les marronniers, dans l'obscurité humide ; alors même que nous ne savions rien les uns des autres, rien mis à part que ce premier soir au cours de danse de Svae serait aussi le dernier. « J'ai trouvé ! s'écria alors Peder. On va se dire que Svae ne téléphonera pas à nos parents, c'est risqué, mais bon… Et on fera semblant de continuer à aller à son cours. Vous êtes d'accord ? » Nous nous arrêtâmes. Peder ramassa un marron qu'il fourra dans sa poche. « Vous êtes d'accord ? Comme ça, on pourra continuer à se voir tous les jeudis et faire tout autre chose ! »

Et c'est ainsi que les choses se passèrent. Durant tout l'automne, chaque jeudi, nous nous retrouvions sous le hêtre pourpre de l'Hydroparken, dans notre costume de danse. Dissimulés derrière le tronc, nous regardions les autres entrer dans le Handelsbygningen. Avec la dégaine qu'ils se tapaient, ils nous faisaient rire et nous riions d'eux. Les garçons ressemblaient à des pingouins. Les filles à des paonnes. Après cette bonne partie de rigolade, nous trouvions toujours une occupation : soit nous allions au cinéma si nous avions assez d'argent (et la plupart du temps, c'était Peder qui en avait), soit nous nous installions au bord des rails du tunnel de Skøyen en nous tenant au moment où le train passait, soit nous partagions un milk-shake, soit nous passions nos soirées dans la chambre de Peder à écouter la radio. Mais ce soir-là, ce premier soir, nous nous raccompagnâmes simplement les uns chez les autres. En atteignant le haut de la Bygdøy allé, Vivian entra dans l'église de Frogner par la porte latérale. Elle nous quitta sans dire un mot.

Elle se retourna néanmoins vers nous, là-bas, dans le noir, leva la main, posa un doigt sur sa bouche, et elle disparut. Peder me regarda. « Putain ! Habiter dans une église... Ça doit pas être gai tous les jours... » « Peut-être que son père est pasteur. » Nous poussâmes en direction du parc de Frogner. « Remarque..., commença Peder, être réveillé tous les dimanches par le son des cloches de l'église au-dessus de ton lit, c'est bath, non ? » « Ouais, drôlement bath même. Te réveiller avec les cloches en pleine tronche, tu parles... » Cela fit rire Peder. « Je suis sûr que son père est pasteur. Dans ce cas, j'ai bien l'impression qu'il va falloir la délivrer du mal. » Sur le moment, je ne crois pas avoir tout à fait compris ce qu'il voulait dire, mais j'étais d'accord. « Tu parles, ouais... », ajoutai-je simplement. « Qu'est-ce qu'il fait ton père comme boulot ? » Je dus me creuser les méninges. « Oh... Un peu tout et n'importe quoi », soufflai-je. « Un peu tout et n'importe quoi ? Tu verrais le mien, de père ! Lui, c'est surtout n'importe quoi ! »

Peder s'arrêta devant une maison entourée d'une barrière. La lumière flambait à toutes les fenêtres. C'était donc là qu'il habitait, dans une maison à lui, avec un jardin à lui et même une hampe pour les jours où il fallait hisser le drapeau. Un panneau était fixé sur la porte d'entrée. *Attention, chien méchant.* « Vous avez un chien ? » Je me trouvai aussitôt crétin de poser cette question. « Il est mort il y a deux ans. Mais on a gardé le panneau. » Sur ce, une voiture débaula à l'angle de la rue (je crois que c'était une Vauxhall), les roues faisaient un bruit de ferraille, le pare-chocs faillit tomber, un ruisseau d'étincelles coulait le long de la rue ; elle s'engouffra dans le garage juste à côté de la maison de Peder, un coup de frein résonna en même temps que le moteur cala. Un homme coiffé d'un chapeau exubérant s'extirpa du véhicule, une serviette sous le bras. Il venait vers nous, un mouchoir sur le visage pour essuyer les gaz d'échappement. « C'était de justesse, se lamenta-t-il. J'ai bien peur qu'il faille l'envoyer en réparation. » « Salut, papa ! » C'était donc le père de Peder. Il s'arrêta à notre hauteur et nous sourit. « Alors ? C'était comment au cours de danse ? » Peder eut un haussement d'épaules. « Je crois qu'on s'est ennuyé à mourir. » Son père partit d'un petit rire puis il se tourna vers moi. « Je comprends. Franchement, on se demande à quoi le fox-trot pourrait bien te servir ? Tu n'auras qu'à faire de l'escrime à la place. Et toi, qui es-tu ? » « Je te présente Barnum. » « Bonsoir, Barnum. Tu vas venir manger un morceau et passer le reste de la soirée avec nous, Barnum ? À moins que tu aies peur du chien. » Je fis une petite courbette et déclinai poliment son invitation. C'était purement et simplement trop pour moi. Je devais rentrer me reposer. Je devais engranger cette soirée, l'économiser, ne pas la consommer en une seule fois. Mais avant de partir, je pris Peder par le bras, comme pour le retenir, bien que jusque-là il n'ait pas bougé. « Tu peux venir dîner chez nous demain soir, si tu veux », proposai-je à toute vitesse. Son père me donna une tape amicale sur l'épaule. « En voilà une brillante idée, Barnum ! Car maman et moi devons sortir », précisa-t-il à l'intention de Peder. Ce dernier me regarda en souriant. « À quelle heure veux-tu que je vienne ? » « À cinq heures ! » murmurai-je. Je partis en courant. C'était la première fois que quelqu'un m'invitait chez lui et c'était la première fois que j'invitais un camarade à dîner (le comble du triomphe, le couronnement de l'amitié : avoir un ami qui vient dîner chez soi). J'étais aux anges pendant tout le temps qu'il me fallut pour remonter l'avenue. J'étais un champion du monde dans des souliers de champion du monde. J'étais un ami. J'étais l'ami de quelqu'un et je brûlais d'impatience de raconter ce qui venait de m'arriver tant je ne pouvais en porter le poids tout seul, je n'avais pas les épaules assez larges ni le cœur assez grand.

Sauf qu'à mon retour il n'y avait personne à l'appartement. Maman était partie chercher Boletta au Pôle Nord. Papa était parti lui aussi, mais en voyage, comme à son habitude, il avait toujours une affaire à régler, il était incapable de rester en place : il passait en coup de vent, brassait de l'air, apparaissait en roi du monde ou en bandit de grands chemins, déposait une chemise sale et une liasse de billets, puis disparaissait – et je crois que c'était peut-être mieux ainsi, que je sois seul, vu le mensonge que je gardais, un mensonge aussi énorme que la vérité. Je n'avais pas la langue encore assez bien pendue (je savais encore tenir ma langue). Je n'osais pas annoncer à maman et Boletta que j'avais arrêté le cours de danse, que j'en avais été renvoyé, car elles avaient sûrement payé l'inscription d'avance, et peut-être qu'elles ne seraient jamais remboursées. Je rangeai mes chaussures sur l'étagère. Suspendis le blazer au portemanteau. Retirai la cravate. Bus un verre de lait à la cuisine. Allai à la salle de bains. Et je me regardai dans la glace. L'œil gauche commençait à jaunir sur les bords. Ça m'était égal. J'aurais pu pleurer de joie. Oui, il était temps à présent de s'accorder un peu de solitude. Je devais suçoter cette joie comme un morceau de sucre candi. Mais lorsque j'entrai dans notre chambre, je me rendis compte que je ne serais pas si seul. Fred était allongé dans son lit, les mains pliées derrière la nuque, les yeux fixés au plafond. « Salut, minus. » Je m'assis sur son lit. Je n'avais pas peur. J'avais quelque chose à lui raconter. « J'y suis arrivé », murmurai-je. « Je sais. » « Comment ça, tu sais ? » demandai-je d'une voix encore plus atone. Fred coula un regard vers moi. « Comment elle s'appelle déjà, la vieille grue du cours de danse ? » « Svae. » « Ah voilà ! Elle a appelé. » Je m'affaissai. « Elle a appelé ici ? » Fred soupira. Ses yeux se collèrent à nouveau au plafond. « Où veux-tu qu'elle appelle ? » Dans ma bouche, ma langue ne cessait d'enfler, aussi sèche qu'une gomme. « Elle a parlé à maman ? » « Nan. Elle m'a parlé à moi. T'as eu du bol encore sur ce coup-là, hein ? Qu'il y ait que moi à la maison. » Fred devint silencieux. Je n'en pouvais plus. Mais qu'est-ce qu'elle a dit, Svae ? Hein, Fred ? » Il ferma les yeux. « Il est trois fois trop grand pour toi, minus, ton pieu. J'suis sûr que si on le coupe par le milieu, ça nous fera plus de place. Tu crois pas ? » « Si

tu veux, Fred, murmurai-je. Qu'est-ce que tu as dit à
Svae ? » Fred sourit. « Elle m'a appris que tu avais fait
des choses immorales, Barnum. » « Des choses immorales ? » « À toi de m'expliquer, maintenant, Barnum. »
Je détournai le regard. Mon manuel d'hygiène était posé
sur le bureau. Si ça se trouve, Fred l'avait feuilleté. Et
si ça se trouve, il avait tout découvert de l'équation de
Barnum. « J'ai embrassé une fille. » « Ah oui ? T'as
embrassé une fille ? » « Oui, Fred. » « Et t'as réussi à
l'atteindre, *toi* ? » « Elle était assise. » C'était à mon
tour de fermer les yeux. J'entendis Fred se lever du lit.
« J'ai dit que j'étais ton père, précisa-t-il à mi-voix. Et
que j'allais t'infliger une correction. » Il éclata de rire.
Je n'osais pas rouvrir les yeux. Il se rassit à côté de moi.
« Ç'aurait dû être moi, ton père, Barnum. Au lieu de
cette grosse merde qui prétend à tout bout de champ que
c'est lui, ton père. » Fred passa un bras autour de mes
épaules. « En tout cas, j'ai réussi à me faire virer », précisai-je du bout des lèvres. Fred me tapota dans le dos.
Il attendit longtemps avant d'ajouter quelque chose.
J'aurais préféré qu'il ne dise rien, qu'il s'en tienne à ces
petites tapes dans le dos. J'aurais pu rester toute la nuit
assis comme ça à côté de lui. « D'après toi, Barnum ?
Quelle punition je vais être obligé de t'infliger ? »
« Déconne pas, Fred. » Il leva la main et planta ses
ongles dans ma peau en remontant en haut de ma
nuque. « Déconner, moi ? Le problème, c'est que j'ai
promis à Svae que je t'en flanquerais une, de punition. »
Il alla se poster devant la fenêtre. Je sentais encore
l'empreinte de ses ongles sur ma nuque. « Maman m'a
dit qu'ils t'avaient acheté les chaussures d'Osca
Mathisen. » « Oui », bredouillai-je à voix basse. « E
elles t'allaient ? » « Elles me vont très bien. » Fred
Son dos tremblait. « Tu sais ce qu'il lui est arriv
Oscar Mathisen ? » « Il a été champion du mond
patinage de vitesse. » « Non, après, je veux dire. A
qu'il a été champion du monde. » « Je sais pas. Il l
arrivé quelque chose de grave ? » « D'abord, il a fl
sa femme. Et puis après, il s'est flingué lui. Le cha

du monde. » Fred se retourna brusquement sur moi.
« Maintenant je sais quelle punition je vais t'infliger. »
« Laquelle ? » « Tu ne dois plus jamais me mentir,
Barnum. Jamais. » « Je ne t'ai pas menti, Fred. » Il
secoua la tête, un léger sourire au bord des lèvres.
« Tiens, tu vois. Tu viens encore de me mentir. »

Le paquet

Quand je me réveillai dans mon lit, Fred était déjà parti et maman se tenait penchée au-dessus de moi, dévorée par l'impatience. « Alors ? Comment ça s'est passé, au cours de danse ? » En m'asseyant, tout me revint d'un seul coup. « Peder vient dîner ce soir à la maison. » « Qui ça ? » « Peder ! » Maman s'installa sur le bord du lit. « Qui c'est, ce Peder ? » Et moi qui croyais ne jamais pouvoir un jour révéler ce que je venais à l'instant de dire. « C'est mon nouvel ami », murmurai-je. Maman eut ce sourire étrange ; elle fit mine de vouloir passer une main dans mes cheveux, réprimant son geste au tout dernier moment. « Tu l'as rencontré hier ? » « Oui. On est rentré ensemble. » Elle resta impassible quelques minutes, le même sourire aux lèvres. « Et puis tu l'as invité à dîner ? » « Oui. C'est ce que font les amis. » D'abord perplexe, elle se leva, puis elle frappa dans ses mains. « Dans ce cas, il va falloir mettre la table sans plus tarder. » Elle quitta la chambre en toute hâte. Je me recouchai. Je l'entendis appeler Boletta. « Allez, espèce de poivrote, viens m'aider ! Nous avons des invités au dîner ! » Je restai allongé. J'écoutais le bruit assourdi des casseroles, des poêles à frire, les portes des placards claquées, les couvercles que des mains pressées faisaient tomber, l'aspirateur et le fer à repasser ; et la peur commença à m'envahir. Tout ce à l'idée de quoi je me réjouissais m'effrayait à présent – et je pensai (ou peut-être je ne le pense que maintenant, ce qui n'était alors, comme la pluie bien sûr, qu'un pressentiment, une suspicion) que rien ne forme un ensemble absolu, indivisible, que tout, la joie, le bonheur, la beauté, comporte en soi une fêlure ; il existe une cassure en tout, un manque, hormis dans cette pensée complète et inutile sur l'imperfection.

Maman ouvrit la porte, interloquée. « Ben alors, Barnum ! Tu n'es pas censé aller à l'école aujourd'hui ? » Je chuchotai sous ma couette : « Je crois que je préférerais rester à la maison. » Elle souleva ma frange. Elle portait ses gants de cuisine ainsi qu'un grand tablier blanc. « Tu es malade ? » « Non. Mais tu n'as qu'à écrire que je le suis. » Boletta montra le bout de son nez derrière maman, nous observant de ses yeux rougis et de sa bouche ridée. « Laisse donc Barnum rester ici pour aujourd'hui. Tu n'auras qu'à dire qu'il a de la fièvre. » « Je déteste mentir ! » dit maman. Boletta s'assit à côté de moi et posa une main sur mon front. « Oh… Mais ce n'est pas un mensonge, ma petite Vera. Barnum est allé au cours de danse et voilà que la température monte ! En plus, il a un œil tout gonflé. Il a dû regarder les filles d'un peu trop près ! » J'étais déjà debout. « Je peux aller faire les courses ! » proposai-je sur un ton presque exalté. Maman pointa un doigt vers moi. « Il ne manquerait plus que ça ! Toi, tu ne quitteras pas la maison de la journée. Tu n'auras qu'à ranger votre chambre. Et ne t'avise pas de traîner dans nos pattes ! » Elle s'éclipsa dans la cuisine. Boletta hésita une seconde. « Maman est tellement contente ! chuchota-t-elle. Que tu aies de la visite. Mais tu sais, elle a toujours du mal à exprimer sa joie. » Sa main vint caresser ma nuque qui portait encore la marque des ongles de Fred. « Comment ça s'est passé hier au cours de danse ? » « Bien. Super bien. » Elle rit, mais davantage pour elle-même. « Tu n'as pas besoin d'en dire plus. Je ne suis qu'une vieille femme stupide qui veut juste savoir ce qu'elle rate. » Je la regardai. « Tu n'es pas stupide, Boletta. » « Je te remercie, Barnum. Me voilà maintenant rassurée. »

Elle se précipita rejoindre maman. J'entrepris de ranger. Je fis les lits. Je fourrai les livres d'école dans mon cartable, mis les crayons dans ma trousse, cachai mes vieilles semelles compensées dans le tiroir du bas, soufflai sur la poussière accumulée sur le *Manuel de médecine destiné aux foyers norvégiens* de M. S. Greve. J'ouvris la fenêtre, éternuai à plusieurs reprises. Dehors, le soleil irradiait. Il jetait çà et là des ombres filiformes. Le temps passait. Le temps était immobile et néanmoins il passait. Même lui ne formait pas un ensemble absolu et indivisible. Déjà, Boletta remontait l'avenue. Elle tirait le chariot rempli de provisions, à peine si elle y arrivait. Je refermai la fenêtre. Je commençais à être anxieux. Je me suis mis à trier les affaires de Fred. Je cachai le couteau, les cigarettes, le trousseau de clés sous son oreiller, plaçai dans l'armoire sa paire de chaussures marron au bout pointu, décollai les chewing-gums agglutinés sur le rebord du lit que je jetai ensuite. Je savais que je n'aurais pas dû le faire. Je savais que je n'avais pas le droit de toucher aux affaires de Fred. Il avait tracé une ligne blanche sur le plancher. Je devais obtenir sa permission pour pouvoir la franchir. Pas lui. Car lui allait où bon lui semblait. J'espérais intérieurement qu'il n'assisterait pas au dîner. Et pourtant je le souhaitais malgré tout. J'avais envie qu'il soit présent à nos côtés, un grand frère, l'essentiel était qu'il soit là, sans rien dire, oui, de préférence sans rien dire, silencieux et mystérieux, un vrai grand frère. Par contre, si papa trouvait le temps de rentrer à la maison, il valait mieux dans ce cas que Fred fût absent ; un à la fois était amplement suffisant. J'entendis maman mettre la table dans la salle à manger : la nappe blanche, les verres à pied, les ronds de serviette, le service chinois, les couverts en argent. À présent, notre passé prestigieux était étalé sur la table (ce passé qui jamais ne deviendra futur). Je courus la rejoindre. « Pourquoi est-ce qu'on ne mange pas à la cuisine, tout simplement ? » « À la cuisine ? Tu plaisantes, ma parole ! Je vais finir par croire que tu as de la fièvre ! » « S'il te plaît, maman ! On peut pas faire un dîner tout simple, comme d'habitude ? » Elle se retourna vers moi. Elle tenait une assiette à la main et, un instant, je ne sus pas si elle allait la fracasser par terre ou la reposer docilement sur la table.

« Qu'est-ce que tu veux dire, Barnum ? » « Que c'est pas ça, le but. Le but, c'est un dîner comme tous les jours ! » Maman m'observa longuement. « Non, impossible. Il est impossible que tu puisses penser ça une seule seconde. » Elle déposa délicatement l'assiette sur la nappe.

Papa rentra à cinq heures moins le quart, comme s'il avait un travail normal et que nous étions une famille normale. Il s'arrêta dans l'entrée, lourd, voûté ; peut-être aujourd'hui encore revenait-il de Majorstuen à pied, voire de plus loin, qui sait ? Il se pencha, arrivant à peine à atteindre ses chaussures. Il réussit tout de même à se redresser, cligna des yeux, renifla. Il me regarda d'un air surpris. Debout devant l'horloge, j'attendais. Ce n'était pas lui que j'attendais, mais Peder. Et, lentement, ses yeux naviguèrent des boutons brillants de mon blazer à la table dressée dans la salle à manger, où la flamme des bougies déjà allumées vacillait dans le courant d'air provoqué par la fenêtre entrouverte. Sa figure enfla, un sourire d'abord invisible distendit peu à peu la peau de son visage, enfouissant du même coup les yeux au fond de leurs orbites. « Eh ben dis donc ! s'exclama-t-il à voix basse en détachant tous les mots. Non mais regardez-moi ça ! Eh ben dis donc ! » Maman, qui passait devant nous, un plat de pommes de terre à la main, jeta un coup d'œil par-dessus son épaule. « Barnum a de la visite, précisa-t-elle. Tu ferais mieux de te préparer. » Le visage de papa se décomposa, comme léché par le feu, pour se recomposer tout aussi vite, laissant ses yeux réapparaître. Peut-être croyait-il que toute cette cérémonie avait été organisée pour lui : une surprise, une récompense, la remise soudaine d'une médaille. De la cuisine nous parvenaient des senteurs qu'aucun de nous n'avait jamais respirées dans cet appartement : épices, vanille, viande bouillie, autant de saveurs concoctées à partir de recettes en langues étrangères. Le nez au-dessus des casseroles, Boletta chantonnait les tubes de la radio. Retrouvant son sourire, papa se tourna vers moi. « De la visite ? Tu as déjà rencontré une fille,

Barnum ? » « Il s'appelle Peder », rectifiai-je. Papa
s'approcha du secrétaire, se prépara dans le verre le plus
lourd un whisky soda qu'il sirota en prenant son temps,
mais en trois gorgées seulement. « Et voilà, fit-il. Maintenant je suis prêt. »

Et puis il fut cinq heures. Peder n'était toujours pas
arrivé. Maman posa un linge sur les pommes de terre.
Boletta mit les casseroles à feu doux. Papa se confec-
tionna un autre whisky soda, il piquait du nez. Il baissa
les yeux vers mes pieds. « Tu ne mets pas tes nouvelles
chaussures ? » voulut-il savoir. « Non. » « Elles ne te
vont pas, finalement ? » « Je n'aime pas l'idée de porter
les chaussures d'un mort. » La phrase m'avait échappé,
je l'avais dite sans réfléchir, comme si les mots venaient
d'ailleurs. Je n'aime pas l'idée de porter les chaussures
d'un mort. Papa clignota des yeux pendant une seconde,
vida son verre et tapa du pied. « À table ! » s'écria-t-il.
Nous nous assîmes. Papa coinça sa serviette entre les
boutons de sa chemise, déjà sur le point de se servir.
Maman posa une main sur son bras. « Nous allons
attendre un peu », proposa-t-elle calmement. Papa mit
ses mains sur ses genoux, le regard circulaire qu'il jeta
autour de la table s'arrêta sur moi. « Comment s'appelle
ce garçon ? » « Peder », répondis-je. « Peder quoi ? » Il
ne viendra pas, pensai-je. Il a juste dit ça en l'air, juste
pour être sympa, parce que son père assistait à notre
conversation. Peut-être qu'aussi je lui faisais de la peine,
il m'a trouvé niais et a eu pitié de moi mais il ne viendra
pas. J'avais été renvoyé du cours de danse avec, aux
pieds, les chaussures d'un homme mort et j'étais seul.
« Peder, répétai-je. Peder. » Boletta se pencha au-dessus
de la table. « Il va arriver, promit-elle. Je te le dis, moi. Il
va arriver. »

Et Fred rentra. Il passa une main dans ses cheveux
pour remonter sa frange. Il s'approcha. Il avait beau sourire, ses lèvres étaient minuscules. « Qui c'est qu'est
mort ? » demanda-t-il en s'asseyant sur la dernière
chaise vide. « Celle-là est déjà prise, fit observer papa.
Et personne n'est mort. » « Maintenant elle est vraiment

prise, rétorqua Fred. Et c'est toi qu'es mort. » Fred remplit son assiette et se mit à manger. « Pas besoin de m'attendre, hein… », ajouta-t-il en passant le plat à Boletta qui se contenta de secouer la tête. « Barnum a la visite d'un ami », annonça maman précipitamment. « Un ami ? Barnum ? » Fred coula un regard vers moi. Maman posa une main sur la sienne. « Je ne comptais plus sur toi, Fred. » Papa gloussa. « C'est à se demander qui peut compter dessus… Sur le fait que monsieur daigne revenir, je veux dire. » Boletta, qui avait déjà rajouté un couvert entre maman et moi, poussait une chaise. Fred toisa papa. « Et toi, gros porc ? Tu crois p'têt' qu'on compte sur toi ? » La main de papa tremblait. « En tout cas je suis là. Et puis on ne parle pas la bouche pleine. » Fred mastiquait la nourriture, les yeux fixés sur moi. J'espérais que Peder ne viendrait pas. J'espérais qu'il avait dit qu'il viendrait juste pour être sympa, mais qu'en fait il ne viendrait pas. « Et il est passé où ? voulut savoir Fred. Ton copain, je veux dire. » « Il va arriver », répondit Boletta en se servant un verre de vin. Papa lui prit la bouteille et remplit son verre. « Peut-être que le tramway est en retard », murmurai-je. « Ça doit être ça, fit maman. Je suis sûre qu'il va être là d'une minute à l'autre, tu verras. » Fred ricanait. Papa trinquait. « À l'étranger, on compte toujours un quart d'heure avant le début d'une représentation. Il est maintenant cinq heures et quart pile ! » Il remplit son assiette à ras bord. Il s'apprêtait à engloutir le premier morceau quand on sonna à la porte. Le silence tomba sur la salle à manger. Même Fred était comme pétrifié au-dessus de la nappe. Une seconde sonnerie retentit. Je faillis tomber de ma chaise. Je courus ouvrir. C'était Peder. Il entra. Il avait l'air très essoufflé. « En haut de l'avenue ! ? pestait-il. Putain ! » « Ça monte, hein ? » « En plus, tu m'avais même pas dit quel numéro c'était ! » Il rit. Je ris à mon tour. « Comment t'as fait pour trouver ? » « Ben… J'ai demandé où Barnum Nilsen habitait. » Nous nous retournâmes pour faire face à la salle à manger. Ma famille au complet était là. Ils

souriaient. Papa avait remis la nourriture dans le plat.
Même Fred souriait. Ils paraissaient heureux, là, entre
les bougeoirs et les verres, comme s'ils n'étaient que ça,
et seulement ça. Heureux. J'essayai de les observer avec
le regard de Peder, avec les yeux de celui qui viendrait
ici pour la première fois : papa qui se lève le premier de
sa chaise plus grande que les autres, qui passe une main
rapide sur ses cheveux gominés avant de faire de la
place à Peder, notre invité ; Boletta qui déplace la bouteille de vin afin de mieux voir, une grand-mère souriante aux cheveux gris, au centre du cercle familial ;
maman qui se lève elle aussi, qui semble soudain plus
jeune que la plupart des mères, qui rougit et tend ses
mains, comme si elle voulait prendre Peder par la taille
et l'attirer vers elle ; tout cela pendant que Fred continue
de manger, un grand frère plus ou moins grandiose, qui
ne se laisse pas marcher sur les plates-bandes. La soirée
pouvait éventuellement bien se passer. « Ouh là là ! »
lâcha Peder à voix basse.

Il salua d'abord papa qui ne le laissa pas partir aussi
facilement. « Peder Miil », se présenta-t-il en inclinant
la tête. « Miil ? Avec un ou deux i, Peder ? » « Deux.
Miil. » Il fit le tour de la table, donnant une poignée de
mains à chacun. Fred le salua également. Et, enfin, nous
nous attablâmes. « Je vous remercie beaucoup pour cette
invitation. » Maman et Boletta échangèrent un regard.
Elles n'avaient jamais vu un garçon pareil. « N'empêche
que t'es en retard », crut bon de souligner Fred. « Mais
ce n'est pas grave ! » s'exclama maman avec un rire.
Peder ne savait plus où donner de la tête entre Boletta
qui lui passait les plats et papa qui lui versait du sirop.
« Nos chers invités finissent toujours par arriver à la
bonne heure. C'est ce que nous disions en Amérique. Et
je ne vois pas pourquoi nous n'en ferions pas notre
devise ici ! » Peder acquiesça et se servit. « J'parie que
Barnum a oublié de te signaler où on crèche », dit Fred.
Peder lui tendit le plat. « Le tramway était en retard,
c'est pour ça. » Fred le dévisageait. « Faut que tu saches
que Barnum a jamais ramené d'invités à la maison. T'es

le premier. » Peder se tourna vers moi. « Mieux vaut tard que jamais, alors ! » Tout le monde rit. Sauf Fred. Et moi aussi peut-être. Un silence tomba autour de la table. Nous mangions. Jusqu'à présent, tout se passait pour le mieux. Il nous suffisait de rester sagement assis, de savourer la viande de porc bouillie, de nous sourire les uns les autres, de boire de petites gorgées de vin, de nous adresser des petits clins d'œil amicaux, de parler du temps, pour peu qu'il faille échanger quelques mots. Si elle continuait sur cette lancée, la soirée pouvait décidément bien se passer. Papa prit un cure-dent et se mit à fourrager dans sa bouche. « Dans quoi travaille ton père ? » voulut-il savoir. « Les timbres », répondit Peder. « Les timbres ? » s'étonna papa après un silence. « Oui. Il vend des timbres. Après les avoir achetés. » « Et on peut en vivre ? » demanda Fred. « L'année dernière, il a vendu un timbre de l'île Maurice pour 21 734 couronnes. » Papa agita son cure-dent sous le nez de Fred comme s'il tenait une baguette rétrécie. « On dit philatéliste. Au cas où tu ne le saurais pas. Philatéliste ! » Il rangea le cure-dent dans sa poche de poitrine et se resservit. « Je vois que tu regardes ma main manquante, Peder... » lâcha papa de but en blanc. Ce ne fut qu'à ce moment-là que je remarquai qu'il ne portait pas ses gants ; nous nous étions habitués à la teinte grisâtre de la peau de son moignon. « Je ne l'ai pas fait exprès », souffla Peder. Papa leva la main. « Ce n'est pas grave. Mais c'est une longue histoire, Peder. Ces doigts si précieux ont été emportés lors d'une opération de déminage dans le Finnmark, après la guerre. » Fred bâilla. « L'Allemand, tu comprends, est un guerrier méticuleux. Mais rusé aussi. Cette mine n'était pas posée comme d'habitude et s'est mise en travers de mon chemin. Voilà, cher Peder. Maintenant tu sais tout sur ma main droite. » « Vous êtes aussi allé en Amérique ? » Papa était soudain en grande forme. Lancé sur ce sujet, il était capable de se mettre debout pour nous faire un laïus interminable. Il se contenta de poser son couteau et sa fourchette sur la nappe. « Si je suis allé en

Amérique ? Mais, mon cher Peder, l'Amérique est ma seconde patrie. J'ose même dire que je suis plus connu là-bas qu'en Norvège. » J'espérais secrètement que nous n'allions pas tarder à nous lever de table. Je passai le plat à Boletta. « Et au fait, comment ça s'est passé hier chez Svae, les garçons ? » demanda-t-elle. Peder me jeta un coup d'œil furtif. « Bien bien », fis-je. « Elle a passé son temps à parler », ajouta Peder. Boletta posa ses couverts. « À parler ? Mais on ne parle pas, dans un cours de danse. On danse ! » « Elle nous a conseillé de changer de. sous-vêtements si on était en sueur après avoir dansé. » Comme nous avons ri ! Même Fred riait. Papa dut se lever et faire un petit tour autour de la table tellement il s'esclaffait. La soirée pouvait définitivement bien se passer. Il finit par se rasseoir. « En Amérique, nous dansions plusieurs nuits d'affilée. Et je peux te dire que là nous transpirions ! » « Mais oui, Arnold, c'est ça… », l'interrompit maman, sauf que papa n'avait pas l'intention de s'arrêter dans son élan. « Et ceux qui tenaient le plus longtemps avaient gagné. Crois-moi qu'on avait autre chose à penser qu'à nos sous-vêtements trempés ! » Fred ne me quittait pas des yeux. « Comment elle s'appelle déjà, la grosse, là, de votre cours machin ? » « Fais attention à ce que tu dis, Fred », le prévint papa. « Fais gaffe toi-même. » « Svae », murmurai-je. Fred se tourna vers maman. « Elle a appelé ici, hier. » Peder baissa les yeux. Les miens ne regardaient nulle pas. Je fermai les paupières. Il y faisait noir comme dans la gueule d'un loup. « Ici ? Mais qu'est-ce qu'elle voulait ? » s'étonna maman. Fred écrasa une pomme de terre avec le dos de sa fourchette, en prenant tout son temps. « Elle voulait juste dire que jeudi prochain ça commencerait à cinq heures et demie. Au lieu de six heures. »

Je rouvris les yeux. Fred souriait. Et on sonna. L'inquiétude se lut soudain sur son visage, une appréhension que moi seul étais capable de saisir. « Tu t'es fait d'autres amis, Barnum ? » Je secouai la tête. La sonnerie retentit de nouveau, longue, insistante. Maman se dépêcha d'aller ouvrir. C'était le concierge Bang. Il entra en trombe dans l'appartement, avec un paquet qu'il tenait à bout de bras. « Maintenant ça suffit ! s'écria-t-il en balançant le paquet sur la table. J'ai reçu *ça* par la poste aujourd'hui ! » Maman le rejoignit en courant. Papa se redressa d'un bond, sa chaise se renversa. « Mais qu'est-ce que c'est que ça ? » « Vous n'avez qu'à l'ouvrir pour le savoir ! » vociférait-il presque comme s'il avait perdu la tête. Je reconnus immédiatement le paquet. Papa défit le papier et battit aussitôt en retraite. Mon pyjama. Voilà ce qu'il y avait à l'intérieur. L'odeur était pestilentielle. Maman cacha son visage entre ses mains. « Mon Dieu ! » s'exclama-t-elle dans un gémissement de dégoût. Boletta s'enfuit dans la cuisine en emportant son verre. Peder était pétrifié. Je regardai Fred. Qu'est-ce qu'il avait bien pu fabriquer ? « Je n'apprécie pas du tout ce genre de cochonnerie ! Mais alors pas du tout, du tout ! » Bang tapait par terre de son pied-bot. « Qui est l'heureux propriétaire de ce pyjama ? » demanda papa d'un ton étrangement doucereux. « Moi », murmurai-je. Papa me flanqua une gifle. Maman poussa un cri. Je faillis tomber de ma chaise. Papa fit le tour de la table au pas de course, s'arrêta derrière Fred, posa sa main mutilée sur son épaule. « Et toi ? Qu'est-ce que tu as à dire ? » « Rien. » « Rien ? Tu n'as rien à voir avec cette ignominie ? » « Rien, répéta Fred. Barnum s'est chié dessus, alors je suis allé balancer son pyjama à la poubelle. » Papa enfonça l'arrondi de son pouce esquinté dans la nuque de Fred. « Et le pyjama a atterri tout seul chez le concierge Bang, peut-être ? » « Ce que j'en sais, moi... Quelqu'un pourrait pas enlever cette merde de sous mon nez. J'suis en train de becter, moi. » Bang retourna le paquet où figurait maintenant son nom et son adresse, écrits en de grosses lettres mal formées. « Tu ne crois pas que tu vas t'en tirer comme ça, espèce de vaurien ! Tu n'as même pas été fichu d'orthographier mon nom correctement ! » Il martelait le paquet d'un doigt accusateur, si bien que son ongle manqua de transpercer le papier. Bnag. Voilà ce qui y était écrit. Fred avait écrit Bnag, concierge Bnag. Cela revenait en quelque sorte à signer son forfait par ses nom, prénom et adresse, et, en prime, à laisser ses empreintes digitales. Je le vis pencher la tête, cramoisi, furibond, tandis que papa, de sa main valide, lui flanquait gifle sur gifle, une fois, deux fois, trois fois, jusqu'à ce que maman se précipite sur lui pour l'arrêter. Mais il l'envoya promener d'un geste. « Demande pardon ! ordonna-t-il d'une voix sourde. Demande immédiatement pardon ! Maintenant ! Espèce d'abruti ! » Fred demeura assis. Quelque chose coulait sur son visage. J'ignorais ce que c'était : des larmes, du sang, de la salive. Puis il se leva. Il se leva lentement, et il sourit. C'était le sourire le plus redoutable que j'avais jamais vu. Il se carra devant le concierge Bang. « Désolé. Je croyais que c'était toi qui nettoyais les pyjamas dans cet immeuble, Bang. » Papa était prêt à faire pleuvoir les coups, mais Fred stoppa net sa main dans son élan, il la tint pendant quelques secondes en balayant l'assistance du regard, avec ce même sourire, et ces pupilles qui débordaient de mazout. Le danger menaçait. Puis il lâcha prise et il alla dans notre chambre. Tout le monde en resta coi, nous n'avions plus vraiment faim. Mon pyjama gisait au beau milieu de la table, pareil à un dessert pestilentiel. Maman tremblait tellement qu'elle fut forcée de s'asseoir. Papa, passant un bras autour du concierge Bang, le conduisit dans un coin de la pièce, sortit des cigares que Bang put choisir à sa guise. Tout d'un coup, je me demandai ce que Fred dirait quand il découvrirait que j'avais farfouillé dans ses affaires pour les ranger. Toutefois, pas un bruit ne filtra de notre chambre. Brusquement, maman se leva. Elle ramassa le paquet et jeta l'ensemble dans le poêle qu'elle alluma.

Je fis un petit bout de chemin avec Peder pour le raccompagner. Il se taisait. Voilà, à présent, tout était détruit. À présent, tout était plus horrible que jamais. J'étais mort de honte rien que d'y penser : mon pyjama, sur la table de la salle à manger, objet de ridicule au vu et au su de tout le monde. Demain, je tuerais toutes les personnes au courant de la situation, et je serais contraint de tuer Peder par la même occasion. Je marchais derrière lui, à trois pas d'écart. C'était la fin. J'étais sur le point de pleurer. En arrivant à Majorstuen, il s'arrêta, se retourna vers moi, et proposa en souriant : « Et si la prochaine fois tu venais dîner à la maison ? »

Le nu

Il y avait un homme nu au beau milieu du salon chez Peder. Parfaitement immobile, debout, les bras croisés, il donnait l'impression d'être plongé dans des pensées profondes, voire de ne pas réfléchir du tout. Des muscles saillants et fuselés se dessinaient sous une peau lisse, lustrée par un teint cuivré, couraient le long de son corps robuste et élancé que je n'osais contempler davantage. Il était donc nu comme un ver, debout, inerte, dans le salon de Peder. Je crus d'abord qu'il s'agissait de son frère, mais Peder n'en avait pas. En outre, l'homme, âgé d'environ trente ans, ne pouvait en aucun cas être son frère. « Chut ! » fit Peder en me prenant par le bras avant même que j'aie pu prononcer un seul mot. Nous étions dans l'entrée, derrière un perroquet croulant sous le poids des écharpes, manteaux et chapeaux. « Maman travaille », ajouta-t-il d'une voix encore plus basse que tout à l'heure. Je la voyais elle aussi à présent. Elle était assise dans un fauteuil profond, près de la fenêtre dont les rideaux étaient tirés. Elle dessinait. De temps à autre, elle levait les yeux, tenait son crayon droit devant elle comme si elle mesurait la hauteur de plafond. Puis elle se penchait sur sa feuille. Je pus alors constater qu'elle n'était pas assise dans un fauteuil ordinaire. Il était pourvu de roues. C'était un fauteuil roulant. L'homme nu n'avait toujours pas esquissé ne serait-ce que l'ombre d'un mouvement. Je retins mon souffle. Il était peut-être mort, qui sait : mort, beau et debout. Peder se baissa pour me murmurer à l'oreille : « Je crois que maman est amoureuse de lui. Elle a mis trois mois rien que pour dessiner sa tronche. » Il se fendit d'un petit rire au moment précis où elle nous aperçut. « Bonjour les garçons ! » s'écria-t-elle. Elle s'approcha de nous, le crayon coincé dans sa bouche. Elle me tendit une main que je serrai. Elle semblait perdue entre les plis de la grande couverture déployée autour de ses épaules – et ce dont néanmoins je me souviens, c'est de ses cheveux, une immense et magnifique toison, rouge comme le cuivre, brillant d'un éclat incandescent, à croire qu'elle était coiffée en permanence d'une couronne flottante. « Tu dois être Barnum… » J'acquiesçai. « Et tu as oublié que Barnum dîne avec nous ce soir », précisa Peder en lui retirant le crayon de la bouche. « Mais bien sûr que non, je n'ai pas oublié, répliqua-t-elle en riant. Ne vous inquiétez pas, vous aurez bien de quoi manger ce soir. Regarde, Barnum. » Elle me montra le dessin. « Il n'est pas encore terminé mais qu'en penses-tu ? » J'aimais les traits fins et rapides. En fermant un œil et en ne regardant que de l'autre, tout se modifiait soudain, comme si les lignes partaient en sens inverse pour, au final, représenter tout autre chose. Ce qui ne m'empêchait pas de reconnaître le motif de son dessin. Si le visage n'était pas très ressemblant, le reste en revanche ne prêtait nullement à confusion. Peder soupira. « Arrête d'embêter Barnum, maman. » Elle soupira elle aussi. « Mais je ne l'embête pas ! Je lui demande juste son avis. » « Et à mon avis, il est terminé », conclus-je. Elle leva un regard interrogateur vers moi tant son fauteuil était bas. « Terminé ? Mais je viens à peine de commencer ! » « Et moi je trouve quand même qu'il est terminé », murmurai-je. Comme elle examinait son dessin, en dodelinant longuement de la tête de droite à gauche, je craignis un instant de m'être ridiculisé ou d'avoir offensé l'un d'entre eux. « Excusez-moi », crus-je bon d'ajouter. Elle me regarda de nouveau. « Tu sais quoi, Barnum ? Eh bien je crois que tu as bigrement raison. Il est peut-être terminé, en fait. » Elle se retourna vers l'homme nu toujours aussi immobile. « Nous avons fini pour aujourd'hui, Alain. Mais si vous voulez bien venir saluer Barnum avant de partir. » Le fameux Alain en question se libéra en quelque sorte du plancher, comme s'il avait été pétrifié sur place, et revenait à la vie sur l'ordre de la mère de Peder. Il s'approcha lentement de moi, me donna une poignée de mains molle, un simple frôlement. Je fis une profonde courbette, pour tout aussi vite remettre ma tête au bon endroit. C'était la première fois que je saluais un homme nu. Peder, qui regardait ailleurs en sifflotant, m'attrapa le bras et m'entraîna dans le salon puis dans l'escalier dont la progression fut d'autant plus difficile qu'il fallut nous frayer un chemin entre des peintures inachevées, des piles de livres, des valises, des journaux et des cordes à linge. La chambre de Peder, elle, était radicalement différente. Je m'arrêtai devant la porte. On n'est pas vraiment le copain de quelqu'un tant qu'on n'est pas rentré dans sa chambre, pensai-je. Du reste, Peder n'avait pas encore vu ma chambre, qui n'était d'ailleurs pas uniquement la mienne, mais tout autant celle de Fred, divisée en son milieu par une ligne continue qu'il était interdit de franchir. Peder s'affala sur son lit, non sans un glapissement plaintif. « Putain ! Heureusement que t'as dit que le dessin était terminé ! Sinon il l'aurait jamais été. » Au-dessus de son bureau, une immense mappemonde était fixée au mur, à côté de laquelle se trouvaient quatre pendules réglées à des heures différentes. Si la première indiquait cinq heures moins le quart, sur la seconde, il était déjà huit heures moins le quart. « Laquelle est déréglée ? » Peder se mit à rire. « Aucune, espèce d'idiot ! Assieds-toi donc ! » Je m'installai à côté de lui. Le lit était suffisamment grand pour deux. Peder montra les pendules du doigt. « La première indique l'heure à Oslo. La seconde à Rio de Janeiro. La troisième à New York et la quatrième à Tokyo. » « Pas bête ! » « Eh ouais… Car tu vois, si quelqu'un m'appelle de New York, je sais exactement quelle heure il est là-bas. » « Et on t'appelle souvent de New York ? » « Jamais ! » s'esclaffa-t-il. « Mais c'est quand même bien de le savoir », assurai-je. Nous restâmes allongés un petit moment sans rien dire. C'était bizarre de penser à ça. Bizarre de penser que le temps était différent, que quelqu'un pouvait déjà rentrer de l'école, mettons à Rio, pendant que d'autres se dépêchaient parce que la première heure de cours venait juste de commencer, à Tokyo pourquoi pas. Certains avaient de l'avance et d'autres du retard. C'était injuste. Que se passait-il en revanche quand on allait d'Oslo à New York ? Est-ce qu'on se mettait d'un seul coup à vieillir ou bien à rajeunir de six heures ? Tout cela était très emberlificoté. Et si on rentrait chez soi après avoir fait le tour de la Terre, est-ce qu'on pouvait recommencer à zéro ? est-ce qu'on était remonté tellement loin dans le temps que la plupart des choses survenues dans l'existence restaient encore à accomplir, ce qui donnait la possibilité de les refaire, mais de les refaire en mieux ? ou bien au contraire, est-ce que cela signifiait qu'on n'avait nullement besoin de s'en préoccuper, qu'il suffisait de renoncer à vouloir refaire les choses, tout bonnement, dans le cas où on regrettait de les avoir faites ? « Tu dors ? » demanda Peder. « Non. Je réfléchissais. » « À quoi ? » « Au temps. » « Le temps, c'est juste quelque chose qui a été inventé. Comme l'argent. » En entendant des pas dans le jardin, nous nous précipitâmes à la fenêtre. C'était l'homme nu, Alain, qui partait. Heureusement, il n'était plus nu. Il portait un long manteau et une écharpe noire enroulée au moins huit fois autour de sa gorge. Il se retourna au moment d'arriver dans la rue, fit un signe de la main en levant à peine le bras, puis il replia ses doigts. Ce n'est pas nous qu'il saluait. « Elle est malade, ta mère ? » Peder resta silencieux jusqu'à ce qu'Alain ait disparu de notre champ de vision – et je regrettai immédiatement d'avoir posé la question, je ne voulais rien dire de travers, je ne voulais pas détruire ce qui était en train de se passer, c'était même la dernière chose que je voulais, moi qui avais eu la permission d'entrer dans la chambre de Peder. « Pourquoi crois-tu qu'elle est malade ? » Je déglutis. « Comme elle est dans un fauteuil roulant... » Peder haussa les épaules. « Peut-être qu'elle aime ça. Être dans un fauteuil roulant. » « Oui, sûrement », fis-je. Peder baissa les épaules. J'étais sur le point d'ajouter quelque chose mais je me retins. Il valait mieux attendre devant la fenêtre sans parler. Le temps passait à Tokyo, à Rio de Janeiro, à New York. Mais à Oslo, il s'était arrêté. C'était comme si, à notre tour, nous étions des modèles figés dans un corps en attente et en exposition pendant qu'on nous dessinait, sauf que nous ignorions qui nous dessinait, de la même façon que nous ignorions quand ce dessin serait terminé. Et puis Peder reprit la parole : « Tu vois les statues du parc de Frogner ? Eh bien tu sais combien de bites il a sculptées, Gustav Vigeland ? » « Des bites ? » « Oui, des bites. » « Euh... non. » « 121. » « Comment tu le sais ? » « Parce que je les ai comptées. Et il y en a même 122 si tu comptes le Monolithe. » « Et 123 si tu ajoutes celle du salon. » « Putain ouais ! Mais y a une chose encore plus horrible, une seule, quand on habite à deux pas du parc de Frogner. » « Ah oui, laquelle ? » « Habiter près d'une église. Comme Vivian. T'imagines le barouf, les dimanches ? » « Sans parler du réveillon de Noël... Ça doit être atroce. » Peder me regarda. « Il paraît que sa mère a une porte secrète qui mène de sa chambre directement dans l'église. » « Qui c'est qui t'a dit ça ? » Peder haussa les épaules. « Des gens. Mais c'est peut-être que des bobards. »

Et son père rentra. Nous l'entendîmes bien avant de pouvoir le voir. Alors qu'il n'était encore qu'à Solli plass, la Vauxhall toute rouillée pétaradait pire qu'une locomotive bombardée et les déflagrations précipitèrent l'envol des derniers oiseaux posés sur la barrière du jardin. Une petite demi-heure plus tard, il fit marche arrière pour entrer dans le garage, bien que le terme « entrer » fût exagéré dans la mesure où la voiture bondit littéralement en s'engouffrant dans le porche. À croire que le père de Peder n'était pas tout à fait familier du maniement des pédales et appuyait dessus comme s'il était juché sur un vélo, à moins que le problème ne vienne du moteur, quoique visiblement les deux semblaient être en cause. « Papa a mis trois ans et cinq mois pour décrocher son permis. Deux cent huit heures de cours de conduite, il a pris. Ça a coûté presque plus cher que la voiture elle-même. » Un claquement pas très engageant résonna dans le garage. Le père de Peder apparut sur ces entrefaites, sa serviette sous le bras, son chapeau à la main. Il leva les yeux dans notre direction en nous souriant comme si rien ne s'était passé. Peder ouvrit la fenêtre. « Coucou ! lança son père. Mais ce sont mes rois de la danse ! » « Combien de fois tu t'es fait arrêter par la police aujourd'hui ? » Son père se contenta de rire en pointant un doigt vers moi. « Dis-moi, Barnum. Tu aimes le boudin noir frit à la poêle avec des rondelles d'oignon cru dessus ? » Je n'eus pas le temps de répondre, mais il dut lire le vague dégoût sur mon visage. « Ne t'inquiète pas, moi non plus ! » Sur ce, il s'éclipsa dans la maison et nous dévalâmes l'escalier pour découvrir la table du salon dressée pour le repas. Dans la pièce ne flottait pas une odeur de boudin et d'oignon mais celle, pas désagréable du tout au demeurant, d'aliments auxquels je n'avais sûrement jamais goûté. La mère de Peder, un grand plat calé sur ses genoux, arriva en fauteuil. Puis ce fut au tour du père, il se pencha pour embrasser longuement son épouse, après quoi nous passâmes à table. Je pris conscience que, à peine quelques heures plus tôt, un homme nu s'était tenu dans la pièce même où nous dînions à présent. Je dus me servir en premier, le père suivant minutieusement chacun de mes gestes. « Manger n'est pas dangereux », précisa-t-il. « Arrête d'embêter Barnum, papa ! » « Mais je ne l'embête pas ! J'explique simplement qu'il y en a davantage. » Je posai dans mon assiette une tranche de viande si fine qu'elle était presque transparente, puis tendis le plat à Peder – et je compris instantanément que j'aurais dû le présenter à sa mère, de la même manière qu'on doit se lever dans le tramway pour laisser sa place aux personnes âgées ou aux malades ; je songeai qu'une fois de plus j'étais sur le point de tout gâcher, avec ma balourdise habituelle, et qu'ensuite je prierais pour ne plus jamais revenir, ma plus grande crainte à dire vrai, mais que de toute façon ce serait trop tard. Au lieu de quoi, Peder se servit deux morceaux, pas moins, versa de la sauce sur le tout si bien qu'il n'y eut plus de place dans son assiette. Armé de son couteau et sa fourchette, il se retourna vers moi. En fin de compte, ils ne me mettaient pas à la porte. « Du canard. Qui vient tout droit du parc de Frogner. » « Arrête ! » fit sa mère en riant, avant de lui lancer son rond de serviette. M. Miil sauva le plat sur le point de dégringoler. « Mais si, je t'assure ! Maman part à la chasse au canard en fauteuil roulant. D'abord, elle leur donne à manger. Puis elle leur tord le cou. C'est bon, Barnum ? » « Ne l'écoute pas ! » s'écria-t-elle en me versant du jus de pomme. « Mais bien sûr que si ! renchérit le père. Tout ce que nous mangeons, elle le trouve au parc de Frogner ! Les poissons viennent de l'étang et les cygnes de la fontaine ! » « Vous racontez n'importe quoi ! » « Et en hiver, on a des lapins. Tu savais qu'il y avait des lapins dans le parc de Frogner, Barnum ? » « Ne les écoute pas ! » me prévint-elle, en s'étranglant de rire. « Avant, elle partait à la chasse avec le chien. C'est lui qui tirait son fauteuil. Comme un traîneau. Ils ont continué jusqu'à ce qu'ils finissent tous les deux par en avoir assez. » Peder avalait deux fois plus de nourriture que nous, et ce à une vitesse proportionnelle. Avant que le dessert ne soit servi, un silence alangui s'intercala ; un silence rassasié, somnolent. Peder et moi échangeâmes un regard, puis un sourire. J'étais tellement content que j'étais presque incapable de dire à quel point je l'étais. Je dînais dans le salon de Peder et de ses parents. J'étais entré dans sa chambre. Je m'étais étendu à côté de lui sur son lit. Jamais Fred ne pourrait faire intrusion ici. Cet endroit m'appartenait. Il était à moi, rien qu'à moi.

Le père de Peder caressait d'une main les grands cheveux mordorés de sa femme. « Tu as dessiné aujourd'hui ? » demanda-t-il tout doucement. Elle hocha la tête. « Barnum prétend que le dessin est terminé », précisa-t-elle en lui retirant la main et en la posant sur ses genoux. L'air surpris, il se tourna vers moi. « Tu t'y connais dans ce genre de choses, Barnum ? » Peder se leva, prit la parole sans me laisser le temps de répondre, et peut-être que c'était mieux ainsi. « Quand Barnum dit que quelque chose est terminé, ça l'est. Et vous, terminé ? » Nous acquiesçâmes. Il emporta les assiettes dans la cuisine où il resta longtemps. Malgré mon envie d'aller le rejoindre, je ne bougeai pas de ma place puisque personne ne m'avait donné l'autorisation de me lever de table, et la dernière chose que je voulais, c'était de paraître insolent et de leur faire croire que j'étais mal élevé et ingrat. Je voulais qu'ils m'apprécient, qu'ils m'aiment moi, tel que j'étais. M. Miil alluma sa pipe avant de souffler un nuage de fumée au-dessus de la table. « Barnum… » « Oui », dis-je. « Barnum… » répéta-t-il. « Oui », redis-je, songeant cette fois qu'à ce train-là, c'était lui qui allait tout gâcher si à son tour, comme la plupart des gens, il se mettait à dégoiser sur mon nom, à le ridiculiser. « Barnum, fit-il pour la troisième fois. Un jour, j'ai eu entre les mains un timbre à l'effigie de Barnum. Un timbre américain, très rare. » Peder revint avec le dessert. « Et celui-là, maman l'a récupéré dans l'espace réservé aux chiens, lança-t-il en posant le gâteau sur la table. Et voilà ! Des oreilles de caniche à la crème ! » C'était en fait des pêches à la crème pâtissière. Sauf que j'étais quasiment incapable d'avaler quoi que ce fût car je ne pouvais m'empêcher de penser au timbre, au timbre à l'effigie de Barnum : j'avais pour ainsi dire mon propre timbre, le timbre de Barnum, et si un jour je devenais riche, je partirais en quête de tous les timbres existants où Barnum était reproduit, je les achèterais les uns après les autres puis j'enverrais une carte à tous ceux qui s'étaient moqués de mon prénom, à commencer par le pasteur. Oui, lui, il aurait même droit à une pile entière de cartes, avec mon propre timbre collé dessus et la mention « *Vous avez le bonjour de Barnum* » ; il aurait le temps de ne rien faire d'autre, il passerait sa vie à ça, à ramasser dans sa boîte les cartes postales que je lui enverrais. Voilà ce que je ferais ! « Ressers-toi, Barnum, proposa Mme Miil. Avant que Peder ait tout mangé. » Je repris une oreille de caniche, M. Miil ralluma sa pipe et le nuage de fumée se dispersa de nouveau au-dessus de nous. « Aujourd'hui, une vieille dame est entrée dans le magasin. Elle venait vendre un timbre. Je lui ai demandé combien elle en voulait. Environ cinquante couronnes, a-t-elle répondu. Son timbre en valait huit cents. Minimum. » Il gratta une autre allumette, à peine si on le distinguait encore derrière toute cette fumée. Peder commençait à perdre patience. « Et donc tu as gagné sept cent cinquante couronnes », enchaîna-t-il. Le père de Peder secoua la tête. « Non. Je ne pouvais pas. Rouler cette vieille dame, je veux dire. » Peder fit mine de se lever, mais comme il avait manifestement trop mangé, il ne parvint pas à se redresser tout à fait. « La rouler ? ! Mais c'est elle qui fixait le prix ! » « Certes, mais elle n'y connaissait rien, Peder. » « Combien tu lui as donné alors ? » « Je lui ai donné la valeur que j'estimais être la bonne. Huit cents couronnes. » Peder cacha son visage dans ses mains en soupirant. « Je crois que je réussirai à le revendre à un collectionneur suédois pour neuf cents environ, précisa-t-il avant de se tourner vers sa femme. Ça me fera un petit bénéfice d'une centaine de couronnes. » « Tu es trop gentil », glissa-t-elle en posant une main sur la sienne. « Il est trop stupide ! » hurla Peder. Son père posa la pipe sur la table et me regarda avec un sourire étrange. « Je ne suis ni gentil ni stupide, Barnum. Je suis honnête, c'est tout. »

Au moment de rentrer, Peder voulut faire un bout de chemin avec moi. Il avait besoin de prendre l'air. Sa mère souhaita nous accompagner. La poussant dans son fauteuil, nous longeâmes l'avenue sur quelques mètres avant de couper par le sentier bordant la piscine vide, avec son plongeoir qui ressemblait à une ombre blanche dressée sous le ciel noir où se détachait la pleine lune enclavée dans une auréole instable de froid. Il n'allait pas tarder à neiger. Peder entoura les épaules de sa mère de son écharpe. C'est alors que je prononçai cette phrase étrange : « La neige vous va bien. » Elle tourna la tête, leva les yeux vers moi. Je crus qu'elle allait rire, au lieu de quoi elle esquissa un sourire étonné. « Merci,

Barnum. C'était joliment dit. » J'étais content de ne pas devoir lui expliquer le fond de ma pensée car je l'ignorais moi-même ; l'image s'était tout bonnement imposée à moi, nette et précise : la neige lui irait. Ses cheveux roux. Le cuivre et la neige. « Merci », répéta-t-elle. Peder posa une main sur mon épaule.

Seul, je remontai l'avenue. Je marchais à pas lents, histoire que cette soirée dure le plus longtemps possible. Arrivé près du kiosque d'Esther, je crus apercevoir Fred se faufiler sous le porche. Je m'arrêtai en retenant mon souffle. Ce devait être la lune qui me jouait un tour, rien de plus. Je restai néanmoins caché derrière l'arbre, jusqu'à ce que le danger fût passé. Le tronc contre ma joue était froid, rugueux. Je n'avais pas peur.

Une fois dans l'appartement, je vis que maman était couchée. Papa était parti en voyage, sa valise et son imper n'étaient nulle part en vue. Fred n'était pas dans notre chambre, il traînait dehors, et, ce soir encore, Boletta avait dû filer au Pôle Nord. J'ouvris la porte du balcon pour contempler la lune. Jamais elle n'avait été aussi grosse, enveloppée dans sa cape de froid et de vent. La même lune était visible à Røst et au Groenland, peut-être aussi à Rio de Janeiro, si tant est que les gens y prêtent attention. Un jour, Boletta m'avait parlé de la maladie de la lune, comme quoi les rêves deviennent aussi puissants que l'acier au moment de la pleine lune car sa lueur est une flamme qui amalgame la réalité et le cortège d'illusions que nous traînons. Pendant la guerre, personne n'avait souffert de la maladie de la lune parce que les gens étaient calfeutrés derrière leurs rideaux de défense passive et n'avaient pas le droit de sortir la nuit, une raison suffisante selon elle expliquant pourquoi nous avions gagné la guerre. Peut-être que c'était ça qui la reprenait, à Boletta, la maladie de la lune, au point de l'obliger à filer au Pôle Nord ; ça qui ne lui passait pas avant que le soleil eût refoulé la lune et dissous les clous dans le métal de l'obscurité. Je fermai la porte-fenêtre, tirai les rideaux et me dirigeai à pas feutrés jusqu'à la chambre de maman. Je m'étendis à côté d'elle, bien que je sache que je n'en avais plus le droit. Elle demeura un long moment le dos tourné sans rien dire, sans bouger. « Qu'est-ce qu'il y a, Barnum ? » « Je suis tellement content. » Elle se retourna. « Tu es content ? » « Oui. J'étais chez Peder. » « Alors moi aussi je suis contente, Barnum. Très contente. » Je fermai les yeux. « Tu crois que Fred aussi, il sera content ? » Elle ferma les yeux à son tour. « Il y a trop de colère en Fred, Barnum. Trop de colère. On va essayer de dormir, d'accord ? »

Mais je ne parvins pas à trouver le sommeil. Je restai éveillé. Je laissai cette journée se prolonger en moi. À chaque profonde inspiration, je sentais alors les effluves suaves qui flottaient encore dans la chambre me chatouiller les narines, le parfum capiteux de ce vin foncé qui devenait une vague dans mes veines, un ressac dans ma tête ; je riais, maman me demandait de me taire – et mon rire me propulsa dans la profondeur du sommeil (et c'est ainsi que je referme ce souvenir, cette image nocturne si lumineuse, baignée de lune et de malaga).

Le labyrinthe

Peder m'avait demandé un jour quel était, en fait, le premier souvenir que je gardais de Fred. Par où devais-je commencer ? Quelle image devais-je choisir dans la pile de souvenirs conservés au plus profond d'une obscurité que rarement j'osais ouvrir ? Et pour peu que ces images ne se confondent pas entre elles, et si les intervalles et les années qui les séparaient ne s'effaçaient pas, dès lors, quand je regardais derrière moi, ces mêmes images n'apparaissaient plus isolément (car les souvenirs sont toujours impurs) mais montées les unes à la suite des autres, enchaînées dans une succession farfelue, en double exposition, indissociables, dans une autre logique, une chronologie chavirée qui n'est autre que l'empreinte de la mémoire, à l'instar des pas du petit garçon dans le labyrinthe de *Shining* que bien des années plus tard nous verrions ensemble au Saga. Là, ils n'avaient d'abord pas voulu me laisser entrer, si bien que j'avais dû montrer une pièce d'identité. Et Peder, froussard occasionnel pour ce qui était des films et uniquement d'eux, alors que j'étais, moi, un pétochard devant l'Éternel pour ce qui était de tout le reste exclusivement, me prenait la main chaque fois que les jumeaux assassinés surgissaient au milieu de la mare de sang. Il aurait pu me demander quel était le premier souvenir que Fred gardait de moi. Qu'avait pensé Fred lorsqu'il s'était penché sur le berceau et y avait vu le bout de chou silencieux qui lui tendait ses petits poings crispés ? Était-ce notre premier souvenir, notre première image commune, lorsqu'il secouait le berceau pour m'endormir ou pour me faire peur ? Était-ce là que nous avions commencé ? Peder avait soulevé son verre, nous avions trinqué. « Tu ne t'en souviens pas ? » Je buvais. « Je déteste ce mot : *en fait*. Tu sais que je déteste le mot *en fait*. » « D'accord. Je le retire. Quel est le premier souvenir que tu gardes de Fred ? » Et je songeais alors :

Non pas ce que les autres m'ont raconté, qui est catapulté dans ma mémoire et dont je perpétue le récit comme si j'étais présent le jour où ça s'est passé, avant mon temps, en marge de mon temps, sur le siège arrière du taxi où il est né, ou encore dans le caniveau à l'angle de l'avenue Wergeland lorsque La Vieille est morte. Non, ce n'est pas ce dont je me souviens. Mon premier souvenir de Fred, le voilà : six paires de bas nylon, le parfum du malaga, l'intonation apaisante de Boletta quand elle lit à voix haute la lettre de notre arrière-grand-père, *À bord du s/s Antarctic, 17.8.1900* – et combien de fois ne l'ont-elles lue, cette lettre, le papier brillerait presque par transparence à force d'avoir été précautionneusement manipulé par tous ces doigts, les coins de l'enveloppe tomberaient presque en lambeaux à force d'avoir vu ces mêmes doigts en retirer délicatement les feuillets. Pourtant, elles sont chaque fois empreintes de la même solennité, toutes les trois. Chaque fois ressemble à la première. Nous percevons de temps à autre une inflexion dans la voix de Boletta et c'est le moment qu'elles choisissent, ces trois femmes, pour remplir leurs verres tandis que les gâteaux secs saupoudrent leurs miettes et qu'elles s'accordent une petite pause. Fred et moi sommes assis sous la table de la salle à manger. Je compte six genoux. Sur deux d'entre deux, ceux de maman, un trou est visible ; La Vieille a envoyé valser ses pantoufles, l'un des gros orteils pointe hors du tissu fin des collants ; Boletta tape du pied en rythme avec sa lecture. Il y a à peine assez de place pour Fred. Il n'empêche : je suis confortablement assis tout contre lui, dos à dos, je sens sa chaleur, nous faisons le moins de bruit possible, nous retenons notre souffle, nous ne voulons rien manquer et enfin, enfin Boletta poursuit sa lecture.

Notre périple vers le nord se déroulait jusque-là dans des conditions optimales. Nous avons fait escale sur cette île inhabitée que l'on nomme « Jan Mayen » où nous avons mouillé deux jours durant, cependant que les naturalistes opéraient à terre. Avant notre arrivée sur place, le soleil était toujours haut dans le ciel alors même qu'il était minuit. Peu après notre départ de l'île, nous avons été pris dans les glaces. Tous nos efforts se concentraient pour nous en extraire, mais, au bout de deux jours, la glace gagnant en densité, force nous a été de revenir sur nos pas, de devoir parfois descendre sur la banquise. Nous avons emprunté un autre chemin, mettant toujours cap vers le nord, nous échinant sans cesse à traverser une glace plus ou moins compacte. Lorsque le temps s'y prêtait ou que nous ne pouvions avancer, nous nous amarrions à une plaque de glace pour procéder à des relevés de température, c'est-à-dire que nous explorions la température de l'eau de mer à différentes profondeurs et prélevions des échantillons à l'aide de sondeurs installés à bord, grâce auxquels il nous est possible de descendre jusqu'à quatre mille brasses. Notre record à ce jour, si ma mémoire ne me fait pas défaut, équivaut à une ligne de sonde de mille six cents brasses.

« Mon Dieu ! murmure La Vieille. Ils n'avaient pas froid aux yeux… Mille six cents brasses ! » « Chut ! » fait Fred. Soudain, on n'entend plus une mouche voler, le silence s'étire un long moment. Jusqu'à ce que Boletta reprenne et lise, à haute et intelligible voix : *Mais au moins je n'ai pas de soucis à me faire à l'idée de vous savoir fricoter avec des plumitifs, car je trouverais fâcheux que ce que j'écris ici soit reproduit dans un journal !* Soudain, la nappe se soulève, le visage de maman apparaît, elle nous regarde d'un air surpris, même si je suis persuadé qu'elle fait semblant car elles savent sûrement que nous sommes installés là depuis le début. « Devinez donc qui se cache sous la table ? »

C'est au tour de La Vieille et de Boletta de jeter un coup d'œil et j'ai l'impression que leur tête est suspendue à l'envers ; je suis aux anges alors que Fred ne se départ pas de son sérieux. « Encore ! exige-t-il. Encore ! » Maman soupire. « Non, ça suffit maintenant. Ce n'est pas bon pour le garçon. » C'est à moi qu'elle fait allusion, ou bien à Fred ? Ce n'est pas bon pour nous d'entendre le reste, ou est-ce qu'elle ne veut plus nous voir sous la table ?

Toujours est-il que, ce soir-là, il n'y eut pas de suite à la lecture. Boletta remit la lettre dans l'enveloppe, noua un ruban bleu tout autour pour qu'aucune des feuilles ne tombe, puis elle rangea le tout dans le secrétaire, dans le tiroir du bas. Nous nous extirpâmes de notre cachette, sous la table, derrière la nappe. Mais ce n'était pas terminé pour autant, car La Vieille avait repris du poil de la bête, à croire que les souvenirs, les uns derrière les autres, se bousculaient et se poussaient en elle. Elle me prit sur ses genoux – et au moment où elle m'enlaça, où je posai ma tête contre sa poitrine, je surpris le regard de Fred. Je croisai son regard où se reflétait l'envie et, simultanément, autre chose. Le mépris (je ne trouve décidément pas d'autre mot). Oui, je vis dans les yeux de Fred l'envie et le mépris. Pourtant, il ne bougea pas. Il resta par terre, dans son coin, puisque nous savions d'avance ce qui allait se passer. Boletta éteignit toutes les lampes, tira les rideaux et alluma les bougies. Maman fit frire des lamelles de pommes dont l'arôme sucré montant de la cuisine ne tarda pas à s'incorporer au crépuscule. La Vieille poussa un soupir de contentement. « Et voilà…, murmura-t-elle. C'est le moment que je préfère : entre chien et loup. Qu'est-ce que vous voulez entendre ? » « La lettre ! » soufflai-je. « Tu vas pas commencer à nous gonfler ! » pesta Fred dans son coin. Et quand La Vieille nous racontait une histoire, elle commençait toujours d'un autre endroit, comme si, avant d'entrer au cœur de son récit, elle en longeait les bords, elle empruntait des chemins de traverse, étirait nos attentes, poussait notre patience à bout : elle se remémorait la petite ville de Køge, où elle était née, également évoquée par H. C. Andersen dans ses livres ; elle nous parlait de l'arête centrale des poissons séchés avec laquelle ils fabriquaient des tasses, des sucriers, des petits pots de crème ; elle racontait les ouïes des morues qu'ils collaient dans des motifs reproduits sur des écrins où étaient dissimulés leurs objets secrets. Je mangeais les pommes chaudes coupées en tranches et piquais du nez, le crépuscule conjugué à la lenteur de La Vieille me rendaient somnolent. Mais soudain elle y était, de manière tout à fait inattendue, sur la planche du récit, prête pour le grand saut. « Et c'est là qu'un jeune marin est tombé sous mon charme », dit-elle. Je me réveillai. « Il est carrément tombé ? » Fred se mit à grogner, La Vieille à ricaner. « Et il est tombé sous le mien, Barnum. Et nous sommes tellement tombés l'un pour l'autre que notre chute a résonné jusqu'à Copenhague. Oui, dans tout le pays, même. » « Faudrait peut-être pas exagérer ! » coupa Boletta. La Vieille but une gorgée de malaga. « Le Danemark est suffisamment petit pour que ce genre de chose s'entende », répliqua-t-elle. « Continue », chuchotai-je. « C'était l'époque où j'étais La Jeune, lorsque le monde avait ses compteurs encore bloqués au siècle précédent. Mais notre bonheur allait être de courte durée. En juin de cette année 1900, il a embarqué sur le navire à voiles *Antarctic*, en partance pour le Groenland. Et cet homme, dont le prénom était Wilhelm, et qui était votre arrière-grand-père, ne m'est jamais revenu. Il est resté là-haut, dans la glace immense. » La Vieille se tut. J'entendais son cœur tout contre sa robe, il battait à un rythme lent mais fort, faisait trembler ses mains. J'étais au bord des larmes. « Ne t'arrête pas là », implorai-je à voix basse. La Vieille passa ses doigts dans mes boucles. « Ce n'est peut-être que maintenant que l'histoire commence. Qui sait, Barnum… Car, un an plus tard, la petite Boletta était déjà née, j'ai reçu la visite d'un monsieur de la compagnie de sauvetage. Il m'apportait une lettre qu'ils avaient trouvée dans le coupe-vent de Wilhelm le jour de sa disparition. Et c'est cette même lettre qui se trouve à présent dans le secrétaire. » La Vieille devait se reposer. Elle mangea une tranche de pomme cuite. Nous attendions. Au loin, Mme Arnesen jouait du piano, la même mélodie. « Continue », chuchotai-je de nouveau. « J't'ai déjà dit de pas nous les gonfler ! » tempêta Fred. Et La Vieille poursuivit : « Quand j'ai lu cette lettre, j'ai eu l'impression que mon Wilhelm me parlait. On ne l'avait pas retrouvé, mais il me parlait. C'était tellement étrange. Sa voix, je l'entendais dans les mots, dans l'encre séchée, dans l'écriture pour laquelle il s'était tant appliqué malgré le froid. Mais je ne pouvais m'empêcher de penser que s'il avait pris son coupe-vent, il serait peut-être encore en vie. » Boletta soupira. « Oui, mais peut-être que la lettre aurait elle aussi disparu », crut-elle bon de préciser. Sa réflexion nous donna du grain à moudre. Fred se leva, pour se rasseoir tout aussitôt. Ce n'était rien que cette odeur persistante de pommes à la poêle qui flottait dans le noir. Elle nous clouait sur place. La peau nous chatouillait la bouche, avec ce goût âcre et sucré à la fois. La Vieille se moucha. « Et puis j'ai fait du cinéma… Puisqu'ils prétendaient que j'étais la fille la plus enchanteresse du Danemark. » Je levai les yeux vers elle. Elle m'apparaissait soudain comme une seule et même ride tendue au-dessus de moi, son visage ressemblait à un gros raisin sec. « Ça veut dire quoi enchanteresse, grand-mère ? » « Ça veut dire que j'étais belle, Barnum », répondit-elle dans un souffle. Je la regardai de plus près. « Ben alors ils t'ont menti ! » Elle rit, puis elle me poussa au lit. Fred était furieux d'être obligé d'aller se coucher en même temps que moi ; pourtant, pour une raison que j'ignore, il ne fit pas d'histoire. Nous étions tous les deux allongés dans le noir, les yeux ouverts. « T'aurais jamais dû dire ça ! » Je pris peur. Je venais de faire quelque chose que Fred n'avait pas apprécié. « Quoi ? » « Qu'ils ont menti. » « C'est pas ce que je voulais dire. » « Mais tu l'as dit quand même. T'avise plus de le redire ! » J'enfonçai ma tête dans l'oreiller et me mis à pleurer. « Tu veux que je lise pour toi ? » Fred lança une tranche de pomme par terre. « Que tu lises quoi, minus ? » Je réfléchis une seconde. « Si je vais chercher la lettre, je pourrai te lire le reste. » Fred ne dit plus rien pendant un long moment. « Personne n'a le droit de toucher la lettre, reprit-il enfin. Y a que Boletta et La Vieille qui peuvent. Et maman. » Il se tut de nouveau. Je n'avais rien à rajouter. « En plus, tu sais même pas lire ! » Je m'assis dans mon lit. « Si, je sais lire ! » « Non. » « Si ! » « Nan ! T'es trop petit. » Je me remis à l'horizontale. Je n'allais pas tarder à pleurer pour de bon. « A b c », commençai-je à voix basse. « Qu'est-ce que tu dis ? » « A b c d e f g... » Ce fut au tour de Fred de se lever. « Tu peux me dire ce que t'es en train de foutre, bordel ? » « H i j k l m n o p..., continuai-je à toute allure. J'suis en train de lire, qu'est-ce tu crois ! Q r s t... » Fred sauta du lit et s'approcha de moi. Je ne savais pas ce qu'il avait dans la tête, ce qu'il comptait faire, je ne vis que son poing serré ; aussi plongeai-je sous la couette, dans l'espoir qu'il ne me retrouverait pas au milieu de l'obscurité. Et soudain il s'arrêta, juste devant la fenêtre. Il y demeura, sans bouger. Au bout d'un moment, j'osai jeter un œil. Et c'est là que je vis Fred se pencher, tenant un crayon des deux mains, pour tracer sur le plancher une immense ligne continue qui nous séparait lui et moi – et chaque fois que maman enlèvera cette ligne en faisant le ménage, chaque fois Fred en dessinera une nouvelle, tant et si bien que maman finira par renoncer, qu'elle la laissera : une ligne qui dorénavant divisera la chambre en deux.

Et est-ce cette nuit-là, ou bien une autre, que papa, Arnold Nilsen, rentre avec une machine à laver ? C'est du pareil au même. Il rentre cette nuit-là. Voilà pourquoi Fred ne va pas se recoucher. Il ne bouge pas, il écoute. Un raffut du diable retentit dans l'escalier. Papa porte une machine à laver sur le dos et réveille tout l'immeuble. Ce n'est pas grave. Il peut faire tout le boucan qu'il veut car il rentre avec une machine à laver.

Maman n'en croit pas ses yeux. Elle est obligée de
prendre Boletta par la main et de se retenir à La Vieille.
Papa, le visage écarlate, souffle comme un bœuf. Il
n'empêche : il a assez de forces pour sourire. « C'est
moi ! halète-t-il. Du balai tout le monde ! » Il porte
l'appareil ménager directement dans la salle de bains,
s'installe dans la baignoire, essuie son front dégoulinant
de sueur, calme son cœur qui bat à tout rompre, pendant que maman va lui chercher une bière ; nous
sommes au beau milieu de la nuit et c'est toujours
incroyable. Tandis qu'il vide la bouteille d'un trait, nous
restons là à le fixer. « Comme ça, c'en est bel et bien terminé du temps où vous vous esquintiez avec la baille et
le baquet, claironna-t-il avant de regarder tour à tour
maman, Boletta et La Vieille. Car dorénavant je rapporte le progrès à la maison ! » Il se lève de la baignoire, tel le Roi-Soleil. « Où est-ce que tu l'as dénichée ? » demande maman à voix basse. L'impatience se
lit dans le regard de papa, un étirement au coin de l'œil,
une ombre sur son sourire. Mais cette nuit est bien trop
merveilleuse pour succomber à l'énervement. Il préfère
enlacer maman, l'embrasser sur la joue, si fort qu'elle
doit le repousser de tout son corps. « Ça, c'est le cadet
de nos soucis ! » répond-il dans un rire. Puis il se met à
visser, à brancher ; il jure comme un charretier étant
donné qu'il ne peut utiliser qu'une seule main, maman
m'entoure de ses bras, Boletta applique ses paumes sur
les oreilles de Fred et La Vieille se contente de soupirer. Elle soupire et elle secoue la tête face à tout ce
progrès pour lequel on trouve encore de la place dans
cette salle de bains exiguë. Et de nouveau, Arnold
Nilsen a l'occasion de se redresser pour marquer son
triomphe. Au niveau du couvercle, un bouton s'allume,
enfin. Papa le montre du doigt avec sa main valide. « Et
si maintenant on appuie sur le bouton électrique de mise
en marche, on obtient rien de moins que le lavage, le
brassage et la vidange. Dans l'ordre que je viens d'indiquer, s'il vous plaît ! Sinon, je peux aussi vous indiquer, au passage, que cet appareil est muni d'un élément

réglable, d'une pompe automatique, d'un pulsateur latéral et d'une cuve en acier inoxydable. » Un long silence s'interpose. Nous sommes pantois. Nous sommes muets d'admiration et papa jouit de chaque seconde qui passe. Il nous tient dans le creux de sa main escamotée. Il sort comme par enchantement un paquet de Blenda. « Qu'est-ce que vous avez à me regarder avec vos yeux de carpe ! Allez… Donnez-moi le linge le plus sale que vous ayez ! » Mais par quoi commencer ? Les rideaux ? Les draps, les chaussettes, les torchons, les pantalons, ou peut-être tous les mouchoirs ? Incapables du moindre geste, nous demeurons en rang d'oignons, dans la salle de bains, même Fred ne bouge pas d'un millimètre, et papa s'amuse bien de l'incompréhension générale. Il rit de nous voir ainsi paralysés, dans l'incapacité de réagir ; c'est le rire indulgent, le rire patient et crédule au milieu d'une nuit généreuse. « Bon, il vaut mieux que je demande à l'un de vous d'aller me chercher ce qu'il ou elle a de plus précieux », chuchote-t-il. Maman s'absente un instant et revient avec des bas nylon. Boletta s'apprête à protester mais papa vainc cette résistance par un nouveau sourire. « La laine, la soie et les beaux habits doivent être lavés pendant une minute à l'eau tiède », explique-t-il à voix basse. Il lâche les bas un par un dans le tambour, ferme le couvercle, verse de la poudre dans un petit tiroir, tourne le robinet, branche l'interrupteur. Nous nous approchons. Il appuie sur le bouton électrique de mise en marche. Nous ne tardons pas à entendre un bruit, un vague bourdonnement qui, lentement mais sûrement, s'intensifie. La machine se met à trembler, à vibrer, à trépider. Elle est agitée par un moteur enragé et reste néanmoins immobile. Maman est livide, Boletta n'ose pas regarder, La Vieille continue de se répandre en soupirs : ceci n'est pas le progrès, c'est la démence qui vient de prendre ses quartiers chez nous. Papa perd un peu de sa superbe l'espace d'un instant. Son sourire est suspendu à un fil ténu. Il se plaque de tout son poids sur la machine pour la retenir, il ne manquerait plus qu'elle

se renverse. Ici s'agitent des forces plus puissantes que
nous, pareil engin pourrait propulser l'Express Côtier de
Svolvær à Bergen, effectuer l'aller puis le retour avant
même que nous ayons atteint le rinçage. Je me tiens derrière Fred qui pleure de rire, papa s'apprête à lui flanquer une taloche quand soudain la machine se tait. Une
vapeur monte du couvercle. Elle meurt. Papa jette un
coup d'œil satisfait à sa montre et compte les secondes
avant que la dernière minute se soit écoulée. Il libère
alors le couvercle, en extrait les trois paires de bas nylon
qu'il exhibe sur sa main abîmée. Ils brillent. Et non
contents d'étinceler, ils viennent de voir leurs accrocs
aux genoux raccommodés, je le jure : ils sont comme
neufs, propres et entiers, dégagent un parfum sucré. Oui,
ils sont encore mieux qu'à leur sortie du magasin.
Maman, Boletta et La Vieille n'en peuvent plus, elles
doivent enfiler sur-le-champ ces bas ressuscités et évoluer dans l'appartement pour exhiber leurs jambes fraîchement nettoyées. Papa prend Fred à part. Il lui murmure à l'oreille : « Tu vois maintenant comment il faut
s'y prendre. »

Aucun de nous n'oubliera cette nuit. Ni une ni deux,
papa se débarrasse de sa chemise, la plonge dans la
machine, veut y ajouter nos pyjamas, mais maman
revient sur ces entrefaites et nous envoie nous recoucher. Nous ne dormons pas pour autant, nous écoutons
le chant de la machine à laver, et lorsque le silence se
réinstalle, que le jour timidement se lève, nous nous faufilons à la salle de bains où papa a mis sa chemise
blanche à sécher. Nous nous agenouillons. Fred effleure
d'un doigt la petite plaque fichée sous l'interrupteur, je
me tiens tout contre lui, aussi près que j'ose l'être. Le
visage grave, les dents serrées, il déplace lentement
son doigt de lettre en lettre. « M A C H I N E À
L A V E R », épelle-t-il à voix haute. Il n'est pas écrit
machine à laver sur la plaque. Mais Evalet. Fred se
tourne vers moi et sourit. Je lui rends son sourire. Je
ne dis rien, car c'est si rare qu'il me regarde de
cette manière, en souriant, avec un air de fierté et de

confusion mêlée. Je ne dis pas qu'Evalet est la marque de la machine à laver, et non machine à laver. Nous restons là, assis sur le sol glacé de la salle de bains, sous la chemise de papa, Fred ne cesse de caresser les lettres et murmure : « Machine à laver. »

Et je pense à ces petites étiquettes, où figuraient nos nom et prénom, que maman cousait sur nos vêtements, afin que personne ne puisse les confondre à la gym, à la piscine de Frogner, au cours de danse ou chez le dentiste. Cela devint presque une obsession chez maman, après l'arrivée de la machine à laver. Tous nos vêtements devaient porter notre nom : chemises, pulls, chaussettes, la veste peau de pêche, knickers, bonnets, moufles, même nos slips, elle les affublait de ces étiquettes tissées : Fred Nilsen, Barnum Nilsen. Jamais plus nos vêtements ne pourraient s'égarer.

Mais c'est maintenant, alors que tout a déjà eu lieu depuis longtemps, que tout est derrière nous, c'est maintenant que je pense au labyrinthe, au petit garçon dans *Shining* qui s'enfuit entre les haies recouvertes de neige : nous sommes au Saga, Peder me prend la main et tant pis si nous avons trente ans, nous sommes des poules mouillées, chacun à notre manière. Tout au fond de notre oreille, là où loge le nerf auditif, on trouve également un labyrinthe, rempli d'un liquide transparent, légèrement visqueux : la cochlée, ou le limaçon comme on l'appelle justement, et qui n'est pas sans rappeler ces limaces qui, l'été, vivent au bord de l'eau et sont idéales en appâts pour la pêche. L'œil devrait lui aussi contenir un labyrinthe, tout au fond. Mais l'œil n'est fait que de larmes et de muscles – et je vois Fred lentement effleurer, passer un doigt délicat dans la poussière sous la table de la salle à manger, le long de la lettre, près des bas nylon, sur la ligne qui divise notre chambre et jusqu'à la machine à laver. Il murmure, tout en essayant d'épeler notre écriture moderne : « T'aurais jamais dû dire ça, Barnum. » Je prends peur, j'ai tellement peur. « Quoi ? Qu'est-ce que je n'aurais jamais dû dire ? » Et Fred répond : « Qu'ils ont menti à La Vieille. »

Le cercueil

Fred rentra avec un cercueil. C'était la nuit. Je venais juste de m'endormir. Je fus réveillé par le bruit qu'il faisait en bas, dans la cour, par le crissement d'une masse lourde sur la neige. Puis je l'entendis m'appeler, d'une voix étouffée. Je me levai aussi silencieusement que possible, effrayé à l'idée de ce qui avait bien pu lui passer par la tête cette fois-ci. J'ouvris la fenêtre, je regardai. Et là je le vis : Fred s'avançait vers les cordes à linge qui pendouillaient sous le poids de la neige en train de fondre. Il tirait tant bien que mal une luge. Et sur cette luge était posé un cercueil, un cercueil blanc. Il s'arrêta devant la porte de l'escalier de service, leva les yeux vers la fenêtre où j'étais posté, frigorifié. Son haleine flottait comme un nuage gris autour de son visage. « Qu'est-ce que t'attends pour venir m'aider ? »

Je m'habillai en quatrième vitesse et me faufilai dans l'appartement. Les autres dormaient. Un courant d'air passa par le trou de la serrure au moment où j'y jetai un œil. Je ne pouvais pas distinguer maman, allongée derrière papa. Affalé sur le ventre comme il était, il ressemblait à une baleine échouée sur le rivage. S'il se couchait sur maman, elle mourrait sur-le-champ. J'entendis son souffle âpre, on aurait dit une scie, monter de son nez cassé et bouché. Non, ce n'était pas possible, Fred n'avait pas pu rapporter un cercueil, j'avais dû mal voir. Sauf qu'avec Fred tout était possible, tout et son contraire. J'aurais préféré retourner me coucher, prétendre que ce n'était qu'un rêve et y croire encore à mon réveil. À défaut, j'allai dans la salle à manger où j'étendis la couverture sur Boletta pour qu'elle n'attrape pas froid.

Alors que papa grossissait chaque jour davantage, elle rétrécissait. Si elle continuait comme ça, elle vivrait assez longtemps pour qu'il ne reste d'elle plus rien de visible. Ce qui en soi serait tout de même une drôle de manière de mourir. Son visage rappelait cette tête de momie demeurée environ deux mille ans dans une pyramide dont j'avais vu une photo dans le *National Geographic*. Boletta souriait dans son sommeil. Je posai une main délicate sur son front aussi ridé qu'un portefeuille, puisque j'avais depuis longtemps cessé de l'embrasser : ça avait un goût d'huile de foie de morue. Bien sûr. Bien sûr, que j'avais mal vu. Fred n'avait quand même pas pu dégoter un cercueil. Fort de cette certitude, je dévalai l'escalier de service. Il était passablement sur les nerfs à force d'avoir attendu. Il s'alluma une cigarette. Ses doigts étaient jaunes. « Il a fallu que tu prennes un bain d'abord ou quoi ? » Je ne pouvais détacher mon regard de la luge. Je n'avais pas mal vu. Il y avait bien un cercueil dessus. « C'est quoi ? » demandai-je à voix basse. Fred appuya un doigt sur une de mes tempes, fort. « Qu'est-ce que tu crois que c'est ? » « Un cercueil ? » « Non, Barnum. C'est un bob. Un bobsleigh monoplace. Je m'entraîne pour les Jeux olympiques. Tu serais pas devenu un peu débilos sur les bords, toi ? » « Mais tu l'as eu où, Fred ? » « Ça, c'est pas ton problème, mon petit pote. »

Il retira son doigt de ma tempe et me fila une taffe. C'était une de ces cigarettes fortes, sans filtre, que La Vieille avait laissées derrière elle avant de partir. Aussi sèches que du foin, elles avaient sûrement été roulées du temps où le roi Haakon avait posé le pied sur le sol norvégien. La clope me flanqua une quinte de toux. Fred me l'ôta de la bouche et la balança dans la neige. Mais elle ne s'éteignit pas. Il me frappa dans le dos. « Bon, alors Barnum ? Tu veux qu'on réveille tout l'immeuble ? C'est ça ? »

J'avalai du tabac. Je levai les yeux. Au-dessus de nous, toutes les fenêtres étaient noires. À l'intérieur, à l'heure qu'il était, la plupart des gens dormaient, sans se douter une seule seconde de ce qui se passait autour

d'eux – et je pensai que pendant environ la moitié de
notre vie sinon plus, vu le nombre de gens qui profitent
de leur dimanche pour dormir, nous ne savons rien ; la
moitié de notre existence, nous sommes morts dans nos
lits, alors que l'autre moitié du temps, nous la passons à
refaire notre lit. J'avais oublié de refermer notre fenêtre.
Cette nuit, j'allais m'enrhumer. Cette nuit, j'allais disparaître. Fred me poussa vers la luge. « Bon… Tu te
bouges, oui ou merde ? T'as plus rien dans le citron, ma
parole ? »

Je vis la cigarette se consumer comme un œil dans la
neige avant de s'y enfoncer. Nous prîmes chacun le cercueil par un bout pour monter l'escalier de service. Nous
étions obligés de faire une pause à chaque palier. Nous
ne disions rien pour ne réveiller personne. J'étais derrière, Fred ouvrait la marche. Une fois au grenier, le froid
était sec, mordant, il nous giflait le visage ; les radia-
teurs étaient soit éteints soit cassés, vu que plus grand
monde n'utilisait l'endroit pour sécher son linge. Le vent
faisait grincer les murs. Je tanguais. J'avais la nette sensation que tout était en mouvement, comme sur la mer,
et que moi je bougeais en rythme. Je tanguais. Au plafond, l'ampoule était brisée mais ça aussi, Fred y avait
pensé. Il avait emporté une lampe de poche qu'il coinça
entre ses lèvres, de sorte qu'il pouvait porter et éclairer
en même temps. Jamais je n'y aurais songé. De toute
façon, jamais je ne me serais pointé au beau milieu de la
nuit avec un cercueil. Sur une corde à linge, quelqu'un
avait oublié un caleçon long, jaune, qui touchait presque
par terre, comme tenaillé par l'envie de bondir en avant
et de décamper. Puis la lumière se promena ailleurs : une
toile d'araignée, une clef rouillée, une bouteille d'eau-
de-vie vide, un vieux journal sur le plancher qui se feuilletait tout seul. Nous portâmes le cercueil jusqu'à la resserre du fond où nous le posâmes avec précaution. La
lune était suspendue dans la lucarne. Une poussière noire
montait des sacs de charbon rangés contre le mur. Bien
que je sois déjà venu, ça me faisait soudain l'effet d'une
éternité et tout m'apparaissait à présent sous un jour

radicalement différent. Je n'allais pas me casser le bras.
Nous étions ici, là où maman nous défendait de monter,
pour la simple raison que nous avions un cercueil. Fred
recracha la lampe de poche dont le faisceau vint se
planter dans mon visage. Je dus m'abriter le regard.
« C'était pas si lourd, finalement », chuchotai-je. Fred
rigola. « Tu croyais qu'il y avait quelqu'un dedans,
hein ? »

Je ne répondis pas. Tout d'un coup, Fred me lança la
lampe de poche, un arc jaune dans l'obscurité ; j'ignore
comment je réussis à la rattraper. Je projetai la lumière
vers la porte au cas où il se serait trouvé quelqu'un que
nous n'aurions pas vu venir. Je voulais vider l'obscurité
et la remplir de lumière. Je voulais voir. « C'était ici que
maman faisait sécher son linge », dit Fred. Et à cet instant précis je le découvris : l'oiseau mort ; il gisait sous
la lune qui s'encadrait dans l'axe de la lucarne. Il n'en
restait quasiment rien, rien que les os d'une aile dont les
restes se confondaient avec la poussière noire et ressemblaient à une trace de pas. Je m'approchai. Il me semblait maintenant distinguer un œil, une boule fripée, à
peu près comme un raisin sec. Fred me prit par le bras et
m'attira vers lui. « Éclaire-moi », fit-il à voix basse.

J'étais obligé de tenir la lampe de poche à deux mains
et de diriger le faisceau de lumière vers le cercueil. Fred
souleva le couvercle. L'intérieur était tout rouge, tapissé
sur les côtés d'un revêtement plissé dont la texture rappelait la soie. Un coussin était également fourni. Ça
paraissait si confortable qu'on aurait presque eu envie de
s'y allonger. Au même moment, je fus parcouru de
frissons, un tressaillement glacé partant de ma nuque
jusque dans le bas du dos. Fred se retourna vers moi, un
sourire aux lèvres. « Génial, non ? »

Il retira sa veste. Il s'étendit dans le cercueil. Il croisa
les mains sur son torse et resta là, droit comme un i, sans
bouger, sans rien dire, les yeux grands ouverts. Je
trouvais qu'il blêmissait à vue d'œil, qu'il maigrissait
aussi, comme si ses joues se creusaient et que son visage
s'affaissait. Je me cramponnai à la lampe de poche, la

tenant aussi fermement que possible – et peut-être
était-ce uniquement la lumière blafarde, le reflet terne de
la lune qui lui donnaient cette allure, cette apparence de
mort : les couleurs se diluaient de ses yeux, quittaient son
visage, alors qu'il n'avait pas encore bougé d'un pouce.
« Déconne pas, Fred. »

Un courant d'air passait par la lucarne. Les encoi-
gnures étaient recouvertes de givre et de glace.
J'entendais la neige se détacher, des plaques entières
glisser le long du toit. Je me demandais quelle heure il
était, combien de temps s'était écoulé, sans toutefois oser
regarder ma montre. La lune avait disparu. Mon ombre
se fondit bientôt à l'obscurité immense.

« Fred ? S'il te plaît, Fred. » Mais il demeurait là,
désespérément inerte, les mains croisées, le regard fixe,
vidé pour ainsi dire, comme si tout ce qu'il avait vu
n'existait plus, comme si moi-même je n'existais plus, la
lampe de poche non plus et la lumière qui l'éclairait
encore moins – et soudain, je ne reconnus plus Fred, à
croire qu'un garçon tout à fait étranger avait pris sa place
dans le cercueil et gisait là, bel et bien mort.

Et enfin il dit quelque chose, d'une voix sourde, sans
me regarder. « Maintenant tu peux refermer le couvercle,
Barnum. » Je reculai d'un bond. « Non ! » « Fais-le.
Referme le couvercle ! » « Mais pourquoi, Fred ? Tu peux
pas demander à quelqu'un d'autre ? » « Contente-toi de
faire ce que je te demande, Barnum. Tu reposes ce putain
de couvercle, tu repars te pieuter et tu fermes ta grande
gueule. » Je m'avançai d'un pas. « Et toi, tu vas rester
là ? » « C'est bien dans mon intention, ouais. » « Mais
qu'est-ce que je vais répondre, moi, si maman me
demande où tu es ? » « Je te l'ai déjà dit : tu la boucles.
Allez, bordel ! Magne-toi avec le couvercle ! » « Je ne
veux pas, Fred. » « Parce que t'as envie de prendre ma
place, Barnum ? » « Non, Fred. » « J'peux te dégoter un
cercueil pour enfant, si tu veux. Ça devrait t'aller à toi,
question taille. »

Je posai la lampe de poche sur le plancher, soulevai le
couvercle. Je crois que je pleurais un peu, mais je fermai

les yeux pour que Fred ne le remarque pas. Je le détestais. Il n'avait qu'à y rester, dans son cercueil. J'allais le revisser, ce foutu couvercle, de façon à ce qu'il ne puisse jamais en ressortir. Je ne dévoilerais à personne l'endroit où il était planqué. Il mourrait de faim après être mort de soif, mais d'abord, d'abord il allait mourir d'asphyxie ; de toute manière c'était du pareil au même, du moment qu'il mourait, que personne ne le retrouvait avant que ce ne soit trop tard. Et qui aurait l'idée de le chercher, hein ? Je réussis à remettre le couvercle en place. Au moment très précis où je me penchai pour récupérer la lampe, j'entendis deux bruits : le premier n'était autre que le rire de Fred allongé dans le cercueil, quant au second, c'était un faible crépitement car, juste avant de me relever, la lumière dans ma main s'éteignit et l'obscurité m'engloutit. Et ce dont je me souviens, c'est ça, le rire puis l'obscurité, dans cet ordre – et au fil du temps, au fur et à mesure de toutes ces années durant lesquelles je me remémorerai cette nuit dans le grenier, l'image du rire de Fred puis celle de la lampe qui s'éteint se fondront en un seul et même souvenir, il ne s'agira plus de deux événements consécutifs, ils seront simultanés, indissociables (voilà pourquoi il m'est impossible d'entendre quelqu'un rire sans éprouver le poids d'une obscurité tout aussi immense qui se déploie dans mes mains tremblantes).

Je lâchai la lampe de poche. Elle tomba en cognant contre le plancher. Le silence s'installa dans le cercueil. « Qu'est-ce qui se passe, Barnum ? » « Y a plus de lumière », répondis-je à voix basse. « Pareil pour moi ! » « Allez ! l'exhortai-je. Sors maintenant ! Je vois plus rien. » Fred poussa un gémissement et il me sembla qu'il frappait du poing contre le couvercle. « Maintenant tu te tires et vite fait, Barnum ! J'ai plus besoin de toi. »

Je trouvai la porte. Je rasai le mur. J'avais l'impression d'entendre un bruit d'ailes, un oiseau, un battement d'ailes dans le noir, peut-être était-ce une chauve-souris, peut-être n'était-ce que le rire de Fred. Puis je gagnai

l'escalier, la lumière venait d'en bas, et je me précipitai
vers elle.

Tout le monde dormait. Je me couchai tout habillé. Je
n'avais pas sommeil. J'étais éveillé dans le sommeil des
autres. Tout se trouvait dans autre chose. Si seulement
demain pouvait arriver le plus vite possible, si seulement
le jour pouvait arriver avec sa gomme dont les reflets
brillants viendraient effacer l'écriture de la nuit. Et dire
que Fred n'était même pas capable d'épeler le mot cercueil... Je me faufilai dans le salon, ouvris le tiroir du
secrétaire où je m'emparai de la lettre de Wilhelm.
J'essayai de lire un peu sans là non plus y trouver de quoi
m'apaiser. *L'expédition maritime est composée du premier lieutenant de marine G. Amdrup, de son second
Løth, du sous-canonnier Jacobsen, du maréchal-ferrant
Nielsen, du botaniste et géologue Hartz, du docteur
Deichman, le médecin du navire anciennement natura-
liste, du géologue Jensen, du zoologue et peintre
Ditlevsen ainsi que de l'assistant Madsen du Jardin zoologique dont la mission est de capturer un bœuf musqué
et de le ramener à Copenhague.* Si j'avais pu choisir,
j'aurais bien été sous-canonnier, ou peut-être Madsen,
tiens, celui qui devait ramener un bœuf musqué. Mais si
ça se trouve, peut-être qu'aucun d'eux n'était jamais
rentré, peut-être qu'eux aussi étaient restés là-haut, *entre
la glace et la neige*, dans le grand silence blanc qui les
avait cloués dans une mort éternelle.

Boletta me regardait. Je les sentis, ses petits yeux, me
chatouiller la nuque. Je rangeai la lettre, fermai le tiroir,
et me retournai vers elle. Elle souriait. Elle dit quelque
chose de bizarre. « Quel âge ça te fait finalement ? » Je
répondis, même si elle le savait sûrement. Elle sourit de
toutes ses rides. « Dans sept ans, tu auras le même âge
que mon père. » Il fallut que je me rapproche.
« Qu'est-ce que tu viens de dire, grand-mère ? » « Je ne
l'ai jamais rencontré, ça tu le sais. Et si je le rencontrais,
là, maintenant, eh bien je serais trois fois plus vieille que
lui. Une vieillarde hideuse faisant la connaissance de son
jeune père magnifique. Tu te rends compte ? » « Ce

calcul, tu le fais depuis longtemps ? » chuchotai-je. Elle
me prit la main. « Il ne se passe pas un jour, Barnum,
sans que je fasse ce calcul. Ça me maintient en bonne
santé. » Elle relâcha mes doigts. Je me dirigeai vers la
porte. Je l'entendis se redresser dans le lit. Elle allait
peut-être additionner un nouveau jour à son exercice
d'arithmétique. « Comment va ton nouvel ami ? » Je fis
volte-face. « Peder ? Bien. Je le vois ce soir. Je veux
dire… demain. Ou plutôt… aujourd'hui. » Boletta me
sourit de nouveau, mais d'un air triste cette fois ; sa
bouche ne formait qu'un pli au milieu de son visage ridé.
« Tu dois prendre soin de Fred », murmura-t-elle.
« Moi ? Mais je ne peux pas prendre soin de Fred. » « Si,
tu dois prendre soin de Fred. Maintenant que tu as
d'autres amis. » « Il n'a pas besoin de moi », criai-je.
« Si. C'est maintenant qu'il a besoin de toi. Car pour
Fred ce n'est pas facile de se faire des amis. »
   Je courus dans ma chambre. J'étais presque en rage.
Pourtant, je n'osais pas remonter au grenier. Je m'assis
sur le rebord de la fenêtre, jusqu'à ce qu'apparaisse la
première lumière, pareille à un minuscule liseré dans la
ligne du ciel, à mi-chemin entre la ville et la lune blafarde. Fred ne redescendait pas. Je partis avant que les
autres soient réveillés, avant le petit déjeuner. Même
Esther n'avait pas encore eu le temps d'ouvrir son
kiosque, et, avant de l'atteindre, il lui faudrait déblayer
une tonne de neige au minimum. Je fis le plus gros à sa
place, à l'aide d'une pelle trouvée sous le porche. J'allais
au moins faire une heureuse sur cette terre aujourd'hui.
Car j'étais à la fois ravi et terrorisé. Aussi bizarre que
cela puisse paraître. Ravi qu'il ait neigé, mais terrorisé à
l'idée des boules de neige. Ravi de revoir Peder, mais
terrorisé à l'idée de ce qui allait pouvoir arriver. Ce dont
je n'avais eu jusque-là qu'une vague intuition, comme
un soupçon, un pressentiment, se trouvait subitement
écrit noir sur blanc dans mes pensées : les plaisirs ne sont
pas exonérés d'angoisse, le rire constitue la voix de
l'obscurité. Fred gîtait au plus profond de moi, mais
comment moi, le petit Barnum, allais-je pouvoir me

débrouiller pour prendre soin de lui ? Puisque c'était Fred qui était censé prendre soin de moi.

La première chose que je reçus, en arrivant dans la cour de l'école, fut une boule de neige en pleine figure. Elle n'avait pas été envoyée avec force, mais n'en était que plus humide et fondit pour ainsi dire sitôt m'avoir heurté, dégoulinant à l'intérieur de ma chemise. Je me contentai de claquer des dents et de rigoler – et je n'en raconterai pas davantage (non, ce n'est décidément pas drôle), je préciserai simplement qu'à la dernière récréation, je ne me privai pas d'en lancer. Je visai la fenêtre ouverte de la cuisine de l'école. Ce fut un lancer très réussi. J'entendis des casseroles s'écrouler et des poêles tomber par terre. Pendant l'heure qui suivit, le censeur fit son tour pour trouver le coupable. Je levai spontanément la main. Je dus rester une heure supplémentaire. À dire vrai, je n'avais rien contre. En fait de punition, je dus écrire trente fois en m'appliquant : *On ne doit pas jeter des boules de neige.* Quand j'eus terminé, je pris une feuille vierge. Là, j'écrivis, dix-neuf fois : *On ne doit pas s'allonger dans un cercueil avant d'être mort.* Puis la fin de l'heure sonna et je pus rentrer à la maison. Personne ne m'attendait dans le parc pour me plonger la tête dans le talus de neige derrière l'église. C'était l'avantage d'être collé. Pourtant, je ne rentrai pas directement à la maison, préférant descendre jusqu'à l'angle de la Bygdøy allé et de la Drammensveien. Je m'installai sous l'arbre où j'attendis Peder. Il restait encore quelques feuilles sur les branches. L'hiver était venu trop brusquement. L'automne n'avait pas eu le temps de se dévêtir complètement. Quand je penchais la tête en arrière et que je regardais la cime de l'arbre, les feuilles ressemblaient à des nénuphars rouges flottant sur un étang blanc qui était en train de s'effondrer sur moi. Je demeurai au moins une heure dans cette position. Tout à coup, je sentis quelqu'un tirer sur mon coupe-vent. Peder. « Je voudrais pas dire mais t'as vraiment la tronche de l'abominable homme des neiges ! » Il continuait de tirer sur mes vêtements. « Ça fait longtemps que t'attends ? »

« Un petit moment. Je me suis trompé d'heure. » Peder s'adossa au tronc. « Y a rien de plus con que la neige, je trouve. » « Pourquoi ? » « Pourquoi ? Donne-moi une seule bonne raison pour qu'il neige. » Je réfléchis une seconde. « On peut faire du ski », proposai-je. Peder me dévisagea d'un air dégoûté. « Du ski ? T'en fais souvent, toi, du ski ? » « Pas beaucoup », m'empressai-je de répondre. « Parce que t'en as pas l'air, hein… Je vais te dire une chose. Il tombe environ mille millimètres de pluie par an à Oslo, et sur ces mille-là, il faut que j'en déblaie au moins cinquante avec une pelle. Sinon, maman ne peut pas prendre l'air. » Peder sortit un parapluie dissimulé sous son duffel-coat, qu'il ouvrit au-dessus de nos têtes. Nous restâmes là un petit moment sans parler, à l'abri de la neige. « Qu'est-ce que tu voulais dire tout à l'heure ? » « Tu crois peut-être que maman peut déblayer la neige ? Et puis papa ne veut pas s'en occuper. Ce qui est certain, c'est qu'ils me donnent de l'argent de poche toutes les semaines pour que je le fasse. C'est la seule chose que je trouve bien avec la neige. Le fait que je gagne du fric. Je demande dix couronnes par millimètre. » « Non, pas ça. Tu m'as dit que je n'en avais pas l'air. À quoi tu faisais allusion ? » Peder rit. « Parce que tu crois peut-être que j'ai l'air d'un coureur de fond ? » Je secouai la tête. « Non ! Pas du tout ! » « Et toi non plus ! » Nous rîmes tous les deux de bon cœur. Si nous participions à des compétitions, aucun de nous ne décrocherait la timbale. Nous n'avions pas la carrure pour ça. Au moins une affaire de réglée. Ce serait sur d'autres pistes que nous laisserions nos traces. Au même moment, une idée me traversa l'esprit. « Finalement, j'en connais peut-être une bonne, de raison. » « Ah ouais ? Laquelle ? » « Ta mère pourrait la peindre. La neige, je veux dire. » Peder poussa un soupir de lassitude. « C'est aussi ce qu'elle dit. Je crois qu'elle t'aime bien. Y a juste un truc qui me trotte dans la tête. » Il demeura longtemps silencieux sous le grand parapluie. « Quoi ? » demandai-je. « Ça devrait tout de même être possible de peindre la neige sans que j'aie besoin de la déblayer ? »

Nous n'échangeâmes que peu de mots après la réplique de Peder. Elle nous avait donné suffisamment de grain à moudre. Nous étions postés derrière l'arbre rouge de sorte que personne ne pouvait nous voir. C'était la première fois que j'attendais quelqu'un en compagnie de quelqu'un. Le cours de danse commençait dans un quart d'heure et les premiers avaient déjà poussé la porte du Handelsbygningen ; ils devaient sans doute penser qu'on allait les inviter à danser sous prétexte qu'ils étaient en avance. « Elle ne viendra pas », finis-je par dire. « Bien sûr que si », affirma-t-il d'une voix posée. « On parie ? » « Combien ? » « Combien t'as ? » Je fouillai le fond de ma poche. « Deux couronnes et vingt øre. » « D'accord. On parie deux couronnes et vingt øre. » « Marché conclu. » Peder me donna une tape dans le dos. « Et voilà… Tu viens juste de perdre deux couronnes et vingt øre. » Puisque c'était bien Vivian qui remontait la Bygdøy allé, en courant sous la neige, un immense bonnet rouge sur la tête. Elle fit un bond sur le trottoir, pataugeant dans la neige fondue. Elle avait le visage trempé. Elle se passa rapidement la main sur le front avant de nous rejoindre sous le parapluie où nous commencions à être un peu à l'étroit. « Barnum croyait que tu ne viendrais pas. » Vivian me regarda. « Pourtant je suis là. » « Peut-être que Barnum est habitué à être déçu », suggéra Peder en enfonçant le clou. « Peut-être », répondit Vivian en retirant son bonnet. « Tu as dit quelque chose chez toi ? » demandai-je pour parler d'autre chose. Elle secoua la tête si bien que des gouttes se libérèrent de ses cheveux en formant un cercle brillant tout autour d'elle. « Comme ça, ils ne souffrent pas de ce qu'ils ignorent, poursuivit Peder. Autrement dit, les imbéciles se portent à merveille. » Les derniers finirent par arriver, l'autre lot du cours de danse. Avec leur costume sombre et leur sac contenant leurs chaussures trois fois trop serrées, on les aurait crus au bas mot en route pour un enterrement, ou pour l'abattoir où ils recevraient un coup de massue sur le front pour être ensuite suspendus à un crochet afin qu'ils faisandent un peu, tout cela pendant que Svae jouerait *Heidenröslein*, en boucle et à n'en plus finir, avant de les écorcher vifs à la lime à ongles. Non seulement ils formaient une clique triste à mourir mais, en plus, ils semblaient tous aussi ridicules les uns que les autres. Ils nous faisaient rire. Nous les passions en revue et ils nous faisaient rire. C'était à notre tour de rire et nous riions d'eux. Nous étions d'une intransigeance exagérée. Nous étions ensemble. C'était nous contre eux, nous contre le monde entier, et nous avions le dessus – et pour la première fois sans doute, là, sous le parapluie noir derrière l'arbre rouge, j'éprouvai un sentiment singulier d'appartenance, cette appartenance extérieure sinon à sa famille, en tout cas à son être profond, capable non seulement d'évincer cette angoisse toujours chevillée au corps mais capable aussi de procurer un lieu, un gîte, un abri, et, ce soir-là, en compagnie de Peder et Vivian, je le ressentis avec force et netteté.

Puis, entre les lampadaires de la Drammensveien, il n'y eut plus que la neige, et les pas sur cette neige. Nous entendions la musique derrière les fenêtres du dernier étage, le rythme, la danse, les pieds fouler ce plancher que nous avions quitté un jour, une bonne fois pour toutes. Nous étions silencieux. Nous nous regardions, nous nous souriions. Nous n'avions rien à craindre. Nous aurions pu grimper jusqu'au sommet de l'arbre et nous y installer pour le reste de la soirée si l'envie nous en avait pris. Peder ferma le parapluie. Il ne neigeait plus. « Allez, on file chez mon pater », lança-t-il à brûle-pourpoint en alliant le geste à la parole. Nous le suivîmes. Il prit la direction de Vika. Y aller à pied n'était peut-être pas l'idée du siècle : les rues n'avaient pas encore été dégagées et la neige était marron. Mais je n'avais pas peur. Nous étions ensemble. Vivian faillit me prendre par la main, ce que personne n'avait jamais fait à part mes proches parents évidemment. Peder finit par s'arrêter devant un magasin de la Huitfeldtsgate. Au-dessus de la

vitrine protégée par une grille figurait en grosses lettres :
Chez Miil – Vente et achat de timbres. Peder sortit un
lourd trousseau de clés et nous ouvrit. Nous entrâmes. Il
referma la porte derrière nous. Il n'y avait personne. Il
alluma l'ampoule du plafond qui jeta une lumière blanche
et crue. Jamais je n'avais vu autant de timbres. Un comptoir en verre était rempli de vieilles lettres. Ça sentait la
colle et le tabac, ainsi qu'une autre odeur, que je
n'arrivais pas à identifier, provenant peut-être d'une
vapeur particulière utilisée pour décoller les timbres des
lettres sans les abîmer. « Ça pue le plastoc, nous prévint
Peder. On s'y habitue. » Vivian jetait des regards
intrigués autour d'elle. « On peut vraiment en vivre, des
timbres ? » s'enquit-elle. « Bien sûr, répondis-je. Un
timbre de l'île Maurice coûte 21 734 couronnes. » Peder
sourit et nous poussa dans l'arrière-boutique. Il y avait un
canapé, un réfrigérateur et un bureau où s'entassaient des
lentilles grossissantes, des loupes, des microscopes ainsi
que d'autres instruments métalliques qui donnaient à
l'ensemble l'impression d'une table d'opération. Peder
sortit une bouteille de bière et une autre de coca qu'il
décapsula avec une pince à épiler. Il mélangea la bière et
le coca dans un verre, en but une gorgée avant de nous
passer le breuvage. Ça avait un goût sucré et amer en
même temps. Une de mes oreilles se mit à bourdonner.
Nous nous assîmes dans le canapé. Vivian au milieu.
« Tu as le droit de venir ici ? » demanda-t-elle. Peder
versa davantage de bière dans le coca. « Papa dit que de
toute façon ce sera à moi un jour de reprendre tout ce
bordel. Puisque c'est moi qui compte les dents ! » Il partit
d'un grand éclat de rire puis tira un timbre du fond d'un
tiroir qu'il fut forcé d'ouvrir à l'aide de deux clefs. Il
s'installa à côté de nous. « Ce que je préfère dans les
timbres, c'est que ce sont leurs défauts qui leur donnent
de la valeur. » Il nous montra celui qu'il avait sorti et
nous eûmes le droit de le tenir chacun notre tour. C'était
un timbre suédois, jaune, qui semblait avoir été envoyé il
y a très longtemps. « Trois skilling de 1885, précisa Peder
à voix basse. Il aurait dû être vert. Le roi de Roumanie en

a acheté un dans ce genre pour cinq mille livres en 1938. Uniquement parce qu'il était vert. Et pas jaune. » Peder rangea le timbre dans le tiroir et se tourna vers nous. Mais c'était Vivian qu'il fixait. « Moi je suis gros. Barnum, lui, est trop petit. Et toi, Vivian, qu'est-ce qui cloche chez toi ? » Je n'osais même plus respirer. Le silence s'éternisa tellement que je crus que Peder avait tout gâché. Mais Vivian finit par lever les yeux, et, avec un sourire, elle dit : « Je suis née dans un accident. »

Sur le chemin du retour, je ne cessai de tourner et de retourner dans ma tête ce que Vivian nous avait dit. Qu'elle était née dans un accident. Avions-nous davantage de valeur sous prétexte que quelque chose clochait chez nous ? À force d'y penser et d'y repenser, j'en oubliai l'excuse que j'allais devoir fournir. Maman était déjà dans l'entrée. Papa somnolait dans un fauteuil du salon. Quant à Boletta, elle n'était nulle part ; ça l'avait sûrement repris et elle était repartie au Pôle Nord. « Tu es encore resté en retenue, c'est ça ? » me demanda maman, les lèvres tremblantes. « Oui. » « Ce n'est pas beau de mentir, tu vois où ça te mène ! Ton professeur principal a téléphoné, il m'a tout raconté. Comment as-tu pu faire une chose pareille ? » Papa se releva du fauteuil, ce qui lui prit un certain temps. « Allons, allons… C'est vrai que tu as lancé une boule de neige par la fenêtre, Barnum ? » « Oui », murmurai-je. « Tout ça me paraît être de très bon augure ! Parce qu'au printemps, le lancer de disque va sacrément nous occuper. Et ce qu'il y a de bien avec le disque, c'est que tu apprends à avoir les choses bien en mains… Les filles aussi ! » « Oh toi… Arrête ! » vociféra maman. Papa, riant à perdre haleine, entreprit de se rasseoir. Maman tira le haut de ma veste. « Et en plus tu es allé au cours de danse vêtu comme l'as de pique ! » Je détournai les yeux. « On a juste dansé le cha-cha-cha. » Maman poussa un profond soupir en agitant les mains dans tous les sens. « Et Fred, où il est encore passé ? Tu l'as vu ? » « Il est au grenier, allongé dans un cercueil », répondis-je. Les bras de maman retombèrent d'un coup. Papa resta à la verticale, soudain parfaitement réveillé, blanc comme un linge. « Qu'est-ce que tu racontes ? » demanda-t-il. « Rien. » J'avais la gorge sèche. La langue collée au palais. Papa s'approcha lentement de moi. « Rien ? C'est ça que tu viens de dire ? » « Je ne me rappelle pas. » Papa s'arrêta à un centimètre de moi, tout son corps tremblait. « Tu viens de dire que Fred était au grenier, allongé dans un cercueil ! » Je baissai les yeux. « Je crois que c'est ce que j'ai dit, oui. »

Nul d'entre nous n'aurait cru papa capable de monter aussi vite un escalier. Maman se précipita derrière lui, parvenant à peine à le suivre. Je fermais la marche. Il fallait que je voie ce qui allait se passer. Et voilà ce que je vis :

Papa, immobilisé dans le grenier, juste au-dessous de la lucarne. Le cercueil au milieu. Maman, se cachant le visage dans ses mains. Elle crie en silence, sans faire le moindre bruit. Le plus étonnant, c'est que papa ne regarde pas le cercueil mais la corde à linge. Il regarde d'abord la corde à linge, les épingles, les restes de l'oiseau mort, les sacs vides de charbon. Il respire tellement fort qu'il souffle sur la poussière alentour. Il reste là, debout, sans bouger, à observer ce qui l'entoure ; à croire qu'il a oublié pourquoi il est monté ici, à croire qu'il s'est oublié lui-même. Soudain, Fred soulève le couvercle et se redresse. La scène est insolite : il est assis, il bâille, maigre et blême au milieu des plis soyeux. Il me scrute. Je me réfugie dans l'ombre, derrière maman qui cache toujours son visage avec ses mains. « Ne lui fais pas de mal », murmure-t-elle. Et papa de se retourner vers elle, la mine affligée, comme s'il voulait lui présenter des excuses. Mais le plus surprenant se déroule maintenant : papa se penche et prend Fred dans ses bras. Il le serre contre lui, lui caresse le dos, même maman ne peut s'empêcher de regarder car papa ne frappe pas Fred. Non, il le serre dans ses bras. J'entraperçois le regard de Fred au-dessus des épaules de papa. L'un d'eux pleure. Et ce n'est pas Fred, mais papa. Arnold Nilsen pleure.

Je redescendis en courant. Je me couchai immédiatement. Les autres revinrent peu après. Ils parlaient à voix basse et lente. Je me bouchai les oreilles. Je refusais d'écouter ce qu'ils disaient. Je n'entendais pas le son de la voix de Fred. Peut-être qu'il allait me taper, sous prétexte que j'avais révélé l'endroit où il se planquait. Et si ça se trouvait, peut-être que j'allais recevoir une double dose, proportionnelle aux coups que papa ne lui avait pas donnés. Finalement, c'est ce qu'il y aurait eu de mieux : que Fred se soit fait taper une bonne fois pour toutes et qu'on en finisse. Incapable de dormir, j'avais une peur bleue. J'étais aussi désemparé et épouvanté que Fred. Il entra. Il s'assit sur le bord de mon lit. Je ne desserrai pas les dents. J'attendis. Il ne bougea pas. Au bout d'un moment, l'attente me fut insupportable. « Excuse-moi », murmurai-je. Il se taisait toujours. L'immobilité et le silence immenses de Fred maintenaient son ombre au-dessus de nous. Il tenait un objet dans ses mains. Je ne voyais pas de quoi il s'agissait. Il parut sur le point de prendre la parole, enfin. Il exhala. « Je crois que je suis méchant », commença-t-il. En fin de compte, j'aurais préféré qu'il se taise. « Tu n'es pas méchant. » Il se pencha sur moi. « Comment tu le sais ? » Il fallait que je me creuse les méninges. Parti comme c'était, il aurait mieux valu qu'il me tape. « Tu n'as jamais rien fait de méchant », fis-je remarquer. « Ah bon ? » Fred nous en avait fait des vertes et des pas mûres : il avait envoyé par la poste mon pyjama au concierge Bang, il avait cessé de parler pendant deux ans, il s'était enfermé dans un cercueil au grenier, et encore, ce n'était qu'une infime partie de tout ce qui lui était passé par la tête ; mais si Dieu existait, il fermerait les yeux sur ces faits et gestes, lui restait-il encore de la place dans son fichier pour ce genre de malfaisances ? « Tu n'as jamais rien fait de vraiment méchant. » Il regarda ailleurs. « Pas encore », chuchota-t-il. Je me mis à chuchoter moi aussi. « Pas encore ? Parce que tu comptes faire quelque chose, Fred ? »

Une voiture passa dans l'avenue. La lumière des phares flotta dans la chambre. Et là, je vis ce que Fred tenait dans ses mains. Le disque. Il ne répondit pas. Il resta assis à la même place, sans bouger, le disque sur ses genoux, en le caressant. Il souriait. « Un disque junior, murmura-t-il. Un kilo et demi. » Il n'ajouta rien. Il alla se coucher, après avoir posé le disque sur l'appui de la fenêtre. Je le rapportai au salon. Il pesait son poids. J'étais content que ce ne soit pas un disque senior. Était-ce à ça qu'il pensait ? Une inquiétude s'empara de moi. Je repris la lettre, allumai la loupiote au-dessus du lit et lus à haute voix. J'ignore si Fred m'entendait ou s'il s'était déjà endormi. Je lus tout de même la lettre, du début jusqu'à la fin, surtout la dernière phrase, la plus belle que j'aie jamais lue, réussissant même à ne pleurer à aucun endroit du récit. C'était la dernière fois que je devais lire cette lettre.

Il n'y eut aucune déclaration de perte de cercueil à Oslo à cette époque. Papa démonta les poignées dorées, retira les revêtements en soie et scia le cercueil pour le débiter en bois de chauffage, du genre que nous utilisions pour mettre dans le poêle, en décembre, quand il commençait à faire froid et qu'un courant d'air passait par la porte du balcon. Il brûla à la perfection. Pourtant, je n'appréciais guère la chaleur qu'il conférait à l'appartement. Elle me faisait à la fois transpirer et grelotter, et je préférais sortir quand papa faisait brûler le cercueil dans lequel Fred avait séjourné.

Et c'est durant une soirée comme celle-ci, alors que la chaleur aussi étouffante que fiévreuse venant de la cheminée nous monte tous à la tête, au point que papa est sorti pour se rafraîchir un peu plus que les idées, que Boletta ouvre avec fracas la porte de notre chambre, se plante dans l'entrée et, pouvant à peine articuler trois mots, pointe un doigt tremblant dans notre direction. J'ignore encore qu'elle peut se mettre dans une telle colère, je ne l'ai jamais vue dans cet état. La si gentille Boletta ressemble à une plume hérissée, tendue et effilée. « Où elle est, la lettre ? demande-t-elle d'une voix sourde. Où est la lettre ? » C'est à Fred qu'elle s'adresse avec son regard fixe, puisque lui aussi se trouve à la maison ce même soir. Allongé sur son lit, il hausse les

épaules. « Chais pas, moi ! Tu sais toi, Barnum ? »
Boletta dévie son regard vers moi. « Elle n'est pas dans
le tiroir ? » « Non, elle n'est pas dans le tiroir ! » « Peut-
être que tu l'as prise pour aller au Pôle Nord », ajouté-je.
Boletta brandit une main frêle et menaçante. « Non mais
tu te fiches de moi, Barnum ? » « Non, grand-mère. Mais
je te promets que je l'ai rangée dans le secrétaire la dernière fois que je l'ai lue. » Elle fond littéralement sur
Fred. « Si c'est toi qui l'as prise, dis-toi bien que tu as
sali la mémoire des morts comme des vivants ! » Fred
saute sur ses pieds. « J'y ai pas touché ! J'y ai pas touché
à ta putain de lettre de merde ! Pourquoi c'est toujours
moi qu'on accuse ! »

Maman nous rejoint. Elle doit retenir Boletta. Puis
elles fouillent l'appartement de fond en comble. Mais
elles ne retrouvent aucune trace de la lettre. « C'est toi
qui l'as égarée », dit maman. Ne sachant plus qui croire,
Boletta croit tout ce qu'on lui suggère. Désemparée, malheureuse, elle s'assied sur le divan. Je m'installe à côté
d'elle, désireux de la réconforter. « Ce n'est pas si grave.
Je la connais par cœur. » Elle ouvre les yeux. « Par
cœur ? » Je hoche la tête en signe d'assentiment et sèche
les gouttes qui perlent sur son front. Et je me mets à lui
réciter la lettre, sans feuilles, sans lignes, sans écriture. Je
lui lis la lettre de la première à la dernière phrase. Or
quand j'ai terminé, quand j'ai prononcé les derniers
mots, sans en retirer, ni en ajouter, à peine si j'ai changé
la moindre virgule, Boletta prend ma main, se redresse
lentement et murmure : « Ce ne sera plus jamais pareil,
Barnum. Non, jamais plus. »

Je n'ose rien ajouter. Nous restons assis, sur le divan
de la salle à manger, un soir de décembre, tandis que la
chaleur du poêle nous abrutit de ses vagues torrides – et
depuis, je ne pourrai plus songer à cette lettre écrite au
pays du soleil de minuit, entre la neige et la glace, sans
simultanément me souvenir du cercueil, qui, au même
instant, se consume devant nous et nous assomme d'un
sommeil sans rêves.

L'accident

Vivian naquit dans un accident. Il eut lieu le 8 mai 1949. Aleksander et Annie, ses futurs parents, roulent dans une Chevrolet Fleetline Deluxe, un cadeau de son père à lui pour leur mariage célébré l'automne dernier. Ils sont en route vers la colline de Frognerseteren. Ils sont jeunes, ils sont à l'aube de leur vie commune. Elle va accoucher dans deux mois. Il est en dernière année de droit à l'Université d'Oslo, et on le considère déjà comme le plus brillant de sa promotion. Elle a décroché son baccalauréat l'an passé et on l'a couronnée reine des candidates. C'est le genre de couple que les autres admirent ou bien envient. C'est la rivière de diamants parmi les bijoux de famille. Le bonheur est une évidence. Ils ignorent tout. Tout sauf le bonheur d'exister. Ils sont en route vers l'avenir et l'avenir est de leur côté. C'est le soleil qui compte. C'est le ciel bleu. Ce sont les arbres verts. Ils s'arrêtent au sommet de la colline. Aleksander Wie baisse sa vitre, désigne le tremplin de Holmen-kollen puis la piste de réception, et, lui qui est l'homme des codes de loi, qui ne maîtrise d'ordinaire que l'alphabet législatif, devient soudain poétique, prolixe, volubile. C'est l'amour. C'est elle. C'est le moment présent et l'avenir en même temps. « Tu vois, Annie, c'est nous qui sommes en haut de cette tour. » Elle pose une main sur la sienne. « C'est nous qui sommes en haut de cette tour, répète-t-il. Nous nous élançons vers le bas et nous n'avons pas peur. » « Non », fait Annie en riant. « Et nous volerons dans les airs encore plus longtemps que personne avant nous. » « Oui, Aleksander ! » Il pose la tête sur ses genoux, tout contre son ventre. Elle se

penche en arrière sur le siège qui a désormais des allures
de lit. Aleksander écoute. Il écoute l'enfant qui est en
elle et il lui semble entendre battre deux cœurs : le cœur
d'Annie et le cœur de l'enfant. Il reste longtemps dans
cette position, allongé, à écouter. Elle passe une main
dans ses cheveux, lui caresse le crâne. « Tu es belle, chuchote Aleksander. Est-ce que je te l'ai déjà dit ? » Annie
part d'un grand éclat de rire. « Pas plus tard que ce
matin. » « Alors je vais te le redire encore une fois. Tu
es belle. Vous êtes beaux, toi et l'enfant. » Il l'embrasse.
Il se redresse et redevient ce juriste pragmatique, celui
qui désire la protéger. « Il faut que tu te tiennes bien
droite dans ton siège, précise-t-il. Sans quoi cela pourrait
être mauvais pour l'enfant. Tu dois être prudente. »
    Ils poursuivent leur promenade. Aleksander referme sa
vitre. Il ne veut pas qu'il y ait des courants d'air sur elle.
Il accélère, dans la toute dernière côte, dépasse d'un
soupçon la vitesse autorisée. Il sent la puissance des chevaux, doux et conciliants, ralentit néanmoins au moment
d'amorcer le virage, quand ils pénètrent dans la forêt.
Soudain, un autre véhicule surgit devant eux. Il n'en croit
pas ses yeux. « Juste ciel ! s'écrie-t-il. Une Buick ! » Les
deux voitures s'arrêtent de chaque côté de la chaussée.
Aleksander ouvre sa portière. Annie prend sa main à
toute vitesse. « Où vas-tu ? » s'enquiert-elle. « Où je
vais ? Je vais jeter un coup d'œil à sa voiture. »
« Dépêche-toi. » Il se rassied sur son siège. « Tu ne te
sens pas bien ? » Elle secoue la tête. « J'ai juste un peu
froid. » « Tu as froid ? » « Je ne sais pas. Je n'arrive pas
à me réchauffer. » « D'accord, on rentre. » Elle rit.
« Allez, file ! Ça va passer. » « Tu es sûre ! » « Sûre et
certaine. Ça va déjà mieux. » Aleksander dépose un
baiser furtif sur sa joue et traverse la route en toute hâte.
L'autre conducteur, un petit homme brun en gants clairs,
déjà posté devant sa décapotable, allume une cigarette.
On dirait un parvenu bloquant la route pour mieux se
pavaner, pense aussitôt Aleksander. À moins que ce ne
soit qu'un simple pêcheur de baleine ayant récolté une
trop grosse somme d'argent. Un garçon, l'air grognon,

boudeur, est assis à l'avant tandis qu'une femme maigre au teint blême a pris place derrière lui ; elle arbore un sourire timide, consciente semble-t-il qu'ils ne sont pas à la hauteur de cette voiture, qu'elle ne leur correspond nullement. Un drôle de cortège que ces gens-là. Aleksander n'en salue pas moins poliment le petit homme chichiteux parlant un dialecte du Nord qu'il essaie de dissimuler à grands renforts de mots ampoulés, en détachant les syllabes. Ils font l'inspection des deux véhicules, s'envoient mutuellement des fleurs, sans pour autant en rajouter. « Est-ce votre épouse ici présente ? » demande l'inconnu. Aleksander opine. « Oui, en effet. » « Elle est fort belle. » Aleksander est gêné par cette confidence. Une ombre glisse au-dessus d'eux, qui leur confisque la lumière. Le temps se couvre. Il interrompt la rencontre, s'empresse de rejoindre la Chevrolet. « On rentre », dit-il après s'être rassis. Mais Annie veut continuer. « Non, pas encore. Je veux aller tout en haut de la tour. » Aleksander rit et de nouveau il éprouve ce bonheur, tout ce bonheur sans faille, sans entaille. Elle est avec lui. Elle veut le suivre. Elle veut le suivre jusqu'au sommet. « Comme il vous plaira, ma chère... Au moins, ça nous évitera de rouler derrière ce bluffeur. » Il tire sa ceinture de sécurité au moment où il commence à pleuvoir. Il met les essuie-glaces, s'engage vers le prochain virage en épingle à cheveux. Annie se retourne et remarque que la femme a fait de même, ça ne dure qu'une seconde, puis chacune disparaît du champ de vision de l'autre – et c'est de l'autre côté de ce virage que l'accident va se produire. Peut-être Aleksander Wie a-t-il roulé trop vite, peut-être la chaussée était-elle glissante, peut-être un animal a-t-il surgi hors du bois et l'a troublé. Toujours est-il qu'il perd le contrôle de son véhicule. Tout survient avant qu'il parvienne à le redresser, avant même qu'il ait le temps de réagir. Les chevaux se rebiffent, la voiture bascule, dévale une pente escarpée, vient heurter un arbre, et Annie est projetée contre le pare-brise qui éclate sur son visage. Puis le silence se réinstalle. Il n'y a guère que la pluie qui tombe. Il n'y a guère qu'un oiseau qui s'envole d'une branche. Aleksander est coincé entre le volant et le siège. Il n'est pas blessé, ou si peu, n'était cette coupure sur le front, mais sinon rien. Il réussit à se dégager. Il se retourne vers Annie et il ne voit que du sang. Du sang partout. Son visage n'est que sang. Un éclat de verre est planté en travers de la joue, lui sépare la figure en deux. La gorge, la poitrine, tout n'est que sang, tout est brisé. « Annie…, balbutie-t-il. Annie… » Mais il n'entend pas sa propre voix. Il entend autre chose. Non pas un bruit, juste un mouvement. Alors il baisse les yeux. Sur le plancher, aux pieds d'Annie, gît une masse informe, un amas de chair et de sang, un être humain, encore retenu à Annie, un être humain qui hurle, rugit, râle, qui appuie ses mains sur le visage endommagé tandis que l'éclat de verre se casse entre ses doigts, un bébé qui braille et vers lequel Aleksander tente de se pencher, une fille, ils ont déjà décidé de baptiser l'enfant Vivian si c'est une fille. Et c'en est une. C'est Vivian. C'est elle, elle braille – et elle se retourne à présent vers nous. « Vous venez ? » nous demande-t-elle.

Peder me regarde. Il acquiesce. À voir son visage livide, il semble avoir perdu tous ses kilos superflus. Nous suivons Vivian dans l'appartement, sombre et silencieux, mitoyen à l'église de Frogner. C'est notre toute première fois chez elle et il lui a fallu un temps fou avant d'oser nous inviter. « Taiseux », murmure Peder. « Qu'est-ce que tu dis », demandé-je d'une voix tout aussi étouffée. « Taiseux », répète-t-il. Nous entrons dans la chambre dont elle referme la porte sans bruit. On la dirait inhabitée. Tout est rangé. Tout semble n'avoir jamais été déplacé : le cartable, les livres, un pull, une paire de chaussons soigneusement disposés l'un à côté de l'autre. Je suis frappé par le dénuement de cette chambre : il n'y a rien, ou si peu. Pas de tourne-disque, pas de radio, pas de magazine. Il en est peut-être ainsi chez les filles, pensé-je. Tout y est en place, en ordre. Je me rends compte que Peder se fait la même réflexion. Nous nous installons dans le canapé-lit de couleur grise alors que Vivian s'assied sur un tabouret puisqu'il n'y a nulle part où s'asseoir, sinon ce tabouret. Nous ne disons rien pendant un long moment, comme si le silence de l'appartement était contagieux. Peder se lance le premier. « C'est bath ! » Vivian lève les yeux. « Bath ? C'est-à-dire ? » « Chez nous, il y a tout un tas de merdes entassées. Ici, y a rien. » Vivian esquisse un sourire. « Un tas de merdes ? » s'étonne-t-elle. « Mais tu verrais chez Barnum, c'est pire ! » Il me jette un coup d'œil et je comprends qu'il dit ça histoire de parler d'autre chose, qu'il est un peu à court de mots et que, par conséquent, il tombe dans la vulgarité. Je suis frigorifié. Peder aussi. Il a la chair de poule, je le vois dans son cou. « Ouais, un tas de merdes », ajouté-je à toute vitesse. Vivian secoue la tête car elle comprend pourquoi nous sommes si vulgaires et nous comprenons alors qu'elle a compris. Du coup, cette fois-ci, c'est moi qui me lance pour mettre fin au silence interminable et je ne trouve pas de meilleure repartie qu'une connerie monumentale. « Tu leur as dit, à tes parents, que tu n'allais plus au cours de danse ? » Elle hausse les épaules à la manière de Peder, un geste qui me rend brusquement nerveux. « Ils s'en fichent. De toute façon ils ont oublié que j'y allais. » C'est là que, derrière elle, j'aperçois une photo sur le mur. Je ne cesse de la regarder. Peder continue de parler et je ne parviens pas à en détacher mes yeux : il s'agit d'une photographie en noir et blanc, prise il y a sûrement très longtemps. L'image représente une femme. Elle tient une cigarette entre ses doigts, d'où monte une volute de fumée opaque. Elle a une grande bouche aux lèvres fines, un visage dur, froid, quasi hostile, dont émane en même temps quelque chose d'attirant, de captivant, comme si la femme voulait vous entraîner, vous et personne d'autre, dans une opération impensable, dans une action qu'il ne vous a jamais été donné de faire auparavant, que vous n'aurez sans doute jamais la chance de refaire un jour – et je pense : marbre et amandes amères. Ces mots me dégringolent dans le crâne. Marbre et amandes amères. « Quitte à choisir, reprend Peder, je préférerais le rien plutôt que la merde. » « Mais tu sais, ici, les deux sont proportionnellement représentés, assure Vivian dans un sourire. Du rien et de la merde. » Peder transpire à grosses gouttes et, hélas, se tourne vers moi. « Et toi, Barnum ? T'en dis quoi ? » Et je réponds : « Marbre et amandes amères. » Ils éclatent de rire. Peder et Vivian rient, et en les entendant j'ai l'impression que le rire n'appartient pas à cette maison. Pourtant cela ne m'empêche pas de me joindre à eux. Nous sommes littéralement ployés, pliés de rire, rapprochés, rassemblés par le rire : marbre et amandes amères. Nous sommes seuls, nous parlons de choses que personne ne comprend – et c'est à cet instant précis que quelqu'un frappe contre le mur et jamais je n'ai entendu de silence s'abattre aussi vite. Nous nous redressons, comme si nous avions été pris la main dans le sac, en train de commettre un crime d'une innommable cruauté : rire. Nous ne rions plus. « C'est Lauren Bacall », chuchote Vivian. « Qui vient de cogner contre le mur ? » « Mais non, abruti ! Celle que tu regardes avec des yeux de merlan frit. » Vivian se retourne sur la photographie, unique décoration sur le mur. « Qui c'est ? » demandé-je. « Une actrice. » « Mon arrière-grand-mère aussi était actrice », précisé-je au passage. Vivian pose les yeux sur moi et je m'imagine que, cette fois, elle me voit différemment, sous un jour nouveau. « C'est vrai ? » J'opine. « Oui. » « Au cinéma ou au théâtre ? » « Au cinéma. » « Ça devait être pendant l'époque du muet, alors », lance Peder avant de s'esclaffer. Quelqu'un ouvre la porte, brusquement, sans bruit. Le père de Vivian. Il a les cheveux gris. C'est ce qui me frappe tout de suite, ça et son nez aquilin. Il nous observe tous les trois. Peder puis moi nous levons aussitôt comme un seul homme. Vivian reste assise. Elle a le dos rond, comme un chat. Son père fait un signe de tête, ébauche un sourire. Un vague pli déforme ses lèvres. « Il faut que vous vous en alliez, maintenant », ordonne-t-il d'une voix sourde.

Nous partîmes. Vivian était à la fenêtre. Elle agitait sa main vers nous et nous lui rendîmes son geste, jusqu'à ce que nous disparaissions du champ de vision les uns des autres. « Putain ! fit Peder. Qu'est-ce ça caillait chez eux ! » « Oui. C'était froid et taiseux. » « Ouais, t'as foutrement raison ! Froid et taiseux, c'est exactement ça ! » Le tramway passa devant nous. Derrière les vitres, les visages étaient blafards, presque jaunes, il me sembla une seconde qu'ils ressemblaient tous à Vivian. « Comment elle s'appelait déjà, celle qui était en photo sur le mur ? » demandai-je. « Lauren Bacall. Y a des gens qui disent qu'elle ressemble à sa mère. Ou inversement. » « Et ? » « Plus maintenant. » Peder s'arrêta et me prit par le bras. « Elle est constamment dans sa chambre, dans le noir, et elle n'a plus de visage. » « Non ? Elle n'a plus de visage ? » « Il a été détruit lors du fameux accident. Ils ont essayé de le reconstruire. Mais visiblement, ça n'a pas vraiment marché. » Il lâcha ma main et se remit en route. Je courus pour le rattraper. Un autre tramway déboula, avec les mêmes visages encadrés par une ombre jaune. « Elle n'est plus jamais sortie depuis. » Ce fut à mon tour de l'arrêter. « Comment tu le sais ? » « C'est Vivian qui me l'a raconté. » J'avalai ma salive. J'avais la gorge sèche, soudain obnubilé par une pensée effrayante. Je regardai ailleurs. Le bord du trottoir m'apparaissait comme un fil sur lequel, en bon funambule, je tentais de garder l'équilibre. « Vous êtes ensemble, Vivian et toi ? Je veux dire… Vous sortez ensemble ? » « Peut-être. Peut-être pas », répondit-il. Les pensées de plus en plus moroses, de plus en plus sombres, j'étais incapable d'ajouter le moindre mot car je songeais que si Peder et Vivian sortaient ensemble, dans ce cas, j'étais en reste, j'étais de trop. Oui, dans ce cas, une fois de plus, le petit Barnum court sur pattes était de trop, et dès lors, il n'avait plus qu'à rentrer se coucher. « Bon », soufflai-je. Peder pivota vers moi. Il partit d'un grand éclat de rire. « Je ne suis pas avec Vivian. Nous sommes avec Vivian. *Nous deux*, Barnum. Toi *et* moi. Est-ce que tu le comprends ? »

Disque et décès

Papa nous réveilla de bonne heure ce dimanche. « Et dire que vous restez là à vous prélasser alors que le soleil brille ! » s'écria-t-il. J'ouvris lentement les yeux même si j'étais réveillé depuis longtemps. Papa se tenait sur le seuil de la porte, vêtu d'un survêtement un poil trop serré pour lui. Une odeur de café flottait dans l'appartement. Maman sifflait dans la cuisine. Les mains dans le dos, Boletta trottinait derrière elle. Les rideaux ne pouvaient empêcher la lumière de s'infiltrer. Il se passait quelque chose. Papa respirait profondément, frappait dans ses mains ; c'était étrange, ce bruit : un applaudissement amputé. Car, au-delà, je n'entendais que ce grand silence propre aux dimanches, les cloches de l'église n'ayant pas encore sonné. « Bon alors ! Vous venez, les garçons ? Je n'ai quand même pas réservé ce fichu stade de Bislet jusqu'à une heure pour rien ! » « J'arrive ! » dit Fred. Je n'en croyais pas mes oreilles. « J'arrive », venait-il de dire. J'étais content, et anxieux à la fois. Il posa ses pieds par terre, jeta un coup d'œil vers moi. « T'as décidé de rester couché ou quoi ? » Papa frappa dans ses mains une seconde fois. « Voilà, Fred. C'est bien ! Fais lever Barnum. » « J'arrive, répéta-t-il, le sourire aux lèvres. On arrive. »

On enfila short et marcel. Il faisait déjà chaud. J'étais dans la salle de bains, avec Fred. Il ne s'était même pas mis en colère quand j'y étais entré, comme il en avait l'habitude s'il s'y trouvait avant moi. Il se coiffait les cheveux en arrière, lentement, mais dès qu'il retirait le peigne, sa frange lui retombait sur le front ; je m'amusais de voir cette mèche noire, rebelle, qui

semblait le défier : Fred la voulait en hauteur, elle voulait retomber. Je me mis à rire. Fred, d'un geste brusque,
fit volte-face. Je ne riais plus. Pourtant il ne se passa
rien. Il se contenta de me regarder. Il ne me fixait pas,
auquel cas tout était possible. Non, il me regardait. Je
retrouvai mon calme, j'étais presque content. Il ouvrit
l'armoire à pharmacie, farfouilla parmi les différents
tubes, parfums et déodorants, pour finalement s'emparer
de la lotion capillaire, celle de papa. Il la déboucha, se
pencha au-dessus du lavabo et se vida la moitié du
flacon sur la tête. Il pleuvait de la lotion capillaire. Il la
dispersa sur ses cheveux, planta le peigne à l'extrémité
de sa frange, la souleva pour la ramener en arrière. Et
voilà, elle tenait. Elle était comme dressée à l'horizontale, comme érigée au sommet du crâne, une cloison de
cheveux. Fred se regarda dans la glace. Il sourit,
s'essuya le visage. J'eus une soudaine envie de vomir :
ça me rappelait cette odeur de sueur que dégageait papa,
quand il rentrait à la maison après s'être aspergé de trop
de lotion capillaire si bien qu'elle lui dégoulinait en
rigoles le long des joues, jusque sur son col de chemise.
Fred remit le flacon en place, se tourna de nouveau vers
moi. Il y avait quelque chose, dans ses yeux, cette lueur
noire, indéfectible, inextinguible, à moins que ce ne fût
que l'ombre projetée par sa frange. « Qu'est-ce qu'il y
a ? » demandai-je. Il ne bougeait pas. « Qu'est-ce qu'il
y a ? » répétai-je. Il posa ses deux mains sur ma tête et
frotta mes boucles avec le peu de lotion qui lui restait.
« T'es prêt ? » murmura-t-il. Je ne comprenais pas.
« Prêt ? Ouais. » « C'est bien, Barnum. »

En arrivant à la cuisine, habillés en marcel, en short et
tout, les cheveux enduits de lotion capillaire, nous fîmes
notre petit effet sur maman et Boletta – et ça a dû être
un drôle de spectacle, en ce dimanche, fin mai, à une
heure si matinale que le monde alentour était muet,
plongé dans le silence et retranché derrière la verdure de
la vigne vierge qui courait le long des fenêtres à l'instar
de rideaux cousus de feuillage. Au cognement de la
tasse de café qu'il reposa brutalement succéda le rire de

papa. Un rire en vagues prompt à faire remonter sa veste de survêtement, à dévoiler sa bedaine et exhiber un nombril aux allures de cratère creusant le centre d'une planète de viande inconnue, non identifiée. Boletta se leva, ferma les paupières, croisa les mains en avant pour refouler cette planète de son orbite où elle commençait à graviter avec moult oscillations. « C'est pour le banquet qu'on se fait beaux, les garçons ! Pas pour les épreuves ! » « Le banquet ? » fis-je, incrédule. Papa secoua la tête à plusieurs reprises. « Est-ce que quelqu'un a déjà entendu parler d'une compétition sportive sans banquet à la clef ? » Une fois garé son nombril, papa jeta un coup d'œil circulaire. « Pas moi ! Voilà pourquoi j'ai réservé une table pour cinq ce soir au… Je vous le donne en mille… Oui, pas moins qu'au Grand Hotel ! Si tant est que Boletta n'aille pas au Pôle Nord, bien sûr. » « Oh… Ils doivent bien avoir de la bière au Grand Hotel », répliqua maman en nous adressant un petit sourire plein de malice – et cet instant était si précieux car lorsque maman plaisantait au sujet des litres de bière de Boletta, c'est qu'elle était de bonne humeur, douce, indulgente, heureuse qui sait, comme s'il lui était donné de se reposer de l'existence, de se délasser une seconde, dans la pesanteur de l'instant ; à peine si je me souvenais encore de l'avoir vue ainsi, cela devait remonter au jour où Peder était venu chez nous. Boletta rouvrit les yeux, sans bouger pour autant. « Mais pas aussi fraîche ! » assura-t-elle. Papa leva la tête vers elle, le visage baigné de douceur, d'aménité. « Par contre, elle est servie en bouteilles, par des serveurs de très grande classe. Viens donc t'asseoir parmi nous, chère Boletta. » « Seulement si tu ranges ton ventre sous cette horrible veste ! » « Je te le promets ! » répondit papa. Boletta s'assit à contrecœur en prenant soin de maintenir une distance respectable entre elle et lui, mais très relative vu la taille de notre cuisine ; pas si grande que ça en réalité, car papa occupait déjà quasiment toute la place. Lui qui, aujourd'hui, n'avait rien laissé au hasard. « Le petit déjeuner constitue le commencement même du lancer de disque ! » affirma-t-il. Cette information de première main, il la tenait du concierge Bang, ancien champion de triple saut, qui était également en mesure de lui indiquer qu'Audun Boysen en personne, recordman du monde du 1 000 mètres en 1955, se nour-rissait de deux tartines de pâté de foie, de trois comprimés d'algues ainsi que, lors des compétitions importantes, d'une cuillerée à café rase de farine d'algues, car l'opération déterminante consistait à apporter au corps la quantité exacte d'aliments néces-saires sans pour autant procurer au sportif une sensation de ballonnement. Ça n'avait pas un goût très mirobolant, un goût de sac de gym en fait, qui ne parut pas per-turber Fred outre mesure : il avalait tout ce qui se pré-sentait à lui sous le nom d'algues, sans jamais arborer une mine dégoûtée. Au même moment, je remarquai combien maman était surprise, abasourdie de découvrir un Fred si calme, et cette stupéfaction se mua d'un coup en suspicion : une ombre réapparut comme un voile sur son visage. « Mais… fis-je, c'est pas coureur qu'il est, Audun Boysen ? » Papa me regarda d'un air blasé. « Bien sûr que si, Barnum. Il est l'un des meilleurs du monde dès qu'il s'agit de courir. » « Ben alors, il ne lance pas le disque ? » Papa secoua la tête derechef, visi-blement affligé par tant d'ignorance, avant de pousser vers moi le dernier comprimé d'algues. « Qu'on lance le disque, qu'on coure ou qu'on fasse du triple saut, qu'on soit clown sur une piste de cirque ou acrobate sous un chapiteau, c'est toujours la même force qu'on va cher-cher. Elle nous vient toujours du même endroit et avec la même vigueur, Barnum ! » Il se tut, respirant pénible-ment par ce nez qu'il avait de travers. Il regarda par terre, les yeux dans le vague, perdu dans ses pensées, sous le coup de ses souvenirs, du moment qui passait, de la pesanteur de l'instant. J'avalai le comprimé. « D'où ? » demandai-je à voix basse. « Du cœur, Barnum, répondit-il d'une voix aussi sourde. Du cœur. » Puis il nous dévisagea, les uns après les autres, en essuyant ses larmes. « Le poil d'un éléphant. D'entre tout, la chose la plus rare. Et figurez-vous que je l'ai trouvé, ici même. » Il entoura maman de son bras avant de l'attirer vers lui. Fred ne tenait plus en place. « Bon, on y va ? » Papa se redressa d'un bond. « Mais on est déjà partis ! À présent, je me sens dans une forme olympique ! » Il suivit Fred dans l'entrée. Je jetai un coup d'œil à maman. « Vous ne venez pas ? » Elle sourit de nouveau mais c'était un sourire différent, fugace, anxieux, comme une rafale par-delà sa figure. « Aujourd'hui, nous allons laisser les hommes en paix », répondit-elle en versant du sirop dans la bouteille thermos. « Et puis, murmura Boletta, nous, il faut qu'on se prépare pour le banquet. Et ça prend du temps quand on est une vieille dame. » Fred et papa appelaient. Fred et papa m'appelaient. « Allez, file en vitesse », m'ordonna maman à mi-voix, pour que je sois le seul à l'entendre. Boletta alluma une cigarette. « Allez, file en vitesse », répéta maman.

Je courus les rejoindre. Papa montra mes pieds du doigt. « Tu as l'intention de lancer le disque en pantoufles, Barnum ? » Fred se trouvait près de la porte. Il portait des tennis blanches. Elles brillaient. Les lacets ressemblaient à une fleur disposée sur chaque pied. Je remarquai alors que papa tenait dans son dos quelque chose qu'il m'était impossible de voir. « Ou bien tu préfères passer les épreuves avec tes chaussures de danse ? » Je secouai énergiquement la tête. Dans un grand éclat de rire, papa fit apparaître ce qu'il cachait. Une autre paire de tennis, tout aussi blanches et aussi neuves. Je m'assis par terre pour les enfiler – et je me souviens encore des semelles rayées, des anneaux en métal argenté cerclant les trous pour les lacets, du caoutchouc si doux autour des talons, puis de cette impression de flotter dans les airs au moment de me relever. Papa posa une main sur mon épaule, l'autre sur celle de Fred, et il nous rapprocha : deux demi-frères en baskets blanches. « Avant, j'avais un ami… Bon, c'était au temps jadis. Quand je faisais du cirque. On l'appelait Der Rote Teufel. Il s'est écrasé au sol en tombant du

trapèze et il est mort. Vous savez pourquoi, les garçons ?
Parce qu'il n'avait pas les bonnes chaussures aux
pieds. » Il soupira. « Un jour, vous comprendrez ce que
je veux dire. » Papa portait ses chaussures noires, des
chaussures noires et un ensemble de survêtement jaune.
« Allez, zou ! En route ! »

C'est moi qui eus la permission de porter le disque. Il
était rangé dans une boîte munie d'une poignée. Fred
portait le sac à dos. Et c'est ainsi que nous partîmes pour
Bislet, ce dernier dimanche de mai. Maman et Boletta
nous firent un signe de la main depuis la fenêtre. Nous
les saluâmes en retour. Enfin... pas moi, à cause du
disque. Papa se retourna, le sourire aux lèvres. « C'est
lourd, Barnum ? » « Non, non ! Juste un kilo et demi. »
Fred riait sous cape derrière moi. « Exactement, mon
garçon ! Un disque junior ! Pour grandir, il faut bien
commencer petit. Allez, zou ! En route ! »

Il y avait ce vert dans les arbres. Il y avait la lumière
dans les rues. Il y avait le silence dans la ville. Brusquement, les pigeons s'envolèrent des toits, tous en même
temps, une seconde avant que ne sonnent les cloches.
« Où on va ? À la messe ou à Bislet ? » Fred, juste derrière moi, répondit : « Bislet. » Nous rîmes, l'un après
l'autre. Nous riions, nous allions à Bislet, nous marchions en file indienne : papa devant, Fred en dernier,
moi au milieu, tenant le disque dans sa boîte avec poignée. De leur côté, les gens tout de noir vêtus que nous
croisions portaient leur livre de cantiques et leur parapluie, et papa, dans son survêtement jaune et ses gants
clairs, leur adressait un signe de tête en guise de salut
avant de leur céder le passage dans cette côte étroite et
pénible près de l'urinoir. Puis nous arrivâmes. Le tintement des cloches s'estompa. Les oiseaux se posèrent sur
les toits, tous en même temps cette fois encore. Papa
avait la clé de la porte de l'entrée nord. Il ouvrit. Il entra.
Je le suivis, Fred m'emboîta le pas. J'entendis la lourde
porte de fer claquer derrière moi. Il nous fallut traverser
un long couloir. Papa avançait tout doucement, si lentement. Un journal était punaisé au mur. Le vent le

feuilletait. Un bâton de glace. Une capsule de bouteille de bière. J'étais frigorifié. J'avais l'impression qu'à chaque pas nous pénétrions au plus profond d'une obscurité glacée. J'eus envie de rebrousser chemin. Mais je restai. Et, au moment d'atteindre le bout du couloir, nous nous arrêtâmes, tous les trois en même temps, presque éblouis. Devant nous s'étirait la piste. Les tribunes désertes, le gazon arasé, le ciel en guise de coupole. Nous avions le stade rien que pour nous. Avec toute cette lumière autour de nous, on aurait cru qu'elle s'était concentrée ici et nulle part ailleurs, dans cette immense cavité en béton. Nos voix résonnaient en écho alors même qu'aucun de nous n'avait encore ouvert la bouche. Quand papa nous entoura de ses bras, je sentis Fred tressaillir, un spasme, bref mais profond, qui fit trembler la main démolie de papa le long de mon dos. Il dit : « C'est le paradis ! » La phrase détala à l'autre extrémité du stade, vers la piste du 400 mètres, pour nous revenir aussitôt, mais plus lentement, comme si quelqu'un derrière la tribune avait singé papa en ne répétant que le dernier mot : « Paradis ! Paradis ! » Le silence retomba. Nous suivîmes papa sur les gravillons. Il s'arrêta au bord d'un cercle de terre sèche qu'il montra du doigt. « Voilà. C'est là que ça se passe. » Je lui donnai la boîte. Il la posa sur l'herbe, à côté du cercle dans lequel nous devions nous installer. Puis il sortit un mètre du petit sac à dos, un mètre à ruban en argent. Papa était déjà en sueur. Il s'essuya le front de sa main valide, un large sourire aux lèvres. Il laissa tomber le mètre sur toute sa longueur. « Vous voyez ? » Nous opinâmes du bonnet. « Tu peux me lire le dernier chiffre, Fred ? » Fred cligna des yeux en se rapprochant. « Trois mètres. » Papa enroula un bout du mètre. « Et toi, Barnum ? Tu peux me dire à voix haute le chiffre que tu lis ? » Je mis mes mains en visière. « Deux mètres. » Il sourit, enroulant les mètres restants, doucement, sans nous quitter des yeux. « *Mundus vult decipi*, murmurat-il. Vous savez ce que ça signifie ? » Il donna lui-même la réponse. « Le monde veut être trahi. » « *Ergo decipiatur* », enchaîna Fred. Le mètre glissa des mains de papa, qui se retourna, sidéré. « Tu as dit quelque chose, Fred ? » « *Ergo decipiatur* », répéta ce dernier. Incapable de se départir de sa stupéfaction, de sa stupéfaction et de sa joie, papa se vit pour ainsi dire contraint de faire un pas vers Fred pour s'assurer d'avoir bien entendu. « Bravo, Fred. *Ergo decipiatur*. Sauf qu'aujourd'hui, nous n'allons pas trahir le monde, n'est-ce pas ? » Ce fut au tour de Fred de sourire. « Nooon », assura-t-il sur un ton tel que papa retrouva son sérieux. « Et ne fais pas semblant d'être plus mauvais que Barnum ! C'est clair ? » Fred hocha la tête. « Ça ne me viendrait même pas à l'idée ! » Papa, d'abord perplexe puis déboussolé, préféra diriger son regard vers moi. « Car aujourd'hui, les garçons, nous allons mesurer la vraie et digne longueur ! Et que le meilleur gagne ! » Il ouvrit le coffret et souleva le disque. Il le brandit, comme un trophée, comme une couronne. Il l'avait briqué. Le disque brillait. Il nous le fit tenir à tour de rôle, ce disque junior, 1,5 kilo, avec un façonnage en bois, cerclé d'un anneau en métal doré et incrusté de plaques en laiton sur les côtés. Papa retira son gant de sa main valide et écarta les doigts. « Hélas, je me vois forcé de vous faire la démonstration des finesses du lancer de la main gauche, étant donné que ma main droite a succombé à une grenade allemande. Mais d'abord, un peu d'échauffement ! Faites-moi donc un petit tour de stade en courant ! » Papa sortit du sac une barre de chocolat et un thermos de café. Il s'assit lourdement dans l'herbe tandis que Fred et moi trottinions jusqu'à la piste d'endurance histoire de nous échauffer. Je courais. Fred me talonnait. Mais il ne courait pas – et force m'est de constater aujourd'hui, non sans en être médusé, que jamais je n'ai vu Fred courir, comme si, quelque part, se déplacer de cette manière offensait sa dignité ; ou peut-être était-il d'avis que courir dévoilait un pan de son être, car même lorsque les Indiens de Vika lui flanqueront une dérouillée, il ne courra pas, et pourtant il aura la possibilité de déguerpir, mais il ne le fera pas : courir

aurait exprimé la crainte, courir révélait les désirs profonds, l'empressement, l'impatience, l'humilité. Fred
me dira un jour : « Y a que les esclaves qui courent,
Barnum. »

Et donc je courais. Et Fred marchait. Il me sembla
l'entendre glousser, grogner même, à voix basse, au
moment où, à l'extérieur de la piste d'endurance, dans
l'ombre projetée par la tribune officielle, il me dépassa
au rythme de longues enjambées silencieuses. J'accé-
lérai le pas, parvenant à peine à le suivre. Quand nous
revînmes, papa exigea de nous que nous poursuivions
notre échauffement avec douze roulades, de chaque
côté. Nous nous allongeâmes dans l'herbe, sur le dos, et
nous roulâmes. Papa comptait chaque roulade en rica-
nant. « Les clowns aussi devaient s'échauffer ! s'écriat-
t-il. Les clowns, les dompteurs, et même les filles-cho-
colat. » Sur ce, il s'alluma une cigarette, introverti tout
d'un coup, taciturne. J'étais étendu, le souffle court et
haletant, à côté de Fred. « Tu te souviens de ce que je
t'ai promis ? » « Quoi ? » Mais il ne me répondit pas.
Pour finir, nous dûmes nous soumettre aux moulinets
avec les bras, vingt-quatre d'affilée. Papa se leva et
lança sa cigarette derrière les buts. « C'est bien, les
garçons ! Vous ressemblez comme deux gouttes d'eau à
des moulins à vent ! » Nous étions suffisamment
échauffés désormais. Papa nous fit signe de nous approcher. Il tenait le disque dans sa main gauche, la main
valide. « Bon. Vous m'écoutez bien, maintenant ? »
Nous opinâmes du bonnet. Il nous parlait à voix basse,
comme s'il partageait un secret avec nous, que la tribune était noire de monde, tous plus désireux les uns que
les autres de connaître le fin mot de l'histoire. Or il n'y
avait personne. Seulement Fred, papa et moi. « La surface plane du disque doit être calée contre la paume de
la main et le poignet. Comme ça. Tu suis, Barnum ? »
« Oui, papa. » « Bien. C'est pas de la blague, vous
savez, le disque... » Papa enleva à présent le gant de sa
main droite. Son moignon boudiné pendait au bout du
bras, seul le demi-pouce rafistolé, sans ongle, rappelait

les doigts qui un jour avaient prolongé la paume. Je
fermai les yeux tant ça me soulevait le cœur. Papa posa
le disque dans sa main abîmée, l'engin tomba aussitôt
dans l'herbe. Fred s'empressa de le ramasser pour le lui
redonner. Papa parlait encore plus doucement que tout à
l'heure. « Ce que je viens de vous montrer, à travers
mon accident, vous prouve combien il est important
d'avoir une tenue correcte du disque. Tu veux bien rouvrir les yeux, Barnum, s'il te plaît ? Je n'ai pas envie
d'un second accident. » Je m'exécutai. Fred souriait.
Papa se tenait au milieu du cercle. Il avait remis son gant
et tenait le disque de la main gauche. « Faites comme si
j'étais un miroir devant lequel vous vous exercez. » Il se
mit à tourner deux fois sur lui-même avant de s'immobiliser brusquement – et j'étais époustouflé de voir
combien cet homme obèse pouvait être gracieux, au
point de ressembler à un danseur. Je lus l'étonnement
sur le visage de Fred. Papa était médusé. « Qu'est-ce
qu'il y a, les garçons ? » Nous ne répondîmes pas. Car
qu'est-ce que nous aurions dit, hein ? Qu'il avait une
allure de danseur, dans son survêtement jaune, au milieu
de ce cercle étroit ? Nous aurions pu le dire et pourtant
nous ne le fîmes pas, le considérant simplement d'un air
ahuri, en silence. D'un seul coup, les lèvres de Fred
s'étirèrent et la lueur noire réapparut dans ses pupilles.
Qu'est-ce qu'il m'avait promis ?

Brusquement, papa s'impatienta. Il s'égosillait à présent. « Vous devez saisir le bord du disque et le coincer
au niveau de la dernière phalange en maintenant les
doigts écartés. Et vous utilisez le pouce comme appui.
Comme ça. Gardez l'autre bras dégagé et faites toujours
attention à ce que le disque soit bien calé dans votre
main. » Son corps décrivit une nouvelle rotation, plus
rapide celle-ci, puis il tendit le bras en avant, sans lâcher
le disque. « Le plus important maintenant consiste à
lancer le disque selon une trajectoire parfaite. Le disque
doit en effet fendre l'air en tournant sur son axe. Mais
surtout, il ne doit pas osciller ! Vous entendez ? Il ne
doit pas osciller ! » Nous entendions. Le disque ne

devait surtout pas osciller. « Et comment est-ce qu'on y arrive ? Eh bien c'est simple : nous opérons une flexion des doigts sur le disque grâce à une torsion de l'avant-bras sur la gauche et nous expulsons littéralement le disque à l'aide de l'index. » Il nous montra comment faire, sans lâcher le disque cette fois encore. « Le plus important pour le lanceur reste tout de même d'avoir la main détendue et de garder les appuis au sol. Si vous n'avez pas le bon rythme, peu importe votre force physique, elle ne vous sera d'aucun secours. Puis-je à présent exiger que votre attention se porte sur mes pieds ? » Nous baissâmes les yeux. « Ce cercle, les garçons, ce cercle dessiné sur le sol, rudimentaire et banal en apparence, n'est autre que la piste du lanceur. C'est d'ici qu'il propulse son allégresse à l'intention du public. Ouvrez bien grand les yeux ! » Il fit quelques mouvements rapides, fléchit sur ses jambes, tourna sur lui-même, puis le disque se volatilisa de ses mains pour atterrir un peu plus loin sur le terrain. « Vous comprenez ? Les jambes, le corps et le bras doivent combiner leur force et agir de concert dans un seul et même mouvement de torsion vers l'avant puis vers le haut, afin d'obtenir une puissance maximale au moment de l'étirement ! Oui, oui, Fred. Va chercher le disque. » Et Fred s'exécuta. Fred obéit. Fred alla chercher le disque et le rapporta. « On mesure pas ? » demandai-je. « D'abord on s'entraîne. Ensuite on mesure. » Fred redonna le disque à papa, qui me le tendit. « Comment va ton bras lanceur aujourd'hui, Barnum ? » « Un peu mou... » Papa le tâta en souriant. « Aucune excuse. Sa croissance est excellente. Barnum, à toi l'honneur ! »

Des nuages passaient au-dessus de Bislet, traînant un cortège d'ombres par plaques entières. Le soleil ne tarda pas à réapparaître. La chaleur qu'il dégageait était plus torride ici qu'ailleurs au fond de ce stade, comme une baignoire remplie à ras bord de lumière sèche. L'air touffu ne circulait plus. La chaleur était suspendue au-dessus de cette cuvette.

Il me sembla apercevoir une silhouette près des

vestiaires, un mouvement dans les rayons du soleil, une réverbération, à moins que ce ne fût que l'emballage d'une glace, ou un oiseau.

Je pris place dans le cercle. J'essayai de faire comme papa. Les pieds écartés. Le bras lanceur aussi en retrait que possible. Le pied au bord du cercle. Papa suivait attentivement. Après un mouvement de rotation, je lâchai le disque. Le lancer fut minable. L'engin chancela dans les airs pour venir se planter quasiment aux pieds de papa. Il secoua la tête. « La flexion des doigts, Barnum. Tu as oublié la flexion des doigts. Voilà pourquoi le disque a vacillé comme un oiseau avec une seule aile. À toi, Fred. » Et Fred s'installa dans le cercle. Il posa le disque à plat dans sa main droite, fléchit les jambes, d'un geste vif et souple à la fois, et, avant même que je puisse distinguer sa manière de faire, il propulsa le disque et se tourna vers papa avant que l'engin n'atterrisse. « Suis le lancer des yeux, Fred ! Comme ça tu peux toi-même juger des fautes que tu as commises. » Fred esquissa un sourire. « J'ai fait une faute ? » La question laissa papa songeur. « Tu n'es pas encore champion du monde, Fred. Je pense notamment que ton élan n'était pas assez maîtrisé. Sinon, ce n'était pas mal du tout. »

Je courus chercher le disque. Papa reprit le mètre, ainsi qu'un bloc pour noter les résultats. « Maintenant, ça ne rigole plus, les garçons ! Aussi faut-il, pour que le lancer soit accepté, que le disque retombe avec la plus grande exactitude dans la fosse de réception jalonnée à quatre-vingt-dix degrés. C'est compris ? » Je n'étais pas tout à fait certain de comprendre, mais j'acquiesçai. Il faisait une chaleur intenable. Nous dégoulinions de sueur. Je dus m'essuyer les mains dans l'herbe sèche. Papa respirait bruyamment avec son nez toujours aussi cassé. Il jeta un coup d'œil à Fred. « Et tu suis le disque des yeux. Le lancer n'est pas achevé tant que le disque ne s'est pas posé. » Fred hocha la tête lui aussi. Papa nous montra une pièce d'une couronne, toute brillante sous le soleil. « Face », dis-je. Fred sourit. « Pile. » Papa

la lança en l'air d'une pichenette, la rattrapa, plaqua ses
doigts dessus avant de rouvrir lentement la main.
« Barnum commence. Et souvenez-vous : dans ce sport,
la taille n'a aucune espèce d'importance. Car dans le
cercle de lancement nous sommes tous à égalité. » Son
regard se posa sur moi. « D'accord », murmurai-je. Papa
sourit puis nous donna à chacun une tape dans le dos.
« Eh bien, je vous souhaite bon courage, les garçons. Et
que le meilleur gagne ! »

Papa emporta le mètre, le crayon et le bloc et se
dirigea vers la fameuse piste de réception. J'entendais
son râle jusqu'ici, une vraie locomotive. Il resta planté
là-bas, à attendre, les mains en visière. Derrière moi,
Fred gardait le silence. Mon bras était pâle, mince, lisse.
Je lançai. Je lançai de toutes mes forces. Le disque vola
au-dessus du gazon, à très basse altitude, jusqu'à ce que,
brusquement, il s'effondre par terre. Papa courut
rejoindre le point de chute, planta un bâton puis mesura
la distance qui le séparait du cercle de lancement. Après
quoi, il prit note dans son bloc. « Onze et demi !
adjugea-t-il. Ça nous fait encore de la marge. Fred, à toi
maintenant ! »

Ça y est. Fred se tient dans le cercle. Papa va se poster
sur notre gauche, dans l'herbe, tout près des pistes de
course. Il a le soleil dans les yeux. Nous l'avons dans le
dos. « T'es prêt, Barnum ? » me chuchote Fred. Je ne
sais ce qu'il veut dire par là, de toute façon il n'attend
pas de réponse. Il regarde papa. Papa lui fait un signe de
la main. Fred se contorsionne, toujours aussi souple et
rapide, son bras se détend, comme un câble en acier : la
flexion des doigts, le disque qui poursuit son vol, qui
vrille dans la lumière, qui fond vers papa, debout en
plein soleil, dans son survêtement jaune, le mètre à la
main. Le silence n'a jamais été aussi grand. Fred suit le
disque des yeux. Le lancer n'est pas encore terminé. Le
lancer vient juste de commencer. Le lancer est sa propre
force, affranchi, délivré et en même temps déterminé ;
sa trajectoire est depuis longtemps dessinée dans les
airs, dirigée par la flexion des doigts de Fred – et

peut-être d'ailleurs ce lancer était-il déjà amorcé avec
l'inventeur du disque, ou bien celui qui y a pensé le premier, qui a conçu la forme et le poids du disque. Je suis
le disque des yeux. Il s'élève toujours dans les airs. Il
atteint sa hauteur, se repose une seconde dans la
lumière. Puis il tombe. Tout va très vite. Je ne le vois
que lorsque ça a déjà eu lieu. Papa est obligé de mettre
ses mains en visière. Peut-être pense-t-il, dans cette
seconde expéditive, que le soleil n'est plus vert, à présent le soleil est noir. Au même moment le disque le
heurte. Le disque heurte papa en pleine tête. Au sommet
du front. Papa lâche le mètre, s'écroule dans l'herbe. Il
ne se relève pas. Les pigeons s'envolent du toit des vestiaires. Fred se retourne. Sa bouche tremble. Je veux
m'élancer. Il me retient. « Reste là », m'ordonne-t-il
d'une voix sourde. C'est moi qui suis à présent dans le
cercle de lancement. Fred se dirige vers papa. Je le vois
s'accroupir à côté de lui, soulever sa tête, coller l'oreille
à sa bouche. Papa aurait-il dit quelque chose ? Serait-il
en train de parler à Fred ? Je n'en peux plus. Je m'élance
hors du cercle. Je cours vers eux. Je m'immobilise derrière Fred, derrière le dos courbé de Fred. « Qu'est-ce
qu'il dit ? » Fred relâche la tête de papa. « Ce qu'il dit ?
Parce que tu crois peut-être qu'il dit quelque chose ? »
Il pivote sur ses talons, s'assied dans l'herbe, ses genoux
coincés dans l'arc de ses bras. Il dodeline d'avant en
arrière, comme agité par un bercement – et peut-être
était-il déjà assis dans cette position quand La Vieille est
morte : il se laissait bercer. Je regarde papa. Il a le crâne
brisé. Le front est enfoncé dans la figure. Il ne ressemble à personne. L'être humain en lui a disparu. Je ne
pleure pas. « Qu'est-ce que tu viens de faire, Fred ? » Il
ne répond pas. Je lui repose ma question. « Qu'est-ce
que tu viens de faire, Fred ? Qu'est-ce que tu viens de
faire ? » Il lève alors les yeux vers moi. Je les vois, ses
yeux, je les vois eux ainsi que la lueur noire, elle
s'amplifie, s'intensifie. Et pourtant ce n'est pas ce dont
je me souviens. Je me souviens de son sourire, qui

brusquement se dessine sur ses lèvres avant qu'il dise :
« Peut-être qu'il est juste en état de mort apparente… »

Ce soir-là, la table du Grand Hotel resta vide. Il n'y
eut pas de banquet. Papa avait réservé une table près de
la fenêtre afin que tout le monde puisse nous voir
déguster notre repas composé bien sûr d'un menu avec
entrée, plat et dessert, disposant de plus de couteaux et
de fourchettes que nécessaire, accoudés à la nappe
blanche dont les plis tomberaient à ras du sol ; les
badauds se seraient attroupés sur la promenade Karl
Johan et qui sait, qui sait si l'une de nos relations ne
serait justement pas passée par là, se serait immobilisée
en nous apercevant, surprise, abasourdie, envieuse, et
nous, nous aurions levé nos innombrables verres placés
autour des assiettes dorées puis nous aurions porté un
toast à la santé du pauvre hère, là-bas, dehors, la faim au
ventre, le visage vainement collé à la vitre. Mais notre
table resta vide. Le banquet était annulé. Papa était
annulé. Et, en rentrant de l'hôpital d'Ullevål où papa
gisait sur un brancard au sous-sol, alors même qu'il était
désormais inutile de poser un verre d'eau-de-vie sur sa
poitrine, voire de planter une épingle à chapeau dans son
cœur, le téléphone sonna. Maman arracha le combiné,
comme si elle croyait que quelqu'un allait lui annoncer
que tout cela n'était qu'un vulgaire malentendu, un
mauvais rêve, un poisson d'avril à retardement. Je la vis
rougir. « Je suis franchement désolée. Nous avons eu un
empêchement. » Elle écouta l'espace d'un instant,
tenant l'appareil à deux mains. Boletta, Fred et moi ne
la quittions pas des yeux, osant à peine respirer. Elle
finit par dire : « Oui, je comprends. Mais mon mari est
décédé aujourd'hui. » Et c'est seulement après avoir
prononcé cette phrase à l'intention du maître d'hôtel que
papa était décédé, qu'elle se mit à pleurer. Elle lâcha le
combiné tandis que la voix du maître d'hôtel nous parvenait toujours, il présentait ses condoléances depuis le
restaurant du Grand Hotel, là-bas, au cœur de la ville,
sur la promenade Karl Johan, et qu'ici, simultanément,
retentissait la sonnette de notre porte d'entrée. Boletta

reposa le combiné sur le téléphone, interrompant ainsi
les condoléances que réitérait un maître d'hôtel poli. Un
long et brusque silence s'installa. Maman passa ses bras
autour de Fred et moi, et nous attira auprès d'elle. La
sonnette retentit une nouvelle fois, insistante. Boletta
alla dans l'entrée. Boletta venait de prendre le commandement. Elle avait gardé son calme. Ses mains ne tremblaient pas. Elle ouvrit. C'était le concierge Bang. Il fit
une courbette, avançant d'un pas vers l'appartement.
« C'est terrible. Quel accident terrible. Mais le plus horrible, ce doit être pour Fred. » Le concierge Bang se
retourna lentement vers nous. Fred recula pour se réfugier dans l'ombre de maman. « Qu'est-ce que vous
voulez dire ? » demanda Boletta. Bang baissa les yeux.
« Ce n'était pas Fred qui était en train de lancer quand
c'est arrivé ? » « Je vais vous dire une bonne chose,
commença Boletta en élevant la voix. C'est horrible
pour nous quatre ! Mais c'est encore pire pour Arnold
Nilsen ! Qu'est-ce que vous nous voulez, hein ? » Bang
pencha de nouveau la tête. « Avant tout, je voulais vous
présenter mes condoléances. » Boletta opina. « Merci.
C'est gentil. Maintenant, nous aimerions qu'on nous
laisse un peu tranquilles. » Bang resta dans l'embrasure
de la porte. « Quel accident terrible », répéta-t-il. « Oui,
on le sait, Bang. Notre consolation, c'est de savoir qu'il
est mort sur le coup. » Boletta s'apprêtait à refermer la
porte mais Bang fut plus rapide. Il se retrouva soudain
dans l'entrée, notre petit sac à dos à la main. « Je me
disais que vous voudriez peut-être garder ça », ajouta-
t-il à voix basse. « Quoi, ça ? » demanda Boletta d'un
ton exaspéré. « Ses affaires. Elles ont visiblement été
oubliées à Bislet. » La patience de Boletta avait des
limites que le concierge Bang franchit dès qu'il entreprit
de sortir le mètre, le crayon de papier, le bloc-notes où
était consigné mon piètre record, onze mètres et demi ;
aussi lui arracha-t-elle le sac des mains, mais celui-ci,
trop lourd, tomba en heurtant les lattes du plancher avec
un bruit mat dont les échos se répercutèrent sous nos
pieds. Il se baissa pour ramasser le disque. Boletta,

refusant de toucher le sac, s'éloigna de quelques pas.
Maman poussa un gémissement avant de nous serrer
plus fort contre elle – et je compris que Bang, lui que La
Vieille qualifiait toujours de pion, avait assisté à toute la
scène, caché près des vestiaires, il avait tout vu mais, en
même temps, qu'avait-il vu au juste ? Il n'avait rien vu
d'autre qu'un accident, un lancer manqué, un coup
perdu, il avait vu un homme en survêtement jaune être
fauché alors qu'il foulait la mauvaise ligne de la géométrie des coïncidences. Et lui, Bang, n'était pas sorti de
son poste d'observation. Il s'était caché. Il s'était
planqué pour mieux nous épier et maintenant qu'il avait
vu, il n'en pouvait plus, il ne pouvait plus attendre. Ce
voyeur boursouflé de lui-même et de sa curiosité ne
pouvait plus demeurer dans cette ombre qu'il ne supportait plus. Je fus alors submergé par une sensation aussi
effrayante qu'époustouflante, parce qu'elle était la plus
forte, la plus farouche, la plus pure que j'aie jamais
éprouvée à ce jour : je haïssais le concierge Bang. « Où
dois-je les poser ? » demanda-t-il. Boletta leva les bras,
Bang recula, comme s'il croyait qu'elle allait le frapper.
« Vous n'avez qu'à les garder, ces choses immondes ! »
s'écria-t-elle. Bang secoua la tête en signe de dénégation. « Je ne lance pas le disque, moi. Je fais du triple
saut. » Je fondis en larmes. Fred donna un coup de pied
dans le mur. Boletta poussa Bang vers la porte.
« Regardez ce que vous venez de provoquer avec vos
bonnes actions ! Déguerpissez d'ici immédiatement ! »
Fred s'avança alors vers le concierge Bang avant de se
carrer devant lui. L'athlète déchu, plus abasourdi que
jamais, le fixait en fronçant les sourcils. « Merci », dit
Fred. « Hein ? » Bang avait le regard aux abois.
« Merci », répéta Fred avant de lui prendre le disque des
mains. Bang recula en boitant jusqu'à l'escalier, non
sans une courbette. La porte claqua derrière lui. Fred
était toujours dans l'entrée, le disque dans les mains.
Maman me lâcha. Puis elle prononça cette phrase
étrange. Les yeux gonflés, un doigt pointé en direction
de Fred, elle s'exclama : « Fichez-moi cet oiseau de

malheur à la porte ! » À peine eut-elle prononcé ces mots qu'elle en perçut la charge considérable. Ils dépassaient sa pensée. Ils venaient d'être lancés sans ménagement, fendaient l'air et heurtèrent Fred de plein fouet. Je vis sa nuque tressaillir, comme s'il avait reçu une décharge, puis une douleur que je n'avais jamais remarquée chez lui, et cette douleur s'amplifia pour se transmuer en sourire. Il avait les yeux fixés sur maman qui, terrorisée, cachait son visage entre ses mains. Boletta passa aussitôt un bras autour de lui. « Ce n'est pas ce qu'elle voulait dire, tu comprends ? » Elle s'empara du disque, prit la direction de la cuisine d'où, par la fenêtre, alors que nous ne la perdions pas de vue dans son geste, elle envoya valdinguer l'engin dans la cour, qui atterrit avec fracas dans le gravier, dans les plates-bandes de Bang. Puis elle se retourna vers nous. « Comme ça, nous en voilà enfin débarrassés ! De cet oiseau de malheur. »

Les lumières s'allumaient dans les autres appartements. Des visages apparaissaient. La nuit était déjà tombée. Papa était mort. Où étaient ses gants ? Et son survêtement jaune ? Maman esquissa un sourire, sans y parvenir. Elle prit la main de Fred. Il tremblait, comme s'il était frigorifié ou au bord des larmes. « Je suis désolé », murmura-t-il. Fred venait de dire qu'il était désolé. Boletta lui entoura les épaules d'un bras. Fred était en verre. Fred pouvait se briser en mille morceaux. Il pouvait tomber par terre et se casser. Après une hésitation, maman passa une main dans ses cheveux. Je ne l'avais jamais vue faire ce geste sur Fred. « Mon chéri… Ce n'était pas ta faute. » Boletta prit la mouche alors que maman n'avait pourtant pas fini de parler. « Sa faute ? hurla-t-elle. Ce n'est la faute de personne ! Et si c'est la faute de quelqu'un, alors c'est celle de Dieu et de personne d'autre ! » « Chut ! » fit maman. Mais Boletta s'emporta de plus belle. « Je me fiche que Dieu m'entende ! Car aujourd'hui il devrait avoir honte ! » Maman soupira, continuant de caresser les cheveux de Fred encore gominés par la lotion capillaire. « Tu sais, papa se mettait toujours en travers du chemin. Il ne pouvait pas rester en place. C'était une roue… » Boletta tapa du pied sur le plancher en répétant les paroles de maman : « Exactement ! Arnold Nilsen était une roue ! » Fred coula un regard vers moi, sa bouche déformée par un sourire. « Il était en travers du chemin, chuchotai-je. Il n'a pas arrêté d'être dans les pattes de Fred et de le gêner. » Après un nouveau soupir, maman s'assit à la table de la cuisine. « Vous voulez dormir dans mon lit cette nuit ? » Je secouai la tête avant de poser une main sur l'épaule de Fred. « Pas la peine, répondis-je. Je vais prendre soin de Fred. »

Et ce, sans parler de tout ce que je coupe, efface, escamote, oublie, conserve malgré tout. Fred qui se lève. Les oiseaux comme une nuée grise au-dessus des vestiaires. Papa allongé sur le gazon de Bislet. Fred avançant lentement vers le porche, sans se retourner. Et moi qui reste là, seul, car papa n'est plus là, car papa est parti. Son crâne fracturé. Le disque qui continue de tournoyer. Le sang le long du bord métallique. Je crie. Personne ne m'entend. Puis les sirènes, l'ambulance, le brancard. Fred assis dans les tribunes. Un policier qui s'entretient avec nous, prend des notes au stylo bille dans un cahier noir et nous demande de parler en prenant notre temps. Nous déclarons que papa était en travers du chemin, qu'il courait dans la trajectoire du disque. Il était dans la trajectoire du disque et le disque l'a heurté en pleine tête.

Je ne parvins pas à dormir. Je pensais au lendemain, à mon arrivée à l'école. Tout le monde serait au courant, au courant de l'accident. Il y aurait peut-être un article dans le journal, avec une photo du stade de Bislet. Certains seraient peut-être même aussi arrivés à dégoter une photo de papa, et une autre de Fred et moi, et en gros, en noir, la manchette qui remplirait toute la première page : le disque assassin. Et tout le monde aurait pitié de moi, les professeurs ne m'interrogeraient pas pour savoir si j'avais bien appris mes leçons, plus personne ne m'embêterait, bien au contraire, demain tout le monde serait gentil, débordant d'attentions, ils

parleraient à voix basse dès que je serais dans les
parages puisque j'avais perdu mon père dans un accident tragique et cruel, que je l'avais vu mourir, de mes
propres yeux. « Nom de Dieu de merde ! Fait chier ! »
dis-je soudain à voix haute, incapable de me retenir. Les
mots étaient sortis de la bouche sans que je puisse les
arrêter. Mon alphabet s'était une fois de plus emballé.
« Saloperie de disque ! Connerie de lancer ! » Je serrai
les dents. Ma bouche saignait. Fred ne bougeait pas. Lui
non plus ne dormait pas. J'entendais maman et Boletta
à côté. Elles avaient commencé leur rangement. Elles
non plus ne trouvaient pas le sommeil. Elles rangeaient
les affaires de papa – et était-ce par colère ou par amour
qu'elles le faisaient, à savoir mettre de l'ordre dans le
foutoir de papa, alors qu'il gisait, mort, cette même nuit,
dans la chambre froide de l'hôpital d'Ullevål ?
« T'entends ? » me demanda Fred à voix basse. « Oui.
Maman et Boletta sont en train de ranger. » « Non, pas
ça. Écoute bien, Barnum. » J'avais beau tendre l'oreille,
aucun autre son particulier ne me parvenait. J'avais dans
la bouche une sensation de chaud, de poisseux. « Papa
ne respire plus, chuchota-t-il. Il ne respire plus par le
nez. » Moi aussi je l'entendais à présent. Le râle de
papa avait disparu. Fred s'assit dans son lit. Puis il fit
quelques pas sur le plancher, s'allongea dans mon lit
et me prit dans ses bras. Nous restâmes comme ça,
serrés l'un contre l'autre, sans rien dire. Maman et
Boletta ne tardèrent pas à rejoindre le silence. Peut-être
m'endormis-je un instant. Je ne sais pas. Toujours est-il
que j'étais toujours enlacé par les bras de Fred. « Quelle
punition tu crois qu'on aura ? » Je ne répondis pas. Fred
n'ajouta rien. J'avais envie de pleurer. Mes yeux étaient
aussi chauds que ma bouche. Quelle punition aurions-
nous ? Au bout d'un moment, je finis par me lever. Fred
me laissa partir. J'allai dans l'entrée. J'y trouvai les
affaires de papa. Le mètre était posé sur le secrétaire, à
côté de l'horloge ovale que le temps et les pièces de
monnaie avaient désertée – et je me souviens qu'un jour
Peder dira, des années après la mort de son père, dans le

garage, sur le siège avant de la Vauxhall (et Oscar Miil
avait dû s'y prendre longtemps à l'avance pour se préparer : les factures étaient payées, les abonnements
divers résiliés, les sous-vêtements lavés) : « Je ne lui
pardonnerai jamais. » Voilà ce qu'il dira. Arnold Nilsen,
lui, était-il prêt ? Non, c'est tout bonnement impossible.
Qui attend la mort un dimanche matin à Bislet lors d'un
match amical ? Personne. Sa vie était encore à faire.

Je jetai un œil dans la chambre à coucher. Maman et
Boletta s'étaient endormies tout habillées. À peine si
elles avaient pris le temps d'enlever leurs chaussures.
Les complets de papa étaient posés sur le dos de la
chaise, une pile de costumes de toutes les couleurs :
noir, gris, bleu, vert même, et, au-dessus, son costume
en lin blanc, accroché à un cintre laqué de chez Ferner
Jacobsen. Peut-être avait-il l'intention de le mettre pour
le banquet au Grand Hotel, même s'il était sûrement
trop petit pour lui. Qui sait si moi je n'allais pas pouvoir l'utiliser, pour l'enterrement. Je retirai délicatement
du portemanteau le costume en lin tout chiffonné. Il fallait que j'essaie la veste. Et c'est là que je la trouvai, la
liste, cette liste sur le rire, écrite sur la feuille arrachée à
une Bible. Elle était au fond de la poche. Je lus d'abord
les deux versets, tirés de l'Apocalypse selon saint Jean :
« *Je déclare, moi, à quiconque écoute les paroles pro-*
phétiques de ce livre : "Qui oserait y faire des sur-
charges, Dieu le chargera de tous les fléaux décrits
dans ce livre ! Et qui oserait retrancher aux paroles de
ce livre prophétique, Dieu retranchera son lot de
l'arbre de la Vie et de la Cité sainte, décrits dans ce
livre !" » Au verso, papa avait donc composé sa drôle de
liste en bas de laquelle figurait, écrit en lettres tarabiscotées, à la manière d'un enfant : *Y a-t-il un rire chari-*
table ? Cette nuit-là, peut-être aurais-je pu ajouter : Le
rire de papa.

L'enterrement

Il n'y avait pas grand monde à l'enterrement de papa. Il eut lieu un samedi. Il pleuvait. Il y avait nous, assis devant. Il y avait Esther du kiosque. Il y avait le concierge Bang, qui avait trouvé une place à l'extrémité d'un banc, près des piliers, à côté d'Arnesen et de sa femme, Mme Arnesen, la pianiste monomaniaque, vêtue d'une énorme fourrure alors que nous étions en juin. Il n'y avait personne d'autre, au moment où les cloches sonnèrent, exception faite de quelques vieilles femmes que nous ne connaissions pas mais qui avaient pour habitude d'assister aux messes d'enterrement pour mieux se préparer à la leur. Et personne non plus du nord du pays. De toute façon, la plupart d'entre eux étaient morts. Le cercueil de papa était noir. Je m'étais installé entre Fred et Boletta. Maman tenait la main de Fred. Je regardais par terre. Une flaque noirâtre d'eau de pluie entourait mes chaussures, mes souliers de danse au cuir lustré. Un lombric évoluait sur la semelle de ma chaussure gauche, il glissa par terre, oscilla en direction des fleurs, ondula le long du ruban de soie ficelé autour des bouquets, les fameuses fleurs des amis de l'immeuble. Je n'arrivais pas à le quitter des yeux, ce ver de terre du Vestre Krematorium – et peut-être laissai-je échapper un rire car Boletta me donna un coup de coude décidé dans les côtes. Le pasteur s'apprêtait à nous saluer. Il était nouveau et semblait aussi angoissé que nous puisque, dans son testament lapidaire, figurait noir sur blanc l'interdiction formelle faite par papa au pasteur de l'église de Majorstuen, celui-là même qui avait refusé de nous baptiser, Fred et moi, d'entretenir tout contact avec la famille Nilsen, en quelque circonstance que ce soit, qu'il s'agisse de mariage, eucharistie, baptême, confirmation ou décès. Qui sait, qui sait si papa n'était pas, en fin de compte, prêt, prêt pour la mort ? Qui sait s'il n'avait pas déjà écrit son testament, son ultime liste, son témoignage : le passage de la Bible et les rires ?

Le pasteur lâcha ma main et me tapota la joue. Il avait les mains sèches. Il monta en chaire. Je ne voyais plus le ver de terre. Le pasteur évoquait papa. Je cherchais le ver de terre. Il avait disparu. Et, quand je me retournai, histoire de vérifier si la bestiole ne rampait pas dans l'allée centrale, je vis Peder et Vivian s'asseoir sur le dernier banc, au fond. Peder esquissa un bonjour en secouant la tête, très lentement. Vivian m'adressa elle aussi un petit signe de la main, en rougissant me semble-t-il. Je fus submergé par une immense joie. Mes amis étaient là. Papa était mort et mes amis étaient venus à l'enterrement. Alors, qu'ils soient en retard, je m'en fichais comme de l'an quarante. J'eus envie de courir vers eux. Boletta me rappela à l'ordre une fois de plus. Le pasteur disait que papa était un homme généreux. De ces îles du Nord aux confins du pays, il avait rapporté un horizon plus vaste. Maman pleurait. Je fermai les yeux. Fred se plia en deux. Boletta sortit un mouchoir. Puis le pasteur prononça cette phrase étrange. Il parlait des cormorans, ces oiseaux noirs près du rivage qui, afin de retrouver leur chemin au moment de rentrer chez eux, font sur les monts et les îlots des panneaux indicateurs blancs en guano. J'ouvris les yeux. Le pasteur souriait mais se reprit aussitôt et préféra se tourner vers le cercueil où gisait papa. Lui qui s'était dressé au fond de la mer. Lui qui avait été en état de mort apparente. Lui qui était resté allongé sous le chapiteau du cirque. Désormais, c'était sans retour. Je redoutais le moment où nous allions devoir chanter. Le pasteur avait terminé sa prédication. L'organiste commença à jouer. Je feuilletai l'espèce de petit cahier où figurait, dans une écriture alambiquée, le nom de papa, ses années de naissance et de mort, ainsi que les psaumes que nous chanterions. *Dieu est Dieu.* Nous toussions. Nous attendions. Le raclement des chaussures sur le sol. Le glissement des parapluies contre les bancs. Le chagrin embarrassant. Les voix blanches. *Dieu est Dieu, les hommes fussent-ils.* Le pasteur faisait son possible pour nous galvaniser, or sa voix ne portait pas, elle non plus, sèche, plate comme du papier. *Dieu est Dieu, les hommes fussent-ils.* Nous formions un chœur pitoyable. Il me sembla entendre Peder se lancer. Le moins qu'on puisse dire, c'est qu'il n'avait pas franchement le timbre d'un enfant de chœur. J'eus encore envie de rire. Quand tout d'un coup une autre voix couvrit les nôtres, une voix puissante, tonitruante, étrangère, dont le volume emplit brusquement le crématorium, dont les accents portaient le psaume haut et fier. *Dieu est Dieu, les hommes fussent-ils décédés.* Je me retournai. Maman et Boletta firent de même. Même Fred ne put s'empêcher de regarder tandis que le pasteur avait les yeux rivés sur la porte d'entrée. Et là, au milieu de l'ombre et de la lumière, entre la pluie et les vitraux, se tenait une silhouette maigre, âgée, un homme vêtu d'un long manteau noir, un chapeau à la main, des cheveux blancs et une barbe tout aussi blanche, qui retombait sur sa bouche en la masquant, de sorte que le psaume semblait jaillir de lui, sortir par tous les pores de la peau, comme s'il le brandissait et chantait de tout son corps. *Dieu est Dieu, les terres fussent-elles désolées.* Nous le laissâmes chanter, jusqu'au dernier vers. Il était un chœur d'hommes à lui tout seul. Quand il eut terminé, il régnait un silence de mort comme jamais. Seul subsistait le martèlement de la pluie contre le toit. Seuls subsistaient le bruissement imperceptible des fleurs et les grains de poussière tombant des pétales. Seuls subsistaient les derniers soupirs des tuyaux d'orgue – et mon autre souvenir, au moment où le cercueil de papa fut posé à terre pour la toute dernière fois, c'est nous, nous debout sur le perron, à l'extérieur du crématorium, devant les gens en file indienne, désireux de nous présenter leurs condoléances. *Condoléances*, ce mot si pesant et à la fois si pratique quand on ne sait pas quoi dire. *Mes condoléances*, ce mot qu'on peut marmonner, murmurer, sangloter. *Mes condoléances*, comme une formule ; le dialecte poli du chagrin, quand nul autre langage sinon le bruit ou le silence n'offre de refuge, car la gêne est toujours plus forte que la peine. « Mes condoléances », dit Arnesen. « Mes condoléances », fit le concierge Bang. « Mes condoléances », murmura Esther du kiosque. « Mes condoléances », marmonnèrent les vieilles femmes que nous ne connaissions pas et qui, de tous, pleuraient le plus.

Fred alla jusqu'à la clôture longeant la ligne de tramway. Il s'alluma une cigarette. La pluie avait cessé. Il laissa tomber son allumette par terre, sans détacher son regard de nous. C'était au tour de Peder et de Vivian de saluer maman, aussi gauches tous les deux que la première fois au cours de danse de Svae, dans leurs vêtements sombres que je ne leur avais jamais vus. Ils se tournèrent vers moi et me donnèrent une poignée de main. « Mes condoléances », dit Peder. « Merci beaucoup. » « Mes condoléances », dit Vivian. « Merci, ça me touche beaucoup. » Mais celui que nous attendions tous n'était autre que cet homme barbu, efflanqué, droit comme un I, dont le chant avait subitement résonné dans l'église. Il s'approcha de maman, s'inclina avec révérence devant elle, puis il se redressa et la regarda dans les yeux. « Personne ne peut berner la mort, madame Nilsen. La mort est notre grande directrice. » C'était étonnant : sa voix avait une tout autre inflexion, ne ressemblait nullement à celle que nous avions entendue chanter tout à l'heure ; elle était grêle à présent, semblait se briser tous les deux mots. Oui, voilà ce qu'elle était : une voix soutenue par des béquilles. Son regard en revanche demeurait toujours aussi fixe, ses yeux étaient chevillés au visage émacié, sa barbe tombait depuis la naissance du nez, pareille à une haie. Il s'empara de la main de Boletta. « J'ai été affublé de toutes sortes de noms, mais Arnold Nilsen me connaissait surtout sous celui de Mundus. » Tout n'était qu'affaire de succession : le vieux pasteur avait le premier entonné le psaume lorsqu'il s'était agi pour lui de réveiller papa d'entre les morts, puis papa l'avait lui-même chanté en traversant le maelström de Moskenes, et, histoire de ponctuer ce tour de chant, Mundus, le directeur de cirque, avait officié à l'occasion de l'enterrement de papa, maintenant qu'il était mort pour de vrai. *Dieu est Dieu.*

À ce moment-là, un grand chambardement se produisit du côté du parking et, avant même que je puisse voir de mes propres yeux quelle en était la cause, Peder avait déjà le visage caché entre ses mains et gémissait comme un petit chien. C'était bien sûr le père de Peder. Après s'être laborieusement extirpé de sa Vauxhall fumante, il se précipita vers nous, un bouquet sous le bras, ralentissant le pas au fur et à mesure qu'il nous rejoignait, jusqu'à ce qu'il se carre devant maman, à bout de souffle. « Je suis profondément désolé. Ma voiture lamentable a eu une panne de moteur au beau milieu de la Solli plass et je n'ai malheureusement pas eu le temps d'aller chercher Peder et Vivian. » Peder ferma les yeux, en faisant une tête de merlan frit. Vivian faillit étouffer de rire. Fred vint voir ce qui se passait. M. Miil tendit les fleurs à maman, la mine soudain solennelle. « Je suis le père de Peder Miil. Votre mari a fait une très forte impression sur moi. » Maman le regarda, abasourdie. Et elle se mit à sourire. Son sourire s'adressait à tout le monde – et là, sur les marches à l'extérieur du Vestre Krematorium, je fus frappé de constater que je ne me rappelais pas l'avoir jamais vue comme ça, heureuse (je suis forcé de l'employer, ce mot : heureuse), je dus sonder son visage pour être sûr de ne pas me tromper, de ne pas me méprendre sur la nature de son sourire, à savoir s'il n'était pas une vulgaire grimace, un masque, or non, j'avais bel et bien vu, c'était son vrai visage, le sien propre ; et j'ignore pourquoi mais, à ce moment-là, j'eus honte pour elle.

Fred tournait déjà autour de Vivian. « T'as du feu ? » demanda-t-il. Vivian, après un rapide mouvement de tête en signe de dénégation, s'éloigna – et voici ce qui aurait dû mobiliser toute mon attention, toute ma vigilance, ce que je n'aurais pas dû un seul instant quitter du coin de l'œil, cette scène, ces gestes : Vivian qui secoue la tête et se retire, Fred qui fait un pas vers elle, un ver de terre entre les doigts, mais s'arrête au tout dernier moment, se ravise, prend la direction opposée, s'éloigne, poursuit sa route, dépasse la gare, enjambe la ligne de tramway, il est déjà loin... Je préférai dévier mon regard vers maman. Debout entre le père de Peder et cet homme qui se faisait appeler Mundus, elle leva la main pour prendre la parole. « Ce serait pour moi une grande joie si vous acceptiez de nous accompagner au Grand Hotel pour saluer la mémoire de mon mari. » Nous prîmes deux taxis pour descendre jusqu'à Karl Johan, le père de Peder laissant sa Vauxhall sur place. Il ne souhaitait pas courir le risque de la voir tomber en panne une deuxième fois. Et il sera sans doute le seul dont le véhicule sera verbalisé sur le parking du Vestre Krematorium puis mis en fourrière, à croire que le mort était venu à son propre enterrement en voiture et l'avait déposée là-bas pour l'éternité.

Contre toute attente, nous finîmes par y aller, au Grand Hotel. On nous donna une place à la plus grande table près de la fenêtre, et, cet après-midi-là, en ce premier samedi de juin où les nuages s'étaient écartés et le soleil créait des réverbérations sur l'asphalte foncé et détrempé, tous ceux qui nous virent crurent sans doute que nous célébrions un événement, un chiffre rond, un anniversaire, qu'une fête battait son plein dans la salle de restaurant du Grand Hotel – et brusquement je me sentis submergé par une telle solitude, une telle désespérance, là, assis entre Peder et Vivian, puisque, n'est-ce pas, nous ne savons les uns des autres rien de plus que ce que nous voyons, nous sommes au beau milieu de la Voie Lactée, une loupe à la main, et ce que nous voyons n'est pas plus vrai que le reste ; nous ne savons rien, ou si peu, nous sommes séparés et chacun de notre côté, nous nous tenons en dehors, nous ne sommes que des observateurs impatients, et, sur notre propre compte, nous en savons encore moins.

Les serveurs défilaient sans interruption, nous apportant mille-feuilles, café et liqueur en veux-tu en voilà, le
maître d'hôtel poli vibrionnait autour de nous, Boletta se
vit servir sa bière froide en bouteille, le concierge Bang
mangeait avec deux fourchettes, Arnesen fumait le
cigare, Mundus s'essuyait la barbe avec sa serviette et
vidait son alcool dans son café, le père de Peder nettoyait ses lunettes, Esther du kiosque sifflait une
deuxième liqueur, Fred n'était pas avec nous, et maman,
elle, était aux quatre cents coups, dépassée par les événements, au bord de la crise de nerfs ou de l'explosion
de joie – et soudain je la compris, ce qui m'apaisa, car
nous n'étions pas si seuls en fin de compte : elle tenait
là son unique chance d'organiser une fête en l'honneur
d'Arnold Nilsen, la dernière voire la meilleure fête dont
maman était la reine tranquille et incontestée ; le repas
d'obsèques, qui se déroulait à la large table près de la
fenêtre du Grand Hotel, s'était transformé en banquet.
Peder se pencha vers moi. « Et Fred, où est-ce qu'il est
fourré ? » Son père lui fit signe de se taire car l'homme
dénommé Mundus s'était levé pour parler, pour tenir un
discours, et le silence figea le restaurant comme si
chacun voulait écouter cet homme aussi maigre
qu'étrange. « Je souhaiterais d'abord vous remercier du
fond du cœur pour l'hospitalité qu'on m'a témoignée
aujourd'hui. J'espère qu'Arnold Nilsen a lui-même
éprouvé cette gratitude le jour où il est arrivé dans mon
cirque, il y a de cela tant d'années. Il est venu à moi
comme un séraphin. » Maman fondit à nouveau en
larmes, Mundus posa une main délicate sur son épaule.
« Je dois vous transmettre les salutations du cirque dans
son entier : l'homme le plus grand du monde vous
envoie son bonjour, ainsi que la Fille-Chocolat, les cou-
turières, les musiciens. Oui, je transmets, de la part de
tous, nos amitiés à Arnold Nilsen, et tant pis si la plupart
d'entre eux sont morts depuis longtemps, tant pis si mon
cirque a fermé boutique et n'est plus qu'un lointain souvenir, un trait dans la sciure que les vents emportent. » Il
se mit doucement à rire de ses propres mots. Noir, avait

écrit papa à propos de son rire. Je tendis l'oreille. Papa
avait raison : noir, comme le chant, son rire était noir et
brillait comme du marbre noir. Mundus se tourna brusquement vers moi. « Tu ressembles à ton père, toi. » Je
penchai la tête. Je ne voulais pas ressembler à mon père.
Je ne voulais ressembler à personne, et encore moins à
papa. « Comment t'appelles-tu ? » J'ai levé les yeux.
« Barnum », murmurai-je. Un large sourire fendit son
visage. « Barnum… Bien sûr. Comme si tu pouvais
porter un autre prénom… » Il ne put s'empêcher
d'essuyer une larme au coin de chaque œil et, ceci fait,
il déplaça son regard vers Peder. « Et toi tu es le frère de
Barnum ? » Peder faillit éclater de rire, mais s'arrêta
juste à temps. « Non. Je suis juste Peder. Peder Miil. Le
meilleur ami de Barnum. » Mundus s'adressa à maman.
« Arnold Nilsen n'avait-il pas deux fils ? » Le silence se
fit autour de la table. Plus un bruit ne résonnait dans tout
le restaurant. Le maître d'hôtel était comme statufié au
milieu de la salle de restaurant, une facture à la main.
Les serveurs s'étaient immobilisés avec leurs plateaux et
leurs menus. Comme si, à cet instant précis, Fred manquait à maman pour la première fois. Son visage tomba
comme le font la soie ou les feuilles, puis elle me
fixa du regard. « Où est Fred ? » « Il traîne dehors »,
répondis-je à voix basse. Mundus suspendit son geste.
Un trouble impossible à dissimuler montait en chacun
de nous. L'ancien directeur de cirque brisa le silence.
« Arnold Nilsen avait coutume de porter mon bagage,
ma valise si précieuse. Bien que je n'aie pas tardé à le
perdre de vue, je ne l'ai jamais oublié. » Il s'inclina, tira
sa révérence et s'éloigna. Nous crûmes d'abord qu'il
devait simplement faire un tour aux toilettes ou peut-
être aller chercher un objet quelconque au vestiaire. Or
tout de suite après, nous le vîmes sortir sur la promenade
Karl Johan, sans se retourner, lui qui se faisait appeler
Mundus, il traversa la rue avant de disparaître de notre
champ de vision – et plus personne n'entendra parler de
lui ; il nous arrivera régulièrement de nous le remémorer
comme un être sorti d'un rêve, sans existence dans la vie

réelle, un individu que nous évoquerons les uns pour les autres.

« Eh ben dis donc… », susurre Peder. Le maître d'hôtel vient nous porter la note. La magie est rompue, la réalité reprend ses droits : nous assistons à un enterrement, non à un banquet. Nous sommes au mauvais endroit. Nous sommes en vitrine, avec notre chagrin inconsolable. Sur le trottoir, quelqu'un s'est arrêté et nous montre du doigt en rigolant. Maman se lève, livide, prise d'un vertige. Nous lui emboîtons le pas. Nous quittons la table. Au vestiaire, maman se retourne vers le père de Peder pour lui demander : « Vous connaissiez mon mari ? » Il s'éclaircit la voix. « Je ne l'ai rencontré qu'à une seule occasion. Il m'a fait une très forte impression. » Maman est décontenancée. « Où l'avez-vous rencontré ? » « Il est venu à mon magasin. Il souhaitait vendre une lettre très rare postée du Groenland. » Boletta pousse un profond soupir qui ressemble davantage à un gémissement, elle doit s'appuyer au comptoir si bien que le préposé au vestiaire, croyant qu'elle va s'évanouir, la retient, mais elle le repousse avec son parapluie. « Cette lettre, est-elle toujours en votre possession ? » demande-t-elle. M. Miil secoue la tête. « Non, elle a été immédiatement revendue, à l'étranger. Il y avait une très forte demande. » Maman sourit. Maman essaie de sourire. « Oui, l'occasion fait le larron… Je vous remercie. Je vous remercie tous du fond du cœur. »

Nous sortîmes. Nous rentrâmes. À la maison. Maman dormit deux jours d'affilée. Boletta prit ses quartiers au Pôle Nord, noyant sa colère dans la bière fraîche. Quant à moi, je ne quittais pas notre chambre, j'attendais Fred. Je songeais à cette singulière succession d'événements qui finalement aboutissaient à ce moment présent où je me retrouvais allongé sur le lit à réfléchir. J'avais d'abord commencé les cours de danse puis rencontré Peder et Vivian avant d'en être exclu *manu militari* dès la première heure, sans pour autant en toucher un mot à maman. Papa avait ensuite dans le plus grand secret revendu au père de Peder la lettre affranchie du timbre groenlandais avant de décéder d'un lancer de disque en pleine tête. Aujourd'hui, il venait d'être enterré et d'être démasqué par la même occasion : c'était lui qui avait subtilisé la lettre, notre lettre, qui l'avait revendue. Une chose en entraîne une autre et il est impossible d'affirmer où se situe le commencement. Une chose en attrape une autre, c'est une question d'enchaînement : une ombre qui se déploie, lentement mais sûrement, une flaque autour des chaussures qui se transforme en océan dans le crématorium, un miroir que l'on incline vers soi au moment de nouer ses lacets et qui reflète l'image d'un ver de terre en train de ramper pour s'enfuir. C'était la faute de papa. Telles étaient mes pensées quand la porte s'ouvrit. Boletta rentra en silence. Elle était restée au Pôle Nord, et elle avait pensé à nous. Nos pensées avaient emprunté les mêmes voies et elle s'asseyait à présent au bord de mon lit. Elle sentait la bière. Elle écoutait ma respiration. « Il faut me pardonner tous les deux, dit-elle à voix basse. D'avoir cru que vous aviez pris la lettre. » « C'est pas grave », répondis-je d'une voix tout aussi basse. Elle posa une main sur mon front comme pour me prendre la température. « Comment vas-tu ? » demanda-t-elle tout à coup. Je me mis à rire. Sa réflexion avait quelque chose d'absurde. Elle rit à son tour. « Mes condoléances », fis-je. Boletta rit de plus belle, avant de retrouver tout à trac silence et gravité, un peu comme si quelqu'un avait escamoté son rire. « Je parle sérieusement, Barnum. Comment vas-tu ? » Je dus m'accorder un temps de réflexion. Je dus chercher en moi car je ne le savais pas, comment j'allais ; je tentais par tous les moyens de trouver en moi une part d'authenticité, de sincérité, pour peu que j'en aie encore. « Je suis en colère. » « Je suis tout aussi en colère que toi, Barnum. » « Et j'ai peur, Boletta. » « Nous avons tous peur, Barnum. » « Mais en même temps, continuai-je de murmurer, je suis soulagé. » « Et tu as le droit de l'être. » Au bord des larmes, je choisis plutôt de me cacher la tête dans l'oreiller. « Je suis tout ça à la fois », sanglotai-je. « Dans ce cas, tu as beaucoup de chance. Tu te rends compte ? Avoir le choix parmi tant d'émotions… » Elle commença à me gratter dans le dos. Elle savait pertinemment que c'est ce que je préférais, même si j'en avais passé l'âge. « Tu veux dormir à côté de moi cette nuit ? » « Non. Merci beaucoup, mais non », répondis-je. Elle se dirigea vers la porte à pas feutrés.

Boletta sortit tout aussi silencieusement. Puis Fred rentra. Il ferma la porte sans bruit, se coucha tout habillé, sans prononcer un seul mot. Le jour commençait déjà à se lever. Je me demandais si j'avais réellement dormi ou si je n'avais pas plutôt rêvé ce qui venait de se passer. Quelqu'un m'avait en tout cas bel et bien gratté dans le dos. « Ce n'est pas toi qui as pris la lettre », chuchotai-je. Fred respirait fort. Il fit mine de se retourner. « Je suis ravi de te l'entendre dire, Barnum. Car pendant un moment j'ai bien cru que c'était moi. » Il garda le silence pendant plusieurs minutes. Ses poings ne tenaient pas en place. « C'est la mort de ton pater qui t'a rendu con, ou quoi ? » « C'était lui. C'était papa. Il a vendu la lettre au père de Peder. » Fred sourit. « Va chercher la Bible. » « La Bible ? » « Sois pas plus débile que t'en as l'air, Barnum. Tu vois très bien ce que je veux dire. » Je me levai pour prendre le *Manuel de médecine destiné aux foyers norvégiens*, rangé sur notre étagère entre l'atlas et le *Quid*. « Va voir au mot enterrement », m'ordonna-t-il. « Oh non, Fred… S'il te plaît… » « Tu fais ce que je te demande et tu te tais ! » Je fis ce qu'il me demandait. Après m'être rassis sur le lit, j'ouvris le livre à la lettre E. La page en question finissait par *Enterrement* et commençait par *Enfantement*. Je lus dans ma tête tout ce qui concernait l'*Enfantement*, histoire de passer le temps ; il était précisé que l'enfantement constituait l'étape ultime de la fécondation, aussi consultai-je également ce mot, *Fécondation*, qui figurait juste avant *Funérailles*, lequel renvoyait à *Enterrement*. Fred leva la main. « Bon, je vais finir par m'énerver, Barnum… » Mes yeux firent un bond de

Fécondation et *Funérailles* à *Enfantement* puis *Enterrement.* « Ça y est, j'ai trouvé. » Fred grogna. « Pas trop
tôt ! Et maintenant, tu lis à voix haute. Et lentement.
Comme ça on pourra dormir en paix. Pas vrai ? » Je lus :
« *Enterrement. Ensevelissement d'un corps au fond
d'une cavité creusée dans la terre, afin qu'il se décompose et redevienne terre lui-même. Cette décomposition
s'opère par le biais d'une activité bactérienne spéci-
fique au sol environnant le corps. Si la nature de ce sol
est sablonneuse et poreuse, il ne faut que quelques
années au cadavre pour se putréfier ; mais vingt ans
voire plus en revanche dans un sol argileux. Il convient
néanmoins de noter à cet égard que dans le cas d'une
utilisation trop intensive de la disposition bactérienne
de ce sol, le corps ne se décompose nullement, mais se
modifie en une masse adipeuse autrement qualifiée
d'adipocire du cadavre.* » Je ne lus pas le reste. Le mot
précédent était *Entendement : Compréhension, v. Cerveau.* Je me recouchai. Fred retira ses chaussures en les
envoyant valser. Il ferait bientôt jour. « C'était qui cette
fille », demanda-t-il. « Quelle fille ? » « Quelle fille ?
Parce qu'y en avait beaucoup à l'enterrement d'Arnold
Nilsen, peut-être ? » Je fermai les yeux puis murmurai :
« Vivian. »

Deux mois plus tard nous arriva une enveloppe qui
devait assombrir maman tout particulièrement. L'expéditeur du courrier n'était autre que le Cochs Hospits. Il
s'agissait d'une facture, et de la facture la plus longue
que nous ayons jamais vue. Elle courait sur quatorze
ans. Maman lut lentement. Elle parcourut du doigt la
facture de haut en bas avant de blêmir. Elle tendit le
courrier à Boletta. « Quatorze ans ! s'écria celle-ci.
Arnold Nilsen a gardé une chambre au Cochs Hospits
pendant quatorze ans ! ? » « Et il a continué de
l'occuper après notre mariage », ajouta maman dans un
souffle, comme si elle venait de comprendre. « Mon
Dieu ! Il l'a même gardée au-delà de sa mort, ce bon à
rien ! vociféra Boletta avant de se redresser, furieuse.
Puisque c'est comme ça, on va y aller, et sans perdre une

minute ! Si ça se trouve, il y aura caché deux ou trois billets pour le remboursement de cette fichue lettre ! » Après avoir tiré maman pour la lever de sa chaise, Boletta se retourna soudain vers moi. Debout près de la porte, j'avais tout vu et tout entendu. « Je peux venir ? » « Non ! » aboya maman. Mais Boletta sourit. « Bien sûr que si, voyons. Ça ne peut te faire que du bien de voir quel genre d'homme était ton père. »

Et peut-être s'imaginaient-elles vraiment que nous allions enfin connaître le vrai visage, l'identité réelle de cet Arnold Nilsen, l'homme qui avait débarqué en Buick Roadmaster dans la Kirkeveien, avec ses gants blancs et ses cheveux lissés sur son large crâne au point qu'on l'aurait cru affublé d'un couvercle noir. Est-ce donc ici, dans les chambres que nous avons désertées, dans les factures non acquittées, que nous cherchons les uns les autres ? Est-ce donc ainsi que nous souhaitons projeter la lumière, en éclairant nos actes obscurs pour parvenir, dans le meilleur des cas, à y entrevoir un vrai visage ?

Toujours est-il que, après un arrêt à la banque de Majorstuen afin que Boletta retirât la totalité de sa pension, nous descendîmes jusqu'à la Bogstadveien, au Cochs Hospits. Une fois sur place, maman perdit brusquement courage, préférant plutôt rentrer à la maison auprès de Fred. Mais Boletta était plus décidée que jamais. Elle ouvrit la porte avec fracas, poussa maman à l'intérieur, puis nous dûmes gravir les marches d'un escalier étroit donnant sur la réception. Une femme aux larges paupières trônait derrière son bureau. Elle en leva une en nous voyant. « Je peux vous aider ? » Boletta posa les mains sur le comptoir. « En effet. Voilà ce qui m'amène, chère petite madame. Nous cherchons la chambre de M. Arnold Nilsen. » « Il a déménagé. » Boletta sourit. « N'est-ce pas... C'est le moins qu'on puisse dire ! Mais je suppose qu'il n'a pas emmené sa chambre avec lui ? » « Il a déménagé », répéta l'autre. « Il est mort », rectifia Boletta. Maman se pencha au-dessus du comptoir. Tout son visage tremblait. « Il venait souvent loger ici ? » La mine épuisée, la femme se contenta de hausser les épaules. Baissant d'un ton, maman parla d'une voix quasi inaudible. « Il partageait sa chambre avec quelqu'un ? » Des clients, un couple, plus tout à fait sobres, descendaient l'escalier. Maman me boucha aussitôt les yeux. J'entendis leurs rires s'évanouir dans la ville. « Est-ce que oui ou non on peut voir cette fameuse chambre ? » La femme retrouva l'usage de la parole. « Et pour quelle raison, je vous prie ? » Boletta posa alors une enveloppe épaisse sur le comptoir en tapant si fort du poing que la logeuse sursauta. « Voici le règlement de 4 982 nuits. Vous saurez, ma chère, que nous sommes une famille qui paye ses dettes ! Et maintenant donnez-moi cette clé ! » L'autre retira le numéro 502 du tableau et la tendit à Boletta. Nous montâmes trois étages. Au fond du couloir se trouvait la chambre 502. « Attends-nous ici », me demanda maman. Elle suivit Boletta devant les portes des autres chambres. Néanmoins, je me faufilai derrière elles. Je voulais continuer de tout voir, de tout entendre. Boletta donna la clé à maman qui ne désirait pas plus que ça la tenir et s'en débarrassa comme d'une patate chaude. Boletta la ficha alors dans le trou de la serrure, prit une profonde inspiration, actionna le mécanisme, et, lentement, poussa la porte.

À quoi s'attendaient-elles ? À trouver une chambre mortuaire dévastée par une inondation ? À tomber sur Arnold Nilsen, pris en flagrant délit, *post mortem* ? La chambre était rangée, et dépouillée. Le lit était fait. Les rideaux tirés. L'obscurité baignée de silence. Ça sentait le renfermé, les grandes vacances. Boletta entra la première. Maman lui emboîta le pas. Je restai sur le seuil, à l'extérieur de la chambre de papa. Maman ne savait trop quoi faire de ses dix doigts. Boletta, elle, le savait. Elle ouvrit le tiroir de la table de chevet. Ce qu'elle trouva se résumait à une Bible. Elle la feuilleta rapidement, comme si elle était persuadée de trouver quelque chose de caché à l'intérieur. « Même la Bible, il en arrache les pages », soupira-t-elle. Maman me regarda, sans rien dire. Au lieu de quoi elle se rua sur un placard.

Vide. Un chapelet de portemanteaux pendouillait à une tringle métallique et se balançait dans la poussière qui dansait. Du pas de la porte, je pensais aux forêts. Quand nous entrons dans une forêt, pensais-je, nous sommes contraints d'écarter les branches, les toiles d'araignée, les orties, afin d'être en mesure de voir. Je fermai les yeux. « Tu trouves quelque chose ? » demanda Boletta. Je les rouvris. Maman secouait la tête. Boletta s'agenouilla, évoluant à quatre pattes, cherchant du regard sous le lit. Elle souleva le matelas. Elle alla jusqu'à sortir des ciseaux à ongles, à lacérer le matelas, à introduire sa main, à tâter l'intérieur du bout des doigts. Maman partit soudain d'un grand éclat de rire. Elle riait de plus belle et de bon cœur, sans retenue aucune. Boletta se retourna, furieuse. « Il n'y a franchement pas de quoi rire ! » « Tu crois vraiment qu'Arnold aurait caché de l'argent dans le matelas ? » « On n'est jamais trop prudent, rétorqua-t-elle, la bouche pincée. Et cesse ce rire répugnant ! » Mais maman continuait. Elle fut forcée de s'asseoir sur le bord du lit. Boletta eut juste le temps de retirer son bras du matelas avant de s'installer à côté de maman, et elles ne tardèrent pas à rire de concert. Oui, elles riaient sans s'arrêter. Je ne comprenais plus rien. De quel genre de rire s'agissait-il ? Elles étaient là, sur ce lit de couleur verte, exténuées, à rire comme des damnées, en se soutenant mutuellement pour ne pas s'écrouler par terre. Peut-être n'avaient-elles pas d'autre choix, sinon rire, car alors sans doute auraient-elles pleuré.

« Lit de baise ! » lançai-je alors. Je me mordis aussitôt la langue. Ça faisait si longtemps qu'elle n'avait pas fourché. Maman et Boletta me regardèrent. Leur rire ne cessa pas pour autant. Peut-être que tout était dans ma tête, au plus profond de moi ; peut-être que je ne faisais que me parler à moi-même, vers le bas, dans une prononciation inversée, dans la kabbale de la langue. « Lit de baise ! » m'écriai-je de nouveau avant de faire un grand pas vers elles et de désigner un placard étroit derrière la porte. « Vous n'avez pas regardé là. » Le silence retomba peu à peu : le rire se rétrécit en petits sourires en coin, en rides de réflexion. Je montrai une nouvelle fois du doigt la porte. Maman finit par se lever, alla vers le placard qu'elle ouvrit. Un souffle d'obscurité chaude nous gifla. À l'intérieur se trouvait une valise, une valise noire, ceinte d'une ficelle rigide. Elle ne devait pas contenir grand-chose à voir maman la soulever comme si elle ne pesait rien. Elle atterrit sur le lit. La ficelle se rompit dès que Boletta toucha le nœud, elle s'émietta comme une fleur séchée. La valise n'était pas cadenassée. Maman actionna les clapets. La valise était vide. Voilà, c'était tout : une Bible abîmée, la poussière lourde, une valise vide. « Eh oui…, lâcha Boletta. Il ne reste vraiment rien d'autre ? » Maman referma le couvercle. « On la laisse là », soupira-t-elle. Je fis alors un pas vers elle. « Je la veux ! » Maman pivota vers moi et me regarda, longuement, la main sur le couvercle, les doigts recouverts de poussière et de bouts de ficelle. Puis elle hocha la tête, non sans un nouveau soupir. « Si tu insistes… »

Nous quittâmes la chambre. Je portais la valise. Boletta referma à clef derrière nous. « Et voilà… Nous venons de refermer cette porte pour de bon » – et plus jamais maman ne mentionnera la chambre 502 du Cochs Hospits. Même quand, des années plus tard, dans un autre temps, je l'interrogerai pour savoir ce que, à son avis, à quelques encablures de chez nous, papa pouvait bien fabriquer dans cette chambre, à quoi elle lui servait, elle refusera d'en parler. Elle se contentera de poser un doigt sur ses lèvres, les siennes puis les miennes, et de sourire. « C'est oublié, ajoutera-t-elle à voix basse. Ne l'oublie pas, Barnum. » Or il me sera impossible d'oublier (je ne retranche pas, moi ; j'ajoute, c'est dans ma nature). J'aurai un jour l'occasion d'y loger (c'est encore loin). J'exigerai la chambre 502. Je me retrouverai allongé, presque sans connaissance, dans ce lit tout démantibulé, en essayant de penser à ce dont papa avait rêvé lorsqu'il était lui-même étendu ici, les yeux rivés à ce même plafond, dans la chambre 502, au Cochs

Hospits. Mais je serai (et je le suis toujours) sans rêves.
Je crierai le nom de Fred. Ma seule pensée sera celle-
ci : tous les menteurs sont réunis dans ce minuscule
périmètre.

Esther, penchant la tête hors de son kiosque, salua
maman puis remarqua la valise que je portais. « Tu ne
songes tout de même pas à nous quitter ? » « Je rentre à
la maison », répondis-je. Là, Fred me posa exactement
la même question, lorsque je soulevai la valise pour la
mettre sur mon lit. « Si ça se trouve, y aura assez de
place pour te loger dedans. Si tu te mets en travers. » Il
éclata de rire. « Et comme ça je pourrai te porter. » Je
me retournai vers lui et dis : « Maintenant, papa est
mort. »

Papa eut finalement son surnom gravé sur sa pierre
tombale. *Arnold Nilsen, alias « La Roue »*, y lisait-on.
Et il m'en fallut du temps, avant que je daigne m'y
rendre. Et cela fait une éternité que je n'y suis pas
retourné.

La punition

Fred s'était fait tabasser. On l'avait tellement tabassé que nous eûmes du mal à le reconnaître après. Il avait fini par aller réclamer la lettre du Groenland au magasin de timbres de M. Miil. Lequel nous avait raconté par la suite que Fred avait d'abord refusé en bloc de croire que la lettre avait été revendue à un client étranger, et que ce dernier, un Allemand, l'avait transmise à un autre collectionneur, résidant également à l'étranger, mais dont le père de Peder ignorait le nom. Fred ne croyait pas un traître mot de cette histoire. Il avait longtemps économisé afin de pouvoir racheter la lettre (ne me demandez pas d'où il tirait l'argent, même si j'ai ma petite idée sur la question). Sauf que c'était trop tard et il était entré dans une colère noire. Il avait bousculé M. Miil, le menaçant de l'enfermer dans l'arrière-boutique, avait retourné les tiroirs, ouvert chaque placard et chaque armoire, fouillé la boutique de fond en comble, feuilleté page après page la totalité des albums. « Je n'avais pas si peur que ça, nous avait dit le père de Peder. Depuis l'enterrement, son visage ne m'était plus inconnu, et Peder m'avait raconté pas mal de choses à son sujet. J'étais juste inquiet à l'idée qu'il abîme certaines choses. » Mais Fred n'avait pas eu l'intention d'abîmer quoi que ce soit. Et s'il avait poursuivi un tel but, M. Miil aurait pu sans plus tarder mettre la clé sous la porte et ouvrir une échoppe au marché aux puces. Car Fred n'avait pas endommagé la moindre dent d'un seul timbre, ni plié la moindre enveloppe. Tout ce qu'il voulait, c'était remettre la main sur la lettre du Groenland. En vain. Elle n'y était pas. Il avait fini par le comprendre. Il s'était alors assis sur une chaise, le visage enfoui dans ses mains, confus, furieux (je le vois d'ici). Le père de Peder avait proposé de lui offrir une pochette de timbres. Fred s'en fichait royalement. Il était resté assis dans la même position pendant de longues minutes. Avant de se redresser brusquement. « Combien ça lui a rapporté ? » avait-il voulu savoir. « C'est une information que je ne peux hélas révéler. » « C'est ça, ouais… », avait rétorqué Fred en le toisant. « Mais il en a obtenu moins que ce qu'on a l'habitude de toucher pour une marque postale suédoise d'un shilling, et plus que pour une première émission danoise. » Fred ne l'avait pas quitté des yeux. « Pour un timbre postal d'un shilling, on peut toucher jusqu'à dix mille couronnes. Et une première émission danoise vaut aux alentours de huit mille. » Fred n'avait plus rien dit pendant un petit moment. « Le fric, je m'en fous. » « C'est bien. L'argent n'est pas le plus important. » « Le fric, je m'en fous, avait-il répété. Je veux juste savoir pour combien il nous a vendus. » Le père de Peder était resté songeur. « Tu veux un Coca ? » Fred avait levé la main. « Et vous, ça vous a rapporté combien ? » M. Miil avait secoué la tête. « À vrai dire, ça a été un marché un peu minable pour moi. Tout bien mesuré, j'ai dû faire un bénéfice de cinquante couronnes. Dont soixante que j'ai dû reverser en frais annexes. Autrement dit, j'ai perdu dix couronnes. » « Pourquoi vous l'avez achetée, cette lettre, alors ? » « Parce que le fric, je m'en fous. » Fred avait souri. Le père de Peder lui avait ouvert la porte, non sans lui demander, au moment où il s'apprêtait à sortir : « Mais, dis-moi, pourquoi cette lettre t'intéresse-t-elle tant ? » Fred avait haussé les épaules. « Parce que je l'aimais bien. » M. Miil commençait à apprécier Fred. « Je te comprends. Je suis un peu pareil. J'aurais préféré éviter de vendre un seul timbre. Mais sans cela, je n'aurais pas de commerce. » Fred était déjà sur le trottoir. « Transmets mes amitiés à ta mère, tu veux bien ? Et à Barnum également. » « Ça, ça m'étonnerait… Salut ! »

Or, Fred n'avait pas pris la direction de la Solli plass

pour, de là, sauter dans un tramway et remonter jusqu'à
Majorstuen, en fait le chemin le plus rapide pour rentrer
à la maison. Il était descendu vers les voies de chemin
de fer, vers les ponts. Il fonçait. Il s'enfonçait vers la
partie sombre de la ville, délimitée au sud par la Munkedamsveien et l'Arbiens gate à l'est. J'ignore encore
pourquoi il fit ce choix. Voulait-il faire un détour par le
port ? Était-il perturbé au point de ne plus savoir ce qu'il
faisait ? Jamais il n'aurait dû traverser ce quartier. Car
au premier pont, là où le grillage borde le parapet rouillé
en projetant des ombres aux allures d'eaux troubles et
d'où monte une odeur pestilentielle provenant de la
décharge le long des rails, traînait une bande de quatre
gars, quatre types qui s'ennuyaient comme des rats
morts, qui n'avaient rien de particulier à faire que de
tirer sur une clope, vu qu'ils avaient envie de tout sauf
de rentrer chez eux pour manger les restes et se prendre
une avoinée, et de toute façon il était encore trop tôt
pour qu'il se passe quoi que ce fût.

Et pourtant il se passe finalement quelque chose. Ils
voient Fred venir à leur hauteur. Fred, si mince dans son
pantalon trop serré. Il tourne à l'angle, s'approche
d'eux, comme un cadeau ; un inconnu, un étranger, un
intrus leur est apporté sur un plateau. Fred les aperçoit à
son tour. Il ralentit le pas, à peine, sans que les autres le
remarquent. Pourtant, il ne se retourne pas alors qu'il
pourrait rebrousser chemin, courir, filer, s'enfuir. Non.
Lui, il continue. Ils sont quatre, le visage blafard. Ils
portent des vêtements foncés, noirs. L'un d'eux, le plus
petit, a un œil au beurre noir, gonflé, c'est lui qui est
posté devant le groupe, il sourit pendant que les deux
autres se passent un peigne dans les cheveux, prennent
leur temps, comme s'ils se préparaient pour aller à une
surprise-partie. Et c'est exactement ce qu'ils font : ils se
recoiffent avec soin sans une seule seconde quitter Fred
des yeux. Rien de tout cela n'échappe à Fred : l'éclat
fugitif, brillant, aveuglant presque, du métal réverbéré
par le soleil, provenant peut-être d'un trousseau de clés
ou d'un coup-de-poing américain, comment en être

certain ? Un nerf tend une nuque, une bouche s'étire aux
commissures. Derrière attend le plus âgé. Il affiche une
mine désintéressée, blasée. Il est revenu de tout, il est
au-dessus des autres. Quand Fred s'apprête à les
dépasser, c'est lui qui tend le bras, jette son mégot sur
le trottoir et dit : « Dingue les déchets qui traînent dans
les rues aujourd'hui. » Fred est contraint de s'arrêter. Il
s'arrête. Ils l'entourent. Le plus petit cligne de son œil
abîmé, une coulure noire dégouline le long de sa joue
bouffie. « Aïe », fait-il. Les deux autres rient. Ils n'ont
rien de très menaçant. Si quelqu'un les avait observés,
d'une fenêtre un peu plus loin, il ou elle aurait pu s'imaginer cinq bons copains en train de parler des pro-
chaines grandes vacances, des filles, d'un petit boulot
aux chantiers navals d'Akers Mek., de l'entraînement,
des combats, bref, cinq garçons en train de se faire
mousser dans les ombres jaunes et vacillantes de
l'après-midi. Fred, lui, sait que ce n'est pas le cas.
Bloqué au milieu d'eux, il sent leur haleine chaude et
rapide. Il sait ce qu'ils vont faire. Il est au mauvais
endroit. Il a pris la mauvaise rue. Quoi qu'il fasse, ça ne
changera rien. Quoi qu'il dise, ça ne changera rien non
plus. Il est de l'autre côté. Le pont vibre. Un train passe
sous eux. L'équation est d'une simplicité enfantine. Inutile de la résoudre. Celui qui vient de parler est le chef.
Mais le plus petit, avec l'œil au beurre noir, le plus dangereux. Les deux autres font presque office de figurants. Ils se recoiffent. « Dingue les déchets qui traînent
dans les rues aujourd'hui », répète le plus petit. « C'est
ce que je vois », dit Fred. Ils s'approchent. « Tu nous as
parlé ? » Fred sourit. Il pivote lentement et compte.
« Un, deux, trois, quatre. Quatre déchets. » Un silence.
Qui ne dure que quelques secondes. C'est un silence
faux. Fred sent un coup dans son dos mais ne se retourne
pas pour autant. Le chef pose une main sur son épaule.
« On fait un peu de ménage ? » demande-t-il. Fred ne
répond pas à ce qui, de toute façon, n'est pas une question. Si ça se trouve, c'est même justement ce qu'il
veut : qu'ils lui piquent tout l'argent qu'il a économisé ;

peut-être croit-il que ce vol lui rendra plus supportable le fait d'être arrivé trop tard au magasin de M. Miil et de ne pas avoir pu racheter notre lettre. Mais aucun des quatre n'imagine une seconde que Fred puisse posséder autre chose qu'un peigne et un briquet. Ils l'emmènent du côté de la descente, en bas, près de voies de chemin de fer, où une haute palissade les protège du regard des immeubles voisins, et où les poivrots, échoués là avec leurs bouteilles transparentes, se redressent et lèvent le camp dès qu'ils aperçoivent le genre d'individus qui viennent dans leur direction. Fred attend. Mais personne n'agit encore. Tout le monde attend. Ils encerclent Fred. Quelqu'un appelle ses enfants. Une fenêtre est fermée. Ils comptent. Eux aussi ils comptent. Ils comptent les secondes. Ils attendent. Ils attendent le prochain train et ils comptent. Il est en route, il arrive : un grondement se rapproche du tunnel, les wagons de marchandises surgissent – et là, à cet instant précis, ils frappent. Le plus petit d'abord. Il frappe comme un possédé, à l'aveuglette, seuls quelques coups atteignent leur cible. « Fais chier ! » hurle-t-il mais personne ne l'entend. Au lieu de quoi il prend son élan et vient coller son poing en plein dans la figure de Fred, au niveau de la bouche, avec la détermination de celui qui plante un clou. Le dernier wagon passe au même moment, le silence se réinstalle comme une ombre froide et Fred se tient là, bras ballants, avec le sang qui ruisselle de ses lèvres, du sang et des graviers. Voilà l'impression que ça lui fait : du sang et des graviers. Sa bouche a été fracassée et au milieu de tout ce carnage se dessine un sourire. Fred sourit et se tient là, les mains plaquées le long du corps. Le plus petit, le sauvage, s'essuie les mains dans l'herbe et gémit. C'est lui qui gémit. Pendant une fraction de seconde, le chef considère Fred d'un air ahuri, plus décontenancé que déchaîné, puis il sourit à son tour quand soudain le soleil les aveugle tous les deux. Un train vient de l'autre côté, une locomotive dans le cœur, une locomotive qui déboule dans le sang et assourdit la douleur – et ce sont maintenant les deux

sous-fifres qui frappent. Fred entraperçoit les comparti-
ments défiler, c'est comme un film dont les images sont
projetées devant lui : il distingue des gens accoudés aux
fenêtres, des passagers qui les regardent, croyant sûrement rêver. Lui parvient ensuite le sifflement du train,
pareil à un son lancé sur une fine ligne continue, éclatante, flottant dans les airs. Fred est toujours sur ses
jambes. Les mains plaquées le long du corps. Il ne sent
plus son visage, comme si on lui avait appliqué un
masque sur la figure. À peine s'il peut encore voir. Il
sourit, de sa bouche démantibulée. C'est ce sourire qui
rend le plus petit encore plus dément. Il arrache une
planche de la palissade, se précipite vers Fred et la lui
propulse sur l'arrière du crâne. Fred fait un pas en avant,
vacille légèrement, mais reste à la verticale. « Aïe »,
murmure-t-il. Et il rit. Une onde oscille derrière son
front, une onde noire, une vibration. Le silence retombe,
un silence de plomb seulement troublé par cette oscilla-
tion. Un clou est fiché dans la planche, tordu, bruni, cor-
rodé. Le plus petit veut cogner encore une fois. Tout ça
lui est insupportable. Mais le chef interrompt son geste.
Ils se retirent. Ce sont eux qui se défilent, eux les
fuyards, eux les plus effrayés. Ils observent Fred qui
vacille mais tient toujours debout, et ils sont dépassés.
Ça leur échappe, c'est surhumain : à l'heure qu'il est,
Fred devrait être à terre, il devrait les implorer, les sup-
plier de l'épargner et sans doute n'auraient-ils pas
manqué de l'aider, à se relever, à se remettre d'aplomb,
ils auraient même fait en sorte qu'il survive. Or Fred se
tient là, debout, il tient droit. Et il rit. Le plus petit se
rend compte que la planche qu'il serre entre ses poings
est maculée de sang, il l'envoie valdinguer loin de lui.
Il escalade la palissade à la suite des autres. Lentement,
Fred lève les mains.

Et j'entends Montgomery chanter comme un coq, et
quand Montgomery chante, c'est toute la ville qu'il
réveille, peu importe que nous dormions ou pas. Montgomery chante comme un coq possédé qui ne ferait plus
la différence entre le soleil et la lune. Il longe les voies

de chemin de fer, engoncé dans sa capote. Il sanglote en chantant, le soldat démoli. Il est toujours en guerre car la guerre est en lui. Il a perdu la raison quelque part en Normandie, en juin 1944. Il ne lui reste qu'une tranchée dans l'âme, et dans le cœur une plage ensanglantée qui s'étend à perte de vue. Et toutes les nuits, Montgomery chante comme un coq pour réveiller les morts. Il s'allonge à côté de Fred qui s'est effondré dans l'herbe clairsemée et grillée par la neige. Montgomery soulève délicatement sa tête et verse quelques gouttes d'eau-de-vie dans sa bouche abîmée. Montgomery sanglote en chantant, il sanglote et chuchote. « N'aie pas peur, mon garçon. Les alliés vont bientôt débarquer. »

Et moi je danse avec maman. Elle a déblayé le salon et nous avons le parquet pour nous tout seuls. Nous dansons. Depuis le divan, Boletta ne nous quitte pas des yeux. Je tiens maman par la taille et je la conduis du mieux que je peux : d'un coin à un autre puis en travers de la pièce et enfin retour au point de départ. Boletta est très mécontente. « Tu n'as donc rien appris quand tu étais chez Svae ? » Maman rit et me chasse contre le mur. « Je suis sûre qu'il danse nettement mieux avec Vivian », dit-elle en déposant un baiser rapide sur ma joue. Elle s'assied sur le divan pour souffler un peu. Boletta prend la relève. Je danse avec Boletta. Elle m'entraîne, mène la danse, secoue la tête. « Tu as oublié tout ce que je t'ai dit sur celui qui doit conduire ? » « Complètement ! » Je la pousse devant moi, brutal mais déterminé. Peu à peu, un sourire se dessine sur ses lèvres. « Ma parole, c'est de mieux en mieux, Barnum ! Un peu frénétique, mais ça ne fait jamais de mal ! » Nous dansons ainsi le reste de la soirée. Nous reprenons nos esprits et notre souffle à tour de rôle sur le divan, maman et Boletta finissent par danser ensemble comme deux vieilles dames rigolardes qui font tapisserie et dont absolument personne n'aurait voulu, jusqu'à ce que la radio cesse de diffuser de la musique et que nous allions nous coucher.

La nuit est déjà bien avancée lorsque Fred rentre à la

maison. L'aube s'avance lentement, la lumière du jour
encore si minuscule frémit déjà dans la chambre. J'ai
dormi et fait un rêve étrange. Je suis étendu dans le cercueil que Fred avait rapporté. Néanmoins, je n'y suis pas
seul. Vivian me tient par la taille. Nous y sommes à
l'étroit, mais ça ne semble pas nous déranger. Elle me
caresse le bas-ventre d'une main. Nous ne sommes donc
pas encore morts. Puis elle prend ma main, la dirige là
où elle désire l'avoir. Je la touche, je la masse.
Quelqu'un frappe sur le couvercle. Nous faisons semblant de ne pas entendre. Je me souviens de m'être
demandé qui pouvait cogner ainsi, si ce pouvait être
Peder ou quelqu'un d'autre – et c'est de ce rêve que je
sors en sursaut pour découvrir Fred. Je le regarde. Il me
tourne le dos. J'ai le ventre mouillé. Il ne dit rien. Je
m'essuie à la couette. « T'étais où ? » Il ne répond pas.
Il respire fort, comme s'il était enrhumé ; on dirait un
grincement, un courant d'air. Il me rappelle papa. Je
prends peur. Je m'assieds dans mon lit. Il y a quelque
chose par terre, quelque chose de foncé, qui s'écoule du
lit de Fred, qui goutte sur le plancher. « Qu'est-ce qu'il a
dit papa avant de mourir ? » « Ta gueule ! » Sa voix ne
résonne pas comme d'habitude, à peine s'il peut encore
parler, comme une station de radio qu'on recevrait mal.
Fred grésille de l'intérieur. Ma peur ne fait qu'enfler. Je
me faufile jusqu'à son lit. Je ne distingue pas son visage.
J'allume la loupiote au-dessus de lui. Je ferme les paupières car ce que je viens de voir ne peut pas être vrai. Je
les rouvre. C'est vrai. Fred se retourne et lève les yeux
vers moi. Je ne le reconnais pas. Il est défiguré. Il n'y a
que du sang, du sang partout. Les cheveux sont sangui-
nolents, le nez aplati déborde sur les joues boursouflées,
la bouche n'est plus qu'une béance d'où dégoulinent par
intermittence des filets de sang. Tout dans le visage de
Fred est amoché, abîmé, brisé. Les yeux sont à peine
perceptibles entre les amas de chair bleus. Je ne sais pas
s'il arrive à me voir. J'ai envie de pleurer. « Qui t'a fait
ça ? » Mais là non plus, Fred ne répond pas. Il ne bouge
pas. « Il faut que tu ailles chez le docteur, Fred. » « Ta

gueule », répète-t-il d'une voix quasi inaudible proche du gémissement. Il prend ma main et la serre fort sans donner signe de vouloir la relâcher. Je suis obligé de m'asseoir au bord du lit. Je reste dans cette position un long moment. J'ignore tout à fait qui de nous deux console l'autre. Il finit par desserrer son étreinte. Je vais chercher un linge dans la salle de bains pour lui nettoyer le visage, avec autant de précautions que possible. « Essuie-moi les yeux », murmure-t-il. « Quoi ? » dois-je demander car ses paroles sont inintelligibles. « Je ne vois rien, Barnum. » Je lui nettoie les yeux. Lentement, son visage réapparaît, ravagé, dévasté. Ses yeux croisent alors les miens et il me regarde comme s'il me voyait pour la première fois. « Merci. » Fred me dit merci. « Qui t'a fait ça ? » « Ta gueule… », répond-il avant de s'endormir.

Ce sont en tout cas les dernières paroles que j'entends sortir de sa bouche. Hormis son souffle, lourd, comme enfermé dans son nez écrasé. Je suis à côté de lui et c'est plus fort que moi mais il me rappelle papa. Je trouve cette situation tellement absurde : que Fred soit allongé là et me rappelle papa. J'essuie les gouttes de sang sur le plancher. Je demeure assis près de Fred le reste de la nuit et quand je suis absolument persuadé qu'il dort bel et bien, maman et Boletta sont déjà levées. Je les rejoins à la cuisine. Boletta, tout en me désignant avec sa cuillère à café, éclate d'un petit rire malicieux. « Tu m'as l'air bien fatigué, Barnum. C'est nous, les vieilles dames, qui t'avons épuisé à ce point ? » Je me contente de secouer la tête, je sens que je n'ai pas faim. J'ai même oublié quel jour on est. Mais, si ça se trouve, c'est un jour comme un autre, un jour de milieu de semaine, à une éternité des grandes occasions. « C'est Fred qui t'a maintenu éveillé toute la nuit ? » demande soudain maman. Je secoue la tête. Et tout aussi brusquement, elle se lève et se dirige vers notre chambre. « Ne fais pas ça ! » Elle s'immobilise et me lance un coup d'œil étonné. « Ne fais pas quoi, Barnum ? » « Ne va pas le voir », dis-je à voix basse. Elle continue de me dévisager pendant quelques secondes

puis elle hausse les épaules, agacée, avant d'ouvrir la
porte avec fracas. Je jette un œil vers Boletta. Une ride
profonde creuse son visage. Elle se penche au-dessus de
la table. « Est-ce qu'il se serait passé quelque chose,
Barnum ? » Et au même moment, maman crie. Elle crie
et revient en trombe dans la cuisine. Elle me jette un
regard affolé. « Qu'est-ce qui est arrivé à Fred ? » « Il est
tombé. » Boletta se lève pour aller à son chevet. Elle ne
crie pas en le voyant, mais elle revient, plus calme que
jamais. « Il est tombé, Barnum ? » « Oui. Cette nuit, en
rentrant à la maison. Il est tombé sur la figure. » Maman
me prend par le bras. « Tu ne mens pas au moins ? Ce
n'est pas quelque chose que tu inventes ? » « Je te le
jure ! J'ai même dû nettoyer le sang. T'as qu'à regarder
le linge si tu me crois pas ! » Maman retourne dans la
chambre et découvre le lambeau de tissu maculé de sang,
figé pour ainsi dire, au point de ressembler à ces roses en
pâte d'amande qu'on place au sommet des gâteaux qui
coûtent les yeux de la tête ; sauf que le linge est aussi
grand en taille qu'il est infect au goût, et pourtant : j'ai
vraiment l'impression de voir maman tenir une rose arti-
ficielle toute démantibulée. Elle secoue la tête. « Il refuse
de dire quoi que ce soit. Je crois qu'il a bu. Il sent
l'eau-de-vie. »

Boletta appela le médecin de garde. Je pris un taxi
pour aller à l'école. Pendant une longue période après la
mort de papa, maman était comme ça : elle me payait le
taxi pour que je n'arrive pas en retard à l'école. Ce qui
ne m'empêchait pas de l'être systématiquement. Je
demandais au chauffeur de faire trois fois le tour du
cimetière de Vestre Gravlund où j'apercevais quelqu'un
occupé à bêcher dans le coin du cimetière vert foncé.
Que je sois en retard ne posait pas de problème, on ne
m'interrogeait pas puisque mon père était décédé.
Depuis sa mort, on m'épargnait, mais pas de la manière
que j'avais imaginée dans mes rêves éveillés, quand je
rêvais aux accidents, à la souffrance, à la peine si insur-
montable qu'éprouveraient les autres en me voyant
qu'ils me sacreraient roi et que je régnerais en monarque

absolu au-dessus de la compassion universelle. J'avais plutôt l'impression de voir le rire imprimé derrière chaque tête, ce rire contenu derrière toutes les lèvres, car il était difficile pour eux, n'est-ce pas, de s'imaginer une mort plus grotesque que celle d'Arnold Nilsen : un disque en plein front, au beau milieu du stade de Bislet, un dimanche. Ils riaient dans leur tête et dans mon dos – et je ne cessais de penser à la liste que j'avais retrouvée dans la poche de papa, c'était plus fort que moi, car ce rire aurait dû y figurer lui aussi et je l'aurais classé comme éhonté. Je l'aurais baptisé rire éhonté : il refluerait dans la bouche, se coincerait au fond de la gorge et, lentement mais sûrement, étoufferait celui ou celle qui aurait osé le former. Voilà à quelques détails près quelles étaient mes pensées, dans cette salle de classe, assis près de la fenêtre, épargné à en crever de solitude, abandonné, délaissé comme un lépreux recouvert de croûtes de chagrin, un chagrin lamentable. Dans ces moments-là, j'aurais souhaité voir Peder et Vivian débarquer dans ma classe, je leur aurais par exemple transmis un petit mot où rien d'autre ne serait écrit sinon « *le rire éhonté* », et ils comprendraient instantanément à quoi je ferais allusion. Mais Peder allait à une autre école, située à l'extérieur de la ville ; il devait prendre le bus tous les matins ou bien son père l'emmenait si tant est que celui-ci arrive à démarrer sa Vauxhall. Quant à Vivian, son instruction était assurée par un précepteur, c'est ce qu'elle affirmait, à moins qu'en vérité sa mère ne lui donne des cours. En tout état de cause, nous n'avons jamais fréquenté la même école tous les trois et c'était peut-être mieux ainsi, peut-être était-ce justement cette situation qui nous rendait inséparables, puisque nous nous languissions, oui, nous nous languissions les uns des autres pendant tout le temps où nous étions chacun de notre côté ; peut-être que la tyrannie des récréations aurait semé la discorde entre nous, peut-être que le chant, le travail manuel, la gymnastique et les compositions nous auraient montés les uns contre les autres. Au lieu de quoi nous avions la chance de nous retrouver en dehors de la cour de l'école, en dehors de notre emploi du temps, pendant notre pause déjeuner à nous : sous le grand arbre rouge du parc, dans les salles de cinéma glacées. Il n'y avait que nous, nous trois, Peder, Vivian et Barnum, nous étions à l'extérieur, non, nous étions à l'intérieur, dedans, nous avions nos endroits à nous, et c'étaient les autres, les autres qui se retrouvaient dehors.

« Tu ne te sens encore pas bien, Barnum ? » C'est Knokkel qui posait la question. Une cassure était décelable dans sa voix, une ride dans ses mots. Elle commençait à être fatiguée de moi et de tout ce que je représentais. Je me retournai au ralenti. Le silence était total. Toutefois, au loin, j'entendais Montgomery chanter comme un coq. La guerre continuait. C'était tous les jours le jour J. *D-day every day.* Knokkel croisait les mains. Derrière elle, le tableau était parfaitement noir. Nous avions religion. « Je me sens juste un peu lépreux. » Puis je me levai. Et je tournai les talons. Knokkel s'apprêta à m'arrêter, un rien énervée, un poil en colère, elle pensait sûrement que la période de tranquillité était bientôt terminée, qu'elle allait cesser de m'épargner de la sorte, après tout, les veuves ne portaient le deuil qu'un an. Moi, j'étais bien décidé à ne pas me laisser faire aussi facilement, c'était ma liberté solitaire, la mienne, même si je savais pertinemment qu'elle ne pouvait pas durer. Je partis sans me retourner. Les autres m'enviaient, ce pauvre Barnum éploré de chagrin ; eux aussi auraient aimé avoir un père décédé.

En rentrant à la maison, j'appris que le médecin était passé. Maman, qui se trouvait au salon, me pria de venir la voir. Elle s'était installée dans le coin des lamentations. Elle roulait des yeux indifférents à n'en plus finir. Elle sifflait même. C'était mauvais signe. Elle voulait me parler, mais ne décrochait pas un mot. C'est moi qui finis par prendre la parole. « Qu'est-ce qu'il y a, maman ? » Elle continua de siffloter. « Maman ? Qu'est-ce que tu as ? C'est Fred ? » Soudain, elle m'adressa un large sourire qui mit fin à ses sifflements. « Très amusant ce

docteur, celui qui est venu aujourd'hui. » « Ah oui ? »
« Oui, décidément très amusant. D'après lui, si Fred a tré-
buché et s'est cogné par terre, dans ce cas, le plancher lui
a flanqué une bonne vingtaine de coups et terminé
son travail en lui piétinant le dos. » Je baissai les
yeux. Maman poussa un soupir. « Pourquoi mens-tu,
Barnum ? » « Je ne sais pas. » Elle me tira à elle. « Tu ne
sais pas pourquoi tu mens ? » Je secouai énergiquement
la tête. « Fred a été agressé mais bien sûr, il refuse de dire
quoi que ce soit. » Elle s'enfonça dans le divan avec un
air qui la faisait ressembler à Boletta. Les soupirs
venaient à présent à intervalles rapides et réguliers. « Que
veux-tu… Personne ne me raconte rien… Le docteur a
suggéré que nous portions plainte à la police. Mais quel
genre de plainte veux-tu qu'on dépose quand Fred ne dit
pas un traître mot ! » Elle se cacha le visage entre les
mains. Cette histoire ajoutée au reste était la goutte d'eau
qui faisait déborder le vase. C'est à ce moment-là qu'elle
prononça la phrase que j'aurais voulu ne jamais entendre
dans sa bouche. Cette phrase, qu'elle avait pour habitude
d'employer quand elle était d'une certaine humeur,
contenait un je-ne-sais-quoi qui avait le pouvoir de me
plonger dans un état d'impuissance totale, de désespoir
même ; c'était lié à l'inflexion de sa voix au moment où
elle martelait ces mots, l'ordinaire dans l'horrible,
capables de me retirer le sommeil des semaines durant
– et cette phrase, sa phrase, était une fin de non-recevoir,
sans retour aucun, la menace ultime. Elle la lâcha en
même temps qu'un soupir : « Qu'est-ce que je vais faire
de vous, Barnum ? » « Dis pas ça… Je t'en supplie ! »
Elle me prit la main. « Va auprès de ton frère maintenant,
et vois si tu arrives à le faire avouer. » Avouer ? Mais
c'était lui qui s'était fait tabasser ! Elle laissa tomber ma
main. J'étais déjà en marche vers notre chambre, préférant mille fois écouter Fred plutôt que maman, quand elle
se releva brusquement en agitant les bras. C'était une
nouvelle fois trop lourd à supporter pour elle. Tout était
trop lourd pour elle. « Non ! hurla-t-elle. Je ne veux pas
le savoir ! Je ne veux pas en entendre parler ! » Elle

continua de la sorte, se répétant à elle-même, pour elle-même, comme quoi, sur cette maudite terre, le monde entier était au courant des choses sauf elle ; elle était la dernière informée, elle n'était tenue au courant de rien, elle ne savait strictement rien, le monde entier se payait sa tête à tout bout de champ, nous étions des étrangers les uns pour les autres et elle finissait par ne même plus savoir qui elle était elle-même, rien qu'une veuve esseulée, voilà ce qu'elle était, encore trop jeune pour sortir en noir jusqu'à la fin de sa vie, et déjà trop vieille pour en recommencer une autre. « Pauvre Fred ! s'écria-t-elle soudain. Pauvre Fred ! »

Je me retirai en silence sans qu'elle le remarque. Je m'assis au chevet de Fred. Étendu sur le dos, il avait l'air d'une momie. Je ne pus m'empêcher de penser à une image que j'avais vue dans le *Quid*, une photo de Lénine. Dans cette position allongée, Fred ressemblait un peu à Lénine et à son corps embaumé dans le mausolée de la place Rouge. J'effleurai le bandage qui entourait la tête de Fred. « Ça y est, ça lui reprend, à maman », murmurai-je. Staline se trouvait d'ailleurs à côté de Lénine, il était lui aussi sur la photo, vêtu de son uniforme militaire dont on voyait luire les boutons. Bien que n'aimant pas cette photo, j'étais incapable d'en détacher mes yeux : j'avais la très nette impression que le photographe avait réussi à prendre un cliché de la mort, qu'il avait révélé la mort sur le papier ; les visages étaient nimbés d'une lumière blanche et mate probablement due au fait que le cerveau avait été extrait du crâne des deux dirigeants par les médecins soviétiques, grâce à un crochet pointu introduit dans le nez de Lénine comme de Staline, à la manière des vieux Égyptiens quand un pharaon était censé dormir pour trois mille ans. J'avais rédigé une composition sur le sujet. « Commotion cérébrale », dit Fred. Je me penchai sur lui. « Qui ça ? Maman ? Elle a eu une commotion cérébrale ? » Fred soupira. « Mais non, moi. T'es encore redevenu con, ma parole ! » « Ça fait mal ? » Il ne dit plus rien pendant un petit moment. « Va chercher un

miroir, Barnum. » « Pour quoi faire ? » « Va le chercher, bordel ! » Je me faufilai jusqu'à la salle de bains.
Boletta venait de rentrer. Elle s'était installée à côté de
maman, à son chevet en somme. Voilà comment les
choses se passaient chez nous. Nous étions au chevet les
uns des autres, chacun de notre côté. Je me dépêchai de
revenir dans la chambre. « Tiens-moi le miroir », marmonna-t-il. « Où ça ? » « Au-dessus de mon visage,
Barnum. Je veux voir à quoi je ressemble. » Et je tendis
le miroir si près de son visage que sa respiration hale-
tante finit par opacifier la glace. « Tu es en vie. Ou bien
tu veux que je te plante une épingle à chapeaux dans le
cœur ? Je suis sûr que Boletta en a une. » Fred se força
à rire. « Tu ferais mieux de me poser un verre d'eau-
de-vie sur la poitrine », répliqua-t-il à voix basse. Or,
quand j'enlevai le miroir, je vis que Fred s'était déjà
retourné. Il pleurait.

Le lendemain, impossible de le faire lever et encore
moins de le bouger. Le docteur amusant rapplique. Il ne
rigole plus du tout. Il éclaire les yeux de Fred, lui refait
un nouveau bandage. Après quoi il échange quelques
mots avec maman, en écrit d'autres sur une ordon-
nance. Le taxi m'attend au coin de la rue puisque,
aujourd'hui encore, maman en a commandé un.
Aujourd'hui encore, taxi et docteur sont au rendez-vous.
Boletta m'ordonne de me dépêcher. Je descends, laissant le médecin éclairer pour la seconde fois les yeux de
Fred puis tâter son nez. Je précise au chauffeur que deux
tours de cimetière suffiront, de toute façon je suis en
retard. Je reste dans la classe pendant les récréations et
je ne prends pas la peine de me changer en cours de
gym, sans manquer de remarquer une certaine nervosité
autour de moi, une irritation, le rire commence à être
visible, la moquerie se lit déjà dans le regard de certains.
Combien de temps la mort de papa peut-elle encore
durer ? Combien de temps puis-je être un fils sans père,
mis en quarantaine, de sorte que mon chagrin ne conta-
minera pas les autres ? J'allais peut-être pouvoir tenir
jusqu'aux grandes vacances, qui sait… À la rentrée, tout

serait différent, transformé : l'école aurait brûlé du sol
au plafond, Hamster et Aslak se seraient noyés, j'aurais
grandi et gagné les centimètres qui légitimement me
revenaient. Raté : je suis là en train de transpirer sous
l'effet du soleil qui cogne contre la fenêtre. Je n'en peux
plus. Je me lève et je m'en vais. Knokkel vient juste
d'écrire quelque chose au tableau, elle se retourne brusquement. On doit être en heure de géo. Elle pointe sa
craie dans ma direction, il neige une poussière blanche
qui, comme d'habitude, ne retombe jamais tout à fait par
terre. « Tu sais ce que ça veut dire ? » Je ne comprends
rien aux signes qu'elle a dessinés au tableau, on dirait
des lettres disloquées, dégringolées de leur succession
longiligne. Je fais non de la tête. Knokkel s'approche de
moi, cache sa craie. « C'est une langue qu'on appelle le
ourdou, Barnum. Et l'ourdou, on le parle dans un pays
qui se trouve très très loin, qu'on appelle le Pakistan. Tu
ferais mieux de te le rappeler pour la prochaine fois.
Parce que… peut-être que nous allons avoir une petite
interrogation écrite à ce sujet. » Elle sourit. « Comment
va votre honorable santé ? » « Ça s'arrange un peu »,
murmuré-je. Knokkel frappe dans ses mains, au milieu
d'un nuage sec et blanchâtre. « Ce n'est pas ce que je
voulais dire, Barnum. Je viens de te lire la phrase que
j'ai écrite au tableau. En ourdou. Comment va votre
honorable santé ? » Je me carapate avant même
d'entendre rugir les rires. Près du portail, attend un type
que je n'ai jamais vu. Habillé en noir, il se peigne les
cheveux en arrière, avec des gestes lents, comme s'il se
regardait dans la lumière qui l'environne. Je décide de
prendre l'autre sortie d'où je parviendrai peut-être à
attraper un tramway. Sauf que, quand j'y arrive, il est
non seulement là mais en plus accompagné d'un autre
gus. Ils se ressemblent comme deux gouttes d'eau et me
suivent jusqu'à hauteur de l'église. J'accélère le pas. Ça
ne change rien. Je cours. Ils me rattrapent. La première
chose que je remarque, c'est qu'ils ont les phalanges
écorchées, et la même coupe de cheveux. « C'est toi, le
frère de Fred ? » demande le premier, tellement

semblable au second que celui-ci aurait très bien pu poser la question. Je fais signe que oui. J'essaie de m'enfuir, derrière l'église, mais ils me retiennent. « Comment il va, ton frère ? » « Il est en vie. » Ils échangent un coup d'œil rapide. « Demande-lui de nous retrouver ce soir, au Stensparken, dit le premier. À dix heures. » Ils me relâchent, dévalent la pente au pas de course. Je ne bouge pas jusqu'à ce qu'ils aient disparu. Au même moment, j'entends la cloche sonner dans la cour de récréation. Comment va votre honorable santé ? Il est loin d'être encore dix heures. Je ne veux pas rentrer à la maison. Montgomery chante comme un coq.

Je marche dans les rues en me faisant le plus petit possible. Peder attend déjà devant notre arbre. Je cours sur les derniers cent mètres, comme toujours, tant je suis content de le voir. « Devine quoi ! » s'écrie-t-il. « Moi d'abord ! » m'écrié-je tout aussi fort, quasi incapable d'aligner trois mots cohérents. « J'ai été tabassé ! » Peder s'immobilise. « Tabassé ? Par qui ? » Nous nous asseyons dans l'herbe, sous l'arbre rouge, en attendant que le tramway soit passé pour pouvoir nous entendre. « Je sais pas. Les mêmes que ceux qui ont tabassé mon frère. » « Ton frère s'est fait tabasser lui aussi ? » « Et pas qu'un peu ! En plus, ils lui ont fixé rendez-vous ce soir. » « Pour quoi faire ? » « Peut-être qu'ils vont demander pardon. » « Ou bien il va se ramasser une autre dérouillée… » Je prends une profonde inspiration. « Ils m'attendaient devant l'école. » Peder gamberge. « Mais toi aussi, ils t'ont flanqué une volée ? » « Euh… Pas vraiment. Enfin presque. Ils m'ont serré le bras. Regarde ! » Je lui montre le bras par lequel ils me retenaient. Peder observe. « Pu-u-tain ! » s'exclame-t-il. Je replie la manche de ma chemise. Peder se rapproche de moi. « Mais pourquoi ils l'ont cogné, ton frère ? » « Je crois que c'est une envie qui démange pas mal de gens… », réponds-je à voix basse. « Il avait l'air d'une boulette de viande quand il est rentré. Une boulette de viande avec de la sauce dessus. » « Putain ! » « Il avait le nez cassé. » « C'est vrai ? » « J't'assure ! Les dents

s'étaient clouées dans sa langue. Même que j'ai dû les
décoincer. » « Eh ben ! » Nous restons silencieux un
petit moment, jusqu'à ce que je m'interroge à voix
haute : « Y a quelque chose qui m'échappe… »
« Quoi ? » « Qu'ils aient réussi à le tabasser. » Nous
nous allongeons dans l'herbe pour y réfléchir, au fait
que quelqu'un ait pu flanquer une volée à Fred. Ils ont
dû s'y prendre à plusieurs, ils devaient même être toute
une tripotée pour y arriver. Les brins d'herbe me cha-
touillent la nuque. Le ciel flotte à la dérive, presque invisible derrière la masse bruissante des feuilles du hêtre
pourpre. Je repense à ce que Peder voulait me dire tout
à l'heure. « Et toi au fait ? » Il se redresse. « Tu te souviens de celui que maman était en train de dessiner, la
première fois que t'es venu chez nous ? » « En gros,
ouais. Celui qui était dans le salon ? » « Exactement.
Celui qui était à poil. » « Parce que ta mère n'a pas
encore fini son dessin ? » Peder sourit, d'un sourire
triste, un peu oblique. « Maman n'a jamais fini de toute
façon… », précise-t-il avant de se remettre à l'horizontale, soudain muet, comme s'il avait oublié ce qu'il allait
dire. J'attends, je ne veux pas le presser outre mesure.
Puis ma curiosité finit par l'emporter. « Et alors,
qu'est-ce qu'il a, ce type ? » Peder roule sur le côté puis
se met à califourchon sur moi. Il pèse son poids. Je le
laisse quand même dans cette position. Il semble à son
tour à court de mots. « Il connaît quelqu'un qui s'occupe
du ciné-club, là où ils montrent des films qu'on ne voit
nulle part ! » Il se balance sur moi. C'est à peine si
j'arrive encore à respirer. « Et ? » « Et ? Il a dit que ce
soir il pouvait nous faire rentrer à l'œil ! » « Non ! »
« J'te jure ! » « Pour quel film ? » Peder se met à mar-
teler ma poitrine avec ses poings, comme si j'étais un
vulgaire tambour dans un chœur de garçons. « Tu te
souviens de celle qui était accrochée sur le mur, dans la
chambre de Vivian ? » « Arrête ! » Mais il continue, il
ne cesse de tambouriner sur moi. Je vais finir par être
sérieusement amoché par les coups et le poids de Peder.
« Tu te souviens d'elle oui ou non ? » « Oui ! Mais pas

de son nom. » Il se penche alors complètement sur moi, il sent la réglisse, sa langue est toute noire. « Lauren Bacall, articule-t-il lentement, en détachant chaque syllabe. Lauren Bacall. » Soudain, nous entendons un rire derrière nous. Nous nous retournons tous les deux en même temps. Vivian. Elle est là, elle rit, elle nous observe. Peder se relève le premier, me tire pour que je me redresse, je manque de perdre l'équilibre. Nous enlevons les brins d'herbe collés à nos vêtements. Je plonge mes mains dans mes poches. Peder claque la langue. Vivian continue de rire. Nous marchons vers elle. Peder se racle la gorge et lui ouvre les bras. « Tu veux venir avec nous au cinéma ? » « Au ciné-club, rectifié-je. Allez… Tu nous accompagnes ? »

Nous avons encore trois heures à tuer et aucun de nous n'a envie de rentrer. Au lieu de quoi nous nous dirigeons vers la cabine téléphonique de la Solli plass. Nous ramassons la mitraille qui nous reste. Peder appelle son père pour le prévenir qu'il dîne chez moi, puis j'appelle ma mère pour la prévenir que je dîne chez Peder. J'entends la voix de maman, abattue. « Tu lui diras bonjour de ma part », fait-elle. Je raccroche avant qu'elle ne me demande d'où j'appelle, et cède ma place à Vivian, qui n'a aucune envie de prévenir qui que ce soit. Nous allons chez Samson, dans la Frognerveien, et commandons un thé. Il nous reste juste de quoi nous acheter une brioche aux raisins secs à partager en trois. « Je vous mets combien de brioches ? » « Une seule », répond Peder. La serveuse sort son bloc et prend tout son temps pour noter la commande. « Je suppose que ce sera une brioche aux raisins secs ? » « C'est tout à fait ça ! Parce que vous voyez, des raisins secs à la brioche, c'est pas vraiment notre truc ! » La serveuse disparaît, nous devons retenir notre respiration pour ne pas exploser de rire. « Quel film on va voir ? » demande Vivian. Une fois qu'il a retrouvé ses esprits, Peder se penche au-dessus de la table. « Je ne me souviens pas du titre exact. Mais Lauren Bacall joue dedans. » J'ajoute à toute vitesse : « Celle que tu as en photo sur le mur. »

Vivian me lance un regard attendri. « Tu crois peut-être
que je ne sais pas qui j'ai sur mon mur ? » « Si, si… »
Peder appelle la serveuse. Si ça se trouve, elle est rentrée chez elle. Nous sommes les seuls clients. Si ça se
trouve, elle nous a enfermés et nous allons être
contraints et forcés de passer la nuit ici, dans l'odeur
âpre de viennoiseries desséchées et de glaçure à moitié
dégoulinante. « Barnum a failli se faire tabasser
aujourd'hui », reprend Peder. Vivian sourit pour une
raison inconnue. « Ah oui ? » « Ils m'ont juste un peu
bousculé. » « Mais le frère de Barnum, lui, il s'est vraiment fait tabasser, et il a failli y passer. » Vivian
m'observe à présent d'un regard scrutateur et, au même
moment, je me rends compte que je ne veux pas en
parler, que je ne veux pas parler de Fred. Je parviens à
ânonner : « Il s'est juste pris un coup de poing en pleine
figure. » Sur ces entrefaites, la serveuse revient, enfin.
Elle a placé la petite brioche au milieu d'un plat énorme
qu'elle pose avec solennité sur la table. « Tenez… La
voilà votre brioche ! » Elle a dû être désopilante dans
une vie antérieure. « Voyons… Combien y a-t-il de
raisins secs dedans ? » s'enquiert Peder. « Combien de
raisins secs ? » « Oui. Vous comprenez, il m'est difficile de payer sans savoir avant combien cette brioche en
contient. » Je me mets à grappiller chaque raisin sec de
la brioche, et j'ai juste le temps d'en récolter sept quand
nous sommes flanqués dehors, sans doute sommes-nous
d'ailleurs les seuls à avoir jamais été chassés du
Samson. Une fois dans la Frognerveien, nous titubons le
long des lignes de tramway, nous titubons de rire – et la
seule pensée qui occupe mon esprit est celle-ci : à qui,
sur la liste de papa, ce rire appartient-il ? S'agit-il du rire
malveillant, le rire du public ? De qui rions-nous ?
Rions-nous de la serveuse ? Oh non… C'est de nous que
nous rions. Car voici le rire libérateur, le rire débridé,
magistral. Nous rions de tout ce qui va arriver, de tout
ce qui va *nous* arriver. Nous nous asseyons sur un banc
derrière notre arbre où nous nous partageons les raisins
secs, ça nous en fera deux chacun et le dernier sera pour

Montgomery qui passe au même moment devant nous, une bouteille ainsi qu'une fleur rouge à la main.

« Tu ne ressembles pas beaucoup à ton frère », dit soudain Vivian. Elle s'est installée entre nous, entre Peder et moi. Je ne vois pas où elle veut en venir. « Qui ça ? Montgomery ? » Peder imite le chant du coq, Vivian rit. « Mais non… Ton frère, bien sûr ! » J'ai l'impression que le sang se vide de ma tête. « Comment tu le sais ? » demandé-je, en m'étranglant quasiment. « Parce que j'ai croisé Fred à l'enterrement, couillon de la lune ! » Je suis sidéré qu'elle s'en souvienne, tout comme je suis sidéré de l'avoir pour ma part oublié. Peder se redresse d'un bond. « Tu devrais plutôt en être sacrément contente ! » Je le regarde. « Contente de quoi ? » Peder tend le bras pour aider Vivian à se relever. « Est-ce que c'est Barnum qui est long à la détente aujourd'hui, ou est-ce que c'est nous qui avons trop de repartie ? » « Je crois que c'est Barnum qui est long à la détente », réplique Vivian. Elle s'empare de mes mains pour me faire lever, me tire contre elle, Peder pose sa paluche sur mon épaule puis, lentement, il répète : « Tu devrais être sacrément content de ne pas ressembler à ton frère, Barnum. »

Le film est intitulé *Le Grand Sommeil*. Il est interdit aux moins de seize ans, mais nous passons à l'œil. Il n'a pas encore commencé. Nos places sont à la rangée 14, sièges 18, 19 et 20, dans le cinéma Rosenborg. Vivian est assise au milieu. Quand, délicatement, au moment où s'éteint la lumière, je passe un bras autour des épaules de Vivian, ma main rencontre les doigts de Peder qui vient de faire la même chose. Elle se penche en arrière, dans nos bras, et nous restons ainsi, dans cette position. Mon pull à col roulé me pique le cou, mais je n'ose pas me gratter. Dans cette salle à moitié pleine, la plupart des spectateurs sont plus âgés que nous. Un homme en veston et lunettes noirs prend la parole devant l'écran pour nous expliquer que, en gros, le film que nous allons voir n'est pas seulement un classique, qu'il a un autre poids que les œuvres complètes d'Ibsen, même avec la poussière dessus, et que si nous sommes incapables de deviner qui est le meurtrier, alors il nous faudra allonger le double pour notre abonnement à l'automne prochain. Bienvenue dans l'obscurité complète ! Gloussements dans la salle. Nous gloussons nous aussi, puisque c'est de mise. Nous gloussons plus fort que tout le monde. « Fort, le gars ! » chuchote Peder. « Ouais, fort ! » chu- choté-je à mon tour. « Chut ! » fait quelqu'un devant nous qui s'est retourné et nous regarde avec de gros yeux. Nous nous enfonçons dans nos fauteuils et restons muets pendant les cent quatorze minutes suivantes.

Et combien de fois depuis, combien de fois ne l'ai-je vu et revu, *Le Grand Sommeil* ? Je serais incapable de compter. Mais cette fois-là est la première et qu'est-ce qui peut rivaliser avec une première fois ? Rien. Tout le reste n'est que répétitions, variations, plagiats. L'après n'est qu'une suite. La fois suivante n'est qu'une ombre. Mais la première fois demeure la plus authentique. Vous êtes dans le présent immédiat, soudain de plain-pied dans votre existence, vous êtes en mesure de toucher l'instant du doigt, de sentir battre le temps tout en sachant simultanément qu'il est déjà terminé, cet instant, qu'il a glissé dans le sillage boueux du rythme car- diaque. Mais pas déjà, non, pas encore, car voici ce que nous voyons d'abord :

Des cigarettes posées dans le cendrier. Deux blondes se consument, qui laissent place à des lettres blanches sur l'écran grisâtre : *Humphrey Bogart* et *Lauren Bacall*. Puis apparaît un petit écriteau sur lequel on visualise un nom, Sternwood, suivi d'un doigt arrondi, strié de ridules, le doigt de Bogart. Il appuie sur la son- nette. Un serviteur plutôt guindé ouvre la porte, Bogart entre, et au moment où il est censé prévenir le Général que Marlowe vient d'arriver, surgit alors une femme vêtue d'une jupe courte, blanche, à croire qu'elle est attendue à une partie de tennis. Il me semble de prime abord qu'il s'agit de Lauren Bacall, mais je fais erreur : c'est sa sœur, sa petite sœur, Carmen Sternwood, jouée par Martha Vickers ; et c'est elle qui prononce cette réplique inoubliable. Martha Vickers examine Bogart qui ne se sent ici ni à l'aise ni chez lui, dans l'univers froid des richards. Elle toise cet homme étrange et dit : « *You're not very tall, are you ?* » Bogart froisse ses lèvres comme du papier avant de répondre : « *I try to be.* » Ce film est interdit aux moins de seize ans. J'entends le public rire, non, glousser. Personne ne rit ici, tout le monde glousse, les épaules s'agitent de haut en bas. Voilà comment on rit devant un film sans couleurs pour adultes. La femme en jupe courte se jette soudain dans les bras de Bogart – et je pense, brusquement, car mes pensées déboulent de partout et repartent dans tous les sens, je suis sûr que la Fille-Chocolat est son portrait craché, la Fille-Chocolat du Sirkus Mundus dont papa nous a parlé. Bogart se dégage gentiment de son étreinte quand le serviteur revient et, dans la scène suivante, il se retrouve sous une serre en compagnie du Général. « *How do you like your brandy, sir ?* » demande celui-ci dans son fauteuil roulant. « *In a glass* », répond Bogart. Dans la salle, les épaules ondulent, les gloussements redoublent. Or c'est maintenant que Bogart se voit confier sa mission alors même que sa chemise lui colle à la peau. Je suis complètement paumé, je ne comprends plus rien mais je m'en fous : je sens le froid se répandre dans la moiteur de la serre, je vois Bogart transpirer des gouttes d'eau glacée qu'il pourrait même mélanger à son drink, j'essaie de deviner combien il mesure, il ne doit pas être très grand, Martha Vickers avait raison ; mais peut-être qu'en fait, il a l'air encore plus petit qu'il ne l'est vraiment à cause de son pantalon, qu'il porte remonté beaucoup trop haut, jusqu'à la poitrine quasiment. Je n'ai pas le temps de réfléchir plus en détail à la question car, au moment de partir, le domestique le fait finalement entrer dans une autre pièce, sans doute une chambre à coucher puisqu'il y a un lit, un lit à baldaquins, même ; et là, debout près de la fenêtre, devant une table croulant sous les bouteilles, une femme se remplit un verre et, quand elle a terminé, se retourne vers Bogart. Lauren Bacall. C'est

Lauren Bacall. Nous voyons Lauren Bacall pour la première fois. Les doigts de Peder posés au-dessus de ma
main entament une caresse. Je tourne la tête pour
regarder Vivian. Elle ne bouge pas. On dirait qu'elle inspire lentement, qu'elle inhale la salle entière. Lauren
Bacall regarde Bogart. Elle est incandescente, elle brûle
en noir et blanc. Ses narines se dilatent, c'est un animal,
une lionne. Et elle rit. Lauren Bacall rit (le rire de
Lauren Bacall...) et elle se rit de lui. « *You're a mess,
aren't you ?* » Et Bogart répond : « *I'm not very tall
either. Next time I'll come on stilts.* »

Et peut-être est-il tout bonnement impossible de la
décrire, cette première fois, puisque cette description,
n'est-ce pas, on la fait toujours après coup, sous un autre
jour, sous un autre angle, dans un autre temps. Peut-être
l'instant n'est-il rien d'autre qu'un timbre aux dents
arrachées et qui, lentement mais sûrement, gagne en
valeur dans votre collection personnelle que vous avez
pris soin d'assurer pour un montant plus élevé que la
primé payée pour vos enfants. Vous ne pouvez pas économiser sur tout le monde, ni sur le monde entier, il
vous faut opérer un choix, il vous faut en retirer certains de la circulation, ou bien les changer. Peut-être cet
instant précis justement ? Cet instant-là, au cinéma
Rosenborg, rangée 14, sièges 18, 19 et 20, avec cette
lumière grisâtre et tremblotante braquée sur nos visages,
alors que nous ne comprenons rien à rien, simultanément à l'intérieur et à l'extérieur ; une scène, juste une,
dont j'écris les sous-titres aujourd'hui, ou dans laquelle
j'insère une voix off, ma propre voix, qui parle en se
plongeant dans ma vie, en traversant mes jours et mes
années, de sorte que la scène puisse s'intégrer au reste
de l'histoire. Ceci en revanche, cette première fois, je
sais qu'elle est vraie, je l'ai vue, je l'ai entendue. Et
lorsqu'à nouveau je regarde Vivian, elle pleure.

Après le film, nous marchons dans les rues chaudes
où les pères nettoient leur voiture et les mères sont penchées à leur fenêtre. Quelque chose les fait rire, peut-
être l'opiniâtreté, mais aussi la vanité de leurs maris qui

se regardent dans la carrosserie rutilante et les enjoliveurs briqués. On croirait assister à une sorte de pause
où les couleurs ont ressurgi. Les bambins aux genoux
oblitérés d'un pansement, juchés sur un vélo au guidon
bien trop grand, font machine arrière quand leur mère
les siffle. Nous sommes ailleurs. Nous sommes à côté de
tout. « Pas mal du tout, ce film », dit Peder. « Ouais, pas
mal du tout », renchéris-je. « Purée ! » « Ouais, purée…
Pas mal du tout. » Vivian ne dit rien, elle est toute à son
silence, elle avance à pas feutrés. Peder et moi la rac-
compagnons chez elle. En arrivant, elle n'a toujours pas
prononcé un mot. Elle disparaît sans une parole par
l'entrée latérale de l'église ; il me semble distinguer un
mouvement derrière les rideaux du deuxième étage, une
ombre qui les tire tout à fait. Nous attendons un peu. Les
lumières s'éteignent. Puis plus rien. Nous continuons
par la Gimleveien où, depuis le restaurant de l'hôtel
Norum, nous entendons une femme rire à gorge
déployée, ainsi que des notes de musique filtrer d'une
chambre et s'estomper derrière nous dans l'obscurité qui
commence lentement à tomber. « Vivian pleurait »,
soufflé-je. Peder hoche la tête. « Oui, j'ai entendu. Elle
pleurait. » Nous faisons quelques pas sans nous parler.
Une inquiétude s'insinue en moi. « Pourquoi est-ce
qu'elle pleurait ? » Peder hausse les épaules. « Peut-
être qu'elle trouvait le film triste. » « Peut-être, oui. Et
toi ? Tu trouves qu'il était triste ? » « J'y ai pigé que
dalle. Et toi ? » Nous nous arrêtons devant la maison de
Peder. Je hausse les épaules. « Lauren Bacall était
géniale », murmuré-je. Peder sourit. « Lauren Bacall
était géniale », murmure-t-il. « Purée ! Et pas qu'un
peu ! T'as vu ses narines ? » Peder me regarde en éclatant de rire. « T'as rien pigé toi non plus, j'parie ! Je suis
sûr que t'as même pas retenu son prénom dans le film. »
Nous rions encore un peu. Pour finir par y renoncer.
À ça aussi. « Non. C'était quoi son prénom ? » Ce à quoi
Peder répond : « Vivian. »

   Et c'est ainsi que je cours, cette étrange soirée-là,
avec le prénom de tous au bord des lèvres. Et pendant

que je cours, car qui sait si quelqu'un ne me poursuit pas avec l'intention de me taper dessus, je pense à ce que papa avait pour habitude de dire : que le plus important n'est pas ce qu'on voit, mais ce qu'on croit voir. Que croyait-il voir, lui, papa, lorsque le disque est arrivé droit sur lui, que Fred se tenait là, immobile, dans le cercle, en suivant ce même disque des yeux ? Qu'est-ce qui, à ce moment-là, était le plus important pour lui ? Ce qu'il voyait, ou ce qu'il croyait voir ?

Maman dort déjà quand je rentre. Je ne trouve Boletta nulle part. Fred est dans son lit, toujours dans la même position. Je m'assieds à côté de lui. « Il y a des types qui veulent te parler. » Il remue son visage tuméfié, couvert d'hématomes. « Qui ? » demande-t-il tout bas. « Deux types. Ils m'attendaient en sortant de l'école. » Il reste là sans rien dire pendant un petit moment. « De quoi ils avaient l'air ? » demande-t-il d'une voix sourde, lente. « Ils se ressemblaient comme deux gouttes d'eau. » Il rit, en plaquant une main sur sa bouche. Du sang s'écoule entre ses doigts. Il pose cette même main sur mon épaule. « Ils t'ont pas fait mal, Barnum ? » Et je suis tellement touché par cette attention, par Fred, gisant là, complètement esquinté, qui malgré tout manifeste de la prévenance à mon égard, que je suis proprement incapable de répondre. Je me borne à secouer la tête. Il retire sa main de mon épaule. « Qu'est-ce qu'ils ont dit, Barnum ? » « Ils ont demandé si tu étais encore en vie. » De nouveau, Fred est obligé de mettre sa main devant sa bouche quand il rit, il a les larmes aux yeux. « C'est vrai ? » « Oui. » « Et qu'est-ce que t'as répondu ? » « Que tu étais en vie, Fred. Et puis ils ont demandé que tu les retrouves au Stensparken. À dix heures. » Fred se fige pendant quelques instants. J'aurais aimé qu'il s'endorme. « Quelle heure il est ? » « Neuf heures et demie, Fred. » « Dégage, Barnum. »

Fred se lève. Je dois le soutenir. Il arrive à peine à tenir debout. Je suis obligé de l'habiller. Il a le corps constellé de bleus et d'ecchymoses. Il rit. Je l'habille. C'est ma faute. Je n'aurais pas dû lui dire qu'ils

voulaient le voir. Je l'implore à voix basse : « Reste
là… » « La chemise blanche, Barnum. » « S'il te plaît,
Fred… » « Je veux ma chemise blanche, Barnum. » Je
la sors de l'armoire, la lui passe, la lui boutonne, à
l'exception des trois boutons du haut. « Je viens avec
toi, Fred. » « D'accord. » Il n'ajoute rien. D'accord.
C'est d'accord. Mais rien n'est d'accord. Nous sortons
à pas de loup. Maman dort. Boletta n'est pas rentrée.
Nous rejoignons le Stensparken. La ville est silencieuse.
L'obscurité est douce. Le lilas scintille. Nous montons
jusqu'à la colline de Blåsen. Je dois pousser Fred sur les
derniers mètres. Nous nous asseyons sur le banc. D'ici,
nous pouvons presque tout voir alors que presque personne ne peut nous voir. Il n'y a personne. Je demande :
« Tu as déjà entendu parler de l'Homme de la nuit ? »
Fred ne répond pas. Il regarde. Il observe. Il guette.
« L'Homme de la nuit enterrait les chevaux ici. Des chevaux morts. Et tu sais quoi, Fred ? Eh bien, pendant la
journée, personne ne le voyait. » « Ta gueule. » « Mais
c'est vrai ! » « Parce que tu crois à ces conneries ? » Et
c'est là qu'ils arrivent.

Ils sont quatre. Ils viennent des alentours de l'église,
montent lentement la côte. Ils jettent des regards autour
d'eux, des coups d'œil furtifs, inquiets. Ils marchent en
garde rapprochée, en bande, ils sont presque indissociables, si ce n'est que j'en reconnais deux, les jumeaux.
Je les montre du doigt. Fred repousse mon bras. Il reste
assis. J'ai envie de m'enfuir en courant. « Tu restes ici »,
chuchote-t-il. Il sourit. « Maintenant, Barnum, c'est
nous les hommes de la nuit. » Il escamote son sourire, se
lève, on dirait un infirme. Nous descendons les marches
jusqu'à la fontaine, à l'angle. Nous les voyons. Eux ne
nous voient pas. Ils attendent près du carrousel. « Quelle
heure ? » Je lui montre. Il est dix heures. Fred opine. Il
fait quelques pas. Il boite. Je le suis. Il se retourne. « Toi
tu patientes ici, Barnum. » Mais la clique vient de
l'apercevoir. L'un d'eux le hèle. Fred s'arrête. Je me
tiens juste derrière lui. Sa chemise blanche étincelle. Je
commence à comprendre pourquoi il a voulu mettre

précisément celle-là. Fred ne fait pas un mouvement. Ils se toisent mutuellement, Fred et le gang près du carrousel. Ils sont quatre, nous sommes deux. Non, nous sommes un et demi. Personne ne bouge. Nous sommes des statues dans le Stensparken. Qui va tenir le plus longtemps ? Qui va ravaler la nuit ? Qui va remporter cette attente ? Fred. Les autres avancent lentement vers nous. Fred met ses mains dans le dos. Sa chemise blanche étincelle. Fred est immobile. Ils s'arrêtent quand quelques mètres nous séparent. Ils fixent Fred. J'imagine que Fred sourit, avec sa bouche abîmée, mais je ne peux pas le vérifier vu que je suis derrière lui. « Putain ! T'as vu ? » fait l'un d'eux, celui à l'œil au beurre noir à la suite d'un coup sans doute flanqué par Fred. J'ai tout d'abord l'impression qu'il va foncer sur Fred, mais il recule d'un pas et va se placer entre les jumeaux. Le quatrième se rapproche. Il plonge une main dans la poche de son veston. Un tressaillement parcourt Fred, des coudes jusqu'aux épaules, un spasme. Tout redevient calme. Le type sort un paquet de Teddy, extrait deux cigarettes, en donne une à Fred. « Moi c'est Erling. Mais les gens m'appellent Dix-Mètres. » Fred ébauche un signe de tête et prend la cigarette. Erling, celui qu'on appelle Dix-Mètres, me regarde, reclus dans l'ombre derrière Fred. « T'en veux une toi aussi ? » « Il fume pas », répond Fred. Je songe en moi-même : « *How do you like your brandy, sir ?* » « *In a glass.* » Erling allume les cigarettes avec un briquet métallique. Ils restent là un long moment, en silence, à tirer sur leur clope ; jamais fumer une cigarette n'a pris autant de temps. La lune dérape. Ils laissent enfin tomber leur mégot par terre, l'écrasent du bout de la chaussure tandis que des morceaux de tabac incandescent se dispersent tout autour ; on dirait que leur chaussure va s'embraser. Fred remet ses mains dans son dos. Erling le regarde. « Tu sais frapper aussi ? » Il demande si Fred sait frapper. Je vois ses mains se détacher du dos. « P't'êt' bien. » Il observe Fred. Puis il se retourne vers les autres. « Tommy, ramène-toi. » Le gars à l'œil au beurre

noir s'approche de Fred et se plante devant lui. Fred
hésite. Et il frappe. Mais le Tommy en question oppose
une feinte rapide du torse, comme un mouvement de
brasse, et le coup de poing ripe le long de la tempe.
« Aïe », fait Tommy avant de rejoindre les jumeaux.
Erling ne quitte pas Fred des yeux pendant un long
moment. Après quoi il ressort son paquet de clopes.
C'est maintenant que j'ignore ce qui peut arriver. Fred
vient de frapper, mais il a raté son coup. Il se retourne
vers moi et une soudaine confusion se lit sur son visage
défait, car lui aussi ignore ce qui peut arriver, quelle sera
la prochaine riposte, et sa confusion me terrifie deux fois
plus. Erling, Dix-Mètres, secoue son paquet pour en
sortir deux cigarettes. « T'es plus fort quand il s'agit de
te faire frapper que de frapper. » Fred frappe alors une
deuxième fois. J'ai l'impression de sentir le coup de
poing, je le sens heurter le visage, je tremble, je suis
ébranlé, par le bonheur comme par l'angoisse. Erling
s'écroule. Il reste allongé, les cigarettes roulent par
terre. Et soudain je songe : C'est maintenant qu'on va
enterrer les chevaux morts. Fred ne bouge pas, sa main
saigne. Tommy et les jumeaux s'avancent d'un pas.
Fred lève les poings, ils sont lourds, trop lourds pour
être redressés à hauteur de poitrine. Or les autres ne se
ruent pas sur Fred. Ils se mettent à compter. Ils comptent
lentement jusqu'à neuf et, juste avant d'arriver à dix,
Erling se lève, tout sourire. « Pas mal, lâche-t-il. Mais
t'as beaucoup à apprendre. On s'assied ? »

Erling et Fred partent s'asseoir sur le banc près du
jardin d'enfants. Ils discutent. Je n'entends pas ce qu'ils
se disent. Tommy ramasse les cigarettes. Les jumeaux
se recoiffent. Je ne bouge pas d'un millimètre. J'ignore
combien de temps dure leur conversation. Fred et Erling
parlent. Mais c'est surtout Erling qui parle. Puis ils restent assis sans rien dire pendant cinq bonnes minutes et,
au moment de se lever, ils échangent une poignée de
mains, comme s'ils étaient convenus d'un accord.
Erling, Tommy et les jumeaux descendent vers les
chiottes publiques. Fred remonte vers Blåsen. Je cours

pour le rattraper. « Vous êtes devenus amis ? » Il ne répond pas. « Mais comment il pouvait savoir qui j'étais ? » Fred s'arrête et me regarde. Une plaie sur son visage s'est rouverte. « Hein ? » « Comment il pouvait savoir que j'étais ton frère, Fred ? » « Tout le monde sait qui tu es, Barnum », articule-t-il. « Pourquoi ? Pourquoi tout le monde sait qui je suis ? » Fred essuie le sang qu'il a sur la main et réfléchit. « Laisse tomber. » Il repart. Je refuse de laisser tomber. Est-ce que tout le monde sait vraiment qui je suis, pas seulement à l'école mais dans toute la ville, de l'autre côté de la rivière aussi, jusqu'aux venelles sombres de Vika et plus bas encore, jusqu'aux docks ? Mais Fred n'a plus envie de discuter avec moi. Une fois à la maison, maman nous attend dans l'entrée, furieuse, déchaînée. « Tu peux m'expliquer où vous étiez ? » hurle-t-elle. Fred file devant elle. Elle me saisit par le bras. « On est juste allés faire un tour. » Maman se penche vers moi. « Faire un tour ? En pleine nuit ! » « Fred devait prendre l'air, maman. Il a du mal à respirer. À cause de son nez cassé. » Maman me relâche, se cramponne à sa chemise de nuit. « Un jour vous finirez par me tuer », murmure-t-elle. Je passe un bras autour de ses épaules. « Mais non ! » Elle tape du pied. « Mais si ! Ne vous en faites pas… Allez-y ! Tuez-moi ! Vous vous rendez compte ? Disparaître au beau milieu de la nuit, en chemise blanche, et juste après une commotion cérébrale ! » Elle me lance un regard torve. « J'espère que ça n'a rien à voir avec les coups qu'il a pris ? Hein ? » Je secoue la tête, mon regard croise le sien. « Papa te manque ? » À peine ai-je fini de poser ma question que je vois alors son visage se lézarder – et j'ai juste le temps de penser, avant qu'elle ne se penche sur mon épaule, que nous avons de nombreux visages, nous en changeons à tout bout de champ ; nous en portons, des noms et des visages, jusqu'à ne plus savoir où les mettre. Maman sourit, son haleine est humide. « Tu as sans doute raison, mon chéri. Ton père me manque. »

Trois jours plus tard, je reçus du courrier. C'était la

première fois que je recevais une lettre. Mon nom était écrit sur l'enveloppe, mes nom, prénom et adresse. J'avais l'impression d'être à nu, d'être tout simplement. Quelqu'un m'avait trouvé. Cette lettre avait été promenée à travers toute la ville puis déposée dans la bonne boîte. Je pensai, juste avant de me demander qui pouvait en être l'expéditeur : est-ce que ce timbre prendra de la valeur ? Nous dînions à la cuisine. Il faisait au moins trente degrés dehors. Nous transpirions rien qu'à soulever notre cuillère. Fred partageait notre repas. Il buvait de l'eau et mangeait des pommes de terre. Son visage s'était mis, pour ainsi dire, à se remodeler dans le mauvais ordre. Quand je le regardais, je devais m'y reprendre à deux fois pour le reconnaître. « Qu'est-ce que t'as à me zieuter ? » « Rien, rien », répondis-je à toute allure. Fred appuya d'un doigt sur son nez en l'agitant dans tous les sens. Boletta se boucha les oreilles. Ça craquait. Et c'est là que maman sortit la lettre et me la tendit par-dessus la table. Elle était contente pour moi, heureuse : je recevais une lettre, ici à Oslo, et j'étais prêt à parier qu'elle l'avait déjà lue. « Tiens, une lettre pour toi ! » Je fonctionnais au ralenti, incapable de parler. Barnum Nilsen, était-il écrit en de fines lettres allongées. Barnum Nilsen, mes nom et prénom suivis de mon adresse. Oui, on m'avait découvert, retrouvé, j'étais un être humain, cela ne faisait pas de doute. J'étais quelqu'un avec qui on pouvait compter. Je déchirai l'enveloppe avec mon couteau, et je lus. Le père de Peder m'écrivait. Je n'en croyais pas mes yeux. Maman souriait. « Mais lis donc à haute voix qu'on entende, Barnum ! » Et donc je lus, sur un ton aussi inaudible que possible, ce que Oscar Miil, l'homme joyeux et précautionneux, avait à me dire : *Cher Barnum. Maintenant que Peder et toi êtes devenus de si bons amis, ce qui nous remplit de joie, nous aimerions beaucoup t'inviter cet été dans notre maison de campagne à Ildjernet, si ta maman t'en donne la permission.* Je l'interrogeai du regard. « C'est d'accord, hein ? » Elle hocha énergiquement la tête. « Bien sûr, mon

chéri ! Mais… tu ne finis pas ta lecture ? » « J'ai tout
lu… », balbutiai-je. « Non, Barnum. » « Si ! » Maman
s'empara de la lettre et continua de lire. « *Ton frère est
évidemment le bienvenu chez nous ! Mes amitiés. Oscar
Miil.* » Je baissai la tête. Fred inspira par son nez cassé,
le bruit qu'il fit n'était pas sans me rappeler les râles de
papa. Je frémissais. « Alors, Fred ? Ce ne serait pas une
bonne idée ? » J'entendis Fred sourire. « J'peux pas »,
se borna-t-il à répondre. « Comment ça tu ne peux pas ?
Qu'est-ce que tu as de prévu de si accaparant cet été ? »
« Entraînement. » Je levai les yeux vers lui. Maman
replia lentement la lettre d'Oscar Miil, même Boletta
dut poser son couteau et sa fourchette. « Entraînement ?
Mais entraînement de quoi si je peux me permettre de
demander ? » « Je me suis inscrit à un club de boxe. Au
Centrum Bokseklubb, même, si tu tiens vraiment à tout
savoir. » Il se resservit d'autres pommes de terre qu'il
écrasa en purée. Un silence s'appesantit au-dessus de la
table. Quant à moi, j'étais soulagé. Fred allait
s'entraîner au lieu de m'accompagner. D'abord ils
l'avaient tabassé. Ensuite ils l'avaient convaincu de
s'inscrire au Centrum Bokseklubb, et maintenant il ne
pouvait plus venir en vacances chez les parents de
Peder. Tout était décidément très cohérent. Une chose
en entraînait une autre. J'étais heureux et j'étais rouge
de honte. « Tu n'iras boxer dans aucun club ! » décréta
maman, qui bouillait de colère. Fred ne daigna pas
répondre. Il mangeait des pommes de terre. « Tu ne t'es
pas fait assez dézinguer comme ça, hein ? Non mais
regarde-toi, Fred ! » Il se contenta de hausser les
épaules. « Boxer, c'est pas dézinguer », rectifia-t-il.
Maman se pencha au-dessus de la table. « C'est peut-
être ton fichu Centrum Bokseklubb qui t'a tabassé, si ça
se trouve, non ? » Il rit derrière ses dents. « T'as pas à
te prendre le chou avec ça. » Maman fulminait. Boletta
posa une main sur son épaule et lui demanda, naïve-
ment : « Au fait, ça se trouve où Ildjernet ? » Maman
poussa un soupir de lassitude avant de rouvrir la lettre.
Voilà finalement le cours que les choses empruntaient.

Une bonne nouvelle ne venait jamais seule, et les mauvaises nouvelles pouvaient être bonnes pour certains. Fred allait faire de la boxe et moi je partais en vacances avec mon meilleur ami sans avoir Fred collé à mes basques. M. Miil avait dessiné une carte au dos de la feuille. Ildjernet était une petite île située à côté de la presqu'île de Nesodden. Je filai dans la chambre pour faire mes bagages. Fred ne tarda pas à me rejoindre. Il s'affala sur son lit. Je n'osais pas le regarder. Je faisais ma valise. « Fais gaffe à pas bouffer trop de maquereaux », dit-il au bout d'un moment. « Pourquoi ? » « T'es pas au courant ? » « Non, de quoi ? » « Les maquereaux bouffent les cadavres des Allemands. Qui sont au fond du fjord d'Oslo. » « Déconne pas ! » « Et donc quand tu manges du maquereau, tu bouffes en fait du cadavre de soldat allemand. » Je me retournai vers lui. « Tu peux venir, hein, si tu veux », marmonnai-je. Il ferma les yeux. Comme si un étranger avait rendu visite à son visage et décidé de ne plus en repartir. Il dit simplement : « Tais-toi. Arrête de mentir. »

Et le samedi suivant, le jour de la Saint-Jean, j'agitais la main pour dire au revoir à maman et Boletta du pont du ferry, même si je leur avais demandé de ne pas m'accompagner. Heureusement, leurs silhouettes ne tardèrent pas à être soustraites de mon champ de vision, bientôt imitées par l'horloge de l'Hôtel de Ville, aussi petite que le cadran d'une montre, puis la ville fut engloutie par le vent bleu. Tout ce que je quittais, je le regardais disparaître sous mes yeux. Je n'avais pas le mal de mer. Je me sentais fort. Je n'avais voyagé seul qu'une fois, en train, lorsque maman, Boletta et le médecin scolaire avaient jugé bon de m'expédier, du fait de ma trop grande maigreur, dans une ferme en pleine campagne où je devais être engraissé (mais je préférerais ne pas en parler, non, décidément, je ne veux pas en parler du tout, j'ai tout oublié, à jamais). Ce voyage était aux antipodes, aux antipodes de tout. J'allais rejoindre mon ami. Une fois Flaskebekk dépassé, le ferry se mit à tanguer. La valise de papa à la main, j'allai

m'acheter un petit coca au kiosque du salon. Les passagers me faisaient de grands sourires. Nous partions en
vacances. Je leur rendais leur sourire. Une vieille femme
aux cheveux clairsemés, la bouche cernée de rides, se
pencha par-dessus un panier où grognait un chiot. « Tu
vas loin ? » me demanda-t-elle, non sans passer une
main sèche dans mes boucles. Je décidai d'être poli.
« Aussi loin que va ce bateau », répondis-je. Et, sur l'île
d'Ildjernet, le dernier port avant que le fjord décrive une
boucle, s'étende et se jette dans l'océan, sur ce même itinéraire que La Vieille, Boletta et le roi Haakon avaient
en leur temps emprunté en sens inverse pour ensuite
découvrir Oslo pour la première fois, m'attendaient
Peder et son père. Je descendis la passerelle en crampon-
nant ma valise. Peder courut vers moi. Il avait déjà énormément bronzé, il avait aussi maigri. Je le reconnus à
peine ; j'allais même jusqu'à l'envier un instant, sans
tout à fait savoir de quoi j'étais vraiment jaloux. Il se
planta devant moi et me tendit la main. « *You're a
mess.* » « *Next time I'll come on stilts* », répondis-je.
Peder poussa un soupir d'exaspération. « Erreur,
Bogart. Tu dois d'abord dire : *I'm not very tall either.* »
« *I'm not very tall either* », répétai-je docilement. « On
recommence depuis le début. Prêt ? » « J'ai jamais été
aussi prêt... » « *You're a mess, mister Barnum Nilsen.* »
« Et toi t'as un putain de bronzage ! » Peder, soufflant
entre ses dents, fit mine de vouloir me jeter à la baille.
Sur ces entrefaites, son père s'approcha, une pipe à la
bouche, des lunettes de soleil superposées à ses lunettes
de vue. Il prit ma valise. « On va peut-être y aller, les
garçons, non ? Sans quoi les vacances seront déjà
finies... » Nous le suivîmes jusqu'à ce qu'il s'arrête
devant un pont suspendu, jeté entre le continent et l'île
où se trouvait leur maison de campagne. Le père de
Peder me jeta un coup d'œil. « Tu as le vertige,
Barnum ? » « Pas encore », fis-je d'une voix pas très
rassurée. Peder éclata de rire. « Barnum est trop petit
pour savoir ce que c'est que le vertige ! » Son père retira
ses deux paires de lunettes. « Qu'est-ce que je viens

d'entendre, Peder ? » « Rien rien », répliqua-t-il avant
de s'élancer sur le pont. Je lui emboîtai le pas, M. Miil
fermait la marche. « Ne regarde pas en bas ! » me cria-
t-il. Je regardai en bas. Le pont se balançait, les vagues
s'enroulaient dans le gouffre. Je fermai les yeux, mais le
vent redoubla d'intensité, ce vent dans mon crâne, ces
vagues dans ma bouche. J'essayai de me retenir à la
balustrade, mais ce n'était qu'un simple cordage qui
ondulait entre mes mains. J'entendis Peder, incapable de
s'arrêter de rire – et soudain je me mis à penser au Rote
Teufel ; j'étais en équilibre au-dessus de la mer et je ne
pouvais m'empêcher de songer au Diable Rouge, mort
d'avoir ri. « Ne regarde pas en bas ! » cria de nouveau
le père de Peder. Ce dernier riait toujours, il avait certainement dû naître sur un pont suspendu. Il se retourna
vers moi, les bras tendus comme s'il voulait m'enlacer.
« Il n'y a rien à craindre », me dit-il – et ce fut une
semaine étrange, une semaine étrange au cours de l'un
de mes plus beaux étés, à tel point que je ne me rappelle plus, *a posteriori*, l'ordre dans lequel les choses se
sont déroulées, comme un film monté au hasard des
scènes et dont la fin a peut-être été déplacée au beau
milieu de l'intrigue, comme un mystère que l'on ne
comprend que bien plus tard, voire jamais ; toujours
est-il qu'à mon retour, bronzé de la tête aux pieds, alors
que Fred m'attendait sur le port et que l'horloge de
l'Hôtel de Ville m'apparaissait à nouveau dans sa taille
normale, avec ses lourdes aiguilles et ses chiffres dorés,
ces jours passés à Ildjernet continuaient de s'épanouir,
pareils à un bouquet dont les fleurs s'arc-boutent chaque
jour sensiblement de part et d'autre, et, pour peu que
l'on extraie une seule des fleurs de ce sablier, ce vase
bleu, le reste de la composition ne tarde pas à faner.
Néanmoins, là-bas, pendant cet été, quelque chose est
survenu, je ne saurais dire quoi ; il s'est simplement
passé quelque chose, à un rythme différent, fait de lenteur, de calme, et de langueur aussi. Voilà comment a
débuté mon été :
Je lâche la corde, ouvre les yeux, trébuche, et me

retrouve dans les bras de la mère de Peder assise dans
son fauteuil roulant. « Bonjour, Barnum. La traversée
s'est bien passée ? » Je reprends mon souffle. « Oui, oui.
Mais la mer était un peu haute dans les parages de Flaskebekk. » Peder, hilare, décrit des cercles avec le fauteuil roulant. « Même que Barnum a eu le vertige !
indique-t-il. Il va être obligé de faire du stop pour rentrer, comme toi ! » M. Miil me donne une petite tape sur
l'épaule ; je me demande néanmoins comment elle a pu
arriver ici car jamais de ma vie je n'ai vu de fauteuil roulant avancer sur un pont suspendu. Peder la pousse
jusqu'à la maison basse, blanche, construite au centre de
l'île, et l'installe à l'ombre. Après quoi il me montre
notre chambre où, près de la fenêtre, est disposé un lit
sur lequel il s'affale aussitôt. Il me regarde défaire ma
valise. Et ce n'est pas rien, tout ce qu'elle contient,
puisqu'il vaut mieux en emporter plus que pas assez
quand on part une semaine chez un ami sur une île. J'ai
donc emporté, entre autres, mon pyjama, des sandales
de plage, deux maillots de bain, de sorte que je peux en
enfiler un sec sitôt la baignade et ainsi éviter de
m'enrhumer ; j'ai aussi des sous-vêtements de rechange,
une boîte de crème solaire, un crayon et une feuille sur
laquelle maman a noté notre numéro de téléphone et
notre adresse, on n'est jamais trop prudent ; je n'ai surtout pas oublié la lotion antimoustiques, ni le peigne ni
le déodorant, sans parler du vieil appareil photo. « Tu
comptes t'installer ici pour le restant de tes jours, ou
quoi ? » demande Peder. Me tournant alors vers le lit, je
le prends en photo – et cette photo, elle ressemble à ça :
Peder, allongé les mains derrière la tête, une paupière
fermée comme s'il se fiche de moi ou vient de raconter
une blague salace, tout sourire, torse nu, le ventre un peu
flasque au-dessus de la ceinture de son short bien qu'il
soit étendu, les orteils écartés, et enfin une ombre qui
sépare la photographie en deux, en oblique, d'un coin à
l'autre (voilà quel souvenir je garde de lui, de Peder
dans son lit, lors de notre premier jour d'été ensemble).
Il rouvre l'autre paupière et me regarde de ses deux

yeux. « Tu veux dormir de quel côté ? » Je suspends mon geste. « Tu sais ce que contenait cette valise avant, Peder ? » « Aucune idée. » « Des applaudissements. » Peder referme une paupière, comme si c'était moi qui me payais sa tête à présent. « Des applaudissements ? » « Eh ouais ! Je l'ai hérité de papa. » Je vois Peder cogiter. « Mais y en a plus dedans, d'applaudissements ? » Je secoue la tête et viens m'allonger à côté de lui, doucement pour ne pas le déranger. Le matelas est mou ; il y a au milieu comme un trou qui nous attire, vers lequel nous roulons. La peau de Peder est chaude, brûlante, quand j'entre en contact furtif avec elle. « Génial ! fit-il d'une voix étouffée. Une valise pleine d'applaudissements... »

Je sors la boîte de Nivea, défais le couvercle, plonge les doigts dans la crème visqueuse et blanche, et entreprends de lui en passer. Il se retourne. Ses épaules sont rouges, il pèle dans le dos. Il a, juste au milieu des omoplates, une piqûre de moustique qu'il me demande de gratter. Je retire ensuite les vêtements que j'ai portés pendant le voyage, enfile mon maillot de bain, et Peder m'étale consciencieusement la crème sur tout le corps : il n'oublie pas la moindre parcelle de peau susceptible d'être brûlée par le soleil. Puis nous restons étendus, l'un à côté de l'autre, sans rien dire. « Tu t'es sûrement demandé comment maman a fait pour venir jusqu'ici ? » m'interroge-t-il brusquement. « En bateau ? » « Nan ! Elle a navigué dans son propre fauteuil ! » « Tu te fous de ma gueule ? » « Pas du tout ! Elle prend son élan sur le port et le fauteuil fonce droit devant, en faisant des rouleaux. Un peu comme le Skibladner, tu sais, le fameux bateau à vapeur entre Eidsvoll et Lillehammer. » « Non ? ! » « J't'assure ! Quand maman doit faire la traversée en fauteuil, les gens ne rateraient ça pour rien au monde. Ils attendent l'événement toute l'année et se ruent sur le port le jour J. » Je vois la scène d'ici, je ferme les yeux et je m'imagine sa mère en fauteuil sur le fjord, le fauteuil au gré des vagues... quand j'entends soudain qu'on nous appelle, loin, dehors, dans

le vent et le soleil. Nous ne nous levons pas immédiatement. Peder murmure alors : « Je suis content que tu sois
là. » « Moi aussi, Peder. »

Nous courons rejoindre la terrasse où la table, abritée
par un parasol, a été dressée. Nous nous asseyons dans
les fauteuils mous. Nous remplissons nos verres d'un
sirop doré que nous dégustons tandis qu'une guêpe
bourdonne au-dessus de la nappe. Nous la laissons
vibrionner. Oscar Miil apparaît dans la large porte donnant sur le salon, le voilage des rideaux flotte au vent et
semble l'envelopper. Il tient une casserole à la main. Il
sourit. « On a faim, les garçons ? » « On crève la dalle,
ouais, tu veux dire ! » répond Peder. M. Miil se défait de
l'emprise des rideaux et pose la casserole sur la table.
« Je te prierais de ne pas dire de grossièretés sur mon
île. » Peder rétorque par un éclat de rire. Je jette un œil
dans la casserole. Du poisson. Le père de Peder roule un
journal, essaie de chasser la guêpe sans parvenir à la toucher une seule fois. Il relève alors ses lunettes de soleil,
explore du regard la plage puis le plongeoir. « Maria !
appelle-t-il. À table ! » Je ne tarde pas à entendre le grincement des roues du fauteuil, peut-être ont-elles besoin
d'un peu d'huile. Maria Miil sort de l'ombre et avance
vers nous. Son mari et son fils la soulèvent pour l'installer dans un fauteuil ordinaire. J'entraperçois son
corps si mince, les hanches, la peau grisâtre distendue
aux articulations, elle est d'une maigreur squelettique,
elle voit que je l'ai vu, que ça m'écœure comme ça
m'effraie, même si je braque aussitôt mon regard dans
une tout autre direction, vers les voiliers au loin, le canot
à moteur, les pulsations indolentes du fjord, la guêpe
posée sur le bord de mon verre, les réverbérations
blanches du soleil sur les couteaux – et je pense à tout
ce qu'on ne devrait pas voir, ce qu'on pourrait éviter de
voir (un jour, je verrai Fred devant le miroir dans la
chambre de maman, il sera penché en avant pour
embrasser, non, pour lécher son propre reflet, je refu-
serai de voir ça), car tout ce qu'on voit, on ne cesse de
le traîner en bandoulière, la moindre vision se dilue et se

reforme en une image plus grande, trop lourde pour nos yeux. Pourtant, il faut que je regarde une nouvelle fois, je ne peux m'en empêcher, je regarde et je vois ses jambes trop fines d'où le plaid a légèrement glissé, elle en serait presque bleue tant elle est maigre, ridée. Elle me sourit en remontant le plaid sur ses genoux et dit : « Sers-toi le premier, Barnum. » Peder pousse la casserole vers moi. Ça sent le vinaigre. C'est du poisson froid. Oscar Miil décapsule deux bières, en tend une à sa femme. Ils boivent au goulot. « Du maquereau ! » s'exclame-t-il en se retournant vers moi. « Du maquereau ? » fais-je, déconfit. « Du bon maquereau bien gras, Barnum. Il est arrivé tôt cette année, le maquereau. Il en a peut-être eu certains, mais pas moi. » Après un bâillement, Peder tourne le parasol. Une ombre glisse sur la nappe, comme si quelqu'un avait renversé un verre. Je prends le plus petit morceau. Maria Miil éclate de rire. « Ne sois pas timide, Barnum ! » Heureusement pour moi, Peder s'empare de la casserole et se montre des plus entreprenants. « Si tu ne bouffes pas trois maquereaux, minimum, papa va te tirer une gueule de trois mètres de long... Minimum ! » J'essaie de rire. Le père de Peder pose sa bière et nous fait remarquer : « Le maquereau n'est pas seulement savoureux, c'est aussi très bon pour la santé, les garçons. Regardez-moi comme il est bien dodu et bien gras, ce maquereau ! Tâtez-moi cette bonne peau grasse ! » « Ouais, ben... À ce rythme-là, papa, c'est plus une peau grasse qu'il a, ton maquereau, c'est carrément de l'acné ! » J'éclate de rire. Oscar Miil soupire, passe un doigt sur la peau scintillante. Je penche la tête. Du maquereau dans l'assiette. Les soldats allemands. Au fond du fjord. Un cadavre allemand dans l'assiette. C'est la guerre qui continue. C'est maintenant que j'ai le mal de mer. Il ne faut pas que j'aie le mal de mer. Il ne faut pas que je vomisse. Parce que si ça se trouve, la mère de Peder pensera alors que c'est elle qui me fait vomir, que j'ai été incapable de supporter la vision de son corps paralysé sous le plaid, sa maigreur squelettique. Il ne faut pas que ça arrive.

J'avale ma salive. La chair molle, cette chair molle du fond du fjord, me glisse dans la gorge, je me lève d'un bond, je cours, je me réfugie derrière la maison où je m'agenouille pour tout dégobiller dans l'herbe. « Qu'est-ce t'as, Barnum ? » Je m'essuie les lèvres avec le dos de la main, j'ai un goût de crème solaire et de vinaigre dans la bouche. Peder se tient derrière moi. « Je suis allergique au maquereau. » Peder s'accroupit. « Faut d'abord que tu dégueules avant d'oser le dire ? »

Maintenant Fred s'entraîne. Maintenant, il s'enquille tous les escaliers de service au pas de course, douze fois, pour que personne ne voie qu'il court. Maintenant, il fait trente pompes dans notre chambre et la fois d'après il en fait cinquante. Il est parfois capable de se réveiller en pleine nuit, désemparé, soucieux, de s'étendre par terre, de faire quarante pompes supplémentaires puis de monter jusqu'au grenier. Maintenant, il pousse la porte du Centrum Bokseklubb, dans la Storgata, et tous se retournent sur lui. Fred entend les coups cesser brusquement, il voit les sacs de sable continuer d'osciller, il voit les sourires sur les visages en sueur. Maintenant se pointe celui qui est le meilleur quand il s'agit de se faire frapper. Ils ont hâte.

Peder me raccompagne à la table du déjeuner sur la terrasse. « Barnum croyait que le maquereau était un soldat allemand déguisé. » Sa mère, esquissant un sourire, passe un doigt furtif sur mon bras. « Tu vas mieux ? » Je lui fais signe que oui. Oscar Miil en revanche, qui avait gardé les yeux fermés, manque de renverser sa bouteille de bière. « Qu'est-ce que tu viens de dire, Peder ? » « Le frère de Barnum lui a raconté que les maquereaux bouffaient les soldats allemands. » Il pivote lentement vers moi, comme si ses pensées avaient besoin de temps pour se mettre en branle. « Ton frère t'a vraiment dit ça ? » « Oui, fais-je d'une voix éteinte, c'était sûrement une blague. » Du coup, le père de Peder plonge sa main dans la casserole, en extrait le plus grand maquereau qu'il peut y trouver avant de le tenir par le bout de la queue. « Dis-moi ! Est-ce que ceci a l'air d'un poisson nazi ? Hein ? Est-ce qu'il porte une moustache, par exemple ? » « Mais il a de l'acné ! » fait remarquer Peder. « Dans ce cas c'est un poisson adolescent en pleine croissance. On va tout de suite le vérifier. » Sur ce, il le mange, l'engloutit en entier, le mâche longuement tout en jetant un regard autour de la table. Le teint soudain un peu blême, il chausse à nouveau ses lunettes de soleil. « *Wer ist Blücher, mein Schiff ? Ich muss zu Olso fahren*[1] *?* » « Tu es soûl, mon pauvre ami ! » crie Maria Miil. Nous éclatons de rire. Nous rions au point de devoir nous asseoir par terre pour ne pas tomber à la renverse de notre fauteuil. Oscar Miil boit encore plus de bière histoire de mieux digérer son maquereau. « Ce soir, les garçons, je crois qu'on mangera des saucisses. » Nous passons le reste de la journée à ramasser du bois pour le feu de la Saint-Jean. Quand l'obscurité fait mine de s'insinuer dans le fjord, rien qu'une ombre à peine perceptible, le ressac de la lumière, et il fait encore doux, frais et doux à la fois, le père de Peder allume les planches et les bâtons de bois que nous avons empilés sur la plage pour qu'ils forment une tour au bout pointu. Nous ne tardons pas à apercevoir les autres feux, une succession de points scintillants, mouvants ; la musique nous parvient des ports les plus proches, les flammes et les voix sont plus distinctes à chaque seconde qui s'écoule le long de cette soirée, comme si le temps, et non l'obscurité, était aboli. Nous mangeons les dernières saucisses, enfilons nos pulls, nous nous rapprochons les uns des autres. Peder compte les feux, arrive au chiffre 28, soit trois de plus que la veille. Je ne me souviens pas avoir jamais ressenti une telle tranquillité, peut-être ne l'ai-je même jamais

---

1. En allemand (*sic*) dans le texte ; littéralement : « Qui est Blücher, mon navire ? Je dois partir chez Oslo ! » [Croiseur des plus puissants de la marine allemande, le *Blücher*, censé occuper Oslo le 9.4.1940, le jour même de l'invasion du pays, a été coulé par les Norvégiens ; quelque mille soldats et marins allemands ont péri dans le bombardement du navire. (*N.d.T.*)]

ressentie du tout – et ce n'est en fait que maintenant que j'en fais l'expérience, que je découvre son existence, mon insondable tranquillité jamais éprouvée à ce jour, avant ce jour.

Sa mère s'étant endormie, Peder la ramène par le sentier qui monte jusqu'à la maison. Je reste assis avec son père. Le feu se consume lentement, comme les autres se sont déjà éteints, telles des lampes dans la nuit. « Ton frère ne pouvait pas venir ? » « Il s'entraîne. » « Il s'entraîne à quoi ? » « À la boxe. » Il émet un petit rire bref tout en allumant sa pipe. « Ah… La boxe. *The noble art of self-defence*[1]. » « Peut-être qu'en fait, c'est un soldat anglais que le maquereau avait mangé. » Il part cette fois d'un grand éclat de rire avant de passer un bras autour de mes épaules. « Il est doué, ton frère, pour la boxe ? » « En tout cas, il est très fort pour se faire taper dessus. » Il cogne sa pipe pour en extraire la cendre, qui part à la dérive sur l'eau. « Oui, oui. C'est aussi un art, Barnum. Et certains s'y révèlent bien meilleurs que d'autres. »

Peder ne revient pas. Nous remontons en silence jusqu'à la maison. Oscar Miil prend soudain ma main, il la serre longtemps. Lorsqu'il la lâche enfin, il dévale le sentier pour rejoindre le feu presque éteint et il reste là, debout, sans bouger. J'entends le grincement des roues du fauteuil, quelque part, ou peut-être n'est-ce que le crissement du pont suspendu sous l'effet du vent. Je cours dans la chambre. Peder dort déjà. Je me déshabille, m'allonge de mon côté en prenant le plus de précautions possible pour ne pas le réveiller. Il se tourne, émet quelques petits ronflements avant de retrouver un souffle régulier. Je ne me souviens pas avoir fait de rêve quelconque. Je crois que je suis suffisamment occupé avec mon sommeil. Je ne dois surtout pas perdre ma tranquillité.

Maria Miil nous réveille de bonne heure le lendemain

---

1. En anglais dans le texte. *(N,d.T.)*

matin. « Je veux vous peindre ! » s'écrie-t-elle. Elle est entrée en fauteuil roulant dans notre chambre. Je me lève instantanément, mon sommeil était si léger, j'ai dormi comme La Vieille me l'a appris, les yeux ouverts. Peder remonte la couette sur sa tête en gémissant. « Barnum a emporté son appareil photo. T'as qu'à prendre une photo à la place. T'économiseras du temps comme ça. » Elle se penche de son fauteuil et tire la couette. Dessous, Peder est nu. Je n'ai jamais vu rougir Peder auparavant (et je ne le reverrai jamais rougir non plus). Je me sens rougir à mon tour (sauf que pour moi ce ne sera pas la dernière fois, loin s'en faut), une flamme me lèche les joues, je me consume à petit feu. La mère de Peder paraît un instant gênée elle aussi, puisque je la vois se cramponner aux roues de son fauteuil. Puis sa bouche minuscule s'évase à toute vitesse pour former un sourire. « S'il te plaît, Peder, ne commence pas à me vexer. Et rejoins-nous au plongeoir dans un quart d'heure. N'est-ce pas, Barnum ? » « Bien sûr », dis-je avec une petite voix. Après quoi elle se retire et, au bout d'un moment, Peder sort une tête de sous la couette, me jette un coup d'œil et précise : « J'arrive pas à dormir avec un pyjama. »

La journée entière, nous la passons assis sur les rochers, à proximité du plongeoir, pendant que Maria Miil, dont le fauteuil est calé dans l'ombre vacillante du pommier, nous peint. Elle porte un grand chapeau blanc sur la tête qui soustrait son visage à notre regard. Aucun nuage n'entache le ciel, nous prenons des couleurs et Peder, en dépit de son air renfrogné, voit ses cheveux comme peu à peu s'étioler, une apparente décoloration qui n'est pas sans lui aller. Je me demande si sa mère parvient à la fixer, cette altération, avant que la peinture ne soit achevée, notre lente modification, ce fait indubitable que nous ne sommes plus identiques. Mais elle ne nous permet pas de regarder ce qu'elle peint. Quand nous avons soif, Oscar Miil nous apporte de l'orangeade fraîche. Nous nous baignons toutes les heures. Nous sautons en même temps du plongeoir, nous nous enfonçons jusqu'à ce que nos pieds touchent les pierres glissantes, puis nous remontons et nageons vers le soleil suspendu à un fil de gouttes scintillantes. « J'ai presque fini ! » crie la mère de Peder. Nous reprenons la pose à la même place et nous sommes secs en une seconde. Maria Miil fredonne un air connu, sous le pommier, sous son chapeau blanc à larges bords, derrière le chevalet – et lorsque plus tard j'entendrai ce morceau, je ressentirai à nouveau, intacte, la chaleur qui imprégnait les rochers ce jour-là, je serai forcé de fermer les paupières pour ne pas être étourdi par l'odeur de la crème solaire, le tabac me remplira d'une peine étrange et frémissante dont je ne comprendrai pas tout à fait l'envergure parce que jamais, jamais je ne me serai senti aussi bien qu'alors, sur ces rochers chauffés à blanc par le soleil, sur cette île d'Ildjernet, cet été-là avec Peder ; et peut-être ceci n'est-il que le moyeu actionnant la roue du chagrin qui traverse notre existence et tournoie tout du long, à savoir la fin prononcée, le passé déclenché, lorsque l'instant, déjà, se retrouve délaissé, déserté. « J'ai bientôt fini ! » crie de nouveau Maria Miil. Même Peder sourit, il rentre son ventre, tente de montrer ses muscles. Son père fait tomber des glaçons dans nos verres, un bruit frais, un tintement tout au fond du soleil.

Et maintenant, Fred est au vestiaire du Centrum Bokseklubb. Dix-Mètres désigne un casier : « C'est le tien. T'auras la clé après. » Fred va se changer. Tommy et les jumeaux ne le quittent pas des yeux, en silence. Fred se retourne vers eux. Ils regardent ailleurs. Un homme entre. Il s'arrête derrière Dix-Mètres qui aussitôt débarrasse le plancher. Il examine Fred sur toutes les coutures. « Moi, c'est Willy, finit-il par dire. C'est moi l'entraîneur. » Fred ne desserre pas les dents, lui jette un coup d'œil furtif. Willy porte un ensemble de survêtement bleu, fatigué, et aux pieds ce qui ressemble à des chaussons. Il est gras, comme si ses muscles avaient ramolli. À cinquante-deux ans, Willy habite seul dans un meublé tout près de l'arrêt de bus d'Ankertorget. Il bosse sur les chantiers navals d'Akers Mek., la seule chose qu'il connaisse à fond se résume à la soudure et à la boxe, et ça lui suffit. « J'ai entendu dire que tu encaisses bien les coups. Est-ce que tu as envie d'apprendre à les donner ? » Fred hausse les épaules. Willy se tourne vers Dix-Mètres. « Il sait parler ? » « Il sait parler », répond l'autre. Tommy éclate d'un rire qu'il étouffe tout aussi brusquement. Willy toise Fred pour la deuxième fois. « Tu as déjà pratiqué un sport ? » Fred noue ses lacets. Il répond : « Le disque. »

Je me suis endormi sous le soleil, la tête contre les épaules chaudes et lisses de Peder. Au loin me parvient la voix de sa mère. « Je n'ai plus besoin de vous, les garçons ! » En ouvrant les yeux, je la vois quitter l'ombre du pommier, à moins que les petits grincements émis par les roues de son fauteuil ne me réveillent pour de bon cette fois. « Fais voir ! » crie Peder en se levant. Elle secoue la tête en riant. « Pas avant que j'aie terminé ! » Elle enlève le châssis du chevalet et prend la direction de la maison. Elle en a terminé avec nous, mais pas avec la peinture – et elle n'en aura pas terminé cet été-là non plus, elle trouvera toujours quelque chose à fignoler : un trait, une ligne, un point ; ce ne sera qu'après les obsèques d'Oscar Miil, auxquelles Peder, alors en voyage aux États-Unis, ne réussira pas à assister, que j'aurai l'occasion de voir ce portrait de nous, et là non plus, elle n'en sera toujours pas entièrement satisfaite. Et moi-même je serai choqué en découvrant le tableau (il m'est impossible de formuler les choses autrement) auquel elle aura pourtant donné un titre magnifique : *Amis sur rochers*. Voilà comment elle l'appellera, tout simplement (d'ailleurs, *a posteriori*, cet emploi du double indéfini dans le titre, *amis sur rochers*, dissociait le motif de nous-mêmes, de sorte que le temps avait lui aussi créé une distance me rendant à jamais incapable de tendre le bras pour toucher cette peinture).

« De toute façon, tu la finiras jamais ! » s'écrie Peder. Elle s'arrête et fait opérer un demi-tour à son fauteuil. « On parie ? » Peder rit. « On parie ? » répète-t-elle. « Pas la peine. À la place, je vais te peindre en photo ! » Il sort mon appareil qu'il a caché sous sa serviette, sa mère crie, cache son visage entre ses mains mais Peder a le temps d'appuyer au moins quatre fois sur le déclencheur avant qu'elle ne retourne son fauteuil et file à toute vitesse vers la maison. Oscar Miil surgit soudain derrière nous. « Qu'est-ce qui se passe ici ? » « Rien, on veut juste peindre les gens en photo ! » répond Peder en me tendant l'appareil. Je m'apprête à m'esclaffer tant l'expression qu'il emploie, nouvelle pour moi, me chatouille la langue. Or une ombre dans le regard de son père m'en dissuade, je ne ris pas, je tente au contraire de dissimuler l'appareil derrière mon dos. « Tu sais très bien que ta mère n'aime pas être photographiée. Donc je te prierais de ne pas le faire. Et toi non plus, Barnum. » Une fois dans la chambre, je range l'appareil photo dans ma valise et décide de ne plus l'utiliser des vacances. Peder me rejoint et s'assied sur le lit. « Maman est un peu superstitieuse parfois. » « C'est-à-dire ? » demandé-je, le dos tourné. « Elle est persuadée qu'on lui vole son âme quand on la photographie. » « Qu'on lui vole son âme ? » « Oui. Elle s'est fourré cette idée dans le crâne. » Je me tourne vers Peder. « Je ne développerai pas les photos. » Peder pousse un soupir. « Ne me dis pas que toi aussi tu y crois ? ! » Je ne sais trop quoi répondre. « Si elle y croit… » « Et alors ? » Peder commence à s'impatienter. « Alors ce que nous, nous en pensons, c'est du pareil au même. » Peder garde le silence pendant un instant. « J'espère que tu feras au moins développer la photo que t'as prise de moi. »

Et maintenant, Fred est planté devant la glace, à l'intérieur de la salle d'entraînement du Centrum Bokseklubb. Tout monde a le regard braqué sur lui et Fred a le sien braqué sur son reflet. « Pied gauche en avant ! crie Willy. Ou t'es un petit connard de bourge qu'a deux mains gauches, hein ? ! » Fred recule le pied droit, frappe contre le miroir, la musculature frêle, le visage de travers. « Sur la pointe des pieds ! crie Willy. Ou t'es un petit connard de bourge qu'a les pieds plats, hein ? ! » Fred s'étire de tout son long, se met sur la pointe des pieds, essaie de ne pas perdre l'équilibre, mais Willy vient par-derrière, lui enfonce un doigt dans le dos, le touche à peine, et Fred trébuche contre le miroir. « Un boxeur qui a les pieds fatigués est un boxeur fini, Fred. Car un boxeur qui a les pieds fatigués a aussi l'esprit fatigué. » Tommy donne une bouteille à Dix-Mètres, qui la donne à Willy, qui la donne à Fred. Fred boit. C'est sucré, lourd. Il rend la bouteille à Willy qui la lance à Tommy. « J'ai monté les escaliers en courant », dit Fred. Willy le regarde. « Frappe-moi, Fred. » « Quoi ? » « Frappe-moi, Fred. » Fred réfléchit une seconde. Il frappe. Mais Willy n'est plus au même endroit. « Frappe-moi, Fred ! » Il frappe à nouveau. Mais Willy est déjà de l'autre côté. Le vieil homme obèse danse autour de lui. « Ne monte plus jamais les marches en courant. » Fred va s'asseoir sur le banc le long du mur. Le silence règne dans la salle d'entraînement. Willy vient s'installer à côté de lui. « Les pieds, les mains, la tête, dit Willy. Les pieds, les mains, la tête. Répète après moi, Fred. » Fred le regarde d'un drôle d'air. « Les pieds, les mains, la tête, répète Willy. Les pieds, les mains, la tête. T'arrives au moins à dire ça, Fred ? » Fred regarde par terre. « Les pieds, les mains, la tête, chuchote-t-il. Les pieds, les mains, la tête. » Willy se penche sur lui. « Tu as beaucoup à apprendre, Fred. Tu veux apprendre ? » Fred acquiesce. Willy se retourne vers les autres garçons. Ils font déjà la queue : Jørgen, Kalle, Salva, Junior, Talent, Arve, tous ces garçons qui rêvent de frapper pour faire mal, de frapper pour faire du chemin, de frapper pour franchir le mur du son et les limites de la douleur, de frapper pour revêtir une ceinture avec une boucle dorée et des ailes. Tommy qui sautille sur ses jambes, Dix-Mètres, les jumeaux, ils défilent tous à la queue leu leu, ils viennent de partout. « Talent, va te préparer », ordonne Willy. Talent, un type courtaud et mutique de Bjølsen, opine et prend à pas lents le chemin du vestiaire. Willy va chercher une paire de gants qu'il noue aux poignets de Fred. « T'as déjà entendu parler de *the noble art of self-defence* ? »

« C'est de l'anglais », répond Fred. « C'est de l'anglais et c'est des conneries ! rétorque Willy. Le genre de machins que les écrivains chichiteux gribouillent dans leurs bouquins. La boxe, c'est pas de l'autodéfense. La boxe, c'est de l'attaque. Frappe quand tu penses que c'est le bon moment. Danse quand c'est nécessaire. » Talent revient du vestiaire et monte sur le ring. « Regarde-moi dans les yeux, Fred. » Fred s'exécute. Ils restent longtemps à se fixer mutuellement du regard. « Ça fait quoi ? » demande Willy. Fred lève ses gants. « C'est bon. » « Alors c'est bon. Je veux te voir. » « Tu me vois. » « Je veux te voir sur le ring », ajoute Willy. Un des gars lui enfonce un casque sur la tête. Maintenant, Fred passe par-dessus les cordes. Talent l'attend au milieu, droit, silencieux, l'air grave, les gants plaqués le long du corps. N'aie pas peur, Fred. Je pense à toi à l'heure qu'il est. Je suis avec toi. Assis dans ton poteau d'angle. Et Fred fonce droit sur Talent et commence à frapper. Il frappe comme un fou mais ses coups transpercent l'air, n'atteignent jamais Talent sinon le vide autour de Talent car Talent danse, Talent est partout et nulle part à la fois ; alors Fred le cherche et le frappe mais au lieu de l'atteindre, il ressent et se reçoit des chocs répétés et puissants en plein corps, sur le torse, dans les épaules, comme si ses propres coups lui revenaient avec une intensité redoublée ; alors Fred frappe plus fort et plus vite mais il rate, ce qui le plonge dans un état de désarroi et de rage, il frappe et n'atteint rien, rien que le vide. Talent est une ombre autour de lui, oui, Talent lui fait de l'ombre, voilà la vérité, et soudain Fred reçoit un nouveau choc à la poitrine, sa respiration explose, un gémissement, et ce gémissement, ainsi que le silence dans la salle d'entraînement associé aux pas rapides et impossibles sur le ring, lui fait perdre son sang-froid ; alors il frappe dans tous les sens, il marche littéralement sur Talent et se fraie un chemin entre une nuée de coups, il se bat comme un enfant enragé car ce qu'il vit est pire qu'un tabassage en règle, c'est une humiliation, il est ridiculisé, il est l'objet de sarcasmes et il peut être l'objet de tout et n'importe quoi pendant qu'il y est, de tout mais surtout pas des moqueries et surtout pas des rires ; alors Fred envoie valser Talent contre les cordes et sent à ce moment-là quelqu'un lui bloquer les bras par-derrière, c'est Willy, Willy qui le fait descendre du ring, l'emmène dans les vestiaires, l'assied sur un banc, dénoue ses gants, retire son casque et lui dit : « Va prendre une douche. Froide. »

Et Peder désigne un point au-dessus de nous. « Regarde. Des nuages en forme de maquereau. » Ils glissent lentement, comme des serpentins, rougis par la lumière qui les éclaire d'en dessous, par le soleil qui décline à présent, vers la crête de la colline, de l'autre côté du fjord où un voilier est immobilisé dans cette soirée sans vent. « Ça peut pas être vrai que les maquereaux mangent les Allemands morts. Parce que les soldats allemands ne vont pas au ciel. » Nous sommes allongés dans l'herbe, entre la plage et la terrasse. Les nuages se dissipent d'un seul coup, disparaissent, à moins que ce ne soit que les couleurs qui changent, car soudain le bleu envahit tout, le paysage dans son entier ressemble à un escalier composé de hautes marches bleues. « T'es là ? » « Ouais. » Je suis étendu juste à côté de lui. Nous nous rapprochons l'un de l'autre. Nous sommes pieds nus, les orteils écartés révélant la parcelle de peau blanche entre chacun d'eux, jamais je n'avais pris conscience de la différence qui existe entre les orteils. Peder compte à haute voix, il compte jusqu'à vingt, vingt orteils. J'entends le bruit grinçant du fauteuil de Maria Miil, au niveau de la hampe, peut-être est-elle en train de chercher mon âme. Je veux lui donner la pellicule. Mais quand elle nous peint, qu'en est-il de nos âmes ? Est-ce que nous les conservons sous prétexte qu'il faut tant de temps pour terminer une peinture ? « En quoi tu es le meilleur, Barnum ? » « Hein ? » « En quoi tu es le meilleur ? » Je dois réfléchir. « Le meilleur ? » « Oui, le meilleur. Il doit bien y avoir un domaine où tu es meilleur que d'autres ? » « Je sais pas. » « Comment ça tu sais pas ? Bien sûr que si tu sais ! » Je me creuse la cervelle. « Rêver », dis-je à voix basse. Peder chasse une guêpe. « Rêver ? Tout le monde rêve. » « Mais moi je rêve éveillé, le jour uniquement. Je suis même très fort pour ça. » « Et tu rêves à quoi ? Que tu vas grandir ? » J'ai la très nette impression qu'il me suffit de tendre le bras pour pouvoir toucher le ciel, plier un pan de bleu. Même l'herbe où nous sommes allongés est bleue. « Je rêve qu'il m'arrive des choses. » « Quel genre de choses ? » « Des accidents. Des catastrophes. Ce genre de choses. » Je ferme les yeux. Peder attend la suite. « Je rêve que je suis renversé par une voiture, à peine si j'en sors vivant, sauf que l'accident me laisse aveugle et muet pour le restant de mes jours. Je rêve que je suis porté disparu après qu'un avion s'est écrasé en Afrique, et que je suis obligé de vivre dans une tribu et qu'on ne me retrouve que treize ans plus tard. » Je rouvre les yeux. Peder reste sans voix. C'est bizarre d'avoir dit ça. Je ne l'avais jamais confié à personne. Je me sens épuisé tout à coup. « Eh ben… », fait Peder qui attend sûrement que je lui en raconte davantage. « Je rêve aussi que je vais au cimetière déposer des fleurs sur une tombe. Et quand quelqu'un me demande qui est enterré là, je réponds que c'est ma mère et qu'elle est morte d'un cancer. » Peder enfile son polo. Pourtant, je ne trouve pas qu'il fait froid. « Pourquoi tu fais ça ? Que tu as ce genre de rêves ? » « Pour que les gens aient pitié de moi. » « T'es aussi maboul que ton frère est dingue ! » Aussitôt je roule sur lui et le frappe. Je frappe de toutes mes forces. Je frappe partout. Il crie. Ses bras sont coincés dans les manches du polo. Il tente de se dégager mais je le bloque avec mes jambes, je le frappe, je le castagne, je lui balance des coups de poings sur la poitrine, au visage, il crie, déchire son polo, je le roue de coups et lui m'en donne aussi mais je ne sens rien et je crie : « Ne le dis jamais ! Ne redis jamais ça ! » Je vois que son nez saigne quand quelqu'un me soulève et me jette un peu plus loin. C'est son père, il s'interpose. « Vous pouvez me dire ce que vous foutez ! » Peder se lève en titubant. « Je te prierais de ne pas dire de grossièretés sur mon île », fait-il. Son père l'empoigne d'une main énergique et le plante devant lui. « Maintenant tu surveilles un peu ton langage, jeune homme. Vous comptez vous livrer un combat à mort ? » Peder essuie le sang qui lui coule du nez avec son polo en lambeaux. « Non. C'est Barnum qui a commencé à me frapper à mort. » Le père de Peder se tourne vers moi. « Peux-tu me fournir une explication, Barnum ? » Je baisse les yeux. Je n'ai plus de souffle. Je reste sans voix. Peder vient se poster à côté de moi. « On s'est juste disputé. J'ai d'abord dit que Barnum était un nain. Et puis Barnum a dit que j'étais obèse. » Son père nous observe longuement. Un sourire imperceptible se dessine sur ses lèvres. « On ne se traite pas de cette manière quand on est amis. On a même plutôt tendance à réserver ces mots à ses ennemis. » Nous détournons les yeux chacun d'un côté. Il tend un mouchoir à Peder. « Bon, bon. Et si on se serrait la main ? » Nous hésitons tous les deux. Je tends ma main. Peder tend la sienne. Nous nous serrons la main. C'est une seconde étrange. « Et voilà ! » s'exclame Oscar Miil en nous donnant une petite tape dans le dos.

Et maintenant, Fred sort de la douche. Il va jusqu'à son casier. Il grelotte. Il s'habille à toute allure. Mis à part Willy, il n'y a personne dans le vestiaire. Le bruit des coups dans la salle d'entraînement leur parvient, les souffles, les pas, le fracas, comme autant de wagons de marchandises qui passeraient au loin. « Tu es trop en colère, mon garçon. » Fred ne lui accorde aucun regard. « Un boxeur ne doit pas être en colère, Fred. Les gens en colère font des bêtises. Un boxeur doit être froid, raisonnable et rusé. » Fred claque la porte de son casier à toute volée. Elle se rouvre lentement. « Pourquoi es-tu en colère contre toi-même ? » Alors seulement Fred se retourne et Willy recule d'un pas. L'eau continue de se déverser. Fred a oublié d'arrêter le robinet de douche. Willy s'en charge. À son retour, Fred n'a pas bougé d'un millimètre. Willy farfouille dans sa poche d'où il retire une petite clé qu'il tend à Fred. « Tu ne fermes pas ton casier ? » Fred ébauche un sourire, verrouille son casier, le numéro neuf. Willy pose une main sur son épaule. « Allez, rentre chez toi et va dormir. Repose ta hargne, Fred. »

Je me couche en premier ce soir-là. Allongé dans le lit, j'attends Peder. Je songe que non seulement c'est la première fois que je frappe quelqu'un, mais qu'en plus j'ai frappé mon seul, mon unique et meilleur ami, Peder Miil. Je me réfugie sous la couette. Ils doivent tous être en colère contre moi. Ils vont peut-être me demander dès demain de débarrasser le plancher vite fait bien fait. Je l'aurai mérité. Je n'aurais pas mérité mieux. J'ai tellement honte. Peder a même menti pour prendre ma défense. Jamais je ne l'ai ressenti avec autant de force, ce sentiment de honte, écrasant, cassant, étouffant. Je les ai déçus. J'ai déçu tout le monde, à commencer par maman et Boletta. Je suis une déception ambulante pour le monde entier, alors même que c'est la dernière chose que je voulais : décevoir quelqu'un. J'en suis rempli jusqu'à la gorge, de cette honte. Elle me domine. À l'heure qu'il est, Peder doit me haïr, même s'il a consenti à me serrer la main. Je l'entends venir, enfin. Il s'assied sur le lit en me tournant le dos. Un dos si voûté. Je fais semblant de dormir. « Je te demande pardon », dit-il. Je ne bouge pas. « C'est plutôt à moi de te demander pardon. » « Non, à moi. » « Mais c'est moi qui t'ai frappé. » « Peut-être. Mais c'est moi qui ai commencé, Barnum. J'aurais jamais dû dire ce que je t'ai dit à propos de ton frère. » « Et moi j'aurais jamais dû te frapper. Jamais. Je t'ai fait mal ? » « Non. Juste un peu. Et toi ? » « Ça va. » La tranquillité revient peu à peu en moi, plus apaisante que jamais. Peder reste dans la même position. Je caresse son dos voûté. Il est en pyjama. « Chut... », murmure-t-il. Je suspends mon geste. Nous entendons son père et sa mère se coucher, les roues qui cessent de grincer, lui qui la soulève pour la porter au lit, un rire, un chuchotement, puis le silence. La lune glisse derrière un nuage. « Devine ce que j'ai rapporté ? » « Quoi ? » Il se redresse, fait un demi-tour sur lui-même et exhibe une bouteille rouge sous mes yeux. « Une bouteille ? » « Du Campari », précise Peder à voix basse. « *And how do you like your brandy, sir ?* » « *In a glass.* » Il va chercher notre verre à dents qu'il remplit à ras bord. Il s'installe à côté de moi. « À nous ! » fait-il. « À nous ! » Cela revient à se serrer la main pour la deuxième fois. Même plus. Nous buvons ensemble. Son visage se crispe alors au point de ressembler à un amas de chair racornie, compacte et rigide, comme si sa tête venait d'être plongée dans l'eau froide puis frottée avec du savon noir et de la peau d'orange. « Putain ça dépote ! suffoque-t-il. Ça c'est du bain de bouche ! » Je ris, j'en veux encore. Je bois, j'avale. C'est pile ce qu'il me faut : boire. Après le deuxième verre, Peder va mieux. Je me sens bien au bout de trois. Maintenant, je comprends pourquoi Boletta va acheter de la bière au Pôle Nord. C'est lié à la volonté d'oublier, de faire un pas de côté, d'être ailleurs, là où personne ne peut vous heurter. Adieu la honte. Adieu les déceptions. Adieu tout ce à quoi je veux dire adieu. Je me sens l'esprit léger, mon corps l'est tout autant, souple, aérien ; j'oublie que je suis fait de chair et de sang, et quand je ferme les yeux je pourrais très bien mesurer 1,78 mètre, ou même 1,90 mètre pendant que j'y suis. L'ivresse est une absence. Je le sais déjà. L'ivresse est l'absence qu'on peut colmater à l'aide de n'importe quoi, au gré de ses envies – et si un événement particulier survient cet été-là, c'est peut-être justement celui-ci : boire du Campari dans un verre à dents avec Peder, au beau milieu de la nuit et d'un lit à deux places trop étroit. Le fjord s'étire le long des rochers. Dans quelques millions d'années, l'érosion l'aura réduit à l'état de poussière emportée par le vent, à moins qu'un autre événement ne survienne entre-temps. Les oiseaux sont tout à fait silencieux. Je souhaiterais tellement que cet instant, cet ici et maintenant, continue et constitue toute notre vie, de cette manière et pas d'une autre : nous deux, la grande et douce absence, et les oiseaux silencieux.

« Devine en quoi moi je suis le meilleur ? » me demande Peder. Je bois. Je réfléchis. Mais mes pensées sont ailleurs. Mes pensées vivent leur vie et glissent sur leurs propres rails. « Danser. » Peder avale son Campari de travers et je me vois obligé de lui masser le dos pendant un petit quart d'heure. « Je te donne une autre chance. » « Compter », dis-je. Peder s'assied et hoche la tête. « En plein dans le mille ! Compter. Comment t'as deviné, Barnum ? » « T'as droit à vingt essais… toi qui aimes compter… » Il sourit, baisse les paupières. « Je suis capable de tout compter. De compter jusqu'à ce qu'il n'y ait plus de nombres. Un jour, je marchais dans la Bygdøy allé, et j'ai compté les nez. » « Les nez ? Tu rigoles ? » « Non, j't'assure. Mais je le referai plus jamais. » Il me regarde. J'éclate de rire et il se met à compter mes dents, comme si j'étais un cheval ; il aboutit à trente et un. « Il te manque une dent, Barnum. Santé ! » « Elle est sûrement au fond du verre. Santé ! » Nous buvons. Il me semble entendre une guêpe dans la chambre, puis plus rien, elle a sûrement trouvé le bon passage par la fenêtre entrouverte, à moins que je ne sois sur le point de griller un fusible. « Pourquoi tu comptes tout ? » Peder se glisse dans le lit. Je l'imite. Il murmure, aux anges : « Ça me calme. Quand je compte, tout se remet en place. Je ne connais rien d'aussi beau que les nombres, Barnum. Les nombres divisibles. » « T'es aussi maboul que moi je suis dingue ! » Peder renverse son verre, s'assied sur moi et me bloque les bras. « Les maths et les rêves ! C'est nous, Barnum ! » J'ai de la peine à respirer. « Oui… » « T'imagines tout ce qu'on pourrait faire tous les deux ! » Peder se rapproche de mon visage, les mains toujours plaquées sur mes bras. « Quoi ? Quoi, Peder ? » « Réfléchis ! » « J'arrive plus à respirer ! » Peder ne desserre pas pour autant son étreinte. « Toi, tu rêves. Et moi, je peux compter combien ça coûte. C'est une seule et même chose. » « Quelle chose ? » « T'es bourré ou quoi, Barnum ? » Peder renifle mon haleine. « C'est bien possible », dis-je à voix basse. Il commence à vaciller. Le lit chancelle. Le sommier craque. « Il faut que tu changes le signe de tes rêves, Barnum ! » « Le signe ? Quel signe ? » « Le signe moins, Barnum. Tu rêves en signe moins. Il faut que tu passes au plus. Sinon ça n'ira pas. » Il s'affale à côté de moi et reste allongé un long moment en silence. Un rayon de lumière s'insinue par les rideaux, s'infiltre à travers mes pupilles et se répand dans ma tête comme un éventail de feu. « Les maths et les rêves. Ce sera nous, Barnum », répète lentement Peder – et ce sera sa dernière parole de la nuit.

Fred dort à présent. Il dort dix heures d'affilée. Avant le petit déjeuner, il va faire un tour. Il s'entraîne. Il ne court pas. Il marche vite. Il fait de grands moulinets avec les bras, en avant puis en arrière. Les gens se retournent sur son passage. Ils rient. Fred s'en fiche. Fred s'en contrefout. Il fait ce que Willy lui a dit. Pour la première fois il fait ce qu'on lui dit. Il pleut. Ça lui convient. Il tourne au niveau de Vestre Gravlund. Il s'appuie contre un arbre. Effectue quelques étirements. Et rentre à la maison. En marchant vite. Il a chaud. Mais il ne transpire pas. Il prend une douche puis son petit déjeuner : gruau de flocons d'avoine, avec un verre d'eau bouillie. Maman et Boletta restent sans voix. Fred ne gaspille pas ses forces pour parler. Il les rassemble. Il les emmagasine. Il les ménage en vue des reprises interminables. Il descend en tramway jusqu'au Centrum Bokseklubb. Willy l'attend déjà. Fred se change. Ils sont seuls. Willy lui tend une corde à sauter. « Saute ! » Fred saute. « Saute sur la pointe des pieds ! » Fred saute à la corde – et comme j'aurais voulu voir ça, oh oui… Fred sautant à la corde devant le miroir du club de boxe, de plus en plus vite, jusqu'à ce qu'il s'écroule par terre, courbatu, les jambes gonflées, avec Willy penché au-dessus de lui, qui lui sourit : « Les pieds, les mains, la tête. » « Les pieds, les mains, la tête », répète Fred. Il se redresse. Willy lui lance une paire de gants de leçon. « Le sac. » C'est tout ce qu'il dit. Fred va vers le sac de sable suspendu à une corde au plafond. Il frappe. Willy se tient derrière lui. Il dirige ses bras, soulève ses coudes, tourne ses poignets. Il le lâche. Fred

frappe. Les coups fracassants dans la salle vide. Une
odeur qui flotte dans l'air : du camphre, on dirait du camphre, une bouffée d'air froid, une odeur entêtante de
sueur, de vieux vêtements. « Où est-ce que tu frappes ? »
« Je frappe un putain de sac ! » Fred courbe la nuque,
relève les épaules. Il continue de frapper. « C'est pas un
putain de sac, bordel ! Tu frappes contre un corps ! Tu
l'épuises ! » Et Fred frappe. Ces coups au corps, lourds,
qui jaillissent du plus profond de votre être, dans les
talons. Non, pas dans les talons, mais dans les pensées,
dans les rêves, un mouvement qui traverse votre vie
entière en tremblant, un muscle de temps. « Qui est-ce que
tu frappes ? » Fred ricane. Il ricane, il frappe. « Je frappe
un putain de sac ! » Willy lui entoure le corps. Fred baisse
les bras. « De l'imagination, Fred. Tu en as ? » Fred
s'assied sur le banc, épuisé, exténué par ses propres
coups. « Le plus important n'est pas ce que tu vois, mais
ce que tu crois voir. » « Conneries ! hurle Willy. Qui a
sorti cette connerie ? » « Tous ceux qui l'ont dite sont
morts », répond Fred. Willy lui essuie la sueur sur son
front. Il lui donne à boire, de l'eau sucrée. « *Shadow
boxing !* » Et Fred boxe. Seul sur le ring, il boxe contre
son ombre, il danse, il frappe, il sent qu'il est plus dur de
toucher le vide que quelque chose, un coup dans l'air
atteint celui qui frappe. « Contre qui tu frappes ? »
« L'ombre », dit Fred. « Faux ! Tu dois t'imaginer que tu
boxes contre quelqu'un. » « Tommy », dit Fred. Il frappe.
« Oublie Tommy. » « Dix-Mètres », dit Fred. Il frappe.
« Oublie Dix-Mètres. » « Talent », dit Fred. Il exécute une
série de coups. « Oublie-le aussi. » Fred s'arrête. Il se
retourne vers le coin où est posté Willy. « Contre qui je
frappe alors ? » « Contre personne. » « Personne ? »
« L'adversaire, Fred. Il n'est personne. Il n'a pas de nom.
Pas d'adresse. Pas de famille. La seule chose que tu sais
de lui, c'est que tu dois le frapper aussi fort que tu peux.
Et le vaincre. C'est tout ce que tu as besoin de savoir. Tu
comprends ? » Fred fait un signe de tête. Fred sourit.
« Oui. Je l'ai toujours compris. » Et Fred boxe. Il boxe
contre son ombre. C'est son unique souhait : atteindre

l'ombre, voir cette ombre s'effondrer pour de bon à ses pieds.

Je suis réveillé par la pluie qui cingle le toit. Je reste allongé, j'écoute. C'est l'été, il est encore tôt, je suis bien. Peder se tourne vers moi. Il a une haleine de phoque. « T'as rêvé quelque chose ? » « Rien. Et toi ? T'as compté quelque chose ? » « Rien. » Son regard devient fixe. « Mais je crois bien que je vais me mettre à compter le nombre de fois où je vais dégobiller. » Il se retourne, des bruits répugnants sortent de lui, l'odeur est encore plus insoutenable que tout à l'heure. « Et d'un ! » J'en profite pour partir. Je m'habille pour sortir. Je le laisse seul. Un de mes pieds patauge dans une flaque de Campari. Un dernier spasme en provenance du lit me parvient. « Et de deux ! » lance-t-il. Je suis déjà parti. Personne n'est encore levé. Il n'y a que moi. Il n'y a que moi sous la pluie fine. Je fais le tour de l'île. Elle n'est pas grande. Les îles ne doivent pas être grandes. Les îles doivent être d'une superficie telle qu'on doit être capable d'en faire le tour par un matin de pluie. Le fjord est gris, il a la chair de poule. Je m'assieds sur les marches près du plongeoir et trempe ma tête dans l'eau. Ça aide. Je prends le temps dont j'ai besoin. Les marches sont glissantes, vertes. Tout est étrange, ordinaire. Je vois le ferry manœuvrer et entamer sa route vers le port. Je ne vais pas tarder à retrouver Peder. Nous parlerons des maths et des rêves. Ce sera nous. Quand soudain je la vois. À moins que ce soit elle qui me voie en premier. C'est elle, c'est Vivian. Elle se tient au milieu du pont suspendu, avec un sac à dos et un parapluie (jamais je ne l'oublierai : Vivian abritée par un parapluie jaune, sur le pont brinquebalant qui mène à l'île d'Ildjernet). Qui a l'idée d'emporter un parapluie pour les vacances d'été ? Vivian. Je ne sais pas ce que je dois croire. Je lui fais un signe de la main. Je ne sais pas ce que je ressens. Je ne sais pas ce que je veux. Je lui fais encore signe. Elle franchit le dernier mètre qui la relie au continent et s'arrête une fois qu'elle a posé les pieds sur l'île. « Salut, minus ! » Je cours vers elle.

« Toi, ici ? » « Oui. Pourquoi pas ? demande-t-elle en me jetant un petit regard oblique. Tu verrais ta tête… » « Qu'est-ce que j'ai ? » « On dirait que tu as dormi dans l'eau. » Je souris. « Peder et moi, on a organisé une fête hier soir. » Elle referme son parapluie jaune. Il pleut toujours. « Une fête ? » « Oui ! Je te le donne en mille… » Elle secoue son parapluie pour en faire tomber les gouttes. « Qui est venu à votre fête ? » « Peder et moi. » Elle me regarde de nouveau. « Il pleut », dit-elle simplement. Nous marchons vers la maison. Le silence nous entoure. L'eau goutte du parasol bleu resté sur la terrasse. Je porte le parapluie de Vivian. L'herbe est froide sous nos pieds. « Personne n'est levé ? » « Pas Peder en tout cas. » Nous nous faufilons dans la chambre. Peder est allongé, la tête dans le mauvais sens. Il n'est pas mort. Il a aménagé une douve de vomi tout autour du lit. Il ne sert à rien d'aérer la chambre. Vivian se bouche le nez. J'ouvre le parapluie, histoire de parer à toute éventualité. « J'ai quand même fait un rêve. » Peder sursaute au ralenti. Ses pupilles glissent sur le côté. « Lequel ? » gémit-il. « Que Vivian venait. » Il dégringole du lit et se retrouve à genoux, comme s'il priait. Ce qu'il ne fait pas. Il paraît plutôt avoir reçu une décharge électrique dans la bouche d'où s'échappent des bruits peu engageants. « Et de quatre et demi », murmure-t-il. Il se remet dans le lit et aperçoit Vivian. « Salut, le gros ! Tu as drôlement bronzé, dis donc ! » Peder lui sourit, même si c'est moi qu'il regarde. « Bravo, Barnum. Tu viens de passer au plus. » Je referme le parapluie. Vivian enjambe la mare de vomi et s'installe sur le lit. « Il y a de la place pour moi entre vous deux ? » Brusquement, j'entends le fauteuil roulant derrière nous. « Je vais te montrer ta chambre, Vivian ! » Nous nous tournons vers Maria Miil. Peder abandonne la discussion avant même de l'avoir entamée. Il a certes le temps de dissimuler la bouteille, mais pas d'enterrer huit kilos de vomi. « Bonjour, maman ! Je crois que j'ai attrapé une gastro. Très contagieux ! » Vivian repart avec la mère de Peder. Il s'arrête de pleuvoir. Le soleil lance des rayons obliques par la fenêtre, une concrétion lumineuse sur le rebord bleu. Peder se lève. « C'est bien que tu aies rêvé. Merci… » « Tu savais que Vivian viendrait ? » Il hausse les épaules. « Peut-être. Peut-être pas. Et si on faisait un peu de ménage ? »

Quand nous retrouvons Vivian, elle ne porte rien d'autre qu'un bikini (dont la couleur m'échappe tout d'un coup). Je n'ose pas regarder. Mais je n'arrive pas à détacher mon regard. Elle est mince, quoique maigre serait plutôt le mot juste. Elle a la peau lisse, tendue de part en part et notamment au niveau du ventre, où transparaît toutefois une courbure dont les pointes plongent jusqu'au bord du bikini. Son corps épouse la même nuance parfaitement uniforme, blême sans pour autant être terne, d'une pâleur évoquant davantage la blancheur caractéristique d'un vieux service en porcelaine. Elle utilise des lunettes de soleil. Je ne vois pas où elle regarde. Sa bouche semble plus grande que d'habitude. Elle a noué ses cheveux en chignon au-dessus de la nuque. L'élastique de son soutien-gorge est défait dans le dos. Nous sommes allongés sur les rochers. Peder lui passe de la crème solaire sur les épaules. Peder compte ses côtes. Elle en a plus que nous. Elle rit. Je regarde la montagne. Vivian entre constamment dans mon champ de vision. Aujourd'hui est la journée la plus chaude de l'été. Peder me lance soudain la crème solaire. Il se bat contre une guêpe. L'insecte manque de gagner. Vivian se redresse en sursaut. J'entraperçois ses seins. Une demi-seconde. Avant que son bikini comme ses mains ne retrouvent leur place. Peder chasse la guêpe avec sa serviette. Mais j'ai vu les seins de Vivian. Ils ne sont pas gros. Ils conviennent. Ils me conviennent. Si je posais ma main dessus, son sein s'adapterait à ma paume. Je ne le fais pas. J'aimerais le faire. Poser délicatement une main sur le sein de Vivian et la voir soupirer. Ses yeux derrière les verres fumés. Je ne vois pas où elle regarde. La crème solaire fond sur mes doigts. Une goutte s'écrase sur les rochers et va se perdre dans un pin en contrebas. Peder jette une pierre en direction de la

guêpe. « Je veux me baigner », lance Vivian à la cantonade. Elle va vers le plongeoir et saute. C'est à peine si
un plouf est audible lorsqu'elle pénètre dans l'eau, les
bras tendus comme une lance, non, comme une épée,
comme un sabre qui sectionne les vagues et replie sans
bruit l'eau sur les côtés. Peder me regarde. Il me
demande : « Tu ne te baignes pas ? » « Je crois que je
vais patienter un peu. » « Pareil. On se baignera plus
tard. » « T'as raison. » Maria Miil nous fait signe depuis
la hampe. Vivian est presque invisible dans la lumière
qui tremble autour d'elle comme un miroir mouvant.
« Faut qu'on se dégote des lunettes de soleil, si tu veux
mon avis, Barnum. » Vivian surgit d'un seul coup en
remontant l'escalier de plate-forme. Nous nous allongeons prudemment sur le ventre. Elle vient s'asseoir
entre nous deux. Je regarde sa peau sécher, goutte après
goutte. Un infime duvet blanc court le long de sa
colonne vertébrale. L'envie me prend de le toucher. Une
odeur âcre et chaude m'étourdit, montant des rochers,
des pierres brûlantes, de la montagne. Je trempe mes
doigts dans la crème solaire. « Il ne faudrait pas que tu
attrapes des coups de soleil », lui dis-je à voix basse.
Elle s'allonge, sur le dos. Ferme les yeux. Peder lui a
subtilisé ses lunettes de soleil. Elles lui donnent un air
strict. Il rentre ses joues et sourit de travers. Je m'agenouille à côté de Vivian. Je façonne sur son ventre une
flaque chaude et blanche de Nivea. « J'ai croisé ton
frère », lâche-t-elle soudain. Ma main suspend son
geste. « Quoi ? » « Ton frère. Fred. Je l'ai rencontré. »
Peder relève les lunettes de soleil sur son front et laisse
ses joues reprendre leur forme normale. « Où ça ? »
« Dans la Bygdøy allé. Il courait. » « Il courait ? Fred ne
court jamais. » « En tout cas il marchait vite. En faisant
des moulinets avec les bras. Ça lui donnait un air un peu
niais, mais bon… » « La différence entre courir et marcher, commente Peder, se caractérise par le fait que
courir suppose qu'on n'a jamais plus d'un pied qui
touche terre. Ça n'a rien à voir avec la vitesse ! Il est
donc tout à fait possible de courir plus lentement qu'on

ne marche. Enfin... Moi je vous dis ça juste pour que vous le sachiez. » « Il s'entraîne », dis-je en guise d'explication. Peder éclate de rire. « Il s'entraîne dans la Bygdøy allé ? Et il s'entraîne pour quoi ? » « La boxe », réponds-je d'une voix aussi inaudible que possible, en mettant ma main en visière au-dessus des yeux. Vivian s'assied pour finir d'étaler la crème solaire. « Il va participer à un combat de boxe en septembre », ajoute-t-elle. Un brusque mal au crâne me vrille le cerveau, j'ai la bouche sèche, une irrépressible envie de vomir me remonte jusqu'à la gorge. Peder me regarde. J'ai l'impression que les plis de sa bedaine se décalquent sur son front. « Tout va bien, Barnum ? » J'aspire une grande bouffée d'air. Je hoche la tête. Sauf que tout ne va pas bien. Je ne sais pas ce qui m'arrive. La seule pensée que Fred ait pu parler à Vivian et qu'elle lui ait parlé m'est insupportable. J'ai des vertiges, et toujours ce haut-le-cœur. Peder s'assied. Vivian reprend sa position allongée. Je demande, presque sans voix : « Tu lui as parlé ? » « Un peu. » « Un peu ? Il s'est arrêté ? » « Il devait faire des exercices d'étirement. » « D'étirement ? Tu es sûre ? » « Parfaitement sûre. Contre un arbre. » « Dans ce cas, fait Peder, il a dû le renverser ! » J'inspire une deuxième fois. « Mais qu'est-ce qu'il t'a dit ? Pendant qu'il s'étirait, je veux dire... » Vivian soupire. « T'es bouché à l'émeri ou quoi, Barnum ? Il a dit qu'il allait boxer en septembre. Son premier combat de boxe. Tu savais pas ? » Je ris. « Bien sûr que je le savais ! Fred est le meilleur boxeur de la ville. Y a personne qui encaisse autant de coups que lui ! Vous verriez ça, bordel... » Je jette un coup d'œil à Peder. Je suis fier de mon frère. Voilà ce que je veux être : fier de mon frère. Peder regarde ailleurs.

J'aperçois alors Oscar Miil sur la terrasse. Il agite les bras dans notre direction. « Il y a à manger et à boire ! » Peder a déjà filé. Vivian lui emboîte le pas. Elle se retourne vers moi, perplexe. « Tu ne viens pas, Barnum ? » « Si, si. J'arrive tout de suite. » Au lieu de quoi je vais rejoindre Maria Miil. Je l'aide à remonter le sentier. « Pourquoi vous ne mettez pas un peu d'huile dans les roues ? » « Pour que vous puissiez m'entendre quand j'arrive. » « Comme des chaussures qui grincent en fait… » Elle tourne la tête, me sourit, mais sa bouche se fige et retombe. « Tu ne serais pas malade par hasard, Barnum ? » « Pas le moins du monde ! » « Tu sais, ce ne serait pas très surprenant. Après la nuit que vous avez passée. » « Je sais, je sais… » Elle pose une main sur la mienne. « Je suis heureuse que tu sois parmi nous, glisse-t-elle à mi-voix. Tu es un bon garçon. » « Non, madame Miil. Je ne suis pas bon du tout. »

Et maintenant Fred rentre à la maison, à travers la ville, sous la pluie, tabassé, castagné par personne, par une ombre, par son ombre, par lui-même. Il avance à pas lents, ankylosé, le sac sur l'épaule, le regard à l'affût, dans les rues désertées. Willy marche à côté de lui. Willy parle sans discontinuer. « Il y a deux voix dans la tête d'un boxeur, Fred. Y en a une qui dit : attaque ! L'autre qui murmure : recule ! Tu vois, il y a juste une voix de trop, une seule. » Fred acquiesce. Willy le prend par le bras. « Si t'as le malheur d'être entre les deux, t'es foutu. Tes pensées doivent être claires et pures. Un boxeur qui doute est déjà au tapis. » Il s'esclaffe. « Tu vois, boxer, en fait, c'est aussi simple que de cogner. » Ils s'arrêtent. « Le poing en premier, Fred. C'est ce qu'il faut que tu te rappelles, ça et rien d'autre. Le poing en premier ! » Willy lâche son bras. « Tu me dois cinquante couronnes, Fred. » « Ah ouais ? » « J'ai avancé le fric pour ton matériel. Sinon tu pourras pas boxer en septembre. » « Merci beaucoup », dit Fred. Willy plonge les mains dans ses poches, interloqué pendant une seconde. « Je te l'ai pas offert, bordel ! » Ils sont arrivés sur la place de l'Hôtel de Ville. « Salut », lance Fred sur un ton décontracté. Willy le retient. « T'as déjà entendu parler de Bob Fitzsimmons ? » Fred secoue la tête. Willy sourit. « Bien sûr que non. Bob Fitzsimmons, c'est le plus grand boxeur, Fred. Quand il a été terrassé par Jack Johnson en 1907, tous les journaux disaient le lendemain que Fitzsimmons était fini, et bien fini. Deux mois plus tard, il a battu Corbett. K.-O. à la troisième reprise. » « Oh putain ! » « Eh ouais, Fred. Oh putain ! Ne crois pas ce qui est écrit dans les journaux. Certains disent que les boxeurs ne reviennent jamais. C'est faux. » « D'accord. » L'horloge sonne trois coups. Willy est soudain pressé. « Allez, à d'main ! » lâche-t-il à toute vitesse. Il donne une petite tape dans le dos de Fred, court vers la porte d'entrée d'Akers Mek. L'homme gros trotte sur les pavés. « Tu bosses là-bas ? » lui crie Fred. Willy se retourne tout en courant. « Tout le monde bosse ici ! » Il arrive juste à temps pour son service. Fred reste planté là, il observe les dos s'engouffrer par la porte, puis celle-ci se refermer. Là pluie balaie la ville. À un moment donné, à quinze heures huit, la place de l'Hôtel de Ville est partagée en deux, entre l'ombre et la lumière, la pluie et le soleil. Fred se tient au milieu, un bras sous la pluie, l'autre sous le soleil. Il ne change pas de position, surpris, ébloui et trempé, collé aux parois ulcérées du soleil, avant que celui-ci ne le recouvre complètement.

Et si son regard avait pu porter suffisamment loin, au-delà du fjord, le long de la presqu'île verte et escarpée de Nesodden, pour se focaliser ensuite sur Ildjernet et la résidence d'été toute blanche (et je suis content qu'il n'ait pas eu une aussi bonne vue), il aurait d'abord aperçu Vivian en train de boire un Coca à la paille. Sa bouche forme une saillie humide et douce tandis que de deux doigts délicats elle tient la paille jaune et jette un coup d'œil du côté d'un Oscar Miil qui essaie de se redresser de la chaise longue. Mais le père de Peder, aussi rassasié que le transat est profond, s'affale par terre. Nous rions de lui, de cet homme, du marchand de timbres. « Comme on est bien tous ensemble…, se réjouit-il. Maria et moi, Peder, Barnum et Vivian… » Il nous dévisage les uns après les autres, comme s'il n'en croyait pas ses yeux, comme s'il était impossible que son île soit si parfaitement habitée, que le soleil brille malgré tout, que nous soyons rieurs et reconnaissants, que nous soyons en si bonne compagnie. Son regard s'arrête sur

Vivian. « Il était temps que tu arrives. » Elle lui sourit, lève les yeux de son verre où tintent les glaçons en train de fondre. « Merci », chuchote-t-elle. « Nous avons besoin de quelqu'un pour surveiller les garçons. Tu n'es pas d'accord ? » Nous rions tous de bon cœur, pour la deuxième fois en si peu de temps. Maria Miil chasse une guêpe avec le journal de la veille. Son mari se tourne vers moi. « Tu n'es pas d'accord, Barnum ? » « Si ! Bien sûr ! » « Tu ne te sens pas mal aujourd'hui, Barnum ? Il n'y a pas le moindre filet de maquereau dans la salade ! » Timidement, je secoue la tête. « Surtout Peder, dis-je pour changer de sujet. C'est surtout Peder qu'il faut surveiller ! » « Ah ! Écoutez-le, lui ! crie Peder. C'est plutôt l'inverse, ouais ! Lui qui a le vertige ! » Nous rions de plus belle, Oscar Miil parvient enfin à se remettre à la verticale, il observe le fjord, opine comme s'il avait aperçu quelque chose qu'il approuvait, avant de regarder sa femme. « Marée basse. C'est l'heure d'un petit Campari, Maria ! Je t'en rapporte un ? » Elle réfléchit. « Si on prenait plutôt un petit Martini ? » « Un Martini à marée basse ? Tu te moques de moi, j'espère ? ! » Il rentre dans la maison, secouant la tête en signe de désapprobation. Je regarde Peder. Peder regarde le ciel. Il siffle. « Peder ? » « Oui, maman ? » Il poursuit son examen minutieux d'un ciel impeccablement bleu. « Tu règles toi-même cette histoire, Peder. » Vivian me lance un regard interrogateur. Je me contente de hausser les épaules, incapable d'autre chose. Oscar Miil ressort sur la terrasse. « Tu n'as pas vu le Campari, Maria ? » « Il n'est pas dans le frigo ? » « Non. » Elle fixe de nouveau Peder. « Tu trouves quelque chose ? » lui demande-t-elle. « Trouver quoi ? » « Dans le ciel, Peder. Tu ne vois pas quelque chose d'écrit ? » Oscar Miil s'impatiente. « Le Campari, Maria ! La marée va bientôt monter ! » Peder se lève. « J'ai une déclaration à faire. » Son père se retourne sur lui. « Qu'est-ce que tu viens de dire ? » « J'ai une déclaration à faire, papa. » « Oui, ça va, j'ai entendu ! Quelqu'un peut me dire ce qui se passe ici ? » Peder baisse les yeux. « Il n'y a plus de Campari, papa.

Ni dans le frigo, ni nulle part sur cette île. » Son père
pivote pour interroger son épouse. « Qu'est-ce que sous-
entend notre fils ? » Elle soupire. « Je crois que ce qu'il
essaie de te dire, c'est qu'ils ont fini ton Campari. » Il se
tourne de nouveau, mais vers moi cette fois-ci. « Ah…
Maintenant je comprends pourquoi tu as l'air mal fichu
aujourd'hui, Barnum. » Et je sens que je retombe
malade, que je suis mal fichu, nauséeux car je m'imagine Fred faire ses étirements contre l'arbre, un marron-
nier dans la Bygdøy allé, je vois Vivian s'arrêter, lui
parler, je les vois discuter tous les deux, je le vois
raconter qu'il va boxer en septembre. Je vais vomir. Je
ne peux pas vomir deux fois sur la même île. Oscar Miil
se gratte le front. Sa peau pèle à cet endroit, il se gratte
longtemps. « Bon…, souffle-t-il. Au moins vous êtes
encore vivants. Je n'aurai qu'à en racheter la prochaine
fois que j'irai en ville. » Il reste là un petit moment
encore, l'air songeur me semble-t-il. « Jamais entendu
une énormité pareille », marmonne-t-il avant de
s'éclipser. Je regarde Peder, qui regarde son père. Nous
l'avons échappé belle. Je décide d'offrir un petit quelque
chose à Oscar Miil dès que j'en aurai l'occasion. Vivian
se lève et va vers Peder. « Ton père est vachement
sympa. » Mais brusquement Peder prend la mouche. Je
ne comprends pas. Il est complètement hors de lui.
« Papa ! hurle-t-il. Papa ! » Celui-ci passe la tête par la
porte de la véranda. « Oui ? J'espère que tu ne vas pas
me demander un Martini, Peder. Parce que tu ne l'auras
pas. » Peder secoue la tête, cramoisi. « Tu veux savoir
pourquoi on a bu tout ton Campari ? » Oscar Miil sourit.
« J'ai bien ma petite idée, oui. » « Pour venger la lettre
de Fred que tu as revendue ! » Le sourire de son père se
volatilise. Il saigne du front, un filet de sang coule le long
de l'arête du nez. Il l'essuie d'un revers de main,
s'apprête à dire quelque chose, se ravise, dévie ses yeux
vers moi, moi qui ne comprends pas, qui suis mal fichu
et désemparé, effrayé à l'idée de dire un mot de travers,
des paroles insensées, des phrases d'écervelé. Il disparaît
derrière les rideaux et j'entends le grincement des roues

du fauteuil puis la voix de Maria Miil, furieuse et peinée.
« C'était vraiment superflu, Peder. C'était même cruel. »
Je me retourne vers eux. Peder regarde par terre. Son
visage a perdu toutes ses couleurs. Vivian part en direction du plongeoir. Elle s'installe à l'extrémité, plie les
genoux, à peine, elle forme un long S filiforme dans le
soleil, prend son élan. Je n'entends pas son corps pénétrer dans l'eau. « Je suis désolé », s'excuse Peder. « Ce
n'est pas à moi qu'il faut le dire ! Va le dire à ton père ! »
Peder hausse les épaules, prend la direction du salon. Il
y reste un moment. Je me redresse lentement. « Si ça se
trouve, Peder a perdu son âme », chuchoté-je. Elle lève
les yeux vers moi. « Qu'est-ce que tu viens de dire,
Barnum ? » « J'ai pris une photo de lui… » Elle ouvre la
bouche, comme si elle allait rire, mais elle change d'avis.
« Nous perdons tous notre âme de temps à autre. Il faut
simplement la remettre à la bonne place aussi vite que
possible. » « Comment y arrive-t-on ? » « En faisant des
choses justes. » Peder finit par revenir. Il tend un verre à
sa mère. « C'est pour toi, maman, dit-il en s'inclinant.
Un Martini à marée basse avec un zeste de citron. »
« Où est ton père ? » « Il se repose, maman. Sur le
canapé du salon. » Elle tient le verre à deux mains. « Tu
sais ce que tu devrais faire maintenant, Peder ? » « Pas
vraiment. » « Tu devrais tondre la pelouse. » Il réfléchit.
« D'accord. » « Et quand tu auras terminé, tu iras
ramasser les algues sur la plage. » « Oh non… » « Oh
si ! Et ensuite, ce serait bien si tu pouvais nettoyer le
plongeoir et l'escalier de plate-forme. Je suis certaine
que Barnum est prêt à te donner un coup de main. »
    Nous suons sang et eau tout le reste de la journée pour
que notre âme retrouve sa place. Nous tondons la
pelouse derrière la maison. Lissons l'herbe munis
chacun de notre peigne. Enlevons la mousse de l'escalier de plate-forme. Nettoyons le guano du plongeoir.
Ça marche. Notre âme se rapproche de nous. Elle aura
bientôt retrouvé sa place. L'effet est quasiment identique à la manipulation d'un cadenas à code, lorsqu'on
estime se souvenir enfin des bons chiffres et qu'on sent

le verrou céder, une détente dans la main qui finalement s'arrête aussi vite qu'elle avait commencé : un des
chiffres est faux, en fin de compte. La lettre de Fred.
Pourquoi Peder l'avait-il baptisée la lettre de Fred ? Il ne
nous reste qu'à nous occuper de la plage. Assise sur le
sable, Vivian nous suit du regard. Nous ramassons les
algues. Une serviette rouge est posée sur ses épaules. On
dirait qu'elle grelotte. Les algues dégagent une odeur
acide, de déchets laissés à l'abandon, de vieille pisse, de
machins en putréfaction en plein soleil, de cadavre.
« C'est votre punition ? » nous crie Vivian. Peder lève
les yeux. « Punition ? T'es croyante ou quoi ? » Elle
dessine un cercle dans le sable autour d'elle. « Je crois
que je crois en Dieu », répond-elle. Peder sourit. « Juste
parce que t'habites un appartement mitoyen à l'église de
Frogner, tu parles… J'parie que tous ceux de la Bygdøy
allé croient qu'ils croient croire en Dieu. » « N'importe
quoi ! » réplique Vivian en se cachant sous sa serviette.
Nous jetons les algues dans une grande bassine. Peder
transpire. « Pourquoi tu as dit ça à propos de la lettre ? »
Peder hausse les épaules. « J'avais envie, c'est tout. »
« Tu n'aurais pas dû. » « Peut-être. Peut-être pas. »
Peder récupère un bouchon qu'il enfonce dans la poche
minuscule de son maillot de bain. « Pourquoi tu as dit
que c'était la lettre de Fred ? » Il fait volte-face, me
toise, son visage trahit un certain embarras, une per-
plexité. « Bon ! Ça ira, ouais ? ! » Il n'ajoute rien de
plus. « Y a encore plein d'algues à ramasser »,
reprends-je. Il rit. « Quand y en a plus, y en a encore,
Barnum. T'as même de quoi faire pour le restant de tes
jours si tu veux. » « Sauf que tu peux pas les compter ! »
« Exactement ! C'est ça le plus chiant avec ces connes
d'algues. On peut pas les compter. » « Je vais continuer
encore un peu. » Peder lance le bouchon à la mer.
« Comme tu veux. Moi, j'en ai ras la casquette. » Il va
rejoindre Vivian, lui chipe sa serviette ; elle se lève en
poussant un cri perçant. Peder s'élance vers la maison,
fait tournoyer la serviette au-dessus de sa tête comme un
lasso. Elle lui court après, le rattrape aussitôt, puis ils

disparaissent et j'ignore où ils sont fourrés. Je suis toujours à genoux sur le rivage. Les cloques du varech qui éclatent. Les algues desséchées dans le sable qui se pulvérisent comme de la poussière verte quand je marche dessus. Une méduse échouée sur la plage. Si une étoile s'écrasait sur la terre, elle ressemblerait sûrement à ça. Quand je plante mon doigt dedans, c'est à peine si j'arrive à le retirer. Je dois gratter pour l'enlever. Un jour, j'ai lu l'histoire d'un homme qui s'était noyé sous un banc de méduses, elles le maintenaient coincé sous elles, une toiture de méduses ; il n'avait pas pu passer au travers et il était resté au fond, dans l'ombre sous les méduses. Voilà une mort autrement meilleure qu'un disque en pleine tête. Je dégobille dans la bassine. Je m'enfonce un doigt dans la gorge et je dégueule tripes et boyaux. Je sens une main sur mon épaule. Je me retourne et tombe nez à nez avec le père de Peder. « Eh oui…, fait-il. Quand ce n'est pas le maquereau, c'est le Campari. » Je m'effondre dans le sable. Il s'assied à côté de moi. Me prête un mouchoir. « Ça va passer, Barnum. Ça va passer. Mais dans l'intervalle, le corps t'inflige une punition. » « Une punition ? » « Ou un retour à l'envoyeur, comme on dit à la poste. Hier, vous n'avez pas collé assez de timbres sur votre joie. Et aujourd'hui, vous devez payer une amende pour port insuffisant. C'est le corps qui se charge de vous faire payer la punition. » Il éclate de rire, puis vide le sable accumulé dans ses chaussures. « Je crois que je raconte un peu n'importe quoi… » « Non, je trouve que c'était joliment dit. » Il reste silencieux un long moment, remet ses chaussures. Il prend son temps. Les lacets sont fins, usés, prêts à craquer. « C'est ton père qui l'a vendue. » « Je sais. » « À cette époque, j'ignorais que c'était lui. Que c'était ton père. » « C'est bizarre que des choses aussi vieilles puissent prendre autant de valeur. » « Pas toutes les vieilles choses, Barnum, corrige-t-il non sans un petit rire. Mes chaussures, par exemple. Je doute d'en tirer quoi que ce soit. » « Ça… En plus, elles crissent. » « En plus… Et comme si ça ne suffisait pas, elles prennent l'eau. Il n'empêche que je n'ai aucune envie de les vendre. Ces fichues chaussures, des chaussures fichues par-dessus le marché, ont une valeur considérable pour moi. Rien que pour moi. » « Mais… Si j'écris une lettre à ma mère, qu'elle la garde pendant trente ans, est-ce qu'elle aura de la valeur à ce moment-là ? » « Ça dépend, Barnum. » « De quoi ? » « De tes chances de devenir célèbre un jour. » Sa remarque me fait gamberger. Célèbre ? Barnum célèbre ? Qu'est-ce qui me rendrait célèbre ? Ma taille ? Mon nom ? Mes rêves ? Mes pensées ne vont pas jusque-là. « De toute façon, ce n'est pas bien de lire les lettres des autres », affirmé-je. Il acquiesce. « C'est mot pour mot ce que ton frère m'a dit. » « Mon frère ? » « Il est passé au magasin. Il voulait récupérer la lettre. Elle devait avoir une signification énorme pour toi, Barnum, cette lettre… » Je demeure sans voix. Fred est partout. Fred a parlé avec tout le monde. Oscar Miil passe un bras autour de ma taille. « Il voulait la récupérer pour toi, Barnum. C'est la phrase qu'il a employée. » « C'est vrai ? » « Je te promets. Ce jour-là, je me suis dit que Fred devait être un grand frère très chouette. » Je ne sais plus ce que je dois croire. Mais quelque part en moi, je suis content. Je veux y croire, croire à ce que je crois entendre, à ce que le père de Peder raconte, comme quoi Fred l'a fait pour moi. « J'ai même tendance à penser que Peder est un peu jaloux de toi, tu sais… », murmure-t-il.

Je me lève. Je prends le sentier qui mène vers la maison. Mais je fais un petit détour pour être un peu seul avec toutes ces pensées qui me trottent dans la tête. J'ai l'impression d'être rassasié de la tête. D'avoir un ulcère au cerveau. Les cabinets extérieurs sont libres, je m'assieds. Quand je jette un œil dans le trou, je ne vois pas le fond. Je n'entends même pas ma merde toucher le fond. Si je tombais dans le trou, on ne me retrouverait qu'à l'automne. Sur le mur sont accrochés des photos de la famille royale, un autoportrait de Van Gogh, ainsi qu'une troisième image, celle d'un garçon, ce doit être une photo de Peder, prise certainement il y a très longtemps. Debout à l'extrémité du plongeoir, une bouée gigantesque autour de la taille, il a l'air passablement en colère, sans doute parce qu'il est en train de perdre son âme. La photo doit dater d'avant qu'on se connaisse, avant qu'il sache qui j'étais et que moi je sache qu'il existait, dans la même ville, avant que l'un de nous deux sache que Vivian empruntait les mêmes rues que nous ; peut-être avons-nous même emprunté le même tramway, peut-être sommes-nous descendus à la même station – et voilà la pensée que je parviens à formuler, dans les cabinets extérieurs, à Ildjernet, au cours de cet été singulier (que je qualifierai ensuite comme étant mon tout premier été) : il y a tant et tant de choses que nous ne savons pas, nous savons si peu de choses que c'en est presque invisible au regard de ce que nous ignorons, comme une fourmi en haut de l'Everest, une goutte d'eau dans la mer Morte. Et ce peu de choses que nous savons, nous ne devons pas l'oublier, et ce que nous croyons savoir nous devons l'inclure également. Toujours est-il qu'après avoir longtemps flotté dans mon cerveau, ces pensées font mouche puisque je les entends devenir mots dans ma bouche. « J'en sais moins que ce que je ne sais pas », m'entends-je murmurer. Et pour la deuxième fois de mon existence, j'éprouve une immense bonté pour Fred. Je le vois d'ici. Je le vois marcher dans les rues silencieuses, faire ses bonnes actions, dans le plus grand secret. Je reste assis un petit moment encore. Je ne sais pas exactement pourquoi, mais j'ai envie de pleurer. Je vais bien. Le papier est rêche. Pourtant, quand je le frotte à toute vitesse entre mes mains, il s'adoucit. Je décide de sortir.

Oscar Miil pousse le fauteuil le long de la plage. Installés sur la terrasse, chacun dans un transat, Peder et Vivian lisent des magazines. Peder me voit arriver. « Tu sais pourquoi c'est génial de garder les magazines, Barnum ? » « Non. » « Parce qu'on découvre après que les horoscopes racontent n'importe quoi. » « Ah bon ? » Peder feuillette celui qu'il a dans les mains jusqu'à ce qu'il trouve ce qu'il cherche. « Écoute ce qu'on écrivait sur toi l'année dernière. *"Une des meilleures et des plus intéressantes semaines de l'année. Des contacts intenses se nouent avec des amis étrangers ou des relations d'affaires. De multiples occasions d'engager un flirt se présenteront à vous, et peut-être même aurez-vous la chance de le voir se concrétiser."* » Peder balance le magazine et me toise. « Est-ce qu'il t'est arrivé ne serait-ce qu'un truc dans tout ça, Barnum ? » « Pas que je m'en souvienne. » « Même pas un petit flirt avec des amis étrangers ? » « Pas vraiment, non. » « Tu vois. Rien que des menteries, je te dis ! » « Si ça se trouve, intervient Vivian, les horoscopes ne marchent pas pour tout le monde. » Peder se tourne vers elle. « Parce que tu crois aussi aux horoscopes maintenant, toi ? » « Des fois. » « Et si ça se trouve comme tu dis si bien, c'est Dieu qui écrit les horoscopes ! Et en norvégien, s'il vous plaît. Non mais je rêve ! » Il fait mine de tomber des nues tout en secouant énergiquement la tête. « L'automne dernier, mon horoscope annonçait que j'allais rencontrer deux hommes intéressants. Et puis je vous ai rencontrés. » Elle part d'un rire sonore. « Un coup de bol ! corrige Peder. Mais c'est sûr qu'à force de mentir à tort et à travers, on finit tôt ou tard par tomber sur une parcelle de vérité. Simple calcul de probabilités. » Vivian ferme les yeux. « Et toi, tu crois en quoi ? » « Peder croit aux chiffres », dis-je à sa place. Il sourit. Il se penche sur Vivian et parle à voix basse. « Si tu viens dans notre chambre cette nuit à minuit treize, Barnum aura un truc à te montrer. » Vivian rouvre les yeux. « Quel truc ? » « Tu verras… », la taquine Peder. Il n'en dit pas plus ce soir-là. Il ne quitte pas la chaise longue, compte les bateaux évoluant sur le fjord, note le chiffre dans un cahier déjà recouvert de tout un tas d'opérations mathématiques. Une fois au lit, nous ne nous couchons pas pour autant, mais attendons Vivian, assis sur le bord du matelas. Le silence règne dans la maison. Je n'y tiens plus. « Qu'est-ce que tu veux qu'on lui montre ? » « Chut…, fait Peder. Ce que tu peux puer le varech ! » Je me lave les mains et le visage pour la

deuxième fois ce soir, dans l'eau chaude et poussiéreuse d'un broc de couleur bleue. « C'est juste quelque
chose que t'as dit en l'air, hein ? Hein, Peder ? »
« Quoi ? Que tu pues le varech ? » « Que j'ai un truc à
montrer à Vivian. » Peder se renverse en arrière. Je le
vois dans la fenêtre noire, une silhouette floue, mouvante, dans le reflet de la lumière de la lampe de chevet
à l'abat-jour rouge ; et cette image se dissout dans la
lueur de la lune oblique qu'on croirait suspendue à un fil
la faisant descendre jusque dans le fjord. « Tu crois
qu'elle va venir, Barnum ? » Je me tourne vers lui.
« Non. » « Eh bien moi, si. » Il se relève. « Non, rectifie-t-il. En fait je ne le crois pas. Je le sais. »
« Comment tu peux le savoir ? » Il sourit. « Parce
qu'elle est curieuse, bien sûr. Tu ne serais pas venu, toi,
peut-être, si elle t'avait dit qu'elle avait un truc à te montrer ? » « Ben… si. » « Tu vois. Elle va venir. Un peu de
patience. » Je m'installe sur le lit, à côté de lui. Peder
renifle mes mains. « C'est mieux, murmure-t-il. Les
filles n'aiment pas le varech. » Nous nous passons un
peu de déodorant sous les aisselles. Nous attendons sans
échanger une parole pendant un petit moment. « Il est
quelle heure ? » demande-t-il. « Minuit moins huit. »
« On n'a pas intérêt à s'endormir, Barnum. » « Nan. Il
faut qu'on se tienne éveillés l'un l'autre. » Peder se nettoie le visage avec la même eau. « J'aimerais bien avoir
un grand frère », dit-il brusquement. « C'est vrai ? » Il
se rassied et utilise ma serviette de bains. « Après ma
naissance, maman n'a pas pu avoir d'autre enfant. » Je
réfléchis. « De toute façon, c'est un petit frère que tu
aurais eu dans ce cas. Si tu avais eu un frère après ta
naissance, je veux dire. » Peder réfléchit à son tour. « Tu
sais que t'as foutrement raison, toi ? » Nous sommes
éveillés. « Tu crois qu'elle va venir ? » « Un peu de
patience, Barnum. Elle va venir. »
    Et effectivement elle vient. À minuit treize, on frappe
doucement. Peder ouvre. Vivian se faufile à l'intérieur.
Après avoir refermé la porte, Peder tend l'oreille. Nous
tendons tous l'oreille. La maison est plongée dans le

silence. Personne ne nous a entendus. Le fjord s'écoule dans son lit. « Qu'est-ce que tu voulais me montrer, Barnum ? » chuchote Vivian. Je regarde Peder. Il sourit jusqu'aux oreilles. Vivian s'avance vers la porte. « Si c'est des cochonneries, je m'en vais ! » Peder rit tout bas. « Chut ! » fait-il. Mais Vivian n'est pas d'humeur. « Si jamais vous osez me faire des trucs, je crie ! » Elle fait un pas dans ma direction. « J'hésiterai pas à te taper, Barnum ! Je te préviens ! » Elle est prête à me sauter dessus. Peder doit s'interposer. « Ma chère Vivian... Ton horoscope ne t'a-t-il pas informée que nous étions deux hommes intéressants ? » Vivian se radoucit. C'est son impatience, à présent, qu'elle ne peut plus contenir. « Mais dites-moi de quoi il s'agit ! » Peder me fait faire le tour du lit. Vivian nous suit des yeux. « Barnum voudrait te montrer sa valise. » Vivian redevient suspicieuse. « Mais j'ai pas envie de voir la valise de Barnum, moi ! Je te préviens pour la deuxième fois, Barnum : tu ferais mieux de mettre la pédale douce ! » « Tu as tort, l'avertit Peder, car le bijou de Barnum est caché dedans... » Affichant une mine dégoûtée, comme si la seule idée de découvrir ce qu'elle contient lui donnait envie de vomir, elle cache son visage entre ses mains. Qu'est-ce qu'elle croit ? Que je vais baisser mon pantalon pour lui montrer ce que j'ai dans la culotte ? Le bijou de Barnum ? Peder rit. « Tu n'as aucune inquiétude à avoir, Vivian. Barnum ne va pas te montrer ses bijoux de famille et Barnum n'est pas non plus de la pédale, affirme-t-il en me jetant un regard furtif ponctué d'un clin d'œil entendu. C'est d'un autre petit bijou que je veux parler. » Sur ce, il attrape ma vieille valise et la pose sur le lit. « Et voilà la valise magique de Barnum ! » Vivian retire ses mains et fixe la valise. « Qu'est-ce qu'il y a dedans ? » Peder l'ouvre. Vivian recule d'un pas, plus suspicieuse que jamais. Puis elle finit par s'approcher. « Mais elle est vide ! » Peder se retourne vers moi. « Raconte, Barnum ! » « Avant, elle était pleine d'applaudissements ! » Vivian s'assied à côté de la valise, caresse d'un doigt prudent le doux revêtement intérieur. « Des applaudissements ? » « Je l'ai héritée de mon père. Qui lui-même l'avait reçue en cadeau de Mundus, le directeur de cirque. » « Celui qui est venu à l'enterrement ? » « Oui. Papa était censé y faire attention. Car il y rangeait tous les applaudissements. Et c'est mon père qui la portait. » Vivian me regarde. « Où ils sont maintenant, tous ces applaudissements ? » « Peut-être qu'ils ont tous été utilisés. Je sais pas… Peut-être qu'il les a perdus. » Debout près de la fenêtre, Peder ne perd pas une miette de notre conversation, ce qui ne l'empêche pas de secouer la tête de temps à autre. « C'était ça que tu voulais me montrer, Barnum ? » « Oui. » Elle m'effleure la main, un frôlement imperceptible. « C'est beau… » Nous restons silencieux pendant un petit moment. Quand soudain jaillit au-dessus de nous une lumière blanche, aussi fugace qu'un éclair. Nous nous tournons vers Peder en louchant. Il pose l'appareil photo sur l'appui de la fenêtre – et je pense à nos âmes, je me dis que le fait de perdre son âme équivaut à mourir, qu'être photographié revient à être exécuté si ce que prétend Maria Miil est vrai ; néanmoins, combien de fois peut-on perdre son âme ?

Peder murmure : « L'appareil de Barnum… » Vivian pose sur moi ses yeux cernés d'ombres noires. « Tu es sûr qu'il n'y a plus du tout d'applaudissements dans la valise ? » veut-elle savoir. « Ça n'en a pas l'air. » « Même pas un minuscule ? Si ça se trouve, ton père en a gardé un peu pour lui, et il les aura cachés quelque part… » Cette suggestion électrise Peder. « Bien vu, Vivian ! Je suis prêt à parier qu'il s'en est mis de côté. On va tout de suite vérifier ! » Il sort un couteau et s'installe sur le lit. Il nous interroge du regard. « On y va ? » J'acquiesce. Et Peder déchire le revêtement intérieur, découpe le carton sous le fermoir, histoire de s'assurer qu'il n'y a pas de cachette secrète où papa aurait dissimulé des reliquats d'applaudissements. Il n'y a rien. Rien. Juste une odeur de moisi, d'antimite, de ranci. Peder glisse le couteau dans la gaine. « Vous croyiez

vraiment qu'on trouverait quelque chose ? » Il s'allonge
sur le lit en riant sous cape. « C'était quoi, Barnum, la
phrase qu'il disait tout le temps, ton père ? » Je regarde
Vivian. Elle fixe la valise vide et lacérée. « Le plus
important n'est pas ce que tu vois, mais ce que tu crois
voir. » Peder se rassied. « Moi je crois que c'est
l'inverse, dit-il. Le plus important, c'est ce que tu vois.
Et toi, Vivian, qu'est-ce que tu crois ? » Elle ne répond
pas. Elle montre du doigt le bord de la serrure.
« Regardez ! » Quelque chose dépasse, le coin d'une
feuille, d'un cahier. Il y a quelque chose. Je retire le
papier en question. C'est une carte, que papa a dû
camoufler ou bien oublier, une vieille carte postale – et
encore aujourd'hui, je me souviens de cette joie et de
cette appréhension simultanées, cette émotion à la
découverte de la carte, car je suis fier d'avoir quelque
chose à leur montrer, ma valise n'est pas vide, certes, et
cependant j'ai peur : de quoi peut-il bien s'agir ? quel est
ce vieux bout de papier caché sous le couvercle d'une
valise dont j'ai un jour hérité ? C'est une image représentant l'homme le plus grand du monde, Paturson
d'Akureyri. Je pousse un soupir de soulagement. Son
nom figure au bas, à la fois en lettres d'imprimerie et
sous forme d'autographe ; sa taille est également indiquée, 273 centimètres, ainsi que la mention : *mesure
effectuée sous le contrôle du congrès de médecine de
Copenhague*. Peder et Vivian sont penchés au-dessus de
mes épaules. Mes mains tremblent (de bonheur ou de
frayeur, je l'ignore encore, mais elles tremblent). Le
portrait de Paturson colorié à la main est passé, les couleurs étiolées ne forment plus que des ombres pâles – et
cette vision me galvanise, oui, je suis à la fois triste et
galvanisé, je suis contraint de serrer les poings. Le
visage allongé de Paturson est barré par une petite
bouche, deux stries légèrement arquées au-dessus d'un
large menton ; sous ses cheveux, séparés à peu de
choses près en leur milieu par une raie franche, percent
des yeux autrefois bleus mais qui ressemblent à présent
à deux trous pratiqués dans un masque. Vêtu d'un

costume noir, il porte des chaussures blanches sans lacets. « 273 centimètres…, s'interroge Peder à voix basse. C'est impossible… » « C'est ce qui est écrit. » « Peut-être, mais il devait avoir une tronche d'un mètre de long dans ce cas. Ça va pas ton truc. C'est des bobards. » « Tu crois que le congrès de médecine de Copenhague mentirait, c'est ça ? » Peder soupire. « Attends… Un type de pas loin de trois mètres ? Tu déconnes ! » Je m'emporte. « Tu crois peut-être que mon père ment ? » Peder me regarde, prêt à me répondre, se ravise. Vivian parle à sa place. « Tourne la carte, il y a quelque chose d'écrit. » C'est un timbre. Islandais. Oblitéré. Portant les mentions *Akureyri* et *10/5/1945*. La date est à peine lisible, telle qu'elle figure en travers du timbre vert islandais. Dix mai. Mille neuf cent quarante-cinq. La carte est destinée à papa. Arnold Nilsen. Il n'a pas été facile à retrouver. Elle a d'abord été envoyée au Sirkus Mundus, à Stockholm, Suède. Puis l'adresse a été biffée, remplacée par une autre : Cochs Hospits, Oslo, Norvège – et je m'imagine les différents postiers, porteurs du courrier adressé à mon père, obligés de voyager d'Islande en Suède, de Suède en Norvège, pour tomber au final sur une chambre déserte dans le foyer du Cochs Hospits où Arnold Nilsen est également introuvable, puisqu'il a déjà déménagé ; aussi la lettre est-elle réacheminée, plus au nord, vers ces îlots qu'il avait fuis, à Røst ; mais, là non plus, personne ne sait où il peut être, si bien que la carte a dû y rester un certain nombre d'années, comme une scandaleuse injonction de se souvenir du fils disparu, celui-là même qui une nuit avait pris la poudre d'escampette, avait fini par tomber bien bas, aussi bas qu'un homme puisse tomber, à savoir sous un chapiteau de cirque, et qui finira lui-même par la trouver, cette carte, à l'occasion d'un retour aux sources en compagnie de ma mère afin de me baptiser du prénom de Barnum.

« Lis-la », murmure Vivian. L'écriture est quasiment indéchiffrable : les mots sont souvent bourrés de fautes, les lignes collées les unes aux autres, histoire de gagner de la place. Je lis à haute voix. « *Cher Arnold, mon bon ami.* » Je lève les yeux sur Peder et Vivian. « C'est mon père, Arnold », jugé-je utile de préciser. Je recommence. Je ne reconnais pas ma voix. « *Cher Arnold, mon bon ami. Je t'écris aujourd'hui pour t'envoyer mes vœux de félicitations pour cette paix et la défaite de cette maudite Allemagne. Ils n'ont plus qu'à prendre leurs cliques et leurs claques et retourner chez eux la queue entre les jambes ! Travailles-tu toujours dans le cirque ? Je serais prêt à parier que oui. Moi, je suis rentré en Islande. Tu te souviens sûrement de celle que nous appelions la Fille-Chocolat ? Hélas, elle est morte. Elle a contracté une maladie qui a eu raison d'elle. C'était quelqu'un de bien. Elle ne tarissait pas d'éloges à ton sujet. J'espère qu'un beau jour, nos chemins vont se recroiser. Je te souhaite ce qu'il y a de meilleur dans la vie. Amitiés de l'homme le plus grand du monde. Paturson.* » Nous restons sans voix un long moment. J'ai presque envie de pleurer. J'ai déjà pris ma décision. Cette lettre, je ne la montrerai à personne, jamais. Je la range dans la poche de ma trousse de toilette. Peder me regarde, acquiesce d'un signe de tête, comme s'il avait compris mes pensées, et me montre qu'il est d'accord avec moi. Il dit : « Ça y est, Barnum, tu viens d'avoir ta propre lettre. »

Cette nuit-là, je ne trouve pas le sommeil. Je reste éveillé, exalté, tout en écoutant la respiration paisible de Peder, le vent dans les pommiers, les bruits dans l'herbe, la lune au-dessus du fjord. Si je tends suffisamment l'oreille, je peux alors entendre Vivian se retourner lentement dans son lit, là-bas dans sa chambre. Il n'y a plus de place à l'intérieur de moi. Je déborde. Je dois me lever. Je dois souffler un peu. Je m'assieds dans la chaise près de la fenêtre – et je songe qu'il est possible d'être heureux, au fond, ce n'est pas si compliqué, c'est inhabituel, rien de plus en somme ; et je songe aussi que le bonheur est un bouquet de fleurs qu'il est décidément déstabilisant de tenir entre les mains.

Au matin, nous repartons nous étendre sur les rochers

où nous finissons par nous endormir tandis que, à l'ombre, Oscar Miil lit un catalogue de timbres et que Maria Miil travaille à sa peinture. Sur notre dos, le soleil est lourd, torride. Et là survient cette chose étrange. Je me réveille en sursaut, saisi par la peur et le vertige, avec une seule pensée en tête : un accident est arrivé. J'ai la très nette impression d'éprouver dans mon corps la douleur d'une autre personne. Au même moment, une guêpe me pique. Elle me pique dans la gorge. Je me mets déjà à gonfler. Je crie. Peder et Vivian se lèvent. Je hurle : « Je vais mourir ! Je vais étouffer ! » Puis ma voix s'éteint. Je roule sur moi-même. Ma tête explose. Ça y est, je meurs. La dernière image que je vois est celle-ci : Peder, persuadé que je leur fais une blague. J'essaie de dire quelque chose, mais c'est trop tard. Je suis déjà de l'autre côté. Je m'élève. Une immense quiétude m'envahit, à la limite de la perte de conscience. Mon âme lâche prise. Adieu, mes amis. Or à cet instant, Vivian se penche sur moi, pose les lèvres sur mon cou, comme si elle allait m'embrasser pour la première et la dernière fois. Elle est brutale. Elle mord. Elle suce. Elle aspire. Elle crache. Aspire encore, suce, extrait le poison hors de moi, et elle me sauve la vie, pour la première fois (mais pas la dernière).

Puis les vacances se terminent, brusquement. Elles s'achèvent sur une piqûre de guêpe et un baiser. Je rentre avec Vivian. Peder est immobile au milieu du pont suspendu, il agite sa main pour nous faire au revoir jusqu'à ce que nous disparaissions. Ma valise est plus lourde qu'à mon arrivée. Nous sommes assis sur un banc à l'arrière du ferry. Soudain, j'aperçois une silhouette entre l'île et le continent. « Regarde ! » Vivian se retourne. « Quoi ? » « Tu ne vois pas ? » « Mais quoi ? » « La mère de Peder ! » Et je vois le fauteuil roulant lancé sur les vagues à toute vitesse, les roues fendent l'eau, les mouettes forment une nuée blanche et criarde autour d'elle. Vivian se penche sur mon épaule. Elle ferme les yeux. Elle ne dit rien.

C'est Fred qui m'attendait au Débarcadère B quand le

bateau accosta. J'avais peur et presque envie de vomir. Où était maman ? Pourquoi Fred était-il là ? J'espérais que Vivian ne le verrait pas. Il avait maigri et semblait épuisé. Il portait un pull gris beaucoup trop ample pour lui. Vivian l'avait déjà repéré. Lui l'ignorait. C'est moi qu'il accueillit sans me quitter des yeux une seule seconde. « Salut ! » me lança Vivian tout fort. Elle lâcha ma main et, à pas lents, rejoignit son père qui l'attendait dans un taxi garé près du kiosque. Je la regardai partir. Elle se retourna pour me faire au revoir. Je levai ma main. Elle eut un mouvement d'hésitation, puis elle s'assit à l'arrière et la portière se referma. « Ça y est, t'as une poule maintenant ? » Je secouai la tête. « Où est maman ? » « Maman est restée avec Boletta, Barnum. » « Pourquoi ? » « Boletta s'est cassé la figure dans les escaliers ce matin. En rentrant du Pôle Nord. » « Elle va bien ? » « Non. » « Non ? Pourquoi ? » « Elle se croyait en Italie, Barnum. » Fred prit ma valise et nous allâmes à l'hôpital d'Ullevål où nous retrouvâmes maman. Elle avait beaucoup pleuré. Son visage était sillonné de rigoles, de crevasses. En me voyant, elle pleura de plus belle. « Comme tu as bronzé ! murmura-t-elle. Ça s'est bien passé ? » « J'ai été piqué par une guêpe. » Fred ne tenait pas en place. « Elle s'est réveillée ? » demanda-t-il. Maman secoua la tête et me relâcha. Un docteur sortit de la chambre où Boletta avait été admise. Nous entrâmes. Elle semblait minuscule dans son lit. Elle avait un bandage autour de la tête et était branchée à un appareil où des sortes d'ampoules et de traits lumineux brillaient et clignotaient en continu, on aurait dit une gigantesque radio. Il fallait parler à voix basse. Elle était couverte de bleus, ouvrait des yeux immenses mais absents. Elle aurait pu être morte. Elle était rentrée du Pôle Nord, avait raté les dernières marches. Elle était tombée à la renverse, sur la tête, s'était ouvert l'arrière du crâne, avant de dégringoler dans l'escalier jusqu'au rez-de-chaussée. C'est là que maman l'avait retrouvée, gisant dans une mare de sang. Voilà ce que j'avais senti, juste avant la piqûre de guêpe : la chute de Boletta.

« Boletta », chuchotai-je. Maman me prit la main. « Elle
ne t'entend pas, Barnum. » Le docteur revint dans la
chambre. Il échangea deux ou trois mots avec maman.
Elle était malheureuse, anxieuse. Pouvons-nous sentir la
douleur des autres ? Oui. Nous le pouvons. Moi je
l'avais sentie, la chute de Boletta. Adossé au mur, les
yeux rivés par terre, Fred ne desserrait pas les dents.
Qu'avais-je senti quand il s'était fait tabasser ? La douleur est-elle contagieuse ? Jusqu'à quel point pouvons-nous endurer la douleur d'autrui ? « Il n'est pas sûr
qu'elle reprenne conscience un jour », signala le
médecin. Je me retournai, le doigt pointé vers lui. « Et
moi je vais te peindre en photo, et on verra si tu reprends
conscience ! » Maman s'enfouit le visage dans les
mains. Fred releva la tête. Le docteur s'empressa de
sortir. « Tu te rends compte de ce que tu viens de dire,
Barnum ? » Je répondis : « Boletta va se réveiller. »

Elle se réveilla effectivement. Mais sept jours furent
nécessaires, durant lesquels maman ne quitta pas son
chevet. Fred s'entraînait d'arrache-pied. Le concierge
Bang dut nettoyer le sol taché de sang près des boîtes aux
lettres. « Terrible ! déplorait-il à voix basse. Comment va-
t-elle ? » « Elle est toujours inconsciente », répondis-je en
le croisant. « Elle a au moins eu de la chance dans son
malheur, ajouta-t-il sur le ton de la confidence. La chute
est plus douce quand on est ivre. » L'image du crâne
comme un dôme composé d'os, de peau et de cheveux
protégeant le cerveau s'imposa alors à moi – et je pensai
qu'au moment où un nourrisson s'endort, sa tête tombe en
arrière tandis que le crâne d'un vieillard bascule en avant,
chavire vers le bas ; les rêves d'un enfant montent
jusqu'au ciel, les pensées du vieillard sont aspirées vers le
sol, attirées vers le bas. Je cachai la carte de Paturson
envoyée à papa dans une fente du papier peint, derrière la
commode.

Un soir, allongé dans le lit, épuisé par l'entraînement, Fred glissa : « Si ça se trouve, c'est une punition... » « Une punition ? » « Oui, après tout ce qui s'est
passé. » « Mais Boletta n'a rien fait de mal, non ? » Fred

avait changé, je le reconnaissais à peine. Il parlait différemment. Une punition ? Peut-être que la boxe le rendait comme ça. « T'es croyant, ma parole ! » dis-je en
riant. Il se leva aussitôt. Il se pencha au-dessus de mon
lit, ses muscles tremblaient sous sa peau, comme des
câbles, des conduits électriques. Dans ses yeux brillait
cette lueur noire, d'un éclat plus féroce que jamais.
« T'as baisé avec Vivian, Barnum ? » « Non », balbutiai-je. « Ça lui a plu ? » « Mais j'ai pas baisé, Fred. »
« C'est vrai ce mensonge ? » « Je t'assure ! J'ai jamais
couché avec quelqu'un. » « Ah ouais ? J'croyais que
c'était pour ça que tu jouais les durs. » Il retourna dans
son lit, dans son silence et son univers impénétrable.
« Tu vas participer à un combat de boxe en septembre ? » Il ne répondit pas. J'attendis, mais il ne
répondit pas. Seul son souffle lourd emplissait la pièce.
« Tu crois que Boletta va se réveiller ? » demanda-t-il.
« Oui, murmurai-je. Oui. » Et je sentais d'ici les paupières fines et fragiles de Boletta m'effleurer le visage.

   Cette nuit-là, Boletta se réveilla. Maman était à son
chevet. Elle nous racontera par la suite comment un
spasme avait d'abord agité le corps de Boletta, un tremblement, comme si elle avait froid. À voir ses paupières
retomber, maman avait cru que c'était sa manière à elle
de rendre l'âme, en fermant les yeux au plus profond
d'un autre sommeil. Or maman n'avait pas eu le temps
d'appeler un médecin et encore moins de pleurer vu que
Boletta avait changé d'avis. Son heure n'était pas venue,
il restait encore quelque chose qu'elle ne voulait rater
pour rien au monde. Aussi avait-elle, au lieu de mourir,
rouvert les yeux, puis elle s'était retournée vers maman.
« Est-ce que Fred a boxé ? » Maman avait failli prendre
la mouche. « On n'est qu'en juillet, voyons ! Tu peux
encore rester inconsciente pendant un petit bout de
temps encore. » « Parfait ! Comme ça, on pourra voir le
combat toutes les deux ! »

   Et voilà. Fred reprend maintenant le dessus. C'est lui
qui déplace ces jours, qui pousse à son terme cet été surprenant. Boletta est astreinte à un repos complet un mois

durant. Elle ne supporte plus de boire des bières et marche désormais avec une canne qu'elle utilise davantage non pas comme appui mais comme arme. Peder continue ses vacances à Ildjernet. Il m'envoie une carte de Drøbak qu'il visite pour la journée avec son père. Il écrit qu'il veut trouver un chiffre dont personne n'a entendu parler jusqu'à aujourd'hui. Demande comment vont mes rêves. Termine en m'adressant les amitiés de l'homme le plus gros du monde. Vivian part pour un hôpital en Suisse où, là encore, des médecins s'estiment capables de reconstruire le visage de sa mère. Et moi je suis posté à la fenêtre. Je vois Fred partir de bonne heure tous les matins, sous la pluie, sous le soleil, sous ce fin brouillard moite qui peut de temps à autre s'insinuer dans la ville à cette époque de l'année, avant qu'il ne s'estompe et se mêle à la lumière. Je vois Fred rentrer, remonter l'avenue d'un pas lourd alors que la soirée d'été est saturée d'une odeur de soleil et de gaz d'échappement. Il ne prête pas attention à Esther qui le salue dans son kiosque. Il ne prête attention à personne. Il ménage ses forces. Il supprime le superflu. Il ressemble chaque jour davantage à un animal. Maman nettoie ses vêtements d'entraînement et j'ai la permission d'aller les étendre à sécher : le short, les chaussettes épaisses, le maillot. Le concierge Bang retourne le gravier à proximité du local à poubelles. « J'espère qu'il ne va tuer personne, lance-t-il à la cantonade. Et qu'il ne va pas se faire tuer... » En revanche, je n'ai pas le droit de le suivre au club de boxe. Fred veut être seul. Fred ne veut pas être dérangé.

Un matin, maman est à côté de moi. Il pleut. Elle sourit. Fred marche vite à travers les gouttes de pluie. C'est à peine s'il se mouille. Il feinte la pluie. « Tu es fier de ton frère ? » me demande-t-elle. Je sais pourquoi elle pose la question : parce qu'elle-même est fière de lui, sans doute pour la première fois d'ailleurs ; elle éprouve un sentiment de fierté, de crainte aussi, mais surtout de fierté. « Oui, maman. » Je l'observe, là-bas, sous la pluie, il se retourne, mais il ne nous voit pas. « Je

suis tellement heureuse », dit-elle soudain, puis se res-
saisit : elle pousse un vague gémissement, comme si elle
avait immédiatement mauvaise conscience d'admettre
son bonheur, comme si elle n'avait pas le droit d'être
heureuse. Elle m'attire vers elle, me serre fort. Nous ne
voyons plus Fred. La pluie ruisselle sur la vitre. « C'est
gentil de la part de Peder de t'écrire. » « Ouais. Au fait,
je dois te transmettre son bonjour. » Maman attend un
peu. Nous entendons la canne de Boletta. Elle frappe
contre le mur. « À quoi rêves-tu, Barnum ? » demande-
t-elle précipitamment. Je m'apprête à rétorquer qu'elle
ne doit pas lire les cartes postales qui me sont adressées.
Au lieu de quoi je réponds : « Que Fred gagne le
combat. »

L'école finit par reprendre. Là-bas, tout était pour
ainsi dire comme avant, à part une chose : la Rumeur au
sujet de Fred. Je n'ai jamais su qui l'avait colportée,
cette rumeur, pour qu'elle atteigne ainsi les résidences
secondaires, les colonies de vacances, les plages, les
parcs et les piscines ; peut-être s'était-elle propagée
d'elle-même, soulevée comme la poussière dans la ville
sèche et désertée, puis retombée avec la pluie près des
oreilles de tous. Je n'étais plus le Barnum court sur
pattes mais le frère de Fred, et Fred n'était plus un
traîne-savates silencieux mais un boxeur, le boxeur
imbattable, capable de tout supporter. Fred n'était plus
une menace mais un espoir, il était l'espoir blanc et
dégingandé de Fagerborg. Un miracle était survenu au
cours de l'été : un boxeur était né, et si cette ville avait
décidément besoin de quelque chose, c'était d'un
boxeur, un vrai. Bientôt, nul ne put arrêter la Rumeur au
sujet de Fred, qui se transforma en Récit au sujet de
Fred : il courait trente kilomètres tous les matins ; faisait
quatre-vingt-dix pompes d'une seule main ; boxait sans
gants ; personne n'osait être son partenaire d'entraînement ; deux étaient déjà dans le coma ; et selon certains, il était devenu d'une telle méchanceté qu'il avait
battu sa grand-mère au point de l'envoyer à l'hôpital
d'Ullevål. À l'évidence, il allait être plus grand qu'Otto

von Porat, champion olympique poids lourd en 1924, plus grand qu'Ingo, champion du monde poids lourd en 1959, plus grand que tous les boxeurs réunis. Quant à moi, je ne niais pas quand on m'interrogeait, me contentant d'un haussement d'épaules. Et je ponctuais : « Il est déjà champion. »

Trois jours avant le combat, Fred attendait mon retour de l'école dans notre chambre. Assis sur le lit, les mains sur les genoux, il me fixait. L'inquiétude s'empara de moi. « Tu ne t'entraînes pas ? » Il prit une profonde inspiration, ses épaules tremblaient sous son gilet. « Si. Je me repose. » Il se reposa un petit moment encore. Je ne voulais pas le déranger. Fred se reposait. Le repos était le ciment de l'entraînement. Sans ce repos, il se disloquerait, se casserait en mille morceaux. J'essayai de faire mes devoirs, une composition. Mais je n'arrivais pas à me concentrer. Fred ne déviait pas son regard. Je le sentais. Je me tournai vers lui. Il se passa une main sur le front. « Je vais être interviewé demain. » Je posai mon crayon. « C'est vrai ? » « Par *Aftenposten*. » « *Aftenposten* ? ! Ben dis donc ! » Il baissa les yeux. « Ouais… Ben dis donc… Sauf que j'ai pas envie. » Il n'ajouta rien. Ses mains ne tenaient pas en place. Les os de sa main droite étaient bleus. « T'as pas envie ? » « Non. Je veux pas en parler. Avec personne. » « Pourquoi tu le fais, alors ? » « Parce que Willy dit qu'il faut. » « Et tu dois le faire ? » « Oui. C'est Willy l'entraîneur. » Fred se tut. « Y aura peut-être une photo de toi si ça se trouve…, suggérai-je à voix basse. Dans les pages des sports. » « Je veux pas être peint en photo », répliqua-t-il avant de lever les yeux vers moi. Sa bouche mimait un sourire. « Tu veux pas venir avec moi, Barnum ? » Je fus forcé de me pencher vers lui. « Qu'est-ce que tu viens de dire, Fred ? » Il prit la mouche, retrouvant par la même occasion son regard torve. « T'as parfaitement entendu, espèce de mouton frisé ! » Je retins mon souffle, osant à peine le regarder. « Bien sûr, mais… pourquoi ? » Il se leva, commença à faire des exercices d'étirement contre la porte. « Pour surveiller que je raconte pas de conneries. » Sortant un papier de la poche arrière de son pantalon, il le déplia et me le tendit. C'était une liste écrite de la main de Willy, son entraîneur. Une liste interminable. Y figurait tout ce que Fred devait dire au journaliste. « Et Willy... Il ne peut pas t'accompagner, lui ? » « Il lit pas les journaux. »

Le journaliste préférait faire l'interview à la maison, ce que Fred refusait catégoriquement. Il avait donc été convenu que la rencontre aurait lieu chez Samson, à Majorstuen, à quinze heures, le lendemain. Maman était sens dessus dessous. Elle proposa d'assister de loin à l'entretien : Boletta et elle s'installeraient à une table à l'autre bout de la pièce, on n'est jamais trop prudent. En entendant ça, Fred menaça de se retirer du combat ; maman dut jeter l'éponge. Et à trois heures le lendemain, nous entrâmes, Fred et moi, le boxeur et son frère, dans le salon de thé un peu miteux où flottaient des relents de café bouilli et de tabac froid, ainsi qu'une odeur de chien mouillé provenant des fourrures que portaient les vieilles dames assises ici jusqu'à la fin de leurs jours. Fred avait revêtu un long imperméable sur ses vêtements de sport. J'avais arrêté mon choix sur un pull à col roulé, un coupe-vent, un pantalon en velours côtelé et un parapluie. Le journaliste était déjà arrivé. Nous ne comprîmes pas que c'était lui avant qu'il nous repère. Les hommes ayant dépassé la trentaine n'avaient pas vraiment l'habitude de traîner au Samson. Il tirait de temps à autre des petites bouffées de son cigare tout en mangeant une tranche de cake avec une cuillère. Nous allâmes à sa table. Il posa son cigare sur la soucoupe, manquant mettre le feu au cake. Il s'essuya les mains sur sa serviette. Il ne quittait pas Fred des yeux. « Alors c'est toi Fred Nilsen ? Le boxeur ? » Fred opina sans bouger d'une semelle. Le journaliste tendit une main que Fred se contenta de regarder. « Moi, c'est Ditlev. D'*Aftenposten*. Je suis content que tu aies pu venir, Fred. » Nous nous assîmes. Ditlev commanda deux Villa Farris et d'autres tranches de cake. Il avait le visage passablement adipeux, le front couvert de sueur, en plus il bâillait à s'en décrocher la mâchoire. Deux stylos bille étaient posés à côté d'un bloc, entre le cendrier et la soucoupe remplie de cendre et de miettes brunâtres. Un troisième stylo bille pointait hors de la poche de poitrine d'une veste bleue toute chiffonnée aux boutons dorés. « Je suis vraiment content que tu sois venu, Fred, répéta-t-il. Qui est-ce que tu nous as amené ? » » « Barnum. Mon frère. » Ditlev s'empara d'un stylo. « Tu m'as dit, son nom c'était... ? » « Barnum. » Il nota quelque chose à toute allure sur son bloc avant de se retourner vers moi. « Je suis heureux que tu sois là aussi, Barnum. Qui t'a donné ce nom ? » « Mon père. » « Lui aussi s'appelait Barnum ? » « Non, il s'appelait Arnold. » Fred me donna un coup de pied sous la table. Je me gardai d'ajouter quoi que ce soit. La serveuse nous apporta du cake et des Villa Farris. Fred ne voulait pas d'eau gazeuse. Mais de l'eau plate. Le journaliste jeta un nouveau coup d'œil à Fred. « Alors... On s'était dit qu'on ferait un petit portrait de toi, Fred. Avant le combat. On est prêts ? » Fred ne répondit pas. Il avait l'air de s'ennuyer. Même si ce n'en était pas la raison : il n'était pas du tout à son aise. « Vous pouvez y aller », dis-je. Ditlev tira sur son cigare pour le rallumer. « Est-ce que tu redoutes le combat ? » « Fred ne redoute jamais rien ! » Ditlev toussa. « Bon... C'est à Fred que je m'adresse, d'accord ? Je t'interrogerai après. » « Je ne redoute jamais rien », répéta Fred. Ditlev prit note. « Autrement dit, tu te réjouis à l'idée du combat ? » Fred secoua la tête. « Je ne me réjouis jamais à l'idée de rien. » Ditlev posa son cigare. « Depuis quand boxes-tu ? » Fred eut un mouvement d'hésitation. Je lui chuchotai quelque chose à l'oreille. « J'ai toujours boxé. » « Toujours boxé... C'est bien. Il est certain que tu as l'air d'un vrai boxeur. Avant même ton premier combat », précisa-t-il en désignant le nez cassé de Fred. Celui-ci regarda ailleurs. « C'est vrai que tu cours trente kilomètres tous les matins ? » voulut-il savoir. « Je ne cours jamais. » Ditlev leva les yeux de son bloc. « Ah non ? Et pourquoi ? » « Y a que les esclaves qui

courent. » Ditlev gloussa, prit note. « C'est bien tout ça,
Fred... », crut-il bon de préciser tout en avalant du cake
et en changeant de crayon. Nous attendions. Fred avait
envie de partir. Les vieilles dames nous regardaient, et je
remarquai tout à coup le grand silence qui régnait dans le
salon de thé. « Tu sais que tu peux retirer ton imperméable, si tu veux. » « Non », fit Fred. Ditlev sourit, prit
note. J'essayai de déchiffrer ce qu'il mettait si longtemps
à écrire, mais son bras me bouchait la vue. Il ne lui fallait tout de même pas des lustres pour écrire trois lettres :
non. Je pris une tranche de cake en effleurant sa main au
passage. « Qui as-tu comme modèle ? » Fred se retourna
vers moi. Je lui chuchotai quelque chose à l'oreille pour
la deuxième fois. « Le concierge Bang », répondit Fred.
La main de Ditlev suspendit son geste. « Le concierge
Bang ? Quand est-ce qu'il a boxé, celui-là ? » Fred
sourit. « Il faisait du triple saut. » Ditlev commençait
visiblement à s'impatienter. Il ravala aussitôt son énervement. « Triple saut... D'accord. Ça marche. Mais... Je
pensais plutôt à des boxeurs. Comme Otto von Porat, par
exemple. » « Bob Fitzsimmons », finit par lâcher Fred.
« Bob Fitzsimmons ? D'accord... Et pourquoi ? » « Il
ne renonçait pas. Il revenait toujours. » « Alors comme
ça tu aimes les gens qui ne renoncent pas. » « Non »,
répondit Fred. Ditlev se gratta le front avec le bout
du stylo. « Mais c'est ce que tu viens de dire ! » « J'ai
dit que j'aimais Bob Fitzsimmons. T'écoutes pas ou
quoi ? » Ditlev changea de crayon, tourna les yeux vers
moi en poussant un petit rire forcé. « Il est toujours
comme ça, Barnum ? » « Presque », dis-je. Fred me
donna un autre coup de pied. Ditlev rit, but une gorgée
de café. Des gouttes tombèrent sur son bloc. Son cigare
était éteint. « Tu m'as l'air d'être un dur à cuire dans ton
genre... » Fred garda le silence. Ditlev transpirait toujours autant. Il tourna la page de son bloc. « Quel est ton
atout majeur ? » « Je le dirai pas. » Ditlev prit note.
« Dans ce cas, j'imagine que tu ne me diras pas non plus
quel est ton point faible ? » « Gagné. » Ditlev se réfugia
à son tour dans le silence. Il cogita pendant un long

moment. Fred s'agita. « Tu es membre du Centrum Bok-seklubb depuis juin seulement… » Fred opina. Ditlev se pencha au-dessus de la table. « Pour qui tu te bats ? Pour ton club, ton entraîneur, ou pour toi-même ? » « Pour mon frère, répondit Fred. Pour Barnum. » Ditlev me regarda. J'eus l'impression de rougir. En tout cas j'avais les joues en feu. « Qu'est-ce que ça fait d'avoir un frère comme Fred ? » « C'est génial », murmurai-je. Ditlev reprit texto mes paroles, c'est génial, avant de se retourner vers Fred. « Comment as-tu l'intention de battre Asle Bråten ? » Fred se tortilla sur son siège. « Fort. » « Fort ? » « Oui. Je vais le battre fort. » Ditlev rit entre ses dents tout en prenant note. « C'est toi qui le dis, Fred. Tu peux peut-être me raconter deux ou trois choses sur toi à présent. » « Faut que j'aille pisser », répliqua Fred. Il se leva, demanda la clé au comptoir avant de filer aux toilettes dans le fond du salon de thé. Les vieilles dames avec leurs fourrures qui sentaient le chien mouillé le regardèrent passer. Il s'absenta pendant un long moment. Ditlev soupira. « On n'a qu'à parler un peu tous les deux en attendant. » Il tourna une nouvelle page de son bloc. « Tu pratiques un sport, toi, Barnum ? » « Non, pas vraiment. » Ditlev fit un signe de tête. « Tu pourrais être barreur, toi. » « Barreur ? » « Oui. À l'aviron. En quatre de couple avec barreur. Ils ont besoin de petits gabarits comme toi. » Ce Ditlev me plaisait de moins en moins. « Je vais rancarder les gars du club d'aviron. Les garçons de ta taille ne se trouvent pas à la pelle dans cette ville, c'est moi qui te le dis. » Fred ne revenait pas. Ditlev se rapprocha de moi, baissant la voix. « Dis-moi franchement, Barnum. Tu crois que Fred va gagner ? » « Il sera déterminant à la troisième reprise. » Ditlev prit note en secouant la tête. « Oui, oui… Si tu veux… Au fait, c'est vrai que vous n'êtes que demi-frères ? » Sa façon de poser la question fit affreusement mal : *que demi-frères*, comme si nous étions séparés par la moitié, fendus. Ditlev ne me plaisait plus du tout. « Oui », soufflai-je. « Tu aurais d'autres choses à me dire à propos de Fred. » Je réfléchis. « Il est né dans un taxi. » Et tout d'un coup il était là. Derrière nous. Qui sait s'il ne s'était pas tenu là depuis un bon bout de temps déjà… Car Fred ne faisait pas de bruit, il était sans bruit. Il était un Indien en imperméable au Samson. Et ce fut seulement en l'entendant respirer par le nez, un léger râle, un courant d'air dans sa tête, que nous remarquâmes sa présence. Ditlev fit tomber son stylo par terre et se retourna en toute hâte. « Ah, c'est toi, Fred… Je crois que j'ai tout ce dont j'ai besoin. À moins que tu aies quelque chose à rajouter. » « T'avise pas d'écrire des saloperies. » Ditlev partit d'un rire un peu trop sonore. « Nous n'écrivons pas de saloperies dans *Aftenposten*. Tu n'as qu'à lire mes notes… » « Barnum va le faire. » Ditlev me tendit son bloc. « Je t'en prie, Barnum. » Je jetai un coup d'œil à ce qu'il avait écrit. Mais c'était complètement incohérent. Il n'y avait que des mots et des abréviations, des lettres majuscules et des points d'exclamation. *Taxi* était écrit. *Toujours boxé. Drôles d'oiseaux. Barnum. Demi. Fitzsimmons.* Je reposai le bloc sur la table, regardai Fred. « Ça m'a l'air impeccable », assurai-je. Ditlev se leva. « Dans ce cas, il ne nous reste plus qu'à aller voir le photographe. » Il nous attendait dans le parc de Frogner, près du Sinnataggen [1]. Il portait un énorme appareil photo autour du cou. Ditlev lui donna une tape sur l'épaule. « Je veux les deux gosses, Tormod. » Le Tormod en question nous dévisagea d'un air accablé. « Les deux ? » « Oui, les deux. Fais ce que je te demande. » « Je m'étais dit que l'espoir blanc pourrait avoir le Sinnataggen comme partenaire d'entraînement. » « Bien vu, Tormod. Mais notre espoir blanc va plutôt s'entraîner avec son frère comme adversaire. » Et voici à quoi ressembla la photo de Fred et moi :

Nous sommes sur le pont, il pleut, le photographe

---

1. Littéralement : « un garçon soupe au lait ». Célèbre statue, des non moins célèbres autres statues de Gustav Vigeland, représentant pour celle-ci un petit garçon debout, les mains crispées, un genou en l'air, la mine furieuse. *(N.d.T.)*

utilise un flash et j'ai l'impression qu'il y a des éclairs, c'est comme un rayon de lumière qui nous fouette le visage d'une manière aussi étrange qu'inconnue. Fred a un bras passé autour de moi, je ne lui arrive même pas aux épaules, je suis plus petit que jamais, à moins que Fred ait grandi, maigri, qu'il se soit assombri. Il a l'autre main dressée, un poing serré – et tandis que Fred regarde droit devant lui, sans hésiter, sans ciller, les yeux grand ouverts, moi, je garde les miens fermés, à croire que, au moment même où la photo est prise, j'aperçois quelque chose que je ne veux surtout pas voir.

L'article fut publié dans l'*Aftenposten* du lendemain, dans l'édition du soir. Il figurait dans les pages des sports. Fred était à l'entraînement. Maman lut le titre à voix haute : *Le boxeur farouche : Je suis né dans un taxi et je boxe depuis toujours, affirme Fred Nilsen, le nouvel espoir du ring d'Oslo.* La photo était légendée par la phrase suivante : *Barnum est persuadé d'une victoire à la troisième reprise.* Poussant un gémissement, maman tendit le journal à Boletta et coula un regard vers moi. « C'est toi qui as dit que Fred était né dans un taxi, Barnum ? » Je baissai les yeux. Boletta poursuivit la lecture. *Fred, que nous rencontrons au salon de thé Samson, vient accompagné de son demi-frère qui porte un prénom pour le moins original : Barnum. Fred déclare qu'il se bat pour son petit demi-frère. Lequel rêve de devenir barreur.* J'arrachai le journal des mains de Boletta. « C'est même pas vrai ! » m'écriai-je. « Qu'est-ce qui n'est pas vrai, Barnum ? » me demanda Boletta. « Que je rêve de devenir barreur ! » Maman était au bord des larmes. « Bientôt, la Norvège tout entière va savoir que Fred est né dans un taxi », me reprocha-t-elle à mi-voix. « Oh… De toute façon, vu le nombre de gens qui lisent l'édition du soir d'*Aftenposten*, il n'y a rien à craindre, répliqua Boletta. Mais dis-moi, Barnum. Pourquoi tu fermes les yeux sur la photo ? » « Pour que mon âme ne disparaisse pas. »

J'étais toujours éveillé quand Fred rentra, la toute dernière nuit avant le combat. Il se coucha tout habillé.

J'entendais qu'il ne dormait pas. « T'es en colère ? »
« En colère ? Pourquoi ? » « À cause de ce que Ditlev a
écrit dans le journal. » « Je l'ai pas lu. Je le lirai pas. Et
tu fermes ta grande gueule ! » J'attendis encore un peu.
Un sifflement résonnait dans le nez de Fred. Je murmurai : « En tout cas, la photo était vachement bien. »

Il faisait grand soleil le jour où Fred devait boxer. Il
partit avant le petit déjeuner. Sans un mot. Maman avait
rendez-vous chez le coiffeur. Elle voulait se faire belle
pour le combat. Je fus dispensé d'école. Je tenais
compagnie à Boletta, ou plutôt elle me tenait compagnie. J'étais inquiet. Nous nous faisions tous un sang
d'encre. Mes mains tremblaient. J'étais devant la fenêtre
quand je remarquai que l'automne était soudain arrivé.
La ville avait pris une autre couleur. Dans l'avenue, les
feuilles se dérobaient aux arbres. Un immense incendie
se déclarait partout. Je trouvais ça beau, et répugnant à
la fois. J'entendis la canne de Boletta derrière moi. Elle
me prit la main. « Tu n'as pas à avoir peur, Barnum. »
« Je n'ai pas peur. » « Parfait. Parce que… Ce n'est pas
en ayant peur comme ça que nous aiderons Fred. » Je
me retournai vers elle. Elle serait bientôt aussi petite que
moi. « Tu crois qu'il a peur, lui ? » demandai-je. Elle
lâcha ma main en souriant. « Qui sait ce qui peut bien
animer ce garçon… Moi je crois qu'il est en colère. »
« Mais contre qui ? » Elle fut forcée de s'asseoir sur le
divan. « Fred est sûrement en colère contre la terre
entière. Contre nous. Contre lui. Il a hérité de la hargne
de La Vieille. » « C'est peut-être une punition », murmurai-je. Elle donna un coup de canne sur le plancher.
« Une punition ! Et qui voudrait nous punir, Barnum ? »
« Je… Je ne sais pas », balbutiai-je. Boletta poussa un
soupir. « Peut-être qu'en fin de compte la punition, c'est
notre condition d'être humain. » Elle passa ses doigts
parcheminés dans mes boucles, même si elle savait que
je n'aimais pas ça. « Heureusement que toi, tu n'as pas
la hargne de ton frère, Barnum. » Maman rentra sur ces
entrefaites. Elle avait changé de coiffure. Ses cheveux
ressemblaient à une coupe brillante dressée au-dessus de

sa tête. Elle esquissa un sourire timide. Boletta se leva
du divan. « Toujours est-il qu'aujourd'hui, chacun doit
faire son possible pour Fred. Ce qui ne m'empêchera pas
de penser que la boxe est un sport ridicule, grossier,
repoussant et fastidieux. » Elle alla à la salle de bains. Je
regardai maman, elle se cramponnait à son sac comme
s'il s'agissait d'une rambarde devant une falaise. « Tu es
belle, je trouve. » « Merci Barnum. » « Je suis sûr que
Fred aimera. Ta coupe, je veux dire. » « Tu n'as pas eu
de nouvelles de lui ? » Je secouai la tête. « Il a sûrement d'autres choses à penser », soupira-t-elle. Nous
passâmes la journée à nous marcher dessus, ne sachant
trop quoi faire de notre peau pour accélérer le cours du
temps. Nous n'eûmes même pas la force de manger.
Attendre était bien la seule chose dont nous étions
capables. Je découpai l'interview dans l'édition du soir
d'*Aftenposten* que je cachai derrière le papier peint, avec
la carte de Paturson. Je compris que, de tous les temps,
celui de l'attente était le plus difficile à faire passer. Cela
me surprenait. J'étais surpris de souhaiter que le temps
passe plus vite, le plus vite possible, alors même que je
redoutais ce que j'attendais. Je voulais simplement que
ce soit terminé. Et bientôt, je ne sus plus du tout ce que
je redoutais le plus, si c'était le combat ou bien l'idée
que Vivian puisse y assister.

Nous prîmes un taxi à six heures. En entendant la
direction du Centrum Bokseklubb, le chauffeur me jeta
un coup d'œil rapide en souriant. J'étais assis à l'avant.
« C'est toi le frère de celui qui va battre le gars des
environs de Trondheim ce soir ? » « Oui », balbutiai-je.
Il frappa ses mains sur le volant en signe de jubilation.
« Je l'ai lu dans le journal. Un boxeur né dans un taxi est
capable d'envoyer n'importe qui au tapis ! » Même
maman ne put s'empêcher de sourire. Sur ce, il arrêta le
compteur, refusant toute forme de paiement. C'était
pour lui un honneur de nous conduire. Et nous pouvions par la même occasion informer Fred, le boxeur,
l'espoir de Fagerborg, né dans un taxi, qu'il pourrait

rouler gratuitement lui aussi, quand il le désirerait. Nous remerciâmes le chauffeur et descendîmes dans la Storgata. Une longue file d'attente se profilait déjà. Nous passâmes devant. Quelqu'un me donna une petite tape amicale dans le dos. Nous entrâmes. Dans le Centrum Bokseklubb. Un garçon à quatre pattes nettoyait le plancher du ring. Un homme en costume noir et aux cheveux presque blancs vérifiait les cordes. On aurait dit un pasteur. Des tabourets étaient disposés aux deux coins du ring. Le silence était total. C'était étrange. Pas un son ne montait de la salle, il n'y avait que des mouvements lents et des odeurs fortes. L'inquiétude s'empara de maman. « Je veux voir Fred ! » Tout le monde l'entendit. Le vieil homme tout de noir vêtu se retourna brusquement, descendit du ring et s'approcha de nous. Il donna une poignée de mains à maman. « C'est moi l'arbitre ce soir. Suivez-moi. » Nous l'accompagnâmes jusqu'aux vestiaires. Il entra, nous demandant de patienter devant la porte. Deux ou trois minutes plus tard, il ressortit avec l'entraîneur, Willy. Willy chuchotait. Nous dûmes nous rapprocher pour entendre – et l'enterrement de papa me revint à l'esprit, dans la chapelle, où tout le monde chuchotait également, comme par peur de réveiller les morts, ou comme si une malédiction allait tomber sur ceux qui oseraient parler à voix haute. « Fred ne doit pas être dérangé », chuchota Willy. « Il va bien ? » chuchota maman. Willy sourit. « Il va bien. Il m'a demandé de vous transmettre son bonjour. » Mais avant que Willy ait refermé la porte, j'entraperçus Fred. Il était allongé sur un banc, entre les casiers, sous une lumière blanche et crue. Il avait les yeux rivés à cette lumière. Il riait. Je n'entendis pas son rire. Puis il disparut de mon champ de vision. L'arbitre nous reconduisit jusqu'au ring et nous trouva des places au premier rang, juste à côté du coin de Fred. « Tu ne gardes pas une place pour Vivian et Peder ? » me demanda maman à voix basse. Je posai ses gants sur les sièges à côté de moi. Nous attendions. Je remarquai que le ring n'en était pas un [1] mais formait un carré, à croire que les boxeurs n'avaient pas supporté de se retrouver enfermés dans un cercle et lui avaient administré une série de coups pour créer des coins, des coins aux bords saillants leur permettant de se reposer ; car qui est capable de se reposer à l'intérieur d'un cercle ?

Les gens commencèrent à arriver. Ditlev et le photographe, Esther du kiosque, Aslak, Preben et Hamster, tous voulaient voir Fred boxer, tous venaient le voir gagner ou se faire battre, même le concierge Bang était là ; lui, le modèle, dont le nom apparaissait dans le journal, dans l'édition du soir d'*Aftenposten* en plus ; lui, l'athlète boiteux du triple saut, dont le nom n'avait jamais figuré en tête d'aucun classement : « Fitzsimmons et moi », avait-il dit aux gardiens qui l'avaient laissé rentrer gratuitement pour ce soir. Il y avait en nous tous une effervescence, une fièvre que Fred allait faire retomber par une feinte pour mieux nous refroidir avec ses coups inexorables. Puis les supporters d'Asle Bråten débarquèrent et s'installèrent près de son coin à lui. Ils avaient fait un long voyage depuis un trou quelconque du nom de Melhus. J'entendis des voix hurler derrière moi : « Les ploucs sont dans la ville ! » C'était Dix-Mètres et sa bande. Tommy criait le plus fort. « Les ploucs sont dans la ville ! » Les supporters d'Asle Bråten se levèrent. Peut-être étaient-ils frères. Ils pesaient pas loin d'un quintal chacun et avaient les cheveux roux. Les clameurs se turent derrière moi. Après quoi Peder et Vivian arrivèrent enfin. Il était sept heures vingt-cinq. Ils se frayèrent un passage entre les sièges. Vivian serra ma main. Maman le vit, elle sourit. Peder secoua la tête. « Bienvenue au Colisée ! murmura-t-il. Les gladiateurs sont à point. » La soirée pouvait commencer. J'étais déjà épuisé. L'arbitre monta sur le ring. Il avait ôté sa veste. La chemise qu'il portait en dessous, sûrement blanche autrefois, était désormais

---

1. En norvégien, *ring* signifie aussi « cercle ». *(N.d.T.)*

délavée, constellée de taches jaunâtres, comme si la
sueur de tous les combats qu'il avait arbitrés avait
pénétré le tissu rêche. Le public applaudissait, trépi-
gnait. Les chaises valsaient. Peder se rapprocha de moi.
« Les lions ont faim, Barnum. » L'arbitre leva les deux
bras et le calme s'installa. Un combat était d'abord
prévu entre Talent et un gaucher au teint blême de
Lørenskog. Ils trottaient le long des cordes en s'insultant
mutuellement. Certains se mirent à siffler. Talent, dont
l'audace avait quelque peu faibli au cours de l'été, rem-
porta de justesse une victoire aux points. Une victoire
déjà reléguée dans les poubelles de l'histoire de la boxe.
« Ça s'est plutôt bien passé en fin de compte », chuchota maman, la mine soulagée. « Laisse-moi rire ! Ils
n'ont même pas osé boxer », rétorqua Boletta à voix
haute en donnant un coup de canne par terre. Puis Asle
Bråten fit son entrée, accompagné de son entraîneur.
Asle Bråten, le champion de Trondheim, invaincu à
l'issue de ses neuf derniers combats. Tous ceux de son
coin se levèrent pour l'acclamer. Asle Bråten était aussi
large que lourd. Il arborait un air presque timoré. Il
baissa les yeux quand le photographe d'*Aftenposten* prit
une photo de lui. Il s'assit sur son tabouret, les bras
déployés sur les cordes. Asle Bråten n'offrait pas un
sourire, il était sans sourire. Son entraîneur lui massait
les épaules. Fred était censé affronter Asle Bråten dans
un combat en trois rounds : les deux premiers de trois
minutes, le dernier de quatre, avec une minute de repos
entre les reprises. Les règles de Queensberry préva-
laient ce soir. Le juge était tout-puissant. Il était capable
d'imposer un round supplémentaire de deux minutes si
la décision n'était pas donnée à la fin du temps régle-
mentaire. L'arbitre consulta sa montre. Mais Fred ne
venait toujours pas. Nous attendions. L'arbitre échangea
quelques mots avec l'entraîneur d'Asle Bråten. Celui-ci
se leva et commença à s'échauffer. Nous regardâmes en
direction des vestiaires. Fred se faisait désirer – et je
pensai alors, non sans un certain soulagement, oui,
avec soulagement et triomphe, que Fred avait filé à

l'anglaise, qu'il s'était défilé, ça aurait été lui tout craché, de biaiser pour mieux s'en tirer, de nous laisser dans la panade, de refiler la victoire gratos à Asle Bråten, originaire de Melhus, près de Trondheim, de ridiculiser l'édition du soir d'*Aftenposten*, le Centrum Bokseklubb, Willy, Dix-Mètres, Tommy, les jumeaux et moi. Mais la porte s'ouvrit malgré tout. Fred sortit des vestiaires. Il rayonnait. Comme si la lumière crue sous laquelle je l'avais aperçu s'était imprimée sur son corps. Willy lui emboîtait le pas, muni d'une serviette, d'une boîte et d'une éponge. Nous exultions. Nous hurlions. Vivian frappait dans ses mains, ne tenait plus en place. Fred s'avança calmement jusqu'au ring, passa entre les cordes, le regard rivé sur Asle Bråten. L'arbitre procéda à l'inspection des gants. Il parlait dans un micro. Des grésillements résonnaient dans un haut-parleur derrière nous. Il annonça leur nom. Fred leva les bras, les yeux plantés dans ceux d'Asle Bråten. Asle Bråten leva les bras, les yeux plantés dans ceux de Fred. Ils avaient l'air de deux miroirs, ils se miraient dans leur peur et leur force réciproques, dans cette sueur qui n'allait pas tarder à s'écouler de leur chair et à s'incorporer aux muscles pour former une surface tremblotante. Celui qui scrute le plus longtemps a gagné. Celui qui esquive a perdu. La première faiblesse se loge dans les yeux. Le serpent à sonnettes paralyse sa proie du regard. Fred tentait de paralyser du regard Asle Bråten avant même le début du combat. Asle Bråten n'esquiva pas. Il s'inclina simplement pour saluer. Et le combat commença.

« Cogne-le ! » hurlait Boletta. Asle Bråten frappa le premier. Le coup vint lentement, une détente propulsée par l'épaule. Fred esquiva d'un pas. Asle Bråten venait de rater, mais son crochet fit vibrer l'air entre les cordes. Un soupir parcourut la salle. Personne, mis à part ses frères, ne souhaitait à quiconque de se retrouver dans la trajectoire du gant droit d'Asle Bråten. Lors d'un combat, à ce qui se disait, un coup lui était nécessaire, un seul. À ce qui se disait, c'était suffisant. Mais pas aujourd'hui. Fred était trop rapide. Asle Bråten porta un deuxième coup. Fred était ailleurs. Fred le toucha à l'oreille. Asle Bråten se borna à secouer la tête, comme s'il venait d'être embêté par une mouche. Ils se calmèrent tous les deux. Ils s'étaient vus mutuellement. Ils rentraient maintenant au corps à corps. Tournaient en rond, la garde haute et le menton bas. Le gong sonna la fin du premier round et ils allèrent chacun dans leur coin respectif. Willy n'arrêtait pas d'assommer Fred de phrases que nous n'entendions pas. La deuxième reprise continua dans le même style. Ils s'attendaient. Se regardaient par en dessous. Faisaient des pas de côté. La fumée de cigarette flottait sous le plafond. Un nuage s'épaississait au-dessus du Centrum Bokseklubb. Boletta s'impatientait. « Bon, moi je m'en vais s'il ne se passe rien de plus ! » Maman essaya de la faire taire, mais Boletta ne voulait rien entendre. « Crois-moi, j'ai vu au Pôle Nord des combats de boxe bien meilleurs que ça ! » Et Fred frappa. Soudain le coup fut là, inattendu : le bras trouva une ouverture dans la garde fermée d'Asle Bråten, le gant contre le front, la tête partit en arrière, Asle Bråten était ébranlé. Et Fred frappa une seconde fois, un crochet du gauche, dont la force prit naissance quelque part au niveau du talon d'Achille et vint percuter Asle Bråten au menton, si large qu'il ressemblait à un tiroir rempli de dents. Il se jeta sur Fred et le poussa dans les cordes. Ils ne formaient plus qu'un amas de chair, collés l'un à l'autre dans un accrochage sauvage, révolté, jusqu'à ce que l'arbitre les sépare, que le deuxième round s'achève et soit déclaré au bénéfice de Fred. Nous hurlions. Nous étions transportés par le combat, emportés dans le combat. Peder était debout sur son siège. Vivian s'était levée. Maman applaudissait et Boletta criait en agitant sa canne comme un sabre. « Bien vu, Fred ! Achève-le ! » Willy essuya le visage de Fred à l'aide de l'éponge humide, comme s'il effaçait doucement les phrases d'un tableau. La dernière reprise venait de commencer. Asle Bråten alla droit à l'attaque. Il portait des coups puissants, à la cage thoracique, au ventre, aux épaules ; il voulait éreinter Fred, le

vider, l'exténuer, l'étriller. Mais ses coups n'attei-
gnaient pas leur cible. Fred était une ombre. Nous entendions le sifflement du gant, comme s'il frôlait l'oreille.
Asle Bråten s'épuisait lui-même, et dans ce brouillard,
dans le brouillard d'Asle Bråten, Fred contre-attaqua par
un rapide enchaînement de coups. Personne ne vit rien,
en tout cas pas Asle Bråten, nous ne vîmes que le
résultat : les genoux qui flanchèrent, le corps sur le plancher du ring, un fracas. L'arbitre se pencha et se mit à
compter, les doigts écartés, l'un après l'autre, le silence
entre chaque nombre, un précipice : deux, quatre ; Fred
repartit dans son coin, Willy ferma les yeux ; cinq, sept,
l'arbitre comptait, il n'existait pas d'autres nombres en
ce monde – et à huit Asle Bråten se leva, le champion
de Melhus se redressa lentement, il vacillait, mais il était
encore d'aplomb. L'arbitre examina ses yeux, parla avec
l'entraîneur, et annonça la reprise du combat. On
n'entendait plus une mouche voler. Il restait trente
secondes et il suffisait à Fred de rester à l'écart d'Asle
Bråten, de tenir sur ses jambes, de se tenir à carreau, de
tenir tout simplement, car alors il aurait gagné, dans
trente secondes il aurait gagné.

Et là, là je vois Fred baisser les bras. À croire qu'il est
soudain très fatigué, qu'il n'a plus envie. Il baisse la
garde, s'exhibe, baisse sa culotte en somme. Il se tient
là, mis à nu, pas plus d'une seconde. C'est une seconde
de trop. Asle Bråten le voit aussi. Et pourtant il hésite.
Comme si lui-même n'en croit pas ses yeux, ne veut pas
le croire du tout : que Fred baisse ses gants, qu'il lui
laisse le champ libre. Les pensées sont plus lentes que le
corps et Fred fait un pas en avant, nu, exposé. Un soupir
parcourt la salle. Et Asle Bråten frappe. Un coup violent au visage, rageur, qui libère un nuage de sueur
autour de la tête de Fred, une poudre mouillée, scintillante, comme une auréole brisée. Fred est secoué, mais
il tient. Et Asle Bråten frappe un second coup. Il cogne
tout aussi fort, percute la mâchoire. Un craquement
résonne, une secousse puis quelque chose qui se casse.
Maman cache son visage dans ses mains, elle gémit.

Boletta crie, mais elle n'a plus de voix. Vivian serre ma main. Peder se tourne vers moi, affligé. Et moi, moi je ne ressens pas la douleur de Fred, j'ai beau m'y efforcer, je suis à l'extérieur de sa douleur, elle n'est pas à moi, il est seul, au plus profond de sa douleur ; la seule chose que j'éprouve, c'est la honte, et j'ai honte de cette honte. Fred tombe à genoux. Le sang ruisselle de sa bouche et de ses yeux. Willy se penche sur la corde. L'arbitre interrompt le combat. Asle Bråten a gagné. L'arbitre lève son bras en l'air. Mais ce n'est pas un triomphe. La défaite est plus grande que la victoire. La défaite fait de l'ombre à la victoire. En fin de compte j'avais raison : Fred a été déterminant à la troisième et dernière reprise.

Maman et Boletta accompagnèrent Fred à l'hôpital où il se fit recoudre le nez et la mâchoire. Il était tellement amoché qu'il sera réformé (ou plutôt : j'ignore si c'est pour cette seule et unique raison – toujours est-il qu'ils n'auront pas besoin d'un dyslexique et d'un traîne-savates sujet aux maux de tête et aux bourdonnements d'oreille, à la vue défaillante au niveau de l'œil droit, et au comportement imprévisible, dans la défense norvégienne). Je rentrai avec Peder et Vivian. Nous marchions lentement dans les rues et pourtant, pour une raison ou une autre, nous n'avions pas peur : nous venions du Centrum Bokseklubb et ça ne pouvait pas être pire, nous étions invulnérables. « Maintenant, je sais où il est, mon chiffre impossible », dit Peder. « Où ça ? » « Entre neuf et dix. » Nous réussîmes à attraper le tramway à la place de Stortorget. Nous nous installâmes au fond. La lumière jaune donnait aux visages un teint blafard. À l'extérieur, l'obscurité se transmuait en un fleuve noir dont le lit coulait en sens inverse, vers l'amont, vers le creux de la ville. Nous sommes descendus à la place de Frogner. Nous sommes restés là un moment, sans trop savoir quoi faire de notre peau. « Il me fait de la peine », murmura Vivian. « Qui ça ? » demandai-je. « Ben... Fred, tiens ! »

Il ne rentra pas avant le lendemain et il entra sans bruit. Je ne l'entendis pas. Je ne le vis qu'au tout dernier moment, par inadvertance, devant le miroir, dans la chambre de maman. Je m'apprêtais à sortir. Je me figeai, retenant mon souffle. Je ne voulais pas le voir dans cet état-là, dans cette position-là, mais c'était trop tard : ce qui était vu était vu. Il se pencha sur le miroir, sur son reflet tout de travers ; il faisait des grimaces, se donnait des airs – et je pensai qu'il cherchait peut-être son vrai visage (ou bien est-ce une pensée que je formule maintenant seulement ?), à moins que son souhait ne soit en réalité d'entrevoir tous ses masques, au fond du verre dépoli, une galerie profonde qui aboutirait à son vrai visage. Il partit soudain d'un éclat de rire. Il pressa alors ses lèvres sur le miroir qu'il se mit à lécher. Je ne voulais pas voir, sauf que je venais de le voir. C'était trop tard. « Pourquoi tu as perdu ? » demandai-je. Il fit volte-face, la mine confuse et rageuse. « Tu entends, Barnum ? » « Quoi ? » Il prit quelques profondes inspi-rations, puis il sourit. « Mon nez. Il a été remis en place. » Il s'assit sur le lit de maman, se renversa. Une odeur de malaga flottait encore dans la pièce. L'air était lourd et sucré. J'eus envie d'être ivre. « Pourquoi tu as perdu, Fred ? » Il se releva, surpris, triste presque. « Perdu ? Mais j'ai gagné, Barnum. Tu piges que dalle, ou quoi ? »

Il s'écoulera de très nombreuses années avant que je ne développe les photos prises cet été-là, que je quali-fiais alors de mon premier été. Toujours je reculerai l'échéance. Il me sera impossible d'oublier la mère de Peder, cachant son visage dans ses mains, actionnant son fauteuil roulant, terrorisée à l'idée de perdre son âme. J'avais promis de ne pas développer la pellicule. Or un jour viendra où les rêves m'échapperont dès que je tenterai de les fixer sur le papier, ils se pulvériseront puis se volatiliseront comme de la poussière. À défaut, j'aurai besoin de quelque chose de plus tangible, quelque chose à quoi me retenir, à regarder, où puiser l'inspiration. Aussi prendrai-je un beau jour ce vieux rouleau, conservé intact dans le tiroir, et le déposerai-je au magasin de photos en bas, dans la Bogstadveien, songeant que je pourrai peut-être monter ces souvenirs pour en faire d'abord un récit puis, partant, un scénario. Une semaine plus tard, j'irai chercher l'enveloppe contenant les photos. Je m'installerai au Gamle Major pour les consulter. Je les regarderai lentement. Je les regarderai et me projetterai dans ce chez-moi d'alors, dans cette lumière d'alors.

La première photo avait été prise par maman, ces fameux jours de mai 1945 : La Vieille et Boletta sont sur le balcon et regardent, d'un air surpris et presque affolé, celle qui les photographie du salon ; Boletta s'apprête à dire quelque chose ; La Vieille écarte les doigts, et peut-être craint-elle, elle aussi, à cet instant, de perdre son âme. Les autres clichés appartiennent à une autre époque, comme si toute une vie avait été sautée : Peder, allongé dans le lit à deux places de la maison d'été d'Ildjernet, torse nu, une paupière fermée, la main dans l'entrejambe ; une ombre sépare la chambre en deux, en diagonale ; c'est mon ombre. Vivian et moi : assis sur le lit, la valise posée entre nous deux ; Vivian penchée sur moi, s'apprêtant à embrasser mon épaule si frêle (je ne me souviens pas que Peder ait pris cette photo, et je ne me souviens pas non plus du baiser, de l'effleurement). La mère de Peder : elle fait tourner son fauteuil roulant ; non que l'appareil lui fasse peur, elle est simplement éblouie par le soleil (du moins tel que je le vois maintenant) ; elle met ses mains en visière pour ne pas être aveuglée, par ce soleil immense dont l'éclat tranchant inonde le fjord, lors de mon premier été ; en arrière-plan, à l'angle de la véranda, on distingue le père de Peder, à moitié caché, comme s'il était en train d'avancer d'un pas ou bien de reculer ; c'est lui qui lui jette un sort.

Voilà, je regarderai ces photos, commanderai une autre bière, la pluie se sera mise à tomber, les gens entreront dans le café, poseront sur les dossiers de chaises leurs vêtements hideux recouverts de toutes ces marques, et commanderont du vin rouge par demi-bouteille. Et enfin je trouverai une dernière photo. De Fred. Ce n'est pas moi qui l'ai prise. Il a dû se photographier, tout seul :

il est au grenier, je reconnais la lucarne, les cordes avec les pinces à linge ; il a dû tenir l'appareil à bout de bras et appuyer sur le déclencheur ; son visage est méconnaissable, vrillé ; il a la bouche ouverte, il dit quelque chose, il essaie de parler, il me parle, il crie, depuis le grenier, son cri traverse le temps – et je n'entends rien, je ne l'entends pas.

La faim

Un soir, Peder téléphona, complètement survolté.
C'est moi qui décrochai. Avant tout le monde. De toute
façon, j'étais seul à la maison, alors... Qualifier Peder de
survolté n'était pas une exagération en soi. On aurait
dit qu'il appelait d'une autre planète, qu'il devait
hurler pour couvrir la sonnerie d'une corne de brume.
« Retrouve-moi sous l'arbre ! » Je tenais le combiné à
bout de bras pour ne pas être atteint d'une surdité irréver-
sible. Peder cria de plus belle du tréfonds de son espace
intersidéral. « T'es là, Barnum ? » Je recollai le combiné
sur mon oreille. « Oui, oui. Qu'est-ce qu'il y a ? » « Tu
verras ! » « Allez... Fais pas chier ! Dis-moi ce qui se
passe ! » Il s'impatienta. « Bon, tu te radines oui ou non,
espèce de chanterelle naine ! » « Je pars tout de suite ! »
hurlai-je. Et je partis. Je raccrochai brutalement, arrachai ma veste, dévalai l'escalier de service, manquai renverser maman qui remontait avec la poubelle vide, je
faillis même dépasser mon propre record de vitesse car
quand Peder me traitait de chanterelle naine, c'est que
c'était du sérieux, que ça urgeait, qu'il n'y avait pas à
tortiller. S'il m'avait traité de crapaud, j'aurais pu lam-
biner ; de patin, je serais peut-être resté à la maison, et
s'il m'avait lancé « espèce de traîne-patins » à la figure,
je crois que je n'aurais même pas daigné répondre. Par
contre, avec chanterelle naine, la cote d'alerte était
dépassée, il devait y avoir au minimum un incendie de
forêt dans le parc de Frogner. « Pas le temps ! » criai-je
à Boletta, dix-huit marches après maman, avant que
l'une d'elles n'ait eu le temps d'ouvrir la bouche. Je
fonçai à toute blinde en travers de la cour, coupai sous

les cordes à linge, sautai par-dessus les fleurs fanées du
concierge Bang, traçai en descente le long de la Jacob
Aalls gate, sauf que, arrivé sur la place Vestkanttorget, je
fus stoppé net dans ma course en entendant mon nom.
C'était Fred. Fred qui m'appelait, Fred que personne
n'avait revu depuis cinq jours. J'aurais aimé que ce ne
soit pas lui et j'aurais aimé avoir pris un autre chemin. Je
m'approchai de lui en traînant les pieds. Il était assis sur
le dernier banc qui restait. On était déjà en octobre, les
services municipaux, en prévision des premières neiges,
avaient débarrassé la ville de tous ses bancs sauf celui-là.
Fred avait mauvaise mine. Depuis le combat contre Asle
Bråten, il commençait à retrouver son allure d'avant ; il
avait juste maigri, ses muscles avaient pour ainsi dire
fondu, comme s'il était resté longtemps dans l'eau et
avait été mis à sécher au soleil. Il fumait une cigarette,
la laissa tomber sur le gravier, entre ses chaussures de
travers. « Assieds-toi, Barnum. » Je m'assis. Voilà,
j'allais faire poireauter Peder. Si ça se trouve, il ne
m'attendrait même pas. « T'étais où ? » demandai-je.
« Pourquoi tu me demandes ça ? » « Je demande, c'est
tout. » « Maman fait la gueule ? » « J'crois pas, non. »
« T'es sûr ? » « En tout cas elle n'a rien dit. » Il alluma
un mégot et tira une bouffée. « P'têt' que j'étais chez
Willy. » « Ton entraîneur de boxe ? Tu vas remonter sur
le ring ? » Il secoua la tête. « Willy a arrêté l'entraînement. » « C'est vrai ? » Il me regarda. « T'es en retard,
Barnum ? » « J'ai rendez-vous avec Peder », mau-
gréai-je. Fred haussa les épaules. « Allez, file ! » Je ne
bougeai pas. « Fred… Qu'est-ce que t'as fait chez
Willy ? » « T'avais pas un rendez-vous avec Peder,
toi ? » « Euh… Si, bientôt. » « Elle sera là, Vivian ? » Je
n'aimais pas l'entendre prononcer son prénom. J'avais
envie de lui en trouver un autre. Pourquoi pas Lauren ?
Je décidai que, dorénavant, elle porterait ce prénom :
Lauren. Lauren et Barnum. Ça sonnait bien, un peu
comme si nous étions un couple de stars ; sans compter
qu'alors Fred pourrait invoquer Vivian sur tous les tons,
ça ne m'affecterait pas car il ignorerait que, de mon côté,

je l'appelais Lauren. « Chais pas… », marmonnai-je. Je me levai et restai debout. « Qu'est-ce que vous allez faire, Barnum ? Ton meilleur ami et toi ? » « Chais pas… » « Ça non plus tu sais pas ? Ou c'est quelque chose que tu veux me cacher, Barnum ? » « Je ne sais pas, Fred… Je t'assure ! Je te donne ma parole ! » « Ta parole ? C'est bien… » « Faut presque que j'y aille, là… » « Tourne-toi, Barnum. » Je fermai les yeux avant de m'exécuter. « Qu'est-ce qu'il y a ? » « Je voulais juste vérifier que tu croisais pas les doigts. Sinon ça compte pas. » « Quoi ? » « La parole, Barnum. Allez… Tu diras bonjour à Peder. » « D'acc' ! » Il sourit. « Et tu diras aussi bonjour à Vivian. Si elle vous rejoint. » Je commençai à traverser la place, en direction des réverbères. J'avais envie de courir, je n'osais pas. Fred se leva d'un bond. « Ne fais rien que tu regrettes après ! » Je me figeai. « Qu'est-ce que tu veux dire ? » Fred souriait. « Ce que je veux dire ? Tu le sais parfaitement, Barnum. » « Non… Je ne sais pas. » Il se rassit, comme s'il s'ennuyait à mourir et en avait ras la casquette de discuter avec moi. « Tu finiras bien par trouver la réponse tout seul, Barnum. »

Je me mis à courir uniquement quand j'eus atteint la fontaine, coupée puisqu'on était en automne et qu'il pouvait geler à n'importe quel moment. Je courus jusqu'à la Solli plass où, sous notre arbre dans l'Hydroparken, m'attendait Peder, comme monté sur ressorts. Je m'arrêtai, essoufflé. C'est lui qui courut sur le dernier bout de chemin, parmi les monticules de feuilles qui ne cessaient de tomber des branches. « Tu fais chier, t'es super en retard ! » « J'ai fait aussi vite que j'ai pu ! » « Aussi vite que t'as pu ? Ben t'aurais dû faire encore plus vite ! » Nous avions des feuilles jusqu'aux genoux, des flaques de feuilles rouge sang, mouvantes, un océan de feuilles. « Qu'est-ce qui se passe alors ? » « Y a des gens qui filment dans la Solligate. » « Qui filment ? » « Oui ! Ils filment dans la Solligate. T'es bouché à l'émeri, ou quoi ? » « Maintenant ? » « Oui ! En ce moment même ! Tu crois que je déconne, c'est ça ? »

Non, je ne le croyais pas en effet, que Peder Miil déconnait ; il avait certes la déconnade facile, lui qui tournait à peu près tout en dérision, mais ce qu'il venait de m'annoncer, comme quoi des gens filmaient dans la Solligate, par une banale soirée d'octobre, n'était pas une connerie. « Et Vivian, elle est où ? » demandai-je. Il regarda sa montre, le front dégoulinant de sueur. « Elle est à peu près aussi en retard que toi », répondit-il en gémissant. Nous l'attendîmes encore un peu. Mais Vivian ne vint pas. Peut-être n'avait-elle pas eu la permission de sortir. Peut-être était-elle tombée malade entre-temps. Il devait y avoir quelque chose. Quelque chose devait l'empêcher de pouvoir nous rejoindre – et je fus soudain tétanisé par une pensée folle, comme sous l'effet d'une décharge électrique, mais elle relâcha tout aussi vite son étreinte, avant même que j'aie eu le temps de la finaliser. Nous ne pouvions pas patienter plus longtemps. Nous partîmes en direction de la Solligate. Ils étaient là. Peder ne déconnait pas. Ils filmaient. C'était un autre monde. Dans lequel nous pénétrâmes lentement. Le goudron était recouvert de terre battue. La boîte aux lettres rouge avait été retirée. Les voitures d'habitude garées là avaient disparu. Au numéro 2, un agent de police portant un uniforme d'autrefois, avec une casquette plate et d'énormes boutons dorés, était posté à l'entrée du porche. Il leva la main pour saluer le cocher d'un fiacre qui passait par là. Même les rideaux aux fenêtres du rez-de-chaussée avaient été changés, et, pour une raison indéterminée, c'est ce qui m'impressionna le plus. Ils avaient sans doute, au train où allaient les choses, modifié l'ameublement des appartements derrière les fenêtres, retapissé les murs, transporté à l'intérieur d'autres chaises et canapés, changé les livres des étagères, accroché des peintures aux murs, démoli la douche, caché la machine à laver et le réfrigérateur, et envoyé les habitants du logement se faire voir à la campagne. Je formulais en effet cette pensée étrange, que je ne parvenais pas tout à fait à comprendre moi-même (et parviendrai-je un jour à l'expliquer à quelqu'un ?) :

combien de subterfuges pouvait-on utiliser sur le public pour mettre un terme au scepticisme de ceux qui un jour verraient ce film ? à combien d'artifices pouvait-on recourir ? jusqu'où, derrière les façades, dans les bâtiments, les hommes, les cœurs, pouvait-on s'introduire pour nous faire croire que tout ceci était l'entière vérité ? Me revinrent alors la voix et le rire de papa : le plus important n'est pas ce que tu vois, mais ce que tu crois voir.

Je pris la main de Peder. « Regarde ! chuchotai-je. Ils ont changé les rideaux ! » Brusquement, un charivari eut lieu en bas de la rue. Une lumière puissante nous aveugla et un homme, muni d'un mégaphone, jusque-là retranché dans l'ombre, se redressa. C'était très certainement le réalisateur. « Virez-moi ces abrutis de là ! » L'agent de police fonça droit sur nous pour nous chasser. Refoulés jusqu'à hauteur de la Solli plass, nous demeurâmes là, à genoux, cachés derrière une poubelle. « Putain ! » marmonna Peder. « Tu l'as dit... Putain ! C'était limite ! » L'agent regagna au pas de course son poste de garde. Nous nous glissâmes sur le côté car les choses sérieuses pouvaient commencer. Une femme en manteau de fourrure et en chapeau fit son apparition. Elle évoluait sur le trottoir en descendant la rue. Une caméra la talonnait. Nous avions des frissons dans le dos. Ceci n'était pas un film. Ceci était la réalité. Nous étions à l'intérieur, dans une double réalité. Elle s'avançait vers nous, suivie du caméraman ; on l'aurait crue transie de froid, à voir ses mains blotties dans un épais manchon de fourrure qu'elle serrait contre son ventre. Elle se retournait sans arrêt, comme si elle se croyait suivie par quelqu'un dont elle avait peur ; elle rentrait peut-être chez elle, toute seule, avec un individu à ses trousses sur le point de l'agresser, alors qu'en fait, il n'y avait que le caméraman à proximité, et le moins qu'on puisse dire est qu'il n'avait rien d'un croquemitaine. Puis elle s'arrêta à l'endroit où était posté l'agent de police, qui la salua d'un geste à sa casquette. Elle hésita une seconde, révélant son visage d'une extrême pâleur, et ne put s'empêcher de se retourner une dernière fois avant de disparaître dans l'obscurité du porche. Le réalisateur se leva de sa chaise pour applaudir. La dame en fourrure ressortit, tout sourire cette fois, le metteur en scène l'embrassa sur la joue et les lumières s'éteignirent dans un bruit tremblant. « Lauren Bacall est meilleure », murmura Peder. À peine eut-il dit ça que Vivian me manqua brusquement, et je suis persuadé qu'elle manquait aussi à Peder. Elle aurait dû être avec nous. Nous aurions dû voir cette prise ensemble. « Quel genre de film crois-tu que c'est ? » demandai-je. « Un film interdit aux moins de quarante ans ! » Nous restâmes là, accroupis derrière notre poubelle puante. Elle sentait l'été défraîchi. Le temps s'écoulait lentement. Il ne se passait rien. Un chien trotta devant nous avec quelque chose dans la gueule. Le tournage était peut-être terminé. L'agent de police alluma une cigarette. Nous attendions. Tout le monde attendait. Il n'y avait que ça à faire : attendre. C'était le temps de l'attente. Assis sur son siège, le réalisateur feuilletait lentement un gros bloc. Soudain une rafale s'engouffra dans la rue, ce qui n'était pas rare dans ce quartier, comme si un ventilateur soufflait jusqu'ici les courants d'air provenant du centre de cette ville édifiée dans une cuvette. Une page s'envola des genoux du metteur en scène et voltigea par-dessus une barrière. Je me levai d'un bond, Peder essaya de me retenir mais je m'étais déjà élancé. Je réussis à rattraper la feuille et, tout en courant à la même vitesse pour la rendre au réalisateur, qui venait de se redresser et semblait hors de lui, j'eus le temps de lire, en haut, quelques phrases en danois ; je m'en souviens très bien (je m'en souviens comme si c'était hier, comme si c'était aujourd'hui, à cet instant même) car c'était le tout premier scénario que je tenais entre les mains : *P. 48, EXT. SOIR. RUE IV. Quelques passants, un fiacre. PONTUS regarde un petit chien longer le caniveau, un os dans la gueule.* J'avais sous les yeux les mots qui allaient devenir film : Pontus, un chien, le caniveau ; des mots qui allaient être soulevés de la feuille, détachés du

papier, pour devenir mouvement, image, son – et ce fut
à la lecture de ces mots ordinaires dans cette phrase
ordinaire, si assourdis et pourtant si puissants, que je me
décidai ; à ce moment, je pris une résolution, sans réfléchir, et je la pris de but en blanc, en sachant intimement
qu'elle était juste : je coucherai mes rêves sur le papier.
J'éprouvai alors une joie profonde et persistante rien que
d'avoir pris cette décision. Je donnai au metteur en
scène la page 48 non sans m'incliner en signe de déférence. Il me l'arracha des mains. « Je vous en prie »,
dis-je. Il ne me remercia même pas. Il me chassa simplement d'un revers de main. Je courus rejoindre Peder derrière la poubelle. Les choses sérieuses recommençaient.
Un grand homme maigre aux vêtements élimés, portant
des petites lunettes rondes sur un visage émacié et pas
rasé, descendit cette même rue. Cette fois, la caméra
était devant lui, il s'avançait vers elle quand soudain il
s'arrêta pour nettoyer ses lunettes, on aurait cru qu'il
parlait tout seul et n'était pas d'accord avec ce qu'il
disait. « Ça doit être Pontus », chuchotai-je. « Qui ? »
« Pontus. C'était écrit dans le scénario. » Celui qui
devait s'appeler Pontus continua de marcher, en
s'approchant de plus en plus de la caméra, comme s'il
allait s'en prendre à elle et la renverser. Puis le réalisateur frappa dans ses mains, cria quelque chose, et Pontus
dut refaire la scène, reprendre à zéro : marcher vers la
caméra, s'arrêter, nettoyer ses lunettes, parler tout seul ;
et, quand bien même je ne voyais aucune différence, il
fut forcé de s'y reprendre à deux fois avant que le réalisateur soit satisfait. Sur ce les lumières s'éteignirent
pour de bon, ils rangèrent tout leur matériel et repartirent dans un camion. Nous nous levâmes, Peder et moi.
Des gens réapparurent aux fenêtres. Un concierge entreprit d'enlever la terre battue des pavés avec un balai. La
boîte aux lettres fut remise en place. Les chevaux filè-
rent en direction du Palais Royal. Tout retrouva sa place
initiale et la rue redevint elle-même. Tout s'était déroulé
comme dans une espèce de rêve.
  Nous descendîmes la Bygdøy allé. Je me réjouissais

de raconter à Peder que ma vie avait pris une direction aussi abrupte qu'inattendue au moment où, la page 48 à la main, j'avais lu ces quelques lignes banales, écrites en danois, à propos de Pontus et du chien. Et pourtant je ne dis rien à Peder, pas encore, car je voulais d'abord rentrer à la maison et écrire quelque chose que je lui montrerais par la suite. « Je me demande où Vivian a pu passer », fis-je observer. Nous nous arrêtâmes devant l'entrée menant à son appartement et levâmes la tête vers sa fenêtre. Il y faisait noir. Peder lança un marron qui atteignit sa cible. Or ce ne fut pas Vivian qui apparut derrière la vitre, mais sa mère : elle jeta un coup d'œil furtif vers nous avant de refermer les rideaux. Peder me regarda en frémissant. « Heureusement que sa mater est en fauteuil roulant... » Vivian arriva sur ces entrefaites. Elle venait de l'autre côté de l'église et nous courûmes vers elle. « T'étais passée où ? » lui demanda Peder. « Juste partie faire un tour. Mais il fallait d'abord que j'aide maman. » « Que tu aides ta mère ? » Elle haussa les épaules. « Oui. Je lui fais la lecture. Quand elle n'arrive pas à s'endormir. » Peder n'ajouta rien. Quant à moi, je ne tenais plus en place. « Si tu savais ce que t'as loupé, nom de dieu... » Vivian me lança un regard si rapide que, à peine formé, il était déjà rivé au sol. Elle semblait malheureuse, anxieuse, mais on l'aurait été à moins avec une mère sans visage à qui on est obligé de faire la lecture. « Non, quoi ? » demanda-t-elle. « Ils tournaient un film dans la Solligate ! Avec une caméra, des projecteurs et tout ! » « Je sais. » « Tu sais ? Comment ça tu sais ? » « Oui, c'était dans le journal. Ça s'appelle *La Faim*. » « *La Faim* ? Génial comme titre ! » « En fait c'est un livre de Knut Hamsun. C'est celui que je lis en ce moment à ma mère. » Vivian s'approcha de l'entrée. Là, elle se retourna. « Ils vont certainement continuer à tourner demain. Si on essayait de les trouver ? » Nous fîmes un signe de tête affirmatif. Bien sûr que nous allions les retrouver. Ça ne devait pas être si compliqué de retrouver un tournage dans une ville comme celle-ci. Vivian éclata de rire, son visage reprenait peu à peu son expression habituelle, comme si elle-même venait de jouer dans un film et de retirer son costume. « Alors à demain, dit-elle. Midi. Si tant est que vous osiez sécher les cours... »

Sur le chemin du retour, Peder était toujours aussi taiseux. Moi aussi d'ailleurs car j'avais la tête encombrée : j'allais me mettre à écrire et cette pensée était si immense qu'elle occultait le reste et prenait toute la place. En nous séparant, Peder dit malgré tout quelque chose : « Je crois qu'on doit prendre bien soin de Vivian. » « Mais Peder, on prend toujours bien soin de Vivian... » Il me serra dans ses bras. « Bonne nuit, Barnum. Et demain, on va sécher ces putains de cours comme pas deux ! » Je remontai l'avenue tout seul. La soirée se déroulait d'une manière étrange. Arrivé à Marienlyst, je m'arrêtai pour regarder autour de moi. Tout cela était à moi. C'était mon univers : les rues où je marchais, la forêt à la lisière de la ville, le ciel au-dessus des toits. C'était là-dessus que j'allais écrire. C'était ici que mes personnages allaient vivre : Esther dans son kiosque, La Vieille, Fred, maman, Peder et Vivian, Boletta, papa même s'il était mort ; ils auraient tous leur place ici, vivants comme morts. Sur ce, Fred déboula. Il traversa la pelouse, coupant en biais par la ville miniature, là où un jour nous avions appris le code de la route, dans les petites rues, les petits passages cloutés pas plus grands que des lignes sur le goudron, sur les petits trottoirs et entre les petites maisons censées ressembler à des habitations ordinaires. Et, en le voyant ainsi, j'eus une idée, ma première idée. Fred se planta devant moi. « Tu avais l'air bien triste, Barnum. » « Je réfléchissais, c'est tout. » « Tu réfléchissais ? À quoi ? » Il fallait que je lui raconte. « Je réfléchissais à tout ce que je vais écrire. » Il se pencha à ma hauteur. « Écrire ? » « Oui. Des scénarios de film. » Fred regarda ailleurs, comme s'il avait peur d'avoir été suivi. Or il n'y avait que nous, ce soir-là, à Marienlyst. « Je suis fatigué », dit-il simplement, en posant une main sur mon épaule. Nous rentrâmes à la maison, l'un à côté de l'autre. Maman sortit en trombe du salon et fonça droit sur nous découvrant que Fred rentrait enfin à la maison, mais il continua jusque dans notre chambre, ne daignant même pas la gratifier d'un bonjour, ni d'un bonsoir. « Où est-ce que tu étais ? » voulut-elle savoir. « Juste parti faire un tour », répondit-il en claquant la porte. « Pendant cinq jours ! » cria-t-elle avant de détourner ses yeux sur moi. « Juste parti faire un tour », répétai-je. Elle sourit quand même, heureuse que Fred soit finalement rentré, bien que son tour ait duré cinq jours – et cette phrase, « Fred est juste parti faire un tour », deviendra d'ailleurs une sorte d'expression figée tant nous la répéterons un nombre incalculable de fois, à partir du moment où il commencera à disparaître, jusqu'à celui où, sa disparition confinant à une absence définitive, il sera en fin de compte déclaré mort ; et il me revint en mémoire que Vivian avait été la première à l'employer plus tôt dans la soirée : juste partie faire un tour. « Tu veux que je te prépare un petit quelque chose à grignoter ? » me demanda maman, et là je sus qu'elle était de très bonne humeur. « Non, je te remercie. Mais… Est-ce qu'on aurait un livre qui s'appelle *La Faim* ? » Son sourire se figea, laissant place à la surprise. Elle se retourna vers Boletta qui s'était déjà levée du divan et venait vers nous d'un pas lent. « Hélas, Barnum. Ce roman, nous l'avons brûlé », annonça-t-elle. « Brûlé ? » « Pendant la guerre, l'auteur faisait partie de la racaille, Barnum. Ses livres enlaidissaient notre bibliothèque. Voilà pourquoi nous avons brûlé ses œuvres complètes. Ici même, dans le poêle. » Elle dut s'appuyer sur mon épaule. Nous serions bientôt aussi petits l'un que l'autre. Elle poussa un profond soupir. « Tu ne peux pas t'imaginer comme je regrette à présent… Car, tu sais, même les crapules peuvent être de bons écrivains. »

Cette phrase me trotta dans la tête au moment de me coucher, elle me confortait dans mon choix. Même les crapules peuvent être de bons écrivains. Dans ce cas, il n'y avait pas de raison que je n'y arrive pas, moi,

Barnum. Je serais à la hauteur de ma plume. Je me relevai, m'assis à mon bureau, allumai la lampe, sortis crayon et bloc-notes, et j'écrivis : *Un garçon descend une rue. Il est plus grand que les immeubles. Il est plus grand que les feux de signalisation. Il s'arrête à un croisement. Il est seul.* Je n'allai pas plus loin car j'avais oublié la présence de Fred dans son lit. « Ça s'appelle comment ce que tu écris ? » « La Petite Ville », répondis-je. « C'est un beau titre, Barnum. » J'étais tellement content. J'éteignis la lampe. « Tu n'écris plus ? » « J'attends demain. » « Pourquoi ? » « Je ne sais pas comment ça continue. » « Il n'y a que toi qui peux le savoir. » Je me blottis sous la couette. Nous n'avions pas eu une telle conversation depuis une éternité. Je ne voulais pas la massicoter mais au contraire la ménager. Je fermai les yeux. Je voulais sourire et sentir mon sourire m'emporter lentement dans le sommeil. Puis j'entendis Fred venir s'asseoir sur le bord de mon lit. Ça y est, pensai-je, maintenant il pouvait tout gâcher. Et pourtant il ne le fit pas. Il prit la parole et ses mots amplifièrent notre conversation, lui conférèrent une tout autre ampleur, et je sus que jamais je ne les oublierais. Même si j'étais terrorisé. « Moi aussi j'ai réfléchi », murmura-t-il. « À quoi ? » Il resta silencieux un long moment. « Au fait que je vais retrouver la lettre que le défunt Arnold Nilsen a vendue. » Voilà les termes qu'il a employés : le défunt Arnold Nilsen. J'ouvris les yeux. Il se pencha au-dessus de moi, nos haleines se confondirent. « Tu ne le diras à personne, Barnum. » « Non. » « À personne, tu m'entends. » Je levai les mains, pour que mes doigts soient bien en vue. Il partit d'un petit éclat de rire, se redressa, s'arrêta à hauteur de mon bureau, les yeux baissés sur mon bloc à peine visible dans la lueur jaune des réverbères qui filtrait entre les rideaux en formant un mince faisceau tremblé. Il se mit à lire à haute, lente et intelligible voix. *Un garçon descend une rue. Il est plus grand que les immeubles. Il est plus grand que les feux de signalisation. Il s'arrête à un croisement. Il est seul.* Fred avait lu mon tout premier

écrit, sans faire une seule erreur, sans écorcher la
moindre syllabe. Je n'osais rien dire. J'allais fondre en
larmes. Il ne fallait pas que ça arrive. Il ne le fallait surtout pas. Fred referma mon bloc-notes. Il se coucha.
Nous étions dans le noir, chacun de notre côté, séparés
par une trace de craie blanche sur le plancher. Il répéta, à
voix basse : « Il est seul. »

Fred dormait encore quand je me réveillai, à moins
qu'il ne fît semblant. Maman se déplaçait à pas feutrés
dans l'appartement, parlait à voix basse, nous demandant de nous taire à la moindre parole plus haute que
l'autre, effrayée à l'idée de le réveiller. Au lieu d'aller à
l'école, je pris le chemin du Stensparken et m'installai
en haut de la colline de Blåsen. Je sortis mon bloc, mon
crayon et mon casse-croûte. Le cartable, je le cachai
sous un buisson. C'était une belle journée. L'air était pur
et frais sans être glacé. J'avais la très nette impression
que tout se rapprochait sensiblement : la colline d'Ekeberg de l'autre côté, les bâtiments gris, les clochers. La
ville rapetissait au fur et à mesure. J'écrivis : *Il est seul.*
La lumière est changeante. Il n'y a aucune voiture dans
les alentours. Il traverse le passage clouté. Les rayures
jaunes sont plus petites que ses chaussures. Il entre dans
un magasin. Il est obligé de se contorsionner pour péné-
trer à l'intérieur. C'est un magasin de fleurs. Là aussi
il est seul. Il appelle : « Il y a quelqu'un ? » Mais per-
sonne ne répond. Il choisit des fleurs au hasard des
vases. C'est à peine si elles dépassent de ses mains. Il
laisse un peu d'argent sur le comptoir et s'en va. Au
moment où il sort, le dos courbé, il est aveuglé par une
lumière forte et doit se mettre la main devant les yeux.
Une voix lui crie alors : « Vous êtes en état
d'arrestation ! »

Toutes ces phrases me donnèrent faim. Je mangeai
une tartine de saucisse et de fromage, et, assis sur mon
banc, à Blåsen, sur ce monticule de chevaux morts, au
milieu de mon récit, je remarquai une agitation inhabi-
tuelle dans le quartier de Sankthanshaugen, l'autre pro-
montoire de ce côté de la ville. Je compris aussitôt le

motif de ce remue-ménage. Il s'agissait du tournage. Ils
étaient en plein dedans. Tandis que de mon côté
j'écrivais, eux, là-bas, filmaient. Chacun sur notre montagne. Je rangeai mes affaires, dévalai le sentier escarpé
et m'élançai dans leur direction. Ils prenaient leur pause.
Je reconnus Pontus. Assis sur un banc, les bras autour de
ses genoux ramenés contre son corps, il tirait avidement
sur une cigarette. Il avait l'air tout aussi épuisé qu'hier.
Le réalisateur, installé dans sa chaise, mangeait des tartines en feuilletant le scénario. Le même agent de police
était présent. Il n'était sûrement pas interdit de traîner
dans les parages, tout de même ? Je marchai lentement
sur le sentier bordé d'arbres et ralentis mon pas en
m'approchant de Pontus. Il leva la tête, se frotta un œil
derrière ses lunettes avec son doigt squelettique. Il avait
vraiment mauvaise mine. Il jeta brusquement sa cigarette avant de m'adresser la parole. « Auriez-vous
l'amabilité de m'indiquer l'heure, s'il vous plaît ? » Je
me figeai, abasourdi, parvenant à peine à remonter ma
manche de chemise. « Il est dix heures. » Pontus secoua
énergiquement la tête. « Non, c'est faux ! Il est deux
heures ! » Je vérifiai. Les aiguilles indiquaient dix. « Il
est dix heures », répétai-je. Pontus se leva, surexcité.
« C'est entièrement faux ! Il est deux heures ! Et tenez-
vous-le pour dit, mon bon monsieur[1] ! » J'entendis
quelqu'un rire près de la caméra. « Tu veux une tartine
à la saucisse, Pontus ? » demandai-je. Désarçonné, mis
hors jeu, Pontus tombait des nues. Il se rassit. « Et
comment tu t'appelles, toi ? » « Barnum. » Il opina, sans
me quitter des yeux. « Pontus et Barnum. On dirait le
nom d'un vieux couple de film muet. Tu t'appelles vraiment Barnum ? » « Oui. J'ai été baptisé Barnum par le
pasteur de Røst. » « Moi en revanche, je ne m'appelle
pas Pontus, hélas. Mon vrai nom est Per Oscarsson. » Il
me tendit la main. J'eus l'impression de serrer des os.

---

1. Ce dialogue est une répétition d'un échange verbal entre un agent
de police et le protagoniste du roman de Knut Hamsun, *La Faim*, PUF,
1986, traduit par Georges Sautreau. *(N.d.T.)*

« Merci, Barnum. J'aurais volontiers accepté ta tartine.
Mais ça m'est impossible, hélas. Dans ce film, je joue le
rôle d'un cinglé qui crève la dalle, et donc je dois tout
le temps avoir faim. » « Je vois ça. » Lâchant ma main,
il désigna ses chaussures. Elles étaient tout aussi minces.
« Je suis venu pieds nus de Stockholm jusqu'à Oslo. Tu
sais combien de kilomètres ça fait ? » Je secouai la tête.
« Moi non plus. Mais sûrement beaucoup. » Il se renversa contre le dos du banc. « Je suis épuisé, soupira-t-il.
À peine si je sais encore où je suis. » « Tu es à Sankthanshaugen, à Oslo. » Pontus hocha la tête, lentement, à
plusieurs reprises. « Merci, Barnum. Après, on doit aller
tourner dans le parc du Palais Royal. » Il poussa un profond soupir. « Pour mon prochain rôle, je vais exiger de
jouer un roi obèse… » Une femme en pantalon large
s'approcha de nous. Elle portait un coffret rempli de
tubes et ce qui ressemblait à un blaireau. « Maestro
attend », chuchota-t-elle. Elle se mit à le tartiner de
maquillage, rendant sa barbe de trois jours plus sombre,
ses cheveux plus clairsemés, ses yeux plus possédés. Au
même moment, le maestro se redressa en hurlant : « Les
intrus sont priés de vider les lieux immédiatement ! » Le
maestro était le réalisateur, l'intrus n'était autre que
moi-même. « Quelle heure est-il ? » demandai-je à toute
vitesse. Pontus sortit une montre de poche dont il souleva le boîtier d'un geste solennel, en souriant. La
montre était vide, comme un coquillage en argent dont
l'intérieur aurait été retiré. Et, avec un grand sourire, il
me dit : « Il est exactement midi moins cinq. »

   Je courus jusqu'à la Solli plass mais, arrivé au dernier carrefour, je freinai, préférant marcher tranquillement sur la fin du trajet. Peder et Vivian m'attendaient
déjà sous l'arbre. J'avais encore le temps. Je ramassai
quelques feuilles pour en examiner les motifs splen-
dides, le lacis de nervures sur la surface verte. Peder et
Vivian me rejoignirent. « Tiens… Barnum est en avance
aujourd'hui », lança Peder à la cantonade. Je laissai
tomber les feuilles par terre. « Ça se passe dans le parc
du Palais Royal. » « Et comment tu le sais ? » Je haussai

les épaules. « Parce que j'ai discuté tout un moment avec Pontus. » Vivian inclina la tête sur le côté. C'était presque un tic chez elle, quand quelque chose lui échappait, comme si ça pouvait l'aider à comprendre : elle penchait un peu la tête. Elle avait le coin des yeux rouges, de légères irritations qu'elle avait essayé de masquer. Peut-être avait-elle passé une nuit blanche ? Peut-être était-elle restée éveillée toute la nuit pour lire à sa mère la fin du roman ? « Pontus ? » demanda-t-elle à voix basse. « Le rôle principal dans le film. Je l'ai rencontré à Sankthanshaugen. » Peder s'avança d'un pas. « C'est vrai ? » « Bien sûr que c'est vrai ! » Il agitait maintenant les bras comme une poule battait des ailes. « Mais comment il était ? » Je dus réfléchir, longuement. À force, Peder allait finir par s'envoler. « Il avait faim », répondis-je.

Nous nous rendîmes au parc du Palais Royal. Il ne s'y passait strictement rien. Seul le roi Olav était chez lui. Si ça se trouve, il avait reçu la consigne de surtout s'éloigner le plus possible des fenêtres. Je n'arrivais pas à m'ôter ces idées de la tête. Jusqu'où pouvait-on aller pour nous faire croire à ce qu'on voyait ? Est-ce que Pontus parlait suédois parce que finalement l'Union avec la Suède n'avait pas été dissoute en 1905 ? Jusqu'où, jusqu'à quel point en réalité pouvait-on voir ? Si un avion passait au-dessus de la ville, fallait-il refaire les choses qu'on avait déjà faites ? Voilà ce à quoi je pensais très précisément : jusqu'à quel point pouvait-on mentir avant que quelqu'un croie que c'était l'entière vérité ?

« En fait moi aussi j'ai faim », annonça Peder. Il descendit d'un pas lent au kiosque du Nationaltheater. Il avait repris du poids depuis l'été. Nous entendions son souffle saccadé jusqu'ici. Esquissant un sourire, Vivian s'apprêta à dire quelque chose mais se ravisa. Nous étions assis dans les feuilles derrière le plus gros arbre, de sorte que les gardes ne pouvaient pas nous voir. Vivian gardait le silence. À force d'observer son visage, il devenait transparent au bout d'un moment, comme si la peau était une eau à la surface de laquelle je pouvais apercevoir mon reflet. Me revint alors en mémoire ce qu'elle nous avait raconté, sa naissance dans un accident. « Qu'est-ce qu'il y a ? » me demanda-t-elle. « Rien », murmurai-je. Je voulus me rapprocher d'elle mais elle s'esquiva, se penchant pour sortir un livre de son sac. Elle me le tendit. C'était *La Faim* de Knut Hamsun, la crapule. « C'est pour toi. » « Tu l'as terminé ? » Elle acquiesça. « Merci beaucoup… » Je feuilletai le livre. Je ne trouvai le nom de Pontus nulle part. « Ça finit comment ? » « Le personnage principal quitte la ville. » « Il revient ? » Vivian baissa les yeux. « Je ne sais pas. Ce n'est pas indiqué. » « La fin a l'air vraiment très triste. » Elle me regarda de nouveau. « Tu trouves ? » Je n'eus pas l'occasion de lui répondre puisque Peder revenait, les bras tellement chargés de nourriture qu'on aurait de quoi passer la journée : non content d'avoir acheté des tablettes de chocolat Freia, ce qui n'était pas sans nous plaire, il n'avait pas oublié de rapporter des vrais petits pains en pâte d'amande ainsi que des bonbons à la menthe, le plat de résistance de Vivian, aussi maigre soit-elle. « La probabilité pour que, de deux événements, l'un se produise, est égale à la somme de chacune des probabilités des événements, assena Peder en faisant tomber dans les feuilles trois paquets de Twist. Autrement dit, nous avons le choix entre le chocolat et la faim. » Nous avons commencé par le chocolat – et quelqu'un dut nous photographier à notre insu car, de nombreuses années plus tard, je tomberai par hasard dans le *Quid* sur un cliché un peu flou dont je reconnaîtrai peu à peu les trois protagonistes, le dos courbé, les mains enfouies dans le feuillage, puisque c'est bel et bien nous sur la photo, Peder, Vivian et moi, la mine hébétée, à croire que nous nous adonnons à une quelconque activité illicite alors que nous sommes bêtement en train de chercher nos barres de Twist dans les feuilles mortes. L'image sera ainsi légendée : *Jeunes dans le parc du Palais Royal, cherchant refuge dans les paradis artificiels, en protestation contre ce qu'ils qualifient d'adoration morbide du veau d'or et d'un dieu de pacotille.* Et je comprendrai alors la chose suivante, une bonne fois pour toutes, mortifié, avec une irrépressible envie de rire, mais non sans un certain chagrin : l'œil qui voit décide de ce qu'il désire voir, l'œil déforme le monde et tout ce qu'on voit ou verra renferme une puissance rétroactive colossale.

Ils arrivèrent juste avant le crépuscule, Pontus, le maestro et toute sa clique, dans cette demi-lumière vacillante qui, à cette époque de l'année, semble refuser de se dessaisir du jour tant que la brume du fjord ne s'est pas insinuée dans les rues, escamotant les distances comme les croisements. Le soleil était une ombre rouge entre les arbres. Le feuillage reluisait dans un frémissement imperceptible le long du parc en pente. Toute l'équipe se préparait derrière la cabane des gardes. Nous nous approchâmes. Le désordre ambiant virait au foutoir. Ils couraient les uns après les autres. Peut-être étaient-ils très en retard. La femme en fourrure se faisait maquiller, son teint déjà blême devenait plus livide que jamais. Pontus s'assit sur un banc installé par les accessoiristes. On aurait dit le même banc qu'à Sankthanshaugen. Les projecteurs furent allumés. Une machine souffla des feuilles mortes sur Pontus. Je me mis à espérer que les tourbillons emportent par la même occasion toutes les pages du scénario, ce qui me permettrait alors de les ramasser une à une et de les rapporter, rangées dans le bon ordre, au réalisateur. J'essayai d'attirer l'attention de Pontus par un petit signe de la main, mais il ne me vit pas. Il griffonnait sur un bout de papier, complètement fermé au monde extérieur. Je sus aussitôt que j'aurais bien aimé lui ressembler. Peder me prit par le bras. « Va lui dire que ta grand-mère était une actrice célèbre », me chuchota-t-il à l'oreille. « À Pontus ? » « Mais non, abruti ! Au réalisateur ! C'est lui qui décide. » « Qui décide quoi ? » « Tout, Barnum ! » Le réalisateur agitait les bras et ressemblait à un chef d'orchestre confronté à des musiciens incapables de jouer ensemble. Il finit par se rasseoir sur sa chaise, les mains croisées. Je pensai à

La Vieille, qui n'était jamais apparue dans aucun film. « Mon arrière-grand-mère, chuchotai-je. C'était elle l'actrice. » « Oh… C'est pareil. Va lui dire ! » Peder me poussa dans le dos. Je crois que Vivian l'imita, plus doucement. Je pris une profonde inspiration et me dirigeai lentement vers lui. Il paraissait être dans une colère noire au moment où je me plantai devant lui. « Mais quand est-ce qu'on va me débarrasser le plancher de ces sales mioches ! » Je m'inclinai. « Mon arrière-grand-mère était actrice au Danemark. » Il daigna me jeter un regard d'un seul œil. « Sans blague… Ton arrière-grand-mère était actrice au Danemark ! ? Et je peux savoir son nom ? » Je le lui dis. Il secoua la tête. « Connais pas. Désolé. Ça devait être avant que je commence à travailler. » Il baissa les yeux sur son scénario. Je restai là, devant lui, sans bouger, davantage parce que je ne savais pas quoi faire de ma peau et que marcher dans les tas de feuilles mortes était fatigant à la longue. Le réalisateur releva une paupière de son scénario puis retira ses lunettes. « Vous êtes combien dans ton genre ? » « Trois. » Il leva les bras en l'air. « Bon… Eh bien, puisque je n'arrête pas de vous avoir dans les pattes, je ferais mieux de vous utiliser. » Il se leva, alla s'entretenir avec deux femmes dont l'une était chargée du maquillage. Et ce qui se produisit ensuite, je ferais mieux de le raconter à voix basse, de le chuchoter presque, car l'année d'après, alors que nous étions dans la salle du Saga, le soir de l'avant-première, l'immensité de notre déception fut sans commune mesure. Oui, nous eûmes l'impression d'avoir été littéralement roulés dans la farine, et à cette déception s'ajoutait un sentiment pire encore : la honte ; voilà pourquoi je le dis tout bas, je le murmure : nous allions être figurants.

Nous fûmes habillés dans des vêtements de l'ancien temps : des pantalons trop larges qui grattaient aux cuisses, des chaussures trop grandes et des vestes avec plus de boutons que nous avions de doigts pour les fermer. « Quelles boucles magnifiques tu as ! » s'extasia la maquilleuse en me peignant un peu trop

longtemps. Vivian dut enfiler une robe longue pleine de
froufrous, des bottines et une pèlerine lourde. Nous formions un drôle d'équipage. Nous étions en 1890. La
ville s'appelait Kristiania. Nous rentrions chez nous, en
traversant le parc du Palais Royal, après avoir rendu
visite à notre oncle et notre tante dans l'avenue Wergeland. « Vous êtes frères et sœur », précisa le réalisateur.
« C'est pas un peu bizarre ? » objecta Peder. « Bizarre.
Qu'est-ce que tu veux dire ? » Peder se posta à côté de
moi en attirant Vivian. « Vous trouvez qu'on a l'air de
frères et sœur, vous ? » Le réalisateur poussa un soupir
exaspéré. « Au siècle dernier, ils avaient cet air-là. Bon.
Vous descendez jusqu'à l'étang en faisant comme si de
rien n'était. Et surtout, vous ne vous retournez pas !
C'est compris ? » Nous opinâmes du bonnet. « Est-ce
qu'on doit penser à quelque chose en particulier ? »
demandai-je. « Penser ? » « Oui. À quoi faut-il qu'on
pense ? » Pontus nous avait rejoints. « Alors Barnum…
On est devenu collègues maintenant ? » « On dirait bien,
oui… » Pontus rit à gorge déployée, ses dents jaunes
accentuèrent ses joues creuses. « Je vais te dire, moi, à
quoi vous devez penser, enchaîna-t-il. Vous devez
penser à toutes les tartines que vous allez manger une
fois rentrés à la maison. Avec de la dinde. Du jambon.
Du bœuf. Des saucisses. De la mayonnaise bien grasse.
Du chocolat avec de la crème pâtissière. » Le réalisateur
intervint. « Ça suffit, Oscarsson. Ils ont assez à penser
comme ça. » Et nous ne tardâmes pas à entrer en scène.
Nous descendîmes jusqu'à l'étang où nageaient
quelques canards sur l'eau noire tandis que derrière nous
le tournage avait redémarré. Nous ne nous retournâmes
pas. Nous n'échangeâmes pas un seul mot. J'ignore à
quoi Peder et Vivian pensaient. Toujours est-il que moi,
je pensais à la manière dont j'aurais écrit la scène.
D'abord, plutôt que d'être frères et sœur, nous serions
trois amis de retour d'une réception, ou d'un bal, oui, un
bal ; tant Peder que moi sommes amoureux de Vivian,
ce qui constitue le germe d'un règlement de comptes
entre nous : c'est lui ou moi. Sauf qu'au même moment,

Vivian tombe dans l'étang, pile à l'endroit le plus profond, elle ne sait pas nager, l'eau est glacée à cette
époque de l'année et elle est sur le point de se noyer. Ni
une ni deux, Peder et moi conjuguons nos forces pour la
sauver, nous nous jetons à la baille et la ramenons à
terre. Mais c'est trop tard. Elle n'a pas supporté ce
séjour dans l'eau et elle meurt, là, dans nos bras impuis-
sants. « Je voudrais pas dire mais... Je crois qu'on a
marché assez loin, non ? » murmura Peder. Nous étions
quasiment arrivés à l'extrémité du parc. Quand enfin
nous nous retournâmes, le réalisateur se tenait comme
une ombre devant le projecteur en nous faisant signe.
Nous courûmes le retrouver. « Excellent ! » « On ne
doit pas la refaire ? » proposai-je. « Ce ne sera pas
nécessaire. C'était parfait. » Un membre de l'équipe
nous gratifia chacun d'une pièce de cinq couronnes, et,
après nous être changés, nous repartîmes par le même
chemin, c'est-à-dire par l'étang. Nous avions reçu un
salaire pour notre participation dans un film, nous étions
détenteurs de quinze couronnes ! « Il faut fêter ça !
s'exclama Peder. On va prendre une cuite ! » Les
canards s'envolèrent en battant de leurs ailes lourdes et
ruisselantes. « Ouais ! » m'écriai-je.

Et pour se prendre une cuite, on s'en prit une cara-
binée, surtout Peder, et moi aussi sans aucun doute.
« Barnum est le premier soûl car il est le plus petit »,
disait toujours Peder, ce à quoi je répondais que Peder
était le dernier à être soûl car il était le plus gros ; et puis
on continuait à picoler encore plus. Mais ce jour-là, nous
fîmes une descente Chez Miil – Vente et achat de
timbres, avec un arrêt prolongé devant le Frigidaire de
l'arrière-boutique, où nous en eûmes encore une bonne,
de descente. Y compris de la bouteille de champagne
prévue pour les ventes exceptionnelles – et qui sait si
papa et Oscar Miil n'avaient pas trinqué au champagne
ce fameux jour où la lettre de notre arrière-grand-père
avait été simultanément vendue et achetée. Nous fîmes
péter le bouchon, buvant à même la bouteille ce nectar
pétillant qui nous chatouillait les papilles, car il

s'agissait bien d'une occasion exceptionnelle : nous avions participé à un film, nous avions joué dans *La Faim*. Nous passâmes le reste de la soirée affalés dans cette arrière-boutique exiguë, dans l'odeur forte des vieilles lettres, à trinquer au champagne, au Campari et au coca. À en croire Peder, la beauté renversante de Vivian lui évitait l'ivresse. Moi, en tout cas, je le sentais revenir, l'enivrement. J'en avais fait l'expérience à Ild-jernet, tout comme je l'avais éprouvé pour la première fois dans la chambre à coucher de maman, lorsque j'ins-pirais profondément et que sur ma langue tombait le goût sucré et capiteux du malaga. Nous étions donc avachis tous les trois et moi je décollai, d'abord en dou-ceur, puis j'eus l'impression que quelqu'un appuya sur un interrupteur – et le plus étrange fut d'assister à cette mise en veilleuse d'une majeure partie de moi-même, une mise à l'écart et une mise à l'ombre : j'étais plongé dans l'obscurité alors que, simultanément, la lumière était allumée dans une autre pièce, une pièce dont j'ignorais l'existence comme la présence et où, tant que l'effet durait, j'étais roi. Dès lors, je pouvais tendre la règle de Barnum, je projetais des ombres longues et souples, les idées me venaient avec légèreté, elles jouaient des coudes et se bousculaient en moi. J'étais roi. Je sortis mon bloc-notes et écrivis sur une feuille vierge : L'Engraissement. Voilà le mot que j'écrivis. *L'Engraissement.* C'était ma nouvelle idée (même s'il s'écoulera de nombreuses années avant que je ne ter-mine cette histoire et remporte grâce à elle le Concours du meilleur scénario organisé par Norsk Film). J'étais en marche. « C'est quoi ce que tu as, là ? » me demanda Peder. Je revins en arrière, à La Petite Ville. « Juste un truc que j'ai écrit. » « Écrit ? Tu as écrit quelque chose ? » Je me levai. Je ne tenais pas tout à fait droit, je flottais sur le plancher de la même manière que les pensées flottaient en moi. « Oui, répondis-je d'une voix un peu forte. J'ai commencé à écrire ! » Peder applaudit. « Lis-nous ton œuvre, Barnum ! » Et je lus. Je leur lus le tout début de ce que j'avais écrit, exception faite des compositions à l'école que de toute façon je ne comptais pas. Quand j'eus fini, Vivian souriait et Peder était taiseux. Il ouvrit une autre bouteille de bière. « C'est beau », me dit Vivian en me prenant dans ses bras, très vite, trop vite. Mes efforts pour la retenir ne furent pas couronnés du succès escompté – et il est faux d'affirmer que sa beauté renversante lui évitait l'ivresse : elle n'était jamais ivre parce qu'elle ne buvait pas, voilà pourquoi elle était si belle. « Tu es si belle », lui dis-je en m'effondrant sur le canapé. « Arrête tes âneries, Barnum ! » protesta-t-elle. Quand je la regardai attentivement, je me rendis compte qu'elle avait gardé sa perruque et que son visage était encore maquillé. « Si ! Un jour, j'écrirai sur toi ! » « Mais qu'est-ce qui se passe après ! voulut savoir Peder, impatient. Ça peut pas se terminer comme ça ! » Je réfléchis. J'étais en marche. Tout roulait à merveille. J'étais une roue. « Ensuite, il est jeté en prison ! m'écriai-je. Et là, tout est tellement plus grand, de la même façon que tout était minuscule dans La Petite Ville. Lui qui était l'homme le plus grand du monde devient l'homme le plus petit du monde. La seule chose qui lui rappelle La Petite Ville, ce sont les fleurs qu'il y conservait. » Je n'ajoutai rien de plus. Un silence tomba. « J'aime bien ce que tu viens de dire à propos des fleurs », murmura Vivian. Peder se leva. « Mais ça veut dire quoi ? » Vivian éclata de rire. « Tu n'as qu'à compter le nombre de mots qu'il y a dans le texte », suggéra-t-elle. Je ris à mon tour. « Oui, bonne idée ! Compte le nombre de mots que j'ai écrits ! Et peut-être que tu comprendras ! » Peder s'approcha de moi. « Et toi, Barnum, tu comprends ? » Je secouai la tête. Je n'aurais pas dû. « Que dalle ! » reconnus-je. C'est Peder qui me ramena à la maison.

Quand je retrouvai mes esprits, j'étais dans l'entrée, assis devant l'horloge. Elle était arrêtée. Il n'y avait plus de pièces dans le tiroir. Le temps était fauché. Maman aussi était là, devant moi. Elle bougeait de toute sa hauteur, comme si elle essayait de ne pas perdre l'équilibre à la seule force des doigts. Derrière elle, près de la défunte horloge morte, Boletta était appuyée sur sa canne ; il me sembla également entendre Fred, dans notre chambre. Quelqu'un riait. C'était moi, rien que moi. Maman pleurait. « Le censeur a appelé », m'annonça-t-elle d'emblée. « Ah ouais ? Qu'est-ce qu'il a dit ? » Elle s'arrêta de pleurer et s'empara de mon sac. « Je te donne une chance, Barnum ! Celle de dire la vérité ! » « La vérité ? » « Oui. Qu'est-ce que tu as fait aujourd'hui ? Puisque visiblement tu n'es pas allé à l'école. » Je réfléchis. Je ne flottais plus. J'avais mal aux cheveux. Je n'étais pas une roue. J'étais une roue bancale et inutilisable qui dévalait une pente jonchée de hérissons. « J'ai écrit », murmurai-je. « Écrit ? » « Oui. Et après j'ai joué dans un film. Tu me crois pas, hein ? » Maman entra dans une colère noire. Elle ouvrit mon cartable en fouillant dedans d'une main de fer et de furie. « Le censeur en a par-dessus la tête que tu sèches à longueur de temps ! Tu n'auras jamais ton examen si tu continues comme ça ! » Je haussai les épaules. Elles étaient lourdes à soulever. « M'en tape ! » fis-je. Maman se pencha sur moi, la bouche tremblante. « N'essaie pas d'imiter Fred, Barnum ! Parce que tu n'y arriveras jamais ! » Ma bouche tremblait à présent autant que la sienne. « Mais je t'assure que c'est vrai ! » Elle recula d'un pas. Elle tenait *La Faim* dans une main et mon bloc-notes dans l'autre. Elle se radoucit l'espace d'un instant, pour tout aussi brusquement se figer puis se pencher de nouveau vers moi. « Mais en plus tu as bu, Barnum ? » Je branlai du chef. Je n'aurais pas dû. Je glissai de la chaise et rejoignis l'ombre de l'horloge. Je n'avais plus grand-chose à dire – et je n'en ai maintenant pas plus à raconter si ce n'est que j'ai tout bonnement et connement glissé de la chaise ; ce que je dis est raconté par les autres, sur moi ; moi, je suis le récit, celui qui est raconté, à cet instant précis, alors que je gis raide mort aux pieds de ma mère. Mais je sais au moins une chose : Boletta me prescrivit son remède, hérité de La Vieille et transmis à maman, du quinquina sans malaga, et, quand je me réveillai, je gisais toujours, fort heureusement dans mon

lit. J'avais par ailleurs bien entendu : Fred riait. Fred était
dans son lit et il riait, certes à voix basse, mais de bon
cœur. « Qu'est-ce qui te fait rire comme ça ? »
« Devine. » « Moi ? » « Faux, Barnum. Je ne ris pas de
mon petit frère. » « Merci, Fred. Merci. » « Tu as écrit
un peu aujourd'hui ? » « Oui, une demi-page dans mon
bloc-notes. » « C'est bien, Barnum. » Il ravala son rire.
Mon cœur sifflait, comme si son rythme en avait été augmenté, de sorte que le temps s'écoulait plus vite en moi ;
à moins que je n'aie vieilli de plusieurs années au cours
de cette nuit-là, à moins que je n'aie été mort et me sois
réveillé vieux et sage. « T'étais pinté ? » demanda Fred.
« Je crois que oui », marmonnai-je. « Ça t'a plu ? »
J'essayai de me souvenir. « Tant que ça durait, oui »,
répondis-je – et soudain je pris peur car je ne me rappelais plus comment j'étais rentré, je ne me souvenais
plus de l'intervalle entre le moment où nous avions
fermé la porte de Chez Miil et celui où je m'étais
retrouvé assis devant l'horloge ; j'avais la très nette sensation qu'un pan de ma vie venait d'être déchiré, j'étais
confronté à mon premier trou noir (et ce ne serait pas le
dernier). Fred laissa libre cours à son rire. « Maintenant
c'est Barnum le mauvais garçon », dit-il. « En fin de
compte c'est de moi que tu ris. » Il cessa. « Je ris
d'Arnesen. » « Arnesen ? Pourquoi ? » « Un peu de
patience... Écoute... Il n'y a pas de bruit. » Je tendis
l'oreille. Oui, en effet. Il n'y avait pas de bruit. Cela faisait longtemps que la cour de l'immeuble n'avait pas été
aussi silencieuse. Mme Arnesen ne jouait pas au piano.
« Bonne nuit, Barnum. »

Je ne fis pas de rêves pendant la nuit. À mon réveil,
Fred était déjà levé, et déjà parti. Maman était assise sur
le bord de mon lit, elle me caressait les cheveux, un
sourire dessiné sur ses lèvres. « Vous avez eu la permission de jouer dans *La Faim* ? » me demanda-t-elle, et
je fus aussitôt sûr et certain d'être réveillé. Je me
sentais vieux, mais pas sage pour autant. « Oui. On
était figurants. Peder, Vivian et moi. » « Si La Vieille
savait ça..., soupira maman. Imagine un peu... » « Oui.

Imagine un peu. Nous avons traversé le parc du Palais Royal et on nous a filmés. » Maman suspendit son geste, sa main resta immobile dans mes boucles. « Mais promets-moi de ne plus jamais t'enivrer. Tu es beaucoup trop jeune. » « Oui maman. » « Tu auras un mauvais cœur après, si tu bois trop. » « Boletta aussi, elle a un mauvais cœur ? » Maman me tira les cheveux jusqu'à me faire mal. « Je devrais être furieuse contre toi, Barnum ! Et t'interdire les sorties pendant un mois ! » « D'accord », chuchotai-je. « Mais d'abord, dis-moi comment vous vous êtes débrouillés pour trouver cet alcool[1] ? » « On a emprunté une bouteille de champagne au père de Peder. » « Emprunté ? » Son visage se rapprocha du mien. « Tu as mal à la tête ? » Je voulais être franc. « Oui. » Elle sourit. « C'est le but. Que tu aies mal à la tête. » « Oui, c'est ce qu'on appelle recevoir une amende pour port insuffisant. » Maman me scruta longuement d'un regard qui n'était plus empreint de la même aménité. Sur ce, elle alla chercher pas moins que, seigneur, le *Manuel de médecine destiné aux foyers norvégiens*, et se rassit sur le bord du lit. « Écoute bien, Barnum. » Et voilà ce qu'elle me lut, à haute, lente et intelligible voix, pour que je ne rate pas un seul mot :

Alcoolisme. Sous l'emprise d'une légère ivresse, l'individu voit son amour-propre conforté de manière proportionnelle à la diminution du contrôle de la parole et des pensées. Si l'ivresse est plus forte, la raison comme les sensations subissent un affaiblissement considérable, voire une abolition pure et simple, et la motricité n'est plus régie par aucune maîtrise ; dès lors, l'être humain se réduit à un amas de chair, d'os et sang, soumis à la violence des contingences ou à celle d'autrui. L'ivresse la plus nocive se manifeste lors d'un empoisonnement consécutif à une perte de connaissance totale et à une catatonie. Les séquelles de l'ivresse se traduisent par un état général de malaise, lui-même

---

1. En Norvège, et déjà à cette époque, la vente d'alcool est strictement interdite aux mineurs. (*N.d.T.*)

caractérisé par un goût répugnant dans la bouche, une haleine fétide, une humeur exécrable, maussade, qui conduit la plupart à un besoin irrépressible de s'enivrer à nouveau. Pareil comportement constitue souvent les prémices d'un alcoolisme chronique. À l'affaiblissement généralisé des membres, au tremblement des mains, s'ajoutent un teint rubicond tirant sur le bleu ainsi qu'un gonflement tout particulier du nez. L'individu perd peu à peu toutes ses capacités intellectuelles, de lui ne subsiste que ce besoin irrépressible d'alcool, aussi navrant qu'immodéré, lequel par surcroît finit à son tour par être intolérable, jusqu'à ce que les reliquats de ce vestige humain soient engloutis dans la mort._

Maman referma avec un claquement le manuel de médecine de Greve. Elle se tourna vers Boletta qui se tenait près de la porte. « Ne flanque donc pas la frousse à ce gamin. » Maman se leva, remit l'ouvrage à sa place sur l'étagère. « Barnum doit savoir ce qu'il fait lorsqu'il s'enivre. » « Mais oui, c'est ça... Ton docteur Greve trouve que moi aussi je devrais être engloutie dans la mort depuis des lustres, pendant qu'il y est ! » « Ne dis pas ça, maman ! » « Je dis ce que je veux ! Et j'ajoute même que ton Greve est un rabat-joie, et les rabat-joie ont plus de morts sur la conscience que le champagne ! » « Mais Barnum n'est même pas majeur, se justifia-t-elle à mi-voix. Je ne veux pas qu'il détruise son existence... » Boletta rit. « Et toi, tu n'aurais peut-être pas bu un petit coup de champagne si tu avais été actrice ? » Voilà la conversation qu'elles avaient, comme si elles me croyaient déjà mort et incapable d'entendre quoi que ce soit. Alors que j'étais là, dans mon lit, je regardai mes mains sans constater le moindre tremblement, je vérifiai mon haleine, tâtai mon nez pour m'assurer qu'il n'avait pas grossi, et je m'efforçai de déceler un quelconque appétit, mais je n'avais pas faim. En revanche, j'avais soif : je sentais, au plus profond de moi, ce qui m'effrayait autant que ça m'attirait, que j'aurais volontiers bu un peu de champagne, rien qu'une goutte, histoire d'être soulevé, d'être transporté ailleurs. J'étais déjà un vestige humain. « Per Oscarsson est venu pieds nus de Stockholm à Oslo », claironnai-je. Maman et Boletta se retournèrent de conserve vers le lit. « J'ai été obligée de dire au censeur que tu avais la grippe, murmura-t-elle. Tu seras contraint de rester à la maison deux jours de plus. Et c'est la dernière fois que je mens à cause de toi. Tu m'entends ? » « Oui, maman. » Elle s'approcha, ses yeux débordaient d'une douceur aussi soudaine qu'inattendue. « Fred a promis de se ressaisir, Barnum. Je pense donc que toi aussi tu peux y arriver. » « Se ressaisir ? Mais comment ? » « Il va trouver un travail. Et… Tu n'as pas remarqué de changements ici ? » Je ne voyais strictement aucune différence, mis à part que Fred avait fait son lit. Maman désigna le plancher, le sourire aux lèvres. « La ligne a enfin disparu », signala-t-elle. Maintenant je m'en rendais compte. La ligne de Fred avait été effacée. La chambre n'était plus divisée en deux – et ceci, qui aurait dû me remplir de joie, me remplit au contraire d'inquiétude, d'épouvante presque, car j'en ignorais la signification profonde. Boletta dut éprouver la même sensation, à la voir regarder ailleurs en fermant les yeux. Pour maman néanmoins, que Fred ait retiré cette ligne blanche qui nous séparait était bon signe. Jusqu'à quel point peut-on ne pas se tromper ? Nous interprétons les signes tels que nous souhaitons les voir apparaître, nous leur mentons pour mieux les attirer dans notre territoire et, lentement mais sûrement, ces signes retournent leur fureur contre nous. Maman souriait. « C'est beau ce que tu as écrit, Barnum. Sur la petite ville. » Je m'assis dans le lit. « Tu l'as lu ? » « Nous ne pouvions pas nous arrêter en si bon chemin…, chuchota-t-elle, honteuse. Mais tu dois le terminer. » Boletta donna un coup de canne contre le chambranle de la porte, une autre manière pour elle d'approuver. « Et veille à ce qu'elle finisse bien, Barnum. Il y a beaucoup trop d'histoires tristes dans ce monde. Quand on commence par raconter des histoires tristes, on finit par leur ressembler. » Je ne savais toujours pas comment elle allait se terminer, mon histoire. « Je vais essayer », promis-je. Maman posa mon bloc-notes sur la couette et l'ouvrit à la dernière page. « Mais… Tu peux me dire ce qui figure là-dessus ? » J'arrivais à peine à déchiffrer ma propre écriture. Bancales, tarabiscotées, les lettres n'étaient pas loin de se chevaucher. Peut-être était-ce exactement la difficulté qu'avait Fred, avec les mots : ils ne cessaient de ramper, de se mouvoir comme des bestioles noires sur le papier et trompaient le lecteur à tout bout de champ. « L'engraissement », finis-je par articuler. Maman, perplexe une seconde, suspendit son geste. « Tu ne vas tout de même pas écrire là-dessus. » Levant les yeux vers elle, je décrétai de ne plus jamais faire lire à quiconque ce que j'avais écrit avant d'en avoir moi-même pris la décision. « Qu'est-ce qu'il a, Arnesen ? » demandai-je. Maman fit un pas vers la porte. « Arnesen ? Il lui est arrivé quelque chose ? »

Il lui était en effet arrivé quelque chose. Pour la seconde fois, deux hommes s'étaient présentés, porteurs d'une nouvelle catastrophique à Mme Arnesen. Or cette fois, ils ne se trompaient pas. Cette fois, ils n'avaient pas trouvé une carte de visite incongrue dans la poche d'anorak d'un squelette dans les forêts de Nordmarka. Cette fois, ils avaient des preuves. Ils s'étaient garés dans la Jacob Aalls gate, piquant du même coup la curiosité des habitants.

Les visages retranchés derrière les rideaux. Les portes entrouvertes. La bruine. Moi à la fenêtre. Un « chut » ininterrompu se répand dans Fagerborg et tout le monde est au courant en même temps. Mme Arnesen ouvre. Elle regarde les deux hommes, sourit. Croit-elle qu'ils viennent lui vendre quelque chose ? Croit-elle qu'ils font partie des Témoins de Jéhovah et qu'ils vont la convertir ? Des adeptes de la rédemption ont écumé le quartier au début de l'année, ils viennent toujours par deux et se ressemblent comme deux gouttes d'eau. Ces hommes-là se ressemblent également, mais ils ne sourient pas. Ne sait-elle encore rien, ou bien sait-elle déjà ce qui va arriver et tente de sauver les apparences, de garder jusqu'au bout sa dignité pour un homme à la chute annoncée ? Les hommes ne se présentent pas. Ils se contentent de demander si son époux est à la maison. Il est à la maison en effet. Il est dans la chambre du fond. Il attend. Il les attendait. Il savait que ça devait arriver. Elle l'appelle. Il se lève, serre sa cravate, en songeant que cela constitue le tout dernier instant normal de son existence. Lorsqu'il vient auprès d'eux, il a déjà revêtu son manteau. Il est prêt. Il dépose un baiser furtif sur la joue de son épouse. Les deux hommes baissent les yeux, gênés. Elle tente de le retenir. « Que se passe-t-il ? » veut-elle savoir. Elle ne sait donc pas. Ceci parle en sa faveur. Mais, à elle, ça ne lui est d'aucun secours. « C'est fini », dit-il simplement. « C'est fini ? Qu'est-ce que tu veux dire ? » Elle ne va pas tarder à le savoir. Elle le comprend peut-être déjà quand elle les voit monter dans la voiture, la voiture noire, qui démarre en trombe.

Il a été un serviteur infidèle. Il a gratté trop méticuleusement les fonds de tiroirs des horloges. Il a été gourmand. Il a grappillé des arrhes sur le temps. Il a grignoté les assurances-vie des clients. Il n'a plus été capable de s'arrêter. Il aurait mieux valu pour lui être un mari infidèle. Ç'aurait été une situation vivable. Ç'aurait pu être tu. Mais il aurait surtout mieux valu qu'il soit mort, que ce soit bel et bien lui l'homme allongé dans la neige fondue entre Mylla et Kikut, réduit à un tas d'os, de bâtons et de skis, mort bien avant de succomber, de succomber à la tentation, de glisser des pièces dans sa propre poche, cette fameuse poche intérieure spécialement cousue pour l'occasion. Dès lors, elle aurait pu, Mme Arnesen, toiser les autres du regard, car la tragédie vous anoblit et le chagrin vous grandit, tandis que la honte vous dévore et vous avilit : elle se nourrit de votre regard, se désaltère de votre sang, s'acharne sur vous pour vous faire courber l'échine.

« Que se passe-t-il ? » demanda maman. Debout derrière moi, elle posa ses mains sur mes épaules. Elle était la seule à ne pas savoir. « Arnesen a été arrêté pour détournement de fonds. » « Qu'est-ce que tu dis ? » « Ils viennent juste de l'emmener. » Maman courut rejoindre Boletta. « Arnesen est en état d'arrestation ! » s'écria-t-elle. Boletta martela le plancher avec sa canne. « Je te l'ai toujours dit que cet homme était fait de bric et de broc pas toujours recommandable. Il avait trop de poches ! » Maman ouvrit le tiroir sous l'horloge. « Mais ça me fait de la peine pour Mme Arnesen », murmura-t-elle. « Parce qu'ils avaient de la peine pour les autres, eux, peut-être ? Mis à part pour eux-mêmes ! ? » « Oh ! Veux-tu te taire ! » « Non ! Je ne me tairai pas ! Tu sais tout aussi bien que moi qu'ils ont emménagé dans l'appartement avant même que quiconque soit informé de la mort de Rakel. » Maman s'appuya à l'horloge. « C'était il y a si longtemps », dit-elle à mi-voix. « Et alors ? Je ne vois pas le rapport ! » Au même moment, on sonna à la porte. C'était Peder et Vivian. Maman essuya ses larmes, essayant de se façonner un sourire. « Et voilà le reste de la troupe ! » s'exclama-t-elle. Ils lui donnèrent une poignée de main, se montrant d'une politesse à la limite de l'excessif, le regard fuyant à croire qu'ils étaient atteints d'une cataracte aux deux yeux. Je les fis entrer prestement dans la chambre. Vivian s'assit sur le lit de Fred et j'eus envie tout d'un coup qu'ils s'en aillent avant le retour de Fred. Peder n'était pas franchement en grande forme. Il avait l'allure d'un sac à dos de scout, sans la figure du louveteau qui va avec. Il ressemblait plutôt à un Roi-Soleil dans ses mauvais jours. Toujours est-il que ses mains ne trem-blaient pas. « C'était bien hier », dit-il. « Ça tu peux le dire… Quelle soirée ! » « T'étais bourré comme un coing. » « Toi aussi, remarque », rétorquai-je. Il sourit. « Ouais, mais toi t'es le premier soûl parce que t'es le plus petit. » Je lui lançai une gomme à la figure. « Et toi t'es obligé de picoler deux fois plus parce que t'es le plus gros. » Nous nous tournâmes vers Vivian. Elle n'avait pas besoin de boire, bien qu'elle fût née dans un accident. J'aurais aimé qu'elle se soit assise ailleurs, et pas sur le lit de Fred. « Un peu de maquillage te ferait du bien, Barnum », glissa-t-elle – et ce fut peut-être à cet instant très précis, au moment où elle prononça cette phrase, en voyant mon teint terreux et couperosé, qu'elle se décida à continuer dans cette voie-là, le maquillage ; à moins qu'elle ne l'ait toujours su, depuis le jour où elle avait vu le visage abîmé de sa mère. Peder s'esclaffa, m'administra une telle tape dans le dos que je faillis me cogner le front par terre. « C'était bien ce que tu nous as lu hier. Vachement bien. » « Merci, Peder, fis-je en toussant. Merci beaucoup. » « Je t'en prie. Y a pas de quoi. » « Non, je veux dire… Merci de m'avoir raccompagné hier soir. » Peder, taiseux d'un seul coup, jeta un coup d'œil à Vivian. « Tu as pris le tramway, précisa-t-elle à voix basse. Tu ne te rappelles pas ? » C'était moi qui riais à présent. « Bien sûr que si ! Vous croyez que je suis maboul, ou quoi ? » Or je ne me rappelais pas avoir pris le tram à la Solli Plass, acheté un billet, être descendu à Majorstuen, avoir remonté l'avenue Kirkeveien, ouvert la porte à clé et enfin m'être assis sur une chaise devant l'horloge arrêtée. J'avais perdu cet épisode à jamais. « Ta mère n'est pas trop en colère ? » demanda Peder. Nous pivotâmes au même moment car elle était là, sur le seuil, nous apportant le souper et trois grands verres de lait. « Je suis désolée mais je n'ai pas de champagne », s'amusa-t-elle. Je regardai par terre, mon visage correspondait trait pour trait à la description du docteur Greve : rubicond tirant sur le bleu, et gonflé. Sans se démonter, Peder se leva et s'inclina pour la saluer de nouveau. « C'est très gentil à vous, mais je crois que nous avons bu suffisamment de champagne hier. » Elle ne put s'empêcher de rire. Elle posa le plateau sur mon bureau avant de se retirer poliment. Peder avait une faim de loup, il était donc hors de danger, lui ; et, insatiable, il dévora toutes les tartines et but d'un trait son verre de lait. Vivian vint s'installer sur mon lit. Elle se renversa et posa la tête sur mon oreiller – et je pensai que dorénavant je ne pourrais plus m'endormir sans penser à elle. « Ta mère est sympa », dit-elle. « Ouais. Quand elle l'est… » Elle me dévisagea. « C'est vrai

qu'elle aussi a été victime d'un accident ? » J'eus beau
entendre sa question, je ne la compris pas. « Qu'est-ce
que tu veux dire ? » demandai-je d'une voix poreuse,
blanche. Peder fut pris d'une telle quinte de toux qu'il se
retrouva avec une moisson de miettes de pain autour de
la bouche. « Ah... Je voulais vous signaler..., s'écria-
t-il presque. Il faut qu'on remplace les bouteilles de mon
père. Sinon il va piquer une crise. » Nous mîmes en
commun notre maigre salaire, quinze couronnes, qui
nous permettait au mieux d'acheter une bouteille d'eau
de Seltz et un timbre ; Peder n'en fut pas moins satisfait. « Le reste, je l'emprunterai à mon père. » Ils partirent avant le retour de Fred. Vivian dut faire un petit tour
aux toilettes avant. Peder et moi l'attendions dans
l'entrée. Maman et Boletta étaient dans le salon, elles
souriaient. Nous leur rendîmes leur sourire. « Vivian est
amoureuse de toi », a-t-il chuchoté. J'affectais la désin-
volture. « Ah oui ? » « Oui, je t'assure ! Pourquoi elle
ne marche plus, cette horloge ? » « Parce que celui qui
la remonte d'habitude a été arrêté par la police. »
« Génial ! » « Comment tu le sais ? » « Je sais quoi,
Barnum ? » « Qu'elle est amoureuse de moi ? » Ma voix
était presque inaudible. Les mots devaient jouer des
coudes pour sortir de ma bouche. « J'ai compté le
nombre de fois où elle t'a regardé. » « Non ? » « Si.
Soixante-huit, Barnum. Elle t'a regardé soixante-huit
fois. » Je cogitais à toute vitesse. « Elle en met du temps
aux toilettes. » Je dus faire la remarque trop fort car
maman leva soudain les yeux vers moi, Peder souriait.
« Les filles mettent toujours un temps fou à la salle de
bains. Surtout Vivian. » Elle se lavait les mains à présent. Ses mains qui s'étaient promenées dans certains
recoins. Je soupirai. « Et toi, elle t'a regardé combien de
fois ? » « Juste quarante-deux fois. Tu as gagné,
Barnum. » Elle sortit, puis ils partirent (la plupart
des gens s'en vont avant le retour de Fred). J'allai
m'allonger, la joue posée à l'endroit où Vivian s'était
installée : ses cheveux, sa peau claire, ses longs cils
arqués que je voulais tant effleurer – et cette fois je ne

rêvais pas. Je ne bougeais pas, désemparé, confus, anxieux. Quelqu'un pouvait-il tomber amoureux de moi ? Moi, le nabot de Fagerborg, le minus du coin, la lavette, la lopette, la crotte à peine visible ? Ou bien m'avait-elle regardé soixante-huit fois sous prétexte qu'elle n'avait jamais rien vu d'aussi ridicule et d'aussi débile de sa vie ? C'était plus probable, en effet, c'était même incontestable. Personne ne tombait amoureux de moi. Je ne suscitais chez les autres que la charité, l'étonnement et le rire, comme ces caniches nains frisottés fréquentant les espaces réservés aux chiens du parc de Frogner, avec leur trou du cul en forme de cratère rose au-dessus de leurs petites pattes raides, ces boudins à poils que les vieilles dames caressaient et sur lesquels elles se penchaient en bêtifiant. J'étais un caniche. Je n'éveillais même pas la crainte. Pourquoi Vivian avait-elle demandé si maman avait été victime d'un accident ? C'était insupportable. N'y avait-il dans ce monde l'once d'un sentiment qui soit encore irréprochable et pur ? J'essayai de me concentrer sur le roman que Vivian m'avait offert, *La Faim*, sans parvenir à dépasser la page de titre où elle avait écrit *Pour Barnum de la part de Vivian*. J'examinais ces lettres, contenaient-elles un sens caché ? *Pour Barnum de la part de Vivian*. Y avait-il un message secret, une allusion ? Le B de mon prénom par exemple, il était d'une taille démesurée par rapport au reste, peut-être y avait-il quelque chose à trouver là-dedans. Et son V, qui ressemblait à un vase énorme, n'était-ce pas un signe, ça aussi ? J'ouvris la bible de Greve à la lettre F pour vérifier ce qu'il écrivait à propos de la faim. La sensation de faim se situe au creux de l'estomac, selon lui. Les individus en pleine maturité, si tant est qu'ils continuent de s'abreuver d'eau, peuvent jeûner pendant des mois : les fameux jeûneurs professionnels, autrement qualifiés artistes du jeûne. Voilà ce que j'allais devenir : un artiste du jeûne, avec le creux de l'estomac le plus affamé du monde.

Fred rentra alors que je m'étais déjà assoupi. Je rêvai que Vivian me mesurait avec l'autre côté du mètre à

ruban de papa, elle aboutissait à une taille de 1,90 mètre,
après quoi elle léchait chacun de mes centimètres dorés.
« Qui est-ce qui s'est assis sur mon lit ? » demanda
Fred. Je me réveillai. « Peder. » Fred se retourna.
« Peder ? L'autre obèse, là ? » J'opinai. « J't'crois pas.
Sinon le sommier se serait cassé. » « C'était peut-être
Vivian alors…, murmurai-je. Elle était là, elle aussi. »
Fred s'allongea, les yeux fixés au plafond. Puis il éteignit la lumière. « C'est pas grave, Barnum. C'est toujours mieux de savoir qui est venu se pieuter dans son
lit, tu crois pas ? » « Si… » Je songeai un instant à
l'interroger à propos de la ligne sur le plancher, celle qui
avait disparu. Mais je n'eus pas le cran. « Tu as trouvé
du boulot ? » préférai-je demander. Fred ralluma la
lampe de chevet, arracha l'abat-jour, planta son visage
au plus près de l'ampoule, et il m'ordonna : « Regarde-
moi ! » Je n'en avais aucune envie. Je lui obéis malgré
tout. Je le regardai. Je fermai les yeux. « Parce que tu
crois que quelqu'un voudrait de moi ? Hein ? T'y crois,
toi ? » Il criait presque à présent. « Je sais pas… », chuchotai-je. Il faisait noir. « Tu as écrit aujourd'hui ? »
« Pas beaucoup. » « Pas beaucoup ? Combien ? »
« Rien, Fred. » « Tu fais chier, Barnum ! Y a rien de
plus merdique que les demi-histoires ! » C'est à ce
moment-là que nous l'entendîmes, le dernier accord du
piano d'Arnesen, Mozart – et personne n'ouvrit la
fenêtre pour se plaindre, Mme Arnesen avait le droit
d'achever le concert ininterrompu depuis vingt années ;
une note funèbre resta suspendue dans l'obscurité, prolongea son agonie avant d'aller mourir là-bas, entre les
containers à poubelles et les cordes à linge. « Tu étais au
courant ? » demandai-je. « De quoi, Barnum ? »
« Qu'Arnesen avait été pris ? » Il ne répondit pas. Il ne
se départait pas de son petit sourire. Il se contenta de
dire : « On est bien mieux sans ce qu'on ne sait pas. »
« Tu crois ? » « Oui. Je le sais. » Il se redressa soudain
dans son lit. « Au fait, il sort quand le film ? » « Quel
film ? » Il rit. « Parce que t'as joué dans beaucoup de
films ces temps-ci, Barnum ? *Ben Hur*, peut-être ? » « Je

ne sais pas, marmonnai-je. Je ne sais pas quand il sort. »
« T'as hâte ? » « Oui, Fred. »

Et c'est ainsi que commença ce que je qualifierais de
période de transition, ma première période de transition
(et il y en aura bien d'autres par la suite) que n'importe
qui pourtant éliminerait, supprimerait au montage ; les
réalisateurs voient rouge dès que se pointent ces longues
scènes statiques, les producteurs balancent dans la première corbeille venue ce genre de scénario, les réalisateurs vous demandent d'introduire un type surgi de nulle
part muni d'une mitraillette, voire une enfance malheureuse, et ils filent aux chiottes en attendant la nouvelle
version, eux qui préfèrent les meurtres, la musique gran-
diloquente, le fondu au noir, ou même de la pub, à la
limite. Ils veulent bien tout mais surtout pas ça, car rien
ne les fait plus chier dans leur froc, rien ne les effraie
autant que l'ennui. Ils n'ont toujours pas compris que
c'est dans ces angles du récit que peuvent se nicher les
revirements, qu'attend patiemment l'inquiétude : elle
monte lentement des profondeurs et déploie ses cercles
concentriques par la base.

Et mon image émanant de cette période de transition,
mon souvenir sombre, le voici : l'appartement vide des
Arnesen. Ils n'ont plus les moyens de le conserver.
Campés sur le trottoir d'en face, nous observons les
déménageurs emporter meubles, tapis, vases, lampes,
peintures ; nous opinons en signe d'approbation, sans
rien dire, nous pensons tous la même chose : ils ont vécu
au-dessus de leurs moyens, voilà ce que nous pensons,
et maintenant ils payent. Nous l'avions bien compris,
que quelque chose ne tournait pas rond. Nous voyons
quelqu'un décrocher les rideaux, nous voyons les
fenêtres dénudées, les jardinières sans fleurs, puis des
hommes sortir avec le piano ; vingt ans plus tôt deux
hommes l'avaient monté mais aujourd'hui ils sont
quatre, quatre pour le descendre ; il est là, devant nous :
noir, brillant, fermé, et un soupir balaie l'assistance, l'un
d'entre nous est même sur le point d'applaudir. Nous
attendons Mme Arnesen, nous nous tenons au chaud

sous les arbres effeuillés, détrempés ; je ne suis plus moi désormais, je suis l'une des femmes du quartier, jusqu'à ce que maman déboule et m'embarque, comme un vaurien, elle m'humilie devant tout le monde, je ne l'ai sans doute jamais vue aussi furieuse, aussi enragée – et une fois rentrés à la maison, tandis qu'elle me cramponne, agite un poing devant ma pomme d'Adam, elle hurle, la bouche à quelques millimètres seulement de mon visage : « Mme Arnesen n'a rien fait ! Et toi tu restes planté là comme une vieille mégère à te moquer d'elle ! » « Je ne me moquais pas d'elle », soufflai-je. « Si ! Parfaitement ! En restant là à loucher dans sa direction tu te moquais d'elle ! File dans ta chambre ! » Elle me repousse *manu militari*, je manque de me ramasser la figure, je ferme la porte, je tremble de tout mon corps car quelque chose en elle a craqué aujourd'hui. Je l'entends pleurer dans l'autre pièce. Et puis plus rien, juste le silence. Plus tard dans la soirée, elle entre dans la chambre. Elle a mis ses beaux habits ainsi qu'un manteau qu'elle ne porte que le dimanche, elle est presque de nouveau elle-même et elle me prend la main. « Excuse-moi, Barnum. » Je baisse les yeux. « Je n'aurais pas dû traîner par là-bas. » Elle sort un peigne et entreprend de me coiffer. « Va chercher ton blouson. » Je lève la tête vers elle. « On va où ? » « Nous allons faire nos adieux à Mme Arnesen. »

Nous traversons la cour, empruntons l'escalier de service. Au deuxième étage, la porte est entrebâillée. Dévissé, l'écriteau où figurait leur nom en laisse transparaître un autre, plus ancien, plus petit que celui des Arnesen. Maman sonne. Je préférerais m'enfuir. Elle me retient. Se façonne un sourire. Sa respiration vibre en elle comme une vague en pleine expansion. Personne ne vient. Maman appuie une deuxième fois sur la sonnette, nous comprenons alors qu'elle ne fonctionne plus. Le silence est encore plus dense. Maman pousse la porte. Elle entre. Je la suis. Elle s'arrête. Jette un regard circulaire. Ouvre des yeux surpris, brillants. Les murs sont nus, tachés. La cuisinière a été retirée. Une strie de gras et de suie court le long d'une baguette. D'autres traces se révèlent derrière celles-ci : des marques impossibles à dissimuler, laissées par d'autres gens, des marques antérieures aux Arnesen. C'est alors que nous la voyons, Mme Arnesen. Elle est seule dans la pièce vide, sous l'unique ampoule dont l'éclat l'entoure d'un halo jaunâtre, tremblotant. Elle se retourne vers nous. Maman lâche mon bras, s'approche – et je les vois, moi, ces deux femmes, fières, souffrant encore de leur blessure ancienne, elles étaient dans la même maternité, dans la même chambre, au même moment, elles ont vécu dans la même cour et pendant toutes ces années, elles ont à peine échangé une parole, elles ont vécu chacune leur vie, de chaque côté de leur immeuble ; mais, en cet instant, ici, dans cet appartement dépouillé, dans mon souvenir vide, plus rien ne les sépare. « Vous connaissiez ceux qui habitaient ici avant nous, n'est-ce pas ? » veut savoir Mme Arnesen. Maman acquiesce, d'un imperceptible mouvement de la tête. Elle sourit à nouveau. « Elle était ma meilleure amie. Elle s'appelait Rakel. » « Et où est-elle aujourd'hui ? » « Elle et sa famille ont été déportées. À Ravensbrück. » Maman tend une main. « Elle m'avait donné cette bague. Je devais en prendre soin, pendant son absence. » Elles échangent une poignée de main. « Nous voulions vous faire nos adieux. » « Merci. C'est gentil de votre part. » « Où partez-vous ? » « Chez mes parents. À l'extérieur de la ville. C'est assez loin d'ici. » Elle retire sa main. « Le son de votre piano me manquera… » Mme Arnesen secoue la tête. « La plupart des gens sont visiblement contents d'y échapper. » Elle pivote vers moi, sourit, comme si elle ne découvrait ma présence que maintenant. « Toi aussi tu es là ? » Je la salue en m'inclinant. J'entends un bruit dans une autre pièce, un robinet qui coule, puis qu'on referme. « Comme c'est dommage que nous n'ayons pas discuté davantage ensemble… », regrette maman. Mme Arnesen la regarde. « Oui. Et maintenant c'est trop tard. » Maman semble un instant gênée, j'ai envie de m'en aller. « Vous croyez ? » Mme Arnesen éclate de

rire. « Vous vous souvenez de Fred à la maternité ?
Quand il nous empêchait tous de dormir ? Ce qu'il criait
le pauvre garçon ! » Maman rit à son tour. « Heureuse-
ment qu'il s'est arrêté quand nous sommes rentrés... »
Puis elles se taisent. Je recule d'un pas. Il y a d'autres
personnes dans cet appartement. Il y a d'autres gens ici.
« Et comment va votre fils ? » s'enquiert maman.
Mme Arnesen garde ses mains pliées, comme un gros
poing dressé devant elle. « Il fait son service militaire.
Ils ont été assez gentils de lui accorder une permission.
Comme ça il peut m'aider. Pour le déménagement. » Et
Aslak sort de la salle de bains. Aslak, mon persécuteur,
notre persécuteur. Il est vêtu d'un uniforme vert foncé,
des gouttes d'eau tombent de ses mains. Il ne nous
regarde pas, s'apprête à passer devant nous sans
s'arrêter. Mais sa mère le retient. « Tu ne reconnais pas
Barnum ? » Il se retourne sur moi, lentement. « Si, si. Il
a pas beaucoup changé. » Il me tend sa main dégoulinante, je suis forcé de la prendre. « Mes condoléances », dis-je, à voix basse. Maman rougit, effarée.
Un tressaillement parcourt le bras d'Aslak. « Oui...
C'est pas tout à fait faux, admet-il. Mon père est mort,
d'une certaine manière. » Et lorsque nous sommes
redescendus dans la cour, maman souffle. « Je sais bien
que tes mots ont dépassé ta pensée, Barnum. Mais essaie
un peu de faire attention à ce que tu dis. » Le temps s'est
éclairci. L'obscurité est diffuse, apparente. Le ciel est un
triangle noir et scintillant au-dessus de nos têtes. « J'ai
envie de rester un peu dehors », murmuré-je. Maman
hésite. Puis elle finit par partir, enfin. Je m'assieds sur
les marches, près du local à poubelles. Autour de moi,
les fenêtres s'éteignent. Bientôt, seules les étoiles sont
visibles. J'écoute. J'entends. C'est donc vrai ce que Fred
m'a dit un jour, au cimetière, comme quoi on peut
écouter la cour, comme quoi les histoires traînent partout, ne se taisent jamais, ne cessent jamais. Si ce n'est
qu'il n'en existe aucune pour divulguer l'identité du
père de Fred, l'identité du destructeur de maman ; même
les cordes à linge au grenier n'en sont pas capables, ni

même la lumière poussiéreuse de la lucarne. Les histoires ont aussi leurs secrets qu'elles refusent de révéler, et lorsqu'elles font mine de lever le voile, c'est pour raconter une tout autre histoire, comme celle-ci par exemple : l'appartement des Arnesen reste longtemps vide après le départ de madame dans la maison de ses parents où elle ne joue pas au piano. Mais après le Nouvel An, une nouvelle plaque est scellée sur la porte, encore plus grande cette fois, en cuivre poli, ciré, brillant : Ole Arvid Bang. Le concierge Bang a été élevé aux honneurs, jusqu'au troisième niveau : du sombre studio au rez-de-chaussée près du porche, il a été promu au deuxième étage dans un quatre-pièces avec balcon, ensoleillé le matin, c'est sa promotion pour bons, loyaux et longs services, c'est son ultime triple saut, son saut le plus long, un record personnel, il figure enfin en haut du classement. Toutefois, et de son propre avis, il se dit qu'il se sent bien seul là-haut, si seul que, attablé à la cuisine le matin, lorsqu'il se parle à lui-même, il n'obtient pas de réponse avant le soir, dans sa chambre, au moment de se coucher. Et quand Arnesen, de nombreuses années plus tard, sera enfin libéré, il reviendra à son ancien logement, il verra la nouvelle plaque, il sonnera, mais le concierge Bang n'ouvrira pas, il se bornera à le scruter par l'œilleton qu'il aura fait percer dans la porte, il verra le visage d'Arnesen, aussi blême qu'une lune, et il se faufilera dans la cuisine où il tirera tous les rideaux. Bang aura obtenu les honneurs et sera promu à plus de solitude ; Arnesen aura connu le déshonneur, sortira de prison mais ne rentrera pas dans son appartement tout comme il ne rentrera nulle part car il sera porteur d'une maladie contagieuse : l'ombre de la honte. Certains affirmeront que, après, il dormira dans une caisse sur le quai Krankaia, se rasera au robinet du quai Bispekaia, gagnera dix-huit couronnes par jour sans compter la consigne en achetant de l'eau-de-vie au débit de boissons de la Rådhusgate pour les ivrognes incapables de rester sobres quand le brouillard de gel montera du fjord et fera se faner les langues dans toutes ces bouches desséchées.

Je monte me coucher. Je traverse ma période de transition. Je rêve et j'invente. Un matin, je me réveille et c'est mon anniversaire. Maman se tient devant mon lit, elle chante, Boletta cogne sa canne en rythme avec la mélodie d'anniversaire et Fred est adossé au chambranle de la porte, là où ma taille s'est arrêtée depuis belle lurette. Le premier paquet que j'ouvre est de maman. C'est une cravate en maille fine. Le second paquet est de Boletta. C'est une épingle à cravate. Le troisième paquet est de Boletta et de maman. Il est lourd. Ce sont les œuvres complètes de Knut Hamsun. Les amoncellements de cendres ont été retirés du poêle, ramassés, rassemblés page par page, reliés tome après tome : dix-huit volumes descendus du bûcher. « Merci », dis-je d'une voix étouffée. C'est à présent au tour de Fred. Il se penche, tire quelque chose qu'il a gardé caché sous son lit. Jusqu'à ce jour je n'ai jamais reçu le moindre cadeau de la part de Fred. Maman reste bouche bée de surprise. Boletta redresse brusquement son dos voûté. Fred pose sur ma couette un paquet imposant, carré. Il dit : « Bon anniversaire, Barnum. » Je n'ose pas l'ouvrir. Je préfère attendre. Je veux capitaliser cet instant, pendant que j'ignore encore ce que c'est, et ce peut être tout et n'importe quoi et exactement ce que je voudrais que ce soit. Fred m'a fait un cadeau. *Pour Branum de la part de Fred.* Je fais comme si je ne l'avais pas vu. Je ne le vois pas. Branum est mon prénom. La ligne sur le plancher a disparu. Je touche le paquet. Il est dur. Un grincement s'en échappe quand je le secoue. Maman s'impatiente. Fred rit. Il dit : « Ce ne sont pas des grenades, Barnum. » Je déchire l'emballage. C'est une machine à écrire. Je suis forcé de fermer les yeux puis de les rouvrir. C'est toujours une machine à écrire, une Diplomat, avec trois interlignages ainsi qu'un étui pour la transporter. Une ombre, une suspicion, s'abattent sur le visage de maman, mais la joie qui monte en elle est plus forte : elle applaudit des deux mains parce qu'il ne faut pas gâcher cet instant. « Il ne te reste plus qu'à trouver du papier pour écrire », murmure-t-elle, émue. Fred désigne la table. Une pile de feuilles blanches attend déjà. « Il ne te reste plus qu'à trouver une histoire à écrire », rectifie-t-il. Je me lève. Je lui serre la main. « La prochaine fois, je te donnerai ce que j'ai de plus beau », dis-je. Fred m'observe d'un air surpris. « C'est quoi ? » Mais je ne le sais pas encore. Je me contente de répondre : « Merci beaucoup. » Fred sourit. « Y a pas de quoi, Barnum. » Il lâche alors ma main et s'en va.

Je range la cravate et l'épingle dans le tiroir, pose les œuvres complètes de Hamsun sur l'étagère, entre le *Manuel de médecine destiné aux foyers norvégiens* et *Le Monde en images*. Je me mets à écrire le soir même. J'écris La Petite Ville à la machine. Je recopie ce qui figure sur mon bloc-notes. Ce n'est pas simple. Je dois m'y reprendre à plusieurs reprises. Désormais, ce n'est plus le piano de Mme Arnesen qui résonne dans la cour, mais ma machine à écrire. Deux lettres ne fonctionnent pas bien. Le R est presque invisible et le M est usé, ressemble à un N. Ça ne fait rien. Peut-être que Fred l'a achetée d'occasion. La chose bizarre en revanche, c'est quand j'écris par exemple le mot amour. Je lis en l'occurrence *anou*. Ce n'est pas un mot. Ce n'est pas grave. Ce n'est pas un mot que j'emploie souvent. Après, je corrige les fautes au stylo. Quand j'ai terminé, j'aboutis à une page et demie. Deux feuilles en réalité. La Petite Ville. De Barnum Nilsen. J'ai écrit deux feuilles. C'est à moi. Ça m'appartient. À moi et à personne d'autre. Il n'y a que moi qui aurais pu le faire. C'est la première fois qu'une telle pensée m'effleure. Ce que j'ai écrit sur ces deux pages n'existe nulle part ailleurs sur le globe, ni dans tout l'univers. Rien qu'ici. C'est sorti de ma tête, ma petite tête à moi, ma main l'a écrit et maintenant ça figure ici, sur le papier : *La Petite Ville*, de Barnum Nilsen. Quarante-huit lignes que le monde n'a jamais vues. Je dois m'allonger un peu. Je suis ivre. Même allongé je titube. Peder déboule sur ces

entrefaites. Et Peder n'est pas du genre à frapper, ni à
attendre qu'on lui réponde. Il entre en coup de vent alors
que maman est encore à la porte, mon gâteau d'anniversaire à la main, planté de bougies. « Bon anniversaire ! » crie-t-il. Il se fige une seconde, puis fonce vers
la machine brillante qu'il observe sous toutes les coutures. « C'est un cadeau de mon frère », dis-je, fier
comme Artaban. « Waouh ! Putain ! » Il fait immédiatement volte-face, maman se trouve à moins d'un mètre de
lui. « Veuillez m'excuser pour mon langage châtié. Je
souhaitais simplement exprimer mon enthousiasme face
au plus beau cadeau que j'aie jamais vu. » Maman
sourit. « Tu veux un peu de gâteau ? » « Un peu ? Peder
Miil ne dit jamais non à beaucoup de gâteau ! » Et donc
c'est mon anniversaire. Je souffle mes bougies. Elles
s'éteignent à la troisième tentative. Maman nous laisse
tranquilles. Nous mangeons du gâteau, je n'ai pas tellement faim, Peder me rattrape encore en en avalant cinq
parts. « Tu l'as essayée ? » demande-t-il. Je lui montre
les pages déjà écrites. Il les observe méticuleusement,
affiche un sourire de satisfaction. Tout d'un coup, il se
souvient qu'il m'a apporté un cadeau. Il sort un petit
paquet rectangulaire de sa poche. Je l'ouvre. C'est une
boîte métallique rouge. « Qu'est-ce que c'est ? »
« Appuie sur le bouton, espèce de demeuré ! » Je m'exécute. La boîte se met à ricaner. Ce n'est d'abord qu'un
gloussement. Elle glousse, prise immédiatement après
d'une crise de démence. De gloussement elle passe au
hoquet, et ces hoquets se transforment en ricanements,
tant et si bien que Peder et moi rions aussi, c'est contagieux, le rire mécanique nous contamine, nous sommes
pliés en deux de rire, nous nous retenons l'un à l'autre,
nous rions du rire, et ça dure comme ça pendant deux
bonnes minutes. Puis le silence se fait dans la petite
boîte, nous reprenons notre souffle, essuyons nos
larmes, parvenant à peine à prononcer plus de deux
paroles sensées. « C'est ce que j'ai trouvé de plus approchant », dit Peder à voix basse. « Plus approchant de
quoi ? » Peder est forcé de se masser le ventre. « Dans la

mesure où on n'a pas trouvé d'applaudissements dans ta valise. » Des idées noires me colonisent la tête quelques minutes. « Vivian ne pouvait pas venir ? » demandé-je, le regard fuyant. Peder appuie sur la boîte. Elle ricane aussitôt. Quand le rire s'éteint, nous découvrons maman sur le seuil de la porte, les mains plaquées sur les oreilles. « Mais qu'est-ce qui vous fait rire comme ça, bon sang de bonsoir ! ? » Peder se lève. « Barnum riait de moi et moi de lui. Mais de nous deux, c'est lui qui rit le plus fort ! » Maman secoue la tête, rit à son tour, remporte le plat à gâteau vide et les bougies éteintes. Peder reste debout et déclare : « Je sais… Voilà ce qu'on va faire : tu écriras mes compositions et moi je ferai tes devoirs de maths. » « Vivian ne pouvait pas venir ? » demandé-je pour la deuxième fois. « Elle devait garder sa mère. Quel bordel ! » « Oui, quel bordel ! » Et au moment où je veux ranger la machine à écrire dans son étui, je trouve autre chose, un deuxième cadeau, que Fred a dû glisser. Un paquet de douze Durex Gossamer. Peder me lance un regard aussi long qu'insistant. « Je peux t'en prendre une ? » « Qu'est-ce que tu vas en faire ? » Il soupire. « Oh… Ne me dis pas que t'en as besoin de douze ! » Il repart avec une capote. Je cache les autres dans le soulier gauche d'Oscar Mathisen, tout au fond de l'armoire, plie *La Petite Ville* que j'enfonce dans le soulier droit. Ce qui ne m'empêche nullement d'essayer une capote le soir même. Ça brûle, je pense à des trucs, je ne sais pas quoi en faire après. Je la balance par la fenêtre. La lumière s'allume chez le concierge Bang – et la cour de l'immeuble aura une histoire de plus à raconter, quand bien même je ne piperai mot à ce sujet.

J'écris les compositions de Peder, il fait mes devoirs de maths. Nous obtenons un très bien. Je lis *La Faim*. Fred rentre à la maison. Il se déshabille. Me tourne le dos. Si je lui avais effleuré l'épaule, si j'avais laissé glisser ma main dans son cou, le long de sa joue toujours bleue, presque noire, gonflée, qu'aurait-il dit ? Je l'ignore. Je n'arrive pas à dormir. Ce que nous faisons n'est que l'ombre de ce que nous aurions dû faire. Soudain il me demande : « Pourquoi tu ne m'as jamais dit que Vivian était née elle aussi dans une voiture ? »

Un jour, à mon retour de l'école, une lettre m'attend. Maman est dans un tel état d'exaltation qu'elle ne peut attendre, je suis persuadé qu'elle l'a levée vers la lumière pour essayer de lire, mais que ça n'a pas marché vu l'épaisseur de l'enveloppe. Boletta est tout aussi excitée, elle a sûrement préféré soutirer les secrets du courrier à l'aide de vapeur et de malaga. « Tu n'ouvres pas la lettre ? » s'écrie maman. Je leur tourne le dos et déchire l'enveloppe, en prenant mon temps. Je lis. Boletta donne un coup de canne sur le plancher. Maman se penche par-dessus mon épaule. « Alors ? Qu'est-ce qu'elle dit, cette lettre ? » « J'ai gagné… » Je n'en crois pas mes yeux. Maman me prend dans ses bras. « Je le savais ! » fait-elle. Il se révèle qu'elle a envoyé *La Petite Ville* au Grand Concours d'écriture des écoles d'Oslo – et je ne sais pas si je suis content ou furieux, sans doute les deux visiblement. Je suis content et furieux, fier et contrarié, car, autrement dit, maman a fouillé dans mon dos, elle a trouvé mon manuscrit dans la chaussure droite d'Oscar Mathisen et a dû par conséquent tomber aussi sur les dix préservatifs dans la chaussure droite. Elle m'arrache le courrier des mains et le lit à haute voix. « *Cher Barnum Nilsen. Nous avons le plaisir de t'annoncer que tu as remporté, dans la catégorie de ta classe d'âge, le prix du Grand Concours d'écriture des écoles d'Oslo pour le récit La Petite Ville. Le prix sera décerné à l'Hôtel de Ville vendredi douze prochain, et nous espérons vivement t'y rencontrer.* » Maman pose un baiser sur ma joue. Elle est tout d'un coup très affairée. « Seigneur ! C'est dans quatre jours seulement, Barnum ! » Boletta a déjà versé du malaga dans deux verres. Je dois d'abord aller reprendre mon souffle dans la chambre. Bientôt, je serai célèbre. Sans trop savoir pourquoi, je me mets à pleurer, je suis installé sur l'appui de la fenêtre et je pleure, de joie, content que Fred ne soit pas là pour me voir. Or quand je me retourne, il se tient dans la porte. Je cache mes yeux. Il s'affale sur son lit. « C'est dans pas longtemps maintenant », dit-il. « Quoi ? » Il me répond par un sourire, sans me quitter des yeux, ce sourire oblique, avec ces lèvres qui débordent des dents. « Tu te rappelles ce que tu m'as promis, Barnum ? » « Bien sûr que oui. » « Que tu ne diras rien ? » « Je ne dirai rien, Fred. » « Les frères ne se dénoncent pas entre eux, hein ? » « Bien sûr que non. » Il se lève. « Mais j'oublie de te féliciter… Félicitations, Barnum ! Je suis fier de toi ! » Je baisse les yeux. « Tu sais, si ç'avait pas été la machine à écrire… », murmuré-je à voix basse. « Ne te fais pas plus petit que tu ne l'es déjà, Barnum. »

Ce soir-là, je vais voir Vivian. Il fait frais dans l'entrée. Je sonne. Il ne se passe rien. Les minutes défilent. J'entends des pas à l'intérieur. Je regarde par le trou de la serrure. Les gens surnomment la mère de Vivian La Voilette. Depuis son accident, son visage est toujours dissimulé derrière une voilette. Elle a perdu sa beauté dans le dernier virage avant Holmenkollen. Elle est hideuse et abandonnée. Certains ne trouvent rien de mieux que de l'invoquer pour faire peur à leurs enfants. Si tu n'es pas gentil, La Voilette va venir pour t'emporter, disent-ils. Si tu ne finis pas ton assiette. Si tu ne fais pas tes devoirs. Si tu ne vas pas te coucher. Si tu ne vas pas te laver les mains. Car n'est-ce pas ce qui nous effraie le plus : ce que nous ne voyons pas, mais devinons seulement, ce que nous croyons tapi, là, sous le lit, dans le coin, dans le noir, derrière la voilette ; ces soupçons que nous laissons enfler ? L'imagination des gens ne connaît aucune limite quand il s'agit de décrire ce à quoi ressemble la mère de Vivian, du moins selon eux. Ils inventent ce qu'ils n'ont jamais vu : un visage sans traits, un visage comme une béance, inhumain, méconnaissable. Et pourtant quand nous l'avons vu, quand nous l'avons regardé dans les yeux, il n'y a plus de quoi avoir peur.

Vivian m'ouvre. « Devine ! » Elle cogite tout en m'observant, sans se départir d'un regard oblique, hésitant. « Tu as grandi de dix centimètres. » Je secoue la tête. « Ça n'en a pas vraiment l'air, tu ne crois pas ? » « Peder a maigri de trois kilos. » Je secoue la tête une seconde fois. Je m'écrie : « Je suis devenu écrivain ! » Elle me laisse enfin entrer, nous nous installons dans sa chambre, sous la photo accrochée au mur, et qui, je l'apprendrai bien des années plus tard, par la bouche de Vivian, ne représentait pas Lauren Bacall, mais sa mère, avant l'accident, intacte, superbe. Je lui raconte ce qui s'est passé. J'arrive à peine à associer les mots. Je lui explique. Que maman, dans le plus grand secret, a envoyé mon manuscrit au Grand Concours d'écriture des écoles d'Oslo, que je suis le meilleur dans ma caté-gorie, que c'est à la hauteur du Prix Nobel de littéra-ture, que je serai moi-même présent lors de la remise du prix prestigieux, décerné par le porte-parole de la mairie, qui comportera peut-être un tour du monde pour deux, une peinture de Munch ou un an de transport gra-tuit dans les tramways de la ville, et si Vivian a envie de venir, je peux tout à fait lui garder une place libre. J'enfouis mon visage entre ses jambes. Je lui demande d'une voix étouffée : « Tu as discuté avec Fred ces der-niers temps ? » Elle me caresse la nuque. « Pourquoi tu me demandes ça ? » Je ne réponds pas, je garde ma tête sur ses genoux, pendant qu'elle continue de me caresser, sa main sur ma nuque – et j'ouvre le premier bouton de son pantalon, puis le deuxième, j'aperçois l'élastique de sa petite culotte, une odeur forte me monte aux narines, étourdissante presque. Vivian se tortille sur sa chaise, sa main ne bouge plus, je retiens ma respiration, je lèche sa peau, je libère un dernier bouton. Alors elle se lève brutalement et je me ramasse la figure sur le plancher. Je n'ose plus la regarder, j'ose encore moins imaginer comment je vais me débrouiller pour me relever, peut-être même vais-je rester par terre pour le restant de mes jours. « Tu veux dire bonjour à ma mère ? » Elle me prend le bras et m'aide à me remettre à la verti-cale. « Excuse-moi, Vivian. » Elle ferme les yeux, m'embrasse sur la bouche. Ses lèvres sont douces, elles frémissent, comme si Vivian riait en plein baiser.

Je la suis dans l'appartement. Plus nous traversons les pièces et plus l'obscurité s'amplifie. Je n'ai pas envie d'être là. Je lui emboîte le pas malgré tout, je n'ai pas le choix. Nous arrivons devant la chambre de sa mère. Vivian frappe, ouvre la porte, me laisse entrer le premier. Je ne distingue pas sa mère tout de suite. Puis enfin je l'aperçois. Elle est assise dans l'ombre, près de la fenêtre obstruée par de grands rideaux très épais. Je m'arrête. Elle n'a pas encore fait un geste. L'air est lourd. Vivian est à côté de moi. J'entends la porte se refermer derrière nous. J'éprouve une sensation singulière me soufflant que tout ceci signifie bien plus que ce que je suis en mesure d'imaginer, que Vivian veut me tester, pour voir si je supporte ce moment. Je me décide de supporter ce moment. « Je te présente Barnum », dit-elle. J'avance d'un pas, je m'incline. La mère de Vivian se retourne lentement vers moi. « Alors comme ça c'est toi, Barnum ? » Sa voix, flûtée, rappelle celle d'une enfant, à croire qu'une fillette engage la conversation avec moi. « Oui, c'est moi. » Je ne parle pas, je murmure. Soudain, elle soulève sa voilette, mais je ne vois toujours pas son visage, comme s'il n'existait pas du tout, et je suis content. Je suis content bien qu'intimement j'aurais voulu voir, voir ce qui est absent. « Barnum a gagné le premier prix au Grand Concours d'écriture des écoles d'Oslo », déclare Vivian. Sa mère se penche en avant dans son fauteuil. « Mes félicitations, Barnum. » Je m'incline encore plus respectueusement que tout à l'heure. J'échappe de cette manière à l'obligation de la regarder dans les yeux. « Merci beaucoup. » Elle pose une main sur mon bras. Je tremble. Elle le remarque car elle me serre plus fort. « Tu es visiblement un garçon doué, Barnum. » J'entends sa voix aiguë, éclatante, comme si c'était la seule chose en elle qui n'ait pas été mutilé, qui ne se soit pas altéré après l'accident ; la voix est tout ce qui reste de la jeune et belle femme dans la Chevrolet, et elle continue de parler dans ce corps démoli. Elle ne me lâche pas. Je ne bouge pas. Elle dit : « Tu as de belles boucles, Barnum. » Elle me voit, alors que je ne la vois pas. Je ne distingue que la voilette qui tombe sur les restes de son visage. Puis elle retire sa main. La visite est terminée, je suis adopté. Je me demande combien sont venus ici avant moi, si je suis le premier, si j'ai réussi le test. Vivian me pousse vers la sortie. Son père est rentré, il somnole dans le salon, mais je crois qu'il fait simplement semblant car il garde (lui qui deviendra mon beau-père) un œil mi-clos, et cet œil qui m'observe à la dérobée n'a pas l'air d'apprécier outre mesure ce qu'il aperçoit. Je comprends de moi-même qu'il est temps de partir. « Il y a juste une chose que je voulais te demander. » Vivian fronce les sourcils. « Quoi ? » « Mes boucles. J'aimerais bien m'en débarrasser pour la remise du prix. » Vivian tire sur une mèche ou deux, puis les remet en place. « Soit tu coupes tout… » « Soit ? » demandé-je, d'une voix encore plus étouffée que tout à l'heure. Vivian m'offre un large sourire qui n'en finit pas.

Et elle me prête filet à cheveux et barrettes. Je me les mets sur la tête pendant trois nuits. Je suis ravi que Fred ne me voie pas. Quand je me réveille le quatrième jour, j'ai la sensation d'avoir une tête plate, changée, comme si on m'avait raboté le crâne. Je retire le filet, défais les barrettes, fonce à la salle de bains. Dans la glace, je suis un autre. D'abord, c'est l'euphorie. Je vais aujourd'hui même recevoir un prix à l'Hôtel de Ville et je suis devenu un autre. Je ne me ressemble plus. Je vais vrai-semblablement payer le tarif adulte dans le tramway et les vieilles dames ne passeront plus leur main dans mes cheveux. Ma nouvelle coiffure est toute ratatinée et pen-douille sur mon crâne, je n'ai plus une seule mèche rebelle. Ma satisfaction n'est pourtant que de courte durée. Quelque chose cloche. Je mets un peu de temps avant de comprendre ce qui cloche, mais quand la lumière se fait dans mon cerveau, j'ai l'impression que je vais défaillir. Maman apparaît pile au même moment et me regarde d'un air inquiet. « Tu te sens mal,

Barnum ? » « Non, non », dis-je d'une voix étranglée en faisant mine de chercher ma brosse à dents. Maman me retourne. « Si, je vois que quelque chose te tracasse. » « Je suis juste un peu anxieux, maman… » Elle recule d'un pas. « Mais ? Mais tu as rétréci, Barnum ! » « Oui ! » fais-je en sanglotant. Sur ce, Boletta nous rejoint. « Oh ! Il a perdu ses belles boucles ! » soupire-t-elle. Maman hurle, ou quasi. « Il a perdu ses boucles ! » J'ai surtout l'air d'avoir perdu huit centimètres et de ressembler à un crapaud. Je crie : « Je veux qu'on me rende mes boucles ! » Le reste de la matinée, maman la passe à me refriser les boucles, les unes après les autres, c'est un travail éreintant. Or une fois ma permanente terminée, les frisottis retombent comme une crêpe, comme si ma chevelure n'était rien d'autre que du latex recueilli à même le cortex cérébral puis vulcanisé à cent soixante-dix degrés. Aussi maman est-elle obligée de recommencer à zéro, et lorsque, enfin, je suis dans la grande salle de l'Hôtel de Ville, vêtu d'un blazer, d'une cravate bleue épinglée et de mes souliers trop serrés où ne sont plus dissimulés ni le manuscrit, ni les capotes anglaises, mais mes pieds aussi contractés que boudinés, ma coiffure rebique dans tous les sens, tant et si bien que sur la fameuse photo de moi, prise par le photographe de l'édition du soir d'*Aftenposten*, au moment où je reçois des mains du porte-parole de la ville un diplôme rutilant ainsi qu'un chèque de cinquante couronnes norvégiennes, j'ai la dégaine d'un Einstein en version livre de poche très défraîchi, tandis que le cliché, que maman encadrera et accrochera au-dessus du poêle du salon, est ainsi légendé : *Barnum, le petit génie.*

Car, de fait, après que le porte-parole a sué sang et eau en défilant devant les heureux gagnants rangés en file indienne, après que les mères ont écrasé une larme, que Peder et Vivian se sont levés, criant mon nom et trépignant sur le plancher, qui apparaît soudain devant moi sinon Ditlev en personne, le même qu'autrefois, prêt, son bloc à la main ? Nous sortons dans la cour d'honneur pour discuter en paix. « Oui, oui… », fait-il. Tu n'as pas emmené ton frère ? Ou est-ce qu'il est toujours au tapis, en attendant le compte de dix ? » J'ai à peine le temps de répondre que Peder échange déjà une poignée de main avec Ditlev. « Peder Miil, annonce-t-il. Barnum Nilsen ne s'exprime devant la presse qu'en ma présence. » Ditlev pousse un profond soupir, s'allume une cigarette. « Oui, oui…, répète-t-il. Qu'est-ce que tu voulais dire, alors, avec ton histoire bizarroïde ? » Je réfléchis. Vivian est avec maman et Boletta, près du portail. Elle me fait un petit signe de la main que je lui rends. Ça coule de partout, ça dégouline, à verse, par seaux d'eau : la dernière neige fond et le soleil brille dans les flaques qui réfléchissent la lumière, comme si la ville était saupoudrée de verre pilé. Pâques est déjà un lointain souvenir. « Que tous les gens sont suffisamment grands », répond Peder. Énervé, Ditlev se retourne sur Peder. « C'est toi ou Barnum Nilsen qui a gagné aujourd'hui ? » Peder me montre du doigt. « Que tous les gens sont suffisamment grands, dis-je. S'ils se donnent la peine de le sentir en eux. » Ditlev prend note, passe à une page vierge. « Quels sont tes modèles en littérature, Barnum ? » « Hamsun, j'imagine. » « Qu'est-ce qui te plaît tout particulièrement chez Hamsun ? » Je réfléchis encore une seconde. « C'était une crapule en même temps qu'un bon écrivain. » Ditlev note comme un possédé. « C'est bien, Barnum. Ça va être bien, cet article. Hamsun est une crapule. » Peder lève les yeux au ciel. « Barnum tire aussi son inspiration de son arrière-grand-père », précise-t-il. Ditlev lève son stylo bille à hauteur de la bouche. « Ton arrière-grand-père ? Il était écrivain ? » « Il écrivait des lettres. Mais je ne peux hélas pas en dire davantage. » « Ah non ? Et pourquoi ? » « Parce qu'il écrivait que nous ne devions pas fricoter avec les plumitifs. » Peder s'interpose immédiatement. « Je souhaiterais également ajouter que Barnum Nilsen a interprété un rôle secondaire dans le futur grand film *La Faim.* » Ditlev range son crayon dans sa poche de poitrine et referme son bloc. « Le plumitif vous remercie pour ces informations. » Visiblement, l'interview est terminée.

Puis nous allons au Grand Hotel. Ainsi en a décidé maman. Puisque les lieux étaient fréquentés par Ibsen en son temps. Nous prenons place à la même table que la dernière fois, le jour où papa était mort et enterré : maman et Boletta, Peder et Vivian, et moi. Nous mangeons des smœrrebrœds aux crevettes, disposées sur une tranche de salade et nappées d'une épaisse couche de mayonnaise. Dehors, les gens passent et défilent, arborant des visages bronzés qui se détachent des chemises bleues et des corsages blancs. Nous attendons Fred. « Il avait promis de venir à l'Hôtel de Ville », dit maman d'une voix éteinte. Je regarde ailleurs. « C'est pas grave », murmuré-je. Je fais de mon mieux pour prendre un air déçu, héroïque et déçu, digne du frère fraîchement diplômé. En réalité, je suis soulagé. Maman couvre ma main de la sienne, j'essaie de la retirer. « Il va venir, tu verras. » Boletta lève son verre de bière, même si elle a arrêté d'en boire, vu qu'elle ne la supporte plus ; mais aujourd'hui est une exception, aujourd'hui est un jour à nul autre pareil où les règles sont abolies. Elle porte un toast à ma santé. Un tintement résonne dans le verre de Coca de Vivian, comme le bruit d'un glacier. Peder et moi devons brusquement aller aux toilettes. Nous descendons jusqu'aux chiottes des hommes, trouvons une cabine libre, mais aucun de nous n'a envie de pisser. Peder tire quelque chose des deux poches de sa veste en tweed dont il arrive à peine à fermer les boutons du milieu. Il en sort deux mignonnettes de rhum qu'il brandit comme des trophées. Nous débouchons chacun la nôtre. Nous buvons. Nous toussons. Nous avons la gorge en feu. « Je suis fier de toi, Barnum ! » « Arrête ! » Il me prend par la taille. « Mais je le pense vraiment, bordel ! Je suis vachement fier de toi ! » Nous partageons une autre mignonnette – et c'est sûrement là, dans la cabine des toilettes pour hommes du Grand Hotel, que j'ai posé les jalons de mon usage consciencieux des mignonnettes, le jouet des mini-bars, ces mini-bouteilles tellement en phase et en proportion avec ma taille, d'une certaine manière, si faciles à dissimuler dans les poches et les plis les plus minuscules, jusque dans les moufles et même dans les godasses, où je réussirai un jour à en planquer. « Je l'ai vue », dis-je à voix basse. « Tu as vu qui ? » « La mère de Vivian. » « Tu l'as vue ? » « Pas tout à fait. Il faisait trop noir dans la chambre. En tout cas je l'ai entendue. » Peder secoue la tête. « C'est bien ce que je disais, Vivian est amoureuse de toi. » « Tu crois ? » « Si je le crois ? Mais je le sais, Barnum. Aussi sûr que deux et deux font quatre. »

Et nous sortîmes. Nous nous nettoyâmes la bouche avec du savon, et les hommes respectables qui semblaient avoir élu domicile dans ces lieux doublement d'aisances pour eux en ce qu'ils leur permettaient de souffler entre deux cul sec, se pinçaient le nez après se l'être piqué, ce tarin poreux et lie-de-vin qui s'étalait sur leur faciès ensemencé de taches brunes, en constante expansion et visiblement bientôt en pleine décomposition. Quand nous rejoignîmes enfin la table près de la fenêtre, Fred n'était toujours pas arrivé. Il fallut que je regarde Vivian d'un œil plus insistant. Elle me souriait à sa manière bien à elle, de ce sourire sans grandes gesticulations étant donné que tout chez Vivian respirait le calme, du moins en apparence seulement. À deux reprises au minimum, maman nous jeta, à Peder et moi, des regards inquisiteurs, après quoi nous prîmes un café accompagné d'une meringue puis nous rentrâmes dans le soir si doux. Mais là-bas non plus, à la maison, Fred ne nous attendait pas. Maman était de plus en plus inquiète. La bonne ambiance s'était volatilisée. Boletta avait mal à la tête et criait misère. « Tu n'avais qu'à ne pas boire de bière ! » « Oh ! Laisse-moi rire, s'écria Boletta en guise de réponse. On voit que tu as oublié que j'ai travaillé aux Télégraphes ! Le mal au crâne me prend rien que de voir des câbles téléphoniques entre deux poteaux ! » Refusant de poursuivre cette discussion, maman s'assit dans le salon et commença à attendre. Maman commençait à attendre plus que jamais et Fred commençait à nous échapper pour de bon.

Le lendemain à l'école, je dus lire à haute voix *La Petite Ville* devant une salle des fêtes bondée d'élèves qui ne comprirent manifestement pas grand-chose puisque, pendant la récréation, ils étaient tous muets comme des carpes, allant jusqu'à m'éviter et à me laisser tout seul dans mon coin près de la fontaine – et c'est ainsi que ma solitude dans la cour d'école devint de plus en plus évidente, criante même, âpre, courte comme une ombre. Je m'en foutais royalement. C'était tellement bien, de s'en foutre. J'avais Peder. J'avais Vivian. J'avais la machine à écrire. C'était suffisant. Ça allait. Et ce jour-là, parut dans l'édition du soir d'*Aftenposten* la fameuse interview et cette photo de moi absolument grotesque (dont maman demandera au journal un retirage, qu'elle encadrera et accrochera au-dessus du poêle vert, où elle figure toujours au jour d'aujourd'hui). *Le petit génie. Le lauréat Barnum Nilsen s'exprime.* Or Fred n'avait toujours pas montré le bout de son nez. Son absence durant déjà depuis plus d'une semaine, et c'était d'ailleurs la première fois qu'il disparaissait pendant si longtemps, un beau jour, maman entra dans ma chambre, sans frapper, tandis que j'écrivais les premières lignes de ce qui allait devenir l'introduction à l'histoire intitulée L'ENGRAISSEMENT, et elle se mit à fouiller dans les tiroirs de Fred, à ouvrir l'armoire, à jeter un œil sous son lit histoire de vérifier qu'il n'avait rien emporté, puis elle s'assit à côté de moi. Je retirai la feuille du rouleau de la machine et la rangeai dans le tiroir. « Barnum... Nous n'allons pas commencer à nous faire des cachotteries, n'est-ce pas ? » Je ne voulus pas répondre à ça. Estimant qu'elle me tendait un piège, je considérai dans ce cas le silence comme mon meilleur atout. Elle avait le visage livide, marqué par le manque de sommeil. « Tu n'arrives pas à garder un secret, affirma-t-elle, voyant que ma réponse se faisait attendre. Tu crois peut-être que je n'ai pas trouvé les préservatifs dans tes souliers, hein ? » Sur ce point, je n'avais indubitablement rien à répliquer, en conséquence de quoi nous restâmes tous les deux silencieux un bon moment. Elle se fendit d'un petit rire bref. « Barnum… Barnum… C'est Fred qui te les a procurés, c'est ça ? » Je ne desserrai pas les dents. Je compris que je ne me débrouillerais pas si mal dans le cadre d'un interrogatoire. Maman prit une profonde inspiration avant de passer une main dans mes cheveux dont les boucles avaient repoussé depuis, plus fournies que jamais. « Est-ce que Fred t'a dit quelque chose ? me demanda-t-elle d'une voix étouffée. Où est-il ? » Je me remémorai ma promesse selon laquelle les frères ne se dénonçaient pas entre eux. « Je ne sais pas », répondis-je sur un ton aussi inaudible que possible, comme si nous étions sur écoute. « Regarde-moi dans les yeux, Barnum ! Tu ne mentirais pas à ta mère ? » Je la regardai dans les yeux. Ils n'étaient pas beaux à voir. J'eus l'impression qu'ils étaient suspendus à deux filaments sur des ombres en forme de peau. Je ne pouvais décemment pas révéler que Fred était parti en voyage pour retrouver la lettre du Groenland. « Il est peut-être chez Willy », préférai-je dire. Les paupières de maman se rétrécirent. « Willy ? Cet abruti d'entraîneur ? » J'opinai. « Il est déjà allé chez lui. » Ni une ni deux, elle trouva son adresse dans l'annuaire, prit un taxi pour s'y rendre, là-bas, de l'autre côté de la ville, ce même soir, puisqu'elle ne voulait pas téléphoner et ainsi donner une chance à Fred de filer à l'anglaise, si tant est qu'il y soit. Boletta et moi attendîmes maman dans le salon. Boletta n'avait certes plus mal à la tête, mais donnait l'impression, elle aussi, de s'être échappée pour de bon, d'avoir disparu, gramme après gramme ; peut-être la mort se manifestait-elle de cette manière : on séchait de l'intérieur, comme un fruit juteux resté au soleil, qui finit par se ratatiner au point de n'être plus que de la peau et des pépins. Je me demandai si je n'allais utiliser cette réflexion dans mon histoire sur l'engraissement. Boletta se tourna vers moi. Elle souriait. « Tu semblais bien songeur… Ou est-ce que tu es triste ? » « Que crois-tu qu'il soit arrivé ? » « Je suis trop vieille pour croire quoi que ce soit, Barnum. Et donc je ne crois rien tant que je ne le sais pas. » Elle buvait du thé en tournant lentement sa cuillère. « Mais dans ce cas tu ne le crois pas. Tu le sais, simplement. » Elle soupira. « Je sais simplement que Fred ne connaît pas la tranquillité. Il traîne dehors. » Je poussai ma chaise pour me rapprocher d'elle. Je n'aimais pas l'odeur de son thé sucré. J'aimais avoir Boletta rien qu'à moi. « Il traîne dehors ? Dans les parages ? Je l'aurais déjà repéré si c'était ça. » « Oh non... Il traîne beaucoup plus loin désormais. Beaucoup plus loin. Et personne ne pourra l'arrêter. » « Même pas nous ? » Elle secoua la tête. « Fred est un homme de la nuit, Barnum. » Elle finit son thé ; au fond de la tasse, les cristaux de sucre roux formaient une espèce d'emplâtre qu'elle mangea à la cuillère. « Et moi ? J'en suis un ? » demandai-je dans un souffle. « Non. Non, Barnum. Toi tu n'en es pas un. Tu n'es pas un homme de la nuit. » Je repartis dans ma chambre. Je n'étais pas un homme de la nuit. J'étais celui qui restait. Je trouverais bien à voyager par d'autres biais. J'avais deux machines, une à rire et une à écrire, ainsi qu'un mètre à ruban gradué de chaque côté. Je ne m'en tirais pas trop mal.

Et je me souviens à présent, de cette histoire qu'on m'a racontée, que je vais relater, dont je poursuis le récit. Ce n'est pas une histoire en réalité, c'est une image, une image qui remonte à la surface d'une histoire, comme une photo dans un bain révélateur. Une mère, en Sibérie : debout sur une plage stérile, elle scrute l'océan, chaque jour sans exception, tout en mangeant des graines de tournesol qu'elle tient au creux de sa main. Un étranger lui demande ce qu'elle guette. « Mon fils, répond-elle. Il n'est pas encore rentré. » « Il est parti depuis longtemps ? » demande l'étranger, dans son ignorance. « Dix-huit ans », répond-elle – et elle continue de mâcher ses graines de tournesol, et elle guette, et elle scrute l'océan.

Maman rentra tard ce soir-là. Je courus au salon. Elle

s'était déjà assise dans le sofa. Il y avait quelque chose. Elle avait quelque chose. Je ne l'avais jamais vue dans cet état. Non seulement elle n'avait pas retiré son manteau, mais elle était cramponnée à son petit sac à main posé sur ses genoux, comme s'il l'empêchait de tomber. Pourtant, elle trouvait encore le moyen de sourire et c'est ce sourire qui, d'une certaine manière, détonnait avec ce qui transparaissait d'elle. Bien qu'impatiente, Boletta n'en demeurait pas moins silencieuse, elle ne fendait pas l'air avec sa canne puisqu'elle aussi, elle avait bien vu que quelque chose tracassait maman ; et moi je la regardais, Boletta, dont les yeux secs se dilataient sous l'effet de la surprise et non moins de l'anxiété. « Fred est parti en mer. » Boletta s'installa dans le sofa. « En mer ? Tu es sûre ? » Maman chuchotait. « C'est ce que Willy m'a dit. Willy Halvorsen, je veux dire. » Boletta soufflait. « On peut lui faire confiance à lui ? Un vulgaire entraîneur de boxe ? » Maman opina. « C'est lui qui a aidé Fred à trouver une place. » Maman me jeta un coup d'œil, sans rien dire pour autant. Boletta, loin d'être convaincue, l'aida à ôter son manteau. « Comment peux-tu en être sûre ? Ce Willy Halvorsen n'a même pas été capable d'apprendre à Fred à boxer ! » Maman se leva. « J'ai téléphoné au bureau de la navigation. Fred est parti en mer. » Nous échangeâmes un regard. Boletta haussa ses épaules si frêles. « Bon, bon. Ç'aurait pu être pire. Mais il aurait tout de même pu nous dire au revoir avant de s'en aller. » Ce fut seulement à cet instant que maman éclata en sanglots. Son corps était secoué par les larmes. Boletta essaya de la soutenir, en vain – et je compris alors que la pensée de ne plus jamais revoir Fred venait de traverser l'esprit de maman (il reviendra néanmoins, et chaque fois qu'il rentrera, ce sera comme une petite mort, une petite mort dont la croissance toujours démesurée sera sanctionnée par une messe funèbre célébrée dans l'église de Majorstuen, des obsèques sans corps, rien qu'un manque incommensurable, et je serai celui qui, je le rappelle, tiendra ce discours mémorable).

Boletta laissa maman pleurer tout son soûl, or ce ne furent pas ses larmes qui s'épuisèrent, mais ses forces. Et tandis que, à mon tour, la même pensée me traversait l'esprit, à savoir que Fred nous avait abandonnés à jamais, Boletta demanda : « Sur quel navire est-il allé se fourrer ? » « *L'Ours polaire* », murmura maman. « Certes. Mais où va-t-il, ce navire ? » Maman ne nous regardait pas, ni moi ni Boletta, ses yeux étaient baissés, rivés au plancher. « Au Groenland. » Elle releva la tête au même moment, comme minée par une inquiétude mâtinée de colère – et elle prononça cette phrase, que nous répéterons tant et tant de fois lorsqu'il s'agira de nous consoler : « Et dire qu'il n'a même pas pris de pull… »

Je retournai dans notre chambre, qui était peut-être la mienne désormais. Oui, peut-être ce soir avais-je une chambre rien qu'à moi, alors que Fred était en route pour le Groenland, à bord de *L'Ours polaire*. Et, dans l'éventualité où ils passeraient au même moment dans les parages de Røst, juste avant d'obliquer plein ouest, en direction de l'horizon bleu, du soleil vert et décli-nant, alors j'osais espérer que Skomvær les éclairerait, le tout dernier phare dont le cristal de Fresnel produirait un flash capable d'inscrire par le feu leur image dans le vent. *Je vous envoie, à vous tous à la maison, mes pensées les plus affectueuses du pays du soleil de minuit, entre la glace et la neige.* Qui sait si Fred n'allait pas trouver un bœuf musqué, s'il n'allait pas manger de la viande de phoque… Étaient-ce les pensées que Fred avait échafaudées : devoir suivre les mêmes traces, navi-guer dans le même sillage dont l'issue le mènerait au nord de l'océan, à la suite du *s/s Antarctic*, soixante-six ans après, pour retrouver la lettre ? Devait-il voir le même soleil que notre arrière-grand-père, sentir le même froid, entendre la même glace chavirer, avant de pouvoir se mettre en quête de la lettre ? Et qui sait s'il n'allait pas retrouver notre arrière-grand-père, gelé, captif d'un glacier, un coupe-vent autour du squelette, et dans la poche de ce coupe-vent le bout de crayon qu'il

avait utilisé alors pour écrire la lettre ? J'étais content,
oui, content que Fred soit parti en voyage. Et pourtant je
ne ressentais aucune joie. Je rangeai la Diplomat, il était
trop tard pour inventer quoi que ce soit, j'en avais
inventé suffisamment. Je me couchai en emportant, à la
place, la machine à rire. J'appuyai dessus. Elle riait sous
la couette. J'écoutais ce rire mécanique. Il était sans
cœur, mauvais. Si les serpents avaient pu rire, leur rire
aurait ressemblé à ça. Ce rire que j'avais trouvé si charitable, lorsque je l'avais entendu la première fois avec
Peder, charitable et contagieux, me remplissait à présent d'une immense intranquillité – et j'ai compris que
le rire est inefficient quand il est seul. Il fallait que
j'écrive cette remarque pour ne pas l'oublier. Je pourrais
sans doute réutiliser une telle découverte. Comme quoi
le rire est avide de compagnie. Mais je m'endormis
avant même d'allier le geste à la pensée, tandis que les
piles de la machine faiblissaient en intensité, que le rire
devenait de plus en plus lent et de plus en plus rauque,
jusqu'à ce qu'il meure complètement en émettant un
léger clic, qu'il ne subsiste qu'un vague souffle lointain,
un peu, me figurais-je, comme une rafale de vent dans
une maison abandonnée depuis une éternité, et que,
enfin, ce souffle disparaisse tout à fait lui aussi, et laisse
de son passage ici une fine corde, tressée avec du rien,
du néant, à laquelle j'aurais pu accrocher mes rêves pour
les mettre à sécher.

Maman me réveilla. « Nous allons aux Télégraphes.
Et je te prierais de ne pas t'installer déjà dans le lit de
Fred ! » Je me levai d'un bond, rouge de honte et
engourdi de sommeil, puisque je n'avais quasiment pas
dormi. « Je peux venir ? » Je vins. Boletta avait mis ses
plus beaux habits. Mais une fois devant la lourde porte
de la Tollbugate, le courage l'abandonna. Elle se mit à
rechigner, exigeant de repartir séance tenante ; le mal au
crâne, *le morse*, l'avait soudain reprise. Cependant,
maman la poussa à l'intérieur d'un geste déterminé.
Ainsi donc nous y étions à nouveau, dans cet immense
hall où Boletta n'avait plus remis les pieds depuis

qu'elle avait démissionné le jour de la mort de La Vieille et du roi Haakon, neuf ans plus tôt. Il n'y régnait plus ce silence de cathédrale. Désormais, le hall évoquait davantage un dépôt, un dépôt pour y stocker les conversations et les télégrammes. Un bourdonnement résonnait de part en part, comme si un essaim d'abeilles phénoménal se déplaçait à un rythme frénétique d'un coin à l'autre. Le martèlement des chaussures sur les dalles. L'horloge sur le mur dont les aiguilles avançaient avec un tic-tac tonitruant. Maman secoua Boletta. « Ne reste donc pas là à regarder ce hall d'un œil bovin ! » Boletta n'en regarda pas moins le hall d'un œil bovin. « Ça a changé », marmonna-t-elle. « Qu'est-ce que tu baragouines maintenant ? » « On pourra écrire en un mot les noms de bateaux, si tant est que le nombre de lettres n'excède pas quinze », récitait Boletta. « *L'Ours polaire*, répliqua maman en comptant sur ses doigts à toute vitesse. Ça nous fait treize lettres. Allez, qu'on en finisse ! » Nous gravîmes le large escalier menant au premier étage. Boletta salua certaines femmes, qui ne la remettaient pas et se bornaient à passer devant nous à vive allure. Et, chaque fois que l'une d'elles ne la reconnaissait pas, Boletta se voûtait encore un peu plus. Oui, elle rapetissait à chaque pas. Même le chef de service Egede, cet homme déchu, ne s'arrêta pas. Il eut simplement un moment d'hésitation avant de dévaler les marches, comme si, à la vue de Boletta, une espèce de brume se levait dans son esprit. Elle croisa son regard, une lueur d'attente et de défi dans les yeux, mais c'est à moi que le pauvre homme s'adressa. « Le petit génie », dit-il en riant, avant de poursuivre son chemin dans l'enceinte du hall. Boletta se ratatina un peu plus.

Quant à Mlle Stang, la cheftaine de service, la vierge des relais, partie en retraite depuis un bon bout de temps, elle était retranchée, à l'heure qu'il était, dans son deux-pièces sombre d'Uranienborg, un chiffon humide sur le front afin de calmer son mal de tête insidieux, elle qui verra les téléphones noirs en bakélite être remplacés par des appareils gris et blancs, petits et discrets, eux-mêmes troqués à leur tour, en moins de temps qu'il faudra pour le dire, dans les années soixante-dix, contre des installations ridicules et incommodes, délivrées dans des couleurs criardes, des rouges, des jaunes et des orange, autant de teintes qui n'auront, au demeurant, strictement plus rien à voir avec les téléphones, et qui reposeront, ces engins, sur leur propre socle, si bien que de prétendus petits plaisantins les rebaptiseront homophones, le numéro devant être composé à l'arrière du combiné ; après quoi l'institution même des Télégraphes subira la liquidation et la diarrhée verbale se déclenchera, dans le courant des années quatre-vingt-dix, cette logorrhée explosera, connaîtra la privatisation, sera dispersée aux quatre vents, les paroles sans fil deviendront inévitables, inéludables, les confidences les plus intimes seront hurlées aux tables de restaurants, les secrets dévoilés dans les files d'attente, aux arrêts de bus, chacun se verra contraint et forcé d'écouter les autres dans leurs prises de bec, leurs admonestations, leurs peines de cœur. Oui, la société se transformera en une immense chambre à coucher où tout le monde parlera avec tout le monde, mais surtout avec son moi personnel, et personne n'aura strictement rien à dire.

Nous étions arrivés, pour notre part, dans la salle des téléscripteurs. Il y avait la queue. De là étaient envoyés les messages les plus importants, ceux dans lesquels c'était une question de vie ou de mort, impossibles à exprimer, car la voix est un instrument imprécis, la voix est saturée de malentendus, d'inflexions, de lapsus, d'exagérations, alors que le télégramme, lui, est fiable, infaillible, le télégramme est précis et silencieux, le télégramme est dévolu à l'amour et aux calamités. Huit femmes siégeaient derrière leur pupitre. Ici non plus, personne ne reconnaissait Boletta. Nous gardâmes le silence. Si le téléphone est épuisant pour les nerfs comme pour l'ouïe, obligeant ses utilisateurs à ne jamais travailler plus de quatre heures d'affilée, la transmission de télégraphes, qui s'accomplit surtout par l'intermédiaire de la main et des doigts, peut occasionner crampes et rhumatismes articulaires. Maman avait écrit son message sur un bout de papier qu'elle tendit à une opératrice quand notre tour arriva enfin. Celle-ci trouva les codes exacts puis retranscrivit, en tapotant sur son appareil, les mots concis mais non moins essentiels – et je m'imaginais qu'au même moment, le radiotélégraphiste à bord de *L'Ours polaire* était capable d'interpréter le message, de traduire les points en lettres, de se lever pour aller au mess porter le papier au petit nouveau, Fred Nilsen. Je le voyais d'ici, le radiotélégraphiste : c'était un boute-en-train, il était le premier à charrier les autres gars et notamment ce blanc-bec pas causant et pas facile à friser, qui n'avait même pas dégobillé lors de sa toute première sortie en mer et qui visiblement avait été un boxeur prometteur ayant reçu une sacrée dérouillée par un champion ordinaire des environs de Trondheim. « Coucou, Nilsen. Tu manques à ta maman ! » Là, le reste de l'équipage, ceux qui étaient au mess, glousseraient et ricaneraient ; et Fred, tel que je me le figurais, froisserait le message, et l'enfouirait illico dans sa poche, penaud, bougon, et plus tard, quand il serait de garde, il le ressortirait, lirait les quelques mots de maman, puis il le balancerait à la mer, où les bancs de glace dérivaient déjà comme des croûtes dégueulasses, cognaient contre la coque, le maintenant éveillé alors qu'il devait dormir.

Il n'envoya aucune réponse à maman. Chaque jour qui passait, elle attendait le télégramme adressé depuis *L'Ours polaire*, rien qu'un mot, un signe de vie, une étincelle. Il ne vint jamais. Elle accourait dès que quelqu'un sonnait à la porte, uniquement pour découvrir qu'un vendeur voulait lui refourguer des Tupperware, des tapis, ou le salut grâce à Jéhovah. Ses cheveux devinrent gris pendant cette seule période. Boletta et moi marchions sur des œufs : la moindre chose pouvait lui faire perdre son sang-froid, à un point tel que nous craignîmes sérieusement pour sa raison. Boletta me chuchotait que l'attente est un art, qu'il faut du temps, beaucoup de temps, pour l'apprendre, que peu y

arrivent puisque le temps lui-même est un maître. Au
bout d'un long moment totalement dépourvu de sons, de
lettre ou de signaux en morse, maman finit elle aussi par
se calmer, comme si elle acceptait son destin, qu'elle s'y
résignait, avec une hargne émoussée ; et lorsqu'un soir,
juste avant les grandes vacances, on sonna et qu'elle ne
se précipita pas pour aller ouvrir la porte, nous
comprîmes qu'elle était entrée dans le calme du temps
de l'attente, où l'on ne fait strictement plus rien sinon
attendre, tout comme La Vieille s'y était astreinte avant
elle, avait transformé l'attente en art, un corps pur dans
son âme. C'est moi qui allai ouvrir. Peder se tenait sur
le seuil. Juste derrière, Vivian jetait un œil par-dessus
son épaule, elle souriait. Je ne les avais pas vus depuis
quelque temps déjà. J'étais ravi. Des amis venaient me
rendre visite. « Est-ce ici qu'habite le grand mais petit
écrivain ? » s'enquit Peder. Je les laissai entrer non sans
une révérence appuyée. Nous nous installâmes dans
notre chambre, que je ne nommais pas encore ma
chambre ; Vivian voulut entendre la machine à rire,
mais j'avais oublié de changer les piles. Alors, elle
demanda : « Fred est en voyage ? » « Il fait son service
militaire. » J'ignorais totalement pourquoi je venais de
fournir cette réponse-là ; toujours est-il que je l'avais
fait, je venais de dire que Fred faisait son service militaire. Peder se fendit d'un sifflement aussi long que
sonore. « Comme ça, notre nation est entre de bonnes
mains. Nous allons pouvoir dormir tranquilles la nuit. »
Vivian me regarda. « Où ? » Je dus cogiter à toute
vitesse. Le mensonge était déjà en pleine maturation.
Comme un ver de terre, il se divisait le plus simplement
du monde par le milieu pour devenir deux vers de terre,
et ainsi de suite *ad libitum*, ce n'était qu'une question de
sciences naturelles. « C'est secret », répondis-je. Vivian
baissa les yeux. « Secret ? » Peder se remit à siffler et le
menteur fut obligé de trouver un autre sujet de discussion. Je donnai à Peder une tape amicale sur l'épaule.
« Est-ce que le modèle ne pourrait pas nous faire
re-rentrer au ciné-club ? » demandai-je d'une voix à

l'intonation exagérément forte. Peder stoppa net son sifflement. « Maman en a fini avec lui. » « Fini ? Elle a terminé son tableau ? » Il se braqua aussitôt, prit une mine boudeuse, puis se leva. « T'as entendu ce que je t'ai dit, oui ou merde ? » J'avais entendu ce qu'il avait dit, mais je n'avais pas compris ce qu'il avait voulu dire. Vivian regarda ailleurs, elle ne m'était d'aucun secours sur ce coup-là. Si je n'avais pas oublié d'acheter des piles, tout aurait été différent. Je me dépêchai de trouver la composition que je lui devais. Peder me tournait toujours le dos. Il m'arracha littéralement la feuille des mains. J'avais choisi *Décrivez une expérience professionnelle rémunérée*. Peder jeta un œil à l'intitulé. « J't'avais pourtant dit de choisir *Avantages et inconvénients de la technique moderne*. Tu fais chier, Barnum ! » « En fait, j'ai réussi à mélanger les deux sujets dans la même composition », dis-je d'un ton prudent. « Tu as écrit sur la fois où on était figurants dans *La Faim*, espèce de petit rigolo ! » « Oui… Et l'autre est à propos de l'évolution de la caméra. » « Eh ben dis donc… » Vivian voulut voir, elle lut à voix haute. « *Il ne fait pas l'ombre d'un doute que la taille et le poids de la caméra sont consubstantiels à sa maniabilité : plus celle-ci est petite et légère, plus le travail du chef opérateur est facilité car il peut alors suivre les acteurs ou filmer plus aisément les images qu'il désire capturer. Néanmoins, la taille de la caméra ne doit pas nuire à sa capacité de filmer en largeur tout comme en profondeur, ainsi que j'ai pu notamment en faire l'expérience lorsque, en compagnie de mes deux meilleurs amis, j'ai participé en tant que figurant au tournage du film* La Faim *qui, hélas, n'est pas encore sorti dans nos salles.* » Peder se tourna lentement vers moi et me sourit. « Bien, Barnum. C'est même très bien. Et c'est d'ailleurs la note qu'on va avoir, je la sens d'ici. » Voyant Vivian se rasseoir et nous tourner le dos plus que jamais, Peder et moi échangeâmes un regard. Suivit alors une conversation qui allait me faire longtemps gamberger – et à dire vrai, j'aurais aimé la présence à nos côtés d'une opératrice

rivée à son téléscripteur, pour qu'elle convertisse nos
paroles en autant de points et de tic-tac, de sorte qu'une
languette déroulant ces signaux en morse cliquette au
beau milieu d'une nuit où j'aurais mieux compris, une
nuit où j'aurais été le grand radiotélégraphiste capable
de voir derrière les signes comme les signaux ainsi que
sous les mots. « Qu'est-ce qu'il y a ? » demanda Peder.
Vivian ne répondit pas. « Qu'est-ce qu'il y a ? »
demandai-je à mon tour. Vivian jeta un œil par-dessus
son épaule. « Dis-moi, Barnum. Est-ce que je suis uniquement ta meilleure amie ? » J'étais soudain bouleversé : *uniquement* ? – et je pris conscience avec stupeur que, selon toute probabilité, le mensonge est plus
agréable que le bouleversement : le bouleversement a
lieu sans anesthésie alors que le mensonge est une pure
narcose, aussi longtemps que dure son effet. Peut-être
papa avait-il raison le jour où il m'avait dit qu'il n'est
possible de comprendre qu'environ deux pour cent
d'une femme, et qu'une vie entière est nécessaire pour
accéder à ces deux pour cent. « Je veux dire…, murmurai-je. Toi, Peder, des meilleurs amis… C'est ce que
nous sommes, non ? » Sur ce, Peder enchaîna avec une
phrase encore plus étrange, qu'il prononça à l'intention
de Vivian et que j'aurais tellement souhaité obtenir par
écrit : « C'est ma composition, n'est-ce pas… Pas celle
de Barnum. Il n'a fait que l'écrire à ma place, rien de
plus. » Sa réflexion nous laissa sans voix, jusqu'à ce
que, au bout d'un moment, Peder frappe dans ses mains
et monte sur une chaise. « Moi, par contre, je sais quand
le film va sortir ! » Vivian se leva elle aussi, ma main
glissa à toute vitesse sur sa chute de reins, à l'endroit où
son pull bleu clair formait des plis le long de sa colonne
vertébrale si cambrée. « Bon alors, débilos… Tu nous le
dis quand c'est ! » m'écriai-je. Peder baissa les yeux sur
moi. « Il sort en avant-première dans exactement quatre-
vingt-quatre jours. Et demain, dans quatre-vingt-trois
seulement. »

Ils partirent avant que maman ait fini de préparer le
souper. Je courus à la cuisine où je la trouvai occupée

comme tout à l'heure à couper le fromage en tranches fines, avec une extrême lenteur. Engourdie par l'attente, elle multipliait tous les gestes. « Le film sort le 19 août ! » m'exclamai-je. Elle se retourna comme un automate. « Ils sont déjà partis ? » « Oui… Et *La Faim* sera projeté en avant-première le 19 août ! » Elle soupira. « Peut-être que Fred sera rentré à cette date-là. » La sonnerie de la porte retentit de nouveau, je vis maman tressaillir puis faire tomber la râpe à fromage. Je courus ouvrir. C'était Peder, encore. « J'oubliais… », chuchota-t-il. Il sortit une enveloppe qu'il me tendit d'un mouvement rapide. « C'est pas à moi que tu vas faire croire que ton frère fait son service… », ajouta-t-il d'une voix plus basse que l'instant d'avant. J'examinai l'enveloppe, incrédule. *Branum Nilsen. Chez Miil. Oslo. Norvège.* Des timbres danois remplissaient le coin droit. Fred l'avait adressée au père de Peder. Ce dernier me l'apportait à présent. Silencieux, je regardais l'enveloppe, comme hypnotisé. « Eh oui…, marmonna-t-il. Tout a un sens en fin de compte… » Il fit volte-face et dévala les marches. Je retournai dans la chambre à pas feutrés, la lettre dissimulée sous ma chemise. Je la cachai ensuite sous le matelas. Soudain, je remarquai la présence de maman derrière moi. « C'était Peder ? » J'acquiesçai. « Qu'est-ce qu'il voulait ? » Je déglutis tout en m'asseyant sur le lit. « Me rendre des devoirs de maths qu'il avait oubliés. » « Il ne voulait pas rester souper ? » « Il avait pas le temps. » Elle sourit. « Si Peder n'a même plus le temps de souper, alors c'est qu'il n'a le temps de rien. » « À qui le dis-tu… » « Tu te couches déjà ? » Je bâillai à m'en décrocher la mâchoire. « Je suis crevé. » Maman vint s'asseoir à côté de moi. Elle cherchait ses mots. La lettre se trouvait sous le matelas. « Ça va être chouette, le film ! dit-elle. Tu te rends compte ? Nous avons un acteur dans la famille. » « Un figurant. » « C'est quasiment pareil. » Puis elle resta silencieuse un petit moment. J'aurais aimé qu'elle parte. Je bâillai une seconde fois, étirai les bras – et je pris conscience avec effroi, au moment où j'ouvris la bouche, bâillai bruyamment, levai les bras, que tout ce que je faisais était exagéré, que le moindre geste était amplifié, comme si ces manœuvres allaient me rendre plus crédible, comme si l'exagération était doublement vraie. « Je n'arrive pas à dormir, avoua-t-elle. Je n'arriverai pas à dormir tant qu'il sera parti. » « Fred va sûrement très bien, répliquai-je à mi-voix. C'est un homme de la nuit. » Un nouveau tressaillement fit sursauter maman, à croire qu'elle recevait une décharge rien qu'à entendre mes paroles. Elle me prit la main, la serra, de colère ou de chagrin, je ne sais pas – et peut-être était-elle aussi guidée par l'amour. Je crois que cette nuit-là non plus, elle ne ferma pas l'œil. Cependant, lorsque le silence revint durablement, je sortis la lettre et l'ouvris avec soin. Elle contenait une carte postale, représentant un bœuf musqué. Photographiée sur une pente aride, la bête avait la tête penchée et l'air hébété, désorienté. Au verso, Fred avait écrit, de son écriture d'enfant toute tarabiscotée : *Ne dis rien. Fred.* C'était tout. Ne dis rien. J'ignore combien de temps je restai à fixer ces mots. Et je pris la décision de me taire. Je ne dirais rien. Je n'avais pas le choix. Ou plutôt si, le choix, je l'avais ; puisque n'est-il pas uniquement question de cela, du choix, celui qu'on est censé faire, pour lequel il n'y a aucune excuse ? Je n'avais pas le choix. J'aurais pu trahir la promesse qui me liait à Fred, aller voir maman et lui montrer la carte. Je ne le fis pas. Je demeurai fidèle à ma promesse. Je laissai maman dans sa chambre se débattre avec son insomnie et versai une larme. « Bordel à queue de chierie de merde ! » criai-je en me donnant une baffe sur la bouche. Je tendis l'oreille. Rien ne troublait le silence. Je remis la carte dans l'enveloppe que je cachai dans un endroit où je savais que maman ne la trouverait jamais. Et ce fut ainsi que je commençai mon si long mensonge.

Et chaque jour qui passe n'est qu'un seul et même prolongement de ce mensonge. Je ne dis rien, donc je mens. Je prends la parole, et je mens en même temps. J'ai deux langues et un visage, ou l'inverse : j'ai de très nombreux visages mais une langue, une seule. Il ne se passe pas une nuit sans que maman soit insomniaque. Il lui arrive d'aller voir Willy, histoire de vérifier s'il a eu des nouvelles de *L'Ours polaire*. Quand elle rentre, elle est plus taciturne que jamais, et Boletta, assise, dans le salon, la regarde, secoue la tête. J'écris la première version de *L'Engraissement*, mais n'en suis pas satisfait si bien que je la jette sitôt terminée. Je dois changer le ruban encreur de la machine. Nous attendons. Le temps est lent, récalcitrant. Fred ne revient pas. Peder rentre au lycée, dans la très sélect Katedralskole, il est élu trésorier dès la rentrée par la petite clique estudiantine ; Vivian étudie chez elle, une matière à la fois ; et moi, moi je pousse la porte du lycée de Fagerborg, le soleil dans le dos, pour un énième premier jour d'école, je vois les autres se retourner sur moi comme un seul homme, m'examiner sous toutes les coutures, et je décide sur-le-champ d'établir un nouveau record de sèche intensive. J'y arrive sans problème.

La sortie en salle de *La Faim* a lieu trois jours plus tard. Nous nous échauffons à la brasserie Stortorgets Gestgiveri. Le serveur refuse de nous apporter la bière que nous lui commandons, nous sommes mineurs. Il revient avec du thé. Ça ne fait rien. Peu importe puisque Peder a dégoté une bouteille de champagne qu'il maintient cachée sous la table – et il sera bien le seul à avoir réussi à déboucher du champagne à la Stortorgets Gestgiveri sans être pris la main dans le sac ; il aura les genoux juste un peu mouillés. Nous buvons notre thé à toute vitesse pour aussitôt remplir les tasses de champagne. Nous sommes assis à la table du fond. Vivian dégage un parfum bizarre. Après deux tasses, je n'ai déjà plus les idées très claires, ma tête tombe à angle droit pour venir se fourrer dans le cou de Vivian. Elle me repousse, je reviens à la charge. « Arrête, Barnum ! crie-t-elle soudain. Tu me mords ! » Elle file aux toilettes. Plié en deux sur la nappe, Peder se gondole de rire. Les autres clients se retournent sur nous, des faciès sombres se découpent dans l'éclat doré projeté par les

pintes qu'ils tiennent à deux mains. Le serveur roule des
yeux noirs sur nous, déboule pour vider le cendrier.
« Vous ne consommez pas d'alcool que vous auriez
apporté, j'espère ? » « C'est du musc », répond Peder.
Le serveur a un mouvement de tête exaspéré, inspecte la
table aux quatre coins, retourne à son comptoir en traînant les pieds. Je me penche vers Peder. « Du musc ? »
Il verse en douce un peu plus de champagne. « Le
parfum de Vivian, Barnum. Ça se récolte à la source :
des couilles de bœufs musqués. » « Des couilles de
bœufs musqués ? » « Ça excite à mort. » « Qui ça ? Qui
est excité ? » « Mais toi ! » Vivian revient des toilettes.
Elle ne sent plus le parfum. Peut-être qu'elle s'est nettoyé le cou. Je ne dis rien. Mon cerveau fonctionne un
peu au ralenti. J'ai l'esprit trop accaparé et les rares
pensées que je parviens à formuler sont incohérentes.
Peder jette un œil à sa montre et lève sa tasse. « Il est
temps de foncer à l'assaut du Saga. » Nous terminons
notre champagne et partons bras dessus, bras dessous,
Vivian entre nous. Nous prenons le chemin des salles
obscures pour notre tout premier film projeté en avant-
première à la séance de sept heures. Il y a déjà la queue.
Évidemment, je dois montrer une pièce d'identité.
« Laissez-moi vous dire, assène Peder, que nous appa-
raissons dans le film de ce soir. Vous n'en refuseriez
tout de même pas l'accès aux acteurs ? » « Aux figurants », précisé-je. « Ta gueule ! » marmonne Peder.
« S'il n'a pas l'âge pour entrer, il n'a pas l'âge, point »,
tranche le guichetier. Peder pousse un profond soupir.
« S'il a l'âge pour jouer dans un film, il a aussi l'âge
pour le voir. » Il nous laisse entrer, Vivian rit.

Ils sont tous là. Je les vois au moment même où nous
nous asseyons, au premier rang : maman et Boletta,
Esther du kiosque, les parents de Peder et Maria Miil
assise dans son fauteuil dans le bas de l'allée, le père de
Vivian, non, je ne me trompe pas : il est là lui aussi. Derrière lui se trouve Ditlev, de l'édition du soir d'*Aftenposten*, il ne voit rien, n'arrête pas de bouger dans son
fauteuil si bien que les gens se plaignent. Ils sont tous là

car il n'a échappé à personne que nous participons au film, Peder, Vivian et moi, nous avons même rédigé une composition à ce sujet, en avons parlé dans l'interview. Je vois le concierge Bang, Knokkel et Le Bouc, Aslak, Hamster et Preben, des visages lointains dans la salle de cinéma au sol incliné ; je vois Dix-Mètres, les jumeaux, Talent et Tommy, les gars du club de boxe, avec leur nez cassé et leurs cheveux un peu longs ; j'aperçois aussi les parents de T., tout près de la sortie de secours, le teint pâle, le visage émacié – et je songe, lorsque le rideau s'écarte et que la lumière s'estompe, que toutes les personnes qui ont joué un rôle dans ma vie sont ici, ce soir, dans cette salle, certains n'ont fait que passer en arrière-plan, d'autres se sont approchés de moi, puis, au moment où l'obscurité et le silence coïncident, voilà la pensée qui s'impose à moi : plus d'une des personnes présentes ici assisterait peut-être à mon enterrement si je trouvais le moyen de mourir maintenant. Et juste avant que Vivian prenne ma main, que Pontus, le dos tourné, apparaisse sur l'écran, penché à la rambarde d'un pont au-dessus de la rivière Aker, tandis qu'il écrit rageusement sur un morceau de papier qu'il finit par mettre dans sa bouche et par mâcher, oui, il mange le bout de papier sur lequel il vient d'écrire, à ce moment-là, je vois une ombre s'asseoir à côté de maman. Et je reconnais Willy.

Nous ne figurons pas. Nous ne figurons nulle part. Ni dans le film, ni dans le parc du Palais Royal. Nous sommes invisibles. Nous sommes coupés au montage, coupés du monde du cinéma, relégués dans les poubelles de son histoire, quelque part au Danemark. Nous sommes superflus, écartés. Nous avons bel et bien droit à une espèce d'enterrement, en fin de compte. La règle de Barnum prévaut, comme aux premiers jours. La règle de Barnum est trop courte. Il lui manque toujours un centimètre. Nous partons avant la fin du générique. « Vous avez au moins gardé votre âme intacte », nous glisse la mère de Peder au moment où nous fuyons vers la sortie. Nous sommes déjà dehors. Les rues sont détrempées. L'automne est arrivé. Peder et moi avons envie de pisser. Nous pissons derrière une poubelle. Nous balançons le ticket d'entrée et nous pissons dessus. « Quel film de merde ! » s'écrie Peder. Nous ne disons plus rien avant d'avoir rejoint la Solli plass. Notre arbre, rouge, brille sous la pluie. « S'il avait tant la dalle que ça, il avait qu'à aller dans les forêts de Nordmarka cueillir des baies au lieu de nous faire chier ! » « C'était peut-être une autre faim qu'il ressentait », osé-je timidement. « Ah ouais ? Attends… Il arrêtait pas de parler de saucisses pendant tout le long de ce putain de film ! Il avait qu'à se dégoter un hameçon, utiliser ses lacets de merde en guise de ligne et pêcher une morue au lieu de nous faire chier ! C'est plutôt lui la morue, ouais ! » « Il aurait au moins pu manger le Twist », ajoute Vivian. Nous lui jetons un coup d'œil interrogateur. « Le Twist ? » répète Peder, sans comprendre. « Vous n'avez pas vu ? Dans les feuilles, il restait deux caramels et un rouleau de réglisse, au moment de la scène qui se passe au Palais Royal. » Peder me regarde. Je le regarde. « C'est vrai ? » Vivian acquiesce. « Je vous jure ! » Peder est sur le point de déraciner l'arbre tant il s'esclaffe. « Comme quoi… On aura au moins réussi à bousiller le film ! Un Twist en 1890, je rêve ! » Je ris à mon tour. Mais néanmoins, quelque chose me rend triste, comme si, déjà, je distinguais les traces des événements à venir, tout ce qui se transforme, qui est éliminé, effacé, coupé, à croire que les ciseaux sont mon emblème. « Bon allez, salut ! » dit brusquement Peder qui file entre les marronniers, le long de la Bygdøy allé. « Attends ! » lui crie Vivian. Mais Peder n'attend pas. Il continue de marcher. Je lâche la main de Vivian et le rejoins en courant. « Qu'est-ce que t'as ? » Il s'appuie à la clôture et sourit. « Si j'ai quelque chose ? C'est ça que tu me demandes ? » Je pose une main sur son épaule. « Tu n'as pas besoin de rentrer déjà ! » « J'ai peut-être faim moi aussi… Qu'est-ce que tu en sais ? » Et son sourire, son rire, se lézarde, se voile d'une certaine flaccidité, d'une friabilité, comme si sa bouche pouvait à tout moment éclater en sanglots. « Vous êtes tous les deux maintenant », dit-il. « Nous sommes tous les trois », rectifié-je. Il secoue la tête. « Non. Je suis en trop. À plus tard. » Sur quoi il poursuit son chemin par-delà le croisement. Il ne se retourne pas. Je reste là, pétrifié. Je ne sais pas quoi faire. Je veux courir vers lui. Et je veux retourner auprès de Vivian. C'est elle qui me rejoint.

Cette soirée-là réserve d'autres surprises. Nous faisons un bout de chemin ensemble jusqu'au parc de Frogner. La nuit tombe lentement. Il pleut toujours. Vivian s'assied près du Pavillon blanc en haut du pro-montoire. Je m'installe à côté d'elle. Ce n'est pas très confortable. L'herbe est mouillée. Je lui prête mon blouson. C'est là qu'a lieu la surprise. Vivian se met à califourchon sur moi. Je ne peux pas me dérober. Elle me bloque. Je secoue la tête de droite à gauche. Je sens l'herbe collante me chatouiller les cheveux et la nuque. Elle commence à faire des trucs. À enlever sa petite culotte. À la retirer avec le bout du pied. À ouvrir la fer-meture Éclair de mon pantalon. Je n'ose pas bouger. Elle sort un préservatif. L'enfile sur moi. Puis elle s'empale dessus. Avec force. Sans douceur. Elle ne bouge pas. Je ne bouge pas. Je le sens de nouveau, ce parfum de musc, extravagant, frénétique, censé m'ouvrir ce soir les portes du paradis. Et je disparais. C'est déjà fini. La surprise a été de courte durée. Vivian se relève. Elle me tourne le dos. Elle remet sa petite culotte. Rajuste son corsage. Je reste allongé. J'ai froid. Je ferme les yeux. Je n'ose pas regarder. Ça me brûle. J'ai honte. Je l'entends descendre la pente. Elle est déjà partie quand je me redresse. Je retire le préservatif. Je crie. Je le balance dans sa direction. Je prends ma veste. Je trébuche en descendant. Escalade la clôture. Déchire mon pantalon. Me prends les pieds dans mon froc. Par-viens à grand-peine sur le trottoir. Un tramway passe au même moment. Ce crissement insupportable des roues quand il amorce le virage en épingle à cheveux. Je me bouche les oreilles. Je pourrais passer faire un tour chez

Peder. Je n'y vais pas. Je n'ai rien à dire. Et comment le dirais-je de toute manière ? Je cours. Je remonte l'avenue en courant. Je suis content qu'il pleuve. Je cours jusqu'à l'épuisement. Maintenant j'existe. Voilà ce que je dis. Je le redis. Maintenant j'existe. Maintenant je l'ai fait. Je suis soulagé. Je ne suis pas heureux. Mais soulagé. C'est déjà ça. Puisque c'est moi au fond qui l'ai draguée. Bien sûr que c'est moi. Moi et personne d'autre. C'est ma faute. C'est moi qui l'ai emmenée au parc de Frogner. Moi qui l'ai fait monter jusqu'au Pavillon. Jusqu'à l'obscurité du Pavillon. Comme si c'était impensable. Incompréhensible. J'ai même posé mon blouson dans l'herbe pour qu'elle puisse s'asseoir dessus. Dans l'herbe détrempée. Si elle le désirait. C'est déjà ça. C'est déjà pas mal. Je l'ai fait. Avec elle. Avec Vivian. Moi et personne d'autre. C'est ma faute. Je m'arrête. Je ne me souviens de rien. Je ne me souviens pas si j'ai terminé. Si j'ai tout à fait terminé. Si j'ai réussi. Si ça a marché. Si j'ai joui. Je ne ressens plus rien. Ça brûle. Rien de plus. Je décide de retourner là-bas. Je farfouille dans les buissons pendant tout un moment. Un chien s'approche de moi. Je le chasse. Il ne veut pas partir. Se colle à moi. Je lui flanque un coup de pied. Ça ne change rien. Je finis par trouver ce que je cherche. Je lève la capote. Le chien aboie. Je ne vois strictement rien. Il fait trop noir. Il pleut. Le plastique jaunasse et fripé goutte. Je ne vois rien dans le réservoir. À part de l'eau. De la pluie. De la boue. Je le jette. Le chien court après. Il le prend dans sa gueule. Quelqu'un siffle au loin, ça doit venir du pont – et le chien disparaît.

Je rentre. Je trouve Boletta au salon. « C'est pas trop tôt ! » lâche-t-elle. Je me fige. Dans l'ombre derrière le poêle. Près de la photo du petit génie. Je ne dis rien. Boletta se penche en avant dans sa chaise. « Tu dois être déçu, mon pauvre Barnum. » Je secoue la tête. « Mais tu ne dois pas l'être, tu sais. Vous n'êtes pas les premiers à être coupés au montage. La Vieille est connue dans presque le monde entier pour avoir été coupée ! » Elle rit. « Et je vais te dire une chose, moi. Même si ça fait une éternité que je suis allée au cinéma, ça remonte à la guerre, quand le Palais du Cinéma avait été transformé en cellier à pommes de terre, tu n'as qu'à voir, eh bien moi, je trouve que ce film, il était drôlement bizarre. Non mais tu te rends compte ! ? Qu'une si belle femme ait envie de s'occuper d'un pouilleux qui n'a que la peau sur les os ! » « C'était juste un rêve, Boletta. » Elle se tait un instant, me tend les mains. Je m'introduis lentement dans l'arc de ses bras. Ce n'est qu'à ce moment-là qu'elle se rend compte à quoi je ressemble. Je ne ressemble à rien. Je pue. « Tu t'es battu ? » Je baisse les yeux. Elle m'enlace, touche ma veste dégueulassée, inspire rapidement, lève les yeux sur moi d'un air surpris. « Non, tu ne peux pas t'être battu. Pas toi. » Elle sourit. « Où est maman ? » Elle me relâche. « Chez Willy. Willy Halvorsen. » « Qu'est-ce qu'elle fabrique chez lui ? » Boletta soupire. « Mais Barnum… Ta mère aussi a besoin d'amis. » Et au même moment elle rentre. Avant même qu'elle ait refermé la porte, nous entendons qu'il est arrivé quelque chose. De grave, d'extrêmement grave. Elle se retrouve quasiment aussitôt dans le salon. « Le bateau a coulé. » Boletta se lève. « Qu'est-ce que tu racontes ? » « *L'Ours polaire.* Dans la glace. Seigneur… » Elle s'assied. Sort un papier de son sac. Ses mains tremblent. C'est un article découpé dans un journal danois que lui a donné Willy, Willy Halvorsen. Boletta allume une lampe. C'est une photographie aérienne, représentant un navire pris dans les glaces. Il s'agit de *L'Ours polaire.* L'équipage, dix hommes, a quitté l'embarcation. Serrés les uns contre les autres, ils se sont retranchés sur la banquise crevassée de part et d'autre. Maman lit à voix haute le contenu de l'article, sa voix tremble autant que ses mains. « *Fin juillet, alors qu'il regagnait le pays,* L'Ours polaire, *un caboteur en provenance de la baie des Moustiques, s'est retrouvé prisonnier des glaces non loin des côtes du Groenland. Une fuite dans la coque, alimentée par la destruction du pont dont les*

planches se brisaient comme des allumettes, a précipité
l'évacuation du navire. L'équipage s'est vu forcé
d'attendre sur la banquise l'arrivée d'un hélicoptère
américain censé les ramener à bon port. Tous ont été
sauvés. » Maman se tait d'un seul coup. Elle sort un
mouchoir. « Mais alors, s'exclame Boletta, tout n'est
pas perdu. S'ils ont tous été sauvés ! » Maman secoue la
tête, déchire presque son mouchoir en deux. « Il n'est
pas dessus ! Fred n'est pas sur la photo ! » Boletta prend
ses mains dans les siennes. « Tu es sûre ? » J'approche
la lampe, retire l'abat-jour, tandis que Boletta va chercher une loupe. Et, bien que les hommes soient minuscules sur cette photo prise du ciel, il n'est pas impossible que Fred ne se trouve pas parmi eux. Fred n'est pas
là-bas. Maman, qui semble un instant être revenue parmi
nous, me fixe du regard, dans la lumière tranchante de
la lampe. « Non mais tu as vu à quoi tu ressembles ? File
immédiatement te laver ! » Je me lève, je quitte cette
lumière, à la seconde où maman éclate en sanglots pour
la deuxième fois. Je vais dans ma chambre. C'est
comme ça que je vais l'appeler désormais : ma chambre.
Or, au moment où je referme la porte, j'entends
quelqu'un murmurer. « Chuuut… » Je fais volte-face.
Fred. « Salut, minus ! » Fred est allongé dans son lit, un
doigt posé sur ses lèvres. Il a changé. Il y a quelque
chose dans son visage que je ne reconnais pas, un trait
qui n'était pas là auparavant. Cela doit venir de son teint
cuivré, grillé par le soleil, ou bien de ses cheveux
coupés. Je pourrais m'asseoir à côté de lui. Je ne le fais
pas. Peut-être est-ce la fin de mon mensonge. Je ne
pense même qu'à ça : mon mensonge est terminé. Fred
vient de rentrer. Il retire son doigt de la bouche. Il lui
manque une dent. Je demande à voix basse : « Tu es
rentré quand ? » « Quand vous étiez au cinéma. C'était
bien ? » Outre qu'il chuchote, sa voix dérape sensiblement. « Ouais… » « Ouais quoi ? C'était bien ou pas ? »
« Bof. Mais j'ai bien aimé la fin. » « Ça se termine
comment ? » « Le personnage principal quitte la ville. »
Fred me regarde. Je ne sais pas si c'est maintenant que je

vais me mettre à chialer. Je ne dois pas chialer. Il tend
la main et sourit. « Tu t'es battu ou quoi ? » « Non. J'ai
baisé. » Maman pleure toujours dans le salon. Boletta la
console. Il pleut. « C'est bien, Barnum. Et qui est-ce que
t'as baisé ? » Je me retourne vers la porte. « Comment
ça se fait que tu n'étais pas sur le bateau quand il a coulé
dans la glace ? » Il s'assied, il sourit toujours autant.
« J'ai débarqué à Godthåb. J'en avais assez vu. » Le
silence se réinstalle. Alors je lui dis à voix basse : « Va
voir maman. » Fred passe une main dans ses cheveux
courts. Son sourire s'est volatilisé, comme si les lèvres
avaient été aspirées par le trou noir qu'il a entre les
dents. « Qu'est-ce que je vais lui dire, Barnum ? » « Tu
n'as qu'à lui dire que tu es passé chercher un pull. »
J'ouvre la porte. Fred hésite une seconde, puis il va la
retrouver dans le salon. Du seuil de la porte d'où je n'ai
pas bougé, j'assiste à ça : je vois maman se lever et
Boletta plaquer ses mains devant ses yeux ; je vois
maman se transformer, s'enlaidir presque, le visage
tordu, de joie, de hargne, de désarroi. Elle ne se jette pas
à son cou. Elle ne l'embrasse pas. Elle frappe. Et
comment la décrire ? Je la décrirai ainsi : elle frappe
dans un mouvement de joie rageuse et d'épouvante
monumentale. Fred n'oppose aucune résistance. Il laisse
maman le frapper. Au bout d'un moment, Boletta est
obligée de s'interposer. Elle lui fait signe d'arrêter et
maman retrouve alors peu à peu ses esprits. Elle prend
la main de Fred – et je ne l'entends pas le dire, mais je
suis persuadé malgré tout qu'il le dit : « Je passais juste
prendre un pull, maman. »

Ils restent toute la soirée à la cuisine. Fred finit par
venir se coucher. Maman est entre nous. Elle écono-
mise cet instant. Elle est un écureuil. Elle va engranger
la joie et la disperser aux quatre coins de sa forêt personnelle comme si elle a l'intime conviction que Fred va
bientôt repartir. Elle a presque retrouvé sa voix d'avant.
« Bon, eh bien… Bonne nuit, les garçons… » Nous
sommes des enfants. L'horloge pleine de monnaie son-
nante et trébuchante a recommencé de fonctionner, mais

les aiguilles tournent dans le sens inverse, à rebours ; les pièces vibrent et cliquettent, chacune correspond à un souvenir particulier que maman peut épousseter puis utiliser pour engranger un excédent de temps. Elle embrasse Fred sur le front. « Demain, il faut que tu ailles chez le dentiste ! » Elle se penche sur moi et chuchote : « Je suis certaine que le film aurait été mille fois mieux si vous aviez été dedans. » Après quoi nous entendons la machine à laver, son ronronnement rapide ; nous sommes allongés dans l'obscurité et nous entendons maman laver le linge de Fred. Elle chante de temps à autre. Nous sommes au beau milieu de la nuit mais maman fait la lessive et elle chante. « Evalet », dit Fred en détachant chaque syllabe. « Machine à laver », réponds-je en écho, tout aussi lentement. Nous rions. Nous rions dans le noir. « Tu paries combien que la machine, en fait, ton père l'a chouravée », murmure Fred. Un silence tombe. Maman étend les vêtements, sur une corde au-dessus de la baignoire. « Tu disais tout à l'heure que tu en as vu assez là-bas… Mais quoi au juste ? » « La même chose que notre arrière-grand-père. La glace et la neige. » « Il n'y avait rien d'autre ? » « J'ai vu un iceberg se détacher d'un glacier. » « Un iceberg ? » « Tout d'un coup, un pan de l'iceberg s'est enfoncé dans la mer. Sous nos yeux. T'aurais vu le barouf que ça faisait… » « C'est-à-dire ? » « Parce que tu crois que la glace est silencieuse ? La glace fait un boucan d'enfer, Barnum. En permanence. Quand on navigue à travers la glace, tu ne trouveras pas un gars capable de dormir. » « Tu n'as pas vu de bœuf musqué ? » Il farfouille dans quelque chose. J'entends comme un claquement. Il lâche un juron. « T'as reçu ma carte ? » « Oui. Peder est venu me la porter. » Fred ricane, d'un rire éraillé, rauque. « Barnum… Pourquoi as-tu envoyé maman dans les bras de Willy ? » « Je n'ai pas envoyé maman dans les bras de Willy. » « Si. Tu as dit que maman était allée chez Willy. Tu crois qu'elle va commencer la boxe ? » « Maman avait peur, Fred. Elle ne dormait plus. » « En tout cas la prochaine fois, ce

n'est pas Willy que j'irai d'abord retrouver. » Fred
arrive enfin à allumer son briquet. Un éclair illumine sa
peau mate et burinée ; il allume sa cigarette puis empri-
sonne la flamme dans le Zippo. « Moi, je ne crois pas
que ce soit la lettre que tu cherches désespérément. »
« Et qu'est-ce que tu crois que je cherche, alors ? »
« Ton père », dis-je à toute vitesse, comme si je l'avais
à peine susurré. Il tète sa cigarette. Je fixe le bout incandescent qui diminue au fur et à mesure. « Qui est-ce que
t'as baisé ? » Je ferme les yeux. « Tu te souviens de ce
que tu m'as dit quand j'ai commencé les cours de
danse ? Comme quoi il fallait que je trouve ce que les
autres faisaient, et que moi je fasse le contraire ? » Il ne
répond pas. Je rouvre les yeux. La cigarette se consume
lentement dans l'air. J'attends. « Et ? » finit-il par
demander. « Et si on fait le contraire de ce qu'on veut,
qu'est-ce qui se passe ? » « Ça chie dans la colle,
Barnum. » Il se lève, ouvre la fenêtre, lance son mégot
d'une pichenette. On dirait un petit feu d'artifice qui
s'éteint sous la pluie. Il se retourne alors et se rapproche de moi. « T'oses pas me dire qui t'as baisé ? » Je
lève les yeux vers lui. Je murmure : « Lauren Bacall. »

Un jour, elle m'attendait devant les portes du lycée.
Elle avait changé, vieilli d'une certaine manière, à
moins que ça n'ait été l'épais duffel-coat, l'écharpe
bleue enroulée au moins huit fois autour de son cou, le
bonnet qu'elle s'était enfoncé jusqu'aux sourcils.
« Salut », dit-elle. « Oh ! » fis-je. Nous restâmes là,
indécis, dans l'expectative. Nous ne nous étions pas vus
depuis un petit moment. Nous ne nous étions pas revus
depuis le fameux épisode au Pavillon, dans le parc de
Frogner. « Il est comment ton lycée ? » Je haussai les
épaules. « Potable. Surtout quand je suis renvoyé. » Elle
rit en silence. La main plaquée sur ses lèvres escamotait
sa bouche, son souffle dessinait un cercle de givre sur la
moufle verte. « Tu as vu Peder récemment ? » demanda-
t-elle. « Et toi ? » « Sa mère ne va pas bien. » « Ah
bon ? » « Elle ne pourra bientôt plus bouger ses bras. »
Voilà le genre de phrases que nous échangions. Un autre

silence se déposa. J'éprouvais une vague mélancolie, une frayeur ; sans le comprendre vraiment, nous abandonnions quelque chose derrière nous, qui appartenait déjà au passé – et une image s'imposa d'un seul coup à moi, qui me sidéra, j'ignorais tout à fait d'où elle me venait : cette impression d'observer son visage reflété dans l'enjoliveur d'une voiture lancée à fond de train. Nous ne pouvions rester ici plus longtemps. Il faisait trop froid. J'étais transi. Je n'en pouvais plus. « On va au cinéma ? » proposai-je. « Au cinéma ? Mais… pas une salle n'est ouverte à cette heure-ci, Barnum. » « Mais si ! » Nous descendîmes jusqu'au Rosenborg. Je cognai à la porte en verre. Ça dura une éternité. Je frappai pour la deuxième fois et, enfin, il vint nous ouvrir, le vieux projectionniste, à l'aide de deux clés. Il nous laissa entrer dans le foyer. « Tiens donc… Mais c'est notre fameux petit gars. » C'était indéniable. « Vous ne pourriez pas nous montrer un film ? » Après un long dodelinement de la tête, il s'exclama : « Un film au beau milieu de la matinée ? » Je ris. « Exactement. Au beau milieu de la matinée ! » Il s'accorda un moment de réflexion avant de refermer la porte à clé, non sans avoir reboutonné sa veste de travail lie-de-vin. « Bon… On va voir ce qu'on a en stock. » Nous montâmes avec lui dans sa cabine, cette pièce exiguë où les projecteurs étaient alignés comme des canons devant les créneaux d'un rempart, prêts à bombarder l'écran de lumière dès qu'il ferait assez noir. Un casse-croûte attendait sur une chaise, le papier déplié laissait apparaître une tartine de fromage à moitié entamée. Le vieil homme, occupé jusque-là à déplacer des bobines empilées dans un coin, derrière son pupitre, poussa soudain un gémissement, retirant aussitôt une boîte, plate, ronde, brillante. « Seigneur ! On a complètement oublié de la renvoyer, celle-là. » « C'est le film qu'on veut voir alors », dis-je. Il se redressa. « Impossible. » « Et pourquoi ? » « Il est interdit aux moins de dix-huit ans. » Vivian éclata de rire. « Barnum n'est plus un enfant. » « De toute façon, personne ne nous regarde », ajoutai-je.

« Allez, allez… Dépêchez-vous et qu'on en finisse. On ne va pas s'éterniser jusqu'à la séance de sept heures ! » Nous descendîmes les marches jusqu'à la salle de cinéma. Elle nous sembla monumentale, sans personne à part nous pour tousser, chuchoter, taper du pied, froisser des papiers de chocolat, se moucher, grincer des dents. Vivian et moi étions les seuls spectateurs. Nous courions dans les rangées, nous étions aux anges, nous cherchions une place, et cette fois je n'allais pas me retrouver derrière un géant de deux mètres de haut, à la coiffure afro et aux oreilles décollées. « Où veux-tu t'asseoir ? » Elle était incapable de se décider, moi encore moins. Nous avions six cents tickets à nous partager et nous ne savions pas lesquels utiliser. Le projectionniste nous cria quelque chose du haut de sa lucarne. Nous finîmes par nous installer à la rangée 14, places 18 et 19, bien sûr. Je posai ma main sur les genoux de Vivian, qui, après avoir retiré sa moufle, la recouvrit délicatement de la sienne. La lumière s'éteignit, non pas doucement ni progressivement, comme un soleil couchant ainsi que nous en avions l'habitude, un lent crépuscule bleu, peuplé de réclames, nous permettant de nous accoutumer à l'obscurité, mais brutalement. Nous entendîmes aussitôt le lourd rideau glisser sur les côtés, puis le film commença – et j'eus la très nette sensation que le temps m'attrapait avec un nœud coulant et m'enserrait de plus en plus. Le film s'appelait *Le Jour du vin et des roses*. Je me souvenais du titre, des affiches sous la pluie, du projectionniste qui les rapportait à l'intérieur, des pas que je comptais, de ceux qui me suivaient, de Fred qui avait déboulé des urinoirs circulaires près de l'église. Était-ce aussi une mesure sur la règle de Barnum : le temps qui vous rattrape ? Combien dure un instant pareil, qui ne grave pas au couteau d'empreinte définitive dans le chambranle de la porte mais effiloche un laps de temps dans votre mémoire ? Je sais seulement que *Le Jour du vin et des roses* dure une heure et cinquante-sept minutes – et jamais je n'oublierai cette scène où Jack Lemmon entre au Union

Square Bar, se fige en voyant son visage reflété dans la vitrine, et croit, pendant une fraction de seconde qui ne va du reste pas tarder à se dissoudre, qu'un étranger se tient à l'intérieur, un clochard, un poivrot déglingué, pathétique, défiguré, jusqu'à ce qu'il comprenne que cet arsouille, c'est lui.

Après le film, nous allâmes chez Krølle. Nous nous installâmes dans le box du fond. « Putain, fis-je, quel film ! » Vivian déroula son écharpe. « Quel film merdique, oui… » Je trouvai une cigarette dans ma poche. « Merdique ? Pourquoi ? » Vivian avait le visage blanchi par le froid, sa bouche, comme rétrécie, se mouvait avec difficulté. « Je n'aime pas les films qui ont une fin triste. » Le serveur se planta devant notre table. « Une bière », demandai-je précipitamment. Il se pencha à ma hauteur. « Très drôle. » J'aurais dû lui balancer en pleine figure cette réplique tirée d'un autre film, notre film : « *What's wrong with you ?* » « Un thé », dit Vivian. « La même chose », ânonnai-je. Le serveur se redressa. « Qu'est-ce que vous désirez manger ? » « Rien. » « Il est obligatoire de commander une consommation avec un plat, minus. » Ce type commençait vraiment à me taper sur les nerfs. « Dans ce cas je prendrai bien un citron dans mon thé. » Il me regarda de haut. « Décidément très drôle. Peut-être que tu veux aussi aller grignoter ton petit casse-croûte dehors ? » « Une part de gâteau aux pommes », dit Vivian. « La même chose. Avec de la crème », marmonnai-je. Le serveur alla jusqu'au passe-plat, non sans se retourner deux fois de suite sur nous malgré la très courte distance. « Connard de serveur ! » Ma main masquait déjà ma bouche. Vivian, elle, décongelait lentement, une vague de chaleur montait de sa gorge, ses lèvres s'assouplissaient. Je ne pipai mot quand le serveur revint avec notre commande. Nous dûmes payer immédiatement. C'était moi qui régalais. Je lui donnai une poignée de pièces que j'avais trouvées dans le tiroir de l'horloge cassée. Il lui fallut au moins un quart d'heure avant de tout compter. Quand il fut enfin parti, je me penchai au-dessus de la table. « Pourquoi tu n'aimes pas les films qui ont une fin triste ? » « Parce qu'ils me rappellent mes parents. » Je mangeais la crème avec les doigts, en réfléchissant soigneusement à ce que j'allais répondre. « Il y a une différence entre les films et la réalité », expliquai-je. Vivian éclata de rire. « Quelle perspicacité, Barnum ! » Je rougis. Je me réfugiai aux toilettes. Derrière la cuvette, quelqu'un avait caché une flasque. Elle n'était pas vide. Je fermai la porte et bus ce qui restait. Un doux incendie se déclencha dans mon crâne. Après un regard dans la glace au-dessus du lavabo, je tirai sur mes boucles histoire de les faire retomber dans ma nuque puis allai rejoindre Vivian. « Les *happy ends*, c'est de la merde », dis-je. « Ah oui ? Et pourquoi ? » « Parce que ces conneries de *happy ends* n'existent pas ! De toute façon, on va mourir, non ? » Vivian sourit. « Il aurait peut-être mieux valu qu'ils meurent dans l'accident. » « Qui ? » « Mes parents. » Je vidai ma tasse de thé. Les flammes diminuaient à vue d'œil, je n'eus bientôt plus que de la cendre sur la langue. « C'est une plaisanterie ? » murmurai-je. Ce fut au tour de Vivian de se pencher au-dessus de la table. « À part l'accident, ils ne pensent à rien d'autre, Barnum. » « Ça n'a rien de très surprenant. » Elle me dévisagea longuement. « Ce ne sont que des connards égoïstes qui passent leurs journées à se regarder le nombril. En plus, ils sont confortés dans leur bon droit par l'accident. Ils vénèrent cet accident. Ils l'adorent ! » Je ne savais plus quoi dire. Je ne l'avais jamais vue animée d'une telle colère, et bien qu'elle ait chuchoté toutes ces phrases, sa voix tremblait au point de pouvoir déraper en cri à n'importe quel moment. « Tu veux plus de thé ? » demandai-je. Elle secoua la tête. « Tu veux que je te raconte un truc, Barnum ? Ma mère a retiré tous les miroirs de l'appartement. Ceux de la salle de bains, du salon, de l'entrée, même les miroirs de poche, elle les a balancés. Elle a refusé d'utiliser le plat en argent sous prétexte qu'elle y voyait aussi le reflet de son visage. Papa a tout jeté dans la cour et même lui n'a plus eu le courage de la regarder. Un beau jour, on a sonné à la porte. Maman a ouvert. Des enfants attendaient dehors, un miroir à la main, un joli miroir ovale avec un cadre qu'elle avait accroché dans l'entrée. Eux croyaient qu'il avait été jeté par erreur, ils voulaient lui rendre service. Mais maman a vu son visage dans le miroir qu'ils lui tendaient, elle l'a cassé avec le poing, puis elle a chassé les gamins en leur flanquant la frousse de leur vie. » Vivian repoussa sa tasse vide au bord de la table, à l'extrême bord. Le serveur nous guettait du coin de l'œil. « Elle croyait sûrement qu'ils lui faisaient une vacherie », suggérai-je. Elle me regarda. « Au fond qu'est-ce que ça change un visage, Barnum ? C'est juste un masque, tu ne crois pas ? Est-ce si important, qu'il soit beau ou laid ? » Je m'emparai de sa main avant que la tasse ne dégringole. « S'ils avaient été tués, nous ne serions pas assis tous les deux aujourd'hui », chuchotai-je. Elle me sourit. « C'est vrai. Tu serais tout seul. Et si on allait dire bonjour à Peder ? »

Et donc nous allâmes voir Peder. Il n'était pas chez lui. En revanche, sa mère refusait de nous voir repartir aussi vite. Elle parvenait à peine à pousser son fauteuil. Quand je l'aidai à regagner le salon, je remarquai qu'il ne grinçait plus, les roues avaient été huilées. La pièce était quant à elle envahie de pinceaux, de tubes, de châssis, de toiles. Et au beau milieu de ce bazar se tenait son modèle comme il était resté à la même place depuis toutes ces années, toujours aussi nu, mais la stature grecque en moins : il commençait à s'empâter, à s'avachir ; son corps lui échappait, lui faisait de l'ombre. Vivian le fixait intensément. Je fixais intensément Vivian. Maria Miil siffla. Le modèle souleva une serviette blanche et se volatilisa. « Vous vous êtes faits rares ces temps-ci », fit-elle observer. Nous étions confus – et je pris conscience avec stupeur que tant de choses étaient déjà loin derrière nous, que cela faisait si longtemps, que nous avions laissé passer le temps, chacun de notre côté, dans cette petite ville. « Comment

allez-vous ? » lui demandai-je. « Si seulement je pouvais avoir terminé mes peintures avant que mes bras ne
s'étiolent complètement, alors je serai satisfaite. » Elle
rit. « Mais ne parlons pas de moi. Et vous, comment
allez-vous ? » « J'essaie d'écrire un peu... » « Et sur
quoi écris-tu, Barnum ? » « Des choses que j'ai vues. »
Elle se rapprocha de moi, en silence. « Aurais-tu vu des
choses que personne d'autre n'a vues ? » « Oui. » Elle
me fixa dans le blanc des yeux. « N'en dis pas plus,
sinon tu n'arriveras pas à l'écrire. » Elle se tourna vers
Vivian. « Et toi alors ? » « J'ai été acceptée dans une
école en Suisse, pour la rentrée prochaine », répondit-
elle. J'eus le sentiment qu'un énorme ascenseur s'effondrait en moi ; et bien qu'il n'y ait pas beaucoup d'étages,
il ne s'arrêta à aucun d'entre eux. « De quelle école
s'agit-il ? » Vivian baissa les yeux. « Une école pour
apprendre le maquillage. » On sonna au même moment.
Je courus pour aller ouvrir, content d'échapper à cette
conversation. Était-ce la raison pour laquelle elle
m'avait attendu à la sortie du lycée, pour m'annoncer
qu'elle allait entrer dans une école en Suisse et devenir
maquilleuse ? La sonnette retentit de nouveau. C'était
Peder. Peder oubliait toujours ses clés. Peder se souvenait de tout, ou presque, mais jamais de ses clés. Debout
dans la lumière, des cache-oreilles sur la tête et une serviette sous le bras, il mettait ses mains en visière et fronçait les sourcils. « Est-ce que Peder est là ? » demanda
Peder. « Peder n'est pas encore rentré », répondis-je.
« Ah... Et quand va-t-il rentrer ? » « Peut-être jamais. »
« Alors dites-lui que Barnum est passé le voir. »
« D'accord, eh bien au revoir Barnum », dis-je en faisant mine de refermer la porte. « Au revoir, Barnum... »
Et il se jeta dans mes bras. Nous trébuchâmes dans
l'entrée en nous soutenant l'un l'autre, roulâmes dans
une avalanche de chaussures, de caoutchoucs et de
chaussons. Nous riions, c'était le même rire qu'autrefois, jusqu'à ce qu'il me repousse et se redresse. C'était
Vivian. Adossée au mur, les bras croisés, elle nous
observait, un sourire en coin. Je me relevai. « Je vois

que tout le monde est là », dit-il – et, une fois dans sa
chambre, je me rendis compte que nous trois, qui allions
toujours rester ensemble, étions en situation de déséquilibre. Peder jacassa environ trois quarts d'heure à propos
de l'association du lycée, nous expliquant dans les
moindres détails comment il allait s'y prendre pour
récolter des fonds : il allait tout simplement taxer les
petites annonces de la pâtisserie de l'Ullevålsveien, sans
quoi il veillerait personnellement à ce que les élèves
achètent les gâteaux ailleurs. Un long silence s'installa.
Nous entendîmes la voiture d'Oscar Miil s'immobiliser
dans le garage. Une pile de bûches tomba, à moins que
ce ne fût le tonnerre, le tonnerre de novembre. Vivian se
tourna vers moi. « Qu'est-ce que tu viens de voir ? »
« Rien », répondis-je à voix basse. Peder nous regarda
en souriant, mais ce sourire s'estompa sitôt esquissé. Un
nouveau silence s'abattit sur nous. Le chiffre et le rêve
n'aboutissaient pas à un compte juste. Nous étions nous
aussi déficitaires – et ce fut finalement Peder qui le
remit en piste, comme si nous avions besoin de
quelqu'un d'autre que nous comme sujet de discussion.
Il demanda : « Et ton maboul de frère, il s'est un peu
calmé ou pas ? »

    J'y repensai tout du long, ce soir-là, en rentrant à la
maison. Je m'interrogeais à savoir si Fred s'était calmé.
J'avais envie qu'il reste. Et j'avais envie qu'il déguer-
pisse. Mes pensées aussi fonctionnaient par demi.
J'avais des demi-pensées. Je le trouvai allongé dans son
lit, tout habillé, le dos tourné. Je me dévêtis, sans bruit,
à toute vitesse. Une fois nu, dans la faible lueur de la
fenêtre, il se retourna, et je vis qu'il pleurait.

    Fred s'était enfermé dans le silence pendant vingt-
deux mois et Cliff Richard l'avait fait parler. Il était parti
au Groenland sur le caboteur *L'Ours polaire*, avait
débarqué à Godthåb, épluché des pommes de terre à
Brême et perdu une dent au Cap Farvel. Et pourtant, il
ne s'était pas calmé. Il n'allait pas tarder à planifier son
troisième voyage, le dernier et le plus long, qui durerait
vingt-huit ans. C'était un lundi, début décembre. J'étais

à la cuisine, la neige tombait à gros flocons ; le concierge Bang essayait tant bien que mal de la déblayer, en vain : il avait fini par jeter l'éponge, s'était assis sur les marches et avait laissé la neige tomber, sur la ville comme sur lui. S'il était resté là-bas suffisamment longtemps, elle aurait fini par l'engloutir tout à fait. Je n'étais pas allé au lycée d'où je venais d'être renvoyé pour la énième fois. Les choses se succédaient dans un ordre parfait. D'abord je séchais. Ensuite j'étais renvoyé. J'avais presque l'impression de recevoir une médaille. Néanmoins, je n'avais plus la possibilité de visionner des films chez le projectionniste du Rosenborg : il était soit décédé, soit parti en retraite. Je passais l'hiver avec Vivian. Et puis j'avais entendu Fred rentrer, ce lundi. Il s'était posté juste derrière moi et avait dit : « Je vais partir. » « Où ça ? » « C'est ce qu'il faut que je trouve. » Et peut-être avais-je cru qu'il allait revenir dans quelques jours, avant Noël en tout cas, qu'il lui fallait d'abord traîner un peu dehors – et j'en passerai, des nuits sans sommeil, des années plus tard, après que nous aurons organisé une messe funèbre en sa mémoire, au cours desquelles je n'aurai de cesse de croire qu'il se sera tout bonnement installé au Cochs Hospits, chambre 502, dans l'ancienne chambre de papa, et qu'il passera ses journées à la fenêtre, à se moquer de nous. « Tu veux bien le dire à maman ? » m'avait-il imploré à voix basse. « Bien sûr. Qu'est-ce que tu veux que je lui dise ? » « Que je suis parti. » Je m'étais retourné. « Parti ? Où ? » Il avait secoué la tête. Il portait sa veste peau de pêche, la valise noire était posée près de la porte, la vieille valise de papa, vide d'applaudissements. « Je peux te l'emprunter ? » « Pas de problème. » Il avait levé la main, touché ma joue, délicatement. J'aurais dû comprendre, comprendre qu'il n'avait pas l'intention de revenir.

Au bout d'un mois d'absence, les fêtes de Noël étaient déjà derrière nous, maman était partie en taxi à l'autre bout de la ville, chez Willy, le soudeur censé apprendre à Fred à frapper ; mais lui aussi ignorait où

Fred pouvait être et n'avait eu aucune nouvelle. Il avait été impossible, plusieurs semaines durant, d'adresser la parole à maman. Puis, alors que six mois s'étaient déjà écoulés et que nous attendions toujours le retour de Fred, maman et Boletta étaient allées déclarer sa disparition à la police. Moi, j'allais au cinéma, avec Vivian, ou Peder, ou seul de préférence. Et quand la situation avait fini par devenir insupportable pour elle, maman s'était rendue à l'Armée du Salut où le Service des recherches avait ouvert un dossier.

La dernière chose que Fred m'avait dite, avant de partir, avait été celle-ci : « J'espère que tu écriras pendant mon absence, Barnum. »

Je me retourne lentement et cela fait aujourd'hui vingt-huit ans. Je suis assis à mon bureau, entre la fenêtre et le mur. La pièce est plongée dans le noir. Les rideaux sont tirés. L'unique lumière provient de l'écran, un souffle bleu projeté sur mon visage. Dans un coin, en haut, figure le titre du dossier : *L'Homme de la nuit*. Je clique sur home. Le texte bondit, comme si plus rien n'existe, derrière l'écran, comme si l'écriture n'est qu'une trahison, une surface – et je suis à nouveau sidéré, à la seconde où les mots glissent dans le néant bleuté, par cette angoisse de perdre, d'annuler. Il m'arrive de ressortir la vieille Diplomat, mais je n'arrive plus à écrire avec. Et finalement le début réapparaît, et, chaque fois, j'éprouve le même soulagement. J'imprime les deux premières scènes. J'entends les secousses saccadées de l'imprimante, l'encre va remplir les sillons électroniques ; l'imprimante est une bouche qui parle lentement. Je n'ai pas dormi. J'ai arrêté de dormir. J'avale des amphétamines. La feuille volette par terre. Je n'ai pas le courage de la ramasser. Je m'assieds sur le tabouret – et je lis.

SCÈNE 1. EXT. VILLE. TÔT LE MATIN. (rêve)

Un GARÇON, maigre, le teint pâle, huit ans, court à travers les rues. Personne aux alentours. Rien que lui. Il court comme un fou. Le visage impatient, crispé par une rage contenue. Le brouillard s'approche du garçon, l'enveloppe. Celui-ci disparaît une seconde du champ de la caméra. Il continue de courir. Le brouillard s'épaissit. Le garçon tourne à un angle de rue et débouche sur...

SCÈNE 2. EXT. PORT. TÔT LE MATIN. (rêve)

Le port. Le garçon s'arrête. Essoufflé. Souriant. CAMERA SUBJECTIVE : Les quais sont déserts. Aucun bateau en vue. Retenues aux bittes d'amarrage, les haussières plongent dans l'eau sombre, étale. Le brouillard monte lentement du fjord vers le port. Gros plan sur le visage du garçon. Ses yeux. La déception. Il est au bord des larmes. Il fait quelques pas. S'arrête encore. Regarde autour de lui. Essuie une larme d'un rapide revers de main. Il entend sonner, au loin, une CLOCHE DE BORD. Il écoute. Il entend le déferlement des vagues, quelque part dans le brouillard. Il court jusqu'au bout du quai. Les ombres projetées par les voiles sont perceptibles dans le brouillard. Le garçon crie quelque chose que nous n'entendons pas. Sortant du brouillard apparaît un caboteur, équipé d'un brise-glace. Le nom du navire est ANTARCTIC. Devant l'étrave se tient un HOMME en uniforme blanc, qui scrute l'horizon. Le garçon appelle de nouveau. L'homme l'entend.

LE GARÇON : Papa !

L'homme sur le navire se retourne vers le port. Il lève la main, sourit, tout en dodelinant lentement de la tête. Le garçon garde le bras levé. Il le baisse tout aussitôt. Il

appelle pour la dernière fois. Muet. Il voit alors le
bateau s'enfoncer dans le brouillard puis disparaître.
Gros plan sur le visage du garçon. Il ferme les yeux.
CAMÉRA SUBJECTIVE : Les paupières vues de l'inté-
rieur, fines, la peau presque transparente, les veines, et
une lumière forte qui se rapproche.

Je ramasse la feuille. Supprime rêve dans les deux
indications scéniques, fais de même sur l'écran. De
toute manière, le cinéma n'est-il pas qu'un seul et même
rêve qui n'en finit pas ? Le rêve peut-il être distingué du
rêve, comme l'eau d'une vague, le vent d'une tempête ?
Cette pensée-là aussi, je la supprime. Il n'y a pas un pro-
ducteur qui ait envie de se casser le cul à lire un scénario qui commence par un rêve, et pour peu que ce pro-
ducteur existe, il n'a vraisemblablement pas de fric pour
faire un film, ou bien s'il en a, ça ne se monte pas à une
somme suffisante pour mettre une option sur les droits
d'adaptation cinématographique, ce qu'il préfère de
toute façon éviter ; ceci dit, du fric, il en a assez pour te
payer un verre en bas, et, après cinq tournées au bar, que
finalement tu as payées de ta poche, il te propose de
plutôt écrire autre chose, et fissa car faudrait pas charrier non plus, on sait jamais, si un connard te piquait
l'idée, mais quelle idée, tu demandes, naze, naze mais
content, et le voilà, cet abruti, qui se penche à ton oreille
et te susurre le pitch d'une histoire de merde, dont les
lignes sont aussi fines que celles qu'on gomme de la
tronche des femmes à tour de bras de nos jours, et toi tu
es là, tu opines du bonnet, tout ça pendant que l'autre te
bave dans les tympans, te remplit le cerveau de sa pituite
dégueulasse et de sa mauvaise haleine. Le téléphone
sonne. Je ne décroche pas. Je laisse l'ordinateur allumé,
comme dans mon enfance : je n'ose pas éteindre la
lumière. Puis je sors. C'est l'hiver, début février. Le jour
est gris, humide. Comme moi. Ça fait longtemps que je
le suis, d'ailleurs : imbibé. Les jours où je ne suis pas
anesthésié sont à marquer d'une croix blanche et je me

retrouve vraiment à faire des croix dans l'almanach, un trait pour chaque journée sans carburant, pour chaque nuit blanche et sèche, comme un prisonnier qui compte les jours jusqu'à sa libération, ou son exécution. J'ai un fil à la patte et je suis cousu de fil blanc. Je suis un mensonge ambulant. Je ne passe pas d'un troquet à l'autre. Je fais un tour dans les magasins de livres anciens. Je commence par les plus chicos, en bas, dans le centre, là où les premières éditions et les œuvres complètes reliées plein cuir sont emprisonnées derrière des vitrines fermées à double tour, où il faut déposer son sac à la caisse, où il est interdit de fumer, *libri rari*, comme ils disent ; puis je finis chez les bouquinistes miteux, dans leur boutique d'un mètre sur deux, où ils ne prennent pas la carte de crédit – et c'est chez l'un d'eux, chez Volvat Antikvariat, dans les bicoques le long de la Sørkedals-veien, que la scène se passe, quand le propriétaire me demande, épuisé, exaspéré de m'avoir vu tournicoter devant toutes les étagères pendant au moins une heure : « Vous cherchez quelque chose de particulier avant qu'on ferme ? » Je réponds : « De bonnes idées dont personne ne se rendra compte que je les ai volées. » « Volées ? Mais personne ne vole rien ici ! Je vais devoir vous demander de partir. » « Tout ce que je vole, je le paye, et bien. » Et c'est là que je tombe dessus, dans le rayonnage réservé aux objets rares : un scénario, deux cents pages jaunies, tapées à la machine, rassemblées dans une chemise sur laquelle a été collé un bout de papier, qui ressemble comme deux gouttes d'eau à ces étiquettes qu'on mettait autrefois sur les pots de confiture. Dessus est écrit, en danois, en fines lettres rouges : *drejebog, aug.*, scénario, août – et c'est à ce moment-là, vingt-huit ans plus tard, à cet instant très précis, que les images se confondent, coïncident, selon une formule claire et incompréhensible pour moi : ciseaux ajouté à musc est égal à faim. Une odeur forte, grisante, provenant de tout ce qui, dans mon existence, a été coupé au montage, parvient à mes narines. La règle de Barnum brûle. Je tiens entre les mains le scénario que j'ai un jour

sauvé du vent et de la dispersion dans les rues d'Oslo.
Je donne au propriétaire ce qui me reste de liquide et je
rentre en toute hâte à la maison, dans ce lieu que
j'appelle *la maison*, ce studio avec balcon à Bolteløkka
où Vivian et moi avons vécu nos premières années. Je
monte les marches quatre à quatre et m'enferme à
double tour. Je veux d'abord me changer. Je vais sur le
balcon d'où je vois le soleil rouge s'éteindre au-dessus
du fjord, et le brouillard de gel s'insinuer dans la ville
comme une montagne mouvante. Puis je m'assieds à
mon bureau. J'ouvre le scénario. *LA FAIM de Knut
Hamsun, continuité et découpage technique de Henning
Carlsen, d'après un scénario de Peter Seeberg.* Sur
la page suivante figure la liste des rôles, de Pontus
jusqu'au Capitaine des pompiers, puis, sous le Capitaine
des pompiers, sont déclinés, en deux colonnes, les différents figurants : un cycliste, un ramoneur, un homme
corpulent, un homme fat, six sosies ; il y a plus de cinquante figurants – et je suis frappé de constater que je
suis à peine capable de me les remémorer, ils sont des
visages en voie de disparition. Vivian aurait pu jouer la
petite fille (avec réplique). Peder et moi aurions pu être
les *enfants de Vaterland.* Non, deux d'entre eux auraient
pu incarner le *couple amoureux.* J'allume une cigarette.
Il y a deux fois plus d'extérieurs que d'intérieurs. *RUE
D'YLAJALI.* C'est là que nous étions. Tout l'art consiste
à trouver le bon endroit. Un courant d'air s'insinue par
la porte du balcon. Je vais la fermer. J'aperçois alors un
corbillard glisser derrière les arbres rachitiques – et je
pense : il doit être vide, nous sommes en dehors des
horaires de travail, les cimetières sont fermés. Je reste
un instant debout à la même place, pris de vertige, je me
vois forcé de me retenir à la table. Voici le credo du scénariste : les nerfs reliant l'œil au cerveau sont vingt-
trois fois plus gros que ceux reliant l'oreille au cerveau.
Écris une image, pas un son. Je m'assieds dans le grand
fauteuil. Je reprends ma lecture et maintenant je
comprends. Le personnage principal, c'est la caméra. Je
ne lis rien de plus qu'une relation triangulaire entre

Pontus, la ville et la caméra. Néanmoins, la caméra demeure le personnage principal, agressive, menaçante. Elle aurait dû figurer en tête de la liste des rôles. Soudain je m'écrie : « L'œil de Dieu ! L'œil de Dieu, bordel ! » Je plaque ma main sur ma bouche. Je suis un ermite minable pourvu d'une pensée bien trop grande. Quand l'œil de Dieu se ferme, nous n'existons plus. J'ai débranché le téléphone. Je joue. Je modifie et j'ajoute. Je nous insère. Nous courons dans le parc du Palais Royal, la caméra dans notre dos. Je nous rends visibles à nouveau. Je trouve la feuille que j'avais rapportée au réalisateur, cette scène banale qui a fait que j'ai décidé d'écrire des scénarios de film. Une rafale de vent dans la rue, c'est tout ce qu'il a fallu pour influencer ce choix. *PONTUS regarde un petit chien longer le caniveau, un os dans la gueule.* J'entends alors le facteur dans l'entrée de l'immeuble. Le matin est déjà levé. Ainsi donc je me serai enquillé une nouvelle nuit blanche. La neige sur le balcon ressemble à un gros édredon. Je fais une croix dans l'almanach, une nuit blanche et sèche de plus. Je descends chercher le courrier. J'ai reçu deux lettres. La plus grosse enveloppe est de Peder. Elle contient les billets pour Berlin : Oslo Fornebu/Berlin Tempelhof. Mon vol est prévu pour ce soir. Peder est déjà parti il y a plusieurs jours pour caler les rendez-vous. Une réservation au Kempinski Hotel est jointe au billet. Trois nuits au Kempinski. Ça coûte les yeux de la tête. Au bas mot quatre options et une aide à l'écriture de scénario. Peder prétend que ça les vaut. Le Kempinski constitue la moitié du contrat. Si t'as une suite au Kempinski et une carte au bar, le reste n'est que du bla-bla à débiter. Peder est resté un optimiste dans sa tête. Il croit qu'il va réussir à faire un régime et en plus il me fait confiance. J'ouvre l'autre enveloppe. Elle contient un bouton. C'est tout. Je le reconnais. Il s'agit du bouton que j'avais retrouvé caché dans le coffret à bijoux de La Vieille. Je frissonne. Je place le bouton dans la paume de ma main. Il ne pèse rien. Il y a aussi un bout de papier. Les lettres sont de travers, quatre mots,

pas un de plus : *le bouton de papa*. Je rejette un œil sur
l'enveloppe. Elle est vierge, mes nom, prénom et
adresse n'y sont pas notés. Il a dû la déposer lui-même.
Non. Ce n'est pas possible. Ce n'est pas vrai. Je vais à
la fenêtre. La neige sur le balcon ressemble à un gros
édredon. Un oiseau rouge s'envole de la rambarde. Je
referme les rideaux d'un geste brusque. Voilà, maintenant, la règle de Barnum brûle. Je le sais. Ça ne m'est
d'aucun secours. Quatre-vingt-dix pour cent de nos
connaissances passent par l'œil, l'ouïe est responsable
de cinq pour cent d'entre elles, le reste se compose
d'odeurs et de douleurs. Je froisse la feuille et l'enfonce
dans ma bouche. Puis je la mâche. Je mâche et j'avale.
Je balance le bouton dans les chiottes et je tire la chasse.
Et d'une pression du doigt, plus légère qu'un papillon,
je peux tout annuler, me couper définitivement avant
même le montage, vider l'écran jusqu'à aboutir à ce
silence lisse et brillant. À défaut, je vais dans la kitche-
nette, monte sur un tabouret, ouvre la lucarne, passe une
main au-dehors – et je trouve ce que je cherche, ce que
j'y ai caché, mais pas assez bien pour un être cousu de
fil blanc comme moi : une bouteille de vodka. Le jus
d'orange m'attend dans le Frigidaire.

L'ENGRAISSEMENT

Un scénario de Barnum Nilsen

1. INT. SOIR. CINÉMA.

Un garçon, BARNUM, assis dans une salle de cinéma. Il a douze ans, il est de très petite taille. Il ne voit rien. Une femme avec une grande coiffure lui cache la vue. Il se décale, mais se retrouve derrière un homme portant un chapeau. Il change une nouvelle fois de place, mais se retrouve confronté au même problème. Tout le monde est plus grand que lui. Il tend le cou, se penche d'un côté sur l'autre. Il arrive à peine à apercevoir l'écran.

Les publicités sont lancées. Coca Cola. Ajax. Melkesjokolade. Barnum finit par se lever et par se mettre debout dans son fauteuil afin d'arriver à voir. Les spectateurs se moquent de lui. Un OUVREUR en colère se fraie un chemin entre les rangées et le pousse dehors. Les spectateurs rient et applaudissent.

La salle est peu à peu plongée dans le noir.
Silence, à peine interrompu par le crissement des papiers de chocolat.
Nous lisons le générique sur l'écran : L'ENGRAISSEMENT

Le film commence.

Un garçon apparaît, PHILIP, douze ans, lui aussi de très petite taille. Il se tient sur le seuil de sa chambre. Il mesure sa taille. Il ne porte que son slip. Ainsi que des chaussures à talons compensés. Il s'étire pour paraître plus grand. Nous distinguons une succession de marques sur le chambranle, suivies d'années et de dates.

Un cri résonne dans la salle :

HOMME : T'as qu'à ôter tes godasses, nabot !

Dans la salle, certains rient. D'autres réclament le silence.

Philip se retourne brusquement. Il enlève ses chaussures à toute vitesse, mais son PÈRE est déjà là avant qu'il n'y parvienne. C'est un homme petit, obèse, de forme presque carrée. Il se penche pour ramasser la chaussure à semelles compensées. Puis il gifle son fils.

2. INT. JOUR. BUREAU DU MÉDECIN SCOLAIRE.

Philip est en slip. Il passe à la toise. Le MÉDECIN SCOLAIRE, un grand homme strict en blouse blanche, observe d'un œil scrutateur la taille indiquée. Son regard tombe ensuite sur les pieds de Philip. Celui-ci a gardé ses chaussettes.

LE MÉDECIN SCOLAIRE : Enlève aussi tes chaussettes.

Philip retire ses chaussettes à contrecœur et les tend à une SŒUR INFIRMIÈRE.

LE MÉDECIN SCOLAIRE : Tu as fait quelque chose de mal, Philip ?

Philip secoue la tête.

LE MÉDECIN SCOLAIRE : Et moi je te dis que si. Sinon tu ne serais pas si petit.

3. INT. SOIR. APPARTEMENT.

Philip dîne avec ses parents. La MÈRE est nerveuse, elle ne dit rien. Le père avale une quantité faramineuse de nourriture. Philip l'observe et arrête de manger. Le visage boursouflé du père est luisant d'une graisse qui coule sur son double menton. Il regarde son fils et lui parle la bouche pleine.

LE PÈRE : Tu ressembles de plus en plus à ton père, Philip.

Philip ne répond pas. Il ne quitte pas son père des yeux, qui bouffe à n'en plus finir.

LA MÈRE : Allez, Philip, mange maintenant.

La mère le sert. Philip ne touche pas à son assiette. Son regard épouvanté est toujours fixé sur le père.

VOIX DE PHILIP : Je ne veux pas ressembler à papa.

Le père le regarde brusquement.

LE PÈRE : Qu'est-ce que tu viens de dire ?

PHILIP : Rien.

LE PÈRE : Rien ? J'ai clairement entendu quelque chose.

PHILIP : Je peux me lever de table ?

LA MÈRE : Termine d'abord ce que tu as dans ton assiette.

Le père se lève. Il semble à présent encore plus petit, et proportionnellement plus gros. Il est assis sur un coussin rembourré qu'il emporte avec lui sur le divan. Il se fige tout d'un coup et lâche un pet tonitruant. La mère baisse les yeux, le regard rempli de honte.

LA MÈRE : Quand même, papa…

VOIX DE PHILIP : C'est à ce moment précis que j'ai décidé d'arrêter de manger. Car si je ne mangeais pas, j'allais peut-être me mettre à grandir en hauteur plutôt qu'en largeur.

Le père s'allonge sur le divan du salon, un journal posé sur le visage : les avis d'obsèques.

VOIX DE PHILIP : De toute façon, je n'avais rien à perdre.

4. INT. MIDI. RÉFECTOIRE DE L'ÉCOLE.

Philip est assis à une grande table avec les autres élèves. Brique de lait, carottes, crack-pain tartiné de beurre de poisson. Philip fait semblant de manger, mais n'avale pas la nourriture.

5. INT. MIDI. W.-C.

Philip est penché au-dessus de la cuvette, il vomit. Quelqu'un cogne à la porte, à plusieurs reprises. Philip se redresse, ouvre. Devant lui l'attendent les garçons les plus grands de l'école. Ils le tirent jusqu'à la pissotière, bouchée par du papier toilette. L'eau pisseuse déborde.

GARÇON : Vous croyez qu'il sait nager ?

Tous les garçons s'esclaffent. Ils le prennent par la peau du cou et lui rapprochent la figure de plus en plus près de la pisse. Il finit aspiré par la bonde, à travers le papier cul.

6. INT. ÉGOUTS.

Philip flotte dans une canalisation souterraine, sombre. Il essaie de ne pas couler. Il surnage au milieu d'excréments, de morceaux de papier, de déchets et de rats.

7. EXT. APRÈS-MIDI. RUE.

Dans une rue déserte, nous voyons une bouche d'égout être soulevée puis posée sur le côté. Philip s'en extrait, trempé, sale, épuisé. Il parvient tant bien que mal à se redresser et titube le long des façades.

8. INT. SOIR. SALLE DE BAINS.

Philip est nu dans la baignoire, sous l'eau. On frappe à la porte. Il n'entend pas.

LA MÈRE : Philip ? Tu n'as pas bientôt fini ? Qu'est-ce que tu fabriques, Philip ? Tu ne fais rien de mal, j'espère ?

Philip sort de l'eau, s'avance à pas de loup et se penche à hauteur du trou de la serrure. Il applique sa bouche sur le trou et souffle à pleins poumons. Dehors résonne un cri bref.

9. INT. SOIR. SALON.

La famille est assise autour de la table du dîner. La mère a un œil rouge, il coule tout le temps, comme si elle pleurait. En réalité, il est infecté. Juché sur son coussin, le père s'empiffre. Philip cache la nourriture dans ses poches.

Le père parle toujours la bouche pleine.

LE PÈRE : Comment ça se passe à l'école, Philip ?

VOIX DE PHILIP : C'est la faute de papa si je suis si petit. J'aimerais qu'il meure.

Le père regarde le fils et s'essuie avec sa serviette.

LE PÈRE : Qu'est-ce que tu viens de dire ?

PHILIP : Rien.

Le père enfourne un gros morceau de viande. D'un seul coup, il devient tout rouge. Il cherche sa respiration. Il se lève. La mère et Philip le regardent, abasourdis. Le père s'écroule par terre.

Au loin, on entend tinter les cloches de l'église.

10. INT. MATIN. CHAPELLE.

Les cloches continuent de sonner. Philip et la mère sont assis au premier rang. Ils sont seuls dans la chapelle.

Le cercueil, très court et très large, s'enfonce dans un trou pratiqué dans le sol.

LE PASTEUR s'approche et prend la main de la mère.

Philip s'avance jusque devant le trou. Il vide ses poches en catimini : morceaux de viande, saucisses, gâteaux, pommes de terre. Il jette tout sur le cercueil. Il se penche au-dessus du trou et regarde droit dans les flammes de l'incinérateur. Il est aspiré par le feu, tout comme il l'avait été dans la bonde de la pissotière.

11. INT. CRÉMATORIUM.

Philip se débat contre les flammes. Une silhouette sombre se tient devant lui, intacte. Philip se fige. C'est son père.

LE PÈRE : Tu as eu ce que tu voulais, fils ?

Les flammes engloutissent Philip.

12. INT. SOIR. CHAMBRE DU GARÇON.

Philip est adossé au chambranle de la porte. La mère pleure dans la pièce à côté. Philip vérifie l'entaille. Il a grandi d'un centimètre. Il exulte de bonheur.

La mère vient le voir, dans ses vêtements de deuil, la voix étranglée par les sanglots.

LA MÈRE : Comment oses-tu ? Te réjouir un jour pareil !

13. INT. MATIN. SALLE DE CLASSE.

La professeur, Mlle KNOKKEL, debout devant le tableau, inspecte la classe des yeux. Son regard se pose sur Philip, assis au premier rang. Il a beaucoup maigri. Le teint pâle, il ressemble à un squelette ambulant court sur pattes.

KNOKKEL : Et que dit le quatrième commandement ? Philip ? Peux-tu répondre, s'il te plaît ?

Philip se lève, mais s'effondre aussitôt puis perd connaissance.

14. INT. MATIN. BUREAU DU MÉDECIN SCO-LAIRE.

Philip est allongé sur un matelas. Le médecin scolaire l'ausculte au stéthoscope. Knokkel et la sœur infirmière sont postées à côté.

KNOKKEL : Son père est décédé récemment. Le choc a dû être trop grand pour le petit Philip.

LE MÉDECIN SCOLAIRE : Ce garçon est sous-alimenté. Voilà pourquoi il n'est pas bien.

Le médecin scolaire secoue Philip pour qu'il se réveille.

LE MÉDECIN SCOLAIRE : On ne te donne pas assez à manger à la maison, Philip ?

Philip lève les yeux vers le médecin.

PHILIP : Si.

LE MÉDECIN SCOLAIRE : Tu mens, Philip.

Le médecin scolaire fait signe à la sœur infirmière. Elle se dirige vers le téléphone.

15. EXT. JOUR. RUES.

La mère descend la rue en toute hâte. Brusquement, elle est contrainte de s'arrêter. Devant elle, sur le trottoir, des hommes en blouses blanches maculées de sang déchargent des carcasses de porc de leur camion et les portent dans une charcuterie. Elle finit par devoir se frayer un chemin parmi eux.

16. INT. APRÈS-MIDI. COULOIR.

Philip est seul dans le couloir, devant la porte du médecin scolaire. Il se penche pour regarder par le trou de la serrure. Philip voit : sa mère, assise à l'intérieur en train d'écouter le médecin. Elle se cramponne à son sac à main posé sur ses genoux.

Soudain, il voit la pièce se remplir d'eau. On dirait un aquarium. La mère et le médecin scolaire se lèvent de leur chaise et flottent dans l'eau verte, des bulles s'échappent de leur bouche.

Suit un noir complet.
Immédiatement après apparaît le visage de la sœur infirmière. Elle pose ses lèvres sur le trou de la serrure, comme si elle embrassait l'œil de Philip.

La porte s'ouvre, Philip tombe sur le seuil.

LE MÉDECIN SCOLAIRE : Ce garçon doit suivre la cure Weir Mitchell séance tenante !

17. EXT. MATIN. GARE DE L'EST.

Philip est sur le quai de la gare. Il porte une valise lourde. La mère remonte la fermeture Éclair de sa veste jusqu'à la gorge.

VOIX DU MÉDECIN SCOLAIRE : Ou engraissement si vous préférez. Une cure utilisée pour les affaiblis, les anxieux, les anémiés, les cachectiques, les convalescents, afin de les remettre rapidement sur pied.

La mère prend Philip dans ses bras. Elle sanglote. Le sifflet du train se fait entendre, proche et strident. Elle le relâche. Philip monte dans le train.

La mère reste seule sur le quai. Le train quitte lentement la station. Elle lève la main et l'agite en direction de Philip.

VOIX DU MÉDECIN : La cure se compose de douze jours d'un régime conçu selon la prescription du professeur Burkart.

18. EXT. JOUR. GARE. « DAL ».

Philip trébuche en descendant du train. Il atterrit sur le quai, sa valise à la main. Il est aussitôt soulevé par un homme, LE PAYSAN, vêtu du costume régional.

LE PAYSAN : Voilà un petit citadin qui a bien besoin de manger !

Le paysan prend sa valise, le conduit jusqu'à une fourgonnette, lance la valise sur la plate-forme et le soulève pour qu'il grimpe dans la cabine.

19. INT. JOUR. FOURGONNETTE.

Philip est assis à côté du paysan. Celui-ci siffle en conduisant, la mine réjouie, et jette à intervalles réguliers un coup d'œil à Philip, toujours avec un sourire. La fourgonnette cahote sur le chemin accidenté. Philip s'accroche à la portière, il voit à peine au-dessus du tableau de bord.

Le paysan freine brutalement. Un troupeau d'animaux divers, moutons, vaches, taureaux, cochons, poules, traverse la route juste devant eux. Le paysan donne une petite tape amicale sur l'épaule de Philip et désigne les animaux.

LE PAYSAN : Ceux-là, tu vas les manger, Philip. Du premier jusqu'au dernier.

Le paysan accélère, le véhicule disperse le troupeau.

20. EXT. JOUR. FOURGONNETTE.

PLAN AÉRIEN : Nous voyons la fourgonnette rouler sur un chemin étroit entre deux champs dont les blés jaunissent au soleil et ondulent au gré du vent. Dans les cours de fermes, les drapeaux norvégiens flottent en haut des hampes. Des gens beaux et en pleine santé font un signe de la main.

On distingue la valise, toujours posée sur la plate-forme.

Un chœur de garçons chante LA VIE PALPITE DANS LES BOSQUETS.

La caméra s'élève dans les airs si bien que nous ne pouvons bientôt plus discerner la fourgonnette au milieu du paysage. Nous disparaissons dans les nuages, tout n'est que silence et brouillard mouvant. Une main sépare le brouillard en deux. Nous sommes éblouis par une immense lumière.

VOIX DU MÉDECIN SCOLAIRE : Tu aimeras la nourriture comme toi-même.

21. EXT. JOUR. FERME.

La fourgonnette se gare dans la cour, où attend L'ÉPOUSE, une femme forte également habillée en costume régional. Philip descend tant bien que mal de la cabine. Le paysan prend la valise et la porte à l'intérieur. Philip va saluer l'épouse. Elle agite le bras de Philip.

L'ÉPOUSE : Bienvenue à la ferme, Philip. À partir de maintenant, tu vas forcir.

Elle conduit Philip à l'intérieur. Du haut d'une fenêtre au premier étage, DEUX GARÇONS OBÈSES le regardent.

VOIX DU MÉDECIN SCOLAIRE : Premier jour. À six heures et demie, un demi-litre de lait, bu lentement pendant trois quarts d'heure.

22. INT. MATIN. FERME.

Assis autour d'une longue table rectangulaire dans une salle à manger, une rangée de GARÇONS boit du lait chaud où surnagent des grumeaux de graisse. Certains sont aussi maigres que Philip, d'autres sont déjà plus gros. Ils sont disposés en vertu d'une espèce d'ordre hiérarchique : les plus maigres sont assis au fond, les plus gros devant. Philip est derrière. L'attention de tous se focalise sur lui, le nouveau.

L'épouse fait l'inspection en marchant lentement autour de la table.

On n'entend pas une mouche voler, exception faite du bruit des couverts. Philip regarde l'assiette posée devant lui, remplie à ras bord et peu appétissante. Il porte la cuillère à ses lèvres, mais n'arrive pas à avaler la nourriture. Elle gonfle dans sa bouche.

VOIX DU MÉDECIN SCOLAIRE : À midi, soupe aux œufs, cinquante grammes de viande avec des pommes de terre pelées. Deux biscotins et de la compote de prunes.

Les deux garçons que nous avons vus à la fenêtre, PREBEN et ASLAK, assis devant, vraiment obèses, se mettent à taper des poings sur la table, timidement d'abord, puis de plus en plus bruyamment. Tous les autres autour de la table ne tardent pas à les imiter. Philip transpire. Il a le visage baigné de larmes. Il est prêt à craquer. Le martèlement se transforme en un vacarme infernal. Philip se penche sur son assiette et régurgite tout.

Un silence de mort s'installe.

L'épouse se tient derrière Philip. Elle a les mains posées sur ses épaules.

L'ÉPOUSE : Allez, Philip, finis ton assiette. Sinon, Dieu sera très fâché après toi.

Philip trempe sa cuillère dans le vomi pendant que l'épouse lui tapote la tête.

23. INT. NUIT. FERME. DORTOIR.

Tous les garçons dorment dans un même dortoir exigu. Le paysan passe en revue les lits les uns après les autres et vérifie que tout est en ordre. Tous font semblant de dormir. Le paysan éteint la lumière, sort et ferme la porte à clef.

La lune brille par la fenêtre et se reflète dans le lac.

Philip a les yeux ouverts, la peur se lit dans son regard. Il entend des pas s'approcher de lui. Il ferme les paupières.

Preben et Aslak s'assoient de chaque côté du lit. Ils sont en slip. Ils sont obèses et ont la peau très blanche.

PREBEN (chuchote) : Philip ?

ASLAK (chuchote) : Philip ? Viens. Viens là.

Philip rouvre les yeux, plus terrorisé que tout à l'heure. Ils le font lever du lit et le conduisent jusqu'au mur. Ils le forcent à se baisser. Philip est à genoux, il tremble.

PREBEN : Regarde.

Philip ne comprend pas. Il n'ose rien dire. Aslak désigne un trou de souris dans le plancher.

ASLAK : Regarde, en bas !

Philip pose un œil contre le trou. Il voit : en bas, dans la cuisine, l'épouse est penchée au-dessus de la cuisinière, le paysan la prend par-derrière, violemment.

24. EXT. JOUR. CHAMPS.

Tous les garçons sont penchés dans le champ et ramassent des pommes de terre. Philip est entre Preben et Aslak.

VOIX DU MÉDECIN SCOLAIRE : Deuxième jour. Massage, pain blanc beurré et purée de pommes de terre.

Philip creuse la terre à mains nues. Preben et Aslak lui lancent des pommes de terre. Le paysan arrive en courant. Il gifle Preben et Aslak qui, obéissants, se penchent à nouveau sur les sillons de pommes de terre.

Le paysan passe un bras autour de Philip.

LE PAYSAN : J'ai bien l'impression que tu as déjà grossi, Philip.

Aslak et Preben jettent à Philip des regards torves.

25. INT. SOIR. FERME. SALLE À MANGER.

Philip est seul assis à la grande table rectangulaire. Il mange. Il n'en peut plus. Il lâche son couteau et sa fourchette dans l'assiette. L'épouse surgit aussitôt derrière lui et le frappe à l'arrière du crâne. Philip continue d'enfourner la nourriture.

L'épouse sourit et pose ses mains sur les épaules de Philip pour le masser pendant qu'il mange.

26. RÊVE DE PHILIP.

Philip est étendu à la surface du lac, nu. La lueur de la lune se reflète sur son visage. Il dort. Un profond silence règne. Soudain, l'eau autour de lui se teinte en rouge. Philip est aspiré à toute vitesse vers le fond. Il panique. Il ouvre la bouche pour crier, mais il n'en sort aucun son. Il coule à pic, dans cette eau rouge et fangeuse.

27. INT. DORTOIR.

Philip se redresse brusquement dans son lit, haletant. Il cherche sa respiration. Son regard tombe aussitôt sur Aslak et Preben. Ils se penchent sur lui. Ils chuchotent.

PREBEN : Tu sais ce qu'ils sont, le fermier et sa femme ?

Philip secoue la tête.

PREBEN : Des faiseurs d'anges.

PHILIP : Des faiseurs d'anges ?

PREBEN : Ils emmènent les enfants non désirés dans la forêt pour qu'ils meurent.

ASLAK : C'est pour ça que tu es là.

PREBEN : T'es du genre à cafter ?

Philip secoue la tête.

ASLAK : T'es du genre à cafter, résidu de fausse couche ?

Philip les fixe d'un œil épouvanté. Ils le tirent du lit et le remmènent jusqu'au trou dans le plancher. Ils lui pressent le visage face contre terre. Philip voit : le paysan est penché au-dessus de la cuisinière, nu. Derrière lui se tient son épouse qui le prend par-derrière.

28. INT. MATIN. SALLE À MANGER.

Les garçons sont debout devant leur place respective et chantent en chœur. Le paysan les dirige. Ils chantent LA VIE PALPITE DANS LES BOSQUETS. Philip, livide, est entre Aslak et Preben qui chantent à pleins poumons.

Le paysan interrompt brusquement la chanson et regarde Philip.

LE PAYSAN : Tu ne chantes pas ?

Philip ne répond pas. Le paysan s'approche de lui.

LE PAYSAN : Tu ne veux pas chanter avec nous ? Monsieur est meilleur que tout le monde, c'est ça ? Hein ? Tu te crois meilleur que nous ?

29. EXT. JOUR. CHAMPS.

Philip est seul dans le champ, il bêche. PLAN AÉRIEN : Vu d'en haut, il nous apparaît comme un être humain minuscule dans le paysage gris et dénudé.

VOIX DU MÉDECIN SCOLAIRE : Peu à peu, on augmente la nourriture du dîner. Quatre-vingts grammes de viande, pommes de terre rissolées avec du beurre, rognons et testicules bouillis.

Philip regarde le ciel. Il se met à pleuvoir. Il lâche alors la bêche et court de toutes ses forces en direction de la forêt.

30. EXT. APRÈS-MIDI. FORÊT.

Philip s'arrête entre les arbres, essoufflé. Il s'appuie à un tronc. Le silence est total. Il se retourne. Personne ne le suit. Il continue son chemin.

Soudain, il se rend compte que la forêt regorge de garçons. Ils sont par terre, assis en tailleur, à moitié nus, bleuis par le gel. Certains sont déjà morts. Les autres attendent de rendre leur dernier soupir.

Philip se retourne à nouveau. À la lisière de la forêt se tiennent le paysan et son épouse, main dans la main, dans leurs plus beaux habits. Ils lui sourient.

31. INT. SOIR. FERME.

Philip est nu dans la douche commune. Il rince toute la boue et la terre qu'il a sur lui. Il est seul. Il fixe l'eau sale qui tourbillonne en s'enfonçant dans la bonde. Il tâte les bourrelets de graisse autour de son ventre.

Soudain, il entend quelqu'un s'approcher et fredonner LA VIE PALPITE DANS LES BOSQUETS. Philip ferme aussitôt le robinet de douche et entend la chanson plus distinctement à présent. Elle se rapproche de plus en plus. Philip se dresse sur la pointe des pieds pour attraper la serviette pendue à un crochet. Mais il n'arrive pas à l'atteindre. Preben et Aslak surgissent devant lui. Ils chantent en ne le quittant pas des yeux. Puis ils se taisent et un silence s'installe.

Preben retire la serviette du crochet.

ASLAK : Tu te crois meilleur que nous ?

PHILIP (chuchote) : Non.

PREBEN : C'est la serviette que tu veux ?

PHILIP : Oui, s'il te plaît.

Preben lui tend la serviette, mais la ramène aussitôt vers lui. Philip est toujours debout, nu. Il essaie de cacher ses parties intimes avec les mains.

ASLAK : Tu es sûr de ne pas te croire meilleur que nous ?

PHILIP : Je ne veux pas grossir. Je veux juste grandir.

Preben et Aslak échangent un regard. Ils s'esclaffent. Ils tirent Philip à l'intérieur du dortoir puis jusqu'au trou dans le plancher. Ils le forcent à se mettre à genoux et lui pressent la figure par terre.

Philip voit : la cuisine est vide. Une bouilloire est posée sur la cuisinière, l'eau est en train de bouillir.

Philip crie. Son cri est étouffé. Preben lui enroule la serviette autour de la bouche et serre. Aslak est à genoux derrière Philip.

VOIX DU MÉDECIN SCOLAIRE : Celui qui ne suit pas la cure Weir Mitchell finit dans l'enfer maigre.

Le visage de Philip est défiguré par la douleur et la torpeur.

32. INT. EXT. JOUR. DORTOIR.

Philip est à la fenêtre et regarde la cour de la ferme. Aslak et Preben sortent de la maison, dans leurs habits du dimanche, avec chacun leur valise, obèses et polis, accompagnés de l'épouse. Ils restent là, près de la hampe où le drapeau norvégien flotte au vent.

La fourgonnette rentre dans la cour et s'arrête. L'épouse fait ses adieux à Aslak et Preben, des sanglots dans la voix. Ils grimpent dans la plate-forme et s'assoient avec leur bagage.

De la cabine du conducteur descend un petit garçon, tout petit et maigre, une valise en carton à la main. Il s'agit de Barnum, que nous reconnaissons de la scène dans la salle de cinéma, celui qui a été flanqué dehors. Il est effrayé, désemparé. L'épouse l'accueille de bon cœur.

Le paysan redémarre avec Aslak et Preben à bord.

33. EXT. MATIN. COUR DE FERME.

Barnum se dégage enfin de l'étreinte de l'épouse. Elle se penche à hauteur de son visage.

L'ÉPOUSE : Et maintenant, tu vas devenir obèse, Barnum.

Elle prend Barnum par la main et l'entraîne vers la maison. Il lève les yeux vers les fenêtres. Son regard croise celui de Philip. Il voit, à l'étage supérieur, un visage bouffi de graisse qui le fixe.

Le chœur de garçons entonne : DIEU EST DIEU, LES HOMMES FUSSENT-ILS DÉCÉDÉS.

Barnum regimbe, essaie de s'échapper. L'épouse continue de le tirer.

34. INT. SOIR. CINÉMA.

L'ouvreur éjecte Barnum de la salle de cinéma pour le précipiter en direction du foyer. Nous entendons le son du film en arrière-fond, les garçons chanter DIEU EST DIEU. Barnum parvient à s'échapper. Il dévale les marches de l'escalier. L'ouvreur s'élance à sa poursuite mais rate une marche. Barnum pousse une porte qui le mène dans un couloir sombre et étroit.

Barnum s'arrête et regarde autour de lui. Il aperçoit une colonne de lumière qui zèbre l'obscurité. Il se dirige vers elle. Il avance à tâtons, toujours dans sa direction.

35. INT. MATIN. FERME. SALLE À MANGER.

Philip est assis devant la table. Il fait maintenant partie des plus obèses. Son visage est une seule et même immense cloque. Il s'empiffre de nourriture. La graisse lui dégouline des lèvres.

Le paysan se tient derrière Philip et lui tapote les épaules.

Barnum entre et s'installe derrière la table, maigre comme un clou, terrorisé.

VOIX DU MÉDECIN SCOLAIRE : Premier jour. À six heures et demie, un demi-litre de lait, bu lentement pendant trois quarts d'heure.

Barnum regarde dans son bol rempli d'un lait sale, grisâtre, où flottent des grumeaux de graisse.

36. INT. SOIR. CINÉMA.

Barnum se tient au centre du rayon lumineux. Il est pressé. Il panique. Il essaie d'esquiver la lumière. Il agite les bras.

De la salle de cinéma montent des huées, des cris et des insultes.

Nous voyons l'ombre mouvante de Barnum recouvrir la quasi-totalité de l'écran.

37. INT. SOIR. FERME. DORTOIR.

Philip est debout devant le lit de Barnum. Philip est nu et obèse. Barnum ne dort pas, il a peur.

Philip tire Barnum à sa suite et presse son visage contre le plancher.

38. INT. SOIR. CINÉMA.

Barnum ouvre une petite porte qui donne sur une pièce exiguë et basse de plafond, un cagibi presque. LE PROJECTIONNISTE, un vieil homme sympathique, se trouve à l'intérieur et suit attentivement le déroulement de la bobine.

Barnum s'approche de lui.

BARNUM : Je ne veux pas en voir plus.

LE PROJECTIONNISTE : Qu'est-ce que tu dis ?

BARNUM : Je ne veux pas en voir plus.

LE PROJECTIONNISTE : Je croyais que tu voulais le voir.

BARNUM : Plus maintenant.

Le Projectionniste lui lance un regard peiné.

LE PROJECTIONNISTE : Je ne peux pas arrêter tant que le film n'est pas terminé. Tu le comprends bien.

39. INT. NUIT. FERME.

L'œil de Barnum est visible par le trou dans le plafond. Il se plaque contre le trou, écarquillé. Il tombe l'instant d'après. L'œil tombe dans la casserole d'eau bouillante posée sur la cuisinière.

40. INT. SOIR. CINÉMA.

Barnum est assis. Le Projectionniste se trouve près des bobines qu'il doit changer.

BARNUM : Je croyais que c'était toi qui décidais.

LE PROJECTIONNISTE : Il faut que tu voies la suite, Barnum.

BARNUM : Mais je n'en ai pas envie !

LE PROJECTIONNISTE : Tu n'as pas le choix.

BARNUM : Et moi qui croyais que tu étais Dieu.

Le Projectionniste change de bobine.

LE PROJECTIONNISTE : Oui en effet. Je suis Dieu, hélas. Mais moi non plus je n'ai pas le choix.

Le Projectionniste se tourne vers Barnum.

LE PROJECTIONNISTE : Ton visage me dit quelque chose. Est-ce que je ne t'ai pas déjà vu ?

BARNUM : Tu n'as pas déjà vu tout le monde ?

LE PROJECTIONNISTE : J'ai la mémoire qui flanche, tu sais. Je commence à me faire vieux.

Le Projectionniste regarde une nouvelle fois par la lucarne.

LE PROJECTIONNISTE : Viens là ! Dépêche-toi !

Barnum s'avance vers lui et regarde par la lucarne. Barnum voit l'écran tout en bas : le champ magnifique. Les garçons, joyeux, consciencieux, qui y travaillent par un temps superbe. Le pépiement des oiseaux. Et Barnum, un bandeau noir sur l'œil, les rejoint, suivi du paysan qui le met immédiatement au travail, à côté de Philip.

En arrière-plan se profile la forêt, comme une ombre dressée et diffuse.

LE PROJECTIONNISTE : Maintenant je sais qui tu es.

Le Projectionniste jette un coup d'œil furtif en direction de Barnum. Il lui sourit.

Barnum soulève une des boîtes qui contenaient les bobines et frappe de toutes ses forces le Projectionniste à la tête. Le Projectionniste s'effondre.

Barnum arrache le film du projecteur.

De la salle montent des cris et des sifflets.

41. INT. SOIR. SALLE DE CINÉMA.

L'écran est noir, la salle désertée est plongée dans l'obscurité. Les spectateurs sont partis. Seules leurs affaires personnelles sont restées : vestes, papiers de chocolat, parapluies, gants, chaussures, écharpes. Plus un son n'est audible.

Puis un rayon de lumière crépitant jaillit sur l'écran.

Une image abîmée en noir et blanc apparaît enfin : Le chambranle d'une chambre de garçon. Une succession de marques, suivies de dates et d'années. La dernière : 4/9 1962.

– the end –

LE THÉÂTRE ÉLECTRIQUE

La plaque

Nous nous mariâmes chez le fabricant de plaques.
Nous avions opté pour du cuivre, avec de grosses
lettres : Vivian et Barnum. J'aurais préféré Wie et
Nilsen. Ça sonnait mieux, à mon sens. Je laissai Vivian
avoir ce qu'elle voulait. Le vendeur empaqueta la
plaque dans du papier kraft, non sans y adjoindre quatre
vis. Je payai, rentrai à la maison, vissai la plaque sur
notre porte. Vivian et Barnum. Sur la boîte aux lettres
dans l'entrée de l'immeuble, j'avais collé un bout de
papier où figuraient nos noms de famille : Wie et Nilsen.
C'était notre bague de fiançailles. C'était du sérieux
désormais. Vivian et Barnum étaient gravés dans le
cuivre sur notre porte du premier étage à Bolteløkka, un
immeuble assez bas, en brique rouge, où l'on entrait par
la Johannes Bruns gate. Le père de Vivian nous avait
dégoté l'appartement, un studio, avec alcôve et balcon.
Nous étions sur la véranda, justement. C'était au début
de l'automne, un samedi. L'air était pur et clair, le soleil
encore chaud. Adossé aux immeubles, à l'ouest, pointait le clocher du Stensparken : la colline de Blåsen ;
j'étais dans le paysage, j'étais là dans le lieu de notre
histoire. Au sud se profilait le fjord avec son eau étale,
brillante, incolore, à croire qu'elle était déjà figée par le
gel. J'ouvris la première bouteille de champagne et
remplis nos verres. Une voisine, depuis la petite pelouse
en bas, nous salua d'un geste de la main, les doigts
pleins de terre. Je buvais. Vivian se renversa, les yeux
fermés. La lumière sur son visage prenait un éclat doré.
J'éprouvais une joie jamais ressentie auparavant, la
légèreté de l'alcool conjuguée au calme de l'instant ;

l'ivresse et le temps fusionnaient en une entité plus grande encore. « D'après toi, il faut être porté disparu pendant combien de temps avant d'être considéré comme mort ? » demandai-je. « Toute une vie peut-être. » Vivian n'avait pas rouvert les yeux. Je me resservis du champagne. Je buvais. Je riais. « Toute une vie ? Dans ce cas, ça signifie que les personnes portées disparues vivent éternellement. Elles ne meurent jamais. Elles continuent de vivre. » Vivian se tourna vers moi. Une fatigue soudaine se lisait dans son regard. Elle tenait sa flûte à champagne à deux mains. « Fred te manque ? » me demanda-t-elle, à voix basse. J'aurais pu lui retourner la question. Je ne répondis pas. Au lieu de quoi, j'allai chercher une deuxième bouteille. Je bus un autre verre, seul. Quand je ressortis, Vivian avait mis ses lunettes de soleil. Je m'assis à côté d'elle. Une ombre tombait sur la véranda. Il n'allait pas tarder à faire frais. « Je veux des enfants », dit-elle. Je vidai mon verre. « Aussitôt dit, aussitôt fait… », répliquai-je. Je rentrai dans l'appartement en emportant la bouteille. Vivian défit le canapé-lit, mit les draps, et nous nous couchâmes. Et pour être fait, ça le fut, en vitesse. Notre folie dans le parc de Frogner, des années auparavant, près du Pavillon (un incident dont nous ne reparlerons jamais, à propos duquel nous n'échangerons jamais le moindre mot), nous avait rendus timorés, même quand j'avais bu. J'avais la sensation, chaque fois que nous faisions l'amour, que nous ouvrions des ténèbres et que, pour cette raison, nous n'osions pas nous regarder en face. Nous voulions simplement que ce soit fait et qu'on n'en parle plus. Cependant, un vague parfum de musc montait toujours à mes narines. Je remplis les verres. « Alors ? Émue ? » demandai-je. « Arrête… » Je ris. « Ai-je ému mon public ? » Vivian éclata de rire elle aussi. Je la faisais rire, pourvu que ça dure. Je me penchai sur son ventre pour écouter. Son corps était chaud, élancé. « Tu crois qu'il y a déjà un enfant, dedans ? » chuchotai-je. « Peut-être. Peut-être pas. » Je me rassis. J'avais froid. Il restait un fond de champagne dans la bouteille. Vivian me prit la main. « Tu ne crois pas que tu bois un peu trop ? » « Un peu trop ? » « Oui, un peu trop. Tu as quasiment vidé deux bouteilles à toi tout seul. » « Parce que toi aussi tu comptes maintenant ? » « Ce n'est pas très compliqué, Barnum. Un et un font deux. » « Tu serais presque aussi douée que Peder. » Vivian relâcha ma main. Je me rallongeai à côté d'elle. « Je bois parce que je suis heureux », dis-je à mi-voix. Elle se leva et prit le chemin de la salle de bains où il n'y avait de place que pour une personne, une et demie en cas d'urgence. Je l'entendis ouvrir le robinet de douche. Je finis la bouteille. Aujourd'hui comme hier, Vivian mettait toujours un temps fou à la salle de bains. Quand elle revint, je me levai. « On ne pourrait pas se coucher tôt ce soir ? » soupira-t-elle. « Je dois écrire. » Elle me tourna le dos. Elle ne portait pour seul vêtement que la serviette rouge, enroulée autour de son corps. Ses cheveux mouillés se déployaient en éventail sur l'oreiller blanc, projetant une ombre qui allait en s'amplifiant. « Tu vas attraper froid, Vivian. » « Ça va... J'ai chaud. Tu as froid, toi ? » « Non. Je suis bien. On éteint ? » « Si tu veux, Barnum. » J'éteignis les deux appliques au-dessus du lit et m'installai au petit bureau pour lequel nous avions trouvé un semblant de place en face de la fenêtre, entre la porte de la véranda et la bibliothèque. Or, quand j'allumais ma lampe de travail, elle éclairait l'ensemble de la pièce, même si je la rapprochais au maximum de ma feuille. Vivian tira la couette sur sa tête. C'est dire si c'était petit. Nous avions accroché deux images au mur : la photo de Lauren Bacall et l'affiche de *La Faim*. Soudain, je repensai à la petite ville. Voilà, j'étais adulte à présent, et j'habitais dans le petit appartement. J'étais, sinon vieux, en tout cas au-delà du premier seuil, qui longe le méridien de l'innocence, lorsque le rire change de couleur. Certes, beaucoup croyaient que je n'avais pas encore vingt ans et que j'étais par conséquent un quelconque adolescent en guenilles ; d'ailleurs, il n'était pas rare que je sois refoulé à l'entrée des films interdits aux moins de dix-huit ans et

que je doive donc montrer une pièce d'identité. Je cessai
d'aller à ces films. La dernière fois qu'on m'avait refusé
l'accès aux salles obscures remontait à ce jour où nous
étions allés voir *Shining*, et Peder s'était tordu de rire. Et
ce sans parler des bars, où je devais encore montrer cette
éternelle pièce d'identité. Là aussi je ne mis plus les
pieds. Ceux qui néanmoins m'approchaient et prenaient
le soin de me regarder attentivement, qui ne se laissaient
abuser ni par mes boucles ni par ma petite taille que je
désignais, dans mes bons jours, comme *ma longueur
immobile*, pouvaient voir les marques sur mon visage
qui, elles, ne trompaient pas. Vivian dormait déjà. Souvent, je lui enviais ce sommeil. Je sortis tout mon atti-
rail : quatre cents feuilles achetées chez Andvord, la
règle, un crayon de bois, trois stylos bille, le *Manuel de
médecine destiné aux foyers norvégiens* de M. S. Greve,
la gomme, du Typex et la machine à écrire que Fred
m'avait offerte. J'étais prêt. Je me rendis dans la petite
cuisine où je bus au goulot de la petite bouteille. Une
petite pensée me traversa l'esprit : *La Petite Ville*,
deuxième partie, ou première partie et demie : un nain
habitant la plus minuscule studette du monde devient le
petit ami de la femme la plus grande du monde. Je vidai
une autre petite bouteille. Je fis du café puis me rassis à
ma place. Je pris mon bloc-notes. Voici quelles étaient
mes idées : 1. *Le rire et les larmes : documentaire de
Barnum sur la condition humaine*. 2. *La piscine.*
3. *Expériences de célébrité imminente : Beatles, Per
Oscarsson, Sean Connery, et al.* 4. *L'engraissement.*
5. *Le triple saut.* 6. *L'homme de la nuit*. J'avais sous mes
yeux quelques-uns de mes titres, mes titres de travail,
soigneusement consignés, accompagnés de commen-
taires détaillés, d'indications scéniques, de dialogues et
de la liste des rôles. Mon plus bel instant survenait
lorsque je coinçais la feuille dans le rouleau de la
machine ou que je soulevais mon crayon de bois pour ne
pas réveiller Vivian. Alors, j'avais un pouvoir absolu.
Alors, j'étais mon propre maître et le maître du temps.
L'obscurité diffuse se pressait contre les vitres. Les

lumières du centre-ville en contrebas étaient mouvantes. Il pleuvait. Quelqu'un avait mis les Sex Pistols
à fond. Les chats de Bolteløkka feulaient. Puis soudain
le silence fut total. Je n'entendais que le souffle régulier
de Vivian. Elle était notre moteur. Ceci était mon temps.
Je voulais rendre mes histoires plus hautes, non pas
basses et lentes, surtout pas : je voulais les soulever plus
haut que les entailles dans l'encadrement de la porte,
plus haut que moi-même. Était-ce se montrer trop exigeant ? Et c'est à cet instant, quand la main qui soulève
le crayon de bois se rapproche de la feuille, lorsque le
doigt heurte une lettre du clavier usé et de traviole, que
je me sens dans mon élément. À partir de là, tout peut
arriver. Je suis le petit dieu. Je suis désormais plus lourd
que mon poids, plus grand que ma pensée, mes actions
effectuées par procuration ont une portée plus vaste,
dans cet intervalle, dans cette seconde d'hésitation qui
ressemble à une goutte au bout d'un robinet rouillé voire
sur un pétale de rose, une goutte susceptible de se transformer en océan.

Vivian se retourna en poussant un petit gémissement.
Peut-être venait-elle de faire un rêve. Peut-être un être
humain était-il en ce moment même en train de grandir
en elle, pensais-je : ma cellule, son œuf, rien de moins ;
les traits déjà présents dans l'embryon, dans la chaleur,
là-bas dans son ventre à l'intérieur, la ride d'un garçon,
entre les deux yeux, la fossette d'une fille, pensais-je, le
cœur d'un enfant. À *Fécondation*, dans le manuel de
médecine de M. S. Greve, figurait *l'acte par lequel
l'ovocyte mature est mis en état d'engendrer un nouvel
être humain autonome* ; et ce juste avant *Funérailles* qui
lui-même me renvoyait à *Enterrement*, succédant pour
sa part à *Enfantement* – et je lus, sous l'entrée *Enterrement : Ensevelissement d'un corps au fond d'une cavité
creusée dans la terre, afin qu'il se décompose et redevienne terre lui-même.* Puis le crayon tomba sur
L'Homme de la nuit. J'écrivis la première scène. *Un
GARÇON, maigre, le teint pâle, huit ans, court à travers
les rues.* Quand je fermais les yeux, je le voyais, courir

dans les rues désertes, dans une ville abandonnée, tôt le
matin ; il porte des vêtements vieillots, j'entends son
souffle, son souffle haletant, j'entends de la musique
également, car il faut de la musique sur cette scène,
quelque chose de bleu, de lent, de symphonique. Où le
garçon se dirige-t-il ? Que cherche-t-il à ne surtout pas
rater pour courir aussi vite ? Je posai le crayon. C'était
trop grand pour moi. Je n'étais pas encore prêt pour cette
histoire, ma pierre angulaire, mon chef-d'œuvre, censé
parler de l'absence. J'écrivis le mot dans la marge et le
soulignai. *L'absence.* J'avais beau savoir ce que je
devais écrire, j'ignorais dans quel ordre. Le récit, c'est
ça, et rien d'autre : l'ordre des choses, la succession, le
cours des événements, ce qui va maintenant se produire ; cette logique biscornue qui ne met pas en jeu un
enchaînement de causes et de conséquences, mais une
autre humanité, une chronologie poétique. Je n'étais pas
encore à la hauteur de cette tâche. Je devais grandir avec
elle, m'étirer, m'élever au-delà du mandat qui m'était
dévolu, être mon propre surhomme. Je devais combler
l'absence et, ce faisant, l'annuler : celle de Fred, absent
depuis dix ans ; celle de Wilhelm, notre arrière-grand-
père, disparu dans la glace ; celle de l'homme inconnu
de Boletta ; celle du continent obscur de papa, son temps
perdu, du jour où il portait une valise pleine d'applaudissements et avait tourné au coin de la rue, à celui où il
avait longé la Kirkeveien dans une Buick jaune et
éblouissante. Et Peder non plus, je ne devais pas
l'oublier, lui qui étudiait l'économie à l'université de
Los Angeles. Peut-être le garçon court-il à la rencontre
de ces gens.

Vivian dormait. J'allai me chercher une bière avant
de rejoindre à pas de loup la véranda. Je voyais l'ombre
de Blåsen. C'est là-bas que La Vieille avait l'habitude
de s'asseoir et maman de venir la retrouver. Une idée
germa. Je m'empressai de rentrer pour ne pas l'oublier ;
c'était déjà ma grande peur : oublier (voilà pourquoi
j'écris tout ça). J'écrivis : *Les lieux. Des histoires à
propos des attaches qu'ont les gens avec des lieux*

déterminés. *Ex. : La Vieille et Blåsen ; Boletta et le Pôle Nord ; Esther et son kiosque ; la cour de l'immeuble. Un lieu n'en est pas un tant que l'être humain ne l'a pas foulé.* Est-ce aux alentours de ces lieux qu'est tapie notre mémoire ? Où se trouve mon lieu à moi ? Je l'ignorais. Toutefois, le temps ne peut-il être un lieu lui aussi, un recoin au creux des heures, à l'abri des secondes ? Je voulais avoir mon lieu dans le temps. Je notai, au bas de la page, en gros : *Lieux d'inhumation.* À qui appartiennent ces lieux ? Je feuilletai mon bloc pour revenir à une vieille et bonne idée : *Le triple saut.* Je voulais faire du triple saut ma poétique. Au triple saut, la succession des mouvements dans le bon ordre est non seulement inévitable mais nécessaire : la course d'élan très rapide, l'appel élastique, les appuis au sol souples et dynamiques, le cloche-pied, les foulées bondissantes, et toute la force qui se concentre dans l'ultime et intense saut jusque dans le sable de la fosse de réception, tandis que les jambes s'étirent vers l'avant en vue de la réception, un mouvement d'autant plus beau qu'il est quasi impossible. Je m'imagine un résumé de l'histoire du triple saut, comment la technique a été améliorée au fil des années, sans que le principe même du triple saut ait pour autant été dévoyé : le cloche-pied, la foulée bondissante puis le saut, la trinité par excellence de cette discipline. C'est surtout la course d'élan qui m'intéresse, c'est en elle que les bases sont jetées, un saut raté peut être détecté dès la course d'élan. Je veux croire qu'il existe des séries d'images d'archives sur les compétitions et championnats sportifs divers et variés, tant nationaux qu'internationaux, en mesure d'éclairer l'importance et la complexité du triple saut. Je décide, après moult tergiversations, de faire du concierge Bang le personnage principal, le héros estropié du triple saut. Je le vois d'ici : le vieux concierge qui a fait transporter du sable dans la cour de l'immeuble où il a ensuite fait creuser une fosse de réception pour le stocker. À présent, tous les habitants sont réunis pour le voir sauter. C'est un samedi après-midi, au printemps. Nous sommes penchés aux fenêtres, assis sur les marches de l'escalier, alignés en rang d'oignons le long de la piste d'élan, ce sentier étroit parsemé de gravillons, nous redoublons d'acclamations. Quand soudain apparaît le concierge Bang, sous un tonnerre de vivats nourris et d'applaudissements rythmés, vêtu de son short élimé et de son maillot jaune, concentré, claudicant. Le voilà qui touche du pied la planche d'appel, se détend, non sans un gémissement, et c'est là, à ce moment précis, que je fige l'image. Je laisse le concierge Bang en suspension, immobilisé en l'air, puis, à partir de là, je remonte dans le temps, jusqu'à l'aube du triple saut : qui le premier au monde a inventé le triple saut ?

Je me couchai quand Vivian se leva. Après avoir enfilé ses vêtements de sport, elle sortit. J'entendis ses pas rapides dans l'escalier. Elle s'absenta pendant une demi-heure. Je ne parvins pas à m'endormir. Le téléphone sonna, à moins que ce ne soient les cloches de l'église. C'était le père de Vivian. « Puis-je parler à Vivian ? » « Elle court », répondis-je. Il y eut un silence. « Je voulais simplement lui rappeler le dîner de ce soir. » Sa voix semblait lointaine, comme s'il avait posé le combiné et était parti dans une autre pièce. « Allô ? » « À sept heures », ajouta-t-il, maintenant plus présent. « À sept heures », répétai-je. « Très bien. Alors on dit ça. » « D'accord. » Son timbre de voix avait changé, il me parlait presque sur le ton de la confidence. « Et toi, tu ne cours pas ? » « Vivian préfère courir toute seule. » Il était toujours au bout du fil. Me parvinrent alors les pas de Vivian dans l'escalier, son souffle. « Ça se passe bien, tous les deux ? » voulut-il soudain savoir, avec la même voix posée et étrangère à la fois, comme un homme cherchant à se faire un ami. « Nous avons acheté une plaque hier, pour mettre sur la porte », répondis-je. Il raccrocha. Vivian se retourna vers moi, trempée, dégoulinante. « Il pleut ? » « Je transpire. » « On fait un autre enfant ? » « Il faut d'abord que je fasse quelques étirements. » Elle s'accrocha au linteau de porte et s'y suspendit. Elle tenait à la seule force de ses doigts si fins. Cette image avait quelque chose de contre nature, comme le concierge Bang que j'avais figé au beau milieu de son cloche-pied, une espèce de supplice, pensai-je, comparable au purgatoire du temps de l'attente où Fred nous avait relégués. Je m'assoupis, glissai dans un sommeil court, lourd, insignifiant. Quand je me réveillai, Vivian prenait son petit déjeuner à la cuisine. Je sentis l'odeur du café, du pain grillé, de la confiture. Je restai allongé à la regarder. Ceci n'était pas un supplice. Ceci faisait partie de l'ordinaire que nous considérons comme une évidence et finissons donc par oublier. Ceci était l'instant comme il y en a tant : ces instants immobiles, où il ne se passe strictement rien, la banalité d'un dimanche – et je voulais qu'il en soit ainsi. Puis je me souvins que ce dimanche n'était finalement pas si banal. C'était notre premier matin ensemble. Je sortis le petit paquet que j'avais caché sous l'oreiller et me dirigeai vers elle. « Il reste un peu de place pour moi ? » Vivian leva les yeux. « Oui, dès que j'aurai terminé. » Je m'assis quand même. Elle nous servit du café. « Tu as écrit quelque chose ? » « Je n'arrive pas à me décider. » « Te décider ? Comment ça ? » « J'ai trop d'idées, Vivian. » « Et c'est un problème ? » « Oui. Je n'avance pas. Je commence un truc nouveau tous les quatre matins. Je ne sais pas ce que je veux. » Elle poussa la panière vers moi. « De toute manière, moi je crois que tu écris sur Fred », glissa-t-elle, doucement. Sa réflexion me déplut. Elle avait raison. Je posai le petit paquet devant elle. « C'est quoi ? » « Un cadeau du matin. » Elle secoua la tête. « Je ne te savais pas si prévenant. » Je hochai la tête. Elle sourit. « Tu veux dire… bourgeois ? » « Non, je veux dire prévenant, Barnum. » « Mais ouvre-le ! » Elle ouvrit l'écrin. C'était une bague, toute simple, en or. Elle la sortit délicatement. « Maman voulait qu'elle soit à toi », dis-je – et alors que je regardai Vivian mettre la bague à son doigt, j'eus une nouvelle idée. Je vis soudain un saut, un triple saut : la bague que Rakel avait donnée à maman et que je transmettais à présent à Vivian. À l'intérieur de ce cercle

étroit, la circonférence de l'anneau, je discernai une histoire, plus grande que l'histoire elle-même, qui débordait de son propre cadre. Et à cette image s'imposa une
autre : un monticule de bijoux que les nazis avaient
volés aux Juifs avant de les envoyer dans les chambres
à gaz, cette bague aurait dû y être mais Rakel avait eu
le temps de s'en séparer. Puis une image supplémentaire
se superposa à celles-ci : une pièce remplie de chaussures, des chaussures d'hommes et de femmes. Et enfin
les paroles de maman, qui vinrent s'y ajouter : *J'entends
encore ces pas quitter ma vie*. Il fallait que je l'écrive.
Je m'apprêtais à me lever. « Merci », murmura Vivian.
Je restai assis, posai ma main sur la sienne. Tout ce que
je recevais se transformait en idées.

Dans la journée du dimanche, nous allâmes faire un
tour. Nous marchions bras dessus, bras dessous. Les
arbres se défaisaient de leurs feuilles. Nous ne croisâmes quasiment personne, à l'exception d'un propriétaire de chien, un chihuahua hideux, et de quelques
joggers haletants. Même eux se retournèrent sur notre
passage. Nous formions un couple insolite. J'avais
remisé mes chaussures à semelles compensées.
Désormais, je ne portais que des talonnettes. L'automne
était arrivé en l'espace d'une nuit. Les gens étaient
restés chez eux et rangeaient leurs vêtements d'été.
J'étais soudain d'une humeur étrange. C'était la faute de
la bague. Je n'aurais pas dû la lui donner. Je regrettais
déjà. J'aurais pu lui acheter une autre bague, ou une
paire de boucles d'oreilles. Nous aurions même pu nous
contenter de la plaque : Vivian et Barnum. J'en avais
plus qu'assez. J'avais dépassé les bornes. Cette bague
pesait trop lourd dans sa main. Elle pencha la tête vers
mon épaule. « Merci », répéta-t-elle. « Elle te va bien »,
murmurai-je.

Nous montâmes jusqu'à Blåsen. Nous nous assîmes
sur le banc. Une nuée de pigeons s'envola du toit, se dis-
persant à tous les vents. « Où se trouve ton lieu ? »
demandai-je. « Qu'est-ce que tu veux dire ? » « Tout le
monde a un lieu à soi. Ici, c'est le lieu de La Vieille. »

« Je n'ai pas de lieu. Aucun. » Je ris. « Mais bien sûr que
si ! » Elle entra tout d'un coup dans une colère noire.
« Et si moi je veux ne pas avoir de lieu, hein ! ? »
« D'accord, d'accord… » J'allumai une allumette. Elle
souffla dessus. « Tu veux que je te dise, Barnum, où il
est mon lieu ? Il est dans le virage où papa a dérapé et
où je suis née. » Je remis la cigarette dans ma poche. Je
n'aimais pas son lieu. Je voulais lui en trouver un autre,
qui ne soit pas un mauvais lieu, mais plutôt un lieu sûr.
« Tu as oublié que nous allions dîner chez tes parents à
dix-neuf heures zéro zéro ? » Elle se prit la tête entre les
mains. Elle resta ainsi, une bonne dizaine de minutes, le
visage enfoui dans ses paumes. La nuit commençait à
tomber. Au bout d'un moment, elle dit : « Je ne veux pas
y aller. »

Et pourtant nous y allâmes. À ce que Vivian avait
l'habitude d'appeler la séance de sept heures chez Dra-
cula. Nous fîmes un petit détour par chez Krølle, où
Vivian but une bière si bien que j'en profitai pour en
commander deux autres. Ici, on me servait sans que j'aie
besoin de montrer une pièce d'identité. « Et toi, quel est
ton lieu ? » me demanda-t-elle. « Devine. » Sa réponse
fusa : « L'arbre sur la Solli plass. » « Ce n'est pas mon
lieu, Vivian. C'est le nôtre. » Une ombre voila son
visage, à moins qu'elle ne fût projetée par moi. Elle
s'appelait Peder, cette ombre. « Le cinéma Rosenborg », murmura-t-elle. « Tu brûles ! » Elle se pencha
vers moi. « Je sais, Barnum. La Petite Ville ! » Je levai
mon verre pour trinquer. « Votre réponse est correcte ! » Vivian leva le sien du bock détrempé et poisseux. « Ils font de nous des êtres complets », proposai-je, balbutiant presque. Vivian garda le silence un
long moment. Autour de nous résonnait un tumulte de
voix criardes et hargneuses. Quelqu'un cogna du poing
sur la table. J'allumai ma cigarette. « C'est là-dessus
que j'écris, murmurai-je. Les lieux doivent faire de nous
des êtres complets. » Je pris sa main dans la mienne,
sentant contre ma peau le bord de la bague. Vivian dévia
brusquement son regard vers moi. « Et le lieu de Fred,

où est-il ? » Je haussai les épaules. « Peut-être que c'est justement ça qu'il cherche. » Je lâchai sa main et bus une gorgée de bière. « Peder te manque ? » lui demandai-je. Elle aurait pu me poser la même question. Elle partit aux toilettes. J'arrêtai le serveur pour prendre à la volée une pinte de son plateau. La Petite Ville. Là se trouvait mon lieu. C'était là que j'avais été montré du doigt par un policier portant des gants épais, là que j'avais cessé de grandir. C'était là que j'avais eu ma première idée, là que je l'avais écrite. La Petite Ville était à la fois temps et lieu, incontournable. Un tract atterrit soudain devant moi. *Non au bradage de la Norvège ! Manifestez le 20/9 ! Départ du cortège de la Youngstorget.* Je levai les yeux. Un type pas commode me regardait de haut. « La Norvège aussi est un lieu », fis-je observer. « Tu es étudiant ? » « Non. Petit commerçant. » Le type devint suspicieux. « Petit commerçant ? » « Exactement. » « Tu vends quoi ? » « Du chocolat, du sirop glacé, des saucisses, des magazines, du sucre candi. » Il tapa du poing sur la table, crispé, méprisant. « Petit commerçant de merde ! Sale capitaliste ! » hurla-t-il. « Peut-être, mais opprimé quand même. » Il retira sa main, décontenancé cette fois. « Un petit commerçant opprimé ? Tu te fous de ma gueule ? Laisse-moi rire ! » Je me levai. Je lui arrivais à la poitrine, même du haut de mes talonnettes. Je ne le faisais pas rire. Une idée me passa alors par la tête. « Le référendum remonte quand même à quatre ans [1] », soulignai-je. Le type s'énerva de plus belle. « Et alors, ducon ! ? Je vois pas le rapport ! » Il reprit son tract, le fourra dans sa poche et il se faufila à toute allure entre les serveurs. Je me rassis au moment où Vivian revenait enfin. « Il faut que tu les envoies », dit-elle. « Que j'envoie quoi ? » Je ne comprenais pas. Elle se pencha au-dessus de la nappe. « Tes scénarios ! Il faut que tu les

---

1. Référence est ici faite au référendum des 24 et 25 septembre 1972, visant à consulter le peuple sur l'entrée de la Norvège dans la Communauté économique européenne, et rejeté à 53,5 % des voix. *(N.d.T.)*

montres à quelqu'un ! » « Je ne suis pas encore prêt. »
Elle posa sous mes yeux une petite annonce qu'elle avait
déchirée dans un journal. La société de production
Norsk Film AS lançait un concours de scénario. Les scénarios comme les synopsis étaient acceptés. Or c'était
justement cela que je redoutais. Je redoutais d'être percé
à jour et, par là même, de voir tout ce que j'avais écrit
subir le même sort avant d'être rejeté. Pour l'heure, je
pouvais encore rêver et être mon propre maître le long
de la règle de Barnum. Je fermai les yeux. La date limite
de dépôt était fixée au 1er mars. « On est quel jour
aujourd'hui ? » demandai-je. « Le 20 septembre. » Je
me dis que si je courais le plus vite possible, j'avais
encore le temps de rejoindre la manifestation organisée
quatre ans plus tôt. Je rouvris les yeux. « Je veux
d'abord te les montrer. » « Je ne sais pas où tu étais,
mais tu étais loin… », fit-elle remarquer à voix basse. Je
ris. « J'étais juste parti pisser. » Elle rit à son tour. « Tu
es sérieux ? Quand tu dis que tu veux me les montrer ? » « À qui veux-tu que je les montre ? » Elle prit
une gorgée de ma bière – et je l'aimais tellement quand
elle buvait de cette manière, en toute irrévérence, quand
elle se lâchait ; elle était alors capable d'éclater de rire,
nous étions alors enfin réglés à la même heure, et non
plus ces deux pendules calées sur leur fuseau horaire
respectif, à l'instar des cadrans dans les réceptions
d'hôtels où Vivian était Tokyo et moi Buenos Aires.
À présent, nous riions et buvions à l'unisson, mais le
silence n'en fut que plus grand lorsque le père de Vivian
ouvrit la porte et que nous le suivîmes en bas, et je dis
bien en bas, dans l'appartement sombre, que Vivian
nous abandonna sitôt arrivés dans l'entrée pour aller
voir sa mère dans la chambre à coucher, tandis que je
m'enfonçais dans les meubles pesants de la bibliothèque, que son père servait du whisky dans deux verres,
faisait tomber les glaçons avec un fracas du diable avant
de rapprocher enfin sa chaise de moi. « Il était temps
qu'on fasse connaissance, tous les deux », dit-il. « En
effet… », balbutiai-je. Bien qu'il n'y ait presque aucune

lumière dans la pièce, je discernais ses yeux plantés dans les miens, un regard dur, féroce. « Après l'accident, la mère de Vivian a jeté tous les miroirs que nous possédions. Mais, un jour, on a sonné à la porte. Elle a ouvert et elle est tombée nez à nez avec des mouflets. Ils lui tendaient un miroir. Depuis, elle n'est plus jamais sortie. Tu peux comprendre ça, toi, que des enfants puissent être cruels à ce point ? » Je me contentai de secouer la tête. « Toi qui essaies d'écrire un peu, qu'est-ce que tu penses de cette histoire ? » Je baissai les yeux. « C'est une bonne histoire. » Les glaçons tintèrent. « Une bonne histoire ? Serais-tu sentimental, Barnum ? » « J'en doute. » « Dans ce cas, tu devrais savoir que les bonnes histoires n'existent pas. Il n'y a que des histoires vraies et des histoires fausses. » Il but une autre gorgée de whisky avant de lâcher un profond soupir. « Qu'est-ce que Vivian t'a raconté au sujet de l'accident ? » « Ce qu'elle m'a... *raconté* ? » Il se resservit, d'un geste exaspéré, sans pour autant m'en proposer, même si mon verre à moi aussi était vide. « Elle t'a quand même raconté comment ça s'était passé ? » Je jetai un coup d'œil vers la porte restée entrouverte. Vivian ne venait pas. Elle ne viendrait pas avant que cette conversation soit terminée. « Elle n'était même pas née », répondis-je en regrettant aussitôt ma remarque. Il se pencha vers moi, j'entrevis son rictus acide. « Tout le monde a sa propre version, Barnum. Ce que untel a entendu. Ce que untel a rêvé. Tu le sais, ça ? » Je m'enfonçai un peu plus dans le fauteuil. « Elle a simplement dit que vous avez perdu le contrôle du véhicule dans un virage et que vous êtes allé au fossé. » Il soupira. « Personne ne perd le contrôle d'une Chevrolet Deluxe, Barnum. » Il leva les mains, comme s'il tenait un volant. « Une autre voiture venait dans le même virage, en sens inverse, chuchota-t-il. Une Buick décapotable. Elle roulait beaucoup trop vite. Elle mordait sur ma voie. J'ai dû me rabattre sur le bas-côté. » Ses mains décrivirent un mouvement giratoire et son pied pila sur le plancher. Puis il laissa ces mêmes mains retomber lourdement sur ses genoux.

« Voilà comment ça s'est passé. J'ai évité une collision et j'ai détruit ma famille. » Il leva lentement son verre. Est-ce que nous nous connaissions mieux à présent ? Savais-je qui il était ? J'avais envie de boire davantage mais n'osais pas tendre le bras vers la bouteille. « L'autre voiture ne s'est pas arrêtée ? » demandai-je. Il secoua la tête, sa voix était soudain méconnaissable, son phrasé se rebellait, quelque chose en lui se brisait. « Ce porc immonde s'est contenté de poursuivre son chemin. » Et au même moment on sonna. Je sentis ce coup au cœur, cette déchirure, si douloureuse que c'en devenait jouissif. Peut-être s'agissait-il de Peder. Je tendis l'oreille. J'entendis quelqu'un ouvrir, Vivian sans doute. À l'heure qu'il était, Vivian et Peder étaient certainement en train de s'enlacer et je voulais être auprès d'eux, être avec eux dans leur étreinte. Le père de Vivian demeura assis. Il posa une main sur mon genou. J'aurais aimé qu'il la retire. « Et voilà… Maintenant tu sais tout. » Il avait retrouvé sa voix habituelle, sans modulation, un trait rauque dans la bouche. « Tout ? » « La vérité, Barnum… » J'eus soudain la très nette impression d'entendre Peder, loin, très loin, quelque part dans le passé, à mille lieues d'ici, et en même temps si proche : *Peut-être. Peut-être pas.* Il se leva. « Nous n'en parlons jamais. Jamais. » On frappa avec précaution à la porte, qui s'ouvrit tout aussi doucement. Une vieille femme aux cheveux gris, vêtue d'un corsage noir et d'un tablier blanc, se glissa à l'intérieur ; elle fit une révérence. « La personne est arrivée, monsieur Wie. » Elle rejoignit l'obscurité d'un même geste furtif. Je suivis M. Wie au salon où attendait la personne en question. Qui n'était autre que maman. Elle s'était mise sur son trente et un. Elle semblait désemparée. Le père de Vivian pressa sa main entre les siennes. « Personne ne s'occupe de vous ? J'en suis profondément désolé. Mais voyez-vous, Barnum et moi discutons du sens de la vie et en avons oublié la notion du temps comme des lieux. » « Oh… Ça n'a pas d'importance », murmura-t-elle. « Merci d'être venue alors que vous avez été

prévenue si tardivement. » « C'est plutôt à moi de vous
remercier. Et si nous nous tutoyions ? » Après un hochement de tête, il relâcha sa main. « Je vais aller chercher
mes filles. » Il partit d'un pas rapide dans l'entrée. Je me
tournai vers maman. « Pourquoi tu n'as pas appelé ? On
serait venu ensemble… » « Parce que j'ai été invitée il
y a dix minutes. Vous étiez déjà partis. » « Boletta n'a
pas été invitée ? » « Boletta est fatiguée. Tu as bu,
Barnum ? » La vieille dame, l'aide de maison, se
retrouva d'un seul coup devant nous, un plateau à la
main ; j'eus le temps de boire un Martini sec avant
qu'elle ne disparaisse de nouveau. « Non », répondis-je.
Maman soupira puis jeta un regard circulaire dans la
pièce. « Je ne comprends pas qu'ils supportent de vivre
dans un endroit aussi sombre. » « N'est-ce pas ? Ils ne
supportent pas la lumière du jour. » « Oh ! Tais-toi
donc ! » Je songeai à ce qu'il m'avait raconté, l'accident, ce qu'il appelait la vérité. Était-ce pour cette raison
qu'il nous avait invités, pour découvrir l'identité du coupable ? Maman ne devait en aucun cas prononcer un mot
à propos de la Buick. J'avais trop bu et je sentais tout en
même temps, pour la première fois, que c'était loin
d'être suffisant. « Qu'est-ce qu'ils nous veulent,
bordel ? » « Ils veulent être agréables, Barnum. Nous
formons presque une famille maintenant. » Je pouffai de
rire. « Presque ? » Elle me pinça le bras. « Reprends-
toi, Barnum ! » Sur ce, M. Wie revint. Suivi de Vivian.
Son visage, bien que crispé, rayonna immédiatement en
découvrant maman. Elle l'embrassa sur la joue. « Merci,
Vera. » Maman leva sa main pour toucher la bague.
« Elle te va bien. » Me toisant avec la même bouche
boudeuse, le père de Vivian passait un doigt frénétique
sur ses lèvres. Je n'avais pas confiance en lui. Il
détourna enfin les yeux et les posa sur Vivian. « Tu as
terminé avec Annie ? » Elle acquiesça, il sourit. « Parfait. Dans ce cas nous allons pouvoir passer à table. » Il
fit coulisser les portes blanches donnant sur la salle à
manger. Elle était assise au fond de la pièce, au bout de
la table, dans l'ombre derrière les candélabres, le regard

dirigé droit vers nous. Vivian avait fait du bon travail. Le visage était lisse, les traits purs et apparents ; une divine proportion. Elle ressemblait à une photographie encadrée par l'obscurité. Néanmoins, quand je dus m'asseoir à côté d'elle, je remarquai clairement, sous le maquillage, sous ce mastic superbe, son ancien visage sur lequel le temps s'était arrêté du jour où elle avait été propulsée contre le pare-brise de la Chevrolet Deluxe. Le reste n'était qu'un masque qu'elle portait d'ailleurs avec une certaine dignité, sinon un air de défi. La vieille dame nous servit. Je ne garde aucun souvenir de ce que nous avons mangé. Du gibier, à ce qu'il me semble. Je n'avais pas faim. Je buvais. Vivian tenait son couteau et sa fourchette d'une manière cocasse, les poings serrés, comme une enfant mal élevée. Je n'y avais jamais prêté attention. La bague semblait lui serrer le doigt. Obnubilé par nos mains, je ne cessais de les regarder : dix mains, cinquante doigts, aucune ressemblance entre tous, ma propre main, portant le verre à mes lèvres ; ce vin rouge, chaque gorgée comme une rafale chaude dans mon crâne – et brusquement, je suis frappé de constater que ces mains deviennent un motif à part entière dans le Documentaire de Barnum sur la condition humaine, elles s'y imposent, l'investissent ; je suis possédé par cette pensée, dans laquelle apparaissent les mains disloquées, or je n'ai rien pour écrire et je n'ose me lever de table, de crainte que quelque chose d'épouvantable ne survienne pendant mon absence.

Le père de Vivian pose ses couverts pour trinquer avec maman. « J'ai en permanence la sensation que nous nous sommes déjà rencontrés », dit-il. Maman sourit. « En effet, nous nous sommes déjà croisés. À l'avant-première de *La Faim*. » « Non. Je veux dire… il y a très longtemps. » Il repose son verre. J'ai l'impression que nous sommes recouverts d'une membrane, d'une peau de lait refroidi, capable de se percer à n'importe quel moment. « Où est-ce que ça aurait pu arriver ? » demandé-je, d'une voix exagérément forte et ponctuée d'un rire. Mais personne ne m'écoute. Mon

verre est vide. Le père de Vivian regarde par-dessus la
table. « Annie, où avons-nous vu la mère de Barnum ? »
Se retournant vers Vivian pour lui parler, elle adapte le
ton de sa voix sur son mouvement d'une infinie lenteur.
« Vous n'avez pas l'intention de vous marier pour de
vrai ? » Vivian respire profondément. « Pour de vrai ?
C'est-à-dire ? » « Tu le sais très bien, Vivian. À l'église
bien sûr. » Vivian pose son regard sur moi. « Barnum et
moi sommes arrivés à la conclusion que Dieu n'existe
pas. Voilà pourquoi nous avons préféré que le fabricant
de plaques célèbre notre union. » Sa mère sourit. Elle se
tourne vers moi, me regarde, son maquillage craquelle
ici et là. « Et moi qui ai toujours cru que ce serait Peder
et Vivian… », dit-elle. Vivian recule sa chaise. « Ah
oui ? Et pourquoi, maman ? » « Parce que vous alliez si
bien ensemble, ma chérie. » Le père de Vivian se penche
soudain vers maman, comme s'il venait de trouver une
piste qu'il est hors de question pour lui de lâcher, les
fragments d'un rêve au sortir d'une nuit agitée. « Quel
métier exerçait ton mari ? » Maman hésite une seconde.
« Il était clown et camelot. » Un long silence s'abat sur
nous ; seuls résonnent le glissement de nos mains, le cliquetis des couverts, le bruit de la nourriture que nous
mâchons. Puis il revient à la charge : « Vous n'avez pas
eu un second fils tous les deux ? Qui a disparu ? »
Vivian plonge les yeux dans son assiette et chuchote une
quelconque phrase inaudible. Maman se redresse dans
sa chaise. « Il n'a pas disparu. Il traîne dehors… tout
bonnement », articule-t-elle en détachant tous les mots
– et je prends conscience avec stupeur que ce dialogue
ne cesse de nous propulser en arrière, de désigner ce qui
est derrière nous, aucune des paroles prononcées à cette
table ne pousse l'histoire en avant ; cette conversation
ressemble à une eau étale. Ici, dans cette pièce, dans
cette salle à manger, ne figure que le passé, et même lui,
nous ne parvenons pas à mettre des mots dessus. Soudain, la mère de Vivian pose une main sur le bras de sa
fille, un geste guidé par l'ivresse, tandis que le maquillage glisse des alentours de la bouche et qu'apparaît une

cicatrice, un trait oblique, bosselé, qui lui barre le visage en travers, comme si celui-ci était fabriqué à partir de segments disparates, disgracieux, qui jurent entre eux. « Avez-vous l'intention d'avoir des enfants ? » veut-elle savoir. Vivian retire son bras. La main de sa mère est abandonnée sur la table, seule et tremblante au milieu des verres, des assiettes, des couverts ; à la voir on croirait qu'elle respire. Puis elle se dérobe à son tour et la nappe n'en conserve qu'une empreinte, une ombre dans tout ce blanc. « Non, fait Vivian, catégorique. Je ne veux infliger ça à personne. » « Infliger quoi à qui ? » demande sa mère à mi-voix. « Au fait d'être un enfant, maman. » Sur ce, Vivian se lève et quitte la salle à manger. Elle laisse derrière elle un silence pesant. Maman me donne un coup de pied sous la table. Je pars rejoindre Vivian que je retrouve assise sur son lit, dans son ancienne chambre où tout est à la même place, à l'exception de la photo de Lauren Bacall, dont il ne subsiste sur la tapisserie qu'un carré foncé, comme un négatif. Je love ma tête dans ses genoux. « Tu aurais pu répondre que si... » « Et pourquoi ? » « Parce que si est plus court que non, Vivian. » « Erreur, Barnum. Non est toujours plus court que si. Et tu devrais le savoir. » Je l'embrasse. « On retourne les voir ou on retourne à la maison ? » « À ton avis ? » « L'idée de les savoir seuls ne me plaît pas plus que ça. » Vivian se lève. « On joue le couple heureux ? » demande-t-elle. « Tu ne l'es pas ? Heureuse, je veux dire... » Vivian sourit et dit : « Pas ici. »

Ce sera d'ailleurs la dernière fois que nous irons dîner chez les parents de Vivian. Maman prend un taxi pour rentrer retrouver Boletta. Vivian a envie de marcher. Nous nous arrêtons devant chez Peder. Bien que le rez-de-chaussée soit éclairé, nous ne distinguons personne à l'intérieur. « Toi aussi tu croyais que ça se concrétiserait entre Peder et toi ? » lui demandé-je. Elle attend un peu avant de me répondre. « Non. Je croyais que ça se concrétiserait entre Peder et toi. » Nous remontons par la Tidemandsgate – et je veux nous voir, en une seule prise, traverser les saisons : c'est l'automne quand nous tournons à l'angle de la rue et que les lumières s'éteignent chez Peder ; à la place Vestkanttorget, l'hiver est déjà arrivé ; le printemps s'approche au moment où nous atteignons Bislet, et l'été bat son plein une fois à Bolteløkka ; encore un été, j'ouvre les fenêtres pour aérer, je prends un chiffon pendant que la voisine jette ses poubelles, je sors sur le palier et brique notre plaque jusqu'à ce qu'elle brille et étincelle : Vivian et Barnum. Je l'entends juste derrière moi. Elle a monté les marches sans bruit. À présent, elle pose ses mains sur mes yeux. Je ris. « Je suis allée chez le docteur », chuchote-t-elle. « Le docteur ? Tu es malade ? » « Non, je suis même en parfaite santé. Barnum. Mais toi, tu dois te faire examiner. » Elle enlève ses mains. Je reste là, immobile, le dos tourné. « Tu es sûre de vouloir des enfants avec moi, Vivian ? »

La demi-obscurité

« Merci beaucoup ! » Le petit garçon poli me dit merci beaucoup quand je lui rends cinquante øre. Il referme les doigts sur la pièce brillante en tenant un sachet de sirop glacé rouge dans l'autre main. « Tu n'as pas besoin de dire "merci beaucoup". » Je lui donne une petite tape amicale sur la tête. Il se rebiffe. « Hein ? » fait-il. « C'est à qui, les sous ? » « À qui ? » « Oui, c'est à qui la pièce de cinquante øre ? » Il serre plus que jamais son poing sur la monnaie. « À moi ! » « Exactement. Et donc tu n'as pas besoin de me dire "merci beaucoup". » Le garçon traverse la rue en courant, s'arrête entre les bouleaux et se retourne. « Débile, va ! » crie-t-il. Debout sur une caisse vide de sodas, je regarde par le guichet. Le monde est très agréable à regarder vu d'ici, de l'intérieur du kiosque d'Esther. C'est moi qui m'en occupe aujourd'hui, avec maman. Juste avant l'été, Esther a eu une attaque qui lui a fait oublier le prix du sucre candi, combien d'øre il y a dans une couronne, mais aussi quand il faut éteindre la plaque électrique. En revanche, elle se souvient de tout ce qui s'est passé entre 1945 et 1972 : le temps qu'il a fait, les compétitions sportives nationales, les élections parlementaires, les courses de Holmenkollen, le premier homme sur la Lune, quelles mélodies ont été le plus souvent diffusées à son émission de radio favorite. Elle partage une chambre à la maison de soins Prins Augusts Minde dans la Storgate, ne sait plus comment elle s'appelle, mais elle a un almanach entier dans la tête. L'automne est arrivé. À l'aide de petites pinces à linge, j'ai accroché les nouveaux magazines à une corde contre

la vitrine. Les sachets de sirop glacé rouge attendent dans
le congélateur, les cocas dans le Frigidaire et les saucisses sont décidément ce que j'aime le moins. Les saucisses sont une plaie. Elles marinent toute la journée dans
leur eau tiédasse jusqu'à être grises et ratatinées et bonnes
à refourguer en nourriture pour chiens. Je vais arrêter les
saucisses. Je veux un kiosque avec des marchandises
sèches : magazines, cigarettes, sucre candi. Mais maman
refuse d'entendre parler de transformations, elle veut
continuer là où Esther s'est arrêtée. À l'échoppe de la
Sørkedalsveien, ils se sont mis à la salade de crevettes et
aux oignons rissolés, mais je n'ai nullement l'intention de
me frotter à cette concurrence ; qu'ils continuent leurs
cochonneries dans leur coin et que grand bien leur fasse.
J'ai du reste une jolie vue plongeante sur la Petite Ville.
Une classe s'y trouve en ce moment même pour recevoir
d'un agent de police une leçon en bonne et due forme sur
les règles du code de la route. Ils l'écoutent, en rangs
serrés, parler très certainement des phares de vélo et des
réflecteurs puisque les longues et sombres soirées d'hiver
ne vont pas tarder à nous tomber dessus et qu'il s'agit,
dès lors, d'être visible. Et quand je les regarde, ces
gamins, le sérieux gravé sur leur visage, leurs traits ina-
chevés, j'ai comme l'impression de pouvoir toucher le
temps, de le sentir palpiter. Je le consigne dans mon petit
cahier. *Le temps. Comment montrer, d'une manière inédite, que le temps passe. Si c'était possible, on pourrait
alors, par exemple, planter une caméra devant un être
humain cinquante années durant, et filmer les modifica-
tions sur son visage. Titre éventuel : L'Écho.*

Puis l'heure s'achève. Les enfants traversent la rue en
courant et l'agent de police reste seul dans le petit passage piétons, désabusé ; il peut d'ores et déjà constater
qu'ils n'ont strictement rien appris ou ont déjà tout
oublié ; aucun ne fait attention, aucun ne regarde, ils fon-
cent en travers de la route pour arriver les premiers au
kiosque de Barnum. Une longue file d'attente ne tarde
pas à se former devant le guichet. Je me penche à

l'extérieur, je les regarde de haut et ils lèvent les yeux vers moi. Ils ne sont pas censés savoir que je suis debout sur une caisse de sodas. « Qu'est-ce que ce sera ? » Le premier dans la queue, un garçon potelé avec la frange dans les yeux, pose un billet de cinq sur le bord. « Une saucisse. Dans une galette de pommes de terre. » Je soupire. « Tu es sûr ? » Il me regarde, troublé. « Une saucisse. Dans une galette de pommes de terre », répète-t-il. Je cale le bout de viande blafarde entre la patate râpée, arrose le tout de ketchup et de moutarde et lui pose le cadavre dans la main. Je lui rends quatre couronnes, cette barbaque ne vaut guère davantage. Le garçon dodu croit que je me suis trompé en lui rendant la monnaie, que je lui en ai trop donné, il ne dit pas « merci beaucoup », mais bien au contraire descend la rue à toute allure en enfournant la saucisse dans sa bouche. « Tu pourrais au moins me remercier ! » Mais il n'entend pas et déjà se présente le client suivant, une fillette maigrichonne, un cartable beaucoup trop volumineux sur le dos qui la ferait presque tomber à la renverse. « Qu'est-ce que je peux avoir pour 5 øre ? » Je réfléchis. « Du sucre candi. » « C'est quoi ? » « C'est bon. » Je glisse dans un sachet un gros morceau de sucre candi avant de lui rendre sa petite pièce. « J'avais presque oublié que le sucre candi est gratuit quand on le partage avec des camarades. » Elle lève des yeux étonnés vers moi et continue, seule, son chemin en direction de Majorstuen. Les derniers dans la file sont deux garçons chargés d'une commission qui les laisse bien perplexes. Ils jettent des regards effarouchés de part et d'autre et n'osent pas desserrer les dents tant que le champ n'est pas libre et dépourvu de tout individu à dix kilomètres à la ronde au minimum. Je comprends très vite ce qu'ils veulent. Je les laisse transpirer encore un peu. L'un des deux, sur la pointe des pieds, avance la tête devant le guichet. « *Cocktail* », dit-il tout à trac, à toute allure, à peine s'il n'avale pas les mots avant de les avoir prononcés. « Pardon ? » Le second lui flanque un coup de pied dans les guiboles, obligeant le pauvre petit à revenir à la charge. « *Cocktail* », répète-t-il, plus distinctement à présent, des gouttes de sueur perlent sur son front encore libre d'inquiétudes existentielles. « Tu parles bien de *Cocktail*, le magazine pour messieurs ? » Tous les deux hochent énergiquement la tête, le regard aux abois, comme si une mère pouvait surgir à n'importe quel moment et les prendre la main dans le sac. Qui aurait imaginé que ce genre de lecture était disponible dans le stock que la vieille Esther m'a laissé ? Et pourtant si. Toute une pile de *Cocktail*, publiés dans les années soixante, était rangée dans un carton, sous l'étagère des chocolats. Je m'étais longtemps interrogé à savoir qui pouvait bien acheter *Cocktail* dans le kiosque d'Esther, et, puisque ce n'était pas moi, j'en étais venu à la conclusion qu'il s'agissait vraisemblablement du concierge Bang. Je prends tout mon temps pour ouvrir le carton, tandis que le cœur des garçons gronde comme une dynamo. Je choisis le numéro 13 de 1967, celui avec une femme frisottée accroupie sur une couverture, au pied d'un arbre. Il constitue un bon début pour ces jeunes gens. Ils ont déjà posé un billet de dix sur le guichet. Je le leur rends, leur donne une petite tape sur la tête en leur ébouriffant les cheveux à tous les deux. « Vous n'avez pas besoin de payer pour des vieilles dames. » J'enroule le magazine que j'attache avec un élastique, je tends le paquet comme si c'était un bâton de relais aux garçons ivres de bonheur qui détalent aussitôt, établissant ainsi un nouveau record sur l'ultime étape de la course le long de la Kirkeveien cet automne-là.

Ça suffira pour aujourd'hui. Je ferme le guichet, déroule le petit rideau et m'installe enfin dans la chaise de camping que j'ai héritée d'Esther. Je peux, de cette manière, m'octroyer une paix royale pour écrire un peu tout en sirotant une bière. Le kiosque ne devrait-il pas constituer le point de départ à proprement parler d'un scénario ? Partant, je pourrais aussi montrer le temps, vu depuis le guichet du kiosque d'Esther, sous le porche donnant sur la Kirkeveien : les clients qui changent d'année en année, les coiffures, les marchandises, les voitures qui passent, l'argent, l'éclairage des rues, le temps et le lieu, le temps observé depuis le lieu, et surtout le lieu observé à travers le temps. Titre possible : *Le Kiosque de Barnum*. Je sens cette chaleur caractéristique dans les épaules, comme une fièvre apaisante, le bonheur de savoir intimement qu'on touche au but. Pourtant, je n'ai pas aujourd'hui la tranquillité d'esprit suffisante pour achever cette pensée. J'ai en effet dans ma poche une lettre que je n'ai pas encore ouverte. Je ne peux décemment pas attendre plus longtemps. Vivian ne va pas manquer de m'interroger et là, je serai bien obligé de répondre. La lettre émane du docteur Lund. *Barnum Nilsen. Vous pouvez vous présenter au laboratoire III de l'Hôpital Royal le jeudi 12 septembre à 13 heures. Vous êtes prié de vous munir d'un échantillon de sperme recueilli au plus tard dans les trois heures précédant votre rendez-vous. Il est impératif que le dernier rapport sexuel ou la dernière éjaculation soient antérieurs à cinq jours.* L'enveloppe volumineuse contient également un réceptacle en plastique transparent, pourvu d'un couvercle. Jeudi tombe demain et le dernier rapport sexuel remonte à la nuit de la Saint-Jean. Il pleuvait ce soir-là, les feux ne prenaient pas. Je vide ma bouteille, suce deux ou trois pastilles et décide de passer voir maman. Je ne lui ai pas rendu visite depuis un petit moment déjà. Toute à sa joie de me voir, elle me prend dans ses bras. Boletta dort sur le divan du salon. « Comment va-t-elle ? » « Elle rêve… », chuchote maman. Nous partons à la cuisine. Je m'arrête un instant à la porte de notre chambre. Le lit de Fred est fait. Ça fait longtemps qu'il est prêt. Maman change les draps deux fois par mois. « Tu veux un café ? » demande-t-elle. « Tu n'aurais pas une bière, plutôt ? » Elle soupire, le dos tourné. « Il est juste trois heures passé, Barnum… » Je m'assieds à la table de la cuisine. « Tu veux que je t'annonce une bonne nouvelle, maman ? » Elle se retourne brusquement. Sa voix peine à franchir la barrière de ses lèvres. « C'est Fred ? Tu as

eu de ses nouvelles ? » Un silence se pose dans ma tête.
Je souris. « Non. Mais Vivian et moi allons avoir un
enfant. » Elle m'observe longuement. Comme si elle
devait régler son visage sur une autre vitesse. « Ça alors,
Barnum ! » finit-elle par s'exclamer avant de passer une
main dans mes boucles puis de déposer un baiser sur mon
front. Je me penche en arrière. Elle rit. « Certes je n'ai pas
de bière. En revanche, je peux nous trouver du champagne. » Et de tirer du fond du réfrigérateur une bouteille verte que je débouchonne en silence pour ne pas
réveiller Boletta. Le pétillement sympathique ne dépare
pas les flûtes à champagne. Nous trinquons. Nous
sommes un mercredi de septembre et nous buvons du
champagne à la table de la cuisine. Maman me prend la
main. « Quand ? » demande-t-elle. « Quand quoi ? »
« Quand est-ce que vous allez avoir cet enfant ? » « Le
plus vite possible. » « Pardon ? » « Nous avons seulement décidé d'en avoir un, maman. » Elle retire aussitôt
son bras et repousse la bouteille dans un même mouvement. « Pourquoi tu m'annonces ça alors, hein ? » murmure-t-elle. « Que je t'annonce quoi ? » « Que vous allez
avoir un enfant ? C'est juste pour que je te serve quelque
chose à boire, c'est ça ? » Et puis je ne sais pas ce qui me
prend, mais une rage soudaine m'envahit. « En tout cas,
notre enfant aura un père, lui », dis-je en hurlant presque.
Maman ne détourne pas les yeux. C'est moi qui en fin de
compte baisse les miens. « Tu aurais mieux fait de te
taire. » Je secoue la tête, en essayant de faire passer mon
geste pour un mouvement de colère légitime. En vain.
« Excuse-moi. » Je lève la tête. Ses pupilles brillent d'un
seul coup d'une lueur noire – et je me rends compte, sans
doute pour la première fois et sans nul doute aussi à cause
de cette expression, cette empreinte sur son visage,
combien Fred ressemble à notre mère. Elle reprend ma
main dans la sienne. « N'en parlons plus, Barnum. »
« Si ! Moi je veux en parler ! » « Mais de quoi ? » « Tu te
rappelles le jour où Fred et moi sommes allés chercher Boletta au Pôle Nord ? » Elle sourit. Je remplis nos

verres. « Qui pourrait l'avoir oublié ? Nous vous croyions morts. » « Est-ce que c'était avec ton père qu'elle buvait ? » Elle se retranche dans un long silence soucieux qu'elle finit par rompre. « Je t'ai dit que je ne voulais pas en parler. » Je me lève en emportant la bouteille avec moi jusqu'à la fenêtre. Le long du local à poubelles, les parterres ont presque refleuri. L'escalier principal est envahi de mauvaises herbes. La vigne vierge prend des colorations rougeâtres, comme si des veines poussaient sur les briques. Je hausse les épaules. « D'accord. N'en parlons plus. » Maman se lève à son tour. « C'est le choix de Boletta », précise-t-elle à voix basse. « Pourquoi ? » « Parce qu'elle voulait me garder, Barnum. » J'ai beau entendre sa phrase, je ne la comprends pas. « Qu'est-ce que tu veux dire ? » « Elle ne voulait pas d'un homme qui disparaisse. » « Comme La Vieille, c'est ça ? Elle avait rencontré un marin ? » « Je l'ignore, Barnum. Et je ne veux pas le savoir non plus. » « Je me suis toujours figuré que notre grand-père était conducteur de tramways. Qu'il prenait soin de moi chaque fois que je partais de Majorstuen en tramway. » Puis une idée me passe par la tête et, lentement mais sûrement, je me mets à rire, de plus en plus fort. « Qu'est-ce qu'il y a encore ? » demande maman, agacée. « Fleming Brant », chuchoté-je. « Qu'est-ce qu'il a, lui ? » « C'est peut-être lui l'homme de Boletta. » « Oh, je t'en prie, Barnum ! » « Mais si ! Le monteur est ton père ! C'est évident ! » Maman me flanque une gifle puis pose cette même main sur mon épaule. « Hier, je suis allée à la police. Pour demander s'ils avaient des nouvelles de Fred. » Je ferme les yeux. « Et ? » « Ils m'ont dit qu'être porté disparu n'était pas un délit. » Au même moment, j'aperçois trois hommes en costume sortir du hall d'entrée près du porche. Ils sont suivis par le concierge Bang, lui aussi en costume, le même qu'il portait toujours pour les enterrements. Ils s'arrêtent sur les marches de notre escalier. Bang désigne un point du bout de sa canne et tous lèvent les yeux vers le toit. « Qu'est-ce qui se passe ? » Maman jette un œil par-dessus mon épaule. « Apparemment, explique-t-elle, il est question de transformer le grenier en appartements. » « Franchement, qui aurait l'idée d'aller crécher là-haut ? » Elle me prend la bouteille des mains qu'elle va ranger dans le réfrigérateur. « Pourquoi pas Vivian et toi... Et l'enfant », enchaîne-t-elle. Et moi de rétorquer à voix basse : « Ou Fred... »

Je revins au kiosque avant que Boletta ne se réveille. Elle était devenue un oiseau de nuit. Elle ne dormait plus que le jour. Je me rassis dans mon fauteuil de camping et, laissant le rideau tiré, me décapsulai une bière. Aux *lieux* de mon carnet j'ajoutai : *le grenier*. Que devient un lieu quand il n'existe plus, quand il est démoli, nivelé à ras du sol ? Le lieu n'est-il alors qu'un point sur une carte ancienne et inutilisable ? Or je ne parvins pas à soulever cette pensée. Je demeurai suspendu en plein saut. Non seulement j'étais dépourvu de hauteur, mais je manquais aussi de longueur. Je me rabattis sur une barre de chocolat. Après quoi je m'emparai de quelques-uns des *Cocktail* défraîchis remontant au Moyen Âge d'Esther. Je feuilletai distraitement les pages recouvertes de photos de femmes énergiques, devenues un peu pâlottes avec le temps, timides aussi ; on aurait cru qu'elles étaient sur le point de s'assoupir, voire d'éclater en sanglots, assises comme elles étaient sur le bord de la baignoire, de la mousse entre les seins. Et dire que je m'étais traîné jusqu'à la Frognerveien rien que pour acheter *Cocktail*... Et brusquement, une autre idée s'imposa à moi tandis que je consultais ces archives interdites : pourquoi ne pas écrire une histoire pour ce magazine, après tout, qui sait si je n'allais pas pouvoir gratter une petite centaine de couronnes ? Si je retirais certains détails, brodais sur d'autres, je pourrais éventuellement utiliser l'incident du parc de Frogner, quand Vivian s'était empalée sur moi. Ce pourrait être, mettons, une douce nuit d'été, et non un automne humide, avec une lumière chatoyante et immobile entre les arbres. Je m'imaginais Vivian en

femme esseulée, la trentaine, issue de la haute bour-
geoisie, en train de faire un tour à cheval, et moi en jardi-
nier, pauvre mais génial, qui couperait le gazon près du
Pavillon ; et, avec la même frénésie, elle se serait jetée
sur moi, m'aurait plaqué à terre puis m'aurait embrassé à
pleine bouche, d'un geste goulu mais non moins déterminé. Mais au fond, pourquoi ne pas écrire une comédie
pornographique pendant que j'y étais ? Je n'en avais
jamais entendu parler. À la réflexion toutefois, je me dis
que ce n'était pas si étonnant. Le rire et la pornographie
ne sont-ils pas irréconciliables ? Le romantisme prête à
rire, alors que la pornographie n'est que silence et pul-
sions, car du reste, qui peut bien être excité par un
homme amusant ? Ça aussi, je le notai.

Soudain, j'entendis frapper contre la petite porte donnant sur le porche, à l'arrière du kiosque. Je n'eus pas le
temps de me lever. Ils entrèrent, à trois, et se carrèrent
autour de la chaise de camping. L'un d'eux prit une bouteille de coca dans l'armoire et me la fracassa sur le front.
« Tu tripotes mon frère maintenant ? » Je ne les avais
jamais vus. Je savais juste qu'ils faisaient partie de la
famille des persécuteurs. Il y a toujours un persécuteur
pour assurer la descendance. Et voilà, ils faisaient leur
grand retour. Je sentis un bras enserrer ma gorge, plier
mon cou en arrière. Celui qui venait de parler me flanqua
un coup à l'entrejambe. « Tu tripotes mon frère ? » hurla-
t-il. J'entendis un craquement, comme quelque chose qui
se disloque. Le bruit me parvint d'abord, puis la douleur,
et, dans cet intervalle blanc, entre l'éclatement et la souffrance, aiguë au point de dégueuler, je pouvais tranquillement tomber dans les pommes voire plus loin si je
voulais. Est-ce qu'il faisait allusion aux gosses à qui
j'avais donné un numéro de *Cocktail* et dont j'avais
ensuite tapoté la tête ? J'eus beau essayer de parler, ma
voix s'était volatilisée. Je me souviens simplement
m'être retrouvé allongé par terre, avec sur la nuque le
pied de l'un d'eux et cette même voix qui vociférait :
« Sales pédés de merde ! Et çui-là qu'est là à se

branler ! » Je n'arrivais plus à respirer. J'attendais. Je ne pouvais rien faire d'autre. Attendre que ça passe. Est-ce qu'ils parlaient de moi dans ces termes : le pédé court sur pattes dans son kiosque, qui refilait des bonbons gratos et tripotait les clients ? Était-ce la rumeur qui courait sur moi ? J'aurais pu appeler l'agent de police dans La Petite Ville. J'aurais pu appeler Fred. Mais le policier était rentré chez lui et personne ne savait où Fred était fourré. J'eus le temps de penser que jamais je n'avais été aussi seul. La lame d'un couteau réfractait la lumière. Ils arrachèrent ma ceinture pour me lacérer la figure. La boucle se coinça à ma paupière, comme un crochet, le sang dégoulina à l'intérieur de ma bouche. Peut-être est-ce la vue de tout ce sang qui les effraya. Toujours est-il qu'ils déguerpirent, non sans défoncer la caisse que j'utilisais comme repose-pieds et déverser sur moi l'eau des saucisses. Puis je fus plongé dans le noir et dans le silence.

Quand je repris connaissance, je ne voyais plus que d'un œil. Je réussis à me relever. J'avais une chemise de rechange suspendue à la porte dans le cas où je me tachais avec du ketchup ou de la moutarde. Je me changeai. Rangeai un peu. Balançai les saucisses et tous les numéros de *Cocktail* à la poubelle, sous le porche. Puis je descendis au Beauty Salon de la Jacob Aalls gate, où Vivian travaillait. J'avais pour habitude d'y passer faire un tour à la fin de ma journée. J'aimais bien la voir en plein travail, lorsqu'elle prenait soin des femmes fatiguées de Majorstuen et Fagerborg, gommait les rides et relevait le visage le temps d'un triomphe éphémère, cette vanité impassible seulement interrompue par de brefs apartés, sur la nouvelle coiffure des speakerines par exemple, ou sur la crème de nuit importée de Paris, capable de réveiller les morts. Les clientes revenaient toujours voir Vivian. Elles étaient dépendantes d'elle. Car c'était une magicienne. Elle travaillait en ce moment sur le cou d'une vieille dame, déposait des ombres sur la peau flapie – et je pensai, avec un certain vague à l'âme, que toute beauté est en fin de compte un mirage. Vivian finit par me repérer dans le miroir. Elle posa ses instruments et s'approcha du fauteuil où je m'étais installé. « Mon Dieu ! Quelle tête tu as ! » chuchota-t-elle. « J'ai été agressé. » Elle se pencha sur moi. « Il faut que tu ailles chez le docteur, Barnum. » « Tu n'as qu'à colmater les dégâts. » « Attends-moi dans l'arrière-boutique. » « J'effraie la cliente ? » « Oui ! » J'allai dans l'arrière-boutique. L'odeur du maquillage et des crèmes était anesthésiante. Je m'assoupis. Vivian me réveilla. C'était mon tour. L'institut de beauté était fermé. Je pus enfin m'asseoir devant la glace, dans le fauteuil mou. Je ne reconnaissais pas mon visage. J'étais un étranger. Vivian essuya le sang avec un coton. « Tu as vraiment été agressé ? » « Ils n'ont pas pris beaucoup de choses. » « Mais tu vas porter plainte, quand même ? » « C'étaient juste des gamins, Vivian. Je n'ai pas envie de leur gâcher l'existence. » Elle soupira. « Tu es trop gentil. » Je ris. « Je suis un petit commerçant minable. » J'aimais qu'elle prenne soin de moi. J'aimais ces mains à la fois douces et décidées. « Devine », dis-je. « Quoi ? » « Le grenier, chez ma mère, il va être réaménagé. On pourrait peut-être prendre un appartement là-bas. » « Tu en as envie ? » « Tu ne comptes tout de même pas vivre dans un studio avec un enfant ? » Elle me regarda dans la glace. « Tu crois vraiment qu'on va arriver à faire un enfant ? » « Je vais à l'hôpital demain. » « C'est bien, Barnum. » Elle continua de réparer les dégâts sur mon visage. Elle pansa les plaies et posa un sparadrap sur la paupière. « Un peu de rouge à joue aussi, s'il te plaît », demandai-je poliment – et voilà comment je me récoltai cet œil, qui troublera les gens comme il les énervera, les nerfs de la paupière gauche étant détruits, je ne la sentirai plus, et il arrivera par conséquent qu'elle se ferme d'elle-même, auquel cas elle sera impossible à relever, certains auront alors l'impression d'un clin d'œil rapide, d'aucuns croiront que je suis déjà bourré, sur le point de m'endormir, d'autres me trouveront purement et simplement malotru et arrogant ; mon visage prendra une expression tordue, un air sournois, avec un côté fermé et un autre ouvert, les muscles circulaires de l'œil ne fonctionneront plus et on dira de moi que j'ai une figure à mi-chemin.

La commedia divina de Barnum

Il pleuvait. Je n'avais jamais vu autant de pluie. Un mur d'eau, tapissé de feuillage, tombait en oblique d'un ciel lourd et bas. Je tirai les rideaux et retournai me coucher. Le petit pot transparent que l'Hôpital Royal m'avait envoyé était une invention calamiteuse. Je devais m'allonger sur le côté et viser, d'une manière particulièrement inconfortable, alors même que je m'escrimais à avoir une érection. Il s'agissait là de deux gestes contradictoires qui court-circuitaient la pensée, me rendaient fainéant de l'hypophyse et mou de l'entrejambe. Mes couilles me tiraient. Quand je les prenais dans la main, j'avais l'impression de toucher deux sacs de verre pilé. Vivian sortit de la salle de bains. « Tu y arrives ? » « Je suis en train. » « Je peux t'aider. » « C'est pas de refus. » Qu'est-ce que je pouvais dire d'autre ? J'étais désemparé. S'installant derrière moi, elle me caressa le bas-ventre et me prit la queue. Mais elle était trop violente. Qu'est-ce qu'elle croyait ? Que c'était une grue munie d'un bouton sur lequel il suffisait d'appuyer ? Ma paupière morte s'effondra, calfeutrant ainsi la moitié de moi-même – et une pensée terrifiante m'accabla d'un coup, une image subite qui eut pour conséquence de chasser de mon cerveau le moindre signe d'excitation : la paupière est le prépuce de l'œil. « Doucement », murmurai-je. « Je te fais mal ? » « Un peu. » Vivian s'arrêta aussitôt. Elle s'allongea de l'autre côté et me fit une fellation. Là, je compris combien il était capital pour elle que je réussisse à remplir le pot de ce liquide gris clair, visqueux et alcalin. Elle ne m'avait jamais fait de fellation, et je ne le lui avais pas demandé non plus. J'étais si surpris que je bandai immédiatement. Ma queue était dure et raide entre les fines lèvres de Vivian. Maintenant, ce n'était qu'une question de temps. La pluie ne cessait pas. Le bruit de ces trombes d'eau nous entourait, comme si nous vivions sur une île encerclée par un fleuve en crue. Je gémis. « Oui… » Elle s'écarta. Je me contorsionnai au-dessus du récipient que je remplis le mieux possible. Vivian se tenait déjà prête avec une serviette en papier. Elle essuya ce qui avait giclé à côté et referma le couvercle. Puis elle alla à la salle de bains où je l'entendis vomir. Il fallait déposer le flacon au laboratoire de l'hôpital dans les trois heures, afin que mes cristaux de sperme puissent être soit agréés avant d'entamer leur long voyage vers l'œuf de Vivian, soit balancés dans le premier lavabo venu. Je regardai ma montre. Il était dix heures. Vivian revint s'asseoir à côté de moi. « Tu veux que je t'accompagne ? » Je lui pris la main. « Ce n'est pas la peine, je te remercie. » « Fais bien attention à la marchandise, alors… » Voilà comment nous nous parlions. Nous employions ce terme, *marchandise*. Un froid avait figé notre langage. Nous mesurions notre relation en températures. Nous comptions les jours entre chaque période de règles et faisions des croix sur le calendrier. Et moi je délivrais la marchandise. Ceci dit, ça faisait déjà un petit bout de temps que je n'avais plus fait de livraison dans sa boutique. Voici donc comment nous nous parlions. « Je vais prendre un taxi jusqu'au laboratoire. » Elle déposa un baiser furtif sur mon front, attrapa un parapluie et fila au Beauty Salon. Je restai au lit. J'entendis ses pas dans l'escalier. J'entendis la pluie et le vent. Le pot était à portée de main, avec son glaviot gris collé dans le fond, ma marchandise, susceptible de devenir un demi-être humain, une matrice incomplète. Je pris une douche, enfilai des vêtements propres, fumai une cigarette, et je téléphonai à la centrale de taxis. Personne ne décrocha. Pour finir, la sonnerie s'arrêta d'elle-même. J'appelai la station de Sankthanshaugen. Occupée. À défaut, je me rabattis sur celle de Majorstuen. Idem. Je retéléphonai à la centrale. Au bout d'une bonne douzaine de minutes, je fus mis en relation avec un répondeur automatique. Nous devons faire face à une circulation dense. Essayez plutôt l'une de nos douze stations. J'en essayai deux. Et j'en essayai une troisième, Bislet. Bislet était occupée comme les autres. Je commençais à être en retard. Je sautai sur mon imper, fourrai le récipient dans la poche intérieure et courus jusqu'à Sankthanshaugen. Il n'y avait pas l'ombre d'une voiture. Le téléphone n'arrêtait pas de sonner dans la borne verte. La pluie tombait de tous côtés. Comme je m'apprêtais à descendre vers le centre, par l'Ullevåls-veien, après le kiosque, j'entendis mon prénom. Je m'immobilisai, regardai autour de moi. Il était assis sur le banc, près de l'étang. « Barnum ! » cria-t-il pour la deuxième fois, en me faisant un signe de la main. Je me dirigeai vers lui. Je n'en avais pas la moindre envie, mais je le fis quand même. C'était mon ancien persécuteur, Hamster. Je constatai combien les bruits que j'avais entendus circuler à son sujet étaient vrais. À présent, c'était lui qui se retrouvait persécuté et je n'éprouvais aucune espèce de compassion à son égard. Il ressemblait à Dustin Hoffman dans *Macadam Cow-boy*, une fois qu'il est mort. Il avait le même regard sec. L'espace d'un instant, je me dis que j'aurais tout à fait pu être à sa place, qu'un jour viendrait où éventuellement moi aussi je serais, dans le parc, seul sous la pluie ; la seule différence entre nous deux se situait au niveau du choix des armes : je me bombardais à coups de cuites lentes et méticuleuses alors que lui avait jeté son dévolu sur la boîte du petit chimiste, les engins pointus et le sang. Les veines de son visage formaient des nœuds ici et là. Il portait des lunettes de soleil. « C'est toi, Barnum ? » J'acquiesçai. « Tu te souviens de moi quand même ? » « Non. » Hamster partit d'un rire lourd. « Allez, Barnum... Charrie pas ! J'étais copain avec ton frangin. » « Ah oui ? » « Putain, ouais ! Pas qu'un peu ! Ton dingo de frangin et moi, on était les meilleurs potes du monde ! » Le temps et l'euphorie narcotique, pensai-je, rendent le mensonge facile ; non, pas facile, nécessaire. « Maintenant je me souviens de toi », admis-je. Il leva la main en écartant ses doigts jaunes. « C'est bien ce que je dis. Hein qu'on est potes ? » « Nous ? Potes ? » « Fais pas chier, Barnum… Moi je t'ai toujours bien aimé, tu me crois pas ? » « C'est pour ça que tu étais le premier à me tabasser ? » Il s'alluma un mégot. La flamme s'éteignit avant. « Mais c'était pas moi ! C'était Aslak et Preben qui te tabassaient. Tu te rappelles pas ? » Je ne dis rien. C'était ma réponse. « Allez, quoi… Sois pas bégueule, Barnum ! J'essayais de les arrêter, moi au moins. » J'étais fatigué de l'entendre. « J'ai été content de te revoir, Hamster. » Mais il ne me laissa pas partir. Il me retint. Il lui restait encore des forces, maigres, nerveuses, à moins que ça n'ait été les muscles de la panique. J'entendis un vague flic flac dans le fond de ma poche. « Mais lâche-moi, bordel ! » hurlai-je. Il obtempéra. « Hé Barnum… T'aurais pas une pièce ou deux ? » Je lui donnai cinq couronnes. Il regarda le billet d'un air boudeur avant de le mettre en sécurité – et ce fut comme s'il n'avait plus rien à perdre, il n'avait plus besoin de me lécher les bottes, il suffisait uniquement de me soutirer du fric, et une fois dans la poche, il pouvait enfin redevenir lui-même, franc et méchant. « Tu te prends pour qui ? Tu t'es regardé, minus ! ? » cria-t-il. Je tournai les talons. J'entendais le rire de Hamster derrière moi et, c'était plus fort que moi, brusquement, ce fut insupportable. Je fis volte-face et rebroussai chemin. J'allais régler mes comptes avec lui, une bonne fois pour toutes. Désormais, c'était lui le plus petit, il ne pouvait plus me traiter comme un chien. Il allait sentir passer sa douleur. J'allais le tuer. L'heure de la vengeance avait sonné, après toutes ces années écoulées, depuis qu'ils avaient vidé mon cartable dans la Holtegate et baissé mon froc sur la Riddervolds plass. Hamster allait passer à la caisse pour toutes mes nuits sans sommeil. Je l'avais à mes pieds. Je me plantai devant lui. Il ne daigna pas lever les yeux vers moi. J'aurais pu lui bousiller ses lunettes de soleil. Si j'avais eu un miroir, j'aurais pu lui montrer ce qu'il était devenu. Après être resté dans cette position un petit moment, je le gratifiai d'un billet de cinquante que j'abandonnai sur ses genoux dégueulasses. Et je le laissai en plan, sans dire un mot. Bon vent et qu'il aille se faire voir. Il allait se brûler les doigts avec mon billet.

Un taxi se gara à la station. Je courus jusqu'à la voiture. Or à mi-chemin, je me rappelai que je n'avais plus un radis, vu que Hamster venait de récupérer mon dernier billet. Je jetai un œil du côté du banc. Seuls étaient en vue un paquet de tabac, bleu et raplati, ainsi qu'une paire de lunettes de soleil de traviole. Il n'était plus là. Hamster s'était fait la malle et je ne le revis jamais. Une vieille dame, charroyant des sacs entiers du débit de boissons, s'engouffra à grand-peine à l'arrière du taxi qui démarra sur les chapeaux de roues. Elle se tourna pour me saluer, tout sourire, derrière la vitre ruisselante ; on aurait cru un cadavre dans un corbillard se relevant pour faire ses adieux – et je reconnus immédiatement ce visage blanc, celui de Knokkel, Mlle Knokkel, elle faisait bonjour à son ancien élève resté seul sous la pluie, et elle aussi finit par disparaître, derrière les feux de croisement et les gouttes de pluie. Je courus chercher de l'argent la banque de la Waldemar Thranes gate. La pendule au-dessus de la porte indiquait dix heures et demie. Je remplis un formulaire que je confiai à la caisse avec ma pièce d'identité. La guichetière, une jeune femme, a priori dans mes âges, mettait un temps fou à accomplir une si simple demande. Elle jetait de temps à autre des coups d'œil vers moi. Elle avait une petite bouche rouge. Ma paupière refit des siennes et s'abaissa. La jeune femme regarda ailleurs. Onze heures s'approchaient inexorablement. Je me crispai, en proie au profond malaise qu'on ressent lorsqu'on est immobilisé, coincé, comme dans un rêve intense. « Je suis un peu pressé », soufflai-je. Elle me rendit ma pièce d'identité en secouant la tête. « Il n'y a hélas pas de provision sur votre compte », répondit-elle, fort, très fort, comme si elle croyait que j'étais mou du cerveau ou dur d'oreille ; sa bouche rose et gazouillante se transformait en mégaphone dès qu'elle l'utilisait. « Dans ce cas, mieux vaut filer tout de suite gagner un peu de sous », rétorquai-je, tout aussi fort. Sauf que, dans la file d'attente derrière moi, se trouvait ni plus ni moins que le père de Vivian qui me bloquait le passage, Aleksander Wie en personne, que je n'avais pas revu depuis le dernier dîner chez eux. Il devait être là depuis un bon bout de temps car il ne parut pas plus surpris que ça de me voir. Il me regarda de toute sa hauteur en disant : « Allons prendre un café. » Les aiguilles de la pendule se sont abattues sur onze heures et quart avec un bruit assourdissant. La main rivée à ma poche intérieure, je levai les yeux vers lui. « À vrai dire, je suis très, très, très en retard. » Il esquissa un sourire. « Alors allons-y sans perdre une seconde ! » Il laissa sa place aux autres et je le suivis. Dehors, il pleuvait toujours. Il fallut en plus que je me blottisse sous son parapluie, ce dont je me serais volontiers passé. Une fois au Vilain Petit Canard, nous nous installâmes près de la fenêtre. Après avoir commandé deux cafés et des pâtisseries danoises, il entreprit de nettoyer méticuleusement ses lunettes tandis que nous attendions. Il faisait une chaleur atroce à l'intérieur. La sueur me dégoulinait dans le cou. Je me demandai si ma marchandise n'allait pas souffrir de tels changements de température. Aleksander Wie braqua soudain son regard sur moi. « Tu as mal au cœur ? » « Non, pourquoi ? » « Parce que ta main est plaquée dessus depuis tout à l'heure. » Je la posai gentiment sur la table. Le serveur revint enfin. Au milieu du gâteau planté sous mon nez flottait une flaque de glaçure chaude et grise. Je fermai les deux yeux. J'étais incapable de manger. Je bus une gorgée de café. J'avais mal aux couilles. Il fallait que tout ça s'arrête très vite. « Je suis désolé que le dîner chez nous ait pris cette tournure. » « Ce n'est pas grave. » « Nous nous faisions une telle joie, tu sais. » « Bien sûr… » Je transpirais maintenant à très grosses gouttes. Jusqu'à quel point un être humain peut-il rester poli ? Peut-on mourir de politesse, ou s'agit-il plutôt de timidité, de servilité, de faiblesse ; une carence en volonté qui fait de vous un esclave, le vassal des contingences ? Aleksander Wie se pencha au-dessus de la nappe. Je me rendis compte qu'il avait changé : il semblait habité par une sorte de morne placidité, une profonde résignation, il était devenu un homme qui prenait les choses comme une évidence et qui, avec la même évidence, avait renoncé à elles. Advenait finalement ce qui devait advenir. « Il suffit d'un rien pour que tout aille mal », murmura-t-il. « Je sais. » Il esquissa un nouveau sourire, non pas franc et ouvert, mais plutôt ce genre de sourire que se dessine un homme résigné, de l'ordre du soupir, du haussement d'épaules répercuté sur et par le visage, face à la somme d'inanités de ce monde. Un sourire beau et inquiétant. J'étais plus que jamais gagné par la nervosité. « Tu le sais ? » me demanda-t-il. « Il faut vraiment que j'y aille, là. » « Tu n'as même pas touché à ton gâteau. » Je touchai au gâteau. La glaçure lisse et collante me dégoulinait le long des lèvres. J'essayais de manger le plus vite possible, mais le sucre glace dilué dans la salive formait sur ma langue un emplâtre impossible à avaler. Je fis descendre le tout avec le restant de café. Aleksander Wie me tendit une serviette. « Merci », murmurai-je. Il se pencha davantage vers moi. « Un mot en entraîne un autre, commença-t-il. Et très vite, il t'est tout bonnement impossible de retirer ce que tu viens de dire. » Je m'essuyai la bouche avec le papier rêche. « Oui », fis-je. Ce n'était toutefois pas moi qu'il souhaitait entendre, c'était ses propres mots qu'il écoutait. « C'est comme dans un procès, quand un témoin parle tant et tant qu'il finit par se transformer en prévenu. » « Je ne suis pas sûr de bien comprendre. » Il souleva la tasse, pour en fin de compte la reposer avec une telle lenteur que le café était déjà froid avant d'atteindre la table. « Quand mon épouse a été défigurée dans l'accident, j'ai voulu la quitter. » J'en avais plein les bottes de tout son

discours. Je refusais d'en savoir davantage. « Et pourtant
vous ne l'avez pas fait ! » m'exclamai-je en criant
presque. Il secoua la tête. « Non. Je suis resté auprès
d'Annie par pitié. » « C'est déjà ça. » Aleksander Wie
s'esclaffa, un grognement cette fois. « La pitié, Barnum,
n'est qu'une forme raffinée de mépris. » Je pris une profonde inspiration. » « Vous oubliez que vous avez une
fille. » Il baissa les yeux, confus l'espace d'un instant.
Ainsi donc, sa résignation n'était pas encore complète.
Une fêlure entamait sa morne placidité, par où la lumière
tentait de s'infiltrer. Visiblement, il avait envie de
changer de sujet. « Tu crois aux coïncidences ? » « Je
vous ai rencontré à la banque aujourd'hui… » « Ça n'a
rien de très surprenant. J'allais payer votre loyer. »
« Quoi ? » « Je faisais plutôt allusion à ce que ta mère a
dit l'autre jour. Comme quoi ton père possédait une
Buick. » « Mon père conduisait très bien. » Il sourit. « Je
n'en doute pas. Crois-tu qu'il soit possible de refaire les
choses, de les réparer ? » « Je ne crois pas aux coïncidences. » Il demeura silencieux un petit moment.
« N'est-il pas singulier que les hommes ne puissent se
faire réparer ? » murmura-t-il. À ces mots, il sortit son
portefeuille et posa deux billets de cent sur la table, entre
nous. « Tu n'auras qu'à vous faire un petit plaisir, à
Vivian et toi. » Je n'en voulais pas. « Ce n'est pas nécessaire », dis-je. « Je souhaiterais que tu fasses un cadeau à
Vivian. » « Ce n'est pas nécessaire », répétai-je. Mais
Aleksander Wie ne l'entendait pas de cette oreille. Il
enfonça les deux billets dans mon imper. Je dus retenir le
pot. « Merci beaucoup. » « Et dis-lui qu'elle nous
manque », ajouta-t-il à voix basse. « Je ne l'oublierai
pas. » Je me levai et gagnai prestement la sortie. La pluie
ne cessait pas. Aucun taxi n'attendait à la station. Le téléphone sonnait dans le vide. Bientôt, la pluie décrocherait
le combiné pour répondre. Je descendis l'Ullevålsveien
en courant. Il était presque midi moins le quart. Or en
dépassant la barrière noire longeant le cimetière Vår
Frelser, j'aperçus une silhouette désemparée qui ne

m'était pas inconnue. Je m'arrêtai. J'étais en proie à un grand embarras : devais-je entrer dans le cimetière ou bien l'ignorer et accomplir la tâche qui était la mienne aujourd'hui, à savoir déposer la marchandise à l'Hôpital Royal avant une heure ? De fait, Esther naviguait entre les tombes. Elle donnait des coups de canne autour d'elle, à croire qu'elle tentait de flanquer une correction au mauvais temps ou d'ouvrir un parapluie récalcitrant. Je n'avais pas le choix. Après avoir trouvé l'entrée, je me dirigeai vers Esther. Était-ce de la pitié, la forme raffinée de mépris dont Aleksander Wie était le chantre ? Non, car le contraire, c'est-à-dire passer son chemin, eût été du cynisme, de l'insouciance, avec tout ce qui concerne la santé et l'hygiène personnelle, et qui trouve également son châtiment (et le moins qu'on puisse dire, c'est que je n'ai pas un cœur très bien entretenu). Je m'arrêtai à quelques pas d'elle afin de ne pas me ramasser un coup de canne. « Bonjour, Esther. » Elle termina lentement le round qui l'opposait à la pluie. Ses yeux étaient d'un vide abyssal. « C'est moi », dis-je. Elle était impassible. Je m'approchai et lui tendis une main. Elle recula. « Tu ne me reconnais pas ? » Elle secoua énergiquement la tête. Il était probable qu'elle ne comprenne pas non plus ce que je lui disais, probable que le langage se soit fluidifié au contact du sang pendant son hémorragie cérébrale puis se soit déversé hors de son crâne. Je remarquai qu'elle ne portait qu'une chemise de nuit sous son manteau et des chaussons marron déformés aux pieds. « C'est moi, Barnum, murmurai-je. C'est moi qui travaille au kiosque. » Mais les mots ne semblaient plus faire d'effet sur elle. « Le sucre candi », essayai-je, en vain. Le visage d'Esther devint encore plus vide et inexpressif. Quel signe devais-je utiliser, quel signal devais-je envoyer ? Je sortis le pot de ma poche intérieure. Je le lui montrai, en l'agitant légèrement, de sorte que le liquide glissait d'un côté sur l'autre, ce qui me rappela tout d'un coup ces boules en verre où la neige retombe mollement quand on les retourne – et au même moment, sa conscience sembla lui revenir, une attaque cérébrale à l'envers, une force capable d'aspirer le sang nécessaire pour irriguer ses artères rouillées et lui faire recouvrer la raison. Sous l'effet de la confusion, de la gêne, elle se regarda, visualisa sa chemise de nuit, ses chaussons ; elle rougit, même, comme si elle venait d'être prise en flagrant délit d'appartenir à l'espèce humaine. « Je crois que je me suis perdue, Barnum », ânonna-t-elle. « Oui, tu n'as pas encore ta place au cimetière. » Elle s'approcha de moi, au bord des larmes. « Je n'ai rien fait de mal », sanglotait-elle. « Mais non, Esther. Nous n'avons rien fait de mal. » Puis je pris sa main et la ramenai à la maison de soins Prins Augusts Minde de la Storgate, en pleine effervescence. Esther avait disparu depuis la veille au soir. La police avait été alertée et plusieurs aides-soignantes étaient parties à sa recherche, qui sur la place d'Ankertorget, qui le long de la rivière Aker. Elle fut immédiatement prise en main tandis que j'expliquais où je l'avais trouvée, et dans quel état. J'indiquai qu'elle était venue rendre visite à son ancien kiosque, que je dirigeais à présent, et que tout était rentré dans l'ordre. J'eus la permission de l'attendre dans la chambre double où elle résidait, tandis qu'on la lavait et prenait soin d'elle. L'autre dame était dans son lit, si petite et frêle qu'elle ne projetait aucune ombre. Elle se tourna sous sa couette. « Est-ce qu'Esther est rentrée ? » murmura-t-elle. « Esther est au bon endroit », répondis-je. Alors, ses yeux brillèrent de déception, comme si je lui avais annoncé que l'Indien de *Vol au-dessus d'un nid de coucou* avait changé d'avis, était revenu par la fenêtre cassée pour réclamer un chewing-gum et des électrochocs. « Oui, oui », fit-elle avant de se retourner vers le mur vert pâle. Deux aides-soignantes revinrent avec Esther et la couchèrent dans l'autre lit. Il était midi et quart. Je crois qu'elles l'avaient bourrée de médicaments, à en juger par ses mains aussi lourdes que des casseroles. Je restai auprès d'elle un petit moment, persuadé qu'elle s'était une nouvelle fois perdue dans les méandres de sa tête ; or, quand elle se mit à parler, ce fut avec une lucidité fatiguée, comme une vision peut survenir juste avant le sommeil, une flamme qui rend l'obscurité visible. « Ton père n'était pas un homme bon », déclara-t-elle. Je lâchai sa main. « Qu'est-ce que tu veux dire ? » Mais la flamme s'était consumée en répandant en elle une ombre immense. « Même s'il nous a apporté ses maudits bas nylon », ajouta-t-elle à voix basse. Puis elle s'endormit – et ce sera la dernière parole sensée que j'obtiendrai d'elle. « Bonne nuit, Esther. »

Et tandis que, sous la pluie, dans la Storgate, j'avisai enfin un taxi, car il était temps que je me rende à l'Hôpital Royal avec mon pot, il n'était pas loin d'une heure moins dix, j'entendis des coups de klaxon insistants et répétés, puis je vis une espèce de tacot freiner brutalement devant moi en projetant une vague de bouillasse sur mes chaussures. La voiture en question était une Vauxhall, et l'homme en train de baisser sa vitre Oscar Miil. « Tu veux monter, Barnum ? » Je montai. Il me donna une tape amicale sur l'épaule. « Où puis-je te conduire ? » « À l'Hôpital Royal ! Vite ! » Son sourire s'évapora. « Tu es malade ? » « Je dois juste livrer une marchandise. » Il enclencha une vitesse, appuya sur les pédales, et, après une explosion dans le pot d'échappement, la bagnole fit un bond dans la Storgate, m'obligeant à tenir mon récipient des deux mains. Un seul essuie-glace fonctionnait, celui de son côté heureusement. « Tu travailles comme coursier maintenant ? » Il me regarda et j'aurais préféré qu'il regarde plutôt la route. « Coursier ? » « Tu n'es pas censé livrer une marchandise ? » Je ris. « Un échantillon de sperme. Je l'ai dans ma poche. » Il se pencha sur le volant. « C'est bien ce qui est advenu, entre Vivian et toi. Que ça ait été vous. » « Est advenu ce qui devait advenir. » « Vous aurez un enfant magnifique, j'en suis sûr. » Il essaya de remonter la vitre, mais elle était visiblement bloquée. Nous roulions dans une Vauxhall envahie par la pluie. « Tu as des nouvelles de Peder ? » demanda-t-il. « Non.

Et vous ? » « Il a téléphoné plusieurs fois. Toujours au beau milieu de la nuit. » Oscar Miil garda le silence jusqu'à ce qu'il pile devant l'Hôpital Royal. Il était une heure moins cinq. « Tout va s'arranger », dit-il. « Pour Peder ? » Il tourna la tête vers moi. La pluie s'engouffrait dans la voiture. « Pour nous tous. » Et d'ajouter, désignant ma figure : « Tu ferais bien de montrer ton œil, pendant que tu y es. » Il me prit dans ses bras pour dire au revoir. « Tout va s'arranger. Pour nous tous », répéta-t-il. « Oui. Bien sûr. Tout va s'arranger », m'entendis-je dire, sans savoir vraiment lequel de nous deux consolait l'autre. Il me libéra enfin, je m'extirpai de la Vauxhall exiguë, et Oscar Miil repartit en klaxonnant à trois reprises. Il disparut à l'angle de la rue. Je continuais à agiter la main alors même que je ne le voyais plus lui, mais la pluie qui tombait à verse sur mon œil valide – et ce fut comme si tout à coup je me rappelai la raison de ma présence ici. J'étais arrivé à bon port. Je pénétrai dans la ville malade et harassée, où nul ne pouvait éviter l'odeur pestilentielle du savon et des poubelles. Les hurlements des sirènes ne cessaient de s'éloigner et de se rapprocher simultanément. Les médecins censés se déplacer d'un service à l'autre couraient sous des parapluies noirs. On aurait dit une comédie musicale triste. Je dus demander mon chemin à un gardien. Il me montra du doigt un porche où je trouvai le bon laboratoire. Je pris l'ascenseur jusqu'au sous-sol, un monte-charge à vrai dire. La flèche derrière la petite plaque de verre juste à côté de la porte s'arrêta à une lettre, la lettre S, elle n'allait pas plus loin ; le S était la dernière lettre dans l'alphabet du monte-charge qui pourtant continua sa descente vertigineuse, et je perdis le compte des étages. Quand il se posa, j'avais les oreilles bouchées. Je tirai la grille et m'engageai en titubant dans un couloir vert. J'eus le temps d'apercevoir un homme maigre en blouse blanche avant qu'il ne s'éclipse dans une pièce. Je me dépêchai de le suivre. Sur la porte figurait le nom de docteur Lund. J'étais arrivé. J'y étais arrivé. Je frappai. Le docteur Lund, l'homme maigre, ouvrit. « Barnum Nilsen », me présentai-je en lui tendant le pot. Il le leva vers la lumière. « Attendez dehors. » Je trouvai un siège libre dans le couloir. Je m'assis. Deux autres hommes attendaient. Ils étaient plus vieux que moi, à peu près dans la quarantaine. Quoi qu'il en soit, nous avions le même âge. Car tous ici étaient sans âge. Ici, nous étions tous semblables. Nous étions sur un pied d'égalité. Nous échangeâmes un regard furtif, confus, honteux peut-être, avant de détourner les yeux et de les fixer sur un point indéterminé, une tache sur le lino, un crochet dans le mur auquel rien ne pendait, un néon dont la lumière tremblait et finit par s'éteindre tout à fait. Aucun de nous ne dit un traître mot. Il n'y avait plus rien à dire. Nous venions de livrer notre sperme. Ailleurs, nos femmes attendaient. Elles attendaient la réponse. Un de ces spermatozoïdes était-il capable de pénétrer dans l'œuf, se fondre dans le noyau ovulaire et amorcer la difficile et épuisante formation d'une nouvelle vie ? En résumé, étions-nous des hommes aptes ? Je m'endormis. Je fis le rêve suivant : je suis dans un bateau. Je dérive vers une côte verte, escarpée. Un oiseau noir s'élève devant la proue, déploie ses ailes et masque le soleil. Je me lève. Je brandis la rame pour chasser l'oiseau noir et luisant. Je tombe. Je gis au fond du bateau, la voile ramassée sur moi. Je cherche un couteau pour me libérer… Et je fus réveillé par une infirmière. « Vous pouvez entrer à présent », me signala-t-elle à voix basse. Je lui emboîtai le pas jusqu'au laboratoire. Les deux autres hommes étaient partis. Penché au-dessus d'un microscope, le docteur me tournait le dos. La pièce était blanche, les étagères le long du mur remplies de tubes à essai et autres récipients en verre fin. Il fit volte-face vers moi. « Vous êtes routier, Barnum Nilsen ? » « Routier ? Je n'ai même pas mon permis de conduire. » « Vous portez souvent des pantalons serrés ? » « Non. Je les préfère larges. » « Vous avez des frères et sœurs ? » « Oui, un frère. Un demi-frère. » Le docteur remonta une paire de petites lunettes en haut de son nez pointu et feuilleta quelques papiers. « Des maladies mentales dans votre famille ? » « Des maladies mentales ? Pas à ma connaissance. » « Vous ne savez pas ? » « Il n'y a aucun malade mental dans ma famille. » « Avez-vous déjà eu une blennorragie ? » « Pardon ? » « La syphilis ? » « La syphilis ? Jamais. » « Êtes-vous hypocondriaque ? » « Non. » « Hystérique ? » « Non ! » criai-je. « Mais vous buvez beaucoup. » Je dus m'appuyer au mur. « Uniquement quand je bois », murmurai-je. « À quelle fréquence ? » « Pour les grandes occasions. » « Ne prenez pas de mauvaises habitudes, Barnum Nilsen. » « Non, docteur. » Il s'approcha de moi. « Car dans l'alcoolisme l'individu perd toutes ses capacités intellectuelles, et la seule chose qui subsiste de lui, c'est un besoin irrépressible d'alcool, aussi navrant qu'immodéré, jusqu'à ce que les reliquats de ce vestige humain soient engloutis dans la mort. Me suis-je bien fait comprendre, Barnum Nilsen ? » « Oui », balbutiai-je. « Que faites-vous comme travail ? » « J'écris. » « Auquel cas vous êtes assis, je présume. » « Si je suis assis ? » « Quand vous écrivez, vous êtes assis ? » « Je suis toujours assis quand j'écris. » « C'est ce que nous allons voir... » « Voir quoi ? » « Voyez par vous-même », m'intima-t-il en désignant le microscope. Je m'approchai et collai mon œil valide à la lentille. J'ignore si je criai. C'était mon propre sperme que je voyais, grossi un millième de fois – et ma première pensée fut celle-ci : comme un moustique dans le kéfir. Oui, comme un moustique dans le kéfir. Et le moustique était immobile. J'entendais le docteur parler, loin, très loin. « Les testicules sont des bourses précieuses, Barnum Nilsen. Et les vôtres sont vides. » Je me redressai. « Aucune chance ? » Il secoua la tête. « Vous pouvez tout à fait mener une vie agréable sans enfant. Veillez simplement à ce que le cynisme ne prenne pas le dessus. » Et ce fut à ce moment-là que je me rendis compte qu'il ne s'appelait pas docteur Lund. Sur la petite plaque brillante accrochée à sa bouche blanche à l'aide d'une épingle à nourrice rouillée, je pus lire : *M. S. Greve. Directeur de l'Hôpital Royal.* Il me prit par la main pendant que l'infirmière jetait le pot dans une poubelle destinée à recueillir certains déchets. Je trouvai l'ascenseur. Il me pilota à travers les étages. Je poussai la grille et me retrouvai sur le trottoir. Les nuages filaient au-dessus des toits et des clochers, emportant la pluie dans leur sillage. Le ciel était haut et clair, pareil à une coupole bleue au-dessus de la ville. La lumière conférait aux rues le même éclat que des rivières miroitantes. Les gens s'arrêtaient près des berges et observaient le soleil d'un regard débordant de gratitude. Ébloui, nu, je fus obligé de mettre mes mains en visière. Je me souvins du rêve que j'avais fait au sous-sol de l'hôpital dont je comprenais à présent la signification : les cormorans qui font sur les monts et les îlots afin de retrouver leur chemin au moment de rentrer chez eux. Je remontai à pied jusqu'à Sankthanshaugen. J'étais au milieu du croisement. J'avais deux cents couronnes en poche. Fleurs ou bière ? me demandai-je. Je bus un demi chez Schrøder et achetai des roses avec le reste, douze longues et fines tiges.

Puis je rentre retrouver Vivian. Elle m'attend. Je remarque son impatience. Une fièvre brûle dans ses yeux. Elle se lève dès que j'entre dans l'appartement. Je cache le bouquet derrière mon imperméable. Avant même que j'aie prononcé la moindre parole, elle dit : « Il y a du courrier pour toi, Barnum. » Elle me tend l'enveloppe. Ce peut être une lettre de Peder. Non, sans quoi elle nous aurait été adressée à nous deux. Elle doit venir de Fred. « C'est de qui ? » « Norsk Film », répond Vivian. « Norsk Film ? Mais pourquoi est-ce qu'ils m'écrivent ? » Elle hausse les épaules, plus impatiente que jamais. « Tu ne l'ouvres pas ? » Je prends l'enveloppe où figure, dans le coin, le nom de la société de production, ainsi que le logo ovale censé représenter un œil enroulé dans des bobines de film. Je sors la feuille et lis. Je ne comprends strictement rien. Les mots ne résonnent pas en moi. Est-ce la sensation que procure la dyslexie de Fred, quand les lettres soudain ne correspondent à rien ? Je rends le courrier à Vivian. « Lis-la, toi », murmuré-je. « *Cher Barnum Nilsen. Nous avons l'immense plaisir de vous informer que vous avez remporté, avec* L'Engraissement, *le premier prix du concours de scénario organisé par la société Norsk Film. Dans sa motivation, le jury salue un scénario d'une grande originalité narrative, servi par un talent de conteur jubilatoire et un style très personnel donnant néanmoins libre cours à l'expansion des fantasmes singuliers de l'écrivain, qui peuvent également être interprétés comme la métaphore d'une société dévoyée, vorace et oppressive. Le prix sera décerné le 1ᵉʳ octobre à 13 heures, dans les locaux de Norsk Film, à Jar.* » Vivian laisse tomber la lettre par terre et me regarde, la tête penchée sur le côté, un sourire au coin des lèvres. J'arrive à peine à parler. « C'est toi qui as envoyé mon scénario ? » Elle acquiesce. « Tu es en colère ? » « Bien sûr que non ! Je suis même très content ! » Elle s'approche de moi. « Tu pleures, Barnum ? » Je secoue la tête. Je suis en train de pleurer. Je n'y peux rien. Vivian m'enlace et je pleure. « Je suis tellement fière de toi. » « Moi aussi. » Et Vivian de poser ses lèvres tout contre mon oreille : « Comment s'est passée ta journée aujourd'hui, mon chéri ? » Je ne veux surtout pas gâcher cet instant. Je ne veux surtout pas tirer la bonne nouvelle vers le bas avec une mauvaise. Nous évoluons en équilibre instable sur une corde raide. Jamais nous n'avons été aussi vulnérables. Nous ne devons pas tomber à la renverse, pas maintenant. « Bien », réponds-je. « Bien ? » « Tout est parfait. La marchandise a été validée. » Les lèvres de Vivian sont humides contre mon visage. « Je l'ai su dès que tu es entré avec des fleurs ! » Nous glissons vers le lit, arrachons les vêtements l'un de l'autre et faisons l'amour

animés d'une frénésie comme jamais auparavant, pas
même lors du fameux soir dans le parc de Frogner. Nous
ne connaissons aucune espèce de pudeur. Nous misons
tout sur une carte. Soudain, j'ai peur de la blesser, mais
elle veut que je lui en donne encore plus. La panique et
l'exaltation se conjuguent en une perception plus
intense. Après, tout est calme et silencieux. J'allume une
cigarette et je lis le courrier de Norsk Film, histoire de
vérifier que ce qui y est écrit est vrai. C'est bel et bien
vrai. Je vais me rallonger à côté de Vivian. « Qu'a dit le
docteur Lund ? » veut-elle savoir. « Que mes spermatozoïdes se bousculent au portillon pour rendre une petite
visite à ton ovule. » Vivian fait semblant de se mettre en
colère. « Répète-moi mot pour mot ce qu'il t'a dit ! »
« Il m'a dit que les testicules sont des bourses précieuses. » Je dépose un baiser furtif sur ses lèvres, sa
bouche est aussi douce qu'une méduse. Vivian rit et
serre mes couilles. Je gémis. « Elles en contiennent
encore, tes bourses précieuses ? » « Per Oscarsson pourrait jouer le paysan. Ou le médecin scolaire. » « Il faut
que cet enfant vive bien. » « Et Ingrid Vardund pourrait
interpréter le rôle de la mère. » Vivian caresse son bas-
ventre. « Il faut que cet enfant vive bien », répète-t-elle.
« Oui, bien sûr. » « Pas comme nous, Barnum. » Je me
lève. « Qu'est-ce que tu veux dire ? » Elle lève les yeux
vers moi. « Il faut qu'il ait une vie meilleure que la
nôtre, murmure-t-elle. Meilleure que la nôtre. » Après
une petite minute de silence, je précise : « J'ai eu une
enfance très heureuse, moi. » Vivian sourit. « Qui va
jouer ton rôle ? » Je prends les fleurs, les mets dans un
vase et vais jeter le papier mouillé dans le vide-ordures.
J'emporte aussi le *Manuel de médecine destiné aux
foyers norvégiens* de M. S. Greve, que je balance par la
même occasion. Juste avant qu'il ne disparaisse, il
s'ouvre à une page au hasard, à la lettre H, et je lis ce
qui figure au mot *Huîtres : Les huîtres peuvent être
toxiques si elles évoluent dans une eau trop calme et
impure.* Quand je regagne l'appartement, j'aperçois les

vestiges de soleil, avant qu'il ne glisse derrière les
nuages ovales et bleus, et n'inonde la pièce d'une
lumière rouge et chaude, comme si les fleurs détei-
gnaient du sol au plafond. Vivian est allongée les pieds
en l'air plaqués contre le mur, afin que ma semence
s'écoule plus vite en elle. Je m'assieds au bord du lit. Je
pose le bouquet sur l'oreiller. Elle prend ma main. Et, à
l'instant où la chambre s'apprête à être plongée dans
l'obscurité, je pense que le parfum de ces roses est si
puissant qu'une seule goutte de leurs pétales suffirait à
embaumer l'océan, d'une douceur aussi éthérée que
l'essence de roses.

Encore une table vide

Nous prîmes un taxi jusqu'à Norsk Film, à Jar. J'étais censé recevoir le prix aujourd'hui même. Maman, Boletta et Vivian m'accompagnaient. Elles étaient assises à l'arrière. Elles étaient fières de moi. Je l'étais tout autant. Le chauffeur s'engouffra sous le porche donnant sur la Wedel Jarlbergs vei. Maman paya. Je sortis. J'avais donc devant moi les bâtiments de Norsk Film. Là, se trouvaient les ateliers. Là, les studios. J'avais donc devant moi mon lieu. Dorénavant, ce serait mon lieu, le mien. Ici, j'allais devenir un habitué. J'allais pouvoir suivre le tournage, écrire des scènes additives, affiner une réplique, signer des contrats, déjeuner avec les acteurs. Il n'y avait personne à la ronde. Les feuilles tournoyaient en tombant des grands arbres. Le ciel se couvrait. Vivian prit ma main. « Tu as peur ? » Je secouai la tête et l'embrassai. « J'aimerais simplement que Peder soit là », dis-je. À deux pas, nous trouvâmes la réception. Une jeune femme derrière le comptoir discutait au téléphone. Elle fumait cigarette sur cigarette. La conversation s'éternisait. Je la laissai terminer. Elle raccrocha et me toisa. Je tendis la main. « Bonjour, je m'appelle Barnum Nilsen. » « Qui ? » « Barnum Nilsen. » Elle dut consulter des papiers qui visiblement ne lui disaient rien qui vaille. « Excusez-moi... Votre nom ? » « C'est moi qui ai gagné le concours », murmurai-je. Et enfin elle comprit qui j'étais. « Le directeur souhaite d'abord s'entretenir avec vous. Veuillez patienter ici. » Nous nous installâmes dans un canapé étroit. Nous patientions. Le temps passait. Boletta s'endormit. Maman fixait Vivian. « Tu te sens bien au moins ? » demanda-t-elle. Vivian sourit en me regardant moi et non elle. « Bien sûr que ça va. » Un journal de la veille était posé sur la table basse. J'entrepris de le feuilleter. Ils annonçaient du beau temps. La pluie s'était mise à tomber. « Nous ne nous sommes pas trompés de jour ? » s'interrogea maman. « C'est le journal qui date », répondis-je. « Tu es sûr ? » « Oh… Tais-toi donc ! » Et nous continuâmes de patienter. C'était le début de mon temps de l'attente, le grand temps de l'attente, celui du scénariste de cinéma. Il fut bientôt une heure. J'aperçus des silhouettes s'éclipser de l'autre côté du bâtiment. Il me sembla reconnaître Arne Skouen[1]. Ma cravate me sciait la gorge. Je me penchai vers Vivian. « Arne Skouen est là », murmurai-je. La jeune femme derrière son comptoir finit tout de même par se lever. « Le directeur vous attend. » J'étais démangé par l'envie de répondre que c'était plutôt moi qui l'attendais, mais je refrénai mes envies et me contentai d'un merci. Son bureau était au premier étage. Je montai un escalier aux murs recouverts à touche touche d'affiches de films. *L'Invité Bårtsen. Trouvé. Neuf vies*. J'étais au cœur même du cinéma norvégien. Un jour, mon affiche figurerait elle aussi parmi les autres, sur le mur de l'escalier montant au bureau du directeur : *L'Engraissement*. Je trouvai la bonne porte, me recoiffai, pris une inspiration, et frappai. J'entendis un grognement à l'intérieur. J'attendis encore un peu. Puis j'entrai. Le directeur était assis à une table croulant sous les scénarios. Ils s'amoncelaient aussi par terre, en formant des piles ahurissantes, le moindre recoin de cette petite pièce était colonisé par les scénarios, il n'y avait ici guère de place pour autre chose que les scénarios. Le directeur était plongé dans la lecture de l'un d'eux. Il ne se leva pas. Je refermai doucement la porte derrière moi. Je ne voulais pas déranger. Voilà, c'était moi. Il poussa un nouveau

---

1. Arne Skouen (1913-2003), écrivain et réalisateur, notamment de *Neuf Vies*, nommé aux Oscars en 1957. *(N.d.T.)*

grognement. Vêtu d'une veste en tweed élimée avec des pièces en cuir aux coudes, il fumait la pipe et portait de grandes lunettes carrées. Je m'appuyai contre une étagère. Je n'aurais jamais dû. Elle avait sûrement été achetée chez Ikea. Elle céda en s'écroulant à mes pieds sous une avalanche de scénarios. Le directeur se leva en retirant la pipe de sa bouche. « Je suis désolé », réussis-je à ânonner. « De toute façon il fallait que je les jette. » Il débarrassa un fauteuil. Nous nous assîmes. Il me dévisagea pendant un long moment, après quoi il ralluma sa pipe. « Voici donc Barnum Nilsen en personne. » J'acquiesçai. Une heure était passée depuis belle lurette. J'aurais déjà dû recevoir mon prix. « Je me suis trompé d'horaire ? » demandai-je. Il secoua la tête. « Ça leur fait du bien d'attendre. » Cette réflexion me plut, elle me plut même beaucoup, comme quoi les autres m'attendaient. Tout allait pencher en ma faveur. Le temps était de mon côté. J'allumai une cigarette. « Parle-moi un peu de toi, Barnum. On va se tutoyer, ce sera plus simple. » « Il n'y a pas grand-chose à dire. » Un voile d'impatience assombrit le visage du directeur, les dents claquèrent contre l'embout de la pipe. « Je veux un synopsis, Barnum. Pas un scénario entier. » Je réfléchis – et je me souvins de ce que papa disait, qu'il est nécessaire de semer le doute, car la vérité pleine et entière est d'un ennui mortel, qui rend les gens fainéants et distraits, alors que le doute ne lâche jamais prise. « Né et grandi à Oslo. Fils unique. Mon père est mort à ma naissance. » Il haussa les épaules. « Barnum, c'est ton vrai nom ? » « Un pseudonyme. » Il sourit. « Tu as mal à un œil, Barnum ? » J'essayai de cligner des yeux. « Non. Je suis né comme ça. Je suis aveugle d'un œil. » Il se pencha au-dessus de la table. « Ce que je voulais savoir, moi, c'est si tu avais écrit autre chose. » « J'ai un cahier rempli d'idées. » Il s'enfonça dans son fauteuil. « Nous sommes contents de t'avoir parmi nous, Barnum. Très contents. » « Ah… Autre chose… », dis-je. « Vas-y, Barnum. C'est ton jour aujourd'hui. » « Ma femme est maquilleuse. J'aimerais

beaucoup qu'elle travaille sur le film. » Le directeur me
regarda dans le blanc des yeux, incrédule. « Le film ? »
J'étais troublé. « Oui. Le film. *L'Engraissement*. Vous
avez déjà choisi le réalisateur ? » Il se leva, se carra derrière moi en posant ses mains sur mes épaules.
« Barnum… Barnum… Mais ce ne sera jamais un film,
voyons… » J'eus la très nette sensation de ne pas avoir
entendu ce qu'il venait de dire, ou d'avoir entendu autre
chose. Il y avait une erreur de sous-titrage dans cette
pièce. « Vous n'allez pas en faire un film ? » « Jamais »,
répéta-t-il. « Mais… Pourquoi j'ai gagné le concours,
alors ? » Il retira ses mains en soupirant. « Tu sais quoi ?
On va descendre et devenir des célébrités, Barnum. »

Je fis d'abord une halte aux toilettes. Je me plantai
devant le miroir. C'est toi qui as gagné, me dis-je. Ma
paupière dégringola pour la énième fois, un pli de peau
qui me recouvrait la moitié du visage. Je retirai ma cravate, la fourrai dans ma poche où je trouvai la flasque de
cognac que je m'étais gardée pour après. J'en bus une
gorgée. Puis une deuxième. Histoire de trinquer pour le
meilleur scénario, puis pour le film qui ne serait jamais
réalisé. Sur ce, je me faufilai entre les gouttes pour
rejoindre le bâtiment en bois de l'autre côté. La cantine
de Norsk Film. C'était donc là que j'allais devenir une
célébrité. C'était donc là que le prix allait m'être
décerné.

Il n'y avait pas encore foule. Vivian, maman et Boletta
avaient déjà pris place autour d'une table où elles mangeaient des canapés. Deux journalistes, un appareil photo
autour du cou, se tenaient près des bouteilles de vin. Ils
prenaient chacun leurs photos. Je reconnaissais vaguement l'un d'eux. C'était Ditlev, de l'édition du soir
d'*Aftenposten*. Il n'avait pas changé de costume. Il incar-
nait le temps qui passait. Je ne voyais Arne Skouen nulle
part. Le directeur me conduisit auprès d'une femme aux
traits saillants, habillée d'amples vêtements marron. Elle
me rappelait Mlle Knokkel. Oui, l'espace d'un instant, je
crus même que c'était elle, il me sembla sentir cette
odeur sèche de craie. « Je te présente notre adaptatrice. »

Je saluai l'adaptatrice. « Il faudra changer le début », aboya-t-elle. « Merci », soufflai-je. Elle lâcha ma main, comme si elle venait de se faire piquer par une guêpe. J'avais envie de boire un autre verre. Les gens passaient à côté de moi, me donnaient une tape dans le dos. « Bravo, disaient-ils. Bravo. » Je n'étais pas mécontent d'avoir retiré ma cravate. Le directeur monta sur une chaise. « Chers amis. Bienvenue à toutes et à tous. Nous avons une saison bousculée en perspective. Les projets foisonnent, une nouvelle génération de réalisateurs est en train de percer et je peux vous assurer que, ici à Norsk Film, nous sommes loin d'être ramollos du cerveau. » Tout le monde, à l'exception de Boletta, rit de cette réflexion. Le directeur applaudissait des deux mains. « Voilà pourquoi il est temps de dévoiler le nom de l'heureux gagnant du grand concours de scénarios organisé par Norsk Film ! » Il donna la parole à l'adaptatrice. Elle se posta à côté de la chaise et sortit une feuille qui avait dû être pliée, dépliée et repliée au moins neuf fois de suite. « Des soixante-trois projets que nous avons reçus, notre choix s'est arrêté sur *L'Engraissement*. C'est l'histoire étrange d'un garçon qui cesse de manger sous prétexte qu'il veut grandir, et qui finit par être envoyé dans une ferme pour, je vous le donne en mille, oui : être engraissé. Là, il est victime d'abus impensables. Notamment de maltraitances sexuelles par les autres garçons. Entre autres lectures, on peut interpréter le récit comme une attaque virulente mais non moins dénuée d'imagination, dirigée contre une société perverse. » Elle tourna la feuille. Maman faillit se lever, mais resta assise fort heureusement. « Et le gagnant est Barnum Nilsen ! » Ils applaudirent. Tous sauf maman. Les deux journalistes prenaient des photos. Le directeur me tendit une coupe de champagne, et un chèque. « Veux-tu dire quelques mots, Barnum ? » Un silence s'installa. Maman secouait la tête sans me quitter des yeux. Je bus une gorgée de champagne. Et soudain ma langue fourcha, une fois de plus. Je ne me souvenais pas à quand remontait la dernière fois. Je croyais cette époque révolue. « Allez vous

faire foutre ! » Le silence était encore plus diffus.
Vivian, écarlate, baissa les yeux. Maman ne pouvait pas
être plus choquée qu'elle ne l'était déjà. L'adaptatrice fut
forcée de s'asseoir. C'est Boletta qui me sauva la mise.
« Bravo ! s'exclama-t-elle. Bravo ! » Et tous se remirent
à applaudir, de panique surtout, tandis que le directeur
nous inondait de champagne. « Barnum Nilsen se tient
maintenant à la disposition de la presse, claironna-t-il. Si
tant est qu'elle ose ! » Il pouffa d'un rire sonore. Ditlev
s'est présenté le premier. « Oui, oui… fit-il. Ça fait un
sacré bail. » « Eh oui… Le temps passe », répondis-je en
regardant ses chaussures éculées. Il sortit son bloc, pour
aussitôt changer d'avis et le replonger dans sa poche.
« J'ai un peu discuté avec ta mère tout à l'heure. » « Ah
oui ? Qu'est-ce qu'elle a dit ? » Il sourit. « Elle est très
fière de toi. » « Merci. » « Pourrais-tu éventuellement
étoffer ton discours de remerciement quelque peu original, Barnum ? » L'autre journaliste commença à
s'impatienter. Elle tirait sur la veste de Ditlev et minau-
dait. « Tu ne comptes tout de même pas accaparer
Barnum le reste de la journée ? » Penaud, Ditlev battit en
retraite, quitta la piste aux étoiles, trouva son parapluie et
s'engouffra sous la pluie. Il venait d'être mouché – et il
rentrera dans son placard à balais à la rédaction pour
écrire son tout dernier article. « Si on s'asseyait ? »
L'autre journaliste trouva une table. Je trouvai une bouteille. Elle s'appelait Bente Synt (celle-là même que
nous rebaptiserons L'Élan). Elle mesurait 1,80 mètre et
ne prenait jamais de notes. « Si je comprends bien, c'est
vous qui allez sauver le cinéma norvégien ? » « En tout
cas, je vais faire de mon mieux. » Elle sourit. « L'histoire qui vous a fait gagner, est-elle autobiogra-
phique ? » Alors, j'ajoutai la formule de Peder aux
paroles de papa selon lesquelles il faut d'abord répandre
les rumeurs, puis le doute. « Peut-être, peut-être pas. »
Impassible, elle ne cessait de me regarder dans le blanc
des yeux. Ça dura une éternité. Je buvais du champagne.
Puis elle vola à Ditlev sa réplique : « Pouvez-vous
éventuellement étoffer votre discours de remerciement

quelque peu original Barnum ? » « Sans commentaire. »
Bente Synt s'est fendue d'un rire bref. « Vous ne seriez
pas un peu jeune dans le métier pour vous autoriser à être
déjà irremplaçable ? » Sur ce le directeur débloula.
« Tout va bien ici ? » Elle leva les yeux. « J'essaie simplement de décrocher quelques mots de ce cher Barnum
Nilsen à propos de son petit discours de remerciement.
"Allez vous faire foutre." » Il posa ses mains sur les
épaules de Bente Synt, adoptant un ton patelin.
« N'est-ce pas le devoir des jeunes que de nous remonter
les bretelles dès qu'ils en ont l'occasion, Bente ? » Il
poursuivit   son   tour   de   salle.   « Exactement »,
approuvai-je. Elle sortit une cigarette sans l'allumer.
« Quel est votre film préféré ? » « *La Faim.* » Elle eut un
sourire de satisfaction. « Donc votre scénario est une
sorte de riposte à Hamsun ? » « Ce n'est pas faux. » « Et
la description que vous faites de cette ferme, plutôt un
camp de redressement d'ailleurs, une sorte de règlement
de comptes avec le fascisme de Hamsun ? » Je réfléchis.
« Peut-être, peut-être pas. » Bente Synt était nettement
moins satisfaite de cette réponse. « Avez-vous d'autres
projets en route ? » « Je travaille sur une version
moderne de *La Divine Comédie* de Dante. » « Ah
bon ? » « Je m'imagine la grande ville comme l'enfer et
Beatrice en tant que guide dans une agence de voyages. »
« Intéressant. » Elle rangea la cigarette dans le paquet et
se leva. « Je crois que j'ai ce qu'il me faut... », dit-elle.
Après son départ, je demeurai longtemps dans l'ombre
de notre conversation. Soudain, je sentis quelqu'un me
souffler dans la nuque. Je me retournai. Il me sembla,
pendant une fraction de seconde, apercevoir Fleming
Brant, le monteur ; j'eus l'impression de le voir lentement traverser la pièce, un râteau rouillé à la main (une
vision qui du reste se répétera un nombre incalculable de
fois). C'était Arne Skouen. Il se pencha à ma hauteur.
« Ne raconte jamais les choses que tu n'as pas encore
écrites. Car alors elles ne se concrétiseront pas », me
chuchota-t-il à l'oreille – et je me remémorai une voix
prononçant des paroles plus ou moins similaires, la mère

de Peder en l'occurrence, il y avait si longtemps déjà :
« Ne dis rien, sinon tu n'arriveras pas à l'écrire. » J'allai
aux toilettes. Bus du cognac. En sortant, l'adaptatrice
m'attendait. « Il faut supprimer le récit en abyme. »
« Entièrement ? » « C'est du neuf fait avec du vieux,
Barnum Nilsen. À supprimer. » Elle buvait son champagne à grandes lampées. Elle n'était pas ivre pour
autant. L'alcool avait plutôt un effet inverse sur elle. Il la
rendait plus lucide que jamais, à moins que ce soit moi
qui étais de plus en plus soûl. « Mais… C'est ce récit en
abyme qui est toute l'astuce du scénario », protestai-je.
« L'astuce ? » « J'essaie de montrer que l'existence est à
sa manière une espèce de film. Dont Dieu serait le projectionniste. » « Et pourquoi Dieu ne serait-il pas le réalisateur ? » « Ça me semblait mieux avec un projectionniste. » Elle me regarda, avec cet air affligé qu'on prend
face à des gamins aussi stupides qu'incorrigibles.
« Vous feriez mieux de songer à qui est l'ennemi dans
l'histoire. » « L'ennemi ? » « S'agit-il du médecin scolaire, du paysan ou des autres garçons ? Il faut être
clair, Barnum. » Je ne trouvai rien à répondre à cette
remarque. « Je peux enlever le récit en abyme »,
murmurai-je. Je remplis mon verre. L'adaptatrice sourit.
« Et puis… Vous ne trouvez pas ça un peu chichiteux
d'utiliser votre propre prénom ? » « Et vous ? Ça ne vous
gêne pas que le film ne se fasse pas ? » À moi maintenant d'attendre d'elle qu'elle me fournisse une réponse
en bonne et due forme. Elle ne le fit pas. Elle se contenta
d'assener : « Nous voulons uniquement que le scénario
soit le meilleur possible. »

J'étais à l'arrière lorsque le taxi nous ramena à la
maison et que mes trois accompagnatrices n'étaient plus
aussi fières de moi. Vivian était taciturne et maman toujours inquiète. « Comment as-tu pu écrire une chose
pareille ? » siffla-t-elle entre ses dents. « Qu'est-ce que
tu veux dire ? » Elle arrivait à peine à le formuler à voix
haute. « Qu'il s'est passé ce genre de trucs à la ferme,
Barnum. » Boletta se réveilla sur le siège avant. « Mais
laissez donc ce pauvre garçon inventer ce qu'il veut ! »

Maman ne l'entendait pas de cette oreille. « Il ne peut tout de même pas écrire des histoires qui ne sont pas vraies ! » Elle tourna la tête vers moi. « Tu as passé un bon séjour à la ferme, hein Barnum ? » Je me sentis épuisé d'un seul coup. Pour la deuxième fois de la journée, je vis Fleming Brant, debout dans un coin, appuyé sur son râteau, qui nous regardait passer. « De toute façon ça n'a aucune importance. Ils ne vont pas le réaliser. » Vivian prit ma main. « Ils ne vont pas en faire un film ? » « Jamais. Le directeur m'a dit que ce ne serait jamais un film. » Maman me prit l'autre main, non sans soupirer : « Dieu soit loué ! »

Je déposai le chèque à la banque de Majorstuen. Comme un fait exprès, le débit de boissons était mitoyen. Après quoi nous rentrâmes à pied, à pas lents. La pluie avait cessé. L'air était léger et frais. « Tu es triste ? » me demanda Vivian. Je m'arrêtai devant la cabine téléphonique de la place de la Valkyrie. J'avais suffisamment de pièces d'une couronne. Je cherchai le numéro du Theatercaféen dans l'annuaire, réservai une table pour huit heures, laissai les pièces qui retombèrent dans le réceptacle. Après tout, des gosses les trouveraient peut-être et viendraient acheter du sirop glacé et du sucre candi au kiosque de Barnum. Je passai un bras autour des épaules de Vivian. « Non. » « C'est bien, Barnum. Maintenant, il faut juste continuer à écrire, pas vrai ? » Elle m'embrassa tant et si bien que nous faillîmes lâcher les sacs contenant les bouteilles.

Si ce n'est que je n'arrivais pas à écrire. Je voulais commencer ma divine comédie, mais les mots mouraient sitôt couchés sur le papier. En somme, c'était peut-être l'entière vérité : ce qu'on révèle devient impossible à écrire, car alors on prive le récit de sa force, on le dilue dans des phrases accessibles à quiconque veut les entendre ; et dès lors, on s'est dévoilé en totalité. En haut de la feuille blanche, je notai : *devoir de réserve*. Je me rabattis sur les pages de mon bloc-notes. Le feuilleter me donna seulement envie de le balancer. Je trouvai mes idées minables. Le cahier ne pesait rien.

Si je le lançais dans le vide-ordures, il ne retomberait même pas. Je m'imaginais mes idées, flotter, en suspension, l'écriture être effacée par les restes de nourriture, la graisse, les couches, le marc de café, les mégots, le dégueulis, le sang et autres liquides corporels. Au final, je ressortis *L'Engraissement*. Je tirai un trait sur la première scène et substituai à mon nom celui de Pontus. Ça changeait quoi, au bout du compte ? Ce soir-là, je bus encore plus vite que je ne l'aurais pensé.

La première fois que le téléphone sonna, il était six heures et demie. Vivian, qui sortait de la salle de bains, hésita à décrocher. De là où j'étais assis, j'entendis la voix. C'était le directeur de la Société de production Norsk Film AS. Vivian me tendit l'appareil. « Il a peut-être changé d'avis », chuchota-t-elle. Le directeur se mit à parler sur le même ton de voix. « Tu es un petit malin dans ton genre, Barnum. » « Ah oui ? » « Barnum n'est pas un pseudonyme et tu n'es pas non plus fils unique. » Je ne desserrai pas les dents pendant une petite minute. « Tu es toujours là ? » me demanda-t-il. « Où veux-tu que je sois ? » Il rit. Puis il retrouva son sérieux. « Écoute, Barnum. Et écoute-moi bien. Cette histoire, je la veux. Et tu es le seul à pouvoir l'écrire. » J'étais troublé, extrêmement troublé. Et derrière ce trouble étaient tapis un malaise tout aussi profond ainsi qu'un irrépressible haut-le-cœur. « Quelle histoire ? » « L'histoire de ton frère porté disparu. » Assise sur le lit, Vivian se séchait les cheveux. Elle leva brusquement les yeux vers moi. « Comment tu le sais ? » Il s'esclaffa à nouveau. « Tu n'as pas lu l'édition du soir d'*Aftenposten* ? » Je raccrochai. Je sortis sur le palier piquer le journal de la voisine qui oubliait toujours de fermer le vide-ordures. Le dernier article de Ditlev figurait en dernière page. À présent, je comprenais de quoi il avait discuté avec maman. Il y avait une photo de Fred, datant du match de boxe au Centrum bokseklubb, à l'instant précis où il se prend le coup déterminant, où son visage se tord, comme s'il était écorché vif et que la peau se retourne en se pliant sur l'arrière du crâne. Dessous, en beaucoup plus petit, figurait une photo de moi, au moment où le directeur me tend le chèque ; on distingue même la flasque de cognac dans ma poche intérieure, dont le bouchon dépasse. Le titre sonnait ainsi : *Le vainqueur et le vaincu*. Je m'assis dans le lit au côté de Vivian. Je lui tendis le journal. « Lis », murmurai-je. Et elle lut : « *Barnum Nilsen a obtenu aujourd'hui le premier prix du concours de scénarios organisé par Norsk Film. Pour les lecteurs d'*Aftenposten *ayant bonne mémoire, le nom de Barnum Nilsen ne leur est pas inconnu. Déjà, en 1966, il était couronné d'un prix, à l'Hôtel de Ville d'Oslo, à l'occasion d'un concours d'écriture réservé à la jeunesse, pour l'histoire intitulée* La Petite Ville. *Au sujet de son scénario,* L'Engraissement, *l'écrivain demeure très réservé, au point que l'on est en droit de se demander si l'histoire de son frère n'est pas, en fait, plus dramatique. Fred Nilsen, un temps espoir de la boxe, est porté disparu depuis douze ans. Vera Nilsen, la mère des garçons, déclare qu'elle s'est adressée tant à la police qu'à l'Armée du Salut, en vain.* » J'arrachai le journal des mains de Vivian, en fis une boule que je jetai sur la véranda. Je restai dehors, dans le froid. Même maintenant, Fred me faisait de l'ombre. « Viens là », dit Vivian à voix basse. Je m'allongeai contre elle. « Qui est le vainqueur et qui est le vaincu ? » demandai-je. « Ça, ce n'est pas très malin », répondit-elle. Je lui tournai le dos. « Bon, d'accord. » « Ne te mets pas en colère contre ta mère. » J'éclatai d'un rire feint. « Et c'est toi qui dis ça ? » « Elle veut juste que Fred rentre… Peut-être qu'un lecteur lira le journal et l'aura vu, où qu'il puisse être… » « Je ne suis pas en colère. » Vivian défit ma ceinture et remonta ma chemise. « Tu lui as annoncé, à ta mère, qu'on allait avoir un enfant ? » voulut-elle savoir. Je demeurai allongé sans bouger. J'étais soudain frigorifié. Il fallait que je dégèle ma voix. « Tu es enceinte, Vivian ? » Elle rit. « Pas encore. Mais elle n'arrêtait pas de regarder mon ventre. » Je sentis que Vivian était nue. Elle s'assit à califourchon sur moi. Pendant que nous faisions l'amour, le téléphone sonna une deuxième fois. Nous ne décrochâmes pas. Les cheveux encore mouillés de Vivian balayèrent mon visage. Puis elle s'allongea à côté de moi et tendit les jambes à la verticale contre le mur. « Qu'est-ce qu'il te voulait en fait le directeur ? » « Que j'écrive un scénario sur Fred. » Elle se massa le ventre des deux mains. « Tu en as envie ? » J'attendis pour répondre. « Peut-être que j'ai déjà commencé. » « C'est vrai ? » « Oui. » Elle rabaissa ses jambes et se tourna vers moi. « Comme ça s'appelle ? » « Je crois que ça va s'appeler *L'Homme de la nuit*. » « Je peux lire ? » « Pas encore, Vivian. » Il était déjà sept heures. Je pris une douche, un verre, puis mes vêtements. Vivian portait une robe que je n'avais encore jamais vue sur elle, bleue, à rayures. Elle lui allait bien. Nous nous regardâmes dans le miroir. Nous n'étions pas si mal. Nous allions au Theatercaféen. C'est alors que le téléphone sonna pour la troisième fois ce soir-là. Je décrochai. C'était la mère de Peder. « Félicitations. J'ai vu que tu avais gagné un prix. » « Euh… oui… Merci ! » « Je suis fière de toi, Barnum. » Toutefois, sa voix était bizarre, lente, dépourvue de joie. « J'ai quelque chose à t'annoncer. » Je m'assis sur le lit. J'étais redevenu lucide, froid. « Oui ? » « Le père de Peder est mort cette nuit. » « Mort ? Mais… Comment ? » Vivian fit volteface en laissant tomber une boucle d'oreille par terre. Maria Miil garda le silence un long moment. Seul son souffle était perceptible. « Il s'est suicidé, Barnum. » « Oh non… » Vivian fit un pas vers moi, blanche, chancelante. « J'aimerais beaucoup que vous veniez à l'enterrement. » Elle raccrocha. Je levai les yeux. « Que se passe-t-il ? murmura Vivian. Qu'est-ce qu'il y a ? » Je la priai de s'asseoir à côté de moi. Et je lui racontai ce qui était arrivé.

Je sens un tressaillement la parcourir, un souffle aussi, bref, furtif, un soupir de soulagement, identique à celui que j'ai moi-même éprouvé : ce n'est pas Peder qui est mort ; et ce soulagement se transforme aussitôt en honte, en chagrin. Nous avons mis nos plus beaux habits. Nous restons à la maison. Je la vois comme si j'y étais, cette table vide au Theatercaféen, avec un bristol portant mon nom, Barnum Nilsen, 20 heures, la seule table à laquelle personne ne s'assoit – et c'est aussi un écho, un écho du temps, l'ombre d'un disque qui tournoie en travers du soleil éblouissant. Je prends Vivian dans mes bras, et je lui murmure : « Maintenant c'est certain. Peder va devoir rentrer. » J'éclate en sanglots.

La dernière peinture

Mais Peder ne rentra pas. Vivian et moi attendions à l'aéroport de Fornebu. C'était le matin, de bonne heure, les obsèques avaient lieu dans la journée. Nous nous tenions devant les grandes baies vitrées, d'où nous pouvions voir les avions atterrir, lentement, comme si les roues n'allaient jamais toucher terre. Le tarmac luisait après la pluie tombée au cours de la nuit. Nous courûmes dans le hall d'arrivée au rez-de-chaussée. Nous n'étions pas les seuls. Nous pouvions à peine avancer. Je me mis debout sur une chaise. Peut-être que je n'allais pas le reconnaître. Ou peut-être lui n'allait-il pas nous reconnaître. Mais Peder ne se trouvait pas dans l'avion en provenance de Londres. Peder ne vint pas. Peder ne rentra pas. Pour finir, il ne resta que Vivian et moi, ainsi qu'une femme de ménage à la peau foncée qui poussait un large balai sur le sol jonché de fleurs, de cigarettes, de drapeaux norvégiens et de chaussures d'enfant.

Nous prîmes un taxi pour nous rendre chez sa mère. Elle nous attendait dans son fauteuil roulant, frêle, vêtue de noir. « Le vol était annulé », dis-je. Vivian acquiesça en regardant ailleurs. Maria Miil posa ses mains étiolées sur les roues. Elle voulait qu'on la pousse jusqu'au crématorium. Nous avions le temps. C'était peut-être sa manière à elle de se préparer, de trouver le courage, de faire un détour ; car qui se dépêche de rejoindre l'endroit où il ne veut pas aller ? Nous traversâmes lentement le parc de Frogner, en contournant le Monolithe, et ce jusqu'au cimetière de Vestre Gravlund, où La Vieille et papa étaient enterrés. Des fleurs fraîches avaient été déposées sur leur tombe. Je passai également devant celle de T, la petite stèle était entourée d'herbes hautes et jaunies. Je fus forcé de m'arrêter pour reprendre mon souffle. On finissait par être oubliés. Le père de Peder avait fermé la porte du garage, s'était assis dans la voiture et avait laissé le moteur tourner. Au matin, il était mort. Le livreur de journaux l'avait trouvé. Il tenait encore le volant, si bien qu'on avait été obligé de lui casser les doigts pour le libérer.

Les cloches du crématorium sonnèrent. Nous parcourûmes les derniers mètres, soulevant le fauteuil au-dessus des marches, et poussâmes Maria Miil dans la pénombre, près du cercueil blanc. La salle était déjà pleine. Seul Peder manquait. Des couronnes étaient disposées jusque dans l'allée centrale, provenant de la famille, de philatélistes, d'amis. Vivian et moi nous installâmes avec maman et Boletta. L'organiste commença à jouer – et je pensai que, si nous étions allés les voir au lieu de rester plantés au coin de la rue à regarder brûler les lumières au rez-de-chaussée, le jour où nous étions rentrés après le dîner chez les parents de Vivian, peut-être les choses seraient-elles différentes aujourd'hui. Si je ne m'étais pas plaint de la vitre cassée de la voiture, ne lui avais pas demandé de la faire réparer, peut-être serait-il encore en vie au jour d'aujourd'hui. Suffit-il de si peu de chose ? Suffit-il de si peu pour sauver un être humain ? me demandai-je. Le silence était total dans l'assistance, pas un toussotement, pas un sanglot, comme si cette mort nous avait sidérés jusqu'au mutisme. Nous attendions. Maria Miil déposa une rose sur le cercueil. Puis elle se retourna et sourit à l'intention de tous ceux qui avaient fait le déplacement. Elle était transparente et belle, sa voix claire et lente. « Oscar ne voulait pas de pasteur. Il ne croyait pas à l'idée d'une autre vie après celle-ci. Nous parlions souvent de la mort. Mais jamais qu'elle puisse un jour survenir de cette manière. » Elle ferma les yeux, le silence devint encore plus profond. Les secondes s'égrenaient lourdement. Elle continua d'évoquer son mari en ces termes : « J'aimais énormément Oscar. Il a été d'une patience infinie à mon égard. Je l'aime toujours autant. Et je l'aimerai toujours. Je veux me souvenir de son rire, de son étourderie et des joies que nous avons partagées ensemble. C'est ma seule consolation aujourd'hui. Que le chagrin n'a aucune puissance rétroactive. Que le chagrin d'aujourd'hui ne peut effacer les couleurs d'hier. » Elle dut s'interrompre une nouvelle fois. Puis, comme elle baissait la tête, elle ajouta quelque chose, à voix basse, que je fus peut-être le seul à entendre – et ces paroles se gravèrent à jamais en moi. Elle chuchota, elle gémit : « Oh, mon Dieu… Mon Dieu ! Je ne le connaissais pas ! » Elle se redressa. « Peder aurait dû être parmi nous, mais il a eu un empêchement. Je vous remercie tous, ici présents. » Et elle retourna son fauteuil pour faire face au cercueil.

La cérémonie s'acheva devant la tombe. Là, je compris que le suicide d'Oscar Miil ne nous avait pas sidérés jusqu'au mutisme, mais nous avait troublés au point de nous rendre muets. L'ancienne formule, mes condoléances, n'avait plus aucun effet. Ce chagrin était honteux. Certains quittèrent rapidement les lieux, en douce, se faufilant qui au parking, qui à la gare, préférant déposer une carte de visite dans la corbeille près de la sortie. Maria Miil, assise avec un plaid vert recouvrant ses jambes, recevait ces témoignages de compassion silencieuse. Je remarquai qu'elle ne parvenait à lever la main qu'avec une extrême difficulté. Quand mon tour arriva, je me penchai à sa hauteur pour l'embrasser sur la joue, non pour être meilleur que les autres, mais pour dissimuler mes larmes. « Pouvez-vous me raccompagner ? » chuchota-t-elle. Nous empruntâmes le même chemin en sens inverse. Il était plus long cette fois. Nous l'aidâmes dans l'entrée. « Peder ? » appela-t-elle. Mais Peder ne répondit pas. Peder n'était pas rentré. Elle ne voulait pas que nous partions. Elle voulait que nous restions. Une bouteille de vin attendait sur la table. Nous nous installâmes au salon où nous bûmes en silence, trinquant chacun pour nous. Elle réussissait tant bien que mal à lever son verre. Elle avait retiré les peintures et les cadres. Par la fenêtre, je voyais le garage dont la porte était baissée à moitié seulement. Peut-être avait-il été nécessaire d'aérer – et la seule question qui me brûlait les lèvres était celle-ci : pourquoi ? Or c'était une question impossible. « Vous avez fini vos peintures », demandai-je en fin de compte. Au regard qu'elle braqua sur moi, je compris immédiatement que je venais de perdre une occasion de me taire, en cet instant fragile et insensé que j'étais sur le point de saccager. Avec une force démesurée, elle leva les deux mains. « Peut-être, peut-être pas », murmura-t-elle. « Comme aurait dit Peder… », enchaînai-je. Ses mains retombèrent lourdement sur ses genoux. Vivian nous resservit du vin. Je montai à l'étage pour pisser. Je m'arrêtai dans le couloir et m'appuyai contre le mur. La porte de la chambre à coucher était ouverte. Le pyjama d'Oscar était toujours en évidence. Deux montres étaient posées sur la table de nuit. L'une indiquait cinq heures et quart. L'autre était réglée sur l'heure américaine, afin qu'ils puissent en permanence se rappeler l'heure qu'il était chez Peder. Sa porte était fermée à clef. Je pissai. Je redescendis. Vivian s'était levée. Il était préférable de partir à présent. « Vous avez besoin d'aide ? » demandai-je. Elle alla toute seule dans l'entrée. « Oscar avait l'habitude de me porter au lit. » « Je peux le faire si vous voulez. » Elle sourit. « Il vaut mieux que je dorme en bas pour cette nuit. » Quand soudain elle s'accrocha à moi, je sentis combien ces doigts minces et fripés lâchaient déjà prise. « Crois-tu que les choses redeviendront un jour comme avant, Barnum ? » Je ne sus quoi répondre et je ne pouvais lui mentir. Et à voix basse, je dis : « Non. »

En sortant, nous remarquâmes qu'elle éteignait déjà toutes les lumières, et peu à peu, la maison se retrouva dans le noir. J'ignore pourquoi, mais je tenais à jeter un œil dans le garage. Vivian m'en empêcha. « Ne fais pas ça ! » Je le fis quand même. Elle me suivit. Elle était furieuse, angoissée. « Qu'est-ce que tu cherches ? » Je ne répondis pas. Je l'ignorais. Elle lâcha ma main et

tourna les talons. Je rampai sous la porte, dénichai
l'interrupteur. Au fond, dans le coin, une ampoule pro-
jeta une lumière crue. La voiture était partie. La police
l'avait peut-être fait évacuer. Ce n'était plus un lieu mais
un mauvais lieu. Il me sembla sentir une odeur sèche et
âcre. Maria Miil avait entreposé ses peintures ici. Elles
étaient adossées au mur. Sans m'attarder, j'en regardais
quelques-unes, inachevées pour la plupart. Puis j'en
découvris une autre, a priori celle qu'elle avait
commencé à peindre l'été que nous avions passé à Ildjernet, quand Vivian avait essayé de sucer le venin de
ma peau. Mes jambes se dérobèrent sous moi. Je m'age-
nouillai. Elle avait écrit le titre sur le cadre. Amis sur
rochers. Le soir tombe sur le fjord, la teinte est majori-
tairement bleue, mais les deux garçons au premier plan
baignent dans leur propre lumière, qui irradie, qui enveloppe les deux jeunes corps brunis par le soleil. Je nous
reconnais. Le gros et le petit. Nous sommes nus. Nous
sommes enlacés. Nos lèvres se rencontrent pour former
un baiser. Nous fermons les yeux.

Le parasol dans la neige

Maman m'a tricoté une paire de mitaines, coupées à la deuxième phalange, un peu comme celles de Louis Armstrong quand il est venu jouer à Bislet, de sorte qu'elles me tiennent bien chaud au moment de sortir les articles demandés ou de rendre la monnaie. Elle prétend que je perds mon temps. Que je devrais trouver autre chose de mieux à faire. Mais je me porte comme un charme ici, dans ma chaise de camping de guingois, avec mes mitaines qui se révèlent impeccables pour écrire, maintenant que le froid est revenu, surtout le matin d'ailleurs, et d'ailleurs il ne va pas tarder à neiger. Le petit radiateur que j'ai installé près de la porte ne m'est pas d'un grand secours au milieu de tous ces courants d'air. Il n'y a ni clients ni persécuteurs dans les parages. Même après avoir gagné le concours de Norsk Film, les ventes n'ont pas augmenté. Je croyais que les gens feraient la queue devant le kiosque de Barnum, une fois la nouvelle de ma victoire connue. Hélas, ça n'a pas été le cas. Au fond je m'en fiche. J'ai arrêté les saucisses depuis belle lurette et les magazines sont livrés le mardi. Les chocolats, en revanche, notamment ceux destinés à remonter le moral, commencent à devenir durs et gris. Je les soupçonne d'être entreposés là depuis le milieu des années soixante.

Je sors mon carnet de notes et essaie d'avancer un peu dans l'écriture de *L'Homme de la nuit*. J'ai cette image du garçon, le garçon maigre, qui court dans les rues désertes, vers un port. Elle s'est fixée en moi, cette image, je ne peux me dérober à elle – et je vois un bateau fendre le brouillard, si proche qu'il suffit au garçon de tendre la main pour toucher la coque équipée d'un brise-glace : *Antarctic*. Mais je n'ai rien d'autre que ces fragments épars : le garçon, la ville, le bateau ; des points de suspension dans une histoire plus grande que moi, ce qui du reste n'est pas très difficile. Je suis bloqué dans ma course d'élan. C'est Fred que je vois. C'est lui qui tend la main et veut retenir le bateau. Depuis que Ditlev a écrit quelques lignes sur lui dans le journal, il ne se passe pas un jour sans que maman reçoive une lettre, adressée par des gens prétendant avoir aperçu Fred ici ou là. À mon avis, ce n'est qu'un ramassis d'hallucinés désireux d'être sous les feux des projecteurs, ceux de la police comme de la presse, des dingos désireux d'entrer dans la lumière voire d'y pousser d'autres à leur place. Toujours est-il que certains prétendent l'avoir vu, à Times Square à New York, sur la place de Montevideo, sur Strøget à Copenhague ou la promenade Karl Johan à Oslo, et même sur un ferry entre Moskenes et Røst. Et ces rumeurs, aussi peu fiables qu'elles sont incontestables, ont insufflé à maman un nouvel espoir, le plus désespéré d'entre tous, celui dont elle s'est fait un devoir, qu'elle accomplit scrupuleusement vingt-quatre heures sur vingt-quatre : attendre et espérer, espérer et attendre, car telle est la malédiction que ce garçon porté disparu jette sur ceux qu'il quitte. « Certains doivent se tromper, ce n'est pas possible autrement », ai-je l'habitude de répéter. « Qu'est-ce que tu veux dire ? » demande alors maman. « Fred n'a tout de même pas le don d'ubiquité ! Non ? » Dans ces cas-là, maman me traite de rabat-joie et ouvre une lettre, où untel affirme avoir vu avec certitude Fred Nilsen à Mallorca ou à Arvika, et encore une autre où untel a reconnu son nez cassé et son visage émacié. Maman transmet l'ensemble des lettres au Service des recherches de l'Armée du Salut, de manière à ce qu'ils systématisent les pistes. J'écris dans la marge : *Suivre une lettre*. Jusqu'où peut-on remonter dans le temps ? Je vois une forêt dont je choisis un arbre, mais qui l'abat et qui l'élague et qui l'effeuille ? Dois-je moi aussi remonter jusqu'à eux ? Je

préfère de loin filer à la rivière, voir les rondins à la surface de l'eau, les flottages de troncs comme un jeu de
mikado colossal, les ouvriers qui libèrent ces arbres. J'en
saisirai un, remonterai jusqu'à l'usine, tout près de la
cascade ; à moins que je ne m'en serve pour fabriquer ce
papier à portée de ma main, dans une entreprise fami-
liale, pourquoi pas en Italie, à Bellagio j'imagine. Puis je
suivrai sa fabrication, jusqu'au magasin, où pénètre un
jeune homme dans le but de l'acheter. Et là, je ferai un
bond, mon premier bond, qui m'élancera jusque dans un
paysage glacé et désertique. Mais avant cela, il me faut la
planche, la planche d'appel, je dois la toucher du pied ;
et c'est ce même jeune homme, là-bas, celui qui à présent enlace sa bien-aimée, une jeune fille belle et fière,
qui va monter à bord du bateau censé le conduire vers le
pays entre la glace et la neige. Je le vois d'ici, dans sa
cabine, écrire à la jeune femme qu'il aime ; l'arbre est
devenu pensée, la pensée est devenue écriture, l'écriture
va devenir image. Je veux cette image de la main en train
d'écrire. Je veux cette image de la poche où la lettre est
glissée. Je veux cette image du coupe-vent qu'il ne met
pas, resté accroché à une patère dans la cabine exiguë, au
moment où il sort pour entamer son ultime périple, juste
avant qu'il ne disparaisse, absorbé par la banquise crevassée ou figé dans la glace qui l'engloutit pour des
funérailles éternelles. C'est bien. Ceci est l'amorce d'un
saut, d'un triple saut. Je bois une gorgée. Je l'ai bien
méritée. L'eau-de-vie foncée me galvanise. Mais soudain je suis interrompu, au beau milieu de ma nouvelle
course d'élan. On frappe au guichet. Je décide de ne pas
ouvrir. Aujourd'hui, le kiosque de Barnum est fermé. On
frappe de nouveau, ou plutôt : on cogne à présent. Je ne
me laisse pas distraire. Je suis en pleine vitesse. Or,
quand la personne se met à tambouriner comme un
forcené pour la troisième fois et s'apprête à saccager
mon kiosque, je me vois obligé de lever le rideau et
d'affronter *de visu* le faiseur de barouf. Un visage ovale,
bien trop bronzé et dissimulé à moitié derrière des verres
fumés, remplit la quasi-totalité de l'ouverture. « Un hot

dog. » « Nous n'assurons plus la vente de saucisses. »
« Dans ce cas, je vais me rabattre sur un sachet de sirop,
mais liquide. » « Nous n'en vendons que glacé, hélas. »
« Bon, et dix Teddy sans filtre, tu peux me dégoter ça,
minus ? » « Vous n'êtes qu'un client mal élevé. » « Et
toi un petit commerçant minable, Barnum Nilsen ! »
Peder ! J'ai devant moi Peder Miil en personne. Il
m'alpague par la veste, m'extirpe de l'ouverture du guichet et nous tombons à la renverse sur le trottoir. Nous
nous enlaçons, presque comme autrefois, pendant
qu'une joie fulgurante me monte au cœur. Peder est
enfin revenu. Nous nous relevons et brossons la poussière de nos vêtements. « T'as grossi, toi. » Peder rit
de son rire sonore. « Et toi t'es encore plus petit
qu'avant ! » Nous gardons le silence pendant un petit
moment, dans la Kirkeveien, par un dimanche de la fin
novembre. Nous essayons de trouver le ton juste, nous
cherchons, en sachant pertinemment que plus rien n'est
comme avant. Nous remarquons que nous avons changé.
Peder porte une chemise bleue en tissu fin ainsi qu'un
blazer. Je pose une main sur son bras. « C'est vraiment
moche ce qui est arrivé à ton père », dis-je à voix basse.
Il retire ses lunettes de soleil et me toise. « Qu'est-ce que
tu t'es fait à l'œil ? » Je décide de ne plus faire allusion
à son père tant que lui-même n'en parle pas. « Et maintenant, on va filer retrouver Vivian », dis-je plutôt. Je pose
mes mitaines sur la caisse et ferme le kiosque pour le
reste de la journée. Nous demeurons taiseux jusqu'au
moment de franchir la porte de Bolteløkka. Peder
observe la plaque en cuivre où sont gravés nos prénoms,
Vivian et Barnum. « Qu'est-ce que je disais ? » « Quoi ?
Qu'est-ce que tu disais ? » demandé-je. « Que ce serait
vous deux. Je me trompais ? » J'ouvre. Vivian se tient à
la fenêtre, elle nous tourne le dos. Nous entrons à pas de
loup, puis nous nous arrêtons. « Tu rentres déjà ? » Nous
parlons comme un vieux couple. Nous singeons les dialogues d'un film avec Jean Gabin. « Y avait personne »,
réponds-je. « Tu es encore soûl ? » Peder me regarde. Je
change de répertoire. « Devine qui vient dîner ce soir ? »

Vivian aussi a changé. Quelque chose dans son attitude. Ses épaules sont voûtées, sa nuque courbée, comme si elle avait perdu un objet à mi-chemin et qu'elle devait se pencher pour le retrouver (et j'ai souvent pensé qu'elle était devenue comme ça à force de vivre avec moi, qu'elle essayait de se pencher pour être à mon niveau ; et je songe aussi que ç'aurait dû être l'inverse : j'aurais dû, moi, m'étirer pour arriver à sa hauteur). « Fred ! » lâche-t-elle alors. Je me fige. « Quoi ? » « C'est Fred qui vient dîner ? » Je m'esclaffe. Peder retire ses lunettes de soleil. « Bonjour, mon accident préféré », lance-t-il. Vivian se retourne, son dos se redresse, ses épaules s'abaissent, son cou se tend – et, à cet instant très précis, quand elle se rend compte qu'il s'agit en réalité de Peder, elle est de nouveau elle-même ; les années écoulées viennent de s'effacer et le temps est d'un coup raccommodé. « Bonjour, mon gros préféré ! » Peder ricane, sort un mouchoir de sa poche de poitrine pour essuyer ses lunettes. « Pas mal la plaque que vous avez mise sur la porte, Vivian. » Elle le considère, d'un œil scrutateur, comme si elle voulait s'assurer que c'est bien lui, Peder Miil, le gros. « Quand es-tu rentré ? » « Il y a une semaine. » « Tu es en ville depuis une semaine ? » m'entends-je hurler. Peder ne quitte pas Vivian des yeux. « Il fallait d'abord que je règle un truc ou deux. » Puis Vivian se précipite vers lui, ils restent un long moment enlacés, l'un d'eux pleure. Vivian pleure. Peder ne disait-il pas que nous étions ensemble avec elle, tous les deux ? Voilà, nous le sommes à nouveau. Je vais chercher des bières à la cuisine.

Vivian était déjà partie à notre réveil. Une bouteille était posée sur la table de nuit. J'en bus une gorgée et la tendis à Peder. « Lauren Bacall nous regarde toujours », fit-il observer, désignant la photo sur le mur, légèrement de travers à présent. « J'ai toujours cru que c'était la mère de Vivian. » « Moi aussi », dit-il en reposant la bouteille par terre. « Est-ce que tu traites bien Vivian ? » demanda-t-il de but en blanc. « Qu'est-ce que tu veux dire ? » « Tu le sais parfaitement, Barnum. » « Non, je ne le sais pas. » Je sentis l'angoisse monter en moi, ce moteur lourd qui vous entraîne jusqu'au tréfonds, le sous-marin de votre âme. Peder était impassible et silencieux. Je me rendis compte qu'il s'était mis à neiger. J'avais oublié d'enlever le parasol de la véranda – et encore aujourd'hui, la vision de ce parasol bleu, dans la neige qui tombait à gros flocons et ourlait la rambarde d'un feston compact, continue de projeter en moi une ombre de chagrin mêlée, aussi étrange que cela puisse paraître, à une joie tout aussi immense, lorsque les secondes scintillent si fort qu'elles m'éblouissent. « J'ai fait quelque chose que je n'aurais pas dû hier ? » murmurai-je. « À part boire et rigoler, non, rien de particulier. » Je poussai un soupir de soulagement. « Pourquoi tu me poses la question alors ? » « J'ai vu le regard de Vivian s'obscurcir à plusieurs reprises. » Il était probable que seule une personne extérieure soit capable de repérer ce genre de détails, partie suffisamment longtemps pour le remarquer. « Je ne peux pas avoir d'enfants », déclarai-je. Peder s'est tu pendant un long moment. Il ne revint pas sur le sujet. Au lieu de quoi, il s'allongea sur moi. « Tu rêves toujours, Barnum ? » « Je rêve tout le temps, rigolo ! » Peder insistait. « Mais tu rêves en signe plus ? » Il éclata de rire et plaqua mes bras en arrière. J'essayai de me dégager. « Tu es devenu commercial en Amérique ? » lui criai-je. Il me relâcha brusquement et répondit : « J'ai un truc à te montrer. »

Dès que nous eûmes terminé la bouteille, je pris mes scénarios sous le bras et nous sortîmes. Bien que le chasse-neige soit déjà passé et que des congères sillonnent la route, il continuait à neiger. Il ne fallait pas que j'oublie de rentrer le parasol. Il ne pouvait pas rester indéfiniment sur le balcon. Avec sa chemise bleue aux premiers boutons ouverts, Peder ressemblait à un travailleur immigré, à quelqu'un qui ignore tout de nos températures et ne sait qu'au bout d'un hiver ce que grelotter signifie. Nous prîmes un taxi de la Theresesgate jusqu'à la Solli plass. Les branches de notre arbre étaient blanches, à croire qu'il était devenu albinos depuis la

dernière fois. Ce n'était toutefois pas l'arbre que Peder
tenait à me montrer. Mais bien le magasin de son père.
« Je me suis fait moi aussi installer une plaque, d'une
certaine manière », dit-il. Au-dessus de la porte,
l'enseigne n'indiquait plus : *Chez Miil – Vente et achat
de timbres*. En lieu et place figurait, en lettres flambant
neuf en plastique : *MIIL & BARNUM*. Je m'apprêtais à
lui demander le sens et la raison de tout ceci, mais Peder
ne m'en laissa pas le temps, il ouvrait déjà la porte et me
faisait entrer. Il n'y avait plus un seul timbre. Armoires
et tiroirs étaient vides. Tout avait disparu, même cette
odeur caractéristique de papier et de colle, reconnais-
sable entre toutes, s'était évaporée. L'ensemble avait été
remplacé par de nouveaux meubles : bureau, armoire
d'archivage, canapé, fauteuil de bureau. « Comment tu
trouves ? » Je me retournai vers Peder. « Qu'est-ce que
tu as fait du reste ? » « Vendu bien sûr. » « Tu es rentré
simplement pour vendre tout ce que ton père possédait ? » Peder, gêné l'espace d'un instant, leva la main
et passa un doigt sur ses lèvres. Sa voix tremblait. « Tu
es sentimental maintenant, Barnum ? » « Oui. » « Tu
crois quand même pas que j'allais passer ma vie à
compter les dents des timbres ? » Je m'assis dans le fauteuil pivotant, pourvu d'un appuie-tête, de suspensions
et de roues. Cela me rappela Tati, dans *Playtime*, les
portes qui ne font pas de bruit quand bien même on les
claque derrière soi. « Qu'est-ce que vient faire mon nom
sur l'enseigne ? » Peder soupira. « Tu aurais peut-être
oublié notre petite conversation, même si elle date un
peu ? » Je me levai, l'agrippai par le revers de chemise,
je crois même avoir arraché un bouton. « Je n'ai surtout
pas oublié que tu n'as donné aucun signe de vie pendant ton absence. » Peder me repoussa dans le fauteuil.
« Il est à toi, Barnum, ce fauteuil. » « Quoi ? » Peder me
fit alors pivoter, à toute vitesse, je dus me retenir aux
accoudoirs, j'avais le vertige, je criais, Peder riait ; et
quand enfin le fauteuil s'arrêta, j'eus l'impression
d'avoir joué à la bouteille mais d'avoir moi-même été
cette bouteille qu'on venait de faire tournoyer. Peder se

pencha à ma hauteur. « Les rêves et les mathématiques, Barnum. Toi, tu es le rêveur, et moi, je vais compter combien ça coûte. » Il posa ses mains sur mes épaules. « Nous allons faire du cinéma, Barnum. Toi tu écris, moi je vends. » « Et Vivian sera maquilleuse ! » m'exclamai-je. Peder sortit des archives une coupure de presse. C'était l'article de Bente Synt. « *De la viande fraîche dans le cinéma norvégien* », lut-il à voix haute. Il me regarda et son sourire (qui n'appartient qu'à lui) illumina enfin son visage. « Je suis fier de toi, Barnum. » « Merci », murmurai-je avant de faire un nouveau tour de fauteuil. « Tu sais ce qu'il a failli m'arriver quand j'ai lu ça dans l'avion ? » « Dis-le-moi, Peder ! Dis-le ! » « J'ai failli foncer dans le cockpit pour crier que Barnum Nilsen est mon meilleur ami. » Je ris. « Tu aurais dû prendre tout l'avion en otage ! » Il poursuivit sa lecture. « *Il va sans dire que le discours de remerciement de Barnum Nilsen restera dans les annales comme étant le plus court et le plus singulier que nous ayons jamais entendu.* » Peder me regarda de nouveau. « Ça m'a échappé… » Il se contenta de secouer la tête. « Allez vous faire foutre. C'est carrément hallucinant, Barnum ! Crois-moi qu'ils ne vont pas t'oublier de sitôt ! » Il replia l'article qu'il rangea dans les archives. Je n'étais pas très sûr d'apprécier ce qu'il venait de dire. Je préférais de mon côté qu'ils oublient cette réflexion. Mais je n'eus pas le courage de contredire Peder. J'avais soif. Je me levai. « Tu as aussi vendu le frigo ? » Il comptait une liasse de billets. « Tu as apporté le scénario ? » Je posai *L'Engraissement* sur la table. Peder me donna trois billets. « Va chercher à boire pendant que je lis. » Je me figeai, un instant surpris, furieux presque, avec l'argent de Peder dans la main. Qu'est-ce qu'il se figurait ? Il s'assit dans le canapé et s'attela à la lecture. J'allai au débit de boissons de la Drammensveien, en me frayant un chemin dans la neige. J'avais envie de vin rouge. Je dus montrer une pièce d'identité. Je ne sortais jamais sans pièce d'identité. Puisque tout dans cette ville est interdit aux moins de dix-huit ans. Le vendeur l'examina sous toutes les coutures, la levant à la lumière, appelant ses collègues pour obtenir leur opinion sur ce document officiel, abîmé et froissé, oblitéré d'une photo de moi prise au photomaton de la gare de l'Ouest, puisque là-bas le fauteuil se hisse plus haut qu'ailleurs. J'avais la très nette impression de ne plus être en accord avec moi-même, il s'était opéré un déplacement, je suscitais le doute, mais pas celui que papa invoquait, vrai, juste, capable de faire avaler n'importe quoi à n'importe qui. Mon doute était impur, un boulet au pied. Ils se mirent à ricaner derrière leur comptoir. J'aurais dû m'en aller, tourner les talons et partir en claquant la porte derrière moi. J'attendis. J'avais soif. Je finis par récupérer ma pièce d'identité accompagnée d'un sac plastique contenant les bouteilles. Le vendeur eut un ultime mouvement d'hésitation en voyant ma paupière dégringoler sur ma figure. Je me dépêchai de sortir, faillis flanquer un coup de pied dans la porte, mais préférai la tenir pour laisser passer une des vieilles dames du quartier munie de toutes ses bouteilles vides enroulées dans du papier journal, puis je la refermai doucement après son passage, car j'avais l'intime conviction que j'allais revenir ici de très nombreuses fois.

Je pris une bière au bar Le Coq d'or. Peder était un lecteur lent. Je laissai ma pièce d'identité en évidence sur le comptoir. Le serveur blagua. « Je vois que tu as peur d'oublier qui tu es. » « J'ai surtout peur qu'on refuse de me servir une bière. » Après en avoir bu une seconde, je retournai au magasin. Je m'arrêtai devant la vitrine pour regarder cette nouvelle enseigne. Miil & Barnum. Quelque chose clochait, sonnait faux, ça me faisait penser à une publicité pour du miel ou à un mauvais poème. Quand j'entrai, Peder avait les pieds sur la table. « Tu rêves toujours en signe moins, Barnum. » Je débouchai une bouteille de vin rouge. « Tu n'as pas aimé ? » Il se leva et se lança dans un discours interminable sans cesser d'agiter ses mains boudinées, à croire qu'il s'entraînait à faire des tractions et que les mots

étaient des haltères. J'eus presque le temps de vider une
bouteille à moi tout seul. En résumé, son laïus ressemblait peu ou prou à ça : « Si j'ai aimé ? Bien sûr que oui.
Et non seulement j'aime, mais j'adore. Seulement voilà :
est-ce que ça a un rapport quelconque avec notre
affaire ? Je te le demande. Eh bien la réponse est non. Ce
qui par contre en a un, c'est que tu ne trouveras pas un
seul gugusse qui ait envie d'aller traîner ses guêtres au
cinoche pour aller voir *ça*. L'engraissement ! Non mais
je rêve ! C'est du moins et encore du moins, ton machin.
Y a pas *un* personnage dans cette fichue histoire qui ne
soit pas dans le rouge. Tous leurs actes, le moindre de
leurs gestes ne font qu'augmenter leur dette. Que ce soit
la mère, le médecin scolaire, les garçons, le paysan et sa
vachère, même le projectionniste, tu les mets tous sur la
paille. Il faut que tu sois bénéficiaire, Barnum. Le public
veut du bénéfice. Quand ils sortent de la salle, ils veulent le beurre, l'argent du beurre, et le sourire de la cré-
mière ! Ils veulent être gros et gras, pas maigres ! Je me
trompe ? » Il s'arrêta, reprit son souffle et me regarda.
« Maintenant je sais ce qui cloche ! » dis-je. « Ah…
Voilà ! » s'écria-t-il. « Mon nom devrait apparaître en
premier. » Peder fut désorienté. « Qu'est-ce que tu me
baragouines ? » « Barnum & Miil. C'est autrement
mieux. » Il laissa retomber ses mains en souriant. « Ça
peut s'arranger. » Il prit son téléphone, causa un petit
moment avec quelqu'un, raccrocha et se retourna vers
moi. « C'est arrangé. » Il se rassit. J'ignorais qui il
venait d'appeler, mais j'étais épaté. « Tu en as
d'autres ? » me demanda-t-il. Je lui remplis son verre. Il
rit. « Je voulais dire, du matériel, Barnum. » Je fermai
les yeux. Est-ce que je les bousillais là, tout de suite,
mes idées ? Est-ce que j'allais les vider maintenant de
leur substance ? Dans quelle mesure devais-je dévoiler
et jusqu'à quel point devais-je dissimuler ? Soudain, je
pris conscience avec stupeur que j'étais à mi-chemin
dans quasiment tout, mon visage était à mi-chemin, ma
taille, mes pensées ; j'étais un demi-être humain, une
demi-portion. La seule chose entière chez moi se

cantonnait à des moitiés, des demi-ceci et des demi-cela. « La piscine », dis-je. Peder se rapprocha de moi. « La piscine ? » « C'est le titre. La piscine. » Peder leva son mug pour le reposer tout aussitôt. « Peder vouloir plus. » Je lui en donnai plus. Je laissai l'histoire me filer entre les doigts. De la manière suivante : « J'imagine deux ouvriers. Ils construisent des piscines, dans les jardins de gens cousus de thunes. Ils creusent, consolident des fondations, des cloisons, collent des carreaux. Ils ne font que ça, vingt-quatre heures sur vingt-quatre. Ils triment pour terminer à temps les piscines des capitalistes. Et pendant qu'eux se cassent le cul, une réception est donnée dans le jardin, des hommes en costume et des femmes en robes longues déambulent le long de la piscine, avec leurs drinks et leurs canapés. Sauf que : les piscines ne se rempliront jamais. Il n'y aura jamais d'eau. À l'automne, elles seront toujours aussi vides, avec de la pluie et des feuilles mortes au fond, rien de plus. Comme des gigantesques tombeaux. » Je bus une gorgée de vin en le regardant. Il avait le visage absent. Une ride barrait son front en oblique. « Et c'est tout ce qui se passe ? » demanda-t-il. « Tu trouves qu'il devrait s'en passer davantage ? » « Oui, Barnum, je le trouve. Il ne se passe que dalle ! À part que des types construisent la piscine. » « La piscine est une métaphore, tentai-je d'expliquer. Ils ne mettront jamais d'eau dedans. » Il soupira. « C'est ce que je veux dire. Ils ne mettront jamais d'eau dedans. » « C'est le but », dis-je. « Le but ? » « La métaphore. Ils construisent des piscines sans les remplir d'eau. » « Ne me dis pas que ces ouvriers le font exprès, qu'ils font du sabotage ! » « Je n'y ai pas songé. » Peder perdit patience. « Dans ce cas il faut que tu m'expliques. Et prends le temps dont tu as besoin. » « Mais il n'y a rien à expliquer. « Il y a beaucoup à expliquer, Barnum. » « La vie est une piscine vide », déclarai-je. Peder poussa un soupir encore plus profond. « C'est de ma faute ou de la tienne si je me sens vraiment con, là, en ce moment ? » « Qu'est-ce que tu veux dire ? » « Tu préfères que les spectateurs se sentent cons, Barnum ? » « Pas du tout. » « Tu sais quoi ? On va l'envoyer à la télé. » Une camionnette se gara devant le magasin. Deux hommes en cotte avec des bandes réfléchissantes autour des jambes déployèrent une échelle sur la vitrine. Peder se leva et ouvrit la porte pour leur donner quelques instructions. Ce sur quoi il revint. Je débouchai une autre bouteille et remplis nos mugs. Nous trinquâmes. « Tu te souviens du mot que papa avait l'habitude d'utiliser pour qualifier la gueule de bois ? » me demanda-t-il de but en blanc. « Amende pour port insuffisant. » Il eut un rire bref. « Pas assez de timbres de collés sur la joie… », ajouta-t-il. Je vis son regard vaciller. Il baissa les yeux. « Je vous remercie tous les deux d'avoir aidé ma mère », murmura-t-il. « Il n'aurait plus manqué que ça, Peder. » « J'ai tellement honte, Barnum. » « Mais de quoi ? » « J'ai été incapable de rentrer pour cet enterrement. Je suis un lâche. » Il releva la tête. « J'étais furax quand elle m'a raconté ce qu'il avait fait. » « Furax ? » « Je pige pas. Qu'il se soit foutu en l'air. Je comprends pas. Et je déteste ce que je ne comprends pas. » Sa tête retomba lourdement. « Qu'il aille se faire foutre, marmonna-t-il. Qu'il aille se faire foutre ! » J'eus envie d'évoquer *L'Homme de la nuit*, de parler à Peder des premières scènes de *L'Homme de la nuit* et de mes grands projets. Mais il me prit de vitesse. « Autre chose aussi… » J'attendis. Il but une lampée de vin avant de me regarder. « Je n'ai pas passé un seul examen. » « Qu'est-ce que tu as fait à la place ? » « J'suis allé à la plage. » « En tout cas t'es bronzé. » Il se redressa brusquement. « T'écoutes ce que je te dis ? Je suis rien, Barnum. Absolument rien ! » « Oh… Arrête de te vanter… » Il resta dans cette position, silencieux, désemparé, débraillé, le front trempé de sueur, les mains tremblantes. « Comme ça tu sais à qui tu as affaire… » « Combien de lettres y a-t-il dans nos deux prénoms ? » « Dix », répondit-il aussitôt, épuisé. Je me levai à mon tour et lui pris la main. « Dix… Ça peut tenir un bail, ça… » fis-je. Il posa sa tête sur mon épaule.

Un des hommes frappa au carreau. Ils avaient terminé. Ils repartirent avec l'échelle sur le toit. Nous sortîmes. Ils avaient changé l'enseigne. « Je vais rendre tes idées visibles, Barnum. » Il repartit à l'intérieur en courant. Il neigeait toujours. Et il se produisit quelque chose. Les lettres se mirent à clignoter, comme si elles allaient se désolidariser du mur. Peder sortit tranquillement, tout sourire. Il vint se poster à côté de moi dans la neige. Les lumières finirent par se calmer et nos noms par apparaître en rouge au-dessus de la porte, brillants comme jamais : BARNUM & MIIL. Je passai un bras autour de son épaule – et c'est ainsi que commença ce que j'appelle, en empruntant une expression du vocabulaire du cinéma muet, notre théâtre électrique, qui me mènera à la chambre 502 du Cochs Hospits, puis à Røst où je me mettrai à sécher au gré du vent salé.

Rangée 14, places 18, 19 et 20

Le cinéma muet empruntait lui-même son expression à l'univers de la photographie et de l'art mimétique, aux bordels et aux spectacles de variétés, aux ports, aux troquets, aux cirques et aux cimetières. Le visage ne ment pas. Le récit des visages est primitif et transparent, clair, de la même manière que les traits de La Vieille étaient marqués par le manque, mais aussi par la joie de porter Boletta, l'enfant de l'homme disparu. Nous sommes doubles. Nous sommes des moitiés, des demis. Le récit des visages est une tragédie et une comédie. Le scénario n'existait pas encore. L'action n'était que mouvement, froncement de sourcils, larme, sourire. Le langage n'était présent qu'en tant que texte explicatif inséré entre deux scènes, des lettres blanches et lumineuses sur fond noir, et la seule fonction de ce récit consistait en la tâche suivante : raconter que le temps passe. « *Plus tard...* » « *Le lendemain matin...* » « *Le même soir...* » Mais très vite, ces messages rudimentaires, ces signaux de temps, sont devenus trop concis. Comme si une incommensurable futilité s'insinuait dans le langage, et l'on n'a pas tardé à déchiffrer sur l'écran : « *De longues et atroces journées s'étirent, saturées d'une désespérance démoralisante.* » « *L'aurore brutale s'infiltre imperceptiblement.* » Le langage a commencé à ergoter. Au final, le temps s'est figé au creux des mots. La musique s'est révélée elle aussi incapable de compenser cette déperdition. Les acteurs se sont mis à chuchoter les uns avec les autres, saisis par une panique identiquement ressentie par les spectateurs. L'action devait dérouler son fil. Le discours s'est imposé et avec lui le scénario. Et il m'arrive aussi parfois d'éprouver la même sensation : le temps s'est arrêté.

Les feuilles sont posées là. Je n'arrive pas à finir. Je suis dans l'arrière-boutique. Je bois à petites gorgées, le plus lentement possible. À certains égards, l'euphorie narcotique est un temps ; et dans cette euphorie, le temps se désagrège, comme une horloge qui exploserait au cours du sommeil. Je scanne les invités. Je ne les entends pas. Peder a invité la moitié de la ville. La pièce est pleine à craquer. Je reconnais certains visages de Norsk Film : j'avise le directeur dont les pièces aux coudes se sont décousues ; l'adaptatrice fait tomber sa cigarette sur le tapis et l'écrase, persuadée que nul ne la regarde alors que je ne perds rien de son petit manège ; j'aperçois quelques journalistes, Bente Synt prend des notes, elle est le scalde de la soirée, un appareil photo dépasse de sa poche ; je vois les musiciens dans leurs jeans pas très propres, les réalisateurs hystériques, notamment ce couple célèbre dont l'un des deux porte une fourrure ; je considère des acteurs à la voix criarde, des poètes d'avant-garde ratés, des proches si intimes et autres baratineurs au teint cadavérique qui n'ont pas reçu d'invitation mais ont flairé le buffet gratuit grâce à un odorat aussi développé que celui des roquets aux dents longues savamment dressés. Je suis épaté. Peder et Vivian vibrionnent de-ci de-là, le sourire jusqu'aux oreilles. Ils sont l'hôte et l'hôtesse. Ils sont élégants. Je les surveille du coin de l'œil. Ils sont les poissons les plus chics de l'aquarium. Quant à moi je me tiens de l'autre côté, dans un espace sans son. Je m'y plais. Vivian se retourne brusquement, croise mon regard, c'est écrasant, ça ne dure qu'une seconde, non, encore moins, c'est juste un coup d'œil, fugace, escamoté, un geste qui ne se fige pas. Je lui souris, lève mon verre, trop tard : je sais qu'elle n'est déjà plus mienne et peut-être ne l'a-t-elle jamais été. Je ne fais décidément pas partie des hommes aptes – et, au moment même où j'en prends conscience, je me sens proche d'elle comme jamais. Peder monte sur une chaise pour faire un discours. Je vois les bouches pliées par le rire, les mains qui applaudissent. Soudain, les voix ouvrent une brèche, une onde sonore reflue vers moi, j'entends Peder m'appeler. Il veut que je dise quelques mots. Je me dirige vers eux. Je me hisse sur la même chaise. Je sens la foule dans une certaine expectative. Je regarde Vivian. Elle attend patiemment. « Allez, Barnum ! Te fais pas prier ! » crie Bente Synt. Peder transpire un peu. Un des tout premiers films réalisés en Grande-Bretagne s'appelait *Les Cirons ; ou : Les Lilliputiens dans un restaurant londonien*. Le réalisateur, Robert W. Paul, connu pour ses tours de magie et surtout pour ses travellings, avait filmé la première scène de façon tout à fait ordinaire ; puis il avait tendu un tissu noir dans les coulisses, reculé la caméra à une distance de trente pieds, inséré une autre lentille, et il avait effectué une nouvelle prise sur la bobine déjà utilisée. De cette manière, il obtenait des êtres humains tant en petit qu'en grand format, des spectres merveilleux sur la même image. Une des scènes les plus célèbres est celle-ci : l'effarement, l'incrédulité d'un marin quand il voit ramper hors du fromage qu'il s'apprête à manger une ribambelle de nains à la queue leu leu. J'aimerais volontiers dire quelques mots à ce propos. Je voudrais dire que moi aussi je suis un ciron, un vulgaire acarien qui va montrer le bout de son nez partout, vous allez me voir surgir quand vous ouvrirez les tiroirs, consulterez un livre, plongerez la main dans votre poche, irez aux toilettes, ouvrirez la boîte à gants, le réfrigérateur, votre étui à lunettes ; je serai là quand vous vous endormirez et toujours aussi présent quand vous vous réveillerez. Je suis un ciron. Il faut que je le dise, là, tout de suite. Mais je n'y arrive pas. À défaut, je dis : « La nuit est encore jeune. » Et je descends de la chaise. Quelques-uns applaudissent. D'autres échangent un regard. Bente Synt se faufile jusqu'à moi. « Serais-tu devenu bien élevé depuis la dernière fois ? » J'acquiesce. « C'est d'un ennui... » chuchote-t-elle. Elle penche la tête sur le côté. « Qu'est-ce que tu comptes faire avec ce Peder

Miil ? » Je lui arrache l'appareil photo des mains, m'approche le plus près possible de son faciès chevalin, de ses lèvres écarlates. « Te peindre en photo, voilà ce que je compte faire ! » Je le fais. Je lui vole son âme. Bente Synt rit. C'est une soirée agréable. Le directeur se poste derrière moi. « Tu as réfléchi à ma proposition ? » s'enquiert-il. « Non. » Il me donne une tape sur l'épaule. La soirée est toujours aussi agréable.

Ils finissent par s'en aller. Restent les bouteilles vides, les mégots, les rogatons, les verres, et surtout ces serviettes en papier grasses et toutes froissées ; elles me font penser à des oiseaux morts. J'en prends une pour lui déplier les ailes maculées de rouge à lèvres et de cendre de cigarette. Pas étonnant qu'elles n'arrivent pas à voler. Assis autour de la table, nous partageons la derrière bouteille. Il y a Vivian, Peder et moi. « Nous sommes en piste », déclare Peder. « Nous sommes en piste », répété-je. Vivian est guillerette et fatiguée. Elle lève son verre. « À Miil & Barnum », dit-elle. « Barnum & Miil », rectifié-je. Peder rit. « À Vivian ! » Nous trinquons pour nous-mêmes. La nuit n'est plus jeune. La nuit est d'encre et l'enseigne toujours allumée colore la neige en rouge. Un sapin de Noël dépouillé, pourvu d'une demi-étoile, est couché par terre dans la rue. Quelqu'un l'a peut-être balancé d'un balcon ou par la fenêtre. Nous finissons la bouteille, songeurs et taciturnes. « Comédie », dit soudain Vivian. Nous la regardons. « Quelle comédie ? » demande Peder. Bien qu'elle se soit arrêtée de fumer, Vivian allume une cigarette. « Sur les mères. Inspirée de *Paul et ses poules*. » Ni Peder ni moi ne voyons tout à fait où elle veut en venir. Aussi nous mettons-nous à entonner *Paul et ses poules*, cette chanson du folklore norvégien, et c'est seulement en arrivant au dernier vers du refrain que nous comprenons ce qu'elle veut dire : *Je n'ose plus rentrer chez ma maman.* J'embrasse Vivian sur la joue. Cette nuit, je suis amoureux. Peder tape du poing sur la table. « Lauren Bacall ! » Je me retourne vers lui. « Qu'est-ce qu'elle a, elle ? » « Ce qu'elle a ? Si on arrive à avoir

Lauren Bacall sur le projet, c'est en boîte ! Pas vrai ? »
« Lauren Bacall ? T'es bourré ou quoi ? » « Putain,
Barnum… C'est pas que tu crois qu'on va se contenter
de présenter nos films au festival local de Drøbak. Non ?
Rien n'est impossible ! » Voilà la conversation que nous
avons, histoire de nous remonter mutuellement le moral.
C'est presque comme avant. Il y a cependant un petit
quelque chose, dans nos voix. Nous parlons trop fort.
Nous parlons trop vite. « Le garage a brûlé », annonce
Peder à mi-voix. « Il a brûlé ? » Je prends sa main. Il
hoche la tête à plusieurs reprises. « Il a brûlé avec toute
la merde dedans. C'est peut-être mieux au fond, vous
croyez pas ? » Vivian et moi rentrons. Peder veut rester
un peu pour ranger. Je n'arrive pas à m'enlever le refrain
de la tête. *Je n'ose plus rentrer chez ma maman.* Le
froid me réveille. Je n'arrive pas à dormir. Le dos de
Vivian est nu. Je pose délicatement ma main sur sa
hanche. Elle la chasse dans son sommeil. Je me lève. Je
m'assieds à mon bureau. *L'Homme de la nuit* est rangé
dans le tiroir. Les tiroirs sont remplis à ras bord.
J'enclenche une feuille vierge dans la machine et
j'écris : « *L'hiver jette enfin son manteau blanc et
exhibe sa robe vert clair.* » Je regarde dehors. Vivian est
assise sur la véranda, à l'abri du parasol. Une boisson de
couleur rouge est posée sur la petite table ronde. Elle
penche la tête en avant, sourit, sauf que ce sourire ne
m'est pas destiné. En 1911, Will Barker a joué *Hamlet*
en l'espace d'une seule journée, et le film ne durait que
quinze minutes. C'est un record. Vivian est partie.
À l'institut de beauté. Le téléphone sonne. Peder. Peder
hurle dans l'appareil, comme s'il appelle toujours
depuis notre enfance et doit débiter tout ce qu'il a à dire
parce qu'il n'a qu'une pièce à disposition. « Il faut
qu'on discute d'un truc, Barnum ! » « J'ai pas le
temps. » « Dans ce cas, on se retrouve pour déjeuner, au
Valka. »

Je mis mes lunettes de soleil, sortis, et avant même
d'arriver à Marienlyst l'été était presque déjà fini. Les
arbres crépitaient, ce bruissement sec et singulier que

font les feuilles lorsqu'elles brûlent et puis tombent. La grande roue tournait. Or c'était les grues que j'entendais, plantées dans la rue pareilles à des rapaces mécaniques devant notre immeuble. La toiture était recouverte d'une bâche verte que le vent soulevait, lui donnant l'allure d'une énorme baudruche terminée par un mince filin au bout duquel était retenu l'immeuble. Ils avaient commencé la construction des lofts – et je me dis : ça y est, maintenant ils démolissent l'histoire de maman. Je descendis à pied au Valka. Peder s'était installé près de la fenêtre. Je commandai une vodka Get. Peder, après avoir mangé un gâteau, but un coca. Je parcourus du regard les clients dont les gestes s'effectuaient au ralenti. « Tu crois que je vais finir comme eux ? » demandai-je à voix basse. Le serveur déposa ma commande sur la table. Je bus d'abord ma vodka Get. « En tout cas, tu es bien parti pour... » « Qu'est-ce que tu voulais me dire ? » Peder secoua la tête. Ce lieu était en fait le rade des hommes maussades. Ici, le temps s'était arrêté, et les rares fois où il s'écoulait, notamment quand quelqu'un allait pisser, c'était pour remonter en arrière. Au fond du local, le directeur se leva. Il n'était plus directeur. Les hélicoptères l'avaient remplacé. Il suffisait de regarder dehors, par la large baie vitrée grisâtre. Les hommes et les femmes d'un genre nouveau évoluaient d'un pas pressé, dans leur manteau vaporeux, armés de leur carte de crédit et de leurs talons aiguille. Des restaurants américains de hamburgers s'ouvraient à tous les coins de rue. Même les alcoolos avachis sur les marches de la gare de Majorstuen avaient un pli sur le pantalon. Ce n'était pas seulement notre immeuble, mais la ville entière qui était sur le point de s'envoler ; une expédition aérienne de plus, comme celle d'Andrée ; mais qui, au final, partirait à notre recherche ? Les derniers fidèles demeuraient le quatuor de l'Armée du Salut. Ils étaient les haubans tentant de retenir un semblant de réalité. Stationnés près des arrêts de tramway, munis de leurs petites guitares, ils entonnaient les mêmes bonnes vieilles rengaines – et je pensai que si

quelqu'un était à la recherche de Fred, c'étaient eux, eux
et eux seuls. Dans toutes les villes de tous les pays, ils
étaient là à chanter, à regarder : ils chantaient, ils regardaient, ils sauvaient. « Tu as déjà entendu parler
d'Arthur Burns ? » demandai-je. Peder me signifia que
non. Personne n'a jamais entendu parler de lui. Je lui
racontai l'histoire d'Arthur Burns, mort l'année précédente. À l'âge de quatre-vingt-quatorze ans. C'était l'un
des pionniers du cinéma. Un jeune metteur en scène très
doué, qui avait quitté New York pour Hollywood et
s'est mis à écrire des scénarios de films à l'époque où,
déjà, Mary Pickford était au sommet de sa carrière. Il
avait continué. Il avait écrit des scénarios du temps où
Douglas Fairbanks était le nouveau héros, il avait écrit
pour James Cagney, Edward G. Robinson, John Wayne,
il écrivait toujours quand James Dean et Marlon Brando
étaient apparus sur l'écran, traînant leur mélancolie en
bandoulière. Il écrivait encore quand Clint Eastwood
avait dégainé son magnum, et il n'avait pas renoncé
quand Sylvester Stallone, torse nu, avait débarqué de la
droite. Arthur Burns était l'un des écrivains de scénarios les plus respectés d'Hollywood. Personne n'avait
tenu aussi longtemps que lui. C'était une légende. Il
avait survécu à tous les héros et la Warner avait payé
son enterrement. La carrière éminemment brillante
d'Arthur Burns comportait juste un petit *hic*. Rien
n'avait vu le jour. Aucun scénario, de tous ceux qu'il
avait écrits, n'était devenu un film : pas une scène, pas
une réplique, pas même le son d'une voix off n'avait été
utilisé. Arthur Burns avait écrit pour rien. Je commandai
une autre vodka Get. Peder bâilla. « Et qu'est-ce que tu
essaies de me dire ? » « Que moi aussi j'ai un tiroir
entier rempli de scénarios dont personne ne veut. »
Peder se pencha au-dessus de la nappe. « Des adaptations », dit-il. Je ramenai mon bras vers moi. « Des
adaptations ? » « Oui, tu as bien entendu. Nous allons
discuter d'adaptations. » « Sois gentil avec moi, s'il te
plaît, Peder. » « Fonce à la bibliothèque et trouve-moi
des bouquins avec des histoires qui tiennent la route.

C'est tout ce que je te demande. » « Je préférerais utiliser mes propres idées. » Il croisa ses mains. « Mais si
tes propres idées se font un peu attendre, entre-temps, tu
peux au moins essayer de t'inspirer de celles des autres,
non ? » « Tu sais ce que Scott Fitzgerald a écrit à propos
des adaptations ? » « Non, Barnum. Mais toi tu le sais
sûrement. » J'acquiesçai. « Faites lire le livre par un bon
ami, demandez-lui de vous raconter ce dont il se souvient, écrivez-le, et voilà, vous avez votre film. » « Merveilleux ! » Sur ce, l'ancien directeur sortit des chiottes.
Il s'arrêta à notre table et me regarda de haut. Peder
paya. « Tu écris ? » voulut-il savoir. « Oui. » « Mais
est-ce que tu écris sur ton frère, Barnum ? » J'ignore
pourquoi, mais sa réflexion me mit en pétard. Je me
levai et l'envoyai balader. Je suis sûr de ne pas l'avoir
poussé très fort. Toujours est-il que je l'avais poussé. Il
devait avoir un problème d'équilibre. Il tomba à la renverse et se retrouva à l'horizontale entre les chaises. Je
fus viré du Valka avec prière de ne plus y remettre les
pieds et il n'était même pas deux heures. Bente Synt fit
son entrée au même moment, j'eus le temps d'apercevoir son sourire, elle qui était mon oiseau de mauvais
augure puisque chaque fois qu'elle montrait sa tête il
m'arrivait quelque chose d'horrible. Peder me prit par le
bras et me traîna de l'autre côté de la rue avant que je
ne commette d'autres impairs. L'Armée du Salut chantait. « Tu écris sur Fred ? » Je poussai Peder mais il ne
tomba pas, il était trop lourd. « Nan ! » hurlai-je.

Nous allâmes à la bibliothèque Deichman. Nous
empruntâmes une petite vingtaine de livres dont *Rêveurs*,
le plus court roman de Hamsun, mais aussi *Lillelord, Dra-
cula*, des sagas et le dernier texte d'un jeune écrivain aux
cheveux longs du nom d'Ingvar Ambjørnsen. Nous rentrâmes au bureau en taxi. Une des lettres de l'enseigne
avait grillé. Barum & Miil. Nous ressemblions à un hôtel
avec chiottes sur le palier. Quand Peder nous fit entrer,
Vivian était déjà là. Elle se leva d'un bond. « Vous n'avez
pas entendu ? » Je retrouvai aussitôt ma lucidité. J'ignore
à quoi je m'attendais, mais j'attendais le pire. « Qu'est-ce

que nous n'avons pas entendu ? » demandai-je. « Ils démolissent le cinéma Rosenborg. » Peder lâcha la pile de livres et nous sautâmes dans le premier taxi venu pour nous rendre là-bas. C'était vrai. Ils démolissaient le cinéma Rosenborg. Il allait être transformé en salle de gym. L'ensemble du mobilier intérieur était balancé dans un immense container qui bloquait la rue. Encore un lieu qui disparaissait. Mais les images ne pouvaient être mises au rebut. La lumière ne pouvait être décrochée puis emballée dans des grands sacs en attendant de finir aux ordures. Il restait quelque chose dont nous ne pouvions nous débarrasser. C'était au moins une consolation. Peder négocia pendant une bonne heure avec l'entrepreneur. Il finit par signer un chèque au chiffre faramineux et nous eûmes la permission de grimper dans les containers. Nous retrouvâmes la rangée 14 et les sièges 18, 19 et 20, les meilleures places de toute la salle de cinéma, avant de les transporter à Boletløkka où nous les posâmes sur le balcon. « Je veux me mettre au bout », exigea Vivian. Je protestai. « Tu dois t'installer au milieu. »

Toutes les protestations du monde ne servent à rien. Elle s'assied au bout, dans le fauteuil 18, à la quatorzième rangée, et c'est moi qui dois m'installer au milieu. Bien sûr, Peder a pris du chocolat qu'il casse en trois petits morceaux. Les arbres du Stensparken portent encore un beau feuillage tremblotant. En revanche, la grande roue grince. Le soleil décline. L'homme de la nuit arpente la colline de Blåsen et tout se rapproche. « Vous voyez bien », demandé-je. « Chuuut… », susurrent Peder et Vivian.

La veste peau de pêche

Ce qui était autrefois la lucarne est devenu une large
fenêtre, avec vue sur le ciel et l'obscurité. Je me
demande si le verre tiendra, dans l'hypothèse où la neige
s'accumule et dure longtemps. Le mur près de la cheminée d'aération a été blanchi à la chaux, le plancher
poncé. Quand je marche, j'ai la sensation de rebondir
sur le parquet dont la belle teinte claire des lattes vernies
fait paraître la pièce plus grande que dans mon souvenir, à moins que cette impression ne s'explique par ce
vide autour de moi : personne n'a encore pris possession
de l'appartement, ce n'est pas un lieu. Une cuisine américaine a été aménagée et les resserres se sont vues trans-
formées respectivement en chambre à coucher et salle
de bains. Je sais déjà une chose : jamais je ne pourrai
habiter ici.

J'entends soudain quelqu'un monter les marches. Je
me retourne. Maman s'arrête sous les cordes à linge. Je
mélange ces images, que le temps développe à l'identique : maman s'est arrêtée sous les cordes à linge, qui
retombent mollement dans la lumière comme des arcs
de cercle lâches, retenues au mur par des crochets
rouillés ; et si elle se hisse légèrement, elle parvient à
atteindre les pinces à linge, à enlever le vêtement qu'elle
a dû oublier, une robe à fleurs, tandis qu'un pigeon roucoule sur la poutre. Je suis sur le point de dire quelque
chose mais ravale mes mots. Je remarque un imperceptible changement, une tranquillité qui me glace le sang.
« C'est terminé », déclare-t-elle. « Quoi ? Qu'est-ce qui
est terminé ? » « Fred », murmure-t-elle. La pluie martèle la fenêtre oblique. Je n'arriverais jamais à dormir

dans ces pièces. Je m'approche de maman. Je suis le premier étonné de n'éprouver ni joie ni peine, je n'ai même pas peur. Comme si la tranquillité ténébreuse de ma mère s'était imprimée en moi. Dès que je me mets à parler cependant, ma voix se brise tout d'un coup. « Ils l'ont retrouvé ? » Elle secoue la tête. « On a trouvé quelques-uns de ses habits. » « Ses habits ? » « Tu te souviens de sa veste peau de pêche ? » J'acquiesce. J'avais eu la permission de la lui emprunter un jour, quand il m'avait obligé à l'accompagner au cimetière ; elle était trop grande pour moi. « On l'a retrouvée à Copenhague. Dans le quartier de Nyhavn. Sur la rambarde d'un des ponts. » Elle sourit. « Finalement, ce n'était pas une si mauvaise idée de coudre des étiquettes avec votre nom sur vos vêtements… » « Bien sûr, maman », dis-je – et je comprends, au moment même où j'entends ses paroles, qu'elle a renoncé. Ainsi vont les choses. Elle n'a plus la force d'attendre. Elle n'a plus le courage d'espérer. Elle veut trouver la paix. Porté disparu ne sera plus le qualificatif que nous emploierons pour nommer Fred, nous en utiliserons désormais un nouveau : mort. Elle donne le sentiment d'être soulagée. « Ils ont fouillé le canal, mais ils ne retrouvent pas son corps. Le courant l'aura emporté… », chuchote-t-elle. Elle fait un pas de plus vers moi. Le parquet tremble. J'essaie de croiser son regard, sans pour autant arriver à le soutenir. « Il est possible que d'autres aient porté sa veste », dis-je. Maman sourit à nouveau. Elle me tend alors une feuille où j'aperçois une écriture manuscrite. Il s'agit du dernier paragraphe de la lettre du Groenland et, l'espace d'un instant, une lueur de triomphe apparaît : il a fini par trouver la lettre, son voyage n'aura pas été vain. Sauf que l'instant d'après je reconnais l'écriture de Fred, ses lettres tarabiscotées. Ainsi il l'avait apprise par cœur, tout comme moi, à sa manière à lui, maladroite. Il manque néanmoins la toute dernière phrase. « Elle était dans sa poche », précise maman. Nous ne disons rien pendant un petit moment, comme si nous étions parvenus à un semblant d'accord tacite. Ici, dans ce qui était le grenier, où on faisait sécher le linge, là où tout a commencé, maman déclare que c'est terminé. Elle reprend la feuille. « Je veux que tu prononces son éloge funèbre, Barnum. » Je suis obligé à présent de la regarder dans les yeux. Je n'aime pas ce que j'y vois. Ils brillent d'une lueur noire. « Un éloge funèbre ? Mais où ? » « Lors de la messe que nous célébrerons en la mémoire de Fred. »

Plus tard, je rentre à pied à Bolteløkka. Étagères, tiroirs et armoires sont vides, les cartons posés contre le mur. La photo de celle que nous croyions être Lauren Bacall a laissé un vague carré défraîchi sur la tapisserie. J'essaie d'avancer dans l'écriture de *L'Homme de la nuit*, mais les images sont immobiles. Qu'en est-il advenu de la veste de Fred ? J'ai oublié de poser la question à maman. À défaut, je bois jusqu'au retour de Vivian. J'ignore où elle était. Je ne le lui demande pas. Elle s'allonge à côté de moi dans le noir. J'entends qu'elle ne s'endort pas. C'est là qu'elle l'annonce : « Je vais avoir un enfant », murmure-t-elle – et je le sens, que nous sommes retranchés chacun dans notre mensonge, l'un plus grand que l'autre, des mensonges qui mordent l'un sur l'autre, dont les rouages respectifs s'imbriquent pour former une horlogerie silencieuse ; c'est une sensation excitante, honteuse, et je n'ai pas la moindre idée de ce que je vais bien pouvoir faire de cette solitude. D'un geste lent, je me retourne vers Vivian et pose délicatement une main sur son ventre, effrayé de détruire quelque chose. Un frémissement parcourt la peau fine, luminescente presque, comme si déjà un être vivait à l'intérieur. Elle s'assied sur moi. Je ne vois pas son visage. Je pleure. Elle se penche sur moi, à quelques centimètres de ma bouche, et passe une main dans mes cheveux, qu'elle ne cesse de caresser, tandis qu'elle se balance doucement. « Ne pleure pas. Pas maintenant, Barnum », chuchote-t-elle – et ce réconfort, qui constitue la seule part d'honnêteté en cette nuit, est sur le point de perturber notre impeccable machinerie intérieure et, ce faisant, de nous percer à jour. « Fred est mort. » Vivian glisse hors de moi, me repousse sans ménagement pour m'attirer tout aussitôt vers elle, dans un seul et même mouvement tremblant. Sa voix aurait presque tendance à nous porter. « Mort ? Fred est mort ? » « On a retrouvé sa veste à Copenhague. On pense qu'il s'est noyé dans les canaux. » « Mais on ne l'a pas retrouvé, lui ? » « Non. » Vivian desserre son étreinte. Elle se cache le visage entre les mains. La pièce est blanche. C'est une chambre en passe d'être abandonnée, une pièce à notre image. Je ferme les yeux. Je n'ai pas la force de regarder ce spectacle. « Je le veux », affirme brusquement Vivian. Dans sa voix transperce une détermination, une espèce de colère, comme si je venais de la contredire. Je ne comprends d'abord pas où elle veut en venir. Ma paupière retombe lourdement, pareille à un mince sparadrap. Puis la lumière se fait dans mon cerveau. « *Le ?* Parce que tu sais déjà que ce sera un garçon ? » Vivian s'éloigne. « Je suis enceinte de trois mois », murmure-t-elle. J'enfile une chemise et sors sur le balcon. Je m'installe dans le fauteuil 18, au bout. Je ne vois rien. Tout se confond. Le silence qui règne dans la ville me surprend, à croire que nous sommes les seuls, tétanisés. Le doute est-il lui aussi une variante du mensonge ? Je finis la bouteille. Comme toujours. Que faisait Fred à Copenhague, si tant est qu'il y soit vraiment allé ? Était-il sur le chemin du retour ? Devait-il passer par Køge ou bien aller voir le bœuf musqué du Jardin zoologique ? Je tente de me l'imaginer, tel qu'il doit être à présent, vieilli, un homme entre deux âges. En vain. Je n'arrive pas à me le représenter autrement que dans le souvenir que je garde de lui, dans la cuisine de Kirkeveien, ce tout dernier matin où il est parti pour de bon, il y a à peine vingt ans. Dans l'image que j'ai conservée de lui, le temps s'est arrêté. Je le visualise sous ses traits d'alors, le jeune et maigre Fred, que j'ai connu un jour, celui-là même qui se débarrasse de la vieille veste peau de pêche sur un pont de Nyhavn avant de s'enfoncer dans l'obscurité. « Tu crois qu'il est mort ? » Vivian se tient près de la porte, la lampe la nimbe d'une lumière argentée. Il me semble distinguer une vague courbure cambrer son ventre, à moins que ce ne soit rien qu'une impression, maintenant que je sais qu'elle va mettre au monde l'enfant que je n'ai pu lui donner. Nous nous protégeons mutuellement à l'aide de mensonges. Elle frémit, pose ses mains sur ses épaules. Les bras en croix. Elle réitère sa question, ses lèvres tremblent en formant les mots. « Tu crois que Fred est mort, Barnum ? » « Maman veut qu'une messe soit célébrée en sa mémoire. » Vivian me regarde, dans une position telle qu'on la croirait retranchée dans l'obscurité, derrière une fine paroi translucide, au fond d'un puits de lumière. Elle me répond à voix basse : « Essaie de l'en dissuader. »

Mais maman fut intraitable. J'eus beau tout essayer, ne pas la lâcher d'une semelle, elle ne voulut rien entendre. Elle avait pris sa décision et celle-ci était irrévocable. Fatiguée d'attendre, elle avait enfin trouvé un autre dérivatif, une nouvelle activité à laquelle elle s'adonnait avec ardeur et témérité, oui, quasiment avec jubilation, que je ne me rappelais à peine avoir vue chez elle et qui me faisait froid dans le dos. Elle avait signifié au Service des recherches de l'Armée du Salut qu'il n'était plus nécessaire de retrouver la trace de Fred. Les recherches étaient terminées. Elle avait commandé des fleurs et des couronnes, inséré un faire-part dans *Aftenposten*, fait imprimer les cantiques que nous chanterions, et elle avait retiré de notre chambre les effets personnels de Fred. Adossé au chambranle de la porte, j'assistais à ce spectacle pour le moins surprenant. La moitié m'appartenant avait été débarrassée depuis des lustres, seuls restaient les montants du lit, et voilà que la partie de Fred disparaissait à son tour. En un sens, notre chambre redevenait complète, toute vide, toute nue. Affairée à tout ranger au fond de l'armoire, maman se retourna vers moi, le sourire aux lèvres, le visage rayonnant, l'air rajeuni. Elle était belle. Elle venait de jeter aux oripeaux le masque rigide de ceux qui attendent et, ce faisant, elle s'était libérée. On aurait dit une ivresse, sans cesse croissante. Et moi je comptais à rebours les secondes qui nous séparaient du moment où elle craquerait. Ça ne pouvait pas durer éternellement. J'allai réveiller Boletta. « Tu ne peux pas essayer d'éloigner maman de tout ça ? » Boletta fit un vague signe de tête. « Elle pense peut-être qu'elle le lui doit. » « Qu'elle lui doit ? Qu'est-ce que tu veux dire ? » Elle se redressa du divan. « Quand Fred est né, il n'était pas désiré, Barnum. » Maman m'appelait dans l'entrée, sur un ton impatient et déterminé. « Bon, tu viens ? » Je serrai précipitamment la main de Boletta. « Tu crois qu'il est mort ? » Elle leva les yeux vers moi. « Fred a traîné dehors bien trop longtemps. » Maman m'appela pour la seconde fois. Je la rejoignis. « Où on va ? » Mais elle n'avait pas le temps de me répondre. Au moment d'arriver sur le trottoir, nous tombâmes sur Vivian et Peder. Maman posa ses mains autour de la taille de Vivian avant de l'embrasser sur les deux joues. Celle-ci lui murmura à l'oreille quelque chose que je ne parvins pas à entendre. Je toisai Peder. Je ne vis aucune différence. Il se tourna aussitôt vers maman. « Que dire…, murmura-t-il. Mes condoléances. » Maman l'embrassa lui aussi. « Merci, Peder. Mais tu sais ce que c'est, toi, de perdre un proche. » À ces mots, il sembla gêné brusquement, ne cessant de tripoter son parapluie qui lui servait davantage de canne. « Oui, marmonna-t-il à voix basse. Je sais… » Maman soupira. « Il est bon de savoir que c'est fini. » Et nous restâmes là, silencieux, pendant plusieurs minutes, à l'angle de la Kirkeveien et de la Gørbitzgate, sous cette bruine froide qui souvent tombe sur Oslo fin septembre. De belles gouttes brillantes glissaient sur le front de Vivian. Elle les laissait s'écouler jusqu'à ce qu'elles s'abattent sur ses paupières et s'arrêtent près de sa bouche où, du bout de la langue, elle les léchait. Quand je croisai son regard, j'eus le sentiment qu'elle se trouvait de l'autre côté de la pluie, derrière un grillage de pluie. Je ne pouvais plus l'atteindre. Peder ouvrit enfin son parapluie noir, suffisamment grand pour nous abriter tous les quatre. « Vous nous accompagnez ? » demanda-t-il. Mais pour ça non plus maman n'avait pas le temps. Vivian et Peder entrèrent dans la cour de l'immeuble et nous descendîmes vers Majorstuen. J'arrivais à grand-peine à suivre maman. Elle pivota vers moi. « Vivian est malade, Barnum ? » « Malade ? Non, pourquoi ? » Elle ne répondit pas. Elle avait déjà oublié la question qu'elle venait de me poser. Nous passâmes devant le kiosque, fermé à cette heure-là. Des planches avaient été arrachées et des slogans peints sur le guichet, en lettres rouges : squat ! Maman n'y prêta pas attention. Elle pressa le pas. Nous allions au commissariat de police de Majorstuen.

Nous fûmes forcés d'attendre trois quarts d'heure. Maman avait en réalité confié la feuille retrouvée dans la poche de Fred à un agent, afin d'obtenir son avis : qui sait s'il n'allait pas détecter des empreintes digitales, et ce sans savoir ce qu'il allait bien pouvoir en faire. La fatigue commençait à me gagner. Maman était plus réveillée que jamais. On finit par nous faire entrer dans un bureau. Un homme en tenue, d'un certain âge, aux cheveux gris clair-semés, aplatis sur son crâne par son képi qui avait aussi laissé une ligne continue, comme une rainure creusée tout autour de la tête, était avachi derrière sa table. Devant lui était posé un gâteau d'anniversaire planté d'une bougie. Maman lui donna une poignée de mains et nous pûmes prendre place. L'agent avait l'air absent. Il léchait sans vergogne la crème pâtissière qui lui collait aux doigts, et piqua un fard quand il se rendit compte de ce qu'il était en train de faire. « Vous avez eu le temps d'y jeter un coup d'œil ? » s'enquit maman. Le policier frotta le doigt à sa barbe fine, ouvrit un tiroir d'où il sortit une chemise plastifiée où la feuille était rangée. « S'agit-il selon vous de ses propres mots ou d'un passage qu'il aurait lu ? » demanda-t-il. « Il s'agit de la fin d'une lettre adressée du Groenland par mon grand-père à ma grand-mère », répondit maman sans faire allusion à la dernière phrase manquante. Peut-être l'avait-elle oubliée, et Fred aussi, par la même occasion. Moi je m'en souvenais. « Il s'agit visiblement d'une phrase prononcée par un vieil Inuit, fis-je observer. Le spirite Odark. » L'agent poussa le gâteau vers nous. « Vous n'en voulez pas une part ? » Nous en prîmes chacun un morceau. Il souleva la feuille en souriant. « Je pars à la retraite aujourd'hui même. C'est ma dernière affaire. » Il se dirigea vers la cloison, en retira un diplôme encadré qu'il rangea dans une caisse déjà pleine à ras bord. Nous mangions notre gâteau en silence. Maman termina bien avant moi. « Mais qu'est-ce que vous pouvez en tirer ? » demanda-t-elle. Le policier regagna sa chaise, remit la feuille dans la chemise plastifiée. « Pas facile d'y voir clair dans ce charabia », répondit-il. Maman perdit patience. Que cherchait-elle à savoir ? Que croyait-elle que ces mots, écrits de mémoire sur une petite feuille, tout de traviole, allaient pouvoir révéler ? Elle se rapprocha. « Vous savez lire, tout de même ? » Il la dévisagea. « Oui, merci. Je sais lire. Mais il n'est pas sûr que je lise la même chose que vous. » Maman semblait mécontente de sa réponse. « Qu'est-ce que vous insinuez ? » « Dites-moi plutôt ce que vous, vous lisez ! » Maman fondit en larmes. « C'est la lettre d'adieu de mon fils, murmura-t-elle. Voilà ce que c'est ! » Je compris alors que maman voulait surtout ne pas savoir. Elle ne voulait pas sombrer. Elle voulait simplement croire ce qu'elle avait décidé. Le temps de l'attente était terminé. Je pris la feuille et dus soutenir maman au moment de prendre congé. Le policier se leva. « Au fait… Votre grand-père, est-il revenu du Groenland ? » Maman se figea. « Non. Il a été porté disparu lui aussi. » Et ce fut à cet instant précis que le vieil agent de police perçut quelque chose : une sinuosité dans sa propre existence, une cohérence qu'il avait peut-être cherchée toute sa vie durant, un lien qui soudain faisait sens lors de son dernier jour de travail. « Vera Jebsen ? » dit-il brusquement. Maman le regarda, abasourdie. « C'est mon nom de jeune fille, en effet. » Il fut obligé de s'asseoir. « Mais alors… C'est votre grand-mère qui est venue ici même déclarer un délit, juste après la guerre… » Maman garda le silence. Il se releva. « Si j'ai bonne mémoire, poursuivit-il, il n'a jamais été élucidé. J'étais jeune et sans expérience à cette époque. » Maman chancela, comme si elle était prise d'un vertige, au sommet d'une falaise. Cela dura une seconde, elle ne bascula pas, pas cette fois, mais se contenta de souffler sur sa mèche de cheveux, en souriant. « Et maintenant ? Vous y voyez plus clair dans ce charabia ? » Le policier tira sur son uniforme, baissa les yeux sur les miettes de gâteau, le bureau vide, l'horloge. Dans quelques minutes, il aurait accompli son devoir et pourrait rentrer chez lui pour de bon. « Non… », chuchota-t-il.

La pluie s'était arrêtée quand nous sortîmes. Maman me prit la main et leva la tête vers le ciel. Elle demeura longtemps ainsi, les yeux fermés, éblouis par le soleil dont les rayons obliques transperçaient les nuages. « J'espère qu'il va faire beau demain », dit-elle à mi-voix. Elle se tourna vers moi. « Tu ne comptes rien dire de désobligeant sur Fred dans ton discours, Barnum ? » « Tu penses à quoi ? » Elle soupira. « Tu sais parfaitement à quoi je fais allusion, Barnum. » Une fois de plus, je tentai de l'en dissuader. « Tu es sûre de vouloir tout ce machin, maman ? » Elle sourit. « Vivian m'a posé à quelques mots près la même question. » « Et ? Qu'est-ce que tu lui as répondu ? » « Que j'en étais sûre et certaine. »

Maman en était donc sûre et certaine. Elle n'avait jamais été aussi sûre. Elle ferait célébrer cette messe à la mémoire de Fred, des obsèques sans cercueil, mort *in absentia* ; elle allait même avoir le culot de la faire célébrer dans l'église de Majorstuen, là où le pasteur en son temps avait refusé de nous baptiser, Fred et moi. Il y avait dans son attitude une tendre obstination, une férocité subversive que je ne pouvais m'empêcher d'admirer. Nous reprîmes le même chemin en sens inverse pour rentrer. Maman n'avait pas lâché ma main. « Et ne bois pas demain. » Je regrettai de ne pas avoir profité de notre présence au poste de police pour déposer plainte à la suite du saccage du kiosque. « Non, maman. » « Je veux que tu sois lucide, Barnum. » « Oui, maman. » « Tu me promets, mon petit Barnum ? Pour ton frère… »

La lie

Je me réveille seul le lendemain matin. Je tiens toujours la promesse que j'ai faite à ma mère, au nom de mon frère. Je trouve un mot sur la table de nuit. Vivian m'écrit qu'elle est partie à une visite de contrôle et que nous pouvons nous retrouver devant l'église. Il est dix heures et quart. La messe commence à une heure. Je vois que le soleil brille, une lumière rasante, automnale, flotte entre les arbres sans feuilles. La pluie aurait été préférable. Je me lève pour prendre une douche. Vivian a également rangé l'armoire de toilette. Il ne reste guère que le strict nécessaire : du shampoing, quelques flacons de parfums, une lime à ongles, une crème pour la peau, du maquillage, du musc, une brosse à cheveux, une demi-bouteille de vodka et du dentifrice ; mes affaires, en somme. Je referme l'armoire. Il y a longtemps que je ne me suis pas regardé dans une glace. Ce que je fais à présent. La vapeur se dissipe, comme si un voile était soudain levé de mon visage. Est-ce que, dans les yeux de Fred, j'ai suspendu mes gestes, de la même manière qu'il s'est figé dans les miens ? Mon temps s'est-il également arrêté ce fameux matin, dans la cuisine de l'appartement de la Kirkeveien, lorsqu'il m'a touché puis a filé à l'anglaise ? Est-ce ainsi que, depuis, il se souvient de moi, comme étant Barnum, le petit petit frère, âgé de seize ans et renvoyé du lycée ? Au moment précis où je formule ces questions, je sens en moi un manque si profond, si pesant, que je me vois forcé d'appuyer mon front contre le miroir pour reprendre mon souffle. J'aimerais être en mesure de lui dire : « Je ne m'en suis pas si mal sorti, Fred. Et toi ? » Je rouvre la porte de l'armoire, mes yeux tombent sur la bouteille. Elle n'est pas encore ouverte. Elle est une promesse qui n'a pas encore été brisée. Aujourd'hui, je veux faire plaisir à maman. En revanche, je ne remets pas la main sur mon vieux costume, le costume de papa. J'ouvre les cartons que doit emporter la société de déménagement. Je ne le trouve pas là non plus. Je descends au sous-sol. Notre cave est au fond, derrière la buanderie. La porte n'est même pas fermée à clef. Il arrive que des clochards quittent le parc pour venir dormir ici, près de la chaleur du séchoir. De toute manière, il n'y a rien à voler. Il ne reste que des objets dont Vivian songe à se séparer, qu'elle veut balancer ou donner à un quelconque marché aux puces : une paire de skis en bois hors d'usage, des vêtements passés de mode depuis belle lurette, les chaussures à semelles compensées, une lampe à abat-jour en tissu à carreaux, des bouteilles vides. Je finis par dénicher le costume, protégé par un plastique transparent. Je ne l'ai pas utilisé depuis la dernière fois. Comme je le retire du crochet fixé au mur, mes yeux se posent alors sur autre chose : la valise. La vieille valise que papa portait pour Mundus, le directeur de cirque, au moment où il avait tourné à l'angle de la rue, dont j'avais moi-même hérité de papa et que j'avais par la suite prêtée à Fred quand il était parti. Elle vient de m'être restituée. Je la soulève. Elle est toujours aussi légère, mais nettement plus fatiguée qu'autrefois. La lanière de cuir autour de la serrure s'est décousue. Je tiens la valise dans ma main, comme si c'était mon tour de partir. Je l'ouvre. Elle ne contient pas d'applaudissements. Elle est vide. La doublure déchirée se réduit à des bouts de tissu boulochés. Le voyage a été long. Quelque chose dans tout ça m'échappe. Je lance la valise au fond de la cave et remonte les marches en courant. Je suis enfermé à l'extérieur. Je reste là, bras ballants, les yeux rivés sur la porte. La plaque est recouverte d'une pellicule mate et tavelée, comme si nos noms, presque invisibles désormais, étaient gravés dans du brouillard. Maintenant je sais. Il est venu ici. Il a dormi en bas, si ça se trouve. Il a vu mon visage. Il a vu le passage du temps. Il nous a vus. Pourquoi ne s'est-il pas montré ? N'a-t-il pas voulu prendre le risque ? Un autre soupçon monte alors en moi et, bien que je n'ose le formuler jusqu'au bout, il est impossible à arrêter, comme une locomotive dans ma tête. Quand est-il venu ici, lors de sa petite visite en catimini ? J'entends quelqu'un, la voisine. « C'est vous qui volez mon journal ? » Je me déshabille. La porte aussitôt claquée, la voisine se calfeutre chez elle. J'enfile le costume et jette le reste de mes vêtements dans le vide-ordures. Je suis prêt pour rejoindre comme il se doit l'église de Majorstuen. Je fais un détour par Blåsen. Une fois au sommet de la colline, je m'accorde une pause. Les alentours semblent se rapprocher sensiblement du fait de la lumière froide. Je pense : s'agit-il de la dernière scène de *L'Homme de la nuit* ? J'allume une cigarette, la première bouffée me fait tout de suite dégueuler. Quand j'arrive à l'église, je distingue maman et Peder sur le banc, sous l'horloge et la vigne vierge aux feuilles rougies. Ils se lèvent dès qu'ils me voient. Maman est impatiente, anxieuse. Elle m'embrasse sur la joue mais uniquement, j'en mettrais ma main à couper, pour vérifier si j'ai bu. Peder passe un bras autour de mes épaules. « Il est d'enfer ce loft ! » Nous pouvons entrer. Un couple de l'Armée du Salut est assis au fond. J'aperçois le concierge Bang, reconnais quelques visages du temps de ma scolarité ; le policier s'est installé au bout d'une rangée ; Bente Synt est également présente, mon oiseau de mauvais augure. De toute façon, cette journée ne peut pas être plus mauvaise qu'elle l'est déjà. « Tout va bien se passer », affirme maman à voix basse. Je m'assieds entre Vivian et Boletta, sur le premier banc. Les portes sont refermées. Boletta pose sur mes genoux sa main frêle, tachetée. « Dieu soit loué, il n'y a pas de pasteur entre ces quatre murs ! » s'exclame-t-elle. Maman lui fait signe de se taire. L'organiste joue. Je ne connais pas les paroles du psaume. Vivian regarde droit devant elle. Elle garde la bouche fermée. Ses joues sont creuses. À l'endroit où le

cercueil aurait dû se trouver figure une chaise entourée
de couronnes et de fleurs. Sur l'un des rubans en soie,
je lis : « Merci, Vivian et Barnum. » Maman se lève
pour dire quelques mots. Je n'en capte pas la moitié. J'ai
cette locomotive dans la tête, lancée à tombeau ouvert.
Je me penche vers Vivian. « Ce serait presque le *nec
plus ultra* », lui chuchoté-je à l'oreille. Elle semble en
proie à la panique. « Qu'est-ce que tu racontes ? Je ne
comprends rien… » « Le *nec plus ultra* aurait été de
l'avoir retrouvé mort, tu ne crois pas ? » Maman me
regarde. Elle sourit. Elle est belle aujourd'hui, vêtue de
sa robe qu'elle n'a pas mise depuis les obsèques de
papa. C'est mon tour. Je suis censé prononcer un discours à la mémoire de Fred. Je m'installe devant les
fleurs et la chaise vide, en tournant le dos à l'assistance.
J'ignore combien de temps je reste dans cette position,
mais lorsque je me retourne, je me rends compte que
l'église est noire de monde, il n'y a plus une seule place
libre – et cela me rappelle d'un seul coup l'avant-première de *La Faim*. À présent, c'est Fred qu'on coupe au
montage. Maman s'est assise à côté de Vivian. Peder est
juste derrière elle. J'entends une musique, la locomotive
dans ma tête tire ce morceau, un air d'Ennio Morricone,
de *Il était une fois en Amérique*. J'entame mon discours.
« J'ai toujours rêvé que Fred reviendrait, tout comme
Robert De Niro à la gare de New York. Sauf que, quand
nous lui demanderions ce qu'il avait fabriqué pendant
toutes ces années d'absence, il n'aurait pas répondu : "Je
me suis couché de bonne heure." Fred, lui, aurait
répondu : "Je vous ai vus." » Je fais patienter l'auditoire. Peder sourit, il comprend. Il se rapproche alors de
Vivian, lui souffle dans la nuque. Maman est toujours
dans l'expectative. Elle se penche en avant, comme si
elle était prête à m'interrompre à n'importe quel
moment. Boletta la retient par le bras – et tandis que je
suis là, debout, près de la chaise vide, devant tous ces
visages blancs, muets, je redeviens le rêveur, Barnum le
rêveur. Je m'imagine porté disparu, mort ; je me suis
noyé dans les canaux et mon corps flotte à la surface, en

décrivant de lents cercles concentriques à mesure qu'il sombre au fond de l'eau. J'ai enfin réussi. Je rêve enfin à mon propre enterrement : c'est mon souvenir qu'ils sont venus célébrer, dans cette église de Majorstuen, je peux jeter un tout dernier coup d'œil à ceux que je suis sur le point de quitter, sachant pertinemment qu'ils m'auront oublié sitôt la porte franchie, sitôt regagné l'été indien de Fagerborg. Cette image est d'une telle violence que mes yeux débordent, je suis forcé d'essuyer une larme. Mon chagrin est contagieux. Le chagrin est mon message. Lorsqu'ils me voient ainsi, ému aux larmes, ils se mettent eux aussi à pleurer, tous sauf Vivian et Peder. Il me semble que Boletta s'est endormie, c'est tout à son honneur. En revanche, maman enserre son mouchoir, elle acquiesce à plusieurs reprises, satisfaite, reconnaissante : je tiens la promesse que je lui ai faite, au nom de mon frère. « Une nuit, Fred est rentré avec un cercueil. » Maman est de nouveau sur ses gardes, Boletta se réveille. C'est à mon tour de fermer les yeux. Je suis un rêveur qui rêve à rebours. « Peut-être savait-il ce qui allait arriver. Peut-être était-ce un *flash-forward*, comme on dit dans mon milieu professionnel. Car aujourd'hui nous ne sommes en possession d'aucun cercueil, nous n'avons guère qu'un souvenir, et le souvenir n'est rien qu'une image démultipliée par le temps. » Peder lève le pouce. Maman est nerveuse. J'ai envie de m'asseoir, sur la chaise de Fred, mais je m'abstiens – et une nouvelle fois, il me semble apercevoir Fleming Brant, près des fonts baptismaux, les mains dégoulinantes d'eau ; il secoue la tête, descend l'allée centrale, le râteau posé sur l'épaule, il marche d'un pas si lent qu'il ne disparaît jamais. « Cependant, le premier souvenir que je garde de Fred, c'est lorsque nous nous cachions sous la table de la salle à manger pour écouter notre arrière-grand-mère lire à voix haute la lettre de notre arrière-grand-père. Je la connais toujours par cœur. *Quand nous étions bloqués dans les glaces, il nous arrivait souvent de descendre sur la banquise pour aller chasser le phoque.*

Nous en tuions le plus possible, profitant du fait qu'ils se prélassaient au soleil, car une fois qu'ils ont regagné l'eau, ils sont difficiles à attraper. » Je me tais à nouveau. Je baisse la tête. Je suis au milieu des fleurs et des couronnes. Je pourrais m'arrêter là. Je continue. Je dis : « Quand un chasseur trouve une trace, il ne la suit pas. Il suit les traces à l'envers, se dirige là d'où vient l'animal. » Maman s'apprête à se lever. Boletta la retient. Vivian regarde ailleurs. Peder ne me quitte pas des yeux. L'église de Majorstuen est plongée dans le silence. C'est moi qui ratisse à l'heure qu'il est, ce sable qui longe nos traces. Je hausse la voix. « Les derniers mots de Fred sont également extraits de cette lettre, qui est en réalité le récit de notre famille, le récit où sont toutes nos origines, auquel nous retournons toujours, entre la glace et la neige. » Je me vois obligé d'essuyer ma joue avec le dos de la main, j'attends – et il me reste quelques secondes pour penser que la vie est en majeure partie faite de cela, de l'attente, voilà de quoi se composent nos jours : l'attente. Nous ne faisons qu'attendre, attendre quelqu'un, attendre autre chose. Nous sommes ici pour parachever ce temps de l'attente. Je lis ces mots à voix haute, retrouvés dans la poche de Fred : « *Tu me demandes, mais j'ignore tout de la mort car je ne connais que la vie ; je peux simplement dire ce que je crois : soit la mort constitue la fin de l'existence, soit elle n'est qu'un passage vers une autre manière de vivre. Dans les deux cas, il n'y a rien à craindre.* » Je me retourne vers maman. Elle a croisé ses mains. Alors, à voix basse, je prononce cette phrase que Fred a peut-être oubliée ; il est d'ailleurs probable que personne ne l'entende, mais elle représente pour moi la plus belle phrase de la lettre, ces mots obstinés d'Odark le sage, débordant d'amour et de courage, des mots que le jeune Wilhelm s'est appropriés lorsqu'il les a retranscrits dans la lettre pour sa bien-aimée, sans savoir qu'ils constitueraient la fin de son histoire, et dont je fais en sorte à présent que tout le monde se les approprie. « *Néanmoins, j'éprouverais la plus grande répugnance à mourir*

maintenant, tant il me semble merveilleux de vivre ! »
Maman se lève. Elle pose la vieille veste de Fred, la
veste peau de pêche, sur le dossier de la chaise, à croire
qu'il vient juste de s'y asseoir, pendant une heure de
cours, et qu'il a été renvoyé, prié d'attendre dans le couloir, ou parce qu'il est simplement sorti pisser – et je
prends brusquement conscience que l'attente a rongé la
raison de maman, comment va-t-elle dès lors pouvoir
porter ce manque vide, une veste qui n'est plus à la taille
de personne ? Elle m'ordonne de regagner le banc. « Ça
suffit maintenant, Barnum ! chuchote-t-elle. Tu as été
très bien. » Pourtant je reste là, à deux pas de la chaise
de Fred, je n'ai pas terminé ; et ce silence, qui n'existe
qu'à l'extérieur de moi, s'amplifie, s'approfondit.
Jamais Fred n'a été aussi vivant pour moi que maintenant. « Le temps nous joue un sacré tour », déclaré-je,
très fort ; il est même probable que je le crie. Puis je
baisse la voix. Maman s'est figée. « Le temps a tellement de pièces…, murmuré-je. Et tout a lieu simultanément, dans toutes les pièces, en cet instant précis. » Je
m'assieds, sur la chaise de Fred. « Fred m'a appris un
jour que je ne devais jamais dire "merci beaucoup".
Mais aujourd'hui, je veux faire une exception.
Aujourd'hui, je veux dire "merci beaucoup". Car Vivian
attend enfin un enfant. » Peder se redresse, ouvre la
bouche, or, au lieu de parler, il éclate de rire. J'entends
le rire stupéfait de Peder remplir l'église de Majorstuen.
Je descends rejoindre Vivian, je l'embrasse, elle ne peut
pas m'en empêcher. Après quoi nous faisons le planton
sur le parvis de l'église. Les dernières personnes nous
saluent en silence avant de prendre congé. Vivian me
fusille du regard, bien qu'elle soit soulagée étant donné
qu'elle ne pourra bientôt plus rien cacher, cet enfant
qu'elle attend. « Et maintenant, il faut fêter ça ! »
affirme maman, au bord des larmes. Oui, fêtons ça sans
plus tarder. Faisons une fête comme nous faisons notre
deuil ; une des pièces est tendue de noir et l'autre
inondée de soleil, et pour autant nous ignorons dans
laquelle la joie a élu domicile. « Il faut juste que j'aille

chercher un truc », glissé-je à mi-voix. Je fonce au kiosque. J'ouvre l'armoire contenant les sodas, où j'ai caché deux bouteilles : l'eau-de-vie foncée pour oublier, l'alcool blanc pour se rappeler pourquoi on picole. Je ne retourne pas voir les autres. Ils n'ont qu'à poireauter aussi longtemps qu'ils veulent. Je plonge les bouteilles dans ma poche, enjambe la barrière et me retrouve de l'autre côté. Je descends au Cochs Hospits. Ils ont une chambre libre, la 502, au dernier étage, l'ancienne chambre de papa. On me donne la clef. Je monte les marches quatre à quatre. Les rideaux sont tirés. L'ampoule grésille au moment où j'allume le plafonnier. « Fred ! » Je hurle. « Fred ! Je sais que t'es là » Il règne un silence de mort. Seul ce grésillement résonne, comme si la grande lumière allait s'éteindre d'une seconde à l'autre. Je l'interpelle encore une fois. Je hurle toujours. « Fred ! Montre-toi, espèce de lâche ! Je sais que t'es là ! » Je renverse une chaise. J'ouvre une armoire, j'entends les portemanteaux me dégringoler dessus. Je crie. « Salaud ! T'as que de la merde dans les yeux, connard ! T'es même capable de te planquer ! » Dans le couloir, quelqu'un me demande de me calmer un peu. Je ferme la porte à clef. Et je commence à picoler.

Le Viking

C'est le grand amour. Tu en as un peu, que tu en veux beaucoup. Quand tu en as beaucoup, il t'en faut encore plus. Et après tu réclames le reste. Il n'y a pas d'entre-deux. C'est tout ou rien. Tu as des maîtresses partout dans la ville, dans des consignes de la gare de l'Est, dans une valise au fond d'une cave, dans un tiroir au bureau, derrière les œuvres complètes de Hamsun, dans la citerne ou le conduit d'aération, dans le vide-ordures, sous le lit, dans le kiosque fermé, dans la boîte aux lettres et dans la poche intérieure : elles sont avec toi. Et ce grand amour commence d'une manière charmante, par un baiser. Non, même pas par un baiser, par une caresse, une simple caresse qui peut tout à fait se cantonner à son parfum à elle, à son image d'elle ; elle, ton amoureuse – et tu te souviens alors de ton premier grand amour, celui de ton enfance. Tu te souviens de l'odeur suave du malaga, que tu inspirais à pleins poumons et dont tu emplissais tes rêves, car il ne te faut rien de plus sinon ça, précisément. Ceci est le commencement et au commencement Dieu dit : Que des ténèbres palpables recouvrent le pays. Tu te dégotes un verre puisqu'il en faut un, bien sûr, tu as quand même un style à garder, tu as de bonnes intentions : tu vas prendre un cocktail. Non, même pas un cocktail, tu vas simplement t'en servir deux doigts, une rasade, tu vas t'en jeter un petit, comme disent certains. Ou alors faisons simple, tu vas boire un verre. Oui, allez, utilisons ce fameux mot d'une neutralité à toute épreuve, un verre ; c'est direct, immédiat. Tu vas savourer un bon petit verre et c'est pour ça que tu t'en es sorti un. C'est lumineux. Et pendant que tu débouches la bouteille, que tu sens le parfum âpre de la vodka, du gin, du whisky, n'importe quoi pourvu que ça marche, s'épanouir comme un bouquet éclatant, tu es presque heureux. Tu es au bord du bonheur, ton bouquet à la main, c'est peut-être le plus bel instant, tu as encore la possibilité de les remballer, ces fleurs, mais avant, tu vas juste t'en jeter un petit, une rasade de derrière les fagots, plus petit que ça même, une lichette, un brin. Oui, tu peux même dire une tige, comme la tige de rose offerte par ton amoureuse, une invite silencieuse. Et donc tu remplis ton verre, avec précaution, puis tu refermes le bouchon, en un tour de main. Tu ranges la bouteille dans l'armoire, ou sur l'étagère la plus haute, le plus loin possible. De toute manière, tu ne comptes pas en prendre plus, tu comptes juste t'en jeter un petit, rien qu'un, rien que celui-là, tu y crois. Tu y crois dur comme fer, quand tu emportes ton verre dans l'autre pièce, ou sur un balcon, et que tu t'assois. Tu tiens le bouquet dans ta main. Tu n'as pas encore bu. Mais tu ne vas pas boire. Tu vas simplement tremper tes lèvres. Tu vas savourer car ça, ça, il faut le déguster. Tu vas le faire durer. Tu vas humer. Et tu portes lentement ce bouton de rose à la bouche, ta bouche sèche, et c'est la rose qui va t'humidifier, la fleur qui va t'arroser.

Deux jours plus tard, tu te réveilles ailleurs, dans un autre lieu. Tu crois avoir rêvé sauf que tout est vrai. Les fleurs ont fané. Tu as plus soif que jamais. Tu veux qu'on t'aime, mais on t'a abandonné. Tu es ce vase vide. Tu lèves le bras. Ta main est pleine de sang. Tu ignores dans quel lit tu te trouves. La pièce autour de toi est noire. Tu essaies de réfléchir. Tu n'y arrives pas. C'est peut-être aussi bien. L'obscurité se rapproche. Si tu ne bouges pas, tu vas pouvoir différer l'angoisse. Elle ne tarde pas à t'envahir car à l'heure qu'il est, s'il te reste quelque chose ou quelqu'un de fidèle, c'est elle, l'angoisse, même si elle te laisse encore quelques secondes de répit. Puis tu entends un bruit. Celui d'un moulin à vent, dont la roue tourne, à quelques centimètres seulement de ta figure, de plus en plus vite. Tu

entends un accident à proximité, un cri, tu freines. Un
grand silence s'abat et là tu sais : c'est moi qui suis
allongé ici, dans la chambre 502, au Cochs Hospits. Une
voix résonne derrière la porte. Le verrou est poussé. Une
personne ouvre quand même. Je chuchote : « Fred ?
C'est toi ? » La personne referme la porte, tire les
rideaux. Peder me toise. « Seigneur ! » dit-il. Il
s'empresse de refermer les rideaux. Il balance dans une
poubelle les cadavres et les éclats de verre. Il me déshabille. Il me lave. Je me suis coupé le pouce de la main
droite. Il nettoie la blessure, pose un pansement. Il a
apporté des vêtements propres. Le gros prend soin du
petit. Il ouvre la fenêtre, aère. Il y a de la neige sur
l'appui de fenêtre. Je grelotte. Il verse du coca et du
sirop contre la toux dans un gobelet, écrase une pilule,
mélange le tout avec le doigt. J'avale. « Je suis un des
hommes de la nuit. » Peder me tourne le dos. « Les
hommes de la nuit ? » « La famille en est truffée, Peder.
Des hommes qui disparaissent. » « Tu n'as pas encore
disparu, Barnum. Du moins à ce que je vois. » « J'en
prends le chemin. » « Un chemin pour aller où ? »
veut-il savoir. « En bas. Au fond. Dehors. Loin. C'est du
pareil au même. » Il se retourne. « Et si je te disais que
certains aimeraient que tu restes ? » Je baisse les yeux.
« Comment tu m'as retrouvé ? » Peder s'assoit sur le lit.
« Je te retrouve toujours, Barnum. Tu ne l'as pas encore
compris ? » Je pose mon front contre son épaule. « Peut-
être que je ne veux pas qu'on me retrouve », murmuré-je. « Je te retrouverai quand même. Je suis ton
ami. C'est comme ça et pas autrement. » Nous restons
un petit moment dans cette position, sans rien dire. J'ai
envie de pleurer, mais ça non plus je n'y arrive pas.
J'essaie plutôt de rire. « Je n'ai pas le choix ? »,
demandé-je à voix basse. Peder secoue la tête, la mine
toujours aussi grave. « Vivian est inquiète. » Je lève les
yeux vers lui. « C'est toi le père ? » Ça se produit si vite.
Peder me frappe en pleine figure. Je tombe à la renverse
sur le lit. Il se rue sur moi et continue de me frapper.
« T'as entendu ce que je t'ai dit ? Je suis ton ami, sale

alcoolo de mes deux ! » Je dois le retenir. Il agite les bras comme un gamin en colère. Je ne sens pas les coups. Cette fois je réussis à rire. Peder s'écroule. « Tu peux me tabasser encore si tu veux », dis-je en gémissant. « Ta gueule ! » Je prends sa main. Elle tremble. Nous sommes allongés sur le dos dans ce lit double, mou et défoncé. Un crochet est fixé là-haut, au milieu du plafond. Autour, la peinture s'écaille par plaques entières. « Papa avait l'habitude de crécher ici. » « Lui aussi, c'était un homme de la nuit ? » « De nous tous, papa était le pire homme de la nuit. » Peder reste silencieux quelques minutes. C'est lui qui tient ma main à présent. « Peut-être que le médecin qui t'a examiné s'est trompé, Barnum. » « Le docteur Greve ne se trompe jamais. » « Et tu ne l'as pas encore dit à Vivian ? » Je ferme les yeux. Ce sont les mensonges qui roulent, comme des roues noires, impossibles à arrêter. « T'as pas un truc à boire ? » « Tu es en train de couper ta vie au montage et l'alcool est ta paire de ciseaux. » « Tu veux bien éviter de parler comme moi ? » Peder sourit, enfin. Il lâche ma main et se lève. « Viens. » « Où on va ? » « Dehors, Barnum. »

Nous descendons à la réception. Peder paye pour les deux nuits, le ménage et les récriminations, mais c'est moi que la dame aux clefs ne cesse de scruter ; elle a la bouche en forme de cintre rigide. « Vous, je ne veux plus vous voir ici. » Peder la gratifie d'un billet de cinquante supplémentaire, se penche et chuchote : « Il ne reviendra plus jamais. » Nous descendons jusqu'au carrefour où La Vieille s'est fait écraser le 21 septembre 1957. Nous marchons dans la neige qui tombe sur notre visage – et le même instant dure encore, car c'est ici que la photo a été prise, et quand je me retourne, j'aperçois Fred, assis dans le caniveau, inerte, un peigne à la main, comme s'il voulait coiffer le temps en arrière. La Vieille gît sur les pavés, dans une mare de sang ; le chauffeur s'extrait de son camion, les gens déboulent par vagues avec leurs cris muets, jusqu'à ce que la neige recouvre tout à nouveau. Nous avons déjà pris place chez Lorry,

dans le box du fond. Le serveur s'arrête à notre table.
Peder commande deux médaillons de bœuf avec des
œufs sur le plat, du café, du lait et du crack-pain. Je
demande une bière et un Fernet Branca. Lorsque le
garçon s'est éclipsé, Peder me regarde. Il me regarde
longuement. « La réparation est en cours », finit-il par
dire. « Il y a quelque chose de cassé ? » « Toi »,
répond-il. Le serveur revient avec les verres. Je lève ma
pinte à deux mains. Ceci n'est pas une maîtresse. Ceci
est une vieille pute qui se fout de ta gueule, tandis
qu'elle effeuille l'unique fleur restant dans le bouquet :
je t'aime, un peu, beaucoup, passionnément… Quant au
petit verre, ce n'est guère plus qu'un médicament. « Tu
te souviens de ce que j'ai promis à Mlle Coch ? »
demande Peder. J'allume une cigarette. « Mlle Coch ? »
« Que tu n'y retournerais jamais, Barnum. » « J'espère
que tu vas réussir à tenir ta promesse », dis-je. Le serveur pose les plats sur la table. Je n'ai pas faim. Je
mange. Je file aux toilettes où je dégobille tout. Peder
attend. Il a étalé près de son assiette vide des feuilles et
des livres. Je m'assieds. « Tu es prêt ? » me demande-
t-il. « Prêt à quoi ? » Il sourit et se rapproche de moi.
« Les Américains ont inventé le western. Les Japonais
ont fait des films de samouraïs, le eastern. Les Italiens,
eux, ont les spaghettis. Qu'est-ce qui nous reste ? » Il
répond avant que j'aie pu en placer une. « Le northern,
Barnum. » « Le quoi ? » Le serveur revient débarrasser
la table, avec une autre pinte que je n'ai pas
commandée. Peder pousse les livres vers moi. « J'ai fait
ce que tu m'as demandé. » « Et qu'est-ce que je t'ai
demandé ? Une bière ? » « J'ai lu, Barnum. J'ai lu les
sagas. On va y piquer toute la matière qu'il nous faut. Y
a tout, dedans. Qui nous tend les bras. Action, tragédie,
personnages forts, amour, mort, et ainsi de suite…
Qu'est-ce que tu veux de plus ? » « Je ne fais pas
d'adaptation. » Peder me regarde pendant que je bois.
« Tu n'auras qu'à utiliser les mots d'Odark en *voix off*. »
Je ferme ma grande gueule. Peder perd patience. Il pose
une main sur mon épaule. « C'est notre grande chance,

Barnum », chuchote-t-il. Je me tortille pour qu'il ôte sa main. « Et comment tu comptes l'appeler, ce navet ? » « Je le vends sous le titre *Le Viking, a Northern.* » C'est à mon tour de le regarder longuement. « Tu le… *vends* ? » « Tout ce que je peux te dire, c'est que ce projet suscite un intérêt très particulier au sein des milieux bureaucratiques et économiques. Les sociétés en commandite se bousculent au portillon. » Je sens une espèce de fureur monter en moi. Je tape du poing sur la table. « Tu aurais peut-être pu m'en parler avant ? Avant d'aller faire cracher des tocards au bassinet ! » Je le dis tellement fort que certaines personnes des tables voisines se retournent. Peder soupire. « Tu n'as pas été très visible ces derniers temps, Barnum. » Il tire une enveloppe de sa poche et la pose entre nous. « C'est quoi ? » demandé-je. « Celui qui l'ouvre en premier le saura. » Je bois ma bière à petites gorgées. Puis j'ouvre l'enveloppe. Il y a un chèque à l'intérieur. Et, dessus, un chiffre avec beaucoup de zéros derrière. J'entends Peder sourire. « Tu piges, Barnum ? » « Peut-être, peut-être pas… » Je lève le bras pour commander une bouteille de vin. Un soudain accablement se lit dans le visage de Peder, un désarroi dans ses yeux. « Déjà en route pour une nouvelle disparition ? » demande-t-il. « Appelle ça du travail de recherche… » Il se lève. « Tu as douze heures pour te décider, Barnum. Et cette fois, je ne te retrouverai pas. » Le serveur pose la bouteille devant moi. « Prends soin de Vivian en attendant », dis-je. Il se penche à ma hauteur. « Tu es pathétique, murmure-t-il. Je n'ai plus envie de jouer avec toi. » Il part sans se retourner. Je me dissimule derrière mon bouquet rouge. Sur ce, je me rends compte qu'il a oublié quelques-uns de ses livres. Il y a la *Saga de Njáll Le Brûlé,* la *Saga d'Egill, fils de Grímr le Chauve,* la *Saga de Hrafnkell Godi-de-Freyr* et *Le Miroir du roi.* Je feuillette le dernier ouvrage. Et je tombe sur le chapitre où le fils interroge son père à propos du Groenland. L'homme, d'une grande sagesse, répond : *Le Groenland est situé encore plus au nord, aux confins du monde, et je crois qu'il*

n'existe aucune terre au-delà du territoire du Groen-
land, sinon l'océan qui seul entoure cette contrée. Les
jours d'intempéries, la tempête se déchaîne avec une
violence plus démesurée que dans tout autre lieu : le
vent y est plus cinglant, le gel et les chutes de neige plus
virulents. La nature a en effet pourvu cette terre d'une
banquise qui exhale en permanence des rafales de vent
glacial. Alors, il arrive aussi que les glaciers qui recou-
vrent la terre craquent en suivant d'immenses cre-
vasses. Ceux qui sont revenus du Groenland rapportent
que le froid y est particulièrement tout-puissant. Tous
deux réunis, la terre et la mer témoignent en elles-
mêmes que le gel et l'emprise du froid sont partout
devenus les seigneurs de cette contrée, car il y gèle été
comme hiver, et de part en part, la terre comme la mer
sont recouverts par la glace.

Le serveur se tient derrière ma chaise. Il range les
tables. Je lui montre le chèque et promets de passer le
payer demain. Il fait un signe de tête en guise d'assentiment et m'ouvre la porte. La neige scintille. Presque
aucune trace n'est apparente. Je descends au bureau.
Une autre lettre a grillé. Nous sommes *Brum & Miil*.
Peder est dans l'arrière-boutique. Son visage aussi plissé
qu'un accordéon. Il tient dans la main un papier
d'emballage de saucisse, sa chemise blanche est salie de
taches de moutarde. Je vais chercher la bouteille que j'ai
rangée dans le dernier tiroir et sors deux verres. « J'ai
envie de jouer avec toi », dis-je. Peder se réveille
comme lui seul en a le secret, au rythme de gestes lents
et morcelés, un œil à la fois, tandis que ses rides et les
plis de son double menton refluent pour permettre à la
couenne de se remodeler un peu. « Je croyais que t'étais
mort », murmure-t-il. « Putain, non ! J'étais juste en état
de mort apparente. » Je m'assieds dans le canapé et joue
avec mon verre posé en équilibre sur ma poitrine. Mon
cœur bat. Peder esquisse un sourire. « Tu veux jouer
à quoi ? » demande-t-il. « Au Viking. » « Je suis
d'accord. » Je vide mon verre. Je suis en vie. Peder jette
l'emballage dans la corbeille à papier et change de

chemise. Il est essoufflé rien qu'à la boutonner. Il s'est procuré une nouvelle machine, un fax. Qui crache au même moment du papier. Peder arrache la feuille. On dirait qu'il tient les rouleaux de la mer Morte entre les mains. Il tape du poing sur la table. « Black Ridge à Hollywood est déjà intéressé. » « Pas mal. » Une ride barre soudain son front. « Et il faut qu'on ait fini le synopsis et la continuité dialoguée pour Noël, Barnum. Tu y arriveras ? » « J'emmerde la continuité dialoguée ! Je m'attaque directement au scénario, moi. » Peder sourit de toutes ses dents. « Qu'est-ce qui t'a motivé ? » « On s'en tape. » Il hausse les épaules. « J'étais curieux de savoir, c'est tout. » « J'aime cette histoire du père qui raconte à son fils à quoi ressemble le monde. » Peder s'approche de moi. Il passe un doigt le long de ma joue. Ça faisait longtemps qu'il n'avait pas eu un tel geste. « Rentre voir Vivian, Barnum », murmure-t-il. « Oui. » « Il faut que tu la refasses rire, Barnum. » Je regarde Peder. « Comment ? » « Peut-être en lui disant la vérité. » « Quelle vérité ? » Il se retourne. « Que tu ne peux pas avoir d'enfants. »

À mon retour, Vivian est levée. Je l'entends dans la douche. Elle fredonne un air, un psaume que je ne remets pas. Je frappe à la porte. « J'ai quelque chose à te dire ! » Un silence s'installe à l'intérieur. J'attends, assis sur le lit. La robe noire est posée sur le dossier du dernier siège, le numéro 18, mon siège. Dehors, la lumière est lourde, humide. Vivian se tient devant moi, ruisselante, nue. « Pourquoi tu l'as annoncé, à l'église ? Que j'étais enceinte. » Je baisse les yeux. « Je voulais faire plaisir à ma mère », réponds-je à voix basse. Vivian passe une main rapide dans mes boucles, me tire un peu les cheveux. « Je me suis inquiétée à ton sujet, Barnum. » Ces paroles, ce geste, sa main dans mes cheveux, m'attendrissent, me troublent, comme si tout fusionnait d'un coup, en ce seul instant : une goutte, aussi lourde qu'un rocher, qui ne va pas tarder à se détacher, à tomber. Pourtant, Vivian ne me demande pas où j'étais. C'est une espèce de pacte tacite entre nous, nous

ne voulons pas en savoir davantage l'un sur l'autre. Si
ça se trouve, Peder lui aura déjà téléphoné pour lui
raconter qu'il m'a trouvé à la chambre 502, au Cochs
Hospits. J'embrasse ses hanches. La peau est âpre et
douce sur mes lèvres ; elle dégage une autre odeur,
étrangère, excitante. Vivian se libère de mon étreinte.
Elle va à la fenêtre, tient la robe noire devant elle du
bout des doigts. « Les déménageurs viendront chercher
le reste aujourd'hui », dit-elle. Mes yeux se fixent sur un
point au-delà d'elle. « Tu as fait un tri dans la cave. »
« Tout est bon à jeter. » « Tout ? Tu es sûre ? » « Pourquoi ? Il y a quelque chose que tu as envie de garder ? »
Je hausse les épaules. « Je pourrais éventuellement me
remettre aux pompes à semelles compensées, non ? »
Elle rit. J'ai réussi. J'ai fait rire Vivian, malgré tout.
« Tu ferais mieux de les refiler aux accessoires de Norsk
Film », propose-t-elle. « Peder et moi sommes sur un
grand projet. Très grand. » Elle esquisse un sourire
timide. « C'est quoi ? » « Un film de Vikings, Vivian.
Nous allons nous lancer dans une expédition sanguinaire ! » Je lui montre le chèque, désigne tout particulièrement la suite de zéros. « C'est ça que tu voulais me
dire ? » demande-t-elle – et quand elle se tient ainsi,
dans cette position, dans la lumière lourde qui filtre par
la fenêtre, je vois son corps changer, je m'en rends
compte, de seconde en seconde : elle est une autre en
permanence et jamais la même. Je me lève. « Je voulais
te dire que je ne pars pas. » Elle fait un pas vers moi,
s'immobilise, entre la fenêtre et le lit. Elle ne proteste
pas, elle ne tombe pas à genoux, ne m'implore pas. Au
lieu de quoi, un soulagement affligé se lit dans ses yeux
– et peut-être trouve-t-elle un équivalent dans mon
regard, un chagrin éreinté. « Tu comptes rester vivre
ici ? » chuchote-t-elle. « Si tu es d'accord… » Elle
acquiesce. « Bien sûr, Barnum. » Elle s'habille. C'est un
matin tout ce qu'il y a de plus ordinaire. Je sors sur le
balcon, j'allume une cigarette. Je suis à la fois réveillé et
fatigué. Si je m'allonge maintenant, je serai capable de
dormir sept ans d'affilée. Si j'arrive à me tenir éveillé, je

n'aurai plus jamais besoin d'aller me coucher. Je bois une gorgée à la flasque qui, à force d'être restée dans la neige de la jardinière, est à la température idéale. Je retourne près de Vivian. « Qu'est-ce qu'on fait de la plaque ? » Elle ne comprend d'abord pas où je veux en venir. Ça me blesse. J'avance d'un pas vers elle. Il est probable que je tape du pied sur le plancher, toujours est-il qu'elle recule. « S'il te plaît, Barnum. » Elle parle soudain d'une voix blanche. Je m'arrête, abasourdi. J'éclate de rire. « Notre plaque, Vivian. Sur la porte. Qu'est-ce qu'on en fait ? » Elle se retourne et s'éloigne. « On ne pourrait pas la laisser telle quelle ? » murmure-t-elle. « La laisser ? Vivian et Barnum ? Mais ce serait mentir ! À moins que tu comptes revenir ? » Elle me regarde, ce n'est plus la peur qui suinte d'elle à présent, mais l'agacement, car je n'ai pas vraiment le don de susciter la peur très longtemps. « Oh... Et puis fais-en ce que tu veux... », tranche-t-elle, et moi de hurler : « Ouais, c'est ça ! J'ai qu'à la couper en deux ! » Au même moment on sonne à la porte. Les déménageurs. Entre un jeune homme, qui soulève aussitôt la première chose qui accroche son regard. Il est suivi d'un type plus âgé. Traversant la pièce à pas lents, une calculette réglée sur les mètres cubes à la place des yeux, il a le regard triste et froid de celui qui a déjà vécu ça une centaine de fois de trop. Vivian leur montre ce qu'ils peuvent emporter. Le lit, le bureau et le fauteuil ne sont pas du voyage. Le réfrigérateur et le four sont fixés à la cuisine. Les fleurs sur le balcon ont été tuées par le gel. Et je pense, tandis qu'ils descendent les derniers cartons dans leur camionnette, que le fabricant de plaques de la Pilestredet a célébré notre union et que la société de déménagement d'Adamstuen a scellé notre séparation. Vivian me prend la main. « Je te laisse la bague », dit-elle. Je n'ai d'autre choix que de retenir ma respiration. « C'était un cadeau. » « Je sais. » « Arrête de me blesser continuellement, je t'en prie. » Elle lâche ma main. « On n'aura qu'à régler le reste par la suite », murmure-t-elle. Je hoche la tête. « Oui, c'est ça. On réglera le reste par la suite. » Elle finit par prononcer cette phrase étrange, juste avant de s'élancer derrière les déménageurs et de les suivre jusqu'à la Kirkeveien. « Ce n'est pas *que* ta faute, Barnum. » Je reste là, bras ballants, à écouter le son de ses pas dans l'escalier. Puis je n'entends plus rien. L'accident et le minus viennent de se séparer corps et biens, et ce n'est pas ma faute (pourtant, il m'arrive encore de me réveiller et de croire qu'elle rentre). Muni d'un couteau que j'ai trouvé à la cuisine, je sors sur le palier pour démonter la plaque, le cuivre et les lettres noires, Vivian et Barnum. La plaque solidement fixée résiste, si bien que la porte en prend aussi pour son grade et se récolte de méchantes entailles. La voisine se tient juste derrière moi. Je sens l'odeur de ses poubelles. « Elle vous a quitté ? » Je me retourne. Elle commence à ressembler aux détritus qu'elle porte en permanence dans un sac plastique ; un jour, si ça se trouve, elle va se tromper et s'engouffrer dans le vide-ordures et chuter au fond de l'obscurité puante. « Elle est partie en vacances, c'est tout. » La vieille dame sourit, une haleine fétide déferle de son visage, à croire qu'elle a la bouche pleine de vidures de poisson et de vieilles ailes de poulet. Elle baisse d'un ton, comme si elle avait peur de dévoiler un secret. « Elle a aussi rayé son nom sur la boîte aux lettres », chuchote-t-elle toujours. Je suis forcé de reculer d'un pas. Elle est plus hideuse que Miss Tête d'Âne, couronnée Reine de Mocheté au Connecticut en 1911. Elle aurait pu se présenter à un nouveau concours, qu'elle aurait remporté haut la main. Mundus a raté une gagnante. Elle me rit au nez. J'ai alors une réaction aussi soudaine qu'inattendue. Je fonds en larmes. Troublée, elle pose une main sur mon épaule, retrouve une certaine humanité, une certaine beauté dans toute cette horreur qui est la sienne – et elle prononce à son tour la même phrase que Vivian, d'une voix basse et mystérieuse ; peut-être cherche-t-elle à me réconforter, mais sa tentative de consolation sonne comme une menace. « Ce n'est pas *que* votre faute. » Je la repousse. Je balance la plaque dans le vide-ordures et claque la porte derrière moi. Voilà. Plus personne n'habite ici et la pièce est suffisamment grande. Je sors toutes les bouteilles que j'ai cachées un peu partout, je les pose sur la table, tire les rideaux, glisse une feuille dans la machine, et le premier mot qui s'impose à moi est le suivant : vengeance. Je dessine une action, mon triple saut sanguinaire à moi : idylle, mort, dédommagement. Un fils revient venger sa famille.

Un matin, le téléphone sonne. Maman est au bout du fil. Elle veut d'abord savoir comment je vais. « Je suis très occupé. » « Mais pas trop occupé pour venir partager avec nous le repas du dimanche, tout de même ? » Nous sommes dimanche aujourd'hui. Je l'entends aux cloches d'église. Je raccroche, débranche la prise du téléphone d'un coup sec. Je suis arrivé au changement de direction I : la planche. J'ai atteint ma vitesse de croisière. Le vengeur a trouvé son ennemi. Le vengeur attend le bon moment. J'écris : *L'un des deux yeux ne voit pas l'autre*. Il me reste soixante pages. J'emporte une vodka sous la douche. Je trouve ensuite une chemise blanche dans la panière à linge sale. Elle m'éblouit, de la même manière que la neige m'aveugle au moment de me rendre à la Kirkeveien. J'ai besoin d'une paire de lunettes de soleil. Maman a encore plus de cheveux gris qu'avant. Nous passons à table. La mine renfrognée, Boletta n'a pas l'air commode, comme si quelque chose lui était resté en travers de la gorge. C'est à peine si elle daigne me servir du vin ; qui plus est, elle pose la bouteille le plus loin possible. Le couvert est mis pour quatre. « Nous avons un invité ? » demandé-je. « Vivian ne se sentait pas très bien », précise maman. Elle me passe le plat. Je n'ai aucune envie de manger. Je pense à la scène que je suis en train d'écrire, quand la mère en rogne humilie son fils en lui servant de la viande crue le jour même où son frère à lui a été tué. À défaut, je bois du vin. « Ça ne doit pas être drôle tous les jours pour elle de vivre là-haut », dis-je à mi-voix. Boletta m'enlève la bouteille. « Surtout quand il n'y a pas d'homme à la maison », lâche-t-elle. Vivian finit par descendre. Elle porte un ensemble de survêtement ample, aux couleurs passées. Ses cheveux, gras, raides comme des baguettes, lui retombent sur le front. Elle non plus n'a pas faim. Elle ne mange que les carottes cuites, boit de l'eau, sans piper mot – et, à les voir toutes les trois réunies autour de la table, maman, Boletta, Vivian qui est enceinte, maintenant que je suis le visiteur du dimanche dans une maison où ne vivent que des femmes, j'ai la nette impression d'entendre un écho retentissant : l'horloge ovale dans le couloir s'est remise à marcher, les pièces cliquettent dans le tiroir. Le silence s'est écoulé selon un mouvement circulaire, achevant son tour en nouant un ruban noir tissé dans du temps. Je cherche quelque chose à dire. « Quoi de neuf au kiosque ? » Maman pose un autre morceau de viande dans mon assiette. « Ça ne vaut plus la peine de tenir un kiosque comme celui-ci », répond-elle. « Pourquoi ? » Elle esquisse un sourire. « Oh… C'est juste un passage sous un porche, Barnum. » Je pousse la viande sur le côté et tends le bras pour attraper la bouteille. Mais Boletta verse le reste du vin dans son verre. J'allume une cigarette. « Et moi qui croyais que c'était un peu plus que *juste* un passage sous un porche. » Maman secoue la tête. « Même le Beauty Salon est fermé. N'est-ce pas, Vivian ? » Celle-ci acquiesce. Elle a la peau du visage brillante, grasse. « C'est devenu une boutique de toilettage pour chiens », précise-t-elle. Chien-chien à sa mémère. J'ai envie de rire, je n'ose pas, cela reviendrait à tacher la nappe blanche, à déverser délibérément du rire sur cette nappe immaculée. « Café », dis-je d'une voix forte. Maman soupire. « Du café ? Mais tu n'as même pas touché à ton assiette, Barnum. » À présent je peux rire. À présent, rire n'est pas déplacé. « Non, maman. Je voulais dire : du café au kiosque. Vends du café, dans un gobelet, avec une paille. » Boletta se lève, quitte la table sans desserrer les dents. Elle claque la porte derrière elle. « Qu'est-ce qu'elle a ? » demandé-je, à voix basse. « Peut-être qu'elle n'aime pas que tu fumes à table », dit maman. Vivian me regarde. « Ou que tu boives. » Je n'aurais jamais dû rompre ce silence. Je recule ma chaise, jette le mégot dans le poêle. Au-dessus, la photographie est toujours accrochée au mur : le Barnum électrique, le petit génie, à l'Hôtel de Ville, le jour où j'ai reçu le prix pour *La Petite Ville*. Je me retourne vers maman. « Il y a une chose que je trouve bizarre. » « Quoi Barnum ? » « Que Fred traverse toutes ces années avec cette vieille veste. » Je sens une réticence en elle ; sa voix est sèche, dure, comme incapable de contenir tous ces mots. « Tu sais parfaitement qu'il aimait beaucoup cette veste peau de pêche. » Vivian s'est levée. « Tu veux venir jeter un coup d'œil là-haut ? » Je remercie maman pour le repas et suis Vivian. Elle est obligée de faire une pause à chaque palier. Elle a déjà un gros ventre – et je m'imagine ma propre mère, quand elle grimpait l'escalier de la cave jusqu'au grenier avec le linge propre, le panier tressé rempli de vêtements humides, les doigts engourdis, les douleurs dans les hanches qui lui remontaient le long de la colonne vertébrale, le tablier contenant les pinces à linge ; elle aussi était sûrement forcée de se reposer de temps à autre, pendant qu'elle comptait le nombre de marches qu'il lui restait en rêvant à une situation radicalement différente de celle-ci. Vivian se retourne, elle respire par la bouche, ses lèvres sont sèches et gonflées. « Apparemment, ils vont construire un ascenseur extérieur. Dans la cour », dit-elle. Et nous arrivons enfin. Vivian Wie figure sur la porte, une plaque ordinaire, grise, avec de grosses lettres. Elle me fait entrer. Je m'arrête sous le velux. La neige fond dès qu'elle atteint la paroi en verre. La lumière s'infiltre en entraînant l'obscurité dans son sillage. Mon regard est soudain attiré par autre chose, là-bas, dans l'angle du mur, près de la cheminée d'aération blanchie à la chaux : le vieux landau, le parc, une pile de linge de bébé, que Fred et moi avons porté, le berceau usé est également sorti. En somme, tout est prêt, autant de choses ayant déjà servi qui attendent un nouvel être humain. Je préfère détourner les yeux vers la cuisine. Vivian a oublié de mettre le lait au frigo.

« Comment tu trouves ? » s'enquiert-elle. Je quitte ma place sous la fenêtre. « Tu sens comme ça ondule ? » « Pardon ? » « Ça ondule », répété-je. Elle demeure immobile, le regard aux abois, les mains posées sur son ventre. « Ça n'ondule pas, Barnum. » « Tu ne vas pas tarder à le remarquer. » Elle entre soudain dans une colère noire. « Ça n'ondule pas ! » hurle-t-elle. « C'est pour ça, Vivian, que le linge séchait si bien ici. » Elle est au bord des larmes. « Pourquoi ? » « Parce que ça ondule. » Elle file à la salle de bains. Je range le lait dans le frigo, trouve une bière. Le vieux linge de bébé d'enfant est doux au toucher, un pyjama, une grenouil-lère, un maillot ; ils remontent à l'époque où je pouvais encore m'habiller dans des vêtements dont la taille cor-respondait à mon âge, lorsque je reprenais encore les habits de Fred. J'ignorais que maman avait tout gardé – et, lorsque je me penche sur le landau capitonné d'un nid d'ange à la fourrure épaisse et blanche, je sens subi-tement un frôlement glacé sur ma bouche, ce n'est que maman, elle me passe du baume au camphre sur les lèvres ; pourtant je ne suis pas concerné cette fois, je suis à l'extérieur, et c'est sans doute ce qui m'effraie le plus : que je sois débranché, que mes batteries soient vides. Le bébé de Vivian va également être un enfant de l'hiver, il va naître pendant le mois le plus froid de l'année, quand le magnifique brouillard de gel monte du fjord. Je regarde ailleurs, pris d'un vertige comme d'un accès de confusion. « Comment va le Viking ? » demande Vivian. « Je crois avoir touché la planche. » Elle sourit. « Selon Peder, tout devrait bien se passer. » Je me tourne lentement vers elle. « Et toi ? Ils ne t'ont pas donné de boulot à la boutique de toilettage pour chiens ? » Elle efface son sourire d'un revers de main sur ses lèvres. « J'ai trouvé un travail comme maquil-leuse à la NRK. Je commence après le Nouvel An. » « Qui va s'occuper de l'enfant ? » « Vera et Boletta… » Au même moment, nous sommes aveuglés par une vio-lente étincelle. Je crois d'abord qu'il s'agit de la foudre, mais la lumière émane d'un autre angle, et non du velux.

Elle provient de maman, debout dans l'entrée, le vieil appareil photo dans les mains. Elle nous éblouit une seconde fois, au moment où nous regardons chacun d'un côté. Je n'ai pas le temps de l'arrêter dans son geste. « Tu te souviens de cet appareil, Barnum ? » Je secoue la tête. Elle rit. « À une époque, je rêvais de devenir photographe », dit-elle. « Pourquoi ça ne s'est pas fait ? » demandé-je en regrettant aussitôt d'avoir posé la question. « Il y a eu tellement de choses qui sont venues se greffer... » « Il n'est pas trop tard. » Elle lève l'appareil de nouveau. Je tente de toutes mes forces de la retenir, j'y parviens non sans mal. Elle tressaille, éclate brusquement en sanglots – et aurais-je dû le comprendre, à cet instant précis, comprendre que c'était là une chose insupportable pour elle, qui venait se surajouter aux autres, un poids plus grand que je n'étais en mesure de percevoir et qu'elle ne pouvait plus porter seule ? Or j'étais à l'extérieur. Est-ce cela que je nomme le lent obturateur de la mémoire ? Maman serre mes deux mains. « Je regrette tellement, Barnum, de ne pas avoir pris de photos à l'église. » « Ça ne nous empêchera pas de nous souvenir. » Mon regard se tourne vers Vivian. « Tu veux bien descendre le landau pour moi ? » demande-t-elle. Ce que je fais volontiers. Maman reste un peu avec Vivian. Vivian reste un peu avec maman. Au moment où je passe devant l'appartement, Boletta sort, avec sa fourrure et sa canne. « Il faut que je prenne l'air », déclare-t-elle. Je pose le landau sous l'escalier, près des boîtes aux lettres. Sortant la première, Boletta ne décroche pas une parole avant d'être arrivée à Blåsen, où elle lâche : « Ça suffit maintenant ! Je n'ai plus le courage de te suivre, espèce d'abruti ! » Je frotte le banc, nous nous asseyons. Nous demeurons longtemps ainsi, en silence. Je ne sais pas quoi dire. Toutes les formes aux alentours deviennent mouvantes sous l'impulsion du crépuscule, une obscurité corrodée dans un cadre de neige. « Pourquoi tu n'habites pas chez Vivian ? » veut savoir Boletta. Je m'essuie les mains sur mon pantalon. « C'est mieux comme ça. » Elle farfouille dans la poche de son manteau, trouve ce qu'elle cherche. Elle me tend une flasque plate, et, quand j'actionne le bouchon récalcitrant, je sens le parfum profond de mon premier amour, qu'il m'était exclusivement autorisé de humer et de lécher : le malaga – et aussitôt, c'est toute une enfance qui m'enlace, qui m'entoure comme cette neige ; je suis à l'intérieur, et je suis transporté. J'en bois une gorgée avant de redonner la flasque à Boletta, qui déguste à petites lampées. « C'est le dernier malaga de la ville », murmure-t-elle. « Merci, Boletta. » « Et ça, ça ne se gaspille pas. » « Non, pas le malaga. » Après avoir remis la flasque dans sa poche de manteau, elle se penche sur sa canne. « Tu peux m'expliquer ce qu'on fiche, tous autant que nous sommes ? » soupire-t-elle. En voyant les fenêtres s'éteindre, la ville plonger dans une autre obscurité sous le ciel et la neige, je pense soudain à Fleming Brant. J'aimerais dire quelque chose sur lui, le monteur dans le sable, mais la phrase ne me vient pas, les mots regimbent ; je ne vais pas tarder à être anéanti. « Je ne peux pas avoir d'enfants », dis-je. Boletta ne tourne pas la tête. « Et alors ? » demande-t-elle. « Je ne peux pas avoir d'enfants », répété-je. « Mais ça ne t'empêche pas de la trahir ? » « C'est elle qui m'a trahi », murmuré-je. Boletta se lève et donne un coup de canne dans la neige. « C'est petit, Barnum. Tu es décidément petit. Et mesquin en plus. » Je lève les yeux vers elle, je ne comprends pas ce qui arrive. Elle a retrouvé son visage d'autrefois, lorsque ça la reprenait, qu'elle devait aller au Pôle Nord pour se rafraîchir. « Qu'est-ce que tu viens de dire, Boletta ? » Elle pointe sa canne vers moi. « Je n'ai jamais été en rage contre toi, Barnum. Mais là je le suis, et bien plus que ça n'est bon pour moi ! » J'esquisse un sourire. « Tu étais en colère quand j'ai séché le cours de danse… » Elle se rassied, éreintée, résignée. « La rage n'est pas pareille que la colère, Barnum. La colère n'est qu'une petite virgule dans la rage. » « Si c'est comme ça, moi aussi je suis en rage », murmuré-je. Elle pose sa main fragile sur la mienne.

« Ça n'en vaut pas la peine, Barnum. Tu ferais mieux
d'aimer Vivian et l'enfant. » Je baisse les yeux. « Je ne
peux pas. » Elle me relâche. « Dans ce cas tu n'es qu'un
demi-homme, Barnum. » Je la sens monter en moi à présent, la rage, et celle-ci est authentique, comme si toute
la rage accumulée depuis que le policier m'a désigné
dans La Petite Ville s'était agglomérée en un seul et
même muscle, atrophié et tremblant. « Tu oserais
répéter ce que tu viens de dire, Boletta ? » « Et alors ?
Ça ne te rendra pas plus complet ! » Je lui arrache la
canne des mains, la casse en deux et l'envoie valdinguer dans la neige. « Je ne veux plus jamais te revoir !
Tu m'entends, vieille harpie ! Je ne veux plus jamais te
revoir ! » Quand je me retourne pour la dernière fois,
près de la fontaine éteinte, elle est toujours assise sur le
banc, en haut de la colline de Blåsen, une mince silhouette voûtée dans la neige plus compacte à chaque
minute – et c'est ainsi qu'elle disparaît de sous mes
yeux.

Je ne parviens pas à écrire ce soir-là. Je rebranche le
téléphone. Je sens en moi une autre intranquillité,
impossible à endiguer, un nerf malheureux. Je vide les
fonds de bouteilles et fais un peu de rangement dans mes
papiers. Je lis ce que j'ai écrit.

SÉQUENCE 1. MER. SOIR.

*Un bateau avec une proue en forme de tête de dragon.
Il n'y a pas un souffle de vent. L'équipage est obligé de
ramer. Le seul bruit audible se résume aux cris
cadencés à chaque coup de rame. Le bateau ressemble à
une ombre qui glisserait lentement.*

SÉQUENCE 2. FERME DE GRAN. MATIN.

Vår [1], *une belle fillette de neuf ans, s'amuse à faire des traces dans la neige. Elle est seule. Chaque pas qui l'éloigne un peu plus des habitations la rapproche de la lisière de la forêt.*

Elle perd quelque chose dans la neige, s'arrête pour le ramasser : il s'agit d'un pendentif, dont la moitié se compose d'une amulette en forme d'étoile. Au moment où elle se penche, elle distingue autre chose : des pas dans la neige fraîchement tombée. Ils sont beaucoup plus grands que les siens. Ils disparaissent dans la forêt toute proche.

Vår reste accroupie. Elle regarde en direction des habitations, regarde en direction de la forêt. Elle rattache délicatement l'amulette au collier autour de son cou.

Sa mère sort du bâtiment principal. Elle fait un signe de la main à sa fille.

Vår n'ose pas agiter la main. Sa mère n'a pas bougé de la place. Elle regarde toujours vers elle, lui fait signe à nouveau. Vår entend un bruit à l'orée de la forêt. Une branche qui se casse. Un glaive que l'on sort de son fourreau.

Le silence est interrompu avec une grande violence : une douzaine d'hommes en habits de guerre surgissent à cheval de la forêt.

---

1. *Vår* signifie aussi printemps en norvégien. *(N.d.T.)*

SÉQUENCE 3. EXT. BATEAU. MATIN.

Le bateau s'approche du rivage. Les voiles sont hissées. L'équipage est affairé à la préparation de la cargaison. Tous les hommes travaillent, sauf un. Allongé à l'arrière du bateau, il dort. Son visage est dissimulé sous une capuche. Nous distinguons néanmoins un bijou autour de son cou, l'autre moitié de l'amulette en forme d'étoile, comme celle que portait Vår.

Trois hommes posent une cage contenant des oiseaux non loin de l'homme endormi. Ils l'observent, échangent un regard, opinent du bonnet. L'un d'eux se faufile jusqu'à lui, se penche, entreprend de défaire le fermoir du bijou. Soudain, une main lui saisit le bras à la vitesse de l'éclair. L'homme « endormi » le maintient dans cette position. Le voleur s'écroule à genoux sous l'effet de la douleur. Nous voyons le visage de l'homme, ravagé. Il a vingt-cinq ans. Il se prénomme Ulf.

Ulf relâche le voleur. Il se lève, scrute l'horizon en direction des terres.

VOIX OFF : Il était parti depuis sept hivers. Il avait quitté les forêts pour l'océan, les terres pour le vent. Le premier hiver, il fut porté disparu. Le second hiver, personne n'avait entendu parler de lui. Le quatrième hiver, il fut aperçu dans trois pays en même temps. Le septième hiver, il avait été oublié. Il rentrait chez lui tel un réfugié et il rentrait trop tard.

Le téléphone sonne. Je n'ose pas décrocher. Il faut d'abord que j'aie terminé. C'est de cela que tout dépend : avoir terminé. La sonnerie refuse de s'arrêter. J'arrache la prise du téléphone. Le livreur de journaux dévale les marches quatre à quatre. J'entends la voisine s'empresser de retirer *Aftenposten* du paillasson. Une inquiétude plus dense et plus profonde me ronge. Et si

Boletta n'avait pas supporté le froid ? Je file à Blåsen.
Mes traces de pas partent de travers. Le banc est vide. Il
n'y a personne. J'en ai fini avec ce lieu. Il faut que je me
débarrasse de tous ces lieux si je veux avancer. Je dois
me dénicher un nouveau lieu, le mien, et j'ignore encore
où il se trouve. Je passe par le débit de boissons. Le vendeur me scrute longuement, sans pour autant me
demander de pièce d'identité. Lesté de mes achats, je
prends un taxi. Je poursuis l'écriture du Viking. La
course d'élan est derrière moi. Je suis en plein saut. Je
n'arrive pas à m'ôter de la tête la veste peau de pêche de
Fred. Elle monopolise toutes mes pensées. Elle me
dérange. D'elle aussi je dois me débarrasser. Je suis un
tailleur, ma machine à écrire la raccommode, la transforme en une cape en fourrure bleue que je donne à mon
héros, je la range dans son bagage, et, à la moitié du
récit, je lui fais revêtir cette cape chatoyante qui, vue de
loin, illumine comme une flamme ténébreuse. Après
quoi je laisse le héros la céder à un esclave déloyal,
obligé de sacrifier sa vie à la suite d'un malentendu, et
dont la mort consécutive apparaît du coup aux yeux de
l'ennemi comme étant celle du héros, ce fils rentré à la
maison. Un matin, ou peut-être un soir, toujours est-il
que j'ai dormi et que dehors il fait toujours aussi noir, je
vois qu'on éclaire un sapin de Noël du côté du Stensparken, près du jardin d'enfants. Le chant des enfants
me parvient légèrement étouffé. Je reconnais ces bonnes
vieilles mélodies de Noël. Je m'assieds à mon bureau,
parcours les dernières pages que j'ai écrites. À ce
moment-là, je comprends que j'ai terminé. Une douce
voix off arrondit l'ensemble, tandis qu'un bateau
reprend la mer et que le vent du huitième hiver se lève.
J'éprouve une espèce de bonheur, et je suis surpris de
constater qu'une succession de mots subtilisés et mis
bout à bout pour en faire un triple saut puissent me
rendre heureux à ce point. À moins que ce ne soient ces
enfants qui chantent au pied de la colline de Blåsen. J'ai
mal et je suis heureux.

Plus tard, je descends retrouver Peder en traversant

les rues illuminées par les décorations de Noël. Il a fait réparer l'enseigne. Nous scintillons de toutes nos lettres. Je le trouve assis à son bureau, le dos tourné, entre deux téléphones. Il ne me fait face qu'au bout d'un quart d'heure après mon arrivée. Il met ses mains en visière. « T'as vraiment une sale gueule », dit-il. « Tu es un homme superficiel, Peder. » Il secoue la tête. « Tu veux que je te dise une chose, Barnum ? » « Vas-y. » « Que tu te tues à petit feu à force de picoler, moi, je m'en contrefous. Je veux juste que tu aies terminé *Le Viking* avant de crever. » « Ta sollicitude me touche, Peder. C'est trop gentil de ta part, merci. » « Y a pas de merci à avoir, Barnum. Mais je peux te poser rien qu'une question ? » « Laquelle, Peder ? » « Est-ce que tu es sûr et certain de ne pas être mort ? Et je ne parle pas de mort apparente. Je veux dire vraiment mort, comme au crématorium ? » « Je ne suis pas mort, Peder. » Il prend un mouchoir qu'il se met sous le nez. « Tu es conscient, n'est-ce pas, que le moment de la mort peut durer. Pendant des semaines, Barnum. Des années. » « Je suis en vie », chuchoté-je. « Et comment tu peux le savoir ? » « Parce que j'ai soif, Peder. » L'un des téléphones sonne, une voix américaine se met aussitôt à parler dans le répondeur. Vite, fort, sur un ton sec. Je ne comprends que quelques mots : Noël, Nouvel An, Vikings, dollars. Peder me regarde, la mine défaite, sa figure s'enfonce lentement dans les plis du double menton. « C'était notre homme de LA, Barnum. Il vient aux nouvelles. Mais que veux-tu que je lui dise quand toi-même tu ne m'en donnes pas ? » Il se lève lourdement, ouvre l'armoire, change de chemise. « Qu'est-ce que tu veux pour Noël ? » demandé-je. Peder reste silencieux pendant un petit moment. Puis il se rassoit. « Ce que je veux ? Un scénario et un bon ami, Barnum. » Je sors le paquet de sous ma veste et le pose devant lui. Il fixe longuement l'enveloppe que j'ai entourée d'un ruban rouge. Pour Peder, de la part de Barnum. « Qu'est-ce que c'est que cette saloperie ? Un colis piégé ? Un testament ? » « Celui qui l'ouvre en premier le saura. » Il devient suspicieux, hargneux. « Tu serais pas en train de déconner avec moi, Barnum ? » « Barnum ne déconne jamais. » Et Peder ouvre enfin l'enveloppe d'où il retire cent deux pages, *Le Viking, un Northern*, un scénario original de Barnum Nilsen. « Et voilà… J'ai les deux cadeaux que je désirais le plus, réunis en un seul », murmure-t-il. « Oui, fais-je. Un bon scénario et un mauvais ami. » Il se lève pour me prendre dans ses bras. « Je t'aime, Barnum. » « Ne me ressors pas tes américâneries, s'il te plaît. » « De toute manière, âneries ou pas, nous sommes tous américains quelque part », rétorque-t-il en riant, avant de m'embrasser sur le front – et nous restons là, lovés l'un contre l'autre, à savourer cet instant, jusqu'à ce que la chemise de Peder soit de nouveau trempée. « Qu'est-ce qui se passe maintenant ? » demandé-je. Peder relâche son étreinte. « Maintenant tu rentres chez toi te reposer un peu, Barnum. Que je puisse bosser. » « Ce qui signifie ? » « Ça signifie que je dois lire, traduire et faxer le scénario à Black Ridge à Los Angeles. » Il se réinstalle devant les téléphones. Peder est en marche. J'aime le voir ainsi. Nous sommes en marche. Au bout d'un moment, un agacement se lit sur son visage. Il lève les yeux. « Je me trompe ou t'as dit tout à l'heure que tu avais soif ? » « Oui, tu te trompes, Peder. J'ai voulu dire que j'étais heureux. »

Je le laisse donc tranquille et rentre à la maison. En faisant de très nombreux détours. Je dois simplement me débarrasser de l'ensemble des lieux. Je dois faire le ménage. Je caresse l'arbre de la Solli plass une dernière fois, le tronc dur me chatouille les paumes ; j'entends, filtrant du cours de danse, la lente mélodie du tourne-disque s'appesantir dans la poussière d'un sillon intérieur de mon enfance, puis les pas s'estomper de part et d'autre du parquet. Je m'assieds à l'angle de l'avenue Wergeland et du parc du Palais Royal, j'observe une minute de silence en mémoire de La Vieille, et quand je ferme les yeux, je discerne la silhouette de Fred qui enfin se relève du caniveau, plonge son peigne dans la poche arrière de son pantalon et suit notre grand-mère jusqu'au Palais. Ce lieu, je le laisse derrière moi. Je poursuis mon chemin jusqu'au Pavillon du parc de Frogner. Il a perdu sa blancheur. Les murs délabrés sont recouverts de graffitis. Quelqu'un a écrit *J'étais ici*. Ce qui est toujours vrai. Celui qui, en revanche, écrit *Je suis ici* n'a raison qu'au moment où il l'écrit. Je crache dans la neige et me dépêche de quitter cet autre lieu. Je passe au kiosque prendre la dernière bouteille que j'ai cachée sous la latte bancale du plancher, et voilà, ce lieu est lui aussi déjà oublié, de la même manière qu'il a depuis des lustres déserté le souvenir d'Esther et s'est transmué en un rêve fait de sucre candi et de menue monnaie. Je pousse ensuite jusqu'à La Petite Ville, qui ne se compose guère plus que de petites ruines en neige fondue, grise, lourde ; La Petite Ville a déjà été déplacée, je la démantèle pour de bon, je la raye de la surface du globe. Puis je vais chez Vivian. Je sonne. Maman ouvre. Elle lâche un sac par terre, me regarde d'un air aussi surpris que le mien tant je ne m'attends pas à la voir là. « Vivian est à l'hôpital », dit-elle. J'essaie de paraître détendu. Je suis tout à fait détendu, je ne prends ombrage de rien. « Déjà ? » « Ils veulent simplement ne pas prendre de risques. » « Des risques ? Il n'y a rien de grave ? » Elle me fait entrer. Elle range dans le sac des affaires de toilette et quelques vêtements appartenant à Vivian. Je la suis. « Il n'y a rien de grave ? » répété-je. « Vivian est si mince. » C'est tout ce qu'elle dit : Vivian est si mince – et ces mots, qui me frappent avec une force à la fois douce et violente, me font penser à une coccinelle grimpant le long d'un brin d'herbe qui ploierait lentement sous le poids de l'insecte. Je pose une main sur l'épaule de maman. « Tout va bien se passer ? » Elle ferme la fermeture Éclair et se redresse. « Tu peux venir si tu veux, Barnum. » Je me retourne, esquive toute réponse. Maman reste immobile une minute. « Tu t'es disputé avec Boletta ? » « Non, c'est ce qu'elle dit ? » « En tout cas, elle n'a pas décroché un mot depuis. Elle passe son temps sur le divan à broyer du noir. » Elle prend le sac et s'avance vers la porte. Sa voix est sur le point de se briser. « Je ne sais pas ce qui s'est passé entre Vivian et toi, et je ne veux pas le savoir, Barnum. » Je fais un pas vers elle et lève la main. « Non, bien sûr. Toi, tu veux surtout ne rien savoir ! » Elle me jette un regard brusque, la lueur noire s'est rallumée dans ses yeux. « Qu'est-ce que tu veux dire ? » Ma main retombe lourdement et je reste là, les bras ballants. « Dis à Vivian que je suis là. »

Je pousse une chaise sous le velux. Je m'assieds. La porte se referme. Je compte les pas de maman dans l'escalier raide jusqu'à ce que je ne les entende plus. J'ouvre la bouteille. J'avais raison. Ça ondule toujours. L'eau-de-vie tangue d'un côté sur l'autre comme une vague emprisonnée. Quand je lève les yeux, la fenêtre obscurcie se transforme en miroir où ma figure tremble, danse. La neige tombe et glisse sans bruit. Il n'y a que cette vague et moi qui m'y retiens. Je bois lentement. Il faut du temps pour se débarrasser de ce lieu mais j'ai tout le mien. Je prends le temps dont j'ai besoin. Je célèbre la messe en ma mémoire. Je m'entraîne à oublier et je suis bien le seul à être rentré. Trois étages plus bas, Boletta broie du noir sur le divan. Ailleurs, dans un autre lieu, tout près d'ici, maman prend soin de Vivian. J'oublie le cercueil que Fred a rapporté ici. J'oublie la guerre, les cordes à linge, le pigeon mort. À un moment donné, j'entends les cloches sonner. Et c'est là, à cet instant précis, que je me souviens malgré tout qu'il y a une chose ici, une seule, qui m'appartient, c'est si simple, si lumineux : la bague ; la bague que j'ai un jour achetée et que je n'ai jamais donnée mais que, au contraire, j'ai cachée dans la cheminée d'aération. T comme Tale, T comme Taciturne, T comme Temps. Je trouve un couteau à la cuisine et m'attaque au mur blanchi à la chaux. Je pioche, frappe, enfonce, entaille, je vais la trouver cette putain de bague, sauf que ce foutu créneau ne cède pas, je cogne et je gratte, c'est impossible, tout ce que j'obtiens c'est une neige de poussière et de peinture – et ce ne sont plus les cloches d'église que j'entends à présent, mais bien le téléphone. Je ne sais pas où il est posé. Je le trouve dans la chambre à coucher et quand enfin je m'empare du combiné, on a raccroché à l'autre bout. La chambre est spartiate, meublée d'un lit ainsi que du berceau, dans le coin. Ça ondule. Je suis forcé de m'asseoir. Le même téléphone se remet à sonner. Je soulève lentement l'appareil – et ce faisant, je pense à Boletta, à la centrale des Télégraphes, qui connecte les conversations, c'est moi qu'elle a retrouvé aux confins de l'obscurité électrique des lignes. Maman est au bout du fil. Elle dit : « Vivian a eu un garçon. »

Il va s'appeler Thomas.

La bague reste dans le mur, invisible pour tout le monde sauf moi. Je rentre à la maison. Une bouteille de champagne est posée sur la table ainsi qu'un bouquet de roses, douze tiges. Sur un bristol, Peder a écrit : *Au grand petit génie. Félicitations.* Assis sur la véranda, il feuillette un manuscrit et fume un cigare. Lorsqu'il me voit, il brosse sa chemise pour en ôter la neige, puis il me rejoint. « Tu as forcé la serrure ? » Il sourit. « Vivian m'a donné les clés. » Je baisse les yeux. « Tu es allé à l'hôpital ? » « Un beau garçon ! répond-il. Il braillait comme un forcené. » Nous nous taisons un petit moment. Peder pose une main sur mon épaule. « Les Américains sont aux anges, Barnum. Ils t'adorent. » Je lui prends le scénario. C'est la traduction américaine. L'air soudain gêné, Peder ouvre la bouteille et nous verse du champagne (et ce sera le dernier verre que je boirai pendant au moins sept ans). « C'est qui ce connard de Bruce Gant ? » Peder hausse les épaules. « Qui ça ? » Je tape la première page d'un doigt rageur. « Y a marqué *revision by Bruce Gant.* » « Ah…, fait Peder. Bruce Gant. C'est le docteur en scénarios de chez Black Ridge. Il a juste fait quelques retouches ici et là. » « Des retouches ? » « Te cantonne pas trop aux détails, Barnum… » Je commence à lire. Mais Bruce Gant ne s'est pas contenté de quelques retouches, il a carrément supprimé ma voix et mes mots. Il a amputé mes images. Peder arpente la pièce de long en large, il ne tient plus en place. « Pacino est le deuxième sur la liste. Et il n'est pas impossible que Bacall soit de la partie. Et Bente Synt veut t'interviewer. » Je hurle : « Mais c'est du saccage ! » Peder pose de nouveau une main sur mon épaule. « Commence pas à prendre des grands airs, Barnum, hein… » « Des grands airs ? Mais il a tout saccagé ! C'est pas un docteur, ton enfoiré de Bruce Gant, c'est un charlatan ! Le patient est mort ! » Je me tortille pour me dégager de la main de Peder. « Tu sais comment c'est…, dit Peder. Il vaut mieux pour un écrivain de cinéma ne pas être trop doué pour écrire. » Je m'approche de lui. « C'est censé être une insulte ou un compliment ? » « Ce que j'essaie de te faire comprendre, Barnum, c'est que tu es trop doué. Les Américains veulent des trucs qui vont droit au but. Si tu vois ce que je veux dire. » « Droit au but ? Les Vikings qui baisent à la belle étoile sur des peaux de bêtes et qui chialent toutes les deux scènes ! ? » « Des sentiments, Barnum. » « L'un des deux yeux ne voit pas l'autre ! Même cette réplique-là, il l'a supprimée ! » « Tu es trop doué », répète-t-il. Je lui lance le scénario à la figure et m'effondre sur le lit. « De quel côté tu es, Peder Miil ? » Il pousse un profond soupir. « Mais bordel ! De notre côté bien sûr ! » Je lève les yeux vers lui. « Je ne sais plus du tout à qui j'ai affaire », dis-je. Peder pose les clefs sur la table, entre les roses et le champagne. « Peut-être que tu devrais aller voir Vivian. » J'arrive à peine à articuler deux mots sensés. Je murmure : « Plus rien ne m'appartient. Rien n'est à moi. »

Puis je descends au sous-sol. C'est le dernier lieu dont je dois me débarrasser. J'ai emporté une lampe de poche, je regarde le faisceau lumineux tituber le long des murs. Un tas de vêtements mouillés et moisis traîne par terre près du sèche-linge, une bouteille vide roule sur le sol. De toutes mes forces, je flanque un coup de pied dedans, je l'entends se briser dans le noir. La cave est ouverte, rien n'a été bougé. Je distingue la valise silencieuse, dans le fond. C'est alors que je me rends compte de la présence de quelqu'un, je remarque des ombres fugitives – et avant même que j'aie eu le temps de me retourner, je suis alpagué et plaqué contre la porte, tandis que la lampe me tombe des mains, qu'une douleur me vrille le crâne, que du sang me dégouline dans la bouche. On me force à faire volte-face. Une lumière encore plus crue m'éblouit. Un agent de police me fouille les poches. « Alors comme ça on cherche un lieu pour passer la nuit ? » « Mais j'habite ici ! », parviens-je à ânonner. « Le minus est bourré comme une queue de pelle », dit l'autre. Je me débats, casse quelque chose – et je sens une immense indifférence m'envahir au moment où ils m'emmènent jusqu'à leur véhicule et me conduisent au poste. La voisine est dans l'escalier, les mains pleines de sacs poubelle. Les étoiles brillent à toutes les fenêtres de la ville, sauf aux miennes. Après tout, nous sommes le soir du réveillon de Noël. J'éclate de rire. Je tombe. On me relève et on me traîne le long d'un corridor. Derrière des barreaux, j'aperçois Fleming Brant, lui que je croyais mort, et pourtant la silhouette lui ressemble comme deux gouttes d'eau : il tend une main maigre et tient une paire de ciseaux brillants entre les doigts (et ce sera aussi la dernière fois que je le verrai, le monteur). « Joyeux anniversaire, mon ami », chuchote-t-il. J'essaie de me libérer. Après l'indifférence vient l'anxiété. On me retire la ceinture, les lacets, la montre, le peigne. Puis la porte est claquée avec un bruit sourd, elle percute ma tête et la fait basculer en arrière. Je m'assieds dans un coin de la cellule, tout près du trou pratiqué dans le sol – et c'est ainsi que je disparais de sous mes yeux.

Le cormoran

Une île se détache au loin, comme un point minuscule au milieu de l'océan. Je suis assis sur le pont, enveloppé dans une couverture. Je suis déjà venu ici. C'est ici qu'on m'a donné mon prénom. Or quand je pose le pied sur le sol de Røst, personne ne sait qui je suis. J'ai emporté la machine à écrire, ainsi qu'un almanach. Je m'immobilise un instant, inspire, mais je ne sens rien, rien mis à part ce vent cinglant. Je rejoins le Foyer des pêcheurs. Ils ont une chambre libre. À la réception, une fille à la peau basanée me demande combien de temps je compte rester. « Suffisamment longtemps », réponds-je. Elle sourit, se voit obligée de me demander mon nom. « Bruce Gant », dis-je. « Bruce Gant », répète-t-elle lentement avant de me jeter un coup d'œil rapide puis de noter mon nom et la date de mon arrivée dans un cahier. Elle me tend la clef, enfin. La chambre est au premier étage. Le lit est disposé près de la fenêtre bosselée par le sel. Je ne dors pas. Je dessine une croix pour marquer une nouvelle nuit blanche et sèche. Le lendemain soir, je recommence. Au troisième matin, on frappe à la porte. La fille de la réception m'apporte le petit déjeuner : des œufs, du pain, de la confiture. Je lui demande de me procurer un rouleau de scotch. Elle me le monte le soir même. Elle remporte le plateau et voit que je n'ai rien mangé. J'écris *L'Homme de la nuit, séquence I*, puis colle la feuille au mur.

J'essaie de dormir.

J'entends les oiseaux dans le noir.

Un jour où il pleut, je sors. Les gouttes tombent droit sur moi, comme si le ciel avait chaviré. Je penche la tête et suis le sentier qui traverse le plat pays de Røst, sillonne les claies qu'on prendrait pour des jardins à poissons – et pourtant je n'en sens pas l'odeur, mon odorat est mort, mes sens sont émoussés, tout comme le vent ponce les îlots à l'aide de son gigantesque papier de verre, jusqu'à ce qu'ils se pulvérisent au fond de la mer et disparaissent à jamais. J'ouvre la grille du cimetière sans parvenir à la refermer. Une hampe est ployée comme un arc de cercle sous les rafales. Je suis obligé de ramper, protégé par le mur de pierres. Je finis par trouver leurs noms, sur un talus noir, surélevé, enchâssés dans un carré de sable blanc. Evert et Aurora. Les lettres sont presque entièrement recouvertes de guano. Je m'apprête à les nettoyer, j'y renonce à la dernière seconde. Me revient soudain en mémoire ce que le pasteur avait dit, à l'enterrement de papa, comme quoi le cormoran fait sur les monts afin de retrouver son chemin au moment de rentrer chez lui.

Quand je reviens sur mes pas, le vent est toujours aussi fort de ce côté, une tempête de sel qui me lacère le visage. Ce n'est ni par gêne, ni par pudeur que les gens regardent par terre ici, mais bien à cause du vent. Je passe à côté d'une sorte d'appentis, un hangar à bateaux tout biscornu en réalité, quand mon œil est soudain attiré par une forme familière, un véhicule sous une bâche, dont l'extrémité de l'aile avant est visible. Je balaie les environs du regard. Je ne vois personne. J'entre, replie un peu la bâche. C'est la Buick, la vieille voiture de papa, usée, rouillée, pleine d'eau de pluie. En fin de compte, j'aurai retrouvé quelque chose. Je ferme les yeux. Un homme voûté, dont le grand front blanc surplombe un visage sombre, s'appuie sur un réfrigérateur cassé. Il ne dit rien. Il se borne à frotter la terre de sa cotte. Je remets la bâche en place. « C'est rare, fais-je observer, une voiture pareille dans les parages. Roadmaster Cabriolet... » L'homme demeure silencieux, sans pour autant paraître hostile. Il ne me quitte pas des yeux. On dirait un tailleur méticuleux qui prendrait des mesures. « D'où est-ce que vous la tenez ? » « Il y avait un gugusse autrefois. Il nous devait du fric. Pour l'eau-de-vie, et les pierres tombales. » Je hoche la tête. « Mais pourquoi vous ne l'utilisez pas ? » Il sourit à présent « On la sort quand les Italiens débarquent. »

Je dessine d'autres croix dans l'almanach.

C'est la seule chose que j'écris.

Un soir, je descends au café, je bois un jus d'orange, regarde la télé, en compagnie d'autres clients, des gens du coin, qui viennent ici pour manger du gâteau, à moins que ce ne soit pour les yeux de la fille. Ces hommes, taciturnes, sympathiques, qui sont déjà allés faire un tour ou plusieurs sur le continent, me considèrent avec une curiosité indulgente tandis que je regarde les images tremblotantes, parasitées, sans le son, à croire que l'antenne est plantée au beau milieu d'une houle – et je pense que tous ces visages connus qui défilent sur l'écran salé, ici dans le Foyer des pêcheurs, le dernier hôtel avant l'océan, viennent d'être maquillés par Vivian. Je me lève d'un bond. « Qu'est-ce que vous fabriquez ici, Bruce Gant ? » me demande la fille quand je lui rends le verre au moment de monter dans ma chambre. Les autres écoutent, en veillant à ne pas le montrer, seules les fourchettes s'immobilisent un instant. « Je me suis mis à sécher », réponds-je. « Je trouve quand même que vous devriez manger un peu. »

Je vais bientôt devoir acheter un nouvel almanach.

Les jours rallongent.

Un matin, j'emprunte un autre chemin que d'habitude. Je ne me dirige pas vers le cimetière, je ne contourne pas le mur de pierres. Je traverse la prairie, le long du rivage, qui mène à la petite baie en contrebas des quais. Là-bas, j'aperçois la maison. Ce n'est plus une maison, une demeure pour des êtres humains, mais rien que des décombres, des débris qui achèvent leur chute, qui glissent comme des bois de dérive. La porte à cercueil tape sans discontinuer contre la cloison. Dans l'herbe clairsemée, jaunie par la neige, gît un crâne de mouton lissé. C'est à ce moment-là que ça a lieu. Le vent s'engouffre soudain dans ma veste, souffle dedans au point de la transformer en une voile noire qui me soulève de terre. Je résiste comme je peux, tente de me faire le plus lourd possible, d'être inébranlable, mais c'est impossible : je ne suis qu'un flocon inconsistant dans ces rafales, elles me transportent dans les airs. Je crie, j'agite les bras, puis le vent finit au bout d'un moment par me reposer poliment sur le sentier étroit.

Secoué, l'esprit embrumé, je regagne aussitôt le Foyer des pêcheurs. J'y croise la fille au teint basané, derrière son bureau, un rire imprimé sur ses lèvres. Présents également, les mêmes hommes échangent des regards, leur visage plein de courants d'air déformé par un rictus, jusqu'à ce que l'un d'entre eux s'exclame, et déclenche ainsi l'hilarité générale : « Tiens donc, voilà notre cormoran en personne qui se radine ! »

Je dissémine la poussière du récit et la laisse fleurir dans toutes les bouches, comme autant de bouquets de mensonges les plus magnifiques.

Un matin, on frappe encore à la porte. C'est elle, la fille. Elle jette un regard rapide autour d'elle, sur les murs bientôt retapissés de feuilles. « Je n'ai pas faim », dis-je. Elle sourit. « Peut-être, mais vous avez du courrier. » Je suis dépassé par les événements. Elle me tend une enveloppe. Je reconnais l'écriture de Peder. De très nombreuses adresses ont été biffées avant que la lettre n'arrive jusqu'ici. Je murmure un merci. Elle reste debout. « Alors ? Est-ce que j'écris Barnum Nilsen plutôt, dans le cahier ? » Je m'approche d'elle. Elle a les yeux marron. « Comment saviez-vous que c'était moi ? » « Ce n'était pas si difficile. » « Je ressemble à mon nom ? » Elle rit à présent. « D'après mon père, il n'y a pas beaucoup de gens à la ronde pour reconnaître une Buick dans un état pareil. »

Je pose la lettre sur la table de chevet sans oser la lire.

Je rêve pour la première fois depuis longtemps. Je rêve de la valise. Quelqu'un la porte, mais je n'arrive pas à distinguer clairement de qui il s'agit. Dans le rêve, je vois seulement les chaussures, les jambes et la main qui tient la valise. Elle est lourde.

Je suis réveillé en sursaut par le soleil. Il inonde la chambre. Je me lève. La lettre est toujours sur la table de chevet. Je l'ouvre. Peder écrit : « *Mon ami, je ne sais pas où tu peux être, mais cette lettre te trouvera peut-être. Tu te souviens de la carte de l'homme le plus grand du monde que nous avions trouvée, l'été que nous avions passé ensemble à Ildjernet ? Ce que je voulais te dire :* Le Viking *ne se fera pas en fin de compte. La société de production a changé de directeur. Je l'ai rencontré à LA. Il habite à Venice Beach depuis 1969, et la seule chose qu'il ait pu me dire a été : Les Vikings dans l'espace, vous en pensez quoi ? Voilà qui va peut-être te donner du grain à moudre... N'est-ce pas, Barnum ?* »
Je ris tellement que je suis forcé de m'asseoir sur le lit. Je ne me souviens pas non plus de la dernière fois où j'ai ri. C'est alors que j'entends un vacarme venant de dehors : des voix, des cris, de la musique. En allant à la fenêtre, je me rends compte seulement maintenant qu'elle a été nettoyée et tout m'apparaît alors si proche, si net. Le monde m'éblouit. C'est le ferry qui arrive à quai. La plupart des habitants des îles doivent s'être rassemblés ici aujourd'hui. J'ai la sensation profonde d'avoir déjà assisté à cette scène que je vois pourtant pour la première fois. Ce sont les Italiens, les acheteurs, venus récolter les fruits des jardins secs du pays de Røst, vendanger les vignes du rivage. On les conduit en bas de la passerelle, tandis que, de l'autre côté, surgit la Buick jaune, rutilante, brillante comme un sou neuf, décapotée, elle cahote sans bruit comme un équipage sur roues. Le chauffeur porte un uniforme et une casquette aux bords dorés dissimulant son grand front blanc. Il s'arrête à hauteur de la passerelle, les hôtes montent à l'intérieur, et tout ce petit monde fend lentement le vent et la foule.

Au bas de sa lettre, Peder a écrit : « *PS. J'ai un bonjour à te transmettre de la part de Vivian. Thomas vient de prononcer son tout premier mot. Devine lequel ?* »

Plus tard dans la journée, je me traîne jusqu'à l'appentis tout de guingois. La Buick est garée à l'extérieur. Le chauffeur, à genoux, lustre les enjoliveurs jusqu'à ce qu'ils étincellent comme quatre miroirs. « Tu sais où papa avait fait installer le moulin à vent ? » Gêné l'espace d'un instant, il essuie la sueur de son front. « Nous avons avancé les sous pour la fête de ton baptême. La pierre tombale, il a fallu la faire venir de Bodø », murmure-t-il. Je pose une main sur le capot brûlant. « Dans ce cas, vous l'avez bien méritée, cette tire. » Il me regarde avec un sourire, et dit : « Viens. »

Nous traversons le bras de mer, ramons jusqu'à l'îlot escarpé, assis l'un à côté de l'autre sur le banc de nage. La rame me glisse des mains. Le chauffeur rit. « Tu rames comme Arnold », crie-t-il. Nous réussissons à remettre la barque dans la bonne direction. « Qu'est-ce que tu sais sur mon père ? » Il garde le silence un long moment. Je dois redoubler d'efforts pour ne pas perdre la cadence et ne tarde pas à être à bout de forces. « Arnold s'est sectionné un doigt quand il était gamin », dit-il. Nous nous rapprochons, j'avise une baie étroite donnant sur une côte accidentée. « Est-ce qu'il était un homme bon ? » demandé-je à voix basse. Le chauffeur, le passeur, le fils unique d'Elendius, se penche sur sa rame, la mine contrite. « Quand Arnold est revenu ici pour te faire baptiser du nom de Barnum, il lui manquait toute la main », répond-il calmement. Nous sommes enfin arrivés. Il m'aide à descendre. « Tu veux que je t'accompagne tout en haut ? » Je secoue la tête. « Je me débrouillerai. » Mais il refuse de me laisser partir aussi vite, et enfonce deux pierres dans mes poches. « Il ne s'agirait pas que tu t'envoles et que tu nous quittes une deuxième fois. » Je gravis en sens inverse le sentier que papa a dévalé le jour où il est devenu une roue. J'ignore combien de temps il me faut pour escalader la pente. La lumière est immobile dans une nuée d'oiseaux blancs. Quand je parviens à la dernière butte et que l'herbe humide s'étend en formant une courbe ramollie, j'aperçois le moulin à vent de papa. Il ressemble à un avion qui se serait écrasé, ou encore à une croix fracassée. Je m'assieds. Le soleil est suspendu dans l'horizon et je vois que c'est un soleil vert. Je jette des cailloux dans la descente abrupte, l'odeur âcre du guano me monte aux narines. Le vent gifle les débris qui émettent un bruit plaintif, superbe, un chant rouillé. Et à présent je sais : ceci est mon lieu.

Le lendemain matin, je pars pour le Sud. Je prends le ferry jusqu'à Bodø, un avion jusqu'à Oslo, un taxi jusqu'à Bolteløkka. Je suis forcé de m'aérer trois jours durant. J'ai l'impression de revenir d'un long voyage de grandes vacances. Des gens ont emménagé chez la voisine, un jeune couple. Je ne rencontre pas Vivian. Je n'ai pas encore vu Thomas. Mais Peder et moi continuons notre théâtre électrique. Je suis retranché dans les coulisses sombres où je compte les nuits blanches et sèches, je continue l'écriture de *L'Homme de la nuit*, termine le synopsis et la continuité dialoguée, jusqu'à ce que je reçoive un bouton par la poste, ainsi que ces quatre mots, *le bouton de papa*, le jour même où je suis censé partir au festival du film de Berlin.

Tempelhof

C'est Peder qui me souffle dans la nuque. Il m'accompagne dans le hall de Tempelhof, dans l'architecture policée des nazis. C'est le début de la matinée et une profonde tranquillité m'habite. Je rentre à la maison. Je rentre à la maison retrouver Fred car Fred est rentré à la maison. Je ne l'ai pas vu depuis vingt-huit ans et soixante jours. Mais lui m'a peut-être vu. Il n'a peut-être jamais cessé de nous voir. Peder me prend la main. Il a modifié les billets, annulé les rendez-vous, payé les factures, passé des coups de fil, et il s'est excusé auprès de la plupart des gens que j'ai côtoyés de près ou de loin. « Tu es sûr que tu ne veux pas que je vienne ? » demande-t-il. « C'est ici qu'on a besoin de toi. » Il se poste alors devant moi, m'obligeant à m'arrêter. « Tu le savais qu'il reviendrait un jour, hein ? » « Qu'est-ce que tu veux dire ? » Peder regarde ailleurs. « Tu le savais, Barnum, qu'il n'était pas mort ? » Nous sommes dans le hall vide. Les murs penchent, ils vont s'écrouler d'un moment à l'autre. Je dois me retenir à quelque chose. Je m'assieds sur ma valise. « Peut-être, peut-être pas », murmuré-je. Un gardien armé déboule brusquement des toilettes, son pistolet dans l'étui noir, sa matraque fixée au ceinturon serré, la casquette stricte qu'il remet en place au moment où il jette un bref regard circulaire et où ses yeux se plantent dans les miens. Ses mains dégoulinent d'eau. Il se dirige vers le tapis de réception des bagages où un parapluie bleu portant le logo du festival a été oublié. Ça sent le savon ici. « Tu crois qu'il est possible de se faire pardonner des actes qu'on n'a pas encore commis ? » Peder se rapproche de moi, l'air

encore plus inquiet. « Tu ne comptes tout de même pas
faire une bêtise, Barnum ? » J'éclate de rire. « Il n'y a
pas de quoi rire », dit-il. « Je ne ris pas. » « Tu veux des
pilules ? » chuchote-t-il. Je secoue la tête. « Je pensais
simplement que ça n'a jamais rien donné, Peder. » Il ne
comprend pas ce que je veux dire. « Qu'est-ce qui n'a
rien donné ? » « Tout ce que nous faisons. Ça n'a pas
donné le moindre film. Pas la moindre image. Pas le
moindre plan. » Il hausse les épaules. « Je ne pense pas
les choses de cette manière. » Je me lève de la valise.
« Tu crois que la situation serait différente si nos films
étaient sortis ? » Il sourit. « Ce qui est sûr, c'est qu'on
serait venu nous chercher en limo. » « Je suis sérieux,
Peder. Tu crois que ça aurait changé quelque chose ? »
Peder se retourne pour regarder le panneau de départ.
Oslo est annoncé. « Apparemment, le monde s'est très
bien débrouillé sans nous », dit-il. « Nous ne sommes
pas le monde, nous ? » « Si, Barnum. Nous aussi nous
sommes le monde. Et tu ne trouves pas ça formidable de
savoir que personne ne se doute de l'immensité de notre
talent ? » « Je n'en suis pas si sûr… », réponds-je à voix
basse. Il se tait quelques minutes. Le parapluie continue
de tourner sur le tapis roulant. « Est-ce que le moment
est vraiment mal venu pour te demander le scénario
auquel tu as fait allusion cette nuit ? » Je l'ai dans ma
valise. J'ouvre, biffe *L'Homme de la nuit*, que je remplace par *Les Hommes de la nuit*. Peder me donne une
tape amicale dans le dos, je sens déjà son impatience.
« C'est un bon titre, Barnum. » Il commence par la dernière page. Peder a toujours été le plus doué pour lire les
chiffres. J'ai tout d'un coup l'impression qu'il va redevenir taiseux. « Quatre heures et demie ? » chuchote-
t-il. Je referme la valise. « Et alors ? » Il soupire. « C'est
long, Barnum. » « Et pas une virgule ne devra être
changée », dis-je. Nous allons au comptoir d'enregistrement. La valise glisse au fond d'un trou et disparaît. On
me tend ma carte d'embarquement. Les passagers sont
appelés. Et Peder, l'optimiste fatigué, sourit de nouveau.
« Tu vas t'en sortir ? » « Je vais m'en sortir. » « Je vais

acheter un cadeau d'enfer pour Thomas », dit-il. Je ferme les yeux. « Fais ça, Peder. » Nous nous prenons dans les bras l'un de l'autre, dans le hall de Tempelhof, comme nous l'avons fait tant et tant de fois par le passé, Peder et Barnum, enlacés, l'obèse et le minus (et comment pouvais-je savoir que ce serait la toute dernière fois que nous serions ainsi enlacés ? pour l'heure je ne le sais pas). « Je rentre demain », dit-il. Il m'embrasse furtivement sur la joue. « Et salue ton connard de frère de ma part ! » Peder rit, de ce rire étrange qui est le sien. Il en profite au passage pour piquer le parapluie oublié. Et il part. Il part rejoindre les taxis, le scénario sous le bras (mais il ne rentrera pas le lendemain, un accident se produira en chemin, dans la voiture qui le ramenait au Kempinski, l'hôtel). On m'arrête dans la zone de sécurité. Le gardien armé m'emmène sur le côté, dans une cabine. Il tire le rideau. Je dois vider toutes mes poches. Je pose le crayon, le briquet, le peigne, les clés et le miroir dans une petite corbeille. La sonnerie retentit toujours lorsqu'il me passe son bâton électrique sur le corps. J'enlève ma ceinture. Ça ne change rien. Il finit par me demander de retirer mes chaussures. Je m'exécute. Je les lui tends. Il porte à présent des gants en latex. Il tâte l'intérieur des chaussures. Il les retourne, frappe contre les semelles. Puis il casse les talons, sur les deux chaussures. Je détourne le regard. Un autre gardien arrive sur ces entrefaites et examine à son tour mes chaussures malmenées. Deux hommes armés en uniforme ont été nécessaires pour dédouaner mes chaussures, ces subterfuges. J'ai la permission de me rhabiller. Ils sourient, sans rien dire. J'ai rapetissé de quatre centimètres. Ça n'a plus aucune importance. Je suis enfin autorisé à passer, je les entends rire dans mon dos. Je monte dans le bus qui me mène au petit avion. Il pleut. Je gravis les marches de l'escalier raide. D'ici, le hall d'arrivée ressemble à un temple ovale, avec ses colonnes et ses arceaux, un temple sale destiné aux voyageurs. C'est moi qu'ils attendent. Des gens me font un signe de la tête, je fais semblant de ne pas les reconnaître. Je suis assis au fond, dans le dernier fauteuil. J'attache ma ceinture et demande un verre d'eau. L'appareil roule sur le tarmac – et, au moment où nous décollons de cet aéroport au cœur de Berlin, alors que nous nous élevons entre les immeubles, j'aperçois des gens à l'intérieur, dans leurs pièces et leur appartement, ils commencent leur nouvelle journée, ils tirent le rideau, allument les lumières, arrosent une plante, s'assoient à la table du petit déjeuner, boivent un café, ouvrent un journal, donnent à manger à leur enfant. C'est comme un film, pensé-je, les histoires des gens de fenêtre en fenêtre, leur beau train-train quotidien. Ceci est mon film. Et, derrière la dernière fenêtre, je vois un couple de personnes âgées, assis au bord du lit, ils s'embrassent, juste avant que l'avion ne fonce dans le ciel et qu'on m'apporte mon verre d'eau.

Épilogue

C'est Boletta qui m'attend à l'aéroport de Fornebu. Nous ne nous sommes pas revus depuis que je l'ai abandonnée à Blåsen. Elle est devenue plus vieille que La Vieille, comme si la vie en elle allait à rebours : elle grandit vers le bas, elle est plus petite que moi, une ride voûtée. Elle dégage une odeur de fruit sec. Pourtant, ses mains sont fermes, calmes, lorsqu'elle me prend par le bras, me conduit aux taxis, passe devant tout le monde et s'attire les foudres des gens. Il neige. Les flocons timides fondent déjà dans l'air. Nous montons à l'arrière. Boletta pose sa joue sur mon épaule. « Tu es complet maintenant, Barnum. » « Qu'est-ce que tu veux dire ? » Je n'obtiens pas de réponse – et je pense, tandis que nous gravissons les pentes douces qui nous mènent à Gaustad, que je ne veux pas être complet, je n'y tiens vraiment pas. Je serre la main de Boletta si fort qu'elle gémit. Le bâtiment en brique rouge qui se découpe entre les arbres noirs et dénudés a tout du château. Avec ses tourelles et ses fenêtres, il ressemble à un château de conte de fée et non à l'asile qu'il est en réalité. « Pourquoi est-il là ? » demandé-je. Boletta paie la course. « C'est ta mère qui est là », répond-elle calmement. Elle se tourne en sursaut, comme si elle se rappelait quelque chose. Trop tard. « Tu n'avais pas de bagage, Barnum ? » Je me contente de secouer la tête. « Il a disparu. » « Disparu ? » « Ça ne fait rien. Ce n'était qu'une vieille valise », murmuré-je. Puis nous allons les rejoindre. La première personne que je vois, dans une espèce de salle de séjour, c'est un petit garçon, en pantalon gris et en pull bleu. Il me voit pour la première fois. Il est juché sur une chaise trop haute pour lui. Il ne bouge pas. C'est Thomas. Je m'arrête devant lui. Il a un regard effrayé et curieux à la fois, comme s'il était sur ses gardes, surveillant tout et tous. Je ne le connais pas, mais je me reconnais en lui. Je sais simplement que ces yeux, cette lueur sombre et vulnérable imprimée sur les pupilles, je serais capable de tuer pour eux. Embarrassé, pataud, je pose une main sur sa tête, mais le petit garçon apeuré se penche aussitôt pour esquiver mon geste, comme moi-même je l'aurais fait. Vivian nous observe, et quand je croise son regard, elle rougit. Elle porte toujours la bague à son annulaire. C'est comme si nous devions tous les deux reprendre notre respiration, nous ressaisir, pour ne pas nous effondrer sous le poids de ce silence. Boletta soulève Thomas et le prend dans ses bras. « Fred est auprès de Vera », murmure Vivian. Je longe un couloir. Un aide-soignant attend devant la chambre. Il m'ouvre la porte. Maman est allongée dans son lit. On dirait qu'elle dort. Mais à peine me voit-elle entrer qu'elle sourit. Un homme maigre se tient devant la fenêtre, le dos tourné. Maman essaie de dire quelque chose, mais aucun son ne sort de sa bouche. Elle éclate en sanglots. Le vieil homme maigre se retourne. C'est mon frère. Ses yeux sont immobiles. Je demande : « Pourquoi es-tu revenu ? » Et j'ignore si c'est moi ou maman que Fred regarde lorsqu'il répond : « Pour te raconter tout ça. »

Du même auteur
aux Éditions Lattès :

HERMAN

Table

Barnum

L'engraissement

Le théâtre électrique

Achevé d'imprimer en avril 2006 en France sur Presse Offset par

BRODARD & TAUPIN

GROUPE CPI

La Flèche (Sarthe).
N° d'imprimeur : 34852 - N° d'éditeur : 69922
Dépôt légal 1ʳᵉ publication : mai 2006
LIBRAIRIE GÉNÉRALE FRANÇAISE – 31, rue de Fleurus – 75278 Paris cedex 06.